os demônios

dostoievski

os demônios

Tradução, notas e prefácio por
Oleg Almeida

MARTIN CLARET

Sumário

A profecia romanceada de Dostoiévski

(*Os demônios* em sua perspectiva histórica)

A maioria das obras literárias de Fiódor Dostoiévski, tão numerosas quanto variadas, teve origens humildes, frequentemente bem pessoais. Alguns fatos de sua própria biografia, tais como a morte trágica de seu pai e os quatro anos passados num temível presídio siberiano, toda uma série de decepções amorosas que tinha sofrido e aquela paixão doentia por jogos de azar que o atormentara pela vida afora, deram início, ao misturarem-se com as impressões cotidianas do escritor, cenas entrevistas nas ruas de Petersburgo,[1] Semipalátinsk[2] ou Baden-Baden,[3] histórias contadas por seus amigos ou mesmo por quem ele nem conhecia direito, aos famosos romances *O jogador* e *Memórias da Casa dos mortos*, *Humilhados e ofendidos* e *Os irmãos Karamázov*. Entretanto, não eram apenas essas vivências íntimas que

[1] Boa parte das obras dostoievskianas (*Gente pobre*, *Noites brancas*, *Diário do subsolo*, *Crime e castigo*, *O idiota*, *O eterno marido*, entre outras) é ambientada em São Petersburgo, a capital do Império Russo, onde Dostoiévski morou de 1837 a 1849 e a partir de 1859.

[2] Pequena cidade asiática (no território do atual Cazaquistão) em que Dostoiévski serviu, de 1854 a 1858, num regimento de infantaria.

[3] Um dos balneários alemães em cujos cassinos Dostoiévski jogou durante suas viagens pela Europa.

lhe suscitavam lampejos de inspiração. Lendo os jornais russos e europeus, Dostoiévski costumava atentar para as mais diversas informações neles contidas, quer fossem de suma importância quer parecessem irrelevantes, e uma longa sequência de escritos seus, desde o formidável *Crime e castigo* até *A dócil*, uma novela brevíssima que, não obstante, deixa comovido qualquer leitor cético ou sarcástico, proveio daquelas centenas, se não milhares de matérias jornalísticas que perscrutara, metódico e paciente, em busca de gemas a lapidar. *Os demônios*, o livro mais político, ou melhor, "politizado" em todo o acervo dostoievskiano, também resultou desse garimpo virtual: um crime chocante, ocorrido em Moscou, no outono de 1869, e amplamente comentado pela imprensa, fez o autor refletir sobre o lado sombrio da Rússia e acabou tornando ainda mais pessimista a sua visão da realidade pátria.

No dia 25 de novembro daquele ano, caminhando através do vasto parque da Academia Petróvskaia,[4] o camponês Piotr Kalúguin encontrou umas roupas masculinas e um porrete nas proximidades de uma gruta antiga. Achou suspeita a presença desses objetos num lugar ermo, distante das construções urbanas; depois seguiu os rastros de sangue que levavam rumo a uma lagoa já congelada e, de repente, descobriu um cadáver desfigurado embaixo do gelo, a meio metro de profundidade. A vítima foi identificada como Ivan Ivanov, o estudante da referida Academia, de 23 anos de idade, que havia sido monitorado pela polícia moscovita em

[4] Academia moscovita de agricultura, fundada em 1865 e mundialmente conhecida pelas suas atividades educativas e científicas.

razão de suas convicções socialistas. Esclareceu-se, no decorrer do inquérito posterior, que integrava a chamada "Sociedade da *rasprava*[5] popular", uma organização clandestina, não muito grande, mas enraizada no meio estudantil, que se desentendera com Serguei Netcháiev, o líder carismático dessa organização, e fora trucidado pelos seus companheiros. Atraído para uma emboscada, atordoado a pauladas e morto com um tiro na cabeça, sucumbira à extrema intolerância de quem visava à transformação radical do mundo sem se importar com o preço que teria de pagar por ela...

Esquadrinhando as circunstâncias do assassinato, descritas por uma legião de repórteres ou narradas pelo irmão de sua esposa, outro aluno da Academia Petróvskaia que chegara a conhecer, ao menos de longe, o mártir e alguns dos seus algozes, Dostoiévski ficou horrorizado com o destino de Ivanov, cujo único delito consistia em ter contestado a autoridade de seu chefe Netcháiev, e, sobretudo, com a sinistra figura do tal "justiceiro popular", capaz de sacrificar a soma dos valores humanos em prol de uma abstrata causa progressista. Aliás, não era nada abstrata a julgar pela sucinta *Catequese do revolucionário*, redigida por ele e constante dos autos processuais, que provocou em seus contemporâneos uma complexa sensação de asco, medo e pasmo ante essa personalidade tenebrosa, contrária às leis divinas e terrenas, cheia de ódio pelas instituições e doutrinas tradicionais. Leiamos os principais trechos da *Catequese* para melhor entendermos quem era aquele homem e que tipo de ideologia vinha pregando. "O

---

[5] Justiça sumária, feita pelas próprias mãos, linchamento (em russo).

revolucionário é um homem condenado. Não tem interesses próprios, nem ocupações, nem sentimentos, nem afetos, nem propriedades, nem sequer nome. Tudo nele é absorvido por um só interesse exclusivo, por um só pensamento, por uma só paixão — pela revolução. No âmago de seu ser, mas não verbalmente e, sim, realmente, ele rompeu todo e qualquer vínculo com a ordem cívica e toda a sociedade civilizada, com todas as leis, conveniências e condições aceitas por todos, com a moral desta sociedade. É seu inimigo inexorável e, se continua vivendo nela, faz isso apenas para destruí-la da maneira mais certa possível. O revolucionário despreza qualquer doutrinação e abriu mão das ciências pacíficas, deixando-as para as gerações por vir. Conhece apenas uma ciência, a ciência da destruição. Para isso, tão só para isso, estuda agora a mecânica, a física, a química e, talvez, a medicina. Para isso estuda, dia e noite, aquela viva ciência das pessoas, das índoles, das situações e de todas as condições do presente regime social, em todas as possíveis camadas dele. Mas seu objetivo é o único, a destruição mais rápida e mais certa desse regime abominável. Ele despreza a opinião pública. Despreza e odeia a hodierna moral pública em todas as suas pretensões e manifestações. Tudo quanto contribuir para o triunfo da revolução é moral para ele; tudo quanto o estorvar é imoral e criminoso. O revolucionário é um homem condenado. (...) Severo consigo mesmo, ele deve ser severo também com os outros. Todos os sentimentos ternos e enternecedores, os de parentesco, de amizade, de amor, de gratidão e até mesmo de honra, devem ser esmagados nele por uma só paixão fria pela causa revolucionária. Para ele só existe um gozo, um consolo, uma recompensa e uma satisfação — o sucesso da revolução. Precisa ter, dia e noite, uma só ideia, uma só meta — a destruição implacável. Visando, com sangue-frio e sem cansaço, àquela meta, ele deve estar sempre pronto para morrer e para matar, com suas próprias mãos, tudo quanto o impedir de alcançá-la. A natureza do verdadeiro revolucionário exclui qualquer romantismo, qualquer sensibilidade, exaltação e empolgação. Exclui mesmo o ódio pessoal e a vingança. Sua paixão revolucionária, ao tornar-se uma realidade cotidiana, a de cada momento, para ele, deve unir-se a um cálculo frio. Nunca, em lugar algum, ele deve ser o que lhe impuserem seus desejos pessoais, mas sempre o que lhe prescrever o interesse geral da revolução. (...) O revolucionário ingressa no (...) chamado mundo civilizado e vive nele com o único objetivo de destruí-lo por completo e o mais depressa possível. Não é um revolucionário se tiver pena de qualquer coisa naquele mundo, se puder desistir de eliminar uma situação, uma relação ou uma pessoa pertencente àquele mundo em que tudo e todos hão de ser igualmente odiados por ele."[6] E assim por diante, como se "a destruição implacável" sacramentasse a felicidade das "gerações por vir", como se um futuro melhor não pudesse ser construído senão nas ruínas do "presente regime social".[7]

---

[6] Революционный радикализм в России: век девятнадцатый. Документальная публикация. / Под ред. Е. Л. Рудницкой. Москва, 1997; стр. 244-248 (tradução de Oleg Almeida).

[7] O projeto pessoal de Netcháiev fracassou (julgado pelo assassinato de Ivanov e condenado a 20 anos de trabalhos forçados, o líder da "*rasprava* popular" morreu, em 1882, na fortaleza de São Pedro e São Paulo em Petersburgo), mas suas ideias foram assimiladas pelos elementos mais ferrenhos da esquerda russa e mundial. Há ruas, nas cidades de Samara e Ufá, que ostentam o nome de Netcháiev até hoje.

Terríveis palavras, terríveis intenções: ninguém resistiria ao impacto delas! E se houvesse muitas pessoas iguais a Netcháiev, se elas formassem um movimento de massa, um exército ou um partido disposto a mudar a face da Terra com uma revolução nunca vista antes, a promover um banho de sangue que a humanidade mal poderia imaginar? Assim foram as questões perturbadoras que incitaram Dostoiévski a escrever *Os demônios*. "Abordei uma ideia rica... Uma daquelas ideias que surtem um efeito indubitável junto ao público leitor", comunicou, bem no início de seu trabalho, ao literato Apollon Máikov.[8] "Algo parecido com *Crime e castigo*, porém ainda mais próximo da realidade, ainda mais atual e diretamente ligado à mais importante questão contemporânea. (...) O que estou escrevendo é uma coisa tendenciosa: quero desembuchar com um ardorzinho maior (Eta, como os niilistas e ocidentalistas vão uivar a meu respeito, dizendo que sou *retrógrado*!). Mas, que o diabo os carregue, vou desembuchar até a última palavra". Produzido nos anos de 1870 e 1871, principalmente na Alemanha onde o escritor morava então com sua família, o romance foi publicado em 1872, na revista *O mensageiro russo*,[9] e não demorou a despertar uma viva curiosidade em quem gostasse de belas-letras. "O senhor Dostoiévski é um

---

[8] Apollon Nikoláievitch Máikov (1821-1897): poeta e crítico literário, colaborador (mais tarde presidente) do Comitê central de censura estrangeira.

[9] Revista de orientação liberal, editada em Moscou de 1856 a 1887, que apresentou ao público russo os romances *Guerra e paz*, de Leon Tolstói, *Crime e castigo*, *O idiota* e *Os irmãos Karamázov*, de Fiódor Dostoiévski, *Pais e filhos*, de Ivan Turguênev, ao lado de outras obras de igual importância.

grande talento literário... e o que for que ele escreva é escrito com base numa convicção sincera e profunda", declarou, nessa ocasião, o crítico Viktor Burênin. "(...) apesar de toda a morbidez criativa desse autor talentoso, é preciso dizer, ainda assim, que *Os demônios* é praticamente o melhor dos romances deste ano".

Ao relatar a história de uma sociedade secreta que ficou atuando numa cidadezinha interiorana, desgovernada e, portanto, despreparada para enfrentar a mínima subversão da ordem vigente, Dostoiévski explicitou seu repúdio a toda espécie de extremistas a preconizarem a famigerada "violência revolucionária" como um meio infalível de se alçar ao poder e pôr abaixo uma civilização milenar. Legou à posteridade um romance-advertência, uma grandiosa profecia, talvez ininteligível em sua época relativamente tranquila, mas comprovada pelas monstruosas experiências das épocas que lhe sucederam. Anteviu o vindouro terrorismo político, os assassinatos de ministros, generais, governadores sem conta e do próprio czar Alexandr II,[10] a sangrenta ascensão dos bolcheviques, a guerra civil que abalaria a Rússia "em todas as suas camadas"[11] e três décadas de repressão ininterrupta que os povos da União Soviética

---

[10] O imperador Alexandr II, O Libertador, foi morto, em 1º de março de 1881, pelos membros da *Naródnaia vólia* ("Vontade do povo"), organização revolucionária cujos fundadores, Andrei Jeliábov (1851-1881) e Sófia Peróvskaia (1853-1881), mantinham estreitos contatos com Netcháiev.

[11] Acredita-se que cerca de 10,5 milhões de vidas foram perdidas, nos anos de 1917 a 1923, em consequência da revolução comunista e da subsequente guerra civil na Rússia (Эрлихман В. В. Потери народонаселения в XX веке: Справочник. Москва, 2004).

viveriam sob o domínio de Stálin,[12] e seu presságio se confirmou em menos de cinquenta anos após a estreia d'*Os demônios*. Pintou um quadro apavorador a fim de mostrar ao mundo o perigo do crescente radicalismo que o ameaçava, porém não se limitou a pintá-lo. Falou também do caminho espiritual que o mundo deveria tomar, se quisesse prevenir essa incursão demoníaca, colocando na boca de um dos seus personagens um extenso raciocínio acerca do povo russo, tido como um "portador de Deus": "... nenhum povo ainda tomou por base os princípios da ciência e da razão. (...) O socialismo como tal já deve ser o ateísmo, visto que tem proclamado em particular, desde a sua primeira alínea, que é uma instituição ímpia e pretende embasar-se nos princípios da ciência e da razão exclusivamente. (...) Os povos são compostos e movidos por outra força que os domina e manda neles, mas cuja procedência é ignorada e inexplicável. É a força do insaciável desejo de ir até o fim, mas, ao mesmo tempo, ela chega a negar esse fim. É a força que comprova ininterrupta e incansavelmente a sua própria existência e nega a morte. É o espírito da vida, como dizem as Escrituras, são "os rios d'água viva" de cujo esgotamento nos ameaça tanto o Apocalipse.

---

[12] Pelas estimativas da Associação Internacional "Memorial", o regime de Stálin chegou a vitimar, nos anos de 1922 a 1953, entre 10 e 40 milhões de cidadãos soviéticos, sendo, no mínimo, 4,5 milhões deles encarcerados ou executados por motivos políticos e ideológicos, 6 a 7 milhões mortos de fome ocasionada pela coletivização da agricultura em princípios da década de 1930, povos inteiros (calmucos, coreanos, tártaros da Crimeia, tchetchenos, entre vários outros) expulsos das regiões que habitavam por séculos, etc.

(...) É 'a procura por Deus'... O único objetivo de todo o movimento popular, sejam quais forem o povo e o período de sua existência, consiste em procurar por Deus, por um deus próprio, infalivelmente próprio, e em acreditar nEle como sendo o único deus verdadeiro. Deus é a personalidade sintética de um povo inteiro, do início ao fim. (...) Se um grande povo não acredita que a verdade pertence unicamente a ele (única e exclusivamente a ele), se não acredita que só ele mesmo pode e deve ressuscitar e salvar o mundo inteiro com sua verdade, então ele deixa logo de ser um grande povo e logo se transforma num material etnográfico no lugar de um grande povo. (...) Ao perder essa fé, não é mais um povo. (...) O povo é o corpo de Deus." Eis uma tirada deveras enfática, no mínimo tão expressiva quanto a *Catequese* acima citada, não é verdade? Dostoiévski se afirmou de uma vez por todas, quando a proferiu, como um dos pilares do pensamento conservador no meio dos compatriotas e, dessa forma, foi muito além de condenar aqueles que aspiravam à "demonização" da Rússia, contrapondo aos seus desígnios uma das maiores obras da literatura cristã que um autor russo jamais se propôs de criar. Indicou uma alternativa pacífica à revolução social e à construção de uma sociedade que prescindiria da "procura por Deus", mas, infelizmente, seu país não soube concretizá-la.

* * *

A tradução d'*Os demônios* ora oferecida aos leitores lusófonos atém-se à metodologia da "tradução tecnicamente precisa"[13] da qual tenho lançado mão em minhas atividades profissionais. O objetivo dela é duplo: reproduzir, de plena conformidade com o original dostoievskiano (todavia, sem prejuízo às normas léxico-gramaticais da língua portuguesa), o conteúdo do livro e preservar, na medida do possível, as peculiaridades características de seu estilo. Ancora-se em três edições diferentes do texto russo,[14] lidas concomitantemente para evitar quaisquer equívocos na interpretação de suas passagens ambíguas ou duvidosas, e um capítulo censurado por Mikhail Katkov, o dirigente d'*O mensageiro russo*, e publicado, em regra, como anexo ao romance, consta dela na íntegra, de acordo com o plano inicial do autor. Sua leitura será útil a quem estiver interessado em conhecer um período dramático da história russa, imortalizado pela inimitável arte de Dostoiévski. Pelo menos, assim o espero...

Oleg Almeida

---

[13] Veja: Oleg Almeida. *Un conte de fées pour adultes (projet de traduction)*. In: *Caleidoscópio*: *linguagem e tradução*, volume 2, número 1, Brasília, 2018, pp. 132-136; Idem. *O espelho de Caliban*: Anna Karênina *como o reflexo da sociedade russa no século XIX*. In: Leon Tolstói. *Anna Karênina*. Martin Claret: São Paulo, 2019, pp. 7-14; Idem. *Ensinando Tolstói e Dostoiévski a falar português*... (Palestra na "quinta literária" da Associação Nacional de Escritores em 5 de março de 2020).

[14] Ф. М. Достоевский. *Собрание сочинений в пятнадцати томах*. Том VII. Наука: Ленинград, 1990; Idem. *Бесы*, в 2-х томах. Под ред. Л. П. Гроссмана. Academia: Москва-Ленинград, 1935; Idem. *Бесы*: роман. Азбука-классика: Санкт-Петербург, 2004.

os demônios

Não se vê mais patavina...
Porventura nos perdemos,
Conduzidos pelos demos
Através dessa campina?

....

Quantos são, qual deles puxa
Essa canção estridente?
Ao velório de um duende,
Ao casório de uma bruxa
Vão voando?...[1]

Púchkin

Ora, andava ali pastando no monte uma grande manada de porcos; rogaram-lhe, pois, que lhes permitisse entrar neles, e lho permitiu. E tendo os demônios saído do homem, entraram nos porcos; e a manada precipitou-se pelo despenhadeiro no lago, e afogou-se. Quando os pastores viram o que acontecera, fugiram, e foram anunciá-lo na cidade e nos campos. Saíram, pois, a ver o que tinha acontecido, e foram ter com Jesus, a cujos pés acharam sentado, vestido e em perfeito juízo, o homem de quem haviam saído os demônios; e se atemorizaram. Os que tinham visto aquilo contaram-lhes como fora curado o endemoninhado.[2]

---

[1] A primeira epígrafe é transcrita do poema *Os demos*, de Alexandr Púchkin (1799-1837).

[2] A segunda epígrafe é um trecho bíblico (Lucas, 8:32-36). A Bíblia Sagrada é citada na clássica tradução de João Ferreira de Almeida (1628-1691).

primeira parte

Capítulo primeiro. À guisa de introdução: alguns pormenores da biografia de nosso respeitabilíssimo Stepan Trofímovitch Verkhôvenski.

I

Ao proceder à descrição dos eventos recentes e tão estranhos, ocorridos em nossa cidade que não tinha, até então, destaque algum, vejo-me obrigado a iniciá-la, por causa de minha inaptidão, um tanto de longe, relatando notadamente alguns pormenores da biografia de nosso talentoso e respeitabilíssimo Stepan Trofímovitch Verkhôvenski. Que tais pormenores sirvam apenas de introdução à crônica oferecida; quanto à própria história que pretendo narrar, ainda está por vir.

Direi às claras: Stepan Trofímovitch tratava de desempenhar, em nosso meio, certo papel singular e, por assim dizer, cívico, gostando desse papel apaixonadamente, a ponto de não conseguir, pelo que me parece, nem viver sem ele. Não que eu chegue a equipará-lo a um ator teatral: Deus me preserve disso, ainda mais que devo respeito àquele homem. Podia tudo advir do seu hábito ou, melhor dito, da sua inclinação constante e nobre, cultivada desde a infância, para o sonho agradável de uma bela atuação cívica. Por exemplo, ele gostava sobremaneira de sua condição de "perseguido" e, digamos assim, "exilado". Há nessas duas palavrinhas uma espécie de brilho clássico, que o seduzira de uma vez por todas e depois, elevando-o gradualmente em seu próprio conceito ao longo de tantos anos a fio, acabara por conduzi-lo até um pedestal bastante alto e lisonjeiro para o ego. Foi num romance satírico inglês do século passado[1] que um tal de Gulliver, ao voltar da terra dos liliputianos cujos habitantes mediam, quando muito, uns dois *verchoks*[2] de altura, tanto se habituou à sua condição de gigante no meio deles que, mesmo andando pelas ruas de Londres, gritava sem querer aos transeuntes e cocheiros que o deixassem passar e tomassem cuidado para não serem casualmente esmagados, pois imaginava que ainda fosse um gigante rodeado de pigmeus. Riam dele em resposta, injuriavam-no, e os brutais cocheiros fustigavam, inclusive, aquele gigante com seus couros, mas será que não lhe faltavam com a justiça? O que é que não pode fazer um hábito? Fora o hábito que levara Stepan Trofímovitch quase ao mesmo estado, porém ainda mais inocente e inofensivo, se esta expressão me for permitida, visto que era um homem excelso.

Chego a pensar que, afinal de contas, todos se esqueceram dele por toda parte, conquanto não se possa dizer que antes o desconheciam em absoluto. É notório que ele também pertenceu, por algum tempo, à famosa plêiade de astros da nossa geração anterior e que, por um tempinho (aliás, tão só durante um minutinho dos mais ínfimos), seu nome foi pronunciado por várias pessoas ansiosas daquela época quase a par dos nomes de

---

[1] Alusão ao romance *As viagens de Gulliver*, de Jonathan Swift (1667-1745), cuja versão portuguesa foi editada pela Martin Claret.

[2] Antiga medida de comprimento russa, equivalente a 4,445 cm.

Tchaadáiev, Belínski, Granôvski e Herzen,[3] este último só começando então a despontar no exterior. Todavia, as atividades de Stepan Trofímovitch terminaram praticamente no mesmo minuto em que se encetaram; digamos que a razão disso foi uma "tempestade de circunstâncias coincidentes". Bom, e daí? Não houvera, como se esclareceria mais tarde, não apenas "uma tempestade", mas nem sequer "circunstância" nenhuma, pelo menos nesse caso específico. Só agorinha, um dia desses, é que fiquei sabendo, para minha imensa surpresa, mas, em compensação, com plena certeza, que morando conosco, em nossa província, Stepan Trofímovitch não apenas não era exilado, segundo costumávamos pensar, mas nem se encontrara nunca sob a vigilância policial. Quão grande é, assim sendo, a força da imaginação humana! Ele mesmo acreditava sinceramente, pela vida afora, que não cessavam de temê-lo em certas esferas, que seus passos eram todos contados e comunicados a quem de direito e que cada um desses três governadores, que haviam revezado nos últimos vinte anos, já viera dirigir a nossa província com certa ideia especial e perturbadora acerca dele, imposta de cima e, antes de tudo, inculcada pelo governador precedente. Se alguém tivesse então convencido, com provas irrefutáveis, aquele honestíssimo Stepan Trofímovitch de que não tinha pessoalmente nada a temer, tê-lo-ia deixado, sem dúvida, cheio de mágoa. Entretanto, era um homem inteligentíssimo e talentosíssimo; até se poderia dizer que era um cientista,

---

[3] Dostoiévski se refere aos grandes pensadores de orientação liberal, progressista e socialista da época de Nikolai I (imperador russo de 1825 a 1855).

embora na área científica... pois bem: não fizera, numa palavra, muita coisa nessa área científica e, pelo que me parece, não fizera coisa nenhuma. É isso, aliás, que se dá amiúde, aqui na Rússia, com os cientistas.

Ele retornou do estrangeiro e brilhou numa cátedra universitária, a título de docente, já pelo fim dos anos quarenta. Contudo, só deu algumas aulas sobre os árabes, se não me engano, além de defender uma esplêndida dissertação sobre a importância civil e hanseática[4] da cidadezinha alemã Hanau, prestes a consolidar-se no período entre os anos de 1413 e 1428, e, ao mesmo tempo, sobre aqueles motivos peculiares e nebulosos pelos quais a importância em questão não se consolidara. Sua dissertação alfinetou, hábil e dolorosamente, os eslavófilos[5] do momento e trouxe-lhe muitos desafetos enfurecidos de uma vez só. Em seguida (aliás, já depois de perder a cátedra), ele publicou (por assim dizer, à guisa de vingança e na intenção de mostrar de quem se privara a universidade), num mensário progressista que traduzia Dickens e promovia George Sand, o início de um profundíssimo estudo relativo, ao que parece, às causas da extraordinária nobreza moral de certos cavaleiros em certa época, ou algo do mesmo gênero. Era, pelo menos, uma ideia por demais nobre e sublime que estava em jogo. Dir-se-ia mais tarde que a continuação

---

[4] Dostoiévski fala da chamada Liga Hanseática, união comercial e política de cerca de 100 cidades da Europa setentrional, alemãs ou sujeitas à influência alemã, que existiu entre os séculos XII e XVII.

[5] Adeptos do movimento ideológico, bastante popular em meados do século XIX, cujos membros tencionavam provar a singularidade espiritual da Rússia e suas diferenças intrínsecas e numerosas em relação aos países ocidentais.

desse estudo fora apressadamente censurada e que até o mensário progressista sofrera um bocado após a publicação de sua primeira metade. Bem pode ser verdade, pois o que é que não acontecia naqueles tempos? Só que é mais provável, nesse caso específico, que nada tenha acontecido e que o próprio autor não tenha finalizado seu estudo por mera preguiça. Quanto às aulas sobre os árabes, suspendeu-as porque alguém interceptara de algum jeito (fora, por certo, algum dos seus desafetos retrógrados) uma carta sua, com a descrição de umas "circunstâncias", e alguém lhe exigira consequentemente umas explicações. Não sei se é verdade, mas se afirmava também ser flagrada em Petersburgo, àquela mesma altura, uma sociedade secreta, enorme, antinatural e antigovernamental, composta de umas treze pessoas, que por pouco não abalara o edifício todo. Corriam rumores de que se dispusesse a traduzir, sem mais nem menos, o tal de Fourier.[6] Da mesma feita, como que de propósito, foi apreendido em Moscou um poema de Stepan Trofímovitch, escrito uns seis anos antes, ainda em Berlim, na sua mais tenra mocidade, cujo manuscrito circulava, de mão em mão, entre dois amantes da poesia e um estudante. Agora esse poema se encontra também na gaveta de minha escrivaninha: foi Stepan Trofímovitch em pessoa quem o entregou para mim, apenas no ano passado, numa cópia muito recente e de próprio punho, com sua dedicatória e uma soberba capa

[6] Charles Fourier (1772-1837): filósofo e economista francês, um dos maiores expoentes do socialismo utópico, que propunha organizar a convivência humana em forma de falanstérios (colônias em que tudo, desde as atividades produtivas até as relações sexuais, fosse compartilhado por todos os membros da comunidade).

de marroquim vermelho. De resto, é um tanto poético e até mesmo com certos lampejos de talento; algo bizarro, se bem que então (ou, mais precisamente, na década de trinta) não se escrevesse pouco naquele estilo. Quanto ao seu enredo, seria difícil que eu o contasse, pois, seja dita a verdade, não entendo nada daquilo. É uma alegoria, uma obra lírica e dramática que recorda a segunda parte de *Fausto*. Logo de início, há um coro de mulheres no palco; depois, um coro de homens; a seguir, um coro de forças obscuras e, finalmente, um coro de almas que não viveram ainda, mas gostariam muito de viver. Todos esses coros cantam sobre algo bem indefinido, na maioria das vezes sobre a maldição de alguém, mas com certo matiz de humor supremo. De súbito, a cena muda: começa uma "festa da vida", quando até os insetos passam a cantar, surge uma tartaruga a proferir umas palavras sacramentais em latim e mesmo, se a minha memória não falha, um mineral, ou seja, um objeto completamente inanimado, acaba cantando. De modo geral, todos cantam o tempo todo e, quando se põem a conversar, só trocam uns xingamentos meio indefinidos, porém matizados, outra vez, com certo significado supremo. E eis que a cena muda de novo: é um lugar agreste, onde um jovem civilizado perambula no meio dos penhascos, arrancando e chupando algumas ervas, e quando uma fada lhe pergunta por que as chupa, ele responde que busca pelo olvido, por sentir em seu âmago um excesso de vida, que o encontra no suco daquelas ervas e que seu desejo principal (um desejo, quem sabe, já realizado) consiste em perder logo o juízo. Depois vem de repente um moço indescritivelmente belo, montado num cavalo negro, e uma terrível multidão, que reúne todos os povos, vem atrás dele. Tal moço representa a morte, e todos os povos anseiam por morrer. Afinal, na derradeira das cenas, aparece de supetão a Torre de Babel, e alguns atletas terminam enfim de construí-la, entoando uma canção de novas esperanças, e quando a levam até o topo, o suposto proprietário, digamos, do monte Olimpo empreende uma fuga cômica, e a humanidade iluminada se apossa da sua vaga e começa de pronto uma vida nova, com nova compreensão de coisas. Pois bem: foi esse poema que pareceu então perigoso. Propus a Stepan Trofímovitch, no ano passado, que o publicasse, haja vista sua absoluta inocuidade nos dias atuais, mas ele ficou visivelmente aborrecido e declinou a proposta. Não gostou de minha opinião a respeito da absoluta inocuidade, e até mesmo atribuo a tanto certa frieza com que me tratou por dois meses seguidos. Bom, e depois? Quase no mesmo momento em que propus editá-lo aqui, editaram de chofre esse nosso poema *ali*, ou seja, no estrangeiro, num dos almanaques revolucionários, e sem nenhum conhecimento de Stepan Trofímovitch. Primeiro ele se assustou, foi correndo ver o governador e redigiu uma nobilíssima carta justificatória que mandaria para Petersburgo; leu-a para mim duas vezes, porém não a despachou sem saber a quem lhe cumpria endereçá-la. Quedou-se, numa palavra, transtornado por um mês inteiro, só que tenho certeza de que se sentia, lá nos meandros enigmáticos de seu coração, extremamente lisonjeado. Por pouco não dormia com o exemplar daquele almanaque que lhe fora entregue, escondendo-o de dia sob o colchão e até mesmo proibindo sua criada de arrumar a cama, e, posto que esperasse todo santo dia pela chegada de algum telegrama, mirava todos de cima para baixo. Nenhum telegrama chegou. E foi então que ele fez as pazes comigo, o que atesta a excepcional bondade de seu coração sereno e livre de rancores.

II

Não chego a afirmar que ele não ficou nem um pouco prejudicado; apenas tenho agora plena certeza de que teria podido continuar as aulas sobre aqueles seus árabes, conforme fosse de seu agrado, e que para tanto lhe bastaria ter fornecido explicações necessárias. Contudo, ele se mostrou então demasiadamente ambicioso e tomou a decisão precipitada de convencer a si mesmo, de uma vez por todas, de que sua carreira havia sido despedaçada, pelo resto de sua vida, por uma "tempestade de circunstâncias". Mas, se eu disser a verdade toda, o motivo real de mudanças em sua carreira foi uma proposta já antiga, reiterada e delicadíssima que lhe fizera Varvara Petrovna Stavróguina, esposa de um tenente-general e dona de uma fortuna considerável, a de se encarregar da educação e de todo o desenvolvimento intelectual de seu único filho, agindo na qualidade de pedagogo máximo e de amigo, sem falar na magnífica recompensa que ganharia em troca. Tal proposta lhe foi feita, pela primeira vez, ainda em Berlim e, precisamente, na ocasião em que Stepan Trofímovitch enviuvou pela primeira vez. Sua primeira consorte era uma moça leviana de nossa província, que ele desposara em primórdios da sua juventude mais irracional; parece que aturou, em companhia daquela pessoa, aliás, atraente, diversas provações, porque não tinha meios de sustentá-la e, ademais, por outras razões, em parte assaz escabrosas. Ela faleceu em Paris, depois de passar os últimos três anos longe do marido, e deixou-lhe um filho de cinco anos, "o fruto do primeiro amor feliz e ainda não maculado" — frase que Stepan Trofímovitch, entristecido como estava, deixou escapar certa vez em minha presença. Sua cria fora de imediato mandada para a Rússia, onde era educada, ao longo desse tempo todo, por algumas tias distantes, radicadas algures no interior. Stepan Trofímovitch declinou a proposta que Varvara Petrovna lhe fizera então e logo se casou novamente, antes mesmo de completar um ano de luto, com uma insociável alemãzinha berlinense, e, o principal, fez isso sem nenhuma necessidade especial. De resto, não era o único motivo pelo qual recusara o cargo de preceptor: andava deslumbrado com a glória de um professor inesquecível, que retumbava na época, e voou, por sua vez, rumo à cátedra que se propunha a assumir, tencionando assim pôr à prova as suas asas de águia. E eis que se lembrou naturalmente, tão logo essas suas asas foram queimadas, da proposta que desde antes lhe confundia as decisões. Foi a morte súbita de sua segunda consorte, com quem não vivera nem sequer um ano, que arranjou tudo em definitivo. Direi às claras: tudo se resolveu graças à compaixão acalorada e à amizade preciosa e, por assim dizer, clássica de Varvara Petrovna, se estes termos são aplicáveis à amizade. Ele se atirou, pois, nos braços dessa amizade, e o negócio todo permaneceu firme e forte por vinte e tantos anos. Empreguei a expressão "atirou-se nos braços", porém livre Deus qualquer um de pensar em algo supérfluo e ocioso: temos de atribuir a tais "braços" tão só o sentido mais sublime possível. Os laços mais tênues e delicados acabaram ligando, para todo o sempre, aqueles dois seres tão admiráveis.

O cargo de preceptor foi aceito, outrossim, porque o sitiozinho deixado pela primeira esposa de Stepan Trofímovitch, muito pequeno, ficava literalmente ao lado de Skvorêchniki, a luxuosa propriedade suburbana dos Stavróguin em nossa província. Além disso, existiria sempre a possibilidade de ele se dedicar, sem que se distraísse mais, no silêncio de seu gabinete, com a imensidão da jornada universitária, à causa científica e de enriquecer as letras pátrias com novos estudos profundíssimos. Não fez estudo nenhum, mas, em compensação, teve o ensejo de passar o resto da vida, vinte e tantos anos seguidos, encarando, digamos assim, sua pátria "tal e qual um reproche encarnado", segundo diz um poeta popular:

Tal e qual um reproche encarnado,
....
Encaravas teu país amado,
Nosso liberal idealista![7]

Só que aquela pessoa a quem se referiu o poeta popular tinha, quem sabe, o direito de posar a vida toda, se assim o desejasse, nesse sentido, embora fosse uma ocupação entediante. Quanto a nosso Stepan Trofímovitch, não fazia, na verdade, outra coisa senão imitar tais

---

[7] Dostoiévski parafraseia um trecho da "comédia lírica" *Caça aos ursos*, de Nikolai Nekrássov (1821-1878), seu amigo do peito e um dos maiores poetas russos do século XIX.

pessoas, cansando-se, ainda por cima, de ficar em pé e deitando-se volta e meia de ladinho. Aliás, nem que se deitasse de ladinho, conservava a encarnação do reproche intacta, mesmo deitado: é preciso que lhe façamos justiça, tanto mais que nossa província se contentava com essa sua conduta. Ah, se alguém o visse no clube, quando se sentava à mesa de jogo. Toda a sua aparência dizia: "O baralho! Vou jogar *yeralach*[8] com vocês! Será que isso me convém? E de quem é a culpa disso? Quem destruiu as minhas atividades, quem as transformou nesse *yeralach*? Eh, que pereça a Rússia!" — e, todo imponente, ele trunfava com suas copas.

Todavia, seja dita a verdade, adorava jogar baralhinho e tinha por essa razão, sobretudo nos últimos tempos, frequentes e desagradáveis altercações com Varvara Petrovna, ainda mais que não parava de perder. Contarei disso posteriormente. E agora me limitarei a notar que era um homem até mesmo escrupuloso (ou seja, tinha escrúpulos de vez em quando) e que se entristecia, portanto, amiúde. No decorrer de todos aqueles vinte anos de amizade com Varvara Petrovna, entregava-se regularmente, umas três ou quatro vezes por ano, ao que se chamava entre nós de "pesar cívico"; era, de fato, um simples tédio, só que tal palavrinha agradava a nossa respeitabilíssima Varvara Petrovna. Mais tarde, além do pesar cívico, passou a entregar-se também ao champanhe, porém Varvara Petrovna, sensível como era, fez questão de protegê-lo constantemente de todos esses pendores triviais. E ele precisava mesmo de uma babá,

---

[8] Antigo jogo de cartas, semelhante ao uíste, e sinônimo coloquial de caos, desordem ou confusão (em russo).

já que se tornava, por vezes, muito estranho, rompendo de supetão, em meio ao pesar mais augusto, a rir igual ao poviléu mais vulgar. Havia momentos em que até de si próprio começava a falar de modo humorístico. E nada temia Varvara Petrovna tanto quanto aquele modo de falar. Era uma mulher clássica, uma mulher-mecenas que se norteava apenas pelas ideias mais sublimadas.

Era capital a influência que essa dama superior exercia, ao longo de vinte anos, sobre seu pobre amigo. Deveríamos falar dela em particular: é bem isso que vou fazer.

III

Existem amizades estranhas: ambos os amigos querem praticamente devorar um ao outro e passam assim a vida inteira, mas não se separam nem a pau. E nem sequer podem separar-se, pois o amigo birrento que rompesse a ligação mútua seria exatamente o primeiro a adoecer e, quiçá, a morrer se acaso isso acontecesse. Sei positivamente que, em várias ocasiões e, vez por outra, depois dos seus desabafos mais confidenciais a sós com Varvara Petrovna, Stepan Trofímovitch pulava de repente fora do sofá, mal ela se retirava, e punha-se a esmurrar uma parede.

Fazia isso sem sombra de alegoria, tanto assim que danificou, um dia, o estuque daquela parede. Talvez me perguntem como eu pude saber um detalhe tão sutil. E se eu mesmo cheguei a testemunhá-lo? Se nosso Stepan Trofímovitch em pessoa ficou soluçando, mais de uma vez, sobre meu ombro e pintou para mim, com tintas vistosas, toda a sua intimidade? (E quanta coisa me disse nesse meio-tempo!). Mas o que sucedia quase sempre àqueles soluços é que, no dia seguinte, ele já estava para crucificar a si mesmo por ingratidão, chamando-me às pressas ou acorrendo pessoalmente a mim com a única finalidade de comunicar que Varvara Petrovna era "um anjo de honra e delicadeza, e ele, algo diametralmente oposto". Não apenas se abria comigo, mas também descrevia, volta e meia, aquilo tudo para ela própria, mandando-lhe cartas transbordantes de eloquência e confessando, com sua completa assinatura, que tão só no dia anterior, por exemplo, contara a uma pessoa estranha que ela o mantinha perto de si por mera vaidade, que invejava sua erudição e seus talentos, que o odiava, mas se abstinha de manifestar esse ódio por medo de ele ir embora e prejudicar dessa forma a reputação literária dela, que ele desprezava, portanto, a si mesmo e já decidira morrer de morte violenta, mas esperava ainda pela última palavra dela, a qual haveria de pôr os pingos nos *is*, *et cætera*, *et cætera*, tudo de igual feitio. Podemos imaginar, assim sendo, que ataques de histeria desencadeavam, de vez em quando, as explosões nervosas desse mais inocente de todos os nenéns cinquentões! Eu mesmo li, certa feita, uma daquelas cartas, escrita após uma briga deles dois, ocasionada por um motivo ínfimo, mas peçonhenta em seu conteúdo. Implorei-lhe, horrorizado, que não enviasse tal carta.

— Não posso... é mais honesto... é meu dever... morrerei se não confessar tudo, mas tudo mesmo, para ela! — respondeu Stepan Trofímovitch, quase febricitante, e despachou sua carta.

Era bem nisso que eles diferiam entre si: Varvara Petrovna jamais teria mandado uma carta dessas. Só que, seja dita a verdade, ele gostava apaixonadamente de escrever e, posto que morasse na mesma casa com ela, escrevia-lhe cada dia e, quando histérico, produzia até duas cartas diárias. Sei, com toda a certeza, que ela sempre lia aquelas cartas da maneira mais atenta possível, inclusive se fossem duas ao dia, e colocava-as, depois de lidas, numa gavetinha especial, anotadas e classificadas; guardava-as também em seu coração. Mais tarde, ao deixar seu amigo, o dia todo, sem resposta, reencontrava-o como de nada se tratasse, como se não tivesse acontecido, na véspera, nada de extraordinário. Pouco a pouco, disciplinou-o tanto que ele nem ousava mais relembrar o acontecido; apenas olhava por algum tempo, com timidez, em seus olhos. Contudo, se Varvara Petrovna não se esquecia de nada, Stepan Trofímovitch se esquecia de tudo logo em seguida e, animado com a tranquilidade dela, quedava-se rindo, não raro no mesmo dia, bebendo champanhe e fazendo artes em companhia de seus companheiros que o visitavam. Com quanto veneno é que ela devia mirá-lo naqueles momentos, mas ele não reparava em nada! Apenas uma semana, um mês ou até meio ano depois rememorava por acaso, em certa ocasião específica, alguma expressão dessa carta e, a seguir, essa carta inteira, com todas as circunstâncias dela, e ficava de chofre morrendo de vergonha e sofria tanto, às vezes, que se via acometido por crises de diarreia. Essas crises diarreicas, que lhe eram inerentes, soíam arrematar, em certos casos, seus abalos nervosos e constituíam uma curiosa peculiaridade do seu organismo.

De fato, Varvara Petrovna devia odiá-lo frequentemente, porém Stepan Trofímovitch não lobrigou nela, até o fim, tão só uma coisa, não entendeu que acabara por se tornar seu filho, sua obra, até se poderia dizer "sua invenção", que se tornara carne de sua carne e que ela não o mantinha perto de si nem o sustentava apenas por "invejar seus talentos". Como é que a ofendiam, sem dúvida, tais conjeturas! Era um amor insuportável por ele que escondia no íntimo, em meio a ódio, ciúme e desprezo inesgotáveis. Resguardava-o de qualquer grão de poeira, dispensava-lhe seu desvelo havia vinte e dois anos e passaria decerto noites inteiras em claro, de tão preocupada, se algo ameaçasse a reputação daquele poeta, cientista e homem público. Idealizara-o e fora, ela própria, a primeira a acreditar em seu ideal. Stepan Trofímovitch representava, aos seus olhos, uma espécie de sonho... Só que ela lhe reclamava, em troca, muita coisa mesmo, transformando-o amiúde num escravo. E seus rancores eram incríveis. Contarei, de quebra, duas anedotas a respeito disso.

IV

Um dia, ainda com os primeiros rumores acerca da libertação dos camponeses,[9] quando toda a Rússia se rejubilara de súbito e se aprontava para renascer, visitou a casa de Varvara Petrovna um barão petersburguense, que estava ali de passagem, um homem otimamente relacionado na mais alta sociedade e bastante próximo da reforma por vir. Varvara Petrovna apreciava sobremodo

---

[9] Trata-se da abolição do regime servil na Rússia, promovida pelo imperador Alexandr II, o Libertador (1818-1881), e realizada em 1861.

esse tipo de visitas, porquanto seus próprios vínculos com a alta-roda vinham enfraquecendo, após a morte de seu esposo, e finalmente se interromperam de vez. O barão ficou sentado em sua casa por uma hora, tomando chá. Não havia lá mais ninguém; quanto a Stepan Trofímovitch, Varvara Petrovna convidou-o e depois o mandou embora. Tivesse o tal barão ouvido falarem de Verkhôvenski antes ou então fizesse de conta que ouvira falar, só que se dirigiu poucas vezes a ele na hora do chá. É claro que Stepan Trofímovitch não se deixaria arrastar pela lama, além de possuir as maneiras mais refinadas. Se bem que não fosse, aparentemente, de estirpe tão nobre assim, tivera a oportunidade de ser criado, desde a mais tenra infância, numa família aristocrática em Moscou, ou seja, criado de forma decente: falava francês como um parisiense. Destarte, o barão devia compreender, logo de cara, de quais pessoas Varvara Petrovna se rodeava, nem que vivesse naquele retiro provinciano. Não foi isso, porém, que aconteceu. Quando o barão confirmou resolutamente a plena veracidade dos primeiros rumores sobre a grande reforma, que acabavam de eclodir, Stepan Trofímovitch não se conteve: gritou de improviso "hurra!" e até mesmo fez, com a mão, algum gesto a traduzir seu enlevo. Gritou um tanto baixo e mesmo com elegância; pode ser, inclusive, que o enlevo dele fosse premeditado e o gesto, aprendido de propósito, diante de um espelho, meia hora antes do chá, mas, pelo visto, algo deu errado naquele momento, de sorte que o barão se permitiu sorrir bem de leve, muito embora insinuasse, de imediato e com uma polidez extraordinária, certa frase referente ao derretimento geral e condigno de todos os corações russos em face daquele grande evento. Partiu em seguida e, quando partia, não se esqueceu de estender dois dedos a Stepan Trofímovitch. Voltando ao salão, Varvara Petrovna se calou de início, por uns três minutos, como se procurasse alguma coisa em cima da mesa; depois se virou repentinamente para Stepan Trofímovitch e, toda pálida, de olhos fulgentes, murmurou por entre os dentes:

— Jamais lhe perdoarei isso aí!

No dia seguinte, encontrou-se com seu amigo como se de nada se tratasse e nunca mais se lembrou do que ocorrera. Foi treze anos depois, num momento trágico, que o recordou, não obstante, e censurou Stepan Trofímovitch e ficou justamente tão pálida quanto treze anos antes, ao lançar-lhe sua primeira censura. Disse apenas duas vezes em toda a sua vida: "Jamais lhe perdoarei isso aí!" O caso daquele barão foi já o segundo, mas o primeiro caso também havia sido tão característico e, pelo que me parece, influenciara tanto o destino de Stepan Trofímovitch que ora me atrevo a mencioná-lo por sua vez.

Foi no ano de cinquenta e cinco, na primavera, no mês de maio, precisamente quando chegou a Skvorêchniki a notícia da morte do tenente-general Stavróguin, o ancião leviano que sucumbira a um distúrbio estomacal no caminho da Crimeia, para onde rumava apressadamente a fim de se incorporar ao exército em operações.[10] Varvara Petrovna enviuvou e pôs luto fechado. Não podia, na verdade, permanecer enlutada por muito tempo, já que

[10] Alusão à guerra da Crimeia, conflito da Rússia com a Turquia apoiada por uma coalizão de potências europeias, que durou de 1853 a 1856.

vivia, nos últimos quatro anos, totalmente separada do marido, dada a patente dessemelhança de suas índoles, e pagava-lhe uma pensão. (O próprio tenente-general tinha apenas uns cento e cinquenta servos e seu soldo, além de ser nobre e bem relacionado, e, quanto a Skvorêchniki e ao cabedal todo, pertenciam a Varvara Petrovna, que era a filha única de um arrendatário[11] riquíssimo). Ainda assim, ela ficou abalada com essa notícia inesperada e passou a viver completamente reclusa. Entenda-se bem que Stepan Trofímovitch não se afastava dela nem por um instante.

O mês de maio estava em plena exuberância, as tardezinhas eram encantadoras. As cerejas-dos-passarinhos começavam a florescer. Os amigos se encontravam no jardim, todas as tardes, e ficavam sentados num caramanchão, até altas horas da noite, segredando um ao outro seus sentimentos e pensamentos. Havia momentos poéticos. Impressionada pela mudança de seu destino, Varvara Petrovna falava mais do que costumava falar. Parecia colar-se ao coração de seu amigo, o que durou por várias tardes a fio. E, de repente, uma ideia estranha veio à mente de Stepan Trofímovitch: será que essa viúva inconsolável contava com ele, será que esperava porventura que a pedisse, ao fim desse ano de luto, em casamento?" Foi uma ideia cínica, porém a sublimidade do caráter chega, por vezes, a favorecer tais ideias cínicas, bastando para tanto seu desenvolvimento multifacetado em si. Ele se pôs a cismar e achou que era algo plausível. Quedou-se, pois, balançado: "É verdade que tem uma

---

[11] Comerciante que arrendava do Estado o direito de vender uma mercadoria monopolizada, por exemplo, o vinho.

fortuna enorme, mas...". De fato, Varvara Petrovna não se assemelhava exatamente a uma beldade: era uma mulher alta, ossuda, amarelada, cujo rosto comprido demais tinha algo equino. Stepan Trofímovitch hesitava cada vez mais, atormentado por dúvidas, e até mesmo chorou, umas duas vezes (de resto, chorava amiúde), de tanta indecisão. Só que à noite, quer dizer, naquele caramanchão, sua fisionomia passou, de certo modo espontâneo, a tomar uma expressão manhosa e zombeteira, meio coquete e, ao mesmo tempo, altiva. É algo involuntário, algo que se faz sem querer e tanto mais salta aos olhos quanto mais nobre for tal pessoa. Sabe lá Deus como nos cabe julgar a respeito disso, mas é provável não ter surgido, no coração de Varvara Petrovna, absolutamente nada que pudesse justificar aqueles palpites de Stepan Trofímovitch. E nem sequer trocaria ela seu nome de Stavróguina pelo nome dele, ainda que fosse tão ilustre. Talvez houvesse, quando muito, um simples joguinho feminino da sua parte, uma manifestação de inconsciente necessidade feminina, tão natural em certos casos exacerbadamente femininos. Aliás, não ponho a mão no fogo: inexplorável é, até mesmo nos dias de hoje, a profundeza desse coração de mulher! Mas prossigo...

É de supor que ela não tenha demorado a decifrar, em seu íntimo, aquela estranha expressão facial de seu amigo: era perspicaz e atentava em detalhes, enquanto ele se mostrava, algumas vezes, por demais ingênuo. Todavia, suas tardes transcorriam como de praxe e suas conversas continuavam sendo poéticas e interessantes. E eis que um dia, ao cair do crepúsculo, eles se despediram amistosamente, após uma das suas conversas mais animadas e poéticas, e apertaram as mãos um do outro, entusiasmados como estavam, à entrada de uma casinha dos fundos onde se hospedava Stepan Trofímovitch. Todo verão ele saía do casarão senhoril de Skvorêchniki e se mudava para aquela casinha situada quase no jardim. Tão logo entrou no seu quarto e, tomado de cismas inquietadoras e de cansaço, pegou um charuto e veio postar-se, ainda sem acendê-lo, defronte à janela aberta, imóvel, de olhos fixos nas suaves, como a penugem de ganso, nuvenzinhas brancas que deslizavam em volta da meia-lua brilhante, um ruge-ruge bem leve fez que estremecesse e se virasse. Varvara Petrovna, de quem se despedira apenas quatro minutos antes, estava outra vez em sua frente. O rosto amarelo dela ficara quase azul, os cantos dos lábios cerrados tremiam. Fitou-o, calada, por uns dez segundos inteiros, com um olhar firme e inexorável, e cochichou, de repente, bem rápido:

— Jamais lhe perdoarei isso aí!

Quando Stepan Trofímovitch me narrava, já passados dez anos, essa triste novela, também cochichava, ao trancar previamente as portas, e jurava para mim que tanto se petrificara daquela feita que não tinha ouvido nem visto Varvara Petrovna desaparecer. Como ela nunca lhe aludira mais tarde, nenhuma vez, ao acontecido, correndo tudo às mil maravilhas, tendia a pensar, pela vida afora, que tudo isso era apenas uma alucinação precursora de uma doença. E, realmente, adoecera na mesma noite, por duas semanas inteiras, o que acabara, diga-se de passagem, com seus encontros no caramanchão.

Entretanto, fosse qual fosse seu sonho de ter sido uma alucinação, ele aparentava esperar todo santo dia, ao longo de toda a sua vida, pela continuação e, digamos, pelo desfecho daquele evento. Não acreditava que terminara assim! Por conseguinte, devia mirar sua amiga, às vezes, de modo bem esquisito.

V

Foi ela mesma quem lhe encomendou um traje, que Stepan Trofímovitch usaria pelo resto de sua vida. Era um traje elegante e característico: uma sobrecasaca negra, de abas compridas, abotoada quase até o pescoço, mas de caimento garrido; um chapéu macio (no verão, um chapéu de palha), de abas largas; uma gravata branca, feita de cambraia, com um grande nó e pontas pendentes; uma bengala, cujo castão era de prata, e, para rematar o conjunto, uma cabeleira até os ombros. Seus cabelos eram castanhos escuros e só nesses últimos tempos começavam a embranquecer um pouco. Quanto ao bigode e à barba, raspava-os. Dizem que, quando moço, era muito bonito, mas, a meu ver, tinha ares bem imponentes mesmo depois de envelhecido. Aliás, que velhice é que seria a dele, aos cinquenta e três anos? Não obstante, em virtude de certo coquetismo cívico, ele não apenas não se fingia de jovem, mas, pelo contrário, parecia ostentar a sua idade respeitável e, alto, enxuto, com aquele seu traje e sua cabeleira até os ombros, assemelhava-se a um patriarca ou, mais precisamente ainda, ao retrato do poeta Kúkolnik,[12] litografado, na década de trinta, numa das suas edições, sobretudo quando no verão ficava

---

[12] Nêstor Vassílievitch Kúkolnik (1809-1868): poeta, dramaturgo e tradutor russo, autor de várias canções populares.

sentado num banco do jardim, ao pé de uma moita de lilás em flor, apoiando-se, com ambas as mãos, em sua bengala e refletindo poeticamente, com um livro aberto por perto, sobre o pôr do sol. No tocante aos livros, hei de notar que acabou, de certa maneira, por se distanciar da leitura.

De resto, isso aconteceu bem no fim. Quanto aos jornais e revistas que Varvara Petrovna assinava aos magotes, lia-os constantemente. Também se interessava, o tempo todo, pelos avanços da literatura russa, embora não perdesse, por tal motivo, nem um pingo de sua dignidade. Empolgara-se outrora com o estudo das atuais políticas internas e externas de nosso governo, mas não tardara a desdenhar dessa empresa e a desistir dela. De vez em quando, ia também ao jardim com um livro de Tocqueville[13] nas mãos, mas escondia um romance de Paul de Kock[14] em seu bolsinho. Aliás, isso não tem importância.

Comentarei outrossim, entre parêntesis, sobre o retrato de Kúkolnik: esse quadrinho caíra, pela primeira vez, nas mãos de Varvara Petrovna quando ela, menina ainda, estudava num colégio para mocinhas nobres em Moscou. Ela se apaixonara logo por aquele retrato, igual a todas as mocinhas que estudam em tais colégios e costumam apaixonar-se por qualquer coisa que virem, inclusive pelos seus professores e, máxime, pelos de caligrafia e de desenho. Contudo, não são essas qualidades infantis que chamam atenção, mas antes o fato de que,

---

[13] Alexis de Tocqueville (1805-1859): filósofo, historiador e político francês, um dos antecessores da sociologia moderna.

[14] Charles-Paul de Kock (1793-1871): escritor francês, cujas obras recreativas tiveram um notável sucesso no século XIX.

mesmo aos cinquenta anos, Varvara Petrovna continuava guardando esse quadrinho no meio das suas joias mais íntimas, de sorte que encomendou para Stepan Trofímovitch um traje assaz similar ao representado nele, quem sabe, por essa única razão. Aliás, isso tampouco importa.

Nos primeiros anos ou, mais precisamente, na primeira metade da sua estada na casa de Varvara Petrovna, Stepan Trofímovitch ainda cogitava alguma obra, dispondo-se seriamente, todos os dias, a escrevê-la. Mas, na segunda metade, já devia ter esquecido até mesmo os rudimentos. Dizia-nos cada vez mais: "Parece que estou pronto a trabalhar, e os materiais estão todos reunidos, mas o trabalho não anda! Não consigo fazer nada!" — e abaixava a cabeça, desalentado. Era, sem dúvida, isso mesmo que havia de tornar aquele mártir da ciência ainda mais imponente aos nossos olhos, só que ele próprio desejava outra coisa. "Fiquei esquecido, ninguém precisa de mim!" — deixou escapar repetidas vezes. Essa profunda melancolia se apoderou dele, principalmente, em fins da década de cinquenta. E Varvara Petrovna compreendeu, afinal, que a situação era grave. De resto, nem poderia tolerar a ideia de seu amigo ser esquecido e preterido. Para distraí-lo, além de lhe renovar o prestígio, levou-o então para Moscou onde conhecia algumas pessoas brilhantes do meio literário e acadêmico. No entanto, nem Moscou lhe pareceu satisfatória.

Era uma época singular: ocorria algo novo, nada semelhante ao antigo silêncio e muito estranho, mas percebido por toda parte, inclusive em Skvorêchniki.

Chegavam ali diversos rumores. Os fatos gerais se revelavam em maior ou menor grau, mas era óbvio que, a par desses fatos, surgiam certas ideias que os acompanhavam e, o principal, eram bem numerosas. Daí a confusão: não seria possível estudá-las a fundo para esclarecer o significado exato dessas ideias? Dada a natureza feminina de seu caráter, Varvara Petrovna insistia em vislumbrar nelas algo secreto. Até se pôs a ler os jornais, as revistas, as edições proibidas que vinham do estrangeiro e mesmo os panfletos que começavam então a circular (tudo isso lhe era entregue), mas ficou apenas estonteada. Também se pôs a escrever cartas, porém as respostas eram poucas e, quanto mais ela escrevia, tornavam-se menos inteligíveis. Exortou solenemente Stepan Trofímovitch a explicar-lhe "todas aquelas ideias" em definitivo, mas se quedou decididamente insatisfeita com suas explicações. Stepan Trofímovitch considerava os movimentos públicos com a maior soberba imaginável, reduzindo-os todos ao que ele próprio ficara esquecido e que ninguém precisava dele. Até que enfim o mencionaram também, primeiro em edições estrangeiras, como um sofredor exilado, e, logo a seguir, em Petersburgo, chamando-o de antiga estrela numa insigne plêiade e mesmo o comparando, por alguma razão, com Radíchtchev.[15] Depois alguém divulgou a notícia de sua morte e prometeu escrever seu necrológio. Aí Stepan Trofímovitch ressuscitou num piscar de olhos e muito se aprumou. Toda aquela soberba com que julgava seus contemporâneos desapareceu na hora, e eis que um sonho se acendeu em seu âmago, o de aderir ao novo

[15] Alexandr Nikoláievitch Radíchtchev (1749-1802): estadista e filósofo russo, autor do livro *Uma viagem de Petersburgo a Moscou* em que criticou violentamente o sistema político e social da Rússia czarista.

movimento e de exibir suas forças. E, outra vez, Varvara Petrovna acreditou em tudo de imediato e azafamou-se em extremo. Resolveram ir a Petersburgo sem a mínima delonga e perscrutar tudo de fato, compenetrar-se disso pessoalmente e, se possível, dedicar-se às novas atividades por inteiro e sem ressalvas. Ela declarou, entre outras coisas, que estava para fundar sua própria revista e lhe consagrar, dali em diante, a vida toda. Ao perceber que se chegava a tanto, Stepan Trofímovitch se assoberbou mais ainda e, pelo caminho, passou a tratar Varvara Petrovna quase de cima para baixo, o que ela não demorou a guardar em seu coração. Tinha, porém, outro motivo bem importante para empreender essa viagem, querendo, em especial, reatar seus laços com a alta sociedade. Precisava, na medida do possível, lembrá-la de si ou, pelo menos, tentar fazer isso. Quanto aos motivos explícitos da viagem, pretextava o encontro com seu filho único que concluía então o curso de ciências num liceu metropolitano.

VI

Eles foram, pois, para Petersburgo e passaram ali quase toda a estação hibernal. Não obstante, estourou tudo, como uma irisada bolha de sabão, às vésperas da Quaresma. Os sonhos esvoaçaram, mas a confusão não apenas não se desfez como ficou ainda mais execrável. Em primeiro lugar, os laços com a alta sociedade não se reataram, exceto se fossem microscópicos e sujeitos a condições humilhantes. Melindrada como estava, Varvara Petrovna se dedicou por um tempinho, embora de corpo e alma, às "novas ideias" e passou a fazer saraus em sua casa. Chamou por literatos, e logo lhe trouxeram uma porção deles. Mais tarde já vinham por vontade própria, sem serem convidados, um carregando o outro. Ela jamais tinha visto tais literatos. Vaidosos até não se poder mais, pavoneavam-se aberta, ou melhor, escancaradamente, como se cumprissem assim seu dever. Alguns deles (conquanto não fossem todos) compareciam até mesmo embriagados, porém aparentavam intuir nisso uma beleza ímpar que teriam descoberto tão só no dia anterior. Andavam todos estranhamente orgulhosos de alguma coisa. Em todos os semblantes estava escrito que acabavam de desvendar algum segredo de suma importância. Brigavam feio, mas se consideravam honrados com essas brigas. Era bastante difícil saber o que, exatamente, eles tinham escrito: havia lá críticos, romancistas, teatrólogos, satíricos e panfletários. Stepan Trofímovitch se infiltrou, aliás, em seu círculo mais elevado, onde o movimento literário era dirigido. Os dirigentes voavam incrivelmente alto, porém o acolheram com plena cordialidade, ainda que nenhum deles soubesse, por certo, nada a seu respeito nem tivesse ouvido falarem do tal homem, cientes apenas de que "representava uma ideia". Manobrava tanto ao redor desses dirigentes que conseguiu levá-los também, umas duas vezes, para o salão de Varvara Petrovna, por mais olímpicos que eles fossem. Eram todos muito sérios e corteses, portavam-se bem; os outros tinham medo visível deles, mas se percebia logo que lhes faltava lazer para repararem naquele medo. Vieram, além do mais, duas ou três antigas celebridades literárias que estavam então, por acaso, em Petersburgo e com quem Varvara

Petrovna mantinha, já havia bastante tempo, as relações mais elegantes. Contudo, para sua surpresa, essas celebridades verdadeiras e indubitáveis estavam por demais quietas,[16] e algumas delas se grudavam, pura e simplesmente, a toda aquela nova escória e bajulavam-na de forma ignominiosa. A princípio, Stepan Trofímovitch teve sorte: agarraram-se a ele e começaram a exibi-lo em reuniões públicas de escritores. Quando apareceu no palco pela primeira vez, no meio dos participantes de um recital literário, houve uma infrene salva de palmas, a qual durou por uns cinco minutos. Ele se lembrava disso com lágrimas, nove anos depois, mas o fazia, de resto, antes por artistismo de sua natureza do que por gratidão. "Pois eu lhe juro e aposto" — dizia-me pessoalmente (mas em segredo e apenas para mim) — "que ninguém, dentre todo aquele público, sabia coisa nenhuma a meu respeito!" Foi uma confissão admirável: sua mente era, pois, aguçada mesmo, desde que naquela ocasião, ali no palco, ele pudera abranger, apesar de tão embevecido e com tamanha clareza, a sua situação, e não era, por outro lado, nada aguçada, já que ele não podia, nem sequer nove anos depois, rememorá-la sem se sentir magoado. Foi impelido a assinar dois ou três protestos coletivos (sem saber, todavia, contra o que se protestava) e assinou-os. Varvara Petrovna também foi impelida a assinar um "ato obsceno" e também o assinou. Aliás, a maioria dessas pessoas novas se achava por alguma razão obrigada a tratar Varvara Petrovna, ainda que a visitasse, com desdém e com um escárnio indisfarçado.

---

[16] Consta do original a locução idiomática *тише воды, ниже травы* (mais quietas do que a água, mais baixas do que a relva).

Stepan Trofímovitch aludiria depois para mim, em seus momentos de amargor, que ela o invejava a partir daquela época. Decerto entendia que não podia ser amiga de tais pessoas, mas, ainda assim, recebia-as com sofreguidão, com toda aquela impaciência histérica de mulheres, e, o principal, esperava o tempo todo por algo. Falava pouco durante seus saraus, se bem que pudesse falar à vontade, mas ficava à escuta. Comentava-se lá sobre a abolição da censura e da letra ъ,[17] a substituição das letras cirílicas pelas latinas, o exílio de Fulano que se consumara na véspera, o tal escândalo ocorrido na Passagem,[18] a utilidade da divisão étnica da Rússia, de modo que seus povos formassem uma federação livre, a extinção do exército e da marinha, o restabelecimento da fronteira com a Polônia pelo rio Dniepre, a reforma rural e os panfletos a circularem, a supressão da herança e da família, dos filhos e dos sacerdotes, os direitos da mulher, a casa de Kraiévski que ninguém nunca soubera perdoar àquele senhor Kraiévski, *et cætera* e tal. Estava claro que, no meio daquela nova escória, havia muitos velhacos, mas não se duvidava de que havia também muitas pessoas honestas e até mesmo simpáticas, apesar de estas apresentarem certas nuanças pasmosas. Quem era honesto parecia bem menos compreensível do que a gentinha vil e grosseira, só que não dava para enxergar quem ficava nas mãos de quem. Tendo Varvara Petrovna divulgado sua ideia de editar uma revista, a multidão que afluía para sua casa tornou-se mais numerosa

---

[17] Letra do arcaico alfabeto russo, considerada desnecessária à escrita e finalmente abolida após a revolução comunista de 1917.

[18] Um dos mais antigos e tradicionais centros comerciais da Europa oriental, situado na avenida Nêvski em São Petersburgo.

ainda, mas logo passaram a acusá-la também, e a olhos vistos, de ser uma capitalista e de explorar o trabalho. A sem-vergonhice dessas acusações equivalia apenas ao seu imprevisto. O macróbio general Ivan Ivânovitch Drozdov, amigo de longa data e companheiro de armas do finado general Stavróguin, um homem digníssimo (embora de sua maneira) que todos nós conhecemos aqui, por demais teimoso e irritadiço, o qual comia horrores e temia horrivelmente o ateísmo, pôs-se a discutir, num dos saraus de Varvara Petrovna, com um jovem famigerado. Tal jovem lhe disse antes de qualquer coisa: "Pois o senhor é um general mesmo, desde que fala desse jeitinho", dando a entender que nem conseguira encontrar um palavrão pior do que "um general". Ivan Ivânovitch se zangou para valer: "Sim, cavalheiro, sou um general e, ainda por cima, um tenente-general, e servi ao meu soberano, enquanto você, meu jovem, é um moleque e herege!" Houve um escândalo inadmissível. No dia seguinte, o caso todo foi relatado pela imprensa e eis que surgiu uma petição coletiva contra a "ação imoral" de Varvara Petrovna que não quisera expulsar de imediato aquele general. Numa revista ilustrada apareceu uma caricatura a representar, de modo sarcástico, Varvara Petrovna, o general e Stepan Trofímovitch no mesmo desenho, como três amigos retrógrados; a caricatura era acompanhada de versos escritos por um poeta popular especialmente para essa ocasião. Notarei, por minha parte, que várias pessoas com patentes de general costumam, de fato, usar desta frase ridícula: "Eu servi ao meu soberano...", como se não fosse o mesmo soberano que o nosso, ou seja, o dos humildes súditos seus, mas um soberano à parte, privativo só deles.

Entenda-se bem que permanecer em Petersburgo era, depois disso, impossível, ainda mais que Stepan Trofímovitch acabou sofrendo um fiasco definitivo. Não se conteve, passou a defender os direitos da arte e provocou uma explosão de riso homérico. Quando de seu último recital, decidiu lançar mão da eloquência cívica, pretendendo enternecer os corações e contando com a deferência pelo seu "exílio". Reconheceu, sem discussão, que o termo "pátria" era inútil e cômico, acatou também a ideia de a religião ser nociva, mas declarou, alto e bom som, que as botas estavam abaixo de Púchkin, e muito abaixo. Ficou vaiado sem dó nem piedade, tanto assim que lá mesmo, em público, desandou a chorar sem sair do palco. Quando Varvara Petrovna o trouxe para casa, estava mais morto que vivo. "*On m'a traité comme un vieux bonnet de coton*"[19] — balbuciava sem nexo. Varvara Petrovna zelou por ele a noite inteira, dando-lhe gotas de louro-cerejo e repetindo até o amanhecer: "O senhor ainda tem serventia; o senhor ainda vai aparecer; será valorizado... em outro lugar".

Já no dia seguinte, de manhã cedo, vieram à casa de Varvara Petrovna cinco literatos, inclusive três absolutamente desconhecidos que ela nunca vira antes. Informaram-na, com ares severos, de terem deliberado acerca de sua revista e tomado a respectiva decisão. Varvara Petrovna não tinha encarregado decididamente ninguém, em nenhum momento, de deliberar acerca de sua revista e de tomar qualquer decisão que fosse. A decisão tomada se resumia em transferir essa revista, tão logo fundada, para eles, a título de livre associação e junto

---

[19] Trataram-me como uma velha touca de dormir (em francês).

com os capitais investidos, sendo que ela mesma retornaria a Skvorêchniki sem se esquecer de levar consigo Stepan Trofímovitch, "que era obsoleto". Consentia-se, por mera delicadeza, em respeitar seus direitos de proprietária, mandando-lhe anualmente um sexto de lucros líquidos. E a parte mais comovente era que quatro desses cinco homens não tinham nesse meio-tempo, sem dúvida, nenhum objetivo ganancioso, mas se esforçavam apenas em prol da "causa geral".

"Saímos dali como atordoados" — contava Stepan Trofímovitch —: "eu não podia entender patavina e lembro só como murmurava ao ruído do vagão:

> Vek e Vek e Lev Kambek;
> Lev Kambek e Vek e Vek...[20]

e sabe lá o diabo o que mais, até chegarmos a Moscou. Foi tão somente em Moscou que me recompus, como se pudesse mesmo encontrar algo diferente nela! Oh, meus amigos!" — exclamava, por vezes, com inspiração. — "Nem podem imaginar que tristeza e raiva se apossam de toda a sua alma, quando uma grande ideia, que você tem sacralizado, cai nas mãos de alguns toscos que a carregam para a rua e oferecem a tais imbecis como eles mesmos, e depois você se depara de repente com ela num mercado de pulgas, irreconhecível, enlameada, virada sob um ângulo absurdo, sem proporção nem harmonia, dada a uns garotinhos abestalhados como brinquedo! Não! Em nossos tempos não era assim, e nós cá tínhamos

---

[20] A palavra russa *vek* (*век*) significa "século"; fora isso, a frase não faz sentido algum.

outras aspirações. Pois sim, pois sim: totalmente outras! Não reconheço mais nada... Só que nossos tempos hão de voltar, e tudo o que estiver tropeçando agora seguirá outra vez, com firmeza, o caminho certo. Senão, o que será de nós?"

VII

Tão logo voltaram de Petersburgo, Varvara Petrovna mandou seu amigo para o estrangeiro: cumpria-lhe "descansar", e ela própria sentia, aliás, a necessidade de se afastarem, por algum tempo, um do outro. Stepan Trofímovitch partiu entusiástico. "Lá ressuscitarei!" — exclamava. — "Lá me dedicarei finalmente à ciência!" Só que tornou a entoar, desde as primeiras cartas vindas de Berlim, a sua cantiga de sempre. "Meu coração está despedaçado" — escrevia para Varvara Petrovna —: "não consigo esquecer nada! Tudo me tem lembrado, aqui em Berlim, dos velhos tempos, de meu passado, dos meus primeiros arroubos e sofrimentos. Onde está ela? Onde estão elas duas agora? Onde estão vocês, meus dois anjos que jamais mereci? Onde está meu filho, meu filho amado? Onde estou, afinal, eu mesmo, aquele eu antigo, firme que nem o aço, inabalável como uma rocha, já que agora um tal de *Andrejeff*, *un* barbudo palhaço ortodoxo, *peut briser mon existence en deux*[21]", e assim por diante. No que diz respeito ao filho de Stepan Trofímovitch, ele o vira apenas duas vezes em sua vida: primeiro quando o menino acabara de nascer e depois, recentemente, em

[21] ... pode rachar minha existência ao meio (em francês).

Petersburgo onde o moço se preparava para entrar na universidade. Seu filho havia passado, como já foi dito, a vida toda na casa de suas tias (criado por conta de Varvara Petrovna), na província de O. que distava setecentas verstas[22] de Skvorêchniki. Quanto ao tal de *Andrejeff*, quer dizer, Andréiev, era mui simplesmente um dos nossos comerciantes locais, um merceeiro, esquisitão daqueles e arqueólogo autodidata, colecionador apaixonado de antiguidades russas, que conflitava, vez por outra, com Stepan Trofímovitch em matéria de conhecimentos e, mais ainda, de convicções. Esse respeitável comerciante de barba grisalha e grandes óculos de prata teria pago a Stepan Trofímovitch quatrocentos rublos a menos por algumas *deciatinas*[23] de floresta predestinada ao corte, que adquirira em seu sitiozinho próximo de Skvorêchniki. Embora Varvara Petrovna provesse seu amigo, na hora de mandá-lo para Berlim, de um aporte bem generoso, Stepan Trofímovitch devia contar sobremodo, na véspera de sua viagem, com esses quatrocentos rublos, os quais custeariam provavelmente suas despesas secretas, e quase se pôs a chorar quando *Andrejeff* lhe pediu que esperasse um mês, tendo, aliás, pleno direito a tanto, pois já adiantara todas as parcelas iniciais de seu pagamento e desembolsara, por causa da suposta penúria de Stepan Trofímovitch, seis mensalidades antecipadas. Varvara Petrovna leu com sofreguidão aquela primeira carta e, sublinhando com um lápis a exclamação "Onde estão vocês duas?", atribuiu-lhe um número e guardou-a

[22] Antiga medida de comprimento russa, equivalente a 1067 metros.

[23] Antiga medida agrária russa, equivalente a 10900 metros quadrados.

em seu cofrete. Decerto ele se recordara de ambas as esposas finadas. Na segunda carta recebida de Berlim, a cantiga mudava: "Trabalho doze horas por dia ('até que poderiam ser onze' — resmungou Varvara Petrovna), ando vasculhando as bibliotecas, conferindo, anotando, correndo. Fui consultar alguns professores. Reatei minha amizade com a digníssima família de Dundássov. Que gracinha é aquela Nadejda Nikoláievna, até mesmo hoje em dia! Manda-lhe suas lembranças. O jovem marido dela e todos os três sobrinhos estão em Berlim. Conversamos com esses jovens todas as noites, até o amanhecer, e nossos saraus são quase atenienses,[24] mas tão somente por serem finos e elegantes; está tudo nobre: muita música, temas espanhóis, sonhos com a renovação de toda a humanidade, aquela ideia da beleza eterna, a Madona Sistina,[25] uma luz com recortes de treva... mas até mesmo o sol tem máculas! Ó minha amiga, minha amiga sublime e fiel! Meu coração está convosco, sou unicamente vosso e para sempre, *en tout pays*,[26] nem que seja *dans le pays de Makar et de ses veaux*,[27] do qual falamos amiúde em Petersburgo, vibrantes às vésperas de nossa partida — será que vos lembrais disso? Eu cá me lembro, sim, e fico sorrindo. Mal atravessei a fronteira, senti-me seguro, tive uma sensação nova, estranha, pela primeira vez após tantos anos...", *et cætera* e tal.

---

[24] Na época, um "sarau ateniense" podia ser um banquete licencioso, se não uma orgia sexual (confira *Anna Karênina*, de Leon Tolstói, Parte IV, Capítulo III).

[25] Célebre quadro de Rafael Sanzio (1483-1520), uma das obras-primas da Renascença italiana.

[26] Em qualquer país (em francês).

[27] ... no país de Makar e de seus bezerros (em francês): alusão ao ditado russo, transcrito logo a seguir, que significa aproximadamente "nos confins do mundo/onde Judas perdeu as botas".

"É tudo bobagem!" — concluiu Varvara Petrovna, dobrando essa carta também. — "Com aqueles saraus atenienses até o amanhecer, certamente não mexe doze horas por dia com seus livros. Estava, por acaso, bêbado quando escreveu a carta? E como ousa aquela Dundássova mandar lembranças para mim? Aliás, que se divirta lá um pouquinho...".

A frase *"dans le pays de Makar et de ses veaux"* significava "aonde Makar não levou seus bezerros". Era de propósito que Stepan Trofímovitch vertia, por vezes, os provérbios e ditados populares russos para o francês da maneira mais tola possível: capaz, sem dúvida, de compreendê-los e de interpretá-los melhor, fazia isso por uma espécie de bravata que achava bem espirituosa.

Em todo caso, não se divertiu muito: voltou correndo a Skvorêchniki, sem ter aguentado sequer quatro meses de separação. Suas últimas cartas se compunham apenas de expressões do amor mais sentimental pela sua amiga ausente e vinham molhadas, no sentido literal, com lágrimas de saudade. Existem pessoas por demais apegadas a sua casa, iguais aos cachorrinhos de quarto. O encontro dos amigos foi jubiloso. E, dois dias depois, corria tudo como antes e mesmo se tornara mais tedioso ainda. "Meu amigo" — dizia-me Stepan Trofímovitch, ao cabo de duas semanas, no maior dos sigilos —, "meu amigo, descobri uma... novidade terrível para mim: *je suis un*[28] simples parasita *et rien de plus! Mais r-r-rien de plus!*[29]"

---

[28] Sou um... (em francês).

[29] ... e nada mais! Mas n-n-nada mais! (em francês).

VIII

Depois se instaurou a bonança que duraria, quase ininterrupta, ao longo dos nove anos seguintes. As explosões histéricas e os prantos sobre meu ombro, ainda que ocorressem regularmente, nem por sombras perturbavam o bem-estar nosso. Fico surpreso de que Stepan Trofímovitch não tenha engordado nesse meio-tempo. Apenas seu nariz se avermelhou um pouco e sua benevolência aumentou. Gradualmente se estabeleceu à sua volta um grupo de companheiros, mas ele nunca viria a ser grande. Conquanto Varvara Petrovna se intrometesse pouco naquele grupo, nós todos a reconhecíamos como nossa patronesse. Após a lição recebida em Petersburgo, ela se radicara em nossa cidade: passava o inverno em sua casa urbana e o verão, na propriedade rural. Nunca fora tão influente e significante, junto à sociedade de nossa província, quanto nesses últimos sete anos, ou seja, até a posse de nosso atual governador. O governador antigo, aquele inesquecível e lhano Ivan Óssipovitch, era um parente próximo de Varvara Petrovna, que o cumulara outrora de favores. Sua esposa tremia só de pensar em desagradarem a Varvara Petrovna, e a idolatria que lhe devotava nossa sociedade provinciana chegava mesmo a lembrar algo pecaminoso. Destarte, a vida de Stepan Trofímovitch também era boa. Membro do clube, ele perdia suas apostas sem perder imponência e acabou granjeando certo respeito, embora muitos o tomassem apenas por um "cientista". Posteriormente, tendo Varvara Petrovna permitido que morasse em outra casa, nossa vida se tornou mais livre ainda. Reuníamo-nos com ele umas duas vezes por semana e divertíamo-nos um bocado, especialmente quando o anfitrião não economizava em champanhe. O vinho era comprado no armazém daquele mesmo Andréiev. Quem pagava as contas, a cada meio ano, era Varvara Petrovna, e o dia de pagamento quase sempre era um dia de diarreia.

O participante mais antigo de nosso grêmio era Lipútin, um servidor da governadoria, homem meio idoso e grande liberal que tinha, em nossa cidade, a reputação de ateu. Estava casado, pela segunda vez, com uma moça novinha e bonitinha, desfrutava da sua herança e, além disso, era pai de três filhas já crescidas. Mantinha a família toda aterrorizada e trancafiada, era avarento em demasia e conseguira, por meio de seu serviço, erguer uma casinha e juntar um cabedal. Era inquieto, se bem que gozasse de titulação baixa; via-se pouco respeitado em nossa cidade e rejeitado pela alta-roda. Era, ademais, um mexeriqueiro escancarado, mais de uma vez castigado e castigado com violência: primeiro por um oficial e depois por um fazendeiro e respeitável pai de família. Gostávamos, todavia, de sua arguta inteligência, de sua curiosidade e sua alegria peculiar, algo maldosa. Varvara Petrovna não gostava dele, só que Lipútin sabia, de algum modo, agradar-lhe em qualquer ocasião.

Tampouco ela gostava de Chátov, que aderira ao nosso grêmio somente nesse último ano. Chátov havia sido estudante e acabara expulso da universidade após uma história estudantil; fora, em sua infância, um dos pupilos de Stepan Trofímovitch e, quando de sua nascença, um dos servos de Varvara Petrovna, filho de seu finado camareiro Pável Fiódorov e favorecido pela ama. Varvara Petrovna não gostava de seu orgulho, nem de sua ingratidão, e nunca pudera desculpá-lo de não ter vindo, tão logo expulso da universidade, direto à casa dela; pelo contrário, não respondeu meia palavra à carta propositada que ela lhe mandara então, mas preferiu carregar o jugo de preceptor dos filhos de um negociante civilizado. Acompanhando a família daquele negociante, partiu para o estrangeiro: era antes um aio que um preceptor, porém ansiava muito, na época, por sair da Rússia. Havia ainda uma governanta a cuidar das crianças, uma desenvolta mocinha russa que também fora contratada às vésperas da partida e, principalmente, por cobrar pouco pelos seus serviços. Uns dois meses depois, foi despedida pelo negociante em razão de seus "pensamentos livres". Chátov se arrastou atrás da mocinha e logo se casou com ela em Genebra. Ao ficarem juntos por umas três semanas, eles se separaram como duas pessoas livres e desimpedidas, além de serem ambos sem eira nem beira. Chátov passou depois muito tempo deambulando pela Europa, sozinho como estava, e vivendo só Deus sabe de quê; dizem que engraxava botas no meio da rua e trabalhava como estivador num porto. Afinal, há cerca de um ano, regressou à terrinha natal e hospedou-se na casa de sua tia velhinha, que enterrou ao cabo de um mês. Quanto à sua irmã Dacha,[30] também educada por Varvara Petrovna, que levava, na propriedade senhoril, a vida mais nobre possível, mantinha com ela relações assaz frias e distantes.

Estava sombrio, o tempo todo, e falava pouco em nosso meio, porém se irritava morbidamente, quando tocávamos em suas convicções, e ficava, vez por outra, muito desbocado. "Primeiro se deve amarrar esse Chátov

[30] Forma diminutiva e carinhosa do nome russo Dária.

e só depois discutir com ele" — brincava, por vezes, Stepan Trofímovitch que, apesar de tudo, gostava dele. Morando no exterior, Chátov mudara radicalmente algumas das suas antigas crenças socialistas e pulara ao extremo oposto. Era uma daquelas ideais criaturas russas que se deixam surpreender por uma ideia forte e acabam logo, num átimo, como que espremidas por ela, não raro para todo o sempre. Nunca têm forças para dominar essa ideia, mas acreditam nela apaixonadamente, e eis que passam toda a sua vida posterior como quem agoniza sob uma pedra que lhe desabou em cima e o esmagou, desde já, pela metade. A aparência de Chátov correspondia plenamente às suas convicções: era um homem atarracado, de cabeleira loura e desgrenhada, de estatura baixa e ombros largos; tinha lábios grossos, sobrancelhas muito espessas, hirsutas e alouradas, testa rugosa e olhar incivil, teimosamente voltado para o chão e como que envergonhado. Havia em sua cabeça um tufo de cabelos sempre espetado, que não se podia alisar de maneira alguma. Ele tinha uns vinte e sete ou vinte e oito anos. "Não me espanto mais de sua mulher ter fugido dele" — comentou, certa feita, Varvara Petrovna, ao examiná-lo com atenção. Chátov fazia questão de usar roupas limpinhas, não obstante a sua extrema pobreza. Nem dessa vez recorrera a Varvara Petrovna a fim de lhe pedir ajuda, vivendo ao deus-dará: trabalhava, inclusive, para os comerciantes. Um dia, estava sentado numa loja e, de improviso, quis ser auxiliar de um despachante; já estava prestes a embarcar num navio com mercadorias, mas adoeceu da última hora. Seria difícil imaginar quanta miséria era capaz de suportar, mesmo sem pensar um instante nela. Varvara Petrovna lhe repassou, de forma secreta e anônima, cem rublos após sua doença. Ele desvendou, ainda assim, tal segredo, refletiu um pouco, aceitou o dinheiro e veio agradecer a Varvara Petrovna. Ela o acolheu com entusiasmo, mas Chátov frustrou e profanou, nesse caso também, as suas expectativas: quedou-se sentado em sua frente por apenas cinco minutos, calado, fitando obtusamente o chão com um tolo sorriso, e de repente, sem escutá-la até o fim, levantou-se no momento mais interessante da conversa, fez uma mesura um tanto enviesada e muito desajeitada, ficou morrendo de vergonha, esbarrou, em acréscimo, numa mesinha de bordar, toda adornada e cara, fê-la tombar com estrondo, quebrou-a e foi embora, quase aniquilado pelo vexame. Lipútin o censurou bastante, mais tarde, porque não recusara então, com desprezo, aqueles cem rublos de sua antiga ama despótica, mas, pelo contrário, não somente os aceitara como também se arrastara, com tantos salamaleques, até sua casa. Ele vivia recolhido, nos confins da cidade, e não gostava que as pessoas o visitassem, nem que fosse alguém de nosso meio. Frequentava assiduamente os saraus de Stepan Trofímovitch e tomava-lhe emprestados diversos jornais e livros.

Havia também outro jovem, um tal de Virguínski, que comparecia aos nossos saraus, um funcionário local que patenteava certa semelhança com Chátov, embora fosse, pelo visto, seu completo antípoda em todos os sentidos; era, aliás, outro "pai de família". Tal moço deplorável e manso em demasia, que já estava, porém, na casa dos trinta, era notavelmente instruído, mas aprendera a maioria das coisas como autodidata. Era pobre, casado, servia e sustentava a tia e a irmã de sua mulher. Essas últimas damas, assim como a esposa dele, tinham as convicções mais modernas, só que professavam aquilo tudo de maneira um pouco tosca, ou seja, representavam aquela "ideia carregada para a rua", conforme se expressara outrora, falando de outro assunto, Stepan Trofímovitch. Tiravam tudo dos livros e, com o primeiro boato que viesse dos meios progressistas de nossas capitais, dispunham-se logo a jogar da janela qualquer coisa, contanto que lhes sugerissem descartá-la. A *Madame* Virguínskaia exercia em nossa cidade a profissão de parteira; quando solteira, passara muito tempo em Petersburgo. Virguínski em pessoa era um homem de rara pureza espiritual: raras vezes é que eu mesmo tinha encontrado um fogo mais nobre no coração humano. "Nunca, jamais me afastarei dessas esperanças cheias de luz" — dizia-me, de olhos fúlgidos. Sempre se referia às "esperanças cheias de luz" em voz baixa e doce, quase cochichando, como se contasse algo secreto. Era bastante alto, mas excessivamente magro, de ombros estreitos, e tinha cabelos estranhos, muito ralos e arruivados. Acatava com docilidade todas as arrogantes pilhérias de Stepan Trofímovitch que concerniam a algumas das suas opiniões; se lhe respondia, de vez em quando, fazia isso de forma bem séria e acabava por colocá-lo, em vários aspectos, num impasse. De resto, Stepan Trofímovitch tratava, tanto a ele quanto a nós todos em geral, com um carinho paterno.

— Todos vocês são gente "precipitada" — notava por brincadeira, dirigindo-se a Virguínski —, todos os que se parecem com o senhor. Ainda que em seu caso, Virguínski, eu não perceba aquela li-mi-ta-ção que já encontrei em Petersburgo, *chez les séminaristes*,[31] vocês são todos "precipitados", sim. Chátov gostaria muito de ter amadurecido mais, só que ele também se precipitou.

— E eu? — questionava Lipútin.

— E o senhor é simplesmente aquela média áurea[32] que se dá bem em qualquer lugar... de seu jeito próprio.

Lipútin ficava sentido.

Dizia-se a respeito de Virguínski, sendo, infelizmente, verdade pura, que sua esposa lhe declarara de supetão, sem ter vivido com ele sequer um ano de matrimônio legítimo, que o dispensava e gostava mais de Lebiádkin. Aquele Lebiádkin, um forasteiro, haveria de se revelar mais tarde uma pessoa muito suspeita: não era, nem de longe, um capitão de estado-maior reformado, conquanto se apresentasse como tal. Sabia apenas retorcer seu bigode, beber e prodigalizar as asneiras mais desastradas que se pudesse imaginar. Aquele homem se mudou de pronto, e sem cerimônia alguma, para a casa dos Virguínski, regozijando-se com o pão de outrem, passou a comer e a dormir com eles e acabou desdenhando o próprio dono da casa. Asseverava-se que Virguínski dissera à sua mulher, quando se vira dispensado por ela: "Antes só te amava, minha amiguinha, mas agora te respeito",[33] porém é pouco provável que tal sentença digna da Roma antiga tenha sido proferida de fato; dizem que, pelo contrário, ele se desmanchou em prantos. Certa

---

[31] No meio dos seminaristas (em francês).

[32] O termo pode realmente parecer um tanto constrangedor por aludir à *aurea mediocritas* mencionada pelo poeta romano Horácio (65-8 a.C.).

[33] Confira *Crime e castigo*, Parte V, Capítulo I, onde a mesma frase é atribuída ao ridículo "progressista" Lebeziátnikov.

vez, umas duas semanas após a ruptura, toda aquela "família" foi ao campo, para tomar chá num bosque com seus conhecidos. Virguínski se entregava, na ocasião, a uma espécie de alegria febril e participava de danças; subitamente, e sem nenhuma desavença prévia, agarrou o gigante Lebiádkin, que solava dançando cancã, pelos cabelos com ambas as mãos, curvou-o e começou a puxá-lo, em meio a guinchos, berros e choros, de um lado para o outro. O gigante se assustou tanto que nem se defendeu, enquanto puxado; quase não abriu a boca, nesse meio-tempo, mas depois se melindrou com todo o ardor de um homem nobre. Virguínski passou a noite inteira de joelhos, implorando que sua esposa lhe perdoasse o feito, porém não conseguiu seu perdão, visto que não consentira em pedir desculpas a Lebiádkin; além disso, foi acusado de pobreza espiritual e tolice, notadamente por se ter ajoelhado na hora de se explicar com uma mulher. O capitão de estado-maior não tardou a escafeder-se, voltando a aparecer em nossa cidade tão só nesses últimos tempos, com sua irmã e suas novas intenções; de resto, falarei nele mais tarde. Não é de admirar, pois, que esse coitado do "pai de família" vinha desabafar conosco e precisava de nossa companhia. Aliás, nunca se pronunciava, em nosso meio, a respeito de seus negócios domésticos. Foi apenas uma vez que, retornando comigo da casa de Stepan Trofímovitch, fez uma remota menção à sua vida íntima, mas, logo em seguida, pegou minha mão e exclamou, todo em chamas:

— Não é nada, foi só um caso particular! Isso não atrapalhará, nem um pouco, a nossa "causa geral"!

Havia ainda umas pessoas casuais que frequentavam nosso grêmio, como, por exemplo, o judeuzinho

Liámchin e o capitão Kartúzov. Vinha, por algum tempo, um curioso velhinho, mas acabou falecendo. Fora Lipútin quem trouxera, um dia, o *ksiądz*[34] degredado Słońcewski; acolhíamo-lo, também por algum tempo, de acordo com nossos princípios, mas depois cessamos de acolhê-lo.

IX

Comentou-se pela cidade, durante algum tempo, que nosso grêmio era uma fonte de livre-pensamento, crápula e descrença; esse boato se reforçava, aliás, o tempo todo. Enquanto isso, era apenas a mais inócua, a mais agradável e a mais russa tagarelice liberal e jovial que existia em nosso meio. O "liberalismo superior" e o "liberal superior", isto é, um liberal sem nenhum objetivo, são possíveis unicamente na Rússia. Stepan Trofímovitch, como qualquer homem espirituoso, necessitava de ouvintes e, além disso, precisava estar consciente de que cumpria seu supremo dever de propagar as ideias. Tinha, afinal, de beber champanhe em companhia de alguém lá e de prosear em certo estilo engraçadinho, com uma taça na mão, sobre a Rússia e o "espírito russo", sobre Deus em geral e o "deus russo" em especial, repetindo, pela centésima vez, aquelas escandalosas anedotazinhas russas que todos já sabiam de cor e salteado. Não prescindíamos, ademais, de fofocas

---

[34] Padre católico (em polonês), provavelmente um dos participantes da rebelião polonesa de 1863-64 que vivia, expatriado, na parte asiática da Rússia.

urbanas e até mesmo chegávamos, vez por outra, aos veredictos severos e altamente morais. Enfocávamos também a natureza humana como tal, discutíamos com rigor o futuro da Europa e de toda a humanidade; predizíamos, de modo doutoral, que a França desceria, logo após o cesarismo,[35] ao nível de um estado secundário e tínhamos absoluta certeza de que isso poderia acontecer mui breve e facilmente. Já predisséramos, havia bastante tempo, que o papa se tornaria um simples metropolita na Itália unida e tínhamos convicção absoluta de que toda aquela questão milenar não passava, em nosso século da filantropia, das indústrias e ferrovias, de uma brincadeirinha. É que, feitas as contas, o "liberalismo russo superior" nunca atua de outra maneira. Por vezes, Stepan Trofímovitch falava de arte e falava muito bem, ainda que em termos meio abstratos. Recordava-se igualmente dos amigos de sua juventude, todos destacados na história de nosso desenvolvimento, mas, apesar de rememorá-los com enternecimento e veneração, parecia invejá-los um pouco. E, quando ficávamos por demais entediados, o judeuzinho Liámchin (miúdo funcionário dos correios e pianista exímio) sentava-se ao piano e depois representava, nos entreatos, um porco, uma trovoada, um parto com o primeiro grito do recém-nascido, *et cætera, et cætera,* sendo essa a única razão pela qual nós o convidávamos. E, quando as taças ficavam por demais cheias (o que também ocorria, embora nem tantas vezes assim), exaltávamo-nos todos e até

---

[35] Regime ditatorial cujo nome é alusivo ao do imperador romano Júlio César (100-44 a.C.); neste contexto, o Segundo Império francês (1852-1870) governado por Napoleão III.

mesmo cantamos, um dia, a *Marselhesa* em coro, com o acompanhamento de Liámchin, só que não sei se a cantamos direito. Festejamos, extáticos, o grande dia dezenove de fevereiro,[36] começando a despejar nossas taças, para homenageá-lo, com muita antecedência. Foi há uma eternidade, quando nem Chátov nem Virguínski estavam conosco e Stepan Trofímovitch morava ainda sob o mesmo teto com Varvara Petrovna. Pouco antes do grande dia, Stepan Trofímovitch se pusera a murmurar consigo mesmo uns versos notórios, embora um tanto artificiais, compostos, sem dúvida, por algum dos nossos antigos fazendeiros liberais:

> Lá vêm os mujiques[37] com seus machadões:
> Haverá uma coisa medonha.

Já não me lembro do sentido literal, mas parece que era algo desse gênero. Certa vez, Varvara Petrovna ouviu isso e, gritando-lhe: "Besteira, besteira!", saiu furiosa. Lipútin, que por acaso estava ali, dirigiu a Stepan Trofímovitch uma objeção cáustica:

— Seria pena se os antigos servos não causassem mesmo, de tão felizes, alguma contrariedade aos senhores fazendeiros.

E fez, com seu dedo indicador, uma risca ao redor do pescoço.

— *Cher ami*[38] — replicou Stepan Trofímovitch, bem-humorado —, acredite que isso (ele fez o mesmo gesto

---

[36] A abolição do regime servil na Rússia foi ratificada em 19 de fevereiro de 1861, com a promulgação do respectivo Manifesto imperial.
[37] Apelido coloquial e, não raro, pejorativo dos camponeses russos.
[38] Caro amigo (em francês).

ao redor do pescoço) não trará nenhum retorno nem aos nossos fazendeiros nem a todos nós em geral. Ainda que se cortem umas cabeças, não saberemos organizar coisa nenhuma, conquanto sejam precisamente as nossas cabeças que mais nos impedem de raciocinar.

Notarei que muitas pessoas de nosso meio achavam que se daria, no dia do Manifesto, algo extraordinário, algo semelhante ao vaticinado por Lipútin e todos os chamados conhecedores do povo e do Estado. Parece que Stepan Trofímovitch também compartilhava essas ideias, tanto assim que, quase às vésperas do grande dia, começou de repente a pedir que Varvara Petrovna o deixasse ir para o estrangeiro, ficando, numa palavra, preocupado. Contudo, o grande dia passou, depois transcorreu mais algum tempo, e eis que o desdenhoso sorriso ressurgiu nos lábios de Stepan Trofímovitch. Foi então que desdobrou, em nossa frente, umas ideias notáveis sobre o caráter do homem russo em geral e do mujiquezinho russo em particular.

— Precipitados como nós somos, apressamo-nos demais com nossos mujiques — finalizou essa sua série de ideias notáveis —: introduzimo-los em moda, e toda uma vertente literária andou, por vários anos seguidos, obsecada por eles, como se fosse um novo tesouro que acabava de descobrir. Pusemos coroas de louros naquelas cabeças piolhentas. Os camponeses russos só nos deram, em todos esses últimos mil anos, a sua *Kamárinskaia.*[39] Um egrégio poeta russo, não privado, aliás, de espirituosidade, exclamou arrebatado, quando viu, pela primeira

[39] Rápida e alegre dança acompanhada por balalaicas, uma das mais populares e características amostras do folclore musical russo (confira *Memórias da Casa dos mortos*, Parte I, Capítulo XI).

vez, a grande Rachel[40] no palco: "Não trocarei Rachel por um mujique!" Estou pronto a ir mais longe ainda: trocarei todos os mujiquezinhos russos por apenas uma Rachel. Está na hora de termos uma visão mais sóbria e pararmos de misturar nosso querido alcatrão roceiro com o *bouquet de l'impératrice*.[41]

Lipútin concordou de imediato, mas objetou que fora preciso, ainda assim, fingir um pouco e louvar aqueles mujiquezinhos em prol do momento. Disse que até mesmo as damas da alta sociedade planteavam a ler "Anton, o Pobre-Diabo"[42] e que algumas delas teriam escrito de Paris para seus feitores, mandando que doravante tratassem os camponeses do modo mais humano possível.

Aconteceu (e, como que de propósito, logo após os rumores acerca de Anton Petrov)[43] que em nossa província, apenas a quinze verstas de Skvorêchniki, houve certo mal-entendido, de sorte que assim, de afogadilho, uma tropa foi enviada para lá. Daquela vez Stepan Trofímovitch ficou tão alarmado que nos assustou também. Gritava no clube que a tropa deveria ser maior, exortando a telegrafar para outro distrito e convocar mais soldados; corria até o governador, assegurando-lhe

[40] Élisabeth-Rachel Félix (1821-1858): famosa atriz dramática franco-suíça.

[41] Buquê da imperatriz (em francês): perfume feminino lançado, em 1863, pela casa Guerlain e nomeado em homenagem à marquesa espanhola Eugénia de Montijo (1826-1920), esposa do imperador Napoleão III.

[42] Novela sentimental de Dmítri Grigoróvitch (1822-1900), um dos amigos de Dostoiévski.

[43] Líder dos protestos contra o governo czarista, irrompidos em 1861 na aldeia de Bêzdna (situada no território da atual Tartária), que foi executado por decisão do tribunal militar.

que não tinha nada a ver com aquilo; pedia que não o colocassem de alguma forma, em atenção ao seu passado, no meio da confusão e propunha repassar urgentemente essa sua declaração para quem de direito, ou seja, para Petersburgo. Ainda bem que aquilo tudo acabou logo e não deu em nada, porém me espantei então com Stepan Trofímovitch.

Uns três anos depois, como se sabe, abriu-se uma discussão relativa à nossa nacionalidade e surgiu a "opinião pública". Stepan Trofímovitch riu muito.

— Amigos meus — explanou para nós —, esta nossa nacionalidade, se é que "se formou" realmente, como eles insistem agora lá em seus jornais, ainda está na escola, numa *Peterschule* alemã, com uma cartilha alemã nas mãos, e repete sua eterna lição alemã, e o mestre-escola alemão a põe, quando necessário, de joelhos. Aprovo esse mestre-escola alemão, só que, segundo toda probabilidade, nada aconteceu nem se formou nada de tão extraordinário assim, mas tudo continua indo como dantes, ou seja, sob a proteção de Deus. Isso já bastaria, a meu ver, para a Rússia, *pour notre sainte Russie.*[44] Além do mais, todas aquelas uniões eslavas e nacionalidades... é tudo antigo demais para ser novo. A nacionalidade, se vocês quiserem, nunca apareceu em nossas paragens senão em forma de uma fantasia (e, ainda por cima, moscovita) que vem à mente de alguns senhores reunidos num clube. É claro que não me refiro à época de Ígor.[45] Enfim, é tudo por causa da ociosidade.

---

[44] Para nossa santa Rússia (em francês).

[45] Ígor Riúrikovitch (cerca de 878-945): príncipe de Kiev a partir de 912.

Tudo ocorre aqui conosco, inclusive o que for digno e bom, por falta de quefazeres. Tudo provém da nossa indolência senhoril, tão gentil, instruída e rebuscada! Faz trinta mil anos que ando falando nisso. Não sabemos viver de nosso trabalho. E por que é que eles lá mexem tanto agora com aquela opinião pública que "se formou", digamos, em nosso país, como se ela, assim tão de repente e sem causa aparente, tivesse pulado do céu? Não entendem porventura que, para se adquirir uma opinião, o trabalho se faz necessário em primeiro lugar: nosso próprio trabalho, nossa própria iniciativa e nossa própria prática? Nunca arranjaremos nada de graça. Se trabalharmos, aí sim, teremos a nossa própria opinião também. Mas, como nunca trabalharemos, quem terá por nós uma opinião será alguém que já trabalhou, até agora, por nós, ou seja, aquela mesma Europa, aqueles mesmos alemães que nos ensinam há duzentos anos. Além do mais, a Rússia é um equívoco grande demais para nós podermos saná-lo sozinhos, sem alemães nem trabalho. Já faz vinte anos que toco a rebate e conclamo ao trabalho! Dediquei a vida toda a essa conclamação e, doido como sou, acreditei nela! Agora não acredito mais, porém continuo a tocar meu sino e vou tocá-lo até o fim, até a cova: vou puxar a corda até que os sinos dobrem no meu enterro!

Ai de nós: apenas lhe dávamos crédito! Aplaudíamos nosso mentor e, ainda por cima, com tanta veemência! Será que não repercute, meus senhores, ainda hoje e por toda parte a mesma velha bobagem russa, tão "gentil", "inteligente" e "liberal"?

Quanto a Deus, nosso mentor acreditava n'Ele. "Não entendo por que todos me taxam aqui de ímpio" — dizia às vezes. — "Acredito em Deus, *mais distinguons:*[46] acredito como num ente que só se conscientiza de si através de mim. Não posso, afinal de contas, acreditar igual a minha Nastácia (uma criada) ou a um senhorzinho ali que acredita 'por via das dúvidas', ou a nosso querido Chátov — aliás, não, Chátov não conta: Chátov acredita *à força*, como um eslavófilo moscovita. No que concerne ao cristianismo, não sou cristão apesar de todo o meu sincero respeito por ele. Antes sou um antigo pagão, como o grande Goethe ou um grego antigo. Já basta o cristianismo não ter compreendido a mulher, o que desenvolveu tão magnificamente George Sand num dos seus romances geniais. E, quanto a cultos, jejuns e todo o mais, não entendo sequer quem tem algo a ver comigo. Por mais que se esforcem aqui estes nossos delatores, não desejo ser jesuíta. No ano quarenta e sete Belínski, que estava então no estrangeiro, mandou aquela sua carta bem conhecida para Gógol,[47] censurando-o ardorosamente por acreditar em 'algum deus por aí'. *Entre nous soit dit,*[48] nem posso imaginar nada mais cômico do que o momento de Gógol (aquele Gógol da época!) ler essa expressão e... a carta toda! Mas, deixando o risível de lado, direi e apontarei, porquanto, seja como

---

[46] ... mas vamos distinguir (em francês).

[47] A furiosa carta pessoal do crítico literário Vissarion Belínski para o escritor Nikolai Gógol circulava de mão em mão no meio dos intelectuais russos; uma leitura pública dessa carta, realizada por Dostoiévski na reunião de um grêmio socialista, valeu-lhe quatro anos de reclusão na chamada Casa dos mortos (veja o ensaio *Fiódor Dostoiévski e sua saga siberiana* [Fiódor Dostoiévski. *Memórias da Casa dos mortos*. Martin Claret: São Paulo, 2016; pp. 9-14], de Oleg Almeida).

[48] Entre nós seja dito (em francês).

for, estou de acordo com a essência dessa questão: houve tais homens! Souberam amar seu povo, souberam sofrer por ele, souberam sacrificar tudo em benefício dele e, ao mesmo tempo, discordar dele, quando necessário, sem se mostrarem condescendentes em relação a certas noções. E, realmente, será que Belínski podia mesmo buscar a salvação no uso do óleo vegetal ou naquele rábano com ervilhas?...” Foi então que Chátov se intrometeu na conversa.

— Esses seus homens nunca amaram o povo, nunca sofreram por ele nem sacrificaram nada em benefício dele, por mais que tivessem imaginado aquilo para seu próprio deleite! — resmungou em tom lúgubre, abaixando os olhos e revirando-se, ansioso, em sua cadeira.

— Eles é que não amaram o povo? — bradou Stepan Trofímovitch. — Oh, como eles amaram a Rússia!

— Nem a Rússia nem o povo! — bradou Chátov por sua vez, de olhos fulgentes. — Não se pode amar o que não se conhece, e eles não entendiam patavina do povo russo! Eles todos, assim como o senhor, faziam vista grossa ao povo russo, sobretudo Belínski, e aquela mesma carta dele para Gógol deixa isso bem claro. Igualzinho ao Curioso[49] de Krylov, Belínski não reparou num elefante na *Kunstkammer*,[50] mas focou toda a sua atenção nos besourinhos sociais franceses e não foi além deles. E aquele homem era, talvez, mais inteligente do que vocês todos! Não só desconsideraram o povo, mas

---

[49] Alusão ao protagonista da homônima fábula de Ivan Krylov (1769-1844), o qual não reparou num elefante rodeado pelos insetos mais ínfimos.

[50] O primeiro museu russo, localizado em São Petersburgo, cujo acervo inclui muitos objetos raros e insólitos.

o trataram, ainda por cima, com asqueroso desprezo, apenas por imaginar, no lugar deste povo nosso, aquele povo francês, ou melhor, tão somente os parisienses, e por se envergonhar de que o povo russo não fosse assim. Essa é a verdade nua e crua! E quem não tiver povo não tem Deus! Fiquem sabendo aí, com toda a certeza, que quem deixa de compreender seu povo, quem perde suas ligações com ele, perde também, logo e na mesma proporção, a fé pátria e acaba por se tornar ateu ou indiferente. Sei o que estou dizendo! É um fato que será comprovado. É por isso que vocês todos são e nós todos somos agora torpes ateus ou então uma escória indiferente e depravada, e nada mais! E o senhor também, Stepan Trofímovitch: não o excluo, de jeito nenhum, e fique sabendo que até falei propositalmente do senhor!

Ao proferir semelhante monólogo (e isso lhe ocorria volta e meia), Chátov costumava pegar seu boné e correr em direção às portas, plenamente convicto de que agora estava tudo acabado e que ele rompera, em definitivo e para sempre, as suas relações amicais com Stepan Trofímovitch. Mas, todas as vezes, este conseguia detê-lo no momento certo.

— E se nos reconciliássemos, Chátov, após todas essas gentis palavrinhas? — dizia, estendendo-lhe, sem se levantar da sua poltrona, a mão.

Desajeitado e melindroso, Chátov não gostava de tais denguices. Grosseiro por fora, era, pelo que nos parecia, delicadíssimo por dentro. Ainda que passasse amiúde dos limites, era o primeiro a sofrer com isso. Fanhoseando alguma coisa em resposta ao apelo de Stepan Trofímovitch, meneava-se, como um urso, no mesmo lugar, depois largava de súbito seu boné e, com um sorriso inesperado, sentava-se outra vez em sua cadeira e volvia teimosamente os olhos para o chão. Traziam o vinho, bem entendido, e Stepan Trofímovitch proclamava um brinde apropriado, por exemplo, à saudosa memória de algum dos grandes homens de nosso passado.

Capítulo segundo. O príncipe Harry. Noivado.

I

Existia na Terra mais uma pessoa a quem Varvara Petrovna estava apegada não menos que a Stepan Trofímovitch: seu filho único, chamado Nikolai Vsêvolodovitch Stavróguin. Stepan Trofímovitch havia sido contratado para educá-lo. Na época, ele tinha uns oito anos e o leviano general Stavróguin, seu pai, vivia já separado da sua mãezinha, de sorte que o menino crescia unicamente sob a tutela materna. Cumpre-nos fazer justiça a Stepan Trofímovitch que soube conseguir o afeto de seu discípulo. Aliás, o segredo todo consistia em ser, ele próprio, uma criança. Eu não estava ainda por lá, e ele necessitava constantemente de um verdadeiro amigo. Não hesitara, pois, em travar amizade com uma criatura tão pequena assim, bastando esta crescer um pouquinho. Aconteceu, de certo modo natural, que não houve entre eles dois nem a menor distância. O preceptor acordou, mais de uma vez, seu amigo de dez ou onze anos de idade no meio da noite, com a única intenção de expandir diante dele, com lágrimas, aqueles seus sentimentos ofendidos ou então de lhe revelar, sem se dar conta de que isso era inadmissível, algum segredo de família. Eles se atiravam um nos braços do outro e choravam juntos. O menino sabia que sua mãe o amava muito, porém não a amava tanto por sua parte. Ainda que lhe falasse pouco e raramente lhe impusesse alguma restrição séria, Varvara Petrovna não despregava do filho um olhar bem atento, e ele o percebia sempre com uma sensação mórbida. De resto, em tudo quanto se referisse à educação e ao desenvolvimento moral, a mãe confiava plenamente em Stepan Trofímovitch. Ainda acreditava nele àquela altura. É de supor que o pedagogo tenha desarranjado um pouco os nervos de seu aluno. Quando o matricularam, lá pelos dezesseis anos, num liceu, ele estava débil e pálido, estranhamente pacato e pensativo. (Destacar-se-ia mais tarde pela sua extraordinária força física.) É de supor, outrossim, que os amigos não chorassem, ao atirar-se, em plena noite, um nos braços do outro, tão só por causa de tal ou tal anedotazinha familiar. Stepan Trofímovitch soube tocar nas cordas mais íntimas do coração de seu amigo e provocar nele a primeira sensação, ainda indefinida, daquela sempiterna nostalgia sagrada que certas almas eleitas não trocariam nunca mais, depois de experimentá-la e de conhecê-la uma vez só, por uma satisfação profana. (Há quem valorize, aliás, essa nostalgia a tal ponto que chega a preferi-la à mais radical das satisfações, se é que ela existe mesmo). Em todo caso, foi bom o pupilo ficar apartado, embora tarde demais, do tutor.

O jovem vinha, em seus primeiros dois anos liceais, passar as férias em casa. Quando da visita de Varvara Petrovna e Stepan Trofímovitch a Petersburgo, presenciava alguns dos saraus literários que sua mãezinha organizava, ouvindo e observando. Falava pouco, estava pacato e tímido como dantes. Tratava Stepan Trofímovitch com sua antiga atenção carinhosa, porém de maneira um tanto mais reservada: dava para ver que evitava conversar com ele sobre quaisquer matérias sublimes e recordações do passado. Ao terminar seus estudos, ingressou, conforme apetecia à mãezinha, no serviço militar e logo foi designado para um dos mais brilhantes regimentos de cavalaria da guarda imperial. Não apareceu, entretanto, na frente de sua mãe uniformizado e cada vez menos lhe escrevia de Petersburgo. Varvara Petrovna não poupava dinheiro para o filho, se bem que a renda de suas propriedades tivesse diminuído, após a reforma, a ponto de ela não apurar, nos primeiros tempos, nem metade dos lucros antigos. De resto, havia amealhado, por meio de longas economias, um cabedal não muito pequeno. Interessava-se sobremodo pelos avanços do filho na alta sociedade petersburguense. Aquele jovem oficial, rico e promissor, conseguia o que ela mesma não conseguira. Reatou os vínculos com que sua mãe não podia mais nem sonhar e foi acolhido, em toda parte, com grande prazer. Contudo, uns rumores assaz esquisitos começaram, pouco depois, a chegar aos ouvidos de Varvara Petrovna: subitamente e de certa forma maluca, o jovem teria caído na farra. Não que estivesse jogando ou bebendo em excesso; contava-se apenas de seu desenfreio algo selvagem, das pessoas atropeladas pelos seus trotões, de seu modo animalesco de tratar uma dama de boa família com quem tivera um caso e que acabara insultando em público. Havia algo por demais sujo, algo desbragado naquela história toda. Acrescentava-se também que era um rematado *bretteur*,[1] que abordava e ofendia qualquer um por mero prazer de

[1] Apreciador de duelos com armas brancas (em francês).

ofendê-lo. Varvara Petrovna ficou inquieta e angustiada. Stepan Trofímovitch assegurava-lhe que eram, quando muito, os primeiros arroubos impetuosos de uma índole exuberante, que o mar se acalmaria e que tudo isso se parecia com a juventude do príncipe Harry a patuscar em companhia de Falstaff, Poins e a *Mistress* Quickly, descrita por Shakespeare.[2] Dessa vez Varvara Petrovna não gritou "Besteira, besteira!", como soía gritar bem frequentemente, nos últimos tempos, para Stepan Trofímovitch, mas, pelo contrário, prestou ouvido às suas falas, mandou que as esmiuçasse, pegou, ela mesma, a crônica imortal de Shakespeare e leu-a com uma atenção singular. Só que não se apaziguou com a leitura da crônica nem sequer a achou tão semelhante assim à realidade. Esperava, febril, pelas respostas a algumas cartas suas. Tais respostas não tardaram a chegar; logo foi recebida a fatal notícia de que o príncipe Harry se envolvera em dois duelos quase simultâneos, sendo notoriamente culpado de ambos, que matara um dos seus adversários e deixara o outro aleijado, e que fora julgado em decorrência dessas façanhas. Acabara rebaixado a soldado raso, com a cassação de seus direitos, e transferido (a título de graça especial, diga-se de passagem) para um dos regimentos de infantaria do exército.

No ano sessenta e três, conseguiu sobressair de alguma maneira: recebeu uma cruzinha,[3] foi promovido a suboficial e depois, sem tanta demora, a oficial. Em todo aquele tempo Varvara Petrovna havia enviado para

---

[2] Dostoiévski tem em vista o drama histórico *Henrique IV* (Partes I e II).

[3] Insígnia confeccionada em forma de uma cruz.

a capital, quem sabe, uma centena de cartas cheias de rogos e solicitações. Até se deixara humilhar um pouco em tal caso extraordinário. Uma vez promovido, o jovem se reformou de repente, porém não veio, como de praxe, a Skvorêchniki e parou definitivamente de escrever para sua mãe. Soube-se afinal, por vias indiretas, que voltara a morar em Petersburgo, só que não era mais visto junto à sua turma antiga e vivia como quem se escondesse. Chegou-se a descobrir que tinha companheiros meio estranhos, andava com a escória da população metropolitana, a saber, com alguns servidores descalços, militares reformados a pedirem nobremente esmola e beberrões, visitava as suas famílias imundas, passava dias e noites nos cafundós mais obscuros e sabia lá Deus em que taperas, estava desleixado, esfarrapado e, pelo visto, gostava disso. Não reclamava mais dinheiro à sua mãe, dispondo, aliás, de um cabedal próprio, a antiga aldeiazinha do general Stavróguin que lhe proporcionava, ao menos, uns vinténs de renda e que ele alugara, segundo se especulava, para um alemão da Saxônia. Sua mãe lhe implorou, por fim, que viesse revê-la, e o príncipe Harry apareceu em nossa cidade. Foi então que eu o enxerguei pela primeira vez, sem nunca tê-lo visto antes.

Era um jovem muito bonito, de uns vinte e cinco anos de idade, e confesso que me pasmei ao encontrá-lo. Supunha que fosse um sujo maltrapilho, esgotado pela devassidão e fedendo a vodca. Era, pelo contrário, o mais distinto de todos os gentis-homens que jamais me ocorrera ver: muito bem vestido, portava-se como só se portaria um fidalgo acostumado à elegância mais rebuscada. E não me pasmei sozinho: ficou pasmada a cidade inteira que já conhecia, sem dúvida, toda a biografia do senhor Stavróguin e até mesmo seus pormenores tão chocantes que nem se podia imaginar de onde provinham, mas cuja metade, por mais surpreendente que isso seja, revelava-se verídica. Todas as nossas damas estavam loucas pelo visitante. Dividiam-se nitidamente em dois partidos, um dos quais o adorava enquanto o outro ansiava por lhe derramar o sangue, mas estavam todas loucas de igual maneira. Havia quem se encantasse por intuir um segredo fatídico, que pesava, talvez, em sua alma, e quem gostasse positivamente de ser um assassino. Ele se mostrou também bastante instruído e mesmo possuidor de alguns conhecimentos. Decerto não se precisava de muita erudição para nos assombrar, mas ele sabia julgar a respeito de temas atuais e bem interessantes, fazendo isso, o que era mais valioso ainda, com uma sensatez admirável. Mencionarei tal detalhe como algo estranho: todos os nossos o tomavam, quase desde o primeiro dia, por um homem extremamente sensato. Não era loquaz, mas elegante até o refinamento, modesto de se espantar e, ao mesmo tempo, corajoso e sobranceiro como ninguém em nosso meio. Nossos janotas miravam-no com inveja e totalmente se eclipsavam em sua presença. Também me pasmei com o rosto dele: seus cabelos eram por demais negros; seus olhos claros, por demais calmos e serenos; sua tez, por demais terna e branca; o rubor de suas faces, por demais vivo e puro; seus dentes, como pérolas, e seus lábios, como corais, ou seja, era um moço lindo que nem uma pintura e, ao mesmo tempo, parecia assaz repugnante. Dizia-se que seu rosto lembrava uma máscara; comentava-se além disso, entre outras coisas, sobre a sua incomum força corporal. Quanto à sua estatura, era acima da mediana.

Varvara Petrovna olhava para ele com orgulho, mas também, e constantemente, com inquietude. Seu filho viveu conosco por meio ano, de modo indolente, quieto e um tanto sombrio, se bem que frequentasse a sociedade e fizesse questão de seguir à risca toda a nossa etiqueta provinciana. Tinha certo parentesco com o governador, pelo lado paterno, e era acolhido em sua casa como um parente próximo. Passaram-se, todavia, alguns meses, e eis que a fera mostrou suas garras.

Notarei a propósito, entre parênteses, que aquele nosso brando e benévolo Ivan Óssipovitch, o antigo governador, assemelhava-se de leve a uma mulherzinha, embora fosse de boa família e bem relacionado, o que explica, notadamente, como passara tantos anos na governadoria sem fazer outra coisa senão repelir, com ambas as mãos e o tempo todo, quaisquer tarefas públicas. Com suas generosidade e hospitalidade, deveria ter sido um decano da nobreza[4] em nossa época velha e boa, mas não um governador em tempos tão procelosos como o presente. Dizia-se continuamente, pela cidade afora, que não era ele quem governava a província e, sim, Varvara Petrovna. Era, por certo, uma objeção cáustica, mas, apesar de tudo, decididamente falsa. Será que esbanjamos, de resto, pouca argúcia com esse tipo de objeções? A verdade é que nos últimos anos, pelo contrário, Varvara Petrovna se afastara, manifesta e conscientemente, de toda e qualquer atividade governamental, não obstante a deferência extraordinária que lhe testemunhava a

[4] Presidente das reuniões elitistas, designado, nas cidades interioranas da Rússia antiga, pela fidalguia local; representante da classe nobre junto aos órgãos governamentais.

sociedade toda, e se confinara, por vontade própria, nos estritos limites por ela mesma estabelecidos. Em vez das atividades governamentais, dedicou-se inesperadamente à economia e acabou elevando a rentabilidade da sua fazenda, em apenas dois ou três anos, quase até o nível anterior. Em vez dos antigos impulsos poéticos (viagem a Petersburgo, intento de editar uma revista e similares), começou a juntar dinheiro e ficou avarenta. Distanciou-se até mesmo de Stepan Trofímovitch, permitindo-lhe alugar um apartamento alhures (o que ele próprio lhe solicitava, já havia bastante tempo, sob diversos pretextos). Aos poucos, Stepan Trofímovitch passou a chamá-la de mulher prosaica ou, gracejando ainda mais, de "seu amigo prosaico". Entenda-se bem que só gracejava assim com todo o respeito possível e gastava muito tempo em escolher um momento oportuno para tanto.

Todos nós, os próximos, compreendíamos (sobretudo, Stepan Trofímovitch que era mais sensível do que nós todos) que seu filho configurava agora, aos olhos dela, uma nova esperança e até mesmo um novo sonho. Sua paixão pelo filho datava da época em que ele obtivera seus primeiros sucessos na alta-roda petersburguense e aumentou especialmente desde o momento em que foi recebida a notícia de ter sido rebaixado a soldado raso. No entanto, a mãe o temia visivelmente e aparentava ser sua escrava. Percebia-se que tinha medo de algo indefinido, misterioso, de algo que nem ela mesma poderia explicitar, e que observava amiúde seu Nicolas de forma discreta, mas atenta, cogitando e decifrando alguma coisa... E eis que, de supetão, a fera mostrou suas garras.

II

De súbito, nosso príncipe causou, sem mais nem menos, duas ou três incríveis afrontas a diversas pessoas, e o principal consistia notadamente em serem afrontas inauditas, que não se pareciam com nada, e bem diferentes das cometidas de praxe, muito maldosas e pueris, e ainda por cima, sabe lá o diabo por que razão, absolutamente despropositadas. Um dos membros mais respeitáveis de nosso clube, Pável Pávlovitch Gagânov, homem idoso e até mesmo emérito, tinha o hábito inocente de acrescentar, com enlevo, a cada palavra sua: "Pois não me puxarão pelo nariz,[5] não!" Se fosse só isso, não faria mal. Só que um dia, ali no clube, quando ele se inspirou por algum motivo entusiasmante e usou de tal aforismo no meio de uma turminha de frequentadores reunidos por perto (e eram todos homens de gabarito), Nikolai Vsêvolodovitch, que se mantinha de lado, sozinho e sem conversar com ninguém, veio abordar de repente Pável Pávlovitch, pegou-lhe, inesperada, mas vigorosamente, o nariz com dois dedos e puxou-o pela sala, atrás de si, por uns dois ou três passos. Nem podia sentir nenhuma zanga pelo senhor Gagânov. Daria para imaginar que fosse mera garotice, embora totalmente imperdoável, porém se contaria mais tarde que ele estava, no exato momento de sua operação, quase meditativo, como se "tivesse enlouquecido". Aliás, isso seria lembrado e compreendido muito tempo depois, e o que todos guardaram logo de cara foi o momento posterior, em

---

[5] A expressão russa "puxar alguém pelo nariz" (*водить за нос*) significa "enganar, ludibriar, induzir em erro".

que decerto já atinava plenamente com o estado real das coisas, mas, em vez de ficar confuso, apenas sorria, pelo contrário, com alegria perversa e "sem o mínimo arrependimento". Houve um barulho horribilíssimo; cercaram-no de todos os lados. Nikolai Vsêvolodovitch só se virava e olhava ao redor, sem responder a ninguém, mas fitando, cheio de curiosidade, aquelas pessoas que exclamavam à sua volta. Quedou-se, por fim, meditativo outra vez — era assim, pelo menos, que se contava —, carregou o cenho, aproximou-se, a passos firmes, de nosso ofendido Pável Pávlovitch e murmurou depressa, visivelmente aborrecido:

— É claro que lhe peço desculpas... Juro que não sei por que quis de repente... foi uma besteira...

A negligência dessa retratação equivalia à nova ofensa. O tumulto ficou, pois, maior ainda. Nikolai Vsêvolodovitch deu de ombros e saiu porta afora.

Tudo isso foi muito estúpido, sem mencionarmos a feiura do feito, uma feiura premeditada e calculada, conforme nos parecera à primeira vista, que redundava, por conseguinte, numa afronta dolosa, e cínica no mais alto grau, a toda a nossa sociedade. Foi dessa forma que todos interpretaram o acontecido. Começaram por excluir o senhor Stavróguin, imediata e unanimemente, do quadro social de nosso clube; depois resolveram, em nome de todos os sócios, recorrer ao governador e pedir que refreasse de imediato (isto é, sem esperar pela abertura formal do processo) o baderneiro nocivo, aquele "*bretteur* metropolitano, por meio do poder administrativo que lhe era conferido, e assim resguardasse a paz de todos os habitantes idôneos de nossa cidade dos seus atentados periculosos". Adicionaram ainda, com malvadez ingênua, que "talvez existisse alguma lei para o senhor Stavróguin também". Inventaram essa última frase, que seria dirigida ao governador, especialmente para alfinetá-lo por causa de Varvara Petrovna. Pintaram e bordaram com júbilo. Todavia, o governador não estava então, como que de propósito, na cidade: fora batizar o filhinho de uma viúva recente e atraente, que morava nas redondezas e tinha ficado, após a morte de seu marido, em estado interessante, mas devia voltar, pelo que se sabia, muito em breve. Tramaram, à espera do governador, toda uma ovação para nosso respeitável e ofendido Pável Pávlovitch, vindo abraçá-lo e beijá-lo até a cidade inteira passar pela sua casa. Planejavam, como se não bastasse ainda, quotizar um almoço em sua homenagem, e foi tão somente em atenção ao seu próprio pedido que desistiram dessa ideia, talvez por entender afinal que o homem fora mesmo puxado pelo nariz e que não havia, portanto, nenhum motivo de triunfarem.

Mas como foi que isso aconteceu? Como pôde acontecer? É de notarmos, em particular, a circunstância de ninguém ter atribuído, em toda a cidade nossa, aquele ato selvagem à loucura de quem o perpetrara. Ou seja, nem que Nikolai Vsêvolodovitch fosse são de espírito, estaríamos todos dispostos a esperar que agisse do mesmo modo. Por minha parte, nem agora sei explicar aquilo, apesar do evento que sobreveio pouco depois e acabou, aparentemente, pondo os pingos nos is e apaziguando, pelo visto, a cidade toda. Direi em acréscimo que, quatro anos mais tarde, Nikolai Vsêvolodovitch responderia, sombrio, à minha discreta pergunta sobre aquele conflito que se dera no clube: "Eu não andava então muito bem de saúde". Contudo, não me cabe antecipar o relato.

O que também me intrigou foi a explosão de ódio generalizado com que todos os nossos investiram, na ocasião, contra aquele "baderneiro e bretteur metropolitano". Queriam enxergar sem falta, nas ações dele, um propósito descarado e uma intenção premeditada de insultar toda a sociedade de vez. Foi certamente um homem que não agradou a ninguém, mas, pelo contrário, colocou todos contra si, mas, enfim, por que razão? Nunca havia brigado, até esse último caso, com nenhuma pessoa nem destratara ninguém e, quanto às suas maneiras, sempre fora gentil como o cavalheiro de uma pinturazinha em voga, se tal cavalheiro pudesse falar. Suponho que o odiassem pelo seu orgulho. Até mesmo as nossas damas, que o adoravam de início, agora se rebelavam contra ele ainda mais do que os homens.

Varvara Petrovna ficou profundamente abalada. Confessaria mais tarde para Stepan Trofímovitch que previra aquilo tudo, havia tempos, que pensara naquilo todo santo dia, durante meio ano, e que o imaginara precisamente "daquele jeitinho": uma confissão admirável por vir da parte de uma mãe. "Começou!" — teria pensado, trêmula. Na manhã que se seguiu à fatal noitada no clube, Varvara Petrovna entabulou, cautelosa, mas resolutamente, uma discussão com seu filho, se bem que tremesse ela própria, coitada, apesar de toda a sua firmeza. Passou a noite inteira em claro e mesmo foi, ao raiar do sol, aconselhar-se com Stepan Trofímovitch e ficou chorando em sua frente, o que nunca lhe ocorrera antes em público. Queria que Nicolas lhe dissesse, ao menos, alguma coisa, que lhe concedesse alguma explicação. Sempre tão amável e respeitoso com sua mãe, Nicolas escutou-a por algum tempo, com muita seriedade embora de cara amarrada, depois se levantou de improviso, sem responder uma só palavra, beijou-lhe a mão e saiu. E no mesmo dia, ao anoitecer, houve, como que de propósito, outro escândalo, bem menos forte e mais banal do que o primeiro, mas ainda assim, devido ao humor geral, muito propício para o aumento da celeuma urbana.

Quem o protagonizou foi nosso companheiro Lipútin. Veio falar com Nikolai Vsêvolodovitch logo depois da explicação deste com a mãezinha e pediu-lhe, mui encarecidamente, que o honrasse naquele dia com uma visita ao sarau coincidente com o aniversário de sua esposa. Já havia muito tempo que Varvara Petrovna estremecia ao reparar em tão baixa espécie de amizades de Nikolai Vsêvolodovitch, porém não se atrevia a fazer nenhuma objeção a respeito disso. Ele já conhecera, aliás, várias outras pessoas naquela camada de quinta da nossa sociedade e mesmo em níveis mais baixos ainda, obviamente por ter, desde antes, inclinação para tanto. Não visitara, até então, a casa de Lipútin, posto que se encontrasse por vezes com ele, e adivinhou que Lipútin o convidara em consequência do escândalo ocorrido na véspera, porque se regozijava, a título de nosso liberal local, com esse escândalo e pensava sinceramente que assim se devia tratar os anciães do clube e que era algo excelente. Nikolai Vsêvolodovitch deu uma risada e prometeu que iria lá.

A assembleia estava assaz numerosa, composta de gente tão mal-apessoada quanto desembaraçada. Cheio de amor-próprio e de inveja, Lipútin fazia festas tão só duas vezes por ano, mas, em compensação, não se mostrava, nessas ocasiões, nada avarento. O convidado mais respeitável, Stepan Trofímovitch, não viera por estar doente. Serviam o chá, havia uma profusão de petiscos e muita vodca; jogava-se baralho em três mesas, e os jovens dançavam, ao som do piano, esperando pelo jantar. Nikolai Vsêvolodovitch convidou a *Madame* Lipútina, uma daminha bem bonitinha que se intimidava demais em sua presença, a dançar, deu duas voltas com ela, depois se sentou ao seu lado, ficou conversando e fê-la rir. Ao perceber finalmente como estava lindinha, quando ria assim, agarrou-a de chofre, na frente de todo mundo, pela cintura e beijou-a na boca, umas três vezes a fio e com todo o deleite. A pobre mulher desmaiou de tão assustada. Nikolai Vsêvolodovitch pegou seu chapéu, achegou-se ao maridão, atônito em meio àquela confusão generalizada, ficou, ele mesmo, confuso ao encará-lo e, murmurando às pressas: "Veja se não se zanga...", foi embora. Lipútin correu atrás dele até a antessala, entregou-lhe pessoalmente a peliça, desfez-se em mesuras e acompanhou-o pela escada. E eis que no dia seguinte essa história, no fundo inofensiva, teve uma continuação imprevista e, relativamente falando, engraçada, a qual traria a Lipútin, a partir de então, até certo respeito que ele saberia aproveitar em seu pleno benefício.

Por volta das dez horas da manhã, apareceu na casa da senhora Stavróguina uma empregada de Lipútin, chamada Agáfia, uma mulherzinha desenvolta, esperta e corada, de uns trinta anos de idade, que ele mesmo encarregara de transmitir certo recado para Nikolai Vsêvolodovitch. Desejava sem falta "ver o senhor em pessoa". Conquanto sentisse muita dor de cabeça, ele veio recebê-la. Varvara Petrovna conseguiu presenciar a transmissão do recado.

— Serguei Vassílitch (quer dizer, Lipútin) — Agáfia se pôs a taramelar energicamente — mandou, antes de mais nada, cumprimentar direitinho o senhor e perguntar pela sua saúde: como se dignou a dormir depois daquilo de ontem e como se digna a estar agora, depois daquilo de ontem?

Nikolai Vsêvolodovitch esboçou um sorriso.

— Cumprimenta também teu patrão, Agáfia, agradece e diz para ele, em meu nome, que é a pessoa mais inteligente de toda a cidade.

— Pois ele mandou dizer em resposta — replicou Agáfia, ainda mais enérgica — que já sabe disso, sem o senhor falar, e que lhe deseja também a mesma coisa.

— Como é? Mas como ele pôde saber o que eu te diria agora?

— Nem sei de que maneira ficou sabendo, mas, quando já tinha saído e andado a ruela toda, ouvi esse meu senhorzinho correr atrás, sem boné. "Se acaso ele mandar, Agáfiuchka, de desesperado: 'Diz, pois, ao teu patrão que é o mais inteligente de toda a cidade', não te esqueças de devolver logo: 'Eu cá sei muito bem disso e também lhe desejo a mesma coisa'...". Foi isso que disse.

III

Chegou finalmente a hora de se explicar com o governador. Nosso brando e benévolo Ivan Óssipovitch acabava de regressar e de ouvir a queixa acalorada do clube. Sem dúvida, tinha de fazer alguma coisa, porém se atrapalhou todo. Aquele nosso velhinho hospitaleiro também parecia temer seu jovem parente. Decidiu, no entanto, exortá-lo a pedir desculpas aos membros do clube e a quem ofendera, sendo esse pedido formulado em termos apropriados e, caso necessário, por escrito, e depois solicitar pacificamente que nos deixasse e partisse por mera curiosidade, digamos, para a Itália e, de modo geral, para algum país estrangeiro. Na sala em que entrou a fim de receber Nikolai Vsêvolodovitch dessa vez (em outras ocasiões, este usufruía do seu direito de parente e passeava livremente pela casa toda) estava aquele bem-educado Aliocha Teliátnikov, subalterno e, ao mesmo tempo, homem de confiança do governador, que deslacrava pacotes sobre a mesa posta num canto, e no cômodo vizinho, ao lado da janela mais próxima às portas dessa sala, encontrava-se um coronel robusto e gordo, que acabara de vir, amigo e ex-colega de Ivan Óssipovitch, o qual lia "A voz"[6] e não prestava, bem entendido, nenhuma atenção ao que se passava na sala, virando-lhe, inclusive, as costas. Ivan Óssipovitch iniciou a conversa de longe, quase cochichando, e ficou um tanto confuso. Nicolas exibia ares bem descorteses, nada parentais, estava pálido, fitava o chão e ouvia franzindo o sobrolho, como quem superasse uma dor aguda.

— Seu coração é bondoso, Nicolas, e magnânimo — comentou, entre outras coisas, nosso velhinho. — É um homem muito instruído, viveu num meio superior e aqui também se portou, até agora, de forma exemplar, tranquilizando assim o coração de sua mãezinha que nos é cara a todos... Mas eis que agora tudo se apresenta com um colorido tão misterioso e perigoso para todos

[6] Jornal político e literário, editado em São Petersburgo, de 1863 a 1883, sob a direção do supracitado "senhor Kraiévski".

nós! Estou falando como amigo de sua família, como um homem idoso e seu parente que o ama sinceramente e não poderia deixá-lo sentido... Diga o que lhe inspira essas ações violentas, contrárias a todas as condições e medidas aceitas? O que podem significar tais rompantes, como que provocados pelo delírio?

Nicolas escutava-o com desgosto e impaciência. De súbito, algo escarninho e malicioso surgiu instantaneamente em seu olhar.

— Talvez lhe diga mesmo o que inspira — respondeu, carrancudo, olhando ao seu redor e inclinando-se para o ouvido de Ivan Óssipovitch. Bem-educado como era, Aliocha Teliátnikov deu mais uns três passos em direção à janela, e o coronel pigarreou sem largar "A voz". O coitado do Ivan Óssipovitch ofereceu, pressuroso e confiante, o seu ouvido: estava curioso em demasia. E foi então que aconteceu uma coisa absolutamente impossível, mas, por outro lado, absolutamente normal de certo ponto de vista. O velhinho sentiu de chofre que, em vez de lhe cochichar algum segredo interessante, Nicolas segurou repentinamente o topo de sua orelha com os dentes e deu nele uma mordida bastante forte. Tremeu e perdeu o fôlego.

— Nicolas, que brincadeira é essa? — gemeu maquinalmente, em voz alterada.

Nem Aliocha nem o coronel haviam compreendido ainda coisa nenhuma, nem mesmo visto o que ocorrera, parecendo-lhes, até o fim, ter sido um simples cochicho. Inquietaram-se, todavia, com o semblante desesperado do velho. Miravam, de olhos arregalados, um ao outro, sem saber se corriam socorrê-lo, conforme fora acordado, ou não se azafamavam tanto assim. Nicolas se apercebeu, talvez, disso e mordeu a orelha mais forte ainda.

— Nicolas, Nicolas! — gemeu novamente a vítima.

— Pois bem, já brincou... e chega...

Mais um instante, e o coitado teria decerto morrido de susto, porém o algoz se apiedou dele e soltou a orelha. Todo esse pavor mortal durou um minuto inteiro, e o velho ficou, logo a seguir, acometido por um chilique. Meia hora depois, Nicolas foi preso e conduzido, para começar, à casa de guarda, onde o trancaram num cubículo especial, com uma sentinela também especial às portas. Nosso benévolo comandante se enfurecera tanto que ousara assumir a responsabilidade por essa decisão rigorosa até mesmo perante Varvara Petrovna em pessoa. Quando tal dama chegou, irritada e apressada, à casa do governador no intuito de lhe reclamar explicações imediatas, não a deixaram, para nossa imensa surpresa, nem entrar lá, e foi assim, sem ter descido da carruagem, que ela voltou para casa. Não acreditava sequer em si própria...

Até que enfim se explicou tudo! Às duas horas da madrugada, o detento que estava, até então, quieto a ponto de adormecer ficou, de repente, agitado, passou a esmurrar freneticamente a porta, depois arrancou, com uma força antinatural, a grade de ferro da espreitadeira, quebrou o vidro e cortou suas mãos. Quando o oficial plantonista acorreu com seus ajudantes e as chaves da casamata, mandando que a destrancassem para dominar o possesso e amarrá-lo, esclareceu-se que ele estava tomado de uma gravíssima febre nervosa. Levaram-no, pois, à casa de sua mãezinha. Tudo ficou explicado de vez. Todos os nossos três doutores emitiram a mesma opinião, a de que o doente podia delirar já havia três dias e, mesmo que aparentasse estar consciente e conservar sua astúcia, não estava mais em seu perfeito juízo nem dispunha de sua vontade, o que era, aliás, comprovado pelos fatos. Concluía-se, dessa maneira, que Lipútin fora o primeiro a adivinhar tudo. Homem sensível e delicado, Ivan Óssipovitch se confundiu todo, embora se deduzisse, bizarramente, que ele também achava Nikolai Vsêvolodovitch capaz de perpetrar qualquer maluquice em seu estado mais lúcido. Os sócios do clube ficaram, por sua vez, envergonhados e espantados de nenhum deles ter reparado no elefante e de deixar cada um escapar a única explicação possível de todos aqueles milagres. É claro que houve também alguns céticos, mas eles não aguentaram por muito tempo.

Nicolas permaneceu acamado durante dois meses e tanto. Um médico de renome fora mandado vir de Moscou para uma consulta; a cidade inteira tinha visitado Varvara Petrovna. Ela perdoara a todos. Quando, em princípios da primavera, Nicolas se recuperou por completo e, sem objeção alguma, aceitou a proposta de ir à Itália, que lhe fizera sua mãezinha, foi ela mesma quem o persuadiu também a visitar todos os nossos, a pretexto da despedida, e de se desculpar, quanto pudesse e onde precisasse, pela sua conduta. Nicolas concordou com todo o gosto. Soube-se em nosso clube que tivera uma conversa delicadíssima com Pável Pávlovitch Gagânov, na casa deste, e que o deixou plenamente satisfeito. Fazendo essas visitas, Nicolas estava bem sério e mesmo um pouco triste. Todos o acolheram, pelo visto, com total complacência, porém se mostraram, por algum motivo, confusos e contentes com sua próxima ida à Itália. Ivan Óssipovitch chegou a derramar lágrimas, mas não se aventurou, por alguma razão, a abraçá-lo nem sequer em seu derradeiro encontro. Juro que houve ainda em nosso meio quem estivesse convicto de o canalha ter apenas zombado de todos e de sua doença ter sido algo forjado. Ele passou também pela casa de Lipútin.

— Diga — indagou-lhe —: de que maneira o senhor pôde saber de antemão o que eu diria a respeito de sua inteligência e prover Agáfia daquela resposta?

— Da maneira seguinte — Lipútin se pôs a rir —: é que eu também o considero um homem inteligente e pude, portanto, antever suas falas.

— Ainda assim, foi uma coincidência notável. Mas me permita perguntar: o senhor me tomava, pois, por um homem inteligente, quando mandou Agáfia para minha casa, e não por um doido?

— Tomava, sim, por um homem inteligentíssimo e razoabilíssimo, mas apenas fingia acreditar que o senhor estava meio tantã... Aliás, foi o senhor mesmo quem adivinhou então, rapidinho, aqueles meus pensamentos e me passou, através de Agáfia, uma patente de perspicácia.

— Pois bem, só que nisso o senhor está um pouco enganado. Eu, realmente... estava indisposto... — murmurou Nikolai Vsêvolodovitch, sombrio. — Ué! — exclamou a seguir. — Será que pensa aí mesmo que sou capaz de atacar as pessoas em meu perfeito juízo? Por que diabos faria isso?

Lipútin se encurvou todo e não soube responder. Nicolas ficou um tanto pálido, ou então foi apenas uma impressão de Lipútin.

— Em todo caso, seu modo de pensar é muito engraçado — prosseguiu Nicolas. — E, quanto a Agáfia, entendo bem que o senhor a mandou para me xingar.

— Deveria acaso desafiá-lo para duelo?

— Ah sim, é verdade! Ouvi dizerem mesmo que o senhor não gostava de duelos...

— Para que traduzir do francês, hein? — Lipútin se encurvou de novo.

— Será que segue a vertente popular?

Lipútin se encurvou mais ainda.

— Iiih, o que é que estou vendo? — exclamou Nicolas, ao reparar de improviso num tomo de Considerant[7] que estava no lugar mais visível, em cima da mesa. — Não é porventura um fourierista? Bem poderia ser! E não seria essa mesma a sua tradução do francês? — desandou a rir, tamborilando no livro com os dedos.

— Não é uma tradução do francês, não! — Lipútin se soergueu, com uma espécie de raiva. — Isso é traduzido da língua de toda a humanidade e não só do francês! Da língua universal da república humana e da harmonia social, fique sabendo! E não só da língua francesa!...

— Arre, diabo, mas essa língua aí nem sequer existe! — Nicolas não parava de rir.

Às vezes, basta um detalhe ínfimo para atrair por muito tempo a nossa atenção exclusiva. Toda a narração essencial sobre o senhor Stavróguin está ainda por vir; agora só notarei, por pilhéria, que de todas as impressões que ele teve, em todo aquele tempo que passou em nossa cidade, permaneceu a mais nítida em sua memória a figurinha feiosa e quase asquerosa daquele servidorzinho provinciano, ciumento e brutal déspota familiar, sovina e agiota que guardava os restos de seu almoço e os cotos de

---

[7] Victor Prosper Considerant (1808-1893): filósofo e economista francês, adepto das teorias utópicas de Fourier.

suas velas a sete chaves, mas, ao mesmo tempo, defendia furiosamente Deus sabe que futura "harmonia social" e deliciava-se à noite com seu êxtase ante os quadros fantásticos do vindouro falanstério, em cuja próxima realização na Rússia e em nossa província acreditava tanto quanto em sua própria existência. E fazia isso onde arranjara, de tostão em tostão, uma "casinhola", onde se casara pela segunda vez e deitara a mão na herançazinha de sua mulher, onde não havia talvez, num raio de cem verstas, nenhuma pessoa, a começar por ele mesmo, que apenas por fora se assemelhasse ao futuro membro da "república humana universal e socialmente harmoniosa".

"Sabe lá Deus como tais pessoas são feitas!" — pensava Nicolas com perplexidade, ao relembrar, vez por outra, aquele fourierista inopinado.

IV

Nosso príncipe viajou por três anos e tanto, de sorte que acabou quase esquecido em nossa cidade. Soubemos, por intermédio de Stepan Trofímovitch, que percorrera a Europa inteira, chegara a visitar o Egito e passara por Jerusalém; depois se imiscuíra algures numa expedição científica que partia para a Islândia e, realmente, fora à Islândia. Também se dizia que, durante um inverno, ele frequentara aulas numa universidade alemã. Escrevia pouco à sua mãe, uma vez a cada seis meses ou mais raro ainda, porém Varvara Petrovna não se amuava nem se ofendia. Aceitara humildemente essa relação com o filho, estabelecida de uma vez por todas, não ficou reclamando, mas se sentia, com certeza, inquieta e saudosa o tempo todo, ao longo desses três anos, e sonhava sem parar com seu Nicolas. Não compartilhava com ninguém seus sonhos nem suas queixas. Dava para ver que se distanciara um tanto mesmo de Stepan Trofímovitch. Fazia alguns planos em seu íntimo e parecia ainda mais avarenta do que antes, empenhando-se em juntar dinheiro e zangando-se com Stepan Trofímovitch por perder suas apostas no jogo.

Afinal recebeu, em abril deste ano, uma carta de Paris, assinada pela generala Praskóvia Ivânovna Drozdova, sua amiga de infância. Praskóvia Ivânovna, com quem Varvara Petrovna não se encontrava nem se correspondia havia uns oito anos, comunicava-lhe, por meio dessa carta, que Nikolai Vsêvolodovitch se aproximara da sua família, travando amizade com Lisa[8] (sua filha única), e pretendia acompanhá-la numa viagem à Suíça, a Vernex-Montreux, que faria no verão, apesar de acolhido pela família do conde K. (uma pessoa assaz influente em Petersburgo), que ora morava em Paris, como um filho de sangue, tanto assim que praticamente se hospedava na casa do conde. A carta era breve e deixava bem claro seu objetivo, embora não contivesse, a par dos fatos supracitados, nenhuma conclusão. Varvara Petrovna não refletiu por muito tempo, mas se decidiu e se aprontou num piscar de olhos, levou consigo sua pupila Dacha (a irmã de Chátov) e foi, em meados de abril, primeiro a Paris e depois à Suíça. Voltou, no mês de julho, sozinha, deixando Dacha na casa dos Drozdov; quanto aos Drozdov como tais, avisou-nos de terem prometido que nos visitariam em fins de agosto.

---

8 Forma diminutiva e carinhosa do nome russo Yelisaveta (Lisaveta).

Esses Drozdov também eram fazendeiros em nossa província, só que o serviço do general Ivan Ivânovitch (amigo de longa data de Varvara Petrovna e companheiro de armas do seu marido) impedia-os permanentemente de visitar, algum dia, a suntuosa propriedade rural que possuíam. Após a morte do general, sucedida no ano passado, Praskóvia Ivânovna, inconsolável como estava, partira com sua filha para o estrangeiro, disposta, entre outras coisas, a submeter-se ao tratamento vinícola que tencionava fazer, na segunda metade do verão, lá em Vernex-Montreux. E, quando regressasse à pátria, pretendia instalar-se em nossa província para sempre. Tinha uma mansão em nossa cidade, a qual estava vazia, de janelas vedadas, havia muitos anos. Era uma família rica. Praskóvia Ivânovna ou a senhora Tuchiná, em suas primeiras núpcias, era como Varvara Petrovna, sua amiga colegial, filha de um arrendatário dos velhos tempos e recebera por sua vez, depois de casada, uma vultosa herança. O senhor Tuchin, um capitão de cavalaria reformado, também era um homem endinheirado e dotado de certas capacidades. Legou, quando estava para morrer, um bom cabedal à sua única filha Lisa, na época com sete anos de idade. Agora que Lisaveta Nikoláievna tinha cerca de vinte e dois anos, podia-se estimar seu próprio cabedal, sem tanta hesitação, em até duzentos mil rublos, e isso sem falarmos dos bens que lhe caberiam futuramente, com a morte de sua mãe que não tivera filhos no segundo matrimônio. Varvara Petrovna parecia muito contente com sua viagem. Achava que se entendera com Praskóvia Ivânovna de modo satisfatório e, uma vez em casa, participou tudo a Stepan Trofímovitch. Até mesmo se expandiu bastante com ele, o que não lhe ocorria por muito tempo.

— Hurra! — exclamou Stepan Trofímovitch, estalando os dedos.

Ficou extático, ainda mais ao sentir-se, durante toda a separação da sua amiga, extremamente abatido. Partindo para o estrangeiro, Varvara Petrovna nem sequer se despedira direito dele, além de não comunicar nenhum dos seus planos "àquela mulherzinha", talvez por temer que fosse dar com a língua nos dentes. Então se zangava com ele por ter descoberto, de chofre, uma perda considerável que sofrera no jogo. Contudo, percebeu no fundo de seu coração, quando estava ainda na Suíça, que deveria recompensar o amigo abandonado, tão logo voltasse para casa, ainda mais que lhe dispensava, já havia tempos, um tratamento austero. Essa separação repentina e misteriosa afetou e dilacerou o tímido coração de Stepan Trofímovitch, atingido também, como que de propósito, por outras angústias. Padecia notadamente por causa de uma obrigação pecuniária, antiga e relevante, que não poderia, de forma alguma, ser cumprida sem a ajuda de Varvara Petrovna. Como se não bastasse, chegou ao fim, em maio deste ano, o governo de nosso bondoso e brando Ivan Óssipovitch: destituíram-no e até mesmo com certas contrariedades. Mais tarde, na ausência de Varvara Petrovna, consumou-se a posse do novo governador, Andrei Antônovitch von Lembke, e, logo a seguir, começou uma mudança perceptível no relacionamento de quase toda a nossa sociedade provinciana com Varvara Petrovna e, consequentemente, com Stepan Trofímovitch. Ele já havia recolhido, ao menos, umas observações valiosas, embora desagradáveis, e parecia muito intimidado enquanto Varvara Petrovna não estava por perto. Suspeitava, alarmado, que já o tivessem denunciado, em sua qualidade de homem perigoso, para o novo governador. Soube positivamente que algumas das nossas damas tinham a intenção de interromper suas visitas à casa de Varvara Petrovna. Além do mais, comentava-se a respeito da esposa de nosso futuro comandante (cuja chegada era esperada apenas no outono) que era, a julgar pelo zunzum, muito arrogante, mas, em compensação, uma verdadeira aristocrata ao contrário de "qualquer miserável Varvara Petrovna ali". Todo mundo sabia de alguma fonte, com toda a certeza e todas as minúcias, que a esposa do novo governador e Varvara Petrovna já se tinham encontrado outrora, na alta-roda, e que seu encontro resultara numa hostilidade mútua, de modo que bastava, quiçá, tão só aludir à senhora von Lembke para ocasionar uma impressão dolorosa a Varvara Petrovna. A aparência entusiástica e triunfante dela, a desdenhosa indiferença com que ouvira o relato sobre as opiniões de nossas damas e o rebuliço de nossa sociedade, reanimaram, porém, o espírito mal seguro de Stepan Trofímovitch, que andava desalentado, e deixaram-no, de pronto, todo alegre. Com um humor peculiar, jovialmente lisonjeiro, ele se pôs a descrever a posse do novo governador.

— Sem sombra de dúvida, *excellente amie*,[9] a senhora sabe — dizia, exibindo-se e arrastando dengosamente as palavras — o que é o administrador russo, falando de modo geral, e o que é um novo administrador russo, quer dizer, recém-empossado, recém-designado... *Ces interminables mots russes*![10]... Mas é pouco provável que

[9] Caríssima amiga (em francês).

[10] Essas intermináveis palavras russas (em francês).

tenha chegado a saber, na prática, o que é o arroubo administrativo e como é exatamente aquele troço.

— O arroubo administrativo? Não sei o que é.

— Quer dizer... *Vous savez, chez nous*[11]... *En un mot*,[12] faça a última dentre todas as nulidades vender alguma drogazinha de passagens ferroviárias, e essa nulidade logo se achará no direito de bancar Júpiter em sua frente, quando você for comprar uma passagem, *pour vous montrer son pouvoir.*[13] "Deixa que eu mostre este meu poder sobre ti, hein?"... E isso acaba provocando neles o arroubo administrativo. *En un mot*, li por aí que um sacristãozinho qualquer de uma das nossas paróquias estrangeiras... *mais c'est très curieux*[14]... teria enxotado da igreja, ou seja, enxotado literalmente, uma distinta família inglesa, *les dames charmantes*,[15] bem no comecinho da missa quaresmal... *vous savez, ces chants et le livre de Job*[16]... com a única justificativa de que "é coisa errada os estrangeiros zanzando pelas igrejas russas, e têm de vir na hora marcada...", e eis que as levou à síncope... Pois aquele sacristãozinho estava tomado de arroubo administrativo, *et il a montré son pouvoir*[17]...

— Abrevie, se puder, Stepan Trofímovitch.

— O senhor von Lembke viaja agora pela nossa província. *En un mot*, aquele Andrei Antônovitch, ainda que seja um alemão russo de fé ortodoxa e até mesmo (hei de reconhecer isso nele) um bonitão daqueles quarentões...

---

[11] Você sabe, em nosso meio... (em francês).
[12] Numa palavra (em francês).
[13] ... para lhe mostrar seu poder (em francês).
[14] ... mas é muito interessante (em francês).
[15] As damas encantadoras (em francês).
[16] Você sabe, aqueles cantos e o livro de Jó (em francês).
[17] ... e mostrou seu poder (em francês).

— Por que é que o acha um bonitão? Ele tem olhos de carneiro.

— Acho, sim, no mais alto grau. Só que me rendo, tudo bem, à opinião de nossas damas...

— Vamos adiante, Stepan Trofímovitch, eu lhe peço! A propósito, desde quando está usando gravatas vermelhas?

— Eu cá... eu só hoje...

— Mas será que faz caminhadas? Será que anda diariamente seis verstas, segundo lhe prescreveu o doutor?

— Não... nem sempre.

— Eu sabia! Pressenti tudo isso ainda na Suíça! — exclamou Varvara Petrovna, com irritação. — Agora é que não vai mais andar seis verstas, mas dez! O senhor se aviltou horrivelmente, horrível, mas hor-rivelmente! Não apenas envelheceu, mas caducou... fiquei chocada, quando o vi agorinha, apesar dessa sua gravata vermelha... *quelle idée rouge*![18] Continue contando sobre von Lembke, se é que tem realmente o que contar, e termine enfim, por favor, que estou cansada.

— *En un mot*, queria dizer apenas que é um daqueles administradores novatos de quarenta anos, daqueles que vegetam na insignificância, até completarem quarenta anos, e depois se promovem de vez, por meio de uma esposa repentinamente adquirida ou por outro meio não menos temerário... Ou seja, ele está viajando agora... ou seja, quero dizer que logo lhe sussurraram a meu respeito, nos dois ouvidos, que sou corruptor da mocidade e

---

[18] Que ideia vermelha (isto é, revolucionária, comunista, subversiva) (em francês).

propagador do ateísmo provinciano... E ele começou, sem demora, a colher informações.

— Será verdade?

— Até tomei umas providências. Quando "co-mu-ni-ca-ram" que a senhora "teria governado" a província, *vous savez*... ele se permitiu declarar que "não haveria mais dessas coisas".

— Foi isso mesmo que disse?

— Que "não haveria mais dessas coisas", *et avec cette morgue*[19]... E, quanto à esposa dele, Yúlia Mikháilovna, vamos vê-la aqui pelo fim de agosto: virá direto de Petersburgo.

— Do estrangeiro. Encontramo-nos por lá.

— *Vraiment?*[20]

— Em Paris e na Suíça. Ela é parenta dos Drozdov.

— Parenta? Que coincidência admirável! Dizem que é ambiciosa e..., ao que parece, muito bem relacionada.

— Besteira! Só tem uns padrinhozinhos de quinta. Ficou solteira até os quarenta e cinco anos, sem um tostão furado, e depois fisgou aquele seu von Lembke... Pois é claro que todo o seu objetivo consiste agora em fazê-lo subir na vida. São ambos velhacos.

— E dizem que é dois anos mais velha que ele.

— Cinco anos. A mãe dela rastejava, lá em Moscou, na minha soleira; implorava que a convidasse para meus bailes, quando Vsêvolod Nikoláievitch estava aqui, como se fosse uma bênção. E a filha ficava sentada a noite inteira, sozinha num canto qualquer, sem dançar, com aquela sua pinta de turquesa na testa, tanto assim que

---

[19] ... e com aquela soberba (em francês).
[20] Verdade? (em francês).

eu mesma lhe mandava por piedade, três horas depois, o primeiro cavalheiro. Já tinha então vinte e cinco anos, mas a levavam para os bailes de vestidinho curto, como se fosse ainda uma menininha. Chegou a ser indecente convidá-las para nossa casa.

— É como se eu visse aquela pinta agora...

— Pois eu lhe digo que fui lá e logo me deparei com uma intriga. O senhor mesmo leu agorinha a carta de Drozdova, não leu? O que é que poderia, então, ser mais claro? Pois bem, o que vejo? Aquela mesma besta de Drozdova (sempre foi abestalhada, e nada mais!) olha para mim de repente como que perguntando: por que foi que vieste, hein? Dá para imaginar como fiquei surpresa! Dei uma espiada, e lá se requebra essa tal de Lembke, e quem está perto dela é aquele primo, o sobrinho do velho Drozdov... mas é tudo claro! Refiz tudinho, bem entendido, num instante, e Praskóvia passou de novo para meu lado, só que aquela intriga... mas que intriga mesmo!

— Que a senhora, não obstante, venceu. Oh, mas que Bismarck![21]

— Ainda que não seja Bismarck, sou capaz de enxergar a falsidade e a tolice, onde quer que as encontre. Lembke é falsa e Praskóvia é tola. Raras vezes é que já encontrei uma mulher tão desleixada assim, e ainda por cima ela tem pernas inchadas, e ainda por cima ela é bondosa. Quem pode ser mais tolo do que um tolo bondoso?

---

[21] Otto von Bismarck (1815-1898): político alemão, chamado de "chanceler de ferro", que foi primeiro-ministro do Império Germânico de 1871 a 1890.

— Um imbecil maldoso, *ma bonne amie*,[22] um imbecil maldoso é mais tolo ainda — replicou nobremente Stepan Trofímovitch.

— Talvez esteja com a razão... Ainda se lembra de Lisa?

— *Charmante enfant!*[23]

— Não é mais uma *enfant* e, sim, uma mulher e uma mulher geniosa. É nobre, enérgica, e gosto dela porque não perdoa à sua mãe, àquela boba ingênua. Por pouco não houve, pois, toda uma história por conta daquele primo.

— Bah! Mas é verdade que não é nenhum parente de Lisaveta Nikoláievna... Será que se interessa mesmo por ela?

— Sabe, é um jovem oficial, muito calado, até modesto. Sempre desejo ser justa. Pelo que me parece, ele próprio está contra toda aquela intriga e não quer nada; foi só Lembke quem se requebrou. Ele tem tido muito respeito por Nicolas. O senhor entende que o negócio todo depende de Lisa, só que eu a dispus otimamente a favor de Nicolas, e ele mesmo me prometeu que estaria sem falta aqui em novembro. Quer dizer que é só Lembke quem anda mexericando, e Praskóvia é apenas uma mulher cega. Eis que me diz, de repente, que todas as minhas suspeitas são fantasiosas; eis que lhe respondo, bem na cara, que não passa de uma besta. Nem que me cumpra confirmá-lo no Juízo Final, estou pronta! Se Nicolas não me pedisse que largasse tudo por enquanto, não teria ido embora sem antes desmascarar

---

[22] Minha boa amiga (em francês).
[23] Criança encantadora (em francês).

aquela mulher falsa. Andou bajulando o conde K., por causa de Nicolas, quis separar o filho da mãe. Só que Lisa está do nosso lado, e, quanto a Praskóvia, já me entendi com ela. O senhor sabe que Karmazínov é parente daquela mulher?

— Como assim? Parente da *Madame* von Lembke?

— Pois é, dela mesma. Um parente distante.

— Karmazínov, o romancista?

— Pois é, o escritor... por que se espanta tanto? É claro que ele mesmo se acha grande. Um bicho inflado! Eles virão juntos, e agora ela o ostenta naquelas bandas. Pretende organizar alguma coisa aqui, umas reuniões literárias. Ele virá por um mês: quer vender sua última fazenda. Quase me encontrei com ele na Suíça, só que não tive a mínima vontade de encontrá-lo. Espero, aliás, que me conceda a honra de reconhecer esta minha cara. Antigamente escrevia cartas para mim, vinha à nossa casa. Eu gostaria, Stepan Trofímovitch, que o senhor se vestisse melhor: a cada dia que passa, fica tão relaxado... Oh, como o senhor me aflige! O que está lendo agora?

— Eu... eu...

— Compreendo. De novo, aqueles seus companheiros; de novo, aquelas suas festanças, o clube, as cartas e a reputação de ateu. Não gosto dessa reputação sua, Stepan Trofímovitch. Não desejaria que o rotulassem de ateu, sobretudo agora não desejaria. Não o desejei nem antes, porque tudo isso é tão somente uma conversa mole. Mas tenho de lhe dizer isso, por fim.

— *Mais, ma chère*[24]...

---

[24] Mas, minha cara... (em francês).

— Escute, Stepan Trofímovitch: em tudo o que for ciência, eu sou, por certo, ignorante em comparação com o senhor, mas, quando vinha para cá, pensei muito a seu respeito. E me convenci de uma coisa.

— Qual é?

— É que não somos apenas nós dois mais inteligentes do que todo mundo, mas há quem seja mais inteligente do que nós dois.

— Arguto e acertado. Há quem seja mais inteligente, quer dizer, há quem esteja mais certo, quer dizer, nós também podemos cometer erros, não é? *Mais, ma bonne amie*, suponhamos que eu esteja errado, mas será que não tenho, feitas as contas, o meu direito universal, sempiterno e soberano à liberdade de consciência? Tenho, sim, o direito de não ser hipócrita nem fanático, se quiser assim, e serei naturalmente odiado por diversos senhores, em virtude disso, pelo resto de minha vida. *Et puis, comme on trouve toujours plus de moines que de raison*,[25] e como estou de pleno acordo com isso...

— O que foi, o que foi que disse aí?

— Disse: *on trouve toujours plus de moines que de raison*, e como estou...

— Decerto não é uma expressão sua. Deve tê-la tirado de alguma obra?

— Foi Pascal[26] quem o disse.

— Bem que eu pensava... que não foi o senhor! Por que é que nunca diz nada assim, nada de tão breve e

---

[25] E depois, como sempre há mais monges do que razão... (em francês).

[26] Blaise Pascal (1623-1662): grande filósofo, matemático e físico francês.

preciso, mas sempre derrama tanto? Eis um dito muito melhor do que aquele sobre o arroubo administrativo...

— *Ma foi, chérie*[27]... por quê? Em primeiro lugar, porque não sou provavelmente nenhum Pascal da vida, *et puis*... em segundo lugar, porque nós, os russos, não podemos dizer coisa alguma em nossa própria língua... Até agora, pelo menos, não dissemos ainda nada...

— Hum! Talvez não seja verdade. Deveria, pelo menos, anotar e decorar tais palavras para usá-las numa conversa, sabe?... Ah, Stepan Trofímovitch, eu vinha com a firme intenção de lhe falar, mas bem firme!

— *Chère, chère amie!*[28]

— Agora que todas aquelas Lembkes, todos aqueles Karmazínovs... Oh, meu Deus, como o senhor se aviltou! Oh, como me aflige!... Eu desejaria que aquelas pessoas sentissem respeito pelo senhor, porque não valem um dedo seu, nem sequer seu mindinho, mas o senhor se comporta como? O que elas verão? O que mostrarei para elas? Em vez de encarnar um testemunho nobre, em vez de continuar servindo de exemplo, o senhor se rodeia dessa escória, tem adquirido esses hábitos impossíveis, tem caducado, não pode mais viver sem seu vinho e seu baralho, não lê nada além de Paul de Kock nem escreve mais nada, enquanto eles todos escrevem alguma coisa ali, e gasta todo o seu tempo em papear. Seria possível, seria admissível andar com os biltres iguais àquele seu inseparável Lipútin?

— Por que ele seria *meu* e *inseparável*? — protestava timidamente Stepan Trofímovitch.

---

[27] Juro, querida... (em francês).

[28] Cara, cara amiga! (em francês).

— Onde ele está agora? — prosseguia Varvara Petrovna, num tom severo e brusco.

— Ele... ele respeita infinitamente a senhora e foi a S-k para receber a herança de sua mãe.

— Parece que não faz outra coisa senão receber dinheiro. E Chátov? Está do mesmo jeito?

— *Irascible, mais bon.*[29]

— Detesto esse seu Chátov: é maldoso e presunçoso.

— Como está a saúde de Dária Pávlovna?

— O senhor fala de Dacha? Por que será? — Varvara Petrovna mirou-o com curiosidade. — Ela está bem, deixei-a com as Drozdova... Ouvi algo sobre seu filho, lá na Suíça, e não foi algo bom, mas ruim.

— *Oh, c'est une histoire bien bête! Je vous attendais, ma bonne amie, pour vous raconter*[30]...

— Chega, Stepan Trofímovitch, veja se me deixa em paz, que estou exausta. Teremos bastante tempo para falar, sobretudo de coisas ruins. O senhor começa a cuspir, quando está rindo: é simplesmente uma caduquice pura! E de que modo estranho é que está rindo agora... Meu Deus, quantos maus hábitos tem acumulado! Karmazínov nem virá visitá-lo! E, por aqui, todos se alegram mesmo sem isso... Agora o senhor se revelou por inteiro. Mas chega, chega, que estou cansada! Será que não pode, afinal, poupar a gente?

Stepan Trofímovitch "poupou a gente", mas se retirou todo confuso.

---

[29] Irascível, mas bom (em francês).

[30] Oh, é uma história muito boba! Esperava por você, minha boa amiga, para lhe contar (em francês)

V

É verdade que nosso amigo acumulou uma porção de maus hábitos, sobretudo nesses últimos tempos. Degradou-se visível e rapidamente, tornou-se, de fato, relaxado. Bebia mais, andava mais emotivo e lacrimoso, além de demasiado sensível ao belo. Seu rosto adquiriu a estranha capacidade de mudar com uma celeridade extraordinária, passando, por exemplo, da expressão mais solene para a mais ridícula e até mesmo aparvalhada. Ele não suportava a solidão e anelava, o tempo todo, por qualquer divertimento que fosse. Tínhamos de lhe contar, todo santo dia, alguma fofoca, alguma anedota urbana, sendo essas sem falta novinhas em folha. Se ninguém vinha por muito tempo à sua casa, Stepan Trofímovitch se punha a andar tristemente de quarto em quarto, acercava-se da janela, movia, todo pensativo, os lábios, dava suspiros profundos e ficava, por fim, quase choramingando. Tinha constantes palpites, temia que sobreviesse algo inesperado e inevitável; assustava-se amiúde e prestava muita atenção em seus sonhos.

Passou todo aquele dia, até o anoitecer, numa tristeza enorme, mandou chamarem por mim, falou por muito tempo, bem ansioso, contou muitas coisas, porém de forma assaz desconexa. Varvara Petrovna sabia, já havia tempos, que ele não ocultava nada de mim. Achei finalmente que estivesse preocupado com algo insólito, com algo que talvez nem ele mesmo pudesse imaginar. De ordinário, quando nos encontrávamos antes a sós e ele começava a reclamar comigo, uma garrafinha era, quase sempre, trazida pouco depois, e o ambiente se tornava bem mais reconfortante. Dessa vez, não havia mais vinho e dava para perceber que ele reprimia volta e meia sua vontade de mandar buscá-lo.

— Por que ela se zanga o tempo todo? — reclamava a cada minuto, igual a uma criança. — *Tous les hommes de génie et de progrès en Russie étaient, sont et seront toujours des* jogadores de baralho *et des* beberrões *qui boivent en zapoï*[31]..., e eu cá não jogo nem bebo tanto assim... Ela me censura por não escrever mais nada? Que ideia bizarra!... Por que fico deitado? O senhor, diz ela para mim, há de se postar como "exemplo e reproche encarnado". *Mais, entre nous soit dit,*[32] o que é que um homem predestinado a postar-se "como reproche" tem a fazer, senão a ficar deitado? Será que ela sabe disso?

E, afinal, esclareceu-se para mim aquela tristeza essencial, insólita, que na ocasião estava tão persistente em atormentá-lo. Naquela noite, ele se aproximou várias vezes do espelho e se deteve em sua frente. Enfim se virou para mim, dando as costas ao espelho, e disse com um desespero estranho:

— *Mon cher, je suis*[33] um homem degenerado!

E, realmente, sempre tivera até então, até aquele mesmo dia, absoluta certeza de uma só coisa, apesar de todas as "novas visões" e todas as "mudanças de ideia" de Varvara Petrovna: a de ser ainda encantador para seu coração feminino, ou seja, não apenas em suas qualidades de exilado ou de renomado cientista, mas também como um homem bonito. Essa convicção lisonjeira e leniente

---

[31] Todos os homens geniais e progressistas na Rússia eram, são e sempre serão [jogadores de baralho] e [beberrões] que não param de beber (em francês).

[32] Mas, entre nós seja dito... (em francês).

[33] Meu caro, eu sou... (em francês).

ficara enraizada nele por vinte anos e, dentre todas as suas convicções, seria a mais difícil, quem sabe, de ser abandonada. Será que já pressentia, naquela noite, que provação colossal esperava por ele num futuro tão próximo?

VI

E agora procederei à descrição daquele caso um tanto engraçado pelo qual, seja dita a verdade, começa esta minha crônica.

As Drozdova voltaram, afinal, em fins de agosto. Sua chegada antecedeu um pouco a de sua parenta, esposa do novo governador esperada, havia tempos, pela cidade inteira, e produziu, de modo geral, uma excelente impressão em nossa sociedade. Contudo, vou relatar todos esses eventos interessantes mais tarde, limitando-me por ora a dizer que Praskóvia Ivânovna trouxe a Varvara Petrovna, que a aguardava com tanta impaciência, um enigma bem preocupante: Nicolas se despedira delas ainda em julho, ao encontrar o conde K. na região do Reno, e partira com ele e sua família para Petersburgo. (NB:[34] Todas as três filhas do conde estão na idade de se casar).

— Com Lisaveta, que é orgulhosa e teimosa demais, não consegui nada — concluiu Praskóvia Ivânovna —, mas vi, com os próprios olhos, que algo tinha acontecido entre ela e Nikolai Vsêvolodovitch. Não conheço os motivos, mas me parece que você terá, minha amiga

---

[34] *Nota bene* (em latim): note-se bem, leve-se em conta.

Varvara Petrovna, de perguntar por eles à sua Dária Pávlovna. Eu acho que Lisa ficou magoada. Estou felicíssima de lhe trazer enfim sua favorita e de entregá-la em suas mãos: um problema a menos.

Essas palavras peçonhentas foram pronunciadas com notável irritação. Percebia-se que "a mulher desleixada" as preparara de antemão e prelibava o efeito que causariam. Não era, porém, Varvara Petrovna quem se deixaria desconcertar com tais efeitos e adivinhas sentimentais. Ela exigiu rigorosamente as explicações mais precisas e satisfatórias. Praskóvia Ivânovna baixou logo o tom e acabou rompendo a chorar e mesmo se desfazendo em amicíssimos desabafos. Aquela dama irritadiça, mas emotiva, também necessitava o tempo todo, igual a Stepan Trofímovitch, de uma amizade verdadeira, de sorte que sua queixa principal contra a filha, Lisaveta Nikoláievna, consistia notadamente em "não ser essa sua amiga".

Todavia, em meio a todas as suas expansões e explicações, apenas se soube com toda a certeza que houvera, de fato, alguma desavença entre Lisa e Nicolas, mas, aparentemente, Praskóvia Ivânovna não fazia nem a menor ideia do tipo exato dessa desavença. Quanto às acusações dirigidas contra Dária Pávlovna, não só desistiu totalmente delas, no fim das contas, mas até mesmo pediu que não se atribuísse nenhum significado especial às suas palavras recentes, porque as dissera "numa irritação". Em suma, parecia tudo muito obscuro, se não suspeito. A julgar pelas suas falas, a desavença se originara daquela índole "teimosa e jocosa" de Lisa, e "nosso altivo Nikolai Vsêvolodovitch, embora andasse muito apaixonado, não pudera suportar as galhofas dela e também se mostrara galhofeiro".

— Pouco depois conhecemos um moço: parece que é sobrinho de seu "professor", e o sobrenome é o mesmo...

— Não é sobrinho e, sim, filho dele — corrigiu Varvara Petrovna. Praskóvia Ivânovna nunca soubera decorar o sobrenome de Stepan Trofímovitch e costumava chamá-lo, desde antes, de "professor".

— Se for filho, que seja filho, melhor ainda; e, para mim, tanto faz. Um moço qualquer, muito vivo e desenvolto, mas não tem nada de especial. E foi Lisa quem agiu mal, ela mesma: aproximou aquele moço de propósito, para que Nikolai Vsêvolodovitch se enciumasse. Não condeno aquilo tanto assim: coisa de mocinha, comum, até bonitinha. Só que Nikolai Vsêvolodovitch, em vez de se enciumar, fez o contrário: ficou amigo do moço, como se não enxergasse nada ou não se importasse. Foi por isso que Lisa explodiu. O moço foi logo embora (estava com muita pressa), e Lisa passou a implicar, em qualquer oportunidade, com Nikolai Vsêvolodovitch. Percebeu que ele falava às vezes com Dacha e se enfureceu toda: aí, minha querida, nem eu tive mais sossego. Os doutores proibiram que me irritasse, mas aquele lago famoso me tinha aborrecido tanto que até meus dentes doíam por causa dele, tamanho era o reumatismo. Escrevem lá nos jornais que o lago de Genebra dá dor de dentes, que tem mesmo essa propriedade. E Nikolai Vsêvolodovitch recebeu de repente uma carta daquela condessa e deixou logo a casa da gente: aprontou-se num dia só. Pois esses dois se despediram como amigos, e Lisa estava, quando se despedia dele, muito alegre e leviana, e gargalhava sem parar. Mas era tudo fingido. Mal ele partiu, ficou toda pensativa e não se lembrava mais dele nem deixava que eu me lembrasse. E para você também, minha cara

Varvara Petrovna, eu sugeriria que não falasse agora com Lisa sobre esse assunto, senão há de estragar o nosso negócio. E, se estiver calada, ela mesma será a primeira a conversar com você, aí é que saberá de tudo. Eu acho que ficarão juntos de novo, salvo se Nikolai Vsêvolodovitch descumprir sua promessa de vir rápido para cá.

— Vou escrever imediatamente para ele. Se é que aconteceu tudo dessa maneira, foi uma rixazinha à toa, uma besteira! Aliás, conheço Dária o suficiente para saber que não tem nada a ver com isso.

— Quanto a Dáchenka, sinto muito, que pequei. Só houve conversas ocas então, só lengalengas. Mas eu cá, minha querida, fiquei muito triste com toda essa história. E Lisa também, pelo que vi, já voltou a tratá-la com seu carinho de antes...

No mesmo dia, Varvara Petrovna escreveu para Nicolas, implorando-lhe que viesse, ao menos, um mês antes do prazo definido por ele. Restava, ainda assim, algo nebuloso nisso, algo que ela ignorava. Quedou-se pensando a tarde inteira e a noite toda. A opinião de "Praskóvia" parecia-lhe por demais ingênua e sentimental. "Praskóvia tem sido sensível demais a vida toda, desde o colégio ainda" — pensava. — "Nicolas não se deixaria afugentar pelas troças de uma garota. Existe outro motivo, se é que houve mesmo uma desavença. De resto, aquele oficial está aqui: elas o trouxeram consigo e alojaram em sua casa, como se fosse um parente. E, quanto a Dária também, foi depressa demais que Praskóvia se arrependeu: guardou, por certo, alguma coisa lá dentro, não quis dizer para mim...". Destarte, ao amanhecer, Varvara Petrovna já havia amadurecido o projeto de acabar, pelo menos, com uma das suas dúvidas: um projeto magnífico de tão inesperado. Seria difícil imaginar o que lhe pesava no coração, no momento de elaborá-lo, e não me proporia, eu mesmo, a esquadrinhar antecipadamente todas as contradições de que ele se compunha. Limito-me apenas, a título de cronista, a descrever os acontecimentos exatamente tais como foram, e a culpa não é minha se eles parecerem inacreditáveis. Cumpre-me, no entanto, testemunhar mais uma vez que ela não tinha, pela manhã, nem sombra de suspeitas em relação a Dacha, nem tivera jamais, em verdade, suspeita alguma por confiar plenamente nela. Não admitia nem sequer uma suposição de que seu Nicolas pudesse apaixonar-se pela sua... "Dária". Foi de manhã, quando Dária Pávlovna servia o chá à sua mesinha, que Varvara Petrovna a fitou longa e atentamente, e disse a si mesma, quiçá pela vigésima vez desde a véspera, com plena confiança:

— É tudo besteira!

Percebeu, quando muito, que Dacha parecia algo cansada e estava ainda mais quieta do que antes, ainda mais apática. Após o chá, conforme o hábito estabelecido de uma vez por todas, ambas se puseram a bordar. Varvara Petrovna exigiu um relatório circunstanciado sobre as impressões estrangeiras de Dacha, principalmente sobre a natureza, os habitantes, as cidades, os costumes, as artes e indústrias de lá, ou seja, sobre tudo quanto ela pudera notar. Não fez nenhuma pergunta acerca das Drozdova e de como vivera com elas. Sentada ao seu lado, junto a uma mesinha de bordar, Dacha a auxiliava em seu trabalho e contava-lhe tudo isso, já havia meia hora, com sua voz sempre igual, monótona e um tanto fraca.

— Dária — Varvara Petrovna interrompeu-a de supetão —, será que não tem aí nada de especial que gostaria de contar para mim?

— Não, nada... — Dacha pensou um pouquinho e mirou Varvara Petrovna com seus olhos serenos.

— Na alma, no coração, na consciência?

— Nada — repetiu Dacha, em voz baixa, mas com certa firmeza sombria.

— Bem que eu sabia! Saiba, Dária, que nunca desconfiarei de você. Agora fique sentada e escute. Passe para aquela cadeira, sente-se bem na minha frente, que quero vê-la inteira. Assim. Escute, pois: quer casar-se?

Dacha lhe respondeu com um longo olhar interrogativo, que não estava, aliás, demasiado surpreso.

— Espere, não diga nada. Em primeiro lugar, há uma diferença de idade, bastante grande, porém você mesma sabe, melhor do que todo mundo, quanta bobagem é aquela. Você é sensata, e não deve haver erros em sua vida. Além do mais, ainda é um homem bonito... Numa palavra, é Stepan Trofímovitch que você sempre respeitou. O que acha?

Dacha olhou de modo ainda mais interrogativo e, dessa vez, não apenas se surpreendeu, mas também se ruborizou perceptivelmente.

— Espere, não diga nada; não se apresse! Se bem que tenha dinheiro, segundo meu testamento, o que será de você, mesmo endinheirada, se acaso eu morrer? Será enganada, perderá seu dinheiro e perecerá. Mas, se casada com ele, será a esposa de um homem ilustre. Agora veja pelo outro lado: se eu morrer logo, o que será dele nem que o deixe endinheirado também? Mas em você poderei confiar mesmo. Espere, que não terminei: ele é leviano, moleirão, cruel, egoísta e tem hábitos baixos, mas você deve prezá-lo, até porque, em primeiro lugar, há quem seja muito pior. Não quero, afinal de contas, entregá-la a um canalha qualquer, só para me livrar de você: será que imaginou algo assim? E, o principal, vai prezá-lo porque eu lhe peço — atalhou, de súbito, com irritação —, ouviu? Por que está emburrada, hein?

Calada, Dacha continuava a escutá-la.

— Espere ainda, espere! Ele é uma mulherzinha, mas tanto melhor para você. Uma mulherzinha de lastimar, aliás: nenhuma mulher deveria amá-lo. Mas vale a pena amá-lo por ser indefeso, e veja você se o ama por isso. Será que me entende? Entende?

Dacha inclinou afirmativamente a cabeça.

— Bem que eu sabia: nem esperava nada menor de você. Ele a amará porque deve amá-la, deve! Ele deve adorá-la! — guinchou Varvara Petrovna, com uma irritação singular. — De resto, ele se apaixonará por você mesmo sem dever, eu o conheço bem! Ademais, eu também estarei por perto. Não se preocupe, que estarei sempre por perto. Ele reclamará de você, começará a caluniá-la, a cochichar a seu respeito com quem vier, ficará choramingando, choramingando sem fim; vai escrever cartas para você, do quarto vizinho, duas cartas por dia, mas, ainda assim, não poderá viver sem você, e isso é o mais importante. Faça que lhe obedeça; se não conseguir, será uma boba. Se ele quiser enforcar-se, se chegar a ameaçá-la, não acredite, que é uma besteira pura! Não acredite, mas fique de olho nele, ainda assim: quem sabe se não se enforcará mesmo algum dia; portanto, nunca o leve ao extremo, essa é a primeira regra da vida conjugal. Lembre-se também de que é um poeta. Escute, Dária: não há felicidade maior do que a de você se sacrificar. E me fará, ainda por cima, um grande prazer, o que é o principal. Não pense aí que papagueei agorinha por mera tolice: entendo bem o que digo. Sou egoísta, sim, e seja você também egoísta. Não a obrigo: depende tudo da sua vontade e será como você quiser. Pois bem, por que está sentada aí? Diga alguma coisa!

— Tanto faz para mim, Varvara Petrovna, se for tão necessário assim que me case — respondeu Dacha, com firmeza.

— Necessário? A que é que está aludindo? — Varvara Petrovna fixou nela um olhar atento e ríspido.

Remexendo no bastidor com sua agulha, Dacha estava calada.

— Embora seja inteligente, só diz besteiras. É verdade que pretendo fazer sem falta, agora mesmo, que você se case, mas não é por necessidade e, sim, porque tive apenas essa ideia, e só se trata de Stepan Trofímovitch e de mais ninguém. Não fosse Stepan Trofímovitch, eu nem pensaria em seu casamento agora, se bem que você já tenha vinte anos... O que acha, pois?

— Farei o que apetecer à senhora, Varvara Petrovna.

— Então concorda! Espere, não diga nada... por que tanta pressa, se nem terminei ainda? Receberá quinze mil rublos, em termos do meu testamento. Vou repassá-los para você agora mesmo, logo que se casar. Vai entregar oito mil para ele, quer dizer, não para ele, mas para mim. Ele me deve oito mil rublos, e vou saldar essa dívida, mas ele precisa saber que vou saldá-la com esse seu dinheiro. Você ficará, pois, com sete mil nas mãos, e veja se não dá nunca a ele nem um rublo sequer. Nunca pague as dívidas dele: se pagar uma vez só, será uma bola de neve. Aliás, eu mesma estarei sempre por perto. Vão receber de mim, vocês dois, mil e duzentos rublos anuais de sustento e, com os adicionais, mil e quinhentos, sem contar a moradia e a alimentação que também lhes fornecerei, do mesmo jeito que tenho fornecido a ele. Só terão de arranjar sua própria criadagem. Vou entregar para você toda a quantia anual de vez, diretamente para suas mãos. Mas tenha a bondade: até que pode dar, de vez em quando, algum dinheirinho a ele e deixar que os companheiros o visitem, mas só uma vez por semana, e, se vierem com mais frequência, então os bote para correr. Aliás, eu mesma estarei por perto. E, se eu morrer, a pensão de vocês não se interromperá até a morte dele, ouviu? Apenas até a morte dele, já que é a pensão dele e não a sua. E para você, além desses sete mil que hão de permanecer intactos, salvo se fizer alguma bobagem aí, deixarei outros oito mil em termos do testamento. E não lhe darei mais nada, precisa saber disso. Pois bem: concorda ou não? Vai dizer finalmente alguma coisa, não vai?

— Já disse, Varvara Petrovna.

— Lembre-se, pois, de que tudo depende da sua vontade e será como você quiser.

— Mas permita, Varvara Petrovna: Stepan Trofímovitch já falou por acaso com a senhora?

— Não falou, não, nem sabe de nada, mas... agora é que vai falar!

Ela se levantou, num átimo, e jogou seu xale negro por cima dos ombros. Dacha tornou a corar de leve e seguiu-a com um olhar interrogativo. De chofre, Varvara Petrovna se voltou para ela: seu rosto estava em chamas de tanta ira.

— É uma boba! — caiu em cima dela, como um gavião. — Uma boba ingrata! O que tem em mente? Pensa aí porventura que vou comprometê-la de algum jeito, nem que seja um tantinho assim? Mas ele mesmo vai implorar de joelhos, rastejando; terá de morrer de felicidade — é dessa maneira que tudo será feito! Pois você sabe que não deixarei machucá-la, não sabe? Ou talvez pense que ele se casará com você por causa desses oito mil e que eu vou correndo vendê-la agora? Boba, que boba: todas vocês são bobas ingratas! Passe-me a sombrinha!

E foi correndo, pelos passeios molhados de tijolos e pelas calçadas de madeira, à casa de Stepan Trofímovitch.

VII

É verdade que não deixaria machucar sua "Dária", ainda mais agora que se considerava, pelo contrário, a benfeitora dela. Foi a indignação mais nobre e irreprochável que prorrompeu em sua alma quando, ao colocar o xale, captou o olhar confuso e desconfiado com que sua pupila a fitava. Gostava dela sinceramente desde criança, de modo que Praskóvia Ivânovna tinha razão em chamar Dária Pávlovna de sua favorita. Varvara Petrovna já concluíra de uma vez por todas, havia tempos, que "o caráter de Dária não se assemelhava ao do irmão" (isto é, ao caráter do irmão dela, Ivan Chátov), que essa moça era tranquila e dócil, capaz de grandes sacrifícios, e que se destacava pela sua lealdade, pela modéstia incomum, pela rara sensatez e, máxime, pela sua gratidão. Em aparência, Dacha justificava até então todas as expectativas de Varvara Petrovna. "Não haverá erros nessa vida" — dissera ela, quando a menina tinha apenas doze anos, e, como soía afeiçoar-se, passional e obstinadamente, a cada sonho a cativá-la, a cada novo destino seu, a cada ideia sua que parecesse sábia, logo decidira criar Dacha como uma filha de sangue. Guardou, de imediato, um cabedal para ela e convidou para sua casa uma governanta, a *Miss* Kriegs, que viveria lá até a aluna completar dezesseis anos e depois, repentinamente, seria despedida por algum motivo. Vinham também alguns mestres ginasiais, inclusive um verdadeiro francês que ensinou Dacha a falar sua língua. Ele também perdeu seu emprego de súbito, como se o tivessem enxotado. Uma daminha pobre, viúva de origem fidalga, que estava ali de passagem ensinava a menina a tocar piano. Entretanto, o pedagogo-mor era, nada obstante, Stepan Trofímovitch. Fora ele, de fato, o primeiro a descobrir Dacha, começando a educar essa criança quietinha ainda quando Varvara Petrovna nem pensava nela. Volto a repetir: era pasmoso como as crianças se apegavam àquele homem! Lisaveta Nikoláievna Tuchiná estudou com ele dos oito aos onze anos. Entenda-se bem que Stepan Trofímovitch lhe dava aulas de graça e nunca teria aceitado nenhuma remuneração dos Drozdov, porém se apaixonou, ele próprio, por aquela menina encantadora a quem recitava diversos poemas sobre a construção do mundo, o feitio da Terra e a história da humanidade. Aliás, suas aulas sobre os povos primitivos e os homens das cavernas eram mais empolgantes do que quaisquer lendas árabes. Embevecida com tais relatos, Lisa arremedava depois, mui engraçadamente, Stepan Trofímovitch, quando estava em casa. Ele ficou ciente disso e, certa feita, apanhou-a em flagrante. Lisa se atirou em seus braços e chorou de vergonha. Stepan Trofímovitch também chorou, mas de êxtase. Contudo,

Lisa foi embora logo a seguir, ficando somente Dacha sob seus cuidados. Quando os mestres começaram a ensiná-la, Stepan Trofímovitch abriu mão das aulas e, pouco a pouco, deixou-a sem a mínima atenção. Assim se passou muito tempo. Certa vez, quando ela já tinha dezessete anos, Stepan Trofímovitch se surpreendeu com sua graciosidade. Isso ocorreu à mesa de Varvara Petrovna. Ele se pôs a conversar com a moça, apreciou muito as suas respostas e acabou por lhe oferecer um extenso e sério curso de história das letras russas. Varvara Petrovna agradeceu-lhe, com elogios, essa brilhante ideia, e Dacha ficou jubilosa. Stepan Trofímovitch preparou suas aulas com especial afinco, e eis que o curso começou. Primeiro veio o período mais antigo; a aula inaugural foi fascinante; Varvara Petrovna também a presenciou. Quando Stepan Trofímovitch terminou e, antes de se retirar, declarou à sua aluna que da próxima vez analisaria o "Conto das hostes de Ígor",[35] Varvara Petrovna se levantou de improviso e disse que não haveria mais aulas. Stepan Trofímovitch se melindrou, mas permaneceu calado, Dacha enrubesceu, e o projeto todo chegou ao fim. Isso aconteceu precisamente três anos antes da atual fantasia inesperada de Varvara Petrovna.

O coitado do Stepan Trofímovitch estava sozinho e não pressentia nada. Triste e meditativo, olhava vez por outra pela janela, havia bastante tempo, para ver se vinha algum dos seus conhecidos. No entanto, ninguém queria visitá-lo. Chuviscava lá fora, o frio aumentava;

---

[35] Uma das obras mais antigas da literatura russa, escrita por volta de 1185.

ele suspirou, já que teria de acender o forno. De chofre, uma visão pavorosa surgiu diante dos seus olhos: era Varvara Petrovna que vinha, tão tarde e a más horas, à sua casa! E vinha a pé, apesar do mau tempo! Ele ficou tão aturdido que se esqueceu de trocar de roupas e recebeu a visita como estava, ou seja, sem tirar aquele jaquetão rosa, acolchoado, que usava de praxe.

— *Ma bonne amie!...* — exclamou, em voz fraca, ao vê-la chegar.

— O senhor está só, fico contente: detesto esses seus amigos! Quanto é que fuma, o tempo todo; meu Deus, mas que ar é esse! Nem terminou de tomar seu chá, e olhe que já vai para a meia-noite! Sua bem-aventurança é a desordem! Seu deleite é o lixo! Que papeletes rasgados são esses, ali no chão? Nastácia, Nastácia! O que anda fazendo sua Nastácia? Abre as janelas, os postigos, as portas, hein, queridinha! Abre tudo de par em par! E nós vamos à sala, que tenho um assunto a tratar com o senhor. Mas varre esse chão uma vez na vida, comadre!

— É que jogam o lixo! — guinchou Nastácia, com uma vozinha irritadiça e lamentosa.

— Então varre, varre quinze vezes por dia! Sua sala é ruinzinha (entrando ambos na sala). Feche bem as portas, que ela vai espionar. Tem de trocar esse papel de parede, sem falta. Já lhe mandei um estofador com amostras, então por que não escolheu nada? Sente-se, pois, e escute. Sente-se enfim, por favor. Aonde vai, hein? Aonde vai? Aonde é que vai?

— Já... volto — gritou Stepan Trofímovitch do quarto ao lado. — Eis-me aqui de novo!

— Ah, sim, trocou de roupas! — Ela o examinou, irônica (tinha vestido a sobrecasaca por cima do seu jaquetão). — Isso combinará mais, realmente... com nossa conversa. Sente-se enfim, por favor.

Explicou-lhe tudo de vez, brusca e convincentemente. Aludiu, inclusive, àqueles oito mil rublos que lhe eram vitais. Contou, com detalhes, sobre o dote. Stepan Trofímovitch arregalava os olhos e tremelicava. Ouvia tudo, mas não conseguia pensar de maneira clara. Queria falar, mas sua voz se interrompia volta e meia. Sabia apenas que seria tudo exatamente assim como ela dizia, que não adiantaria discutir nem discordar, que ele se casaria sem remissão.

— *Mais, ma bonne amie*, o terceiro casamento na minha idade... e com uma criança dessas! — articulou finalmente. — *Mais c'est une enfant!*[36]

— Uma criança que já tem vinte anos, graças a Deus! Não revire, por gentileza, essas suas pupilas, faça favor, que não está num teatro. É muito inteligente e instruído, mas não entende nada da vida e precisa sempre de uma babá. Eu vou morrer, e o que será do senhor? Mas ela será uma boa babá: é uma moça humilde, mas firme e sensata. Além do mais, eu mesma estarei por perto, que não vou morrer tão depressa assim. É uma moça caseira, um anjo de pacatez. Essa feliz ideia me veio ainda lá na Suíça. Será que entende, pois eu mesma lhe digo isto, que é um anjo de pacatez? — gritou de repente, cheia de fúria. — Sua casa está imunda, mas ela a deixara limpa, arrumadinha: ficará tudo que nem um espelho... Eh, mas será que o senhor imagina aí que tenho ainda de me curvar, com um tesouro daqueles na mão, de calcular todas as vantagens, de arranjar casamento? Mas o senhor

---

[36] Mas é uma criança (em francês).

deveria pedir de joelhos... Oh, mas que homem inútil, inútil e covarde!

— Mas... já sou velho!

— O que significam seus cinquenta e três anos, hein? Cinquenta anos não são o fim, mas o meio da vida. É um homem bonito e sabe disso. Também sabe como ela o respeita. O que será dela, se eu morrer? E, se casada com o senhor, estará tranquila, e eu cá também. O senhor tem nome e prestígio, tem um coração amoroso; recebe uma pensão que me acho no dever de lhe pagar. Quem sabe se não vai salvá-la, salvar! Em todo caso, vai honrá-la. Vai moldá-la para a vida, desenvolver o coração, orientar a mente dela. Quantos jovens perecem agora porque a mente deles está voltada para o mal! E sua obra aparecerá até lá, e o senhor lembrará logo de si.

— Justamente... — gaguejou ele, já lisonjeado com essas hábeis adulações de Varvara Petrovna. — Pretendo, justamente, retomar agora meus "Contos da história espanhola"...

— Mas que coincidência, está vendo?

— E... ela mesma? A senhora já falou com ela?

— Não se preocupe com ela nem fique bisbilhotando, aliás. É claro que deve pedi-la pessoalmente em casamento, rogar que lhe conceda essa honra, entende? Mas não se inquiete, que eu mesma estarei por perto. Ademais, o senhor a ama...

Stepan Trofímovitch se sentiu tonto: as paredes foram girando ao seu redor. Havia nisso uma ideia terrível, com que ele não podia reconciliar-se de forma alguma.

— *Excellente amie!* — De chofre, sua voz ficou trêmula. — Eu... eu nunca pude imaginar que a senhora resolveria casar-me... com outra... mulher!

— Não é uma donzela, Stepan Trofímovitch: casam só as donzelas, e o senhor se casa por conta própria — chiou Varvara Petrovna, como uma víbora.

— *Oui, j'ai pris un mot pour un autre. Mais... c'est égal*[37]... — Ele a encarava, com ares de desnorteio.

— Bem vejo que *c'est égal* — respondeu ela com desdém, por entre os dentes. — Meu Deus, mas ele desmaiou! Nastácia, Nastácia, traz água!

A água não foi necessária. Ele se recobrou. Varvara Petrovna pegou sua sombrinha.

— Percebo que agora não adianta falar com o senhor...

— *Oui, oui, je suis incapable.*[38]

— Mas, até amanhã, o senhor descansará e pensará direito. Fique em casa; se acontecer alguma coisa, avise-me nem que seja de noite. Não escreva cartas, que não vou nem lê-las. Amanhã, na mesma hora, virei aqui novamente, sozinha, buscar sua resposta definitiva e espero que ela seja satisfatória. Faça que não haja ninguém com o senhor e que não haja mais lixo, senão essa sua casa vai parecer com o quê? Nastácia, Nastácia!

Entenda-se bem que no dia seguinte ele aceitou a proposta; de resto, nem podia recusá-la. Havia nisso uma circunstância particular...

VIII

A propriedade de Stepan Trofímovitch, como era denominada em nosso meio (contando com uns cinquenta

---

[37] Sim, confundi uma palavra com a outra. Mas... é a mesma coisa (em francês).

[38] Sim, sim, não estou em condição (em francês).

servos, na visão antiga, e contígua a Skvorêchniki), nem por sombra era dele mesmo, mas pertencera à sua primeira esposa e agora, por conseguinte, pertencia ao filho do casal, chamado Piotr Stepânovitch Verkhôvenski. Stepan Trofímovitch era apenas o tutor de sua cria, portanto, mal esta se emplumou, ficou gerindo a propriedade com base numa procuração formal que recebera do filho. Era uma transação vantajosa para aquele moço, já que o pai lhe repassava até mil rublos por ano como o lucro da propriedade, a qual não auferia, com esse novo regime, nem quinhentos rublos anuais (ou, talvez, menos ainda). Só Deus sabe como se estabeleceu um relacionamento desses. Aliás, quem repassava mil rublos no total era Varvara Petrovna, enquanto Stepan Trofímovitch não desembolsava nem um único rublo. Deixava, pelo contrário, todo o lucro do sitiozinho em seu bolso e acabou, como se não bastasse, por arruiná-lo em definitivo, alugando-o para um industrial e vendendo como lenha, sem ter avisado Varvara Petrovna, o bosque, ou seja, a parte mais preciosa da propriedade. Já fazia bastante tempo que vendia aquele bosque aos poucos e, bem que valesse ao menos uns oito mil rublos, cobrou por ele todo apenas cinco mil. O problema é que perdia, às vezes, muito dinheiro no clube e tinha medo de pedir ajuda a Varvara Petrovna. Quando afinal ela soube de tudo, ficou rangendo os dentes. E eis que o filhinho informava agora, sem mais nem menos, que viria pessoalmente vender seus bens a qualquer preço, encarregando o pai de colocá-los logo à venda. É claro que, nobre e desapegado como era, Stepan Trofímovitch se envergonhou diante *de ce cher enfant*[39] (que vira,

---

[39] ... desse querido menino (em francês).

pela última vez, havia nove anos inteiros, quando ele estudava em Petersburgo). Inicialmente a propriedade toda podia valer uns treze ou catorze mil, mas agora seria pouco provável que alguém pagasse por ela sequer cinco milzinhos. Sem dúvida, Stepan Trofímovitch tinha, em termos de sua procuração formal, pleno direito de vender o bosque e, pretextando a impossível renda anual de mil rublos, repassada meticulosamente por tantos anos, reservar uma boa quantia para si mesmo na hora de ajustarem contas. Mas Stepan Trofímovitch era nobre, propenso a aspirações sublimes. Uma ideia assombrosamente bela surgiu, pois, em sua cabeça: quando Petrucha[40] tivesse chegado, ele botaria na mesa, súbita e sublimemente, o valor máximo da propriedade, nem que montasse a quinze mil rublos, e depois, sem a menor alusão às somas repassadas até então, abraçaria bem forte, com lágrimas nos olhos, e apertaria ao peito *ce cher fils*,[41] acertando assim todas as contas mútuas. De modo indireto e cauteloso, pôs-se a desdobrar essa cenazinha ante Varvara Petrovna. Aludia que isso daria mesmo um especial matiz de nobreza à sua ligação amical... à sua "ideia". Destarte, os pais dos velhos tempos e as pessoas de velha têmpera em geral haveriam de parecer tão abnegados e magnânimos em comparação com essa nova e leviana mocidade social! Disse ainda muitas coisas, porém Varvara Petrovna se quedou calada. Por fim, declarou-lhe num tom seco que consentia em comprar o sítio deles, pagando o preço máximo, ou seja, uns seis ou sete mil rublos (se bem que pudesse

---

[40] Forma diminutiva e carinhosa do nome russo Piotr.
[41] Esse querido filho (em francês).

comprá-lo por quatro mil). Quanto àqueles oito mil que se foram voando, junto com o bosque vendido, não acrescentou meia palavra a seu respeito.

Isso aconteceu um mês antes do noivado. Stepan Trofímovitch ficou atônito e começou a refletir. Antes podia ainda haver uma esperança de que o filhinho talvez nem viesse, quer dizer, uma esperança concebida, se vista de fora, por uma pessoa estranha. Só que Stepan Trofímovitch, como pai, teria rejeitado, com indignação, a própria ideia de nutrir uma esperança dessas. De qualquer forma, os rumores acerca de seu Petrucha, que até então chegavam aos nossos ouvidos, eram todos bem esquisitos. Primeiramente, ao concluir, havia uns seis anos, o curso universitário, ele vivia em Petersburgo sem fazer nada. De chofre, recebemos a notícia de que participara da redação de um panfleto e acabara sendo investigado. Depois soubemos que aparecera no estrangeiro, lá na Suíça, em Genebra, tendo, quiçá, fugido.

— Estou pasmado com isso — pregava então Stepan Trofímovitch para nós, todo embaraçado. — Petrucha, *c'est une si pauvre tête!*[42] É bondoso, nobre, muito sensível, e fiquei tão contente daquela feita, em Petersburgo, ao compará-lo com os jovens modernos, mas *c'est un pauvre sire tout de même*[43]... E tudo vem daquela mesma precipitação, daquela sentimentalidade, sabem? Eles não se encantam com a realidade, mas com o lado sensível, ideal do socialismo, com sua nuança religiosa, por assim dizer, com sua poesia... imposta pelos outros, bem entendido. Mas eu mesmo, enfim, como é que me sinto? Tenho

---

[42] É um pobre coitado (em francês).

[43] ... é um pobre-diabo, ainda assim (em francês).

tantos inimigos aqui, e mais ainda ali, que até podem atribuir tudo à influência do pai... Meu Deus!... Petrucha é um subversivo! Em que tempos é que estamos vivendo!

De resto, Petrucha não demorou nem um pouco a comunicar seu endereço exato na Suíça para que lhe enviassem dinheiro como de hábito; isso significava que não se tornara um emigrante puro e rematado. E eis que agora, ao passar cerca de quatro anos no exterior, voltou a aparecer, de repente, nas terras pátrias e avisou de sua próxima visita; isso significava que não o inculpavam de nada. Além do mais, parecia que alguém cuidava dele e até mesmo o protegia. Escrevendo agora do Sul da Rússia, dizia que cumpria ali uma incumbência particular, mas importante, e estava muito atarefado. Tudo isso era maravilhoso, porém onde se poderia arranjar os faltantes sete ou oito mil rublos para conseguir um decente valor máximo da propriedade negociada? E se porventura houvesse balbúrdia e tudo resultasse, em vez daquela cena majestática, num processo? Algo sugeria a Stepan Trofímovitch que seu sensível Petrucha não abriria mão dos seus interesses. "Por que será, pelo que tenho notado" — sussurrou-me então, certa vez, Stepan Trofímovitch —, "por que todos aqueles socialistas e comunistas inveterados são, ao mesmo tempo, tão incrivelmente avarentos, gananciosos e proprietários, a ponto que, quanto mais socialistas forem, quanto mais longe tiverem ido, tanto mais prezam a propriedade... por quê? Será que isso também é por causa da sentimentalidade?" Não sei se há verdade nessa observação de Stepan Trofímovitch; sei apenas que Petrucha tinha certas informações referentes à venda do bosque e às outras coisas, e Stepan Trofímovitch estava ciente de que ele tinha essas informações. Também li por acaso umas cartas que Petrucha escrevera ao pai, aliás, muito poucas, escritas uma vez ao ano e mais raramente ainda. Foi só nesses últimos tempos, avisando de sua próxima chegada, que mandou duas cartas, quase uma atrás da outra. Todas as suas cartas eram curtinhas e secas, compondo-se tão somente de ordens, e, como o pai e o filho se tratavam, ainda desde aquele seu encontro em Petersburgo, por "tu", conforme a moda vigente, as cartas de Petrucha também se assemelhavam, decididamente, aos despachos que nossos fazendeiros encaminhavam outrora das capitais para os domésticos incumbidos de administrar suas propriedades. E eis que agora, inesperadamente, aqueles oito mil que sanariam o impasse todo não constavam da proposta de Varvara Petrovna, além de ela deixar bem claro que não poderiam mais constar de proposta alguma. Entenda-se bem que Stepan Trofímovitch concordou.

Tão logo ela foi embora, mandou chamarem por mim e trancou-se de todos os demais pelo resto do dia. Chorou um bocado, naturalmente, falou muito e bem falado, confundiu-se bastante e para valer, improvisou por acaso um trocadilho e ficou contente com ele, depois se viu acometido por uma leve diarreia — numa palavra, tudo se fez item por item. Tirou, a seguir, o retrato de sua alemãzinha, falecida havia vinte anos, e rompeu a clamar, queixoso: "Será que me perdoarás a mim?" De modo geral, parecia algo desorientado. Aflitos como estávamos, bebemos um pouco. Aliás, ele não tardou a ferrar num sono delicioso. Pela manhã, deu um nó magistral em sua gravata, vestiu-se com todo o aprumo e se contemplou várias vezes no espelho. Borrifou seu lenço de perfume (na verdade, só um pouquinho) e, mal avistou Varvara Petrovna pela janela, pegou rapidinho outro lenço e escondeu o perfumado embaixo do travesseiro.

— Excelente! — aprovou Varvara Petrovna, ao ouvir sua anuência. — Primeiro, essa sua nobre resolução, e depois o senhor tem escutado a voz da razão, que escuta tão raramente em seus negócios privados. Não temos, aliás, de nos apressar — acrescentou, fitando o nó de sua gravata branca —: fique por ora calado, e eu também me calarei. Daqui a pouco será seu aniversário; estarei em sua casa com ela. Sirva o chá da tarde e, por favor, sem vinho nem petiscos; aliás, eu mesma providenciarei tudo. Convide seus amigos... aliás, vamos escolhê-los juntos. O senhor falará com ela na véspera, se for preciso, e durante esse seu sarau não faremos declarações nem quaisquer acordos que sejam, mas apenas uma alusão ou um aviso assim, sem nenhuma solenidade. E, daqui a umas duas semanas, celebraremos o casamento, sem nenhum alarde se for possível... Vocês dois poderiam mesmo viajar por algum tempo, logo após a cerimônia, ir, por exemplo, a Moscou. Talvez eu vá com vocês também... E, o principal, fique calado até lá.

Stepan Trofímovitch estava surpreso. Tentou alegar que não poderia agir desse modo, que precisava conversar com a noiva, mas Varvara Petrovna retorquiu com irritação:

— Conversar para quê? Primeiro, nada vai acontecer, quem sabe, ainda...

— Como assim, "nada vai acontecer"? — murmurou o noivo, completamente atordoado.

— Assim mesmo. Ainda vou ver... De resto, será tudo como lhe disse, e veja se não se preocupa, que vou prepará-la eu mesma. O senhor não tem de se meter nisso. Tudo quanto for necessário será dito e feito, e o senhor não tem de se meter. Para quê? Com que papel? Não se encontre com ela nem escreva cartas. Nem visto nem suposto, por favor. Eu também ficarei calada.

Decerto não quis explicar-se e foi embora visivelmente entristecida. A prontidão excessiva de Stepan Trofímovitch parecia tê-la abalado. Mas ai: ele não compreendia decididamente a sua situação, que ainda não vira sob vários outros ângulos. Exibia, pelo contrário, uma conduta nova, algo vitoriosa e leviana. Bazofiava de corajoso.

— Estou gostando disso! — exclamava, parando em minha frente e agitando os braços. — O senhor ouviu? Ela quer fazer que eu desista por fim. Pois eu também posso perder a paciência e... desistir! "Fique aí, que não tem de se meter nisso", mas por que, afinal, é que teria a obrigação de me casar? Só porque ela teve essa fantasia ridícula? Mas eu cá sou um homem sério e posso não querer submeter-me às fantasias ociosas de uma mulher amalucada! Tenho deveres para com meu filho e... e para comigo mesmo! Eu me sacrifico: será que ela entende isto? Quem sabe se não concordei porque estou farto da vida e não tomo mais nada a peito! Só que ela pode ainda me deixar irritado, e voltarei então a tomar a peito e ficarei sentido e desistirei. *Et enfin, le ridicule*[44]... O que é que dirão lá no clube? O que é que dirá... Lipútin? "Nada vai acontecer, quem sabe, ainda", hein? Mas isso

[44] E, finalmente, o ridículo (em francês).

já é o cúmulo! Já é... o que é mesmo? *Je suis un forçat, un Badinguet,*[45] un homem posto contra a parede!...

Ao mesmo tempo, havia uma dengosa jactância, algo levianamente brejeiro, que transparecia em meio a todas essas exclamações lamentosas. De noite, bebemos outra vez.

---

[45] Sou um forçado, um Badinguet... (em francês). Badinguet era o apelido sarcástico do imperador Napoleão III que ficara encarcerado, em sua juventude, por conspirar contra o governo e fugira da prisão usando as roupas e os documentos de um pintor chamado Badinguet.

Capítulo terceiro. Os pecados de outrem.

I

Passou-se cerca de uma semana, e o negócio todo começou a ganhar um pouco de corpo.

Notarei de passagem que, durante essa semana desgraçada, eu também aturei muita tristeza, permanecendo, quase sem me afastar dele, ao lado de meu pobre amigo noivo e fazendo as vezes do seu confidente mais íntimo. O que mais o atormentava era a vergonha, embora não víssemos ninguém, ao longo dessa semana, e ficássemos, o tempo todo, a sós; não obstante, ele se envergonhava até mesmo diante de mim, a tal ponto que, quanto mais segredos me revelava, tanto mais se aborrecia comigo por causa disso. Desconfiado como era, suspeitava que todo mundo, a cidade inteira, já soubesse de tudo, e temia aparecer não só no clube, mas até mesmo em seu próprio círculo. Não saía mais para passear, para fazer suas caminhadas imprescindíveis, senão ao cair da noite, quando a escuridão já estava completa.

Passou-se uma semana, mas ele não sabia ainda se era noivo ou não era, nem conseguia, por mais que se esforçasse, clarear essa dúvida. Ainda não vira sua noiva nem sequer sabia se era sua noiva de fato; ignorava, em suma, se havia nisso tudo, pelo menos, algo sério! Por sua parte, Varvara Petrovna não queria decididamente, sem sabermos por que razão, encontrar-se com ele. A uma das suas cartas iniciais (e Stepan Trofímovitch escreveu uma porção de cartas para ela) respondeu com o pedido direto de livrá-la, por algum tempo, de quaisquer contatos que fossem, pois estava ocupada, mas alegou que tinha de lhe comunicar, por sua vez, muita coisa importante e, para tanto, aguardava de propósito por um momento de ficar menos ocupada, e que *futuramente* lhe informaria, ela mesma, quando poderia visitá-la. No tocante às suas cartas prometeu que as mandaria de volta lacradas, por serem "apenas uma bobagem". Li esse bilhete: foi ele, pessoalmente, quem o mostrou para mim.

Entretanto, todas essas grosserias e reticências não eram nada se comparadas com sua preocupação crucial. Tal preocupação o afligia sobremaneira e sem parar, fazia-o emagrecer e perder o ânimo. Era algo tão grave que o deixava especialmente envergonhado, que ele não queria compartilhar em hipótese alguma, nem mesmo comigo: ficava, pelo contrário, mentindo e tergiversando em minha frente, como se fosse um garotinho. Ainda assim, mandava buscar-me todos os dias, não conseguia passar nem duas horinhas sem minha companhia e precisava de mim como de água ou de ar.

Essa conduta magoava um pouco meu amor-próprio. Entenda-se bem que eu já desvendara com meus botões, havia muito tempo, esse seu segredo crucial e via tudo com absoluta clareza. Segundo a profundíssima convicção que tinha então, a revelação desse segredo, dessa maior preocupação de Stepan Trofímovitch, não viria a honrá-lo, portanto eu, ainda novo que era, andava um tanto indignado com a rudeza de seus sentimentos e a feiura de certas suspeitas dele. Precipitadamente e, reconheço, por tédio de ser seu confidente é que o acusava, talvez, em excesso. Por mera crueldade é que insistia em obrigá-lo a confessar tudo para mim, se bem que admitisse, de resto, ser realmente difícil confessar certas coisas. Ele também me compreendia em absoluto, ou seja, via claramente que eu o compreendia em absoluto e até mesmo me zangava com ele; então se zangava comigo, por sua vez, pois me via tão zangado e clarividente assim. Decerto a minha irritação era mesquinha e tola, porém o recolhimento mútuo prejudica, às vezes para valer, uma amizade genuína. De determinado ponto de vista, ele entendia bem certos aspectos de sua situação, chegando, inclusive, a defini-la com muita sutileza naqueles pontos em que não achava necessário esconder a verdade.

— Oh, então ela não era assim! — deixava escapar, vez por outra, a respeito de Varvara Petrovna. — Antes não era assim, quando a gente estava conversando... Será que você sabe que então ela sabia ainda conversar? Poderá acreditar em mim, se eu lhe disser que tinha então pensamentos, seus próprios pensamentos? Agora está tudo mudado! Ela diz que tudo isso é apenas uma falácia dos tempos idos! Despreza o passado... Agora não passa de um feitor, um ecônomo, uma pessoa endurecida, nem para de se zangar...

— Mas por que se zangaria, agora que o senhor cumpriu a exigência dela? — objetei.

Ele me fitou com sagacidade.

— *Cher ami*, se eu não estivesse de acordo, ela ficaria horrível, hor-r-rivelmente zangada, mas, ainda assim, menos zangada do que agora, quando estou de acordo.

Ficou contente com essa palavrinha sua, e eis que despejamos, naquela noite, uma garrafinha. Mas isso durou apenas um instante: no dia seguinte, ele estava mais transtornado e lúgubre do que nunca.

E o que mais me irritava era sua indecisão em fazer uma visita necessária à casa das Drozdova, que acabavam de chegar, a fim de reatarem amizade, visto que elas mesmas o desejavam, a julgar pelos rumores, e já andavam perguntando por ele, enquanto ele próprio sentia também, dia após dia, saudades delas. Falava de Lisaveta Nikoláievna com certo arroubo incompreensível para mim. Quando se recordava dela, via, sem dúvida, aquela criança que tanto amara outrora, mas, além disso, imaginava por algum motivo ignoto que ficaria, tão logo a encontrasse, aliviado de todos os seus sofrimentos atuais e mesmo dissiparia, quiçá, suas dúvidas básicas. Imaginava que encontraria em Lisaveta Nikoláievna uma criatura extraordinária. Não ia, porém, visitá-la, embora se aprontasse para ir todos os dias. O principal consistia, aliás, em meu próprio anelo de ser, naquela ocasião, apresentado e recomendado para ela, não podendo eu contar para tanto com ninguém, senão com Stepan Trofímovitch. Sentia-me então profundamente impressionado ao encontrá-la amiúde (na rua, bem entendido), na hora de seus passeios equestres, quando ela aparecia de amazona, montada a um belo cavalo e acompanhada pelo seu chamado parente, um lindo oficial que era sobrinho do finado general Drozdov. Meu deslumbre durou tão só um instante, e eu mesmo atinei, pouco depois, com toda a impossibilidade do meu sonho, mas ele existiu na realidade, ao menos por um instante, portanto daria para imaginar como me indignava por vezes, àquela altura, com meu pobre amigo em razão de seu persistente recolhimento.

Todos os nossos haviam sido, desde o começo, oficialmente informados de que Stepan Trofímovitch não receberia ninguém por algum tempo, pedindo que o deixassem num sossego total. Ele insistira em informá-los mediante uma circular, conquanto eu o desaconselhasse a fazer isso. Fui eu também que visitei todos os nossos, atendendo ao pedido dele, e lhes disse a todos que Varvara Petrovna teria incumbido "o velho" (assim todos nós chamávamos Stepan Trofímovitch em nosso meio) de um trabalho urgente, para colocar em ordem certa correspondência de vários anos seguidos, que ele se trancafiara, que eu o ajudava, *et cætera* e tal. Não tive tempo para visitar apenas Lipútin, adiando constantemente esse encontro ou, melhor dito, receando ir vê-lo. Sabia de antemão que ele não acreditaria em nenhuma palavra minha, mas presumiria sem falta haver nisso um segredo que se pretendia ocultar única e pessoalmente dele, e que, mal eu saísse da sua casa, correria pela cidade toda no intuito de bisbilhotar e mexericar. Enquanto imaginava tudo isso, aconteceu que me deparei com ele, por mero acaso, no meio da rua. Esclareceu-se que já estava a par de tudo, avisado pela nossa turma que eu mesmo acabara de avisar. Mas, coisa estranha: em vez de se mostrar curioso e perguntar por Stepan Trofímovitch, interrompeu-me, pelo contrário, quando eu me pus a pedir desculpas de não tê-lo visitado antes, e logo mudou de assunto. É verdade que tinha acumulado muitas coisas para contar e, como seu estado de espírito parecia então muito buliçoso, ficou alegre por ter encontrado quem lhe prestasse ouvido. Passou a falar sobre as notícias urbanas, a chegada de nossa governadora "com as novas conversas", a oposição que já se formara no clube; disse que todos discutiam, aos gritos, essas novas ideias e que não se podia esperar por outra coisa, e assim por diante. Falou por um quarto de hora e de modo tão engraçado que o escutei boquiaberto. Embora o detestasse, confesso que ele possuía o dom de fazer qualquer um escutá-lo, em especial quando estava muito zangado com algo. Esse homem era, a meu ver, um espião inato e verdadeiro. Sabia, a qualquer momento que fosse, todas as últimas notícias e todos os segredos de nossa cidade, sobretudo no que tangesse às suas torpezas, e era assombroso o grau em que se importava com certas coisas com que não tinha, por vezes, nada a ver. Sempre achei que o principal traço de seu caráter era a inveja. Quando, na mesma noite, contei a Stepan Trofímovitch sobre meu encontro matinal com Lipútin e essa nossa conversa, ele ficou, para minha surpresa, agitadíssimo e me dirigiu uma pergunta absurda: "Será que Lipútin sabe ou não?" Comecei a provar-lhe que não havia a possibilidade de alguém saber disso tão cedo assim nem quem pudesse contar, mas Stepan Trofímovitch insistia em sua opinião.

— Acredite ou não — concluiu, de repente —, mas eu cá estou convencido de que ele não apenas já sabe de tudo, com todos os detalhes desta situação *da gente*, como também sabe algo a mais, algo que nem você nem eu sabemos ainda, nem saberemos, talvez, nunca, ou então saberemos quando for tarde demais, quando não tivermos como recuar!...

Não respondi, porém essas falas continham um bocado de alusões. Depois disso, ao longo de cinco dias inteiros, não trocamos nem meia palavra a respeito de Lipútin. Estava claro, para mim, que Stepan Trofímovitch lamentava muito ter soltado a língua e revelado tais suspeitas em minha presença.

II

Certa manhã, quer dizer, no sétimo ou oitavo dia depois de Stepan Trofímovitch ter consentido em ficar noivo, por volta das onze horas, quando eu ia apressado, como de praxe, visitar meu pesaroso amigo, tive um incidente de percurso.

Encontrei Karmazínov, o "grande escritor" segundo o cognominava Lipútin. Eu lia Karmazínov desde menino. Toda a geração precedente e até mesmo a nossa geração conhecem suas novelas e seus contos; quanto a mim, deliciava-me com eles, aquele gozo de minhas adolescência e mocidade. Depois me decepcionei um pouco com sua pena: as novelas engajadas que ele produzira recentemente não me agradavam a par das suas obras antigas, iniciais, a encerrarem tanta poesia espontânea, e seus últimos escritos estavam ainda mais longe de me agradar.

Em geral, se me atrever agora a exprimir minha opinião num assunto tão melindroso assim, todos esses senhores de talento médio, que costumamos tomar, enquanto vivos, praticamente por gênios, não só se apagam, de certa forma inopinada e quase sem deixar rastros, da memória humana ao falecer, mas, vez por outra, tão logo brotar uma nova geração que acabará substituindo a de seus contemporâneos, caem no esquecimento ainda em vida e passam, com uma rapidez inconcebível, a ser desprezados por todo mundo. Aqui conosco, isso se faz tão repentinamente quanto a troca de cenários no teatro. Oh, mas não é o mesmo que se dá com aqueles Púchkins, Gógols, Molières, Voltaires, com todos os figurões que vieram dizer uma palavra nova! É verdade também que esses nossos senhores de talento médio como tais chegam habitualmente, lá pelo fim de suas honrosas vidas, a esgotar sua criatividade do modo mais deplorável que houver e nem sequer reparam nisso. Não é raro acontecer que tal escritor, a cujas ideias se atribuía, por muito tempo, uma profundeza extraordinária e de quem se esperava que viesse a exercer uma influência extraordinariamente séria sobre o progresso de nossa sociedade, demonstra, pelo fim de seus dias, tanta escassez e tanta mesquinheza de sua ideiazinha principal que ninguém mais lamenta o esgotamento tão rápido das suas forças criativas. No entanto, os velhinhos grisalhos não reparam nisso e ficam zangados. Às vezes, sua vaidade assume, notadamente ao termo de sua carreira, uma envergadura digna de ser admirada. Sabe lá Deus por quem eles tomam então a si mesmos — no mínimo, por deuses. Contava-se a respeito de Karmazínov que por pouco não valorizava suas ligações com os potentados e a alta sociedade bem mais do que sua própria alma. Dizia-se que o acolheria, bajularia, fascinaria, seduziria com aquela sua singeleza, sobretudo se precisasse de você para alguma finalidade e, obviamente, se você lhe tivesse sido recomendado de antemão. Todavia, com o surgimento do primeiro príncipe, da primeira condessa, da primeira pessoa de quem ele tivesse medo, acharia que seu dever sacrossanto seria o de esquecê-lo com o desdém mais ofensivo possível, igual a uma lasca ou uma mosca, e de imediato, antes de você sair da sua casa, tomando isso, com toda a seriedade, pelo tom mais sublime e belo. Apesar de seu total sangue-frio e do pleno domínio das boas maneiras, era vaidoso, pelo que se contava, a tal ponto, até tamanha histeria, que não conseguia, de modo algum, dissimular a sua irritabilidade autoral, nem mesmo naqueles círculos sociais onde a literatura não estava em voga. E, caso alguém o deixasse porventura desconcertado com sua indiferença, ficava morbidamente sentido e procurava pela desforra.

Li numa revista, cerca de um ano atrás, um dos seus artigos, escrito com horrível pretensão de alardear a poesia mais ingênua e de bancar, ademais, o psicólogo. Pintava o naufrágio de um navio a vapor, ocorrido algures perto da costa inglesa, que ele mesmo presenciara, vendo salvarem quem se afogava e retirarem quem se afogara. Todo esse texto, assaz longo e verborrágico, fora escrito com o único objetivo de se exibir. Dava para ler em suas entrelinhas: "Interessai-vos por mim, vede como fiquei naqueles minutos. Por que precisais desse mar, dessa tempestade, dessas rochas, desses pedaços do navio náufrago? Já fiz o bastante para descrever tudo isso com minha poderosa pena. Por que olhais para essa mulher afogada, com uma criança morta nos braços mortos? Antes olhai para mim, vede como não suportei tal espetáculo e lhe dei as costas. Eis-me aqui, de costas; eis-me apavorado, sem ter forças para me virar de novo; estou cerrando os olhos... mas como isso é interessante, não é verdade?" Quando participei a minha opinião sobre o artigo de Karmazínov a Stepan Trofímovitch, ele concordou comigo.

É claro que, com a circulação daqueles recentes boatos de que Karmazínov viria à nossa cidade, tive muita vontade de vê-lo e, se possível, de conhecê-lo. Sabia que poderia fazer isso por intermédio de Stepan Trofímovitch, já que os dois tinham sido outrora amigos. E eis que me deparei com ele numa encruzilhada. Logo o reconheci: alguém o apontara para mim uns três dias antes, quando ele passava de carruagem com a governadora.

Era um velhinho amaneirado, de estatura bem baixa, o qual não tinha, de resto, mais de cinquenta e cinco anos, com um rostinho meio corado e cachinhos espessos, um tanto grisalhos, que assomavam por baixo do seu redondo chapéu cilíndrico e se encaracolavam ao redor das suas orelhas pequenas, limpinhas e rosadinhas. Seu rosto limpinho não era nada bonito com aqueles lábios compridos e finos a formarem uma comissura astuciosa, aquele nariz um tanto carnudo e aqueles olhinhos inteligentes e penetrantes. Estava vestido de certo modo vetusto, usando uma capa por cima dos ombros, igual àquelas que se usariam na mesma estação, por exemplo, em algum lugar da Suíça ou no Norte da Itália. Em compensação, todos os detalhes miúdos de seu traje (abotoaduras, colarinhos e botõezinhos, o lornhão[1] de tartaruga suspenso numa fitinha negra, o anelzinho) eram exatamente tais como os de quem tivesse um bom gosto incontestável. Não duvido de que no verão ele calça sem falta uns sapatinhos de *prunelle*,[2] multicolores e munidos, na parte lateral, de botõezinhos de nácar.

---

[1] Par de lentes munido de um cabo longo e usado, na época descrita, como óculos.

[2] Espécie de tecido robusto, usado antigamente na confecção de calçados femininos (em francês).

Quando nos encontramos, estava parado na esquina de uma rua e olhava atentamente à sua volta. Ao perceber que eu o mirava com curiosidade, indagou-me com uma vozinha melosa, embora um tanto berrante:

— Permita saber qual seria o atalho até a rua Býkova?

— A rua Býkova? Mas é ali mesmo, logo ali — exclamei, tomado de uma emoção extraordinária —, indo direto por essa rua e depois dobrando à esquerda, na segunda esquina.

— Muito obrigado.

Maldito seja aquele momento: parece que me intimidei e tomei uma atitude servil! Karmazínov reparou nisso, num piscar de olhos, e certamente logo soube de tudo, ou seja, soube que eu já sabia quem ele era, que o venerava, depois de ler suas obras, desde a mais tenra infância e que agora estava intimidado e servilizado. Então sorriu, tornou a inclinar a cabeça e seguiu o caminho por mim indicado. Ignoro por que me voltei e fui atrás dele; ignoro por que corri dez passos ao seu lado. De chofre, ele parou de novo.

— E não poderia indicar para mim o ponto de carros mais próximo daqui? — gritou novamente.

Que grito ruim e que voz desagradável!

— Os carros? Mas o ponto mais próximo daqui é... mas os cocheiros ficam perto da catedral: sempre há um carro por lá... — E quase me virei para ir correndo buscar um cocheiro. Suponho que ele esperasse justamente por isso da minha parte. É claro que me recompus em seguida e me deteve, porém ele notara muito bem meu impulso e olhava para mim com o mesmo sorriso ruim. Então aconteceu algo que jamais vou esquecer.

De súbito, ele deixou cair um saquinho minúsculo que segurava com a mão esquerda. Não era, aliás, um saquinho, mas antes uma caixeta ou, mais precisamente, uma pastinha ou, melhor ainda, uma bolseta semelhante àquelas antigas bolsetas femininas... enfim, não sei o que era aquilo, mas sei apenas que me arrojei, ao que parece, para apanhá-lo.

Tenho plena certeza de que não o apanhei, mas o primeiro movimento que tinha feito era inquestionável: não conseguindo mais ocultá-lo, enrubesci como um paspalhão. E o astuto não tardou a extrair dessa circunstância tudo quanto pudesse extrair dela.

— Não se preocupe, que o apanho — disse, num tom encantador, quando já estava plenamente seguro de que eu não apanharia sua bolseta, depois a pegou como quem se antecipasse a mim, inclinou mais uma vez a cabeça e seguiu seu caminho, deixando-me com cara de bobo. Era como se eu mesmo tivesse apanhado aquilo. Considerei-me, por uns cinco minutos, total e eternamente desonrado, porém, quando me acercava da casa de Stepan Trofímovitch, rompi de improviso a gargalhar. Esse encontro me parecera tão engraçado que decidi imediatamente alegrar meu amigo, relatando-o para ele, e mesmo representar a cena toda em sua frente.

III

Mas dessa vez, para minha surpresa, encontrei-o singularmente mudado. É verdade que acorreu a mim, tão logo entrei, e passou a escutar-me com uma espécie de avidez, porém aparentava tanto desconcerto que parecia, de início, não entender minhas palavras. Contudo, mal pronunciei o nome de Karmazínov, perdeu completamente a cabeça.

— Não me diga, não mencione esse nome! — exclamou, quase enraivecido. — Eis aqui... veja, leia! Leia!

Puxou uma gaveta e jogou, em cima da mesa, três pedacinhos de papel: eram bilhetes de Varvara Petrovna, todos escritos a lápis e com muita pressa. O primeiro desses bilhetes datava da antevéspera, o segundo, da véspera, e o terceiro chegara apenas havia uma hora; seu conteúdo era absolutamente fútil, mas todos eles se referiam a Karmazínov e patenteavam aquela vã e presunçosa ansiedade de Varvara Petrovna a temer que Karmazínov se esquecesse de visitá-la. Eis o primeiro bilhete, datado da antevéspera (havia provavelmente outros bilhetes, trazidos quatro ou, quem sabe, até cinco dias atrás):

"Se enfim lhe conceder a honra de visitá-lo hoje, peço que não diga nem uma palavra a meu respeito. Nem a mínima alusão! Não fale de mim com ele nem o lembre de mim.

V. S."

O da véspera:

"Se afinal ele resolver visitá-lo esta manhã, acho que o mais nobre seria não o receber. É a minha opinião; não sei qual é a sua.

V. S."

E o último dos bilhetes:

"Tenho certeza de que há uma carroçada de lixo em sua casa e que nem dá para respirar de tanto fumo. Mandarei aí Maria e Fômuchka:[3] eles arrumarão tudo em meia hora. Veja se não os atrapalha e fica sentado, enquanto arrumarem, lá na cozinha. Mando-lhe um

---

[3] Forma diminutiva e carinhosa do nome russo Fomá (Tomás).

tapete de Bucara[4] e dois vasos chineses, com que me dispunha a presenteá-lo havia muito tempo, e, além disso, este meu Teniers[5] (provisoriamente). Pode colocar os vasos no peitoril da janela e pendurar o Teniers do lado direito, acima daquele retrato de Goethe, onde ficará mais à mostra e sempre iluminado pela manhã. Se finalmente ele aparecer, receba-o com polidez rebuscada, mas tente falar de coisas sem importância, de algo científico, e fazer de conta que vocês dois se separaram só ontem. Nem uma palavra a meu respeito! Talvez eu passe por aí de tardezinha, para dar uma olhada.

V. S.

P. S. Se ele não vier hoje, não virá nunca mais".

Li os bilhetes e fiquei pasmado de que Stepan Trofímovitch se inquietasse tanto com tais ninharias. Fixando nele um olhar interrogativo, notei de repente que trocara, enquanto eu lia, sua costumeira gravata branca pela vermelha. Seu chapéu e sua bengala estavam em cima da mesa. Quanto a ele próprio, não apenas estava pálido, mas até mesmo suas mãos tremiam.

— Não quero nem saber daquelas angústias dela! — bradou, frenético, em resposta ao meu olhar interrogativo. — *Je m'en fiche!*[6] Tem ânimo para se preocupar com Karmazínov, mas não responde às minhas cartas! Aqui, aqui está minha carta que ela me devolveu ontem lacrada; aqui está, na mesa, debaixo de um livro, debaixo de "*L'Homme qui rit*".[7] Se anda abatida por causa de seu

---

[4] Antiga cidade uzbeque, famosa por seus tapetes e artigos de lã.

[5] David Teniers, o Jovem (1610-1690): pintor flamengo de estilo barroco.

[6] Não me importo com isso (em francês).

[7] O homem que ri (em francês): famoso romance de Victor Hugo (1802-1885).

Ni-kô-lenka, o que tenho a ver com isso? *Je m'en fiche et je proclame ma liberté. Au diable le Karmazinoff! Au diable la Lembke!*[8] Guardei os vasos na antessala, e o Teniers, na cômoda, e exigi que ela me recebesse de imediato. Eu exigi, ouviu? Também enviei para ela um bilhete desses, escrito a lápis num pedacinho de papel e não lacrado, enviei com Nastácia e cá estou esperando. Quero que Dária Pávlovna me responda pela própria boca e perante os céus ou, pelo menos, perante você. *Vous me seconderez, n'est-ce pas, comme ami et témoin?*[9] Não quero corar, não quero mentir, estou farto daqueles mistérios: não admitirei mais mistérios nesse assunto! Que me confessem tudo com sinceridade, nobreza e simplicidade, então... então eu espantarei, quem sabe, a geração toda com minha magnanimidade!... Sou um vilão ou não sou, prezado senhor? — concluiu de chofre, olhando para mim com ares de ameaça, como se pessoalmente eu o tomasse por um vilão.

Pedi-lhe que bebesse água: ainda nunca o tinha visto naquele estado. O tempo todo, enquanto falava, ele corria pelo quarto, de lá para cá, mas de improviso parou diante de mim, numa postura excêntrica.

— Será que acha mesmo — recomeçou, morbidamente soberbo, examinando-me da cabeça aos pés —, será que pode supor que eu, Stepan Verkhôvenski, não encontre, cá dentro, bastante força moral para pegar meu baú (este meu baú de mendigo!), para colocá-lo

---

[8] Não me importo com isso e proclamo a minha liberdade. Ao diabo com esse Karmazínov! Ao diabo com essa Lembke! (em francês).

[9] Você me secundará como amigo e testemunha, não é mesmo? (em francês).

nestes meus ombros débeis, sair portão afora e sumir para sempre, se tanto me exigirem a honra e o grande princípio de independência? Não é a primeira vez que Stepan Verkhôvenski tem de rebater o despotismo com a magnanimidade, nem que seja o despotismo de uma mulher louca, ou seja, o despotismo mais ultrajante e cruel que possa existir na face da terra, e nem que acabe, meu prezado senhor, de se permitir, pelo que me parece, um sorrisinho em resposta às minhas palavras! Oh, não acredita que eu venha a ser magnânimo o suficiente para terminar minha vida servindo como preceptor na casa de um negociante ou para morrer de fome numa sarjeta! Responda-me, responda agora: acredita em mim ou não?

Não respondi de caso pensado. Até mesmo fingi que não ousava insultá-lo com uma resposta negativa nem podia responder afirmativamente. Havia, nessa irritação toda, algo que decididamente me magoava, mas não a mim em pessoa, oh não! Mas... vou explicar-me mais tarde.

Ele ficou todo pálido.

— Talvez se entedie comigo, G-v (é meu sobrenome), e gostaria de... não vir mais à minha casa? — disse, naquele tom de insípida tranquilidade que costuma anteceder certas explosões formidáveis. Assustado, pulei da minha cadeira, mas, nesse mesmo instante, entrou Nastácia e, calada, estendeu a Stepan Trofímovitch um papelete em que algo estava escrito a lápis. Ele mirou o bilhete e repassou-o para mim. Estavam escritas lá, com a mão de Varvara Petrovna, só duas palavras: "Não saia".

Calado, Stepan Trofímovitch agarrou seu chapéu e sua bengala, saindo depressa do quarto; maquinalmente, fui atrás dele. De súbito, ouviram-se no corredor umas vozes e o barulho de passos rápidos. Ele parou, como que fulminado.

— É Lipútin: estou perdido! — sussurrou, pegando a minha mão.

Nesse exato momento, Lipútin entrou no quarto.

IV

Eu não sabia por que Lipútin haveria de ocasionar sua perda nem me importava, aliás, com suas palavras, mas atribuía tudo ao desarranjo dos nervos. Entretanto, seu susto era descomunal, e resolvi observá-lo com atenção.

A própria aparência de Lipútin, que estava entrando, deixava claro que dessa vez lhe cabia algum direito particular de entrar assim, a despeito de quaisquer proibições. Atrás dele vinha um senhor desconhecido, provavelmente recém-chegado. Em resposta ao olhar irracional de Stepan Trofímovitch, que se quedara petrificado, Lipútin não demorou a exclamar:

— Trago uma visita, e bem especial! Ouso perturbá-lo em seu recolhimento. O senhor Kiríllov, um engenheiro civil ilustríssimo. E, o mais importante, conhece seu filhinho, o respeitabilíssimo Piotr Stepânovitch. Conhece-o muito bem e tem uma comissão da parte dele. Acabou de chegar para cá.

— Quanto à comissão, o senhor está divagando — notou bruscamente a visita —: não houve comissão alguma. E, quanto a Verkhôvenski, é verdade que o conheço, sim. Deixei-o na província de Kh., faz dez dias.

Stepan Trofímovitch lhe estendeu maquinalmente a mão, indicou-lhe um assento; a seguir, olhou para mim, olhou para Lipútin e de repente, como quem se recobrasse, foi rapidinho sentar-se, ele também, posto que segurasse ainda seu chapéu e sua bengala sem mesmo reparar nisso.

— Ih, mas o senhor estava de saída! Só que me disseram a mim que estaria adoentado por causa de seus estudos.

— Estou doente, sim, e agora queria dar uma volta. Eu... — Stepan Trofímovitch se interrompeu, jogou depressa o chapéu e a bengala em cima do sofá e... ficou rubro.

Eu mesmo me apressava, nesse ínterim, a examinar o visitante. Era um homem ainda novo, de uns vinte e sete anos de idade, decentemente vestido, esguio, de cabelos escuros, semblante pálido e como que um pouco sujo, e olhos negros e desprovidos de brilho. Parecia um tanto pensativo e distraído, falava de modo entrecortado e sem muito apuro gramatical, trocava estranhamente as palavras e confundia-se em conceber frases mais longas. Ao perceber aquele susto descomunal de Stepan Trofímovitch, Lipútin estava visivelmente contente. Acomodou-se numa cadeira de vime, que arrastara quase até o meio do quarto para ficar a igual distância entre o anfitrião e o visitante sentados, um defronte ao outro, nos dois sofás contrapostos. Seus olhos brocantes corriam, cheios de curiosidade, por todos os cantos.

— Eu... não vejo Petrucha há tempos... Vocês se encontraram no estrangeiro? — gaguejou Stepan Trofímovitch, dirigindo-se ao visitante.

— Tanto aqui como no estrangeiro.

— Alexei Nílytch acabou de voltar do estrangeiro, após quatro anos de ausência — intrometeu-se Lipútin.

— Estava ali com o fim de se aperfeiçoar em seu ofício e veio aqui pretendendo (não sem fundamentos, aliás) obter um cargo na construção de nossa ponte ferroviária. Agora espera pela resposta. E conhece os senhores Drozdov, e Lisaveta Nikoláievna também, graças a Piotr Stepânovitch.

O engenheiro, que lembrava uma ave de penas eriçadas, escutava com uma impaciência desajeitada. Pareceu-me que estava zangado por alguma razão.

— Conhece também Nikolai Vsêvolodovitch.

— Conhece Nikolai Vsêvolodovitch? — inquiriu Stepan Trofímovitch.

— Também o conheço.

— Eu... eu não vejo Petrucha há uma eternidade e... tão pouco me acho no direito de ser chamado de pai... *c'est le mot*[10]... eu... Como ele estava, quando o senhor o deixou?

— Assim mesmo estava... ele virá logo... — O senhor Kiríllov se apressou de novo a encurtar a conversa. Decididamente, estava zangado.

— Ele virá! Enfim eu... acredite que não vejo Petrucha há tanto tempo! — Stepan Trofímovitch continuava atolado naquela frase. — Espero agora pelo meu pobre garoto, perante o qual... oh, perante o qual sou tão culpado! Ou seja, no fundo, quero dizer que, ao deixá-lo então em Petersburgo, eu... numa palavra, eu o considerava nulo, *quelque chose dans ce genre.*[11] É um garoto nervoso, muito sensível e... medroso, sabem? Quando ia dormir, fazia mesuras até o chão e benzia o travesseiro para

---

[10] Esta é a palavra certa (em francês).
[11] Algo desse gênero (em francês).

não morrer à noite... *je m'en souviens. Enfin,*[12] não tinha nenhum sentimento refinado, quer dizer, nada de superior, de essencial, nenhum embrião de alguma ideia por vir... *c'était comme un petit idiot.*[13] De resto, eu mesmo me confundi, pelo que parece: desculpem, eu... os senhores me surpreenderam...

— É sério que ele benzia o travesseiro? — perguntou de repente o engenheiro, com certa curiosidade incomum.

— Benzia, sim...

— Não é nada, não: prossiga.

Stepan Trofímovitch lançou um olhar indagador a Lipútin.

— Muito lhes agradeço essa sua visita, mas confesso que agora... não estou em condição... Permita-me saber, todavia, onde o senhor se hospeda?

— Na rua Bogoiavlênskaia,[14] no sobrado de Filíppov.

— Ah, é no mesmo sobrado onde mora Chátov — comentei sem querer.

— Justamente, no mesmo sobrado! — exclamou Lipútin. — Só que Chátov está hospedado em cima, no mezanino, e ele fica em baixo, nos aposentos do capitão Lebiádkin. Conhece também Chátov e a esposa de Chátov. Teve, lá fora, uma relação muito estreita com ela.

— *Comment?*[15] Será que o senhor sabe mesmo alguma coisa, quanto àquele infeliz casamento *de ce pauvre ami*[16] e àquela mulher? — exclamou Stepan

---

[12] ... eu me lembro disso. Enfim... (em francês).

[13] Era como um pequeno idiota (em francês).

[14] Rua da Epifania do Senhor (em russo).

[15] Como? (em francês).

[16] ... desse pobre amigo (em francês).

Trofímovitch, subitamente empolgado. — É a primeira pessoa de meu conhecimento que a conhece de perto, e, a menos que...

— Quanta bobagem! — retorquiu o engenheiro, todo vermelho. — Mas como está divagando, Lipútin! Jamais conheci a mulher de Chátov: só a vi uma vez de longe, e não de perto... Conheço só Chátov. Por que é que está inventando essas coisas?

Virou-se energicamente, lá no sofá, pegou seu chapéu, depois tornou a colocá-lo de lado e, sentando-se outra vez como estava, cravou seus olhos negros, de chofre acesos, em Stepan Trofímovitch, como se o desafiasse. Nem por sombra eu conseguia entender por que estava tão estranhamente irritadiço.

— Desculpe-me — disse, num tom imponente, Stepan Trofímovitch —, eu compreendo que esse tema pode ser delicadíssimo...

— Não há nenhum tema delicadíssimo nisso, mas é mesmo uma vergonha, e não foi para o senhor que gritei "bobagem", mas para Lipútin, porque ele estava divagando. Desculpe-me, se acaso levar isso pelo lado pessoal. Conheço Chátov, sim, mas não faço ideia de quem é a mulher dele... nem a menor ideia!

— Compreendi, já compreendi e fiquei insistindo apenas porque gosto muito de nosso pobre amigo, de *notre irascible ami*,[17] e sempre me interessei... Aquele homem mudou por demais radicalmente, a meu ver, suas ideias antigas, talvez juvenis em excesso, mas, ainda assim, corretas. E tanto grita agora, de todo jeito, sobre *notre sainte Russie* que tenho atribuído, há muito tempo,

[17] Nosso irascível amigo (em francês).

essa ruptura em seu organismo (nem posso chamar isso de outro nome) a algum forte abalo íntimo, especialmente ao seu casamento malsucedido. Eu que estudei minha pobre Rússia tanto quanto estes meus dois dedos e dediquei toda a minha vida ao povo russo, eu posso garantir para o senhor que ele desconhece o povo russo e, além do mais...

— Eu também desconheço completamente o povo russo e... não tenho tempo de sobra para estudá-lo! — atalhou de novo o engenheiro, contorcendo-se outra vez no sofá. Stepan Trofímovitch se engasgou no meio do seu discurso.

— Ele estuda, sim, estuda — intrometeu-se Lipútin —: ele já começou o estudo e anda compondo um artigo interessantíssimo sobre as causas desses suicídios mais frequentes na Rússia e, falando em geral, sobre os motivos que aceleram ou contêm a propagação do suicídio numa sociedade. Alcançou uns resultados abismantes...

O engenheiro ficou todo agitado.

— O senhor não tem direito algum... — pôs-se a murmurar, furioso. — Não é nenhum artigo aí. Não vou escrever bobagens. Perguntei ao senhor confidencialmente, sem pensar em nada. Não é nenhum artigo, que não estou publicando, e o senhor não tem mesmo direito...

Lipútin se regozijava a olhos vistos.

— Desculpe: talvez eu tenha errado em chamar sua obra literária de artigo. Ele está colhendo apenas umas observações, mas, quanto à substância da questão ou, digamos assim, ao seu lado moral, não toca nisso nem de raspão e chega a negar, inclusive, a tal de moral propriamente dita, e segue aquele princípio moderníssimo de total destruição para fins positivos. Já reclama mais de cem milhões de cabeças para reinstaurar o juízo são na Europa, muito além do que se reclamou no último congresso em defesa da paz. Nesse sentido, Alexei Nílytch foi mais longe do que todo mundo.

O engenheiro escutava com um sorriso esmaecido e desdenhoso. Por meio minuto, todos se calaram.

— Tudo isso é tolo, Lipútin — disse enfim o senhor Kiríllov, com certa dignidade. — Se é que lhe contei, por acaso, sobre alguns pontos e o senhor leva isso adiante, faça como quiser. Contudo, não tem mesmo direito algum, porque nunca falo com ninguém. Desprezo a falácia... Se houver convicções, para mim está tudo claro... e o senhor fez uma tolice. Não fico deliberando sobre aqueles pontos onde está tudo acabado. Detesto as deliberações. Não quero deliberar nunca...

— E pode ser que tenha toda a razão! — Foi Stepan Trofímovitch quem não se conteve.

— Eu lhes peço desculpas, mas não me zango com ninguém aqui — prosseguiu o visitante, falando rápida e passionalmente. — Vi pouca gente nos últimos quatro anos... Conversei pouco, nesses quatro anos, e fiz questão de me manter à distância, por quatro anos seguidos, a fim de cumprir minhas metas, que não lhes dizem respeito. Lipútin soube disso e está rindo. Mas eu compreendo e não me importo. Não sou melindroso, apenas me aborreço com essa insolência dele. E, se não relato minhas ideias na frente dos senhores — arrematou de supetão, correndo um olhar firme por todos nós —, não é por temer que me denunciem para o governo, nada disso: não pensem aí bobagens desse tipo, por gentileza...

Ninguém mais respondeu nada a essas palavras: apenas nos entreolhamos. Até mesmo Lipútin se esqueceu de dar uma risadinha.

— Cavalheiros, eu sinto muito — Stepan Trofímovitch se levantou, resoluto, do seu sofá —, mas estou indisposto e desanimado. Desculpem-me.

— Ah, é para a gente ir embora? — azafamou-se o senhor Kiríllov, pegando seu boné. — Fez bem em lembrar, que ando esquecido.

Também se levantou, com um ar simplório, e achegou-se, estendendo a mão, a Stepan Trofímovitch.

— É pena que o senhor esteja indisposto e que eu tenha vindo.

— Desejo-lhe muito sucesso em nossas plagas — respondeu Stepan Trofímovitch, apertando-lhe a mão de maneira benévola e pausada. — Entendo que, como o senhor passou, segundo afirma, tanto tempo no estrangeiro, distanciando-se das pessoas a fim de cumprir suas metas, e acabou por esquecer a Rússia, há de olhar para nós, os russos da gema, com pasmo, queira ou não, e nós, de igual modo, para o senhor. *Mais cela passera.*[18] Só fico cismado com uma coisa: o senhor quer construir nossa ponte e, ao mesmo tempo, declara que se solidariza com o princípio de total destruição. Não o deixarão construir essa ponte nossa!

— Como? Como foi que o senhor disse?... Ah, diabo! — exclamou Kiríllov, surpreso, e, de repente, caiu na gargalhada mais alegre e franca possível. Seu rosto tomou, por um instante, uma expressão puramente infantil, a

---

[18] Mas isso vai passar (em francês).

qual me pareceu combinar muito bem com ele. Lipútin esfregava as mãos, entusiasmado com o dito certeiro de Stepan Trofímovitch. E eu continuava perplexo, cá dentro: por que Stepan Trofímovitch tinha tamanho medo de Lipútin e por que exclamara "estou perdido!" ao ouvi-lo chegar?

V

Todos nós estávamos às portas, bem na soleira. Era aquele momento em que os anfitriões e as visitas trocam apressadamente as últimas palavrinhas mais amáveis e depois se separam felizes.

— É tudo porque ele está de mau humor hoje — comentou repentinamente Lipútin, ao passo que saía do quarto e, por assim dizer, de afogadilho —, porque brigou ontem com o capitão Lebiádkin por causa de sua irmãzinha. O capitão Lebiádkin chicoteia todos os dias sua linda irmãzinha, a doidinha, com aquela sua *nagáika,*[19] uma verdadeira *nagáika* dos cossacos, sim, de manhã e de noite. Pois Alexei Nílytch se mudou para a casinha dos fundos, ali mesmo, para não participar mais daquilo. Bem... até a vista.

— Sua irmã? Doente? Com uma *nagáika*? — berrou Stepan Trofímovitch, como se tivesse levado, ele também, uma chicotada. — Que irmã é essa? Quem é esse Lebiádkin?

Seu recente susto ressurgiu num instante.

---

[19] Espécie de chicote usado por cavaleiros (em russo).

— Lebiádkin? Ah, mas é um capitão reformado; antigamente se apresentava, aliás, como um capitão de estado-maior...

— Eh, mas a patente não me interessa! Que irmã é essa? Meu Deus... o senhor diz "Lebiádkin"? Mas já tivemos um tal de Lebiádkin aqui...

— É ele mesmo, aquele *nosso* Lebiádkin que andava com Virguínski, lembra?

— Mas aquele foi pego com notas falsas, não foi?

— Pois já voltou, faz quase três semanas e nas circunstâncias mais especiais.

— Mas é um vilão!

— Como se não pudesse haver um vilão por aqui... — De chofre, Lipútin esboçou um sorrisinho, parecendo tatear Stepan Trofímovitch com seus olhinhos finórios.

— Ah, meu Deus, não falei disso, não... embora esteja, por sinal, de pleno acordo com o senhor, quanto ao vilão, exatamente com o senhor. E depois, hein, e depois? O que queria dizer com isso?... É que quer mesmo, sem falta, dizer algo com isso!

— Mas tudo isso é tanta bobagem... quer dizer, o tal capitão, pelo que tudo indica, não foi embora daquela vez por causa das notas falsas, mas unicamente para encontrar sua irmãzinha, que se escondia dele, parece, não se sabia onde. Agora a trouxe para cá: eis a história toda. Por que ficou assim, como que assustado, Stepan Trofímovitch? Na verdade, só repito a léria dele, quando bêbado, já que não conta mais, quando sóbrio, daquelas coisas. É um homem irritadiço e, digamos assim, de estética militar, porém mau-caráter. E a irmãzinha dele não é tão somente doida, mas até mesmo manca. Parece que foi corrompida por alguém, em matéria de honra feminina, e que por esse motivo o senhor Lebiádkin cobra do corruptor, já faz muitos anos, um tributo anual em contrapartida daquela afronta à sua nobreza: é isso, pelo menos, que se deduz das suas falas, embora não passem, a meu ver, de um palavrório de bêbado. Apenas se gaba e, além disso, tais negócios saem bem mais em conta. E, no que tange ao dinheiro, possui boas somas, sim, e com toda a certeza: andava de pé no chão, faz uma semana e meia, e agora, eu mesmo vi, anda com centenas de rublos nas mãos. Sua irmãzinha tem fricotes diários, fica uivando, e ele a "bota em ordem" com aquela *nagáika*. Diz que temos de impor respeito ao mulherio. Só não entendo como Chátov aguenta morar acima deles. Alexei Nílytch morou lá por três dias apenas, que o conhece ainda desde Petersburgo, mas agora está alugando a casinha dos fundos, de tanto transtorno.

— Tudo isso é verdade? — Stepan Trofímovitch se dirigiu ao engenheiro.

— O senhor fala demais, Lipútin — murmurou ele, irado.

— Mistérios, segredos! De onde foi que tirou, de repente, tantos mistérios e segredos? — exclamava, sem se controlar mais, Stepan Trofímovitch.

O engenheiro franziu o sobrolho, enrubesceu, deu de ombros e foi saindo do quarto.

— Alexei Nílytch até lhe arrancou a *nagáika* e a fez em pedaços e a jogou da janela, e os dois brigaram feio — acrescentou Lipútin.

— Para que diz tantas asneiras, Lipútin, para quê? — Num átimo, Alexei Nílytch se voltou para ele de novo.

— E para que esconderia, por humildade, os ímpetos nobilíssimos da alma, quer dizer, de sua alma, que não estou falando da minha.

— Como isso é bobo... e desnecessário... Lebiádkin é estúpido e não vale nada; é inútil para a causa e... completamente nocivo. Por que é que o senhor diz essas coisas todas? Vou embora daqui.

— Ah, que pena! — exclamou Lipútin, sorrindo com toda a serenidade. — Não fosse assim, divertiria o senhor, Stepan Trofímovitch, com uma anedotazinha a mais. Até vinha para cá com a intenção de contá-la, se bem que o senhor, por certo, já deva tê-la ouvido. Pois bem, contarei da próxima vez, que Alexei Nílytch está com tamanha pressa... Até a vista. É de Varvara Petrovna que vem essa anedotazinha: ela me fez rir anteontem, mandou de propósito que me chamassem e pregou uma peça hilária. Até a vista, pois.

Então foi Stepan Trofímovitch quem o agadanhou: segurou-o pelos ombros, arrastou-o brutalmente de volta para o quarto e assentou-o numa cadeira, de sorte que Lipútin acabou levando um susto.

— E como não riria? — pôs-se a falar, mirando Stepan Trofímovitch com cautela a partir da sua cadeira. — Ela me chama, sem mais nem menos, e pergunta "confidencialmente" pelo que tenho opinado aqui comigo: estaria Nikolai Vsêvolodovitch louco ou em seu perfeito juízo? Não é surpreendente?

— Quem está louco é o senhor! — resmungou Stepan Trofímovitch e, de improviso, como que explodiu — Sabe muito bem, Lipútin, que só veio aqui para divulgar alguma torpeza desse gênero e... algo pior ainda, quem sabe!

Lembrei-me, num piscar de olhos, da sua conclusão de que Lipútin não só sabia, acerca dessa situação nossa, mais do que nós mesmos, como também sabia algo a mais, algo que nós dois não viríamos a saber nunca.

— Misericórdia, Stepan Trofímovitch! — gaguejava Lipútin, como se estivesse apavorado. — Misericórdia...

— Cale-se e comece. Peço-lhe também, senhor Kiríllov, que volte e fique conosco, por favor! Sente-se. Quanto ao senhor, Lipútin, digne-se a falar às claras, simplesmente... e sem os menores rodeios!

— Pois se soubesse que o senhor ficaria tão chocado com isso, não lhe teria dito nem meia palavra... Só que pensava que Varvara Petrovna já lhe tivesse contado, pessoalmente, de tudo!

— Não pensava nisso, coisa nenhuma! Comece, comece aí, já que lhe digo!

— Mas faça o favor de se sentar também, senão como é que estarei sentado enquanto o senhor, nessa perturbação toda... correr na minha frente? Ficarei sem jeito.

Stepan Trofímovitch se conteve e se instalou, cheio de imponência, numa poltrona. Carrancudo, o engenheiro fitava o chão. Lipútin olhava para ambos com um júbilo exaltado.

— Como é que começaria... tão confuso assim?

VI

— Eis que ela manda anteontem, sem mais nem menos, um criado seu para mim: pedem, ele diz, que o senhor vá lá amanhã, ao meio-dia. Dá para imaginar? Larguei meus afazeres e ontem, ao meio-dia em ponto, toco a campainha. Então me levam direto para o salão; aguardei por um minutinho, e ela entrou: fez que me sentasse e também se sentou na minha frente. Fico sentado assim e me recuso a acreditar: o senhor mesmo sabe como ela sempre me maltratou! Começa logo, sem evasivas, conforme seu hábito arraigado: 'Está lembrando, diz para mim, como há quatro anos, quando estava doente, Nikolai Vsêvolodovitch fez umas coisas estranhas, tanto assim que a cidade inteira andou pasmada até se esclarecer tudo. Uma daquelas coisas lhe concernia pessoalmente. Nikolai Vsêvolodovitch foi então visitá-lo, já recuperado, em atenção a um pedido meu. Sei igualmente que antes também havia falado com o senhor, várias vezes. Diga, pois, sincera e francamente como... (ela se embaraçou um pouquinho) como achou então Nikolai Vsêvolodovitch... Com que olhos o via, em geral... que opinião pôde formar a respeito dele e... qual é sua opinião atual?...'.

"Aí se atrapalhou totalmente, a ponto de se calar por um minuto inteiro, e ficou de repente vermelha. Levei um susto. E eis que torna a falar, não como quem se lamenta, que isso não combina com ela, mas naquele tom bem imponente: 'Desejo, diz para mim, que o senhor me compreenda bem e, diz ainda, de forma correta. Mandei agorinha buscá-lo porque o considero um homem perspicaz e arguto, capaz de tirar uma conclusão acertada (quantos elogios, hein?). O senhor compreenderá seguramente também, diz para mim, que é uma mãe quem lhe fala... Nikolai Vsêvolodovitch sofreu, em sua vida, umas desgraças e muitas reviravoltas. Tudo isso pode, diz para mim, ter influido na disposição de sua mente. É claro, diz para mim, que não me refiro à insanidade mental: isso é absolutamente impossível (declarou com firmeza e orgulho)! Mas pode ter ocorrido algo estranho, incomum; pode ter surgido algum modo de pensar, alguma tendência para certa visão específica... (todas essas são as palavras exatas dela, e fiquei surpreso, Stepan Trofímovitch, com aquela capacidade que Varvara Petrovna tem de explicar as coisas tintim por tintim. É uma dama inteligentíssima!). Ao menos, diz para mim, eu mesma percebi nele uma constante inquietação e um pendor para visões específicas. Mas sou a mãe dele, e o senhor é uma pessoa estranha, ou seja, capaz de formar, com essa sua sagacidade, uma opinião mais independente. Imploro-lhe enfim (foi isso mesmo que disse: "imploro") que me revele toda a verdade, sem nenhuma momice, e, caso o senhor me prometa, em acréscimo, não esquecer nunca mais que lhe falei confidencialmente, poderá esperar pela minha total e, daqui em diante, vitalícia anuência em gratificá-lo, seja qual for a ocasião'. Pois bem, o que acha?

— O senhor... o senhor me chocou tanto... — balbuciou Stepan Trofímovitch — que não acredito nisso...

— Não, preste atenção — replicou Lipútin, como se nem tivesse ouvido Stepan Trofímovitch —: como é que não deveriam ser a comoção e a angústia quando alguém se dirige com tal pergunta, daquelas alturas, a uma pessoa como eu e depois se abaixa, para completar, até lhe pedir sigilo. O que é isso, hein? Será que recebeu porventura algumas notícias inesperadas sobre Nikolai Vsêvolodovitch?

— Eu não sei... de nenhuma notícia... não a vejo há vários dias, mas... mas direi ao senhor... — balbuciava Stepan Trofímovitch, como quem mal conseguisse juntar suas ideias —, mas lhe direi, Lipútin, que, se foi uma conversa confidencial e o senhor... agora, na frente de todos...

— Totalmente confidencial! Mas que Deus me fulmine, se eu... E se falo na frente de todos... e daí?

Seríamos, por acaso, estranhos, nem que seja só Alexei Nílytch?

— Não compartilho essa sua opinião. Nós três guardaremos, sem dúvida, o segredo, mas da quarta pessoa, isto é, do senhor é que tenho medo e não acredito nem um pouco no que diz aí.

— Mas por quê? Pois eu mesmo sou a pessoa mais interessada, desde que me prometeram a gratificação vitalícia! Só que gostaria, notadamente a esse mesmo propósito, de apontar para um caso muito estranho e mais psicológico, por assim dizer, do que apenas estranho. Ontem à noite, sob o influxo daquela conversa com Varvara Petrovna (o senhor mesmo pode imaginar a impressão que ela me causou), dirijo uma pergunta remota a Alexei Nílytch: visto que o senhor, digo para ele, conheceu Nikolai Vsêvolodovitch no estrangeiro e, antes ainda, em Petersburgo, o que acha, pergunto, do seu juízo e de suas faculdades? E ele me responde assim, laconicamente como de costume, que é um homem ajuizado e de raciocínio saudável. Mas o senhor não notou ao passar dos anos, digo para ele, algo como um desvio de ideias ou, por exemplo, algum modo de pensar diferente ou alguma, digamos assim, como que insanidade? Numa palavra, repito a pergunta de Varvara Petrovna em pessoa. Imagine só, pois: Alexei Nílytch fica, de repente, cismado e todo franzido, exatamente como está agora. "Sim, responde, acho ter visto, às vezes, algo estranho". E preste bem atenção: se até mesmo Alexei Nílytch pôde achar que tivesse visto algo estranho, o que é que poderia haver lá de fato, hein?

— É verdade? — Stepan Trofímovitch se dirigiu a Alexei Nílytch.

— Não gostaria de falar nisso — respondeu Alexei Nílytch, de olhos fulgentes, erguendo subitamente a cabeça. — Quero contestar seu direito, Lipútin. O senhor não tem nenhum direito de se referir a mim neste caso. Não lhe disse, de forma alguma, a minha opinião toda. Conheci-o em Petersburgo, sim, mas já faz muito tempo, e agora, se bem que o reencontre, conheço Nikolai Stavróguin bem pouco. Peço que o senhor me dispense, e... e tudo isso se parece com um mexerico.

Lipútin agitou os braços, bancando um inocente reprimido.

— Eu, mexeriqueiro! E não seria ainda um espião? É fácil o senhor me criticar, Alexei Nílytch, já que tira o corpo fora dessa história toda. Só que não vai acreditar em mim, Stepan Trofímovitch: parece, pois, mas parece mesmo que o capitão Lebiádkin é tolo como... ou seja, é uma vergonha dizer apenas como é tolo (há uma comparação russa, aliás, que significa aquele grau da tolice, sabe?), mas ele também se acha ofendido por Nikolai Vsêvolodovitch, embora reverencie a sabedoria dele: "Estou assombrado, diz lá, perante esse homem: uma serpe[20] mui sábia" (são suas próprias palavras). Então lhe digo (ainda sob o influxo da véspera e já depois de conversar com Alexei Nílytch): será que, digo para ele, o senhor capitão presume, por sua parte, que essa sua serpe mui sábia esteja louca ou não? E ele (o senhor não vai acreditar mesmo!), como se eu lhe desse, de supetão, uma chibatada por trás, sem aviso prévio, pula

---

[20] No folclore russo a serpente não só representa as forças malignas, mas também aparece, de vez em quando, como portadora do conhecimento esotérico.

simplesmente fora do seu assento: "Sim, diz para mim... sim, diz, mas isso não pode, diz, influir...". Não terminou de dizer em que isso não podia influir e ficou depois tão pensativo, tão triste e pensativo que até sua embriaguez se evaporou. Estávamos sentados, nós dois, no botequim de Filíppov. E foi só meia hora mais tarde que ele deu, de repente, um soco na mesa: "Sim, disse, talvez esteja louco, sim, mas isso não pode influir..." e não terminou de dizer, outra vez, em que não podia influir. Relato ao senhor apenas um extrato dessa conversa, bem entendido, mas o sentido fica bem claro, não fica? Pergunte a quem perguntar, a mesma ideia vem a todas as cabeças, embora não viesse antes a nenhuma cabeça: "Sim, dizem todos, ele está louco; é muito inteligente, mas talvez esteja louco também".

Sentado como estava, Stepan Trofímovitch se empenhava em refletir.

— Mas como é que Lebiádkin sabe?

— Quanto a isso, queira o senhor informar-se com Alexei Nílytch, que me chamou, agorinha e aqui mesmo, de espião. Eu, que sou espião, não sei, mas Alexei Nílytch, que está a par de todos aqueles segredos, fica calado.

— Não sei nada, ou sei pouca coisa — respondeu o engenheiro, com a mesma irritação. — O senhor embriaga Lebiádkin para interrogá-lo. E me trouxe aqui, a mim também, para me interrogar e me forçar a falar. Pois então o senhor é um espião!

— Ainda não o embriaguei, não; além do mais, ele nem vale tanto dinheiro, com todos aqueles mistérios, já que não sei se significam alguma coisa para o senhor, mas para mim, coisa nenhuma. Pelo contrário, quem gasta a rodo é ele: veio à minha casa, há doze dias apenas, implorando que lhe emprestasse quinze copeques, e agora não sou eu quem serve champanhe para ele, mas ele para mim! Contudo, o senhor me sugere uma ideia, e, se for preciso, vou embriagá-lo, sim, justamente para interrogar... aí, quem sabe, desvendarei todos os seus segredinhos — retrucou Lipútin, maldoso.

Stepan Trofímovitch mirava os disputadores com perplexidade. Ambos traíam a si mesmos e, o principal, não faziam cerimônia alguma. Pensei que Lipútin trouxera aquele Alexei Nílytch propositalmente, objetivando recorrer à sua manobra predileta e envolvê-lo, por meio de terceiros, numa conversa de seu interesse.

— Alexei Nílytch conhece Nikolai Vsêvolodovitch bem demais — prosseguiu ele, irritado —, apenas esconde isso. E, no tocante ao capitão Lebiádkin que temos em vista, chegou a conhecê-lo antes de nós todos, em Petersburgo, há cinco ou seis anos, naquele período pouco conhecido, se os senhores me permitirem tal expressão, da vida de Nikolai Vsêvolodovitch, quando ele nem pensava ainda em agraciar a gente com sua vinda para cá. Devemos concluir que nosso príncipe andava então, lá em Petersburgo, com umas pessoas bastante estranhas. E conheceu Alexei Nílytch, pelo que parece, na mesma época.

— Tome cuidado, Lipútin! Aviso o senhor de que Nikolai Vsêvolodovitch queria vir pessoalmente aqui, dentro em pouco, e que ele está em condição de se defender.

— Mas por que se defenderia de mim? Sou o primeiro a gritar que é um homem de mente finíssima e refinadíssima, e ontem deixei Varvara Petrovna completamente tranquila nesse sentido. "Só pela sua índole, comentei com ela, é que não teria como me responsabilizar". Lebiádkin também disse ontem a mesma palavra: "Tem sofrido, disse, por causa de sua índole". Eh, Stepan Trofímovitch, é fácil o senhor bradar que são coisas de mexeriqueiro e de espião, mas veja se nota aí que me fez contar tudo e, ainda por cima, com essa curiosidade exagerada. E Varvara Petrovna, por exemplo, acertou ontem bem na mosca: "O senhor, disse para mim, estava pessoalmente interessado no assunto; por isso é que me dirijo ao senhor". E como não estaria interessado? Que metas é que mais poderia ter, depois de engolir, na frente de todo mundo, uma ofensa pessoal da parte de Sua Excelência? Parece que tenho motivos, sim, para me interessar por aquilo, e não apenas de tanta bisbilhotice minha. Hoje lhe aperta a mão e amanhã, sem causa aparente, só por ter provado do seu pão e sal,[21] aplica bofetões em você, com toda a sociedade honesta presente, conforme desejar. É tudo birra, não é? E o que está em primeiro lugar para ele é o sexo feminino, aquelas borboletinhas e aqueles galinhos afoitos! Os fazendeiros com asinhas assim, como os cupidos antigos, e os Petchórins[22] comedores de corações! É fácil, Stepan Trofímovitch, que é um solteirão rematado, o senhor falar desse jeito e me chamar de mexeriqueiro por causa de Sua Excelência. E se porventura se casasse, que até agora é um valentão daqueles em aparência, com uma moça novinha e bonitinha, aí, quem sabe, passaria a

---

[21] Símbolos tradicionais da hospitalidade eslava.

[22] Alusão ao protagonista do romance *O herói dos nossos tempos*, de Mikhail Lêrmontov (1814-1841), o qual seduzia mulheres por "interesse esportivo".

aferrolhar as portas contra o nosso príncipe e a construir barricadas em sua própria casa! De que estamos falando, hein? Não fosse aquela tal de *Mademoiselle*[23] Lebiádkina, a que leva chicotadas, maluca e manca, eu pensaria, juro por Deus, que é ela mesma a vítima das paixões de nosso general e que foi essa mesma a razão pela qual o capitão Lebiádkin teve "sua dignidade familiar", segundo ele próprio se expressa ali, ultrajada. Não combina apenas com o bom gosto de Sua Excelência, mas nem isso seria um problema: qualquer bagazinha serve, contanto que o apetite esteja aguçado. O senhor fala de mexericos, mas será que sou eu cá quem anda mexericando, quando a cidade inteira já grita e eu apenas escuto e faço coro. Fazer coro não é proibido!

— A cidade grita? O que é que a cidade grita?

— Quer dizer, é o capitão Lebiádkin quem grita, quando bêbado, para a cidade toda ouvir, mas não daria na mesma se a praça inteira gritasse? Qual é, pois, a minha culpa? Mostro meu interesse tão só no meio de meus amigos, que me acho, apesar de tudo, num círculo amigável aqui... — Ele correu os olhos por todos nós, com ares de inocência. — Houve um incidente, pensem só: acontece que Sua Excelência teria mandado, ainda lá da Suíça, com uma donzela nobríssima e, por assim dizer, órfã humilde que tenho a honra de conhecer, trezentos rublos a serem entregues ao capitão Lebiádkin. E Lebiádkin recebeu pouco depois, não digo de quem, mas também de uma pessoa nobríssima e, consequentemente, digna de toda a confiança, a informação mais certa de que não tinha mandado trezentos e, sim, mil

[23] Senhorita (em francês).

rublos!... Pois então, grita Lebiádkin, a tal donzela me roubou setecentos rublos; e quer reavê-los quase por vias policiais ou, pelo menos, anda ameaçando que o fará e grita para a cidade toda ouvir...

— Isso é baixo, baixo da sua parte! — De súbito, o engenheiro saltou da sua cadeira.

— Mas o senhor mesmo é aquele homem nobríssimo que confirmou para Lebiádkin, em nome de Nikolai Vsêvolodovitch, que ele não tinha mandado trezentos e, sim, mil rublos. Pois foi o capitão em pessoa quem me participou isso, quando estava bêbado.

— Foi... foi um infeliz mal-entendido. Alguém cometeu algum erro, e eis que aconteceu... Foi uma bobagem, e o senhor vem com essa baixeza...

— Pois eu também quero acreditar que foi uma bobagem e estou ouvindo com pesar, porquanto, queiram os senhores ou não, uma moça nobríssima faz parte disso: em primeiro lugar, por ter sumido com setecentos rublos e, em segundo lugar, por estar, pelo que se percebe, intimamente ligada a Nikolai Vsêvolodovitch. O que custaria, para Sua Excelência, infamar uma moça nobríssima ou desonrar uma esposa alheia, da mesma maneira que me fez então aquela afronta? Mal encontra uma pessoa cheia de magnanimidade, faz logo que encubra, com seu nome honrado, os pecados de outrem. Foi dessa maneira que eu também padeci: é de mim mesmo que estou falando...

— Cuidado, Lipútin! — Stepan Trofímovitch se soergueu, pálido, em sua poltrona.

— Não acredite, não acredite! Alguém cometeu algum erro, e Lebiádkin vive bêbado... — exclamava o engenheiro, tomado de uma emoção inefável. — Tudo será esclarecido, e eu não aguento mais... e considero uma baixeza... e basta, basta!

Ele saiu correndo do quarto.

— Mas aonde é que vai o senhor? Mas eu também vou junto! — Todo agitado, Lipútin se levantou num pulo e correu atrás de Alexei Nílytch.

VII

Por um minuto, Stepan Trofímovitch se quedou pensativo, depois olhou para mim como quem não me visse, pegou seu chapéu e sua bengala, e saiu devagarinho do quarto. Fui atrás dele outra vez, como havia pouco. Passando pelo portão, ele notou que eu o seguia e disse:

— Ah, sim, você pode ser testemunha... *de l'accident. Vous m'accompagnerez, n'est-ce pas?*[24]

— Será que ainda vai lá, Stepan Trofímovitch? Pense no que pode acontecer!

Com um sorriso de lástima e desconcerto, um sorriso a exprimir sua vergonha e seu total desespero e, ao mesmo tempo, um estranho enlevo seu, ele me sussurrou ao parar por um instante:

— Não posso desposar aqueles "pecados de outrem", posso?

Eu esperava apenas por essa palavra. Finalmente, essa palavrinha secreta, que ele escondia de mim, acabou sendo pronunciada após toda uma semana de circunlóquio e momice. Fiquei decididamente furioso:

---

[24] ... do acidente. Você me acompanhará, não é? (em francês).

— E uma ideia tão suja, tão... baixa pode ser do senhor, de Stepan Verkhôvenski, pode ter surgido em sua mente iluminada, em seu coração generoso, e... antes de Lipútin?

Ele olhou para mim, mas não respondeu e seguiu o mesmo caminho. Eu não quis ficar para trás. Apetecia-me testemunhar ante Varvara Petrovna. Ainda lhe perdoaria, se ele só desse crédito a Lipútin, devido àquela sua pusilanimidade de maricão, porém já estava claro que inventara tudo sozinho, bem antes de Lipútin, e que Lipútin não fizera outra coisa senão comprovar agora suas suspeitas e deitar lenha na fogueira. Ele não hesitara em suspeitar da moça desde o primeiro dia, ainda sem ter fundamento algum, nem mesmo a lábia de Lipútin. Explicara as ações despóticas de Varvara Petrovna tão só com seu anelo desesperado por encobrir de vez, mediante tal casamento com um homem respeitável, os pecadinhos fidalgos de seu inapreciável Nicolas! E eu queria que fosse sem falta punido por isso.

— Oh! *Dieu qui est si grand et si bon!*[25] Oh, quem me acalmará? — exclamou ele, parando, de supetão, ao dar uma centena de passos.

— Vamos agora para casa, que lhe explicarei tudo! — exclamei por minha vez, tentando forçá-lo a retornar.

— É ele! É o senhor mesmo, Stepan Trofímovitch? É o senhor? — Foi uma voz juvenil, lépido e travesso, que ressoou, como uma música, perto de nós.

---

[25] Deus que é tão grande e tão bom! (em francês).

Não víramos nada, mas fora uma amazona que aparecera de chofre ao nosso lado. Era Lisaveta Nikoláievna, com seu acompanhante habitual. Ela freou o cavalo.

— Venha cá, venha logo! — chamou bem alto, toda alegre. — Não o vejo há doze anos, mas o reconheci num instante, e ele... Será que o senhor não me reconhece?

Stepan Trofímovitch pegou a mão, que a moça lhe estendia, e beijou-a com veneração. Olhava para ela como quem estivesse rezando, sem poder articular uma só palavra.

— Ele me reconheceu e está feliz! Mavríki Nikoláievitch, ele está encantado de me ver! Por que é que o senhor não vem, há duas semanas inteiras? A tia me convencia de que o senhor estava doente e não se podia incomodá-lo, só que eu sei que a tia anda mentindo. Então eu batia o pé e censurava o senhor, mas queria, queria que fosse sem falta o primeiro a vir e não mandava, portanto, buscá-lo. Meu Deus, mas ele não mudou nem um pouco! — Ela fitava Stepan Trofímovitch, inclinando-se em sua sela. — É o mesmo, tanto assim que isso chega a ser engraçado. Ah, não, ele tem rugazinhas, muitas rugazinhas perto dos olhos e nas bochechas, e também uns fios de cabelo brancos, mas os olhos são como antes! E eu mesma mudei? Mudei? Mas por que o senhor está calado ainda?

Lembrei-me, naquele momento, de ela ter ficado, pelo que se contava, quase prostrada quando a levavam, aos onze anos, para Petersburgo: teria chorado, ao longo de toda a sua doença, e perguntado por Stepan Trofímovitch.

— A senhorita... eu... — balbuciava ele agora, com uma voz entrecortada de tanta felicidade — eu bradei agorinha: "Quem me acalmará?", e eis que soou sua voz... Acho que foi um milagre *et je commence à croire.*[26]

— *En Dieu? En Dieu, qui est là-haut et qui est si grand et si bon?*[27] Ainda sei de cor todas as suas aulas, está vendo? Que fé, Mavríki Nikoláievitch, é que ele me ensinava então *en Dieu, qui est si grand et si bon*! O senhor ainda se lembra daqueles seus relatos de como Colombo descobriu a América e como todos gritaram: "Terra, terra!"? Minha babá Aliona Frólovna diz que depois disso eu delirava à noite e gritava, sonhando: "Terra, terra!". Lembra-se de como me contou a história do príncipe Hamlet? Lembra-se de como descreveu para mim o transporte de pobres emigrantes da Europa para a América? Nada disso era verdade (fiquei sabendo mais tarde como se fazia aquele transporte), mas como eram boas então as mentiras dele, Mavríki Nikoláievitch, quase melhores do que a verdade! Por que o senhor olha assim para Mavríki Nikoláievitch? É o melhor e o mais leal homem de todo o globo terrestre, e o senhor teria de amá-lo, sem falta, como me ama a mim! *Il fait tout ce que je veux.*[28] Mas, meu caro Stepan Trofímovitch, quer dizer que o senhor está novamente infeliz, desde que clama no meio da rua por quem venha acalmá-lo? Está infeliz, é isso? É isso mesmo?

— Agora estou feliz...

— A tia o magoa? — continuou ela, sem escutá-lo. — Aquela mesma tia, malvada, injusta e sempre preciosa para a gente! Lembra-se de como o senhor se atirava

---

[26] ... e começo a acreditar (em francês).

[27] Em Deus? Em Deus que está lá em cima e que é tão grande e tão bom? (em francês).

[28] Ele faz tudo o que eu quero (em francês).

em meus braços, lá no jardim, e como eu o consolava e chorava então? Mas não tenha medo de Mavríki Nikoláievitch: ele sabe tudo a seu respeito, tudo e há muito tempo, e o senhor pode chorar no ombro dele quanto quiser, e ele ficará plantado quanto for necessário!... Erga um pouco esse seu chapéu, não, tire-o por um minutinho, estique o pescoço e ponha-se nas pontas dos pés, que agora vou beijá-lo na testa, como o beijei da última vez, quando nos despedíamos. Há uma senhorita que olha pela janela e admira a gente, está vendo?... Mais perto, mais perto. Meu Deus, como ficou grisalho!

E, inclinando-se ainda em sua sela, beijou-lhe a testa.

— Agora vamos à sua casa! Eu sei onde o senhor mora. Logo estarei lá, daqui a um minutinho! Serei a primeira a visitá-lo, seu turrão, e depois o arrastarei para minha casa, por um dia inteiro. Vá indo, vá e prepare-se para me receber!

E ela partiu cavalgando com seu cavalheiro. Voltamos. Stepan Trofímovitch se sentou no sofá e se pôs a chorar.

— *Dieu! Dieu!* — exclamava. — *Enfin une minute de bonheur!*[29]

Apenas dez minutos depois ela apareceu, conforme havia prometido, em companhia de seu Mavríki Nikoláievitch.

— *Vous et le bonheur, vous arrivez en même temps!*[30] — Ele se levantou, indo ao seu encontro.

— Um ramalhete para o senhor: acabei de ir à loja de *Madame* Chevalier, que ela tem buquês de aniversariante

---

[29] Enfim um minuto de felicidade! (em francês).

[30] Vocês chegam ao mesmo tempo, a senhorita e a felicidade! (em francês).

o inverno todo. E aqui está Mavríki Nikoláievitch: peço que se cumprimentem. Já queria encomendar um bolo, em vez deste ramalhete, mas Mavríki Nikoláievitch assegura que não é de espírito russo.[31]

Esse Mavríki Nikoláievitch era um capitão de artilharia, senhor de uns trinta e três anos de idade, de estatura alta e aparência bonita e impecavelmente digna, com uma fisionomia imponente e até mesmo severa à primeira vista, não obstante a sua bondade admirável e delicadíssima da qual cada um estava ciente quase desde aquele exato momento em que chegava a conhecê-lo. De resto, era taciturno, parecia bem equilibrado e não procurava por amizades. Muita gente comentaria em nosso meio, mais tarde, que era bronco, faltando-lhe assim com a justiça.

Não vou descrever a beleza de Lisaveta Nikoláievna. A cidade inteira já gritava sobre essa beleza, embora algumas das nossas damas e moças discordassem, cheias de indignação, de quem gritasse. Havia também algumas que já odiavam Lisaveta Nikoláievna, em primeiro lugar pelo seu orgulho: as Drozdova mal começavam ainda a fazer visitas, e isso configurava uma ofensa, se bem que a razão da demora residisse mesmo no estado doentio de Praskóvia Ivânovna. Em segundo lugar, odiavam-na por ser parenta da governadora e, em terceiro lugar, pelos seus diários passeios equestres. Até agora nunca houvera amazonas em nossa cidade, de modo que a aparição de Lisaveta Nikoláievna, que passeava a cavalo

---

[31] Dostoiévski ironiza o gosto ocidentalizado dos fidalgos russos, sendo muito mais "nacional" ir visitar alguém com um bolo nas mãos.

e não fazia visitas, devia naturalmente insultar a sociedade. Aliás, todos já sabiam que montava por ordem médica e falavam em paralelo, sarcasticamente, de sua propensão a enfermidades. De fato, ela estava doente. O que se destacava nela, desde a primeira olhada, era sua ansiedade mórbida, nervosa e permanente. Ai-ai, essa coitadinha sofria muito, e o motivo disso se esclareceria posteriormente. Ao passo que relembro o passado hoje, não digo mais que era tão linda quanto me parecia na época. Talvez nem fosse mesmo nada bonita. Alta, fininha, mas forte e elástica, chegava a espantar com a irregularidade das linhas de seu semblante. Apesar de seus olhos serem um tanto enviesados, à calmuca,[32] e de seu rosto magro e amorenado, de zigomas salientes, estar sempre pálido, havia naquele rosto algo atraente e triunfante! Uma espécie de poderio revelava-se no olhar rútilo de seus olhos escuros; ela vinha "como vencedora e para vencer". Parecia altiva e, vez por outra, até insolente; não sei se conseguia ser bondosa, mas sei que ansiava por se obrigar a sê-lo, pelo menos um pouco, e sofria com isso. Decerto havia, naquele caráter, muitas belas aspirações e primícias justíssimas, porém tudo isso aparentava buscar, o tempo todo, por um nível adequado, jamais encontrado, e tudo nela estava caótico, buliçoso e ansioso. Quem sabe se não impunha a si mesma algumas exigências por demais rigorosas, sem nunca ter forças para satisfazê-las.

Sentada no sofá, ela examinava o quarto.

---

[32] Alusão a um povo de tipo mongólico que habita as estepes contíguas ao mar Cáspio.

— Por que é que sempre me sinto triste em tais momentos: decifre, hein, homem sábio! Pensei, a vida toda, que me alegraria Deus sabe como, tão logo o visse, que me lembraria de tudo, mas não estou nem um pouco alegre, pelo que me parece, apesar de amá-lo... Ah, meu Deus, mas ele tem um retrato meu pendurado na parede! Passe-o para mim, eu me lembro, sim, eu me lembro dele!

Um excelente retratozinho de Lisa aos doze anos de idade, pintado a aquarela, fora mandado para Stepan Trofímovitch pelos Drozdov de Petersburgo, ainda uns nove anos antes. Desde então, pendia sempre na parede do seu quarto.

— Será que já fui uma criança tão linda assim? Será que esse rostinho é meu?

Ela se levantou e, segurando o retrato, mirou-se no espelho.

— Tome-o rápido! — exclamou, devolvendo o retrato. — E não o pendure agora... Vai pendurá-lo depois, que não quero nem olhar para ele... — Voltou a sentar-se no sofá. — Uma vida inteira se passou, começou outra vida; depois a outra também se passou, começou a terceira... e assim por diante, sem fim. É como se uma tesoura cortasse todas as pontas. Percebe que coisas antigas estou contando, mas como são verdadeiras!

Sorrindo, ela olhou para mim; já me tinha mirado diversas vezes, só que Stepan Trofímovitch, emocionado como estava, esquecera sua promessa de me apresentar.

— Mas por que meu retrato está pendurado debaixo desses punhais? E por que o senhor tem aí tantos punhais e sabres?

E realmente havia lá na parede, não se sabia por que razão, dois iatagãs[33] em cruz e uma autêntica *chachka*[34] circassiana que pendia acima deles. A moça olhou para mim tão diretamente, ao fazer essa pergunta, que eu quis responder algo, mas me interrompi. Recordando-se afinal da sua promessa, Stepan Trofímovitch me apresentou para a visita.

— Sei, sei — disse ela — e estou muito feliz. A mamãe também ouviu falar muito a seu respeito. Venha também conhecer Mavríki Nikoláievitch: é um homem maravilhoso. Já tenho, aliás, uma ideia cômica do senhor: é um confidente de Stepan Trofímovitch, não é?

Fiquei corado.

— Ah, desculpe-me, por favor: escolhi a palavra errada... não que seja cômica, mas assim... — Ela também corou e se confundiu. — De resto, que vergonha haveria em ser um homem distinto? Pois bem, Mavríki Nikoláievitch, temos de ir. E que o senhor esteja em nossa casa daqui a meia hora, Stepan Trofímovitch! Meu Deus, quanto é que vamos conversar! Agora serei eu mesma uma confidente sua, e falaremos de tudo, *de tudo*, entende?

De pronto, Stepan Trofímovitch ficou assustado.

— Oh, mas Mavríki Nikoláievitch sabe de tudo: não se acanhe com ele!

— O que, pois, ele sabe?

— Mas o que é que o senhor tem? — exclamou ela, surpresa. — Iih, mas é verdade que eles escondem tudo!

---

[33] Comprido punhal com lâmina recurva, usado pelos turcos e árabes a partir da Idade Média.

[34] Sabre de lâmina curva e muito afiada (em russo).

Eu nem queria acreditar. Escondem até Dacha. A tia não me deixou agorinha ver Dacha, disse que ela estava com dor de cabeça.

— Mas... mas como a senhorita ficou sabendo?

— Ah, meu Deus, igual a todo mundo. Quanta dificuldade, hein?

— Será que todo mundo...

— E como não? A mãezinha soube, na verdade, através de Aliona Frólovna, minha babá, e quem veio correndo contar para ela foi sua Nastácia. O senhor havia falado com Nastácia, não é mesmo? Ela diz que foi o senhor quem lhe contou.

— Eu... eu falei uma vez... — balbuciou Stepan Trofímovitch, todo vermelho — porém... foi apenas uma alusão... *j'étais si nerveux et malade, et puis...*[35]

Ela deu uma gargalhada.

— É que seu confidente não estava por perto e Nastácia surgiu de repente... e ponto-final! E ela conhece todas as comadres da cidade! Mas chega, não faz diferença: deixe todo mundo saber, assim é melhor ainda. Venha, pois, logo, que almoçamos cedo... Ah, mas eu me esqueci... — Ela se sentou de novo. — Escute: quem é Chátov?

— Chátov? É o irmão de Dária Pávlovna.

— Sei que é o irmão dela... mas como é que o senhor está relapso! — A moça interrompeu-o, impaciente. — Eu quero saber que tipo de pessoa ele é.

— *C'est un pense-creux d'ici. C'est le meilleur et le plus irascible homme du monde...*[36]

---

[35] Estava tão nervoso e doente, e depois... (em francês).

[36] É um devaneador daqui. É o melhor e o mais irascível homem do mundo... (em francês).

— Eu mesma ouvi dizerem que era meio estranho. Aliás, não se trata disso. Comentam por aí que ele sabe três idiomas, inclusive o inglês, e pode fazer um trabalho literário. Nesse caso, eu teria muito trabalho para ele: preciso de um assessor, e quanto mais depressa melhor. Será que ele se incumbiria desse trabalho ou não? Indicaram-no para mim...

— Oh, sem dúvida, *et vous ferez un bienfait*...[37]

— Mas não seria nenhum *bienfait*: apenas preciso de um assessor.

— Conheço Chátov bastante bem — disse eu — e, se a senhorita me encarregar de falar com ele, vou vê-lo agora mesmo.

— Diga para ele, então, que venha amanhã ao meio-dia. Ótimo! Agradeço ao senhor. Está pronto, Mavríki Nikoláievitch?

Eles foram embora. Entenda-se bem que logo corri à casa de Chátov.

— *Mon ami!*[38] — Stepan Trofímovitch me alcançou na saída. — Venha cá, sem falta, às dez ou às onze horas, quando eu estiver de volta. Oh, tenho tanta, mas tanta culpa ante você e... ante todos, sim, todos.

VIII

Não encontrei Chátov em casa; retornei duas horas depois, mas ele não estava ainda. Por fim, já pelas oito da noite, fui novamente à sua casa, para encontrá-lo

[37] ... e você fará uma boa ação (em francês).
[38] Meu amigo! (em francês).

ou deixar um bilhete, e não o encontrei outra vez. Seu apartamento estava trancado, e ele morava lá sozinho, sem nenhuma criadagem. Até pensei em descer e dar um pulinho no do capitão Lebiádkin, perguntando-lhe por Chátov, mas aquele apartamento também estava trancado e não havia, ali dentro, nem sons nem luzes, como se fosse um espaço vazio. Cheio de curiosidade provocada pelos recentes relatos, passei ao lado da porta a levar aos aposentos de Lebiádkin. Decidi, afinal de contas, voltar no dia seguinte, tão cedo quanto pudesse. E, seja dita a verdade, não contava muito nem com o bilhete, pois Chátov, teimoso e acanhado que era, podia negligenciá-lo. Maldizendo o malogro e já saindo portão afora, deparei-me de súbito com o senhor Kiríllov, que estava entrando e foi o primeiro a reconhecer-me. Como ele mesmo se pôs a fazer perguntas, contei-lhe tudo, em traços gerais, e disse que tinha um bilhete pronto.

— Vamos — respondeu ele —, farei tudo.

Lembrei que, no dizer de Lipútin, ele tinha ocupado, pela manhã, a casinha dos fundos, feita de madeira e situada no pátio. Também se hospedava naquela casinha, por demais espaçosa para ele, uma mulher velha e surda, que fazia as vezes de sua criada. O dono daquela casa morava alhures, numa casa nova, e mantinha um botequim em outra rua, enquanto essa velha, uma parenta dele pelo que parecia, tomava conta de toda a sua morada antiga. Quanto à casinha dos fundos, suas peças estavam bastante limpas, porém o papel de parede estava sujo. No quarto em que acabáramos de entrar, todos os móveis eram de tipos e tamanhos diferentes, além de completamente estragados: duas mesas de jogo, uma cômoda de amieiro, uma grande mesa de tábuas, trazida, por certo, de alguma isbá[39] ou cozinha, várias cadeiras e um sofá com encosto gradeado e duras almofadas de couro. Num canto havia um ícone antigo, diante do qual a velha acendera, antes de nossa chegada, uma lamparina, e dois retratos a óleo, grandes e embaçados, pendiam nas paredes: um deles representava o finado imperador Nikolai Pávlovitch[40] e fora pintado, a julgar pela sua aparência, ainda nos anos vinte do nosso século, o outro, um prelado qualquer.

O senhor Kiríllov acendeu, ao entrar, uma vela e tirou da sua mala, que estava num canto e ainda não fora aberta, um envelope, um lacre e um sinete de cristal.

— Lacre seu bilhete e assine o envelope.

Eu já ia objetar, dizendo que não precisava disso, mas ele insistiu. Ao assinar o envelope, peguei meu boné.

— Pensava que fosse tomar chá — disse ele. — Comprei chá... Quer?

Aceitei o convite. A velha trouxe depressa aquele chá, ou seja, uma enorme chaleira com água quente, um bulezinho com uma porção copiosa de chá, duas grandes chávenas de pedra, toscamente ornamentadas, um *kalatch*[41] e um prato fundo cheio de açúcar-pilé.

— Gosto de tomar chá... — disse ele — à noite: ando e bebo muito chá, até que amanheça. Não dá para tomar chá à noite lá fora.

— O senhor vai dormir ao amanhecer?

— Sempre... há tempos. Como pouco, só tomo chá. Lipútin é astuto, mas não tem paciência.

---

[39] Casa de madeira (em russo).

[40] Nikolai I (1796-1855): imperador russo de 1825 a 1855, famoso por suas tendências conservadoras e autocráticas.

[41] Pão de trigo em forma de um cadeado.

Fiquei surpreso com sua vontade de conversar e resolvi aproveitar o momento.

— Houve agorinha uns mal-entendidos desagradáveis — notei.

Ele ficou todo sombrio.

— É uma bobagem, uma futilidade das grandes. Tudo é fútil aqui, pois Lebiádkin anda bêbado. Eu não disse para Lipútin, apenas esclareci aquelas futilidades, porque ele estava mentindo. Lipútin tem muita imaginação e substitui migalhas por montanhas. Ontem eu acreditava em Lipútin.

— E hoje acredita em mim? — Dei uma risada.

— Mas o senhor já soube de tudo, agora há pouco. Ou Lipútin é fraco, ou impaciente, ou nocivo, ou... está com inveja.

Essa última palavrinha deixou-me atônito.

— Aliás, o senhor arrolou tantas categorias que não seria difícil ele se enquadrar numa delas.

— Ou em todas juntas.

— Sim, é verdade também. Lipútin é um caos! Será verdade o que ele acabou de inventar, que o senhor quer escrever uma obra?

— Por que "inventar"? — Ele se ensombreou de novo, fitando o chão.

Pedi-lhe desculpas e comecei a assegurar que não o interrogava. O engenheiro se ruborizou.

— Ele disse a verdade: estou escrevendo. Mas isso não tem importância.

Passamos cerca de um minuto em silêncio; de chofre, ele esboçou o mesmo sorriso infantil que havia pouco.

— Quanto àquelas cabeças, foi ele mesmo quem inventou, lendo um livro, e contou para mim, só que me entende mal, e eu procuro apenas o motivo pelo qual as pessoas não ousam cometer o suicídio e nada mais. E isso não tem importância.

— Como assim, não ousam? Será que há poucos suicídios?

— Pouquíssimos.

— O senhor acha mesmo?

Sem responder, ele se levantou e, meditativo, começou a andar de lá para cá.

— Então o que impede as pessoas, a seu ver, de se matarem? — indaguei-lhe.

Ele olhou para mim, distraído como quem se lembrasse do que estávamos falando.

— Eu... eu ainda sei pouco... são dois preconceitos que impedem, duas coisas; apenas duas, sendo uma muito pequena e a outra muito grande. Aliás, a pequena é muito grande também.

— E qual é essa coisa pequena?

— A dor.

— A dor? Seria isso tão importante... num caso desses?

— Antes de tudo. Existem duas espécies de suicidas: aqueles que se matam por muita tristeza ou por raiva ou por serem loucos, ou então... não faz diferença por quê... eles se matam rápido. Pensam pouco naquela dor e... rápido. Mas aqueles que se matam racionalmente, aqueles lá pensam muito.

— E haveria quem se matasse racionalmente?

— São muitos. Se não houvesse preconceito, seriam mais numerosos ainda; seriam muitos mesmo, seriam todos.

— Seriam todos?

Ele ficou calado.

— Mas será que não há meios de morrer sem dor?

— Imagine... — Ele se deteve em minha frente — imagine uma pedra do tamanho de uma grande casa: ela está suspensa, e o senhor fica embaixo. Se ela cair sobre o senhor, sobre a sua cabeça, o senhor sentirá dor?

— Pedra do tamanho de uma casa? É claro que eu ficaria com medo.

— Não lhe pergunto sobre o medo. O senhor sentirá dor?

— Pedra do tamanho de uma montanha, de um milhão de *puds*?[42] É certo que não sentiria dor alguma.

— Mas fique lá mesmo e terá, enquanto ela estiver suspensa, muito medo de sentir dor. Qualquer cientista ilustre, qualquer doutor — todos, todos sentirão muito medo. Qualquer um saberá que não vai sentir dor, mas cada um terá muito medo de senti-la.

— E o segundo motivo, o grande?

— O outro mundo.

— Ou seja, a punição?

— Tanto faz. O outro mundo, tão só o outro mundo.

— E faltam ateus que não acreditam, nem um pouco, no outro mundo?

Ele se calou de novo.

— Talvez esteja julgando por si mesmo?

— Cada um não pode julgar por si mesmo — disse ele, corando. — Só teremos a liberdade toda quando vivermos ou não vivermos der na mesma. Este é o máximo objetivo.

---

[42] Antiga medida de peso russa, equivalente a 16,38 kg.

— O objetivo? Mas então ninguém, quiçá, vai querer viver.

— Ninguém — proferiu ele, resoluto.

— O homem tem medo de morte porque gosta de vida, é assim que eu entendo — notei —, e foi assim que a natureza mandou.

— Isso é baixo, e nisso consiste o ludíbrio todo! — Seus olhos fulgiram. — A vida é dor, a vida é medo, e o homem é infeliz. Agora tudo são dor e medo. Agora o homem gosta de vida porque gosta de dor e de medo. Assim é que foi feito. A vida é dada agora em troca de dor e de medo, e nisso consiste o ludíbrio todo. Agora o homem não é ainda aquele homem. Mas haverá um homem novo, feliz e orgulhoso. Para quem der na mesma viver ou não viver, aquele será um homem novo. Quem vencer a dor e o medo, aquele será um deus. E aquele outro Deus não existirá mais.

— Quer dizer que aquele outro Deus existe, a seu ver?

— Não existe, mas existe, sim. Não há dor na pedra, mas há dor no medo daquela pedra. Deus é a dor por medo de morte. Quem vencer a dor e o medo, aquele será um deus. Então haverá uma vida nova, um homem novo, e tudo será novo... Então a história será dividida em duas partes: do gorila à supressão de Deus e da supressão de Deus à...

— Ao gorila?

—... À transformação física da Terra e do homem. O homem se tornará um deus e mudará fisicamente. E o mundo inteiro mudará, e os feitos mudarão, e as ideias, e todos os sentimentos. Como o senhor acha: o homem mudará então fisicamente?

— Se der na mesma viver ou não viver, então todos se matarão, e nisso, talvez, consistirá a mudança toda.

— Não importa. O ludíbrio estará morto. Todo homem que desejar a liberdade suprema deve ousar matar a si mesmo. Quem ousar matar a si mesmo terá descoberto o segredo daquele ludíbrio. Não há mais liberdade além desta: ela é tudo e, além dela, não existe nada. Quem ousa matar a si mesmo é um deus. Agora qualquer um pode fazer que não haja mais Deus nem exista nada. Mas ninguém fez ainda nenhuma vez.

— Já houve milhões de suicidas.

— Mas não por esse motivo: estavam todos com medo e não foi para aquilo! Não foi para matar seu medo. Quem se matar apenas para matar seu medo, aquele ali se tornará logo um deus.

— Não terá tempo, quem sabe — repliquei.

— Tanto faz — respondeu ele em voz baixa, com um sereno orgulho, quase com desprezo. — É pena que o senhor pareça rir — adicionou, meio minuto depois.

— E eu acho estranho que o senhor estivesse agorinha tão irritadiço e que agora esteja tão calmo, embora fale com ímpeto.

— Agorinha? Agorinha foi algo ridículo — respondeu ele, sorrindo —: não gosto de injuriar nem nunca rio — acrescentou tristemente.

— Não é, pois, com alegria que passa suas noites com chá... — Levantei-me e peguei meu boné.

— O senhor acha? — Ele sorriu com certa perplexidade. — Por quê? Não, eu... eu não sei — confundiu-se subitamente —, não sei como vivem os outros, mas eu cá sinto que não posso viver como qualquer um. Qualquer um pensa nisto e, logo em seguida, pensa naquilo. E eu não posso pensar naquilo e penso, a vida toda, numa coisa só. Deus me torturou a vida inteira — concluiu, de repente, numa expansão estarrecedora.

— E permita que lhe pergunte ainda: por que o senhor fala russo desse jeito meio esquisito? Será que desaprendeu, lá no estrangeiro, em cinco anos?

— Falo esquisito, eu? Não sei. Não é por ter vivido no estrangeiro, não. Falei assim a vida inteira... para mim, tanto faz.

— Mais uma pergunta delicada: quando o senhor diz que não tende a encontrar-se com outras pessoas e conversa pouco com elas, acredito plenamente nisso. Então por que agora conversou tanto comigo?

— Com o senhor? Porque agorinha ficou sentado ali, muito bem, e... aliás, não importa... o senhor se parece muito com meu irmão, muitíssimo, demasiado — disse ele, enrubescendo. — Faz sete anos que ele morreu: mais velho... muito, mas muito mesmo.

— Ele deve ter influenciado bastante seu modo de pensar.

— N-não, ele falava pouco; aliás, não falava. Vou entregar seu bilhete.

Ele me seguiu, com uma lanterna nas mãos, até o portão, a fim de trancá-lo quando eu tivesse saído. "É doente mental, com certeza" — decidi no íntimo. Outro encontro se deu ao portão.

IX

Assim que ergui o pé, passando a alta soleira da portinhola, uma mão vigorosa me segurou repentinamente pelo peito.

— Quem é esse? — rugiu uma voz. — Um amigo ou um inimigo? Confessa!

— É dos nossos, dos nossos! — guinchou por perto a vozinha de Lipútin. — É o senhor G-v, um jovem de educação clássica e ligado à mais alta sociedade.

— Gosto de quem está ligado... clássssiii... quer dizer, e-du-ca-dís-simo... O capitão reformado Ignat Lebiádkin, às ordens do mundo e dos amigos... se forem leais, cafajestes, se forem leais!

Esse capitão Lebiádkin, de uns dez *verchoks* de altura,[43] gordo, carnudo, de cabelo crespo e rosto vermelho, mal se mantinha em pé, extremamente ébrio, e falava a custo. Aliás, eu já o vira antes, embora de longe.

— Aah, e aquele também! — rugiu ele outra vez, ao reparar em Kiríllov que ainda estava lá com sua lanterna nas mãos. Ergueu o punho, mas logo o abaixou.

— Perdoo devido à educação! Ignat Lebiádkin... e-du-ca-dís-simo...

O amor feriu Ignat no coração,
Feito um obus, com sua explosão.
Perdeu o braço e vive lamentando
Sebastopol[44] onde esteve lutando.

Ainda que nunca tenha passado por Sebastopol, nem mesmo perdido um braço, mas... as rimas são boas, não

---

[43] Na época descrita, a altura dos seres humanos era medida, na Rússia, segundo a fórmula "dois *archins* (aproximadamente 142 cm) + tantos *verchoks*"; assim, a altura do capitão Lebiádkin é de 10 *verchoks* acima de dois *archins*, ou seja, aproximadamente 186 cm.

[44] Alusão ao cerco de Sebastopol (1854-55) durante a guerra da Crimeia, descrito por Leon Tolstói em seus famosos *Contos de Sebastopol*.

são? — Ele não desgrudava de mim, com aquele seu carão de bêbado.

— Ele está sem tempo, sem tempo: já vai para casa — exortava-o Lipútin — e amanhã contará tudo para Lisaveta Nikoláievna.

— Lisaveta!... — O capitão tornou a vociferar. — Espera, não vás! Uma variante:

Tal e qual uma estrela montante,
Ela passa, amazona simpática,
E sorri para mim, radiante,
A criança... hum... aristocrática.

"Para a estrela amazona"... Mas é um hino, não é? É um hino, a menos que tu sejas burro! Aqueles vagabundos não entendem! Para! — Ele se agarrou ao meu casaco, por mais que me esforçasse para sair portinhola afora. — Transmite aí que sou cavaleiro de honra, e, quanto a Dachka... arrebento aquela Dachka com dois dedos... é uma escrava servil e não ousa...

Então ele caiu, porque me arrancara, com força, dos seus braços e fora correndo pela rua. Lipútin correu atrás de mim.

— Alexei Nílytch vai arrimá-lo. O senhor sabe o que ele acabou de me dizer? — tagarelava, apressado. — Ouviu os versinhos dele, certo? Pois ele lacrou aqueles mesmos versinhos da "estrela amazona" e amanhã vai mandá-los para Lisaveta Nikoláievna, com sua assinatura completa. O que acha?

— Aposto que foi o senhor quem o incentivou.

— Vai perder! — gargalhou Lipútin. — Está apaixonado, apaixonado que nem uma gata, e começou tudo pelo ódio, sabe? De início, ficou odiando Lisaveta Nikoláievna por andar a cavalo, tanto assim que por pouco não a xingava em voz alta, no meio da rua. Aliás, xingava, sim! Foi anteontem ainda que a xingou, quando estava passando (por sorte, ela não ouviu direito), e hoje, de repente, vem com aqueles versos! Até quer arriscar um pedido de casamento, sabe? É sério, é sério!

— Fico pasmado, Lipútin: onde quer que surja uma droga dessas, o senhor está logo ali e se mete no meio! — retorqui com raiva.

— Vai longe demais, hein, senhor G-v! Não lhe vibrou por acaso o coraçãozinho, com medo do rival, hein?

— O que-e-ê? — gritei, parando.

— Pois eu, para castigar o senhor, não lhe direi mais nada! E como é que gostaria de ouvir, não é mesmo? Só pelo fato de aquele imbecil não ser mais um simples capitão, de agora em diante, mas um fazendeiro de nossa província e, ainda por cima, um fazendeiro bastante considerável, visto que Nikolai Vsêvolodovitch vendeu para ele, um dia desses, toda a sua propriedade, com seus antigos duzentos servos... E juro por Deus que não estou mentindo: acabei de saber, mas de uma fonte confiabilíssima. Pois bem, agora procure aí o senhor mesmo, que não lhe direi mais nada. Até a vista!

X

Stepan Trofímovitch esperava por mim com uma impaciência histérica. Voltara havia cerca de uma hora. Encontrei-o como que embriagado ou pelo menos pensei, nos primeiros cinco minutos, que tivesse bebido.

Ai dele: sua visita à casa das Drozdova desconcertara-o em definitivo.

— *Mon ami*, perdi totalmente o fio da meada... Lise... eu amo e respeito aquele anjo como dantes, exatamente como dantes, porém me parece que elas duas esperavam por mim com o único propósito de descobrir certas coisas, ou seja, de me tirar simplesmente umas informações e depois... vai embora com fé em Deus! É isso.

— Como não se envergonha? — exclamei, sem me conter.

— Amigo meu, agora estou completamente só. *Enfin, c'est ridicule.*[45] Imagine que lá também está tudo repleto de mistérios. Partiram ambas para cima de mim, indagando sobre aqueles narizes, aquelas orelhas e, para completar, sobre alguns mistérios petersburguenses. Foi só aqui que elas souberam, pela primeira vez, daquelas histórias com Nicolas, quatro anos atrás: "O senhor esteve aí, o senhor viu tudo... É verdade que ele é louco?". Não entendo de onde proveio essa ideia. Por que é que Praskóvia quer tanto que Nicolas seja sem falta louco? Mas aquela mulher quer mesmo, quer, sim! *Ce Maurice*[46] ou (como se chama?) Mavríki Nikoláievitch, *brave homme tout de même*[47]... mas seria o esforço todo em favor dele, depois de ela própria escrever de Paris para *cette pauvre amie?*[48] Enfin, aquela Praskóvia, como a chama *cette chère amie*, é um tipo, é a Koróbotchka[49] de Gógol, imortal

---

[45] Enfim, é ridículo (em francês).

[46] Aquele Maurice... (em francês).

[47] ... homem decente, ainda assim (em francês).

[48] Essa pobre amiga (em francês).

[49] Personagem da epopeia *Almas mortas*, de Nikolai Gógol (1809-1852), uma fazendeira engenhosa e avarenta, mas bem-humorada.

em nossa memória, mas uma Koróbotchka maldosa, uma Koróbotchka desaforada e infinitamente exagerada.

— Não seria então um baú, se fosse exagerada?

— Que seja, pois, diminuta: não faz diferença... mas não me interrompa, que tudo isso gira ainda em minha mente. Eles todos já brigaram feio por lá, salvo Lise: ela diz ainda: "Titia, titia...", mas Lise é espertinha, e há nisso mais alguma coisa. Mistérios! Só que brigaram mesmo com a velha. É verdade que *cette pauvre* titia chega a tiranizá-los todos... e, além disso, temos a governadora e o desrespeito da sociedade e aquela "descortesia" de Karmazínov. E, de repente, surge essa ideia de loucura... *ce Lipoutine, ce que je ne comprends pas*[50] e... e dizem que ela molhou a cabeça com vinagre,[51] e eis que vimos nós também, com nossas queixas e nossas cartas... Oh, como a torturei e em que época! *Je suis un ingrat!*[52] Imagine, pois: volto de lá e encontro uma carta dela. Leia, mas leia! Oh, que falta de nobreza por minha parte!

Ele me repassou uma carta de Varvara Petrovna que acabara de receber. Aparentemente, ela se arrependera do seu bilhete matinal: "Não saia". Sua cartinha era gentil, mas, ainda assim, resoluta e breve. Ela pedia que Stepan Trofímovitch fosse visitá-la dois dias depois, no domingo, ao meio-dia em ponto, e sugeria que levasse consigo um dos seus amigos (meu nome estava entre parênteses). Prometia, por sua vez, convidar Chátov como o irmão de Dária Pávlovna. "O senhor poderá

---

[50] ... aquele Lipútin, o que eu não compreendo (em francês).

[51] Trata-se de uma receita popular, segundo a qual o vinagre alivia, se aplicado nas têmporas, a dor de cabeça.

[52] Sou um ingrato! (em francês).

receber a resposta definitiva dela. Ficará satisfeito com isso? É essa a formalidade que tem solicitado?".

— Preste atenção nessa frase cáustica, bem no finzinho, sobre a formalidade. Coitada, coitada... amiga de toda a minha vida! Confesso que essa *súbita* decisão acerca do meu futuro me deixou como que esmagado... Confesso que ainda tinha esperanças, mas agora *tout est dit*[53] e já sei que está acabado: *c'est terrible*.[54] Oh, se não houvesse tal domingo, se estivesse tudo como outrora: você viria para cá, e eu mesmo...

— O senhor se confundiu com todos aqueles mexericos abjetos de Lipútin, com aqueles boatos.

— Agora, meu amigo, você acertou, com esse seu dedo amistoso, outro ponto vulnerável. De modo geral, tais dedos amistosos são inclementes e, por vezes, atrapalhados, *pardon*[55]... mas (será que acredita em mim?) quase me esqueci daquilo tudo, quer dizer, não me esqueci dos mexericos abjetos, nada disso, mas, por mera tolice minha, tentei ser feliz, durante todo esse tempo que passei com Lise, e fiquei assegurando a mim mesmo que estava feliz. Só que agora... oh, agora se trata daquela mulher magnânima e humana, tão paciente com meus vis defeitos... quer dizer, nem tão paciente assim, mas... como seria eu mesmo, com este meu caráter ruim e oco? Sou uma criança mimada, com todo o egoísmo de uma criança, mas sem a inocência dela. *Cette pauvre* titia, como a chama graciosamente Lise, cuidou de mim por vinte anos como uma babá... E eis que, ao cabo

[53] ... tudo está dito (em francês).
[54] É terrível (em francês).
[55] Perdão (em francês).

desses vinte anos, a criança quis casar-se: veja se você me casa, veja se me casa... e manda carta após carta, e a cabeça dela está molhada com vinagre, e... e eis que eu consegui: serei, no domingo, um homem casado, não é brincadeira, não... E por que insisti tanto, por que escrevi tantas cartas? Sim, já me esquecia: Lise idolatra Dária Pávlovna ou diz, pelo menos, diz a respeito dela: "*C'est un ange*,[56] apenas um tanto dissimulado". Ambas me aconselhavam, até Praskóvia... Aliás, não, Praskóvia não me aconselhava. Oh, quanto veneno está guardado nessa Koróbotchka![57] De resto, nem Lise me aconselhava: "Por que o senhor se casaria? Já lhe bastam esses prazeres científicos". E ficou rindo. Perdoei-lhe aquela risada, porque ela mesma tem peso no coração. É impossível, porém, o senhor viver sem mulher, dizem ambas. Sua debilidade está chegando, e ela vai resguardá-lo ou como se diz?... *Ma foi*,[58] eu mesmo pensava com meus botões, durante todo esse tempo que passei aqui sentado com você, que a Providência a mandava para mim, no fim dos dias conturbados meus, e que ela me resguardaria ou como se diz... *enfin*, que seria útil em minha casa. Veja só quanto lixo eu tenho aqui, veja só: está tudo jogado, mandei ontem que arrumassem, mas... até um livro está no chão. *La pauvre amie* se zangava, o tempo todo, por causa desse lixo... Oh, agora a voz dela não soará mais aqui! *Vingt ans!*[59] E... e parece que há cartas anônimas por lá: imagine que Nicolas teria vendido sua propriedade

---

[56] É um anjo (em francês).

[57] A palavra "koróbotchka" significa literalmente "caixeta, cofrinho" em russo.

[58] Juro que... (em francês).

[59] Vinte anos! (em francês).

a Lebiádkin. *C'est un monstre*;[60] et enfin, quem é Lebiádkin? E Lise está escutando, escutando — ui, como ela me escuta! Perdoei-lhe aquela risada porque via com que expressão ela me escutava, e ce Maurice... eu não gostaria de fazer o mesmo papel que ele faz agora... *brave homme tout de même*, porém é um tanto tímido. Aliás, que fique com Deus...

Calou-se: confuso e fatigado como estava, ficou sentado ali, de cabeça baixa, fixando seus olhos cansados no chão. Aproveitei o intervalo e contei-lhe sobre a minha visita à casa de Filíppov, manifestando, em termos bruscos e secos, a opinião pessoal de que a irmã de Lebiádkin (que não tinha visto) podia realmente ter sido outrora uma das vítimas de Nicolas, naquele período enigmático de sua vida ao qual se referira Lipútin, e que era bem possível Lebiádkin receber de Nicolas algum dinheiro por algum motivo, mas nada além disso. Quanto aos boatos relativos a Dária Pávlovna, eram apenas uma bobagem, uma das invenções do canalha Lipútin, ou era, pelo menos, Alexei Nílytch quem o afirmava com ardor, não havendo fundamentos para descrermos dele. Stepan Trofímovitch escutou minhas assertivas com ares de distração, como se isso não lhe dissesse respeito. Mencionei também, a propósito, minha conversa com Kiríllov e acrescentei que talvez ele fosse louco.

— Ele não é louco, mas essas pessoas têm ideias curtinhas — murmurou ele, aparentando apatia e má vontade. — *Ces gens-là supposent la nature et la société humaine autres que Dieu ne les a faites et qu'elles ne sont*

[60] É um monstro... (em francês).

réellement."[61] Há quem flerte com elas, mas, pelo menos, não é Stepan Verkhôvenski. Vi-as então em Petersburgo, *avec cette chère amie*[62] (oh, como a ofendia então!), e não tive medo não só das suas injúrias, mas nem sequer dos seus elogios. Não me amedrontarei nem hoje, *mais parlons d'autre chose*[63] ...e parece que tenho feito coisas horríveis: imagine que enviei ontem uma carta a Dária Pávlovna e... como me censuro por isso!

— O que foi, pois, que escreveu para ela?

— Ó meu amigo, acredite que fiz tudo isso com tanta nobreza! Comuniquei a ela que havia escrito para Nicolas, ainda uns cinco dias antes, e que também foi algo nobre.

— Agora entendo! — exclamei, exaltado. — Mas que direito é que o senhor teve de confrontá-los assim?

— Mas, *mon cher*, não me pressione em demasia, não grite comigo, pois já estou todo esmagado como... como uma barata e, finalmente, acho que tudo isso é tão nobre assim. Suponha que tenha acontecido, de fato, alguma coisa... *en Suisse*[64]... ou então que tenha só começado. Devo, afinal de contas, perguntar de antemão aos dois corações, para... *enfin*, para não impedir esses corações, para não me postar, que nem um poste, no caminho deles... Fiz isso unicamente por nobreza.

— Oh, meu Deus, que bobagem é que o senhor fez! — deixei escapar, sem querer.

---

[61] Aquelas pessoas presumem a natureza e a sociedade humana serem outras que Deus as fez e que elas são realmente (em francês).

[62] Com aquela cara amiga (em francês).

[63] ... mas falemos de outra coisa (em francês).

[64] Na Suíça (em francês).

— Bobagem, bobagem! — replicou ele, até mesmo com certa sofreguidão. — Você nunca disse nada mais inteligente: *c'était bête, mais que faire, tout est dit.*[65] Desde que me caso mesmo, nem que me case com "os pecados de outrem", por que tive de escrever aquilo? Não é verdade?

— De novo a mesma coisa?

— Oh, agora você não me intimidará com seu grito, agora não é o mesmo Stepan Verkhôvenski quem está em sua frente: aquele ali está enterrado; *enfin, tout est dit.* E por que grita, hein? Unicamente porque não é você quem se casa, porque não será você quem terá de carregar certo enfeite craniano. Torna a ficar desgostoso, não é? Pois você não conhece a mulher, meu pobre amigo, e eu cá não fiz outra coisa senão estudá-la. "Se quiseres vencer o mundo inteiro, vence a ti mesmo" — foi a única coisa bem dita pelo outro romântico igual a você, por Chátov que é o irmãozinho de minha esposa. Pego-lhe emprestada, com todo o gosto, essa máxima dele. Eis-me também pronto a vencer a mim mesmo, estou para me casar, mas, assim sendo, o que vou conquistar, em vez do mundo inteiro? Ó meu amigo, o casamento é a morte moral de qualquer alma orgulhosa, de qualquer independência. A vida conjugal me depravará, me privará de energia e de hombridade em servir minha causa, depois haverá filhos que não serão, talvez, meus, quer dizer, certamente não serão meus: o sábio não tem medo de encarar a verdade... Lipútin propôs agorinha que me protegesse de Nicolas com barricadas, mas ele é bobo, aquele Lipútin. A mulher vai enganar até o olho

---

[65] ... era bobo, mas o que fazer, está tudo dito (em francês).

que vê tudo. Criando a mulher, *le bon Dieu* já sabia, sem dúvida, que risco estava correndo, mas tenho certeza de que ela mesma se intrometeu e fez que Ele a criasse dessa maneira e... com esses atributos todos, senão, quem teria gostado de arranjar tantos problemas à toa? Sei que Nastácia talvez se zangue comigo por impiedade, mas... *enfin, tout est dit.*

Não seria ele mesmo, se tivesse aberto mão daquela subversão baratinha, uma espécie de trocadilho, que prosperara tanto em sua época, e agora se consolava, ao menos, com um trocadilhozinho subversivo, embora não fosse por muito tempo.

— Oh, mas por que deve existir esse dia depois de amanhã, esse domingo? — exclamou de improviso, mas já totalmente desesperado. — Por que não poderia existir uma só semana sem domingo, *si le miracle existe?*[66] O que custaria a Providência riscar do calendário, pelo menos, um só domingo, nem que seja apenas para demonstrar seu poderio a um ateu, *et que tout soit dit?*[67] Oh, como eu a amava! Vinte anos, todos aqueles vinte anos, e ela não me entendeu nunca a mim!

— Mas de quem é que o senhor está falando? Nem eu o entendo! — perguntei com pasmo.

— *Vingt ans!* E não me entendeu nenhuma vez, oh, isso é cruel! E será que ela pensa mesmo que me caso por medo ou por penúria? Oh, quanta vergonha! Titia, titia, foi para ti... Oh, que ela venha a saber, aquela titia, que é a única mulher que adorei durante vinte anos! Ela precisa saber disso e não será de outro modo, senão

---

66 ... se o milagre existe (em francês).
67 ... e que seja tudo dito (em francês).

me arrastarão tão somente à força até o *ce qu'on appelle*[68] "le altar".

Foi a primeira ocasião em que ouvi essa confissão expressa com tanta ênfase. Não vou negar que tive muita vontade de rir. E não tive razão.

— Só ele, só ele me resta agora, minha única esperança! — De súbito, ele agitou os braços, como se uma nova ideia acabasse de perturbá-lo. — Agora só ele mesmo, meu pobre garoto, é que me salvará e... Oh, mas por que não está vindo? Ó meu filho, ó meu Petrucha... e, posto que eu não mereça o nome de pai, mas antes o de tigre, bem... *Laissez-moi, mon ami,*[69] que fico um pouquinho deitado para juntar as minhas ideias. Estou tão cansado, tão cansado, e acho que está na hora de você também ir para a cama, pois, *voyez-vous*,[70] já é meia-noite...

[68] O que se chama (em francês).
[69] Deixe-me, meu amigo (em francês).
[70] Veja você (em francês).

Capítulo quarto. A mancazinha.

I

Chátov não se fez de rogado em resposta ao meu bilhete e veio, ao meio-dia, visitar Lisaveta Nikoláievna. Entramos quase juntos: eu também compareci para lhe fazer a minha primeira visita. Eles todos, isto é, Lisa, sua mãe e Mavríki Nikoláievitch, estavam sentados no salão e discutiam. A mãe exigira que Lisa fosse ao piano e tocasse uma valsa para ela, mas, quando Lisa se pôs a tocar a valsa exigida, passou a asseverar que a valsa não era aquela. Por mera singeleza, Mavríki Nikoláievitch defendeu Lisa e ficou asseverando, por sua vez, que a valsa era aquela mesma; então a velha se desgostou e começou a chorar. Doente como estava, mal conseguia andar. De pernas inchadas, não fazia outra coisa, havia vários dias, senão pirraçar e implicar com todos, se bem que se intimidasse um pouco, desde sempre, perante Lisa. Eles se animaram com nossa vinda. Lisa corou de prazer e, dizendo-me "*merci*"[1] (sem dúvida, por conta de Chátov), foi ao encontro dele. Examinava-o com curiosidade.

Chátov parou às portas, todo desajeitado. Agradecendo-lhe por ter vindo, Lisa o levou até sua mãe.

---

[1] Obrigada (em francês).

— Este é o senhor Chátov, de quem já falei à senhora, e aquele é o senhor G-v, um grande amigo meu e de Stepan Trofímovitch. Mavríki Nikoláievitch também o conheceu ontem.

— E quem é o professor?

— Mas o professor não veio, mamãe.

— Veio, sim, que tu mesma disseste que o professor viria. Deve ser esse... — Enjoada, ela apontou para Chátov.

— Nunca lhe disse que o professor viria. O senhor G-v serve, e o senhor Chátov já foi estudante.

— Estudante, professor, é tudo a mesma laia da universidade. Mas tu não paras de me contrariar! E aquele da Suíça era de bigode e barbicha.

— A mamãe insiste em chamar o filho de Stepan Trofímovitch de professor — disse Lisa e conduziu Chátov até o sofá que ficava do lado oposto do salão. — Ela sempre está assim, quando tem pernas inchadas: está doente. O senhor entende? — sussurrou para Chátov, continuando a examiná-lo com a mesma curiosidade excessiva, sobretudo aquele tufo espetado em sua cabeça.

— É militar? — A velha, em cuja companhia Lisa me abandonara de modo tão inclemente, dirigiu-se a mim.

— Não, sou servidor público...

— O senhor G-v é um grande amigo de Stepan Trofímovitch — replicou Lisa, de imediato.

— É servidor de Stepan Trofímovitch? Mas ele também é professor, não é?

— Ah, mamãe, parece que até mesmo à noite dorme e sonha com os professores! — gritou Lisa, aborrecida.

— Já estou farta deles à luz do dia. E tu andas sempre contradizendo tua mãe. O senhor estava por aqui quando Nikolai Vsêvolodovitch veio, há quatro anos?

Respondi que estava, sim.

— E um inglês também estava por aqui, junto com o senhor?

— Não estava, não...

Lisa se pôs a rir.

— Não houve nenhum inglês, está vendo? Pois é tudo mentira. Estão ambos mentindo, tanto Varvara Petrovna quanto Stepan Trofímovitch. Aliás, todos estão mentindo.

— Foram a tia e Stepan Trofímovitch, ontem, que teriam achado Nikolai Vsêvolodovitch parecido com o príncipe Harry, em *Henrique IV* de Shakespeare, e a mamãe responde àquilo que não houve nenhum inglês — explicou Lisa para nós.

— Não houve nenhum inglês mesmo, já que não houve nenhum Harry aí. Foi só Nikolai Vsêvolodovitch quem andou bagunçando.

— Asseguro-lhe que a mamãe faz de propósito — Lisa considerou necessário explicar isso para Chátov —: ela conhece Shakespeare muito bem. Eu mesma li para ela o primeiro ato de *Otelo*, só que agora ela está sofrendo. O relógio soa meio-dia, mamãe, está ouvindo? É hora de tomar seu remédio.

— O doutor chegou! — Foi uma camareira que assomou às portas. A velha se soergueu e passou a chamar pelo seu cachorrinho: "Zemirka, Zemirka, vem, pelo menos, tu comigo".

Aquela Zemirka, uma cadelinha pequena, velha e asquerosa, não lhe obedeceu e acabou por se esconder embaixo do sofá em que Lisa estava sentada.

— Não queres? Então nem eu quero que venhas comigo. Adeus, meu queridinho: não sei seu nome nem patronímico... — A velha se dirigiu a mim.

— Anton Lavrêntievitch.

— Mas tanto faz, que entra por um ouvido e sai pelo outro. Não me acompanhe, Mavríki Nikoláievitch: chamei só por Zemirka. Ainda sei andar sozinha, graças a Deus, e amanhã vou passear de carruagem.

Zangada, ela saiu do salão.

— Anton Lavrêntievitch, fale por enquanto com Mavríki Nikoláievitch: asseguro-lhes que só ganhariam, vocês dois, caso se conhecessem melhor — disse Lisa, sorrindo amistosamente para Mavríki Nikoláievitch que se quedou radiante sob o olhar dela. Não tive escolha senão ficar conversando com Mavríki Nikoláievitch.

II

Para minha surpresa, o negócio de que Lisaveta Nikoláievna queria tratar com Chátov era, de fato, meramente literário. É que eu pensava o tempo todo, não sei por que razão, que ela o tivesse chamado com outro propósito. Nós dois, ou seja, eu e Mavríki Nikoláievitch, percebemos que eles não segredavam, mas, pelo contrário, falavam bem alto e passamos a atentar nessa conversa, sendo depois convidados a participar dela. O assunto todo consistia em Lisaveta Nikoláievna planejar, já havia bastante tempo, a edição de um livro, que, na opinião dela, seria útil, e precisar, devido à sua completa inexperiência, de um assessor. A seriedade com que se pusera a explicar seu plano para Chátov pareceu estupenda até a mim. "Deve ser uma daquelas novas" — pensei —: "não foi à toa que morou na Suíça". Chátov a escutava com atenção, de olhos fixos no chão e sem o mínimo pasmo de uma distraída senhorita mundana empreender algo tão incompatível, à primeira vista, com sua condição.

Seu empreendimento literário era o seguinte. Edita-se na Rússia uma profusão de jornais e revistas, tanto metropolitanos quanto provincianos, e relata-se neles, todos os dias, uma profusão de acontecimentos. O ano passa, os jornais ficam, por toda parte, guardados em armários ou então sujos e rotos, usados como embrulhos e carapuças de papel. Muitos dos fatos divulgados produzem uma forte impressão e permanecem na memória do público, porém mais tarde, ao passar dos anos, chegam a ser esquecidos. Muitas pessoas gostariam de localizá-los posteriormente, mas quão penosa seria a tarefa de procurá-los naquele mar de folhas, amiúde sem saber o dia nem o local, nem mesmo o ano em que tal ou tal fato tivera lugar! E não obstante, uma vez reunidos todos aqueles fatos, referentes a um ano inteiro, num só livro composto de acordo com certo plano, conforme determinada ideia, e munido de sumários, índices, classificações por meses e dias, que conjunto geral poderia resumir todas as características da vida russa durante o respectivo ano, mesmo que fosse publicada apenas uma parte ínfima de todos os fatos ocorridos!

— Em vez daqueles montes de folhas, só haveria alguns livros grossos e nada mais — comentou Chátov.

Entretanto, apesar de toda a complexidade desse tema e de sua imperícia em abordá-lo, Lisaveta Nikoláievna insistia com entusiasmo em seu projeto. O livro deveria ser um só e nem tão grosso assim, assegurava-nos ela. E, nem que fosse grosso, deveria ser claro, consistindo o principal em planejar a edição e apresentar os fatos.

Decerto não se tratava de reunir e reproduzir todos os fatos. Ainda que os decretos, as ações do governo, as portarias locais e as leis fossem bem importantes em si, poderiam ser omitidos ao idealizar-se uma edição desse gênero. Aliás, muita coisa poderia ser omitida, limitando-se o editor a selecionar os acontecimentos que expressassem, em maior ou menor grau, a vida privada e moral do povo, a personalidade do povo russo em dado momento. Poder-se-ia, sem dúvida, incluir quaisquer fatos (incidentes bizarros, incêndios, doações, toda espécie de ações boas e más, diversas falas e exposições orais, até mesmo, quem sabe, notícias de enchentes, até mesmo, talvez, alguns decretos governamentais), contanto que fosse escolhido, no meio daquilo tudo, apenas o que pintasse a época, sendo visto sob certo ângulo, incluído com indicação, intenção e ideia a iluminarem o conjunto todo. E, finalmente, o livro deveria ser não apenas necessário como uma fonte de informações (nem se falava disso), mas também interessante para uma leitura recreativa! Seria, por assim dizer, o quadro da vida russa, espiritual, moral e interior, durante um ano inteiro. "É preciso que todos o comprem, é preciso que esse livro venha a ser um livro de cabeceira" — afirmava Lisa. — "Entendo que o principal seria elaborar um plano e, portanto, recorro ao senhor" — concluiu. Estava toda exaltada, e, por mais obscuras e incompletas que fossem as suas explicações, Chátov começou a compreendê-las.

— Seria, pois, algo engajado, um conjunto de fatos que sigam certa corrente — murmurou, ainda sem reerguer a cabeça.

— De modo algum: não precisamos adaptar os fatos a nenhuma corrente. Aliás, não haveria corrente nenhuma mesmo. Nossa única corrente seria a imparcialidade.

— Mas uma corrente não faz mal — Chátov se agitou um pouco —, e não se pode evitá-la caso se faça, pelo menos, alguma seleção de fatos. A indicação de como entender esses fatos resultará da própria seleção. Sua ideia não é nada má.

— Então um livro desses seria possível? — Lisa ficou alegre.

— Temos que ver e pensar. Seria uma empresa enorme. Não daria para inventar nada agora mesmo. Precisaríamos de experiências. Não bastaria nem ter editado tal livro para aprender a melhor forma de editá-lo. Acertaríamos só depois de várias tentativas... porém a ideia está brotando. Uma ideia útil.

Ele acabou erguendo os olhos que até brilhavam de prazer, tamanho era seu interesse.

— Foi a senhorita sozinha que teve essa ideia? — perguntou a Lisa, num tom carinhoso e como que recatado.

— Mas não é difícil ter uma ideia: difícil é fazer um plano — respondeu Lisa, sorrindo. — Entendo de poucas coisas, não sou muito inteligente e persigo apenas aquilo que está claro para mim mesma...

— Persegue?

— Empreguei um termo errado, provavelmente? — apressou-se a questionar Lisa.

— Pode empregar esse termo, sim: não digo nada.

— É que me pareceu, ainda lá no exterior, que eu também poderia ter alguma utilidade. Tenho meu próprio dinheiro, que fica guardado debalde, então por que não poderia trabalhar, eu também, para a causa geral? Ademais, essa ideia me veio assim, de repente e por si só; não me esforcei nem um pouco para inventá-la e fiquei muito feliz com ela, só que agora vejo que não poderia realizá-la sem algum colaborador, pois eu mesma não sei fazer nada. Meu colaborador se tornará, bem entendido, coeditor desse livro. Vamos dividir tudo ao meio: o plano e o trabalho ficam com o senhor, a ideia inicial e os meios de custear a edição ficam comigo. Será que o livro trará lucros?

— Se conseguirmos um plano certo, aí sim, o livro venderá bem.

— Aviso-o de que não conto com lucros, mas quero muito que o livro saia bem e, se houver lucros, ficarei orgulhosa.

— Pois bem, mas o que eu tenho a ver com isso?

— Mas é o senhor que convido a ser meu colaborador... meio a meio. O senhor vai elaborar nosso plano.

— E como a senhorita sabe que sou capaz de elaborar um plano qualquer?

— Falaram-me do senhor por aqui, e ouvi dizerem que... sei que é muito inteligente e... que se dedica à causa e... pensa muito. Foi Piotr Stepânovitch Verkhôvenski quem me contou do senhor, lá na Suíça — acrescentou ela, ansiosa. — Ele é um homem muito inteligente, não é verdade?

Chátov lançou-lhe um olhar instantâneo, que mal roçou nela, e logo abaixou os olhos.

— Nikolai Vsêvolodovitch também me falou muito sobre o senhor...

De súbito, Chátov enrubesceu.

— Aliás, os jornais estão aqui... — Lisa pegou apressadamente um maço de jornais, preparado de antemão e atado, que estava em cima de uma cadeira. — Tentei escolher e anotar alguns fatos, para fazer a seleção, e coloquei uns números aí... o senhor vai ver.

Chátov tomou-lhe o maço.

— Leve-o para casa e veja... Onde é que o senhor mora?

— Na rua Bogoiavlênskaia, na casa de Filíppov.

— Eu sei. Dizem que lá também mora ao seu lado, parece, um capitão... o senhor Lebiádkin? — Lisa estava ainda com pressa.

Segurando o maço de jornais da mesma maneira que o tomara, com a mão afastada do corpo, Chátov se quedou sentado por um minuto inteiro, sem lhe responder e de olhos fixos no chão.

— Teria de escolher outra pessoa para essas coisas, já que eu não lhe prestarei para nada — disse, por fim, ao baixar a voz de certo modo singular e exagerado, quase cochichando.

Lisa ficou rubra.

— De que coisas é que está falando? Mavríki Nikoláievitch! — gritou. — Traga, por favor, a carta que acabou de chegar.

Seguindo Mavríki Nikoláievitch, eu também me aproximei da mesa.

— Veja isto! — De chofre, ela se dirigiu a mim, desdobrando a carta com muita inquietude. — Já viu algo parecido antes? Leia, por favor, em voz alta: preciso que o senhor Chátov ouça também.

Foi com grande espanto que li, em voz alta, a mensagem seguinte:

"*À perfeição da donzela Tuchiná.*
Prezada senhorita Yelisaveta Nikoláievna!

Há mesmo uma donzela mais porreta
Que Tuchiná Yelisaveta,

Quando, com seu parente, passa a cavalgar
E o vento está com suas mechas a brincar,
Ou quando cai, com sua mãe, no chão
Do venerável templo aonde as duas vão?
Enfim, anseio pelos gozos matrimoniais
E mando-lhe minhas saudades lacrimais!

Composto por um boçal no calor de uma discussão daquelas.

Prezada senhorita!

De quem mais me apiedo é de mim mesmo, porquanto não perdi meu braço em Sebastopol, guerreando pela glória, mas não estive lá por um dia sequer e passei a campanha toda servindo na distribuição das vis vitualhas, o que considero uma infâmia. Vós sois uma deusa da Antiguidade, e eu não sou nada, só intuí a existência do infinito. Tomai isto por uns versos e nada mais, porque os versos são, queira-se ou não se queira, uma bobagem e justificam o que passa por ousadia em prosa. Poderia zangar-se o sol com um infusório, se acaso este lhe escrevesse daquela gota d'água onde eles são muitos, vistos apenas sob o microscópio? Até o próprio clube de filantropia para com grandes bichos, sediado em Petersburgo e ligado à mais alta sociedade, faz pouco caso do reles infusório, conquanto explicite, e por direito, compaixão pelo cão e pelo cavalo, e nem o menciona em geral, por ter ainda muito a crescer. Eu também tenho a crescer. Minha ideia de casamento haveria de parecer-vos ridícula, mas logo, logo obterei duzentos servos antigos, mediante aquele antropófobo que estais desprezando. Posso comunicar-vos muitas coisas, e com os documentos na mão, nem que vá depois para a

Sibéria. Não desdenheis deste pedido meu. Entenda-se a mensagem do infusório tão somente em versos.

Capitão Lebiádkin, vosso amigo modesto e todo o resto".

— Quem escreveu isto foi um vilão que estava bêbado! — exclamei, indignado. — Eu o conheço!

— Recebi essa carta ontem... — Vermelha e ansiosa, Lisa se pôs a explicar. — Logo compreendi, eu mesma, que era de algum bobalhão e não a mostrei, até agora, para a *maman*,[2] senão a teria deixado ainda mais desgostosa. Contudo, se ele continuar, não sei o que terei de fazer. Mavríki Nikoláievitch quer ir lá e proibi-lo de escrever. Como o considerava meu colaborador — dirigiu-se a Chátov — e como o senhor mora ali, queria fazer-lhe umas perguntas para saber o que mais se podia esperar dele.

— Bêbado e vilão — murmurou Chátov, como que a contragosto.

— Seria mesmo tão bobo assim?

— Não é nada bobo, quando não está bêbado.

— Conheci um general que escrevia exatamente os mesmos versos — notei, rindo.

— Até essa carta dá a entender que é sonso — intrometeu-se, de repente, Mavríki Nikoláievitch, por mais taciturno que fosse.

— Dizem que ele vive com sua irmã? — perguntou Lisa.

— Com sua irmã, sim.

---

[2] Mamãe (em francês).

— E dizem que a tiraniza, é verdade?

Chátov tornou a olhar para Lisa, carregou o cenho e, resmungando: "Pouco me importa!", avançou rumo às portas.

— Ah, espere! — exclamou Lisa, alarmada. — Aonde é que vai? Ainda temos tanta coisa a discutir...

— Discutir o quê? Amanhã lhe darei a resposta...

— O mais importante, a tipografia! Acredite que não estou brincando, mas quero fazer uma coisa séria — assegurava Lisa, cada vez mais inquieta. — Se decidirmos editar o livro, onde é que vamos imprimi-lo? Essa questão é a mais importante de todas, pois não iremos a Moscou para tanto, nem teremos como encomendar uma edição dessas na tipografia daqui. Já faz tempo que resolvi abrir minha própria tipografia, nem que seja registrada no nome do senhor, e a mamãe permitirá, eu sei, contanto que a registremos no nome do senhor...

— Mas como sabe que posso ser um tipógrafo? — questionou Chátov, sombrio.

— Foi ainda Piotr Stepânovitch quem me indicou especialmente o senhor, lá na Suíça, dizendo que podia manter uma tipografia e conhecia esse ofício. Queria, inclusive, mandar um bilhete para o senhor comigo, só que eu o esqueci.

Lembro-me hoje de que Chátov mudou de cor. Ficou lá por alguns segundos a mais e, de improviso, saiu porta afora. Lisa se zangou com ele.

— Sempre vai embora assim? — Virou-se em minha direção.

Dei de ombros, mas eis que Chátov voltou, foi direto até a mesa e colocou o maço de jornais, que havia levado, lá em cima.

— Não vou colaborar com a senhorita, não tenho tempo...

— Por quê, mas por quê? Será que ficou zangado? — perguntou Lisa, cuja voz denotava mágoa e súplica.

Por alguns instantes, como se o som de sua voz o perturbasse, Chátov olhou atentamente para ela, buscando perscrutar, pelo que parecia, o cerne de sua alma.

— Tanto faz — murmurou baixinho —, eu não quero...

Foi embora. A meu ver, deixara Lisa totalmente desconcertada, até mesmo em demasia.

— Um homem pasmosamente estranho! — notou, em voz alta, Mavríki Nikoláievitch.

III

Era certamente um homem "estranho", porém havia, naquilo tudo, muita coisa por demais imprecisa. Algo se subentendia. Eu não acreditava, decididamente, naquela edição deles; havia também uma carta idiótica, mas era oferecida nela, de modo por demais claro, uma denúncia "com os documentos na mão", acerca da qual eles todos se calavam, insistindo em falar de outros assuntos; tratava-se, afinal, daquela tipografia e de Chátov que se retirara, assim tão de repente, por terem conversado sobre a tipografia. Tudo isso me levava a crer que algo teria acontecido lá antes ainda de minha visita, algo que eu ignorava; eles não precisavam, por conseguinte, de mim, e nada disso me dizia respeito. Aliás, já estava na hora de me retirar também, arrematando a minha primeira visita. Acheguei-me a Lisaveta Nikoláievna para me despedir dela.

A moça aparentava ter esquecido que eu estava no salão: continuava postada no mesmo lugar, junto da mesa, toda pensativa, inclinando a cabeça e fixando o olhar num só ponto que escolhera na alfombra.

— Ah, o senhor também vai? Até a vista — balbuciou, num tom costumeiramente afável. — Cumprimente Stepan Trofímovitch em meu nome e peça que venha visitar-me o mais cedo possível. Mavríki Nikoláievitch, Anton Lavrêntievitch está indo embora. Desculpe: a mamãe não pode vir para se despedir do senhor...

Já havia saído e mesmo descido a escada, quando um lacaio me alcançou, de súbito, às portas da casa:

— A senhora pediu, e muito, que voltasse...

— A senhora ou Lisaveta Nikoláievna?

— Ela mesma.

Não encontrei Lisa naquele salão onde estivéramos sentados, mas no cômodo adjacente que servia de antessala. A porta do salão, onde Mavríki Nikoláievitch permanecia agora sozinho, estava cuidadosamente fechada.

Lisa sorriu para mim, se bem que estivesse pálida. Mantinha-se em pé, no meio do cômodo, como quem hesitasse ou passasse por uma luta interior a olhos vistos; de chofre, pegou-me a mão e, calada, levou-me depressa até a janela.

— Quero ver aquela imediatamente — sussurrou, cravando em mim um olhar cálido, forte e impaciente que não admitia nem sombra de objeção. — Preciso ver *aquela* com meus próprios olhos e peço que me ajude.

Estava completamente frenética e... desesperada.

— Quem é que a senhorita deseja ver, Lisaveta Nikoláievna? — perguntei, com susto.

— Aquela Lebiádkina, aquela manca... É verdade que ela é manca?

Fiquei estarrecido.

— Nunca a vi, mas ouvi dizerem que mancava, sim, ouvi dizerem ontem ainda — balbuciei, com uma prontidão ansiosa e também sussurrando.

— Preciso vê-la sem falta. O senhor poderia organizar isso hoje mesmo?

Senti muita pena dela.

— É impossível, e, além do mais, eu não saberia ainda, de jeito nenhum, como faria isso — comecei a exortá-la. — Vou falar com Chátov...

— Se o senhor não organizar o encontro até amanhã, eu mesma irei à casa dela, sozinha, já que Mavríki Nikoláievitch desistiu. Confio só no senhor e não tenho mais ninguém; minha conversa com Chátov foi tola... Tenho certeza de que o senhor é um homem perfeitamente honesto e, talvez, fiel a mim... só organize esse encontro.

Senti um desejo ardente de ajudá-la em tudo.

— Vou fazer o seguinte... — Refleti um pouquinho. — Irei lá, eu mesmo, e certamente a verei hoje, *certamente*! Conseguirei vê-la, dou-lhe a minha palavra de honra, mas me permita... apenas me permita confiar em Chátov.

— Diga a ele que esta é minha vontade, que não posso mais esperar, mas que não o enganei agorinha. Talvez ele tenha ido embora porque é muito honesto e não gostou que eu parecesse mentir. Não menti: realmente quero editar aquele livro e fundar uma tipografia...

— É honesto, honesto, sim — confirmava eu, entusiástico.

— Aliás, se nada for resolvido até amanhã, eu mesma irei lá, ocorra o que ocorrer, nem que o senhor já saiba de tudo.

— Não poderei ver a senhorita amanhã antes das três horas — notei, um tanto acalmado.

— Então venha às três horas. Estive, pois, certa ontem, na casa de Stepan Trofímovitch, em supor que o senhor me fosse um tanto fiel? — Ela sorriu, despedindo-se de mim com um apressado aperto de mão e voltando para Mavríki Nikoláievitch que deixara só.

Saí, angustiado com minha promessa e sem entender o que havia acontecido. Acabava de ver uma mulher que não receara, profundamente desesperada como estava, ficar comprometida ao fiar-se a um homem quase desconhecido. Seu sorriso tão feminil, num momento tão difícil para ela, e sua alusão aos meus sentimentos, em que teria reparado ainda na véspera, como que me cortavam o coração; porém, eu tinha pena dela, pura e simplesmente me apiedava! Seus segredos acabavam de se transformar, de repente, em algo sagrado para mim, de sorte que, mesmo se alguém se pusesse agora a revelá-los em minha frente, eu taparia, por certo, os ouvidos e não me prestaria a escutar nem uma palavra a mais. Estava apenas pressentindo algo... E, no entanto, não entendia em absoluto de que maneira poderia organizar qualquer coisa que fosse. Nem agora sabia, como se não bastasse, o que exatamente me cumpria organizar: um encontro, sim, mas qual seria esse encontro? E como eu faria que elas duas se encontrassem? Assim, depositava a esperança toda em Chátov, embora pudesse saber de antemão que ele não me ajudaria em nada. Corri, todavia, à sua casa.

IV

Tão só à noite, já pelas oito horas, é que o encontrei finalmente. Para minha surpresa, havia visitas no quarto dele: Alexei Nílytch e outro senhor que eu conhecia pouco, irmão da esposa de Virguínski cujo sobrenome era Chigaliov.

Esse Chigaliov estava em nossa cidade havia mais ou menos dois meses; não sei de onde ele viera, apenas ouvi comentarem a seu respeito que publicara um artigo qualquer numa revista petersburguense de cunho progressista. Virguínski o apresentou para mim casualmente, no meio da rua. Ainda não tinha visto, em toda a minha vida, um rosto humano que fosse tão lúgubre, ensombrado e soturno assim. Sua aparência era a de quem esperasse pela destruição do mundo inteiro, e não algum dia remoto, segundo as profecias cuja realização não era garantida, mas com absoluta certeza, digamos depois de amanhã, precisamente às dez horas e vinte e cinco minutos da manhã. Não trocamos, aliás, quase nenhuma palavra daquela feita: só apertamos, com ares de dois conspiradores, as mãos um ao outro. O que mais me impressionou foram as orelhas de tamanho antinatural que ele tinha, compridas, largas e grossas, uma singularmente apartada da outra e ambas empinadas. Seus movimentos eram desajeitados e lentos. Se Lipútin apenas sonhara um dia com a possível instauração de um falanstério em nossa província, aquele homem sabia, na certa, o dia e a hora em que ele seria instaurado. Causara-me então uma impressão sinistra, e agora, encontrando-o no quarto de Chátov, fiquei tanto mais surpreso que Chátov não gostava de receber visitas de modo geral.

Dava para ouvir, ainda na escada, que eles conversavam bem alto, os três ao mesmo tempo, e aparentavam discutir, porém, tão logo apareci, ficaram todos calados. Discutiam em pé, mas de improviso se sentaram, de sorte que eu também tive de me sentar. Um silêncio estúpido arrastou-se, ininterrupto, por uns três minutos inteiros. Chigaliov me reconheceu, mas fingiu que não me reconhecia, antes só por fingir que por hostilidade. Cumprimentamo-nos com leves mesuras, eu e Alexei Nílytch, embora sem trocarmos, por alguma razão, meia palavra nem um aperto de mão. Chigaliov se pôs afinal a encarar-me, severo e carrancudo, com a mais inocente certeza de que eu me levantaria e me retiraria de imediato. Por fim, Chátov se soergueu em sua cadeira, e de repente todos se levantaram também. Saíram sem se despedir; foi apenas Chigaliov quem disse, já passando pela porta, a Chátov que o acompanhava:

— Lembre-se de que nos deve um relatório.

— Cuspo para esses seus relatórios e não devo nada a nenhum diabo! — Chátov aferrolhou a porta atrás dele.

— Valentões! — disse, olhando para mim com um estranho sorriso torto.

Seu rosto estava zangado; achei esquisito ele mesmo encetar a conversa. Antes soía acontecer, sempre que eu vinha (de resto, bem raramente) visitá-lo, que ele se sentava, de cara fechada, num canto, respondia com irritação e, só muito tempo depois, ficava todo animado e passava a conversar com prazer. Em compensação, fazia sempre questão de fechar a cara outra vez, quando da despedida, e me deixava ir embora como quem enxotasse um desafeto pessoal.

— Ontem tomei chá com esse tal de Alexei Nílytch — notei. — Parece que ele está louco por ateísmo.

— O ateísmo russo nunca foi além do trocadilho — resmungou Chátov, colocando uma vela nova no lugar do coto que usava.

— Não acho que aquele ali goste de trocadilhos: parece que não sabe nem falar normalmente, menos ainda trocadilhar.

— Cabeça de papel: isso tudo é coisa de lacaio mental — objetou Chátov, tranquilo, ao sentar-se numa cadeira posta num canto e fincar ambas as mãos nos joelhos. — Há também ódio nisso — continuou, após um minuto de silêncio —: eles seriam os primeiros a ficar muitíssimo infelizes se a Rússia se reconstruísse inesperadamente de alguma forma, nem que fosse como eles lá querem, e viesse de repente a ser assim, rica e feliz em extremo. Então não teriam mais nem quem odiar, nem para quem cuspir, nem de que caçoar! Há nisso apenas um ódio pela Rússia, infinito e animalesco, entranhado no organismo... E nada de lágrimas que o mundo não veja por trás das risadas patentes![3] Nunca foi dita ainda, na Rússia, nenhuma palavra mais falsa do que aquela sobre as lágrimas invisíveis! — exclamou, quase enfurecido.

— Sabe lá Deus o que está dizendo! — repliquei, com uma risada.

— Pois você é um "liberal moderado", não é? — Chátov sorriu também. — Sabe — retrucou de súbito —: pode ser que eu tenha dito uma bobagem sobre o "lacaio mental" e pode ser que você me responda logo: "Foste tu que nasceste de um lacaio, e eu cá não sou lacaio, não".

---

[3] Cita-se um trecho antológico da epopeia *Almas mortas* (Tomo I, Capítulo VII), de Nikolai Gógol.

— Não quis dizer nada disso... imagina!

— Não tem de se desculpar, que não o temo. Mas, naqueles tempos, apenas nasci de um lacaio e agora sou um lacaio, eu mesmo, igual a você. Nosso liberal russo é, antes de tudo, um lacaio que só procura, o tempo todo, a quem engraxar as botas por aí.

— Que botas? Que alegoria é essa?

— Alegoria, coisa nenhuma! Está rindo aí, pelo que vejo... Pois Stepan Trofímovitch disse a verdade: estou caído embaixo de uma pedra, esmagado, mas não esmagado por completo, apenas me contorcendo... foi boa aquela comparação.

— Stepan Trofímovitch assegura que você enlouqueceu por causa dos alemães — continuei rindo. — Só que furtamos, ainda assim, uma coisinha desses seus alemães e botamos aqui no bolso.

— Furtamos uma moedinha de duas *grivnas*[4] e demos cem rublos nossos para eles.

Por um minuto, ficamos calados.

— Foi na América que ele arrumou isso deitado.

— Quem? O que arrumou deitado?

— Falo de Kiríllov. Passamos lá quatro meses deitados no chão, numa isbá.

— Será que você já foi à América? — perguntei, surpreso. — Jamais contou sobre isso.

— Nada a contar. Faz uns três anos que fomos, nós três, aos Estados Americanos num vapor de emigrantes, com nosso último dinheirinho, "a fim de experimentar *pessoalmente* a vida de um operário americano e, desse modo, verificar a que estado chega um homem cuja

[4] Antiga moeda equivalente a 20 copeques, ou seja, a 1/5 do rublo.

posição social é a mais penosa de todas". Foi com tal objetivo que partimos para lá.

— Meu Deus! — Voltei a rir. — Mas seria melhor se fossem, com tal objetivo, a qualquer uma das nossas províncias, em tempos da colheita, "a fim de experimentar pessoalmente", em vez de ir à América.

— Fomos contratados lá, como operários, por um explorador; trabalhavam para ele, no total, uns seis russos: estudantes e até mesmo proprietários rurais, donos de sítios, e oficiais — todos com o mesmo objetivo majestoso. Trabalhamos, então, debaixo da chuva e nos esforçamos e nos cansamos, e eis que, no fim das contas, fomos embora nós dois, eu e Kiríllov, já que não aguentamos e adoecemos. Nosso patrão nos enganou, aquele explorador, na hora de ajustar contas: não pagou trinta dólares prometidos, mas oito para mim e quinze para Kiríllov; fomos, aliás, espancados mais de uma vez naquelas paragens. E foi então que, sem emprego, ficamos prostrados, eu e Kiríllov, por quatro meses numa cidadezinha, lado a lado: ele cismava numa coisa, eu na outra.

— Será que o patrão bateu em vocês? E isso foi na América? Devem tê-lo xingado até dizer chega!

— De jeito nenhum. Pelo contrário, decidimos logo, eu e Kiríllov, que "nós, os russos, somos garotinhos pequenos ante os americanos e que é preciso nascer na América ou, pelo menos, conviver com os americanos por longos anos para subir ao mesmo nível". E daí? Quando nos cobravam um dólar por uma coisinha que valia centavos, pagávamos não só com prazer, mas até mesmo com entusiasmo. Elogiávamos tudo: o espiritismo, a lei de Lynch, os revólveres, os vadios. Íamos um dia andando, e um sujeito meteu a mão no meu bolso, tirou minha escova de cabelos e começou a pentear-se; apenas olhamos um para o outro, eu e Kiríllov, e decidimos que era bom e que nos agradava muito...

— É estranho que isso não só venha à cabeça da gente, mas também se realiza — notei.

— Cabeça de papel — reiterou Chátov.

— Todavia, atravessar o oceano com um vapor de emigrantes, ir para uma terra desconhecida, nem que o objetivo seja de "experimentar pessoalmente", e tal... parece que há nisso, juro por Deus, certa firmeza magnânima... Mas como foi que vocês voltaram de lá?

— Escrevi para um homem que morava na Europa, e ele me enviou cem rublos.

Enquanto falava, Chátov teimava o tempo todo, conforme seu hábito, em olhar para o chão, mesmo quando se exaltava, mas nesse momento ergueu, de supetão, a cabeça:

— Gostaria de saber o nome daquele homem?

— Quem foi ele?

— Nikolai Stavróguin.

Levantou-se bruscamente, virou-se para sua escrivaninha de tília e começou a procurar algo, às apalpadelas, em cima dela. Corriam, em nossa cidade, rumores confusos, mas fidedignos, de que sua mulher mantivera, por algum tempo, relações amorosas com Nikolai Stavróguin em Paris e que fora exatamente havia uns dois anos, ou seja, quando Chátov estava na América, mas, em verdade, já muito tempo depois de tê-lo abandonado em Genebra. "Se for assim, por que diabos ele me diz agora o nome e derrama a história toda na minha frente?" — pensei então.

— Ainda não devolvi o dinheiro a ele... — De chofre, ele se virou para mim e, fitando-me com atenção, sentou-se de novo em seu lugar, naquele canto; depois me perguntou de maneira entrecortada, com uma voz bem diferente: — Você veio, por certo, com alguma finalidade. De que está precisando?

Logo contei de tudo, numa exata ordem cronológica, e acrescentei que, mesmo recuperado da minha ânsia recente, estava agora mais confuso ainda do que antes. Compreendendo que se tratava de algo bem importante para Lisaveta Nikoláievna, gostaria muito de ajudá-la, porém o problema todo consistia em não apenas ignorar como cumpriria a promessa que lhe dera, mas nem sequer entender agora qual fora, precisamente, essa minha promessa. A seguir, confirmei outra vez para ele, com toda a seriedade, que a moça não quisera ludibriá-lo (nem pensara nisso, aliás), que acontecera um simples mal-entendido e que ela estava muito aflita por Chátov ter ido embora tão repentinamente assim.

Ele me escutou com muita atenção.

— Pode ser que realmente tenha feito agorinha, como de praxe, uma besteira... Mas, como ela própria não entendeu por que eu tinha saído daquele jeito... pois bem, é melhor para ela.

Uma vez de pé, aproximou-se da porta, entreabriu-a e ficou escutando na escada.

— Você quer mesmo ver aquela pessoa?

— É disso que preciso, mas como o faria? — Saltei, animado, do meu assento.

— Vamos lá, simplesmente, enquanto ela estiver sozinha. Quando ele voltar, vai espancá-la se souber que passamos por ali. Vou vê-la frequentemente, às escondidas. Dei uma sova nele, um dia desses, quando ele tornou a espancá-la.

— Mas o que é isso?

— É isso aí: eu o agarrei pelos cabelos e puxei para longe dela; ele quis bater em mim também, mas estava meio assustado, e assim terminou tudo. Receio que, se voltar bêbado e relembrar aquilo, bata nela, por represália, com toda a força.

Descemos rápido a escada.

V

A porta dos aposentos dos Lebiádkin não estava trancada, mas apenas encostada, de sorte que entramos desimpedidos. O apartamento todo se compunha de dois quartos apertados e ruinzinhos em cujas paredes fuliginosas pendia, literalmente em frangalhos, um papel imundo. Antigamente houvera ali, por alguns anos, um botequim que seu dono Filíppov transferira depois para um endereço novo. Os demais cômodos, onde ficara aquele botequim, estavam agora trancados, e quem morava nesses dois era Lebiádkin. Seus móveis eram umas banquetas não estofadas e mesas de tábuas, além de uma só velha poltrona sem braço. No segundo quarto havia uma cama, com uma coberta de chita, que se encontrava num canto e pertencia à *Mademoiselle* Lebiádkina; quanto ao próprio capitão, tombava cada noite no chão e dormia lá mesmo, não raro todo vestido. Havia restos de comida e outro lixo por toda parte, o chão estava molhado; um pano encharcado, grande e grosso, estava largado no meio do primeiro quarto, ao lado de um sapato velho e gasto que emergia do mesmo charco. Percebia-se que ninguém cuidava de nada naquele lugar, não acendia os fornos nem preparava as refeições; eles não tinham nem samovar, segundo me contou, com maiores detalhes, Chátov. O capitão viera, com sua irmã, totalmente arruinado e, no dizer de Lipútin, andava mesmo, no começo, pedindo esmola de casa em casa, porém, ao receber inesperadamente algum dinheiro, logo se pusera a beber e perdera a cabeça por causa do vinho, tanto assim que não se interessava mais pelo seu lar.

A *Mademoiselle* Lebiádkina, que tanto me apetecia ver, estava sentada, calma e silenciosa, num canto daquele segundo quarto, num banco posto detrás de uma mesa de cozinha feita de tábuas. Não chamou por nós, quando abríamos a porta, nem sequer se moveu. Aliás, como me dissera Chátov, a porta deles não se trancava e, certa vez, teria permanecido assim, escancarada para a antessala, durante a noite inteira. À luz de uma fina velinha a bruxulear num castiçal de ferro, enxerguei uma mulher que tinha, talvez, em torno de trinta anos, era morbidamente magra e usava um vestido de chita, escuro e surradinho, cujo pescoço comprido estava descoberto e cujos cabelos escuros e ralos formavam em sua nuca um nó da grossura do punhozinho de uma criança de dois anos. Ela olhou para nós com bastante animação; além do castiçal, havia em sua frente, em cima da mesa, um espelhinho rústico, um velho baralho, um livrinho estraçalhado que aparentava ser algum cancioneiro e um brioche alemão, já mordido uma ou duas vezes. Dava para ver que a *Mademoiselle* Lebiádkina se branqueava e se carminava, passando também algo nos lábios. Pintava, outrossim, as sobrancelhas, se bem que já fossem compridas, finas e negras. Em sua testa estreita e alta, não obstante o branco que a recobria, destacavam-se três rugazinhas compridas e assaz nítidas. Eu já sabia que ela mancava, mas dessa vez não a vi levantar-se e andar em nossa presença. Outrora, na primeira juventude dela, esse rosto descarnado pudera ser atraente; aliás, seus olhos cinza, serenos e carinhosos, eram lindos mesmo agora: algo sonhador e sincero faiscava em seu olhar plácido, quase alegre. Essa alegria tranquila e dócil, também expressa em seu sorriso, deixou-me atônito depois de tudo quanto ouvira contarem sobre a *nagáika* dos cossacos e toda a violência de seu irmãozinho. Era estranho que, sem sentir aquela aversão penosa e mesmo pávida que me dominava de ordinário na presença de todos os seres castigados, como ela, por Deus, eu achasse, desde o primeiro momento, quase agradável mirá-la, e não foi a tal aversão, mas antes uma lástima, que se apossou de mim em seguida.

— Fica ali sentada e passa literalmente dias inteiros sozinha: nem se move, apenas deita cartas ou então se vê em seu espelhinho — Chátov apontou para ela, quando passávamos a soleira. — Ele nem a alimenta. É a velha daquela casinha dos fundos quem traz, de vez em quando, alguma coisa por amor de Cristo... Como é que a deixam sozinha com a vela acesa?

Para minha surpresa, Chátov falava alto, como se ela nem estivesse no quarto.

— Boa noite, Chátuchka! — disse afavelmente a *Mademoiselle* Lebiádkina.

— Trouxe, Maria Timoféievna, uma visita para você — disse Chátov.

— Honra para essa visita. Não sei quem trouxeste para mim, não me lembro daquele... — Ela me fitou atentamente, por trás da sua velinha, e logo se dirigiu novamente a Chátov (sem se preocupar mais comigo ao longo de toda a conversa posterior, como se eu não estivesse ao seu lado).

— Será que te cansaste de andar sozinho pela tua *svetiolka*?[5] — Ela se pôs a rir, entremostrando, nesse meio-tempo, dois renques de seus excelentes dentes.

— Não só me cansei, mas também quis visitar você.

Chátov achegou uma banqueta à mesa, sentou-se e fez que eu me sentasse perto dele.

— Sempre fico feliz de conversar, mas, ainda assim, tu me fazes rir, Chátuchka, como se fosses um monge aí. Quando foi que te penteaste? Deixa que eu te penteie de novo... — Ela tirou um pente do bolso. — Nem triscaste mais, com certeza, desde aquela vez que te penteei!

— Mas nem pente eu tenho — riu Chátov.

— Verdade? Pois te darei o meu de presente; não este daqui, mas um outro, é só lembrar para mim.

Com o ar mais sério possível, ela começou a penteá-lo, até fez uma risca lateral, depois se inclinou um pouco para trás, conferiu se o penteado estava bom e colocou o pente de volta no bolso.

— Sabes de uma coisa, Chátuchka? — disse, balançando a cabeça. — Talvez sejas um homem sensato, mas andas cheio de enfado. É estranho, para mim, ver vocês todos: não entendo como as pessoas se enfadam. A tristeza é uma coisa, o enfado é outra. Eu cá estou alegre.

---

[5] Quartinho claro, situado no piso superior de um sobrado (arcaísmo russo).

— Alegre também com seu irmãozinho?

— Falas daquele Lebiádkin? Ele é meu lacaio. Pouco me importa se está em casa ou não. Grito para ele: "Lebiádkin, traz água! Lebiádkin, cadê meus sapatos?", e ele já vem correndo. Até fico pecando, às vezes: rio só de vê-lo.

— É assim mesmo — Chátov se dirigiu outra vez a mim, em voz alta e sem sombra de cerimônia —: ela trata seu irmão justamente como um lacaio. Já a ouvi gritar: "Lebiádkin, traz água!" e gargalhar, nesse meio-tempo; a única diferença é que ele não vai correndo buscar água, mas bate nela em resposta, só que ela não o teme nem um tantinho. Tem certas crises nervosas, quase diárias, que a fazem perder a memória, a ponto de esquecer, logo em seguida, tudo quanto acabou de acontecer e confundir sempre os horários. Você acha que ela se lembra de como a gente entrou? Talvez se lembre, sim, mas, com certeza, já refez tudo de seu próprio jeito e agora nos toma por outras pessoas, bem diferentes de nós, embora saiba ainda que sou Chátuchka. Não faz mal eu falar alto: ela deixa logo de escutar quem não estiver conversando com ela e rompe a sonhar com seus botões, literalmente rompe. É uma sonhadora extraordinária: fica sentada, no mesmo lugar, por oito horas a fio, o dia inteiro. Eis ali um brioche: talvez o tenha mordido de manhãzinha, uma só vez, e terminará de comê-lo amanhã. E agora começa a deitar suas cartas...

— Deitar cartas, sim, deito, Chátuchka, mas aquilo ali dá errado — replicou, de chofre, Maria Timoféievna, ao ouvir a última palavrinha e estender, sem olhar, a mão esquerda em direção ao brioche (ouvindo, provavelmente, também o que fora dito a respeito dele). Pegou enfim esse brioche, mas apenas o segurou, durante algum tempo, com a mão esquerda, empolgou-se com a renovação da conversa e tornou a colocá-lo em cima da mesa, sem ter reparado nele nem o mordido nenhuma vez. — É sempre a mesma coisa: um caminho, um homem mau, a perfídia de alguém lá, o leito de morte, uma carta por chegar, uma notícia inesperada... penso que seja mentira, aquilo tudo... como achas, Chátuchka? Se as pessoas mentem, por que as cartas não mentiriam? — De súbito, ela mesclou o baralho. — Foi isso mesmo que disse, certa vez, à sóror Praskóvia, àquela mulher honrada que dava volta e meia pulinhos à minha cela, sem a madre *igúmenia*[6] saber, para me ver deitar cartas. E não era só ela quem vinha. Ficam, pois, todas soltando ais, abanando suas cabeças, falando pelos cotovelos, e eu estou rindo: "Mas como é que a senhora receberia uma carta, sóror Praskóvia, se ela não vem há doze anos inteiros?" A filha dela foi levada pelo seu marido, sei lá, para a Turquia, e já faz doze anos que não é mais vista nem ouvida. Só que fico, no dia seguinte de tardezinha, tomando chá com a madre *igúmenia* (ela é da linhagem principesca, nossa madre), junto com uma senhorinha viajante, uma sonhadora das grandes, e um monge qualquer, também viajante, vindo do monte Atos — um homenzinho bastante engraçado, para meu gosto. E o que achas, Chátuchka? Foi aquele mesmo monge quem trouxe, naquela mesma manhã, uma carta à sóror Praskóvia da sua filha, lá da Turquia: eis o que é um valete de ouros — uma notícia inesperada! Tomamos, pois, chá, e o monge vindo do monte Atos diz à madre *igúmenia*:

[6] Freira superior de um convento ortodoxo.

"Em primeiro lugar, abençoada madre *igúmenia*, nosso Senhor abençoou esse seu convento com um tesouro tão precioso assim, diz, que conserva no coração dele". "Qual é esse tesouro?" — pergunta a madre *igúmenia*. "É a sóror Lisaveta, a Beata, pois". E a tal de sóror Lisaveta, a Beata, vive num cubículo de uma braça de comprimento[7] e dois *archins* de altura,[8] embutido no muro de nosso convento, e vai para dezessete anos que fica ali, detrás de uma grade de ferro, com a mesma camisola de *poskon*[9] no verão como no inverno, e picota aquela sua camisola ora com uma palha ora com uma varinha qualquer, e fura aquele pano, e não diz nada nem se coça nem se lava há dezessete anos. Enfiam em sua cela, no inverno, um *tulupinho*[10] e, cada dia, uma crostinha de pão e uma caneca d'água. Os devotos olham para ela assim, aos ais e suspiros, e botam lá moedinhas. "Achou um tesouro, hein?" — responde a madre *igúmenia* (zangada, já que não gostava nada de Lisaveta). — "A tal de Lisaveta fica lá trancada só por maldade, só por teimosia, e não faz outra coisa senão se fingir de santinha". Não gostei daquilo, tanto assim que quis, eu mesma, também me trancar: "Pois a meu ver, disse, Deus e a natureza são o mesmo". E eles todos bradaram de vez: "Mas que coisa!" A *igúmenia* riu, cochichou algo para a senhorinha, chamou por mim e me fez um carinho, e aquela senhorinha me presenteou com um lacinho de fita rosa — queres que eu o mostre? E o monge fez logo um sermão,

---

[7] Cerca de 2 metros e 20 centímetros.

[8] Cerca de 1 metro e 42 centímetros.

[9] Tecido confeccionado com fibras de cânhamo.

[10] Casaquinho de peles (em russo).

mas falou tão carinhosa, tão docilmente, e com tanta, creio eu, sabedoria; fiquei, pois, sentada ali, escutando. "Entendeu?" — perguntou depois. "Não, disse-lhe eu, não entendi patavina, e vejam todos se me deixam em paz completa". E foi desde então, Chátuchka, que eles todos me deixaram sozinha, em paz completa. Só que nesse comenos foi uma velhinha, que vivia conosco por penitência ao espalhar uma profecia, quem cochichou para mim, saindo da igreja: "O que seria a mãe de Deus, como te parece?" — "Uma grande mãe, respondi, e a esperança do gênero humano". — "Pois a mãe de Deus, disse ela, é a grande mãe terra úmida, e uma grande felicidade é que se encerra nisso para os homens. Todo pesar terreno e toda lágrima terrena são nossa felicidade: quando vieres a embeber a terra, embaixo de ti, com tuas lágrimas, até meio *archin* de profundidade, ficarás logo feliz com tudo. E nenhuma, nenhuma tristeza tua, disse ainda, existirá mais, pois esta é a profecia". E foi essa fala que se cravou em minha alma. Comecei então, quando me curvava na hora da oração, a beijar cada vez a terra: beijo e choro. E digo-te, Chátuchka, que não há nada de mau nestas lágrimas: ainda que não tenhas nenhum pesar aí, mas tuas lágrimas vão rolar, ainda assim, só de felicidade. Rolam sozinhas, sim, é certo. Vou, por vezes, à margem do lago: de um lado fica nosso convento e, do outro, nossa montanha Aguda... é desse jeitinho que se chama — a montanha Aguda. Subo, pois, essa montanha e me viro para o leste, e caio de bruços, e choro, choro e não lembro mais por quanto tempo estou chorando, e não lembro nem sei então coisa nenhuma. Depois me levanto e me viro para trás, e o sol se põe lá, tão grande, magnífico, esplendoroso... será que gostas de olhar para o sol, Chátuchka? É coisa bonita, mas triste. E me viro de novo para o leste, e a sombra da nossa montanha, a sombra corre, que nem uma flecha, para bem longe, através do lago, toda estreita e comprida, mas comprida mesmo, de uma versta ou mais, até aquela ilha do lago, e como que corta aquela ilha pedrosa ao meio e, quando a corta ao meio, aí o sol acaba sumindo, e tudo se apaga de vez. Aí é que fico mais triste ainda, aí a memória me volta de repente, que tenho medo da escuridão, Chátuchka. E choro, sobretudo, pelo meu bebezinho...

— Será que teve um? — Chátov me cutucou, escutando-a, o tempo todo, com uma atenção extraordinária.

— Claro que tive: pequenino, rosadinho, com unhazinhas assim, miudinhas, e toda a minha tristeza é que não lembro se era menino ou menina. Ora me vem um menino, ora uma menina. Quando o dei à luz, pois, envolvi-o todinho em cambraia e renda, atei-o com fitinhas rosa, cobri-o de florzinhas, acabei de vesti-lo, rezei sobre ele e carreguei-o, não batizado ainda, embora... Carrego-o, pois, através da floresta e sinto medo daquela floresta, tamanho medo, e choro, sobretudo, porque o dei à luz, mas não conheci o marido.

— Teve um, quem sabe? — perguntou Chátov, com cautela.

— Mas tu me fazes rir, Chátuchka, com esse teu raciocínio. Ter, quem sabe, tive, sim, mas que diferença faz? Foi como se não tivesse sido... Uma adivinha não muito difícil para ti: adivinha, pois, vem! — disse ela, sorrindo.

— E para onde foi que carregou esse bebezinho?

— Eu o joguei no tanque — suspirou ela.

Chátov me cutucou de novo.

— E se porventura não teve nenhum bebê, se tudo isso é um delírio apenas, hein?

— Fazes uma pergunta difícil, Chátuchka — respondeu ela, meditativa, mas nem por sombra surpresa com uma pergunta dessas. — Não te direi nada sobre aquilo: não tive, talvez, e não passa aquilo, para mim, da mais simples curiosidade tua. Seja como for, não pararei de chorar por ele, que não o vi só em sonhos! — Umas grossas lágrimas brilharam nos olhos dela. — Chátuchka, hein, Chátuchka, é verdade que tua mulher fugiu de ti? — Subitamente, ela pôs ambas as mãos nos ombros de Chátov e mirou-o com lástima. — Mas não te zangues comigo, que eu também estou enojada. Sabes, Chátuchka, que sonho eu tive? Vem ele outra vez e me chama e grita: "Gatinha, diz, minha gatinha, saia para me ver!" Pois me alegrei, sobretudo, com essa "gatinha": ele me ama, pensei.

— Quem sabe se não virá de verdade — murmurou Chátov a meia-voz.

— Não, Chátuchka, esse foi um sonho mesmo... ele não virá de verdade. Conheces a cantiga?

Não preciso de um *têrem*[11] alto e novo:
Ficarei para sempre nesta cela,
Vou viver aqui me salvando
E por ti a nosso Deus rezando.

Oh, Chátuchka, Chátuchka, meu querido, por que é que nunca me perguntas coisa nenhuma?

[11] Antiga casa em forma de uma torre cônica (em russo).

— Não me dirá coisa nenhuma, por isso não lhe pergunto.

— Não direi, não direi: nem que tu me degoles, não direi nada! — reagiu ela, às pressas. — Nem que me queimes, não direi nada! E, por mais torturas que eu aguente, não direi nada, ninguém saberá!

— Cada um com seu cada qual, está vendo? — disse Chátov, ainda mais baixo, inclinando cada vez mais a cabeça.

— E se me pedisses, diria, talvez, alguma coisa; diria, talvez, sim! — repetiu ela, extática. — Por que não me pedes? Pede-me, pede direitinho, Chátuchka; então te direi, quem sabe, uma coisinha. Implora-me, Chátuchka, para eu mesma concordar... Chátuchka, Chátuchka!

Entretanto, Chátuchka estava calado; o silêncio geral durou por um minuto. As lágrimas corriam devagarinho pelas faces branqueadas de Maria Timoféievna, que permanecia sentada, esquecendo-se de tirar ambas as mãos dos ombros de Chátov, porém não olhava mais para ele.

— Eh, mas o que tenho a ver com você? Ademais, seria um pecado... — De supetão, Chátov se levantou da banqueta. — Levante-se um pouco! — Puxou-a, zangado, embaixo de mim, pegou-a e foi colocá-la em seu devido lugar.

— Quando ele chegar, faça que não saiba de nada, e nós cá temos de ir.

— Ah, falas outra vez de meu lacaio? — De repente, Maria Timoféievna se pôs a rir. — Estás com medo! Pois bem, adeus, gente boa... mas escuta, um minutinho, o que vou dizer. Veio agorinha esse tal de Nílytch com Filíppov, o dono, aquele de barbona ruiva, e o meu partiu então para cima de mim. Pois o dono o agarrou assim, com jeito, e puxou pelo quarto todo, e o meu grita: "Não sou culpado, sofro por culpa dos outros!" Pois, acredites ou não, nós todos caímos na gargalhada...

— Eh, Timoféievna, mas fui eu, em vez daquele de barba ruiva, quem o puxou pelos cabelos, há pouco, para longe de você. E, quanto ao dono, veio aqui anteontem para brigar com vocês dois: confundiu tudo aí!

— Espera, confundi tudo mesmo: foste tu, quem sabe? Pois bem, não adianta discutir por causa dessas bobagens... Que diferença faz, para ele, quem o puxa pelos cabelos? — Ela ficou rindo.

— Vamos! — Chátov me puxou de improviso. — O portão está rangendo: se ele nos flagrar, vai espancá-la.

E, mal subimos correndo a escada, ouviram-se ao portão gritos de bêbado e palavrões em jatos. Deixando-me entrar em seu quarto, Chátov trancou a porta.

— Terá de ficar aqui por um minuto, a menos que procure por uma história. Grita que nem um leitão, está vendo? Deve ter tropeçado outra vez na soleira: cai todas as vezes que volta.

Não passamos, contudo, sem uma história daquelas.

VI

Postado junto à sua porta trancada, Chátov escutava o que se ouvia na escada. De chofre, saltou para trás.

— Ele vem para cá, eu já sabia! — sussurrou, com fúria. — Agora não sairá mais daqui, quem sabe, até a meia-noite.

Uns fortes murros fizeram a porta estremecer.

— Chátov, Chátov, abra aí! — bramiu o capitão. — Chátov, meu amigão!...

Venho para te dizer
Que a-a-acabou de amanhecer,
Que o sol tinge, r-r-rutilante,
A... floresta... ver-r-rdejante.[12]
Pra dizer que eu acordei... que o diabo te ar-r--rebente...
Sob os galhos... plenamente...

Sob os galhos, sob os malhos... ah-ah!

Pede todo passarinho...
Tá com sede, coitadinho...
Que eu lhe conte qual bebida...
Sei lá, puxa, qual bebida!

Que o diabo carregue mesmo essa curiosidade besta! Será que entende, Chátov, como é bom viver neste mundo?

— Não responda! — sussurrou Chátov, outra vez, para mim.

— Abra aí! Será que entende mesmo que existe algo superior a uma briga... no meio da humanidade? Pois há momentos de no-o-obre figura... Eu sou bom, Chátov, eu lhe perdoarei... Ao diabo com aqueles panfletos, hein, Chátov?

Silêncio.

— Será que entende, seu burro, que estou apaixonado? Comprei uma casaca, veja só, uma casaca do amor... quinze rublos, hein, que os amores do capitão reclamam conveniências mundanas... Abra! — rugiu, súbita e selvagemente, tornando a esmurrar a porta.

---

[12] Trecho do antológico poema de Afanássi Fet (1820-1892), que cada russo ouviu ou leu, pelo menos, uma vez na vida.

— Vá para o diabo! — Em resposta, Chátov também se pôs a rugir.

— Escra-a-avo! Escravo servil, e sua irmã também é escrava e serva e... la-a-adra!

— E você vendeu sua irmã!

— Mentira! Vivo sofrendo à toa, embora possa, com uma só explicação... Será que entende aí quem é ela?

— Quem? — Inesperadamente tomado de curiosidade, Chátov se acercou da porta.

— Será que entende?

— Vou entender, se me disser de quem está falando!

— Eu ouso dizer! Sempre ouso dizer tudo em público!...

— Ousa, coisa nenhuma! — Provocando-o, Chátov fez um sinal com a cabeça para que eu também escutasse.

— Não ouso?

— Acho que não ousa, não!

— Pois não ouso?

— Então diga, se é que não tem medo do chicote senhoril... É covarde, posto que seja um capitão!

— Eu... eu... ela... ela é... — balbuciou o capitão, cuja voz vibrava de emoção.

— Diga! — Chátov apertou sua orelha à porta.

O silêncio que sucedeu durou, ao menos, meio minuto.

— Safa-a-ado! — Foi o que se ouviu, finalmente, do outro lado da porta, e o capitão desceu rápido a escada, bufando como um samovar e tropeçando ruidosamente em cada degrau.

— Não, ele é astuto: nem bêbado é que soltará a língua... — Chátov se afastou da porta.

— Mas o que é isso? — perguntei-lhe.

Chátov agitou a mão, destrancou a porta e voltou a escutar na escada; demorou muito, até mesmo desceu, em silêncio, alguns degraus. Enfim retornou ao quarto.

— Não dá para ouvir nada: não bateu nela, quer dizer, caiu logo e ferrou no sono. Você tem de ir.

— Escute, Chátov, o que é que posso deduzir agora disso tudo?

— Eh, mas deduza o que quiser! — respondeu ele, num tom cheio de cansaço e repulsa, e sentou-se à sua escrivaninha.

Fui embora. Uma ideia inacreditável se fortalecia cada vez mais em minha imaginação. Pensava, com desgosto, no dia por vir...

VII

Aquele "dia por vir", ou seja, aquele exato domingo em que o destino de Stepan Trofímovitch haveria de ser determinado irreversivelmente, foi um dos dias mais memoráveis em toda a minha crônica. Foi um dia repleto de surpresas, quando se desfez o antigo e se tramou o novo, um dia pautado por explicações enérgicas e confusões ainda maiores. Pela manhã, segundo o leitor já sabe, cumpria-me acompanhar meu amigo em sua visita à casa de Varvara Petrovna, que ela própria tinha marcado, e logo depois me encontrar, às três horas da tarde, com Lisaveta Nikoláievna a fim de lhe contar nem eu mesmo sabia o quê e de ajudá-la nem eu mesmo sabia em quê. Ainda assim, tudo desfechou como ninguém teria imaginado. Em resumo, foi um dia de casualidades e coincidências surpreendentes.

Para começar, chegamos à casa de Varvara Petrovna ao meio-dia em ponto, ou seja, na hora marcada por ela própria, mas não a encontramos lá: ainda não havia voltado após a missa matinal. Meu pobre amigo estava disposto (ou, melhor dito, indisposto) de tal modo que essa circunstância acabou com ele: deixou-se cair, quase desfalecido, numa poltrona da sala de estar. Ofereci-lhe um copo d'água, porém, muito embora estivesse lívido e suas mãos tremelicassem, Stepan Trofímovitch se recusou a beber, cheio de dignidade. A propósito, seu traje se destacava, na ocasião, por um refinamento extraordinário: uma camisa de cambraia, toda bordada, quase uma daquelas que se usam em bailes; uma gravata branca; um novo chapéu nas mãos; um par de luvas jamais calçadas, de cor da palha, e até mesmo um toque de perfume. Tão logo nos sentamos, entrou Chátov, acompanhado pelo mordomo e, com certeza, também convidado oficialmente. Stepan Trofímovitch se levantou para lhe estender a mão, mas Chátov olhou para nós com atenção, dirigiu-se para um canto, sentou-se ali e nem sequer inclinou, à guisa de saudação, a cabeça. Stepan Trofímovitch tornou a lançar-me uma olhada medrosa.

Assim passamos, sentados, ainda vários minutos em pleno silêncio. Stepan Trofímovitch começou, de repente, a cochichar algo para mim, bem rápido, mas eu não o ouvi direito nem ele mesmo, nervoso como estava, levou a conversa adiante. O mordomo entrou de novo, para ajustar algo em cima da mesa ou, mais precisamente, para nos espiar. De súbito, Chátov lhe perguntou em voz alta:

— Não sabe, Alexei Yegórytch, se Dária Pávlovna foi com ela?

— Varvara Petrovna dignou-se a ir à catedral sozinha, e Dária Pávlovna dignou-se a ficar no seu quarto, lá em cima, e não está tão animada assim — relatou Alexei Yegórytch, num tom imponente e didático.

Meu pobre amigo me lançou, ansioso, uma olhada a mais, de sorte que passei, afinal, a virar-lhe as costas. Repentinamente, ouviu-se à entrada o barulho de uma carruagem, e certa remota movimentação anunciou, repercutindo pela casa, o retorno da anfitriã. Soerguemo-nos todos depressa em nossos assentos, porém houve outra surpresa: ouvimos o ruído de vários passos a significarem que ela não voltava sozinha, algo que era realmente um tanto estranho, pois fora ela mesma quem nos indicara essa hora exata. Ouvimos, por fim, alguém entrar a passos estranhamente velozes, como se estivesse correndo, e Varvara Petrovna não poderia caminhar daquela maneira. Mas eis que irrompeu na sala quase voando, arfante e tomada de uma emoção violenta. Atrás dela, detendo-se um pouco e avançando bem mais devagar do que ela, entraram Lisaveta Nikoláievna e, ao lado de Lisaveta Nikoláievna, de mãos dadas... Maria Timoféievna Lebiádkina! Eu nunca teria acreditado nisso, nem que o visse em sonho.

Para explicar essa surpresa absolutamente imprevista, terei de contar o que ocorrera uma hora mais cedo e fornecer alguns detalhes da viravolta extraordinária que se dera com Varvara Petrovna na catedral.

Em primeiro lugar, quase toda a cidade, tendo-se em vista a camada superior de nossa sociedade, estava reunida na hora da missa matinal. Sabia-se que a governadora compareceria pela primeira vez ao chegar à nossa cidade. Notarei que já corriam, em nosso meio, rumores de que ela fosse livre-pensadora e praticasse aquelas "regras novas". Todas as damas sabiam, além disso, que estaria vestida com luxo e rebusco mirabolantes, portanto as roupas de nossas damas também eram, dessa feita, luxuosas e rebuscadas. Apenas Varvara Petrovna usava, como de praxe, seu humilde traje negro que punha, invariavelmente, ao longo desses últimos quatro anos. Chegando à catedral, ficou em seu lugar costumeiro, na primeira fileira do lado esquerdo, e um lacaio fardado colocou em sua frente uma almofada de veludo, para ela se ajoelhar — numa palavra, foi tudo feito de modo habitual. Percebeu-se, entretanto, que dessa vez ela rezara, durante a missa toda, com um afinco incomum; até se afirmaria mais tarde, quando todos se recordassem daquilo, que seus olhos se enchiam de lágrimas. Finalmente, a missa terminou, e nosso arcipreste,[13] o padre Pável, veio proferir um sermão solene. Seus sermões eram benquistos e muito apreciados em nossa cidade: havia mesmo quem o convencesse a publicá-los, mas ele não se atrevia, por ora, a tanto. E, dessa vez, seu sermão foi, de certa forma, longo em demasia.

E foi já na hora desse sermão que uma dama chegou à catedral num *drójki*[14] de aluguel, de modelo antigo, ou seja, num daqueles *drójkis* em que as damas só podiam ficar sentadas de lado, segurando-se ao *kuchak*[15] do cocheiro e sacudindo-se com os solavancos do carro como uma ervinha campestre agitada pelo vento. De

---

[13] Pároco idoso e respeitável, cuja autoridade eclesiástica era superior à dos outros párocos de dada região.

[14] Leve carruagem de quatro rodas.

[15] Cinturão usado por camponeses.

resto, esses *vankas*[16] circulam pela nossa cidade até agora. Parando à quina da catedral (porquanto havia muitas carruagens ao portão, e até mesmo os gendarmes[17] estavam ali), a dama apeou do *drójki* e entregou ao *vanka* quatro copeques de prata.

— Será que achas pouco, Vânia?[18] — exclamou, ao reparar em sua careta. — É tudo o que tenho — acrescentou, queixosa.

— Pois bem, vai com Deus, que te trouxe sem barganhar... — O *vanka* fez um gesto enérgico e olhou para ela como quem pensasse: "E seria um pecado se eu te magoasse..."; a seguir, guardou sua bolsa de couro no peito, pôs o cavalo em marcha e foi embora, seguido pelas pilhérias de outros cocheiros que estavam por perto. Iguais pulhérias e até mesmo certa perplexidade acompanharam também a dama, durante todo aquele tempo que ela gastou em alcançar o portão da catedral, passando a custo por entre as carruagens e os lacaios a esperarem pela próxima saída de seus patrões. Havia, de fato, algo bizarro e inesperado para todos em verem uma pessoa dessas surgir, de improviso, em plena rua cheia de gente. Morbidamente magra, ela mancava de leve; seu rosto estava copiosamente branqueado e carminado, e seu pescoço comprido, todo descoberto; sem lenço nem albornoz,[19] a dama usava apenas um vestido escuro e surradinho, se bem que aquele dia de setembro, apesar

---

[16] Apelido pejorativo dos cocheiros.

[17] Na Rússia do século XIX, militares da corporação policial encarregada de manter a ordem pública.

[18] Forma diminutiva e carinhosa do nome russo Ivan.

[19] Manto com capuz, de origem árabe, usado por mulheres na época de Dostoiévski.

de claro, estivesse frio e ventoso; de cabeça também descoberta e cabelos formando um minúsculo nó em sua nuca, ostentava uma só rosa postiça, espetada do lado direito daquele nó, uma das rosas que adornam os querubins no Domingo de Ramos. Fora notadamente um desses querubins, com uma coroa de rosas de papel, que eu vira na véspera, quando estava sentado no quarto de Maria Timoféievna, num canto debaixo dos ícones. Para arrematar o conjunto, a dama caminhava sorrindo, com alegria e malícia, posto que abaixasse modestamente os olhos. Se tivesse demorado mais um pouquinho, não a teriam deixado, quem sabe, entrar na catedral... Todavia, ela conseguiu entrar e, uma vez no interior do templo, avançou, despercebida, através da multidão.

Conquanto o sermão estivesse bem no meio e a multidão toda, que enchia, compacta, o templo, escutasse com total e silenciosa atenção, houve alguns olhos que miraram de esguelha, curiosos e atônitos, aquela dama. Ela caiu de joelhos no tablado litúrgico, ao qual apertou seu rosto branqueado, e ficou lá prosternada por muito tempo, aparentemente chorando, porém, ao reerguer a cabeça e levantar-se de novo, logo se recompôs e se distraiu. Alegres, irradiando um prazer intenso e manifesto, seus olhos foram correndo pelos semblantes e pelas paredes da catedral; com especial curiosidade, ela fitava algumas das nossas damas, pondo-se para tanto, inclusive, nas pontas dos pés, e chegou mesmo a rir umas duas vezes, soltando então umas risadinhas meio estranhas. Nesse ínterim, terminado o sermão, uma cruz foi levada para junto dos crentes. A governadora foi a primeira a aproximar-se da cruz, porém se deteve, quando já estava a dois passos dela, deixando, pelo visto, passar Varvara Petrovna, que se aproximava por sua vez, firme e diretamente como quem não enxergasse ninguém pela frente. A inaudita cortesia da governadora continha, sem dúvida, uma ironia patente e, de certa forma, espirituosa, percebida por todos os presentes; Varvara Petrovna também devia tê-la percebido, mas não obstante, sem reparar em ninguém, veio beijar a cruz, exibindo a dignidade mais inabalável, e logo depois se dirigiu à saída. Seu lacaio fardado abria caminho para ela, embora todos a deixassem passar mesmo sem isso. Ainda assim, um pequeno grupo que se comprimia no átrio, junto da saída, barrou-lhe instantaneamente a passagem. Varvara Petrovna parou, e, de repente, um ser esquisito, extraordinário, mulher com uma rosa de papel na cabeça, avançou aos empurrões por entre aquele povo e ajoelhou-se diante dela. Varvara Petrovna, que era difícil espantar com alguma coisa, sobretudo em público, encarou-a de modo soberbo e ríspido.

Apressar-me-ei a notar aqui, tão brevemente quanto me for possível, que, mesmo se tornando, nesses últimos anos, por demais calculista, como se dizia em nosso meio, e até mesmo um pouco avarenta, ela não poupava dinheiro, em certas ocasiões, para fazer caridade. Aderia, aliás, a uma das instituições filantrópicas metropolitanas e, num recente ano de má colheita, havia mandado para o comitê geral de amparo às vítimas, sediado em Petersburgo, quinhentos rublos, sendo esse fato comentado pelos nossos. Afinal, mais recentemente ainda, pouco antes de nomeado o novo governador, esteve prestes a fundar um comitê local feminino que auxiliaria as parturientes mais necessitadas de nossa cidade e da província toda. Viu-se severamente criticada por ser ambiciosa, mas a notória impetuosidade de sua índole e, ao mesmo tempo, sua persistência quase acabaram vencendo os obstáculos: a sociedade já abria mão das suas críticas, e a ideia original se desenvolvia cada vez mais na mente deslumbrada da fundadora, de sorte que ela já sonhava em implantar semelhante comitê em Moscou e, pouco a pouco, difundir suas ações em todas as províncias. Mas eis que tudo se estagnou com a repentina substituição de nosso governador; quanto à nova governadora, dizia-se que já tivera o ensejo de explicitar umas objeções mordazes e, o principal, certeiras e úteis sobre a própria ideia de fundar esse comitê, à qual supostamente faltava praticidade, o que foi levado (não sem exageros, bem entendido) ao conhecimento de Varvara Petrovna. Só Deus vislumbra os pélagos da alma, porém suponho que até mesmo agradasse um pouco a Varvara Petrovna parar agora ao portão da catedral, ciente de que a governadora e todos os demais haveriam de passar, em seguida, ao seu lado. "E que ela mesma veja como não me importo com ela, sejam quais forem seus pensamentos e aquelas suas piadas sobre a presunção de minha filantropia. E quebrem vocês todos a cara!"

— O que quer, minha cara, o que está pedindo? — Varvara Petrovna olhou, com maior atenção, para a pedinte que se ajoelhara em sua frente. Ela a fitava, por sua vez, com um olhar por demais tímido e pudico, embora quase venerador, e, de repente, soltou uma das suas risadinhas estranhas.

— O que ela tem? Quem é ela? — Varvara Petrovna correu um olhar indagador e imperioso pelas pessoas que a rodeavam. Estavam todas caladas.

— Você está infeliz? Você precisa de ajuda?

— Preciso, sim... eu vim... — gaguejou a "infeliz", cuja voz se interrompia de emoção. — Vim apenas para beijar a sua mãozinha... — Ela deu mais uma risadinha. Mirando Varvara Petrovna com o ar mais infantil, como fazem as crianças quando pedem carinhosamente alguma coisa, tentou segurar a mão dela, mas, como que assustada, retirou bruscamente as próprias mãos.

— Veio apenas para isso? — Varvara Petrovna sorriu, compassiva, puxou depressa seu porta-níqueis bordado de nácar, tirou dele uma nota de dez rublos e estendeu-a à desconhecida. Ela pegou a nota. Muito interessada, Varvara Petrovna não parecia achar que fosse uma pedinte qualquer.

— Deu dez rublos, está vendo? — comentou alguém no meio da multidão.

— Dê-me, pois, a sua mãozinha — balbuciou a "infeliz", segurando fortemente, com os dedos da mão esquerda, o cantinho daquela nota de dez rublos que acabara de receber e que o vento enrolava toda. Varvara Petrovna se ensombreceu um pouco, por alguma razão, mas logo lhe estendeu a mão, séria e quase severa. Foi com veneração que a desconhecida beijou a mão dela, irradiando seu olhar grato uma espécie de êxtase. A governadora se acercou delas nesse exato momento, seguida de toda uma torrente de damas e altos funcionários nossos. Teve de parar, sem querer, por um minutinho naquele aperto, e muitas pessoas também pararam.

— Mas você treme... Está com frio? — notou, de súbito, Varvara Petrovna e, tirando seu albornoz apanhado, num átimo, pelo lacaio, pegou um xale negro (nada barato, aliás), que estava em seus ombros, e pessoalmente envolveu nele o pescoço desnudo da pedinte ainda ajoelhada ao seu lado.

— Levante-se, venha, levante-se, que lhe peço! — A pedinte ficou em pé.

— Onde você mora? Será que ninguém sabe, afinal de contas, onde ela mora? — Varvara Petrovna lançou mais um olhar impaciente à sua volta. Contudo, aquele pequeno grupo não estava mais lá: só se viam os rostos mundanos, bem familiares, dos que observavam a cena ora com um espanto sombrio, ora com uma curiosidade maliciosa e, ao mesmo tempo, ingenuamente sedentos de um escandalozinho, ora já começando a rir.

— Parece que é da família Lebiádkin... — Apareceu, enfim, um bom homem capaz de responder à indagação de Varvara Petrovna. Era o nosso respeitável, e respeitado por muitos, comerciante Andréiev, com seus óculos, sua barba branca, seu traje russo e seu redondo chapéu cilíndrico nas mãos. — Ela mora na casa dos Filíppov, na rua Bogoiavlênskaia.

— Lebiádkin? A casa dos Filíppov? Ouvi dizer alguma coisa... Obrigada, Níkon Semiônytch, mas quem é esse Lebiádkin?

— Um tal de capitão, um homem, digamos assim, desleixado. E essa daí é, por certo, a irmãzinha dele. É de supor que tenha fugido agorinha da vigilância — disse Níkon Semiônytch, baixando a voz e olhando, de modo significativo, para Varvara Petrovna.

— Entendo o senhor; obrigada, Níkon Semiônytch. Você, minha cara, é a senhorita Lebiádkina?

— Não sou Lebiádkina, não.

— Mas talvez seu irmão seja Lebiádkin?

— Meu irmão é Lebiádkin, sim.

— Farei o seguinte: vou levá-la agora comigo, minha cara, e mandá-la, direto da minha casa, de volta para sua família. Quer ir comigo?

— Ah, sim, quero! — A senhorita Lebiádkina agitou as mãozinhas.

— Titia, titia! Leve-me também para sua casa! — ouviu-se a voz de Lisaveta Nikoláievna. Notarei que Lisaveta Nikoláievna viera assistir à missa com a governadora e que Praskóvia Ivânovna fora nesse meio-tempo, por ordem médica, dar um passeio de carruagem, levando consigo também, para não se enfadar, Mavríki Nikoláievitch. De chofre, Lisa deixou a governadora e acorreu a Varvara Petrovna.

— Você sabe, minha querida, que sempre gosto de acolhê-la, mas o que vai dizer sua mãe? — Varvara Petrovna já ia responder, sobranceira, mas se confundiu de repente, ao reparar na desmedida ansiedade de Lisa.

— Titia, titia, preciso ir sem falta com a senhora — implorava ela, beijando Varvara Petrovna.

— *Mais qu'avez-vous donc, Lise?*[20] — questionou, com um pasmo expressivo, a governadora.

— Ah, desculpe-me, minha *chère cousine*:[21] vou à casa da tia! — Lisa se virou, às pressas, para sua *chère cousine* desagradavelmente surpresa e beijou-a duas vezes.

— E diga também à *maman* para vir logo buscar-me na casa da tia; a *maman* queria ir lá sem falta, sem falta: ela mesma disse, há pouco, só que eu me esqueci de avisá-la — tagarelava Lisa. — Perdão, *Julie*... *chère cousine*... não fique zangada... Estou pronta, titia!

— Se não me levar, tia, vou correr atrás da sua carruagem e gritar — sussurrou, rápida e desesperadamente, ao

---

[20] Mas enfim, o que você tem, Lisa? (em francês).
[21] Querida prima (em francês).

ouvido de Varvara Petrovna. Ainda bem que ninguém a tivesse ouvido... Varvara Petrovna deu mesmo um passo para trás e fixou um olhar penetrante naquela mocinha louca. E esse olhar resolveu tudo: cumpria-lhe, realmente, levar Lisa consigo!

— Temos de acabar com isso — deixou escapar. — Está bem: vou levá-la comigo, Lisa, com todo o prazer — acrescentou a seguir, em voz alta. — Se Yúlia Mikháilovna estiver de acordo, bem entendido... — voltou-se, aberta e diretamente, para a governadora, encarando-a com uma singela dignidade.

— Oh, mas não gostaria, sem dúvida, de privá-la desse prazer, tanto mais que eu mesma... — De súbito, Yúlia Mikháilovna se pôs a gorjear com assombrosa amabilidade. — Eu mesma... bem sei que cabecinha fantástica, todo-poderosa, é que fica nesses ombrinhos (Yúlia Mikháilovna esboçou um sorriso encantador)...

— Muitíssimo lhe agradeço! — Varvara Petrovna retribuiu a gentileza com uma mesura polida e majestosa.

— Estou mais feliz ainda — continuou gorjeando Yúlia Mikháilovna, quase extática e mesmo toda vermelha de emoção agradável —, pois, além do prazer de visitar a senhora, Lisa se deixa agora levar por um sentimento tão belo, tão alto, diria eu... a compaixão... (ela olhou de soslaio para a "infeliz")... e... no próprio adro do templo...

— Essa visão a honra — aprovou, magnificamente, Varvara Petrovna. Yúlia Mikháilovna estendeu-lhe, toda apressada, sua mão, e Varvara Petrovna roçou nela, toda solícita, com seus dedos. A impressão geral foi excelente: os rostos de alguns presentes ficaram radiosos, brilharam alguns sorrisos cheios de doçura e adulação.

Numa palavra, ficou repentinamente claro, para a cidade inteira, que não fora Yúlia Mikháilovna quem desdenhara até então Varvara Petrovna, a ponto de não a visitar, mas, pelo contrário, Varvara Petrovna "mantivera Yúlia Mikháilovna dentro dos limites, conquanto esta se dispusesse, talvez, a correr visitá-la até mesmo a pé, se apenas tivesse certeza de que Varvara Petrovna não a enxotaria da sua casa". O prestígio de Varvara Petrovna aumentou em extremo.

— Suba, pois, minha cara... — Dirigindo-se à *Mademoiselle* Lebiádkina, Varvara Petrovna apontou para a carruagem que tinha chegado. A "infeliz" correu, alegre, até a portinhola, onde se viu arrimada pelo lacaio.

— Como? Você está mancando? — exclamou Varvara Petrovna, como se acabasse de levar um susto, e ficou pálida. (Todos repararam nisso então, mas não entenderam...).

A carruagem foi rodando. A casa de Varvara Petrovna situava-se bem perto da catedral. Lisa me contaria mais tarde que Lebiádkina rira histericamente, ao longo de todos aqueles três minutos de percurso, e que Varvara Petrovna ficara sentada, segundo Lisa se expressou, "como quem estivesse imerso num sono magnético".

Capítulo quinto. Uma serpe mui sábia.

I

Varvara Petrovna tocou a sineta e desabou sobre uma potrona próxima da janela.

— Sente-se aí, minha cara — indicou a Maria Timoféievna um lugar no meio da sala, junto a uma grande mesa redonda. — Stepan Trofímovitch, o que é isso? Olhe, mas olhe para essa mulher... O que é isso?

— Eu... eu... — Stepan Trofímovitch se pôs a gaguejar. Contudo, apareceu um lacaio.

— Uma xícara de café, agora, especial e o mais depressa possível! E não desatrelem a carruagem.

— *Mais, chère et excellente amie, dans quelle inquiétude...*[1] — exclamou Stepan Trofímovitch, cuja voz estava para se extinguir.

— Ah, em francês, em francês! Dá logo para ver que é a alta sociedade! — Maria Timoféievna bateu palmas, dispondo-se, extasiada, a escutar uma conversa em francês. Varvara Petrovna fitou-a quase assustada.

Todos calados, estávamos à espera de qualquer desfecho que viesse. Chátov não erguia mais a cabeça; quanto a Stepan Trofímovitch, estava transtornado, como se

[1] Mas, cara e excelente amiga, em que inquietude... (em francês).

tudo acontecesse por sua culpa, tanto assim que até o suor lhe surgira nas têmporas. Olhei para Lisa (que se sentara num canto, quase ao lado de Chátov). Seus olhos corriam, atentos, de Varvara Petrovna à mulher manca e vice-versa; seus lábios esboçavam um sorriso, mas esse sorriso não era bom e Varvara Petrovna reparou nele. Enquanto isso, Maria Timoféievna ficou totalmente empolgada, deleitando-se, sem o mínimo embaraço, em examinar a bela sala de estar de Varvara Petrovna: os móveis, as alcatifas, os quadros pelas paredes, o antigo teto ornamentado, o grande crucifixo de bronze posto num canto, o candeeiro de porcelana, os álbuns e outras coisinhas que estavam em cima da mesa.

— Também estás aí, Chátuchka! — exclamou de repente. — Imagina só: faz tempo que te vejo, mas penso: não é ele! Como é que teria chegado, hein? — Ela deu uma risada alegre.

— Conhece essa mulher? — Varvara Petrovna se voltou logo para ele.

— Conheço, sim — murmurou Chátov, que se movera em sua cadeira, mas permanecera sentado.

— O que sabe, pois? Fale rápido, por favor!

— É que... — disse ele, com um sorriso desnecessário, e se calou em seguida. — A senhora mesma está vendo...

— O que é que estou vendo? Mas diga alguma coisa, venha!

— Ela mora na mesma casa que eu... com seu irmão... é um oficial.

— E depois?

Chátov se calou de novo.

— Não vale a pena dizer... — mugiu, calando-se em definitivo. Até se quedou vermelho de tão resoluto.

— É claro que não há mais nada a esperar de você! — interrompeu-o Varvara Petrovna, indignada. Agora estava claro para ela que todos sabiam de alguma coisa, porém estavam todos com medo, esquivavam-se das suas perguntas e queriam esconder algo dela.

Entrou o lacaio, trazendo-lhe, numa pequena bandeja de prata, aquela xícara de café "especial" que ela encomendara, e logo a serviu, obediente ao gesto de sua patroa, a Maria Timofèievna.

— Você, minha cara, teve muito frio agorinha: beba rápido para se aquecer.

— *Merci*! — Maria Timofèievna tomou a xícara e, de improviso, deu uma gargalhada por ter dito "*merci*" ao lacaio. Todavia, ao perceber o temível olhar de Varvara Petrovna, intimidou-se e colocou a xícara em cima da mesa.

— Será que está zangada, titia? — balbuciou, com certa brejeirice leviana.

— O quê-ê-ê? — Varvara Petrovna se soergueu e se aprumou em sua poltrona. — Que titia sou eu para você? O que é que subentendeu?

Sem ter antevisto tamanha ira, Maria Timofèievna ficou tremendo, com aquele tremor convulsivo e amiudado que acompanharia uma crise histérica, e recaiu no espaldar da poltrona.

— Eu... eu pensei que tinha de falar desse jeito — balbuciou, sem despregar os olhos arregalados de Varvara Petrovna. — Foi Lisa quem a chamou assim.

— Que Lisa é essa?

— Mas aquela senhorita ali... — Maria Timofèievna apontou com seu dedinho.

— Pois já se tornou Lisa para você?

— Mas foi a senhora mesma quem acabou de chamá-la assim! — Maria Timoféievna se animou um pouco. — E vi uma belezura igual a ela em sonho — sorriu, como que sem querer.

Varvara Petrovna compreendeu tudo e ficou um tanto mais calma; até mesmo sorriu de leve em resposta à última palavrinha de Maria Timoféievna. E ela captou esse sorriso, levantou-se da poltrona e, tímida, achegou-se mancando a Varvara Petrovna.

— Tome, que me esqueci de lhe devolver, e não se zangue com minha má educação... — De chofre, tirou o xale negro que Varvara Petrovna lhe pusera, havia pouco, nos ombros.

— Ponha-o logo de volta, e que fique com você para sempre. Volte aí, sente-se, tome seu café e, por favor, não tenha medo de mim, minha cara, acalme-se. Começo a entendê-la.

— *Chère amie*... — Stepan Trofímovitch se permitiu reabrir a boca.

— Ah, Stepan Trofímovitch, a gente já perde o fio da meada sem o senhor, então me poupe... Toque, por gentileza, essa sineta aí, ao seu lado, e chame a camareira.

Fez-se silêncio. Seu olhar passava, desconfiado e irritadiço, por todos os nossos rostos. Veio Agacha, sua camareira favorita.

— Traga-me o lenço quadriculado que comprei em Genebra. O que faz Dária Pávlovna?

— Ela não está muito bem de saúde.

— Vá pedir que venha para cá. E diga também que estou pedindo muito, nem que ela esteja adoentada.

Nesse momento ouviu-se de novo, nos cômodos adjacentes, um ruído incomum de passos e vozes, semelhante ao que se ouvira havia pouco, e repentinamente apareceu na soleira Praskóvia Ivânovna, que ofegava e parecia "aflita". Mavríki Nikoláievitch arrimava-a pelo braço.

— Oh, gente do céu, mal cheguei aqui! Lisa, o que é que fazes, maluca, com tua mãe? — guinchou, concentrando nesse seu guincho, como fazem todas as pessoas fracas, mas muito irritadiças, toda a sua irritação acumulada. — Varvara Petrovna, queridinha, vim buscar minha filha!

Varvara Petrovna encarou-a de soslaio, soergueu-se ao encontro dela e, mal dissimulando seu desgosto, respondeu:

— Boa tarde, Praskóvia Ivânovna! Sente-se, faça favor. Eu já sabia, pois, que você viria.

II

Para Praskóvia Ivânovna, nem podia haver nada de inesperado nessa recepção. Desde a infância, Varvara Petrovna sempre tratava sua antiga amiga colegial de forma despótica e, pretextando sua amizade, quase chegava a desdenhá-la. Entretanto, nesse caso presente, o estado das coisas também era singular. Ambas as damas estavam, nesses últimos dias, à beira da completa ruptura, segundo eu já havia comentado de passagem. Os motivos dessa ruptura por vir ainda permaneciam misteriosos aos olhos de Varvara Petrovna, sendo, por conseguinte, ainda mais dolorosos, porém o principal consistia em Praskóvia Ivânovna ter assumido, na frente dela, certa postura por demais arrogante. Entenda-se bem que Varvara Petrovna ficou magoada, ao passo que alguns boatos estranhos começavam a alcançar, aos poucos, seus ouvidos também, irritando-a por sua vez em excesso e, notadamente, com seu caráter indefinido. A índole de Varvara Petrovna era franca e orgulhosamente aberta, "sem mais aquela" se me for permitida tal locução. Antes de tudo, ela não conseguia suportar as acusações secretas, feitas à socapa, e sempre preferia um conflito escancarado. Fosse como fosse, ambas as damas não se viam mais havia cinco dias seguidos. A última visita fora a de Varvara Petrovna, que deixara a casa "da Drozdikha" sentida e constrangida. Posso dizer sem errar que Praskóvia Ivânovna entrou agora com a ingênua convicção de que Varvara Petrovna devia acovardar-se, por alguma razão, em sua presença: já dava para percebê-lo pela sua expressão facial. Mas o demônio da mais vaidosa soberba apossava-se de Varvara Petrovna decerto naqueles momentos em que ela tinha apenas uma sombra de suspeita de alguém a considerar, por qualquer motivo que fosse, humilhada. Quanto a Praskóvia Ivânovna, destacava-se, igual a diversas pessoas fracas que se deixam, por muito tempo, magoar sem protestarem, por um extraordinário ímpeto no ataque, com a primeira situação que lhe fosse propícia. É verdade que estava agora indisposta e que sempre se tornava mais irritadiça quando adoecia. Acrescentarei, por fim, que todos nós, reunidos naquela sala de estar, não poderíamos atrapalhar tanto assim, com nossa presença, as duas amigas de infância, caso uma briga viesse a ocorrer entre elas: éramos tidos por gente íntima e quase inferior. Pensei nisso, de imediato e não sem medo. Stepan Trofímovitch, que não se sentava desde a chegada de Varvara Petrovna, desabou, exausto, sobre uma cadeira, tão logo ouviu o guincho de Praskóvia Ivânovna, e tentou interceptar, desesperado, o meu olhar. Chátov se revirou bruscamente em seu assento e até mugiu algo consigo mesmo. Pareceu-me que queria levantar-se e sair. Lisa se ergueu de leve, mas logo se sentou novamente, sem prestar devida atenção ao guincho de sua mãe, só que não o fez por causa de seu "espírito de rebeldia" e, sim, porque obviamente estava dominada por outra impressão poderosa. Quase distraída, de olhos a fitarem o ar, não atentava mais, como antes, nem sequer em Maria Timoféievna.

III

— Oh, aqui! — Praskóvia Ivânovna apontou para uma poltrona ao lado da mesa e, auxiliada por Mavríki Nikoláievitch, acomodou-se penosamente nela. — Nem me sentaria, queridinha, em sua casa, não fossem estas minhas pernas! — acrescentou, num tom pungente.

Varvara Petrovna soergueu a cabeça, apertando, com ares de sofrimento, os dedos da mão direita à sua têmpora direita onde sentia, pelo visto, muita dor (*un tic douloureux*).[2]

— Por que é que, Praskóvia Ivânovna, não se sentaria em minha casa? Seu finado marido me demonstrou, a vida toda, um sincero afeto, e nós duas, ainda meninas, brincamos juntas de bonecas, lá no colégio.

Praskóvia Ivânovna agitou os braços.

---

[2] Um tique doloroso (em francês: antiga denominação da neuralgia trigeminal).

— Eu já sabia! Sempre começa a falar naquele colégio, quando se apronta para me reprimendar: é uma artimanha sua. E, para mim, isso não passa de uma altissonância. Detesto aquele seu colégio.

— Parece que veio muito mal-humorada. Como estão suas pernas? Eis que lhe servem um cafezinho: tome-o, faça favor, e não se zangue.

— Minha querida Varvara Petrovna, mas a senhora me trata como se eu fosse uma garotinha. Não quero café, ouviu?

Com um gesto desafiador, ela dispensou o criado que lhe servia o café. (Aliás, os outros também se recusaram a tomá-lo, à exceção de mim e de Mavríki Nikoláievitch. Stepan Trofímovitch pegou a xícara, mas logo a deixou em cima da mesa. Maria Timoféievna já estendia a mão para pegar outra xícara, tanto lhe apetecia tomar mais café, porém mudou de ideia e desistiu de pegá-la, cerimoniosa e visivelmente contente, em razão disso, consigo mesma).

Varvara Petrovna entortou os lábios num sorrisinho.

— Sabe, minha amiga Praskóvia Ivânovna, o que lhe direi? Por certo, imaginou de novo alguma coisa e assim veio para cá. Passou a vida inteira imaginando coisas. Acaba de se zangar por causa do nosso colégio, mas será que lembra como então chegou a convencer a turma toda de que o hussardo[3] Chablýkin a pedia em casamento, e como a *Madame* Lefebvre a desmascarou

---

[3] Oficial da cavalaria ligeira que existia em vários países europeus, inclusive na Rússia; ao longo do século XIX, o nome "hussardo" era sinônimo do "namoradeiro".

na mesma hora? E você não mentia, aliás, só se deliciava com sua imaginação. Diga, pois: o que tem agora? O que inventou ainda, o que lhe desagrada?

— E a senhora se apaixonou, em nosso colégio, pelo padre que ensinava a Lei divina: tome aí, já que tem, até agora, tamanho rancor, ah-ah-ah!

Ela se pôs a gargalhar, biliosa, e a tossir.

— A-anh, não se esqueceu, pois, do padre... — Varvara Petrovna fitou-a com ódio.

Seu rosto estava esverdeado. De chofre, Praskóvia Ivânovna se empertigou toda.

— Não estou para rir agora, minha queridinha... Por que envolveu minha filha em seu escândalo, na frente da cidade toda? Foi por isso que vim!

— Em meu escândalo? — De supetão, Varvara Petrovna também se empertigou, ameaçadora.

— Eu também lhe peço, mamãe, que modere seu tom — disse, subitamente, Lisaveta Nikoláievna.

— O que disseste? — Sua mãezinha ia guinchar outra vez, mas logo se confundiu ante o olhar fulgurante da filha.

— Como a senhora pôde, mamãe, falar em escândalo? — Lisa enrubesceu. — Eu mesma vim, com a permissão de Yúlia Mikháilovna, porque quis saber a história dessa infeliz e ser útil a ela.

— "A história dessa infeliz"! — arrastou Praskóvia Ivânovna, com um riso maldoso. — Mas será que te cabe mexer com tais "histórias"? Oh, queridinha! Estamos fartas desse seu despotismo! — Virou-se, enfurecida, para Varvara Petrovna. — Dizem, quer seja verdade quer não, que amestrou essa cidade todinha, mas me parece a mim que chegou sua hora também!

Varvara Petrovna continuava sentada, reta como uma flecha prestes a saltar do arco. Severa e rígida, encarou Praskóvia Ivânovna por uns dez segundos.

— Agradeça a Deus, Praskóvia, por estarem aqui só os nossos — pronunciou, afinal, com uma tranquilidade sinistra. — Disse aí muita coisa que não devia.

— Pois eu, minha queridinha, não temo a opinião mundana como os outros a temem: é a senhora quem banca a orgulhosa, mas vive tremendo por causa da opinião pública. E, quanto aos nossos que estão aqui, seria pior para a senhora se os estranhos nos escutassem.

— Será que criou juízo nesta semana?

— Não criei juízo nesta semana, não: foi, na certa, a verdade que se revelou nesta semana.

— Qual foi a verdade que se revelou nesta semana? Escute, Praskóvia Ivânovna, não me irrite, mas explique agora mesmo, que lhe peço com honra: que verdade é que se revelou e o que você subentende nisso?

— Mas ei-la sentada ali, a verdade toda! — De repente, Praskóvia Ivânovna apontou para Maria Timoféievna, cheia daquela audácia desesperada que não se importa mais com as consequências e busca apenas impressionar. Maria Timoféievna, que a mirara, o tempo todo, com lépida curiosidade, deu uma risada alegre ao ver o dedo da visitante iracunda, que se cravava nela, e agitou-se jovialmente em sua poltrona.

— Meu Senhor Jesus Cristo, será que endoideceram todos de vez? — exclamou Varvara Petrovna e, pálida, encostou-se no espaldar da poltrona.

Empalideceu tanto que acabou provocando um alvoroço. Stepan Trofímovitch foi o primeiro a correr até ela; eu também me aproximei; até mesmo Lisa ficou em pé, se bem que permanecesse junto da sua poltrona, mas quem se assustou mais do que todos foi Praskóvia Ivânovna em pessoa: deu um grito, levantou-se como pôde e rompeu quase a berrar, com uma voz lastimosa:

— Queridinha, Varvara Petrovna, perdoe a minha bobagem maldosa! Mas traga, pelo menos, alguém água para ela!

— Deixe de choramingar, por favor, que lhe peço, Praskóvia Ivânovna... e que se afastem todos, meus senhores, por gentileza... e não me tragam água! — articulou Varvara Petrovna, firmemente, embora em voz baixa, com seus lábios embranquecidos.

— Queridinha! — insistia Praskóvia Ivânovna, ao acalmar-se um pouco. — Minha amiga Varvara Petrovna, ainda que eu esteja culpada dessas palavras afoitas, fiquei irritada, antes de tudo, com aquelas cartas anônimas com que uma gentinha qualquer me tem bombardeado! Deveriam escrever para a senhora, já que escrevem sobre a senhora, e eu cá tenho uma filha, minha querida!

Calada, Varvara Petrovna fixava nela seus olhos arregalados, escutando-a com perplexidade. Nesse momento, abriu-se uma porta lateral, sem ninguém ter ouvido, e apareceu Dária Pávlovna. Deteve-se a olhar ao seu redor, espantada com nosso tumulto. Decerto não reparou logo em Maria Timoféievna, de cuja presença não fora avisada. Stepan Trofímovitch foi o primeiro a avistá-la: fez um gesto rápido, ficou vermelho e anunciou, não se sabia para quê, bem alto: "Dária Pávlovna!", de sorte que todos os olhos se dirigiram juntos para quem entrara.

— Como? É aquela Dária Pávlovna de vocês? — exclamou Maria Timoféievna. — Pois é, Chátuchka, não se parece contigo essa tua irmãzinha! Como é que o meu chama essa belezura de rapariga servil e de Dachka?

Nesse meio-tempo, Dária Pávlovna já se aproximara de Varvara Petrovna, mas, sobressaltada com a exclamação de Maria Timoféievna, virou-se depressa e parou defronte à cadeira dela, aferrando-se à alienada com um longo olhar imóvel.

— Sente-se, Dacha — disse Varvara Petrovna, pavorosamente tranquila —, mais perto, assim: pode ver essa mulher mesmo sentada. Você a conhece?

— Nunca a vi — respondeu Dacha, baixinho, e acrescentou após uma breve pausa —: deve ser a irmã doente de certo senhor Lebiádkin.

— Eu também a vi, minha alma, pela primeira vez agorinha, embora desejasse, já havia muito tempo e com curiosidade, conhecê-la, pois enxergo educação em cada gesto da senhorita! — bradou Maria Timoféievna, empolgada. — E, quanto ao meu lacaio que anda xingando, será possível que a senhorita tenha roubado o dinheiro dele, tão educada e graciosa assim? Pois é graciosa, graciosa, é uma gracinha, que lhe digo isto em meu próprio nome! — concluiu, arroubada, agitando a mãozinha em sua frente.

— Entende alguma coisa? — perguntou Varvara Petrovna, com uma dignidade soberba.

— Entendo tudo...

— Ouviu-a falar sobre o dinheiro?

— Deve ser aquele mesmo dinheiro que me incumbi ainda na Suíça, atendendo ao pedido de Nikolai Vsêvolodovitch, de repassar àquele senhor Lebiádkin, o irmão dela.

Houve silêncio.

— Foi Nikolai Vsêvolodovitch pessoalmente quem lhe pediu?

— Ele queria muito transferir aquela quantia, trezentos rublos ao todo, para o senhor Lebiádkin. Mas, como não sabia o endereço dele, mas sabia apenas que ele chegaria à nossa cidade, incumbiu-me de lhe entregar o dinheiro, caso o senhor Lebiádkin chegasse mesmo.

— Então que dinheiro é que... desapareceu? De que essa mulher acabou de falar?

— Não sei nada disso: também ouvi dizerem que o senhor Lebiádkin comentava sobre mim em voz alta, como se eu não lhe tivesse passado todo o dinheiro, mas não entendo aquelas falas. Recebi trezentos rublos e passei trezentos rublos para ele.

Dária Pávlovna já se acalmara quase completamente. Notarei, em geral, que era difícil deixar essa moça pasmada por muito tempo ou confundi-la com algo, fossem quais fossem então seus sentimentos íntimos. Agora dava todas as respostas sem pressa, reagindo a cada indagação rápida e precisamente, em voz baixa e regular, sem o menor vestígio de sua repentina comoção inicial nem sombra daquele embaraço que poderia externar a consciência da mínima culpa que ela sentisse. O olhar de Varvara Petrovna se fixou nela durante todo aquele tempo em que ela falou. Por um minuto, Varvara Petrovna ficou refletindo.

— Se... — disse enfim, com firmeza e aparentando dirigir-se aos espectadores, posto que olhasse somente para Dacha — se Nikolai Vsêvolodovitch não partilhou sua incumbência nem mesmo comigo, mas pediu a você, teve certamente alguns motivos particulares de fazer isso. Não me atribuo o direito de esquadrinhá-los, já que estão mantidos em segredo, inclusive, para mim. Contudo, basta apenas você ter participado desse negócio para me deixar totalmente tranquila em relação a eles: fique sabendo disso, Dária, antes de qualquer coisa. Mas entenda, minha amiga, que até com sua consciência limpa você pôde, por desconhecimento da sociedade, cometer alguma imprudência e agiu imprudentemente, de fato, ao entrar em contato com um canalha. Os boatos espalhados por aquele vilão comprovam seu erro. Em todo caso, hei de me informar a respeito dele e, sendo a sua protetora, saberei defendê-la. E agora temos de acabar com tudo isso.

— A melhor coisa a fazer, quando ele vier visitar a senhora — replicou, de repente, Maria Timoféievna, assomando da sua poltrona —, é mandá-lo para o quarto dos lacaios. Que fique lá jogando baralho com eles, em cima de um banco, e a gente vai tomar café por aqui. Até que pode mandar para ele uma xícara de café também, mas eu o desprezo profundamente.

Ela sacudiu expressivamente a cabeça.

— Temos de acabar com isso — repetiu Varvara Petrovna, ao escutar Maria Timoféievna com atenção. — Toque, por favor, a sineta, Stepan Trofímovitch.

Stepan Trofímovitch tocou e, de súbito, deu um passo para a frente, todo inquieto.

— Desde... desde que eu... — pôs-se a balbuciar febrilmente, corando, interrompendo-se e gaguejando — desde que eu também ouvi a história mais asquerosa ou, melhor dito, uma calúnia, estou... completamente indignado... *enfin, c'est un homme perdu et quelque chose comme un forçat évadé.*[4]

---

[4] ... enfim, é um homem perdido e algo como um forçado foragido (em francês).

Interrompeu-se sem ter terminado; Varvara Petrovna examinou-o, entrefechando os olhos, da cabeça aos pés. Entrou o imponente Alexei Yegórovitch.

— A carruagem — ordenou Varvara Petrovna. — E você, Alexei Yegórytch, prepare-se para levar a senhorita Lebiádkina para casa, conforme ela mesma lhe indicar.

— Mas é o senhor Lebiádkin que espera por ela há algum tempo, lá embaixo, e pede com insistência que o anunciem.

— É inadmissível, Varvara Petrovna! — Mavríki Nikoláievitch, imerso até então num silêncio imperturbável, pôs-se a falar repentina e ansiosamente. — Se é que me permite dizer, não é uma pessoa que pode entrar na sociedade: é uma... é uma... é uma pessoa inadmissível, Varvara Petrovna!

— Aguardar... — Varvara Petrovna se dirigiu a Alexei Yegórytch, e ele saiu porta afora.

— *C'est un homme malhonnête, et je crois même que c'est un forçat évadé ou quelque chose dans ce genre*[5] — tornou a murmurar Stepan Trofímovitch, mas corou e se calou de novo.

— Lisa, está na hora de ir — exclamou com asco Praskóvia Ivânovna, soerguendo-se em seu assento. Aparentemente, já se arrependia de ter chamado a si mesma, havia pouco, de boba por mero susto. Enquanto Dária Pávlovna estava falando, escutou-a com uma comissura altiva dos lábios. Contudo, o que mais me surpreendeu foi a reação de Lisaveta Nikoláievna ao ver

---

[5] É um homem desonesto, e acho mesmo que é um forçado foragido ou algo desse gênero (em francês).

Dária Pávlovna entrar na sala: seus olhos fulgiram de ódio e desdém absolutamente indisfarçáveis.

— Espere por um minutinho, Praskóvia Ivânovna, que lhe peço! — Varvara Petrovna deteve-a, com a mesma tranquilidade incomensurável. — Faça o favor de se sentar, pois eu tenho a intenção de dizer tudo e você está com dor nas pernas. É isso aí, obrigada. Perdi agorinha a paciência e lhe disse umas palavras exasperadas. Faça o favor de me desculpar: fiz uma besteira e sou a primeira a retratar-me, que gosto de justiça em tudo. É claro que você também perdeu a paciência e mencionou uma carta anônima. Qualquer denúncia anônima merece desprezo, já pelo simples fato de não ser assinada. Se você entende isso de outra forma, não a invejo. Em todo caso, eu mesma não tiraria, se estivesse em seu lugar, uma torpeza dessas do bolso, não me sujaria com ela. E você se sujou. Mas, como já começou essa conversa, digo-lhe que eu também recebi, há uns seis dias, uma carta anônima, meio histriônica. Um canalha qualquer me assegura, por meio dela, que Nikolai Vsêvolodovitch ficou louco e que me cumpre temer uma mulher manca, a qual "há de desempenhar um papel extraordinário em meu destino" — guardei essa expressão. Ao refletir um pouco e sabendo que Nikolai Vsêvolodovitch tem uma legião de inimigos, mandei logo buscar um homem, o mais vingativo e desprezível, embora dissimulado, de todos os seus inimigos, e deduzi num instante da nossa conversa qual era a abominável fonte daquela denúncia. Se você também, minha pobre Praskóvia Ivânovna, foi importunada, *por minha causa*, com tais abomináveis denúncias e, segundo se expressou, "bombardeada", então sou a primeira a lamentar ter sido eu a razão inocente disso. É tudo quanto tinha de lhe dizer à guisa de explicação. Percebo, com lástima, que agora está muito cansada e fora de si. Além do mais, resolvi deixar sem falta entrar aquele homem suspeito, que Mavríki Nikoláievitch qualificou de um termo não muito apropriado, dizendo que seria inadmissível recebê-lo. Lisa não terá, em especial, nada a fazer aqui. Venha cá, Lisa, minha amiguinha, e deixe beijá-la mais uma vez.

Lisa atravessou a sala e postou-se, calada, diante de Varvara Petrovna. Ela a beijou, segurou-lhe as mãos, afastou-a um tanto de si, mirou-a com emoção, depois a benzeu e voltou a beijá-la.

— Pois bem, Lisa, até sempre (a voz de Varvara Petrovna estava quase chorosa)... Acredite que não deixarei de amá-la, seja como for, daqui em diante, esse seu destino... Que Deus esteja com você. Sempre abençoei a santa destra dEle...

Queria adicionar mais alguma coisa, porém se conteve e ficou calada. Lisa se dirigiu ao seu lugar, ainda silenciosa e como que pensativa, mas de repente parou defronte à sua mãezinha.

— Ainda não vou embora, mamãe, passarei mais um tempinho com a tia — disse em voz baixa, ouvindo-se nessas palavras mansas uma firmeza de ferro.

— O que é isso, meu Deus? — bradou Praskóvia Ivânovna, agitando debilmente as mãos. Lisa não lhe respondeu nem sequer a ouviu, pelo visto, mas se sentou no mesmo canto e tornou a fitar o ar em sua frente.

Algo vitorioso e orgulhoso transpareceu no rosto de Varvara Petrovna.

— Mavríki Nikoláievitch, tenho um pedido encarecido para o senhor. Faça-me o favor de ir ver aquele homem que está embaixo e, se houver, pelo menos, alguma possibilidade de deixá-lo entrar, traga-o para cá.

Com uma mesura, Mavríki Nikoláievitch saiu. Trouxe, um minuto depois, o senhor Lebiádkin.

IV

Já comentei certa vez sobre a aparência física daquele senhor: era um rapagão alto e robusto, de cabelos crespos e rosto encarnado, um tanto inchado e obeso, que tinha uns quarenta anos, cujas bochechas estremeciam com cada movimento de sua cabeça, cujos olhinhos injetados de sangue pareciam, de tempos em tempos, bastante astutos e cuja figura produzia, com aquele bigode, suíças e um carnudo pomo-de-adão a nascer, uma impressão assaz desagradável. Todavia, o que mais espantava nele era que estava agora de casaca e usava uma camisa limpa. "Há quem até se torne indecente ao vestir uma camisa limpa": foi o que declarou um dia Lipútin, quando Stepan Trofímovitch o repreendeu, em tom de brincadeira, pelo seu desleixo. O capitão tinha, inclusive, um par de luvas negras, porém não calçara a direita, enquanto a esquerda, tão apertada que não pudera abotoá-la, cobria pela metade a sua carnuda pata esquerda a segurar um chapéu redondo, novinho em folha, lustroso e, provavelmente, usado pela primeira vez. Destarte, aquela "casaca do amor" sobre a qual ele vociferara, na véspera, ante a porta de Chátov existia de fato. Tudo isso, ou seja, tanto a casaca quanto a camisa, fora preparado de antemão (como eu viria a saber mais tarde), em atenção a um conselho de Lipútin e para alguns fins misteriosos.

Era igualmente indubitável que ele acabara de chegar (pegando um carro de aluguel) também por incitação dos terceiros e ajudado por alguém, visto que não poderia sozinho ter amadurecido essa ideia, tampouco se vestir, se aprontar e se decidir apenas em três quartos de hora. Eu supus mesmo que tivesse sabido num átimo do incidente ocorrido no átrio da catedral. Não estava ébrio, mas se encontrava naquele estado pesado, lerdo e fumacento de quem acordasse de supetão após vários dias de embriaguez. Bastaria, aparentemente, sacudi-lo umas duas vezes pelo ombro para ele ficar embriagado de novo.

Entrou com ímpeto na sala de estar, mas, de repente, tropeçou na alcatifa ao lado das portas. Maria Timoféievna quase morreu de rir. Fixando nela um olhar animalesco, o capitão deu alguns passos súbitos e rápidos em direção a Varvara Petrovna.

— Cheguei, minha senhora... — rugiu, como se estivesse tocando uma trombeta.

— Faça-me o favor, cavalheiro — Varvara Petrovna se aprumou toda —, de tomar assento lá, naquela cadeira. Ouvirei o senhor de lá mesmo e, sentada aqui, vou vê-lo melhor ainda.

O capitão parou, olhando para a frente com uma expressão obtusa, porém se virou e se sentou no lugar indicado, junto às portas. Uma patente insegurança se revelava em sua fisionomia, que estava, ao mesmo tempo, insolente e denotava certa irritabilidade contínua. Dava para ver que ele sentia muito medo, conquanto seu amor-próprio sofresse também, e adivinhar que, por causa desse seu amor-próprio irritado, podia arriscar-se, apesar de sua covardia, a cometer ocasionalmente qualquer desfeita. Pelo visto, cada movimento de seu corpo desajeitado deixava-o receoso. Sabe-se que o maior sofrimento de todos os senhores desse tipo, quando eles aparecem, por algum acaso miraculoso, na sociedade, é ligado às suas próprias mãos e à impossibilidade, intuída a todo momento, de empregá-las de qualquer maneira minimamente decente. O capitão entorpeceu, pois, naquela cadeira, com seu chapéu e suas luvas nas mãos, sem despregar um olhar atoleimado do semblante rígido de Varvara Petrovna. Queria, talvez, ver melhor o que estava ao seu redor, mas não ousava, por ora, fazê-lo. Maria Timoféievna, que decerto voltara a achar sua aparência por demais engraçada, gargalhou de novo, porém ele nem se moveu. Inexorável, Varvara Petrovna manteve-o nesse estado por um minuto inteiro, examinando-o sem dó nem piedade.

— Gostaria, primeiro, que o senhor mesmo me dissesse seu nome — pronunciou afinal, num tom regular e expressivo.

— O capitão Lebiádkin — bramiu o capitão. — Cheguei, minha senhora... — Já ia mover-se outra vez.

— Com licença! — Varvara Petrovna fê-lo parar novamente. — Essa lastimável pessoa, que me despertou tanto interesse, é realmente sua irmã?

— Irmã, sim, minha senhora, e ela escapou da vigilância, pois a situação dela é...

Calou-se, de chofre, e ruborizou-se.

— Entenda-me bem, minha senhora — prosseguiu, muito confuso —: um irmão de sangue não macularia... numa situação dessas... não é que seja, quer dizer, uma situação daquelas... quer dizer, capazes de manchar a reputação... quando chega a hora...

Ele se interrompeu bruscamente.

— Prezado senhor! — Varvara Petrovna ergueu a cabeça.

— A situação é esta! — Ele concluiu de repente, fincando o dedo no meio de sua testa.

Seguiu-se uma pausa.

— E faz muito tempo que ela padece disso? — perguntou Varvara Petrovna, num tom levemente arrastado.

— Cheguei, minha senhora, para lhe agradecer a magnanimidade expressa ali, no átrio... assim à russa, de modo fraterno...

— Fraterno?

— Quer dizer, não é que seja fraterno, mas unicamente naquele sentido de ser eu, minha senhora, irmão de minha irmã, e acredite, minha senhora... — Ele se pôs a falar bem depressa, ruborizando-se outra vez — que não sou tão pouco instruído como posso parecer à primeira vista, nessa sua sala de estar. Nós dois, eu e minha irmã, nada somos, minha senhora, se comparados com a opulência que notamos aí. Pois existem, ainda por cima, uns caluniadores. Mas, quanto à reputação, Lebiádkin é orgulhoso, minha senhora, e... e... cheguei para lhe agradecer... Eis aqui o dinheiro, minha senhora!

Então tirou uma carteira do bolso, arrancou dela um maço de notas bancárias e começou a revirá-las, com seus dedos trêmulos, num infrene acesso de impaciência. Dava para ver que desejava explicar logo alguma coisa e necessitava, ademais, disso, mas, percebendo sem dúvida, ele mesmo, que remexer naquele dinheiro tornava-o ainda mais ridículo, perdeu o resto de seu sangue-frio. As notas não se contavam de jeito nenhum, os dedos se emaranhavam, e eis que, para cúmulo do vexame, uma cédula verde deslizou para fora da sua carteira e foi voando, descendo em ziguezagues sobre a alcatifa.

— Vinte rublos, minha senhora... — Ele se levantou num pulo, de rosto suado de tanto sofrimento e com o maço de cédulas nas mãos. Ao reparar naquela nota que caíra no chão, inclinou-se para apanhá-la, mas, envergonhado por alguma razão, deixou-a onde estava.

— É para seus criados, minha senhora, para o lacaio que vai apanhá-la... Que se lembre de Lebiádkina!

— Não posso, em caso algum, permitir isso — replicou Varvara Petrovna, apressadamente e com uma espécie de susto.

— Pois então...

Ele se inclinou, pegou a nota, ficou rubro e, achegando-se subitamente a Varvara Petrovna, estendeu-lhe o dinheiro contado.

— O que é isso? — Ela acabou levando um verdadeiro susto, tanto assim que até recuou em sua poltrona. Mavríki Nikoláievitch, eu e Stepan Trofímovitch demos, todos juntos, um passo para a frente.

— Calma, calma, não sou louco; juro por Deus que não sou louco! — Angustiado, o capitão tentou convencer a todos.

— Não, cavalheiro, o senhor enlouqueceu.

— Não é nem de longe, minha senhora, o que está pensando! É claro que sou um elo ínfimo... Oh, minha senhora, são ricos seus aposentos, mas pobres são os de Maria Desconhecida, minha irmã cujo sobrenome é Lebiádkina, mas que vamos chamar, por enquanto, de Maria Desconhecida — por enquanto, minha senhora, *por enquanto* apenas, pois Deus como tal não permitiria chamá-la assim eternamente! A senhora lhe deu dez rublos, e ela os aceitou porque foi *a senhora* quem os deu! Está ouvindo, minha senhora? Essa Maria

Desconhecida não aceitará dinheiro de ninguém neste mundo, senão estremecerá no caixão o avô dela, aquele oficial de estado-maior que foi morto no Cáucaso, na presença de Yermólov[6] em pessoa, porém seu dinheiro, minha senhora, seu dinheiro é que ela aceitará todo. Mas há de aceitá-lo com uma mão só e, com a outra, vai estender-lhe em troca vinte rublos, como doação para um daqueles comitês filantrópicos metropolitanos dos quais a senhora é sócia... Pois enfim foi a senhora mesma quem escreveu em "Notícias moscovitas" que guardava o registro de uma sociedade filantrópica, relativo à nossa cidade, e que qualquer um podia inscrever sua doação nele...

De súbito, o capitão se interrompeu, respirando a custo como depois de um feito árduo. Tudo quanto se referia àquele comitê filantrópico teria sido preparado de antemão e talvez igualmente sugerido por Lipútin. Ele ficara ainda mais suado: gotas de suor literalmente brotavam em suas têmporas. Varvara Petrovna fixava nele um olhar penetrante.

— Esse registro — disse severamente — sempre se encontra lá embaixo, com o porteiro de minha casa, de modo que o senhor pode mesmo inscrever, se quiser, sua doação nele. Portanto lhe peço que guarde agora seu dinheiro, em vez de agitá-lo aí pelos ares. Perfeito. Peço-lhe também que volte ao seu lugar. Perfeito. É muita pena, cavalheiro, que me tenha enganado a respeito de sua irmã, dando-lhe esmola posto que fosse tão

[6] Alexei Petróvitch Yermólov (1777-1861): general de infantaria e artilharia, herói da guerra contra Napoleão (1812-13) e comandante das tropas russas no Cáucaso (1817-27).

abastada. Só não entendo uma coisa: por que ela pode aceitar unicamente meu dinheiro, mas não aceitará, em caso algum, o dos outros? O senhor insistiu tanto nisso que desejo uma explicação absolutamente precisa.

— Esse mistério, minha senhora, só pode ser enterrado num féretro! — respondeu o capitão.

— Mas por quê? — indagou Varvara Petrovna, sem aquela sua firmeza de antes.

— Minha senhora, minha senhora!...

Lebiádkin se calou, sombrio, olhando para o chão e apertando a mão direita ao coração. Varvara Petrovna aguardava sem desviar os olhos dele.

— Minha senhora! — bradou o capitão repentinamente. — Será que me permite fazer-lhe uma pergunta, apenas uma, mas de forma clara, direta, russa, do fundo de minha alma?

— Faça o favor.

— Será que já sofreu nesta vida, minha senhora?

— O senhor quer dizer simplesmente que sofreu por causa de alguém ou continua sofrendo.

— Minha senhora, minha senhora! — Ele pulou novamente do seu assento, decerto sem ter reparado nisso, e desferiu uma punhada em seu peito. — Aqui, neste coração, há tantas coisas acumuladas, mas tantas coisas que até mesmo Deus ficará pasmado ao descobri-las na hora do Juízo Final!

— Hum, que dito forte.

— Pode ser, minha senhora, que lhe fale num estilo irritadiço...

— Não se preocupe: eu mesma sei quando será preciso fazê-lo parar.

— Posso dirigir-lhe outra pergunta, minha senhora?

— Dirija-me outra pergunta.

— Será que se pode morrer tão somente da nobreza de sua alma?

— Não sei: nunca me fiz essa pergunta.

— Não sabe! Nunca se fez essa pergunta! — gritou ele, com uma ironia patética. — Se for assim, se assim for: "Calai-vos, coração desesperado!" — e bateu freneticamente em seu peito.

Estava de novo andando pela sala. Os indícios de tais pessoas são sua total incapacidade de manter seus desejos no íntimo e, pelo contrário, seu anelo desenfreado de externá-los de imediato, por mais sórdidos que sejam, tão logo surgirem. Quando está fora da sua companhia habitual, um senhor desses se porta a princípio com timidez, mas basta alguém lhe conceder um filete de espaço para ele se tornar impertinente. O capitão já se exaltava, andava, agitava os braços, não escutava novas perguntas, mas falava de si próprio depressa, muito depressa, a ponto de sua língua se enrolar vez por outra, e saltava, sem terminar uma frase, para a outra. Era pouco provável, na verdade, que estivesse totalmente sóbrio; Lisaveta Nikoláievna também estava sentada lá, e sua presença aparentava deixá-lo, embora não tivesse olhado para ela nenhuma vez, todo estonteado. Aliás, isso não passa de uma conjetura minha. Existia, ainda assim, um motivo pelo qual Varvara Petrovna decidira, superando seu asco, escutar um homem desses até o fim. Praskóvia Ivânovna estava simplesmente tremendo de medo, mesmo sem entender, pelo visto, de que se tratava. Stepan Trofímovitch também tremia, mas, pelo contrário, devido à sua constante propensão para entender tudo bem demais. Mavríki Nikoláievitch havia tomado a pose de protetor geral. Lisa estava palidazinha e não despregava seus olhos arregalados do capitão selvagem. Chátov mantinha sua postura inicial, porém a coisa mais estranha de todas era que Maria Timoféievna não apenas cessara de rir, mas até mesmo se entristecera. Apoiando-se na mesa com a mão direita, seguia seu irmãozinho que vinha declamando com um olhar longo e pesaroso. Tão só Dária Pávlovna me parecia tranquila.

— Tudo isso são fúteis alegorias! — Varvara Petrovna acabou ficando zangada. — O senhor não respondeu à minha pergunta "por quê?". Espero pela sua resposta e faço questão de recebê-la.

— Não lhe respondi àquele "por quê?"? Espera pela resposta ao seu "por quê?"? — repetiu o capitão, com uma piscadela. — Essa miúda palavrinha "por quê?" está espalhada pelo universo inteiro desde o primeiro dia da Criação, minha senhora, e toda a natureza grita, a cada minuto, para seu Criador: "Por quê?", e já faz sete mil anos que não recebe resposta alguma. Será que cabe somente ao capitão Lebiádkin responder a essa pergunta, minha senhora, e será isso justo?

— Tudo isso é uma bobagem e nada mais! — Encolerizada, Varvara Petrovna perdia a paciência. — São alegorias... Além disso, cavalheiro, o senhor se digna a falar com tanta ênfase que tomo isso por uma ousadia.

— Minha senhora! — O capitão nem sequer a escutava. — Eu gostaria, talvez, de me chamar Ernest, enquanto sou obrigado a carregar este tosco nome de Ignat, mas a senhora sabe por quê? Eu gostaria de me chamar príncipe de Montbard, enquanto sou apenas um

Lebiádkin, com alusão ao cisne,[7] mas por que motivo? Eu sou poeta, minha senhora, poeta no fundo de minha alma, e poderia receber mil rublos do meu editor, enquanto sou obrigado a viver num tinote, mas por quê, por quê? Minha senhora! Eu acho que a Rússia é, no máximo, um capricho da natureza!

— O senhor não pode, decididamente, dizer nada de mais definido?

— Posso recitar-lhe a peça "Baratinha", minha senhora!

— O quê-ê-ê?

— Ainda não enlouqueci, minha senhora! Vou enlouquecer, sim, certamente enlouquecerei, mas ainda não enlouqueci! Um companheiro meu (uma pessoa no-bi-líssima, minha senhora) escreveu uma fábula de Krylov, intitulada "Baratinha". Será que posso recitá-la?

— Quer recitar alguma fábula de Krylov?

— Não quero recitar nenhuma fábula de Krylov, não, mas uma fábula minha, própria, uma obra de minha autoria! Acredite sem mágoa, minha senhora, que não sou a tal ponto inculto e depravado para não entender que a Rússia possui aquele grande fabulista Krylov, a quem o Ministro da Educação erigiu um monumento no Jardim de Verão[8] para a gente brincar ali na idade infantil. Está perguntando: "Por quê?", minha senhora? A resposta jaz no fundo desta fábula, escrita em letras de fogo.

— Recite então sua fábula.

---

[7] A palavra russa *лебедь* da qual é derivado o sobrenome *Лебядкин* significa "cisne".

[8] Pequeno jardim público, situado no centro histórico de São Petersburgo, onde gostavam de passear os fidalgos metropolitanos.

— Uma esperta baratinha,
Que era assim desde a infância,
Entrou numa vasilinha
Co'as moscas em comilância.

— Meu Deus, mas o que é isso? — exclamou Varvara Petrovna.

— Quer dizer, quando no verão... — azafamou-se o capitão, agitando os braços com a irritadiça impaciência de um autor impedido de recitar sua obra — quando no verão as moscas se juntam numa vasilha, acontece essa tal de comilância... qualquer imbecil compreenderá... Não me interrompa, não me interrompa, que já, já vai ver... (Ele continuava a agitar pavorosamente os braços).

Ocupou tamanho espaço
Que as moscas se revoltaram.
"Que sufoco, que embaraço!" —
Para Júpiter clamaram.
Foi um grito horribilíssimo,
Mas aí veio Nikífor,
Um velhote no-bi-líssimo...

Ainda não terminei aqui, mas tanto faz, vou dizer em poucas palavras! — papagueava o capitão. — Nikífor pega aquela vasilha e, apesar do grito, joga toda a comédia, tanto as moscas quanto a baratinha, num tinote, o que já se demorava a fazer. Mas anote aí, minha senhora, anote que a baratinha não reclama! Eis a resposta à sua pergunta "por quê?" — bradou, triunfante. — "Não reclama a ba-ra-tinha!". No que diz respeito a Nikífor, ele personifica a natureza — acrescentou depressa e, todo contente, voltou a andar pela sala.

Varvara Petrovna se zangou para valer.

— E qual é o dinheiro, permita-me perguntar ao senhor, qual é o dinheiro que teria recebido, mas não todo, de Nikolai Vsêvolodovitch e de cujo furto se atreveu a acusar certa pessoa pertencente à minha casa?

— Calúnia! — rugiu Lebiádkin, erguendo tragicamente a mão direita.

— Não é calúnia, não!

— Há circunstâncias, minha senhora, que tornam mais suportável uma vergonha em casa do que uma verdade proclamada em voz alta. Lebiádkin não soltará a língua, minha senhora!

Ele parecia cego; estava inspirado; sentia toda a sua significância; decerto imaginava algo excêntrico. Já queria ofender, fazer alguma torpeza, mostrar seu poder.

— Toque, por favor, a sineta, Stepan Trofímovitch — pediu Varvara Petrovna.

— Lebiádkin é astuto, minha senhora! — O capitão piscou, com um sorriso ruim. — É astuto, mas tem também um problema, tem também um vestíbulo das paixões! E esse vestíbulo é a velha e valente garrafa dos hussardos, cantada por Denis Davýdov.[9] Pois quando ele está nesse vestíbulo, minha senhora, aí lhe ocorre mandar uma carta em versos, uma carta ad-mi-ra--bilíssima, mas que ele deseja mais tarde redimir com todas as lágrimas de sua vida, porquanto se rompe a sensação do belo. Só que o passarinho já foi voando

[9] Denis Vassílievitch Davýdov (1784-1839): general russo, o maior expoente da chamada "poesia dos hussardos" que exaltava, de forma leviana, mas convincente, o amor, o vinho e outros prazeres da vida.

e não dá mais para apanhá-lo pela cauda! E foi nesse vestíbulo, minha senhora, que Lebiádkin pôde falar, inclusive, daquela nobre donzela, exprimindo a sublime indignação de sua alma revoltada com mágoas, e foi disso que se aproveitaram uns caluniadores. Só que Lebiádkin é astuto, minha senhora! Debalde é que fica ao seu lado aquele lobo sinistro, enchendo, a cada minuto, seu copo e esperando pelo desfecho: Lebiádkin não soltará a língua, e haverá no fundo da garrafa, bem no lugar do esperado, o que está lá todas as vezes — a astúcia de Lebiádkin! Mas chega, oh, chega! Seus luxuosos aposentos, minha senhora, poderiam pertencer ao mais nobre dos indivíduos, porém a baratinha não reclama! Anote, pois, aí, anote enfim que não reclama e conheça o grande espírito!

Nesse momento um toque de campainha ouviu-se embaixo, na guarita do porteiro, e quase em seguida apareceu Alexei Yegórytch, que demorara um pouco a atender à chamada de Stepan Trofímovitch. Idoso e imponente, o mordomo estava tomado de uma excitação extraordinária.

— Nikolai Vsêvolodovitch se dignou agorinha a chegar... e está vindo para cá — disse em resposta ao olhar interrogativo de Varvara Petrovna.

Lembro-me dela especialmente naquele momento: de início, ficou pálida, mas de repente seus olhos fulgiram. Endireitou-se em sua poltrona, manifestando uma resolução excepcional. Aliás, ficamos todos estarrecidos. Essa chegada absolutamente inesperada de Nikolai Vsêvolodovitch, por quem se esperava em nossa cidade apenas um mês depois, não parecia estranha apenas por ser inesperada, mas por coincidir, de certo modo fatal, com o momento presente. Até mesmo o capitão se plantou, como um poste, no meio da sala, abrindo a boca e fitando a porta com uma expressão muito boba.

E eis que ressoaram no cômodo vizinho, uma sala comprida e espaçosa, os passos que se aproximavam rápidos e por demais amiudados, como se alguém viesse rolando, e eis que irrompeu subitamente na sala de estar... Só que não foi Nikolai Vsêvolodovitch e, sim, um jovem que nenhum de nós conhecia.

V

Permitir-me-ei fazer uma pausa e retratar, ao menos com traços um tanto superficiais, essa pessoa que surgiu de repente.

Era um jovem em torno de vinte e sete anos de idade, cuja estatura excedia um pouco a mediana, de cabelos louros, ralos e bastante compridos, além de bigode e barbicha que mal despontavam, tufo por tufo, aqui ou acolá. Não só limpas como na moda, suas roupas não eram, todavia, elegantes; à primeira vista, ele parecia meio curvado e desajeitado, porém, na realidade, não se curvava e até mesmo se portava com desenvoltura. Aparentava ser um esquisitão, mas todos os nossos achariam depois que suas maneiras eram muito decentes e sua conversa sempre convinha às circunstâncias.

Ninguém dirá que é feio, mas ninguém gosta de sua cara. Sua cabeça se alonga em direção à nuca e como que se achata dos lados, de forma que seu rosto se afigura aguçado. Sua testa é alta e estreita, mas as feições em geral são miúdas; o olho é brocante, o nariz, pequenino e pontiagudo, os lábios, compridos e finos. Sua expressão facial parece doentia, mas apenas parece. Ele tem uma dobra seca nas faces e perto das maçãs do rosto, o que lhe dá a aparência de quem esteja convalescendo de uma doença grave. No entanto, é perfeitamente saudável, forte e nem sequer esteve doente nenhuma vez.

Ele anda e se move com muita pressa, posto que não se apresse nunca. Não há, pelo visto, nada que possa perturbá-lo: sejam quais forem o ambiente e a companhia, ele permanece sempre o mesmo. Cheio de presunção, nem por sombra repara nisso.

Fala rápida, apressadamente, mas, ao mesmo tempo, com segurança, e não tem papas na língua. Seus pensamentos são serenos, apesar de sua pressa aparente, claros e definitivos: é isso que se destaca nele em particular. Sua dicção surpreende pela nitidez: suas palavras se esparramam como grãos iguais e graúdos, sempre bem selecionadas e prontas a atender a quem conversar com ele. De início, seu interlocutor gosta disso, mas depois fica enjoado, notadamente com essa dicção por demais nítida e a profusão dessas palavras sempre prontas. Acaba imaginando, em certo momento, que sua língua deve ter alguma forma específica, que é singularmente comprida e fina, naquela sua boca, muito vermelha e provida de uma pontinha agudíssima, a qual se remexe, queira ele ou não, o tempo todo.

Esse foi, pois, o jovem que acabava de irromper na sala de estar, e juro que me parece até hoje que começou a falar ainda no cômodo vizinho e entrou assim mesmo, falando. Postou-se, num átimo, diante de Varvara Petrovna.

— ...Imagine então, Varvara Petrovna — dizia, espalhando palavras como miçangas —: entro e penso que ele está por aqui há um quarto de hora... já faz uma hora e meia que ele chegou... encontramo-nos na casa de Kiríllov... Ele saiu meia hora atrás, rumando diretamente para cá, e mandou que eu também fosse um quarto de hora mais tarde...

— Quem foi, afinal? Quem mandou o senhor vir para cá? — indagou-lhe Varvara Petrovna.

— Mas foi Nikolai Vsêvolodovitch! Será que a senhora acaba mesmo de saber disso? Mas as bagagens dele já deviam ter chegado, há muito tempo... como é que não disseram à senhora? Sou eu o primeiro, pois, que venho avisá-la. Até que se poderia mandar buscá-lo em algum lugar, mas, de resto, ele próprio há de aparecer em breve e, pelo que parece, no exato momento que corresponda precisamente a certas expectativas e, pelo que consta, ao menos, a mim mesmo, a certos cálculos dele. — Dito isso, correu os olhos pela sala e fixou-os, com especial atenção, no capitão. — Ah, Lisaveta Nikoláievna, como estou feliz de encontrá-la, mal dei o primeiro passo, como estou contente de poder apertar sua mão! — Achegou-se correndo de Lisa, que sorria alegre, para pegar a mãozinha estendida em sua direção. — E, pelo que percebo, a respeitabilíssima Praskóvia Ivânovna tampouco se esqueceu, ao que me parece, do seu "professor" e nem sequer se zanga com ele, como sempre se zangou na Suíça. Mas como é que estão aqui, diga-se de passagem, as suas pernas, Praskóvia Ivânovna, e será que a junta médica, lá na Suíça, esteve certa em prescrever-lhe o clima da pátria?... E aquelas soluções medicamentosas, como foram? Devem ter sido bastante úteis. Mas como eu lamentei, Varvara Petrovna (tornou a virar-se depressa), não ter podido encontrá-la então no estrangeiro e testemunhar-lhe pessoalmente a minha deferência, além de lhe participar tantas coisas, mas tantas... Até que avisei meu velho, ainda quando estava lá fora, mas ele, conforme seu hábito, parece...

— Petrucha! — exclamou Stepan Trofímovitch, saindo instantaneamente do seu estupor. Agitou as mãos e acorreu ao filho. — *Pierre, mon enfant*, mas eu nem te reconheci! — Apertou-o nos braços, enquanto lágrimas lhe escorriam dos olhos.

— Mas não brinques aí, não brinques, nada de gestos... mas chega aí, chega, por favor — murmurava apressadamente Petrucha, tentando livrar-se do amplexo paterno.

— Eu sempre, sempre fui culpado para contigo!

— Chega, pois: vamos falar disso mais tarde. Eu já sabia que irias brincar. Sê um pouco mais sóbrio, por favor.

— Mas não te vejo há dez anos!

— Tanto menos precisas dessas expansões...

— *Mon enfant!...*

— Mas acredito, acredito, sim, que me amas; vê se tiras as mãos de mim. Estás atrapalhando os outros... Ah, eis ali Nikolai Vsêvolodovitch... Mas chega de brincar, que te peço enfim!

De fato, Nikolai Vsêvolodovitch já estava na sala: entrara sem o menor barulho e parara, por um instante, às portas, examinando a assembleia toda com um olhar cauteloso.

Assim como quatro anos antes, quando o vira pela primeira vez, fiquei atônito com a primeira olhada que dei nele. Não me esquecera nem um pouco daquele homem, porém existem, ao que parece, tais fisionomias que aparentam trazer consigo algo novo todas as vezes que aparecem, algo que não vislumbramos ainda nelas, mesmo ao vê-las umas cem vezes. Pelo visto, ele continuava sendo o mesmo que havia quatro anos: tão requintado e sobranceiro, tão imponente em sua atitude quanto àquela altura, quase tão jovem quanto antes. Seu leve sorriso continuava oficialmente carinhoso e presunçoso, seu olhar, sério, pensativo e como que distraído. Numa palavra, parecia que nosso último encontro datava apenas do dia anterior. Houve, porém, uma coisa que me deixou atônito: se bem que o achassem outrora belo, seu rosto realmente "se assemelhava a uma máscara", segundo se expressavam algumas das maldizentes damas de nossa sociedade. Só que agora... não sei por que razão, mas agora eu mesmo o achei, tão logo olhei para ele, decidida e indiscutivelmente belo, tanto assim que em hipótese alguma se poderia dizer que seu rosto se assemelhava a uma máscara. Seria porque ele estava um pouco mais pálido do que antes ou, quem sabe, por ter emagrecido um pouco? Ou, talvez, uma nova ideia se refletia agora em seu olhar?

— Nikolai Vsêvolodovitch! — exclamou Varvara Petrovna, aprumando-se sem deixar a sua poltrona e detendo-o com um gesto imperioso. — Pare aí por um minuto!

Mas, para explicar a terrível pergunta que sucedeu de improviso àquele gesto e àquela exclamação (uma pergunta cuja possibilidade eu não teria podido aventar, nem sonhando, por parte de Varvara Petrovna), pedirei ao leitor que recorde como foi o caráter de Varvara Petrovna, durante toda a sua vida, e quanta impetuosidade extrema seu caráter demonstrava em certos momentos decisivos. Peço igualmente que imagine aqueles momentos a surgirem amiúde em sua vida, não obstante a firmeza extraordinária de sua alma e a porção considerável de juízo e tato prático, por assim dizer econômico, que ela possuía, aos quais essa mulher se entregava repentina e inteiramente, sem ressalvas e, se me for permitida tal expressão, tomando o freio nos dentes. Peço enfim que leve em conta: o momento em questão podia mesmo ser para ela um daqueles momentos em que se concentra por completo, como num foco, toda a essência da vida, de todo o passado, de todo o presente e, talvez, de todo o futuro. Ainda mencionarei, de passagem, a carta anônima que ela havia recebido, da qual acabava de falar, tão irritada, com Praskóvia Ivânovna, deixando, aparentemente, de relatar a continuação dessa carta em que se encerrava, quiçá, a possibilidade de compreendermos aquela terrível pergunta que Varvara Petrovna fez de improviso ao seu filho.

— Nikolai Vsêvolodovitch — repetiu, cunhando palavras com sua voz firme em que ressoava um desafio ameaçador —, peço-lhe que me diga agora mesmo, sem se arredar do seu lugar: é verdade que essa infeliz mulher manca (aí está, bem aí, sim, olhe para ela!)... é verdade que é... sua esposa legítima?

Lembro-me bem demais daquele momento: ele nem piscou, olhando com atenção para sua mãe; nem a mínima mudança se operou em seu rosto. Finalmente, sorriu bem devagar, com um sorriso algo condescendente e, sem articular em resposta uma só palavra, aproximou-se em silêncio de sua mãezinha, pegou a mão dela, levou-a, todo respeitoso, aos lábios e beijou-a. E era tão forte aquela influência irresistível que exercia, desde sempre, sobre sua mãe que nem agora ela se atreveu a retirar-lhe a mão. Apenas olhava para ele, transformando-se toda em sua pergunta, e toda a sua aparência dizia que mais um instante... e ela não aguentaria esse suspense.

Entretanto, ele continuava calado. Ao beijar-lhe a mão, tornou a correr os olhos por toda a sala e, fleumático como antes, achegou-se direto a Maria Timoféievna. É muito difícil descrever as fisionomias humanas em certos momentos. Eu me recordo, por exemplo, de como Maria Timoféievna se levantou, desfalecente de medo, ao encontro dele e juntou as mãos em sua frente, como se lhe implorasse; recordo-me, ao mesmo tempo, do êxtase que se via em seu olhar, um êxtase insano que quase lhe alterara as feições, um daqueles êxtases que as pessoas mal suportam. Eram, talvez, ambas as sensações, o medo e o êxtase, porém lembro ainda como me acerquei rapidamente dela (mantinha-me quase ao seu lado) e achei que Maria Timoféievna estivesse prestes a desmaiar.

— Você não pode ficar aqui — disse-lhe Nikolai Vsêvolodovitch, com uma voz meiga e melodiosa, e uma ternura extraordinária cintilou em seus olhos. Postara-se na frente dela, tomando a pose mais respeitosa possível, e cada movimento seu expressava o mais sincero respeito. Arfante, a coitadinha balbuciou com ímpeto, quase sussurrando:

— Mas posso... agora... ficar de joelhos diante do senhor?

— Não, você não pode fazer isso de maneira alguma! — O sorriso dele foi tão esplendoroso que ela também lhe sorriu, de chofre, com alegria. Todo imponente, ele acrescentou no mesmo tom melodioso, como quem exortasse carinhosamente uma criança:

— Pense que você é uma moça e eu, ainda que seja o mais fiel dos seus amigos, não sou nem seu marido, nem seu pai, nem seu noivo, ou seja, sou um homem estranho. Dê-me, pois, a mão e vamos embora: vou acompanhá-la até a carruagem e, se você me permitir, levá-la, eu mesmo, para sua casa.

Ao escutá-lo, ela inclinou, como que pensativa, a cabeça.

— Vamos — disse, suspirando e dando-lhe sua mão.

Mas então lhe sobreveio um acidente. Decerto se virara sem muita cautela e pisara naquela sua perna doente, mais curta... numa palavra, acabou caindo de lado sobre a poltrona e, se aquela poltrona não estivesse ali, teria desabado no chão. Ele a segurou num instante, arrimou-a, pegou-lhe com força o braço e conduziu-a, complacente e cauteloso, em direção às portas. Ela parecia entristecida com sua queda: estava confusa, rubra e cheia de vergonha. Olhando, calada, para o chão, seguia-o a mancar profundamente, quase pendurada no braço dele. E foi assim que ambos saíram. Eu vi Lisa soerguer-se de súbito, não se sabia por que, em sua poltrona, quando eles estavam saindo, e acompanhá-los, com um olhar imóvel, até as portas. Depois se sentou novamente, sem dizer meia palavra, mas seu semblante se crispou de leve, como se ela tivesse tocado algum réptil.

Enquanto toda essa cena transcorria entre Nikolai Vsêvolodovitch e Maria Timoféievna, todos se calavam, perplexos, de sorte que daria para ouvirmos uma mosca voar. Mas, tão logo eles saíram da sala, todos se puseram a falar juntos.

VI

Aliás, falava-se pouco, mas se exclamava sobremaneira. Agora não me lembro mais muito bem da sequência em que tudo aquilo se passava então, porquanto houvera um tumulto. Stepan Trofímovitch também exclamou em francês, agitando as mãos, só que Varvara Petrovna não lhe deu atenção. Até Mavríki Nikoláievitch murmurou algo de modo entrecortado e apressado. Mas quem superou todos, de tão exaltado, foi Piotr Stepânovitch: desesperadamente, com gestos bem expressivos, pôs-se a convencer Varvara Petrovna de alguma coisa que eu demorei bastante a entender. Dirigia-se, ademais, ora a Praskóvia Ivânovna, ora a Lisaveta Nikoláievna, e mesmo lançou, assim de passagem, um grito enérgico ao seu pai — numa palavra, turbilhonou através da sala. Enrubescida, Varvara Petrovna saltou fora do seu assento e gritou a Praskóvia Ivânovna: "Ouviu o que ele disse aqui, agorinha, para ela, não ouviu?" Mas aquela nem sequer pôde responder: apenas murmurou algo e agitou a mão. Tinha, coitada, sua própria preocupação, virando, a cada minuto, a cabeça para Lisa e fitando-a com um receio inconsciente, porém não ousava mais nem pensar em levantar-se e ir embora antes que sua filha se levantasse. Nesse ínterim, pelo que percebi, ficou óbvio que o capitão queria escapulir. Estava indubitavelmente assustado, e muito, desde aquele momento em que aparecera Nikolai Vsêvolodovitch, mas Piotr Stepânovitch segurou-o pelo braço e não o deixou sair.

— É necessário, necessário — derramava suas miçangas diante de Varvara Petrovna, continuando a convencê-la. Agora estava postado na frente dela, sentada outra vez em sua poltrona e, que me lembre, escutando-o com avidez. Ele havia captado, por fim, toda a sua atenção.

— É necessário. A senhora mesma vê, Varvara Petrovna, que é um mal-entendido, que muita coisa parece esquisita, mas, na verdade, é tudo claro que nem uma velinha e simples que nem um dedo. Entendo bem demais que ninguém me atribuiu o direito de contar e que tenho, quiçá, uma cara ridícula ao atribuir tal direito a mim mesmo. Todavia, em primeiro lugar, Nikolai Vsêvolodovitch em pessoa não se importa nem um pouco com esse assunto e, feitas as contas, há casos em que é difícil alguém se aventurar sozinho a explicar tudo pessoalmente, mas é preciso que se encarregue disso sem falta uma terceira pessoa a quem seja mais fácil revelar certas coisas delicadas. Acredite, Varvara Petrovna, que Nikolai Vsêvolodovitch não tem culpa alguma de não ter respondido à sua recente pergunta de imediato, com uma explicação radical, posto que seja uma ninharia de cuspir em cima. Conheço-o ainda desde Petersburgo e, além do mais, essa anedota toda apenas honra Nikolai Vsêvolodovitch, se é que nos cumpre obrigatoriamente usar essa palavra indefinida "a honra"...

— O senhor quer dizer que testemunhou algum caso do qual decorreu... esse mal-entendido? — questionou Varvara Petrovna.

— Testemunhei e participei dele — apressou-se a confirmar Piotr Stepânovitch.

— Se o senhor me garantir, com sua palavra de honra, que isso não vai ferir a delicadeza de Nikolai Vsêvolodovitch no tocante aos sentimentos que ele me tem devotado... já que não esconde coi-sa ne-nhu-ma de mim... e se tiver, além disso, tanta certeza de que até mesmo vai agradá-lo com seu relato...

— Vou agradá-lo sem dúvida e, portanto, terei um prazer especial, eu mesmo. Estou seguro de que ele me pediria pessoalmente.

Era bastante estranho, mesmo naquela situação fora do comum, o importuno desejo manifestado por esse senhor que acabara de cair das nuvens, o de contar anedotas alheias. Contudo, ele abordara um assunto por demais melindroso e, dessa maneira, fizera Varvara Petrovna engolir seu anzol. Quanto a mim, ainda não conhecia, na época, nem o caráter nem, muito menos, as intenções daquele homem.

— Estamos ouvindo — proferiu Varvara Petrovna, reservada e cautelosa, além de levemente incomodada com sua própria condescendência.

— É uma história curta; não é, se quiserem, nem sequer uma anedota de verdade... — As miçangas se derramaram de novo. — Aliás, um romancista poderia assim, por falta de quefazeres, cozinhar todo um romance. Uma coisinha assaz interessante, Praskóvia Ivânovna, e tenho certeza de que Lisaveta Nikoláievna também a escutará com curiosidade, porquanto há nisso muitos detalhes, se não milagrosos, ao menos bizarros. Faz uns cinco anos que Nikolai Vsêvolodovitch conheceu em Petersburgo aquele senhor... sim, aquele senhor Lebiádkin que está ali, de boca aberta, e, pelo jeito, quis agorinha escafeder-se. Veja se me desculpa, Varvara Petrovna. Não o aconselho, de resto, a escafeder-se, senhor oficial reformado do antigo serviço logístico (lembro-me bem do senhor, está vendo?). Conhecemos bem demais, tanto Nikolai Vsêvolodovitch quanto eu mesmo, essas suas reinações daqui, pelas quais, veja se não se esquece disso, o senhor terá de assumir a responsabilidade. Peço-lhe outra vez que me desculpe, Varvara Petrovna. Àquela altura, Nikolai Vsêvolodovitch chamava esse senhor de seu Falstaff... deve ser (comentou ele, de súbito) algum personagem antigo, *burlesque*,[10] de quem todo mundo ri e que deixa todo mundo rir dele sob condição de ser pago por isso. Nikolai Vsêvolodovitch levava então em Petersburgo uma vida, digamos assim, jocosa: não poderia defini-la com outro termo, nem nosso homem ficaria decepcionado, ainda mais que andava menosprezando, ele próprio, quaisquer negócios na época. Só me refiro àquela época de antanho, Varvara Petrovna. Pois bem: esse Lebiádkin tinha uma irmã, aquela mesma que estava agorinha sentada lá. Os dois, tanto o irmãozinho quanto a irmãzinha, deambulavam então de canto em canto, já que não tinham onde morar. Ele vagava, sem falta com seu uniforme antigo, sob os arcos do Pátio das Compras,[11] parava os transeuntes de aparência mais ou menos decente e depois gastava a esmola que recebia em tomar umas e outras. E sua irmãzinha se alimentava como as aves do céu,[12] Servia aos donos daqueles cantos onde eles moravam, já que não tinham como pagar o aluguel. Era uma Sodoma horribilíssima, portanto vou omitir o quadro daquela vida pelos cantos, da vida à qual Nikolai Vsêvolodovitch se entregava também na época, por mera esquisitice. Só me refiro àquela época, Varvara Petrovna; quanto à "esquisitice", é a expressão

[10] Burlesco, cômico (em francês).

[11] Galeria comercial situada no centro histórico de São Petersburgo.

[12] Alusão à passagem bíblica (Mateus, 6:26).

dele próprio. Não são muitas as coisas que ele esconde de mim. A *Mademoiselle* Lebiádkina, que teve, em certo momento, de encontrar Nikolai Vsêvolodovitch com muita frequência, ficou assombrada com seu aspecto. Era, por assim dizer, um diamante sobre o sujo pano de fundo da sua vida. Não sou muito forte em descrever sentimentos, portanto deixarei essa parte de lado, só que houve uma gentinha má que se pôs logo a escarnecê-la, e ela ficou tristezinha. Escarneciam-na, aliás, em geral, naqueles cantos ali, mas antes ela nem reparava nisso. Sua cabeça não estava, nem mesmo àquela altura, muito boa, mas não até esse ponto de hoje, ainda assim. Temos fundamentos para supor que em sua infância, graças a uma benfeitora qualquer, ela por pouco não tenha recebido uma instrução de verdade. Nikolai Vsêvolodovitch nunca lhe deu nem a mínima atenção, jogando principalmente, com aquelas cartas velhas e ensebadas, preferência com os servidores e apostando, quando muito, um quarto de copeque por vez. Mas certa feita, quando a viu magoada, pegou (sem perguntar pelo motivo) um daqueles servidores pela gola e jogou-o, lá do sobrado, janela afora. Não houve nisso nenhuma indignação cavalheiresca a favor da inocência ofendida: toda a operação transcorreu em meio ao riso generalizado, e quem riu mais que todos foi Nikolai Vsêvolodovitch como tal, e, quando tudo se resolveu bem, eles todos fizeram as pazes e foram juntos beber ponche. Só que a própria inocência oprimida não se esqueceu daquilo. E o desfecho foi, bem entendido, um abalo definitivo de suas faculdades mentais. Repito que não sou muito forte em descrever sentimentos, mas foi o sonho que tomou a dianteira. E Nikolai Vsêvolodovitch, como que de propósito, atiçou aquele sonho ainda mais: em vez de cair na gargalhada, passou de repente a tratar a *Mademoiselle* Lebiádkina com um respeito inesperado. Kiríllov, que também estava lá (eis um homem por demais original, Varvara Petrovna, e por demais impulsivo: talvez a senhora venha um dia a vê-lo, já que agora está por aqui)... pois bem: esse Kiríllov, que costuma ficar calado o tempo todo, exaltou-se de supetão e notou, que me lembre, que Nikolai Vsêvolodovitch tratava aquela senhora como uma marquesa e, dessa forma, acabava de vez com ela. Acrescentarei que Nikolai Vsêvolodovitch respeitava um tanto esse Kiríllov. E o que a senhora acha que ele respondeu? "Está supondo, senhor Kiríllov, que eu a escarneça, mas não se engane aí: respeito-a de fato, pois é melhor do que todos nós". E, sabe, disse isso num tom tão sério assim. Mas, no fundo, não havia trocado, durante aqueles dois ou três meses, nenhuma palavra com ela, exceto "bom-dia" e "até a vista". Eu mesmo, que também estava lá, recordo com toda a certeza que ela acabou por considerá-lo uma espécie de seu noivo, o qual não ousava "raptá-la" unicamente por ter muitos desafetos e obstáculos familiares ou algo desse gênero. Houve muitas risadas por lá! No fim das contas, quando Nikolai Vsêvolodovitch teve então de vir para cá, ele mandou, antes de partir, sustentá-la com uma pensão anual e, ao que parece, bastante vultosa, de uns trezentos rublos, pelo menos, se não fosse maior ainda. Suponhamos, numa palavra, que tudo isso não passasse, da sua parte, de uma brincadeira ou fantasia de um homem precocemente extenuado, que fosse enfim, segundo dizia Kiríllov, tão só mais um estudo de um homem cansado de viver, cuja meta consistia em sabermos até que ponto se podia levar uma louca aleijada. "O senhor, dizia ele, escolheu de propósito a última das criaturas, uma aleijada eternamente infamada e espancada, sabendo, ainda por cima, que essa criatura morria daqueles seus amores cômicos pelo senhor, e de repente se pôs a ludibriá-la, de caso pensado, com a única finalidade de ver o resultado disso!" Mas, finalmente, que responsabilidade tão extraordinária assim é que deveria assumir nosso homem pelas fantasias daquela mulher maluca, com quem ele mal havia trocado, note-se aí, duas frases naquele tempo todo? Há coisas, Varvara Petrovna, que não apenas não dá para discutir de modo inteligente, mas que nem seria inteligente começar a discutir. Pois bem, que seja uma esquisitice mesmo, só que não temos mais nada a dizer, temos? Ainda assim, fizeram agorinha toda uma história em cima disso... Em parte estou ciente, Varvara Petrovna, do que vem acontecendo aqui.

De chofre, o narrador se interrompeu e quase se virou para Lebiádkin, porém Varvara Petrovna fê-lo parar. Estava extremamente exaltada.

— O senhor terminou? — perguntou-lhe.

— Ainda não; para completar, precisaria, com sua permissão, interrogar esse senhor a respeito de certas coisas... Já, já, Varvara Petrovna, a senhora verá de que se trata.

— Basta... mais tarde... pare por um minuto, que lhe peço. Oh, como fiz bem em deixá-lo falar!

— E queira notar, Varvara Petrovna — agitou-se Piotr Stepânovitch —: será que Nikolai Vsêvolodovitch podia mesmo ter explicado agorinha tudo isso para a senhora, em resposta à sua indagação, quem sabe, demasiado categórica?

— Oh, sim, demasiado!

— E será que eu cá não tinha razão em dizer que em certos casos uma terceira pessoa fica bem mais à vontade para se explicar do que o próprio interessado?

— Sim, sim... Mas há uma coisa com que o senhor se enganou, e percebo, com lástima, que continua enganado.

— Verdade? Qual é essa coisa?

— Veja, pois... De resto, por que não se senta, Piotr Stepânovitch?

— Oh, como a senhora quiser, já que me cansei mesmo... Fico-lhe grato.

Num átimo, ele empurrou uma poltrona e colocou-a de modo que se achou entre Varvara Petrovna, de um lado, Praskóvia Ivânovna que estava sentada junto da mesa, de outro lado, e defronte ao senhor Lebiádkin do qual não desviava, nem por um minutinho, os olhos.

— O senhor se engana em chamar aquilo de "esquisitice"...

— Oh, se for só isso...

— Não, não, não, espere! — Varvara Petrovna interrompeu-o, obviamente se preparando para falar muito e com enlevo. Assim que se deu conta disso, Piotr Stepânovitch ficou todo ouvidos.

— Não, foi algo mais sublime do que uma esquisitice e, asseguro-lhe, algo que beirava mesmo uma santidade! Um homem orgulhoso e precocemente ofendido, levado àquela "jocosidade" que o senhor mencionou com tanto acerto — numa palavra, o príncipe Harry, a quem o comparou então, maravilhosamente, Stepan Trofímovitch e que se pareceria inteiramente com ele, se não fosse ainda mais parecido com Hamlet... a meu ver, pelo menos.

— *Et vous avez raison*[13] — replicou Stepan Trofímovitch, num tom imponente e cheio de emoção.

— Agradeço-lhe, Stepan Trofímovitch, agradeço-lhe sobremodo, notadamente pela confiança que sempre teve em Nicolas, na sublimidade de sua alma e sua vocação. Até mesmo fortalecia essa confiança em mim, quando me desanimava.

— *Chère... chère...* — Stepan Trofímovitch já ia dar um passo para a frente, mas se deteve ao intuir que seria perigoso interrompê-la.

— E se estivesse sempre ao lado de Nicolas (Varvara Petrovna estava quase cantando) um Horácio, tão sereno e grande em sua humildade (é outra bela expressão sua, Stepan Trofímovitch), então ele estaria a salvo (e há muito tempo, quem sabe!) daquele triste e "inopinado demo da ironia" que o atormentou pela vida afora. (Quanto ao "demo da ironia", é mais uma das suas expressões admiráveis, Stepan Trofímovitch). Mas Nicolas nunca teve nem Horácio nem Ofélia. Teve apenas uma mãe, mas o que é que poderia fazer uma mãe, sozinha e nessas circunstâncias? Sabe, Piotr Stepânovitch, eu chego a entender perfeitamente bem que tal criatura como Nicolas pôde mesmo frequentar aqueles sórdidos cafundós dos quais o senhor vinha contando. Agora imagino com tanta clareza aquela "jocosidade" da vida (uma expressão pasmosamente acertada do senhor!), aquela insaciável sede do contraste, aquele soturno pano de fundo da pintura toda, sobre o qual ele se destaca, de acordo com outra comparação sua, Piotr Stepânovitch, como um diamante! E eis que se depara ali com um

---

[13] E você tem razão (em francês).

ser magoado por todos: uma mulher aleijada e meio ensandecida, mas, ao mesmo tempo, dotada talvez de sentimentos nobríssimos!

— Hum... suponhamos que sim.

— E, depois disso, o senhor não compreende por que ele não a escarnece, como todo mundo? Oh, gente! O senhor não compreende por que a defende dos ofensores, por que a cerca de respeito, "como uma marquesa" (decerto esse Kiríllov entende as pessoas de modo extraordinariamente profundo, embora nem ele tenha entendido Nicolas!). Mas, se o senhor quiser, foi justamente aquele contraste que provocou a desgraça: se aquela infeliz se encontrasse em outra situação, não teria concebido, talvez, um sonho tão alucinado assim. Uma mulher, só uma mulher é que pode compreender isso, Piotr Stepânovitch, e como é lamentável que o senhor... quer dizer, não que o senhor não seja uma mulher em geral, mas apenas desta única vez, só para compreendê-lo!

— Ou seja, naquele sentido de "quanto pior tanto melhor"?... Compreendo, sim, compreendo, Varvara Petrovna. É como se fosse uma religião: quanto pior vive uma pessoa, ou então quanto mais embrutecido ou pobre é um povo inteiro, tanto mais ele se obstina em sonhar com sua recompensa no Paraíso, e se, além disso, cem mil sacerdotes se empenham ainda em atiçar esse seu sonho, especulando em cima dele, aí... Aí compreendo a senhora, Varvara Petrovna, pode deixar.

— Suponhamos que não seja bem assim, mas me diga: será que Nicolas, para apagar tal sonho naquele infeliz organismo (não entendi, aliás, por que Varvara Petrovna empregara, nesse caso, a palavra "organismo")...

será que devia escarnecê-la, ele também, e tratá-la como aqueles outros servidores? Será que o senhor descarta aquela sublime compaixão, aquela nobre vibração do organismo inteiro com a qual Nicolas respondeu, súbita e severamente, ao tal de Kiríllov: "Não a escarneço"? Foi uma resposta magnânima, santa!

— *Sublime*[14] — murmurou Stepan Trofímovitch.

— E preste atenção: ele não é tão rico quanto o senhor imagina. Rica sou eu, não é ele, e não usava, naquele tempo, quase nenhum dinheiro meu.

— Compreendo, Varvara Petrovna, compreendo tudo isso... — Piotr Stepânovitch já se mexia com certa impaciência.

— Oh, mas é minha índole! Reconheço-me em Nicolas. Reconheço aquela mocidade, aquela possibilidade de impulsos arrebatados, apavorantes... E se nos aproximarmos, algum dia, um do outro, Piotr Stepânovitch, o que desejo, por minha parte, com tanta sinceridade, ainda mais que já sou sua devedora, então o senhor chegará, talvez, a compreender...

— Oh, acredite que eu também o desejo, por minha parte — murmurou, em voz entrecortada, Piotr Stepânovitch.

— Então compreenderá o impulso que faz, naquele alumbramento da nobreza, escolhermos de repente uma pessoa até mesmo indigna de nós em todos os sentidos, uma pessoa que não nos entende profundamente e é capaz de nos torturar com o primeiro ensejo que tiver, e de repente transformarmos essa pessoa, apesar de tudo, num ideal, em nosso sonho, focando nela todas as nossas

---

[14] Sublime (em francês).

esperanças, idolatrando-a, amando-a toda a vida e nem por sombras sabendo por que razão, exatamente por ela ser, quem sabe, indigna de nosso amor... Oh, como sofri toda a minha vida, Piotr Stepânovitch!

Stepan Trofímovitch tentou captar meu olhar, com ares de sofrimento, porém lhe virei a tempo as costas.

— ...E ainda faz pouco, pouco tempo... oh, como sou culpada para com Nicolas!... O senhor não vai acreditar: eles me agrediram de todos os lados, eles todos, sim, todos — meus inimigos, aquela gentinha e meus amigos também... e os amigos foram, quem sabe, piores que os inimigos. Quando me enviaram a primeira desprezível carta anônima, Piotr Stepânovitch, não tive afinal (o senhor não vai acreditar nisso!) nem mais desprezo para reagir a toda aquela maldade... Nunca, mas nunca perdoarei tanta pusilanimidade a mim mesma!

— Já ouvi falarem, assim em geral, sobre as cartas anônimas daqui! — De chofre, Piotr Stepânovitch ficou animado. — E vou achá-las para a senhora, pode deixar.

— Mas nem pode imaginar as intrigas que começaram por aqui! Atingiram, inclusive, a nossa coitada da Praskóvia Ivânovna, mas por que motivo é que ela deveria sofrer? Pode ser que hoje eu mesma esteja culpada demais perante você, minha cara Praskóvia Ivânovna — acrescentou num magnânimo ímpeto de enternecimento, mas não sem uma pitada de ironia vitoriosa.

— Chega, minha queridinha — murmurou, a contragosto, Praskóvia Ivânovna. — Creio que temos de dar cabo disso tudo: falamos demais... — E tornou a olhar, tímida, para Lisa, mas os olhos desta se fixavam em Piotr Stepânovitch.

— E quanto àquela pobre, infeliz criatura, àquela louca que perdeu tudo, mas conservou apenas seu coração, tenho agora a intenção de adotá-la, eu mesma — exclamou de improviso Varvara Petrovna. — É um dever que pretendo cumprir religiosamente. A partir de hoje, vou mantê-la sob a minha proteção!

— E será mesmo uma coisa muito boa, em certo sentido! — Piotr Stepânovitch se animou por completo. — Desculpe por não ter terminado agorinha. Por falar exatamente em proteção... Veja se pode imaginar: quando Nikolai Vsêvolodovitch foi então embora (recomeço precisamente onde me interrompi, Varvara Petrovna), esse senhor, sim, esse mesmo senhor Lebiádkin se atribuiu, num piscar de olhos, o direito de administrar a pensão destinada à sua irmãzinha e não deixou nem sobras daquela pensão. Não sei ao certo quais foram as ordens de Nikolai Vsêvolodovitch na época, só que um ano mais tarde, ao saber, quando já morava no estrangeiro, do que tinha acontecido, ele teve de mudar suas ordens. Tampouco conheço os pormenores (ele próprio vai contá-los), mas sei apenas que tal pessoa interessante foi instalada num convento longínquo, e até mesmo com muito conforto, mas sob uma vigilância amistosa, entende? E o que acha que se atreve a fazer o senhor Lebiádkin? Empenha, primeiro, todos os esforços para saber onde escondem seu objeto de *obrok*,[15] quer dizer, sua irmãzinha, consegue, faz pouco tempo ainda, esse seu objetivo, retira-a do convento, alegando um direito seu em relação a ela, e acaba por trazê-la direto para cá. Uma vez aqui, não a alimenta, mas a espanca e tiraniza, e eis que recebe enfim, de algum jeito, uma quantia

[15] Tributo pago aos fazendeiros pelos camponeses russos, de modo geral, em produtos agrícolas.

considerável de Nikolai Vsêvolodovitch; então se pôe logo a patuscar e, longe de agradecer a Nikolai Vsêvolodovitch, chega a desafiá-lo com ousadia, a dirigir-lhe um bocado de exigências absurdas, a ameaçar que, se a pensão não lhe for entregue doravante em mãos próprias, vai processá-lo. Destarte, toma a doação voluntária de Nikolai Vsêvolodovitch por um tributo — a senhora pode imaginar isso? É verdade, senhor Lebiádkin, *tudo* o que acabei de dizer?

O capitão, que até agora estava calado e abaixava os olhos, deu dois passos rápidos para a frente e ficou todo rubro.

— O senhor me tratou de maneira cruel, Piotr Stepânovitch — atalhou.

— Como assim, "cruel", e por quê? Mas espere aí, que vamos discutir a crueldade ou a suavidade depois, e agora só lhe peço que responda à minha primeira pergunta: é verdade, *tudo* o que acabei de dizer, ou não é? Caso o senhor ache que não é verdade, pode fazer imediatamente a sua declaração.

— Eu... o senhor mesmo sabe, Piotr Stepânovitch... — gaguejou o capitão, interrompendo-se e calando-se em seguida. Cumpre-me notar que Piotr Stepânovitch estava sentado numa poltrona, de pernas cruzadas, e que o capitão se mantinha em sua frente de pé, com a postura mais respeitosa possível.

As hesitações do senhor Lebiádkin pareciam desagradar muito a Piotr Stepânovitch, cujo rosto se crispava com uma espécie de tique maldoso.

— Mas será que não quer realmente declarar alguma coisa? — Foi com um ar finório que encarou o capitão. — Nesse caso, faça o favor, que a gente está esperando.

— O senhor mesmo sabe, Piotr Stepânovitch, que não posso declarar nada.

— Não sei disso, não, e até ouço falar nisso pela primeira vez. Por que é que o senhor não pode declarar nada?

O capitão estava calado, de olhos fixos no chão.

— Permita-me ir embora, Piotr Stepânovitch — disse por fim, num tom resoluto.

— Não antes que o senhor responda, de alguma forma, à minha primeira pergunta: *tudo* o que eu disse é verdade?

— Verdade... — respondeu Lebiádkin, em voz surda, e olhou de relance para o torturador. Até mesmo o suor lhe molhava as têmporas.

— É *tudo* verdade?

— Tudo, sim.

— E será que o senhor não quer adicionar algo, fazer alguma observação? Se sentir que somos injustos, declare-o logo, proteste, exprima sua insatisfação em voz alta.

— Não quero adicionar nada, não.

— O senhor ameaçou, há pouco, Nikolai Vsêvolodovitch?

— Aquilo... aquilo foi, antes de tudo, o vinho, Piotr Stepânovitch. (De súbito, ele ergueu a cabeça). Piotr Stepânovitch! Se a honra familiar e a vergonha, que o coração não merece, ficarem clamando em praça pública, será que mesmo então a culpa é de quem for desonrado? — rugiu, esquecendo-se de repente outra vez.

— E agora está sóbrio, senhor Lebiádkin? — Piotr Stepânovitch cravou nele um olhar penetrante.

— Estou... sóbrio.

— E o que significam a honra familiar e a vergonha que o coração não merece?

— Não falei de ninguém, não quis dizer nada. Falei de mim mesmo... — O capitão imergiu de novo.

— Parece que se melindrou muito com minhas expressões relativas ao senhor e à sua conduta. É muito irritadiço, senhor Lebiádkin. Mas espere, que ainda nem comecei a falar sobre a sua conduta, tal como ela é. Só vou começar a falar sobre a sua conduta, *tal como ela é*. Bem pode ser que comece a falar, mas, de fato, não comecei ainda...

Lebiádkin estremeceu e olhou para Piotr Stepânovitch de modo asselvajado.

— Piotr Stepânovitch, só agora é que começo a despertar!

— Hum. E fui eu quem o despertou?

— Sim, Piotr Stepânovitch, foi o senhor quem me despertou, já que dormi, por quatro anos inteiros, sob um nimbo a pesar sobre mim. Será que posso enfim sair daqui, Piotr Stepânovitch?

— Agora pode, a menos que Varvara Petrovna em pessoa considere necessário...

Mas Varvara Petrovna não fez senão agitar as mãos.

O capitão fez uma mesura, deu dois passos em direção às portas, parou de repente, apertou a mão ao coração, querendo dizer algo, porém não disse nada e quase correu porta afora. Contudo, deparou-se às portas com Nikolai Vsêvolodovitch, o qual o deixou passar, e contraiu-se todo em sua frente, quedou-se subitamente imóvel, sem despregar os olhos dele, como se fosse um coelho diante de uma jiboia. Após uma pausa, Nikolai Vsêvolodovitch afastou-o de leve, com uma mão, e entrou na sala de estar.

VII

Estava alegre e tranquilo. Talvez uma coisa muito boa, que ainda ignorávamos, acabasse de lhe ocorrer, mas o fato é que algo parecia deixá-lo sobremaneira contente.

— Será que vai perdoar-me, Nicolas? — Varvara Petrovna não se conteve e se levantou, apressada, ao seu encontro.

Contudo, Nicolas deu uma risada sincera.

— Isso aí! — exclamou, bonachão e brincalhão. — Percebo que já sabem de tudo. E eu, quando saí daqui e peguei a carruagem, cismei ainda: "Deveria, pelo menos, ter contado uma anedota qualquer, já que não se vai embora como eu fui!" Mas assim que me lembrei de Piotr Stepânovitch, que estava aqui, fiquei despreocupado.

Ao passo que falava, corria os olhos ao seu redor.

— Piotr Stepânovitch nos contou uma antiquíssima história petersburguense sobre a vida de um homem esquisito — replicou Varvara Petrovna, toda animada —, de um homem volúvel e amalucado, mas sempre sublime em seus sentimentos, sempre nobre como um cavalheiro...

— Um cavalheiro? Será que se chegou mesmo a tanto? — Nicolas continuava rindo. — De resto, fico muito grato a Piotr Stepânovitch, desta vez pela sua ansiedade (então trocou uma olhada instantânea com ele). A senhora precisa saber, *maman*, que Piotr Stepânovitch é um pacificador universal: é seu papel, sua doença, seu cavalo de batalha, e eu o recomendo para a senhora especialmente desse ponto de vista. Estou adivinhando o que acabou de lhe relatar aí. Ele não conta, mas precisamente relata, que há uma repartição pública na cabeça dele. Note-se bem que, em sua qualidade de realista, não pode mentir e mais valoriza a verdade do que o sucesso... à exceção daqueles casos específicos, bem entendido, em que o sucesso vale mais do que a verdade. (Dizendo isso, ele não cessava de olhar para todos os lados). Desse modo, a senhora bem vê, *maman*, que não tem de me pedir perdão e que, se houver mesmo uma loucura por aí, ela vem, antes de tudo, da minha parte, ou seja, sou louco mesmo, afinal de contas. É mister que mantenha a minha reputação em alta, não é?...

Dito isso, abraçou ternamente a mãe.

— Em todo caso, agora esse assunto está relatado, esgotado, e, assim sendo, podemos deixar de discuti-lo — acrescentou, e uma nota ligeira, mas seca e firme, ressoou em sua voz. Varvara Petrovna apreendeu essa nota, porém sua exaltação não passou: até mesmo aumentou, pelo contrário.

— Só esperava por você daqui a um mês, não antes, Nicolas!

— É claro que lhe explicarei tudo, *maman*, mas agora...

E ele se dirigiu a Praskóvia Ivânovna.

Entretanto, ela mal virou a cabeça em sua direção, apesar de ter ficado, cerca de meia hora antes, estarrecida com a primeira aparição dele. Agora tinha outros problemas a resolver: naquele exato momento em que o capitão fora saindo da sala e se deparara às portas com Nikolai Vsêvolodovitch, Lisa se pusera de chofre a rir, de início em voz baixa, entrecortada, mas depois com um riso crescente, cada vez mais alto e nítido. Toda rubra, patenteava um contraste extraordinário com seu recente aspecto sombrio. Enquanto Nikolai Vsêvolodovitch conversava com Varvara Petrovna, acenara umas duas vezes para Mavríki Nikoláievitch, como se quisesse dizer-lhe algo baixinho; todavia, mal ele se inclinava a fim de escutá-la, rompia de novo a rir, deduzindo-se disso que caçoava justamente daquele pobre Mavríki Nikoláievitch. Fazia, aliás, esforços visíveis para se conter e levava amiúde seu lenço aos lábios. Com o ar mais inocente e simplório possível, Nikolai Vsêvolodovitch veio cumprimentá-la.

— Desculpe-me, por favor — respondeu ela, rapidamente. — O senhor... decerto o senhor já tinha visto Mavríki Nikoláievitch... Meu Deus, mas como é inadmissivelmente alto, Mavríki Nikoláievitch!

Outras risadas. Por mais alto que fosse Mavríki Nikoláievitch, sua altura não era nada inadmissível.

— O senhor chegou... há muito tempo? — murmurou ela, contendo-se outra vez e até mesmo se confundindo, mas de olhos brilhantes.

— Umas duas horas e tanto — respondeu Nicolas, mirando-a com atenção. Notarei que estava excepcionalmente reservado e cortês, mas, tirante essa cortesia, aparentava completa indiferença, se não apatia.

— E onde vai morar?

— Aqui.

Varvara Petrovna também atentava em Lisa, mas, de repente, ficou assombrada com uma ideia.

— Mas onde esteve, Nicolas, até agora, durante todas essas duas horas e tanto? — Ela se acercou do filho. — O trem chega às dez horas.

— Primeiro levei Piotr Stepânovitch à casa de Kiríllov. E, quanto a Piotr Stepânovitch, encontrei-o em Matvéievo (três estações antes), e chegamos aqui no mesmo vagão.

— Aguardava em Matvéievo desde o amanhecer — confirmou Piotr Stepânovitch. — Nossos vagões traseiros descarrilharam à noite, e a gente quase quebrou as pernas.

— Quebrou as pernas! — exclamou Lisa. — Mamãe, hein, mamãe, é que nós duas queríamos ir a Matvéievo, na semana passada... então teríamos quebrado as pernas também!

— Valha-me Deus! — Praskóvia Ivânovna fez o sinal da cruz.

— Mamãe, mamãe, querida mamãe, não se assuste se eu quebrar mesmo ambas as pernas: isso bem pode acontecer comigo, pois a senhora diz aí que fico cavalgando, todo santo dia, sem brida nem freios. E o senhor me conduzirá manca, hein, Mavríki Nikoláievitch? — Ela voltou a gargalhar. — Se acaso isso acontecer, não deixarei que ninguém me conduza, exceto o senhor: pode ter certeza. Pois bem, suponhamos que eu quebre apenas uma perna... Mas tenha a bondade de dizer que será uma felicidade para o senhor.

— Mas que felicidade seria essa, com uma perna só? — Mavríki Nikoláievitch ficou sério e franziu o sobrolho.

— Em compensação, o senhor me conduzirá, somente o senhor e ninguém mais!

— Mesmo nesse caso a senhorita me conduziria a mim, Lisaveta Nikoláievna — resmungou Mavríki Nikoláievitch, ainda mais sério.

— Meu Deus, mas ele quis dizer um trocadilho! — exclamou Lisa, quase horrorizada. — Não ouse nunca, Mavríki Nikoláievitch, enveredar por esse caminho! Mas até que ponto o senhor é egoísta! Estou convencida, para sua honra, de que agora está difamando a si mesmo: pelo contrário, vai assegurar nesse caso, da manhã até a noite, que sou mais interessante com uma perna só! Apenas uma coisa é irreparável: o senhor é desmedidamente alto, e eu ficarei, quando sem perna, pequenininha. Então como é que vamos andar de braços dados? Não seremos mais um casal!

E ela deu uma risada mórbida. Suas pilhérias e alusões eram chatas, mas nem lhe apetecia, pelo visto, fazê-las valer.

— Está histérica! — disse-me, cochichando, Piotr Stepânovitch. — Tomara que tragam logo um copo d'água.

Acertou em cheio: ao cabo de um minuto todos se azafamaram, alguém trouxe água. Lisa abraçava sua mamãe, beijava-a com ardor, chorava no ombro dela e, logo em seguida, inclinava-se outra vez para trás e, fitando-a cara a cara, tornava a gargalhar. A mamãe acabou, por sua parte, choramingando. Varvara Petrovna se apressou então a levá-las ambas para seu quarto, passando pela mesma porta da qual saíra, havia pouco, Dária Pávlovna. Contudo, elas não se ausentaram por muito tempo: retornaram, no máximo, uns quatro minutos depois...

Procuro agora rememorar cada detalhe dos últimos instantes daquela manhã memorável. Lembro como, quando ficamos sem damas (à única exceção de Dária Pávlovna que não arredara o pé dali), Nikolai Vsêvolodovitch se aproximou sucessivamente de nós todos e cumprimentou cada um de nós, salvo Chátov que permanecia sentado em seu canto e se curvava ainda mais do que antes. Stepan Trofímovitch já se dispunha a travar uma conversa espirituosíssima com Nikolai Vsêvolodovitch, mas ele se apressou a achegar-se a Dária Pávlovna. Foi interceptado pelo caminho, quase à força, por Piotr Stepânovitch, que o arrastou até a janela e começou a cochichar-lhe algo muito rápido, tratando-se obviamente, a julgar pela expressão de seu rosto e pelos gestos a acompanharem o cochicho, de um assunto bem importante. Quanto a Nikolai Vsêvolodovitch, escutava-o todo indolente e distraído, com aquele seu sorrisinho oficial, manifestando, por fim, bastante impaciência e até mesmo vontade de ir embora. Afastou-se da janela no exato momento em que voltaram as nossas damas e Varvara Petrovna deixou Lisa sentada no lugar anterior, asseverando que precisavam ambas descansar sem falta, ao menos por uns dez minutos, e que, com os nervos frágeis da moça, o ar fresco não lhe seria agora tão salutar assim. Esmerava-se em tomar conta de Lisa e sentou-se, ela mesma, ao seu lado. Piotr Stepânovitch, que acabava de se liberar, acorreu imediatamente às damas, encetando uma conversa rápida e lépida. Foi justamente então que Nikolai Vsêvolodovitch se aproximou enfim, com seu andar compassado, de Dária Pávlovna. Ao vê-lo chegar, Dacha ficou agitada e toda rubra; depois, visivelmente confusa, soergueu-se em seu assento.

— Parece que posso felicitar a senhorita... ou ainda não posso? — disse ele, com um esgar incomum.

Dacha lhe respondeu algo, mas sua resposta foi quase inaudível.

— Perdoe a minha indiscrição — Nikolai Vsêvolodovitch elevou a voz —, mas a senhorita sabe que fui especialmente avisado. A senhorita sabe disso?

— Sei, sim, que o senhor foi especialmente avisado.

— Espero, porém, que nada tenha atrapalhado com minhas felicitações... — Ele deu uma risada. — E, se Stepan Trofímovitch...

— Que felicitações são essas, quais são? — De súbito, veio correndo Piotr Stepânovitch. — Por que deveria felicitá-la, Dária Pávlovna? Ah-ah! Seria por aquilo mesmo? Seu rubor comprova que adivinhei. De fato, por que é que nos caberia felicitar essas nossas donzelas lindas e virtuosas, e que felicitações mais as fariam corar? Aceite, pois, minhas felicitações também, se é que adivinhei mesmo, e pague a aposta! Lembra como apostou, lá na Suíça, que nunca se casaria?... Ah, sim, por falar da Suíça: o que é que tenho, hein? Imagine só: vinha para cá meio por causa disso e quase me esqueci de tudo! Diz-me — virou-se depressa para Stepan Trofímovitch —: quando é que tu mesmo vais para a Suíça?

— Eu... para a Suíça? — Stepan Trofímovitch ficou surpreso e confuso.

— Como assim, será que não vais? Mas tu também te casas... escreveste para mim...

— Pierre! — exclamou Stepan Trofímovitch.

— Pierre o quê? Vê aí: se for de teu agrado, eu vinha aqui voando para te declarar que não tinha nada contra, já que querias, de qualquer jeito, receber minha opinião o mais depressa possível! E se (as miçangas se derramavam de novo) for preciso "salvar-te", como escreveste logo a seguir, implorando, nessa mesma carta, então estou também às tuas ordens. É verdade que ele se casa, Varvara Petrovna? — Voltou-se rapidamente para ela. — Espero que não seja indiscreto, mas ele mesmo escreve que toda a cidade já sabe disso e todos o parabenizam, tanto assim que, para se esquivar, ele só sai à noite. Essa carta está no meu bolso. Mas acredite ou não, Varvara Petrovna, não entendo nada desse homem! Diz-me uma só coisa, Stepan Trofímovitch: temos de te parabenizar ou de te "salvar"? A senhora nem vai acreditar: as frases mais jubilosas avizinham, na carta dele, as mais desesperadas. Em primeiro lugar, pede que eu lhe perdoe... mas tudo bem, admitamos que isso venha do seu caráter... Aliás, não posso deixar de dizer: imagine que esse homem me viu apenas duas vezes na vida, e foi sem querer, e eis que agora, contraindo o terceiro matrimônio, pressupõe de repente que descumpra com isso alguns deveres paternos, relacionados comigo, e fica implorando, a mil verstas de mim, que não me zangue com ele e aprove esse matrimônio! Não te ofendas, por favor, Stepan Trofímovitch, que é um traço dos nossos tempos: tenho uma visão ampla e não te condeno, e isso te honra, digamos assim, *et cætera* e tal, mas o principal é, de novo, que não entendo o principal. Falas aí de alguns "pecados cometidos na Suíça". Caso-me, digamos, com os pecados ou pelos pecados de outrem, ou sei lá mais o quê... numa palavra, há "pecados" no meio. "A moça, ele me diz, é uma pérola e um diamante", e ele, bem entendido, "não é digno" (esse é seu estilo), mas é por causa de alguns pecados ou algumas circunstâncias aí que "se vê obrigado a contrair matrimônio e partir para a Suíça", portanto "larga tudo e vem voando para me salvar". Alguém entende alguma coisa depois disso? Aliás... aliás, percebo pelas expressões faciais (virava-se, com a carta nas mãos, e fitava os rostos com um sorriso ingênuo) que, como de praxe, fiz uma gafe, pelo que me parece... devido à minha sinceridade estúpida ou, no dizer de Nikolai Vsêvolodovitch, à minha ansiedade.

É que pensava que só os nossos estavam aqui, isto é, os teus, Stepan Trofímovitch, sim, os teus, enquanto eu cá sou, no fundo, estranho e vejo... e vejo que todos sabem de alguma coisa, enquanto eu cá, precisamente eu, não sei dessa coisa aí.

Continuava olhando para todos os lados.

— Stepan Trofímovitch escreveu mesmo ao senhor que se casaria "com os pecados de outrem cometidos na Suíça" e pediu que "viesse voando para salvá-lo", nesses exatos termos? — De chofre, Varvara Petrovna se acercou dele, toda amarela, de cara entortada e lábios trêmulos.

— Quer dizer, está vendo, que, se não entendi alguma coisa... — como que assustado, Piotr Stepânovitch se pôs a falar mais depressa ainda —, a culpa é, bem entendido, dele, já que escreveu desse modo. Aqui está a carta. Sabe, Varvara Petrovna, são cartas intermináveis e inesgotáveis, e, nesses últimos dois ou três meses, vinham simplesmente montes de cartas, e confesso afinal que não as li todas até o fim. Perdoa-me, Stepan Trofímovitch, esta minha confissão estúpida, mas concorda, por favor, que, muito embora te dirigisses a mim, escrevias principalmente para a posteridade, de sorte que tanto faz para ti... Não te ofendas, pois, não te ofendas: digas o que disseres, somos parentes! Mas essa carta, Varvara Petrovna, li essa carta até o fim, sim. Esses "pecados", esses "pecados de outrem" devem ser alguns dos nossos próprios pecadinhos, e aposto que são bem inofensivos, porém foi por causa deles que nos surgiu a ideia de criarmos toda uma história com aquele matiz de nobreza, e foi justamente por aquele matiz de nobreza que criamos a história toda. Aí, se a senhora quiser, algo está mancando em matéria de contabilidade, e temos enfim de reconhecer isso! Gostamos demais, se a senhora quiser, de jogar baralhinho... aliás, não se fale disso, não se fale mesmo, peço desculpas, que sou tão prolixo, mas juro por Deus, Varvara Petrovna, que ele me assustou a ponto de me preparar realmente para "salvá-lo" em parte. Também estou, feitas as contas, envergonhado. Será que venho botar uma faca na garganta dele, será? Sou um credor implacável, é isso? Ele escreve aí sobre o dote... Aliás, será que te casas mesmo, Stepan Trofímovitch? Pois isso também é possível, pois nós falamos, falamos até dizer chega, mas é, sobretudo, para exercitar o estilo... Ah, Varvara Petrovna, é que tenho toda a certeza de que a senhora me condena agora e, notadamente, por causa deste estilo meu...

— Pelo contrário, pelo contrário, percebo que o senhor perdeu a paciência e teve, sem dúvida, certos motivos para perdê-la — replicou Varvara Petrovna, irritada.

Fora com um maligno prazer que escutara todas as "sinceras" erupções verbais de Piotr Stepânovitch, o qual desempenhava obviamente algum papel (eu não sabia então que papel era aquele, mas o papel se mostrava óbvio e até mesmo se desempenhava de maneira tosca).

— Pelo contrário — prosseguiu ela —, fico-lhe muito grata por ter começado a falar: não saberia de nada sem o senhor. Abro os olhos pela primeira vez em vinte anos. Acaba de dizer, Nikolai Vsêvolodovitch, que você também foi especialmente avisado. Não foi porventura Stepan Trofímovitch quem lhe escreveu também algo parecido?

— Recebi dele uma carta inocentíssima e... e... muito nobre...

— Tem dificuldade em escolher palavras? Chega! Espero, Stepan Trofímovitch, que o senhor me faça um favor extraordinário! — Dirigiu-se, de supetão, a ele, e seus olhos fulgiram. — Tenha a bondade de nos deixar agora mesmo e de não mais cruzar, de agora em diante, a soleira de minha casa.

Peço ao leitor que se lembre da sua recente "exaltação", ainda não superada. É verdade que Stepan Trofímovitch tinha culpa no cartório! Mas o que me deixou então decididamente atônito foi aquela admirável dignidade com a qual ele suportara tanto as "invectivas" de Petrucha, que nem tentara interromper, quanto a "maldição" de Varvara Petrovna. Onde arranjara tamanha firmeza? Foi só uma coisa que eu soube: ele se sentia indubitável e profundamente ofendido com o primeiro encontro com Petrucha, que se dera agorinha, e, antes de tudo, com seus recentes abraços. Era uma desgraça profunda e, dessa vez, *verdadeira*, pelo menos em sua visão e para seu coração. Afligia-se também, naquele momento, por outro motivo, atormentado pela sua própria mordaz consciência de ter cometido uma vileza: ele reconheceria isso mais tarde, com toda a sinceridade, em minha presença. Pois uma desgraça *verdadeira* e indubitável é capaz, vez por outra, de revestir de firmeza e solidez, ao menos por um tempinho, até mesmo um homem de leviandade fenomenal, e, além disso, já houve casos em que até mesmo os imbecis ganhavam inteligência (também por um tempinho, bem entendido) sob o influxo de uma desgraça verdadeira e autêntica: assim é a propriedade dessa desgraça. E, assim sendo, o que é que poderia ter ocorrido a um homem igual a Stepan Trofímovitch? Toda uma reviravolta, mas, por certo, também momentânea.

Stepan Trofímovitch saudou, pois, Varvara Petrovna com uma mesura cheia de dignidade, mas não disse uma só palavra (de resto, nada mais lhe restava fazer). Já queria sair assim, calado, porém não se conteve e se achegou a Dária Pávlovna. Ela devia ter pressentido aquilo, porquanto se pôs a falar, ela mesma, de imediato, toda assustada e como que ansiosa por se antecipar a ele:

— Por favor, Stepan Trofímovitch, pelo amor de Deus, não diga nada — começou a falar impetuosa e rapidamente, estendendo-lhe logo a mão com uma expressão mórbida. — Tenha a certeza de que respeito o senhor como antes... e que lhe dou valor como antes, e... também pense bem de mim, Stepan Trofímovitch, e vou prezar isso muito, mas muito mesmo...

Stepan Trofímovitch respondeu com uma mesura profundíssima.

— A vontade é sua, Dária Pávlovna: já sabe que todo esse negócio depende tão só da sua vontade! Dependeu, depende e dependerá, agora e sempre — concluiu, num tom imponente, Varvara Petrovna.

— Ah-ah, mas agora eu também entendo tudo! — Piotr Stepânovitch bateu em sua testa. — Mas... mas em que situação é que estou depois disso? Por favor, Dária Pávlovna, desculpe-me!... O que é que fizeste de mim com isso, hein? — dirigiu-se ao pai.

— Até que poderias, Pierre, falar comigo de outra maneira, não é verdade, meu amigo? — questionou Stepan Trofímovitch, cuja voz mal se ouvia.

— Não grites, faz favor! — Pierre agitou as mãos. — Acredita que são apenas teus nervos velhos e doentes, e que não adianta para nada gritares. É melhor que me digas, já que podias imaginar em que eu falaria desde o primeiro passo: por que é que deixaste de me avisar?

Stepan Trofímovitch fixou um olhar penetrante nele:

— Pierre, tu que sabes tanto do que se passa aqui, será que não sabias mesmo coisa nenhuma sobre esse negócio todo, será que não ouviste nem falar dele?

— O quê-ê-ê? Mas que gente é essa? Como se não bastasse sermos crianças velhas, somos, ainda por cima, crianças maldosas? A senhora ouviu, Varvara Petrovna, o que ele estava dizendo?

O barulho redobrou, mas então ocorreu, de repente, uma aventura tal que ninguém teria sequer esperado por ela.

VIII

Antes de tudo, direi que nos últimos dois ou três minutos Lisaveta Nikoláievna estava dominada por um novo impulso: cochichava algo, bem rápido, para sua mamãe e para Mavríki Nikoláievitch que se inclinava sobre ela. O semblante da moça expressava inquietude e, ao mesmo tempo, resolução. Afinal ela se levantou, apressando-se aparentemente a ir embora e apressando sua mamãe, que Mavríki Nikoláievitch já começara a levantar da poltrona. No entanto, o destino dessa família não era o de ir embora sem presenciar o desfecho da cena.

Esquecido por todos em seu canto (perto de Lisaveta Nikoláievna), parecendo ignorar por que estava sentado lá e não se retirava, Chátov se levantou subitamente da sua cadeira e foi através de toda a sala, a passos lentos, mas firmes, em direção a Nikolai Vsêvolodovitch.

Olhava bem para seu rosto. Ao reparar, ainda de longe, em sua aproximação, Nikolai Vsêvolodovitch esboçou um sorriso, porém, quando Chátov por pouco não se encostou nele, deixou de sorrir.

Quando Chátov, silencioso, parou em sua frente, de olhos cravados nele, todos se deram, num átimo, conta disso e ficaram calados, tendo Piotr Stepânovitch sido o último a calar-se; Lisa e sua mamãe detiveram-se no meio da sala. Assim se passaram uns cinco segundos; a expressão de perplexidade e desafio se converteu em ira no rosto de Nikolai Vsêvolodovitch, ele franziu o sobrolho, e de repente...

E de repente Chátov ergueu sua mão comprida e pesada e, com toda a força, bateu na face dele. Nikolai Vsêvolodovitch cambaleou, prestes a cair.

Aliás, foi um golpe bem especial: Chátov não o desferiu com a palma da mão, como se costuma dar bofetadas (sendo-me permitida tal expressão), mas com o punho todo, com aquele seu punho grande, rijo, ossudo, coberto de pelos ruivos e de sardas. Se lhe tivesse atingido o nariz, decerto o teria partido. Bateu, todavia, na face dele, acertando o canto esquerdo do lábio e o maxilar superior, os quais começaram logo a sangrar.

Ouviu-se, ao que parece, um grito instantâneo: não lembro mais se foi Varvara Petrovna quem o soltou, já que ficou tudo, logo a seguir, como que entorpecido. De resto, a cena toda durou, quando muito, uns dez segundos.

Ainda assim, muitas e muitas coisas aconteceram nesses dez segundos.

Lembrarei outra vez o leitor de Nikolai Vsêvolodovitch ser um daqueles homens que desconhecem o medo. Expunha-se, com total sangue-frio, ao tiro de seu adversário em duelo e depois o mirava e abatia com uma tranquilidade animalesca. E se alguém chegasse a esbofeteá-lo, nem sequer o desafiaria para duelo, mas, pelo que me parece, mataria o ofensor no mesmo lugar e no mesmo instante, sendo realmente uma daquelas pessoas que matam em sã consciência e nem por sombras fora de si. Parece-me, inclusive, que jamais tinha conhecido aqueles rasgos de fúria que nos tiram, como se nos cegassem, qualquer capacidade de raciocinar. Apesar da raiva sem limites que se apossava dele por vezes, conseguia sempre controlar plenamente seus ímpetos, ou seja, compreendia que, se matasse alguém senão em duelo, seria condenado, por certo, a trabalhos forçados, mas, não obstante, mataria o ofensor e nem um pouco hesitaria em matá-lo.

Estudei bastante Nikolai Vsêvolodovitch, nesses últimos tempos, e sei, agora que escrevo isto, de muitos fatos que lhe dizem respeito, esclarecidos graças a certas circunstâncias particulares. Compará-lo-ia talvez com alguns senhores de outrora, dos quais nossa sociedade guarda ainda umas reminiscências lendárias. Contava-se, por exemplo, sobre o dezembrista[16] L-n que passara a vida inteira a procurar adrede pelo perigo, deliciando-se em senti-lo e acabando por transformá-lo numa necessidade de sua natureza: quando jovem, duelava por nada e depois, mandado para a Sibéria, caçava o urso com uma faca na mão e gostava de encontrar, em

[16] Um dos fidalgos que participaram da chamada rebelião dezembrista, ocorrida em 1825, cujas metas consistiam em modernizar a Rússia arcaica e despótica.

meio às matas siberianas, os presidiários em fuga que, diga-se de passagem, são piores do que qualquer urso. Não há dúvida de que aqueles senhores lendários eram capazes de experimentar a sensação de medo, e quem sabe se esta não era muito intensa neles, senão teriam vivido bem mais sossegados, sem transformarem tal sensação de perigo numa necessidade de sua natureza. Mas o que mesmo os seduzia era, bem entendido, o desafio de vencerem seu próprio medo. O deleite contínuo da vitória e a consciência de não haver quem os derrotasse — eis o que lhes virava a cabeça. Aquele L-n ficara durante algum tempo, antes ainda de ser desterrado, aturando a fome e penando demais para ganhar seu pão de cada dia pela única razão de não querer, de jeito nenhum, obedecer às exigências de seu pai rico, que considerava injustas. Destarte, compreendia a luta em vários sentidos: não apenas caçando ursos ou duelando é que valorizava a firmeza e a força de seu caráter.

Passaram-se, entretanto, muitos anos desde aquela época, e a natureza das pessoas hodiernas, nervosa, exaurida e bipartida como ela é, não admite mais aquela necessidade de sensações imediatas e íntegras que tanto procuravam outrora, tão buliçosos em suas atividades, alguns senhores dos velhos e bons tempos. Nikolai Vsêvolodovitch viria talvez a tratar L-n de cima para baixo, até mesmo o chamaria de covarde que sempre banca o valentão, de frangote, mas não se pronunciaria, seja dita a verdade, em voz alta. Também mataria seu adversário num duelo, iria caçar um urso, se fosse necessário fazê-lo, ou enfrentaria um salteador no meio da mata, com êxito e denodo iguais aos de L-n, mas sem a menor sensação de prazer, unicamente em razão de certa necessidade desagradável e de maneira indolente e preguiçosa, senão com tédio. É claro que no quesito de maldade deixaria para trás não só L-n como também Lêrmontov.[17] A maldade de Nikolai Vsêvolodovitch era, quem sabe, maior do que a deles dois, porém era uma maldade fria, calma e, se for possível que me exprima assim, *racional*, isto é, a mais execrável e a mais terrível que pudesse existir. Volto a repetir: então o considerava e agora o considero ainda (depois de tudo acabado) um daqueles homens que, levando um tapa na cara ou sofrendo uma afronta equivalente, matariam o ofensor de imediato, no mesmo lugar e sem o desafiarem para duelo.

Todavia, foi algo diferente e bizarro que ocorreu naquele momento.

Mal ele se endireitou depois de se balançar tão vergonhosamente para um lado, quase se dobrando ao meio por causa do bofetão que levara, e antes de se esvair, pelo que parecia, aquele asqueroso, como se fosse molhado, som a repercutir pela sala, o de um soco no rosto, pegou logo Chátov, com ambas as mãos, pelos ombros, mas em seguida, quase no mesmo instante, retirou-lhe as mãos e cruzou-as atrás das costas. Olhava para Chátov, calado e branco como uma camisa. Mas, coisa estranha: seu olhar se apagava pouco a pouco. Ao cabo de dez segundos seus olhos já estavam frios e (tenho plena certeza de não mentir!) tranquilos. Apenas sua palidez era horrível. Não sei, bem entendido, o que se fazia dentro daquele homem, pois o via apenas por fora. Acredito que se

[17] Além de considerado o segundo maior poeta russo depois de Púchkin, Mikhail Lêrmontov ficou conhecido por sua índole explosiva e cáustica.

houvesse alguém capaz, por exemplo, de empunhar uma barra de ferro incandescente e de apertá-la com a mão, no intuito de medir a sua firmeza, e que depois, por uns dez segundos, ficasse superando uma dor insuportável e acabasse por vencê-la, esse alguém aturaria, a meu ver, algo semelhante ao que aturara agorinha, nesses dez segundos, Nikolai Vsêvolodovitch.

Chátov foi o primeiro a abaixar os olhos, parecendo ter sido forçado a abaixá-los. Depois se virou devagar e foi saindo da sala, porém seu andar não era mais o mesmo com que se aproximara havia pouco. Saía de mansinho, ao soerguer por trás, de certa forma especialmente desajeitada, os ombros, de cabeça baixa e como que discutindo alguma questão consigo mesmo. Parecia, aliás, sussurrar algo. Caminhou cautelosamente até a porta, sem ter esbarrado em nada nem derrubado coisa nenhuma, e, quanto à própria porta, abriu tão somente uma frestinha, de sorte que mal passou, quase de viés, por aquela abertura. Enquanto passava, o tufo de cabelos que se espetava em sua nuca dava sobremodo na vista.

Então, antes de todos os outros gritos, estourou um só berro apavorante. Vi Lisaveta Nikoláievna agarrar, primeiro, sua mamãe pelo ombro e Mavríki Nikoláievitch pelo braço, puxá-los a seguir umas duas ou três vezes com força, levando-os para fora da sala, e de repente gritar e, perdendo os sentidos, cair estatelada no chão. Parece-me até hoje que a ouço bater a nuca contra a alcatifa.

segunda parte

Capítulo primeiro. Uma noite.

I

Passaram-se oito dias. Agora que está tudo acabado e que eu escrevo esta minha crônica, já sabemos de que se trata, mas então não sabíamos ainda de nada, sendo, portanto, natural que várias coisas nos parecessem estranhas. Stepan Trofímovitch e eu, pelo menos, trancamo-nos logo de início e, assustados, passamos a observá-las de longe. Eu mesmo, aliás, saía vez por outra de casa e, como dantes, trazia-lhe diversas notícias sem as quais ele nem conseguia viver.

Não é preciso dizer que os rumores mais variados, relativos à bofetada, ao desmaio de Lisaveta Nikoláievna e aos demais acontecimentos daquele domingo, circulavam pela cidade. Mas o que nos deixava perplexos era a questão quem divulgara, tão rápida e minuciosamente, aquilo tudo. Pelo visto, nenhuma das pessoas ali presentes estaria interessada em romper o sigilo do acontecido nem tiraria proveito disso. A criadagem não estivera por perto; apenas Lebiádkin poderia espalhar algum boato, nem tanto por ódio, já que levara então um susto enorme (e o medo do inimigo chega a aniquilar o ódio por ele) quanto unicamente por incontinência verbal. Só que Lebiádkin, com sua irmãzinha, desapareceu sem deixar rastros logo no dia seguinte: não foi mais encontrado na casa de Filíppov, mudando-se não se sabia para onde, e como que se evaporou. Chátov, com quem eu queria informar-me sobre Maria Timoféievna, ficara trancado em seu apartamento e, pelo que parecia, passara todos esses oito dias sem sair de lá, interrompendo, inclusive, o que andava fazendo na cidade. Não me recebeu a mim. Fui visitá-lo na terça-feira e bati à sua porta. Não tive nenhuma resposta, mas, convencido por alguns sinais indubitáveis de que ele estava em casa, bati outra vez. Então ele saltou, aparentemente, da sua cama, aproximou-se, a passos largos, da porta e gritou com toda a força: "Chátov não está!". Fui embora de mãos abanando.

Por fim, não sem recearmos que nossa suposição fosse temerária demais, mas alentando reciprocamente um ao outro, ativemo-nos, Stepan Trofímovitch e eu, a uma ideia, concluindo que a responsabilidade por ter espalhado aqueles rumores podia caber tão somente a Piotr Stepânovitch, conquanto algum tempo depois, numa conversa com o pai, ele próprio viesse a garantir que teria flagrado a história toda passando de boca em boca, sobretudo no clube, e já familiar, nos menores detalhes, à governadora e ao seu esposo. Outra coisa notável: logo no dia seguinte, na segunda ao anoitecer, cruzei com Lipútin, e ele já sabia de tudo, até a última palavra, ou seja, tinha recorrido indubitavelmente às fontes primárias.

Muitas das nossas damas (e da mais alta estirpe) mostravam também curiosidade pela "mancazinha misteriosa", chamando assim Maria Timoféievna. Havia mesmo quem desejasse vê-la em pessoa e conhecê-la sem falta, de modo que, apressando-se a esconder os Lebiádkin, alguém fizera obviamente uma coisa bem oportuna. Ainda assim, era o desmaio de Lisaveta Nikoláievna que estava em primeiro plano, e "toda a sociedade" se interessava por ele, antes de tudo porque tal assunto era diretamente relacionado a Yúlia Mikháilovna em sua qualidade de parenta e protetora de Lisaveta Nikoláievna. Quanto é que se falava a respeito disso! E o mistério da situação contribuía para a falácia: ambas as casas estavam hermeticamente fechadas; Lisaveta Nikoláievna tinha, pelo que se contava, uma febre horrível; o mesmo se afirmava acerca de Nikolai Vsêvolodovitch, com pormenores abomináveis sobre aquele dente que lhe teria caído e sua bochecha que estaria inchada por causa de um abscesso. Até se dizia pelos cantos que haveria em nossas plagas, quem sabe, um assassínio, que Stavróguin não era de suportar uma ofensa dessas e acabaria matando Chátov, mas o faria à socapa, como se fosse uma vendeta córsica. Essa ideia era apreciada, porém a maioria dos nossos jovens mundanos escutava aquilo tudo com desprezo, aparentando, ou melhor, afetando a indiferença mais desdenhosa. Em geral, a antiga hostilidade de nossa gente por Nikolai Vsêvolodovitch tornou-se bem clara. Até mesmo certas pessoas sérias tendiam a acusá-lo, embora não soubessem de quê. Contavam em voz baixa que teria maculado a honra de Lisaveta Nikoláievna e que se dera, com eles dois, uma intriga na Suíça. Decerto quem era prudente abstinha-se de tais comentários, mas todos os escutavam, nada obstante, com água na boca. Havia também outras conversas, não generalizadas, mas particulares, raras e quase secretas, estranhas em demasia, a cuja existência me refiro apenas para avisar os leitores e, unicamente, tendo em vista as peripécias ulteriores de meu relato. Enfim, alguns diziam, carregando o cenho e sabe lá Deus com quais fundamentos, que Nikolai Vsêvolodovitch tinha uma tarefa especial a cumprir em nossa província, que estabelecera, por intermédio do conde K., umas relações de alto nível em Petersburgo, que talvez estivesse mesmo servindo e praticamente incumbido por alguém de alguma missão. E quando umas pessoas bem sérias e reservadas sorriam em resposta a esse boato, notando com sensatez que um homem que vive de escândalos e já começa, aqui conosco, por arrumar um abscesso na bochecha não se parece em nada com um funcionário público, retorquiam a sussurrar que ele não servia de modo oficial, mas, por assim dizer, confidencialmente e que, nesse caso, o próprio serviço exigia que o servidor se assemelhasse o menos possível com um funcionário público. Tal argumento surtia efeito, pois era notório, em nosso meio, que o *zemstvo*[1] de nossa província era observado, lá na capital, com certa atenção especial. Repito que esses boatos surgiram tão só de relance e sumiram sem vestígios, por algum tempo, com a primeira aparição de Nikolai Vsêvolodovitch. Notarei, todavia, que muitos deles se originavam em parte de umas palavras breves, mas acerbas, recentemente pronunciadas em nosso clube, de maneira confusa e entrecortada, pelo capitão reformado da guarda imperial Artêmi Pávlovitch Gagânov, que acabava de voltar de Petersburgo. Era um fazendeiro bastante grande de nosso distrito e de toda a

---

[1] Administração regional, eleita pelas classes favorecidas, que existiu na Rússia de 1864 a 1917.

nossa província, gentil-homem metropolitano e filho do finado Pável Pávlovitch Gagânov, daquele mesmo ancião respeitável com quem Nikolai Vsêvolodovitch tivera, quatro anos e tanto atrás, aquela colisão extraordinária, de tão brutal e inesperada, que já mencionei antes, bem no começo de minha narração.

Todos ficaram sabendo de imediato que Yúlia Mikháilovna fizera uma visita relâmpago à casa de Varvara Petrovna e que lhe fora declarado, à entrada daquela casa, "não poderem recebê-la por indisposição". Soube-se também que, uns dois dias após essa visita, Yúlia Mikháilovna mandara um mensageiro perguntar pela saúde de Varvara Petrovna. Pôs-se afinal a "defender" Varvara Petrovna por toda parte e, naturalmente, no sentido mais alto, isto é, da forma mais nebulosa possível. Quanto a todas as precipitadas alusões iniciais à história dominical, escutara-as com frieza e severidade tais que, nos dias seguintes, elas não ressurgiam mais em sua presença. E foi desse modo que se fortaleceu por toda parte a ideia de Yúlia Mikháilovna estar ciente não apenas de toda essa história misteriosa, mas também de todo o significado oculto dela, até os mínimos pormenores, e não como uma pessoa alheia ao caso, mas como uma participante. Notarei, a propósito, que ela já começava a adquirir, pouco a pouco, aquela suprema influência em nosso meio pela qual procurava tão indubitavelmente, pela qual ansiava tanto assim e pela qual se achava "circundada" nesses últimos tempos. Parte da nossa sociedade reconheceu a inteligência prática e o tato dela, mas... falarei disso mais tarde. Também se explicavam em parte com a proteção dela os avanços bastante rápidos de Piotr Stepânovitch em nossa sociedade, avanços esses que deixaram então Stepan Trofímovitch especialmente surpreso.

Talvez estivéssemos exagerando, nós dois. Em primeiro lugar, Piotr Stepânovitch conhecera quase instantaneamente a cidade toda e fizera isso logo nos primeiros quatro dias depois de chegar. Aparecera no domingo, e eis que o encontrei na terça-feira já passeando de carruagem com Artêmi Pávlovitch Gagânov, um homem altivo, irritadiço e vaidoso, apesar de todo o seu jeito mundano, com quem era bastante difícil conviver por causa de sua índole. Piotr Stepânovitch teve também uma ótima recepção na casa do governador, de sorte que assumiu lá de pronto a posição de um jovem próximo ou, digamos assim, favorecido, passando a almoçar quase diariamente com Yúlia Mikháilovna. Conhecera-a ainda na Suíça, porém nessa sua rápida ascensão na casa de Sua Excelência havia, de fato, algo surpreendente. Quer fosse verdade quer não, sua reputação de outrora era a de um revolucionário estrangeiro, tendo ele participado de algumas edições e conferências no exterior, "o que se pode provar mesmo pelos jornais", segundo se expressara maldosamente, ao encontrar-me em certa ocasião, Aliocha Teliátnikov, agora um servidorzinho reformado, ai dele, mas antes também um jovem que se via favorecido na casa de nosso antigo governador. Entretanto, o fato era evidente: o ex-revolucionário regressara à pátria amada não só sem a mínima inquietude, mas quase instado a regressar, ou seja, nada lhe ocorrera quiçá no passado. Lipútin me cochichou certa vez que, a julgar pelos rumores, Piotr Stepânovitch teria sido perdoado ao fazer penitência em algum lugar e citar alguns nomes para assim redimir, quem sabe, a sua culpa, além de prometer que seria igualmente útil à pátria dali em diante.

Transmiti essa frase peçonhenta a Stepan Trofímovitch, o qual, posto que não estivesse praticamente em condição de raciocinar, quedou-se todo pensativo. Depois se esclareceu que Piotr Stepânovitch viera à nossa cidade com umas cartas de recomendação assaz respeitáveis, trazendo para a governadora, pelo menos, a carta de uma petersburguesa velhinha e bem importante cujo marido era um dos mais importantes petersburgueses velhinhos. Essa velhinha (aliás, a madrinha de Yúlia Mikháilovna) mencionava em sua carta que o conde K. também conhecia bem Piotr Stepânovitch por intermédio de Nikolai Vsêvolodovitch, que o cumulara de favores e o considerava "um jovem digno, apesar de seus erros antigos". Valorizando extremamente suas relações com o "mundo superior", tão parcas e mantidas com tanto esforço, Yúlia Mikháilovna ficou, por certo, contente com a mensagem daquela velhinha importante, porém algo especial permanecia ainda obscuro. Até mesmo incitou seu esposo a tratar Piotr Stepânovitch de modo quase familiar, vindo o senhor Lembke a reclamar... mas falarei disso mais tarde também. E agora notarei, para não esquecer, que o grande escritor chegou, por sua vez, a tratar Piotr Stepânovitch com muita benevolência e logo o convidou para sua casa. Tamanha solicitude, por parte de um homem tão presunçoso assim, deixou Stepan Trofímovitch mais desgostoso do que qualquer outra coisa, mas eu mesmo lhe dei, no íntimo, uma explicação diferente: ao convidar um niilista[2] para sua casa, o senhor

---

[2] Dostoiévski se refere à vertente ideológica, bem popular na Rússia desde os meados do século XIX, cujos adeptos, em sua maioria jovens e "rebeldes sem causa", tendiam a negar cabalmente (o termo *nihil* significa *nada* em latim) os ideais e valores da sociedade burguesa.

Karmazínov se interessava sem dúvida pelas ligações deste com os jovens progressistas de ambas as capitais. O grande escritor tremia morbidamente perante essa novíssima juventude revolucionária e, imaginando, por desconhecimento de causa, que as chaves do porvir russo estavam nas mãos dela, bajulava-a de maneira servil, sobretudo porque tal juventude não lhe dava nem um pingo de atenção.

II

Piotr Stepânovitch deu, outrossim, uns dois pulinhos na casa de seu pai, mas ambos, para meu azar, em minha ausência. Visitou-o pela primeira vez na quarta-feira, isto é, apenas no quarto dia posterior àquele primeiro encontro, e foi uma visita de negócios. Seu ajuste de contas relativo ao sitiozinho havia terminado, por sinal, sem ninguém ouvir nem ver nada. Varvara Petrovna assumiu a responsabilidade toda e pagou tudo (ao adquirir, bem entendido, aquela terrinha ali) e, quanto a Stepan Trofímovitch, limitou-se a avisá-lo de estar tudo resolvido, ao passo que o procurador de Varvara Petrovna, seu mordomo Alexei Yegórovitch, solicitou-lhe a assinatura de algum papel, a qual foi fornecida por Stepan Trofímovitch em pleno silêncio e com uma dignidade extraordinária. Notarei, a propósito dessa sua dignidade, que eu quase não reconhecia o nosso velhinho de outrora naqueles dias. Ele se comportava como nunca antes, estava pasmosamente calado e nem sequer escrevera, desde aquele domingo, nenhuma carta a Varvara Petrovna, o que eu mesmo teria tomado por um milagre, mas, o principal, ficara tranquilo. Era óbvio que se prendera a uma ideia singular e definitiva, que o revestia agora de tranquilidade. Sentara-se lá, ao encontrar essa ideia, e ficara esperando. Aliás, de início adoecera, especialmente na segunda-feira: tivera diarreia. Tampouco conseguiu passar esse tempo todo sem receber notícias, porém, mal eu deixava os fatos de lado e abordava a essência da questão, participando-lhe algumas suposições minhas, começava logo a agitar as mãos em minha frente e assim me fazia parar. Contudo, ambos os encontros com o filhinho suscitaram-lhe uma impressão mórbida, ainda que não o tivessem abalado. Depois de ambos os encontros esteve deitado em seu sofá, enfaixando a cabeça com um lenço embebido de vinagre, mas, no sentido alto, permaneceu tranquilo.

De vez em quando, aliás, nem agitava as mãos em minha frente. Parecia-me, também de vez em quando, que perdia aquela resolução misteriosa que tinha assumido e passava a lutar com um novo e tentador afluxo de ideias. Isso acontecia por momentos, mas eu reparava nisso. Supunha que lhe apetecesse muito reaparecer, saindo do seu recolhimento, continuar a luta, travar a última batalha.

— *Cher*, mas eu os derrotaria! — deixou escapar na quinta-feira, ao anoitecer, quando estava prostrado após o segundo encontro com Piotr Stepânovitch, estendendo-se no sofá ao envolver a cabeça com uma toalha.

Ainda não me dissera, durante o dia inteiro, uma só palavra até aquele momento.

— *Fils, fils chéri*[3] e assim por diante: concordo que todas essas expressões são bobagens, um vocabulário de

[3] Filho, querido filho (em francês).

cozinheira, mas... deixemos para lá, que eu mesmo vejo isso agora. Não lhe dei de comer nem de beber, mandei aquele bebê de Berlim para a província de... pelos correios, e assim por diante... pois bem, concordo. "Tu, diz ele, não me deste de beber e me mandaste pelos correios e me roubaste, ainda por cima, aqui". Mas, seu miserável, grito eu para ele, é que meu coração tem doído por tua causa, durante toda a minha vida, embora te tenha mandado, sim, pelos correios! *Il rit.*[4] Pois bem: concordo, concordo, sim... que seja pelos correios — concluiu ele, como que delirante.

— *Passons*[5] — voltou a falar, cinco minutos depois. — Não compreendo Turguênev. Aquele Bazárov[6] dele é uma figura fictícia que não existe nem pode existir: foram eles mesmos que o rejeitaram então por não se parecer com nada. Aquele Bázarov é uma confusa mistura de Nozdriov[7] com Byron, *c'est le mot.*[8] Olhe para eles com atenção: estão dando cambalhotas e guinchando de alegria, iguais àqueles cãezinhos que brincam ao sol — estão felizes, são vitoriosos! Que Byron seria aquele?... E que dia a dia, o deles! Que irritável amor-próprio de cozinheira, que vil sedezinha de *faire du bruit autour de son nom,*[9] sem perceber que son nom... Oh, caricatura! Misericórdia, grito para ele, mas

---

[4] Ele ri (em francês).

[5] Deixemos (em francês).

[6] Protagonista do romance *Pais e filhos*, de Ivan Turguênev (1818-1883), a personificação literária do niilismo político e ideológico russo.

[7] Personagem da epopeia *Almas mortas*, de Nikolai Gógol, um fazendeiro estouvado e mal-educado.

[8] A palavra é essa (em francês).

[9] Fazer barulho ao redor do seu nome (em francês).

será que desejas oferecer-te, tal como tu és, às pessoas no lugar de Cristo? *Il rit. Il rit beaucoup, il rit trop.*[10] Tem um sorriso algo estranho. A mãe dele não tinha esse sorriso. *Il rit toujours.*[11]

Houve outra pausa.

— Eles são astutos; eles se entenderam no domingo... — disse ele subitamente.

— Oh, sem dúvida! — exclamei, de orelha em pé. — Aquilo tudo foi combinado e costurado com fios brancos,[12] mas encenado tão precariamente!

— Não falo naquilo. Você sabe que tudo foi costurado com fios brancos de propósito, para ser notado por... quem de direito? Entende isso?

— Não entendo, não.

— *Tant mieux.*[13] Passons. Estou muito irritado hoje.

— Mas por que é que discutiu com ele, Stepan Trofímovitch? — perguntei com reproche.

— *Je voulais convertir.*[14] Você pode rir, é claro. *Cette pauvre* titia, *elle entendra de belles choses!*[15] Oh, meu amigo, acredite ou não, mas agorinha me senti um patriota! De resto, sempre me identifiquei como um russo... sim, como um verdadeiro russo, e não poderia ser diferente, aqui conosco. *Il y a là-dedans quelque chose d'aveugle et de louche.*[16]

---

[10] Ele ri. Ele ri muito, ele ri demais (em francês).

[11] Ele ri sempre (em francês).

[12] A expressão russa "costurado com fios brancos" (*шито белыми нитками*) refere-se a algo que se pretende, mas não se consegue esconder.

[13] Tanto melhor (em francês).

[14] Queria convertê-lo (em francês).

[15] ... ela ouvirá umas boas (em francês).

[16] Há nisso algo cego e intrincado (em francês).

— Justamente — respondi.

— Meu amigo, a verdade verdadeira é sempre inverossímil, será que sabe disso? Para tornar uma verdade mais verossímil, é preciso sem falta misturá-la com um pouco de mentira. As pessoas sempre agiram dessa maneira. Talvez haja nisso algo que não compreendemos. Você acha que há mesmo algo incompreensível nisso, nesse guincho vitorioso deles? Eu gostaria que houvesse. Gostaria, sim.

Calei-me em resposta. Ele também se calou por muito tempo.

— Dizem, a mente francesa... — De improviso, pôs-se a balbuciar como quem estivesse com febre. — É uma mentira, sempre foi desse jeito. Para que denegrir a mente francesa? É apenas a preguiça russa, esta nossa humilhante incapacidade de produzir uma ideia qualquer, este nosso parasitismo abjeto no meio dos povos. *Ils sont tout simplement des paresseux,*[17] e nada de mente francesa! Oh, mas os russos deveriam ser exterminados, como nocivos parasitas, para o bem da humanidade! Nós cá não aspiramos a tanto, nada disso, e não entendo mais patavina. Deixei de entender! Será que entendes, grito para ele, será que entendes aí que, se vocês põem a guilhotina em primeiro plano e com tanto arroubo, é unicamente porque decepar as cabeças é a coisa mais fácil e ter uma ideia é a coisa mais difícil do mundo! *Vous êtes des paresseux! Votre drapeau est une guenille, une impuissance.*[18] Aquelas carroças... ou como

---

[17] Eles são simplesmente uns preguiçosos (em francês).

[18] Vocês são preguiçosos. Sua bandeira é um trapo, uma impotência (em francês).

se diz por aí... "o barulho das carroças que trazem pão à humanidade" é mais útil do que a Madona Sistina... ou como eles dizem... *une bêtise dans ce genre.*[19] Mas será que entendes, grito para ele, será que entendes mesmo que, além da felicidade, o homem está precisando, do mesmo modo e na mesmíssima proporção, de uma infelicidade? *Il rit.* Tu, diz para mim, estás soltando aí *tes bons mots,*[20] "mimando esses teus membros (a expressão dele foi mais nojenta ainda) nesse sofá de veludo...". E note bem este nosso hábito de nos tratarmos por "tu", como pai e filho: tudo bem, se estamos de acordo, e se estivermos brigando, hein?

Calamo-nos outra vez, por um minuto.

— *Cher* — atalhou ele, ao soerguer-se bruscamente —, será que você sabe que isso terá sem falta algum desfecho?

— Sem falta — confirmei.

— *Vous ne comprenez pas.*[21] Passons. Mas... de ordinário, não há desfecho nenhum neste mundo, só que aqui conosco haverá um desfecho, haverá sem falta!

Uma vez em pé, andou um pouco pelo quarto, agitadíssimo como estava, e, reaproximando-se do sofá, desabou sobre ele. Não tinha mais forças.

Na sexta-feira, de manhãzinha, Piotr Stepânovitch foi ao interior do distrito e permaneceu lá até a segunda. Quem me informou sobre a sua partida foi Lipútin, e logo, conversa vai, conversa vem, fiquei sabendo que os Lebiádkin, tanto o irmãozinho quanto a irmãzinha,

---

[19] Uma besteira desse gênero (em francês).
[20] Ditos humorísticos, facécias (em francês).
[21] Você não entende (em francês).

estavam algures do outro lado do rio, no arrabalde Gorchêtchnaia.[22] "Fui eu quem os levou através do rio" — acrescentou Lipútin e, parando de falar sobre os Lebiádkin, comunicou-me de chofre que Lisaveta Nikoláievna estava para se casar com Mavríki Nikoláievitch e que, mesmo sem ser anunciado, houvera um noivado e ponto-final. No dia seguinte, vi Lisaveta Nikoláievna passear a cavalo, acompanhada por Mavríki Nikoláievitch, pela primeira vez depois da sua doença. Ela me lançou, ainda de longe, um olhar fúlgido, deu uma risada e fez uma mesura bem amigável. Contei disso tudo para Stepan Trofímovitch, mas ele só prestou um pouco de atenção à notícia concernente aos Lebiádkin.

E agora, ao descrever nossa situação misteriosa ao longo desses oito dias, enquanto não sabíamos ainda de nada, vou proceder à descrição dos eventos ulteriores de minha crônica e, por assim dizer, já com pleno conhecimento de causa, conforme aquilo tudo ficaria esclarecido e explicado mais tarde. Começarei precisamente pelo oitavo dia a partir daquele domingo, isto é, pela noitinha da segunda-feira, porque foi então, no fundo, que se iniciou uma "história nova".

III

Eram sete horas da noite. Sozinho, Nikolai Vsêvolodovitch estava sentado em seu gabinete que era, desde antes, seu cômodo predileto, de teto alto, todo atapetado e guarnecido de móveis um tanto pesados, à moda

---

[22] [Arrabalde] dos Oleiros (em russo).

antiga. Sentado num canto, sobre o sofá, estava vestido como quem fosse sair de casa, mas, aparentemente, não se dispunha a ir a lugar algum. Em cima da mesa, defronte a ele, havia um candeeiro munido de abajur. As partes laterais e os cantos do grande cômodo permaneciam escurecidos. O olhar dele parecia meditativo e concentrado, não totalmente calmo; seu rosto cansado emagrecera um pouco. Ele estava realmente com um abscesso, porém aquele boato sobre o dente que lhe teria caído era exagerado. Tal dente oscilara de leve, mas depois voltara a ficar estável; o lábio superior também se rachara por dentro, mas sarara por sua vez. Quanto ao abscesso, só persistia, havia uma semana inteira, porque o doente não quisera recorrer ao médico para operar o inchaço na hora certa, preferindo aguardar até o abscesso se abrir naturalmente. Não apenas o médico, mas nem sequer sua mãe era autorizada a visitá-lo, a não ser por um minutinho, uma vez ao dia e, sem falta, ao anoitecer, quando já estava escuro e antes que as lâmpadas fossem acesas. Tampouco ele recebia Piotr Stepânovitch, o qual, no entanto, não deixava de vir correndo à casa de Varvara Petrovna, duas ou três vezes por dia, enquanto permanecia na cidade. E eis que Piotr Stepânovitch retornou afinal, na manhã da segunda-feira, após três dias de ausência, percorreu a cidade toda, almoçou na casa de Yúlia Mikháilovna e veio, ao cair da noite, visitar Varvara Petrovna, que esperava por ele com impaciência. O embargo tinha sido suspenso, e Nikolai Vsêvolodovitch recebia visitas. Foi Varvara Petrovna em pessoa quem conduziu o visitante até as portas do gabinete: desejava, havia muito tempo, que os dois se encontrassem, e Piotr Stepânovitch já prometera que a veria ao falar com Nicolas e lhe contaria sobre a sua conversa. Bateu timidamente à porta de Nikolai Vsêvolodovitch e, sem receber nenhuma resposta, ousou soabri-la por uns dois *verchoks*.

— Será que posso, Nicolas, deixar Piotr Stepânovitch entrar? — perguntou com cautela, em voz baixa, tentando enxergar Nikolai Vsêvolodovitch sentado detrás do candeeiro.

— Pode, sim, é claro que pode! — exclamou alegremente o próprio Piotr Stepânovitch, empurrando a porta com a mão e entrando no gabinete.

Nikolai Vsêvolodovitch não ouvira baterem à sua porta, mas tão somente sua mãezinha se dirigir timidamente a ele. De resto, não teve tempo para responder à pergunta dela: uma carta, que acabara de ler e que o deixara muito pensativo, estava naquele momento em sua frente. Estremeceu ao ouvir a exclamação repentina de Piotr Stepânovitch e apressou-se a cobrir a carta com um pesa-papéis que estava ao alcance de sua mão, porém não conseguiu escondê-la, ficando à mostra um dos seus cantos e quase todo o envelope.

— Foi de propósito que gritei com toda a força, para você se preparar — cochichou apressadamente, com espantosa ingenuidade, Piotr Stepânovitch. Acorrendo à mesa, passou logo a fitar o pesa-papéis e o canto daquela carta.

— E já me viu, com certeza, esconder de você, embaixo desse pesa-papéis, uma carta que acabava de receber — disse tranquilamente Nikolai Vsêvolodovitch, imóvel em seu lugar.

— Uma carta? Acuda-lhe Deus com essa sua carta: para mim, tanto faz! — exclamou o visitante. — Mas...

o principal... — tornou a cochichar, virando-se para a porta, que já estava fechada, e apontando-a com a cabeça.

— Ela não espiona nunca — notou, com frieza, Nikolai Vsêvolodovitch.

— Nem que espione! — replicou logo, elevando jovialmente a voz e acomodando-se numa poltrona, Piotr Stepânovitch. — Não tenho nada contra isso... vim apenas para lhe falar em particular... Até que enfim consigo vê-lo! Antes de qualquer coisa, como está a saúde? Percebo que está ótima, e pode ser que amanhã você apareça, hein?

— Pode ser.

— Desembarace a todos, finalmente, desembarace a mim! — Piotr Stepânovitch rompeu a gesticular, com um ar gentil e jocoso. — Se você soubesse o que tive de contar para eles! Aliás, você sabe... — Deu uma risada.

— Não sei de tudo. Ouvi apenas minha mãe dizer que você... se remexia muito.

— Ou seja, nada de definido! — Subitamente, Piotr Stepânovitch se agitou como quem se defendesse contra um ataque terrível. — Tive de me referir à esposa de Chátov, quer dizer, àqueles rumores sobre o namoro de vocês em Paris, o que decerto poderia explicar o que ocorreu no domingo, sabe?... Não está zangado?

— Estou seguro de que você se empenhou bastante.

— Pois eu só tinha medo disso. Aliás, o que significa "se empenhou bastante"? É uma censura, não é? De resto, você fala às claras, e eu temia sobretudo, quando vinha para cá, que não quisesse falar às claras.

— Nem quero mesmo falar às claras — respondeu Nikolai Vsêvolodovitch, com certa irritação, mas sorriu logo em seguida.

— Não falo nisso, não falo: não se engane, que não falo nisso de fato! — Piotr Stepânovitch agitou as mãos, derramando as palavras como ervilhas e animando-se de pronto com a irritabilidade do anfitrião. — Não vou irritá-lo com este *nosso* negócio, especialmente em sua situação atual. Vim correndo falar apenas do que tinha ocorrido no domingo, e falar apenas na medida mais necessária possível, que não podia deixar de falar disso. Vim com as explicações mais sinceras, das quais preciso, principalmente, eu mesmo, e não você: isso diz respeito ao seu amor-próprio e, ao mesmo tempo, não deixa de ser verdade. Vim para ficar, daqui em diante, sempre sincero.

— Quer dizer que antes não era sincero?

— E você mesmo sabe disso. Trapaceei várias vezes... você está sorrindo, e fico muito feliz com esse sorriso que é um pretexto para nos explicarmos. Foi de propósito que provoquei esse seu sorriso com a palavra jactanciosa "trapaceei", para que você se zangasse também, no mesmo instante. Como me atreveria sequer a pensar que seria capaz de trapacear? Só disse isso para desembuchar logo. Está vendo como sou sincero agora, está vendo? Pois bem: gostaria de me escutar?

O semblante de Nikolai Vsêvolodovitch, desdenhosamente tranquilo e até mesmo irônico apesar de toda a vontade do visitante, bem óbvia, de irritar o anfitrião com a insolência de suas falas ingênuas, preparadas de antemão e propositalmente grosseiras, expressou afinal uma curiosidade um tanto ansiosa.

— Escute, pois! — Piotr Stepânovitch se agitou mais ainda. — Vindo para cá (ou seja, para cá de modo geral, para esta cidade) há dez dias, resolvi evidentemente assumir um papel. O melhor seria não assumir nenhum papel, mostrando minha própria cara, não seria? Nada é mais enganoso do que a cara da gente, pois ninguém acredita mesmo. Confesso que queria assumir o papel de bobinho, pois é mais fácil bancar o bobinho do que mostrar a cara da gente, porém, como um bobinho é, de qualquer jeito, um exagero e um exagero atiça a curiosidade, acabei escolhendo a minha própria cara em definitivo. Pois bem: como é minha própria cara? Um meio-termo de ouro: nem bobo nem inteligente, assaz medíocre e como que caído das nuvens, segundo dizem as pessoas sensatas daqui, não é mesmo?

— Talvez seja, quem sabe... — Nikolai Vsêvolodovitch esboçou um sorriso.

— Ah, você está de acordo? Fico muito feliz, pois já sabia que eram suas próprias ideias... Não se preocupe aí, não se preocupe, que não estou zangado e nem por sombra me defini dessa maneira para conseguir em troca suas lisonjas: "Não, diria você, não é medíocre; não, diria, é inteligente...". Ah, está sorrindo de novo?... Caí outra vez no mesmo anzol. Você não diria: "é inteligente", mas tudo bem, que seja... concordo com tudo. Passons, como diz meu paizinho, e, seja dito entre parênteses, não se zangue com minha prolixidade. Aliás, eis um exemplo: sempre falo muito, ou seja, emprego muitas palavras, e me apresso e nunca me saio bem. Mas por que será que emprego muitas palavras e nunca me saio bem? Porque não sei falar. Quem sabe falar bem fala pouco. Eis aqui, por consequência, a minha mediocridade que transparece, não é mesmo? Mas, como este dom de mediocridade já me é natural, por que é que não me valeria dele artificialmente? Valho-me dele, pois. É verdade que, vindo para cá, decidi a princípio ficar calado, porém ficar calado é um grande talento e não me cabe, por conseguinte, fechar a boca, e, por outro lado, é perigoso, além do mais, ficar calado. Então resolvi em definitivo que o melhor seria a gente falar, mas falar, notadamente, de forma medíocre, ou seja, muito, muito e muito, provando algo às pressas e sempre se enredando, por fim, nos seus próprios argumentos, tanto assim que o ouvinte se afastaria da gente sem ter ouvido o final da ladainha, dando de ombros como quem desistisse ou, melhor ainda, cuspindo. Assim conseguiríamos, em primeiro lugar, convencê-lo de sermos simplórios, aborrecê-lo demais e ficarmos incompreendidos: todas as três vantagens de uma vez! Misericórdia, mas quem é que suspeitaria a gente, depois disso, de alguns intentos misteriosos? Mas qualquer um deles ficaria pessoalmente sentido se alguém me atribuísse esses intentos misteriosos. E faço-os rir em acréscimo, vez por outra, e isso já é valioso. Pois agora eles me perdoarão qualquer coisa, unicamente porque um sábio, que editava panfletos por lá, mostra-se por aqui mais tolo do que eles próprios, não é mesmo? Percebo, pelo seu sorriso, que você me aprova.

Nikolai Vsêvolodovitch nem pensava, aliás, em sorrir, mas, pelo contrário, escutava-o de rosto sombrio e com certa impaciência.

— Hein? Como? Parece que você disse "tanto faz"? — tagarelava Piotr Stepânovitch (Nikolai Vsêvolodovitch não dissera meia palavra). — É claro, é claro: asseguro-lhe que nem me passou pela cabeça comprometê-lo com minha camaradagem. E você está muito explosivo hoje, sabia? Vim correndo vê-lo, com alma aberta e alegre, mas você recebe cada palavrinha minha com quatro pedras na mão. Asseguro-lhe, pois, que não falarei hoje de nada melindroso, dou-lhe minha palavra e aceito de antemão todas as suas condições.

Nikolai Vsêvolodovitch teimava em calar-se.

— Hein? Como? Disse alguma coisa? Percebo, sim, percebo que me engabelei outra vez, pelo que parece... Você não me ofereceu condição alguma, nem vai oferecer: acredito nisso, acredito, veja se fica calmo! Eu mesmo sei que não vale a pena oferecer quaisquer condições para mim, vale? Respondo por você antecipadamente e, com certeza, devido à minha mediocridade. Mediocridade e mediocridade... Está rindo? Hein? Como?

— Nada... — Nikolai Vsêvolodovitch passou enfim a sorrir. — Lembrei agorinha que realmente o tinha chamado, um dia, de medíocre, só que você não estava presente e alguém lhe contou... Pediria que falasse logo de nosso assunto.

— Mas estou falando precisamente do nosso assunto, quer dizer, precisamente do que ocorreu no domingo! — balbuciava Piotr Stepânovitch. — O que eu fui, a seu ver, no domingo, o quê? Exatamente uma mediocridade precipitada e mediana que dominou, da maneira mais medíocre possível, aquela conversa à força. Só que me perdoaram tudo, porque, em primeiro lugar, tinha caído das nuvens (parece que todos agora pensam assim por aqui) e, em segundo lugar, porque contei uma historinha agradável e tirei todos do embaraço, não é mesmo, não é?

— Contou, quer dizer, de modo a deixá-los na dúvida, como se houvesse uma conspiração e uma adulteração de fatos da nossa parte, enquanto não havia conspiração alguma e eu mesmo não lhe tinha pedido nada.

— É isso aí, é isso! — confirmou Piotr Stepânovitch, como que extático. — Agi precisamente desse modo, para você se aperceber da manobra toda, e foi por sua causa, sobretudo, que me rebolei tanto, já que tentava apanhá-lo e queria comprometê-lo. E, o principal, queria saber até que ponto você tinha medo.

— É interessante saber por que você está tão sincero agora!

— Não se zangue, não se zangue, não brilhe aí com os olhos... De resto, seus olhos não estão brilhando. Acha interessante saber por que estou sincero? Mas justamente porque está tudo mudado agora, porque está tudo acabado e sepultado na areia. Passei de repente a pensar em você de outra maneira. O caminho antigo está abandonado para sempre: de agora em diante, nunca mais vou comprometê-lo de modo antigo, mas tão só de modo novo.

— Mudou de tática?

— Não há nenhuma tática. Agora depende tudo da sua própria vontade, ou seja, dirá "sim", se quiser, e se não quiser, dirá "não". Esta é minha nova tática. E, quanto ao *nosso* negócio, não vou mais nem aludir a ele até você mesmo me ordenar o contrário. Está rindo? Pois faça bom proveito, que eu também rio. Mas agora vou falar sério, sério, sério, embora quem se apressar tanto assim seja certamente medíocre, não é mesmo? Tanto faz, que seja medíocre, só que vou falar sério, sim, sério.

E, realmente, ele disse aquilo com seriedade, num tom muito diferente e tomado de certa emoção peculiar, de sorte que Nikolai Vsêvolodovitch chegou a mirá-lo com curiosidade.

— Está dizendo que pensa em mim de outra maneira? — indagou-lhe.

— Passei a pensar em você de outra maneira naquele momento em que você... depois de Chátov... pôs as mãos para trás... e chega, mas chega, por favor, sem mais perguntas, que não lhe direi mais nada agora.

Ele se levantou num pulo, agitando as mãos como se estivesse afastando essas perguntas, mas, como não se perguntava mais nada nem lhe cumpria ir embora, acabou por se sentar novamente naquela poltrona, um pouco menos ansioso.

— Diga-se entre parênteses — voltou logo a taramelar —: há quem diga que você vai matá-lo e fique apostando, tanto assim que Lembke até pensou em acionar a polícia, mas Yúlia Mikháilovna o proibiu... Chega, pois, chega de falar nisso; só falei para avisá-lo. E outra coisa também: levei os Lebiádkin para o outro lado do rio no mesmo dia, você sabe. Recebeu meu bilhete com o endereço deles?

— Recebi no mesmo dia.

— E não o enviei por "mediocridade", mas, francamente, por mera prestatividade. Se foi algo medíocre, foi feito de coração.

— Tudo bem, talvez haja de ser assim... — disse Nikolai Vsêvolodovitch, pensativo. — Mas não me escreva outros bilhetes, por favor.

— Foi um só, que não pude prescindir dele.

— Pois Lipútin está sabendo?

— Não pude prescindir... Mas Lipútin não teria coragem, você mesmo sabe. Deveríamos, a propósito, ir ver os nossos, quer dizer, não que sejam os *nossos*, mas aqueles ali, senão você virá de novo com quatro pedras na mão. E não se preocupe: não iríamos lá agora, mas assim, algum dia. Agora está chovendo. Vou avisá-los, eles se reunirão, então iremos nós também, à noitinha. Eles estão esperando de bocas abertas, como as gralhazinhas em seu ninho: que presente será que lhes trouxemos? Um povo fogoso! Tiraram aqueles livretos, estão para discutir. Virguínski é um homem universal, Lipútin é um fourierista com muita inclinação para casos de polícia, um sujeito, digo-lhe eu, precioso num só sentido, mas exigindo tratamento severo em todos os outros, e, finalmente, aquele de orelhas compridas que vai divulgar seu próprio sistema. E, sabe, estão todos sentidos porque faço pouco caso deles e jogo água gelada em suas ideias, he-he! Mas temos de ir lá sem falta.

— Você me apresentou por lá como algum chefão? — perguntou, tão negligente quanto poderia ser, Nikolai Vsêvolodovitch. Piotr Stepânovitch olhou de relance para ele.

— A propósito — replicou, fingindo não ter ouvido a pergunta e como que apressado a mudar de assunto —, já vinha, duas e três vezes por dia, visitar a respeitabilíssima Varvara Petrovna e também me via obrigado a falar muito.

— Imagino.

— Não imagine nada, não: eu dizia apenas que você não ia matar e outras coisinhas melosas também. Mas imagine que, logo no dia seguinte, ela já sabia que eu tinha levado Maria Timoféievna para aquele lado do rio. Foi você quem lhe disse a ela?

— Nem pensei nisso.

— Sabia que não era você. Mas então quem pôde contar para ela, além de você? É interessante!

— É claro que foi Lipútin.

— Não foi Lipútin, n-n-não — murmurou Piotr Stepânovitch, de cara amarrada. — Eu sei quem foi.

Parece que foi Chátov... Aliás, é uma bobagem, deixemos para lá! De resto, é importantíssimo... A propósito, esperei, o tempo todo, pela pergunta principal, que sua mãezinha me faria assim, de repente... Ah, sim, ela estava de início, nesses dias todos, muito carrancuda, mas eis que venho hoje e vejo que está radiante. O que seria?

— É que lhe dei hoje a minha palavra de honra de que pediria, daqui a cinco dias, Lisaveta Nikoláievna em casamento — atalhou Nikolai Vsêvolodovitch, com uma sinceridade inesperada.

— Ah, foi? Sim, é claro... — balbuciou Piotr Stepânovitch, como que constrangido. — Correm ali rumores sobre o noivado, sabe? Contudo, você está certo. E tem razão: basta chamar uma vez só, e ela virá correndo, ainda que fuja da própria igreja. Não está zangado porque falo assim?

— Não estou, não.

— Percebo que é muito difícil deixá-lo zangado hoje e começo a ter medo de você. Estou tão curioso em saber como vai aparecer amanhã. Decerto já aprontou um bocado de peças a pregar. Não está zangado porque falo assim?

Nikolai Vsêvolodovitch não respondeu nada, deixando Piotr Stepânovitch completamente irritado.

— A propósito, será que falou sério com sua mãezinha sobre Lisaveta Nikoláievna? — questionou ele.

Nikolai Vsêvolodovitch fixou nele um olhar frio e atento.

— Ah, sim, compreendo: falou apenas para acalmá-la... pois bem.

— E se falasse sério? — perguntou, com firmeza, Nikolai Vsêvolodovitch.

— Então que Deus o abençoe, como se diz nesses casos: não vai atrapalhar o negócio (não disse "o nosso negócio", que você não gosta da palavrinha "*nosso*", viu?), e eu... e eu cá estou às suas ordens, conforme você já sabe.

— Será que pensa assim?

— Não penso nada, mas nada — azafamou-se, rindo, Piotr Stepânovitch —, porque sei que você mesmo já refletiu de antemão em seus negócios e que já ficou tudo decidido. Só lhe digo que estou seriamente às suas ordens, sempre, em qualquer lugar e em todo caso, isto é, seja qual for o caso, entende?

Nikolai Vsêvolodovitch bocejou.

— Eu o aborreci! — De chofre, Piotr Stepânovitch se levantou depressa, pegando seu chapéu redondo, novinho em folha, e como que indo embora, ao passo que permanecia ainda lá e continuava a falar sem trégua, em pé como estava. Ora se punha a andar pelo gabinete, ora acentuava os trechos animados da conversa a bater com esse chapéu em seu joelho.

— Queria ainda diverti-lo com os Lembke — exclamou com alegria.

— Não, deixe isso para depois. Aliás, como está a saúde de Yúlia Mikháilovna?

— Mas que maneiras mundanas é que vocês todos têm! Tanto se importa com a saúde dela quanto com a da gata parda, mas, ainda assim, pergunta como está. Aprecio isso. Ela está bem e respeita você até a superstição e espera, também até a superstição, que faça muita coisa por aí. Quanto ao ocorrido no domingo, anda calada e tem certeza de que, tão logo você mesmo aparecer, vencerá tudo. Juro por Deus: ela o acha capaz de fazer Deus sabe o quê! De resto, você é um personagem misterioso e romanesco, agora mais do que nunca, e essa posição é vantajosa demais. Todos esperam por você como por algo incrível. Quando saí da casa dela, a coisa estava quente, mas agora está queimando. Agradeço-lhe, a propósito, mais uma vez aquela carta. Eles todos têm medo do conde K. E parece que tomam você por um espião, sabe? Eu faço coro com eles: não está zangado?

— Não, tudo bem.

— Não é nada, mas será necessário mais tarde. Eles têm seu próprio jeitinho aqui. E eu, naturalmente, aprovo: Yúlia Mikháilovna à frente de todos, Gagânov também... Está rindo? Mas é minha tática: ando mentindo, contando lorotas e, de repente, insiro uma palavra sábia, exatamente quando eles todos procuram por uma palavra dessas. Eles me rodeiam então, e eu volto a contar lorotas. Todo mundo já desistiu de mim: "é dotado, dizem, só que caiu das nuvens". Lembke me oferece um emprego público, para que eu crie juízo. Pois faço pouco caso dele, quer dizer, não faço caso nenhum, e ele só arregala os olhos assim, sabe? Yúlia Mikháilovna me aprova. Ah, sim, a propósito: Gagânov se zanga muito com você. Ontem me falou de você, lá em Dúkhovo, horrivelmente. Pois eu lhe disse logo toda a verdade, quer dizer, a verdade, mas não toda, bem entendido. Fiquei com ele, lá em Dúkhovo, o dia inteiro. Excelente fazenda, boa casa.

— Será que ele continua, até agora, em Dúkhovo? — De súbito, Nikolai Vsêvolodovitch teve um sobressalto, movendo-se rápido para a frente e quase pulando fora do sofá.

— Não, ele me trouxe de lá agorinha, pela manhã: voltamos juntos — disse Piotr Stepânovitch, como se tivesse despercebido o ímpeto momentâneo de Nikolai Vsêvolodovitch. — O que é isso? Deixei cair um livro... — inclinou-se para apanhar um *keepsake*[23] em que havia roçado. — "Mulheres de Balzac", com ilustrações... — abriu, de improviso, o volume. — Não li. E Lembke também escreve romances.

— Ah, é? — perguntou Nikolai Vsêvolodovitch, como que interessado.

— Escreve em russo e às esconsas, bem entendido. Yúlia Mikháilovna sabe disso e deixa que escreva. É um borra-botas, mas bem estiloso: aqueles ali estão todos nos trinques. Quanto rigor formal, quanta reserva! A gente também precisaria de algo desse tipo.

— Você elogia a administração?

— E como não? A única coisa natural e consumada que existe na Rússia... Não vou mais, não vou — agitou-se de supetão —: não falo naquilo, nem uma palavra sobre o que for melindroso. Aliás, adeus: você está meio esverdeado.

— Estou com febre.

— Dá para acreditar. Deite-se, pois. A propósito: há *skoptsy*[24] em nosso distrito, um povinho interessante... De resto, que isso fique para depois. Mas, de resto, eis uma anedotazinha a mais. Há um regimento de infantaria aquartelado em nosso distrito. Na sexta-feira à noite bebi com os oficiais em B-tsy. Temos, aliás, três companheiros por lá, *vous comprenez*?[25] Falamos sobre

---

[23] Nome dos livros de luxo, editados, geralmente na primeira metade do século XIX, com belas gravuras e capas suntuosas (em inglês).

[24] Eunucos (em russo): membros da seita religiosa que praticava a castração humana para combater o pecado original.

[25] Você entende? (em francês).

o ateísmo e acabamos, bem entendido, por descompor Deus. Eles ficaram tão felizes que até guincharam. A propósito, Chátov assegura que quem começar um motim na Rússia deve começá-lo sem falta pelo lado do ateísmo. Talvez seja verdade. Estava lá sentado um capitão de cabeça branca, um *bourbon*[26] daqueles: estava, pois, lá sentado, calado, sem dizer meia palavra, e de repente se postou no meio da sala e disse tão alto assim, sabe, como se falasse consigo mesmo: "Se Deus não existe, que espécie de capitão é que sou depois disso?" Pegou seu casquete, agitou os braços e saiu.

— Exprimiu uma ideia bastante íntegra... — Nikolai Vsêvolodovitch bocejou pela terceira vez.

— Sim? Eu mesmo não entendi: queria perguntar a você. Pois bem, o que mais lhe contaria? Eis uma fábrica interessante, a dos Chpigúlin: quinhentos operários, como você sabe, um foco de cólera-morbo, quinze anos sem limpar e todo mundo calotado — são empresários milionários. Pois lhe garanto que alguns daqueles operários têm noção até da *Internationale*.[27] Está sorrindo, não está? Pois você mesmo percebe: é só me conceder um prazo pequeno, o menor que puder! Já lhe pediu esse prazo e agora peço de novo, então... Aliás, desculpe-me, não vou mais, não vou... não falo naquilo e não feche aí a cara! Adeus, pois. O que tenho, hein? — retornou, embora já saísse do gabinete. — É que me esqueci

---

[26] Corruptela do nome próprio francês que significava aproximadamente "caxias" em russo.

[27] Trata-se da Associação Internacional dos Trabalhadores, a primeira organização operária de proporções transnacionais que atuou em Londres de 1864 a 1876.

completamente do mais importante: acabaram de me dizer que nossa caixa havia chegado de Petersburgo.

— Como assim? — Nikolai Vsêvolodovitch olhou para ele sem entender.

— Quer dizer, sua caixa com seus pertences, com aquelas casacas, calças e roupas de baixo. É verdade que ela chegou?

— Sim, já me disseram agorinha algo assim.

— Ah, mas será que não podemos agora mesmo?...

— Pergunte a Alexei.

— Amanhã, pois bem, amanhã! É que ficam lá também, junto com suas coisas, meu paletó, minha casaca e três calças, aquelas que Scharmer fez por sua indicação, lembra?

— Ouvi comentarem que você se porta aí como um gentil-homem — sorriu Nikolai Vsêvolodovitch. — É verdade que quer aprender a cavalgar com o mestre de equitação?

Piotr Stepânovitch também sorriu, mas seu sorriso foi meio torto.

— Sabe — rompeu a falar extremamente rápido, com uma voz trêmula e amiúde interrompida —, sabe, Nikolai Vsêvolodovitch, vamos deixar o lado pessoal para lá, de uma vez por todas, não é mesmo? É claro que você pode desprezar-me o quanto quiser, se está com tanta vontade de rir, mas, ainda assim, é melhor deixarmos o lado pessoal de lado, por algum tempo, certo?

— Certo: não vou mais — disse Nikolai Vsêvolodovitch.

Sorridente, Piotr Stepânovitch bateu com o chapéu em seu joelho, trocou de perna em que se fincava e assumiu seus ares de antes.

— Alguns me tomam, por aqui, até mesmo pelo seu rival junto a Lisaveta Nikoláievna... Então como não cuidaria da minha aparência? — soltou uma risada. — Mas quem é que me delata para você? Hum. São oito horas em ponto: vou indo, pois; prometi ver Varvara Petrovna, mas darei para trás, e você se deita agora e amanhã ficará mais animado. Está chovendo e já escureceu lá fora; tenho, aliás, um carro de aluguel, que não é seguro andar por essas ruas à noite... Ah, diga-se de passagem: aqui na cidade, e por perto também, anda agora um tal de Fedka[28] Grilheta, foragido da Sibéria. Imagine só: é um antigo servo da gente, que meu paizinho alistou, uns quinze anos atrás, no exército e cobrou um dinheirinho por isso. Uma figura muito notável.

— Você... falou com ele? — Nikolai Vsêvolodovitch ergueu rapidamente os olhos.

— Falei. Ele não se esconde de mim. Um sujeito pronto para qualquer coisa, qualquer mesmo: por dinheiro, bem entendido, mas tem ainda umas convicções lá — bem esquisitas, é claro. Ah, sim, diga-se outra vez de passagem: se é que falou sério, agora há pouco, sobre aquele plano que diz respeito a Lisaveta Nikoláievna (lembra?), repito-lhe mais uma vez que eu também sou um sujeito pronto para qualquer coisa, de qualquer gênero, para tudo o que você desejar, e fico inteiramente à sua disposição... Está pegando sua bengala, mas o que é isso? Ah, não, não está pegando... Imagine só: achei que estivesse procurando pela sua bengala!

Nikolai Vsêvolodovitch não procurava nem dizia coisa nenhuma, porém se soerguera realmente, de certo modo repentino e com um espasmo facial algo estranho.

---

[28] Forma diminutiva e pejorativa do nome russo Fiódor.

— E se acaso precisar de alguma coisa com relação ao senhor Gagânov também — prosseguiu Piotr Stepânovitch de improviso, inclinando a cabeça, sem mais nem menos, em direção ao mata-borrão —, é claro que poderei arranjar tudo e tenho certeza de que você não vai prescindir de mim.

Saiu logo a seguir, sem esperar pela resposta, mas assomou novamente por trás da porta.

— Falo assim — articulou em voz alta, com ansiedade — porque Chátov, por exemplo, tampouco tinha o direito de arriscar sua vida então, no domingo, quando se achegou a você, não é mesmo? Eu gostaria que você reparasse nisso.

Desapareceu em seguida, sem esperar pela resposta.

IV

Talvez estivesse pensando, quando desaparecia, que Nikolai Vsêvolodovitch se poria, uma vez sozinho, a esmurrar a parede e certamente ficaria feliz em espiá-lo, se fosse possível, mas nesse caso se enganaria muito: Nikolai Vsêvolodovitch permaneceu calmo. Quedou-se, por uns dois minutos, plantado junto da mesa, com a mesma postura, aparentemente absorto em seus pensamentos, porém, logo em seguida, um sorriso indolente e frio repontou, como que forçado, em seus lábios. Sentou-se devagar no sofá, tomando seu lugar anterior no canto deste, e fechou os olhos como quem estivesse cansado. O cantinho da carta lobrigava-se, como antes, embaixo do pesa-papéis, mas ele nem se moveu para escondê-lo.

Pouco depois caiu no sono. Extenuada com as contrariedades dos últimos dias, Varvara Petrovna não aguentou e, após a partida de Piotr Stepânovitch que prometera falar com ela, mas descumprira sua promessa, aventurou-se a ir ver Nicolas sem o avisar de sua visita. Imaginava, o tempo todo, que o filho lhe diria enfim algo definitivo. Bateu à sua porta baixinho, como havia pouco, e tornou a abri-la sem ter recebido resposta. Vendo Nicolas sentado ali, todo hirto, achegou-se cautelosamente, de coração a palpitar, ao sofá. Ficou um tanto surpresa ao perceber que adormecera tão rápido e podia dormir daquela maneira, sentado de costas retas e tão inerte assim, a ponto de quase não se notar o alento dele. Pálido e severo, seu rosto estava absolutamente imóvel, como que solidificado; franzidas, as sobrancelhas se aproximavam um pouco uma da outra: decididamente, ele se parecia com uma inânime figura de cera. A mãe passou uns três minutos de pé ao seu lado, mal conseguindo respirar, e de repente se sentiu dominada por medo; então foi saindo nas pontas dos pés, deteve-se às portas, benzeu depressa o filho e retirou-se despercebida, com uma nova sensação penosa e uma nova angústia.

Ele dormiu por muito tempo, mais de uma hora, naquele mesmo torpor, sem que um único músculo se movesse em seu rosto nem seu corpo inteiro fizesse sequer o mínimo movimento, enquanto suas sobrancelhas se aproximavam ainda, severamente franzidas, uma da outra. Se Varvara Petrovna tivesse passado outros três minutos ao seu lado, decerto não teria suportado a opressiva sensação daquela inércia letárgica e acabaria por acordá-lo. De súbito, ele mesmo abriu os olhos e ficou sentado, imóvel como antes, por uns dez minutos a mais, como se mirasse, teimosa e curiosamente, algum objeto que o teria surpreendido, lá no canto do cômodo, embora não houvesse lá nada de novo nem de especial.

Ouviu-se, por fim, o som baixo e grosso de um grande relógio de parede que badalou uma só vez. Com certa inquietude, ele virou a cabeça para ver o mostrador, mas eis que se abriu, quase no mesmo instante, a porta dos fundos, que dava para um corredor, e apareceu o mordomo Alexei Yegórovitch. Segurava, com uma mão, um casaco quente, um cachecol e um chapéu, e, com a outra, um bilhete que estava num pratinho de prata.

— Nove e meia — anunciou em voz baixa e, colocando as roupas que trouxera num canto, sobre uma cadeira, entregou-lhe o bilhete, um pedacinho de papel, que não estava lacrado, com duas linhas escritas a lápis. Ao ler de relance essas linhas, Nikolai Vsêvolodovitch também pegou um lápis, que estava em cima da mesa, rabiscou duas palavras no fim do bilhete e colocou-o de volta naquele pratinho.

— Repasse logo que eu sair e dê-me as roupas — disse, levantando-se do sofá.

Ao notar que trajava um leve paletó de veludo, pensou um pouco e mandou trazer uma sobrecasaca de *suknó*[29] que envergava à noite, por ocasião de visitas mais formais. Terminando afinal de vestir-se e pondo o chapéu, trancou a porta pela qual havia entrado Varvara Petrovna e, tirando a carta escondida embaixo do pesa-papéis, saiu calado e acompanhado por Alexei Yegórovitch. Ao passarem pelo corredor, ambos desceram uma estreita escada de alvenaria, a dos fundos, até o *sêni*[30] que dava diretamente para o jardim. Estavam,

---

[29] Tecido de lã (raramente de algodão) cuja textura se assemelha à do feltro (em russo).

[30] Antessala de uma habitação, geralmente pequena e pouco iluminada (em russo).

num canto daquele *sêni*, uma lanterna preparada e um grande guarda-chuva.

— Com essa chuva extraordinária, a lama nestas ruas daqui está insuportável — comunicou Alexei Yegórovitch, à guisa de uma remota e última tentativa de dissuadir seu patrão do passeio. Contudo, o patrão abriu o guarda-chuva e, calado como estava, foi ao velho jardim molhado, tão escuro e úmido quanto um porão. Ruidoso, o vento balançava os cimos das árvores seminuas; as veredinhas estreitas, cobertas de areia, estavam lamacentas e escorregadias. Alexei Yegórovitch caminhava como saíra, de fraque e sem chapéu, iluminando uns três passos à frente com a lanterna.

— Será que dá para ver? — indagou, de chofre, Nikolai Vsêvolodovitch.

— Não dá para ver das janelas e, além do mais, está tudo previsto de antemão — respondeu o criado, em voz baixa e compassada.

— A mãezinha está dormindo?

— Trancou-se, como de hábito nesses últimos dias, às nove horas em ponto, e não se pode agora saber nada quanto a ela. A que horas me manda esperar pelo senhor? — atreveu-se então a fazer uma pergunta.

— A uma, a uma e meia... no máximo, às duas horas.

— Às suas ordens.

Ao atravessarem, por aquelas tortuosas veredas, todo o jardim que conheciam perfeitamente, eles se acercaram do muro externo de alvenaria e lá, bem no canto do muro, acharam uma portinhola que levava para um beco deserto e apertado, quase sempre trancada, mas cuja chave estava agora nas mãos de Alexei Yegórovitch.

— Será que a porta vai ranger? — voltou a indagar Nikolai Vsêvolodovitch.

Alexei Yegórovitch declarou, todavia, que ainda na véspera a porta fora lubrificada, "bem como hoje". Já estava encharcado. Destrancando a porta, entregou a chave a Nikolai Vsêvolodovitch.

— Caso o senhor se digne a empreender um passeio dos longos, aviso que não confio neste povinho daqui, sobretudo pelos becos escuros e, mais do que tudo, daquele lado do rio — não se conteve outra vez. Era um criado antigo, o aio de Nikolai Vsêvolodovitch que o ninara antanho em seu colo, um homem sério e rigoroso que gostava de ouvir e de ler "matérias divinas".

— Não se preocupe, Alexei Yegórytch.

— Que Deus o abençoe, meu senhor, contanto que só faça coisas boas.

— Como? — Nikolai Vsêvolodovitch, que já estava no beco, parou.

Alexei Yegórovitch repetiu seu voto com firmeza: antes nunca teria ousado expressá-lo, em voz alta e nesses termos exatos, na frente de seu patrão.

Nikolai Vsêvolodovitch trancou a porta, pôs a chave no bolso e foi caminhando pelo beco, onde seus pés atolavam, a cada passo, por uns três *verchoks* na lama. Alcançou finalmente uma rua pavimentada, comprida e deserta. Conhecia a cidade como a palma de sua mão, só que a rua Bogoiavlênskaia era, quisesse ou não, distante. Já havia passado das dez horas quando ele parou afinal defronte ao portão trancado da casa dos Filíppov, velha e toda escura. Agora que os Lebiádkin não moravam mais lá, seu andar de baixo estava totalmente vazio, com as janelas vedadas com tábuas, porém no andar de cima, onde se hospedava Chátov, brilhava uma luzinha. Por falta da campainha, Nikolai Vsêvolodovitch começou a bater ao portão com a mão. Abriu-se um postigo, e Chátov olhou para a rua. A escuridão estava profunda, de sorte que era difícil enxergar qualquer coisa que fosse; Chátov ficou olhando por um minuto inteiro.

— É você? — perguntou de improviso.

— Sou — respondeu o visitante não convidado.

Chátov fechou o postigo, desceu a escada e destrancou o portão. Nikolai Vsêvolodovitch passou uma alta soleira e, sem dizer uma só palavra, dirigiu-se logo à casinha dos fundos ocupada por Kiríllov.

V

As portas dela estavam todas destrancadas e nem sequer encostadas. Não havia luz no *sêni* nem nos primeiros dois cômodos, porém no último quarto, onde Kiríllov se alojava e ora tomava seu chá, brilhava uma luz viva e ouviam-se risadas e exclamações algo estranhas. Nikolai Vsêvolodovitch foi em direção à luz, mas se deteve, sem entrar no quarto, em sua soleira. O chá estava na mesa. A velha parenta do dono daquela casa estava postada no meio do quarto, despenteada, usando uma saia de baixo, sapatos sem meias e uma *kutsavéika*[31] forrada com pele de lebre. Segurava uma criança de um ano e meio, de perninhas nuas, bochechinhas rubras e cabelinhos louros em desordem, que acabara de tirar, só de camisinha, do berço. A criança devia ter chorado havia pouco, pois as lagrimazinhas se viam ainda debaixo dos seus olhos, mas nesse momento

[31] Curta blusa feminina com forro ou fímbria de peles (em russo).

já estendia os bracinhos, batia palmas e ria como as crianças muito pequenas costumam rir, engasgando-se em meio a gargalhadas. Era Kiríllov quem jogava contra o chão, na frente dela, uma grande bola vermelha de borracha; a bola ricochetava até o teto, caindo de novo, e a criança gritava: "Bó, bó!". Kiríllov apanhava a "bó" e passava-a para a criança, que a jogava, por sua vez, com aquelas mãozinhas desajeitadas enquanto Kiríllov voltava correndo a apanhá-la. Por fim, a "bó" rolou por baixo do armário. "Bó, bó!" — gritava a criança. Kiríllov se deitou no chão, esticando-se todo para tentar retirar a "bó". Nikolai Vsêvolodovitch entrou no quarto; ao vê-lo, a criança se apertou à velha e rompeu a chorar com um longo choro infantil. A velha não demorou a levá-la embora.

— Stavróguin? — disse Kiríllov, levantando-se do chão com a bola nas mãos, nem por sombra surpreso com essa visita inesperada. — Aceita chá?

Ficou em pé.

— Com gosto, se estiver quente — disse Nikolai Vsêvolodovitch. — Fiquei ensopado de chuva.

— Está quente, até mesmo queimante — confirmou, com prazer, Kiríllov. — Sente-se aí. Está sujo, mas não faz mal: depois lavarei o chão com um pano.

Nikolai Vsêvolodovitch se sentou e, quase de um trago só, despejou uma chávena.

— Mais? — perguntou Kiríllov.

— Obrigado.

Kiríllov, que até então permanecera em pé, logo se sentou em sua frente e questionou:

— Por que veio?

— A negócios. Leia esta carta de Gagânov... Lembra como lhe falei dele em Petersburgo?

Kiríllov pegou a carta, leu-a, colocou-a em cima da mesa e ficou esperando.

— Encontrei esse Gagânov, como você sabe — pôs-se a explicar Nikolai Vsêvolodovitch —, há um mês, em Petersburgo, pela primeira vez na vida. Deparamo-nos umas três vezes em lugares públicos. Sem me conhecer nem puxar conversa comigo, ele arranjou, ainda assim, um ensejo de ser muito atrevido. Cheguei então a comentar com você, mas há uma coisa que não sabe: saindo de Petersburgo antes de mim, ele me enviou de repente uma carta indecorosa no mais alto grau, embora não fosse igual a esta de hoje, e muito bizarra já pela única razão de não conter nenhuma explicação dos motivos pelos quais tinha sido escrita. Eu lhe respondi logo, também por escrito, e declarei com plena sinceridade que ele estava provavelmente zangado comigo por causa daquele incidente com seu pai, ocorrido em nosso clube havia quatro anos, e que eu mesmo estava pronto, por minha parte, a pedir-lhe todas as desculpas possíveis, porquanto meu ato não fora premeditado, mas cometido durante uma doença. Pedi que levasse essas desculpas minhas em consideração. Ele partiu sem me responder, mas eis que o reencontro aqui e, desta vez, totalmente enfurecido. Fiquei ciente de alguns comentários dele sobre mim, feitos em público, absolutamente indecentes e cheios de acusações espantosas. Hoje, afinal, recebo uma carta tal que ninguém deve ter recebido nunca, com palavrões e expressões do tipo "sua tromba sovada". Venho, pois, esperando que você consinta em ser meu padrinho.[32]

---

[32] Pessoa encarregada de organizar um duelo.

— Você diz que ninguém nunca recebeu uma carta dessas — notou Kiríllov —, só que tais coisas podem ser escritas, quando se está com raiva, e são escritas diversas vezes. Puchkin escreveu para Heeckeren.[33] Está bem, consinto. Diga-me: como?

Nikolai Vsêvolodovitch explicou-lhe que desejava agir logo no dia seguinte, começando sem falta pelo novo pedido de desculpas e até mesmo pela promessa da nova retratação por escrito, mas sob condição de Gagânov também prometer, por sua parte, que não lhe escreveria mais carta nenhuma. Quanto à carta já recebida, seria considerada inexistente.

— Muitas concessões: não vai aceitar — replicou Kiríllov.

— Vim, antes de tudo, para saber se você consentiria em transmitir essas condições a ele.

— Vou transmitir. Você é quem sabe. Mas ele não aceitará.

— Sei que não aceitará.

— Ele quer duelar. Diga-me: como duelariam?

— É que eu também gostaria de acabar com tudo amanhã mesmo. Pelas nove horas da manhã você estará na casa dele. Ele escutará, mas não aceitará e vai apresentá-lo ao seu padrinho, digamos por volta das onze. Você combinará tudo por lá, e depois, a uma ou às duas horas, estaremos nós todos no lugar marcado. Tente, por favor, arranjar tudo dessa maneira. Quanto às armas, seriam pistolas, é claro, e peço-lhe em particular que

---

[33] Trata-se do conflito pessoal de Alexandr Púchkin com o diplomata holandês Jacob van Heeckeren (1792-1884) e seu filho adotivo Georges d'Anthès, que acabou por duelar com o poeta e assassiná-lo.

instale as barreiras[34] a dez passos uma da outra. Depois nos colocará cada um a dez passos da barreira, e vamos indo, com seu sinal, um ao encontro do outro, tendo cada um de caminhar até a sua barreira, embora possa atirar antes, em movimento. Bom... acho que é tudo.

— Dez passos entre as barreiras... é pouco — notou Kiríllov.

— Pois bem, que sejam doze, mas não mais do que isso. Ele quer duelar para valer, entende? Você sabe carregar uma pistola?

— Sei. Tenho um par de pistolas e darei minha palavra de que você não as disparou antes. O padrinho dele garantirá o mesmo sobre as suas pistolas. Temos, então, dois pares de pistolas e vamos lançar a sorte, par ou ímpar, para escolher um.

— Ótimo!

— Quer ver as pistolas?

— Talvez.

Kiríllov se agachou diante da sua mala, posta num canto e até então fechada, de onde tirava seus pertences, um por um, quando precisava deles. Pegou uma caixa de palmeira, com forro de veludo vermelho, que estava no fundo da mala, e tirou dela um par de pistolas bem elegantes e por demais caras.

— Está studo aqui: pólvora, balas, cartuchos. Ainda tenho um revólver... espere.

Tornou a revirar sua mala e tirou outra caixa, com um revólver americano de seis cartuchos.

---

[34] Trata-se da posição de quem duela com armas de fogo, marcada com uma espécie de barreira ou apenas com um objeto visível, para o duelista não se aproximar demasiadamente do seu adversário.

— Tem um bocado de armas, e todas são muito caras.

— Muito. Extremamente.

Pobre, quase indigente, Kiríllov não reparava nunca, aliás, em sua penúria e agora mostrava com evidente ostentação essas suas joias bélicas, adquiridas, sem dúvida, à custa de enormes sacrifícios.

— Ainda continua pensando daquele jeito? — perguntou Stavróguin, após um minuto de silêncio e com certa cautela.

— Continuo — respondeu brevemente Kiríllov, adivinhando de pronto, pelo som de sua voz, a que se referia essa pergunta, e começou a retirar as armas da mesa.

— Então quando? — indagou Nikolai Vsêvolodovitch, ainda mais cauteloso, após outra pausa.

Nesse ínterim, Kiríllov guardou ambas as caixas na mala e sentou-se em seu lugar anterior.

— De mim não depende, como você sabe: quando disserem... — murmurou, como se estivesse levemente acanhado com a indagação, mas, ao mesmo tempo, obviamente disposto a responder a todas as outras perguntas. Cravando em Stavróguin seus olhos negros, mortiços, fitava-o com apatia, porém de modo amável e amistoso.

— Entendo, sem dúvida: matar-se a tiro — recomeçou Nikolai Vsêvolodovitch, um tanto sombrio, após um silêncio longo e meditativo, que durara uns três minutos. — Eu também já imaginei aquilo, mas sempre de mistura com uma ideia nova: e se cometesse um crime ou então, melhor ainda, se fizesse algo ignóbil, isto é, ignominioso, contanto que fosse algo vil mesmo e... ridículo, a ponto de as pessoas se lembrarem daquilo mil anos depois e cuspirem por mil anos seguidos, e de repente me vinha a ideia: "Um golpe na têmpora, e não haverá mais nada". O que teria então a ver com as pessoas, nem que cuspissem, por mil anos seguidos, em mim, não é verdade?

— Você chama isso de "uma ideia nova"? — perguntou Kiríllov, ao pensar um pouco.

— Eu... eu não chamo... Quando pensei nisso um dia, senti uma ideia totalmente nova.

— "Sentiu uma ideia"? — repetiu Kiríllov. — Isso é bom. Há muitas ideias que existem desde sempre e de repente se renovam assim. Isso é certo. Há muitas coisas que vejo agora como se as visse pela primeira vez.

— Suponhamos que você tenha vivido na Lua — interrompeu Stavróguin, desdobrando seu raciocínio em vez de escutá-lo — e que tenha perpetrado ali todas essas torpezas ridículas. Agora que está aqui, sabe com toda a certeza que eles lá vão rir e cuspir em seu nome por mil anos seguidos, eternamente e pela Lua afora. Só que está aqui e olha para a Lua daqui... Então por que se importaria, desde que está aqui, com tudo quanto fez lá na Lua e com as cuspidas eternas de quem vive lá, não é verdade?

— Não sei — respondeu Kiríllov. — Nunca estive na Lua — acrescentou sem a menor ironia, apenas para constatar o fato.

— De quem é aquela criança?

— Chegou a sogra da velha; aliás, não, foi a nora dela... tanto faz. Há três dias. Está de cama, doente, com aquela criança, e a criança grita muito à noite, com dor de barriga. A mãe fica dormindo, e a velha traz a criança para cá, e eu pego aquela bola. A bola é de Hamburgo. Foi em Hamburgo que a comprei para a jogar assim e depois apanhar, que fortalece as costas. É uma menina.

— Você gosta de crianças?

— Gosto... — A resposta de Kiríllov soou, de resto, assaz indiferente.

— Quer dizer, gosta da vida também?

— Sim, gosto da vida também... Por quê?

— Mas resolveu que se mataria a tiro.

— E daí? Por que tudo junto? A vida é uma coisa, e aquilo ali é outra. A vida existe, mas a morte não existe mesmo.

— Então passou a acreditar naquela futura vida eterna?

— Não naquela futura vida eterna, mas nesta vida eterna da gente. Há minutos, e você chega aos minutos, e de repente o tempo fica parado e se torna eterno.

— E você pretende chegar a um minuto desses?

— Sim.

— Isso é pouco provável em nossa época — redarguiu Nikolai Vsêvolodovitch, também sem a menor ironia, falando devagar e como que pensativo. — No Apocalipse o anjo jura que não haverá mais tempo.[35]

— Sei. Isso foi muito bem dito, ali: claro e certo. Quando todos os homens alcançarem a felicidade, não haverá mais tempo, pois não se precisará mais dele. Uma ideia muito certa.

— Mas onde é que vão escondê-lo?

— Nenhures. O tempo não é um objeto, mas uma ideia. Ele se apagará da mente.

— Velhas passagens filosóficas, as mesmas há séculos dos séculos — murmurou Stavróguin, como que tomado de uma comiseração repulsiva.

---

[35] Veja: Apocalipse, 21.

— As mesmas! Sempre as mesmas, há séculos dos séculos, e nada de diferente, jamais! — replicou Kiríllov, cujo olhar fulgia como se essa ideia encerrasse praticamente uma vitória sua.

— Parece que está muito feliz, hein, Kiríllov?

— Sim, muito feliz — disse ele, como se desse uma resposta absolutamente banal.

— Mas esteve tão triste, há pouco ainda, e tão zangado com Lipútin!

— Hum... agora não estou mais. Então não sabia ainda que era feliz. Você já viu uma folha, aquela da árvore?

— Vi.

— Eu vi uma agorinha: toda amarela, com um pouco de cor verde, e podre pelas beiradas. Era o vento que a carregava. Quando eu tinha dez anos, fechava os olhos de propósito, no inverno, e imaginava uma folha verde, daquela cor viva e com nervuras, e o sol a brilhar. Depois abria os olhos e nem acreditava em mim mesmo, tão bom era aquilo, e tornava a fechá-los.

— O que é isso, uma alegoria?

— N-não... por quê? Não é uma alegoria, mas simplesmente uma folha, uma folha apenas. A folha é boa. Está tudo bem.

— Tudo?

— Tudo. O homem está infeliz por não saber que é feliz, tão somente por isso. Isso é tudo, tudo! E quem souber disso ficará feliz imediatamente, naquele exato momento. Aquela sogra vai morrer, mas a menina ficará e... estará tudo bem. Foi de improviso que descobri isso.

— E se alguém morrer de fome, e se alguém machucar e estuprar a menina, estará tudo bem?

— Estará, sim. E se alguém esfacelar um crânio ali para defender a criança, estará tudo bem, e se deixar de esfacelá-lo, também. Está tudo bem, tudo. E todos aqueles que sabem que está tudo bem estão bem. Se soubessem que estão bem, estariam bem, mas, enquanto não souberem que estão bem, estarão mal. Essa é a ideia toda, toda, e não há mais nenhuma.

— Quando é que você soube, pois, que era tão feliz?

— Foi na semana passada, na terça-feira... não, foi na quarta, porque era já quarta-feira, de madrugada.

— Mas por que razão?

— Não lembro mais... andava pelo quarto, assim... não importa. Fiz o relógio parar: eram duas horas e trinta e sete minutos.

— Para assinalar que o tempo devia parar?

Kiríllov ficou calado.

— Eles são maus — recomeçou de chofre — porque não sabem que são bons. Quando souberem disso, não vão estuprar a menina. Precisam saber que são bons, e todos se tornarão bons num instante, todos até o último.

— E você soube, pois, que era bom, certo?

— Sou bom.

— Aliás, concordo com isso — murmurou Stavróguin, sombrio.

— Quem ensinar que todos são bons perfará o mundo.

— Quem ensinava acabou crucificado.

— Ele virá, e seu nome é deus humano.

— Homem divino?

— Deus humano, essa é a diferença.

— Não é por acaso você também quem acende a lamparina?[36]

---

[36] Trata-se da lamparina que os cristãos ortodoxos colocam diante dos ícones.

— Sim, fui eu que a acendi.

— Agora é crente?

— A velha gosta que a lamparina... e está sem tempo hoje — murmurou Kiríllov.

— E você mesmo não está rezando ainda?

— Rezo a tudo. Está vendo aquela aranha que se arrasta pela parede? Olho para ela e lhe sou grato por se arrastar.

Seus olhos fulgiram de novo. Encarava Stavróguin o tempo todo, fixando nele um olhar firme e direto. Stavróguin o observava sombrio, com repulsa, porém não havia escárnio no olhar dele.

— Aposto que, quando eu voltar a visitá-lo, você terá acreditado em Deus — disse, levantando-se e pegando o chapéu.

— Por quê? — Kiríllov também se soergueu em seu assento.

— Se viesse a saber que acredita em Deus, então acreditaria mesmo, mas, como não sabe ainda que acredita em Deus, não acredita ainda — disse Nikolai Vsêvolodovitch, com um sorrisinho.

— Não é isso — ponderou Kiríllov —: você reverteu a minha ideia. Uma piada mundana. Lembre-se do que significava em minha vida, Stavróguin.

— Adeus, Kiríllov.

— Venha de noite. Quando?

— Será que já se esqueceu do que íamos fazer de manhã?

— Ah, já me esqueci mesmo, mas fique tranquilo, que vou acordar na hora certa, às nove. Sei acordar quando quero. Eu me deito dizendo "às sete horas" e acordo às sete, ou então digo "às dez horas" e acordo às dez.

— Tem faculdades admiráveis — Nikolai Vsêvolodovitch olhou para seu rosto pálido.

— Vou destrancar o portão.

— Não se preocupe: Chátov o destrancará para mim.

— Ah, Chátov? Está bem, adeus.

VI

A entrada da casa vazia onde se hospedava Chátov não estava trancada, porém, tão logo subiu ao *sêni*, Stavróguin ficou numa escuridão completa e começou a procurar, às apalpadelas, a escada que levava ao mezanino. De súbito, uma porta se abriu, lá em cima, e apareceu uma luz: Chátov não saíra, mas apenas abrira a sua porta. Quando Nikolai Vsêvolodovitch chegou à soleira de seu quarto, enxergou-o postado num canto, ao lado de sua escrivaninha, esperando por ele.

— Você me receberá a negócios? — perguntou-lhe, sem ter cruzado a soleira.

— Entre e sente-se — respondeu Chátov. — Tranque a porta... espere, eu mesmo vou trancar.

Trancou a porta com sua chave, retornou à escrivaninha e sentou-se defronte a Nikolai Vsêvolodovitch. Havia emagrecido nessa semana e agora parecia febril.

— Você me torturou — disse, abaixando a cabeça e quase sussurrando. — Por que não veio antes?

— Tinha tanta certeza de que eu viria?

— Sim... espere, que estava delirando... talvez continue delirando ainda... Espere.

Ele se levantou e pegou algum objeto que estava na ponta da mais alta das suas três prateleiras com livros. Era um revólver.

— Pensei certa noite, em delírio, que você viria para me matar e comprei, de manhã cedo, um revólver daquele vagabundo de Liámchin, com meu último dinheiro: não queria deixar que você me matasse. Depois recuperei os sentidos... Não tenho nem pólvora nem balas, e o revólver fica, desde então, guardado lá na prateleira. Espere...

Soergueu-se outra vez, indo já abrir o postigo.

— Não o jogue fora, para quê? — Nikolai Vsêvolodovitch fê-lo parar. — Você pagou por ele, e amanhã mesmo haverá quem diga que uns revólveres ficam largados sob a janela de Chátov. Ponha-o lá de volta, assim, e sente-se. Diga por que está como que confessando para mim essa sua ideia de que eu viria matá-lo? Nem agora venho para fazermos as pazes, mas para lhe falar de uma coisa necessária. Explique-me em primeiro lugar: não foi por ter sido o amante de sua mulher que você me socou?

— Você mesmo sabe que não... — Chátov tornou a abaixar a cabeça.

— Nem por ter acreditado naquele boato estúpido sobre Dária Pávlovna?

— Não, não, é claro que não! Que bobagem! Minha irmã me disse bem no começo... — retorquiu Chátov com impaciência, bruscamente e mesmo batendo de leve o pé.

— Pois então eu mesmo adivinhei e você tinha adivinhado — prosseguiu Stavróguin, num tom calmo. — Tem razão: Maria Timoféievna Lebiádkina é minha esposa legítima. A gente se casou na igreja, em Petersburgo, há uns quatro anos e meio. Foi por causa dela que você me socou, não foi?

Atordoado, Chátov o escutava em silêncio.

— Tinha adivinhado, mas não acreditava nisso — murmurou afinal, encarando Stavróguin de certo modo estranho.

— Então me agrediu?

Enrubescendo, Chátov se pôs a murmurar, quase sem nexo:

— Foi por causa de sua baixeza... de sua mentira. Não me aproximei de você para castigá-lo; não sabia ainda, quando me aproximava, que bateria em você... Foi porque significou tanto em minha vida... Eu...

— Entendo, entendo, poupe as palavras. É pena que esteja febril, pois tenho o assunto mais necessário a discutir.

— Esperei demasiado por você... — Chátov ficou quase vibrando, com o corpo todo, e soergueu-se em seu assento. — Fale do seu assunto, e eu também lhe direi... depois...

Voltou a sentar-se.

— Não é um assunto da mesma categoria — começou Nikolai Vsêvolodovitch, olhando para ele com curiosidade. — Certas circunstâncias me obrigaram a escolher, hoje mesmo, uma hora dessas para ir avisá-lo de que provavelmente o matariam.

Chátov fixou nele um olhar selvagem.

— Sei que poderia correr um perigo — disse compassadamente —, mas por que você, logo você estaria a par disso?

— Porque eu também sou um deles, assim como você, e sou, assim como você, membro daquela comunidade.

— Você... você é membro da comunidade?

— Percebo, pelo seu olhar, que esperava qualquer coisa da minha parte, menos essa — Nikolai Vsêvolodovitch esboçou um sorriso. — Mas espere aí: você já sabia, pois, que estavam tramando um atentado?

— Nem pensava nisso. Nem agora penso, apesar dessas suas palavras, se bem que... se bem que não haja quem possa garantir alguma coisa com aqueles imbecis lá! — exclamou de repente, com raiva, dando uma punhada na tampa da escrivaninha. — Não tenho medo deles! Rompi com eles. Aquele ali veio correndo quatro vezes para cá e disse que eu podia... mas... — olhou para Stavróguin — o que concretamente você sabe?

— Não se preocupe: não estou mentindo para você — continuou Stavróguin, com bastante frieza e ares de quem apenas cumprisse uma obrigação. — Vem perscrutando o que eu sei? Sei que você aderiu àquela comunidade no exterior, há uns dois anos e ainda com a antiga organização dela, justamente às vésperas de sua viagem para a América e, pelo que me parece, logo depois da nossa última conversa, sobre a qual você escreveu tanto naquela carta que me enviou da América. Desculpe-me, aliás, por não lhe ter respondido também por escrito, limitando-me a...

— Mandar o dinheiro. Espere — Chátov interrompeu-o, puxando apressadamente a gaveta da sua escrivaninha e tirando uma irisada nota bancária que estava debaixo de alguns papéis. — Eis aqui, tome estes cem rublos que lhe devolvo; se não me tivesse mandado aquele dinheiro, eu teria perecido por lá. Demoraria muito a devolvê-los, não fosse sua mãezinha: ela me presenteou com estes cem rublos há nove meses, para me socorrer em minha miséria após uma doença. Mas prossiga, por gentileza...

Estava com falta de ar.

— Mudou de ideia, lá na América, e quis desistir ao voltar para a Suíça. Eles não lhe responderam nada, mas o incumbiram de receber, aqui na Rússia, uma tipografia das mãos de alguém e de guardá-la até que uma pessoa mandada por eles viesse retomá-la. Não sei exatamente de tudo, mas em traços gerais, pelo que me parece, o negócio é esse. E você, na expectativa ou com a condição de ser a última exigência deles, aceitou a incumbência contanto que o deixassem depois ir embora. Quer seja assim, quer não seja, fiquei ciente disso tudo por mero acaso, e não foram eles que me informaram. Mas eis uma coisa que você aparenta ignorar até hoje: aqueles senhores ali não têm a mínima intenção de deixá-lo ir embora.

— Que disparate! — bradou Chátov. — Declarei honestamente que discordava deles em todos os pontos! É um direito meu, o direito da minha consciência e das minhas ideias... Não vou tolerar! Não há força que possa...

— Não grite aí, sabe? — Nikolai Vsêvolodovitch deteve-o com plena seriedade. — O tal de Verkhôvenski é um homenzinho capaz de nos escutar, quem sabe, agora mesmo, com seu próprio ouvido ou com o de outrem e, talvez, escondido naquele seu *sêni*. Até mesmo o beberrão de Lebiádkin tinha quase por dever ficar de olho em você, enquanto você devia, quem sabe, observá-lo por sua vez, não é verdade? É melhor que me diga se Verkhôvenski concorda agora com seus argumentos ou não.

— Concorda, sim: ele disse que eu podia e tinha o direito...

— Pois ele o engana. Sei que até mesmo Kiríllov, quase alheio a eles, já forneceu dados sobre você; e eles têm muitos agentes, inclusive alguns que nem sabem que estão servindo àquela comunidade. Sempre o observaram. De resto, Piotr Verkhôvenski veio aqui com o propósito de resolver seu problema em definitivo, tendo poderes para tanto, ou seja, para eliminá-lo num momento propício como alguém que sabe demais e pode denunciar. Repito-lhe que isso é certo e permita que acrescente: eles estão, por alguma razão, totalmente convencidos de que você é um espião e, se não os denunciou ainda, vai denunciá-los em breve. Será verdade?

Ouvindo essa pergunta feita com esse tom corriqueiro, Chátov entortou a boca.

— Mesmo se eu fosse um espião, para quem é que os denunciaria? — redarguiu, furioso, sem responder diretamente. — Não, deixe-me para lá, mande-me para o diabo! — exclamou, agarrando-se de improviso à sua ideia inicial, a qual o assombrara, por todos os indícios, incomparavelmente mais do que a notícia do perigo a ameaçá-lo. — Você, Stavróguin, como é que você pôde envolver-se num disparate desses, desavergonhado, medíocre, digno de um lacaio? Você é membro daquela comunidade! Essa é a façanha de Nikolai Stavróguin! — vociferou, quase desesperado.

Até ficou agitando os braços, como se não pudesse haver nada de mais amargo e desolador, para ele, do que tal descoberta.

— Desculpe — Nikolai Vsêvolodovitch se quedou realmente surpreso —, mas você olha para mim, ao que parece, como para um sol, e para si mesmo como se fosse um besouro em comparação comigo. Aliás, já me apercebi disso ao ler aquela sua carta da América...

— Você... você sabe... Ah, mas deixemos de falar em mim, de uma vez por todas! — Chátov interrompeu-o de supetão. — Se puder explicar algo sobre si próprio, explique... Respondendo à minha pergunta! — repetiu, febricitante.

— Com prazer. Você pergunta como pude entrar numa favela dessas? Até mesmo lhe devo, após meu aviso, certa franqueza no tocante a esse tema. Veja bem: em rigor, não pertenço àquela comunidade, não me envolvi com ela antes e tenho, muito mais do que você, o direito de abandoná-la, porque nem sequer aderi a ela. Pelo contrário, tenho declarado desde o começo que não sou companheiro deles e que, se os ajudava casualmente, fazia isso apenas assim, por ócio. Participei em parte da reorganização da comunidade segundo um plano novo, mas não fiz nada além disso. Só que eles lá mudaram de ideia e decidiram com seus botões que seria perigoso deixar-me sair por minha vez, e, pelo que me parece, eu também estou condenado.

— Oh, sim, com eles tudo redunda na pena de morte e tudo se faz por escrito, em papel timbrado e assinado por três homens e meio. E você acredita que eles teriam condição?

— Nisso você tem razão, mas apenas em parte — prosseguiu Stavróguin, com sua fleuma de antes e até mesmo com certa indolência. — Há muita fantasia, sem dúvida, como sempre ocorre em tais casos: um grupelho fica exagerando seu tamanho e sua significância. Se você quiser, só existe o tal de Piotr Verkhôvenski, que é generoso demais ao achar que é apenas um agente qualquer da comunidade. Aliás, a ideia principal não é mais tola do que as outras ideias desse gênero. Eles têm vínculos com a *Internationale*; conseguiram arranjar agentes na Rússia, até se viram aceitos de modo bastante original...

mas, naturalmente, tão só em teoria. Quanto às suas intenções por aqui, bem... é que as atividades de nossa organização russa são um negócio tão tenebroso e quase sempre tão imprevisível que se poderia, de fato, provar de tudo em nossa terrinha. Note-se que Verkhôvenski é um homem teimoso.

— Aquele percevejo, ignorante, bobalhão que não entende nada da Rússia? — exclamou Chátov, com fúria.

— Você o conhece mal. É verdade que eles todos, em geral, entendem pouco da Rússia, mas só um tantinho menos do que você e eu. Além do mais, Verkhôvenski é um entusiasta.

— Verkhôvenski é um entusiasta?

— Oh, sim. Existe um ponto em que ele deixa de ser bufão e se transforma em... meio louco. Peço que você mesmo se lembre da sua própria expressão: "Será que sabe como pode ser forte um homem só?" Não ria, por favor: ele é bem capaz de puxar o gatilho. Eles estão convencidos de que eu também sou um espião. Eles todos gostam muito, por não saberem levar o negócio adiante, de acusar de espionagem.

— Mas você não está com medo?

— N-não... Não estou com muito medo... Só que sua situação é bem diferente. Deixei você de sobreaviso para que estivesse ao menos ciente do perigo. A meu ver, não tem com que se melindrar aí, visto que o perigo vem dos mentecaptos: o problema não é a inteligência deles, pois já atentaram a quem era superior a nós dois. De resto, são onze e um quarto... — Ele consultou o relógio e se levantou da cadeira. — E eu gostaria de lhe fazer mais uma pergunta, que não tem nada a ver com isso.

— Pelo amor de Deus! — exclamou Chátov, saltando impetuosamente do seu assento.

— Como? — Nikolai Vsêvolodovitch mirou-o de modo interrogativo.

— Faça sua pergunta, faça pelo amor de Deus — repetia Chátov, tomado de uma emoção inefável —, mas sob condição de eu também lhe fazer depois uma. Imploro que me permita... não posso... faça, pois, sua pergunta!

Após uma breve pausa, Stavróguin começou:

— Ouvi dizerem que você exercia certa influência sobre Maria Timoféievna e que ela gostava de vê-lo e de escutá-lo. É assim mesmo?

— Sim... escutava... — Chátov ficou um tanto confuso.

— Pretendo logo declarar em público, nesta cidade, que sou casado com ela.

— Seria isso possível? — sussurrou Chátov, quase apavorado.

— Quer dizer, em que sentido? Não há dificuldade alguma nisso: as testemunhas de casamento estão aqui. Tudo isso se passou então, em Petersburgo, de uma maneira absolutamente legítima e tranquila e, se não ficou descoberto até agora, foi apenas porque as duas únicas testemunhas de nosso casamento, Kiríllov e Piotr Verkhôvenski, e, finalmente, Lebiádkin em pessoa (que tenho o prazer de considerar agora meu parente) juraram então que se manteriam calados.

— Não me refiro àquilo... Você fala com tanta tranquilidade... mas continue! Escute: não foi à força que o casaram, foi?

— Não, ninguém me casou à força... — Nikolai Vsêvolodovitch sorriu em resposta à desafiadora precipitação de Chátov.

— E o que é que ela fala ali de seu filho? — Chátov se apressava a desembuchar, ansioso e como que delirante.

— De seu filho? Ih! Nem sabia: é a primeira vez que ouço falar disso. Ela não teve filho nem pôde ter, que Maria Timoféievna é virgem.

— Ah, é? Foi o que pensei. Escute!

— O que tem, Chátov?

Chátov tapou o rosto com as mãos, virou-se, mas de repente pegou com força no ombro de Stavróguin.

— Será que sabe, será que sabe ao menos — gritou — por que você fez tudo isso e por que assume agora um castigo desses?

— Sua pergunta é inteligente e cáustica, mas eu também pretendo surpreendê-lo: sim, quase estou sabendo por que me casei então e por que decido agora assumir um "castigo" desses, como você se expressou.

— Deixemos para lá... falaremos disso mais tarde, espere! Vamos falar do principal, do principal, que esperei dois anos por você.

— É mesmo?

— Esperei tanto por você, pensei sem parar em você. É o único homem que poderia... Escrevi para você sobre isso, quando estava ainda na América.

— Lembro-me bem daquela sua carta comprida.

— Comprida demais para ser lida? Concordo: foram seis folhas postais. Não fale, cale-se! Diga apenas se pode passar mais dez minutos comigo, mas agora mesmo, de imediato... Esperei tanto por você!

— Tudo bem, eu lhe darei meia hora, porém não mais do que isso, se isso lhe for possível.

— E que você, ademais — replicou Chátov, exaltado —, mude de tom. Exijo, embora deva implorar, está ouvindo? Será que entende o que significa exigir quando se deve implorar.

— Entendo que você se eleva, dessa maneira, sobre tudo quanto for ordinário para fins mais sublimes — disse Nikolai Vsêvolodovitch, com um leve sorriso — e percebo também, com tristeza, que está com febre.

— Peço que me respeite, exijo! — gritava Chátov. — Não reclamo respeito pela minha personalidade, que o diabo a carregue, mas por outra coisa, apenas neste exato momento, para lhe dizer algumas palavras... Somos dois entes que se encontraram no infinito... pela última vez neste mundo. Deixe esse seu tom e fale igual à gente! Fale, pelo menos uma vez na vida, com uma voz humana. Não peço por mim, mas por você mesmo. Será que entende que há de me perdoar aquele soco no rosto unicamente porque lhe dei o ensejo de conhecer assim a sua própria força imensurável? Está sorrindo de novo, com esse seu enojado sorrisinho mundano. Oh, quando é que me compreenderá? Às favas com o senhorzinho! Entenda afinal que exijo isso, exijo, senão não quero falar, não falarei nem a pau!

Seu frenesi beirava o desvario; franzindo o sobrolho, Nikolai Vsêvolodovitch aparentava portar-se com maior cautela.

— Se fiquei aqui por meia hora — disse, num tom imponente e sério —, enquanto o tempo me é tão precioso, acredite que me disponho a escutá-lo, ao menos, com interesse e... e tenho certeza de que ouvirei muita coisa nova.

Sentou-se numa cadeira.

— Sente-se! — bradou Chátov e, como que de repente, sentou-se também.

— Permita ainda que o lembre — Stavróguin mudou de assunto mais uma vez — de ter começado a formular em sua frente todo um pedido relativo a Maria Timoféievna, um pedido que é muito importante, ao menos para ela...

— E daí? — De súbito, Chátov carregou o cenho, parecendo alguém que foi interrompido no momento mais importante de seu discurso e não conseguiu ainda compreender, embora olhasse para quem o interrompera, sua pergunta.

— E você não me deixou terminar — concluiu Nikolai Vsêvolodovitch, sorridente.

— Eh, mas que bobagem! Depois... — Ao entender enfim a objeção dele, Chátov fez um gesto de repulsa com a mão e abordou diretamente seu tema principal.

VII

— Saberia você — começou num tom quase ameaçador, de olhos fúlgidos, inclinando-se para a frente em sua cadeira e erguendo o dedo da mão direita diante de si (obviamente, sem reparar nisso) —, saberia você qual é agora, na Terra inteira, o único povo "portador de Deus" que haverá de renovar e de salvar o mundo em nome de um deus novo, e que é o único a guardar as chaves da vida e da nova palavra?... Saberia qual é esse povo e qual é o nome dele?

— Pela sua atitude, tenho de concluir e, ao que parece, quanto mais depressa melhor, que é o povo russo...

— E já está rindo, ó raça! — Chátov estava prestes a explodir de novo.

— Acalme-se, por favor: bem ao contrário, eu esperava notadamente por algo desse gênero.

— Por algo desse gênero? E você mesmo desconhece essas palavras?

— Conheço, e muito bem, e já estou prevendo aonde você quer chegar. Toda a sua frase, inclusive essa expressão "povo portador de Deus", é apenas o desfecho de nossa conversa que se deu há mais de dois anos, no exterior, pouco antes de sua ida para a América... É o que consigo, pelo menos, rememorar agora.

— Essa frase inteira é sua e não a minha. É sua própria frase e não apenas o desfecho de nossa conversa. Aliás, não houve nenhuma conversa "nossa": houve um mentor que proferia enormidades e um aluno que tinha ressuscitado dos mortos. Eu fui aquele aluno, e você aquele mentor.

— Mas, se lembrarmos bem, foi justamente após as minhas palavras que você aderiu àquela comunidade e só mais tarde partiu para a América.

— Foi, sim, e eu lhe escrevi sobre isso da América, escrevi-lhe sobre todas as coisas. Não podia romper logo, sangrando, o laço que me prendia desde criança, aquilo a que havia dedicado todos os arroubos de minhas esperanças e todos os prantos de meu ódio... É difícil mudar de deuses. Não acreditei então em você, porque não quis acreditar, e me agarrei, pela última vez, àquele esgoto de imundices... Mas a semente ficou e germinou. Sério, diga-me sério se terminou de ler a carta que eu lhe tinha mandado da América. Talvez nem tenha começado a lê-la?

— Li três páginas dela, as duas iniciais e a última, e dei, além disso, uma olhada rápida no meio. Dispunha-me, aliás, o tempo todo...

— Eh, tanto faz, deixe... para o diabo! — Chátov agitou a mão. — Se renuncia agora àquelas suas palavras sobre o povo, como é que pôde pronunciá-las então?... É isso que me pesa agora.

— Mas não brinquei com você nem daquela vez: quem sabe se não cuidava, quando o convencia, antes de mim mesmo que de você — disse Stavróguin, misterioso.

— Não brincou! Eu passei três meses prostrado sobre a palha, lá na América, ao lado de um... infeliz, e ele me contou que, naquele mesmo tempo em que plantava Deus e a pátria no meu coração, naquele mesmo tempo, talvez naqueles mesmos dias, você intoxicava o coração daquele infeliz, daquele maníaco, de Kiríllov, com um veneno... Reforçou nele mentiras e calúnias e acabou levando a mente dele ao frenesi... Vá vê-la agora, essa sua criatura... Aliás, você já a viu.

— Primeiro, notarei para você que Kiríllov acabou de me dizer pessoalmente que estava feliz e era belo. Sua suposição de tudo isso ter ocorrido ao mesmo tempo é quase certa, mas o que é que resulta disso tudo? Repito que não enganei nenhum de vocês dois.

— Você é ateu? Agora é ateu?

— Sim.

— E então era?

— Do mesmo jeito.

— Pois não foi por mim que lhe reclamei respeito ao começar esta conversa: com sua inteligência, você poderia ter entendido isso — murmurou Chátov, indignado.

— Não me levantei com a primeira palavra sua, não suspendi a conversa, não fui embora, mas fico ainda sentado aqui, respondendo docilmente às suas perguntas e... aos seus gritos, ou seja, não lhe faltei ainda com o respeito.

Chátov interrompeu-o com um gesto enérgico.

— Lembra-se da sua expressão: "Um ateu não pode ser russo; um ateu deixa logo de ser russo", lembra-se dela?

— Sim? — disse Nikolai Vsêvolodovitch como quem não tivesse ouvido.

— Está perguntando? Já se esqueceu? Contudo, é uma das mais exatas observações suas acerca de uma das principais peculiaridades do espírito russo, que você adivinhou. Não pode ser que se tenha esquecido disso! Vou lembrá-lo ainda mais; você disse na mesma ocasião: "Quem não for ortodoxo não pode ser russo".

— Acho que é uma ideia eslavófila.

— Não, os eslavófilos de hoje vão renegá-la. O povo é mais inteligente, hoje em dia. Mas você ia mais longe ainda: você acreditava que o catolicismo romano não era mais cristão, afirmava Roma ter aclamado Cristo que teria cedido à terceira tentação diabólica, e que, anunciando pelo mundo afora que Cristo não resistiria sem um reino terreno na Terra, o catolicismo aclamara desse modo o anticristo e, desse modo, levara todo o mundo ocidental à perdição. Você declarava, em particular, que, se a França estava sofrendo, era unicamente por culpa do catolicismo, já que ela rejeitara o fétido deus romano, mas não arranjara nenhum deus novo. É isso que você podia dizer então! Ainda me lembro de nossas conversas.

— Se fosse crente, decerto repetiria isso agora também: não mentia quando falava como um crente — respondeu Nikolai Vsêvolodovitch, com muita seriedade. — Mas asseguro-lhe que essa recapitulação das minhas ideias antigas me causa uma impressão muito desagradável. Será que não poderia parar?

— Se fosse crente? — exclamou Chátov, sem prestar a mínima atenção em seu pedido. — Mas não era você quem me dizia que, se lhe provassem matematicamente que a verdade não estava com Cristo, consentiria em ficar antes com Cristo que com a verdade? Você disse isso? Disse?

— Mas permita enfim que eu também lhe pergunte — Stavróguin elevou a voz — aonde leva todo esse impaciente e... maldoso exame?

— Esse exame acabará de uma vez por todas, e você nunca mais será lembrado dele.

— Ainda insiste em dizer que estamos fora do espaço e do tempo...

— Cale-se! — gritou, de repente, Chátov. — Sou bobo e desastrado, mas que meu nome pereça nesse ridículo! Será que me permite repetir em sua frente toda a sua ideia mestra de então?... Oh, que sejam apenas dez linhas, apenas a conclusão!

— Repita, se for apenas a conclusão... — Stavróguin se moveu querendo consultar o relógio, mas se conteve e não o consultou.

Chátov se inclinou de novo em sua cadeira e até mesmo reergueu, por um instante, seu dedo.

— Nenhum povo — começou como quem lesse linha após linha, continuando, ao mesmo tempo, a fitar Stavróguin de modo ameaçador —, nenhum povo ainda tomou por base os princípios da ciência e da razão; não houve nenhum exemplo disso, a não ser por um minutinho e por tolice. O socialismo como tal já deve ser o ateísmo, visto que tem proclamado em particular, desde a sua primeira alínea, que é uma instituição ímpia e pretende embasar-se nos princípios da ciência e da razão exclusivamente. A razão e a ciência sempre cumpriram, desde o início dos tempos, e continuam cumprindo na vida dos povos tão só um papel secundário e acessório, e vão cumprir esse papel até o fim dos tempos. Os povos são compostos e movidos por outra força que os domina e manda neles, mas cuja procedência é ignorada e inexplicável. É a força do insaciável desejo de ir até o fim, mas, ao mesmo tempo, ela chega a negar esse fim. É a força que comprova ininterrupta e incansavelmente a sua própria existência e nega a morte. É o espírito da vida, como dizem as Escrituras, são "os rios d'água viva" de cujo esgotamento nos ameaça tanto o Apocalipse. É o princípio estético, como dizem os filósofos, o princípio moral, conforme eles mesmos o identificam. É "a procura por Deus", como o defino, mui simplesmente, eu mesmo. O único objetivo de todo o movimento popular, sejam quais forem o povo e o período de sua existência, consiste em procurar por Deus, por um deus próprio, infalivelmente próprio, e em acreditar nEle como sendo o único deus verdadeiro. Deus é a personalidade sintética de um povo inteiro, do início ao fim. Ainda nunca aconteceu que todos os povos, ou então muitos deles, tivessem um só deus comum, mas cada povo sempre teve seu deus especial. Quando os deuses passam a ser compartilhados, é um indício da destruição dos povos. Quando os deuses se tornam comuns, eles morrem junto com a fé e com os próprios povos. Quanto mais poderoso for um povo tanto mais especial será seu deus. Ainda nunca existiu um povo sem religião, ou seja, sem noção do mal e do bem. Cada povo tem sua própria noção do mal e do bem, e seu próprio mal, e seu próprio bem. Quando muitos povos passam a compartilhar essas noções do mal e do bem, então os povos se extinguem e até mesmo a diferença entre o mal e o bem em si começa a apagar-se e a sumir. Nunca a razão foi capaz de definir o mal e o bem nem sequer de separar o mal do bem, ainda que de modo aproximado; pelo contrário, sempre os confundiu vergonhosa e lastimosamente, e, quanto à ciência, ela sempre nos forneceu soluções forçadas. Com isso se destacou, sobretudo, aquela meia-ciência, o mais horrível flagelo da humanidade, pior que a peste, a fome e a guerra, desconhecido até este nosso século. A meia-ciência é um déspota como nunca houve até agora. Um déspota que tem seus sacerdotes e seus escravos, um déspota ao qual tudo se curvou com amor e superstição até hoje impensáveis, ante o qual treme, inclusive, a própria ciência que o tolera de maneira infame. Todas essas palavras são suas, Stavróguin, além das palavras sobre a meia-ciência, que são minhas, já que eu mesmo não passo dessa meia-ciência e a odeio, portanto, em especial. No que diz respeito às suas ideias e mesmo às palavras ditas, não alterei nada nelas, nem uma palavra só.

— Não acho que nada tenha alterado — notou Stavróguin, com cautela. — Você as aceitou fogosamente e depois as inverteu, fogosamente também, mas sem reparar nisso. O único fato de rebaixar Deus até um simples atributo do caráter nacional...

De chofre, começou a observar Chátov com uma atenção reforçada e peculiar, de olho nem tanto em suas falas quanto nele próprio.

— Eu rebaixo Deus até um atributo do caráter nacional? — exclamou Chátov. — Pelo contrário, eu alço o povo até Deus. E será que já houve algo diferente? O povo é o corpo de Deus. Todo povo é um povo apenas enquanto tiver seu próprio deus e rejeitar todos os outros deuses existentes sem sombra de tolerância, enquanto acreditar que fará seu deus vencer e expulsar todos os outros deuses deste mundo. Assim todos os povos acreditaram desde o início dos tempos, todos os povos grandes, pelo menos, todos os que sobressaíram de alguma forma, todos os que se postaram à frente da humanidade. Não dá para desmentir o fato. Os hebreus viveram apenas para ver um deus verdadeiro chegar e legaram esse deus verdadeiro ao mundo. Os gregos endeusaram a natureza e legaram ao mundo sua religião, isto é, sua filosofia e suas artes. Roma deificou o povo estatizado e legou seu Estado aos povos por vir. A França tem sido, no decorrer de toda a sua longa história, tão só uma encarnação e um desdobramento dessa ideia do deus romano e, se acabou jogando seu deus romano num precipício e se meteu com o ateísmo, que por enquanto é chamado por lá de socialismo, fez isso unicamente porque o ateísmo é, ainda assim, mais sadio do que o catolicismo romano. Se um grande povo não acredita que a verdade pertence unicamente a ele (única e exclusivamente a ele), se não acredita que só ele mesmo pode e deve ressuscitar e salvar o mundo inteiro com sua verdade, então ele deixa logo de ser um grande povo e logo se transforma num material etnográfico no lugar de um grande povo. Um povo que for realmente grande jamais poderá aceitar um papel secundário no meio da humanidade, nem sequer um papel de primeira ordem, mas tão somente um papel primeiríssimo e exclusivo. Ao perder essa fé, não é mais um povo. Contudo, a verdade é uma só, e só um dos povos é que pode, por conseguinte, ter um deus verdadeiro, mesmo que os demais povos tenham seus próprios deuses especiais e grandes. O único povo "portador de Deus" é o povo russo, e... e... e será, será que me toma por um idiota, Stavróguin — berrou subitamente, com desenfreio —, que não é capaz de distinguir, neste exato momento, umas besteiras velhas, caducas, moídas por todos os moinhos eslavófilos de Moscou de uma palavra completamente nova, da última palavra, da única palavra de renovação e ressurreição, e... e o que tenho a ver com suas risadas neste momento? Pouco me importa que você não me entenda em absoluto, em absoluto mesmo: nem uma palavra, nem um som!... Oh, como desprezo seu riso altivo e seu olhar neste momento!

Saltou do seu assento; seus lábios se cobriram mesmo de espuma.

— É o contrário, Chátov, é o contrário — disse Stavróguin, extraordinariamente sério e reservado, sem se levantar. — É o contrário: com suas palavras acaloradas, você ressuscitou em mim muitas lembranças por demais fortes. Reconheço, nessas palavras suas, meu próprio humor, como ele era dois anos atrás, e não lhe direi mais agora, como há pouco, que você exagerou minhas ideias antigas. Até me parece que elas foram mais radicais, mais imperiosas, e asseguro-lhe pela terceira vez que gostaria muito de confirmar tudo quanto você acabou de dizer, inclusive até a última palavra, mas...

— Mas precisa de uma lebre?

— O quê-ê-ê?

— É uma vil expressão sua — Chátov voltou a sentar-se, com uma risada maldosa —: "para fazer um molho de lebre, precisamos de uma lebre; para acreditar em Deus, precisamos de um deus". Dizem que você andava repetindo isso em Petersburgo, igual a Nozdriov que queria apanhar uma lebre pelas patas de trás.

— Não, aquele ali se gabava de já ter apanhado uma. Permita-me, a propósito, que o importune também com uma pergunta, ainda mais que agora tenho, pelo que me parece, pleno direito de fazê-la. Diga-me: sua própria lebre já foi pega ou ainda está correndo por aí?

— Não ouse perguntar com essas palavras, pergunte com outras, com outras! — De súbito, Chátov ficou todo trêmulo.

— Com outras, como quiser... — Nikolai Vsêvolodovitch mirou-o com severidade. — Queria apenas saber: você mesmo acredita em Deus ou não?

— Acredito na Rússia, acredito em sua ortodoxia... Acredito no corpo de Cristo... Acredito que o novo advento há de ocorrer na Rússia... Acredito... — balbuciou Chátov, frenético.

— E em Deus? Em Deus?

— Eu... eu vou acreditar em Deus.

Nenhum músculo se moveu no rosto de Stavróguin. Chátov encarava-o com ardor e desafio, como se quisesse queimá-lo com seu olhar.

— Não lhe disse que não acreditava em geral, disse? — exclamou finalmente. — Apenas lhe dou a entender que sou um livro infeliz, tedioso, e nada mais por enquanto, por enquanto... Mas que meu nome pereça! Não se trata de mim, mas de você... Sou um homem sem talento e só poderia dar meu sangue, nada mais, como qualquer homem sem talento. Que pereça também este meu sangue! Estou falando de você, esperei cá dois anos por você... Já faz meia hora que danço pelado em sua frente. Você, só você é que poderia levantar essa bandeira!...

Não terminou a frase e, como que desesperado, fincou os cotovelos em sua escrivaninha e apoiou a cabeça nas mãos.

— Notarei apenas, a propósito, uma estranheza — interrompeu-o Stavróguin, de supetão. — Por que é que todos me impõem alguma bandeira, hein? Piotr Verkhôvenski também está convencido de que eu poderia "levantar a bandeira" deles: transmitiram-me, pelo menos, tais falas. Ele se inculcou a ideia de que eu poderia assumir, no meio deles, o papel de Stenka Rázin,[37] "por capacidade especial de cometer crimes", também de acordo com as falas dele.

— Como? — perguntou Chátov. — "Por capacidade especial de cometer crimes"?

— Exato.

— Hum. Mas é verdade que você... — tornou a perguntar, com um sorriso malvado — é verdade que você aderiu em Petersburgo a uma sociedade secreta das volúpias bestiais? É verdade que até o Marquês de Sade[38] poderia aprender com você? É verdade que aliciava e pervertia as crianças? Fale, não ouse mentir! — gritou, totalmente fora de si. — Nikolai Stavróguin não pode

---

[37] Stepan Timoféievitch Rázin, vulgo "Stenka" (1630-1671): líder de uma imensa rebelião popular contra o governo czarista da Rússia, apresentado pelo folclore russo como análogo de Robin Hood e outros "bandidos nobres".

[38] Donatien Alphonse François de Sade (1740-1814), popularmente conhecido como o Marquês de Sade: literato francês, autor de escritos obscenos e patológicos de cujo nome foi derivado o termo "sadismo".

mentir para Chátov que o esbofeteou! Diga tudo, e, se for verdade, eu o matarei logo aqui, imediatamente, neste mesmo lugar!

— Disse essas palavras, mas quem molestou as crianças não fui eu — replicou Stavróguin, porém só após um silêncio bem prolongado. Estava pálido, seus olhos brilhavam.

— Mas você disse! — continuou Chátov, imperioso, sem despregar seus olhos fúlgidos dele. — É verdade que afirmava não saber em que a beleza de uma volúpia animalesca era diferente da de qualquer proeza que fosse, nem que alguém sacrificasse sua vida pela humanidade? É verdade que encontrou em ambos os polos uma beleza coincidente e um prazer igual?

— Não dá para responder assim... não quero responder — murmurou Stavróguin, que bem poderia levantar-se e ir embora, mas permanecia ali sentado.

— Tampouco sei por que o mal é ruim e o bem é belo, mas sei por que a sensação dessa diferença se apaga e se perde em tais senhores como os Stavróguin! — Todo trêmulo, Chátov não o deixava em paz. — Sabe por que se casou então, com tanto vexame e tanta vileza? Exatamente porque o vexame e o absurdo daquilo chegavam a ser geniais! Oh, você não anda pela beirada, mas se atira impávido, de cabeça para baixo. Você se casou por adorar a tortura, apaixonado pelo remorso, cheio de volúpia moral. Houve um rasgo nervoso... Seu desafio ao bom senso era por demais tentador! Stavróguin e aquela coitada da mancazinha, mentecapta e miserável! E quando mordeu a orelha do governador, será que sentiu gozo? Sentiu, não foi? Sentiu, seu senhorzinho ocioso, seu vagabundo?

— Você é um psicólogo — Stavróguin se tornava cada vez mais pálido —, embora se iluda em parte quanto aos motivos de meu casamento... Aliás, quem poderia ter fornecido todas essas informações a você? — Forçou-se a sorrir. — Seria Kiríllov? Mas ele não tinha participado...

— Está empalidecendo?

— O que você quer, de resto? — Afinal Nikolai Vsêvolodovitch elevou a voz. — Fiquei meia hora sentado aqui, debaixo do seu açoite, e você poderia, ao menos, deixar-me ir embora com gentileza... a não ser que tenha, de fato, algum motivo razoável para me tratar dessa forma.

— Algum motivo razoável?

— Sem dúvida. Você teria, pelo menos, a obrigação de me comunicar finalmente seu objetivo. Esperei, o tempo todo, que viesse a fazer isso, mas vi apenas sua raiva ensandecida. Peço que me abra o portão.

Levantou-se da cadeira. Frenético, Chátov se precipitou atrás dele.

— Beije a terra, regue-a com suas lágrimas, peça perdão! — bradou, agarrando-lhe o ombro.

— Contudo, não o matei... naquela manhã... mas pus ambas as mãos para trás... — disse Stavróguin, quase dolorosamente, ao abaixar os olhos.

— Termine aí, termine! Veio para me avisar do perigo, deixou que eu falasse, quer anunciar amanhã seu casamento em público!... Será que não percebo, pela sua cara, que está dominado por uma nova ideia terrível?... Stavróguin, por que sou condenado a acreditar em você pelos séculos dos séculos? Será que poderia falar assim com outra pessoa? Tenho cá meus pudores, mas não tive medo de me despir, já que falava com Stavróguin. Não tive medo de tornar caricata uma grande ideia ao tocar nela, já que Stavróguin me escutava... Será que não vou beijar as suas pegadas, quando você sair daqui? Não consigo arrancá-lo do meu coração, Nikolai Stavróguin!

— É pena que eu não possa amá-lo, Chátov — respondeu Nikolai Vsêvolodovitch, com frieza.

— Sei que não pode e sei que não está mentindo. Escute: posso consertar tudo. Vou arranjar uma lebre para você!

Stavróguin estava calado.

— Você é ateu porque é um senhorzinho, um senhorzinho de quinta. Você não distingue mais o mal do bem porque não reconhece mais seu povo. Uma geração nova vem surgindo bem no cerne popular, e nenhum de nós vai reconhecê-la, nem você, nem os Verkhôvenski, o filho e o pai, nem eu mesmo, porque também sou um senhorzinho, eu, filho de seu servo, de seu lacaio Pachka[39]... Escute: consiga Deus com seu trabalho, que é nisso todo o sentido, senão desaparecerá como um mofo abjeto. Consiga-O com seu trabalho!

— Conseguir Deus com o trabalho? Mas que trabalho seria esse?

— O dos mujiques. Vá trabalhar, largue suas riquezas... Ah! Está rindo, está com medinho de ser um *Kunststück*?[40]

Entretanto, Stavróguin não ria.

— Você acha que se pode conseguir Deus com um trabalho e, notadamente, com o dos mujiques? — repetiu

[39] Forma diminutiva e pejorativa do nome russo Pável.
[40] Truque, façanha ardilosa (em alemão).

ao pensar um pouco, como se realmente tivesse encontrado algo novo e sério, digno de sua reflexão. — A propósito — mudou repentinamente de tema —, você me lembrou agorinha: sabe que não sou nada rico e não teria, portanto, o que largar? Sou quase incapaz de garantir o futuro de Maria Timoféievna... E outra coisa: vim para lhe pedir que não abandonasse futuramente Maria Timoféievna, se lhe fosse possível, visto que só você poderia influenciar de algum modo aquela pobre mente dela... Digo isso por via das dúvidas.

— Está bem, está bem, desde que fala em Maria Timoféievna — Chátov agitou uma mão, segurando uma vela com a outra —, está bem: mais tarde, é claro... Escute: vá ver Tíkhon.

— Quem?

— Tíkhon. O ex-prelado que vive em repouso, por ser doente, em nossa cidade, aqui no perímetro urbano, no monastério do Nascimento Divino em Yefímievo.

— Por que iria vê-lo?

— Porque sim. Muitas pessoas vão visitá-lo. Vá lá, que não custa nada. Ou será que custa?

— É a primeira vez que ouço falar nisso e... ainda nunca vi pessoas dessa estirpe. Obrigado: vou visitá-lo, sim.

— Por aqui... — Chátov iluminava a escada. — Vá indo... — abriu a portinhola que dava para a rua.

— Não virei mais vê-lo, Chátov — disse Stavróguin em voz baixa, passando pela portinhola.

Estava ainda escuro, lá fora, e chovia como antes.

Capítulo segundo. Uma noite (continuação).

I

Ele percorreu toda a rua Bogoiavlênskaia. Por fim, o caminho seguiu ladeira abaixo, seus pés passaram a deslizar pela lama, e eis que se abriu em sua frente um espaço amplo, neblinoso e como que deserto: o rio. As casas se transformaram em casebres, a rua se perdeu em meio a múltiplos becos emaranhados. Nikolai Vsêvolodovitch gastou muito tempo em caminhar ao longo das cercas, sem se afastar da margem, mas encontrando com firmeza seu rumo em que nem pensava tanto naquele momento. Estava absorto em outras cismas e olhou ao redor com pasmo, quando de súbito, acordado da sua profunda meditação, viu-se quase no meio da nossa ponte flutuante, comprida e toda molhada. Não havia alma viva à sua volta, de sorte que ele achou estranho uma voz polidamente descontraída, mas, de resto, bastante agradável, soar de chofre quase rente ao seu cotovelo, com aquele sotaque adocicado de quem falasse escandindo as palavras, ostentado em nossas plagas pelos burgueses por demais civilizados ou então pelos jovens e cabeludos vendedores de nossa galeria comercial.

— Não permite, prezado senhor, que nos valhamos também do seu guarda-chuva?

Era, de fato, um sujeito qualquer que se insinuava, ou queria apenas fingir que se insinuava, debaixo do seu guarda-chuva. O vadio avançava ao seu lado, quase "o sentindo com o cotovelo", como se expressam os soldadinhos. Ao retardar o passo, Nikolai Vsêvolodovitch se inclinou um pouco para vê-lo melhor, o quanto isso seria possível naquele breu. Era um homem de estatura baixa, aparentemente um burguesinho que caíra na pândega, de roupas não muito quentes nem vistosas, com um boné de *suknó*, molhado e de pala meio arrancada, a espetar-se em seus cabelos crespos e desgrenhados. Parecia ser um moreno enxuto, mas forte, de tez bronzeada; seus olhos grandes e negros, retintos, brilhavam com certo matiz amarelo, iguais aos de um cigano, e isso se percebia até mesmo na escuridão. Tinha em torno de quarenta anos e não estava ébrio.

— Você me conhece? — perguntou Nikolai Vsêvolodovitch.

— É o senhor Stavróguin, Nikolai Vsêvolodovitch: foi domingo retrasado, assim que a máquina parou, lá na ferroviária, que o mostraram para mim. Sem contar o que me disseram antes a seu respeito.

— Foi Piotr Stepânovitch quem disse? Você... você é o Fedka Grilheta?

— Batizado de Fiódor Fiódorovitch. Até agora temos a nossa genitora natural nestas paragens, uma velhinha de Deus que cresce já para baixo e reza diariamente, de dia e de noite, por nós, a fim de não perder, desse jeito, seu tempo em vão, como fazem aquelas velhas que só se repimpam sobre o forno.[1]

---

[1] Em antigas casas russas, feitas de madeira e desprovidas de calefação, a cama era frequentemente instalada em cima do forno de alvenaria.

— Fugiu do presídio?

— Mudei de destino.[2] Larguei livros e sinos e lances divinos, que sou condenado a ir seguindo[3] e teria de esperar demais até meu prazo acabar.

— O que anda fazendo?

— O dia passou, a noite chegou. Um titiozinho ali, que fazia dinheiro falso, bateu as botas na semana passada, no xadrez daqui, e eu, bebendo à saudosa memória, meti duas dezenas de pedras na cachorrada: são esses os nossos quefazeres por ora. E, além disso, Piotr Stepânovitch nos beneficia com um passaporte comerciário, válido em toda a Rússia, e nós esperamos pelo seu favorzinho. "É que meu paizinho, diz ele, perdeu você como aposta, jogando então baralho no clube inglês, mas eu, diz ainda, considero injusta aquela barbaridade". E se o senhor me desse, de bom grado, três rublos, para me esquentar com chazinho, hein?

— Pois então você esperou por mim nesse lugar? Não gosto disso. A mando de quem?

— Quanto ao mando, ninguém me mandou, mas vim unicamente por conhecer a sua humanidade, que todo mundo conhece. Nossas receitazinhas, como o senhor mesmo sabe, são feno empilhado ou ferro do forcado. Pois me empanturrei de bolo, na sexta-feira, como Martyn de sabão, mas depois não comi um dia inteiro, jejuei no dia seguinte também e no terceiro dia não comi outra vez. O rio tem água até dizer chega: bebi tanto que as carpas nadam na minha pança... Não

---

[2] Confira: Fiódor Dostoiévski. *Memórias da Casa dos mortos*, Parte II, Capítulo V.

[3] Confira: Ibidem, Parte I, Capítulos I e V.

me faria, pois, o senhor generoso um favorzinho? É que uma comadre me aguarda, aqui por perto, só que a gente não vai à casa dela sem uns rublinhos.

— O que foi que Piotr Stepânovitch lhe prometeu em meu nome?

— Ele não prometeu, na verdade, mas só disse assim, à toa, que Vossa Graça poderia, talvez, precisar da gente, se acaso tivesse aí uma temporada dessas, mas não me explicou direito, tintim por tintim, para que precisaria mesmo, pois aquele Piotr Stepânovitch só faz encher a minha paciência de cossaco[4] e não tem nem um pingo de confiança na gente.

— Por que será?

— Piotr Stepânytch é astrólomo e conhece todas as sinas de Deus, só que ele também é sujeito a críticas. Fico na sua frente, meu senhor, como na frente do Vero, que ouvi falar muito de Vossa Graça. Piotr Stepânovitch é um tipo, e o senhor, quem sabe, é outro. Se dito que o Fulano é um canalha, então ele não quer nem saber se possui outro lado, além da canalhice. E se dito que o Beltrano é um babaca, então o nome daquele cara é, para ele, Babaca e ponto-final. E eu, quem sabe, sou um babaca apenas às terças e quartas, e na quinta-feira sou mais inteligente do que ele. Sabe agora a meu respeito que ando muito agoniado sem passaporte, já que não dá para viver na Rússia sem documento, e pensa logo que tomou conta da minha alma inteira. Digo-lhe, meu senhor, que é muito fácil viver neste mundo para Piotr

---

[4] Não se trata, neste contexto, de um dos povos guerreiros que habitavam no sul da Rússia, mas de um "cabra macho", indivíduo valente e rude.

Stepânovitch, pois ele mesmo imagina a gente tal como quer imaginar. E, além disso, é sovina demais. Pensa ali que não me atreveria, sem ele saber, a incomodar Vossa Graça, mas fico na sua frente, meu senhor, como na frente do Vero e já faz a quarta noite que o aguardo nesta ponte, pois o negócio é que consigo, mesmo sem ele saber e andando eu cá de mansinho, achar meu próprio caminho. É melhor, penso, a gente se curvar a uma bota que a um *lápot*.[5]

— Mas quem lhe disse que eu passaria de noite por essa ponte?

— Pois me inteirei disso, confesso, por fora mesmo, devido à estupidez do capitão Lebiádkin, que ele não sabe, de jeito nenhum, segurar a língua... Assim lhe cobraria, meu senhor, três rublos por três dias e três noites passados, por aquele tédio. E, quanto às nossas roupas molhadas, ficamos, de tanto dissabor, caladinhos.

— Eu vou à esquerda, e você à direita: acabou-se a ponte. Escute, Fiódor: gosto que entendam a minha palavra de uma vez por todas. Não lhe darei nem um copeque, e veja se não cruza mais comigo, nem na ponte nem em lugar algum, pois não preciso nem precisarei de você, e, se não me der ouvidos, vou amarrá-lo e entregá-lo à polícia. Desinfete!

— I-ih, mas acrescente, pelo menos, um pouquinho de quebra, que desinfetarei mais alegre.

— Vá logo!

---

[5] Forma singular do substantivo russo *lápti* (calçado tradicional dos camponeses na época descrita: espécie de alpercata feita de entrecasca de árvores).

— Mas será que o senhor conhece aquele caminho lá? É que são tantos os becos... até poderia guiá-lo, porque esta cidade é, digamos assim, o diabo trouxe na cesta, mas deixou cair, que não presta.

— Eh, mas vou amarrá-lo! — Nikolai Vsêvolodovitch se voltou para ele, com ares de ameaça.

— Mas pense aí, meu senhor: não é tão difícil magoar um órfão.

— Não, pelo que vejo, você confia demais em si!

— Eu, meu senhor, não confio tanto em mim quanto em Vossa Graça.

— Não preciso de você para nada, já disse!

— Sou eu, meu senhor, que preciso de Vossa Graça, é isso. Mas tudo bem: vou aguardá-lo na volta.

— Então lhe dou a minha palavra de honra: se o encontrar, vou amarrá-lo.

— E eu já deixo um *kuchak* preparadinho. Bom passeio, meu senhor: só por ter abrigado um órfão debaixo do seu guarda-chuva é que lhe seremos gratos pelo resto da vida.

Ficou para trás. Nikolai Vsêvolodovitch chegou aonde precisava chegar preocupado. Aquele homem caído do céu estava plenamente convicto de lhe ser necessário e, cheio de insolência, apressava-se a avisá-lo disso. Todos o tratavam agora sem cerimônias. No entanto, era também possível que o vadio não mentisse o tempo todo e buscasse ser contratado apenas em seu próprio nome, justamente sem Piotr Stepânovitch saber, e tal coisa já era a mais surpreendente de todas.

II

A casa aonde chegou Nikolai Vsêvolodovitch ficava num beco ermo, entre as cercas detrás das quais se estendiam hortas, literalmente nos confins da cidade. Era uma casinha de madeira, totalmente isolada, recém-construída e ainda não revestida de ripas. Os contraventos de uma das suas janelas estavam propositalmente destrancados; havia uma vela acesa no parapeito, obviamente para servir de farol à tardia visita pela qual se esperava. Ainda a uns trinta passos, Nikolai Vsêvolodovitch enxergou o vulto de um homem alto que estava postado à entrada, decerto o dono daquela casa que tinha saído, impaciente, para examinar a estrada. Eis que se ouviu a voz dele, ansiosa e como que tímida:

— É você mesmo? É você?

— Sou — respondeu Nikolai Vsêvolodovitch, não antes que se aproximasse dos degraus da entrada e fechasse o guarda-chuva.

— Até que enfim! — O capitão Lebiádkin (era bem ele) azafamou-se e agitou-se. — Seu guarda-chuvinha, por gentileza... está todo molhado... vou deixá-lo aberto no chão, aqui no cantinho. Seja bem-vindo, seja bem-vindo!

A porta que levava do *sêni* ao quarto iluminado por duas velas estava escancarada.

— Não fosse apenas sua promessa de vir sem falta, cessaria de acreditar.

— Quinze para uma da madrugada... — Entrando no quarto, Nikolai Vsêvolodovitch consultou seu relógio.

— Está chovendo, ainda por cima, e a distância é tão interessante assim... Não tenho relógio e só vejo aquelas hortas pela janela, de modo que... fico ultrapassado... mas, na verdade, não estou reclamando, que não me atrevo, não me atrevo... somente por causa dessa impaciência que me rói a semana toda... para resolver, finalmente.

— Como?

— Para ouvir a minha sentença, Nikolai Vsêvolodovitch. Seja bem-vindo.

Ele se inclinou, convidando-o a sentar-se a uma mesinha posta defronte ao sofá.

Nikolai Vsêvolodovitch olhou ao redor. O quarto era minúsculo, de teto baixinho; os móveis, apenas os mais necessários: cadeiras e sofá de madeira, também feitos mui recentemente, sem forro nem almofadas; duas mesinhas de tília, uma perto do sofá e a outra, coberta de uma toalha, num canto, carregada de vários objetos com um guardanapo limpíssimo por cima. Aliás, o quarto inteiro parecia mantido numa limpeza exemplar. O capitão Lebiádkin não estava mais bêbado havia uns oito dias: com aquele seu rosto inchado e amarelado, e seu olhar inquieto, curioso e aparentemente perplexo, deixava bem claro que ainda não sabia, ele próprio, que tom poderia adotar nem qual dos tons lhe seria agora o mais vantajoso.

— É isso... — Fez um gesto circular, mostrando o quarto. — Vivo que nem um Zósimo.[6] A sobriedade, o recolhimento e a miséria: um voto dos cavaleiros antigos.

— Você acha que os cavaleiros antigos faziam tais votos?

— Talvez esteja errado? Ai de mim: não tenho desenvolvimento! Destruí tudo! Será que acredita em

[6] Nome de vários monges e eremitas ortodoxos.

mim, Nikolai Vsêvolodovitch? Foi cá mesmo que acordei, pela primeira vez, dos meus vergonhosos pendores — nem um cálice, nem uma gota! Tenho cá meu cantinho e faz seis dias que sinto a beatitude da consciência. Até as paredes cheiram a resina, lembrando a natureza. E quem fui eu, quem fui?

> De noite bebo sem pregar meus olhos,
> De dia boto a língua para fora...,

conforme a expressão genial do poeta! Mas... você está tão molhado... Não gostaria de tomar chá?

— Não se preocupe.

— O samovar estava fervendo antes das oito horas, mas... apagou-se... como tudo se apaga neste mundo. Até o sol, pelo que dizem, há de se apagar por sua vez... De resto, se for preciso, arrumarei. Agáfia não dorme.

— Diga: Maria Timoféievna...

— Está aqui, está — logo respondeu, cochichando, Lebiádkin. — Digna-se a vê-la? — apontou para a porta encostada do outro cômodo.

— Não está dormindo?

— Oh, não, não, como poderia? Pelo contrário, espera desde a tardezinha e, tão logo ficou sabendo há pouco, arrumou-se num piscar de olhos! — Já ia entortar a boca num sorrisinho jocoso, mas se conteve de imediato.

— Como ela está em geral? — perguntou Nikolai Vsêvolodovitch, sombrio.

— Em geral? Você mesmo se digna a saber (deu de ombros como quem se lamentasse), e agora... agora está sentada ali, deitando cartas...

— Está bem, depois: primeiro tenho de terminar com você.

Nikolai Vsêvolodovitch acomodou-se numa cadeira.

O capitão não ousou sentar-se no sofá, mas puxou logo outra cadeira para si mesmo e inclinou-se um pouco, esperando com emoção, para escutá-lo.

— O que você tem lá no canto, embaixo da toalha? — De súbito, Nikolai Vsêvolodovitch prestou atenção naquilo.

— Aquilo lá? — Lebiádkin também se virou. — É fruto de sua própria caridade, para festejar a mudança, digamos assim, e levando em consideração seu longo caminho e sua fadiga natural... — Deu uma risadinha bajuladora, depois se levantou, foi nas pontas dos pés até a mesinha que estava no canto e tirou, respeitosa e cautelosamente, o guardanapo que a cobria. Havia, embaixo dele, uma leve refeição pronta: presunto, carne de vitela, sardinhas, queijo, além de uma garrafinha esverdeada e de um garrafão de bordéus;[7] estava tudo limpo e disposto com pleno conhecimento de causa, quase garboso.

— Foi você quem se esforçou?

— Fui. Comecei ontem ainda e fiz tudo quanto pude para homenagear... Quanto a Maria Timoféievna, você sabe que é indiferente a essas coisas. E, o principal, quem custeou tudo foi você mesmo, foi sua própria caridade, pois você é quem manda aqui, não sou eu, e eu, digamos assim, faço apenas as vezes de seu feitor, já que ainda assim, Nikolai Vsêvolodovitch, ainda assim, meu espírito é independente ainda assim! Não me tome, portanto, este meu último patrimônio! — finalizou, meloso.

— Hum! Teria de se sentar novamente.

---

[7] Vinho tinto francês, originalmente denominado Bordeaux.

— Gra-a-ato, grato e independente! (O capitão se sentou). Ah, Nikolai Vsêvolodovitch, tantas coisas se acumularam neste meu coração que não sabia nem como esperar pela sua visita! Agora é que vai definir meu destino e... o daquela infeliz, e depois... depois, como se fazia antes, nos tempos idos, vou desdobrar tudo em sua frente, como quatro anos atrás! É que se dignava então a escutar-me, recitava estrofes... Que me chamassem então de seu Falstaff, aquele de Shakespeare, mas você significava tanto em meu destino!... E agora tenho grandes medos e só de você é que espero conselhos e luzes. Piotr Stepânovitch me trata de modo horrível!

Nikolai Vsêvolodovitch escutava com curiosidade e olhava com atenção. Era óbvio que, muito embora tivesse parado de beber, o capitão Lebiádkin estava longe do seu estado harmonioso. É algo esquisito que se eterniza, por fim, em tais bebedores inveterados, algo fumacento, como que avariado e desvairado, se bem que de resto eles iludam, enganem e ludibriem ainda, se for necessário, nada pior do que quaisquer outros.

— Percebo que não mudou nem um pouco, capitão, nesses quatro anos e tanto — disse Nikolai Vsêvolodovitch, parecendo um tanto mais afável. — Talvez seja verdade que toda a segunda metade da vida humana se compõe ordinariamente tão só de hábitos adquiridos em sua primeira metade.

— Altas palavras! Você resolve o enigma da vida! — exclamou o capitão, meio falso, meio realmente tomado de uma exaltação genuína por gostar muito de palavrório. — Dentre todas as suas frases, Nikolai Vsêvolodovitch, decorei principalmente uma, dita por você ainda em Petersburgo: "É preciso, de fato, ser um grande homem para poder resistir até mesmo ao bom senso". É isso aí!

— É preciso ser, ao mesmo tempo, um bobo.

— Está certo, um bobo também, só que você tem esbanjado essa argúcia pela vida afora, e eles lá? Que Lipútin ou Piotr Stepânovitch profiram, ao menos, algo semelhante! Oh, mas com quanta crueldade é que me tratava Piotr Stepânovitch!...

— E você mesmo, capitão, como se comportava, afinal de contas?

— Meu estado etílico e, além do mais, um mundaréu de meus inimigos! Mas agora tudo, tudo passou, e eis que me renovo como uma serpente. Sabe, Nikolai Vsêvolodovitch, que estou redigindo meu testamento e que, aliás, já o redigi?

— É interessante. O que, pois, vai deixar e para quem?

— Para a pátria, a humanidade e os estudantes. Li nos jornais, Nikolai Vsêvolodovitch, a biografia de um americano. Ele deixou toda a sua imensa fortuna para construírem fábricas e promoverem ciências positivas, legou seu esqueleto aos estudantes de uma academia de lá e mandou fazer de sua pele um tambor para tocarem, de dia e de noite, o hino nacional americano. Ai de nós: somos pigmeus em comparação com aqueles voos mentais dos Estados Norte-Americanos. A Rússia é um capricho da natureza, mas não uma obra da mente. Tentasse eu legar minha pele, digamos ao regimento de infantaria de Akmólinsk[8] onde tive a honra de começar meu serviço militar, para fazer um tambor e tocar todos

---

[8] Cidade localizada no norte do Cazaquistão, atualmente Astana, a capital desse país.

os dias, na frente do regimento, o hino nacional russo, tomariam isto por um liberalismo e proibiriam a minha pele... portanto me contentei apenas com os estudantes. Quero legar meu esqueleto à academia, mas contanto, contanto que fique colada em sua testa, pelos séculos dos séculos, uma etiqueta com as palavras: "Livre-pensador arrependido". É isso aí!

O capitão falava com ardor e já acreditava, bem entendido, na beleza daquele testamento americano, porém era ladino e queria muito fazer Nikolai Vsêvolodovitch rir, ainda mais que desempenhara outrora junto a ele, por muito tempo, o papel de palhaço. Contudo, Stavróguin nem sorriu, mas, pelo contrário, indagou-lhe com certa desconfiança:

— Então pretende publicar seu testamento ainda em vida e ganhar alguma recompensa com ele?

— Nem que seja assim, Nikolai Vsêvolodovitch, nem que seja assim! — Lebiádkin mirou-o com prudência. — Como é meu destino, hein? Até parei de compor versos, mas você também, Nikolai Vsêvolodovitch, já se divertiu com meus versinhos, nos tempos idos — diante de uma garrafa, lembra? Foi-se, porém, a pena. Só escrevi um poema, igual a Gógol que fez sua "Novela última". Ele declarou ainda à Rússia que ela "se cantara" em seu peito, lembra? Assim fui eu: cantei e basta.

— E qual foi esse poema?

— "Caso ela fraturasse sua perna"!

— O quê-ê?

O capitão só esperava por isso. Respeitava e prezava desmedidamente seus próprios poemas, mas ao mesmo tempo, devido a certa duplicidade ladina de sua alma, gostava de ver Nikolai Vsêvolodovitch ficar sempre alegre com seus versinhos e gargalhar ao ouvi-los, por vezes mesmo segurando os flancos. Alcançavam-se, dessa forma, dois objetivos, tanto o poético quanto o prático, mas agora havia também um terceiro objetivo, particular e bastante delicado: trazendo à baila seus versos, o capitão tencionava justificar-se num ponto, que mais receava por algum motivo e no tocante ao qual mais se sentia culpado.

— "Caso ela fraturasse sua perna", isto é, caso estivesse cavalgando. Uma fantasia, Nikolai Vsêvolodovitch, um delírio, mas o delírio de um poeta. Um dia, fiquei perturbado ao encontrar, de passagem, uma amazona e levantei uma questão material: "O que seria então?", ou seja, naquele caso. Está tudo claro: todos os pretendentes dariam para trás, todos os noivos cairiam fora (limpa o nariz, que foi por um triz!), e tão somente o poeta permaneceria fiel, com o coração esmagado no peito. Até mesmo um piolho, Nikolai Vsêvolodovitch, poderia ficar enamorado, as leis não proíbem tanto nem a ele. Ainda assim, tal pessoa ficou magoada pela minha carta e pelos meus versos. Até você se zangou, pelo que me disseram, não foi? Isso é triste, nem quis acreditar. Quem é que poderia ter prejudicado apenas com minha imaginação? Ademais, juro pela minha honra que veio Lipútin: "Mande a carta, mande, que toda pessoa merece o direito à correspondência". Então despachei a carta.

— Parece que se ofereceu como noivo?

— Inimigos, inimigos e inimigos!

— Leia seus versos — interrompeu-o severamente Nikolai Vsêvolodovitch.

— Um delírio, antes de tudo um delírio.

No entanto, aprumou-se, estendeu a mão e começou:

— Assim, c'o membro fraturado,
Ela ficou ainda mais linda,
E seu ardente enamorado
Enamorou-se mais ainda.

— Pois bem, chega! — Nikolai Vsêvolodovitch agitou a mão.

— Sonho com Peter[9] — Lebiádkin mudou rapidamente de assunto, como se nunca tivesse lido aqueles versos —, sonho com a ressurreição... Meu benfeitor! Poderia contar com alguns meios de viajar que você não me recusaria? Esperei por você como pelo sol, toda essa semana.

— Não, veja se me desculpa: quase não tenho mais meios, eu mesmo, e, aliás, por que lhe daria dinheiro?...

Nikolai Vsêvolodovitch pareceu de repente zangado. Enumerou, seca e brevemente, todos os delitos do capitão: bebedeira, mentira, gastança do dinheiro que se destinava a Maria Timoféievna, além de seu rapto do convento, das cartas ousadas com ameaças de tornar o segredo público, do acidente com Dária Pávlovna, e assim por diante. O capitão vibrava, gesticulava, passava a objetar, porém, todas as vezes, Nikolai Vsêvolodovitch fazia-o parar imperiosamente.

— E veja se me permite — notou afinal —: você faz questão de escrever sobre "a vergonha da família". Qual é essa vergonha que lhe pesa porque sua irmã é a esposa legítima de Stavróguin?

— Mas seu matrimônio é secreto, Nikolai Vsêvolodovitch, secreto: é um mistério fatal. Recebo seu dinheiro

---

[9] Nome coloquial de São Petersburgo.

e, de repente, alguém me pergunta por que o recebo. Estou amarrado e não posso responder sem prejudicar minha irmã e minha dignidade familiar.

O capitão elevou a voz: gostava desse tema e contava muito com ele. Nem pressentia, ai-ai, como ficaria atordoado. Tranquila e precisamente, como se desse a mais corriqueira ordem em sua casa, Nikolai Vsêvolodovitch participou-lhe que um dia desses, "talvez mesmo amanhã ou depois de amanhã", ele se dispunha a levar seu matrimônio ao conhecimento de todos, "tanto da polícia quanto da sociedade", e que, portanto, a questão da dignidade familiar, bem como a dos subsídios, haviam de ser resolvidas naturalmente. O capitão arregalou os olhos. Nem sequer compreendera o dito, de modo que seria mister explicá-lo para ele.

— Mas ela é... doida.

— Tomarei minhas providências.

— Mas... o que fará sua genitora?

— O que bem entender.

— Mas então... você levará sua esposa à sua casa, não é?

— Talvez sim. Aliás, isso não é da sua conta em plena acepção da palavra, nem tem nada a ver com você.

— Como assim, "nada a ver"? — exclamou o capitão. — E eu mesmo ficarei como?

— É claro que não entrará em minha casa.

— Mas eu sou um parente!

— Foge-se de tais parentes. Pois então, pense você mesmo: por que lhe daria dinheiro?

— Nikolai Vsêvolodovitch, Nikolai Vsêvolodovitch, isso é impossível! Talvez ainda mude de ideia, talvez não queira ainda botar para quebrar... O que pensará, o que dirá a sociedade?

— Temeria muito essa sua sociedade! Então me casei com sua irmã, quando quis, após um almoço de bêbados, ao apostar aquele vinho lá, e agora vou espalhar tudo pelos quatro cantos... já que isso me agrada agora!

Isso foi dito num tom especialmente irritadiço, de sorte que Lebiádkin começou, apavorado, a acreditar.

— Mas eu cá, como ficarei eu? Pois a principal figura aqui sou eu, não sou?... Talvez esteja brincando, Nikolai Vsêvolodovitch?

— Não estou brincando, não.

— A vontade é sua, Nikolai Vsêvolodovitch, mas não acredito em você... Se for assim, vou reclamar.

— É bobo demais, capitão.

— Que seja, mas é tudo o que me resta! — O capitão se atrapalhou por completo. — Antes, pelo menos, deixavam a gente morar naqueles cantos, em troca dos serviços dela, mas o que será de mim agora, se vocês dois me abandonarem assim?

— Só que você quer ir a Petersburgo, mudar de carreira, não quer? Ouvi, aliás, comentarem por aí, a propósito, que pretendia ir lá com uma denúncia, na esperança de conseguir seu perdão entregando todos os outros.

De boca escancarada e olhos esbugalhados, o capitão não lhe respondia.

— Escute, capitão! — De súbito, Stavróguin se pôs a falar com uma seriedade extraordinária, inclinando-se em direção à mesa. Até então se expressara com certa ambiguidade, de modo que Lebiádkin, muito versado em seu papel de palhaço, estivera hesitando um pouquinho até o último instante: zangava-se seu patrãozinho de fato ou apenas o provocava, nutria realmente aquela ideia selvagem de tornar seu casamento público ou apenas brincava? Mas agora a aparência por demais séria de Nikolai Vsêvolodovitch estava tão persuasiva que até mesmo um calafrio percorreu o dorso do capitão. — Escute e diga a verdade, Lebiádkin: já fez alguma denúncia ou ainda não fez? Já teve tempo de fazer realmente alguma coisa? Será que mandou por tolice alguma carta?

— Não teve tempo para nada, não... nem pensei nisso... — O capitão fitava-o sem se mover.

— Pois está mentindo ao dizer que não pensou. Pede que eu o deixe ir a Petersburgo por essa mesma razão. Se não escreveu nada, será que não disse por acaso alguma coisa a alguém daqui? Diga a verdade, que já ouvi uns boatos.

— Disse a Lipútin, quando estava bêbado. Lipútin é um traidor. Abri meu coração para ele — cochichou o coitado do capitão.

— Quanto ao coração, tudo bem, mas não precisa afinal ser bobo. Se tinha mesmo essa ideia, devia guardá-la consigo: as pessoas inteligentes se calam, hoje em dia, mas não conversam.

— Nikolai Vsêvolodovitch! — O capitão passou a tremer. — Mas você mesmo não participou de nada, e eu não o denunciaria...

— É claro que não ousaria denunciar sua vaca leiteira.

— Pense bem, Nikolai Vsêvolodovitch, pense bem!... — Desesperado, choroso, o capitão começou a contar às pressas a sua história nos últimos quatro anos. Era uma história estupidíssima, a de um parvo que se envolvera numa empresa alheia, quase sem entender até o último momento, em meio a bebedeiras e patuscadas, a importância dela. Contou que ainda em Petersburgo “se empolgara de início, apenas por amizade, como um estudante honrado, embora não fosse estudante” e, sem saber de nada, “sem culpa alguma”, espalhava diversos papeizinhos pelas escadarias, deixava dezenas deles ao lado das portas, junto às campainhas, colocava-os nas caixas do correio em vez de jornais, levava-os ao teatro onde os enfiava em chapéus e metia em bolsos. E depois chegara a receber dinheiro da comunidade, “pois quais eram meus meios, hein, quais eram”? Andara propagando “aquela droga toda”, de distrito em distrito, por duas províncias. — Oh, Nikolai Vsêvolodovitch! — exclamava. — O que mais me revoltava, é que aquilo era totalmente contrário às leis civis, principalmente às de nossa pátria! Fica impresso lá, por exemplo, que se deve sair de casa com um forcado nas mãos, tendo em mente que quem sair pobre pela manhã pode voltar rico à noite — pense só! Sinto, pois, calafrios, mas espalho, ainda assim. Ou então, de repente, cinco ou seis linhas para toda a Rússia ler, sem mais nem menos: “Tranquem rápido as igrejas, acabem com Deus, desfaçam casamentos, destruam os direitos de herança, peguem as facas” — apenas isso, e só o diabo sabe o que está por vir. E foi com aquele papelzinho de cinco linhas que por pouco não me apanharam: os oficiais me espancaram no regimento, mas, Deus lhes dê saúde, deixaram para lá. E depois, no ano passado, quase fui pego de novo, quando passei as notas de cinquenta rublos, aquelas de contrafação francesa, a Korováiev, mas, *graças a Deus*, Korováiev se afogou oportunamente, bêbado, num tanque, e não tiveram mais como me acusar. Aqui, na casa de Virguínski, proclamei a liberdade da mulher social. E, no mês de junho, tornei a espalhar no distrito de ...sk. Dizem que me forçarão novamente... Piotr Stepânovitch me avisa, de repente, que devo obedecer e já faz muito tempo que me ameaça. Como foi que ele me tratou então, no domingo? Sou escravo, Nikolai Vsêvolodovitch, sou verme, mas não sou Deus: apenas isso é que me distingue de Derjávin.[10] Mas quais são meus meios, hein, quais são?

Nikolai Vsêvolodovitch escutou tudo isso com curiosidade.

— Ignorava completamente muitas coisas — disse —, mas é claro que tudo poderia ter ocorrido a você... Escute — prosseguiu, ao pensar um pouco —: se quiser, diga a eles, a quem você conhece aí, que Lipútin mentiu e que você pretendia apenas dar um susto em mim com essa denúncia, achando que eu também estivesse comprometido, e me cobrar assim mais dinheiro... Entende?

— Nikolai Vsêvolodovitch, meu querido, será que me ameaça tamanho perigo? Só esperava por você, para lhe perguntar.

Nikolai Vsêvolodovitch sorriu.

— Não o deixariam, com certeza, ir a Petersburgo, mesmo se eu custeasse sua viagem... Aliás, está na hora de ver Maria Timoféievna! — Ele se levantou da cadeira.

— Mas enfim, Nikolai Vsêvolodovitch... e o que será de Maria Timoféievna?

— O que já disse.

— Pois isso também é verdade?

— Ainda não acredita?

---

[10] Cita-se a ode *Deus*, do clássico russo Gavriil Românovitch Derjávin (1743-1816), que contém a antítese antológica: *Sou czar, escravo, verme, Deus...*

— Então me jogará mesmo fora, como uma bota velha e gasta?

— Vou ver — respondeu Nikolai Vsêvolodovitch, rindo. — Agora me deixe passar.

— Não me manda ficar à entradinha... para não ouvir, sem querer, alguma coisa... que os quartinhos são minúsculos?

— Boa ideia: fique lá à entrada. Tome meu guarda-chuva.

— Será que mereço... seu guarda-chuva? — O capitão exagerou em suas lisonjas.

— Qualquer um merece um guarda-chuva.

— Determina de pronto o *minimum*[11] de direitos humanos...

O capitão já balbuciava maquinalmente: estava abatido demais com as notícias e perdera o último fio da meada. No entanto, quase logo que se postou à entrada e abriu o guarda-chuva sobre a sua cabeça, voltou a despontar nessa cabeça leviana e espertinha a ideia apaziguadora de sempre, a de que se tentava enganá-lo e se mentia para ele, e que, assim sendo, não lhe cumpria temer, pois ele mesmo era temido.

"Se mentem para mim, se me enganam, qual é o lance?" — era isso que palpitava em sua cabeça. A divulgação do casamento lhe parecia absurda: "É verdade que um feiticeiro desses pode fazer qualquer coisa: vive para molestar a gente. E se ele mesmo está com medinho, depois daquele escândalo no domingo, e com um medinho maior do que nunca? Por isso é que veio correndo assegurar que ele mesmo divulgaria, por medo

[11] Mínimo (em latim).

de eu divulgar primeiro. Ei, não tropece, Lebiádkin! E para que vir à noite, às escondidas, já que deseja tanta publicidade? E, se estiver com medo, quer dizer que está com medo agora, neste exato momento, precisamente de alguns dias para cá... Ei, não se enrole, Lebiádkin!...

"Ameaça com Piotr Stepânovitch. Oh, que horror, oh, que horror... sim, isso é um horror mesmo! Fiz aquela besteira de falar com Lipútin! Só o diabo sabe o que aqueles tinhosos estão tramando: nunca soube entender. Mexem-se lá de novo, como cinco anos atrás. Para quem é que eu os denunciaria, enfim? 'Será que escreveu para alguém por tolice?' Hum. Então se pode escrever mesmo, alegando ser por tolice. Será que me dá um conselho? 'Vai a Petersburgo por essa mesma razão'. Que velhaco: apenas sonhei com isso, mas ele já tinha adivinhado meu sonho! Como se me incentivasse a ir. Das duas uma, por certo: ou está com medo por ter aprontado, ou... não tem medo de nada, mas só me incentiva a denunciar aquela turma toda! Oh, que horror, Lebiádkin; oh, tomara que não tropece!...".

Quedou-se tão pensativo que até se esqueceu de escutar atrás da porta. De resto, seria difícil escutar: a porta era grossa, com um batente só, e se falava ali muito baixo, de modo que se ouviam apenas uns sons indistintos. O capitão cuspiu, desistindo da ideia, e foi outra vez, absorto, à escadinha de entrada para lá ficar assobiando.

III

O quarto de Maria Timoféievna era duas vezes maior do que o ocupado pelo capitão e tinha a mesma mobília tosca, porém a mesa posta em face do sofá estava coberta de uma toalha multicolor e ornamentada, havia um candeeiro aceso em cima dela, uma bela alcatifa se estendia pelo chão todo, a cama estava separada com uma comprida cortina verde a atravessar o quarto de ponta a ponta, e, além disso, uma poltrona grande e macia, em que Maria Timoféievna não se sentava, aliás, encontrava-se ao lado da mesa. O ícone, com uma lamparina acesa em sua frente, estava num canto, como no apartamento antigo, e as mesmas coisinhas indispensáveis se espalhavam pela mesa: um baralho, um espelhinho, um cancioneiro e até mesmo um pãozinho doce. Tinham aparecido, além do mais, dois livretos com desenhos coloridos, um dos quais continha trechos de uma história popular sobre viagens, adaptados para serem lidos na adolescência, e o outro reunia alguns contos simplórios, de conteúdo edificante e, na maioria das vezes, cavalheiresco, destinados à leitura em festas natalinas e escolas para mocinhas. Havia lá também um álbum com diversas fotografias. Decerto Maria Timoféievna esperava pela visita, conforme avisara o capitão, mas, quando Nikolai Vsêvolodovitch entrou no quarto, estava dormindo, reclinando-se sobre o sofá e pondo a cabeça numa almofada de *harus.*[12] O visitante fechou inaudivelmente a porta e, parado no mesmo lugar, ficou olhando para a adormecida.

O capitão exagerara um pouco em dizer que ela se tinha arrumado. Usava o mesmo vestido escurinho com que estivera, domingo passado, na casa de Varvara Petrovna.

---

[12] Tecido de algodão de baixa qualidade, resistente, mas duro e áspero (em polonês).

Seus cabelos atados da mesma maneira formavam um minúsculo nó em sua nuca, e seu pescoço comprido e seco permanecia desnudo, também da mesma maneira. Cuidadosamente dobrado, o xale negro que lhe oferecera Varvara Petrovna estava sobre o sofá. O rosto de Maria Timoféievna estava, como dantes, grosseiramente branqueado e carminado. Nikolai Vsêvolodovitch não passara ali nem um minuto, e de repente ela acordou, como se sentisse seu olhar sobre si, abriu os olhos e rapidamente se endireitou. Mas algo estranho parecia ter ocorrido ao visitante: plantado no mesmo lugar, rente às portas, continuava fitando o rosto dela, silenciosa e obstinadamente, com um olhar imóvel e penetrante. Talvez esse olhar estivesse severo em demasia ou expressasse uma aversão, se não um maldoso prazer ante o susto dela, ou então fora apenas uma impressão que Maria Timoféievna tivera ao acordar, mas de chofre, após cerca de um minuto de espera, o semblante da pobre mulher exprimiu um verdadeiro pavor, crispado por convulsões. Ela ergueu suas mãos trêmulas e subitamente se pôs a chorar, tal e qual uma criança assustada; mais um instante, e acabaria gritando. Contudo, o visitante se recobrou: seu rosto mudou num átimo, e ele se achegou à mesa com o sorriso mais gentil e carinhoso possível.

— Desculpe, Maria Timoféievna, por assustá-la, enquanto dormia, com minha vinda inesperada — disse, estendendo-lhe a mão.

Os sons dessas palavras amáveis surtiram efeito: o susto passou, embora ela o mirasse ainda com receio e se esforçasse, pelo visto, para compreender algo. Também lhe estendeu, receosa, a mão. Um sorriso tímido se moveu afinal em seus lábios.

— Bom dia, príncipe — sussurrou ela, fixando nele um olhar um tanto estranho.

— Teve um sonho ruim, não teve? — Ele sorria cada vez mais afável e carinhoso.

— Como sabe que sonhei *com aquilo?...*

De súbito, voltou a tremer, inclinando-se para trás e soerguendo a mão em sua frente, como se estivesse para se defender. Ia chorar de novo.

— Recomponha-se... chega, não tem nada a temer... Será que não me reconheceu? — exortava-a Nikolai Vsêvolodovitch, mas dessa vez gastou muito tempo sem conseguir acalmá-la. Calada, Maria Timoféievna olhava para ele com a mesma perplexidade penosa, com um pensamento angustiante em sua pobre cabeça, e tentava ainda compreender alguma coisa. Ora abaixava os olhos, ora tornava a correr um olhar rápido e abrangente por ele. Não que se tivesse enfim acalmado, mas como que se decidiu.

— Sente-se, por favor, ao meu lado, para depois eu poder vê-lo direito — disse com bastante firmeza, aparentando ter um objetivo novo e claro. — E agora não se preocupe: não vou olhar para o senhor, mas assim, para baixo. Não olhe para mim também, antes que eu mesma lhe peça. Sente-se, venha! — acrescentou, com certa impaciência.

Aquela nova sensação parecia dominá-la cada vez mais.

Nikolai Vsêvolodovitch se sentou e ficou esperando. Houve um silêncio assaz prolongado.

— Hum! Tão esquisito é tudo isso — murmurou ela de improviso, quase com asco. — É claro que os sonhos ruins me atazanam, mas por que é que sonho justo com aquilo lá?

— Pois bem, chega de sonhos — disse Stavróguin, impaciente, voltando-se para ela apesar da proibição, e quem sabe se a expressão recente não transpareceu de novo em seus olhos. Percebia que ela tivera, e várias vezes, muita vontade de encará-lo, mas se continha com teimosia e olhava para baixo.

— Escute, príncipe — elevou repentinamente a voz —; escute, príncipe...

— Por que me vira as costas, por que não olha para mim, por que essa comédia toda? — exclamou ele, descontrolado.

Ela parecia nem ter ouvido seu grito.

— Escute, príncipe — repetiu pela terceira vez, em voz firme e com um esgar desagradável, inquieto. — Quando me disse então, na carruagem, que ia contar sobre o nosso casamento, levei um susto, já que o mistério acabaria. E agora não sei mais de nada: fiquei pensando, o tempo todo, e vejo claramente que não presto mesmo. Terei como me arrumar, saberei talvez receber as visitas: não é grande coisa a gente convidar para uma chávena de chá, sobretudo se tiver lacaios. Mas, ainda assim, como é que serei vista do lado de fora? Daquela vez, domingo de manhã, enxerguei muita coisa naquela casa ali. A senhorita bonitinha não tirava os olhos de mim, sobretudo depois de o senhor entrar. Pois foi o senhor quem entrou então, não foi? A mãe dela é apenas uma velhinha mundana e ridícula. E meu Lebiádkin também se destacou; eu só olhava para o teto (ainda bem que o teto de lá seja todo pintado), para não rir. E a mãe *dele* haveria de ser uma *igúmenia*: tenho medo dela, se bem que me tenha dado um xale negro. Eles todos me viram então, na certa, de um lado inesperado; não estou zangada, só que pensei então, quando estava lá sentada: que parenta deles é que sou eu? É claro que uma condessa precisa apenas de qualidades morais, que tem muitos lacaios para fins materiais, e também alguma coquetice mundana para saber acolher aqueles viajantes estrangeiros. Mas, ainda assim, eles olharam para mim, então no domingo, com desesperança. Só Dacha é um anjo. Tenho muito medo de o magoarem, *a ele*, com algum comentário imprudente sobre minha pessoa.

— Não tenha medo nem se preocupe — disse Nikolai Vsêvolodovitch, entortando a boca.

— De resto, mesmo se ele se envergonhasse um pouquinho comigo, isso não me faria nada, que sempre há mais piedade que vergonha nessas coisas... a depender do homem, é claro. Pois ele sabe que antes eu cá teria de me apiedar deles, mas não eles lá de mim.

— Parece que está muito ressentida com eles, Maria Timoféievna.

— Quem, eu? Não... — sorriu ela, com singeleza. — Nem um tantinho. Olhei então para vocês todos: estão todos zangados, estão todos brigados e, quando ficam juntos, nem sabem rir de coração. Tanta riqueza e tão pouca alegria: tudo isso me enoja. Aliás, não tenho agora pena de ninguém, a não ser de mim mesma.

— Ouvi dizerem que viviam mal sem mim, você e seu irmão.

— Quem foi que lhe disse? Bobagem! Agora ficou pior ainda; agora tenho sonhos ruins, e meus sonhos são ruins porque o senhor veio. Pergunta-se por que o senhor veio aqui... diga-me, por favor.

— Não quer por acaso voltar para o convento?

— Pois já pressentia que me ofereceriam outra vez o convento! Mas que nadica de nada é aquele convento de vocês! E por que eu iria lá, com que lá entraria agora? Agora estou sozinha no mundo! É tarde começar a terceira vida.

— Está muito zangada, não sei por quê. Não teria medo de que eu não a ame mais?

— Pouco me importo com o senhor. Tenho medo de eu mesma não amar mais alguém.

Ela sorriu com desdém.

— Tenho culpa para com *ele*, na certa, culpa de algo bem grande — adicionou de repente, como que falando consigo mesma. — Apenas não sei de que estou culpada, e essa é minha eterna dor. Sempre, mas sempre, todos esses cinco anos, tive medo, de dia e de noite, dessa minha culpa para com ele. Fico rezando, às vezes, rezando e não paro de pensar na minha enorme culpa para com ele. E agora acontece que foi tudo verdade.

— Mas o que é que acontece?

— Receio apenas que haja nisso alguma coisa por parte *dele* — continuou ela, sem responder à sua pergunta nem sequer tê-la ouvido. — E não poderia ele, de resto, andar com aquela gentinha. A condessa estava para me engolir, se bem que me deixasse entrar na carruagem dela. Todos se entenderam ali... será que ele também? Será que ele também me traiu? (O queixo e os lábios dela passaram a tremer). Escute aí: o senhor leu sobre Grichka Otrêpiev,[13] que foi amaldiçoado por sete concílios?

---

[13] Yúri Bogdânovitch, vulgo Grichka, Otrêpiev (cerca de 1581-1606): famoso *samozvánetz* (impostor) russo que organizou a intervenção militar do reino polonês contra a Rússia, foi coroado, em 1605, sob o nome de Dmítri Ivânovitch, mas destronado e morto logo em seguida.

Nikolai Vsêvolodovitch não respondeu.

— Agora me virarei, aliás, e vou olhar para o senhor! — Ela parecia ter tomado uma decisão espontânea. — Vire-se também e olhe para mim, mas com atenção. Quero ter a certeza, pela última vez.

— Já faz tempo que olho para você.

— Hum — articulou Maria Timofêievna, absorvendo-se em mirá-lo —, o senhor engordou muito... — Queria dizer mais alguma coisa, porém o recente susto voltou, pela terceira vez, a desfigurá-la por um instante, e ela recuou logo, erguendo a mão em sua frente.

— Mas o que você tem? — exclamou Nikolai Vsêvolodovitch, quase enraivecido.

Contudo, aquele susto durou apenas um instante, e eis que o rosto dela ficou contraído por um sorriso estranho, desconfiado e desagradável.

— Peço-lhe, príncipe, que se levante e entre — pronunciou ela de súbito, com uma voz firme e insistente.

— Como assim, "entre"? Entraria onde?

— Só fiquei imaginando, nesses cinco anos todos, como *ele* entraria. Levante-se agora e saia daqui, vá àquele quarto. Eu fico sentada, como se não esperasse por nada, e pego um livrinho, e de repente o senhor entra após cinco anos de viagens. Quero ver como será aquilo.

Nikolai Vsêvolodovitch rangeu os dentes e resmungou algo indistinto consigo mesmo.

— Basta — disse, batendo com a palma da mão na mesa. — Peço-lhe, Maria Timofêievna, que me escute. Faça o favor de juntar, se puder, toda a sua atenção. Não é, afinal de contas, totalmente louca! — prorrompeu, ansioso. — Amanhã vou divulgar nosso casamento. Você nunca viverá num palácio, nem conte com isso.

Se quiser, viverá comigo a vida toda, mas muito longe daqui. Há um lugar nas montanhas, lá na Suíça... Não se preocupe, que nunca a abandonarei nem a colocarei num asilo de loucos. Terei bastante dinheiro para vivermos sem mendigar. Você terá uma criada e nenhuma tarefa a cumprir. Tudo quanto desejar lhe será fornecido na medida do possível. Vai rezar, poderá ir aonde quiser e fazer o que lhe apetecer. Não tocarei em você. Tampouco me afastarei, a vida toda, do meu lugar. Se quiser, não vou conversar com você pelo resto da vida; se quiser, vai contar para mim toda noite, como naqueles buracos em Petersburgo, suas novelas. Vou ler para você, se assim desejar. E vamos passar assim a vida inteira, no mesmo lugar, e aquele lugar é sinistro. Quer? Está decidida? Não se arrependerá depois, não me atormentará com suas lágrimas e maldições?

Ela escutou com uma curiosidade extraordinária e ficou, por muito tempo, calada e pensativa.

— Tudo isso é incrível para mim — respondeu afinal, com escárnio e asco. — Desse jeito, vou viver, quem sabe, quarenta anos naquelas montanhas. — Deu uma risada.

— Pois bem: viveremos lá quarenta anos... — Nikolai Vsêvolodovitch ficou muito sombrio.

— Hum. Não vou lá de jeito nenhum.

— Nem mesmo comigo?

— E quem é o senhor para eu ir junto? Ficar quarenta anos mofando naquela montanha, com o senhor — que ideia é essa? E como as pessoas são pacientes hoje em dia, palavra de honra! Mas não pode ser que o falcão se transforme num mocho! Meu príncipe não é assim! — Ela ergueu, orgulhosa e solenemente, a cabeça.

Parecia tomada de inspiração.

— Por que me chama de príncipe e... por quem me toma? — perguntou ele depressa.

— Como? Não é um príncipe?

— Nunca fui.

— Então o senhor mesmo confessa, logo de cara, que não é um príncipe?

— Estou dizendo que nunca fui um!

— Meu Deus! — Ela agitou os braços. — Esperava por qualquer coisa, da parte dos inimigos *dele*, mas por uma ousadia dessas, jamais! Será que ele está vivo? — bradou, frenética, aproximando-se de Nikolai Vsêvolodovitch. — Confessa: tu o mataste ou não?

— Por quem é que me tomas? — De rosto alterado, ele saltou do seu assento, porém já seria difícil assustá-la outra vez: ela estava triunfante.

— Mas quem é que sabe quem és e de onde saíste? Só meu coração sentiu, nesses cinco anos, a intriga toda, só meu coração, sim! Pois fico sentada aqui e me pasmo: qual é essa coruja cega que apareceu? Não, queridinho, és um ator ruim, até mesmo pior que Lebiádkin! Transmite minhas lembranças humildes para a condessa e diz que ela mande alguém melhorzinho que tu! Ela te contratou, diz? Ficas, por caridade, lá na cozinha dela? Pois vejo todo o engodo de vocês, todinho, e compreendo vocês todos, mas todos, até o último!

Stavróguin a segurou, com força, pelo braço, acima do cotovelo, enquanto ela gargalhava bem na cara dele.

— Parecer, sim, pareces demais com ele, talvez sejas um parente mesmo — que povinho astuto! Só que o meu é um falcão preclaro e um príncipe, e tu és um mocho e um mascatezinho! O meu se curva perante o próprio Deus, se quiser, e, se não quiser, não se curva, e tu mesmo levaste uns bofetões de Chátuchka (meu caro, meu carinhoso, meu queridinho!), como me contou meu Lebiádkin. E por que te acovardaste então, quando entraste na sala? Quem te assustou então? Mal vi essa tua cara vilã, quando tropecei e tu me arrimaste, e como que um verme entrou rastejando no meu coração: não é *ele*, pensei, não é *ele*! Meu falcão não se envergonharia nunca comigo na frente de uma moça mundana! Oh, meu Deus, mas já estive feliz, nesses cinco anos inteiros, apenas por saber que meu falcão estava ali, para além das montanhas, vivendo e voando e para o sol olhando nalgum lugar... Diz aí, *samozvánetz*: cobraste muito dinheiro? Por muito dinheiro é que te vendeste? Eu não te daria um tostão furado. Ah-ah-ah! Ah-ah-ah!

— Uh, idiota! — rosnou Nikolai Vsêvolodovitch, ainda lhe segurando, com força, o braço.

— Fora daqui, *samozvánetz*! — gritou ela, imperiosa. — Sou mulher de meu príncipe e não tenho medo da tua faca!

— Da faca?

— Sim, da faca! Tens uma faca no bolso. Pensaste que eu estivesse dormindo, mas eu cá vi tudo: mal entraste aqui, agorinha, tiraste a faca!

— O que disseste aí, miserável, quais são esses teus sonhos? — rugiu ele, ao empurrá-la com toda a força, tanto assim que ela bateu dolorosamente os ombros e a cabeça contra o sofá. Saiu correndo, porém ela se precipitou logo em seu encalço, mancando e saltitando, e, uma vez nos degraus da entrada, ainda gritou para ele nas trevas, em meio a guinchos e gargalhadas, enquanto Lebiádkin a segurava, atemorizado, com todas as forças:

— Grichka O-trê-piev a-ná-te-ma!

IV

"Faca, faca!" — repetia ele, insaciavelmente furioso, enquanto avançava a passos largos, sem olhar para onde pisava, através do lamaçal e das poças d'água. É verdade que por momentos queria muito soltar uma gargalhada alta, infrene, mas se continha por alguma razão e abafava o riso. Recobrou-se apenas na ponte, naquele exato lugar em que acabara de encontrar Fedka, e aquele mesmo Fedka permanecia ainda à sua espera e, tão logo o avistou, tirou o boné, arreganhou jovialmente os dentes e rompeu sem demora a tagarelar com alegria e desenvoltura. A princípio, Nikolai Vsêvolodovitch passou ao seu lado sem se deter nem sequer escutar, por algum tempo, aquele vadio que o seguia outra vez. De supetão, ficou aturdido com a ideia de tê-lo esquecido completamente e, além disso, no exato momento em que repetia, a cada minuto, consigo mesmo: "Faca, faca". Então pegou o vadio pela gola e, com toda a raiva acumulada e toda a força, fê-lo tombar sobre a ponte. Fedka pensou de relance em lutar com ele, mas adivinhou em seguida que era uma espécie de palhinha em comparação com seu adversário, que o atacara, ademais, desprevenido, e logo se calou e se aquietou sem lhe opor a mínima resistência. Ajoelhado, prensado contra o solo, com os cotovelos torcidos para trás, o astuto vadio esperava tranquilamente pelo desfecho e, pelo visto, nem por sombra acreditava no eventual perigo.

Não se enganou. Nikolai Vsêvolodovitch já havia tirado, com a mão esquerda, seu cachecol quente para amarrar os braços do prisioneiro, mas de improviso o soltou sem causa aparente e afastou-o de si com um empurrão. Num átimo, o vadio ficou em pé, voltou-se para ele, e eis que uma faca curta e larga, aquela de sapateiro, brilhou, ao surgir não se sabia de onde, em sua mão.

— Nada de faca, guarde-a, guarde agora! — *ordenou*, com um gesto impaciente, Nikolai Vsêvolodovitch, e a faca sumiu tão instantaneamente quanto surgira.

Calado como antes, Nikolai Vsêvolodovitch seguiu seu caminho sem se virar, porém o teimoso canalha não o deixou em paz, ainda assim, parando apenas de tagarelar e até mesmo mantendo uma respeitosa distância de um passo inteiro atrás dele. Ambos caminharam assim pela ponte e alcançaram a margem do rio, dobrando dessa vez à esquerda e enveredando por uma ruela comprida e deserta, a qual permitia chegar ao centro da cidade mais depressa do que a rua Bogoiavlênskaia percorrida havia pouco.

— Dizem que roubou, dia desses, uma igreja por aí, no distrito. É verdade? — perguntou de repente Nikolai Vsêvolodovitch.

— Quer dizer, entrei no começo, digamos assim, para rezar — respondeu o vadio ponderada e polidamente, como se nada tivesse acontecido, e não apenas ponderadamente, mas quase com dignidade. Não sobrara nem rastro de sua recente familiaridade "amigável". Dava para ver um homem empreendedor, sério, que, muito embora magoado à toa, sabia esquecer suas mágoas.

— Foi nosso Senhor quem me levou até lá — prosseguiu ele. — Eta, pensei, mas que graça celestial! Aconteceu aquilo por causa da nossa orfandade, pois não se faz o destino da gente sem subvenção. E veja aí se Vossa Graça acredita em Deus: só tive prejuízo, e nosso Senhor me castigou pelos meus pecados! Ganhei com a *makhálnitsa* e a *khlopotnítsa* e a correia dorsal do diácono[14] tão somente doze rublinhos. E o *podboródnik*[15] de São Nicolau, de prata pura, não valeu nada: dizem que é *similior*.[16]

— Degolou o vigia?

— Quer dizer, limpamos juntos, aquele vigia e eu, só que depois, já de manhãzinha, tivemos uma disputa mútua perto do rio: quem carregaria o saco? Pequei então, aliviei um pouquinho o comparsa.

— Degole mais, roube mais!

— E Piotr Stepânovitcn me sugere a mesma coisa que o senhor, tintim por tintim, porque é sovina demais, em matéria de subvenção, e desumano. Além de não acreditar, nem por um vintém, no Criador celeste que nos fez todos de pó terreno e de dizer que foi tudo feito somente pela natureza, até o último bicho, não entende, ainda por cima, que não podemos, com este nosso destino, nem sobreviver sem uma subvenção caridosa. A gente começa a explicar para ele, e ele olha como um carneiro para a água: qualquer um se espantaria. Pois acredite o senhor ou não, mas aquele capitão Lebiádkin, que se dignou a visitar agorinha, deixava às vezes, quando morava ainda na casa de Filíppov, a porta escancarada, sem a trancar a noite inteira, e dormia ali, mortalmente bêbado, e o dinheiro caía então de todos os bolsos dele e rolava pelo chão. Pude observar aquilo

---

[14] Gírias arcaicas russas que designavam, respectivamente, o incensório, a Bíblia e a *orar* (fita estreita e comprida, feita de brocado ou similar tecido colorido e usada por clérigos ortodoxos).

[15] Parte inferior da moldura do ícone ortodoxo, geralmente feita de ouro ou de prata.

[16] Corruptela da palavra francesa *similaire* (parecido, semelhante).

com meus próprios olhos, já que não podemos, com esta condição nossa, nem sobreviver sem alguma subvenção...

— Com seus próprios olhos? Entrava, pois, na casa dele à noite?

— Talvez entrasse, só que ninguém sabe disso.

— Então por que não o degolou também?

— Contei aqui, com meu ábaco, e botei freio em mim mesmo. Como é que faria tal coisa sabendo com toda a certeza que sempre poderia sacar uns cento e cinquenta rublos por lá ou, se aguardasse um bocadinho, até mil e quinhentos? Pois o capitão Lebiádkin (ouvi com meus próprios ouvidos) sempre contou demais com o senhor, em seu estado de embriaguez, e não temos nenhuma casa de bebidas por aí, nenhuma bodega imprestável onde ele não tenha declarado isso nesse seu estado. Então, ao ouvir muitas bocas falarem disso, eu também passei a depositar toda a minha esperança na Vossa Graça. Falo agora ao senhor como se fosse meu pai ou meu irmão de sangue, que Piotr Stepânytch nunca vai saber disso, nem uma só alma viva. Será que se digna Vossa Graça a dar três rublinhos para a gente ou não? Pois não faria, meu senhor, senão me deixar saber, desde já, a verdade verdadeira, que não podemos nem sobreviver sem uma subvenção qualquer.

Nikolai Vsêvolodovitch desandou a gargalhar e, tirando do bolso um porta-níqueis onde havia cerca de cinquenta rublos em notas miúdas, jogou-lhe primeiro uma nota da maçaroca, depois outra, a terceira, a quarta... Fedka tentava apanhá-las enquanto voavam, pulava, deixava as notas caírem na lama, pegava-as e gritava: "Eh, eh!". Por fim, Nikolai Vsêvolodovitch atirou todo o maço nele e, continuando a gargalhar, foi embora pela ruela, mas dessa vez só. O vadio ficou lá procurando, de joelhos no meio do lamaçal, as notas espalhadas pelo vento e submersas em poças, e ainda se pôde ouvi-lo, durante uma hora inteira, exclamar convulsivamente na escuridão: "Eh, eh!".

Capítulo terceiro. O duelo.

I

No dia seguinte, às duas horas da tarde, o suposto duelo se concretizou. O que contribuiu para o rápido desfecho da briga foi a indomável vontade que Artêmi Pávlovitch Gagânov tinha de duelar em quaisquer circunstâncias. Sem compreender a conduta de seu adversário, estava raivoso. Já fazia um mês inteiro que ele o ofendia impunemente, mas ainda não conseguira tirá-lo do seu compasso. Seria mister que Nikolai Vsêvolodovitch em pessoa viesse desafiá-lo, porquanto não tinha, ele próprio, nenhum pretexto direto para o desafio. No que concernia aos seus impulsos secretos, ou seja, simplesmente ao seu ódio mórbido por Stavróguin provocado, havia quatro anos, pela ofensa familiar, acanhava-se por alguma razão em explicitá-los. Além do mais, considerava impossível um pretexto desses, sobretudo em vista daquelas humildes desculpas que Nikolai Vsêvolodovitch já lhe apresentara duas vezes. Concluiu em seu âmago que estava lidando com um covarde desavergonhado, sem entender como ele pudera suportar a bofetada de Chátov, e resolveu afinal, desse modo, despachar aquela carta extraordinariamente grosseira que acabou incitando Nikolai Vsêvolodovitch a propor-lhe um encontro pessoal. Ao enviar tal carta na véspera, aguardava pelo desafio numa impaciência febril e calculava morbidamente as suas chances de recebê-lo, ora esperançoso, ora desesperado, providenciando por via das dúvidas, ainda ao anoitecer, um padrinho, que seria Mavríki Nikoláievitch Drozdov, seu companheiro, colega de escola e homem que respeitava sobremaneira. Destarte Kiríllov, que compareceu no dia seguinte, às nove horas da manhã, com sua incumbência, encontrou um terreno completamente pronto. Todas as desculpas e concessões inauditas de Nikolai Vsêvolodovitch foram rejeitadas de imediato, com a primeira palavra dita e de uma forma por demais entusiástica. Informado sobre aquela história apenas na véspera, Mavríki Nikoláievitch ficou boquiaberto de espanto ante essas propostas fantásticas, dispondo-se logo a insistir em fazerem as pazes, mas, percebendo que Artêmi Pávlovitch quase passara a tremer, mal antevira tais intenções, em sua cadeira, quedou-se calado, sem articular uma só palavra. Não fosse a promessa que fizera ao seu companheiro, teria partido sem demora, porém se deteve lá com a única esperança de lhe prestar, pelo menos, alguma ajuda ao fim do duelo. Kiríllov formalizou o desafio; todas as condições esboçadas por Stavróguin foram aceitas imediata e literalmente, sem a mínima objeção. Foi feito apenas um acréscimo, de resto muito cruel, a saber: se nada decisivo ocorresse com os primeiros disparos, os adversários voltariam a atirar; caso o resultado fosse nulo de novo, atirariam pela terceira vez. Kiríllov ficou sombrio, barganhou acerca dessa terceira vez e, sem conseguir nada, consentiu, todavia, em reconhecer que "se podia atirar três vezes, mas, pela quarta vez, de jeito nenhum". Assim se entenderam. Dessa maneira, o encontro se deu, às duas horas da tarde, em Brýkovo, isto é, num bosque suburbano entre Skvorêchniki, de um lado, e a fábrica dos Chpigúlin do outro. A chuva noturna havia cessado, mas o tempo estava bem úmido e ventoso. As nuvens baixas corriam, turvas e rotas, pelo céu gélido, e as árvores farfalhavam, como se uma onda passasse através dos seus cimos cerrados, e rangiam sobre as suas raízes. Era uma manhã muito triste.

Gagânov e Mavríki Nikoláievitch chegaram ao lugar marcado num vistoso *char à bancs*[1] puxado por um par de cavalos e dirigido por Artêmi Pávlovitch, acompanhados por um criado. Quase no mesmo instante apareceram também Nikolai Vsêvolodovitch e Kiríllov, porém não vieram de carruagem e, sim, a cavalo, igualmente acompanhados por um criado a cavalgar. Mesmo sem nunca ter montado, Kiríllov se mantinha em sela com firmeza, de costas retas, e sua mão direita segurava uma pesada caixa com pistolas, que ele não quisera confiar ao criado, enquanto sua mão esquerda não parava de torcer, por falta de habilidade, e de puxar os freios, fazendo o cavalo sacudir a cabeça e manifestar muita vontade de se empinar, o que não deixava, aliás, o cavaleiro nem um pouco assustado. Suspeitoso e propenso a ofender-se rápida e profundamente, Gagânov tomou essa cavalgada por uma nova ofensa pessoal, naquele sentido de que, assim sendo, seus inimigos contavam demais com o sucesso por dispensarem, desde logo, uma carruagem que lhes poderia ser útil caso houvesse um ferido. Desceu do *char*

[1] Grande carruagem coberta por um toldo e aberta dos lados, espécie de ônibus com vários assentos (em francês).

à bancs todo amarelo de fúria e sentiu suas mãos tremerem, o que comunicou a Mavríki Nikoláievitch. Ignorou a mesura de Nikolai Vsêvolodovitch e virou-lhe as costas. Os padrinhos lançaram a sorte, optando pelas pistolas de Kiríllov. Fixaram as barreiras, puseram os adversários em seus lugares e mandaram a carruagem e os cavalos ficarem, com os lacaios, a uns trezentos passos atrás. As armas foram carregadas e entregues aos duelistas.

É pena ser preciso conduzir a narração mais depressa, faltando-me tempo para desdobrá-la; por outro lado, tampouco me seria possível abreviá-la em demasia. Mavríki Nikoláievitch estava triste e preocupado. Kiríllov se portava, em compensação, com tranquilidade e indiferença absolutas, estava bem minucioso em tratar dos detalhes da tarefa assumida, mas não revelava sequer a mínima inquietude nem demonstrava quase nenhuma curiosidade com relação ao desfecho fatal e tão próximo do conflito. Mais pálido que de costume, Nikolai Vsêvolodovitch usava roupas bastante leves, um casaco e um chapéu branco de lã. Parecia muito cansado, franzia por vezes a testa e nem por sombra achava necessário dissimular esse seu desagradável estado de espírito. Todavia, Artêmi Pávlovitch era, naquele momento, o mais notável de todos, tanto assim que não se poderia, em caso algum, deixar de dizer umas palavras bem especiais a respeito dele.

II

Até agora não tivemos a oportunidade de mencionar sua aparência. Era um homem em torno de trinta e três anos, de estatura alta, todo branco, nutrido como se diz no meio popular, quase gordo, de ralos cabelos louros e feições um tanto ou quanto bonitas. Reformara-se com patente de coronel e, se tivesse chegado ao generalato, seria agora mais imponente ainda, tornando-se, mui provavelmente, um bom general de campo.

Não podemos deixar de dizer, para caracterizar esse homem, que o principal motivo de sua reforma foi uma ideia que o perseguira longa e dolorosamente, a da desonra de sua família após a ofensa causada ao seu pai em nosso clube, quatro anos antes, por Nikolai Stavróguin. Achava desonesto, com a mão na consciência, continuar servindo e tinha a certeza íntima de infamar, com sua presença, o regimento e os companheiros de armas, muito embora nenhum deles soubesse daquele acidente. É verdade, aliás, que já quisera certa vez deixar o exército, bem antes da ofensa sofrida e por um motivo bem diferente, mas ficara então indeciso. Por mais estranho que fosse escrever sobre isto, aquele motivo inicial ou, melhor dito, aquele impulso para se reformar fora o Manifesto de 19 de fevereiro relativo à libertação dos camponeses. Riquíssimo fazendeiro de nossa província, cujas perdas não seriam tão grandes assim depois do Manifesto, além de capaz, ele próprio, de se convencer do caráter humano dessa medida e quase de compreender as vantagens econômicas da reforma em curso, Artêmi Pávlovitch se sentira de chofre, uma vez divulgado o Manifesto, como que pessoalmente magoado. Fora algo espontâneo, algo semelhante a um sentimento tanto mais forte quanto menos consciente. De resto, ele não se aventurara a empreender nada de decisivo antes de seu pai ter falecido, porém se projetara em Petersburgo, com essa "nobreza" de suas ideias, junto a diversas pessoas notáveis com quem fazia questão de manter boas relações. Era um homem que se fechava, mergulhava em si. E outro traço: era um daqueles fidalgos estranhos, mas ainda existentes na Rússia, que valorizam excepcionalmente a antiguidade e a pureza de sua linhagem fidalga e tratam esse tema com um interesse por demais sério. Ao mesmo tempo, detestava a história russa e, de modo geral, considerava todos os costumes russos uma espécie de porcaria. Ainda em sua infância, naquela especial escola militar para descendentes das famílias mais nobres e ricas onde tivera a honra de começar e de terminar a sua instrução, percebera certas convicções poéticas enraizarem-se nele, vindo a gostar de castelos, da vida medieval e, sobretudo, daquela parte que dava início a óperas, da antiga cavalaria, quase chorando de vergonha, já àquela altura, ao saber que na época do reino Moscovita o czar podia submeter um boiardo[2] russo a castigos corporais e corando ante as eventuais comparações. Esse homem teimoso, rigoroso em excesso, que conhecia seu serviço e cumpria suas obrigações com todo o primor possível, era um sonhador no fundo da alma. Afirmava-se que poderia discursar em reuniões por ter o dom da oratória, porém ele passara todos os seus trinta e três anos em silêncio. Até mesmo naquele importante meio petersburguense que frequentava nos últimos tempos, portava-se com uma soberba extraordinária. Ao encontrar em Petersburgo Nikolai Vsêvolodovitch que acabava de voltar

---

[2] Representante da mais antiga e tradicional aristocracia russa, cujos privilégios foram reduzidos no século XVI por Ivan IV, o Terrível, e abolidos no século XVIII por Piotr (Pedro) I, o Grande.

do estrangeiro, quase enlouquecera. E no momento presente, postando-se em face da barreira, estava terrivelmente inquieto. Parecia-lhe o tempo todo que o duelo ainda podia não acontecer; a menor demora deixava-o trêmulo. Uma impressão mórbida se refletiu em seu rosto quando Kiríllov, em vez de sinalizar o início do combate, começou de súbito a falar, embora por mera formalidade, o que logo explicitou para todos:

— Falo por mera formalidade: agora que já estão com as pistolas nas mãos e que me cumpre, a mim, mandar atirarem, pergunto pela última vez se não gostariam de fazer as pazes. É meu dever de padrinho.

Mavríki Nikoláievitch, que até então estava calado, mas desde o dia anterior sofria intimamente por causa de suas transigência e complacência, agarrou-se de supetão e como que de propósito à ideia de Kiríllov. Também se pôs a falar:

— Solidarizo-me plenamente com as palavras do senhor Kiríllov... Aquela ideia de que não se pode fazer as pazes à barreira é um preconceito válido para os franceses... Ademais, não entendo qual é a ofensa: ajam como quiserem, porém já faz tempo que quero dizer isso... É que várias desculpas têm sido apresentadas, não é?

Ficou todo vermelho. Raramente lhe ocorria falar tanto e com tamanha emoção.

— Volto a confirmar minha proposta de apresentar todas as desculpas possíveis — replicou Nikolai Vsêvolodovitch, singularmente solícito.

— Veja se pode! — exclamou Gagânov, frenético, dirigindo-se a Mavríki Nikoláievitch e batendo furiosamente o pé. — Se não for meu inimigo e, sim, meu padrinho, Mavríki Nikoláievitch, explique àquele homem (apontou, com a pistola, em direção a Nikolai Vsêvolodovitch) que tais concessões apenas reforçam a ofensa! Ele não acha possível ofender-se comigo!... Não acha vergonhoso deixar-me plantado aqui, rente à barreira! Por quem é que me toma depois disso, aos olhos de você... que é, para completar, meu padrinho? Você só me irrita para eu não acertar! — Ele tornou a bater o pé; a saliva jorrava dos seus lábios.

— As negociações acabaram. Peço que escutem meu comando! — gritou Kiríllov, com toda a força. — Um! Dois! Três!

Com a palavra "três", os duelistas foram um ao encontro do outro. Gagânov logo ergueu a pistola e, feitos cinco ou seis passos, atirou. Deteve-se por um segundo e, percebendo que não acertara, achegou-se depressa à barreira. Nikolai Vsêvolodovitch também se acercou dela, ergueu a pistola, porém demasiado alto, e atirou quase sem mirar seu adversário. Depois tirou um lenço e envolveu com ele o mindinho da mão direita. Só então todos viram que Artêmi Pávlovitch não errara totalmente o alvo: a bala deslizara pelo dedo de Stavróguin, mas deixara apenas, sem ter lesionado o osso, uma arranhadura ínfima sobre a carne da articulação. Kiríllov anunciou de pronto que, se os adversários não estivessem satisfeitos, o duelo continuaria.

— Declaro — disse Gagânov, rouco (sua garganta ficara seca), dirigindo-se outra vez a Mavríki Nikoláievitch — que aquele homem (voltou a apontar para Stavróguin) atirou de propósito pelos ares... de caso pensado... É uma ofensa a mais! Ele quer tornar o duelo impossível!

— Tenho o direito de atirar como quiser, contanto que siga as regras — rebateu firmemente Nikolai Vsêvolodovitch.

— Não pode, não! Expliquem para ele, expliquem! — vociferava Gagânov.

— Apoio inteiramente a opinião de Nikolai Vsêvolodovitch — declarou Kiríllov.

— Por que ele me poupa? — Sem ouvir nada, Gagânov se agitava como um possesso. — Eu desprezo a misericórdia dele... Estou cuspindo... Estou...

— Juro que não queria ofender o senhor de maneira alguma — disse Nikolai Vsêvolodovitch, impaciente. — Atirei ao alto porque não quero matar mais ninguém, seja o senhor, seja outra pessoa; aliás, isso não lhe diz respeito. É verdade que não me considero ofendido e lamento o senhor se zangar com isso. Mas não permitirei a ninguém infringir meu direito.

— Se tem tanto medo de sangue, perguntem por que me desafiou! — berrava Gagânov, dirigindo-se novamente a Mavríki Nikoláievitch.

— E como poderia deixar de desafiá-lo? — intrometeu-se Kiríllov. — O senhor não quis ouvir nada... Então como a gente se livraria do senhor?

— Só uma objeção — proferiu Mavríki Nikoláievitch, que deliberava sobre o assunto com esforço e sofrimento —: se um dos adversários declara desde logo que vai atirar ao alto, o duelo não pode continuar realmente... por razões delicadas e... óbvias...

— Não declarei coisa nenhuma que ia atirar cada vez ao alto! — exclamou Stavróguin, perdendo completamente a paciência. — O senhor não sabe o que tenho em mente nem como vou atirar agora... Não estorvo o duelo de modo algum!

— Assim sendo, a luta pode continuar... — Mavríki Nikoláievitch se dirigiu a Gagânov.

— Cavalheiros, tomem seus lugares! — ordenou Kiríllov.

Caminharam de novo um ao encontro do outro; de novo, Gagânov não acertou e Stavróguin atirou pelos ares. Até seria lícito contestar aqueles disparos ao alto: Nikolai Vsêvolodovitch poderia afirmar às claras que atirava como devia, se não tivesse confessado antes errar de propósito. Não apontava a pistola direto para o céu nem para uma árvore, mas aparentava, em todo caso, mirar seu adversário, conquanto lhe atirasse, de resto, um *archin*[3] acima do chapéu. Dessa segunda vez, a pontaria fora ainda mais baixa e, consequentemente, mais verossímil, porém já não se podia dissuadir Gagânov.

— Outra vez! — exigiu, rangendo os dentes. — Tanto faz! Fui desafiado e tenho meu direito. Quero atirar pela terceira vez... custe o que custar.

— Tem todo o direito — atalhou Kiríllov. Mavríki Nikoláievitch não disse nada. Os adversários se posicionaram pela terceira vez, ouviram o comando; dessa feita, Gagânov caminhou até a barreira e, uma vez lá, a doze passos do seu inimigo, começou a mirá-lo. Suas mãos tremiam demais para dar um tiro certeiro. Apontando a pistola para baixo, Stavróguin estava imóvel em sua frente, à espera de seu disparo.

— Demora demais em mirar, demais! — gritou impetuosamente Kiríllov. — Atire! A-ti-re! — Ressoou o disparo e, dessa vez, o chapéu branco de lã voou da cabeça de Nikolai Vsêvolodovitch. O tiro foi assaz

---

[3] Cerca de 70 centímetros.

certeiro, furando bem baixo a copa do chapéu: um quarto de *verchok*[4] abaixo e estaria tudo acabado. Kiríllov apanhou o chapéu e passou-o para Nikolai Vsêvolodovitch.

— Atire, não faça o adversário esperar! — bradou Mavríki Nikoláievitch, tomado de uma emoção extraordinária ao ver Stavróguin, aparentemente esquecido de seu disparo, examinar o chapéu com Kiríllov. Stavróguin estremeceu, olhou para Gagânov, virou-lhe as costas e, dessa vez sem sombra de delicadeza, atirou para longe, para dentro do bosque. O duelo chegou ao fim. Gagânov estava como que esmagado. Mavríki Nikoláievitch se aproximou dele e começou a dizer-lhe algo, mas, pelo visto, ele não o entendia. Indo embora, Kiríllov tirou o chapéu e saudou Mavríki Nikoláievitch com uma mesura, mas Stavróguin já se esquecera da sua recente cortesia: ao disparar em pleno bosque, nem sequer se voltou para a barreira, entregou sua pistola a Kiríllov e foi apressadamente em direção aos cavalos. Estava calado, e seu rosto expressava fúria. Kiríllov também se calava. Ambos montaram e partiram a galope.

III

— Por que está calado? — gritou Stavróguin, impaciente, para Kiríllov, quando eles já estavam perto de casa.

— Precisa de quê? — respondeu Kiríllov, quase caindo do cavalo que se empinara.

Stavróguin se conteve.

---

[4] Cerca de um centímetro e meio.

— Não queria magoar aquele... palerma, mas o magoei de novo — disse baixinho.

— Sim, você o magoou de novo — atalhou Kiríllov. — Além do mais, não é um palerma.

— Ainda assim, fiz tudo o que pude.

— Não.

— O que mais tinha a fazer?

— Não o desafiar.

— E suportar outra bofetada?

— Sim, suportar outra bofetada.

— Já não entendo mais nada! — disse Stavróguin, com irritação. — Por que todo mundo espera de mim algo que não espera dos outros? Por que eu suportaria o que ninguém mais suporta e me incumbiria dos fardos que ninguém mais consegue carregar?

— Achava que você mesmo procurasse por um fardo.

— Eu procuro por um fardo?

— Sim.

— Você... reparou nisso?

— Sim.

— Isso dá tanto na vista?

— Sim.

Ambos se calaram por um minuto. Stavróguin parecia muito preocupado, estava quase estupefato.

— Não atirei porque não queria matar e nada mais que isso: asseguro-lhe — disse apressadamente, inquieto como quem se justificasse.

— Não precisava magoá-lo.

— O que, pois, devia fazer?

— Devia matá-lo.

— Você lamenta que eu não o tenha matado?

— Não lamento coisa nenhuma. Pensava que você quisesse mesmo matá-lo. Mas você não sabe o que está procurando.

— Procuro por um fardo! — Stavróguin deu uma risada.

— Se não queria sangue, você mesmo, então por que o deixava matar?

— Se não o tivesse desafiado, ele me mataria assim, sem duelo.

— Não é seu problema. Não o mataria, talvez.

— Só me espancaria?

— Não é seu problema. Carregue seu fardo aí. Senão, não haverá mérito.

— Estou cuspindo para esse seu mérito; não o procuro em parte alguma!

— Achava que o procurasse, sim — concluiu Kiríllov, com uma frieza assombrosa.

Entraram cavalgando no pátio.

— Quer ficar comigo? — propôs Nikolai Vsêvolodovitch.

— Não, vou para casa. Adeus... — Kiríllov apeou e foi levando sua caixa debaixo do braço.

— Você, pelo menos, não está zangado comigo? — Stavróguin lhe estendeu a mão.

— Nem um pouco! — Kiríllov voltou para apertar sua mão. — Se meu fardo é leve por ser natural, talvez o seu venha a ser mais pesado porque sua natureza é diferente. Não teria de se envergonhar muito, mas só um pouquinho.

— Sei que sou um sujeito nulo, mas não pretendo ser um dos fortes.

— E nem pretenda, que não é um homem forte. Venha tomar chá comigo.

Nikolai Vsêvolodovitch entrou em sua casa todo confuso.

IV

Logo foi informado por Alexei Yegórovitch de que Varvara Petrovna, muito contente com a saída de Nikolai Vsêvolodovitch, a primeira após oito dias de sua doença, para um passeio a cavalo, mandara preparar a carruagem e fora sozinha "tomar ar fresco como nos velhos tempos, pois já fazia oito dias que nem se lembrava mais do que significava tomar ar fresco".

— Sozinha mesmo ou com Dária Pávlovna? — Nikolai Vsêvolodovitch interrompeu o velho com essa pergunta rápida e ficou todo sombrio ao ouvir que Dária Pávlovna "se recusara por indisposição a acompanhá-la e agora estava nos aposentos dela".

— Escute, velho — disse, como se acabasse de tomar uma decisão —: veja se a vigia hoje o dia todo e, se perceber que ela vai ao meu quarto, logo a detenha e avise de que não poderei recebê-la, ao menos, por alguns dias... que sou eu mesmo que lhe peço a ela... e que, quando o momento chegar, vou chamá-la — ouviu bem?

— Avisarei — respondeu Alexei Yegórovitch com uma voz angustiada, de olhos baixos.

— Não antes, porém, de ver claramente que ela vai direto ao meu quarto.

— Digne-se a ficar despreocupado, que não haverá erro. Fui eu que organizei as visitas dela até hoje, e o senhor sempre recorreu ao meu auxílio.

— Sei. Mas não antes que ela vá ao meu quarto. Traga-me chá e, se puder, depressa.

Tão logo o velho se retirou, a mesma porta se abriu quase no mesmo instante, e quem apareceu à soleira foi Dária Pávlovna. Seu olhar estava calmo, mas o rosto, pálido.

— De onde vem? — exclamou Stavróguin.

— Estava aqui, esperando até ele sair, para entrar no seu quarto. Ouvi as ordens que você tinha dado, e, quando ele saiu agorinha, fiquei escondida atrás do ressalto, aquele do lado direito, e ele não me viu.

— Já fazia bastante tempo que eu queria romper com você, Dacha... só por ora... por enquanto. Não pude recebê-la essa noite, apesar do seu bilhete. Queria escrever para você, mas não sei escrever bem — acrescentou, com desgosto e até mesmo uma espécie de asco.

— Eu mesma pensava em rompermos. Varvara Petrovna suspeita demais do nosso relacionamento.

— Que faça bom proveito.

— Não é preciso que ela se inquiete. Pois então, agora iremos até o fim?

— Ainda continua esperando pelo fim?

— Sim, com toda a certeza.

— Nada tem fim neste mundo.

— Mas aí haverá um fim. Então me chame: virei! Agora adeus.

— E como será esse fim? — perguntou, com um sorrisinho, Nikolai Vsêvolodovitch.

— Não está ferido nem... derramou sangue? — questionou ela, sem responder à sua pergunta sobre o fim.

— Foi coisa boba; não matei ninguém, não se preocupe. Aliás, ouvirá ainda hoje todos comentarem acerca disso. Estou um pouco indisposto.

— Já saio. Não vai divulgar seu casamento hoje? — adicionou ela, hesitante.

— Não vou divulgá-lo nem hoje nem amanhã; depois de amanhã, não sei: talvez morramos, nós todos, e assim será melhor. Deixe-me, deixe-me enfim!

— Não vai acabar com outra... insana?

— Não vou acabar com nenhuma insana, nem com uma nem com a outra, mas me parece que acabarei com a sensata. Sou tão vil e torpe, Dacha, que realmente chamarei por você, quem sabe, "no fim dos fins" como você mesma diz, e você, apesar de sua sensatez, virá. Por que destrói a si mesma?

— Sei que, no fim das contas, só eu ficarei com você e... espero por isso.

— E se não a chamar, no fim das contas, e fugir de você?

— Não pode ser: você chamará por mim.

— Há muito desprezo por mim aí.

— Você sabe que não é só um desprezo.

— Quer dizer que há desprezo também?

— Não me expressei direito. Seja Deus testemunha: desejaria tanto que você jamais necessitasse de mim.

— Uma frase vale a outra. Eu tampouco desejaria destruí-la.

— Você não me destruiria nunca, de modo algum, e sabe disso melhor do que todos — replicou Dária Pávlovna, rapidamente e com firmeza. — Se não for atrás de você, serei uma enfermeira, vou cuidar de doentes ou carregar livros de porta em porta, vender o Evangelho. Assim decidi. Não posso ser mulher de ninguém; não posso morar em casas como esta. Quero outra coisa... Você sabe de tudo.

— Não, eu nunca pude saber o que você queria. Parece-me que se interessa por mim como umas cuidadoras idosas se interessam, sabe-se lá por que motivo, apenas por um enfermo ao contrário de todos os outros ou, melhor ainda, como aquelas velhinhas devotas que andam pelos enterros e simpatizam com alguns cadaverinhos mais vistosos do que os demais. Por que olha para mim desse jeito estranho?

— Está muito doente? — indagou ela, compassiva, mas o fitando mesmo de um jeito estranho. — Meu Deus! E esse homem quer prescindir de mim!

— Escute, Dacha: agora vejo fantasmas o tempo todo. Um capetinha me propôs, ontem na ponte, degolar Lebiádkin e Maria Timoféievna para resolver o problema de meu casamento legítimo e apagar os vestígios. Pediu três rublos adiantados, mas deu a entender claramente que a operação toda me custaria, no mínimo, mil e quinhentos. Mas que capeta calculista, hein? Um contador! Ah-ah!

— Mas tem mesmo certeza de ter sido um fantasma?

— Oh, não: não foi um fantasma coisa nenhuma! Foi simplesmente o Fedka Grilheta, aquele salteador que tinha fugido do presídio. Mas não se trata disso... O que você pensa que fiz? Passei para ele todo o dinheiro que tinha no porta-níqueis, e ele está agora firmemente convicto de que lhe paguei um sinal!

— Você o encontrou à noite, e ele lhe fez uma proposta dessas? Ainda não vê por acaso que eles o apanharam nas malhas daquela rede?

— Não me importo com eles. Percebo pelos seus olhos que tem uma pergunta na ponta da língua, sabe? — acrescentou Stavróguin, com um sorriso cheio de malícia e amargor.

Dacha ficou assustada.

— Não tenho nenhuma pergunta nem dúvida alguma: é melhor que se cale! — exclamou alarmada, como quem rechaçasse a sua pergunta.

— Ou seja, está segura de que não irei à lojinha do Fedka?

— Oh, meu Deus! — Ela agitou as mãos. — Por que é que me aflige tanto?

— Pois bem, perdoe-me esta brincadeira estúpida: parece que ando imitando os maus modos deles. Quero muitíssimo rir, desde a noite passada, sabe? Rir o tempo todo, sem parar, muito mesmo; estou como que carregado de riso... Psiu! Minha mãe chegou: sei pelo barulho, quando a carruagem dela para à entrada.

Dacha lhe segurou a mão.

— Que Deus o resguarde do seu demônio, e... chame por mim, chame depressa!

— Oh, mas que demônio é esse? É apenas um capetinha miúdo, sujinho, com escrófula e coriza, um daqueles fracassados. Só que você, Dacha, não tem outra vez a coragem de dizer algo?

Ela o mirou com dor e reproche, depois se voltou para as portas.

— Escute! — gritou Stavróguin atrás dela, com um sorriso maldoso e convulsivo. — Se... pois bem, numa palavra, *se*... mas você entende... mesmo se eu fosse àquela lojinha e depois a chamasse... você viria depois daquela lojinha?

Ela saiu sem se virar nem lhe responder, tapando o rosto com as mãos.

— Viria depois da lojinha também! — sussurrou ele ao pensar um pouco, e seu semblante expressou desdém e asco. — Enfermeira! Hum!... Aliás, quem sabe se não preciso daquilo mesmo.

Capítulo quarto. Todos esperando.

I

A impressão produzida em toda a nossa sociedade pela história do duelo, que se tornara logo notória, destacava-se em especial por aquela unanimidade com que todos se apressavam a manifestar seu apoio incondicional a Nikolai Vsêvolodovitch. Muitos dos seus antigos desafetos se declararam resolutamente seus amigos. E o principal motivo de uma reviravolta tão inesperada da opinião pública resumia-se em certas palavras singularmente apropriadas, ditas em voz alta por uma pessoa que antes não se pronunciava, as quais revestiram tal acontecimento, num átimo, de um significado que suscitou um interesse extraordinário na maioria esmagadora de nossos cidadãos. Eis como foi: exatamente no dia seguinte ao acontecido, na casa do decano da nobreza de nossa província, cuja esposa comemorava seu aniversário, reuniu-se a cidade inteira. Quem presenciava, ou melhor, encabeçava a reunião era Yúlia Mikháilovna que chegara com Lisaveta Nikoláievna, bela como nunca e radiante de alegria, o que de pronto parecera a muitas das nossas damas notavelmente suspeito. Diga-se a propósito: não podia mais haver nem sombra de dúvida quanto ao seu noivado com Mavríki Nikoláievitch. Indagada, em tom de brincadeira, por um general reformado, mas ainda bem importante, de quem falaremos a seguir, Lisaveta Nikoláievna respondeu naquela ocasião, pessoal e diretamente, que era noiva. E depois? Decididamente nenhuma das nossas damas quis acreditar nesse noivado. Todas se obstinavam em imaginar algum romance, algum mistério fatídico dessa família, algo que se passara na Suíça e, pelo visto, com a participação inegável de Yúlia Mikháilovna. É difícil dizer por que todos esses boatos ou, por assim dizer, esses devaneios eram tão persistentes e por que cabia sem falta a Yúlia Mikháilovna fazer parte deles. Mal entrou, todos se voltaram para ela com estranhos olhares expectantes. É preciso notar que, sendo o acontecimento bem recente e devido a certas circunstâncias que o haviam acompanhado, ainda se falava nele em voz baixa, durante a festa, e com alguma cautela. Ademais, nada se sabia por ora das providências oficiais. Ambos os duelistas, pelo que constava, andavam despreocupados. Todos estavam cientes, por exemplo, de Artêmi Pávlovitch ter ido, de manhã cedo e sem o menor impedimento, à sua fazenda em Dúkhovo. Enquanto isso, todos desejavam, bem entendido, que alguém viesse a ser o primeiro a falar em voz alta e abrisse dessa maneira a porta da ansiedade pública. Contavam notadamente com o supracitado general... e não se enganaram.

Esse general, um dos membros mais imponentes de nosso clube, fazendeiro que, sem ser muito rico, exibia um modo de pensar ímpar e cortejava à antiga as nossas mocinhas, gostava demais, entre outras coisas, de falar em grandes reuniões, alto e bom som e com aquela seriedade própria dos generais, exatamente sobre o que todos os presentes discutiam ainda em meio a cautelosos cochichos. Nisso consistia, digamos assim, seu papel especial junto à nossa sociedade. Costumava arrastar sobremodo as palavras, enquanto falava sobre tais coisas, e pronunciá-las em tom doce, por certo ao tomar esse hábito emprestado dos russos que passeavam no estrangeiro ou daqueles fazendeiros outrora endinheirados que mais se tinham arruinado depois da reforma camponesa. Stepan Trofímovitch chegara, inclusive, a comentar certa feita que, quanto mais um fazendeiro russo estava arruinado, tanto mais adocicava e arrastava as palavras. Aliás, ele mesmo as arrastava e ceceava assaz docemente, mas não reparava nesse seu cacoete.

O general se pôs a falar como um homem competente. Além de ter algum parentesco remoto com Artêmi Pávlovitch, embora tivesse brigado com ele e até mesmo o processasse agora, já tivera dois duelos, nos tempos idos, e fora, por causa de um deles, rebaixado a soldado raso e mandado para o Cáucaso. Alguém se referiu a Varvara Petrovna, que saíra de casa pela segunda vez "após a doença", e nem sequer a ela pessoalmente, mas antes à excelente escolha daqueles quatro cavalos cinza, criados no próprio haras dos Stavróguin, que puxavam a sua carruagem. O general notou de repente que tinha encontrado, no mesmo dia, "o jovem Stavróguin" a cavalo... Todos se calaram de imediato. O general fez estalarem os lábios e subitamente declarou, girando entre os dedos uma tabaqueira de ouro com que havia sido condecorado:

— É pena que não tenha estado aqui, faz alguns anos... quer dizer que estava em Karlsbad[1]... Hum. Muito me interessa aquele jovem sobre quem ouvi, na época, tantos boatos. Hum. Mas enfim, é verdade que ele está louco? Alguém me falou então nisso. De repente ouço dizerem que um estudante qualquer o ofendeu por aqui, na presença de suas primas, e que ele se escondeu embaixo da mesa... e ontem Stepan Vyssótski me diz que Stavróguin duelou com aquele... Gagânov. E foi com o único objetivo galante de oferecer sua testa a um sujeito enfurecido, apenas para se livrar dele. Hum. Foi um dos costumes da guarda, nos anos vinte. Será que ele visita algum dos senhores?

O general se calou, como que esperando pela resposta. A porta da ansiedade pública ficou destrancada.

— Nada mais simples! — De chofre, Yúlia Mikháilovna elevou a voz, irritada por todos fixarem nela, como se cumprissem uma ordem, seus olhares. — O que há de surpreendente em Stavróguin duelar com Gagânov e ignorar o estudante? Poderia mesmo ter desafiado um antigo servo de sua família?

Palavras significativas! Uma ideia simples e clara, a qual, todavia, não viera antes a nenhuma cabeça. Uma frase que teria consequências extraordinárias. Tudo quanto houvesse nisso de escandaloso e calunioso, de pífio e anedótico, ficou de uma vez em segundo plano, vindo à tona um significado bem diferente. Surgiu uma pessoa nova, a respeito da qual todo mundo se enganara, uma pessoa de convicções quase idealmente rigorosas.

---

[1] Nome alemão da cidade tcheca Karlovy Vary, famosa por suas atrações turísticas em toda a Europa.

Sofrendo a ofensa fatal de um estudante, ou seja, de um homem instruído que deixara, havia tempos, de ser um servo, tal pessoa desprezou essa ofensa porque o ofensor era um antigo servo de sua família... Há zunzuns e boatos na sociedade; leviana, a sociedade vê com desprezo o homem que levou uma bofetada, porém esse homem despreza a opinião da sociedade que não se desenvolveu o suficiente para ter convicções verdadeiras, mas apenas vive especulando acerca delas.

— E nós mesmos, Ivan Alexândrovitch, estamos aqui sentados, nesse meio-tempo, e proseamos sobre as noções certas... — Assim, com aquele nobre arroubo de autocrítica, é que um dos velhinhos de nosso clube se dirige ao outro.

— Pois é, Piotr Mikháilovitch, pois é — aprova, com prazer, o outro. — E depois se fala ainda de nossos jovens.

— Não são nossos jovens, Ivan Alexândrovitch — nota um terceiro velhinho que acabou de aparecer —, não se trata de nossos jovens aí. Não é qualquer um desses jovens nossos, mas uma estrela: é desse jeito que temos de entender a coisa.

— Mas é bem disso que estamos precisando: a gente decente faz falta.

E, o mais importante, tal "homem novo" era, além de um "fidalgo indubitável", um dos proprietários rurais mais ricos de nossa província, ou seja, não poderia deixar de contribuir nem de agir. Aliás, já mencionei antes, de passagem, o estado de espírito dos nossos proprietários rurais.

Ficavam mesmo exaltados:

— Como se não bastasse ter ignorado o estudante, colocou as mãos para trás, e que Vossa Excelência anote isso em particular — ressaltava um deles.

— Nem o arrastou para o novo tribunal — acrescentava o outro.

— E o novo tribunal lhe teria adjudicado quinze rublos por ofensa *pessoal* a um fidalgo, he-he-he!

— Não, quem revela o mistério desses novos tribunais, meus senhores, sou eu! — O terceiro interlocutor chegava ao frenesi. — Se alguém furtar ou trapacear e for apanhado em flagrante e acusado, que corra rápido para casa, enquanto houver um tempinho ainda, e mate sua mãe. Ficará absolvido de tudo, num piscar de olhos, e as damas vão agitar, ali no tablado, seus lencinhos de cambraia. Uma verdade pura!

— Verdade, verdade!

Tampouco se prescindia de anedotas. Lembrava-se das ligações de Nikolai Vsêvolodovitch com o conde K. As opiniões do conde K. a respeito das recentes reformas, excepcionalmente rigorosas, eram conhecidas. Conheciam-se também as notáveis atividades dele, um tanto suspensas nesses últimos tempos. E eis que todo mundo ficou sabendo, com absoluta certeza, que Nikolai Vsêvolodovitch era noivo de uma das filhas do conde K., posto que nada fornecesse nenhum pretexto sério para um boato desses. Quanto àquelas aventuras mirabolantes que teriam acontecido na Suíça e a Lisaveta Nikoláievna, nem sequer nossas damas as mencionavam mais. Digamos a propósito que as Drozdova já tiveram bastante tempo, até esse momento, para todas as visitas antes negligenciadas. Sem dúvida, todos já achavam que Lisaveta Nikoláievna fosse a moça mais ordinária "fazendo alarde" de seus nervos enfermos. O desmaio dela no dia em que chegara Nikolai Vsêvolodovitch era explicado agora com mero susto ao presenciar a ação horrenda do estudante. Até se reforçava o caráter prosaico daquilo mesmo que antes se procurava revestir de um colorido fantástico; quanto àquela tal de mancazinha, era esquecida em definitivo, tanto assim que todos se envergonhavam de relembrá-la. "Nem que haja cem mancazinhas ali... quem é que não foi jovem um dia?" Evidenciava-se a deferência com que Nikolai Vsêvolodovitch tratava sua mãe, buscava-se atribuir a ele diversas virtudes, falava-se com benevolência de sua erudição adquirida ao longo dos quatro anos passados em universidades alemãs. O ato de Artêmi Pávlovitch foi reconhecido positivamente indelicado: "Veio para o que era seu, e os seus não o receberam".[2] Reconheceu-se em definitivo, além do mais, a suprema clarividência de Yúlia Mikháilovna.

Desse modo, quando Nikolai Vsêvolodovitch apareceu finalmente em pessoa, todos o receberam com a seriedade mais ingênua, lendo-se em todos os olhares que se fixavam nele as expectativas mais ansiosas. Nikolai Vsêvolodovitch logo se encerrou no mais profundo silêncio, satisfazendo com isso a todos, bem entendido, muito mais do que o teria feito ao contar montes de histórias. Numa palavra, conseguiu tudo o que queria por estar na moda. Quando alguém despontava em nossa sociedade provinciana, não tinha mais como se esconder em lugar algum. Nikolai Vsêvolodovitch tornou a cumprir, com uma meticulosidade rebuscada, todas as convenções provincianas. Não o achavam jovial: "O homem passou por maus bocados; não é um homem como qualquer outro; tem motivos

[2] João, 1:11.

para andar pensativo". Até mesmo sua altivez e aquela soberba inacessibilidade pelas quais ele se via tão odiado havia quatro anos eram agora respeitadas e apreciadas em nosso meio.

Quem estava mais triunfante de todos era Varvara Petrovna. Não posso dizer se muito se afligia com a destruição de seus sonhos relacionados a Lisaveta Nikoláievna. Decerto se arrimava também em seu orgulho familiar. Só uma coisa parecia estranha: Varvara Petrovna ficou, de improviso, convencida no mais alto grau de que seu Nicolas realmente "escolhera" na casa do conde K., e, o que era mais estranho ainda, acreditou nos mesmos rumores trazidos, para ela como para todos os outros, pelo vento, sem ter a coragem de perguntar diretamente a Nikolai Vsêvolodovitch se era noivo. De resto, não se conteve umas duas ou três vezes e censurou-o, com alusões alegres, por não ser mais tão sincero como outrora, porém Nikolai Vsêvolodovitch apenas sorriu sem dizer meia palavra. Então Varvara Petrovna pensou que "quem se cala consente", mas, apesar disso tudo, não se esqueceu, nem por um instante, da mancazinha. Sua imagem era uma pedra que lhe premia o coração, um pesadelo que a atormentava com esquisitas visões e suposições, concomitantes e simultâneas aos sonhos com as filhas do conde K. Aliás, falaremos disso mais tarde... Entenda-se bem que a sociedade voltou a tratar Varvara Petrovna com um respeito extraordinariamente solícito, embora ela própria o usufruísse pouco e saísse de casa em ocasiões raríssimas.

Fez, ainda assim, uma visita solene à casa da governadora. É claro que ninguém estava mais encantado nem cativado do que ela com as supracitadas palavras significativas que Yúlia Mikháilovna dissera na festa da esposa de nosso decano da nobreza, as quais haviam tirado muita angústia do seu coração e resolvido, de uma vez por todas, muitos problemas que tanto a afligiam desde aquele domingo nefasto. "Eu não compreendia essa mulher!" — proferiu então e, com a impetuosidade peculiar a ela, anunciou sem rodeios que viera para *agradecer* a Yúlia Mikháilovna. Muito lisonjeada, Yúlia Mikháilovna se manteve, porém, independente. Já começava, àquela altura, a valorizar a si mesma, talvez um pouco acima do valor real. Declarou, por exemplo, no meio da conversa que nunca ouvira nada a respeito das atividades de Stepan Trofímovitch nem de sua sabedoria.

— É claro que acolho o jovem Verkhôvenski com carinho. Ele é insensato, mas ainda está novo; de resto, tem uma instrução sólida. Contudo, não é um crítico qualquer que se aposentou.

Varvara Petrovna se apressou logo a notar que Stepan Trofímovitch nunca fora nenhum crítico, mas, pelo contrário, havia morado a vida inteira na casa dela. Devia sua fama às circunstâncias iniciais de sua carreira "que todo o mundo conhecia até demais" e, nesses últimos tempos, aos seus estudos referentes à história da Espanha, querendo também escrever sobre a situação atual das universidades alemãs e, pretensamente, mais alguma coisa sobre a Madona de Dresden. Numa palavra, Varvara Petrovna não se dispôs a entregar Stepan Trofímovitch de bandeja a Yúlia Mikháilovna.

— Sobre a Madona de Dresden? Quer dizer, sobre a Sistina? *Chère* Varvara Petrovna, passei duas horas sentada na frente desse quadro e fui embora decepcionada. Não entendi patavina e fiquei toda perplexa.

Karmazínov também diz que é difícil compreendê-lo. Agora ninguém acha mais nada de especial nele, nem os russos nem os ingleses. Quem bradou aquela glória toda foram os velhos.

— Existe, pois, uma moda nova?

— Eu mesma creio que tampouco se deve desdenhar da nossa juventude. Eles lá gritam que são comunistas, mas, em minha opinião, temos de poupá-los e de valorizá-los. Agora leio de tudo (todos os jornais, o que se escreve sobre as comunas e as ciências naturais), recebo aquilo tudo porque é preciso saber, afinal de contas, onde vivemos e com quem nos cumpre lidar. Não podemos, finalmente, passar a vida inteira nos píncaros de nossa fantasia. Cheguei a essa conclusão e tomei por regra tratar nossos jovens com carinho para detê-los, dessa maneira, à beira do abismo. Acredite, Varvara Petrovna, que só nós mesmos, a sociedade, podemos impedi-los, com nossa influência benéfica e, notadamente, com nosso carinho, de cair no abismo para onde os empurra a intolerância de todos aqueles velhotes. Aliás, estou contente de a senhora me ter contado sobre Stepan Trofímovitch. A senhora me dá uma ideia: ele pode ser útil para o nosso sarau literário. Sabe que eu organizo um dia inteiro de diversões para quem fizer doação em favor das pobres governantas originárias de nossa província? Elas estão espalhadas pela Rússia, até seis pessoas apenas do nosso distrito; ademais, há duas telegrafistas e outras duas estudam na academia, enquanto as demais também gostariam de estudar, mas não têm meios para tanto. A sorte da mulher russa é horrível, Varvara Petrovna! Agora se faz em cima disso a tal da questão universitária: houve, inclusive, uma reunião do

Conselho de Estado. Pode-se fazer, nesta nossa estranha Rússia, tudo quanto se quer. Portanto, apenas com nosso carinho e com a simpatia imediata e cordial de toda a sociedade é que poderíamos deixar essa grande causa geral num caminho certo. Oh, meu Deus, será que temos tantas personalidades iluminadas? Decerto temos algumas, mas elas são esparsas. Então nos juntemos e fiquemos mais fortes. Numa palavra, teremos primeiro uma matiné literária em minha casa, depois um desjejum bem leve, depois um intervalo e, na mesma noite, um baile. Queríamos começá-lo com telas vivas, mas parece que haveria muitas despesas, portanto só teremos, para nosso público, uma ou duas quadrilhas de máscaras e trajes característicos a representar as vertentes literárias em voga. Quem sugeriu essa ideia engraçada foi Karmazínov: ele me ajuda muito. Sabe que ele vai ler, aqui conosco, a sua última obra, que ninguém conhece ainda? Ele está para largar a pena: não vai mais escrever, e esse último artigo será sua despedida do público. Uma coisinha linda, chamada *"Merci"*. O nome é francês, mas ele acha que é mais jocoso e até mesmo mais refinado. Eu estou de acordo; aliás, fui eu que o aconselhei. Creio que Stepan Trofímovitch também poderia ler algo, contanto que fosse breve e... não muito científico. Parece que Piotr Stepânovitch e mais alguém vão ler algo desse gênero. Piotr Stepânovitch vai dar um pulinho em sua casa para lhe comunicar a programação; ou melhor, permita que eu mesma a entregue à senhora.

— E a senhora me permitirá também assinar sua lista de doações. Vou transmitir seu convite para Stepan Trofímovitch e lhe pedirei que o aceite.

Varvara Petrovna voltou para casa definitivamente encantada: defendia Yúlia Mikháilovna com todas as forças e ficou, por alguma razão, muito amuada com Stepan Trofímovitch, o qual, coitado, não sabia de nada sem sair de casa.

— Estou apaixonada por ela: nem entendo como pude tanto me enganar a respeito dessa mulher! — disse a Nikolai Vsêvolodovitch e a Piotr Stepânovitch que dera, ao anoitecer, um pulinho em sua casa.

— Ainda assim, precisa fazer as pazes com o velho — participou-lhe Piotr Stepânovitch. — Ele está desesperado. A senhora o deixou exilado na cozinha. Encontrou ontem a sua caleça,[3] fez uma mesura, e a senhora lhe deu as costas. Vamos promovê-lo, sabe? Conto, de certa forma, com ele e acredito que ainda pode ser útil.

— Oh, sim, ele vai ler.

— Não falo só disso. Já queria, eu mesmo, ir hoje visitar o velho. Então posso informá-lo?

— Se quiser. De resto, não sei como o senhor o faria — respondeu ela, indecisa. — Tinha a intenção de me explicar com ele pessoalmente e queria marcar a data e o local. — Quedou-se toda sombria.

— Será que vale a pena marcar a data? Vou simplesmente informá-lo.

— Está bem, pode informá-lo. Aliás, diga também que marcarei sem falta o dia para nos encontrarmos. Diga isso sem falta.

Sorridente, Piotr Stepânovitch saiu correndo. De modo geral, pelo que me lembre, andava especialmente

[3] Carruagem com dois assentos e quatro rodas, também denominada "caleche".

zangado nesse meio-tempo e até mesmo se permitia incomuns rasgos de impaciência quase com todas as pessoas que o rodeavam. Estranhamente, tudo lhe era perdoado. Estabelecera-se a opinião generalizada de que se devia considerá-lo sob uma ótica excepcional. Notarei que ele se enfureceu em excesso com o duelo de Nikolai Vsêvolodovitch. Desinformado como estava, ficou mesmo esverdeado quando lhe contaram sobre aquilo. Talvez estivesse sofrendo seu amor-próprio, visto que soubera de tudo apenas no dia seguinte, quando todos já estavam cientes do ocorrido.

— É que você não tinha o direito de duelar — sussurrou para Stavróguin no quinto dia, ao deparar-se com ele casualmente em nosso clube. É interessante saber que não se encontravam nenhures havia cinco dias, conquanto Piotr Stepânovitch passasse correndo pela casa de Varvara Petrovna quase diariamente.

Nikolai Vsêvolodovitch encarou-o calado, aparentando a distração de quem não entendesse de que se tratava, e seguiu adiante sem parar. Vinha atravessando a sala principal do clube rumo ao refeitório.

— Foi também visitar Chátov... e quer trazer Maria Timoféievna a lume... — Piotr Stepânovitch correu atrás dele e, como que distraído, pegou-o pelo ombro.

De súbito, Nikolai Vsêvolodovitch sacudiu-lhe a mão e, com uma carranca ameaçadora, virou-se depressa para ele. Piotr Stepânovitch mirou-o com um sorriso estranho, bem demorado. Tudo isso durou, porém, um instante. Nikolai Vsêvolodovitch retirou-se.

II

Piotr Stepânovitch correu à casa do velho tão logo saiu da de Varvara Petrovna e, se teve tamanha pressa, foi unicamente porque lhe apetecia desforrar-se, por mera maldade, de uma mágoa passada, da qual eu não fazia, até então, nem a menor ideia. É que na ocasião de seu último encontro, precisamente na quinta-feira da semana passada, Stepan Trofímovitch, que fora, aliás, o primeiro a encetar uma discussão, terminou-a expulsando Piotr Stepânovitch a bengaladas. Então ocultou esse fato de mim, mas agora, mal Piotr Stepânovitch irrompeu no quarto com seu sorrisinho de sempre, tão ingenuamente altivo, e com aquele seu olhar desagradavelmente curioso a vasculhar todos os cantos, Stepan Trofímovitch me fez um sinal discreto para eu não sair. E foi desse modo que se revelaram, em minha frente, suas relações verdadeiras, pois dessa feita ouvi a conversa toda.

Stepan Trofímovitch estava sentado, estirando as pernas, num canapé. Havia emagrecido e amarelado desde aquela quinta. Com o ar mais desinibido possível, Piotr Stepânovitch se sentou ao seu lado, encolhendo as pernas sem cerimônia alguma, e ocupou muito mais espaço no canapé do que o respeito pelo pai lhe teria permitido tomar. Calado e cheio de dignidade, Stepan Trofímovitch afastou-se um pouco.

Havia um livro aberto em cima da mesa. Era o romance "O que fazer?".[4] Ai de mim: preciso reconhecer

---

[4] Romance do filósofo materialista e ideólogo revolucionário Nikolai Tchernychêvski (1828-1889), que os críticos da época chamaram de "Alcorão do niilismo".

uma estranha pusilanimidade de nosso amigo, cujo sonho em deixar seu recolhimento para trás e travar a última batalha ficava cada vez mais dominante em sua imaginação seduzida. Adivinhei que ele arranjara tal romance para *estudá-lo* com a única finalidade de conhecer desde já os procedimentos e argumentos daqueles "guinchantes", conforme a própria "catequese" que estavam usando, de se preparar assim para seu indubitável confronto futuro com eles e, afinal, de desmenti-los solenemente a todos *aos olhos dela*. Oh, como esse livro o atormentava! Ele o largava por vezes, com desespero, saltava do seu assento e começava a andar, quase frenético, pelo quarto.

— Concordo que a ideia principal do autor é correta — dizia-me, febricitante —, mas isso a torna mais terrível ainda! É a mesma ideia nossa, exatamente a nossa: fomos nós os primeiros a plantá-la, a cultivá-la, a prepará-la, fomos nós, sim... E o que eles lá poderiam dizer de novo, depois de nós? Mas, meu Deus do céu, como tudo isso é exprimido, deturpado, estropiado! — exclamava, tamborilando no livro com os dedos. — Será que nós mesmos tendíamos àquelas conclusões? Quem poderia reconhecer a nossa ideia primária?

— Estás aprendendo? — Piotr Stepânovitch pegou, com um sorrisinho, o livro que estava sobre a mesa e leu o título dele. — Pois demoraste bastante. Trarei para ti, se quiseres, algo melhor ainda.

Stepan Trofímovitch não respondeu outra vez, ainda cheio de dignidade. Eu estava sentado num canto, sobre o sofá.

Piotr Stepânovitch explicou depressa o motivo de sua visita. Entenda-se bem que Stepan Trofímovitch ficou demasiado surpreso, escutando-o com susto e, ao mesmo tempo, com uma indignação extraordinária.

— E essa Yúlia Mikháilovna acha que vou recitar no sarau dela?

— Quer dizer, eles não estão precisando tanto assim de ti. Pelo contrário, fazem isso para te afagar e, desse jeitinho, bajular Varvara Petrovna. Mas é claro que não terias a coragem de recusar o convite. Aliás, tu mesmo gostarias de aparecer, eu acho — voltou a sorrir —, que a velharada toda tem essa ambição infernal. Mas escuta: é preciso que não entedies demais o público. Escreves aí sobre a história da Espanha, certo? Então me deixa ver esse seu artigo uns três dias antes, senão, quem sabe, vais adormecer todo mundo.

A grosseria dessas pilhérias, precipitada e por demais manifesta, era obviamente proposital. Fingia-se que nem se podia falar com Stepan Trofímovitch em outro estilo, talvez mais fino, nem com outros fundamentos. Stepan Trofímovitch fazia questão de não reparar nessas ofensas, porém os fatos relatados lhe causavam uma impressão cada vez mais perturbadora.

— E foi ela, ela *mesma* quem mandou *o senhor*... transmitir isso para mim? — perguntou, empalidecendo.

— É que ela quer marcar a data e o local para se explicarem reciprocamente, estás vendo? São sobras daquela sentimentalidade de vocês dois. Passaste vinte anos a coquetear com ela e fizeste que se acostumasse aos galanteios mais ridículos. Não te preocupes, porém, que agora o negócio é diferente: ela própria diz, a cada minuto, que só agora começa a "desprezar". Expliquei para ela sem meios-termos que toda essa amizade de vocês não passava de derramarem a lavagem um em cima do outro. Ela me contou muita coisa, maninho. Arre, mas que cargo de lacaio é que tiveste nesse tempo todo! Até eu enrubesci por tua causa!

— Eu tive um cargo de lacaio? — Stepan Trofímovitch não se conteve.

— Pior ainda: foste um parasita, isto é, um lacaio voluntário. Estavas com preguiça para trabalhar; e, quanto ao dinheirinho, temos aí um apetite dos grandes. Agora ela também compreende isso tudo; pelo menos, foi horrível o que me contou sobre ti. Como fiquei rindo, maninho, dessas tuas cartas para ela: que coisa abjeta e vergonhosa! Mas vocês todos são tão corrompidos, tão depravados! A esmola tem algo que corrompe para sempre, e tu és um exemplo escancarado!

— Ela te mostrou as minhas cartas?

— Todas. Ou seja, não seria possível, na certa, lê-las todas. Ufa, quanto papel é que estragaste: acho que há mais de duas mil cartas ali... E sabes, velhinho, acredito que vocês tiveram um momento em que ela estava prestes a casar-se contigo. E tu o deixaste escapar da maneira mais tola! É claro que digo isso do teu ponto de vista, mas, ainda assim, ficarias melhor do que agora, quase casado "com os pecados de outrem" por brincadeira, como se fosses um bobo da corte, ou por dinheiro.

— Por dinheiro? É ela, é ela quem diz "por dinheiro"? — bradou, em tom doloroso, Stepan Trofímovitch.

— E podia ser diferente? Mas o que tens? Eu mesmo te defendi, pois é teu único meio de te justificar. Ela própria entendeu que precisavas de dinheiro como qualquer um e que estavas talvez com a razão desse ponto de vista. Provei para ela, como dois mais dois são quatro, que vocês tinham vantagens mútuas: ela, como capitalista, e tu, como um bobo sentimental por perto. De resto, ela não se zanga por causa do dinheiro, embora tu a tenhas ordenhado que nem uma cabra. Fica furiosa apenas porque acreditou em ti por vinte anos inteiros, porque a ludibriaste tanto com essa tua nobreza e fizeste mentir por tanto tempo. Jamais confessará que mentiu assim, mas é por isso que tu vais apanhar o dobro. Não entendo como não adivinhaste que um dia terias de pagar a conta. Tiveste enfim alguma inteligência ou não? Ontem lhe sugeri a ela que te mandasse para um lar dos velhinhos... mas te acalma, que é um lugar decente: não ficarás magoado. E, pelo que parece, ela fará isso mesmo. Lembras a última carta que me enviaste, faz três semanas, para a província de Kh.?

— Será que a mostraste a ela? — Apavorado, Stepan Trofímovitch ficou em pé.

— E como não mostraria? Logo de cara. Aquela mesma em que comunicaste que ela te explorava, invejosa do teu talento, e também comentaste sobre "os pecados de outrem". E diga-se de passagem, maninho: que amor-próprio é que tens, hein? Gargalhei tanto! Em geral, tuas cartas são enfadonhas, e teu estilo, horripilante. Eu nem as lia muitas vezes, e uma delas está jogada ali até hoje, lacrada: amanhã vou devolvê-la para ti. Mas essa, essa tua última carta é o cúmulo de perfeição! Como gargalhei, oh, como gargalhei!

— Algoz, algoz! — exclamou Stepan Trofímovitch.

— Arre, diabo, mas não dá para falar contigo. Escuta: será que estás sentido de novo, como na quinta passada?

Stepan Trofímovitch se aprumou, ameaçador:

— Como ousas falar comigo dessa maneira?

— De que maneira? Simples e clara?

— Mas vê se me dizes enfim, carrasco: és meu filho ou não?

— Quanto a isso, andas melhor informado. É claro que todo pai tem, nesses casos, propensão à cegueira...

— Calado, calado! — Stepan Trofímovitch passou a tremer.

— Estás gritando e xingando como na quinta passada, vês? Já ias brandir a tua bengala, mas eu cá encontrei o documento então. Fiquei revirando a mala, por mera curiosidade, a noite inteira. Não há, na verdade, nada de definido, vê se te consolas. Apenas um bilhete de minha mãe para aquele polacozinho. Mas, a julgar pela índole dela...

— Mais uma palavra e te dou umas bofetadas.

— Que laia! — De súbito, Piotr Stepânovitch se dirigiu a mim. — Isso acontece conosco desde a quinta passada, percebe? Fico contente de o senhor, pelo menos, estar agora aí para ser nosso árbitro. Primeiro um fato: ele me censura por falar desse jeito de minha mãe, mas não foi ele mesmo quem me instigou a tanto? Em Petersburgo, quando eu estudava ainda no ginásio, não era ele quem me despertava duas vezes por noite, quem me abraçava e chorava feito uma mulherzinha? E o que o senhor acha que me contava naquelas noites? As mesmas anedotas escabrosas sobre minha mãe! Foi com ele que me inteirei daquilo.

— Oh, mas então eu falava no sentido superior! Oh, mas tu não me entendias! Não entendeste nada, nada!

— Em todo caso, tuas falas foram mais vis do que são as minhas — confessa que foram! É que, se quiseres, não me importo com nada. Esse é teu ponto de vista. Quanto ao meu, não te inquietes, que não condeno minha mãe: se foste tu ou se foi aquele polaco, tanto faz para mim. Se fizeram tanta bobagem, lá em Berlim, a culpa não é minha. E será que poderiam ter feito algo mais inteligente? Será que não são, depois disso tudo, uma laia ridícula? Será que te importas mesmo que eu seja teu filho ou não? Escute — dirigiu-se outra vez a mim —: ele não gastou um rublo comigo, em toda a sua vida; nem me conheceu direito até os meus dezesseis anos, depois me roubou por aqui e agora fica gritando que seu coração doeu por minha causa, a vida inteira, e se requebra na minha frente como um ator. Misericórdia: não sou nenhuma Varvara Petrovna aí!

Levantou-se e pegou seu chapéu.

— Amaldiçoo você, de hoje em diante, com meu nome! — Pálido como a morte, Stepan Trofímovitch estendeu a mão sobre ele.

— Quanta besteira é que diz esse homem! — Piotr Stepânovitch ficou mesmo surpreso. — Pois bem, velhinho, adeus: não te visitarei nunca mais. Mostra-me teu artigo de antemão, não te esqueças disso e procura, se puderes, não te meter em divagações: fatos, fatos e fatos, e, sobretudo, quanto mais breve melhor. Adeus.

III

Havia, de resto, outras razões importantes. Piotr Stepânovitch tinha, de fato, alguns planos para seu genitor. A meu ver, pretendia levar o velho ao desespero e assim provocar certo tipo de escândalo público com sua participação. Precisava disso para alcançar suas metas futuras, dessemelhantes, das quais falaremos ainda mais tarde. Acumulava-se na mente dele, àquela altura, uma multidão extraordinária de diversos cálculos e intentos, sendo quase todos eles, por certo, fantásticos. Tinha em vista também outro mártir, além de Stepan Trofímovitch. Visava, de modo geral, vários mártires, conforme se esclareceria posteriormente, mas com esse último contava em especial. Era o senhor von Lembke em pessoa.

Andrei Antônovitch von Lembke pertencia àquela tribo favorecida (pela natureza) que conta, de acordo com o calendário, algumas centenas de milhares de pessoas e talvez nem saiba, ela própria, que toda a sua massa chega a formar na Rússia uma única união rigorosamente organizada. Entenda-se bem que tal união não é intencional nem artificial, mas existe, dentro daquela tribo inteira, por si só, sem falas nem pactos, como algo moralmente obrigatório, e consiste em todos os membros da tribo sempre se apoiarem mutuamente, em qualquer lugar e sob quaisquer circunstâncias. Andrei Antônovitch teve a honra de estudar numa daquelas instituições russas de ensino superior que se enchem de jovens descendentes das famílias mais ricas ou melhor relacionadas. Os alunos dessa instituição eram designados, quase logo ao terminarem seu curso, para cargos bastante consideráveis num dos ramos do serviço público. Um dos tios de Andrei Antônovitch era tenente-coronel engenheiro, o outro tio, padeiro, mas, não obstante, ele se imiscuiu naquela escola superior e lá encontrou uma porção de patrícios do mesmo tipo. Era um colega alegre; meio obtuso em matéria de estudos, via-se amado por todos. E quando, já nas séries finais, muitos dos jovens, principalmente russos, aprenderam a discutir questões atuais de alto gabarito, com ares de quem fosse resolvê-las todas assim que se formasse, Andrei Antônovitch se dedicava ainda às mais inocentes travessuras escolares. Fazia todos rirem com suas artes simplórias, porém assaz cínicas, e propunha-se a tanto de caso pensado. Ora assoava o nariz de algum jeito pasmoso, quando um professor o questionava durante uma aula, induzindo seus colegas e, de quebra, o professor a gargalharem, ora representava no dormitório, aplaudido por todos os alunos, algum quadro vivo de conteúdo obsceno, ora tocava, mediante apenas seu nariz (e com bastante habilidade), a abertura da "Fra Diavolo".[5] Também se destacava por um desasseio proposital, achando-o, não se sabia por que razão, espirituoso. Na última série passou a rabiscar versinhos em russo. Quanto à língua de sua tribo propriamente dita, usava-a, igual a muitos patrícios radicados na Rússia, sem muito apuro gramatical. Esse pendor a rabiscar versinhos aproximou-o de um colega sisudo e como que oprimido, filho de um pobre general russo e visto naquele estabelecimento como um grande literato por vir. Tal colega sisudo se dispôs a protegê-lo. Aconteceu, no entanto, que três anos mais tarde, ao concluir o curso e desistir da carreira oficial em prol da literatura russa, já ostentando, por esse motivo, botas estraçalhadas e batendo os dentes de frio por vestir, em fins do outono, um casaco estival, ele se deparou, repentina e casualmente, perto da ponte Ânitchkov com seu antigo *protégé*[6] "Lembka", como todos o chamavam, aliás, na escola. E depois? Nem sequer o reconheceu, à

[5] Ópera cômica do compositor francês Daniel Auber (1782-1871).

[6] Protegido (em francês).

primeira vista, e parou tomado de espanto. Via em sua frente um moço de costeletas arruivadas, admiravelmente aparadas, e roupas irreprocháveis, que usava um largo sobretudo da casa de Scharmer e um par de botas envernizadas, além de um *pince-nez*[7] e de luvas novinhas em folha, e levava uma pasta debaixo do braço. Lembke saudou seu colega com carinho, disse-lhe seu endereço e convidou-o a passar por lá uma tardinha qualquer. Deu a entender, outrossim, que não era mais nenhum "Lembka" e, sim, von Lembke. Contudo, seu colega foi visitá-lo, talvez unicamente por rancor. Acabou recebido e interrogado por um porteiro numa escadaria algo feiosa, que não tinha nenhuma pompa, mas, ainda assim, estava coberta de *suknó* vermelho. A campainha tocou, sonora, convidando-o a subir. Todavia, longe daquelas riquezas que o visitante esperava ver, encontrou seu "Lembka" num exíguo quartinho lateral, de aparência obscura e vetusta, dividido ao meio por um grande pano verde-escuro, com móveis também verde-escuros e bem vetustos, embora confortáveis, e cortinas verde-escuras nas janelas estreitas e altas. Von Lembke se hospedava na casa de um parente muito remoto, um general que o ajudava. Recebeu a visita amavelmente; tratou-a de modo sério, com uma polidez refinada. Falaram, inclusive, sobre literatura, mas sem passar dos limites decentes. Um lacaio de gravata branca trouxe um chá ralozinho com um biscoito seco, pequeno e redondinho. O colega pediu, por maldade, água de Seltz.[8] Foi atendido, mas com

---

[7] Espécie de óculos cuja armação se prendia ao intercílio, sem ter hastes (em francês).

[8] Água mineral naturalmente gasosa, proveniente das fontes situadas no município alemão de Selters.

certo atraso, enquanto Lembke ficou um tanto confuso, chamando outra vez pelo lacaio e dando-lhe ordens. Aliás, ele próprio perguntou se a visita não gostaria de beliscar alguma coisa e aparentou satisfação quando seu colega declinou a proposta e, afinal, foi embora. É que Lembke iniciava apenas, pura e simplesmente, a sua carreira e, quanto àquele general importante (posto que membro da mesma tribo), morava na casa dele de favor.

Suspirava então pela quinta filha do general e, aparentemente, de maneira recíproca. Nada obstante, chegando o momento oportuno, casaram Amália com um idoso industrial alemão, velho amigo do velho general. Andrei Antônovitch não chorou tanto assim, mas confeccionou um teatrinho de papel. Erguia-se o pano, apareciam os atores, fazendo gestos com as mãos; os espectadores estavam sentados em camarotes, a orquestra passava, movida por um mecanismo, seus arcos pelos violinos, o maestro agitava sua batuta, e os cavalheiros e oficiais reunidos na plateia batiam palmas. Tudo isso era de papel, inventado e produzido pelo von Lembke em pessoa, o qual ficara construindo o teatrinho por meio ano. O general organizou de propósito um pequeno sarau íntimo; o teatrinho foi colocado à mostra, todas as cinco filhas do general, a recém-casada Amália com seu industrial e várias senhoras e senhoritas acompanhadas pelos seus respectivos alemães examinaram-no com atenção e muito o elogiaram, indo em seguida dançar. Lembke ficou todo contente e logo se consolou.

Passaram-se alguns anos, e sua carreira se consolidou. Estava servindo constantemente em repartições eminentes, sempre dirigidas pelos seus patrícios, e chegou enfim a exercer um cargo bastante considerável para sua idade.

Já fazia muito tempo que desejava casar-se e escolhia cautelosamente uma noiva. Mandou, sem ter informado seus superiores, uma novela para a redação de uma revista, mas ela não foi publicada. Em compensação, confeccionou todo um trenzinho de ferro e acertou novamente em cheio: os passageiros saíam da gare, com malas e bolsas nas mãos, com seus filhos e cachorrinhos, e entravam nos vagões. Os condutores e técnicos andavam de lá para cá, a sineta tinia, o sinal ressoava, e eis que o trem se punha em marcha. Gastou um ano inteiro em construir essa coisinha sofisticada. Entretanto, tinha de se casar. O círculo de suas relações era bastante amplo, principalmente dentro da comunidade alemã, porém ele transitava também nas esferas russas de onde provinham, bem entendido, seus superiores. Afinal, quando já havia completado trinta e oito anos, recebeu uma herança. Seu tio, o padeiro, que acabara de falecer deixara-lhe treze mil em termos do testamento. Agora só restava arranjar um bom cargo. Apesar de servir numa área de grosso calibre, o senhor von Lembke era um homem muito modesto. Contentar-se-ia perfeitamente com um empreguinho oficial de caráter autônomo, fosse a aquisição de lenha com dinheiro público dependente das suas ordens, fosse mais algo docinho do mesmo gênero, e permaneceria nesse emprego pelo resto da vida. Mas então, em vez de alguma Minna ou Ernestina prevista, surgiu de repente Yúlia Mikháilovna. A carreira dele atingiu logo um patamar mais alto. E aquele modesto e meticuloso von Lembke sentiu que ele também podia ter amor-próprio.

Yúlia Mikháilovna tinha, pelos padrões antigos, duzentos servos e, além disso, seria um pistolão para seu futuro marido. Por outro lado, von Lembke era bonito, e ela já passara dos quarenta anos. Note-se bem que aos poucos ele se apaixonou realmente por ela, à medida que se sentia cada vez mais seu noivo. No dia do casamento, de manhãzinha, mandou-lhe um poema. Ela gostou muito daquilo tudo, inclusive do poema, que ser quarentona não é brincadeira. Logo a seguir, ele recebeu certo título e certa ordem, sendo depois designado para nossa província.

Antes de vir para cá, Yúlia Mikháilovna se esforçou bastante para remodelar o marido. A seu ver, ele tinha algumas capacidades, sabia entrar e apresentar-se, bem como escutar com ares compenetrados e permanecer em silêncio, assimilara umas posturas muito decentes, era capaz de proferir um discurso e até mesmo possuía, ao captar o brilho daquele novíssimo liberalismo indispensável, trechinhos e pontinhas de ideias. Ainda assim, ela se inquietava por seu marido ser pouco suscetível e já estar decididamente propenso, após sua longa, ou melhor, eterna busca pela carreira, a sentir certa necessidade de descansar. Queria infundir-lhe suas próprias ambições, mas eis que ele se pôs de improviso a confeccionar uma igreja luterana: o pastor saía para fazer sermão, os crentes escutavam-no, juntando devotamente as mãos em sua frente, uma dama enxugava lágrimas com seu lencinho, um velhote assoava o nariz, e um minúsculo órgão, encomendado de propósito, fossem quais fossem os gastos, na Suíça, começava a tocar no fim das contas. Foi com uma espécie de temor que Yúlia Mikháilovna apreendeu essa obra toda, mal soube dela, e que a trancou em sua gaveta. Em compensação, permitiu ao marido escrever, contanto que o fizesse às esconsas, um romance e, desde então, passou a contar exclusivamente consigo mesma. O problema é que tinha muita leviandade e pouco cálculo: quisera o destino que demorasse demais a casar-se. Destarte, uma ideia surgia agora após a outra em sua mente ambiciosa e um tanto irritada. Ela nutria altos desígnios, aprontando-se resolutamente para governar a província e sonhando em ter, desde logo, uma corte própria, e acabou por definir seu rumo. Von Lembke até levou de início um susto, conquanto viesse a adivinhar em seguida, com aquele seu tino de funcionário público, que não lhe cumpria assustar-se com a governadoria como tal. Os primeiros dois ou três meses transcorreram, pois, de modo bem satisfatório. Mas então apareceu Piotr Stepânovitch, e algo estranho foi ocorrendo.

É que o jovem Verkhôvenski demonstrou, desde o primeiro passo, uma gritante falta de respeito por Andrei Antônovitch, atribuindo-se certos estranhos direitos com relação a ele, e que Yúlia Mikháilovna, sempre tão atenta à significância de seu esposo, não quis, nem por sombra, reparar nisso ou, pelo menos, não ligou importância a tanto. Aquele moço se tornou o favorito dela, comendo, bebendo e por pouco não dormindo em sua casa. Von Lembke passou a resistir: chamava-o publicamente de "meu jovem", dava tapinhas sobranceiros em seu ombro, porém não lhe impôs assim nem a mínima deferência. Piotr Stepânovitch parecia, como dantes, rir na cara dele, inclusive quando discutiam assuntos aparentemente sérios, além de lhe dizer em público as coisas menos esperadas. Um dia, ao voltar para casa, Andrei Antônovitch encontrou o moço dormindo em seu gabinete, sobre o sofá, sem convite algum. O moço lhe explicou que viera visitá-lo, mas, como ele não estava, "tirara de quebra uma soneca". Von Lembke ficou sentido e reclamou de novo com sua esposa, mas esta zombou de sua irritabilidade e notou, sarcástica, que ele próprio não sabia, pelo visto, colocar-se em pé correto, dizendo, ademais, que com ela mesma, pelo menos, "aquele garoto" nunca se permitia tais familiaridades e que era, por sinal, "ingênuo e fresquinho, embora não se enquadrasse na sociedade". Von Lembke se quedou amuado, mas, dessa vez, ela conseguiu reconciliá-los. De resto, Piotr Stepânovitch não pediu desculpas, mas se contentou com uma piada grosseira, que poderia ser tomada, noutras circunstâncias, por outra ofensa, mas, no caso presente, foi tomada pelo seu arrependimento. O ponto fraco consistia em Andrei Antônovitch ter feito uma gafe logo no começo, contando-lhe sobre seu romance. Imaginava que era um jovem entusiasta cheio de poesia e, sonhando, já havia muito tempo, com um ouvinte, leu para ele de tardezinha, ainda nos primeiros dias depois de se conhecerem, dois capítulos de sua obra. Piotr Stepânovitch escutou a leitura sem dissimular seu enfado, bocejou com impolidez, não fez nenhum elogio, mas, quando estava para sair, pediu o manuscrito a fim de conceber uma opinião em casa, nas horas vagas, e Andrei Antônovitch entregou-lhe seu livro. Desde então, Piotr Stepânovitch não devolvia o manuscrito ao autor, embora passasse correndo, todo santo dia, pela sua casa, nem respondia às suas perguntas senão com umas risadas. Por fim, declarou que o tinha perdido no mesmo dia, numa rua qualquer. Ciente disso, Yúlia Mikháilovna se zangou terrivelmente com seu esposo.

— Será que lhe contaste também sobre a igreja? — Agitou-se, quase assustada.

Von Lembke se pôs mesmo a refletir, ainda que a reflexão lhe fosse nociva e proibida pelos médicos. Além de haver muitos problemas relativos à província, dos quais falaremos a seguir, havia uma matéria particular, de sorte que não apenas seu amor-próprio de governador, mas até mesmo seu coração estava sofrendo. Ao contrair matrimônio, Andrei Antônovitch nem vislumbrava a possibilidade de quaisquer discordâncias e rixas que sua família pudesse enfrentar no futuro. Assim pensara a vida inteira, sonhando com aquelas Minnas e Ernestinas. Sentiu que não estava em condição de suportar as trovoadas caseiras. Afinal, Yúlia Mikháilovna se explicou francamente com ele.

— Não podes ficar zangado com isso — disse —, até porque és três vezes mais sensato que ele e estás incomparavelmente mais alto na escada social. Aquele garoto tem ainda muitas sobras das antigas maneiras de nossos livres-pensadores, mas, a meu ver, elas não passam de uma garotice. Só que não dá para refreá-lo de uma vez: temos de agir paulatinamente. Temos de valorizar nossos jovens; eu, por exemplo, trato-os com carinho e assim os detenho à beira do abismo.

— Mas sabe lá o diabo o que ele anda dizendo — objetava von Lembke. — Não posso ser tolerante quando afirma publicamente, em minha presença, que o governo faz de propósito que o povo beba vodca para embrutecê-lo e, dessa forma, prevenir o levante dele. Imagina meu papel, quando estou obrigado a ouvir isso na frente de todo mundo.

Falando nisso, von Lembke se recordou de sua recente conversa com Piotr Stepânovitch. Com a ingênua finalidade de desarmá-lo com seu liberalismo, mostrou-lhe a sua própria coleção íntima dos mais diversos panfletos, russos e trazidos do estrangeiro, que compunha minuciosamente desde o ano de cinquenta e nove, antes por útil curiosidade que por gostar deles. Adivinhando seu objetivo, Piotr Stepânovitch disse com insolência que uma só linha de alguns panfletos fazia mais sentido do que toda uma repartição pública, "sem excetuar, quem sabe, a do senhor".

Lembke ficou magoado.

— Mas é cedo demais para nós, é cedo demais — comentou quase em tom de súplica, apontando para os panfletos.

— Não é cedo, não! O senhor mesmo está com medo, pois então não é cedo.

— Mas há, por exemplo, um convite para a destruição de igrejas ali.

— E por que não? O senhor mesmo é um homem inteligente e, com certeza, não tem fé, mas compreende muito bem que está precisando dessa fé para embrutecer o povo. A verdade é mais honesta que a mentira.

— Concordo, concordo, concordo plenamente com o senhor, mas é cedo demais, aqui conosco, cedo... — Von Lembke franzia o cenho.

— Então que tipo de servidor governamental é o senhor depois disso, já que se dispõe a ir quebrar igrejas e atacar Petersburgo com um porrete na mão, reduzindo a diferença toda a prazos?

Apanhado desse modo grosseiro, Lembke se ofendeu para valer.

— Não é isso, não é! — arrebatava-se, cada vez mais atingido em seu amor-próprio. — Sendo novo e, o principal, desconhecendo nossos objetivos, o senhor se ilude. Chama a nós todos, caríssimo Piotr Stepânovitch, de servidores governamentais, está vendo? Certo. De servidores autônomos? Certo. Mas veja se me permite: como é que agimos? Assumimos a nossa responsabilidade, mas, feitas as contas, servimos a causa geral tanto quanto os senhores. Apenas seguramos o que os senhores estão sacudindo, aquilo que sem nós já teria caído aos pedaços. Não somos seus inimigos, mas lhes dizemos, pelo contrário: vão para a frente, progridam, nem que sacudam tudo o que for velho e passível de reconstrução, porém nós cá vamos retê-los, quando preciso, dentro dos limites necessários e, dessa maneira, salvá-los de si mesmos, porque sem nós os senhores não fariam outra coisa senão abalar a Rússia, privando-a de sua aparência decente, e nossa tarefa consiste notadamente em cuidar dessa aparência decente. Entendam bem que somos mutuamente necessários, os senhores e nós. Na Inglaterra, os *Whigs* e os *Tories*[9] também são mutuamente necessários. Pois bem: nós somos *Tories*, e os senhores, *Whigs*, assim é que eu mesmo entendo.

Andrei Antônovitch ficou mesmo patético. Gostava de falar nesse estilo inteligente e liberal desde quando servia em Petersburgo, e agora, o mais importante, ninguém escutava atrás da porta. Piotr Stepânovitch estava calado e se comportava com uma seriedade incomum. O orador se exaltou ainda mais com isso.

— O senhor sabe que eu, "o dono da província" — continuou, andando pelo gabinete —, sabe que eu não posso cumprir nenhum dos meus deveres, tão numerosos

[9] Os principais partidos políticos da Inglaterra, liberal e conservador respectivamente, nos séculos XVII-XIX.

são eles, e que, por outro lado, posso dizer com toda a certeza que não tenho nada a fazer aqui? O mistério todo é que isso depende inteiramente da visão governamental. Que o governo funde qualquer república ali, por motivos políticos ou para apaziguar os ânimos, mas, por outro lado, que fortaleça paralelamente o poder dos governadores, e nós, os governadores, vamos engolir essa república, e não apenas a república: vamos engolir tudo quanto quiser, e eu cá sinto, ao menos, que estou pronto para tanto... Numa palavra, que o governo me ordene, por telégrafo, *une activité dévorante*,[10] e eu me dedicarei à *activité dévorante*. Disse aí, a olhos vistos: "Prezados senhores, para que todas as instituições de nossa província estejam equilibradas e prósperas necessitamos de uma só coisa, do fortalecimento dos poderes de governador". Veja se me entende: é preciso que todas as nossas instituições, aquelas do zemstvo ou judiciais, levem, por assim dizer, uma vida dupla, ou seja, é preciso que elas existam (concordo que é preciso mesmo), mas, por outro lado, que elas não existam. Tudo conforme a visão do governo. Se acontecer, por veneta, que as instituições venham a ser de repente necessárias, elas aparecerão de pronto em minha administração. E, quando a necessidade passar, ninguém mais vai encontrá-las aqui comigo. É dessa forma que entendo a *activité dévorante*, mas ela é impossível sem o fortalecimento dos poderes de governador. Estamos falando a sós, não estamos? Pois sabe que já declarei, lá em Petersburgo, a necessidade de colocar uma sentinela especial às portas da casa do governador? Espero pela resposta.

---

[10] Uma atividade devoradora (em francês).

— O senhor precisaria de duas sentinelas — replicou Piotr Stepânovitch.

— Por que logo duas? — Von Lembke se deteve em sua frente.

— Talvez uma só não baste para o senhor ser respeitado. Precisaria sem falta de duas.

A cara de Andrei Antônovitch se entortou toda.

— O senhor... só Deus sabe o que o senhor se permite, Piotr Stepânovitch. Aproveitando-se da minha bondade, diz essas palavras ferinas e chega a bancar *un bourru bienfaisant*[11]...

— Queira ou não — murmurou Piotr Stepânovitch —, mas vocês abrem caminho para nós e preparam o nosso êxito.

— O que quer dizer com esse "nós" e que êxito é esse? — Von Lembke cravou nele um olhar estarrecido, mas não recebeu nenhuma resposta.

Ao ouvi-lo relatar essa conversa, Yúlia Mikháilovna ficou muito descontente.

— Mas enfim, não posso — defendia-se von Lembke — tratar um favorito teu de cima para baixo, ainda mais quando falamos a sós... Podia ter deixado escapar... com este meu coração bondoso.

— Bondoso demais. Nem sabia que tinhas uma coleção de panfletos. Mostra-a para mim, faz favor!

— Mas... mas ele a pediu emprestada por um dia só.

— E o senhor a entregou, não foi? — Yúlia Mikháilovna ficou zangada. — Que falta de tato!

— Agora mesmo mandarei pegá-la de volta.

---

[11] Um benfeitor rabugento (em francês), o título da comédia de Carlo Goldoni (1707-1793) que deu início a essa expressão.

— Ele não vai devolver.

— Exigirei! — Von Lembke se alterou e até mesmo saltou fora do seu assento. — Quem é ele, para a gente ter tanto medo, e quem sou eu, para não ousar fazer coisa nenhuma?

— Sente-se e acalme-se — interrompeu-o Yúlia Mikháilovna. — Vou responder à sua primeira pergunta: ele tem ótimas recomendações, é dotado e diz, vez por outra, coisas extremamente sábias. Karmazínov anda assegurando que ele tem ligações quase por toda parte e chega a exercer uma influência extraordinária sobre os jovens metropolitanos. E se eu mesma, por intermédio dele, conseguir atraí-los a todos e agrupá-los à minha volta, vou afastá-los da perdição e mostrarei um novo caminho à ambição deles. Ele me é leal do fundo de seu coração e me obedece em tudo.

— Mas, enquanto a gente os afaga, eles podem... fazer só o diabo sabe o quê! Decerto é uma ideia... — von Lembke se defendia cada vez mais indeciso —, porém... porém ouço dizerem que no distrito de ...sk apareceram uns panfletos daqueles.

— Só que esse rumor correu ainda no verão: panfletos, notas falsas e outras coisas, mas nenhuma foi apreendida até agora. Quem foi que lhe disse?

— Quem me disse foi von Bluhm.

— Ah, mas me poupe desse seu Bluhm e nunca mais se atreva a mencioná-lo!

Yúlia Mikháilovna se enfureceu tanto que não conseguiu, por um minuto inteiro, dizer mais nada. Von Bluhm servia no gabinete do governador e era especialmente odiado por ela. Falaremos disso mais tarde.

— Por favor, não te preocupes com Verkhôvenski — concluiu a conversa. — Se ele participasse de algumas travessuras, não falaria como fala contigo e com todos por aqui. Os falastrões não são perigosos; até te direi que, se acontecer alguma coisa, serei a primeira a saber, por intermédio daquele garoto. Ele me é leal fanaticamente, sim, fanaticamente!

Notarei, antecipando os acontecimentos, que, não fossem a presunção e a ambição de Yúlia Mikháilovna, não se faria, quem sabe, tudo o que essa gentinha ruim acabou perpetrando em nossa cidade. Em larga parte, a responsabilidade é dela!

Capítulo quinto. Às vésperas da festa.

I

A data da festa idealizada por Yúlia Mikháilovna para arrecadar fundos em favor das governantas originárias de nossa província já havia sido várias vezes marcada de antemão e postergada. Quem girava o tempo todo ao redor dela eram Piotr Stepânovitch e o servidorzinho Liámchin, seu moço de recados que frequentava então o círculo de Stepan Trofímovitch e de repente se vira favorecido na casa do governador por tocar piano; algumas vezes, Lipútin a quem Yúlia Mikháilovna prometia o posto de redator do futuro jornal independente de nossa província, umas damas e moças e, finalmente, até mesmo Karmazínov, o qual não girava, seja dita a verdade, ao redor dela, mas tinha declarado, em voz alta e com ares de satisfação, que surpreenderia agradavelmente a todos no começo da quadrilha literária. Os doadores e patrocinadores afluíram em massa, vindo participar toda a fina flor da nossa cidade; aliás, admitiam-se igualmente os menos elitizados dos citadinos, contanto que viessem com dinheiro nas mãos. Yúlia Mikháilovna notou a propósito que se devia mesmo admitir, vez por outra, tal mistura de classes, "senão, quem ilustraria aqueles ali?". Compôs-se um informal comitê caseiro, tomando logo a decisão de que a festa seria democrática. O volume excessivo de doações predispunha a gastanças: queriam organizar algo maravilhoso e, portanto, adiavam o evento. Ainda não tinham definido onde dariam o baile vespertino: na enorme mansão que a esposa de nosso decano da nobreza cederia para essa ocasião ou na casa de Varvara Petrovna em Skvorêchniki. Seria meio longe irem até Skvorêchniki, porém a maioria do comitê insistia em dizer que todos se sentiriam "mais à vontade" ali. Varvara Petrovna também adoraria que o baile se desse em sua casa. É difícil compreender por que essa mulher orgulhosa estava quase bajulando Yúlia Mikháilovna. Decerto gostava de vê-la quase humilhada, por sua vez, perante Nikolai Vsêvolodovitch, dispensando-lhe obséquios maiores que a qualquer outra pessoa. Volto a repetir: Piotr Stepânovitch se obstinava constantemente a cochichar na casa do governador, arraigando lá uma ideia já antiga, a de que Nikolai Vsêvolodovitch possuía os vínculos mais misteriosos no meio mais enigmático e certamente cumpria alguma missão em nossa cidade.

O estado de espírito era então estranho. Viera à tona, sobretudo na sociedade feminina, certa leviandade, e não se podia dizer que tivesse surgido aos poucos. Umas ideias por demais atrevidas propagavam-se como que levadas pelo vento. Era algo hilário, frívolo, mas, digo eu, nem sempre agradável. Certa confusão mental estava na moda. Mais tarde, quando tudo já teria acabado, inculpariam Yúlia Mikháilovna, seus próximos e sua influência, porém é pouco provável que a culpa do ocorrido seja tão só de Yúlia Mikháilovna. Pelo contrário, muitos a elogiavam à porfia, logo de início, porque a nova governadora sabia unir a sociedade e, num piscar de olhos, tornar a vida mais divertida. Houve mesmo alguns casos escandalosos de que Yúlia Mikháilovna não teve nem sombra de culpa, mas todos ficaram então apenas rindo e patuscando sem que ninguém pudesse freá-los. É verdade que se manteve de lado um grupo assaz considerável de pessoas que tinham sua própria visão dos eventos em curso, mas nem aquelas pessoas estavam resmungando por ora: andavam, inclusive, todas sorridentes.

Lembro como se formou então, de maneira algo espontânea, um círculo bastante extenso cujo centro se encontrava, talvez de fato, no salão de Yúlia Mikháilovna. Nesse círculo de íntimos a rodeá-la, obviamente no meio dos jovens, eram permitidas e até mesmo praticadas em regra diversas travessuras, que realmente pareciam, de vez em quando, meio afoitas. O círculo incluía também algumas damas bem atraentes. Os jovens tramavam piqueniques, saraus, indo por vezes, todos juntos, passear pela cidade de carruagens e a cavalo. Buscavam por aventuras e acabavam por inventá-las e armá-las de propósito, unicamente a título de uma anedota engraçadinha. Quanto à nossa cidade, tratavam-na como uma Glúpov[1] qualquer. Chamavam-nos de farsistas ou de trocistas, sendo poucas as coisas que deixavam de escarnecer. Ocorreu, por exemplo, que a esposa de um tenente local, uma moreninha ainda novinha, mas já toda mofina devido aos maus-tratos de seu marido, sentou-se num dos saraus, por mera leviandade, para jogar

[1] O nome dessa cidade fictícia ("Boba, Estúpida, Tola" em russo) remonta ao romance *História de uma cidade*, publicado pelo satírico Mikhail Saltykov-Chtchedrin (1826-1889) em 1869-70.

yeralach de apostas grandes, esperando comprar uma mantilha caso ganhasse, mas, em vez de ganhar, perdeu quinze rublos. Temendo o marido e não tendo com que pagar, recordou sua recente ousadia e atreveu-se a pedir sorrateiramente, no mesmo sarau, um empréstimo ao filho de nosso *golová* urbano,[2] um rapaz malvado e rodado demais para sua idade. Ele não se limitou a recusar o empréstimo, mas até mesmo foi, às gargalhadas, contar tudo ao marido dela. E o tenente que passava mesmo por maus bocados, pois vivia apenas de seu soldo, levou a esposa para casa e se fartou de surrá-la, por mais que berrasse, uivasse e implorasse, ajoelhada, pelo perdão. Essa história revoltante só provocou risadas por toda a cidade, e, posto que a infeliz esposa daquele tenente não pertencesse à sociedade agrupada ao redor de Yúlia Mikháilovna, uma das damas que faziam parte da tal "cavalgada", uma pessoa excêntrica e desinibida que a conhecia de algum modo, veio buscá-la e simplesmente a levou para sua casa. Uma vez lá, nossos patuscos tomaram logo conta dela, cobriram-na de afagos e mimos, e fizeram, por fim, que passasse uns quatro dias em sua companhia, sem devolvê-la ao marido. Ela ficou, pois, na casa da dama excêntrica, passeando o dia inteiro, com ela mesma e com toda a turminha desenfreada, pela cidade, dançando e participando de outras diversões. Tentaram convencê-la a processar o marido, a abrir um pleito contra ele, assegurando-lhe que todos a apoiariam nesse caso e testemunhariam em seu favor. Enquanto isso, o marido estava calado, sem ousar resistir. A coitadinha

[2] Presidente da câmara municipal nas cidades interioranas da Rússia antiga (*golová* significa "cabeça" em russo).

entendeu afinal que se metera numa enrascada e, semimorta de medo, fugiu dos seus protetores, no quarto dia ao anoitecer, e voltou à casa de seu tenente. Não se sabe ao certo o que se passou entre os esposos, mas o fato é que ambos os contraventos da baixinha casa de madeira, onde o tenente alugava um apartamento, permaneceram trancados por duas semanas. Yúlia Mikháilovna se irritou um pouco com os patuscos, quando soube de tudo, e ficou muito descontente com a ação daquela dama desinibida, embora ela lhe tivesse apresentado a esposa do tenente ainda no primeiro dia do sequestro. De resto, tudo isso se esqueceu de imediato.

Em outra ocasião, um moço vindo do distrito vizinho, um pequeno servidor público, pediu em casamento a filha de um pai de família respeitável em aparência, também um servidorzinho, só que essa garota de dezessete anos era não só bonitinha como bem conhecida cidade adentro. Soube-se de repente que, na noite de núpcias, o jovem esposo tratara a beldade sem muita gentileza a fim de vingar sua honra infamada. Liámchin que praticamente presenciara o escândalo, tendo bebido demais da conta, durante a festa nupcial, e ficado naquela casa para dormir, correu de manhãzinha levar tal notícia animadora ao conhecimento de todos. Formou-se instantaneamente uma turminha de uns dez homens, todos montados e alguns, por exemplo Piotr Stepânovitch e Lipútin que, não obstante seu cabelo branco, participava então quase de todas as aventuras escandalosas de nossa leviana moçada, com cavalos alugados dos cossacos. Quando os recém-casados apareceram na rua, indo, num *drójki* puxado por um par de cavalos, fazer as visitas que nosso hábito estipulava, apesar de quaisquer adversidades, no dia seguinte ao casamento, toda essa cavalgada cercou o *drójki* com um riso alegre e acompanhou-o, manhã afora, pela cidade. Não entravam, aliás, nas casas, mas aguardavam, sem apearem, junto aos portões; abstinham-se de ofender sobremodo o jovem casal, mas acabaram, ainda assim, gerando um escândalo. A cidade toda se pôs a falar. Entenda-se bem que todos estavam rindo. Mas aí von Lembke se zangou e teve outra cena enérgica com Yúlia Mikháilovna. Ela também se zangou em excesso e se propôs, desde já, a afastar os patuscos de sua casa. Todavia, logo no dia seguinte, perdoou-lhes a todos em consequência das exortações de Piotr Stepânovitch e de algumas palavras ditas por Karmazínov. Este último havia achado a "brincadeira" assaz espirituosa.

— Isso é um costume daqui — disse —, característico, pelo menos, e... ousado. E veja bem: todo mundo ri e só a senhora fica indignada.

Houve, porém, umas brincadeiras intoleráveis, com certa nuança.

Apareceu em nossa cidade uma mascate que vendia o Evangelho, uma mulher respeitável, embora pequena burguesa. Começou-se a falar nela, porque as notas interessantes sobre tais vendedores de livros acabavam de surgir em jornais metropolitanos. E o mesmo velhaco Liámchin, auxiliado por um seminarista que zanzava pela cidade à espera da vaga de mestre-escola, colocou às esconsas no saco daquela mascate, fingindo comprar uns livros dela, toda uma maçaroca de fotografias sedutoras e asquerosas, trazidas do estrangeiro e doadas especialmente para tal ocasião, segundo se esclareceria mais tarde, por um velhinho digno de todo o respeito, cujo nome vou omitir, que portava uma ordem importante no pescoço e gostava, no dizer dele próprio, "de risos saudáveis e brincadeiras hilariantes". Quando a pobre mulher veio tirando seus livros santos em nosso Pátio das Compras, as fotografias também se espalharam todas. Houve risadas e resmungos; a multidão se espremeu, as pessoas se puseram a xingar uma à outra e, se não acorresse a polícia, chegariam aos tapas. A mascate ficou trancada na casa de detenção e tão só à noite, por intercessão de Mavríki Nikoláievitch que se revoltara ao descobrir os detalhes íntimos dessa torpe história, solta e expulsa da cidade. Yúlia Mikháilovna resolveu banir Liámchin em definitivo, porém, na mesma noite, os nossos o trouxeram, todos juntos, de volta à sua casa, comunicando-lhe que tinha inventado uma nova pecinha para piano, muito original, e pedindo que apenas a escutasse. A pecinha era realmente engraçada e ostentava o título cômico de "A guerra franco-prussiana". Iniciava-se com os sons formidáveis da "Marselhesa": *Qu'un sang impur abreuve nos sillons.*[3] Ouviam-se lá um desafio altissonante e o gozo das futuras vitórias. De chofre, ao lado das cadências habilmente variadas do hino, repontavam algures por perto, num cantinho inferior, mas bem próximo, aqueles sons nojentinhos de "Mein lieber Augustin".[4] A "Marselhesa" não repara neles, a "Marselhesa" está no ápice da fruição de sua grandeza, porém o "Augustin" se fortalece, tornando-se cada vez mais insolente, e eis que as cadências do "Augustin" passam inesperadamente a

---

[3] Cita-se, sem devida exatidão, o refrão do hino nacional da França: "Que o sangue impuro regue as nossas lavras".

[4] Canção folclórica alemã *Ach, du lieber Augustin*, conhecida desde o século XVII (veja, por exemplo, *Humilhados e ofendidos*, Parte I, Capítulo I).

coincidir com as da "Marselhesa". Ela parece um tanto zangada: ao reparar afinal no "Augustin", quer sacudi-lo, afugentá-lo como uma reles mosca importuna, mas o tal de "Mein lieber Augustin" se agarra firmemente a ela, jovial e seguro de si, risonho e descarado. Então, de repente, a "Marselhesa" fica toda abestalhada, sem mais esconder que está irritada e ressentida, estendendo, em meio a brados de indignação, prantos e juramentos, as mãos para a Providência: *Pas un pouce de notre terrain, pas une pierre de nos forteresses!*[5] Mas já se vê obrigada a cantar a mesma melodia de "Mein lieber Augustin". Os sons dela se transformam, de certa maneira estupidíssima, nos do "Augustin"; ela esmorece e desfalece. Apenas de vez em quando é que se ouve ainda *"qu'un sang impur..."* a prorromper aqui ou acolá, mas, logo depois, ela se torna, com um pulo deplorável, uma valsinha nojenta. Resigna-se totalmente: é Jules Favre que soluça no peito de Bismarck e lhe entrega tudo, mas tudo... Entretanto, o "Augustin" perde as estribeiras: ouvem-se sons rouquenhos, sentem-se a cerveja bebida a cântaros e o furor da fanfarronada, percebem-se exigências de reparações bilionárias, a busca por finos charutos, champanhe e reféns. O "Augustin" repercute como um bramido infrene... A guerra franco-prussiana chega ao fim. Os nossos aplaudem; Yúlia Mikháilovna sorri, dizendo: "Mas como o botaria para fora?". O acordo de paz está assinado. De fato, aquele vilão tinha um talentozinho. Stepan Trofímovitch me asseverou, certa

[5] Nem um palmo de nossa terra, nem uma pedra de nossas fortalezas: palavras do político francês Jules Favre (1809-1880) a quem o chanceler Otto von Bismarck exigiu a entrega da Alsácia e da Lorena como território historicamente alemães ocupados pela França.

vez, que os maiores talentos artísticos podiam pertencer a canalhas horribilíssimos e que uma coisa não excluía a outra. Correu mais tarde o rumor de Liámchin ter furtado aquela pecinha de um conhecido seu, um jovem talentoso e humilde que passara pela nossa cidade e permaneceria depois ignorado pelo resto da vida, mas... não vale a pena contar disso. Aquele vilão que tinha girado, por alguns anos, à volta de Stepan Trofímovitch, apresentando em seus saraus, por encomenda, diversos judeuzinhos, a confissão de uma mulherzinha surda ou um parto, fazia agora, de tempos em tempos, uma caricatura ridiculíssima do próprio Stepan Trofímovitch na frente de Yúlia Mikháilovna, chamando-o de "um liberal dos anos quarenta". Todos caíam na gargalhada, de sorte que decididamente não se podia mais botá-lo para fora: era um homem indispensável. Além do mais, adulava de modo servil Piotr Stepânovitch que já exercia então, por sua vez, uma influência estranhamente forte sobre Yúlia Mikháilovna...

Eu não falaria especialmente sobre aquele canalha, e nem sequer valeria a pena perder meu tempo com ele, porém havia acontecido uma história repugnante, da qual ele também participara conforme se assegurava, e não me seria possível, de maneira alguma, omitir essa história em minha crônica.

Surgiram, certa manhã, rumores acerca de uma blasfêmia horrorosa e revoltante, que percorreram a cidade toda. Encontra-se à entrada de nossa imensa praça de mercado uma igreja vetusta, a do Nascimento da Madre de Deus, famosa por ser notavelmente antiga em nossa antiga cidade. Um grande ícone da Madre de Deus ficava, desde os tempos remotos, ao portão de sua cerca, embutido na parede e resguardado por uma grade. E eis que o ícone foi assaltado uma noite: quebraram o vidro do *kiot*,[6] arrebentaram a grade, tiraram algumas pedras preciosas e pérolas da coroa e da *riza*[7] (não sei, aliás, se seu valor era muito alto ou não). Mas o principal consistia em terem cometido, além do furto, uma blasfêmia absurda e humilhante, achando-se de manhã, pelo que consta, um rato vivo detrás do vidro quebrado do ícone. Sabe-se positivamente agora, quatro meses depois, que o autor do crime foi aquele grilheta chamado de Fedka, só que se menciona também, por algum motivo, a participação de Liámchin. Então ninguém falava nem suspeitava dele, mas agora todos afirmam ter sido ele quem deixou o rato entrar. Lembro que toda a nossa chefia ficou um tanto perdida. O povo se reunia no lugar do crime desde o amanhecer. Havia constantemente uma multidão, não sabe lá Deus quão grande, mas composta, em todo caso, de umas cem pessoas. Umas vinham, outras iam embora. As que vinham benziam-se e beijavam o ícone; começaram as doações, apareceram um prato de igreja e um monge por perto, e foi apenas pelas três horas da tarde que a chefia teve a ideia de mandar o povo não se aglomerar nem ficar ali parado, mas rezar, beijar e doar sem demora, dispersando-se logo a seguir. Tal desgraça causou ao nosso von Lembke a impressão mais lúgubre possível. Yúlia Mikháilovna chegou a dizer, segundo me contariam depois, que desde aquela sinistra manhã passara a perceber em seu esposo uma estranha tristeza que não cessaria mais até ele sair, há dois meses, da nossa

---

[6] Caixilho envidraçado que protege o ícone (em russo).
[7] Adorno metálico de ícones (em russo).

cidade por razões de saúde e que parece acompanhá-lo, até hoje, na Suíça, onde o ex-governador continua repousando após sua breve carreira em nossa província.

Lembro como passei então, mais ou menos a uma hora da tarde, pela praça: a multidão estava taciturna, os rostos, graves e sombrios. Veio de *drójki* um comerciante gordo e amarelo, desceu do carro, curvou-se até o solo, beijou o ícone, doou um rublo, subiu gemendo de volta ao *drójki* e foi embora. Depois passou uma caleça com duas das nossas damas acompanhadas por dois dos nossos patuscos. Tais jovens (um deles não muito jovem, diga-se de passagem) desceram também da carruagem e foram, aos empurrões, até o ícone, afastando o povo sem sombra de cerimônia. Nenhum dos dois tirou o chapéu, mas um deles ajustou seu *pince-nez* sobre o nariz. O povo se pôs a resmungar, de modo assaz discreto, mas hostil. O rapagão de *pince-nez* tirou do seu porta-níqueis atulhado de notas bancárias um copeque de cobre e jogou-o em cima do prato; rindo e conversando em voz alta, viraram-se ambos para a caleça. No mesmo instante, de supetão, veio cavalgando Lisaveta Nikoláievna, seguida por Mavríki Nikoláievitch. Saltou do cavalo, passou a rédea ao seu companheiro, a quem ordenara permanecer montado, e achegou-se ao ícone no exato momento em que foi jogado aquele copeque. Um rubor de indignação cobriu-lhe as faces; ela tirou seu chapéu redondo e suas luvas, tombou de joelhos perante o ícone, em meio àquela calçada imunda, e curvou-se três vezes, com veneração, até o solo. Depois pegou seu porta-níqueis, mas, como havia nele tão só umas *grivnas*, tirou, num átimo, seus brincos com diamantes e colocou-os sobre o prato.

— Posso, posso? Para enfeitar a *riza*? — perguntou, cheia de emoção, ao monge.

— É permitido — respondeu ele. — Qualquer doação é um bem.

O povo estava calado, sem reprovar nem aprovar o feito. Lisaveta Nikoláievna, cujo vestido estava todo sujo, tornou a montar e partiu cavalgando.

II

Dois dias após o caso acima descrito, encontrei-a no meio de um grupo numeroso que ia não se sabia aonde com três carruagens rodeadas de cavaleiros. Ela acenou para mim, mandou pararem a caleça e exigiu insistentemente que me juntasse à turma toda. Achou-se um lugar para mim naquela caleça, e ela me apresentou, rindo, a umas damas rechonchudas, suas companheiras, e explicou-me que todo mundo estava numa expedição de interesse extraordinário. Gargalhava sem parar, aparentando uma felicidade, de certa forma, demasiada. Sua alegria beirava, nesses últimos tempos, uma folgança. De fato, a expedição seria excêntrica: todos rumavam para o outro lado do rio, indo à casa do comerciante Sevostiánov em cujos fundos morava havia cerca de dez anos, contente com seu repouso e bem cuidado, um homem conhecido não só em nossa cidade como também nas províncias contíguas e até mesmo nas capitais, nosso beato e profeta Semion Yákovlevitch. Todos o visitavam, sobretudo os que vinham de longe, buscando pela sua palavra de iluminado e cumulando-o de idolatrias e doações. Tais doações, às vezes consideráveis, eram devotamente repassadas, exceto se Semion Yákovlevitch em pessoa fizesse bom uso delas na mesma hora, para o templo de Deus, em especial para nosso monastério do Nascimento Divino, havendo para tanto um monge que ficava, o tempo todo, de plantão ao lado de Semion Yákovlevitch. Todos antegozavam uma diversão das grandes. Nenhum membro daquele grupo ainda vira Semion Yákovlevitch. Apenas Liámchin já o visitara certa feita e agora nos assegurava que o beato teria mandado enxotá-lo a vassouradas e jogado, com sua própria mão, duas grandes batatas cozidas em suas costas. Avistei, no meio dos cavaleiros, Piotr Stepânovitch, novamente com um cavalo alugado dos cossacos que ele montava bastante mal, e Nikolai Vsêvolodovitch, também a cavalo. Este último não se esquivava por vezes das patuscadas gerais, e sua fisionomia sempre manifestava, em tais casos, uma alegria apropriada, embora suas conversas continuassem sendo poucas e raras. Quando a expedição se aproximou, descendo em direção à ponte, do nosso hotel urbano, alguém anunciou de súbito que um viajante morto a tiro acabara de ser encontrado num dos quartos desse hotel e que se esperava pela polícia. Logo surgiu a ideia de irmos ver aquele suicida, e todos a apoiaram, porquanto nossas damas jamais tinham visto suicida algum. Lembro como uma delas disse então, alto e bom som, que "tudo já enchera tanto o saco que não dava mais para escolher passatempos a dedo, bastando serem divertidos". Poucas pessoas se detiveram à entrada, enveredando as demais, todas juntas, por um corredor sujo e vendo eu mesmo, para minha surpresa, Lisaveta Nikoláievna no meio delas. O quarto do suicida estava destrancado, e ninguém se atreveu, bem entendido, a impedir-nos de entrar. Era um moço ainda novinho, de uns dezenove anos no máximo, que devia ter sido muito bonito com seus espessos cabelos louros, o oval impecável de seu rosto e sua bela testa serena. Já estava rígido, e sua carinha branca parecia feita de mármore. Havia um bilhete em cima da mesa, escrito de próprio punho, em que ele pedia não culpar ninguém pela sua morte e dizia matar-se a tiro por ter esbanjado quatrocentos rublos "na gandaia". A palavra "gandaia" constava mesmo do bilhete, cujas quatro linhas continham três erros gramaticais. Quem mais lamuriava pelo morto era um fazendeiro gordo, aparentemente seu vizinho, que viera a negócios e se hospedava no quarto ao lado. Deduzia-se das falas dele que o moço fora mandado pela família, isto é, pela mãe viúva, pelas irmãs e tias, da sua fazenda para a cidade a fim de fazer, sob a supervisão de uma parenta que morava por aqui, diversas compras para o dote de sua irmã mais velha, prestes a casar-se, e de trazê-las para casa. Entregando-lhe aqueles quatrocentos rublos amealhados por décadas, a família toda gemera de medo e dirigira ao moço uma profusão de sermões, orações e bênçãos. Ele teria sido, até então, modesto e digno de confiança. Ao chegar, havia três dias, à nossa cidade, não foi visitar sua parenta, mas se hospedou no hotel e rumou direto para o clube, na expectativa de encontrar ali, num quartinho dos fundos, algum banqueiro que tivesse vindo por mero acaso ou, pelo menos, uma partida de *stúkalka*.[8] Contudo, não houve nem *stúkalka* nessa noite, nem banqueiro ocasional. Voltando ao seu quarto depois da meia-noite,

---

[8] Antigo jogo de azar ("toque-toque" em russo).

ele mandou trazerem champanhe, havanas[9] e uma ceia de seis ou sete pratos. Ficou, porém, embriagado com aquele champanhe e vomitou ao fumar um charuto, de sorte que nem tocou nos pratos servidos, mas caiu na cama quase sem sentidos. Acordando no dia seguinte, fresco que nem uma maçã, foi logo ao acampamento de ciganos que ficava num subúrbio, do outro lado do rio, sobre o qual ouvira falarem, no dia anterior, em nosso clube, e não retornou mais ao hotel por dois dias seguidos. Apareceu finalmente na véspera, pelas cinco horas da tarde; ébrio como estava, deitou-se de pronto e dormiu até as dez horas da noite. Quando despertou, pediu uma costeleta, uma garrafa de *Château d'Yquem*[10] e uvas, além de papel, tinta e conta. Ninguém percebeu nada de especial nele: o moço estava tranquilo, gentil e calado. Decerto se matou ainda por volta da meia-noite. Por mais estranho que parecesse, ninguém ouvira o tiro: lembraram-se do hóspede apenas a uma hora da tarde, bateram à porta de seu quarto e, sem nenhuma resposta, acabaram por arrombá-la. A garrafa de *Château d'Yquem* estava cheia pela metade, sobrando também meio prato de uvas. O tiro de um pequeno revólver de três cartuchos atingira o coração. A hemorragia fora insignificante; o revólver caíra das mãos do suicida sobre o tapete. O próprio jovem estava reclinado sobre o sofá, num dos cantos do quarto. Sua morte devia ter sido instantânea: nenhum traço de agonia se lobrigava em seu rosto cuja expressão era calma, quase feliz, como a de quem fosse

---

[9] Marca de charutos cubanos de alta qualidade (Dicionário Caldas Aulete).

[10] Um dos melhores vinhos franceses, produzido desde o século XVIII.

ter uma vida longa. Todos os nossos olhavam para ele com ávida curiosidade. De modo geral, sempre há em qualquer desgraça do próximo algo que alegra o olhar de outra pessoa, seja ela qual for. Nossas damas fitavam-no em silêncio; quanto aos homens que as acompanhavam, destacavam-se pela sua arguta sabedoria e pela suprema presença de espírito. Um deles notou que era o melhor dos desfechos e que o garoto nem poderia ter inventado nada de mais inteligente; um outro concluiu que vivera bem, ao menos por um instante. O terceiro questionou de improviso por que nossa gente se enforcava tanto assim e se matava a tiros, como se tivesse perdido suas raízes ou se o chão lhe deslizasse embaixo dos pés. Encararam tal arrazoador sem muita simpatia. Em compensação, Liámchin, que desempenhava seu papel de bufão como se fosse uma honra, pegou um cachinho de uvas de cima do prato; outro homem se apossou, rindo, de outro cacho, e o terceiro estendeu a mão em direção ao *Château d'Yquem*. No entanto, o delegado que acabava de chegar fê-los todos pararem com isso e até mesmo exigiu que "dessem o fora". Como todos estavam já fartos de olhar para o suicida, saíram logo, sem discutir, ainda que Liámchin fosse importunar o delegado com alguma pergunta a mais. A alegria geral da turma, que ria e levava uma conversa descontraída, quase dobrou na segunda metade do nosso caminho.

Chegamos à casa de Semion Yákovlevitch a uma da tarde em ponto. O portão do sobrado assaz espaçoso daquele comerciante estava aberto de par em par, dando acesso à casinha dos fundos. Soubemos de imediato que Semion Yákovlevitch se dignava a almoçar, mas recebia visitas. Toda a multidão nossa entrou de uma vez. O cômodo onde o beato recebia visitas e almoçava era amplo o suficiente, munido de três janelas e dividido ao meio por uma grade de madeira que o atravessava de parede a parede e se elevava até a cintura de quem nele entrasse. As visitas ordinárias permaneciam atrás dessa grade, porém os felizardos eram autorizados a passar, por ordem do beato, através das portinholas que levavam para seu espaço privativo, e ele deixava que se sentassem, caso assim desejasse, em seus velhos cadeirões de couro ou sobre o sofá, acomodando-se invariavelmente numa antiga e gasta poltrona Voltaire. Era um homem bastante alto, de uns cinquenta e cinco anos de idade, cujo rosto amarelo estava inchado e cujos cabelos louros eram bem ralos, que raspava a barba e exibia uma bolha na face direita, além de uma boca um pouco torta, de uma grande verruga perto da narina esquerda e de olhinhos puxados, tendo uma expressão facial calma, imponente e sonolenta. Vestido à alemã, usava uma sobrecasaca negra, mas sem colete nem gravata. Uma camisa branca, embora meio grossa, transparecia debaixo da sobrecasaca; seus pés, talvez doentes, estavam sempre calçados. Eu ouvira dizerem que tinha sido outrora um servidor público e possuía uma titulação. Acabara de degustar *ukhá*[11] de peixinho leve e tomava conta do seu segundo prato, batata cozida em casca com sal. Nunca comia nada além disso, apenas bebia muito chá de que gostava. Uns três criados se agitavam à sua volta, todos pagos pelo comerciante; um desses criados estava de fraque, outro se

[11] Sopa de peixe, um dos pratos mais tradicionais da culinária russa.

parecia com um operário de *artel*,[12] o terceiro lembrava um coroinha. Havia também um garoto em torno de dezesseis anos, todo expedito. Estava presente, a par dos criados, um monge respeitável de cabelos brancos, que segurava uma caneca e parecia obeso em demasia. Um samovar descomunal fervia sobre uma das mesas; havia, lá mesmo, uma bandeja com quase duas dúzias de copos. Em cima da outra mesa, oposta à primeira, dispunham-se as doações: uns blocos e saquinhos de açúcar, umas duas libras de chá, um par de sapatos bordados, um lenço de fular,[13] um corte de *suknó*, uma peça de lona, etc. Quanto às doações pecuniárias, iam quase todas para a caneca do monge. Muitas pessoas se reuniam naquele cômodo, cerca de uma dúzia de visitantes, dois dos quais estavam sentados do outro lado da grade, junto a Semion Yákovlevitch: um velhinho grisalho, devoto "dos humildes", e um monge forasteiro, pequeno e magrinho, que se mantinha formalmente, de olhos baixos. Todos os demais visitantes estavam aquém da grade; a maioria deles era também de origem humilde, salvo um comerciante gordo e barbudo, vindo de uma cidade interiorana, vestido à russa, mas conhecido como dono de cem mil rublos, uma fidalga idosa e mísera, e um fazendeiro. Todos esperavam pela sua felicidade, sem ousarem puxar conversa. Umas quatro pessoas estavam ajoelhadas, mas quem atraía uma atenção especial era o fazendeiro, um homem gordo de uns quarenta e cinco anos de idade, que se ajoelhara rente à grade, mais próximo e

[12] Grupo, muitas vezes informal, de operários que têm a mesma profissão.

[13] Arcaica denominação de uma echarpe leve, geralmente feita de seda.

visível do que os outros, e aguardava, cheio de veneração, por um olhar benévolo ou uma palavra de Semion Yákovlevitch. Já fazia cerca de uma hora que estava ali de joelhos, porém o beato não reparava nele.

Nossas damas se espremeram ao lado da grade, cochichando entre si alegre e animadamente. Tinham afastado ou tapado os visitantes ajoelhados e todos os outros, à exceção do fazendeiro que teimava em permanecer a olhos vistos e até mesmo se agarrava à grade com ambas as mãos. Vários olhares lépidos e avidamente curiosos fixaram-se em Semion Yákovlevitch, assim como lornhões, *pince-nez* e praticamente binóculos (Liámchin, pelo menos, examinava-o com um binóculo). Tranquilo e negligente, Semion Yákovlevitch correu os olhinhos por todos os presentes.

— Belavistas! Belavistas! — dignou-se a proferir, em tom de leve exclamação, com seu baixozinho rouquenho.

Todos os nossos riram: "O que quer dizer *belavistas*?" Entrementes, Semion Yákovlevitch mergulhara em silêncio e terminava de comer sua batata. Afinal, enxugou a boca com um guardanapo, e eis que lhe serviram o chá.

Ele não costumava tomar chá sozinho, oferecendo alguns copos aos visitantes, só que não agraciava qualquer um deles, mas apontava de ordinário para quem pretendia tornar feliz. Suas ordens sempre surpreendiam por serem inesperadas. Deixando de lado os ricaços e dignitários, mandava por vezes servir chá a um mujique ou uma velhota decrépita, ou então fazia pouco caso dessa gentalha indigente e beneficiava algum comerciante adiposo e abastado. O chá servido também era diferente, ora com açúcar cristal dentro do copo, ora com um torrão de açúcar para se morder, ora sem açúcar nenhum. Dessa vez foram premiados aquele pequeno monge forasteiro, que recebeu um copo de chá adoçado, e o velhinho devoto, cujo chá veio sem açúcar. Quanto ao monge obeso que colhia doações para o monastério com sua caneca, não lhe serviram, por alguma razão, nem um pingo de chá, apesar de ter recebido, até então, um copo cheio a cada dia.

— Diga-me alguma coisa, Semion Yákovlevitch! Faz tanto tempo que quero conhecê-lo... — pediu em voz cantante, sorrindo e entrefechando os olhos, aquela dama rechonchuda de nossa caleça que notara havia pouco que não dava mais para escolher passatempos a dedo, bastando serem divertidos. Semion Yákovlevitch nem olhou para ela. O fazendeiro ajoelhado deu um suspiro sonoro e profundo, como se um grande fole se soerguesse e se abaixasse em seguida.

— Doce! — De supetão, Semion Yákovlevitch apontou para o comerciante que tinha cem mil rublos. Este avançou e ficou perto do fazendeiro.

— Mais açúcar pra ele! — ordenou Semion Yákovlevitch, quando o chá já estava servido, e outra porção de açúcar cristal foi colocada no copo. — Mais, mais ainda! — Colocaram a terceira e, finalmente, a quarta porção de açúcar. Sem objetar, o comerciante se pôs a beber aquele xarope.

— Senhor Deus! — O povo rompeu a cochichar e a benzer-se. O fazendeiro deu outro suspiro sonoro e profundo.

— Paizinho! Semion Yákovlevitch! — ressoou de repente a voz da mísera dama que os nossos tinham empurrado até a parede, tristonha, mas tão estridente que nem se teria imaginado como era. — Há uma hora inteira, meu queridinho, espero pela graça. Fala comigo, decide por mim, esta órfã!

— Pergunta aí — disse Semion Yákovlevitch ao seu criado semelhante a um coroinha. Este se acercou da grade.

— A senhora cumpriu o que Semion Yákovlevitch lhe ordenou da última vez? — perguntou à viúva, com uma voz baixa e compassada.

— Mas como cumpriria, paizinho Semion Yákovlevitch, se não dá para lidar com aqueles lá? — vociferou a viúva. — Aqueles canibais reclamam de mim no tribunal distrital, ameaçam chegar até o Senado... contra a mãe de sangue, né?...

— Entrega pra ela!... — Semion Yákovlevitch apontou para um bloco de açúcar. O garoto correu ali, pegou o bloco e carregou-o até a viúva.

— Oh, queridinho, como é grande a tua graça! Nem preciso de tanto! — A viúva tornou a vociferar.

— Mais, mais! — Semion Yákovlevitch resolveu favorecê-la. Trouxeram outro bloco de açúcar. "Mais, mais..." — ordenou o beato, trazendo-se logo o terceiro e, finalmente, o quarto bloco. Agora o açúcar cercava a viúva de todos os lados. O monge suspirou, já que tudo isso poderia, a julgar pelos precedentes, ser levado, no mesmo dia, para o monastério.

— Para que tanto açúcar? — gemia a viúva, com humilhação. — Vou vomitar sozinha, né?... Será por acaso uma profecia, hein, paizinho?

— É isso aí, uma profecia — comentou alguém no meio da multidão.

— Mais uma libra pra ela, mais uma! — Semion Yákovlevitch não se quietava.

Um bloco inteiro de açúcar ficava ainda em cima da mesa, mas ele mandou trazerem uma libra empacotada, e tal pacote foi entregue à viúva.

— Deus nosso Senhor! — O povo suspirava e se benzia. — Uma profecia óbvia.

— Adoçai primeiro o vosso coração com bondade e compaixão, e só depois vinde queixar-vos dos filhos de sangue, osso de vossos ossos: é bem isso, devemos supor, que significa esse emblema — disse em voz baixa, mas com presunção, o monge obeso que não ganhara seu chá, porém se incumbira, numa crise de amor-próprio pungido, de interpretar a profecia.

— Mas como assim, queridinho? — De súbito, a viúva ficou zangada. — Mas eles me puxavam, com um laço daqueles, para o fogo, quando a casa dos Verkhíchin estava queimando. Eles me botaram uma gata morta no baú, quer dizer, fariam qualquer abuso, né?

— Rua, rua! — Semion Yákovlevitch agitou repentinamente as mãos.

O coroinha e o garoto atravessaram a grade. O coroinha segurou a viúva pelo braço, e ela se arrastou, amansada, em direção às portas, olhando para os blocos de açúcar dados que o garoto carregava atrás dela.

— Pega um de volta, vai! — ordenou Semion Yákovlevitch ao operário de *artel* que se quedara ao seu lado. Ele correu no encalço dos que iam embora, e todos os três criados regressaram, algum tempo depois, trazendo um dos blocos de açúcar, que fora oferecido à viúva e, logo a seguir, tomado de volta. Em todo caso, ela levara consigo três outros blocos.

— Semion Yákovlevitch — ouviu-se uma voz por trás, ao lado das portas —, é que sonhei com um pássaro, uma gralha: ela saiu voando da água e foi voando para o fogo. O que significa esse meu sonho?

— Vai fazer frio — vaticinou Semion Yákovlevitch.

— Semion Yákovlevitch, mas por que não me respondeu nada? Faz tanto tempo que me interesso pelo senhor — recomeçou a falar nossa dama.

— Pergunta! — Sem escutá-la, Semion Yákovlevitch apontou de improviso para o fazendeiro ajoelhado.

O monge que ele encarregara de perguntar aproximou-se solenemente do fazendeiro.

— Qual é seu pecado? Não teve porventura de cumprir alguma ordem?

— Não brigar, não deixar meus punhos baterem — respondeu o fazendeiro, rouco.

— Fez isso? — questionou o monge.

— Não consigo, que minha própria força me obriga.

— Rua, rua! Dá uma vassourada nele, uma vassourada! — Semion Yákovlevitch agitou novamente as mãos. Sem esperar pela execução do castigo, o fazendeiro se levantou num instante e saiu correndo.

— Deixou uma *zlátnitsa*[14] aqui! — exclamou o monge, apanhando um meio-imperial[15] do chão.

— Passa pra ele! — Semion Yákovlevitch cravou o dedo no comerciante que tinha cem mil rublos. O ricaço não teve a coragem de recusar a moeda.

— Ouro com ouro... — O monge não se conteve.

— Um doce pra aquele dali! — De repente, Semion Yákovlevitch apontou para Mavríki Nikoláievitch. O criado encheu um copo e serviu-o erroneamente ao janota de *pince-nez*.

---

[14] Peça de ouro (arcaísmo russo).

[15] Antiga moeda de ouro equivalente a cinco rublos.

— Pro grandalhão, pro grandalhão — corrigiu Semion Yákovlevitch.

Mavríki Nikoláievitch pegou o copo, saudou o beato com uma leve mesura militar e começou a beber. Não sei por que todos os nossos caíram então numa gargalhada.

— Mavríki Nikoláievitch! — Lisa lhe dirigiu subitamente a palavra. — Aquele senhor que estava de joelhos foi embora... Ajoelhe-se, pois, no lugar dele.

Mavríki Nikoláievitch mirou-a com perplexidade.

— Faça, por favor, que me deixará muito feliz. Escute, Mavríki Nikoláievitch — ela passou a falar bem depressa, com insistência, obstinação e ardor —, ajoelhe-se logo, que quero vê-lo sem falta ajoelhado. Se não ficar de joelhos aí, nem venha mais à minha casa. Quero sem falta, quero sem falta!...

Não sei o que ela queria dizer com isso, mas exigia persistente, inexorável, como se estivesse delirando. Mavríki Nikoláievitch explicava, como veremos adiante, tais caprichosos impulsos dela, particularmente frequentes nesses últimos tempos, com explosões de seu ódio cego por ele, e não era, aliás, um ódio (pelo contrário, ela o honrava, amava e respeitava, e ele mesmo sabia disso), mas uma singular fúria inconsciente que a moça não conseguia dominar amiúde.

Calado, Mavríki Nikoláievitch passou sua chávena a uma velhinha qualquer, que estava atrás dele, abriu a portinhola da grade, adentrou, sem ser convidado, o espaço privativo de Semion Yákovlevitch e ficou de joelhos no meio do cômodo, a olhos vistos. Acredito que estava por demais transtornado, no fundo de sua alma delicada e simples, com essa aviltante grosseria que Lisa cometera na frente de toda a nossa sociedade. Talvez pensasse que ela se envergonharia ao ver sua humilhação em que insistira tanto assim. Decerto ninguém mais se proporia a corrigir uma mulher de maneira tão ingênua e arriscada. Lá estava ele, de joelhos, com uma expressão imperturbavelmente séria — alto, desengonçado, engraçado como era. No entanto, os nossos não riam: aquele feito inesperado causara-lhes uma impressão mórbida. Olhavam todos para Lisa.

— Óleo santo, santo óleo! — murmurou Semion Yákovlevitch.

De súbito, Lisa empalideceu, deu um grito, soltou um ai e também irrompeu para além da grade. Houve uma breve cena histérica: com todas as forças, ela se pôs a levantar Mavríki Nikoláievitch ajoelhado, puxando-o, com ambas as mãos, pelo cotovelo.

— Levante-se, levante-se! — exclamava, como que inconsciente. — Levante-se agora, agora! Como ousou ficar de joelhos?

Por fim, Mavríki Nikoláievitch se soergueu. A moça lhe apertou os braços acima dos cotovelos e fitou atentamente seu rosto. Havia medo no olhar dela.

— Belavistas, belavistas! — tornou a repetir Semion Yákovlevitch.

Ela acabou arrastando Mavríki Nikoláievitch de volta para trás da grade, e toda a multidão nossa se moveu energicamente. Querendo, sem dúvida, afugentar a impressão mórbida, aquela dama de nossa caleça, dengosa e risonha como antes, perguntou pela terceira vez a Semion Yákovlevitch, com sua voz estridente e guinchante:

— Mas enfim, Semion Yákovlevitch, será que não vai "proferir" alguma coisinha para mim também? Contava tanto com o senhor...

— Vai pro cu, vai!... — Dirigindo-se a ela, Semion Yákovlevitch proferiu de repente uma palavrinha bastante obscena. Disse-a ferozmente, com uma nitidez assustadora. Nossas damas se precipitaram guinchando portas afora, nossos cavalheiros deram uma gargalhada homérica. Assim terminou a nossa audiência com Semion Yákovlevitch.

Dizem, todavia, que então se deu outro incidente demasiado misterioso, e confesso que contei sobre essa visita com tantas minúcias principalmente por causa dele.

Dizem que, tão logo toda a nossa turma foi correndo embora, Lisa, que saía arrimada por Mavríki Nikoláievitch, deparou-se de chofre, naquele aperto ao lado das portas, com Nikolai Vsêvolodovitch. É preciso notar que, desde seu desmaio ocorrido na manhã do domingo, ambos já se tinham encontrado mais de uma vez, porém não haviam chegado um perto do outro nem trocado meia palavra. Vi-os colidirem às portas e achei que tivessem parado por um instante e olhado, de certo modo estranho, um para o outro. É possível, de resto, que não enxergasse bem naquela multidão. Afirmava-se ainda, pelo contrário e com plena seriedade, que ao olhar para Nikolai Vsêvolodovitch Lisa erguera depressa a mão, bem ao nível do seu rosto, e tê-lo-ia esbofeteado, por certo, se ele não tivesse recuado de pronto. Ela não gostara talvez de sua expressão facial ou de algum sorrisinho, em especial logo após o tal episódio com Mavríki Nikoláievitch. Confesso que não vi nada, eu mesmo, mas, em compensação, todos asseguravam ter visto aquilo, posto que nem todas, com toda a certeza, mas só umas poucas pessoas tivessem podido vê-lo, devido à nossa agitação geral. Não acreditei então nesses boatos, mas lembro que Nikolai Vsêvolodovitch estava, enquanto voltávamos para casa, um tanto pálido.

III

Quase na mesma hora e precisamente no mesmo dia ocorreu afinal o encontro de Stepan Trofímovitch com Varvara Petrovna, que ela tinha em mente havia muito tempo e levara, havia bastante tempo também, ao conhecimento de seu ex-amigo, porém não parava de adiar, por algum motivo, até então. O encontro se deu em Skvorêchniki. Varvara Petrovna chegou à sua casa de campo toda atarefada, porquanto na véspera fora determinado que o próximo baile seria dado pela esposa de nosso decano da nobreza. Contudo, Varvara Petrovna não demorara a entender, com aquela sua mente ativa, que após o baile ninguém a impediria de organizar sua própria festa particular, já em Skvorêchniki, nem de reunir outra vez a cidade toda. Então todos poderiam descobrir na prática qual das duas casas era melhor e onde se sabia receber melhor as visitas e dar bailes com mais gosto. De modo geral, não dava para reconhecê-la. Parecia que renascera, deixando de ser a inacessível "dama superior" de outrora (no dizer de Stepan Trofímovitch), e se transformara na mais ordinária mulher mundana, um tanto estabanada. Talvez fosse, de resto, apenas uma impressão.

Chegando à sua casa vazia, passou através dos cômodos em companhia de Alexei Yegórovitch, seu criado antigo e fiel, e de Fômuchka, um homem bem calejado que entendia de decoração. Houve conselhos e reflexões: que móveis seriam trazidos da casa urbana, quais utensílios e quadros; onde seriam colocados; como se usariam, da melhor maneira possível, o jardim de inverno e as flores; onde penderiam as novas *draperies*;[16] onde seria instalado o bufê e se não haveria porventura dois bufês, *et cætera* e tal. De chofre, no meio dessa lida vigorosa, ela teve a ideia de mandar uma carruagem buscar Stepan Trofímovitch.

Avisado e pronto havia bastante tempo, ele esperava todo santo dia por um convite repentino como aquele. Fez o sinal da cruz quando subia à carruagem: seu destino estava em jogo. Encontrou sua amiga na sala principal, sentada num canapé, dentro de um nicho, defronte a uma mesinha de mármore, com lápis e papel nas mãos. Ao passo que Fômuchka media, com um *archin*,[17] a altura dos balcões e das janelas, Varvara Petrovna anotava pessoalmente os números e fazia notas à margem. Sem interromper seu trabalho, inclinou a cabeça em direção a Stepan Trofímovitch e, quando ele murmurou alguma saudação, estendeu-lhe rapidamente a mão e apontou, sem olhar, um assento ao seu lado.

"Estava sentado ali, esperando por uns cinco minutos e 'apertando meu coração'..." — contar-me-ia Stepan Trofímovitch mais tarde. — "Não via mais aquela mulher conhecida havia vinte anos. Minha convicção absoluta de que estava tudo acabado tornou-me tão

---

[16] Cortinas formando grandes pregas (em francês).

[17] Antiga medida de comprimento russa, equivalente a 71 cm; nesse contexto, uma régua de madeira cujo comprimento é de um *archin*.

forte que ela mesma se surpreendeu com tal. Juro que se espantou com minha firmeza naquela última hora".

De súbito, Varvara Petrovna colocou seu lápis em cima da mesinha e se voltou depressa para Stepan Trofímovitch.

— Precisamos falar de negócios, Stepan Trofímovitch. Tenho certeza de que o senhor já preparou todas as suas frases pomposas e palavrinhas diversas, mas é melhor passarmos direto ao nosso assunto, não é verdade?

Ele teve um sobressalto. Varvara Petrovna se apressara demais a explicitar seu tom... pois então, o que viria depois?

— Espere, cale-se, deixe-me dizer... Vai responder mais tarde, embora eu não saiba, palavra de honra, o que o senhor me responderia a mim... — Ela continuou falando bem depressa. — Considero meu dever sagrado pagar mil e duzentos rublos de sua pensão até o fim de sua vida... quer dizer, não seria nenhum dever sagrado, mas tão somente um pacto nosso — isso seria muito mais real, não é verdade? Se quiser, faremos esse pacto por escrito. Tomei providências especiais para o caso de minha própria morte. Mas estou pagando agora, além do mais, o apartamento do senhor, sua criadagem e todas as suas despesas. Convertendo isso em dinheiro, temos mil e quinhentos rublos, não é verdade? Acrescento mais trezentos rublos, para as despesas extras, aí temos três mil inteiros. Já basta para o senhor todo ano? Parece que não é pouco. Aliás, vou socorrê-lo nas circunstâncias mais prementes. Tome, pois, esse dinheiro, mande minha gente de volta para mim e vá viver sozinho, onde quiser: em Petersburgo, em Moscou, no estrangeiro ou por aqui, contanto que não more em minha casa. Está ouvindo?

— Não faz muito tempo que outra exigência me foi dirigida, saindo dos mesmos lábios, da mesma maneira urgente e insistente — disse Stepan Trofímovitch, devagar e com uma nitidez pesarosa. — Eu me conformei e... dancei o cossaquinho[18] para agradar à senhora. *Oui, la comparaison peut être permise. C'était comme un petit cozak du Don, qui sautait sur sa propre tombe.*[19] Agora...

— Pare, Stepan Trofímovitch. É verboso demais. Não dançou para mim, mas apareceu com sua gravata nova, de camisa fina e luvas, todo engomado e perfumado. Asseguro-lhe que o senhor mesmo morria de vontade de se casar: isso estava escrito em sua cara e acredite que tal expressão não tinha fineza alguma. Se não o repreendi na hora, fiz isso por mera delicadeza. Mas o senhor desejava casar-se, desejava mesmo, não obstante aquelas torpezas que escrevia furtivamente sobre mim e sobre sua noiva. Agora é outra coisa. E o que tem a ver com isso um *cozak du Don* sobre o túmulo do senhor? Não compreendo essa sua comparação. Pelo contrário: não morra, mas viva, viva o mais que puder, e ficarei muito feliz.

— Num lar dos velhinhos?

— Num lar dos velhinhos? Não se vai lá com três mil de renda. Ah, já me lembro — sorriu ela —: realmente, Piotr Stepânovitch ficou gracejando, algum dia, sobre esse lar dos velhinhos. Ué, mas é um lar dos velhinhos bem especial mesmo: valeria a pena pensar nele. As pessoas

[18] Dança folclórica dos cossacos, povos guerreiros que habitavam no sul da Rússia, principalmente na região do Cáucaso e nas margens do rio Don.

[19] Sim, a comparação pode ser permitida. Era como um pequeno cossaco do Don que pulava sobre seu próprio túmulo (em francês).

mais distintas moram ali, inclusive alguns coronéis; há um general que quer agora morar ali também. Se o senhor entrar lá com todo o seu dinheiro, encontrará paz e fartura, muitos criados. Lá se dedicará às ciências e sempre poderá tramar uma partida de preferência...

— *Passons*...

— *Passons*? — melindrou-se Varvara Petrovna. — Nesse caso, está tudo dito: o senhor está avisado, e desde hoje vivemos totalmente separados.

— É tudo? Tudo o que restou dos nossos vinte anos? É nosso último adeus?

— Mas como gosta dessas exclamações, Stepan Trofímovitch! Nada disso está hoje na moda. Eles lá falam brutal, mas simplesmente. O que têm nossos vinte anos para o senhor? Foram vinte anos de amor-próprio, de ambos os lados, e nada mais. Nenhuma das cartas que escreveu para mim foi escrita para mim e, sim, para a posteridade. O senhor é estilista, não é um amigo, e a amizade não passa, no fundo, de uma palavra afamada: é um derramamento recíproco de lavagem...

— Meu Deus, quantas palavras alheias! Quantas lições decoradas! Eles já puseram seu uniforme na senhora também! Anda também alegre, anda também ao sol; *chère, chère*, mas por que sopinha de lentilhas é que lhes vendeu a sua liberdade?

— Não sou nenhum papagaio para repetir as palavras alheias — zangou-se Varvara Petrovna. — Tenha certeza de que acumulei muitas palavras minhas. O que o senhor fez por mim nesses vinte anos? Até me negava os livros que eu encomendava para o senhor e que, não fosse pelo encadernador, nem teriam sido recortados. O que me deixava ler, quando eu, nos primeiros anos, pedia que o senhor me orientasse? Capefigue[20] e de novo Capefigue! Estava ciumento até mesmo do meu desenvolvimento e tomava suas medidas. Enquanto isso, todos riem do senhor! Confesso que sempre o tomei apenas por um crítico, um crítico literário e nada além disso. Mas quando lhe declarei, a caminho de Petersburgo, que tencionava editar uma revista e dedicar toda a minha vida a tanto, o senhor olhou para mim com ironia e de repente ficou muito arrogante.

— Não foi isso, não foi... então a gente temia perseguições...

— Foi justamente isso, e, quanto às perseguições, o senhor nem por sombra podia temê-las em Petersburgo. Lembra como depois, em fevereiro, quando estourou aquela notícia, veio à minha casa correndo, todo assustado, e começou a exigir que logo lhe desse uma certidão por escrito de que a futura revista não tinha nada a ver com o senhor, que aqueles jovens não vinham visitá-lo e, sim, a mim, que era apenas um preceptorzinho morando em minha casa por não ter recebido ainda todo o seu salário, não é verdade? Lembra-se disso? O senhor se destacou bem, pela vida afora, Stepan Trofímovitch!

— Foi apenas um momento de desânimo, um momento íntimo — exclamou ele, tristonho. — Mas será que... será que teríamos de arrebentar tudo por causa de tais impressões pífias? Será que nada mais sobrou entre nós desses anos tão longos?

— É calculista demais: quer fazer tudo de forma que eu mesma lhe deva ainda alguma coisa. Quando o

[20] Jean-Baptiste Honoré Raymond Capefigue (1801-1872): historiador francês, cujas obras eram consideradas superficiais e tendenciosas.

senhor voltou do estrangeiro, tratava-me de cima para baixo e não me deixava dizer uma só palavra, porém, quando eu mesma fui lá e depois lhe falei sobre a impressão que tinha ao ver a Madona, nem me escutou até o fim e passou a sorrir, desdenhoso, para aquela sua gravata, como se eu não pudesse ter os mesmos sentimentos que o senhor.

— Não foi isso, provavelmente não foi... *J'ai oublié.*[21]

— Foi justamente isso, sim, e nem tinha, por sinal, de que se gabar diante de mim, que tudo isso é uma bobagem e não passa de uma invenção sua. Agora ninguém mais, ninguém admira aquela Madona nem perde seu tempo com ela, salvo uns anciães inveterados. Está provado.

— Estaria mesmo?

— Ela não serve absolutamente para nada. Essa caneca é útil, porque se pode verter água nela; este lápis é útil, porque se pode anotar tudo com ele, mas aquele rosto feminino é pior que todos os rostos naturais. Tente desenhar uma maçã e ponha logo ali, ao lado, uma maçã verdadeira: qual das duas maçãs o senhor pegará? Com certeza, não vai errar. É nisso que se resumem agora todas as suas teorias, mal alumiadas pelo primeiro raio de estudos livres.

— Bom... bom...

— Seu sorriso é irônico. E o que foi, por exemplo, que o senhor me disse a respeito da esmola? Enquanto isso, o prazer de dar esmola é um prazer vaidoso e imoral, o prazer do rico que se delicia com sua riqueza e seu poder ao comparar sua própria significância com a de

[21] Esqueci (em francês).

um mendigo. A esmola deprava tanto quem der como quem receber e, além disso, não alcança seu objetivo, porque tão somente aumenta a mendicância. Os preguiçosos que não querem trabalhar ficam reunidos ao lado de quem dá esmola, iguais aos jogadores que cercam a mesa de jogo, esperando ganhar um dinheirinho. Só que os miseráveis tostões jogados para eles não bastam nem para um centésimo deles. Quanta esmola é que o senhor distribuiu em toda a sua vida? Umas oito *grivnas* no máximo, lembre aí. Tente lembrar quando deu esmola pela última vez; uns dois anos atrás ou, quem sabe, uns quatro anos. Está gritando e atrapalha apenas a causa toda. A esmola deve ser proibida por lei, ainda nesta sociedade de hoje. E, com o novo regime, não haverá mais pobres.

— Oh, que erupção de palavras alheias! Já chegamos ao novo regime, não é? Oh, infeliz, que Deus lhe acuda!

— Chegamos, sim, Stepan Trofímovitch: o senhor fazia questão de esconder de mim todas as novas ideias, que todo mundo já conhece agora, e fazia isso unicamente por ciúmes, a fim de exercer seu poder sobre mim. Até mesmo aquela Yúlia está agora cem verstas à minha frente. Mas agora nem eu mesma estou cega. Defendi o senhor, Stepan Trofímovitch, o quanto pude, que decididamente todos o acusam.

— Basta! — Ele se levantou do seu lugar. — Basta! E o que mais lhe desejaria, uma contrição?

— Sente-se por um minutinho, Stepan Trofímovitch, que tenho de lhe fazer outra pergunta ainda. O senhor é convidado a participar de uma matiné literária, e quem arranjou isso fui eu. O que exatamente vai ler, diga?

— Exatamente algo sobre aquela rainha das rainhas, sobre aquele ideal da humanidade, sobre a Madona

Sistina que não vale, na opinião da senhora, sequer um copo ou um lápis.

— Não será uma leitura histórica? — Varvara Petrovna ficou tristemente surpresa. — Mas ninguém vai ouvi-lo. Enfim, o que tem a ver com essa Madona? Mas que vontade é essa, já que fará todos dormirem? Tenha certeza, Stepan Trofímovitch, que tomo unicamente o partido do senhor. Seria outra coisa se achasse alguma historinha medieval de corte, curtinha, mas empolgante, por exemplo, algum fato da história espanhola ou, melhor dito, uma anedota qualquer, e se a enchesse ainda de outras anedotas e de palavrinhas argutas da sua parte. Havia lá cortes esplendorosas, havia tais damas e tantos envenenamentos... Karmazínov diz que seria estranho se o senhor não apresentasse algum fatozinho interessante da história espanhola.

— Karmazínov, aquele imbecil esgotado, procura um tema para mim!

— Karmazínov tem uma mente quase estatal! Essa sua língua é ferina demais, Stepan Trofímovitch.

— Seu Karmazínov é uma mulherzinha idosa, esgotada e colérica. *Chère, chère*, faz muito tempo que eles a escravizaram tanto assim? Oh, meu Deus!

— Nem agora consigo aguentar Karmazínov, que é tão soberbo, mas faço justiça à inteligência dele. Repito que defendi o senhor com todas as forças, o quanto pude. E para que se mostrar sem falta ridículo e maçante? Pelo contrário: o senhor subirá ao palco sorridente e respeitável, como representante do século passado, e contará umas três anedotas com toda a sua argúcia, daquele jeito que só o senhor sabe contar de vez em quando. Que seja velho, que pertença ao século já expirado, que fique enfim atrás deles, porém o senhor mesmo reconhecerá isso, sorrindo, em seu prefácio, e todos verão que é um resquício gentil, bondoso, espirituoso... Numa palavra, um homem de têmpera antiga e tão avançado que será capaz de avaliar devidamente toda a feiura de certas ideias que antes o norteavam. Faça-me, pois, esse prazer, que lhe peço!

— *Chère*, já basta! Não me peça, que não posso. Vou ler sobre a Madona e provocarei uma tempestade que os esmagará a todos ou atingirá somente a mim!

— Somente o senhor, Stepan Trofímovitch, com certeza.

— Assim é meu destino. Vou contar sobre aquele vil escravo, aquele lacaio fétido e degenerado que trepará na escadinha, com uma tesoura na mão, e lacerará o divino semblante do grande ideal em nome da igualdade de inveja e... de digestão. Que minha maldição venha retumbando, e então, então...

— O asilo de loucos?

— Talvez. Mas, em todo caso, quer chegue a vencer, quer acabe vencido, na mesma noite pegarei meu saquinho, este meu saquinho de mendigo, largarei todas as minhas tralhas, todas as prendas da senhora, todas as suas pensões e promessas de bens por vir, e partirei a pé mesmo, para terminar minha vida servindo como mordomo na casa de algum negociante ou então para morrer de fome embaixo de alguma cerca ali. Eu disse. *Alea jacta est!*[22]

---

[22] A sorte está lançada (em latim: literalmente "O dado foi lançado"): Segundo a tradição greco-romana (Plutarco. *César, XXXII*; Suetônio. *Divino Júlio*, XXXII; Apiano, *Guerras civis*, II, 35), a frase dita por Júlio César às vésperas da guerra civil que culminaria na instauração de sua ditadura pessoal em Roma.

Ele se soergueu outra vez.

— Estava convencida — Varvara Petrovna também se levantou, com olhos em brasa —, convencida havia anos de que o senhor vivia só para me difamar por fim, bem como minha família, com suas calúnias! O que quer dizer com esse emprego de mordomo na casa de algum negociante ou essa morte embaixo de alguma cerca? É maldade, é difamação e nada mais que isso!

— A senhora sempre me desprezou, porém vou acabar como um cavaleiro fiel à sua dama, pois a opinião da senhora sempre me foi mais preciosa que tudo. Não aceito mais nada, a partir deste minuto, mas a venero desinteressado.

— Como isso é bobo!

— A senhora nunca me respeitou. Sim, eu podia ter um monte de fraquezas. Sim, eu comia por sua conta, usando a linguagem dos niilistas, mas o princípio supremo de minhas ações jamais consistiu em comer por sua conta. Isso se deu assim, por si só, nem sei como... Sempre pensei que restasse entre nós algo superior à comida e nunca, nunca fui cafajeste! Vamos lá, então, para remendar as coisas! Uma jornada tardia; o outono está próximo do seu fim, lá fora, a neblina se estende por sobre os campos, uma geada enrijecida, envelhecida, cobre meu futuro caminho e o vento uiva sobre meu túmulo não muito distante... Mas vamos lá, tomemos esse novo caminho,

Transbordante de amor puro,
Ao seu doce sonho afeito...[23]

[23] Cita-se o esboço teatral *Cenas da época dos cavaleiros*, de Alexandr Púchkin (trecho sobre o "pobre cavaleiro": confira *O idiota*, Parte II, Capítulos VI e VII).

Oh, adeus, meus sonhos! Vinte anos! *Alea jacta est!*

Seu rosto estava salpicado de lágrimas prorrompidas de supetão. Ele pegou seu chapéu.

— Não entendo nada de latim — disse Varvara Petrovna, contendo-se com todas as forças.

Quem sabe se não queria chorar, ela também, só que a indignação e a veneta tomaram outra vez a dianteira.

— Sei apenas de uma coisa, notadamente que nada disso vai além das suas birras. O senhor nunca tem forças para cumprir suas ameaças cheias de egoísmo. O senhor não irá a lugar algum, não servirá na casa de nenhum negociante ali, mas acabará vivendo sossegadamente por minha conta, recebendo sua pensão e reunindo esses seus amigos, que não se parecem com nada, às terças-feiras. Adeus, Stepan Trofímovitch.

— *Alea jacta est!* — Ele a saudou com uma profunda mesura e voltou para casa semimorto de emoção.

Capítulo sexto. Piotr Stepânovitch atarefado.

I

A data da festa ficou marcada em definitivo, enquanto von Lembke andava cada dia mais triste e meditativo. Estava cheio de palpites estranhos e funestos, o que causava muita preocupação a Yúlia Mikháilovna. É verdade, aliás, que nem tudo corria bem. Nosso antigo governador pacato deixara a administração pública em certa desordem; a cólera estava para eclodir; o gado morria aos magotes em vários locais; os incêndios tinham assolado cidades e vilas durante todo o verão, e os boatos estúpidos sobre incendiários enraizavam-se cada vez mais no meio do povo. Os roubos haviam dobrado em comparação com sua frequência anterior. Mas tudo isso seria, sem dúvida, normalíssimo se não houvesse outros motivos, mais graves ainda, que perturbavam a serenidade do nosso, pouco antes feliz, Andrei Antônovitch.

O que mais inquietava Yúlia Mikháilovna era que ele se tornava, ao passar dos dias, mais taciturno e, coisa estranha, mais retraído. Será que tinha algo a esconder? De resto, opunha-se raras vezes à sua esposa e, na maioria das ocasiões, obedecia-lhe totalmente. Por insistência dela foram tomadas, por exemplo, duas ou três medidas arriscadas em demasia e quase ilegais que visavam ao fortalecimento dos poderes do governador. Foram feitas também, com o mesmo propósito, umas negociatas sinistras: certas pessoas dignas de ser julgadas e mandadas para a Sibéria acabaram, por exemplo, sendo condecoradas unicamente por ela insistir nisso. Foi resolvido que determinadas queixas e solicitações seriam sistematicamente deixadas sem resposta. Tudo isso viria à tona mais tarde. Lembke não apenas assinava quaisquer papéis, mas nem sequer questionava o grau em que sua esposa participava do cumprimento de seus próprios deveres. Por outro lado, ficava subitamente, de vez em quando, furioso por causa de "meras ninharias" e surpreendia Yúlia Mikháilovna com isso. É claro que sentia a necessidade de compensar dias inteiros de obediência com breves instantes de rebelião. Infelizmente, apesar de toda a sua perspicácia, Yúlia Mikháilovna não conseguia enxergar essa nobre fineza do nobre caráter. Tinha outros afazeres, ai dela, e disso resultou um bocado de mal-entendidos.

Não me cabe contar de certas coisas, nem mesmo saberia contar delas. Tampouco deveria raciocinar acerca dos erros administrativos, razão pela qual excluo toda aquela parte administrativa da minha crônica. Escolhi outras metas ao iniciá-la. Muitos detalhes serão esclarecidos, ademais, pelo inquérito que se faz agora em nossa província: basta aguardarmos só um pouquinho. No entanto, não poderemos prescindir de algumas explicações pertinentes.

Continuo, pois, contando sobre Yúlia Mikháilovna. Essa pobre dama (estou com muita pena dela) poderia alcançar tudo quanto a envolvia e atraía tanto assim (a fama e todo o mais) sem nenhum desses movimentos bruscos e excêntricos que vinha fazendo, aqui conosco, desde o primeiro dos passos dados. Contudo, fosse por excesso de poesia, fosse por causa dos tristes e prolongados malogros de sua primeira juventude, ela se sentiu de repente, com a reviravolta em seu destino, uma pessoa de certa forma predestinada, praticamente ungida, "a quem o verbo alumiou o caminho", só que o problema consistia todo naquele verbo, o qual não era, afinal de contas, uma peruca capaz de cobrir qualquer cabeça feminina. Mas essa é uma verdade particularmente difícil de ser inculcada a uma mulher: pelo contrário, quem se dispuser a aprová-la terá sucesso, e todos a aprovavam à porfia. A coitadinha se tornou logo um joguete das mais diversas influências, imaginando, ao mesmo tempo, que não dependia de ninguém. Muita gente engenhosa tirou uma casquinha ao lado dela e aproveitou-se da sua ingenuidade naquele breve período de seu governo. E que bagunça se dava então a título de sua independência! Ela apreciava os latifúndios e a fidalguia, o fortalecimento dos poderes de governador e o elemento democrático, as novas instituições e a ordem, o livre-pensamento e as ideiazinhas sociais, o tom rigoroso de um salão aristocrático e o desembaraço, quase próprio de uma bodega, dos jovens que a rodeavam. Sonhava em *promover a felicidade* e reconciliar o irreconciliável, ou melhor, em unir todos e tudo na adoração de sua adorável pessoa. Tinha seus favoritos; gostava muito de Piotr Stepânovitch que a cumulava, diga-se de passagem, das lisonjas mais toscas. Gostava dele, aliás, por outro motivo também, o mais bizarro e o mais característico da imagem dessa pobre dama, esperando o tempo todo que viesse a desmascarar, em sua frente, toda uma conspiração contra o Estado! Por mais difícil que fosse imaginá-lo, era isso mesmo:

ela achava, por alguma razão, que em nossa província existia indubitavelmente uma conspiração sorrateira. Piotr Stepânovitch contribuía, ora com seu silêncio, ora com suas alusões, para o arraigamento dessa estranha ideia. E a governadora supunha que ele estivesse ligado a tudo quanto houvesse de revolucionário na Rússia e que lhe fosse, ao mesmo tempo, leal até a idolatria. Uma conspiração desmascarada, um elogio recebido de Petersburgo, uma carreira por vir, a influência "carinhosa" que ela exercia sobre os jovens a fim de detê-los à beira do abismo — tudo isso se conectava perfeitamente em sua cabeça fantástica. Feitas as contas, havia salvado e conquistado Piotr Stepânovitch (tinha, não se sabia por que, uma certeza inabalável disso), portanto salvaria os outros também. Nenhum, nenhum deles pereceria, ela os salvaria a todos; chegaria a classificá-los e a denunciá-los de modo correto; agiria com vistas à justiça suprema, e quem sabe mesmo se a história e todo o liberalismo russo não abençoariam depois o nome dela! Em todo caso, a conspiração seria desmascarada, e todas as vantagens, obtidas de uma vez só.

Entretanto, era preciso que, pelo menos às vésperas da festa, Andrei Antônovitch desanuviasse um pouco. Cumpria sem falta alegrá-lo e tranquilizá-lo. Com esse propósito, ela mandou Piotr Stepânovitch visitar o governador, na esperança de que fosse influenciar a sua tristeza de alguma maneira apaziguadora ou, talvez, dissipá-la com algumas informações provindas, por assim dizer, da primeira mão. Contava plenamente com a destreza do jovem. Já fazia bastante tempo que Piotr Stepânovitch não entrava no gabinete do senhor von Lembke. Irrompeu lá no exato momento em que o paciente estava especialmente mal-humorado.

II

Havia uma encrenca que o senhor von Lembke não conseguia resolver de maneira alguma. Num distrito (naquele mesmo onde Piotr Stepânovitch se banqueteara recentemente), um subtenente sofreu uma censura verbal por parte de seu comandante imediato. Isso aconteceu na frente da sua companhia inteira. O subtenente era um homem ainda novo, recém-chegado de Petersburgo, andava sempre calado e sombrio, tomava ares imponentes, conquanto fosse, na realidade, um baixote gordo, de bochechas vermelhas. Não suportou a censura e de repente se arrojou contra seu comandante, com um guincho inopinado que surpreendeu a companhia toda, inclinando a cabeça de certo modo selvagem; além de esmurrá-lo, mordeu-lhe, com toda a força, o ombro, de sorte que os dois foram apartados a muito custo. Não havia dúvida de que enlouquecera, esclarecendo-se, ainda por cima, que tinha sido flagrado, nesses últimos tempos, em perpetrar as mais impossíveis esquisitices. Jogara, por exemplo, fora do apartamento onde morava dois ícones pertencentes à proprietária deste e picara um desses ícones a machadadas, mas em seu quarto dispusera, sobre os atris semelhantes a três facistóis,[1] os escritos de Vogt, Moleschott e Büchner,[2] acendendo as velinhas de cera, aquelas da igreja, ante cada um de tais facistóis. Concluía-se, pela quantidade de livros encontrados em

---

[1] Estantes para livros religiosos.

[2] Os cientistas Carl Vogt (1817-1895), Jacob Moleschott (1822-1893) e Ludwig Büchner (1824-1899) foram os principais expoentes do chamado materialismo vulgar.

seu apartamento, que era um homem de amplas leituras. Se tivesse cinquenta mil francos, embarcaria, talvez, para as ilhas Marquesas, igual àquele "cadete" mencionado, com tanto humor alegre, pelo senhor Herzen numa das suas obras. Quando o prenderam, acharam, em seus bolsos e no apartamento, todo um maço de panfletos horribilíssimos.

Os panfletos em si não são lá grande coisa nem acarretam, a meu ver, maiores problemas. A gente já viu montes desses panfletos. Não eram, além do mais, novos, comentando-se posteriormente que os mesmos teriam sido espalhados, havia pouco, na província de Kh. e assegurando-nos Lipútin, que fora, cerca de um mês e meio antes, tanto àquele distrito como à província vizinha, ter visto ali, já então, umas folhas iguaizinhas. Mas o que surpreendeu Andrei Antônovitch em particular foi o fato de o gerente da fábrica dos Chpigúlin ter entregado à polícia, naquele exato momento, dois ou três maços de folhas totalmente iguais aos encontrados com o subtenente, que tinham sido levados, de noite e às esconsas, para a fábrica. Os maços nem estavam abertos, nenhum dos operários lera nenhum dos panfletos. O incidente era bobinho, mas deixou Andrei Antônovitch todo pensativo. A situação se apresentava a ele desagradavelmente complexa.

Então acabava de ocorrer, naquela fábrica dos Chpigúlin, o chamado "caso dos Chpigúlin" que produziria tanto barulho em nossas plagas e passaria, com tantas variantes, para os jornais metropolitanos também. Havia umas três semanas, um homem adoecera e morrera ali de cólera asiática, adoecendo a seguir mais alguns operários. A cidade inteira ficou com medo, visto que a cólera estava chegando da província vizinha. Notarei que as medidas sanitárias, na medida do possível satisfatórias, tinham sido tomadas para receber tal visita jamais convidada. Contudo, não se atentara de alguma forma para a fábrica desses Chpigúlin, milionários e muito bem relacionados. E eis que todos se puseram de chofre a vociferar que a raiz e o foco da infecção eram escondidos lá mesmo, que a fábrica como tal e, sobretudo, os alojamentos dos operários estavam tão incorrigivelmente sujos que, se não houvesse nem rastro de cólera, ela deveria ter surgido naquele lugar por si só. É claro que as medidas foram logo tomadas, e Andrei Antônovitch insistiu energicamente em sua execução imediata. A fábrica foi limpa em cerca de três semanas, porém os irmãos Chpigúlin decidiram, por algum motivo, fechá-la. Um deles residia permanentemente em Petersburgo, e o outro partiu, assim que o governador mandou limpar a fábrica, para Moscou. O gerente começou a despedir o pessoal e agiu, conforme se esclarece agora, de modo insolentemente fraudulento. Os operários se indignaram, querendo uma demissão justa, foram reclamar, por mera tolice, à polícia, mas não gritaram, aliás, tanto assim e acabaram por se acalmar. E foi nesse momento que os panfletos entregues pelo gerente caíram nas mãos de Andrei Antônovitch.

Piotr Stepânovitch irrompeu em seu gabinete sem ser anunciado, como um bom amigo e uma pessoa próxima, cumprindo, ainda por cima, uma incumbência especial de Yúlia Mikháilovna. Ao avistá-lo, von Lembke carregou o cenho e parou, inóspito, junto à sua escrivaninha. Antes disso estava andando pelo gabinete e conversando a sós com o servidor de seu escritório chamado Bluhm, um alemão extremamente desajeitado e carrancudo que trouxera consigo de Petersburgo apesar da fortíssima oposição de Yúlia Mikháilovna. Esse servidor se afastou rumo às portas, quando entrou Piotr Stepânovitch, mas não saiu. Pareceu, inclusive, ao jovem que trocara uma olhada algo significativa com seu chefe.

— Oh-oh, mas até que enfim o apanhei, seu governador sonso! — bradou, rindo, Piotr Stepânovitch e cobriu com a palma da mão um panfleto que estava em cima da escrivaninha. — Isso vai aumentar sua coleção, hein?

Andrei Antônovitch enrubesceu. Sua cara como que se entortou de repente.

— Deixe-o, deixe agora! — exclamou ele, estremecendo de ira. — E não se atreva... senhor...

— O que tem? Parece que está zangado...

— Deixe que lhe diga, prezado senhor, que não tenho a mínima intenção de tolerar, daqui em diante, essa sua *sans façon*[3] e peço que se lembre de...

— Arre, diabo, mas ele fala para valer!

— Cale-se, mas se cale! — Von Lembke passou a bater os pés no tapete. — E não se atreva...

Só Deus sabe aonde ambos chegariam. Havia no meio, ai deles, outra circunstância absolutamente ignorada por Piotr Stepânovitch e até mesmo por Yúlia Mikháilovna. O coitado do Andrei Antônovitch estava tão aflito que sentia em seu âmago, nesses últimos dias, ciúmes de sua esposa por causa de Piotr Stepânovitch. Quando se recolhia, especialmente à noite, aturava momentos desagradabilíssimos.

— Pois eu pensava que quem me lesse a sós por dois dias seguidos, até a meia-noite e mais ainda, seu

---

[3] Sem-cerimônia, falta de educação (em francês).

romance e quisesse minha opinião já tinha acabado, pelo menos, com esses rapapés oficiais! Yúlia Mikháilovna me recebe de modo amigável, então... como é que entenderia o senhor? — proferiu Piotr Stepânovitch, até mesmo com certa dignidade. — A propósito, eis aqui seu romance... — Colocou sobre a escrivaninha um caderno volumoso e pesado, enrolado e bem embalado com papel azul.

Confuso, Lembke ficou todo vermelho.

— Onde foi que o encontrou? — perguntou cautelosamente, com um afluxo de alegria que não conseguia conter, mas, ainda assim, continha com todas as forças.

— Imagine só: caiu, enrolado como estava, atrás da cômoda. Devia tê-lo jogado então, quando entrei, em cima da cômoda, mas sem jeito. Foi anteontem apenas que o acharam, lavando o chão... Mas que trabalheira é que o senhor me deu!

Lembke abaixou os olhos com severidade.

— Passei duas noites seguidas em claro por culpa do senhor. Acharam o romance anteontem ainda, mas eu o deixei comigo, lendo de noite, já que estou sem tempo de dia. Pois bem: fiquei meio aborrecido, que não era uma ideia minha, mas tanto faz mesmo... Nunca fui crítico, meu querido, porém não conseguia parar de ler, ainda que aborrecido! Os capítulos quarto e quinto são... são... são... sabe lá o diabo como são bons! E quanto humor é que o senhor meteu nisso... até fiquei gargalhando. Como é que sabe ironizar aquelas coisinhas *sans que cela paraisse!*[4] Bem... nos capítulos nono e décimo, é tudo sobre amor e não é meu negócio, porém há muita ênfase:

[4] Sem que pareça (em francês).

por pouco não chorei, lendo aquela carta de Igrênev, se bem que o senhor o tenha descrito com tanta sutileza... Sabe, é algo sensível, mas o senhor quer, por outro lado, mostrá-lo como que de um jeito falso, não é verdade? Adivinhei ou não? E, quanto ao final, simplesmente espancaria o senhor. Pois o que é que anda pregando? Pois é aquele antigo endeusamento da felicidade familiar, da multiplicação de filhos e cabedais... e foram vivendo, amando, riquezas juntando,[5] misericórdia! Vai encantar o leitor, já que nem eu mesmo conseguia parar de ler, mas assim será pior ainda. Nosso leitor é bobo como antes, devia ser esclarecido por quem for sábio, mas o senhor... Bem, chega disso; adeus! Não se zangue da próxima vez: vim para lhe dizer duas palavrinhas necessárias, só que o senhor está assim...

Enquanto isso, Andrei Antônovitch pegou seu romance e trancou-o num armário de carvalho onde guardava os livros, lançando, ao mesmo tempo, uma piscadela a Bluhm para que se retirasse. De cara alongada e entristecida, o servidor saiu porta afora.

— Não estou *assim*, não, mas simplesmente... muitas contrariedades... — murmurou o governador, sombrio, mas já sem ira, e sentou-se à sua escrivaninha. — Queira sentar-se e dizer suas duas palavras. Já faz muito tempo que não o vejo, Piotr Stepânovitch, e faça o favor de não entrar mais correndo, com essas maneiras suas... que não é bom, às vezes, para os negócios...

— Minhas maneiras são essas...

---

[5] Cita-se a frase tradicional que encerra muitos contos de fadas russos.

— Sei disso e acredito que não foi de propósito, só que se está atarefado, de vez em quando... Sente-se, venha!

Piotr Stepânovitch se refestelou no sofá e, num instante, encolheu as pernas.

III

— E quais são as suas tarefas, hein? Seriam essas besteiras? — acenou, com a cabeça, em direção ao panfleto. — Posso trazer tantas folhas iguais a essa quantas o senhor desejar, que as conheci ainda na província de Kh.

— Quer dizer, foi quando morava por lá?

— Mas é claro que não foi em minha ausência. Ela tem ainda uma vinheta, um machado desenhado em cima. Permita aí (pegou o panfleto); pois é, também há um machado. É ele mesmo, igualzinho.

— Sim, um machado. Um machado, está vendo?

— E daí? Tem medo desse machado?

— Não é do machado... e não tenho medo, mas o problema... um problema assim, umas circunstâncias.

— Quais? Foram trazidos da fábrica, não foram? He-he! E o senhor sabe que os operários daquela fábrica vão escrever, daqui a pouco, seus próprios panfletos?

— Como assim? — Von Lembke cravou nele um olhar severo.

— Assim, pois. E o senhor só está olhando. É mole demais, Andrei Antônovitch, escreve romances. Mas deveria agir de modo antigo.

— O que significa "de modo antigo", que conselhos são esses? A fábrica está limpa: mandei limpá-la, então a limparam.

— Mas há rebelião no meio dos operários. Açoitá-los todos, um por um, e ponto-final.

— Rebelião? É uma bobagem: mandei limpar a fábrica, e ficou limpa.

— Eh, Andrei Antônovitch, mas como é mole!

— Primeiro, não sou tão mole assim e, segundo... — Von Lembke se melindrou novamente. Conversava com aquele jovem a contragosto, por mera curiosidade, para ver se não lhe diria algo novo.

— A-ah, de novo esse velho conhecido! — interrompeu-o Piotr Stepânovitch, avistando outro papel embaixo do pesa-papéis, também semelhante a um panfleto, editado, pelo visto, no exterior, mas redigido em versos. — Pois bem, é o "Homem iluminado", que sei de cor! Vejamos: é isso mesmo, o "Homem iluminado". Conheço tal homem desde quando morava no estrangeiro. Onde foi que o desenterrou?

— O senhor diz que o viu no estrangeiro? — Von Lembke se agitou de leve.

— Claro que vi, uns quatro ou então cinco meses atrás.

— Mas quanta coisa é que o senhor viu no estrangeiro! — Von Lembke mirou-o com astúcia. Sem escutá-lo, Piotr Stepânovitch desdobrou o papel e leu um poema em voz alta:

HOMEM ILUMINADO

Sem linhagem nem história,
Educado pela escória,
Ele fez seu sacrifício,
Submetido ao vil suplício
Por deixar o doce lar

E, caçado pelo czar,
Ir pregar à humanidade
Irmandade e liberdade.

Escapando da prisão,
O estudante valentão
Trata, num país distante,
De preparar o levante
Que reúna o povo inteiro
Contra o czar, seu carcereiro:
A rebelião dos pobres
Contra seus carrascos nobres.

Eis que toda a nossa gente,
De Smolensk até Tachkent,[6]
Pelo seu retorno espera
Para retomar a terra
Dos fidalgos, acabar
Com o poderio do czar
E deixar quem for casado
Ou santinho no passado!

— Tomaram daquele oficial, com certeza, não é? — perguntou Piotr Stepânovitch.

— E o senhor se digna a conhecer aquele oficial também?

— Como não? Passei dois dias enchendo a barriga com aqueles lá. Ele tinha mesmo de enlouquecer.

— Talvez não tenha enlouquecido.

— Então por que foi mordendo todo mundo?

---

[6] No contexto brasileiro seria "do Oiapoque ao Chuí".

— Mas espere... se o senhor viu esses versos no estrangeiro e depois, pelo que chego a saber, aqui, com o oficial...

— E daí? É meio complicado! Mas o senhor me põe à prova, Andrei Antônovitch, pelo que vejo, hein? É o seguinte — começou de repente a falar, com uma imponência extraordinária —: quanto àquilo que tinha visto no estrangeiro, já o expliquei para quem de direito, quando voltei de lá, e minhas explicações foram consideradas satisfatórias, senão essa cidade não teria sido agraciada com minha presença. Creio que meus negócios estão, nesse sentido, liquidados e não preciso mais prestar contas a ninguém. E não estão liquidados porque sou um delator, mas porque não pude agir de outro jeito. Quem escreveu para Yúlia Mikháilovna, sabendo de que se tratava, apresentou-me como um homem honesto... Mas que tudo isso vá para o diabo, pois tenho uma coisa séria a contar, e o senhor fez bem em mandar aquele seu limpa-chaminés embora. É um assunto importante para mim, Andrei Antônovitch, e lhe farei um pedido extraordinário.

— Um pedido? Hum, faça o favor: estou esperando e confesso que fiquei curioso. E, de modo geral, acrescentarei que o senhor me deixa bastante surpreso, Piotr Stepânovitch.

Von Lembke estava um tanto emocionado. Piotr Stepânovitch cruzou as pernas.

— Em Petersburgo — começou — falei com sinceridade de muitas coisas, mas, quanto a outros assuntos ou, por exemplo, a isso aí (tamborilou com o dedo sobre o "Homem iluminado"), omiti tudo, primeiro, porque não valia a pena falar a respeito e, segundo, por responder tão somente àquilo que me perguntavam. Não gosto, nesse sentido, de me adiantar e percebo exatamente nisso a diferença entre um canalha e um homem honesto que foi pura e simplesmente vitimado pelas circunstâncias... Pois bem, numa palavra, chega disso. E agora... agora que aqueles imbecis... bem, quando aquilo ficou descoberto e já está nas mãos do senhor e não vai, pelo que vejo, escapar das suas mãos, porque tem olhos para ver e não se deixa decifrar logo de antemão, enquanto aqueles tolos continuam... eu... eu cá... pois bem, numa palavra, eu venho para lhe pedir que salve um homem, também um tolo ou até mesmo, quem sabe, um louco, em nome da juventude dele e das desgraças que sofreu, bem como em nome da sua própria humanidade... Não é apenas nos romances de sua autoria que o senhor é tão humano assim, é? — interrompeu de chofre, brutalmente sarcástico e impaciente, seu discurso.

Numa palavra, dava para ver um homem franco, mas desajeitado e nada político devido ao excesso de sentimentos humanos e à sua delicadeza, talvez, exagerada, e, o principal, um homem de pouca inteligência, conforme von Lembke estimou logo, com uma perspicácia ímpar, e conforme já vinha pensando, havia tempos, a respeito dele, sobretudo quando estava sozinho em seu gabinete, ao longo dessa última semana, e xingava-o com todas as forças, especialmente à noite, por causa daquele sucesso inexplicável que o jovem desfrutava ao lado de Yúlia Mikháilovna.

— Por quem é que o senhor está pedindo e o que significa tudo isso? — inquiriu, sobranceiro, buscando dissimular a sua curiosidade.

— É... é... que diabo... Pois, se acredito no senhor, a culpa não é minha! Qual é minha culpa se o tomo por um homem nobilíssimo e, o mais importante, sensato... quer dizer, capaz de entender... que diabo mesmo...

O coitadinho não conseguia, por certo, dominar a si próprio.

— Entenda afinal — prosseguiu —, entenda que, citando-lhe o nome dele, eu o deixo à mercê do senhor. Eu o delato, não é? Não é verdade?

— Mas como é que eu adivinharia, já que o senhor não ousa desembuchar?

— É isso aí: o senhor sempre desarma a gente com essa sua lógica, que diabo... mas que diabo... mas esse "homem iluminado", esse "estudante" é Chátov... Está tudo dito!

— Chátov? Mas como assim, Chátov?

— Chátov é o "estudante" mencionado nesse panfleto. Ele mora aqui; é um ex-servo... aquele que esbofeteou...

— Sei, sei! — Lembke entrefechou os olhos. — Mas espere: de que concretamente ele é acusado e, máxime, aonde o senhor quer chegar intercedendo em favor dele?

— Peço que o salve apenas, entende? Conheci-o há oito anos ainda, talvez tenha sido um amigo dele... — Piotr Stepânovitch se exaltava cada vez mais. — Bem, não tenho de lhe prestar contas da minha vida passada! — Agitou a mão. — Tudo isso é ínfimo: são três homens e meio, não mais de dez homens se contarmos os que estão no estrangeiro, e, o mais importante, acreditei na humanidade do senhor, em sua inteligência. O senhor mesmo entenderá a situação e vai mostrá-la tal como ela é e não sabe lá Deus de que maneira, como se fosse um parvo sonho de um homem desmiolado... por causa das desgraças, note bem isso, daquelas longas desgraças dele... e não como sabe lá o diabo qual inaudita conspiração contra o Estado!...

Por pouco não se sufocava.

— Hum. Percebo que a culpa desses panfletos com machado é dele — concluiu Lembke, quase majestático.

— Espere, porém: se ele agisse só, como poderia tê-los espalhado aqui e pelos distritos e mesmo na província de Kh., e... e, finalmente, o principal: onde foi que os conseguiu?

— Pois digo ao senhor que são, evidentemente, umas cinco pessoas ao todo ou, talvez, dez — sei lá!

— Então não sabe?

— Mas, ora bolas, como saberia?

— Sabe, ainda assim, que Chátov é um dos cúmplices?

— Eh! — Piotr Stepânovitch tornou a agitar a mão, como se rebatesse a clarividência esmagadora do indagador. — Escute, pois, que lhe direi a verdade toda: não sei nada desses panfletos, isto é, absolutamente nada... Que diabo, entende enfim o que significa nada?... Mas é claro que aquele subtenente e mais alguém, e alguém mais por aí... bem, e Chátov, talvez, e, quem sabe, ainda mais alguém... é tudo mesmo, lixo e miséria... Só que vim pedir por Chátov: temos de salvá-lo, pois esse poema é dele, é a própria obra dele e foi impressa, lá fora, por intermédio dele. É disso que sei com toda a certeza; quanto aos panfletos, não sei absolutamente nada.

— Se os versos são dele, então os panfletos também são, sem dúvida, dele. Mas quais são os fatos que o levam a suspeitar do senhor Chátov?

Com ares de quem tivesse perdido as últimas sobras de paciência, Piotr Stepânovitch tirou sua carteira do bolso e pegou um bilhete enfiado nela.

— Os fatos são esses! — gritou, jogando-o em cima da escrivaninha.

Lembke desdobrou o bilhete, vendo que fora endereçado, havia cerca de meio ano, a alguém morando no exterior e que era curtinho, composto de um par de palavras:

"Não posso imprimir o 'Homem iluminado' aqui; aliás, não posso mais nada. Que seja impresso no estrangeiro.

Iv. Chátov".

Lembke fixou em Piotr Stepânovitch um olhar penetrante. Varvara Petrovna tinha razão em dizer que era um olhar algo ovino, sobretudo em certos casos.

— Quer dizer que isso — disse Piotr Stepânovitch, com ímpeto — significa que ele escreveu esses versos aqui, meio ano atrás, mas não conseguiu imprimi-los aqui, digamos, numa tipografia clandestina, e fica pedindo, portanto, que os imprimam no estrangeiro... Parece que está claro?

— Está claro, sim, mas a quem é que ele fica pedindo? Isso não está claro ainda... — notou Lembke, com a mais astuciosa das ironias.

— A Kiríllov, enfim: esse bilhete foi endereçado a Kiríllov, quando ele morava no estrangeiro... O senhor não sabia disso, sabia? Pois o que é maçante é que o senhor talvez se finja apenas em minha frente, enquanto já sabe, há muito e muito tempo, desses versos e de todo o mais! Como eles ficaram nessa mesa do senhor, hein? Deram um jeitinho para ficar aí! E, se for assim, por que é que o senhor me tortura?

Fez um gesto espasmódico para enxugar o suor da sua testa com um lenço.

— Talvez saiba mesmo de alguma coisa... — Lembke se esquivou destramente. — Mas enfim, quem é esse Kiríllov?

— Um engenheiro que está aqui de passagem, aquele padrinho de Stavróguin: um maníaco, um doido. Pode ser que seu subtenente esteja de fato com delírio trêmulo[7] e nada mais, só que aquele outro é totalmente insano: garanto-lhe que é totalmente. Eh, Andrei Antônovitch, se o governo soubesse como são aquelas pessoas todas, nem conseguiria erguer a mão para bater nelas. Mandá-las todas, de uma vez, para a sétima versta![8] Vi muita coisa ainda na Suíça e naqueles congressos que a turminha faz lá.

— De onde o movimento daqui é dirigido?

— Mas quem é que dirige? Três homens e metade do homem. É que, olhando para eles, a gente só se entedia. E qual é o movimento daqui? Seriam esses panfletos, hein? E quem foi que eles aliciaram: subtenentes com delírio trêmulo e dois ou três estudantes? Como o senhor é inteligente, faço-lhe uma pergunta: por que não são aliciadas as pessoas consideráveis, mas tão somente os estudantes e meninões de vinte e dois anos? Seriam muitos, aliás? Há um milhão de cães atrás deles, mas será que já apanharam muitos? Sete homens. Digo-lhe que a gente se entedia.

Lembke escutou-o com atenção, mas sua expressão facial dizia: "Não nutrem o rouxinol com lorotas".

— Ainda assim, espere: o senhor se digna a afirmar que o bilhete foi endereçado a alguém morando no estrangeiro, mas não há endereço aqui. Então como ficou sabendo que se destinava ao senhor Kiríllov e,

---

[7] Psicose aguda, acompanhada de alucinações e provocada por uso imoderado de álcool, cujo nome científico é *delirium-tremens*.

[8] Isto é, para um asilo de loucos, com alusão ao manicômio que se encontrava, na época, a sete verstas de São Petersburgo.

afinal, tinha sido mandado para o estrangeiro, e... e... e realmente escrito pelo senhor Chátov?

— Consiga, pois, agora a letra de Chátov e confira. Deve haver em seus arquivos, sem falta, alguma assinatura dele. E, quanto a Kiríllov, foi ele mesmo quem me mostrou então o bilhete.

— Quer dizer que o senhor também...

— Mas é claro que eu também! Muitas coisas me foram mostradas por lá. E, quanto a esses versos, teria sido o finado Herzen quem os escreveu para Chátov, quando ele estava ainda perambulando lá fora, e teria feito isso em recordação de seu encontro, como elogio e recomendação, que diabo... e Chátov os espalha agora entre os jovens. A opinião do próprio Herzen, diz, a meu respeito.

— Puxa vida! — Lembke adivinhou enfim a verdade toda. — E eu andava pensando: dá para entender um panfleto, mas esses versos... por quê?

— Mas como o senhor não entenderia? Sabe lá o diabo por que lhe contei tudo isso! Escute: veja se solta Chátov para mim, e que o diabo carregue todo o resto, até mesmo Kiríllov que vive agora trancado na casa de Filíppov, onde Chátov se esconde também. Eles não gostam de mim, porque dei para trás... mas veja se me promete soltar Chátov, então os entregarei todos ao senhor num prato só. Serei útil, Andrei Antônovitch! Creio que todo aquele grupelho miserável conta com nove ou dez pessoas. Estou de olho neles, por conta própria. A gente já conhece três: Chátov, Kiríllov e aquele subtenente. Quanto aos demais, apenas os *enxergo* por ora... só que a minha vista não é nada curta. É como na província de Kh.: apanharam ali, com panfletos nas mãos, dois estudantes, um ginasiano, dois fidalgos de vinte anos de idade, um mestre-escola e um major reformado, já na casa dos sessenta, doido de tanto beber — é tudo e acredite que é tudo; o pessoal ficou mesmo pasmado de não haver mais ninguém. Só que preciso de seis dias. Já calculei com meu ábaco: seis dias e nem um dia a menos. Se o senhor quiser algum resultado, não os alarme por seis dias ainda, e vou amarrá-los todos com o mesmo nó, mas, se os alarmar mais cedo, a colmeia toda sairá voando. E me prometa Chátov. Eu, por Chátov... E o melhor seria convidá-lo secreta, mas amistosamente, nem que o convide para seu gabinete, e pô-lo à prova, erguendo o véu na frente dele... E ele mesmo se atirará, por certo, aos pés do senhor e chorará! É um homem nervoso, infeliz; a mulher dele se diverte com Stavróguin. Afague-o, e ele mesmo lhe revelará tudo, mas antes precisaremos de seis dias... E o mais importante, o mais crucial, não diga nem meia palavrinha a Yúlia Mikháilovna. É um segredo nosso. Sabe guardar segredos?

— Como? — Lembke arregalou os olhos. — Será que não... revelou nada a Yúlia Mikháilovna?

— A ela? Deus me guarde e livre! E-eh, Andrei Antônovitch! Está vendo: prezo demais a amizade dela e tenho-a em alto apreço... e todas essas coisas... mas não vou falhar. Não a contradigo, porque o senhor mesmo sabe que é perigoso contradizê-la. Talvez lhe tenha dito uma palavrinha, que ela gosta disso, mas dizer também os nomes, como os digo agora ao senhor, ou então outros detalhes... e-eh, meu querido! Por que é que me dirijo agora ao senhor, hein? Porque é, no fim das contas, um homem e um homem sério, com aquela firme, antiga experiência profissional. Já viu um bocado de coisas e sabe de cor, penso eu, cada passo em tais negócios, ainda por aqueles exemplos de Petersburgo. E se eu lhe dissesse a ela, por exemplo, esses dois nomes, bateria tanto os tambores que... É que ela quer espantar, a partir daqui, Petersburgo inteira. Não, ela é, digamos assim, fogosa demais.

— Sim, há um pouco dessa *fougue*[9] nela — murmurou Andrei Antônovitch, não sem prazer, mas lamentando muito, ao mesmo tempo, que aquele bronco se atrevesse, pelo visto, a falar de Yúlia Mikháilovna com certa desenvoltura. Quanto a Piotr Stepânovitch, pareceu-lhe provavelmente que isso não bastaria ainda e que lhe cumpria aumentar o vapor para lisonjear "Lembka" e conquistá-lo em definitivo.

— Justamente dessa *fougue* — concordou ele —: posto que seja uma mulher, quem sabe, genial, literária, vai afugentar os pardais. Não aguentará nem seis horas, sem falar de seis dias. E-eh, Andrei Antônovitch, veja se não impõe esse prazo de seis dias a uma mulher! É que o senhor me reconhece um tanto experiente, quer dizer, naqueles negócios ali; é que sei de alguma coisa, e o senhor mesmo sabe que posso saber de algo. Não é para brincar que lhe peço seis dias, mas para agir.

— Ouvi dizerem... Lembke não ousava expressar sua ideia em voz alta. — Ouvi dizerem que, ao voltar do estrangeiro, o senhor manifestou, onde é de direito... algo como um arrependimento...

— Seja como for.

— Nem eu cá pretendo mexer com isso, é claro... porém me parecia, o tempo todo, que o senhor falava aí,

[9] Ardor, entusiasmo (em francês).

até hoje, em outro estilo, por exemplo, sobre a fé cristã e as relações sociais e, finalmente, sobre o governo...

— E daí, se falava? Até agora falo do mesmo jeito, só que não se deve promover tais ideias como as promovem aqueles imbecis lá, eis a questão. E daí, se alguém mordeu o ombro? Pois o senhor mesmo concordava comigo, mas dizia apenas que era cedo.

— Não era, na verdade, a respeito disso que concordava e dizia ser cedo.

— Mas cada palavra do senhor pende em seu gancho, he-he! Que homem prudente! — notou de improviso, com alegria, Piotr Stepânovitch. — Escute, paizinho querido: eu precisava conhecê-lo, afinal, e falava, portanto, nesse meu estilo. Não só do senhor, mas também dos outros é que me aproximo dessa maneira. Precisava, quiçá, esquadrinhar a sua índole.

— Por que é que precisaria da minha índole?

— Sei lá por quê (ele tornou a rir). Está vendo, meu caro e respeitabilíssimo Andrei Antônovitch, o senhor é astuto, mas ainda não se chegou *àquilo* nem se chegará com certeza, entende? Talvez entenda, sim. Embora tenha dado, quando voltei do estrangeiro, explicações onde é de direito e não saiba, de fato, por que um homem de certas convicções não podia ter agido em prol dessas suas convicções sinceras... mas ninguém me incumbiu ainda, *naquele lugar*, de estudar sua índole nem eu aceitei ainda nenhuma incumbência provinda *daquele lugar*. Pense o senhor mesmo: poderia ter deixado de lhe revelar, em primeira mão, aqueles dois nomes e correr, em vez disso, direto para *lá*, isto é, para lá onde tinha dado minhas explicações iniciais, e, se me esforçasse por dinheiro ou por outra vantagem, erraria certamente de cálculo, porque a gratidão toda será agora do senhor e não minha. Foi unicamente por causa de Chátov — acrescentou Piotr Stepânovitch, cheio de nobreza —, unicamente por causa dele, de nossa amizade antiga... E depois, quando o senhor pegar sua pena e escrever para *lá*, então me elogie um pouco, se quiser... não vou reclamar, he-he! *Adieu*,[10] todavia, que estou atrasado e nem teria de prosear tanto! — adicionou, não sem amabilidade, e levantou-se do sofá.

— Pelo contrário, estou muito feliz de ver que o assunto, por assim dizer, vem clareando! — Von Lembke também se levantou, e sua expressão também era amável, obviamente sob o influxo dessas últimas palavras. — Aceito seus serviços com gratidão, e fique seguro de que farei tudo quanto me for possível para informar sobre seu zelo...

— Seis dias, o principal, seis dias corridos, e que o senhor não se mova nesses seis dias — eis o que me é necessário!

— Que assim seja.

— É claro que não lhe amarro os braços nem me arrisco a tanto: o senhor não pode, afinal, deixar de observar. Apenas não assuste a colmeia antes do prazo, é para isso que estou contando com suas inteligência e experiência. Acredito, aliás, que o senhor tem aí muitos galgos já preparados e cães de busca de toda espécie, he-he! — disse, alegre e levianamente (como um jovem que era), Piotr Stepânovitch.

— Não é bem assim! — Lembke se esquivou com gentileza. — Isso é um preconceito da mocidade, achar

[10] Adeus (em francês).

que temos muitos aqui... Mas, a propósito, permita-me uma palavrinha: se o tal de Kiríllov foi o padrinho de Stavróguin, então o senhor Stavróguin, nesse caso, também...

— O que tem Stavróguin?

— Quer dizer, se eles forem tão amigos...

— Eh, não, não, não! Nisso o senhor deu mancada, por mais astuto que fosse. Até me espantou a mim. Andei pensando que estivesse a par disso... Hum, Stavróguin é algo diametralmente oposto, quer dizer, diametralmente... *Avis au lecteur.*[11]

— Será? Aliás, poderia ser? — indagou Lembke, desconfiado. — Yúlia Mikháilovna me comunicou que, segundo as informações que tinha recebido de Petersburgo, era um homem de certa forma doutrinado, digamos assim...

— Não sei nada, nada mesmo, absolutamente nada. *Adieu. Avis au lecteur!* — Dessa vez, Piotr Stepânovitch se furtou abrupta e manifestamente.

Correu em direção às portas.

— Permita-me, Piotr Stepânovitch, permita-me! — exclamou Lembke. — Mais uma coisinha minúscula, e não o retenho depois.

Tirou um envelope da gaveta de sua escrivaninha.

— Eis aqui um exemplarzinho da mesma categoria, e lhe provo com isso que tenho a maior confiança no senhor. Aqui está... qual seria a sua opinião?

Havia uma carta dentro daquele envelope, uma carta estranha, anônima, endereçada a Lembke e recebida por

---

[11] Aviso ao leitor (em francês), no sentido "o senhor está avisado".

ele apenas na véspera. Para seu extremo desgosto, Piotr Stepânovitch leu o seguinte:

"Escrevo para Vossa Excelência, que vosso título é esse!

Venho, por meio desta, advertir-vos do próximo atentado à vida das pessoas pertencentes ao generalato e à da nossa pátria, pois estamos caminhando bem nessa direção. Eu mesmo os espalhei sem parar, durante uma porção de anos. Há também impiedade no meio. A rebelião está para acontecer, e os panfletos são vários milhares, e cem pessoas correrão, com a língua para fora, atrás de cada um deles, exceto se a chefia os apreender logo de cara, pois uma porção de coisas foi prometida por recompensa e o poviléu é burro, além de haver vodca no meio. O poviléu, em busca de culpados, acaba com uns e com os outros, de sorte que, tendo medo de ambos, estou arrependido daquelas coisas de que nem sequer participei, pois as circunstâncias minhas têm sido essas. Se quiserdes uma denúncia para salvar a pátria, bem como nossos templos e ícones, sou o único capaz de denunciar. Mas contanto que eu seja perdoado de imediato, um só no meio de todos e com a confirmação telegráfica do Terceiro Departamento,[12] e que os outros respondam pelo feito. Botai, como sinal, uma vela na janelinha da guarita de vosso porteiro, todo dia às sete da noite. Quando a vir, acreditarei e irei cobrir de beijos essa destra misericordiosa, vinda da capital, mas contanto que me paguem uma pensão, pois não tenho mais meios de

[12] O Terceiro Departamento da Chancelaria Particular de Sua Alteza Imperial, instaurado em 1826 e extinto em 1880, foi um dos mais truculentos órgãos de repressão política em toda a história russa.

subsistência. E Vossa Excelência não ficará arrependida, pois vai ganhar uma estrela.[13] E temos de agir às ocultas, senão eles nos torcerão o pescoço.

De Vossa Excelência o homem desesperado.

Prosterna-se aos vossos pés este livre-pensador arrependido: *Incógnito*."

Von Lembke explicou que a carta aparecera na guarita do porteiro no dia anterior, quando não havia ninguém ali.

— E o que o senhor mesmo acha? — perguntou Piotr Stepânovitch, quase grosseiro.

— Acharia que fosse um pasquim anônimo, escrito por zombaria.

— O mais provável é que seja assim mesmo. Não dá para embromar o senhor.

— Perguntei, sobretudo, por ser uma coisa boba demais.

— E o senhor já recebeu por aqui outros pasquins?

— Recebi umas duas vezes, mas eram anônimos.

— É claro que não viriam assinados. O estilo foi diferente? A letra foi diferente?

— O estilo e a letra foram diferentes.

— E houve alguns ridículos, como esse?

— Ridículos, sim, e sabe... muito abjetos.

— Pois bem: se já vieram outros, decerto é a mesma coisa agora também.

— Mas o principal é que são tão bobos. E aquela gente ali é instruída e certamente não escreveria desse modo estúpido.

---

[13] Trata-se das ordens do Império Russo, confeccionadas em forma de estrelas.

— Pois é, pois é.

— E se alguém quer realmente fazer uma denúncia?

— Improvável — atalhou secamente Piotr Stepânovitch. — O que significam aquele telegrama do Terceiro Departamento e aquela pensão? É um pasquim escancarado.

— Sim, sim... — Lembke ficou envergonhado.

— Sabe de uma coisa? Deixe isso comigo. Vou com certeza encontrar o autor. Vou encontrá-lo antes do que os demais.

— Tome — concordou von Lembke, embora com certa hesitação.

— Já mostrou isso a alguém?

— Não, a ninguém... Como poderia?

— Quer dizer, a Yúlia Mikháilovna?

— Ah, valha-me Deus, e que o senhor mesmo não mostre isso a ela! — exclamou Lembke, assustado. — Ela ficará tão transtornada... e terrivelmente zangada comigo.

— Sim, o senhor será o primeiro a apanhar: ela dirá que até merece receber cartas como essa. A gente conhece a lógica feminina. Pois bem, adeus. Pode ser que eu lhe entregue tal escritor já daqui a uns três dias. Só que o mais importante é nosso acordo!

IV

Piotr Stepânovitch era um homem talvez nada tolo, só que o Fedka Grilheta se expressara bem a respeito dele, dizendo que "imaginava a gente tal como quisesse imaginar". Saiu do gabinete de von Lembke totalmente seguro de tê-lo acalmado, ao menos, por seis dias seguidos, sendo-lhe esse prazo extremamente necessário. Contudo, sua ideia era falsa, pois se embasava inteira no único fato de ele ter imaginado, desde o começo e de uma vez por todas, que Andrei Antônovitch fosse um pateta arrematado.

Igual a qualquer pessoa morbidamente desconfiada, Andrei Antônovitch sempre se mostrava exagerada e jovialmente crédulo no primeiro momento em que ficava ciente de alguma coisa. O novo rumo dos acontecimentos apresentara-se a ele, logo de início, sob uma ótica assaz agradável, mesmo que trouxesse consigo umas complicações novas e preocupantes. Suas dúvidas antigas haviam, pelo menos, ido por água abaixo. Ademais, ele próprio se cansara tanto, nesses últimos dias, e se sentia tão exausto e débil que sua alma ansiava involuntariamente pela paz. Entretanto, ai dele, estava outra vez angustiado. Sua longa vida em Petersburgo deixara rastros inapagáveis em sua alma. Conhecia bem a história oficial e até mesmo secreta da "nova geração", pois era curioso e colecionava panfletos, mas nunca tinha compreendido a essência mais profunda dela. Agora estava como que perdido numa floresta: pressentia, com todos os seus instintos, que as falas de Piotr Stepânovitch encerravam algo completamente disparatado, contrário a todas as formas e condições, "embora só o diabo soubesse o que podia acontecer com essa tal de 'nova geração' e como eles faziam mesmo aquilo ali", segundo raciocinava a enredar-se em seu raciocínio.

E foi então, como que de propósito, que a cabeça de Bluhm tornou a assomar pela porta. Aguardara pertinho, durante toda a visita de Piotr Stepânovitch. Esse Bluhm era, aliás, um parente de Andrei Antônovitch, um parente remoto, mas ocultado, zelosa e temerosamente, pela vida afora. Peço que o leitor me desculpe por dizer aqui, pelo menos, algumas palavras acerca desse personagem ínfimo. Bluhm pertencia àquela estranha laia dos alemães "infelizes" e pertencia a ela por qualquer motivo que fosse, menos por ser absolutamente medíocre. Os alemães "infelizes" não são um mito: eles existem de fato, inclusive na Rússia, e têm seu próprio feitio peculiar. Andrei Antônovitch havia nutrido, ao longo de toda a sua vida, a mais tocante compaixão por ele e sempre que pudesse, na medida da sua promoção pessoal, promovia-o também a cargos subordinados e dependentes, porém seu subalterno não se dava bem em nenhum desses cargos. Ora a vaga em questão ficava suprimida, ora a chefia mudava, ora ele por pouco não se via levado, junto com outros servidores, às barras do tribunal. Era meticuloso, mas, de certa forma, demasiadamente, sem necessidade e em seu próprio prejuízo, além de sombrio; ruivo, alto, de dorso encurvado, triste e até mesmo sensível, portava-se, apesar de toda a sua humildade, com teimosia e persistência dignas de um boi, posto que sempre despropositadas. Nutria por Andrei Antônovitch, assim como sua mulher e seus numerosos filhos, um afeto antigo e venerabundo. Mas, exceto Andrei Antônovitch, ninguém nunca gostara dele. Yúlia Mikháilovna reprovara-o de imediato, mas não conseguira vencer a firmeza de seu esposo. Fora a primeira briga do casal, ocorrida logo depois do casamento, naqueles primeiros dias de mel em que de repente surgira em sua frente Bluhm, até então cuidadosamente escondido dela, com o ultrajante segredo de ser, a partir de lá, seu parente. Andrei Antônovitch implorara juntando as mãos, contara, de maneira enternecedora, toda a história de Bluhm e de sua amizade com ele desde a mais tenra infância, porém Yúlia Mikháilovna se achara infamada para os séculos dos séculos e até mesmo se utilizara de síncopes. Sem dar um só passo para trás, von Lembke declarara que não abandonaria Bluhm por nada neste mundo nem o afastaria de si, de modo que, afinal de contas, ela se pasmara e se vira forçada a permitir a presença daquele Bluhm. Ficara decidido apenas que o parentesco seria ocultado ainda mais cuidadosamente do que antes, se fosse mesmo possível, e que até o nome e o patronímico de Bluhm seriam alterados, pelo fato de ele também se chamar, por algum motivo, Andrei Antônovitch. Em nossa cidade Bluhm não andava com ninguém, à exceção de um só boticário alemão, não visitava ninguém e, conforme seu hábito, vivia de maneira sóbria e recolhida. Conhecia também, havia bastante tempo, os pecadinhos literários de Andrei Antônovitch. Era intimado particularmente a ouvir seu romance durante as leituras secretas a sós, onde permanecia sentado, sem se mover, por seis horas a fio. Suava, juntava todas as suas forças para não ferrar no sono e sorrir no decorrer da leitura; ao voltar para casa, ficava lamentando, com sua esposa magrela de pernas compridas, esse nefasto apego de seu benfeitor à literatura russa.

Andrei Antônovitch olhou para Bluhm que entrara com sofrimento.

— Eu lhe peço, Bluhm, que me deixe em paz — começou a falar depressa, com inquietude, obviamente querendo prevenir a renovação da sua recente conversa interrompida pela vinda de Piotr Stepânovitch.

— No entanto, isso poderia ser feito de forma delicadíssima e plenamente tácita, já que o senhor tem todos os poderes para tanto... — Bluhm insistia em algo respeitosa, mas teimosamente, curvando as costas e chegando, a passos miúdos, cada vez mais perto de Andrei Antônovitch.

— Bluhm, você é leal e prestativo a tal ponto que fico morrendo de medo todas as vezes que o vejo.

— O senhor sempre diz coisas argutas e depois, contente com o dito, dorme tranquilo, mas, desse modo, prejudica a si mesmo.

— Acabo de me convencer, Bluhm, de que não é nada disso, nada disso.

— Com as falas daquele jovem falso e depravado de quem o senhor mesmo vem suspeitando? Pois ele o venceu com elogios aduladores ao seu talento literário.

— Bluhm, você não entende de nada; seu projeto é um absurdo, digo-lhe eu. Não acharemos coisa nenhuma; só haverá gritos horríveis e depois risadas, e depois Yúlia Mikháilovna...

— Acharemos sem dúvida tudo o que formos procurar! — Firmemente, Bluhm deu mais um passo em direção a ele, apertando a mão direita ao coração. — Faremos a batida subitamente, de manhã cedo, agindo com toda a delicadeza, quanto àquela pessoa, mas seguindo as normas da lei com todo o rigor prescrito. Nossos jovens, Liámchin e Teliátnikov, têm dado a garantia absoluta de que acharemos tudo o que desejarmos achar. Eles visitaram aquele lugar muitas vezes. Ninguém mais trata o senhor Verkhôvenski com simpatia. A generala Stavróguina lhe recusou explicitamente seus favores, e cada pessoa honesta, se é que existe, pelo menos, uma nesta cidade bronca, tem a certeza de que lá sempre se escondeu uma fonte de descrença e de doutrinação social. Ele guarda todos os livros proibidos, "As cismas" de Ryléiev[14] e todas as obras de Herzen... Tenho aqui, por via das dúvidas, um catálogo aproximado...

— Oh, meu Deus, mas qualquer um tem esses livros. Como é simplório, meu pobre Bluhm!

— E muitos panfletos — continuou Bluhm, sem escutar essas objeções. — Acabaremos sem falta por encontrar a pista dos verdadeiros panfletos daqui. Aquele jovem Verkhôvenski me parece muito e muito suspeito.

— Mas está confundindo o pai com o filho. Eles não se dão bem: o filho zomba do pai às escâncaras.

— Isso não passa de uma máscara.

— Bluhm, mas você jurou dar cabo de mim! Pense no que é, ainda assim, uma pessoa notável aqui. Já foi professor, é conhecido, romperá a gritar, e logo haverá caçoadas pela cidade, e perderemos o jogo... E pense também no que será de Yúlia Mikháilovna!

Bluhm continuava avançando, sem escutá-lo.

— Ele foi apenas um docente, tão só um docente, e, quanto à titulação, é apenas um servidor exonerado da oitava classe![15] — Dava punhadas no peito. — Não tem condecorações e foi demitido do serviço público por suspeita de ter conspirado contra o governo. Foi

---

[14] Kondráti Fiódorovitch Ryléiev (1795-1826): militar e poeta russo, um dos líderes da rebelião dezembrista que dizia "não haver bons governos no mundo, além do americano", enforcado na fortaleza de São Pedro e São Paulo em Petersburgo.

[15] Os servidores civis e militares do Império Russo dividiam-se em 14 classes consecutivas, sendo a 1ª (chanceler, marechal de exército ou almirante) a mais alta.

mantido sob a vigilância secreta e certamente continua sendo. E, levando em conta os distúrbios que acabaram de se revelar, o senhor tem o dever indubitável de fazer isso. Mas o senhor, pelo contrário, negligencia a sua prerrogativa e favorece o verdadeiro culpado.

— Yúlia Mikháilovna! Fora daqui, Bluhm! — exclamou de súbito von Lembke, que ouvira a voz de sua esposa no cômodo adjacente.

Bluhm estremeceu, mas não se rendeu.

— Permita-me, veja se me permite! — Avançava, apertando ainda mais forte ambas as mãos ao peito.

— For-r-ra daqui! — Andrei Antônovitch rangeu os dentes. — Faça o que quiser... depois... Oh, meu Deus!

Ergueu-se o reposteiro e apareceu Yúlia Mikháilovna. Parou, majestosa, ao avistar Bluhm, correu por ele um olhar altivo e melindrado, como se a própria presença daquele homem lhe fosse ofensiva. Calado e respeitoso, Bluhm saudou-a com uma profunda mesura e, curvado de tão reverente, foi em direção às portas nas pontas dos pés, com os braços um tanto escancarados.

Fosse por ter interpretado, de fato, a última exclamação histérica de Andrei Antônovitch como uma autorização direta de agir como ele quisesse, fosse por ter usado, nesse caso, de subterfúgios para beneficiar diretamente seu benfeitor, convicto demais de que o fim justificaria os meios, mas, como veremos adiante, dessa conversa do chefe com seu subalterno resultou a coisa mais inesperada possível que fez muitos rirem, ficou notória, despertou uma ira cruel em Yúlia Mikháilovna e, assim sendo, tirou definitivamente Andrei Antônovitch do seu compasso, mergulhando-o, no momento mais decisivo, na indecisão mais deplorável.

V

Piotr Stepânovitch teve um dia tenso. Ao sair do gabinete de von Lembke, foi correndo à rua Bogoiavlênskaia, porém, quando passava pela rua Býkova, ao lado da casa onde se hospedava Karmazínov, ficou de repente parado, sorriu e entrou nessa casa. A resposta que lhe deram, "Estão esperando...", deixou-o muito interessado, pois nem por sombra avisara de sua visita.

Contudo, o grande escritor esperava realmente por ele, ainda desde a véspera e mesmo desde a antevéspera. Entregara-lhe, havia três dias, seu manuscrito intitulado "*Merci*" (que pretendia ler durante a matinê literária marcada para o dia da festa de Yúlia Mikháilovna) e fizera isso por amabilidade, plenamente seguro de que lisonjearia assim o amor-próprio do jovem ao deixá-lo conhecer essa grande obra de antemão. Piotr Stepânovitch vinha notando, havia bastante tempo, que aquele senhor vaidoso, mimado e ofensivamente inacessível para quem não fosse seleto, titular daquela "mente quase estatal", apenas o adulava, e até mesmo avidamente. Pelo que me parece a mim, o jovem tinha finalmente adivinhado que o escritor o considerava, se não o chefão de tudo quanto houvesse de secretamente revolucionário em toda a Rússia, pelo menos um dos homens mais inteirados dos segredos da revolução russa, o qual devia exercer uma influência incontestável sobre os nossos jovens. A disposição mental do "homem mais inteligente da Rússia" interessava Piotr Stepânovitch, mas até então, por certas razões, ele evitara sondá-la.

O grande escritor se hospedava na casa de sua irmã, fazendeira e consorte de um *Kammerherr*;[16] ambos os esposos veneravam seu parente famoso, mas no momento estavam, mui lamentavelmente, em Moscou, de modo que quem tivera a honra de acolhê-lo fora uma velhinha, parenta remota e pobre do *Kammerherr*, que morava naquela casa e administrava, já havia tempos, toda a economia doméstica. A casa inteira passou a andar nas pontas dos pés com a chegada do senhor Karmazínov. Quase todo dia a velhinha comunicava ao casal, que estava em Moscou, como ele dormira e o que se dignara a comer, e certa feita o notificou, mediante um telegrama, de que precisara tomar, após o almoço de gala na casa do *golová* urbano, uma colherada de remédio. Raras vezes se atrevia a entrar no quarto dele, conquanto o escritor a tratasse com gentileza (aliás, secamente) e lhe falasse tão só por alguma necessidade. Quando entrou Piotr Stepânovitch, ele degustava sua costeletazinha matinal com meio copo de vinho tinto. Piotr Stepânovitch já o visitara antes e sempre o encontrara com a mesma costeletazinha servida pela manhã, que Karmazínov comia em sua presença sem nunca lhe oferecer, todavia, nenhum petisco. Ainda se servia, depois da costeletazinha, uma pequena xícara de café. O lacaio, que trouxera a comida, usava uma casaca, um par de botas tão macias que seus passos se tornavam inaudíveis e um par de luvas.

— A-ah! — Karmazínov se soergueu no sofá, enxugando-se com um guardanapo, e veio beijá-lo com

---

[16] Título honorífico dos funcionários da corte real e das pessoas próximas da corte (em alemão).

ares de puríssima alegria: um hábito característico dos homens russos que são, por acaso, famosos demais. No entanto, Piotr Stepânovitch já sabia, por experiência pessoal, que não vinha, na verdade, beijá-lo, mas antes lhe oferecia a sua própria bochecha, e nessa ocasião fez, portanto, o mesmo. Assim as duas bochechas se encontraram. Fingindo não ter reparado nisso, Karmazínov se sentou no sofá e, todo cortês, apontou para uma poltrona em sua frente, refestelando-se Piotr Stepânovitch nela.

— O senhor não... Não desejaria tomar o café? — perguntou o anfitrião, dessa vez contrariando seu hábito, mas, bem entendido, com um ar que sugeria claramente uma polida resposta negativa. Piotr Stepânovitch se dispôs logo a tomar o café da manhã. Uma sombra de melindroso espanto obscureceu o semblante do anfitrião, mas só por um instante: tocou, nervoso, a campainha, chamando pelo criado, e, apesar de toda a sua educação, elevou enojadamente a voz para mandar que servisse outra refeição.

— O que deseja, uma costeleta ou um café? — voltou a indagar.

— Uma costeleta, um café e mande acrescentar um pouco de vinho, que estou com fome — respondeu Piotr Stepânovitch, examinando o traje do anfitrião com uma serena atenção. O senhor Karmazínov usava uma espécie de *kutsavéika* caseira, forrada de algodão e semelhante a uma jaqueta, com botõezinhos de nácar, mas tão curta que nem de longe combinava com sua barriguinha assaz fartinha e a parte superior, toda arredondada, de suas coxas. Aliás, o gosto não se discute. Uma manta quadriculada de lã estava desdobrada em seu colo, pendendo ate o chão, embora o quarto estivesse bem aquecido.

— Talvez esteja doente? — notou Piotr Stepânovitch.

— Não estou doente, não, mas receio adoecer nesse clima — replicou o escritor com sua voz clamorosa, escandindo, de resto, cada palavra com ternura e ceceando, como fazem os fidalgos, de maneira agradável. — Esperei pelo senhor ainda ontem.

— Por quê? Não prometi visitá-lo.

— Não, mas está com meu manuscrito. O senhor já... o leu?

— Seu manuscrito? Qual?

Karmazínov ficou estarrecido.

— Mas é claro que o senhor o trouxe consigo, não trouxe? — De súbito, alarmou-se tanto que até parou de comer e olhou para Piotr Stepânovitch com ares de susto.

— Ah, está falando daquele *"Bonjour"*, não é?

— *"Merci"*...

— Que seja. Totalmente me esqueci dele, nem comecei a ler: estou sem tempo. Juro que não sei onde está: nos bolsos, não... deve estar lá, sobre a minha mesa. Não se preocupe, que vou encontrá-lo.

— Não, é melhor que eu mande logo alguém para sua casa. Ele pode sumir e, afinal de contas, podem furtá-lo.

— Quem é que precisa dele? E por que o senhor se assustou tanto, hein? Pois Yúlia Mikháilovna diz que sempre prepara várias cópias: uma delas está no estrangeiro, com um tabelião; a outra, em Petersburgo; a terceira, em Moscou; e mais uma é mandada para um banco, não é mesmo?

— Só que Moscou também pode pegar fogo e, junto com ela, meu manuscrito. Não, é melhor que logo mande buscá-lo.

— Espere: ei-lo aqui! — Piotr Stepânovitch tirou um maço de folhinhas postais do seu bolso traseiro.

— Ficou um pouco amassado. Imagine só: desde que o levei então, permanece no bolso traseiro, junto com meu lenço. Esqueci...

Karmazínov pegou o manuscrito com sofreguidão, examinou-o cuidadosamente, contou as folhinhas e, respeitoso, colocou-o por ora ao seu lado, em cima de uma mesinha especial, de maneira que não o perdesse mais, nem por um instante, de vista.

— Parece que o senhor não lê tanto assim? — sibilou, sem se conter.

— Exato: nem tanto assim.

— E, quanto à ficção russa, não tem lido nada?

— Quanto à ficção russa? Espere... li alguma coisa... "Pelo caminho"... ou "A caminho"... ou, talvez, "No cruzamento de caminhos", não lembro mais. Já faz tempo que li, uns cinco anos. Estou sem tempo.

Seguiu-se uma pausa.

— Convenci-os a todos, assim que cheguei, de o senhor ser um homem de vasta inteligência, e agora, ao que parece, todos estão loucos pelo senhor aqui.

— Agradeço — respondeu tranquilamente Piotr Stepânovitch.

O café da manhã foi servido. Piotr Stepânovitch atacou a costeletazinha com um apetite extraordinário, comeu-a num piscar de olhos, bebeu o vinho e sorveu o café.

"Esse ignorante..." — meditava Karmazínov, mirando-o de viés, mastigando o último pedacinho e engolindo o último golezinho — "esse ignorante acaba, por certo, de compreender toda a mordacidade da minha frase. E, quanto ao manuscrito, certamente o leu também, e com avidez, mas está mentindo para se exibir. Por outro lado, pode ser que não esteja mentindo, mas é completa e sinceramente bobo. Gosto de pessoas geniais que sejam um tanto abobalhadas. Não seria porventura algum gênio dessas paragens? Aliás, que o diabo o carregue".

Levantou-se do sofá e começou a andar pelo quarto, de um canto para o outro, exercitando-se como sempre fazia ao tomar seu café.

— Vai logo embora? — perguntou Piotr Stepânovitch, acendendo um cigarrozinho em sua poltrona.

— Vim, na verdade, para vender a fazenda e agora estou dependendo de meu feitor.

— Mas parece que veio porque temiam, naquelas bandas, uma epidemia após a guerra.

— N-não, nem exatamente por isso — continuou o senhor Karmazínov, escandindo, benévolo, suas frases e, a cada virada de um canto para o outro, agitando energicamente a perninha direita, aliás, só um pouquinho. — De fato — sorriu não sem sarcasmo —, tenho a intenção de viver o mais que puder. Nossa fidalguia russa tem algo que se desgasta por demais rápido, em todos os sentidos. Mas eu cá gostaria de me desgastar o mais tarde possível e agora pretendo ficar no estrangeiro para todo o sempre: o clima de lá é melhor, as casas são de alvenaria e tudo é mais sólido. Creio que a Europa não desabará até o fim desta minha vida. Qual é sua opinião?

— Como é que vou saber?

— Hum. Se Babilônia vier realmente a desabar por lá, e se sua queda for estrondosa (nisso concordo plenamente com os senhores, embora ache que não desabará até o fim de minha vida), não haverá nada que desabe aqui na Rússia, comparativamente falando. As pedras não cairão por aqui, mas tudo se desmanchará na lama.

A santa Rússia é a última neste mundo a poder resistir a qualquer coisa que seja. O povo se mantém ainda, bem ou mal, graças ao seu deus russo, porém esse deus russo, de acordo com os dados mais recentes, é bem inseguro: quase sucumbiu àquela reforma rural... vacilou, pelo menos, bastante. E lá vêm as estradas de ferro, e lá vêm os senhores... Não, quanto ao deus russo, não creio nele nem um pouco.

— E no europeu?

— Não creio em nenhum deus. Fiquei difamado aos olhos dos jovens russos. Sempre me solidarizei com cada movimento deles. Mostraram para mim esses panfletos aí. Veem-nos com perplexidade, porque sua forma amedronta qualquer um, porém todos estão convictos de seu poderio, mesmo sem se darem conta disso. Estamos todos caindo, há muito tempo, e sabemos todos, há muito tempo também, que não temos a que nos agarrar. Estou, desde já, convencido do sucesso dessa propaganda misteriosa, até porque a Rússia é agora aquele lugar por excelência, no mundo inteiro, onde qualquer coisa pode acontecer sem a mínima resistência. Entendo muito bem por que os russos endinheirados foram todos, aos borbotões, para o estrangeiro e ficam mais numerosos a cada ano. É apenas um instinto. Se um navio estiver fadado a afundar, os ratos são os primeiros a abandoná-lo. A santa Rússia é um país feito de madeira, um país miserável e... perigoso, um país cuja elite se compõe de mendigos vaidosos e cuja população vive, em sua imensa maioria, naquelas isbazinhas montadas em pés de galinha. Ela aceitará com alegria qualquer saída, basta apenas que a expliquem para ela. Só o governo quer ainda resistir, mas anda brandindo a sua clava nas trevas e bate em quem for leal. Está tudo perdido e condenado aqui. A Rússia, tal como ela é, não tem futuro. Eu me tornei um alemão e me sinto honrado com isso.

— Não, o senhor começou a falar naqueles panfletos. Diga, pois, tudo o que está pensando deles.

— Todos têm medo deles, ou seja, eles são poderosos. Denunciam abertamente a mentira e provam que não temos a que nos agarrar nem em que nos arrimar. Falam em voz alta, enquanto estão todos calados. E o lado mais vitorioso deles (seja qual for sua forma) é a coragem, inaudita até hoje, com que encaram a verdade. Tal capacidade de encará-la face a face pertence tão somente a essa geração russa. Não, ainda não há tamanha coragem na Europa: lá é um reino de pedra, ainda se tem em que se arrimar lá. Até onde enxergo e posso julgar, toda a essência da ideia revolucionária russa consiste em renegar a honra. E acho bom isso ser expresso tão corajosamente, sem sombra de medo. Não, ainda não entenderão isso na Europa, mas, aqui conosco, correrão todos exatamente atrás disso. A honra não passa, para um homem russo, de um fardo desnecessário. E sempre lhe foi um fardo, ao longo de toda a sua história. O que mais pode entusiasmá-lo é um "direito à desonra" que seja explícito. Eu mesmo sou da velha geração e confesso que ainda defendo a honra, mas só faço isso por hábito. Apenas gosto de formas antigas, digamos, por ser pusilânime: preciso, afinal de contas, chegar ao fim de minha vida.

Calou-se de chofre.

"Pois é: estou falando, falando" — pensou —, "e ele só observa, caladinho. Veio para que eu lhe fizesse uma pergunta direta. E vou fazê-la".

— Yúlia Mikháilovna me pediu que soubesse, com alguma artimanha, que surpresa o senhor estava preparando para o baile, depois de amanhã — comentou, de súbito, Piotr Stepânovitch.

— Será realmente uma surpresa, sim, e realmente vou espantar a todos... — Karmazínov se empertigou —, mas não lhe revelarei esse segredo.

Piotr Stepânovitch não insistiu em sabê-lo.

— Há um tal de Chátov por aí — questionou o grande escritor —, mas, veja se o senhor acredita, não o vi ainda.

— Uma pessoa muito boa. Por quê?

— Por nada... apenas ele anda falando de umas coisas. Foi ele quem esbofeteou Stavróguin, não foi?

— Ele, sim.

— E o que o senhor pensa de Stavróguin.

— Não sei: um namoradeiro qualquer.

Karmazínov detestava Stavróguin porque este costumava despercebê-lo.

— Pois aquele namoradeiro — disse, com uma risadinha —, se um dia acontecer, aqui conosco, o que se prega nos panfletos, será sem dúvida o primeiro a ser enforcado num galho.

— Talvez o enforquem antes ainda — replicou, de improviso, Piotr Stepânovitch.

— Bem-feito para ele — aprovou Karmazínov, sem rir mais e com uma seriedade algo exagerada.

— Mas o senhor já disse isso antes, e eu contei para ele, sabe?

— Como assim, será que contou? — Karmazínov deu outra risada.

— E ele respondeu que, se fosse para um galho, bastaria apenas açoitar o senhor, mas não de brincadeirinha e, sim, dolorosamente, como um mujique seria açoitado.

Piotr Stepânovitch pegou seu chapéu e ficou em pé. Despedindo-se, Karmazínov lhe estendeu ambas as mãos.

— E se... — guinchou, de repente, com uma vozinha melosa, e sua entonação era bem especial enquanto ele segurava ainda as mãos do jovem — e se tivesse de ocorrer mesmo tudo isso... o que estão tramando, então... Quando é que isso poderia ocorrer?

— Como é que vou saber? — respondeu Piotr Stepânovitch, com certa grosseria. Ambos olhavam atentamente um nos olhos do outro.

— Aproximadamente, por alto? — guinchou Karmazínov, com reforçada melosidade.

— Terá bastante tempo para vender a sua fazenda e cair fora daqui — murmurou Piotr Stepânovitch, mais grosseiro ainda. Encaravam um ao outro com atenção redobrada.

Houve um minuto de silêncio.

— Começará em princípios de maio e terminará tudo pelo Pokrov[17] — disse Piotr Stepânovitch de supetão.

— Agradeço sinceramente! — proferiu Karmazínov de modo compenetrado, apertando-lhe ambas as mãos.

"Terá bastante tempo, seu rato, para abandonar o navio!" — pensou Piotr Stepânovitch, já na rua. — "Mas

---

[17] O dia 1º de outubro, segundo o arcaico calendário Juliano, considerado na Rússia antiga o começo da estação fria.

se aquela 'mente quase estatal' pergunta, com tanta convicção, pelo dia e pela hora, e agradece, tão respeitoso assim, pela informação recebida, não podemos mais, depois disso, duvidar de nós mesmos! (Ele sorriu). Hum. Realmente, ele não é nada tolo, mas... é apenas um rato em fuga. E um rato daqueles não vai delatar!".

Foi correndo à rua Bogoiavlênskaia, à casa de Filíppov.

VI

Antes de tudo, Piotr Stepânovitch foi ver Kiríllov. Como de praxe, ele estava sozinho e, dessa vez, fazia ginástica no meio do quarto, ou seja, afastava as pernas e girava, de certa maneira peculiar, os braços acima da sua cabeça. A bola estava no chão, e na mesa, o chá matinal que já se esfriara. Por um minuto, Piotr Stepânovitch se deteve à soleira.

— Mas está cuidando demais da saúde — comentou em voz alta, com alegria, ao entrar no quarto. — Mas que bola excelente é essa: ui, como está pulando! É também para fazer ginástica?

Kiríllov envergou a sobrecasaca.

— Sim, é também para a saúde — murmurou secamente. — Sente-se.

— Vim por um minutinho. Aliás, vou sentar-me. Esteja como estiver a saúde, mas vim lembrá-lo do nosso acordo. A hora da gente, "em certo sentido", está chegando — concluiu, com uma evasiva algo canhestra.

— Que acordo é esse?

— Como assim, "que acordo"? — Piotr Stepânovitch se agitou e até mesmo se assustou.

— Não é um acordo nem uma obrigação: não me amarrei de modo algum. Seria um erro da sua parte.

— Mas escute: o que é que está fazendo? — Piotr Stepânovitch levantou-se num salto.

— Cumprindo a minha vontade.

— Qual?

— Aquela de sempre.

— Mas como entenderia isso? Quer dizer que continua pensando como antes?

— Quero, sim. Só que não há nem houve acordo nenhum: não me amarrei com nada. Houve tão só uma vontade minha, e agora há tão só uma vontade minha.

Kiríllov se explicava com rispidez e asco.

— Concordo, concordo, que seja uma vontade sua, contanto que essa vontade permaneça a mesma... — Piotr Stepânovitch se sentou de novo, aparentemente satisfeito. — Fica zangado com as palavras. Não sei por que, mas se zanga muito, nestes últimos tempos, por isso é que eu não vinha mais visitá-lo. De resto, tinha plena certeza de que você não trairia.

— Não gosto nada de você, mas pode ter plena certeza, sim. Ainda que eu não reconheça nem traição nem lealdade.

— Mas, sabe — Piotr Stepânovitch se agitou novamente —, temos de falar outra vez com seriedade, para não perdermos o fio da meada. O negócio exige precisão, e você me surpreende de um jeito... Permite que lhe fale?

— Vá falando — atalhou Kiríllov, olhando para um canto.

— Já faz tempo que você decidiu tirar sua vida... ou seja, teve essa ideia. Será que me expressei direito? Não há nenhum erro?

— Tenho a mesma ideia até hoje.

— Ótimo! Queira notar, outrossim, que ninguém o obrigou a tanto.

— É claro. Mas como suas falas são tolas!

— Que sejam, que sejam: usei, de fato, uma expressão muito tola. Seria, sem dúvida, uma estupidez obrigar alguém a fazer isso... Contudo, prossigo: você foi membro da Sociedade ainda com sua organização antiga e se abriu então com um dos membros da Sociedade.

— Não me abri, mas apenas falei com ele.

— Que seja. E seria ridículo "abrir-se" quanto a isso aí, como se fosse uma confissão. Você falou apenas, e tudo bem.

— Não está tudo bem, não, que vem gaguejando demais. Não lhe devo relatório nenhum, e você não pode compreender as minhas ideias. Quero tirar minha vida porque esta é uma ideia minha, porque não quero mais ter medo de morte, porque... porque você não tem nada a saber aqui... O que tem? Quer chá? Está frio. Deixe que lhe traga outro copo.

Piotr Stepânovitch pegara, de fato, a chaleira e procurava um recipiente vazio. Kiríllov foi até o armário e trouxe um copo limpo.

— Acabei de tomar o café na casa de Karmazínov — notou o visitante — e depois fiquei escutando o papo dele e suando, e, quando vinha correndo para cá, suei outra vez, por isso estou com uma sede danada.

— Beba. O chá frio é bom para a saúde.

Kiríllov voltou a sentar-se numa cadeira e a cravar os olhos num dos cantos.

— Na Sociedade surgiu uma ideia — continuou falando, com a mesma voz —, a de que eu poderia ser útil se me matasse: quando vocês tivessem feito alguma bagunça por aí e a polícia estivesse atrás dos culpados, eu me meteria de repente uma bala no crânio e deixaria um bilhete, dizendo ter sido eu quem fizera aquilo tudo, de sorte que não se suspeitaria de vocês por um ano inteiro.

— Alguns dias já bastam; um dia só vale ouro.

— Está bem. Disseram-me, nesse sentido, que podia, se quisesse, esperar um pouco. Respondi que ia esperar até a Sociedade marcar a data, pois tanto faz para mim.

— Sim, mas não se esqueça de ter prometido redigir seu bilhete de suicida sem falta comigo e ficar, uma vez na Rússia, à minha... pois bem: numa palavra, à minha disposição, quer dizer, apenas nesse caso específico, bem entendido, visto que em todos os demais casos estaria, sem dúvida, livre — acrescentou, quase amável, Piotr Stepânovitch.

— Não prometi, mas consenti, porque tanto faz para mim.

— Tudo bem, ótimo, que não tenho a menor intenção de ferir seu amor-próprio, mas...

— Não é amor-próprio.

— Mas não se esqueça de que juntamos cento e vinte táleres[18] para você viajar, ou seja, você aceitou nosso dinheiro.

— De jeito nenhum! — Kiríllov enrubesceu. — O dinheiro não foi para isso. Por isso não cobram.

— Às vezes, cobram.

— Está mentindo. Declarei isso numa carta enviada de Petersburgo, e foi lá em Petersburgo que lhe paguei cento e vinte táleres, passando-os direto para as suas

---

[18] Antiga moeda alemã de prata.

mãos... E eles foram mandados para lá, a menos que você os tivesse retido.

— Está bem, está bem, não discuto mais: foram mandados, sim. O mais importante é que você continue pensando como antes.

— Exatamente como antes. Quando você vier e disser "está na hora", cumprirei com tudo. Mas então, será logo?

— Dentro de poucos dias... Mas lembre que vamos redigir o bilhete juntos, na mesma noite.

— Pode ser de dia também. Você disse que eu deveria assumir a responsabilidade pelos panfletos, não é?

— E por outras coisinhas também.

— Não me responsabilizarei por tudo

— Não se responsabilizará pelo quê? — Piotr Stepânovitch tornou a agitar-se.

— Pelo que não quiser assumir... Chega, não quero mais falar nisso.

Piotr Stepânovitch se conteve e mudou de conversa.

— Outra coisa — avisou. — Você estará hoje conosco? É o aniversário de Virguínski, e os nossos se reúnem com esse pretexto.

— Não quero.

— Venha, por favor. É necessário. Temos de nos impor em quantidade e qualidade... Você tem um rosto assim... numa palavra, um rosto fatal.

— Acha mesmo? — Kiríllov se pôs a rir. — Está bem, irei lá, mas não por causa deste meu rosto. Quando?

— Oh, venha o mais cedo possível, às seis e meia. E pode entrar, sentar-se e não falar com ninguém, por mais gente que houver ali, sabe? Mas, sabe, não se esqueça de levar consigo uma folha de papel e um lápis.

— Por quê?

— Este é meu pedido especial, já que tanto faz para você. Apenas ficará sentado, sem falar com ninguém, escutando e como que anotando alguma coisa, de vez em quando. Pode desenhar, se quiser.

— Mas que bobagem! Para quê?

— Já que tanto faz para você... Anda dizendo aí que, para você, tanto faz mesmo.

— Não, mas para quê?

— É que aquele membro da Sociedade, o inspetor, ficou atolado em Moscou, mas eu disse para uns caras que talvez o inspetor viesse visitar a gente, e eles vão pensar que você é o inspetor em pessoa e, como já está por aí há três semanas, ficarão mais surpresos ainda.

— Truques. Não há nenhum inspetor em Moscou.

— Ainda que não haja, que o diabo o carregue! O que você tem a ver com isso e que problema isso vai criar? Você mesmo pertence à Sociedade.

— Diga então que sou o tal inspetor: ficarei sentado, calado, mas não quero nem papel nem lápis.

— Mas por quê?

— Porque não quero.

Piotr Stepânovitch se zangou, até mesmo ficou esverdeado, porém se conteve outra vez, levantou-se e pegou seu chapéu.

— *Aquele* está com você? — perguntou, de repente, a meia-voz.

— Está.

— Isso é bom. Logo vou levá-lo embora, não se preocupe.

— Não estou preocupado. Ele só pernoita aqui. A velha está no hospital, a nora dela morreu; faz dois dias que estou sozinho. Mostrei para ele uma parte da cerca, onde se pode retirar uma tábua; quando ele passa, ninguém o vê.

— Logo vou levá-lo.

— Ele diz que tem muitos lugares para pernoitar.

— Está mentindo: procuram por ele, mas aqui não dá para perceber ainda. Será que fica proseando com ele?

— Sim, a noite inteira. Ele xinga muito você. Li o Apocalipse para ele, de noite, e lhe servi chá. Ficou escutando com atenção; aliás, com muita atenção, a noite toda.

— Eta, diabo, mas você vai convertê-lo ao cristianismo!

— Ele já é cristão. Mas não se preocupe, que vai degolar. Quem é que você quer degolar?

— Não é para isso que ele está comigo, mas para outra coisa... E Chátov sabe do Fedka?

— Não falo com Chátov sobre nada, nem o vejo.

— Ele ficou zangado, não ficou?

— Não estamos zangados, não, apenas damos as costas um ao outro. Passamos tempo demais deitados, ali na América, lado a lado.

— Vou vê-lo agora.

— Como quiser.

— Passaremos talvez, Stavróguin e eu, por aqui na volta de lá, digamos, pelas dez horas.

— Passem.

— Tenho de falar com ele sobre coisas importantes... Sabe, dê-me essa sua bola de presente, hein? Você não precisará mais dela, e eu vou fazer ginástica. Até lhe pagarei por ela.

— Tome-a de graça.

Piotr Stepânovitch colocou a bola no bolso traseiro.

— Só que não lhe darei nada contra Stavróguin — murmurou Kiríllov, ao deixar a visita sair. Piotr Stepânovitch mirou-o com pasmo, mas não respondeu nada.

As últimas palavras de Kiríllov deixaram-no extremamente confuso, porém, antes ainda de assimilá-las, ele tentou trocar, subindo a escada que levava ao quarto de Chátov, seu ar descontente por uma fisionomia carinhosa. Chátov estava em casa, um tanto indisposto. Estava deitado na cama, aliás, todo vestido.

— Que chatice! — exclamou Piotr Stepânovitch, mal cruzou a soleira. — Sua doença é grave?

A expressão carinhosa sumiu-lhe subitamente do rosto; algo maldoso brilhou em seus olhos.

— Nem um pouco... — Nervoso, Chátov se soergueu depressa. — Não estou doente, só a cabeça um pouco...

Ficou mesmo perdido: a visita inesperada de um homem desses assustou-o para valer.

— Meu assunto é tal que não dá mesmo para adoecer — começou Piotr Stepânovitch, rápida e como que imperiosamente. — Permita que me sente (sentou-se logo), e você fica sentado aí no seu catre, assim. Hoje, a pretexto de comemorarmos o aniversário de Virguínski, alguns dos nossos se reunirão na casa dele; não haverá, aliás, outras nuanças, pois as medidas foram tomadas. Irei lá com Nikolai Stavróguin. É claro que não arrastaria você para lá, ciente do seu atual modo de pensar... quer dizer, naquele sentido de não o deixar aflito com essa visita e não porque achamos que nos delatará. Contudo, acontece que você terá de ir, sim. Vai encontrar lá umas pessoas com as quais decidiremos em definitivo de que maneira você abandonará a Sociedade e a quem repassará o que tem nas mãos. Faremos isso às esconsas: levarei você para um canto qualquer, pois haverá muita gente que não precisa saber disso. Confesso que tive de afiar minha língua por sua causa, mas agora parece que eles também estão de acordo, contanto que você entregue, bem entendido, a tipografia e todos os papéis. Então poderá ir aos quatro ventos.

Chátov escutou-o sombrio e zangado. Seu recente susto nervoso passou por completo.

— Não reconheço nenhuma obrigação de prestar contas a sabe lá o diabo quem — atalhou resolutamente. — Ninguém pode deixar-me solto.

— Não é bem assim. Muita coisa lhe foi confiada. Você não tinha o direito de romper com eles a olhos vistos. E, afinal, nunca falou nisso às claras, de modo que os deixou numa situação ambígua.

— Logo que cheguei para cá, declarei isso numa carta.

— Não declarou, não — objetou calmamente Piotr Stepânovitch. — Mandei-lhe, por exemplo, o "Homem iluminado" para imprimi-lo aqui e guardar os exemplares, até precisarem deles, em algum lugar, bem como dois outros panfletos. E você devolveu tudo com uma carta ambígua que não queria dizer nada.

— Desisti explicitamente de imprimi-los.

— Desistiu, mas não explicitamente. Escreveu: "Não posso", mas não explicou o motivo. "Não posso" não significa "não quero". A gente teria pensado que não podia apenas por razões materiais. Assim foi entendido, e eles acharam que você consentisse em manter seu vínculo com a Sociedade, e que se pudesse, portanto, confiar-lhe mais alguma coisa e, dessa forma, comprometer a si mesmos. Eles lá dizem que você queria simplesmente enganá-los para obter alguma informação relevante e depois delatar a causa. Defendi você com todas as forças, apresentando sua resposta escrita de duas linhas como um documento a seu favor. Contudo, tenho de confessar, eu mesmo, ao reler agorinha essas duas linhas, que não estão claras e podem ludibriar quem as ler.

— Pois então guardou essa carta com tanto desvelo?

— Não faz mal que a tenha guardado: está comigo até agora.

— Que esteja, diabo!... — exclamou Chátov, enfurecido. — Que esses seus imbecis achem que os delatei: não me importo com isso! Gostaria de ver o que vocês poderiam fazer comigo.

— Você seria visado e, com o primeiro sucesso da revolução, enforcado.

— Quando vocês tivessem ascendido ao poder supremo e conquistado a Rússia?

— Não fique rindo aí. Repito que o defendi. Seja como for, aconselho que compareça à reunião de hoje. Para que tantas palavras inúteis por causa de um orgulho falso? Não seria melhor que nos separássemos amigavelmente? É que você deverá, em todo caso, entregar a prensa, o tipo e a papelada antiga... É disso que vamos falar.

— Irei... — resmungou Chátov e abaixou, pensativo, a cabeça. Ainda sentado, Piotr Stepânovitch fitava-o de soslaio.

— Stavróguin estará lá? — perguntou, de repente, Chátov, ao reerguer a cabeça.

— Sem falta.

— He-he!

Calaram-se novamente por um minuto. Chátov sorria com asco e irritação.

— E esse seu nojento "Homem iluminado", que eu não quis imprimir aqui, foi impresso?

— Foi, sim.

— Para convencer os ginasianos de que Herzen em pessoa escreveu aquilo em seu álbum?

— Sim, Herzen em pessoa.

O silêncio durou, dessa vez, uns três minutos. Por fim, Chátov se levantou da cama.

— Vá embora daqui: não quero ficar sentado perto de você.

— Já vou — respondeu Piotr Stepânovitch, até mesmo com certa alegria, levantando-se de imediato. — Só uma palavra a mais: parece que Kiríllov está agora sozinho naquela casinha dos fundos, sem criada, não é?

— Sozinho. Vá, pois, embora, que não consigo ficar com você no mesmo quarto.

"Mas como estás bem agora!" — refletia jovialmente Piotr Stepânovitch, saindo daquela casa. — "Estarás igualmente bem à noitinha, e eu cá preciso que estejas agora exatamente assim, e melhor nem poderias estar, nem sequer poderias! É o tal de deus russo quem me ajuda!".

VII

Decerto se azafamara demais nesse dia, correndo de lá para cá, e certamente lograra êxito, o que se traduzia na expressão pretensiosa de sua fisionomia quando ao fim da tarde, às seis horas em ponto, ele chegou à casa de Nikolai Vsêvolodovitch. Contudo, demorou um pouco a vê-lo, já que Nikolai Vsêvolodovitch acabara de se trancar em seu gabinete com Mavríki Nikoláievitch. Ficou logo preocupado com essa notícia. Sentou-se rente às portas do gabinete, esperando pela saída do visitante. Dava para ouvir a conversa, mas não se podia captar as palavras. A visita durou pouco: houve um barulho, ouviu-se em seguida uma voz extremamente alta e brusca, depois se abriu a porta, e eis que Mavríki Nikoláievitch, cujo rosto estava bem pálido, saiu do gabinete. Não reparou em Piotr Stepânovitch, passando depressa ao seu lado. Piotr Stepânovitch irrompeu logo no gabinete.

Não posso deixar de relatar por miúdo esse encontro brevíssimo dos dois "rivais", o qual não era obviamente possível em dado concurso de circunstâncias, mas, não obstante, ocorreu de fato.

Eis como ocorreu. Nikolai Vsêvolodovitch cochilava em seu gabinete, num canapé, após o almoço, quando Alexei Yegórovitch anunciou a vinda do visitante inesperado. Teve um sobressalto ao ouvir o nome anunciado; não quis nem acreditar. No entanto, um sorriso brilhou a seguir em seus lábios, manifestando uma altivez triunfante e, ao mesmo tempo, um pasmo algo obtuso e desconfiado. Mavríki Nikoláievitch que acabava de entrar ficou aparentemente chocado com esse sorriso: deteve-se, pelo menos, no meio do gabinete como quem não soubesse se devia avançar ou recuar. O anfitrião conseguiu, todavia, mudar de expressão e, demonstrando uma séria perplexidade, foi ao encontro dele. O visitante não apertou a mão estendida nem disse uma só palavra, mas achegou desajeitadamente uma cadeira e se sentou antes ainda do anfitrião, sem esperar pelo seu convite. Nikolai Vsêvolodovitch acomodou-se, um tanto em diagonal, no canapé e se quedou calado, fitando Mavríki Nikoláievitch e aguardando.

— Case-se com Lisaveta Nikoláievna, se puder — agraciou-o de repente Mavríki Nikoláievitch, e o mais interessante era que não se podia, de modo algum, adivinhar pela entonação de sua voz se vinha pedindo, sugerindo, consentindo ou ordenando.

Nikolai Vsêvolodovitch permanecia calado, porém o visitante já dissera, por certo, tudo o que tinha a dizer e agora o encarava à espera de sua resposta.

— Se não me engano (de resto, é absolutamente certo), Lisaveta Nikoláievna já é sua noiva — disse, afinal, Stavróguin.

— É minha noiva e prometida — confirmou Mavríki Nikoláievitch, com clareza e segurança.

— Vocês... brigaram?... Veja se me desculpa, Mavríki Nikoláievitch.

— Não, ela me "ama e respeita", conforme tem dito. E o que ela diz é o mais precioso.

— Não duvido disso.

— Mas saiba que, se ela ficar defronte ao altar, com a coroa nupcial na cabeça, e se então o senhor chamar por ela, vai abandonar a mim e a todos para ir atrás do senhor.

— Casando-se na igreja?

— E mesmo depois de casada.

— Será que não está enganado?

— Não. Por baixo daquele constante ódio pelo senhor, um ódio sincero e pleno, fulguram a cada instante um amor e... uma loucura... o amor e a loucura mais francos e desmedidos! E, pelo contrário, por baixo do amor que ela sente por mim, também sinceramente, fulgura a cada instante um ódio, o maior de todos os ódios! Antes eu nunca teria imaginado todas essas... metamorfoses.

— Mas fico perplexo de vê-lo vir para cá e dispor assim da mão de Lisaveta Nikoláievna. Será que tem o direito de fazer isso? Ou foi ela mesma quem o autorizou?

Sombrio, Mavríki Nikoláievitch abaixou, por um minuto, a cabeça.

— São apenas palavras da sua parte, e nada mais — replicou de improviso —, umas palavras vingativas e triunfantes: tenho certeza de o senhor entender o que não foi dito às claras... e seria admissível, nessa situação, uma vaidade pífia? Ainda não está satisfeito? Seria necessário soltar a língua, pôr os pingos nos is? Tudo bem: porei esses pingos, já que o senhor precisa tanto da minha humilhação! Não tenho direito nem fui autorizado; Lisaveta Nikoláievna não sabe de nada, o noivo dela perdeu o último juízo e merece ser trancado no manicômio e, para completar, vem pessoalmente informar o senhor disso. O senhor é o único homem, no mundo inteiro, que possa torná-la feliz, e eu sou o único que possa deixá-la infeliz. O senhor luta por ela, faz questão de persegui-la, mas, não sei por que, não a desposa. Se for uma briga de casal, que aconteceu lá no estrangeiro, e se, para liquidá-la, for necessário sacrificar a mim, então me sacrifiquem. Ela está por demais infeliz, e eu não consigo aguentar isso. Minhas palavras não são uma permissão nem uma ordem, portanto o amor-próprio do senhor não fica lesado. Se quisesse tomar meu lugar defronte ao altar, poderia fazê-lo sem nenhum consentimento da minha parte, e não me caberia seguramente vir aqui com esta minha sandice. Ainda mais que nosso casamento, após este meu passo, é absolutamente impossível. Não poderei, afinal de contas, levá-la ao altar, vil como sou. O que estou fazendo aqui, entregando-a ao senhor, que talvez seja o inimigo mais irreconciliável dela, é tamanha vileza, a meu ver, que nunca conseguirei, sem sombra de dúvida, suportá-la.

— O senhor se matará a tiro quando nos casarmos na igreja?

— Não, bem mais tarde. Por que mancharia o traje nupcial dela com meu sangue? Talvez não me mate, aliás, nem agora nem depois.

— Falando assim, o senhor pretende, quem sabe, tranquilizar-me?

— Tranquilizá-lo? Mas o que pode significar para o senhor um respingo de sangue a mais ou a menos?

Mavríki Nikoláievitch estava pálido, seus olhos fulgiam. Houve um minuto de silêncio.

— Desculpe-me as perguntas que lhe fiz — recomeçou Stavróguin —: não tinha nenhum direito de lhe dirigir algumas dessas perguntas, mas acredito que tenho pleno direito a uma delas. Diga-me quais foram os indícios que o fizeram pressupor meus sentimentos por Lisaveta Nikoláievna? Refiro-me àquela certeza de tais sentimentos serem tão fortes assim que lhe permitiu vir para cá e... ousar uma proposta dessas.

— Como? — Mavríki Nikoláievitch estremeceu mesmo de leve. — Será que não a cortejou? Nem a corteja nem quer cortejá-la?

— Não posso, de modo geral, falar sobre os meus sentimentos por tal ou tal mulher em voz alta e com uma terceira pessoa; aliás, com ninguém, a não ser com aquela mesma mulher. Desculpe-me por ser essa uma das bizarrices do meu organismo. Mas lhe direi, em compensação, toda a verdade restante: sou casado e não poderia mais desposar nem "cortejar" alguém lá.

Mavríki Nikoláievitch ficou tão assombrado que se encostou no espaldar da cadeira e fitou por algum tempo, sem se mover, o rosto de Stavróguin.

— Imagine que nem pensei nisso — gaguejou. — O senhor disse então, naquela manhã, que não era casado... e fiquei achando que não fosse mesmo...

Estava terrivelmente pálido. De chofre, deu uma punhada formidável na mesa.

— Pois se o senhor, depois dessa confissão sua, não deixar Lisaveta Nikoláievna em paz e acabar por torná-la infeliz, vou matá-lo a pauladas, como um cachorro embaixo da cerca!

Saltou fora do seu assento e saiu rapidamente do gabinete. Piotr Stepânovitch, que acorreu logo em seguida, encontrou o anfitrião no mais inopinado estado de espírito.

— Ah, é você? — Stavróguin deu uma gargalhada sonora. Aparentava rir apenas daquela figura de Piotr Stepânovitch, que tinha acorrido com uma curiosidade tão impetuosa assim.

— Ficou escutando atrás das portas, hein? Espere aí, por que veio? É que lhe prometi alguma coisa... Ah, sim, lembro: vamos ver os "nossos"! Vamos lá: estou muito contente, e você nem poderia inventar agora nada de mais oportuno.

Pegou seu chapéu, e ambos saíram de imediato.

— Está rindo de antemão, porque verá os "nossos"? — Piotr Stepânovitch se requebrava alegremente, ora tentando caminhar ao lado de seu companheiro pela estreita calçada de tijolos, ora descendo à pista coberta de lama, já que o tal companheiro nem se dava conta de passar sozinho bem pelo meio da calçada e ocupá-la, portanto, inteiramente com sua própria pessoa.

— Não rio coisa nenhuma — respondeu Stavróguin bem alto, também alegre. — Estou convencido, pelo contrário, de que verei lá tão somente as pessoas mais sérias.

— "Imbecis lúgubres", como se dignou a dizer um dia.

— Nada é mais engraçado do que um ou outro imbecil lúgubre.

— Ah, está falando de Mavríki Nikoláievitch? Tenho certeza de que ele veio agorinha para lhe ceder sua noiva, hein? Fui eu que o aticei indiretamente, pode imaginar? E se não a ceder, então vamos levá-la assim mesmo, não é?

Decerto Piotr Stepânovitch sabia que tal circunlóquio era arriscado, mas, quando ele mesmo estava excitado, preferia arriscar tudo de uma vez a permanecer na ignorância. Nikolai Vsêvolodovitch não fez outra coisa senão rir.

— Ainda pretende ajudar-me? — perguntou.

— Se me chamar. Mas há outro caminho, o melhor de todos, sabe?

— Conheço esse seu caminho.

— Não o conhece, que por enquanto é um segredo. Apenas não se esqueça de que um segredo vale dinheiro.

— Até mesmo sei quanto vale — resmungou Stavróguin com seus botões, porém se conteve e ficou calado.

— Quanto? O que disse? — Piotr Stepânovitch estremeceu.

— Disse: vá para o diabo com seu segredo! É melhor que me conte quem estará lá. Sei que vamos comemorar um aniversário, mas quem é que estará presente?

— Oh, gente de toda e qualquer espécie no mais alto grau! Até Kiríllov virá.

— São todos membros dos grêmios?

— Que diabo, mas como está apressado! Ainda não houve nenhum grêmio por aqui.

— Então como foi que espalhou tantos panfletos?

— Lá aonde estamos indo há só quatro membros do grêmio. Os demais ficam esperando, espiam um ao outro à porfia e trazem informações para mim. Um povinho seguro. São todos um material que temos de pôr em ordem antes de nos mandar daqui. Aliás, foi você mesmo quem redigiu o estatuto e não precisa de explicações.

— E daí: é difícil ir para a frente? Travou?

— Ir para a frente? É mais fácil do que nunca. Já o faço rir: a primeira coisa que funciona, e muito bem, é o uniforme. Nada é mais poderoso do que o uniforme. Invento de propósito as patentes e os cargos: tenho à minha disposição secretários, agentes secretos, tesoureiros, presidentes, registradores e seus assessores, e tudo isso é perfeitamente aceito e apreciado. A seguir vem outra força que é, bem entendido, a sentimentalidade. O socialismo se propaga aqui conosco, sobretudo, graças à nossa sentimentalidade, sabia? Mas há um problema, aqueles subtenentes que mordem: a gente fica, de vez em quando, em maus lençóis. Depois vêm os velhacos puros e rematados, mas são um grupinho bom, são, vez por outra, muito úteis, só que se gasta bastante tempo com eles, pois é preciso observá-los o tempo todo. E, afinal, vem a força principal, o cimento que liga todas as coisas: a vergonha de ter sua própria opinião. Pois sim, é uma força daquelas! E quem foi que trabalhou, quem foi aquele "queridinho" que se esforçou tanto que não sobrou nenhuma ideia original em nenhuma cabeça? Acham que é vergonhoso pensar.

— Mas, sendo assim, por que você mesmo se esforça?

— É que, se uma coisinha dessas está largada por aí, dando sopa, como a gente não a furtaria? Será que não acredita seriamente em nosso sucesso? Eh, acreditar lá acreditamos, mas temos também de querer. Sim, é justamente com aquela gentinha ali que o sucesso se torna possível. Pois ela irá para o fogo, digo-lhe eu, se gritarmos apenas que não é liberal o bastante. Os imbecis me censuram por ter enganado todos com o comitê central e suas "ramificações inumeráveis". Até você me exprobrou certa vez por isso, mas que engano seria esse? O comitê central são você e eu, e, quanto às ramificações, serão tantas quantas desejarmos.

— Mas só há canalhas no meio!

— É nosso material. Eles também serão úteis.

— E você continua ainda contando comigo?

— Você é um comandante, você é uma força, e eu ficarei assim, de ladinho, como seu secretário. Vamos de barca, sabe: os reminhos são de bordo e as velinhas são de seda, e a mocinha está na popa, nossa linda Lisaveta... ou como é, diabo, aquela canção deles...

— Tropeçou! — Stavróguin ficou gargalhando. — Não, eu lhe contarei um adágio melhor. Está calculando nos dedos aquelas forças de que se compõem os grêmios, não está? O funcionalismo e a sentimentalidade, tudo isso é uma cola boazinha, mas há uma coisa melhor ainda: incite quatro membros de um grêmio a apagar o quinto, a pretexto de ele poder delatá-los, e logo os amarrará todos juntos, feito um nó, com o sangue derramado. Serão seus escravos, não terão mais a coragem de se rebelar nem de lhe reclamar contas. Ah-ah-ah!

"Mas você aí... mas você terá de me pagar por essas palavras" — pensou Piotr Stepânovitch — "e pagará por elas esta mesma noite. Anda folgado demais, meu caro!"

Dessa ou quase dessa forma é que Piotr Stepânovitch devia raciocinar no íntimo. De resto, eles já se aproximavam da casa de Virguínski.

— É claro que você me apresentou por lá como um figurão vindo do exterior e ligado à *Internationale*, como um inspetor? — perguntou, de repente, Stavróguin.

— Como um inspetor, não: é outra pessoa que vai passar pelo inspetor, e você vai ser um dos membros fundadores, vindo do estrangeiro e inteirado nos segredos mais importantes — seu papel será esse. Vai falar lá, não é mesmo?

— Por que está achando?

— Agora tem a obrigação de falar.

Stavróguin ficou tão pasmado que até parou no meio da rua, junto a um lampião. Piotr Stepânovitch enfrentou seu olhar com audácia e fleuma. Stavróguin cuspiu e seguiu adiante.

— E você mesmo vai falar? — indagou subitamente a Piotr Stepânovitch.

— Não, basta que escute você.

— Que o diabo o leve! Você me sugere, de fato, uma ideia!

— Qual é? — animou-se Piotr Stepânovitch.

— Talvez fale mesmo por lá, mas, em compensação, vou espancá-lo depois, espancar com vontade, sabe?

— A propósito, eu disse agorinha a Karmazínov que, segundo você teria comentado, cumpriria açoitá-lo, e não de brincadeirinha, mas dolorosamente, como um mujique seria açoitado.

— Só que eu nunca disse uma coisa dessas, ah-ah!

— Não faz mal. *Se non è vero...*[19]

— Muito obrigado: agradeço sinceramente.

— E sabe ainda o que diz Karmazínov? Que nossa doutrina é, no fundo, a negação da honra e que um direito explícito à desonra seria o meio mais fácil de levarmos o homem russo conosco.

— Excelentes palavras! Palavras de ouro! — exclamou Stavróguin. — Acertou em cheio! Pois, com esse direito à desonra, todos irão correndo atrás de nós: não sobrará alma viva ali! Mas escute, Verkhôvenski: você não é porventura da polícia superior, hein?

— Mas quem tiver tais perguntas em mente não as pronuncia.

— Entendo... só que estamos em nosso meio.

— Não, por enquanto não sou da polícia superior. Basta, que já chegamos. Invente uma fisionomia aí, Stavróguin, que eu mesmo invento uma sempre que vou falar com eles. Mais soturnidade apenas, e não precisará mais de nada: uma coisinha bem simples.

---

[19] Alusão ao aforismo *Se non è vero è molto ben trovato* ("Se não é verdade, é muito bem inventado" em italiano) atribuído a Giordano Bruno (1548-1600).

Capítulo sétimo. Com os nossos.

I

Virguínski morava numa casa própria, isto é, na casa de sua mulher, situada na rua Muraviínaia.[1] Era uma casa de madeira, de um só andar, e não havia outros moradores nela. A pretexto de comemorarem o aniversário do dono dessa casa, estavam lá reunidas cerca de quinze pessoas, porém sua reunião não se parecia nem um pouco com uma ordinária festinha natalícia provinciana. Ainda bem no começo de seu convívio, os esposos Virguínski haviam decidido entre si, de uma vez por todas, que era absolutamente tolo reunirem pessoas por ocasião do aniversário, além de "não terem com que se alegrar" em geral. E chegaram, em poucos anos, a afastar-se completamente da sociedade. O marido, apesar de ser um homem dotado e não "um pobre qualquer", era visto por todos, fosse qual fosse o motivo, como um esquisitão que gostava de recolhimento e, além disso, falava "com arrogância". Quanto à própria *Madame* Virguínskaia, que exercia a profissão de parteira, estava, por essa mesma razão, abaixo de todos na escada social, inclusive abaixo da esposa do padre, não obstante

[1] Rua das formigas (em russo).

nem mesmo a patente de oficial que tinha seu marido. Não se vislumbrava nela, porém, nem sombra daquela humildade que deveria corresponder à sua condição. E depois do caso estupidíssimo e imperdoavelmente escancarado que tivera, por princípios, com o capitão Lebiádkin, um trapaceiro qualquer, até mesmo as mais complacentes das nossas damas viraram-lhe, com um desprezo considerável, as costas. Todavia, a *Madame* Virguínskaia aceitou tudo isso como quem precisasse disso mesmo. Note-se, aliás, que as mesmas damas rigorosas, se porventura ficassem numa situação interessante,[2] recorriam, na medida do possível, a Arina Prókhorovna (isto é, a Virguínskaia), ignorando as outras três parteiras de nossa cidade. Os fazendeiros também mandavam buscá-la para fazer partos de suas esposas, nos distritos do interior: tamanha era a confiança que todo mundo tinha em seus conhecimentos, bem como em sua sorte e na destreza que revelava em desespero de causa. Acabou passando a atender unicamente as famílias mais ricas; quanto ao dinheiro, gostava sobremaneira dele. Em plena consciência de sua força, não se acanhava mais em dar largas à sua índole. E talvez fosse de propósito que intimidava, trabalhando nas casas mais ilustres, as parturientes de nervos frágeis com um inaudito olvido de conveniências, próprio dos niilistas, ou então com alguns chistes relativos ao "tudo quanto fosse sagrado", precisamente naqueles momentos em que esse "sagrado" poderia ter a maior serventia. Nosso médico militar

---

[2] O eufemismo russo "uma situação interessante" refere-se à gravidez.

Rózanov, especializado também em obstetrícia, testemunhou positivamente que um dia, quando uma daquelas parturientes berrava, sofrendo, e invocava o nome todo-poderoso de nosso Senhor, fora justamente um de tais ditos impiedosos de Arina Prókhorovna, repentinos "como um tiro de espingarda", que assustara a paciente a ponto de contribuir para a aceleração de seu parto. De resto, por mais niilista que fosse, Arina Prókhorovna não desdenhava, caso houvesse necessidade, não apenas dos costumes mundanos, mas nem sequer dos preconceitos mais obsoletos, contanto que eles pudessem trazer-lhe alguma vantagem. Por exemplo, não deixaria passar, por nada neste mundo, o batizado de um bebê que ajudara a nascer, aparecendo lá, ainda por cima, com um vestido de seda verde, munido de cauda, e uma peruca cheia de cachos e caracóis, embora chegasse a deleitar-se com seu desmazelo em quaisquer outras circunstâncias. E, posto que sempre ostentasse, durante o sacramento, "os ares mais afrontosos", deixando os presentes embaraçados, faria questão de distribuir pessoalmente o champanhe ao fim da cerimônia (era por isso que vinha e se ataviava tanto), e ai de quem não lhe entregasse, ao pegar sua respectiva taça, um dinheirinho "para a *kacha*."[3]

As pessoas reunidas na casa de Virguínski dessa vez (homens em sua maioria quase total) pareciam, de certa forma, distraídas e atarefadas. Não havia nem petiscos nem cartas. No meio da espaçosa sala de estar, revestida de papel de parede azul e por demais antiquado,

[3] Espécie de mingau de trigo-sarraceno, muito popular na Rússia antiga e moderna, que constitui um contraste gritante com aquele champanhe.

estavam duas mesas postas uma junto da outra e cobertas de uma grande toalha, aliás, não muito limpa, e dois samovares ferviam em cima delas. Uma enorme bandeja com vinte e cinco copos e uma cesta com o mais ordinário pão branco francês, cortado em muitas fatias semelhantes àquelas servidas aos alunos dos internatos masculinos e femininos, ocupavam a ponta de uma das mesas. Quem servia chá era uma donzela de trinta anos de idade, a irmã da anfitriã, uma criatura loura, sem sobrancelhas, taciturna e peçonhenta, mas afeita às novas ideias, de quem até mesmo Virguínski tinha pavor em seu espaço caseiro. Apenas três damas estavam na sala: a própria anfitriã, sua irmãzinha sem sobrancelhas e a moça Virguínskaia, a irmã germana de Virguínski, que acabava de chegar de Petersburgo. Arina Prókhorovna, uma dama vistosa em torno de vinte e sete anos, assaz bonitinha e um tanto despenteada, usando um vestido de lã nada festivo, de certo matiz verdoengo, estava sentada ali, corria seus olhos afoitos pelos convidados e como que se apressava a dizer, mediante aquele olhar: "Não tenho medo de coisa nenhuma, estão vendo?". A recém-chegada moça Virguínskaia, também bonitinha, estudante e niilista, toda fartinha e roliçazinha que nem um balãozinho, de estatura baixa e bochechas muito vermelhas, ficara ao lado de Arina Prókhorovna, praticamente sem ter mudado de roupas após a viagem e com um maço de papéis nas mãos, e agora examinava os presentes com seus olhos impacientes e saltitantes. Virguínski como tal se sentia, nessa tarde, adoentado, porém saíra do seu quarto para passar um tempinho sentado numa poltrona, àquela mesa de chá. Todos os convidados também estavam sentados, só que se lobrigava, nessa disposição solene de suas cadeiras ao redor da mesa, uma conferência por vir. Decerto esperavam todos por alguma coisa, conversando, enquanto esperavam assim, em voz alta, mas sobre assuntos aparentemente casuais. Quando entraram Stavróguin e Verkhôvenski, ficaram todos, de repente, calados.

Permitir-me-ei, no entanto, algumas explicações para maior clareza.

Acredito que realmente todos aqueles senhores se reuniram então na leda esperança de ouvirem alguma coisa de interesse especial e já estavam de sobreaviso. Representavam a fina flor do liberalismo mais intensamente vermelho de nossa antiga cidade e tinham sido selecionados por Virguínski, com muito esmero, para tomarem parte daquela "conferência". Notarei, ademais, que alguns deles (aliás, bem poucos) abstinham-se de visitá-lo antes. Fique claro também que a maioria dos convidados não tinha noção dos motivos pelos quais fora arrebanhada. Mas a verdade é que todos eles tomavam Piotr Stepânovitch por um emissário vindo do estrangeiro e investido de amplos poderes: essa ideia se arraigara logo e, naturalmente, revelava-se lisonjeira. Entretanto, havia naquele grupelho de cidadãos reunidos a pretexto de comemorarem o aniversário alguns indivíduos que já tinham recebido certas propostas concretas. Piotr Verkhôvenski já tivera bastante tempo para juntar, aqui conosco, os "cinco" similares àqueles que estavam às suas ordens em Moscou e, conforme se esclarece hoje em dia, no meio dos oficiais que serviam em nosso distrito. Dizem que comandava mais cinco homens na província de Kh. também. Aqueles cinco seletos estavam agora sentados à mesa comum e se fingiam, com muita mestria, de pessoas absolutamente ordinárias, de sorte que ninguém viria a saber quem eram de fato. Eram, visto que não é mais um segredo, primeiro Lipútin, depois Virguínski como tal, Chigaliov de orelhas compridas (o irmão da senhora Virguínskaia), Liámchin e, finalmente, um tal de Tolkatchenko, um sujeito estranho que já estava na casa dos quarenta e se destacava pelo seu enorme conhecimento do povo, principalmente dos vigaristas e ladrões, que andava de propósito pelas bodegas (aliás, não apenas no intuito de estudar o povo) e exibia em nosso meio seus trajes ruins, suas botas alcatroadas, sua cara astuciosa, de olhos entrefechados, e diversas frases populares de cunho obsceno. Liámchin já o trouxera antes, uma ou duas vezes, aos saraus de Stepan Trofímovitch, mas lá ele não produzira, de resto, nenhum efeito particular. Aparecia em nossa cidade de vez em quando, sobretudo ao ficar desempregado, mas, em geral, trabalhava nas estradas de ferro. Todos aqueles cinco figurões compunham a primeira equipe, cheios de fé ardente em ser tão só uma unidade dentre centenas e milhares de grupos iguais, compostos de cinco homens cada um, espalhados pela Rússia e todos dependentes de um núcleo central, imenso, mas oculto, que estaria, por sua vez, organicamente ligado à revolução europeia e mundial. Infelizmente, tenho de confessar que uma discórdia começava a separá-los já àquela altura. Muito embora esperassem, ainda desde a primavera, pela visita de Piotr Verkhôvenski, anunciada, de início, por Tolkatchenko e, a seguir, por Chigaliov que acabava de chegar, muito embora esperassem por milagres extraordinários que ele faria e estivessem todos prontos a ingressar imediatamente, sem a mínima crítica e com a primeira chamada dele, no grêmio, ficaram como que ressentidos, tão logo formaram seu grupo, e foi justamente, em minha opinião, por causa da rapidez com a qual o formaram. Reuniram-se, bem entendido, por nobre vergonha, para ninguém dizer mais tarde que não teriam ousado entrar na luta, porém caberia a Piotr Verkhôvenski, afinal de contas, apreciar a sublime façanha deles e recompensá-los, pelo menos, contando alguma anedota das mais significativas. Contudo, Verkhôvenski nem por sombra se dispunha a satisfazer a sua curiosidade legítima e não lhes contava, portanto, nada além do necessário, tratando-os, de modo geral, com notável rigor e até mesmo com negligência. Isso os deixava decididamente irritados, e o membro Chigaliov já instigava os demais a "reclamarem contas", mas, com certeza, não agora mesmo nem na casa de Virguínski onde se reunira tanta gente estranha.

Tenho outra ideia a respeito dessa gente estranha, a de os supracitados membros da primeira equipe estarem inclinados a supor que houvesse ainda nessa ocasião, entre os convidados de Virguínski, membros de alguns grupos desconhecidos a atuarem em nossa cidade, pertencentes à mesma rede clandestina e organizados também por Verkhôvenski, de forma que todos os presentes acabaram suspeitando uns dos outros e tomando, uns na frente dos outros, certas posturas, o que deu à reunião toda um ar bastante confuso e mesmo um tanto romanesco. De resto, havia lá também pessoas livres de toda e qualquer suspeita. Era, por exemplo, um major da ativa, parente próximo de Virguínski, um homem totalmente inocente que nem sequer fora convidado, mas viera parabenizar o aniversariante por conta própria, de modo que não se podia enfim deixar de recebê-lo. Todavia, o aniversariante estava tranquilo: o major "não delataria em caso algum", pois, apesar de toda a sua tolice, gostava desde sempre de frequentar todos aqueles lugares onde houvesse liberais radicais, cujos discursos ele escutava com todo o prazer, posto que não partilhasse suas convicções. E, não bastando só isso, estava até comprometido: todo um armazém de "O sino"[4] e de panfletos passara acidentalmente pelas suas mãos, quando era novo, e, receando mesmo folheá-los, ele se teria achado um vilão rematado se acaso se tivesse negado a propagá-los... Aliás, vários russos são assim até nos dias de hoje! Os outros convidados representavam ora aquele tipo do nobilíssimo amor-próprio reprimido até o bílis, ora o do primeiro impulso, ainda mais nobre, da mocidade entusiasta. Eram dois ou três professores, um dos quais andava mancando, tinha já cerca de quarenta e cinco anos, lecionava num ginásio e era um homem muito sarcástico e notavelmente vaidoso, e dois ou três oficiais. Um desses últimos, um artilheiro bem jovem que saíra, literalmente havia poucos dias, de uma instituição de ensino militar, rapaz taciturno que não tivera ainda tempo de conhecer ninguém por ali, ficou de repente na casa de Virguínski, com um lápis nas mãos, quase não participando da conversa geral, mas fazendo, a cada minuto, anotações em seu caderninho. Todos o viam fazer aquilo, só que fingiam, por alguma razão, não reparar em nada. Também estava lá

[4] O primeiro jornal revolucionário russo, editado, de 1857 a 1867, em Londres, sob a direção de Alexandr Herzen (1812-1870), e distribuído na Rússia de modo clandestino.

o seminarista vadio que pusera, junto com Liámchin, aquelas fotografias asquerosas no saco da vendedora de livros, um moço robusto, desinibido e, ao mesmo tempo, incrédulo, com um invariável sorriso acusador e, não obstante, buscando alardear calmamente uma vitoriosa perfeição que estaria contida em seu âmago. Estava presente também, nem sei para que, o filho de nosso *golová* urbano, aquele mesmo rapaz malvado e rodado demais para sua idade que já mencionei ao contar a história da esposasinha do tenente local. Mantinha-se, ao longo da reunião toda, calado. E finalmente, para concluir, estava ali sentado um ginasiano, mocinho impetuoso e todo arrepiado de uns dezoito anos de idade que protestava, com seu ar lúgubre, contra as ofensas causadas à sua dignidade juvenil e obviamente sofria por ter apenas dezoito anos. Aquele pingo de gente já encabeçava um grupelho independente de conspiradores que se formara na última série do ginásio — algo que surpreenderia, vindo à tona mais tarde, a cidade inteira. Ainda não mencionei Chátov que se instalara lá mesmo, rente à ponta traseira da mesa, afastando um pouco a sua cadeira das demais, e agora fitava o chão, sombrio e calado, recusava o chá e o pão, e segurava, o tempo todo, seu boné como se quisesse declarar com isso que não era um convidado qualquer, mas viera a negócios e se levantaria, tão logo lhe apetecesse, e cairia fora. Kiríllov, que se instalara perto dele, também estava calado, mas não fitava o chão, cravando, pelo contrário, seu olhar imóvel, mortiço, em todos os interlocutores e ouvindo tudo quanto dissessem sem a menor emoção ou surpresa. Alguns dos convidados, que nunca o tinham visto antes, miravam-no pensativos, de esguelha. Não se sabe ao certo se a própria *Madame* Virguínskaia sabia algo a respeito daquele grupo de cinco homens. Creio que sabia tudo e, notadamente, por intermédio de seu esposo. Quanto à estudante, não participava, por certo, de nada, mas tinha, em compensação, sua tarefa própria, tencionando passar conosco apenas um dia ou dois para ir em seguida mais e mais longe, por todas as cidades universitárias, a fim "de compartilhar os sofrimentos dos estudantes pobres e de impeli-los ao protesto". Trazia consigo algumas centenas de exemplares de um apelo litografado, aparentemente escrito por ela mesma. É de notarmos que o ginasiano passara a odiá-la à primeira vista e quase a ponto de querer derramar-lhe o sangue, conquanto a visse pela primeira vez na vida, e que a moça se embebera de igual ódio por ele. O major era seu tio, reencontrando-a pela primeira vez nos últimos dez anos. Quando Stavróguin e Verkhôvenski entraram na sala, as faces da estudante estavam rubras como o oxicoco,[5] acabando ela de brigar com o tio por diferir das suas convicções sobre a questão feminina.

II

Verkhôvenski se refestelou, com notável desleixo, numa cadeira à ponta dianteira da mesa, sem ter cumprimentado quase ninguém. Parecia enojado e até mesmo soberbo. Stavróguin fez umas mesuras polidas, mas, apesar de esperarem tão só por eles dois, todos os presentes

---

[5] Arbusto típico das florestas e zonas palustres da Rússia, cujas bagas são de um vermelho vivo.

fizeram de conta, como se estivessem cumprindo uma ordem, que mal os enxergavam. A anfitriã se dirigiu a Stavróguin num tom oficial, assim que ele se sentou.

— Quer chá, Stavróguin?

— Pode servir — respondeu ele.

— Um chá para Stavróguin — ordenou ela à sua servente. — E o senhor também quer? (Essa pergunta se destinava já a Verkhôvenski).

— É claro que pode servir. Quem é que faz essas perguntas aos convidados? Ah, sim, mande trazer a nata também. Sempre me servem aí tamanha nojeira em vez do chá, e há, para completar, um aniversariante à mesa.

— Como assim, o senhor também reconhece o aniversário? — De chofre, a estudante se pôs a rir. — Acabamos de falar disso.

— Que velharia — resmungou o ginasiano, na outra ponta da mesa.

— O que é velharia? Esquecer os preconceitos, nem que sejam os mais inofensivos, não é uma coisa antiga, mas, pelo contrário e para nossa vergonha geral, muito nova ainda! — rebateu instantaneamente a estudante, movendo-se rápido para a frente em sua cadeira. — Ademais, não há preconceitos inofensivos — acrescentou, com obstinação.

— Apenas quis declarar — o ginasiano se emocionou em extremo — que, sendo os preconceitos, sem dúvida, ultrapassados e passíveis de erradicação, qualquer um já sabia que o aniversário era uma bobagem e uma coisa antiga demais para perder com ela o tempo precioso e já perdido, aliás, pelo mundo inteiro, de modo que até poderíamos empregar a nossa espirituosidade num assunto mais necessário...

— Está falando demais, não dá para entender nada! — bradou a estudante.

— Qualquer um tem, pelo que me parece, o direito de falar a par dos outros, e, se eu desejar, como qualquer outro, explicitar a minha opinião, então...

— Ninguém lhe tira seu direito de falar! — Dessa vez foi a anfitriã quem o interrompeu bruscamente. — Apenas lhe pedem que deixe de gaguejar, porque ninguém consegue entendê-lo.

— Permita notar, todavia, que a senhora não me respeita. Mesmo que eu não possa terminar de falar, não é por falta de ideias, mas antes por excesso... — murmurou o ginasiano, quase desesperado, e se confundiu em definitivo.

— Se não souber falar, fique calado — encurtou a estudante.

O ginasiano até se sobressaltou em sua cadeira.

— Apenas quis declarar — gritou, morrendo de vergonha e temendo olhar à sua volta — que a senhorita queria apenas exibir essa sua inteligência porque o senhor Stavróguin acabava de entrar, e nada mais que isso!

— Sua ideia é suja, imoral e traduz toda a nulidade do seu desenvolvimento. Peço que não se dirija mais a mim — matraqueou a estudante.

— Stavróguin — começou a anfitriã —, antes de o senhor chegar, esse oficial (inclinou a cabeça em direção ao major, seu parente) gritou aqui, faz pouco, sobre os direitos da família. É claro que não sou eu quem vai incomodá-lo com essas bobagens já antigas e liquidadas há muito tempo. Mas enfim como é que os direitos e deveres de uma família puderam surgir no sentido desse preconceito que os envolve agora? Eis a questão. O que pensa disso?

— O que significa "como puderam surgir"? — questionou Stavróguin.

— Quer dizer, a gente sabe, por exemplo, que o preconceito de Deus proveio do trovão e do relâmpago — agitou-se de novo a estudante, cujos olhos quase trepavam em Stavróguin. — É demasiado notório que a humanidade primitiva, que tinha medo de trovões e relâmpagos, endeusou seu inimigo invisível por sentir sua fraqueza na frente dele. Mas de onde foi que se originou o preconceito da família? De onde proveio a família em si?

— Não é bem a mesma coisa... — A anfitriã quis retê-la.

— Acredito que a resposta a uma pergunta dessas seria indecorosa — replicou Stavróguin.

— Como assim? — A estudante avançou novamente.

Entretanto, umas risadinhas se ouviram no meio do grupo dos professores, logo reforçadas por Liámchin e o ginasiano, sentados na outra ponta da mesa, e depois pelo parente major com seu gargalhar rouquenho.

— Deveria escrever *vaudevilles* — comentou a anfitriã com Stavróguin.

— Não diz tanto respeito ao decoro do senhor... não sei como se chama! — retrucou a estudante, decididamente indignada.

— Pois deixa de aparecer! — disse o major. — És uma moça e tens de te comportar recatadamente, mas estás como que sentada aí numa agulha.

— Digne-se o senhor a ficar calado e não ouse falar comigo dessa maneira familiar e com essas comparações asquerosas. Vejo o senhor pela primeira vez na vida e nem quero saber de seu parentesco.

— Mas sou teu tio, não sou? Ainda quando eras uma bebê, eu te carregava nos braços!

— Pouco me importa o que mais carregava nos braços. Não lhe pedia então que me carregasse, ou seja, seu oficial descortês, isso lhe dava prazer naquele momento. E permita-me notar que não pode dizer "tu" para mim, salvo se for por razões cívicas, e que o proíbo, de uma vez por todas, de me tratar por "tu".

— Mas elas todas são assim! — O major deu um soco na mesa, dirigindo-se a Stavróguin sentado em face dele. — Não, veja se me permite a mim, que aprecio o liberalismo e a modernidade, e gosto de ouvir conversas inteligentes, mas aviso que são conversas de homens. Quanto às mulheres, àquelas sirigaitas modernas, não e não, é uma dor minha! Deixa de rebolar! — gritou para a estudante que se agitava em sua cadeira. — Não, eu também peço a palavra, que estou sentido!

— Só atrapalha os outros, mas não sabe dizer coisa nenhuma — resmungou a anfitriã, cheia de indignação.

— Não, vou desembuchar! — Irritado, o major se dirigiu a Stavróguin. — Conto com o senhor, meu senhor Stavróguin, por ser uma pessoa nova, que acabou de entrar, embora não tenha a honra de conhecê-lo. Sem homens elas vão perecer que nem moscas, esta é minha opinião. Toda aquela questão feminina delas não passa de uma falta de originalidade. Pois lhe asseguro que toda aquela questão feminina foi inventada pelos homens, por mera tolice, para botá-la, como um jugo, em seu próprio pescoço. Só que, graças a Deus, eu mesmo não sou casado! Nem a menor diversidade, não sabem inventar nem o ornamento mais simples: os ornamentos também são inventados pelos homens no lugar delas! Pois eu a carregava nos braços e depois dançava mazurca com ela, quando tinha dez anos, e eis que ela vem hoje, e corro naturalmente para abraçá-la, e ela me anuncia, desde a segunda palavra, que Deus não existe. Ainda bem se não fosse a segunda, mas a terceira palavra, só que ela está apressada! Tudo bem: suponhamos que as pessoas inteligentes sejam ímpias, mas são ímpias por serem inteligentes, e tu mesma, digo a ela, o que entende de Deus aí, pirralha? Foi um estudante qualquer quem te ensinou, mas, se tivesse ensinado a acender as lamparinas, andarias agora a acendê-las.

— Está mentindo o tempo todo, é um homem muito maldoso, e acabei de lhe apontar consistentemente toda a sua inconsistência — respondeu a estudante, desdenhosa como quem desprezasse quaisquer explicações detalhadas com um homem desses. — Eu lhe disse agorinha, em particular, que fôramos todos ensinados pela catequese: "Se respeitardes vossos pais, sereis longevos e uma riqueza vos será outorgada". Isso consta daqueles dez mandamentos. Se Deus achou necessário oferecer uma recompensa pelo amor, então esse seu Deus é imoral. Foi nesses termos que lhe provei agorinha e não fiz isso desde a segunda palavra, mas porque o senhor veio reclamar seus direitos. Se o senhor é obtuso e não me compreende ainda, a culpa é de quem? Está sentido e zangado: assim se resolve o enigma de toda a sua geração.

— Bobalhona! — retorquiu o major.

— E o senhor é bobão!

— Vem, xinga!

— Mas espere, Kapiton Maxímovitch: foi o senhor mesmo que me disse não crer em Deus — guinchou Lipútin, sentado na outra ponta da mesa.

— E daí, se disse? Comigo é outra coisa! Talvez creia, mas não inteiramente. E, posto que não creia inteiramente, não direi, ainda assim, que Deus tem de ser fuzilado. Ainda quando era hussardo, já andava pensando em Deus. Costuma-se dizer, em todos os versos, que um hussardo só faz beber e patuscar; pois eu cá, vejam se acreditam em mim, talvez bebesse mesmo, sim, mas pulava da cama em plena noite, assim, só de meias, e me benzia sem conta diante do ícone para Deus me mandar uma fé de verdade, porque nem então eu podia dormir em paz sem saber se Deus existia ou não. E pagava tão caro por isso! A gente se divertia pela manhã, é claro, e a fé como que sumia outra vez... e, de modo geral, tenho percebido que a fé sempre diminui à luz do dia.

— Não teria, por acaso, um baralho aí? — Escancarando a boca num bocejo, Verkhôvenski se dirigiu à anfitriã.

— Compartilho demais essa sua pergunta, demais! — azafamou-se a estudante, ardente de indignação ao ouvir as falas do major.

— Perdemos nosso tempo de ouro escutando essas conversas estúpidas — atalhou a anfitriã, encarando, toda exigente, seu marido.

A estudante ficou concentrada:

— Gostaria de notificar essa reunião dos sofrimentos e protestos dos estudantes, mas, como gastamos o tempo com essas conversas imorais...

— Não existe nada que seja moral ou imoral! — Tão logo a estudante começou a falar, o ginasiano não se conteve.

— Sabia disso, senhor ginasiano, bem antes de alguém lhe ter inculcado.

— Pois eu afirmo — enfureceu-se ele — que a senhorita é apenas uma criança vinda de Petersburgo para nos iluminar a todos, só que nós mesmos já sabemos de tudo. E, quanto ao mandamento "Honra a teu pai e a tua mãe..."[6] que a senhorita não soube citar, a Rússia inteira já sabe, desde Belínski, que é imoral.

— Será que isso vai acabar? — indagou resolutamente a *Madame* Virguínskaia ao seu marido. Corava de vergonha, em sua qualidade de anfitriã, por essas conversas serem tão pífias, sobretudo ao aperceber-se de alguns sorrisos e até mesmo de certa perplexidade por parte dos convidados que acabavam de vir.

— Senhores! — De súbito, Virguínski elevou a voz. — Se alguém quiser abordar um assunto mais apropriado ou tiver algo a declarar, proponho que comecemos logo, sem perder tempo.

— Tomo a liberdade de fazer uma pergunta — disse, num tom brando, o professor manco, que até então estava calado e se portava de forma especialmente cerimoniosa. — Gostaria de saber se temos, aqui e agora, alguma conferência ou apenas uma reunião de simples mortais que foram convidados para uma festa. Pergunto, em particular, a fim de organizar as coisas e de não permanecer mais desinformado.

Tal pergunta "astuta" produziu certa impressão: todos se entreolharam, como se cada qual esperasse pela resposta de outrem, e de repente, como se uma ordem acabasse de ser dada, todos os olhares se focaram em Verkhôvenski e Stavróguin.

---

[6] Êxodo, 20:12.

— Proponho simplesmente pôr a questão se "temos uma conferência ou não temos" em votação — disse a *Madame* Virguínskaia.

— Estou de pleno acordo com essa proposta — replicou Lipútin —, ainda que seja um tanto vaga.

— Eu também estou, eu também! — ouviram-se várias vozes.

— E realmente, pelo que me parece, haverá mais ordem — aprovou Virguínski.

— Pois bem, vamos votar! — anunciou a anfitriã. — Peço-lhe, Liámchin, que se sente ao piano: inclusive, poderá votar sentado ali, quando a votação começar.

— De novo! — exclamou Liámchin. — Já chega de bater nas teclas!

— Peço insistentemente que se sente e toque. Será que não quer ser útil à nossa causa?

— Mas asseguro-lhe, Arina Prókhorovna, que ninguém ouvirá a gente. É apenas uma fantasia sua. E as janelas são altas, e ninguém entenderia patavina, mesmo que estivesse escutando.

— Nem nós mesmos entendemos de que se trata — resmungou uma das vozes.

— E eu lhe digo que a cautela é sempre necessária. Caso haja espiões por aí — ela se dirigiu a Verkhôvenski com uma explicação —, ouvirão da rua que temos uma festinha com música.

— Eh, diacho! — xingou Liámchin. Sentou-se ao piano e começou a tocar uma valsa, de qualquer jeito e quase esmurrando as teclas.

— Proponho a quem desejar que seja uma conferência levantar a mão direita — sugeriu a *Madame* Virguínskaia.

Uns levantaram as mãos, os outros, não. Houve também algumas pessoas que levantaram as mãos e tornaram a abaixá-las, e depois, mal as abaixaram, levantaram-nas outra vez.

— Ufa, diabo! Não entendi nada! — bradou um dos oficiais.

— Nem eu! — gritou o outro.

— Pois eu entendo, sim! — exclamou o terceiro. — Se for "sim", levante a mão.

— Mas o que significa aquele "sim"?

— Significa que temos, sim, uma conferência.

— Não significa, não.

— Eu votei a favor da conferência — gritou o ginasiano, dirigindo-se à *Madame* Virguínskaia.

— Então por que não levantou a mão?

— Estava olhando para a senhora: a senhora não levantou a mão, e eu tampouco.

— Como isso é bobo! Não levantei a mão porque tinha feito a proposta. Senhores, proponho que votem de novo: quem quiser uma conferência que fique sentado e não levante a mão, e quem não quiser que levante a mão direita.

— Quem não quiser? — questionou o ginasiano.

— Você falou de propósito, não falou? — gritou a *Madame* Virguínskaia, irada.

— Não, espere aí: quem quiser ou quem não quiser? É que temos de definir isso melhor! — ressoaram duas ou três vozes.

— Quem não quiser, *não* quiser.

— Pois bem, mas o que faz quem não quiser, levanta a mão ou não levanta? — bradou o oficial.

— Eh, mas não nos acostumamos ainda à constituição! — notou o major.

— Senhor Liámchin, faça o favor! Martela tanto o piano que ninguém consegue ouvir — comentou o professor manco.

— Mas juro por Deus, Arina Prókhorovna, que ninguém está escutando ali! — Liámchin ficou em pé. — Não quero mais tocar, não! Vim para um aniversário e não para tamborilar nesse piano!

— Senhores — propôs Virguínski —, respondam todos em voz alta: temos uma conferência ou não?

— Conferência, conferência! — ouviu-se de todos os lados.

— Assim sendo, não temos nada a votar, chega! Os senhores estão contentes, ou precisamos continuar votando?

— Não precisamos, não, já entendemos!

— Talvez alguém não queira que seja uma conferência?

— Sim, sim, queremos todos que seja!

— Mas enfim, o que é essa conferência? — gritou uma voz. Não houve resposta.

— Temos de eleger nosso presidente — gritaram de vários lados.

— Que seja o dono da casa, é claro! Que seja ele!

— Se for assim, meus senhores — começou Virguínski, que acabava de ser eleito —, reitero a minha recente proposta inicial: se alguém quiser abordar um assunto mais apropriado ou tiver algo a declarar, proponho que comece logo, sem perder tempo.

Todos ficaram calados. De novo os olhares se focaram todos em Stavróguin e Verkhôvenski.

— Será que não tem nada a declarar, Verkhôvenski? — perguntou, sem rodeios, a anfitriã.

— Absolutamente nada... — Ele se espreguiçou, bocejando, em sua cadeira. — Aliás, gostaria de tomar um cálice de conhaque.

— E o senhor não gostaria, Stavróguin?

— Não bebo, obrigado.

— Não pergunto se o senhor quer conhaque, mas se quer falar ou não.

— Falar sobre o quê? Não quero, não.

— Então lhe servirão seu conhaque — respondeu ela a Verkhôvenski.

A estudante se levantou. Aliás, já dera alguns pulinhos antes.

— Vim para notificar os sofrimentos dos infelizes estudantes e propor impeli-los ao protesto por toda parte...

Calou-se de chofre: já havia outro concorrente na ponta oposta da mesa, e todos os olhares se fixavam nele. Chigaliov de orelhas compridas levantara-se devagar do seu assento, com um ar torvo e tenebroso, e colocara, melancólico, um caderno grosso e todo preenchido com letras microscópicas em cima da mesa. Não se sentava mais e permanecia calado. Muitos olhavam para aquele caderno com desconcerto, porém Lipútin, Virguínski e o professor manco pareciam, por algum motivo, contentes.

— Peço a palavra — declarou Chigaliov, sombria, mas firmemente.

— Tem a palavra — autorizou Virguínski.

O orador se sentou, calando-se por meio minuto, e depois proferiu com uma voz imponente:

— Senhores...

— Aqui está o conhaque! — atalhou, com asco e desdém, a parenta que vinha servindo chá. Fora buscar uma garrafa inteira de conhaque e agora a colocava diante de

Verkhôvenski, junto com um cálice que trouxera entre os dedos, sem bandeja nem prato.

Interrompido, o orador se calou com dignidade.

— Não é nada, continue, que não estou escutando mesmo! — gritou Verkhôvenski, enchendo o cálice.

— Pedindo a sua atenção, meus senhores — recomeçou Chigaliov —, e, como verão adiante, solicitando a sua ajuda num ponto de suma importância, preciso apresentar um prefácio.

— Não tem porventura uma tesoura, Arina Prókhorovna? — perguntou, de repente, Piotr Stepânovitch.

— Por que quer uma tesoura? — Essa pergunta deixou-a de olhos arregalados.

— É que me esqueci de aparar as unhas: faz três dias que me apronto — disse ele, examinando serenamente as suas unhas compridas e não muito limpas.

Arina Prókhorovna se ruborizou, mas a mocinha Virguínskaia pareceu contente com algo.

— Acho que a vi agorinha lá, na janela... — Ela se levantou da mesa, foi lá, encontrou a tesoura e logo a trouxe consigo. Piotr Stepânovitch nem olhou para ela, mas pegou a tesoura e começou a cortar as unhas. Arina Prókhorovna compreendeu que era um procedimento tático e se envergonhou com seus melindres. Os participantes da conferência entreolhavam-se em silêncio. O professor manco observava Verkhôvenski com irritação e inveja. Chigaliov continuou seu discurso:

— Dedicando minhas energias ao estudo das questões da organização social da sociedade por vir, que há de substituir a existente, cheguei à convicção de todos os criadores de sistemas sociais, desde os tempos mais remotos até este nosso ano de 187., terem sido sonhadores, contadores de fábulas e basbaques que se contradiziam sem entender absolutamente nada das ciências naturais nem daquele estranho animal chamado de homem. Platão, Rousseau, Fourier, as colunas de alumínio: tudo isso serve, no máximo, para os pardais, mas não para a sociedade humana. Mas, como a futura forma social se faz necessária justamente agora, quando todos nós nos dispomos a entrar em ação, para deixarmos enfim de refletir nela, venho apresentar meu próprio esquema organizacional do mundo. Ei-lo aqui! — Ele bateu em seu caderno. — Queria expô-lo a essa assembleia, na medida do possível, de forma sucinta, mas percebo que terei de acrescentar ainda muitas explicações orais e acho, portanto, que a exposição toda demandará, pelo menos, dez tardes, conforme a quantidade de capítulos contidos neste meu livro. (Ouviram-se risadas). Além do mais, declaro de antemão que meu sistema não está finalizado. (Outras risadas). Fiquei confuso com meus próprios dados, e minha conclusão está em contradição direta com a ideia inicial que tomei por base. Começando pela liberdade ilimitada, termino com o despotismo ilimitado. Adicionarei, no entanto, que não pode haver nenhuma solução da fórmula social além da minha.

O riso se tornava cada vez mais audível, porém ria principalmente quem era mais novo e, por assim dizer, pouco iniciado. Os semblantes da anfitriã, de Lipútin e do professor manco exprimiam certo desgosto.

— Se o senhor mesmo não conseguiu moldar esse seu sistema e acabou caindo em desespero, o que é que nós teríamos a fazer aí? — notou, com reserva, um dos oficiais.

— Tem razão, senhor oficial da ativa — Chigaliov se voltou bruscamente para ele —, e, sobretudo, em usar o termo "desespero". Fiquei amiúde desesperado, sim; não obstante, tudo quanto for relatado em meu livro é insubstituível, e não há outra saída, já que ninguém inventará mais nada. Destarte me apresso, sem perder tempo, a convidar a assembleia toda a escutar, durante dez tardes seguidas, a leitura do meu livro e a manifestar depois sua opinião. E se os membros não quiserem escutar a leitura, então nos separaremos bem no começo: os homens tornarão a abraçar seu serviço público e as mulheres retornarão às suas cozinhas, porquanto não encontrarão, ao rejeitar esta obra minha, nenhuma outra saída. Ne-nhu-ma! E, se perderem tempo, trarão prejuízo tão só a si mesmos, porquanto depois voltarão inevitavelmente ao ponto de partida.

Houve movimentação. "Ele está doido, não está?" — ouviram-se umas vozes.

— Tudo consiste, pois, nesse desespero de Chigaliov — concluiu Liámchin —, enquanto a questão crucial é: "estar ou não estar desesperado?".

— A proximidade de Chigaliov do desespero é uma questão pessoal — declarou o ginasiano.

— Proponho votarmos a questão o quanto o desespero de Chigaliov concerne à causa geral e, ao mesmo tempo, se vale a pena escutá-lo ou não — arrematou, jovialmente, o oficial.

— Não é isso — intrometeu-se afinal o manco. Costumava falar com um sorriso meio jocoso, de sorte que seria talvez difícil compreendermos se falava sinceramente ou apenas brincava. — Não é isso, senhores. O senhor Chigaliov está levando sua tarefa demasiadamente a sério e, por outro lado, é modesto demais. Conheço o livro dele. Para resolver a questão em definitivo, ele propõe dividir a humanidade em duas partes desiguais. Um décimo das pessoas receberia a liberdade individual e o poder ilimitado sobre os restantes nove décimos, os quais deveriam perder sua individualidade e formar uma espécie de rebanho, alcançando assim, ao longo de várias transformações ancoradas numa submissão ilimitada, o estado de inocência original, semelhante a um paraíso primitivo, ainda que tivessem, aliás, de trabalhar. As medidas propostas pelo autor para despojar esses nove décimos da humanidade de sua vontade e transformá-los num rebanho mediante a reeducação de gerações inteiras são bastante notáveis, baseadas em dados naturais e muito lógicas. Poderíamos discordar de algumas dessas conclusões, porém seria difícil contestarmos a inteligência e a erudição do autor. É pena que tal condição de dez tardes seja totalmente incompatível com as circunstâncias, senão a gente poderia ouvir muita coisa interessante.

— Será que fala sério? — Tomada mesmo de certa angústia, a *Madame* Virguínskaia se dirigiu ao manco. — Será que esse homem, sem saber o que faria das pessoas, quer escravizar nove décimos delas? Tenho suspeitado dele há tempos!

— Está falando de seu irmãozinho? — perguntou o manco.

— O parentesco? O senhor ri de mim, não ri?

— E, além disso, trabalhar para os aristocratas e obedecer a eles, como se fossem deuses, seria uma vileza! — notou, com fúria, a estudante.

— Não ofereço nenhuma vileza, mas um paraíso, o paraíso terrestre, e não pode haver outro paraíso na Terra — argumentou imperiosamente Chigaliov.

— E eu cá, em vez do paraíso — exclamou Liámchin —, pegaria esses nove décimos da humanidade, já que não temos mesmo o que fazer com eles, e explodiria todo mundo, mas deixaria apenas um grupinho de pessoas instruídas que passaria enfim a viver cientificamente.

— Só um palhaço é que poderia falar assim! — inflamou-se a estudante.

— É um palhaço, mas é útil — cochichou-lhe a *Madame* Virguínskaia.

— E seria, quem sabe, a melhor solução do problema! — Chigaliov se dirigiu ardorosamente a Liámchin. — Decerto nem sabe, senhor homem alegre, que coisa profunda conseguiu dizer agorinha. Mas, como sua ideia é quase irrealizável, teremos de nos contentar com o paraíso terrestre, visto que se chama dessa maneira.

— Uma bobagem considerável! — como que deixou escapar Verkhôvenski. De resto, continuava, completamente indiferente e sem erguer os olhos, a aparar suas unhas.

— Por que é uma bobagem? — redarguiu logo o manco, como se tivesse esperado pela primeira palavra dele a fim de agadanhá-la. — Por que, notadamente, uma bobagem? O senhor Chigaliov está, em parte, apaixonado pela humanidade, e não se esqueça de que Fourier e, sobretudo, Cabet[7] e até mesmo Proudhon[8]

---

[7] Étienne Cabet (1788-1856): filósofo e literato francês, o primeiro pensador que se autodeclarou "comunista", autor do romance utópico *Viagem à Icaria* em que descreveu uma sociedade ideal, embasada no princípio "dar na medida das suas forças e receber na medida das suas necessidades" posteriormente retomado pelo marxismo.

[8] Pierre-Joseph Proudhon (1809-1865): filósofo, economista e sociólogo francês, precursor do anarquismo, para quem a anarquia era "o mais alto grau de liberdade e de ordem que a humanidade poderia atingir".

ofereceram muitas soluções plenamente despóticas e fantásticas desse problema. Pode ser, inclusive, que o senhor Chigaliov chegue a resolvê-lo de modo bem mais sóbrio do que eles. Asseguro-lhe que, depois de ler o seu livro, é quase impossível discordar de certas coisas. Talvez seja ele quem menos se afasta do realismo, e o paraíso terrestre dele é quase verdadeiro, aquele mesmo pela perda do qual a humanidade anda suspirando, se é que já existiu algum dia.

— Sabia que ia tropeçar numa coisa dessas — murmurou de novo Verkhôvenski.

— Espere! — O manco se exaltava cada vez mais. — As conversas e especulações acerca da futura organização social são praticamente uma necessidade imperiosa para todas as pessoas pensantes de nossa época. Herzen passou a vida inteira cuidando só disso. Belínski, pelo que sei ao certo, ficava noites inteiras debatendo com seus amigos e determinando de antemão os detalhes mais ínfimos, os da cozinha por assim dizer, dessa futura organização social.

— Há quem endoideça, inclusive — notou, de improviso, o major.

— Ainda assim, é melhor chegarmos a qualquer decisão que seja, em vez de bancarmos, aqui sentados de boca fechada, alguns ditadores lá — sibilou Lipútin, como quem se atrevesse, por fim, a começar o ataque.

— Não me referia a Chigaliov ao dizer que era uma bobagem — salmodiou Verkhôvenski. — Vejam bem, meus senhores... — Ergueu um pouquinho os olhos. — A meu ver, todos aqueles livros, os de Fourier e de Cabet, todos aqueles "direitos ao trabalho" e tais chigaliovismos são iguais a romances que a gente pode rabiscar cem mil e mais. É um passatempo estético. Entendo que estão entediados aí, nessa cidadezinha; por isso é que se agarram tanto ao papel escrito.

— Não, espere! — O manco tremelicava em sua cadeira. — Embora sejamos provincianos e mereçamos naturalmente, por esse motivo, a compaixão do senhor, sabemos, ainda assim, que não aconteceu por enquanto nada de novo no mundo, nada que nos fizesse chorar por tê-lo perdido de vista. Propõe-se a nós, por meio de várias folhas volantes de feitio estrangeiro, que nos juntemos e formemos uns grupelhos com a única finalidade da destruição geral, alegando-se que o mundo não seria curado mesmo, trate-se das suas mazelas ou não se trate delas, mas que seria muito mais fácil, ao cortar radicalmente cem milhões de cabeças e diminuir assim nosso fardo, pularmos logo aquela valeta. É uma bela ideia, sem dúvida, mas é, pelo menos, tão incompatível com a realidade quanto os "chigaliovismos" que o senhor acaba de mencionar com tamanho desprezo.

— Só que não vim aqui para discutir! — Verkhôvenski deixou escapar uma palavrinha de peso e, como se nem por sombra reparasse em sua gafe, aproximou uma vela para melhorar a iluminação.

— É pena, muita pena que não tenha vindo para discutir, e é muita pena também que esteja agora tão absorto em sua toalete.

— O que tem a ver com minha toalete?

— Cortar cem milhões de cabeças é tão difícil quanto reformar o mundo com propagandas. Talvez seja mais difícil ainda, sobretudo se for cá na Rússia — arriscou-se de novo Lipútin.

— Mas é com a Rússia que todos contam — disse o oficial.

— Já ouvimos dizer que se contava conosco — prosseguiu o manco. — Sabemos que um misterioso *index*[9] está apontado para nossa bela pátria, vista como o país mais capaz de executar a grande tarefa. Mas é o seguinte: caso essa tarefa seja executada aos poucos, com propagandas, eu, pessoalmente, ganharei, pelo menos, alguma coisa: baterei um papo agradável e, quanto à minha chefia, até pode ser que me promova por serviços prestados à causa social. E no segundo caso, com a execução rápida e aqueles cem milhões de cabeças, que recompensa propriamente dita é que vou receber? Se me metesse em tais propagandas, quem sabe se a minha língua não seria cortada.

— A sua seria, sim, com certeza — disse Verkhôvenski.

— Está vendo? E, visto que nem com as circunstâncias mais propícias daria para efetuar tal carnificina em menos de cinquenta ou, digamos, em trinta anos, porque aqueles outros não são carneiros, afinal de contas, e não deixarão que os degolem tão facilmente, não seria melhor, quem sabe, pegarmos nossos pertences e partirmos para algumas ilhas pacíficas, lá do outro lado dos mares pacatos, e fecharmos ali, com serenidade, os nossos olhos? Acredite em mim — rematou a tamborilar, de modo significativo, com o dedo sobre a mesa —: não fará outra coisa senão incentivar a emigração com essa sua propaganda.

Terminou de falar, visivelmente triunfante. Era uma boa cabeça provinciana. Lipútin sorria, pérfido; Virguínski escutava com certo desânimo; quanto aos demais, acompanhavam a disputa com uma atenção

---

[9] Dedo indicador (em latim).

extraordinária, em especial as damas e os oficiais. Todos compreendiam que o agente dos cem milhões de cabeças estava posto contra a parede, esperando pelo que resultaria disso.

— Aí o senhor falou muito bem — murmurou Verkhôvenski, ainda mais indiferente do que antes e até mesmo enfadado em aparência. — Emigrar é uma boa ideia. Todavia, como os soldados da causa geral são, apesar de todas as desvantagens patentes que está pressentindo, cada dia mais numerosos, a gente não precisará do senhor mesmo. É que, meu queridinho, uma nova religião vem substituindo a antiga; por isso é que temos tantos soldados, e o negócio da gente é grande. E o senhor pode emigrar! Aconselho que vá a Dresden e não às suas ilhas pacíficas, sabe? Em primeiro lugar, aquela cidade nunca viu nenhuma epidemia, e o senhor tem certamente medo de morrer por ser um homem desenvolvido; em segundo lugar, fica perto da fronteira russa, de modo que o senhor poderá receber mais rápido sua renda da nossa pátria amada; em terceiro lugar, encerra em si os chamados tesouros artísticos, e o senhor é um homem estético, um ex-professor de letras ao que parece; e, finalmente, tem sua própria Suíça de bolso, onde o senhor encontrará um bocado de inspirações poéticas, já que certamente escreve versinhos. Numa palavra, é um tesouro numa tabaqueira!

Houve movimentação, e quem se agitou em particular foram os oficiais. Mais um instante, e todos romperiam a falar juntos. Entretanto, o manco engoliu, irritado, o anzol:

— Não, talvez a gente não abandone ainda essa causa geral! É preciso entendê-lo...

— Como assim? O senhor se tornaria, pois, um dos cinco, se eu lhe propusesse? — perguntou repentinamente Verkhôvenski, colocando a tesoura em cima da mesa.

Todos estremeceram. De súbito, o homem misterioso se abriu em excesso. Falou, inclusive, diretamente sobre "os cinco".

— Qualquer um se sente uma pessoa honesta e não se furtará à causa geral — respondeu o manco, carrancudo —, mas...

— Não se trata de nenhum "*mas*", não — interrompeu-o Verkhôvenski, abrupta e imperiosamente. — Declaro logo, meus senhores, que preciso de uma resposta direta. Entendo muito bem que, ao chegar para cá e reuni-los todos, devo-lhes explicações (outro descuido inesperado), porém não posso explicar nada antes de saber que modo de pensar é o seu. Deixando conversas de lado (será que voltaremos a papear por trinta anos ainda, como já papeamos, até agora, por trinta anos?), pergunto aos senhores pelo que lhes agrada mais: um caminhar lento que consiste em compor romances sociais e predeterminar os destinos da humanidade, por milhares de anos vindouros, naquele papel das repartições públicas, enquanto o despotismo ficar engolindo pedaços de carne assada que voam sozinhos para as nossas bocas e que deixamos voarem fora das nossas bocas, ou então uma solução rápida, consista ela no que consistir, a qual nos desatará finalmente os braços e proporcionará à humanidade o ensejo de dar livre curso à sua organização social, e não mais no papel, mas enfim na realidade? Gritam por aí: "Cem milhões de cabeças"! Talvez seja apenas uma metáfora, mas por que a temeríamos se o despotismo, com aquelas lentas divagações no papel, viesse a devorar, em cem anos quando muito, não só cem, mas quinhentos milhões de cabeças? Anotem aí, outrossim, que um doente incurável não seria curado de jeito nenhum, fossem quais fossem os remédios a ele prescritos no papel, mas, pelo contrário, ficaria tão podre, se acaso perdêssemos tempo demais em medicá-lo, que nos contaminaria também, estragaria todas as forças saudáveis, com que poderíamos ainda contar agora, e nos mandaria assim para o inferno. Concordo plenamente que um papinho liberal e floreado é muito agradável, enquanto uma ação real dói um pouco... Aliás, não sei papear; estou aqui com umas mensagens, portanto peço que toda a assembleia respeitável deixe de votar e declare mui simplesmente o que prefere: rastejar, feito uma tartaruga, através desse pântano ou atravessá-lo correndo a todo vapor.

— Decididamente, prefiro correr a todo vapor! — bradou o ginasiano, extático.

— Eu também — replicou Liámchin.

— É claro que a escolha não gera dúvidas — murmurou um dos oficiais, depois o outro, depois mais alguém. O que deixou todos surpresos era, principalmente, que Verkhôvenski estava lá "com umas mensagens" e prometera falar logo em seguida.

— Percebo, meus senhores, que quase todos pensam no estilo de nossos panfletos — disse ele, passando os olhos pela assembleia.

— Todos, todos! — ouviu-se a maioria das vozes.

— Confesso que simpatizo mais com a solução humanizada — disse o major —, mas, como todos estão de acordo, estou com todos.

— Pois então nem o senhor nos contradiz? — Verkhôvenski se dirigiu ao manco.

— Não é que esteja... — O professor ficou um tanto vermelho. — Mas, se concordo agora com todos, é unicamente para não infringir...

— E vocês todos são assim! Está pronto a discutir, por meio ano, para exibir sua eloquência liberal, mas sempre acaba votando como todos. Mas julguem aí os senhores mesmos: é verdade que estão todos preparados, não é? ("Preparados para o quê?" — eis uma pergunta indefinida, mas aliciante em extremo).

— É claro que estamos... — ouviram-se umas declarações. De resto, estavam todos trocando olhadas.

— E se depois ficarem sentidos por ter concordado tão depressa assim? É o que quase sempre acontece em seu meio.

Ficaram inquietos em vários sentidos, e muito inquietos. O manco partiu para cima de Verkhôvenski.

— Permita, contudo, fazê-lo notar que as respostas a tais perguntas são condicionadas. Se nós cá tomamos nossa decisão, note bem aí que, em todo caso, a pergunta que o senhor faz desse modo estranho...

— De que modo estranho?

— É que tais perguntas não se fazem desse modo.

— Então me ensine, por favor, como se fazem. Aliás, já tinha certeza de que o senhor seria o primeiro a ficar sentido, sabe?

— O senhor nos forçou a responder que estávamos prontos a agir imediatamente, mas que direito, no fim das contas, é que tinha de fazer isso? Quais são seus poderes para nos dirigir tais perguntas?

— E como não pensou em perguntar antes, hein? Por que foi que respondeu logo? Concordou e depois acordou!

— Pois, a meu ver, a franqueza leviana de sua pergunta principal sugere a ideia de que o senhor não tem poderes nem direitos nenhuns, mas apenas está curioso.

— O que diz aí, o quê? — exclamou Verkhôvenski, parecendo todo preocupado.

— É que as filiações, sejam elas quais forem, são propostas, pelo menos, a sós, mas não em companhia de vinte pessoas desconhecidas! — atalhou o manco. Dissera tudo quanto queria dizer, porém estava irritado em demasia. Verkhôvenski se voltou rapidamente para os presentes, fingindo-se muito bem de alarmado.

— Tenho por dever declarar a todos, meus senhores, que tudo isso é uma bobagem e que nossa conversa já foi longe demais. Não propus ainda nenhuma filiação, e ninguém teria o direito de dizer a meu respeito que andava filiando, pois apenas falávamos sobre as nossas opiniões. Não é mesmo? Mas, seja como for, o senhor me deixa muito preocupado! — Virou-se outra vez para o manco. — Nunca pensei que tais coisas quase inócuas deviam ser discutidas nessa cidade a sós. Talvez o senhor tenha medo de delação? Será que agora pode haver um delator aqui conosco?

Houve uma comoção extraordinária: todos se puseram a falar.

— Se fosse assim, meus senhores — prosseguiu Verkhôvenski —, eu mesmo seria o mais comprometido de todos, portanto lhes peço que respondam a uma só pergunta... se quiserem, bem entendido. A vontade é toda sua.

— Que pergunta, qual é a pergunta? — O alarido ficou generalizado.

— A pergunta é tal que saberemos, logo depois dela, se devemos continuar juntos ou pegar, calados, as nossas *chapkas*[10] e ir cada um para seu lado.

— A pergunta, a pergunta!

— Se qualquer um de nós soubesse que um assassinato político está sendo tramado, iria mesmo denunciá-lo, prevendo todas as consequências, ou ficaria em casa, à espera do que aconteceria? Nesse ponto, as opiniões podem ser diferentes. Mas a resposta à minha pergunta deixará bem claro se temos de nos dispersar ou de continuar juntos e não apenas nesta única noite. Permita que me dirija primeiro ao senhor... — Ele se virou para o manco.

— Por que primeiro a mim?

— Porque foi o senhor quem começou tudo. Faça o favor de não se esquivar, que sua esperteza não o ajudará nisso. Aliás, como quiser: a vontade é toda sua.

— Desculpe-me, mas tal pergunta chega a ser insultuosa.

— Não, seja mais exato, se possível.

— Nunca fui agente da polícia secreta! — A carranca do manco ficou mais feia ainda.

— Mais exato, por gentileza, não demore!

O manco se zangou tanto que até mesmo parou de responder. Calado, fixava um olhar enraivecido, por baixo dos óculos, em seu carrasco.

— Sim ou não? Denunciaria ou não denunciaria? — gritou Verkhôvenski.

— É claro que *não* denunciaria! — gritou o manco, duas vezes mais alto.

---

[10] Chapéus de peles usados no inverno.

— E ninguém denunciaria, com certeza não denunciaria! — ouviram-se várias vozes.

— Permita que lhe pergunte, senhor major, se denunciaria ou não denunciaria? — continuou Verkhôvenski. — E queira notar que me dirijo ao senhor de propósito.

— Não denunciaria.

— E se soubesse que alguém quer matar e roubar outra pessoa, um simples mortal, então iria denunciar para prevenir o crime?

— É claro que iria, mas esse é um caso civil e não uma denúncia política. Nunca fui agente da polícia secreta.

— E ninguém foi por aqui — ouviram-se novamente as vozes. — É uma pergunta à toa. Todos têm a mesma resposta. Não há delatores aqui!

— Por que aquele senhor se levanta? — gritou a estudante.

— É Chátov. Por que se levantou, Chátov? — exclamou a anfitriã.

Realmente, Chátov se levantara, segurando seu boné e olhando para Verkhôvenski. Parecia que queria dizer-lhe algo, mas hesitava. Seu rosto estava pálido e furioso, porém ele se conteve e, sem articular uma só palavra, foi saindo da sala.

— Mas isso não é bom para você mesmo, Chátov! — gritou Verkhôvenski, misterioso, atrás dele.

— É bom para você, seu espião e vilão! — rugiu Chátov, que já estava às portas, e saiu.

De novo, houve gritos e exclamações.

— Eis o que é pôr à prova! — gritou uma voz.

— Deu certo mesmo! — gritou a outra.

— Mas não foi tarde demais? — questionou a terceira.

— Quem o convidou? — Quem o recebeu? — Quem é ele? — Quem é Chátov? — Vai delatar ou não vai? — acumulavam-se as perguntas.

— Se fosse um delator, aí se fingiria não ser, mas ele cuspiu para tudo e foi embora — notou mais alguém.

— Stavróguin também se levanta, Stavróguin tampouco respondeu àquela pergunta! — vociferou a estudante.

De fato, Stavróguin ficara em pé, e Kiríllov se levantara, ao mesmo tempo, na outra ponta da mesa.

— Espere, senhor Stavróguin! — A anfitriã se dirigiu bruscamente a ele. — Nós todos aqui respondemos à mesma pergunta, e o senhor está saindo calado?

— Não vejo a necessidade de responder à pergunta que lhe interessa — murmurou Stavróguin.

— Só que nós nos comprometemos, e o senhor, não! — gritaram algumas vozes em coro.

— Vocês se comprometeram, sim, e o que tenho a ver com isso? — Stavróguin ficou rindo, mas seus olhos fulgiam.

— Como assim, "o que tem a ver", o que é isso? — ressoaram várias exclamações. Muitas pessoas saltaram fora das cadeiras.

— Esperem, senhores, esperem! — gritava o manco. — É que nem o senhor Verkhôvenski respondeu àquela pergunta, mas apenas a fez!

Tal observação causou um efeito formidável. Todos se entreolharam. Soltando uma risada sonora bem na cara do manco, Stavróguin saiu porta afora, seguido por Kiríllov. Verkhôvenski correu atrás deles até a antessala.

— O que está fazendo comigo? — balbuciou, pegando a mão de Stavróguin e apertando-a, com todas as forças, na sua. Calado, Stavróguin retirou-lhe a mão.

— Vá agora à casa de Kiríllov, irei lá também... Estou precisando disso, precisando!

— E eu não estou — repartiu Stavróguin.

— Stavróguin estará lá — arrematou Kiríllov. — Está precisando, sim, Stavróguin. Hei de lhe mostrar uma coisa.

Eles saíram.

Capítulo oitavo. Ivan Czarêvitch.[1]

I

Eles saíram. Piotr Stepânovitch voltou correndo para a "conferência" a fim de apaziguar o caos, mas provavelmente entendeu que não valia a pena mexer com isso, abriu mão de tudo e, dois minutos depois, já voava no encalço dos dois homens. Lembrou-se, enquanto corria, de uma ruela pela qual se podia chegar ainda mais depressa à casa de Filíppov; atolando, até os joelhos, na lama, enveredou por aquela ruela e, realmente, chegou lá no exato momento em que Stavróguin e Kiríllov entravam portão adentro.

— Já está aí? — notou Kiríllov. — Isso é bom. Entre.

— Como é que tem dito que vive sozinho? — perguntou Stavróguin, passando ao lado de um samovar que estava no *sêni* e já começava a ferver.

— Logo vai ver com quem vivo — murmurou Kiríllov. — Entre.

Mal entraram, Verkhôvenski tirou do bolso a carta anônima que conseguira agorinha com Lembke e

---

[1] Ivan, filho do czar (em russo): personagem do folclore russo, um guerreiro nobre, destemido e muitas vezes provido de atributos de super-herói.

colocou-a diante de Stavróguin. Todos os três se sentaram. Calado, Stavróguin leu a carta.

— Então? — perguntou a seguir.

— Aquele canalha fará tudo conforme escreveu — comentou Verkhôvenski. — Como ele está ao seu dispor, ensine o que fazer. Asseguro-lhe que vai procurar Lembke talvez amanhã mesmo.

— Que vá.

— Como assim, "que vá"? Ainda mais que podemos evitar isso...

— Você está enganado, ele não depende de mim. Aliás, para mim tanto faz: ele não me ameaça de modo algum, só ameaça você.

— E você também.

— Não acho.

— Só que os outros não vão poupá-lo, como não entende? Escute, Stavróguin, é apenas um jogo de palavras. Será que economiza tanto seu dinheiro?

— Pois meu dinheiro é necessário?

— Sem falta: uns dois mil ou, *minimum*, um mil e quinhentos. Dê-me essa quantia amanhã ou mesmo hoje, e vou mandá-lo, amanhã à noite, para Petersburgo, já que ele quer tanto ir lá. Vou mandá-lo, se quiser, com Maria Timoféievna: anote bem isso.

Havia nele algo totalmente desengonçado; falava com certa imprudência, deixando escaparem umas palavras irrefletidas. Stavróguin mirava-o com perplexidade.

— Não tenho por que mandar Maria Timoféievna embora.

— Talvez nem queira? — Piotr Stepânovitch sorriu ironicamente.

— Talvez nem queira, sim.

— Numa palavra, haverá dinheiro ou não? — gritou Verkhôvenski, enfurecido, impaciente e como que imperioso. Stavróguin olhou para ele com seriedade.

— Não haverá dinheiro nenhum.

— Ei, Stavróguin! Está ciente de alguma coisa ou já fez algo? Será que está farreando?

Seu rosto se entortou todo, as pontas dos lábios estremeceram, e de repente ele deu uma risada absolutamente inoportuna que não combinava com nada.

— É que você mesmo recebeu o dinheiro que seu pai tinha cobrado por aquele sítio — notou Nikolai Vsêvolodovitch, tranquilo. — A maman lhe entregou uns seis ou oito mil por Stepan Trofímovitch. Então subtraia mil e quinhentos desse seu dinheiro. Não quero, no fim das contas, pagar pelos outros: já gastei muito sem isso, estou ressentido... — sorriu em resposta às suas próprias palavras.

— Ahn, começa a brincar?...

Stavróguin se levantou da cadeira; Verkhôvenski também ficou logo em pé e se virou maquinalmente de costas para a porta, como se quisesse barrar a saída. Nikolai Vsêvolodovitch já ia fazer um gesto para empurrá-lo e sair, mas de repente parou.

— Não lhe cederei Chátov — disse. Piotr Stepânovitch estremeceu, olhando ambos um para o outro.

— Já lhe disse agorinha para que você precisava do sangue de Chátov! — Os olhos de Stavróguin fulgiam. — Quer colar seus grupelhos com esse unguento, não quer? Acabou de expulsar magistralmente Chátov por saber muito bem que ele não diria "não denunciarei" e acharia baixo mentir em sua frente. Mas eu cá, por que é que está precisando agora de mim? Você me assedia quase desde que morávamos no exterior. As explicações que me deu até hoje não passam de um delírio. Enquanto isso, tenta fazer que eu entregue mil e quinhentos rublos a Lebiádkin e, desse modo, forneça a Fedka o ensejo de degolá-lo. Sei que imagina também que me apeteceria degolar de quebra minha mulher. Pensa aí que me amarraria com esse crime e assim me submeteria ao seu poder, não pensa? Mas por que precisa desse poder? Por que diabos precisa de mim? Veja de perto, de uma vez por todas, se sou um dos seus homens e depois me deixe em paz.

— Foi mesmo Fedka que veio procurá-lo? — perguntou Verkhôvenski, ofegante.

— Foi, sim: o preço dele também é de mil e quinhentos rublos... Já, já vai confirmar isso: lá está ele... — Stavróguin estendeu o braço.

Piotr Stepânovitch se virou depressa. Uma nova figura assomara das trevas, postando-se à soleira: Fedka estava de peliça, mas sem *chapka*, como em sua casa. Estava lá rindo à socapa, arreganhando seus dentes retos e brancos. Seus olhos negros, com aquele matiz amarelo, percorriam cautelosamente o quarto, espiando os senhores. Ele não compreendia alguma coisa; decerto fora Kiríllov quem acabara de trazê-lo, e seu olhar interrogativo se dirigia justamente a ele. Fedka se mantinha rente à soleira, porém não se dispunha a entrar no quarto.

— Guardou-o provavelmente aí para ouvir a nossa barganha ou mesmo para ver o dinheiro nas mãos, não foi? — indagou Stavróguin e, sem esperar pela resposta, saiu da casa. Verkhôvenski alcançou-o, quase ensandecido, junto do portão.

— Parado! Nem um passo a mais! — gritou, segurando-o pelo cotovelo. Stavróguin puxou o braço, mas não conseguiu livrá-lo. Tomado de raiva, agarrou Verkhôvenski pelos cabelos com a mão esquerda, arremessou-o com toda a força ao solo e saiu portão afora. Contudo, não deu ainda nem trinta passos quando ele o alcançou de novo.

— Façamos as pazes, façamos as pazes — cochichou-lhe espasmodicamente.

Nikolai Vsêvolodovitch encolheu os ombros, mas não parou nem se voltou para ele.

— Escute: quer que eu lhe traga amanhã mesmo Lisaveta Nikoláievna? Não quer? Por que não responde? Diga o que está querendo e farei isso. Escute: quer que lhe ceda Chátov, hein?

— Então é verdade que decidiu matá-lo? — exclamou Nikolai Vsêvolodovitch.

— Mas por que quer esse Chátov? Por quê? — prosseguiu o frenético, falando tão rápido que se sufocava, adiantando-se a cada minuto a Stavróguin e pegando-o pelo cotovelo, quiçá, sem sequer reparar nisso. — Escute: vou cedê-lo para você e façamos as pazes. Sua conta é alta, mas... façamos as pazes!

Stavróguin olhou finalmente para ele e ficou abismado. Não eram o mesmo olhar nem a mesma voz de sempre ou iguais aos que vira, havia pouco, lá no quarto: era um rosto quase irreconhecível. A entonação da voz tampouco era a mesma: Verkhôvenski estava rogando, implorando. Era alguém que estava para perder o bem mais valioso que tinha ou já o perdera e ainda não se recobrara por completo.

— Mas o que tem? — exclamou Stavróguin. Sem responder, Verkhôvenski corria atrás dele com o mesmo olhar suplicante e, todavia, inexorável.

— Façamos as pazes! — tornou a cochichar. — Escute: tenho aqui, na bota, uma faca como Fedka, mas farei, sim, as pazes com você.

— Mas enfim por que diabos é que precisa de mim? — bradou Stavróguin, decididamente irado e atônito. — Há um segredo a mais, é isso? Que talismã é que sou para você?

— Escute: vamos fazer uma rebelião — murmurava Verkhôvenski rapidamente, passando quase a delirar. — Não acredita que faremos uma rebelião? Faremos tamanha rebelião que irá tudo por água abaixo. Karmazínov tem razão em dizer que não temos a que nos agarrar. Karmazínov é muito inteligente. Apenas mais dez grupinhos como esse pela Rússia, e ninguém mais me apanha.

— Com os mesmos imbecis daqui? — questionou Stavróguin sem querer.

— Oh, mas seja menos inteligente, Stavróguin, seja você mesmo mais tolo! Sabe que não é, na verdade, tão inteligente assim para desejar isso: está receoso, incrédulo, tem medo daquelas proporções todas. E por que eles seriam imbecis? Não são imbecis a tal ponto: ninguém tem, hoje em dia, sua mente própria. As mentes próprias são raríssimas hoje em dia. Virguínski é um homem puríssimo, dez vezes mais puro do que a gente como nós, mas, de resto, que seja assim. Lipútin é um patife, só que conheço um ponto fraco dele. Não há patife que não tenha um ponto desses. Só Liámchin é que não tem pontos fracos, mas o tenho, ainda assim, nas mãos. Mais uns grupinhos desse tipo e terei, em qualquer lugar, passaportes e dinheiro pelo menos, não terei? Pelo menos, só isso! Terei esconderijos também, e que me procurem!

Nem que arranquem um grupinho pela raiz, tropeçarão em outro. Vamos fazer uma rebelião... Não acredita, por acaso, que nós dois seremos totalmente suficientes?

— Então leve Chigaliov e deixe-me em paz...

— Chigaliov é um homem genial! É um gênio como Fourier, sabia? Mas ele é mais ousado que Fourier, mais forte que Fourier, e vou tomar conta dele. Inventou a tal de "igualdade"!

"Tem febre e está delirando: foi algo muito especial que aconteceu com ele..." — Stavróguin encarou-o mais uma vez. Ambos caminhavam sem parar.

— Escreveu bem naquele caderno — continuava Verkhôvenski — sobre a espionagem. Cada membro da sociedade, naquele sistema dele, fica de olho nos outros e tem a obrigação de delatá-los. Qualquer um pertence a todos, e todos a qualquer um. Todos são escravos e são iguais em sua escravidão. Em casos extremos há calúnia e assassinato, mas o principal é a igualdade. Antes de tudo, fica mais baixo o nível da instrução, das ciências e dos talentos. Um nível alto das ciências e dos talentos é acessível apenas a quem tiver altas capacidades, só que não precisamos aqui de altas capacidades! Quem tinha altas capacidades sempre se apossava do poder e se tornava déspota. Quem tem altas capacidades não pode deixar de ser déspota e sempre é mais corruptor que útil, acabando expulso ou executado. Cícero tem a língua cortada, Copérnico fica com olhos furados, Shakespeare é apedrejado: eis o que é o chigaliovismo! Os escravos devem ser iguais: sem despotismo não houve ainda nem liberdade nem igualdade, porém deve haver igualdade dentro de um rebanho — eis o que é o chigaliovismo! Ah-ah-ah, você está estranhando? Mas eu cá sou a favor do chigaliovismo!

Stavróguin tentava acelerar o passo e chegar logo para casa. "Se esse homem está bêbado, onde foi que já se embebedou tanto?" — passava-lhe pela cabeça. — "Seria aquele conhaque?"

— Escute, Stavróguin: aplanar as montanhas é uma ideia boa, não é ridícula. Sou a favor de Chigaliov! Chega de instrução, chega de ciência! Mesmo sem nenhuma ciência haverá material por mil anos, contanto que haja obediência. Só uma coisa é que falta neste mundo: a obediência. A sede de instrução é, por si só, uma sede aristocrática. Mal temos família ou amor, já vem o desejo de propriedade. Nós vamos abafar o desejo: propagaremos bebedeira, fofoca e delação; propagaremos uma devassidão inaudita; apagaremos qualquer gênio ainda na infância. Tudo será reduzido ao denominador comum, a igualdade será total. "Aprendemos nosso ofício, somos pessoas honestas e não precisamos de mais nada" — esta é a recente resposta dos operários ingleses. Só o necessário é necessário — este é, daqui em diante, o lema do globo terrestre. Mas a convulsão também é indispensável, e nós, os governantes, cuidaremos disso. Os escravos devem ter seus governantes. Uma obediência total, uma impessoalidade total, só que a cada trinta anos Chigaliov propõe uma convulsão, e eis que todos começam de repente a devorar um ao outro, mas até certo limite, unicamente para não se entediarem. O tédio é uma sensação aristocrática, e o chigaliovismo exclui todo e qualquer desejo. O desejo e o sofrimento ficam para nós, e o chigaliovismo, para os escravos.

— Você fica, pois, do lado de fora — deixou escapar outra vez Stavróguin.

— Bem como você. Já pensei em entregar o mundo ao papa, sabia? Que saia andando, de pés descalços, e se mostre à plebe: "Eis, digamos, a que me reduziram!", e todo mundo correrá atrás dele, inclusive as tropas. O papa lá em cima, nós à sua volta, e o chigaliovismo embaixo. É preciso apenas que a *Internationale* se entenda com o papa, e assim será de fato. Aquele velhote concordará num instante. Aliás, não terá outra saída: anote o que estou dizendo, ah-ah-ah, nem que seja bobo! Diga aí, é bobo ou não?

— Basta — murmurou Stavróguin com desgosto.

— Basta, sim! Escute: larguei o papa para lá! Ao diabo com o chigaliovismo! Ao diabo com o papa! Precisamos de algo imediato, não daquele chigaliovismo ali, porque o chigaliovismo é uma coisa de ourives. É um ideal, é para o futuro. Chigaliov é um ourives e é tolo como qualquer filantropo. Temos um trabalho sujo a fazer, e Chigaliov despreza o trabalho sujo. Escute: o papa será lá no Ocidente, e aqui conosco, aqui será você!

— Veja se me deixa em paz, seu bêbado! — murmurou Stavróguin, acelerando o passo.

— Stavróguin, você é belo! — exclamou Piotr Stepânovitch, quase extasiado. — Será que sabe como é belo? E o que você tem de mais precioso é que vez por outra não sabe disso. Oh, mas eu o estudei! Tenho olhado para você de esguelha, de um canto qualquer. Há mesmo simplicidade e ingenuidade em você, será que sabe disso? E outras coisas também! Está sofrendo, por certo, sofrendo sinceramente devido a essa sua simplicidade. Eu gosto de beleza. Sou niilista, mas gosto de beleza. Será que os niilistas não gostam de beleza? Não gostam apenas de ídolos, mas eu cá gosto de um ídolo, sim. Você é meu ídolo! Não ofende ninguém, mas é odiado por todos; parece igual a todos, e todos têm medo de você, o que é bom. Ninguém se achegará a você para lhe dar um tapinha no ombro. É um baita aristocrata. O aristocrata que adere à democracia é encantador! Sacrificar uma vida, seja a sua própria, seja a de outrem, não significa nada para você. É exatamente como deve ser. Eu, eu mesmo preciso de um homem como você. E não conheço ninguém que seja como você. É o timoneiro, é o sol, e eu sou seu verme...

De chofre, beijou-lhe a mão. Um calafrio correu pelo dorso de Stavróguin, e ele retirou, assustado, a mão. Ambos pararam.

— É louco! — sussurrou Stavróguin.

— Talvez eu delire, talvez esteja delirando! — respondeu, engasgando-se, Verkhôvenski. — Mas quem inventou o primeiro passo fui eu. Chigaliov nunca teria inventado o primeiro passo. Há muitos Chigaliovs por aí! Mas há um homem, só um em toda a Rússia, quem inventou o primeiro passo e sabe como o dar. Esse homem sou eu. Por que está olhando para mim? Preciso de você, preciso mesmo, pois sou nulo sem você. Sem você sou uma mosca, uma ideia num frasco, um Colombo sem América.

Stavróguin continuava parado, olhando atentamente nos olhos insanos dele.

— Escute: primeiramente vamos fazer uma rebelião! — Verkhôvenski se apressava demais, a cada minuto pegando Stavróguin pela manga esquerda. — Já lhe disse: a gente se infiltrará no meio do povo. Sabe que já agora estamos muito e muito fortes? Os nossos não são apenas os que degolam e incendeiam, além de dar tiros clássicos ou morder. Aqueles ali só atrapalham a gente. Não entendo nada sem disciplina. É que não sou socialista, mas um velhaco, ah-ah! Escute, que os contei todos! O mestre-escola que ri, com as crianças, de seu Deus e de seu berço é, desde já, nosso. O advogado que defende um assassino instruído, alegando que é mais desenvolvido do que suas vítimas e não pôde deixar de matar a fim de conseguir dinheiro, é, desde já, nosso. Os escolares que matam um mujique para ter uma sensação diferente são nossos. Os jurados que absolvem quaisquer criminosos são nossos. O procurador que treme, lá no tribunal, por não ser liberal o bastante é nosso, nosso. Os administradores, os literatos... oh, os nossos são muitos, muitos mesmo, e nem sabem disso! Por outro lado, a obediência dos escolares e basbaques chegou ao extremo; os mentores têm a vesícula biliar esmagada; por toda parte, há uma vaidade sem tamanho, um apetite animalesco, inaudito... Será que sabe quanta coisa conseguiremos tão só com ideiazinhas prontas, será que sabe? Grassava, quando fui lá, a tese de Littré, aquela de o crime ser uma loucura, e, quando voltei de lá, o crime não era mais uma loucura, mas precisamente o bom senso como tal, quase um dever a cumprir ou, pelo menos, um nobre protesto. "Mas como um assassino desenvolvido não mataria, já que precisa de um dinheirinho?" Aliás, são apenas bagazinhas![2] O deus russo já se rendeu à "coisinha barata". O povo está bêbado; as mães estão bêbadas, as crianças estão bêbadas; as igrejas estão vazias, e nos tribunais: "Duzentas varadas ou traz aí um balde".[3] Oh, deixem crescer essa geração! Só é

[2] Dostoiévski parafraseia o ditado russo "São apenas florzinhas, e as bagazinhas estão por vir", que significa aproximadamente "A coisa está feia, mas ficará mais feia ainda".

[3] Quer dizer, "molha a mão, paga propina!".

pena que não tenhamos tempo, senão deixaríamos que ficassem mais bêbados ainda! Ah, que pena não haver proletários! Mas haverá, sim, haverá muitos, que vamos nessa direção...

— É pena também que tenhamos ficado mais tolos — murmurou Stavróguin e retomou seu caminho de antes.

— Escute: eu mesmo vi um menino de seis anos que conduzia sua mãe bêbada para casa, enquanto ela o xingava com palavras obscenas. Acha que isso me agrade? Quando eles caírem nas mãos da gente, vamos curá-los, quem sabe... se for preciso, vamos confiná-los, por quarenta anos, num deserto... Contudo, uma ou duas gerações de crápula são agora necessárias, daquela crápula inédita, vilzinha, quando um homem se transforma num canalha abjeto, covarde, cruel, egoísta — é disso que precisamos! E, ainda por cima, de "um sanguezinho fresquinho", para ele se acostumar. Por que está rindo? Não contradigo a mim mesmo. Só contradigo os filantropos e o chigaliovismo, mas a mim mesmo, não. É que não sou socialista, mas um velhaco. Ah-ah-ah! Só é pena termos pouco tempo. Prometi a Karmazínov começar em maio e terminar pelo Pokrov. Rápido? Ah-ah! Sabe o que lhe direi, Stavróguin? Até agora não houve cinismo no povo russo, ainda que vivesse xingando com palavras obscenas. Sabe que aquele escravo servil respeitava mais a si mesmo do que Karmazínov se respeita? Foi açoitado para valer, mas conservou seus deuses, e Karmazínov não conservou os dele.

— Escuto você pela primeira vez, Verkhôvenski, e fico espantado — disse Nikolai Vsêvolodovitch. — É que realmente não é socialista, mas um... ambicioso político?

— Um velhaco, um velhaco. Está preocupado em saber quem sou? Já lhe digo quem sou: estamos chegando lá. Não foi à toa que lhe beijei a mão. Mas é necessário que o povo também venha a acreditar que a gente sabe o que quer, enquanto aqueles ali só "andam brandindo a sua clava e batem em quem for leal". Eh, se tivéssemos mais tempo! O único mal é que o tempo nos falta. Proclamaremos a destruição... Por que, mas por que essa ideiazinha também é tão encantadora assim? Mas temos, sim, temos de desentorpecer os nossos ossinhos. Espalharemos chamas... Espalharemos lendas... Então qualquer "grupinho" de quinta terá seu valor. E vou encontrar para você tais valentões, nesses mesmos grupinhos, que enfrentarão qualquer tiro e ainda lhe ficarão gratos pela honra concedida. E aí começará a bagunça! Haverá um abalo tal que o mundo não viu igual... A Rússia se ensombrará, a terra chorará pelos deuses antigos... Então a gente botará no meio... Quem será?

— Quem?

— Ivan Czarêvitch.

— Que-e-em?

— Ivan Czarêvitch, que é você, você!

Stavróguin refletiu por um minuto.

— Um *samozvánetz*? — perguntou de improviso, mirando o frenético com um assombro profundo. — Eh! Mas é esse, afinal, seu plano?

— Diremos que ele "se esconde" — respondeu Verkhôvenski baixinho, sussurrando amorosamente e, de fato, parecendo embriagado. — Sabe o que significa essa palavrinha "se esconde"? Mas vai aparecer, vai mesmo. Espalharemos uma lenda melhor do que aquela dos *skoptsy*. Ele existe, mas ninguém o viu. Oh, que lenda poderia ser espalhada! E, o mais importante, uma força nova está chegando. E estão precisando dela, chorando por ela. O que faz o socialismo? Destrói as forças antigas, porém não traz nenhuma nova. E aí haverá uma força, e que força inaudita! Precisamos só uma vez da alavanca para erguer a Terra.[4] E tudo se erguerá!

— Então contava seriamente comigo? — Stavróguin esboçou um sorriso maldoso.

— Por que está rindo, e com essa malvadez toda? Não me assuste. Agora sou como uma criança: dá para me assustar até a morte com apenas um sorriso desses. Escute: não o mostrarei a ninguém, a ninguém, que deve ser assim. Ele existe, mas ninguém o viu: ele se esconde. E, sabe, até poderemos mostrá-lo a uma pessoa dentre cem mil, por exemplo. E repercutirá pelo mundo afora: "Vimos, vimos!" Já viram até Ivan Filíppovitch, o deus Sebaot,[5] alçar-se ao céu, perante o povo, num carro voador, e viram-no "com os próprios olhos". E você não é Ivan Filíppovitch: você é belo, orgulhoso que nem um deus, alguém que não procura nada para si mesmo, mas tem aquela auréola de vítima e "se esconde". A coisa mais importante é a lenda! Você vai derrotá-los com um só olhar. Alguém que traz a nova verdade e "se esconde". E a gente vai promover, nesse meio-tempo, duas ou três sentenças salomônicas. Temos nossos grupinhos de cinco homens, nem precisamos de jornais! Se atendermos a um só dentre dez mil pedidos, todos trarão seus

---

[4] Alusão ao físico e matemático grego Arquimedes (287-212 a.C.) que disse, segundo uma das lendas antigas, precisar apenas de uma alavanca para erguer a Terra inteira.

[5] Senhor dos Exércitos (em hebraico): um dos nomes de Deus na tradição judaico-cristã.

pedidos. Em cada *vólost*[6] cada mujique vai saber que há, digamos, algum buraco em algum lugar onde se deve colocar pedidos. E a terra gemerá toda: "A nova lei justa está chegando", e o mar se encapelará, e a barraca cairá por terra, e aí pensaremos em construir um prédio de pedra. Pela primeira vez! Só *nós* é que vamos construir, só nós mesmo!

— Um frenesi! — disse Stavróguin.

— Por que não quer, por quê? Está com medo? Foi por não ter medo de nada que me agarrei a você. Talvez isso seja irracional, hein? Pois ainda sou um Colombo sem América... e um Colombo sem América seria racional?

Stavróguin estava calado. Acercaram-se, nesse ínterim, da sua casa e pararam ao pé do portão.

— Escute... — Verkhôvenski se inclinou para seu ouvido. — Não preciso de seu dinheiro: vou acabar amanhã com Maria Timoféievna... de graça, e amanhã mesmo lhe trarei Lisa. Quer Lisa, amanhã mesmo?

"Será que realmente enlouqueceu?" — sorriu Stavróguin. Abriram-se as portas de entrada.

— A América é nossa, hein, Stavróguin? — Verkhôvenski lhe pegou, pela última vez, a mão.

— Para quê? — replicou Nikolai Vsêvolodovitch, num tom sério e severo.

— Já sabia que ele não tinha vontade! — gritou Verkhôvenski, num rasgo de fúria incontida. — Está mentindo, seu senhorzinho nojento, lascivo e depravado: não acredito em você, que tem um apetite de lobo!...

---

[6] A menor unidade administrativa na Rússia czarista e soviética até 1930.

Entenda afinal que sua conta é alta demais agora e que não posso mais desistir de você! Não há neste mundo outro homem como você! Inventei você ainda no estrangeiro, inventei olhando para você mesmo. Se não olhasse daquele canto, nada me teria vindo à cabeça!...

Sem responder, Stavróguin foi subindo a escada.

— Stavróguin! — gritou ainda Verkhôvenski atrás dele. — Dou-lhe um dia... aliás, dois... tudo bem, três, e não mais que três dias. E depois lhe cobrarei a resposta!

Capítulo nono. Visita a Tíkhon.[1]

I

Nikolai Vsêvolodovitch passou toda aquela noite em claro, sentado no sofá e fixando amiúde seu olhar imóvel em certo ponto situado num canto, junto de uma cômoda. Seu candeeiro ficou aceso a noite toda. Pelas sete horas da manhã adormeceu sentado e, quando Alexei Yegórovitch entrou em seu quarto às nove e meia em ponto, segundo um hábito estabelecido de uma vez por todas, com a xícara de café matinal, acordando-o com sua vinda, abriu os olhos e aparentemente se quedou surpreso e contrariado por ter podido dormir tanto tempo e por ser já tão tarde assim. Engoliu às pressas seu café, depois se vestiu às pressas e saiu rapidamente de casa. À cautelosa pergunta de Alexei Yegórovitch: "Não haverá comissão alguma?" não respondeu nada. Caminhava pela rua olhando para o solo, imerso numa profunda meditação, e só de vez em quando erguia a cabeça a

---

[1] Publicado como "suplementar" em várias edições russas d'*Os demônios*, este capítulo foi vetado pelo editor da revista "O mensageiro russo", quando da primeira publicação do romance em 1871-72, e veio a lume apenas nos anos 1920. Por respeito ao desígnio original de Dostoiévski, tomamos a liberdade de restaurar, na presente edição brasileira, o texto autoral de seu livro.

manifestar por momentos, de súbito, uma inquietação indistinta, mas forte. Numa das encruzilhadas, ainda não muito longe de sua casa, uma multidão de mujiques que lá passava cruzou seu caminho: uns cinquenta homens ou mais, eles avançavam devagar, quase calados e propositalmente enfileirados. Detendo-se, por um minuto, perto de uma lojinha qualquer, Stavróguin ouviu alguém dizer que eram "os operários dos Chpigúlin". Mal prestou atenção neles. Afinal de contas, por volta das dez e meia, acercou-se do portão de nosso monastério do Nascimento Divino em Yefímievo, localizado nos confins da cidade, próximo ao rio. Apenas então é que se lembrou, pelo visto, de algo; parou, apalpou alguma coisa, apressada e ansiosamente, em seu bolso lateral e ficou sorrindo. Uma vez no recinto, perguntou ao primeiro acólito encontrado como se ia à cela do prelado Tíkhon, o qual vivia em repouso naquele monastério. O acólito se desfez em mesuras e logo o conduziu. Ao pequeno terraço de entrada, no fim do extenso prédio claustral de dois andares, um monge gordo, de cabelos grisalhos, surgiu em seu caminho, arrebatando-o imperiosa e destramente do acólito e conduzindo-o por um corredor comprido e estreito, também em meio a mesuras (embora não conseguisse, de tão obeso, inclinar-se baixo, mas apenas sacudisse volta e meia, de modo entrecortado, sua cabeça) e boas-vindas ininterruptas, se bem que Stavróguin o seguisse mesmo sem ser convidado. O monge não cessava de lhe fazer diversas perguntas nem de falar sobre o padre arquimandrita[2] e, sem receber nenhuma resposta, tornava-se cada vez mais reverente. Stavróguin percebeu que era conhecido

[2] Na igreja ortodoxa, o monge superior de um monastério.

naquele lugar, conquanto o tivesse visitado, pelo que se lembrava agora, tão só em sua infância. Quando se aproximaram da porta, bem no fim do corredor, o monge soabriu-a com um gesto como que autoritário, perguntou familiarmente ao criado, que veio correndo, se podiam entrar e, sem sequer esperar pela sua resposta, abriu a porta de par em par e, inclinando-se outra vez, deixou o "querido" visitante passar; em seguida, tão logo este lhe agradeceu, retirou-se depressa, como quem estivesse fugindo. Nikolai Vsêvolodovitch entrou num quartinho, e, quase no mesmo momento, assomou às portas do quarto vizinho um homem alto, enxuto, de uns cinquenta e cinco anos de idade, que usava uma simples sotaina caseira e parecia um tanto adoentado, com um vago sorriso e um olhar estranho, como que acanhado. Era aquele mesmo Tíkhon de quem Nikolai Vsêvolodovitch fora informado, pela primeira vez, por Chátov e a cujo respeito havia colhido, desde então, alguns dados.

Esses dados eram variados e contraditórios, mas tinham, ainda assim, algo em comum, revelando notadamente que tanto quem gostasse de Tíkhon quanto quem não gostasse dele (havia, sim, tais pessoas) acabavam por omitir algo que lhe concernia: seus desafetos o faziam, provavelmente, por desprezo, e seus simpatizantes, até mesmo os mais ardorosos, por uma espécie de humildade, como se quisessem ocultar algo a respeito dele, alguma das suas fraquezas ou, talvez, sua condição de *yuródivy*.[3] Nikolai Vsêvolodovitch soube que ele morava no monastério havia já uns seis anos, que suas visitas provinham tanto do povo mais simples como do meio

---

[3] Iluminado, vidente, beato (em russo), frequentemente considerado louco ou vigarista.

mais nobre e que até naquela Petersburgo longínqua existiam seus fervorosos adoradores e, principalmente, adoradoras. Por outro lado, ouviu um dos nossos imponentes velhinhos "do clube", o qual era, ainda por cima, devoto, dizer que "o tal de Tíkhon era quase um doido ou, pelo menos, um sujeitinho totalmente medíocre e, sem dúvida, dado a beber". Adicionarei da minha parte, antecipando-me um pouco, que este último detalhe era uma bobagem rematada, e que ele tinha apenas uma doença reumática, arraigada nas pernas, e sofria, vez por outra, de certos espasmos nervosos. Nikolai Vsêvolodovitch soube também que, vivendo assim em repouso, esse prelado não conseguira, fosse por fraqueza de seu caráter, fosse por "distração imperdoável e incompatível com sua dignidade", impor ali, no próprio monastério, nenhum respeito especial pela sua pessoa. Dizia-se que o padre arquimandrito, um homem severo e rigoroso no tocante aos seus deveres de superior, além de conhecido graças à sua erudição, chegava mesmo a nutrir uma espécie de hostilidade por ele e a censurá-lo (não em público, mas indiretamente) por viver desleixado e quase entregue a heresias. Quanto à comunidade monástica, não que ela desdenhasse muito aquele benzedeiro enfermo, mas, supostamente, também o tratava, por assim dizer, de maneira familiar. Dois cômodos de que se compunha a cela de Tíkhon continham, por sua vez, uma mobília algo estranha. Ao lado dos antigos móveis grosseiros, revestidos de couro puído, havia umas três ou quatro coisinhas garbosas: uma riquíssima poltrona que predispunha ao repouso, uma grande escrivaninha de excelente acabamento, um gracioso armário para livros, cheio de entalhaduras, várias mesinhas, estantes... tudo presenteado pelas visitas. Havia um caro tapete de Bucara e, junto dele, algumas esteiras. Havia gravuras de temática "mundana" e aquelas da época mitológica, e logo ali, num canto, um grande *kiot* com ícones reluzentes, dourados e prateados, um dos quais datava dos tempos imemoráveis e era provido de relíquias. A biblioteca dele também era composta, pelo que se dizia, de títulos por demais variados e contraditórios: as obras dos grandes cultores e mártires do cristianismo avizinhavam nela os livros teatrais "ou, quem sabe, piores ainda". Após os primeiros cumprimentos pronunciados, por alguma razão, com uma patente e mútua falta de jeito, apressada e mesmo confusamente, Tíkhon conduziu o visitante para seu gabinete, acomodando-o num sofá, defronte a uma mesa, e se sentou, perto dele, numa poltrona de vime. Nikolai Vsêvolodovitch estava ainda muito distraído por causa de certa emoção íntima que o coibia. Aparentava ter decidido fazer algo extraordinário, irrefutável e, ao mesmo tempo, quase impossível para ele. Quedou-se, por um minuto, examinando o gabinete, obviamente sem enxergar o examinado, e refletindo, decerto sem saber sobre o quê. Foi acordado pelo silêncio e, de repente, achou que Tíkhon ficasse abaixando pudicamente os olhos e até mesmo esboçando um sorriso intempestivo e ridículo. Isso lhe suscitou um asco instantâneo, querendo ele levantar-se logo e sair, ainda mais que Tíkhon estava, em sua opinião, decididamente embriagado. De chofre, ele ergueu os olhos e fitou-o com um olhar tão firme e cheio de pensamentos, além de uma expressão facial tão inesperada e misteriosa, que Stavróguin por pouco não se sobressaltou. Pareceu-lhe, sem causa aparente, que Tíkhon já sabia o motivo de sua visita, que estava já prevenido (embora ninguém, no mundo inteiro, pudesse saber esse motivo) e, se não fosse o primeiro a falar-lhe, fazia isso apenas para poupá-lo, por medo de humilhá-lo.

— O senhor me conhece? — perguntou bruscamente. — Eu me apresentei, quando entrava, ou não? Estou tão distraído...

— Não se apresentou, porém eu já tive o prazer de vê-lo um dia, há uns quatro anos ainda, cá no monastério... por acaso.

Tíkhon falava bem lenta e pausadamente, com uma voz suave, articulando as palavras de forma clara e nítida.

— Pois não estive neste monastério há quatro anos — retorquiu, até mesmo com certa rispidez, Nikolai Vsêvolodovitch. — Só vim aqui pequeno, quando o senhor não estava ainda nem perto.

— Talvez tenha esquecido? — notou Tíkhon delicadamente, sem insistir.

— Não esqueci, não, e seria ridículo se não me lembrasse mais disso... — Stavróguin vinha insistindo de certo modo excessivo. — Talvez o senhor só tenha ouvido falar de mim e formado alguma noção, portanto se confundiu achando que me tenha visto.

Tíkhon se manteve calado. Então Nikolai Vsêvolodovitch percebeu que um tremor nervoso, indício de uma atonia crônica, passava, de vez em quando, pelo seu rosto.

— Vejo apenas que o senhor está indisposto hoje — disse ele. — Parece que seria melhor se me retirasse.

Até se soergueu em seu assento.

— Sim, tenho sentido, hoje e ontem, fortes dores nas pernas e dormi pouco à noite...

Tíkhon parou de falar. Seu visitante havia caído, nova e subitamente, em sua recente meditação indefinida. O silêncio durou muito, por uns dois minutos.

— O senhor me observava? — perguntou, de improviso, Stavróguin, ansioso e desconfiado.

— Olhava para o senhor e me recordava das feições de sua genitora. Não obstante a dessemelhança externa, há muita semelhança interna, espiritual.

— Nenhuma semelhança, sobretudo espiritual. Nenhuma mesmo, em ab-so-lu-to! — Nikolai Vsêvolodovitch se inquietou de novo, sem necessidade, e tornou a insistir sem saber, ele próprio, por que motivo. — O senhor diz isso assim, condoído de minha situação, e diz uma bobagem — atalhou de supetão. — Ué! Será que minha mãe visita o senhor?

— Visita.

— Não sabia. Nunca a ouvi falar disso. Vem com frequência?

— Quase todo mês e mais frequentemente ainda.

— Nunca ouvi falar, nunca. Não a ouvi falar disso. E o senhor a ouviu, com certeza, dizer que eu era louco — acrescentou de repente.

— Não que o senhor fosse louco, não. Aliás, ouvi falarem nessa ideia também, mas foram os outros.

— Pois então o senhor tem uma memória perfeita, já que é capaz de relembrar tais ninharias. Ouviu falarem naquela bofetada?

— Ouvi um tanto.

— Ou seja, tudo. É que lhe sobra tempo demais. E no duelo?

— E no duelo.

— Ouviu, pois, muita coisa dita por aí. Nem precisa ler jornais. Será que Chátov o avisou sobre a minha visita, hein?

— Não. De resto, conheço o senhor Chátov, porém já faz tempos que não o vejo.

— Hum... E que mapa é que o senhor tem aí? Mas é o mapa da última guerra! Por que é que precisa disso?

— Estava conferindo o *Landkarte*[4] com o texto. É uma descrição interessantíssima.

— Deixe ver... sim, é um relato passável. Só que é estranho o senhor ler essas coisas.

Puxou o livro e olhou, de relance, para ele. Era uma descrição volumosa e talentosa das circunstâncias da última guerra, aliás, nem tanto no sentido militar quanto do ponto de vista meramente literário. Revirando o livro nas mãos, acabou por jogá-lo, impaciente, de lado.

— Decididamente não sei por que vim aqui — disse, enojado, olhando bem nos olhos de Tíkhon como quem esperasse pela sua resposta.

— O senhor também parece adoentado, não é?

— Estou adoentado, sim.

De súbito (aliás, nos termos mais breves e entrecortados, de sorte que seria mesmo difícil compreender alguns deles), contou que estava sujeito, especialmente de noite, a uma espécie de alucinações, que via, por vezes, ou sentia ao seu lado uma criatura maligna, jocosa e "racional", "a qual se mostrava com vários semblantes e caracteres, mas era a mesma e sempre o deixava zangado...".

Tais confissões eram asselvajadas e desconexas, como se realmente viessem de um alienado. Entretanto,

[4] Mapa (em alemão).

Nikolai Vsêvolodovitch falava com uma sinceridade tão esquisita, jamais entrevista nele antes, e com tanta simplicidade, que lhe era totalmente alheia, que parecia ter sumido por completo, repentina e fortuitamente, aquele homem que ele sempre fora. Não se envergonhou nem um pouco em revelar o medo com que falava desse seu espectro. Mas tudo isso foi momentâneo, vindo a desaparecer tão repentinamente quanto havia surgido.

— É tudo uma bobagem — disse, ao recobrar-se às pressas, com uma irritação embaraçosa. — Vou consultar um médico.

— Vá sem falta — confirmou Tíkhon.

— O senhor fala desse modo afirmativo... Já viu outras pessoas como eu, com as mesmas visões?

— Vi algumas, mas bem raramente. Só me lembro de um homem tal, em toda a minha vida, de um oficial militar que perdeu sua esposa, a companheira insubstituível de sua vida. Apenas ouvi falar de um outro. Ambos foram curados no estrangeiro... E faz muito tempo que o senhor sofre disso?

— Faz cerca de um ano, mas é tudo uma bobagem. Vou consultar um médico. É uma bobagem pura, uma bobagem de se espantar. Sou eu mesmo em várias formas, e nada mais. Como acrescentei agorinha essa... frase, o senhor deve pensar que ainda estou hesitando, sem ter a certeza de ser eu mesmo, de fato, e não um demônio.

Tíkhon mirou-o de modo interrogativo.

— E... o senhor o vê realmente? — perguntou, como que disposto a eliminar quaisquer dúvidas de ser, com efeito, uma alucinação falsa e mórbida. — Vê mesmo alguma imagem?

— É estranho o senhor insistir nisso, porquanto já lhe disse que o via, sim! — Stavróguin voltou a irritar-se com cada palavra dita. — É claro que o vejo, vejo como estou vendo o senhor... ou, às vezes, eu o vejo, mas não estou seguro de que o veja, embora o veja mesmo... e, outras vezes, não estou seguro de que o veja nem sei quem é verdadeiro: eu ou ele... É tudo uma bobagem. Será que o senhor não pode, de modo algum, supor que seja, de fato, um demônio? — acrescentou, passando a rir e adotando, de forma demasiado abrupta, um tom escarninho. — Pois isso mais condiria com sua profissão, não é?

— É mais provável que seja uma doença, embora...

— Embora o quê?

— Os demônios existem indubitavelmente, porém a interpretação deles pode ser bem multifacetada.

— O senhor tornou a abaixar agorinha os olhos — retrucou Stavróguin, com um escárnio irritadiço —, porque se envergonhou por mim, crente naquele demônio, mas eis que lhe faço, a pretexto de não crer nele, uma pergunta astuciosa: será que ele existe na realidade ou não?

O sorriso de Tíkhon foi vago.

— E sabe que abaixar os olhos não combina nada com o senhor? Isso parece antinatural, ridículo e afetado, e, para compensá-lo pela grosseria, eu lhe direi séria e descaradamente: creio no demônio, sim, creio de forma canônica, e não naquele demônio alegórico, mas no personificado, e não preciso indagar a ninguém sobre coisa nenhuma, é tudo. O senhor deve estar muito contente...

Deu uma risada nervosa, antinatural. Tíkhon fitava-o, curioso, com um olhar brando e como que um tanto tímido.

— O senhor crê em Deus? — questionou, de improviso, Stavróguin.

— Creio.

— Pois é dito que, se a gente tiver fé e mandar que uma montanha se mova, ela se moverá...[5] aliás, não importa. Ainda assim, gostaria de lhe perguntar por curiosidade: será que o senhor moveria uma montanha ou não?

— Se Deus mandar, moverei, sim — proferiu Tíkhon, em voz baixa e recatada, voltando a abaixar os olhos.

— Mas então seria como se o próprio Deus a movesse. Não, o senhor, o senhor mesmo, por recompensa de sua fé em Deus?

— Pode ser que não a mova.

— "Pode ser"? Não é nada mau. Por que estaria duvidando?

— Minha fé não é perfeita.

— Como? *Sua* fé não é perfeita? Não é plena?

— Não... talvez não seja perfeita.

— Pois bem! Pelo menos, o senhor acredita que a moveria com a ajuda de Deus, o que não é pouco. Em todo caso, seria mais do que aquele *très peu*[6] do tal arcebispo, colega seu, que disse a verdade sob a ameaça do sabre. É claro que o senhor também é cristão?

— Que não me envergonhe com vossa cruz, meu Senhor — quase sussurrou Tíkhon, inclinando ainda mais, com um cochicho algo passional, a cabeça. De súbito, os cantos de seus lábios se moveram rápida e nervosamente.

---

[5] Confira: Marcos, 11:23.

[6] Bem pouco (em francês).

— E seria possível crer no demônio sem nenhuma crença em Deus? — riu Stavróguin.

— Oh, é bem possível: isso acontece por toda parte... — Tíkhon reergueu os olhos, também sorridente.

— E tenho certeza de que o senhor considera uma crença dessas, ainda assim, mais respeitável do que uma descrença completa... Oh, padre! — Stavróguin deu uma gargalhada.

Tíkhon lhe sorriu outra vez.

— Pelo contrário, o ateísmo completo é mais respeitável do que a indiferença mundana — acrescentou, alegre e simploriamente.

— Oh-oh, mas é isso aí?

— O ateu mais rematado fica no penúltimo degrau anterior à fé mais perfeita (quer suba ao último degrau, quer não), e um indiferente não tem fé nenhuma, tão só aquele medo ruim.

— Mas o senhor... o senhor leu o Apocalipse?

— Li.

— Será que lembra: "Ao anjo da igreja em Laodiceia escreve..."?

— Lembro. Uma passagem fascinante.

— Fascinante? Uma expressão estranha para um prelado, e, de modo geral, o senhor é um esquisitão... Onde está o livro? — Stavróguin ficou apressado e ansioso de certo modo estranho, ao passo que procurava, com os olhos, aquele livro em cima da mesa. — Quero ler para o senhor... Teria a versão russa?

— Conheço esse trecho, conheço, sim, e me lembro bem dele — disse Tíkhon.

— Conhece de cor? Então recite!...

Abaixou depressa os olhos, fincou as palmas de ambas as mãos nos joelhos e preparou-se, impaciente como estava, para escutar. Tíkhon recitou, lembrando uma palavra após a outra: "Ao anjo da igreja em Laodiceia escreve: Isto diz o Amém, a testemunha fiel e verdadeira, o princípio da criação de Deus: Conheço as tuas obras, que nem és frio nem quente; oxalá foras frio ou quente! Assim, porque és morno, e não és quente nem frio, vomitar-te-ei da minha boca. Porquanto dizes: Rico sou, e estou enriquecido, e de nada tenho falta; e não sabes que és um coitado, e miserável, e pobre, e cego, e nu".[7]

— Chega — interrompeu-o Stavróguin —: isso é para a média, para os indiferentes, não é? Eu amo muito o senhor, sabe?

— E eu ao senhor — respondeu Tíkhon a meia-voz.

Stavróguin se calou e, de repente, tornou a mergulhar em sua recente meditação. Isso lhe ocorria já pela terceira vez, como que de acesso em acesso. De resto, dissera "amo" a Tíkhon também numa espécie de arrebatamento e, pelo menos, sem esperar, ele próprio, por isso. Passou-se mais de um minuto.

— Não se zangue — sussurrou Tíkhon, roçando-lhe de leve o cotovelo com um dedo e como que ficando, ele mesmo, intimidado. Stavróguin estremeceu e franziu, com ira, as sobrancelhas.

— Como o senhor sabe que fiquei zangado? — perguntou rapidamente. Tíkhon já queria responder algo, mas ele o interrompeu de chofre, tomado de uma angústia inexplicável: — Por que o senhor supôs notadamente que me cumprisse sem falta ficar zangado? Fiquei zangado, sim, o senhor está com a razão, e me zanguei

---

[7] Apocalipse, 3:14-17 (confira abaixo: Parte III, Capítulo VII, Seção II).

justamente por lhe ter dito "amo". Está com a razão, mas é um rude cínico e tem uma noção humilhante da natureza humana. Eu poderia ter deixado de me zangar, apenas se outra pessoa, não eu mesmo, estivesse em meu lugar... Aliás, não se trata de outra pessoa e, sim, de mim mesmo. Seja como for, o senhor é um esquisitão e um *yuródivy*...

Irritava-se cada vez mais e, coisa estranha, não se constrangia com suas falas:

— Escute aí: não gosto de espiões nem de psicólogos, pelo menos, daqueles que se metem em minha alma. Não convido ninguém a invadir minha alma, não preciso de ninguém: sei como me sair bem sozinho. Acha que tenho medo do senhor? — elevou a voz e soergueu, desafiador, o semblante. — Está plenamente convicto de que vim para lhe revelar algum segredo "terrível" e agora espera por ele com toda aquela curiosidade monástica da qual é capaz? Pois fique sabendo que nada lhe revelarei, nenhum segredo, porque não preciso nem um pouco do senhor.

Tíkhon encarou-o com firmeza:

— Ficou perplexo de o Cordeiro preferir quem for frio a quem for tão somente morno — disse —, já que não quer ser *tão somente* morno. Pressinto que esteja tentado por uma intenção extraordinária, talvez pavorosa. Se for assim, imploro que não se atormente mais e diga tudo quanto veio dizer.

— E o senhor sabia ao certo que eu tinha vindo para dizer alguma coisa?

— Eu... adivinhei pelo seu rosto — sussurrou Tíkhon, abaixando os olhos.

Nikolai Vsêvolodovitch estava um tanto pálido, suas mãos tremiam um pouco. Por alguns segundos, imóvel e silencioso, olhou para Tíkhon como quem tomasse uma decisão cabal. Enfim tirou umas folhinhas impressas do bolso lateral de sua sobrecasaca e colocou-as em cima da mesa.

— Estas folhas se destinam à divulgação — disse, com uma voz levemente entrecortada. — Se, pelo menos, uma pessoa vier a lê-las, fique sabendo que não as esconderei mais e que todos as lerão. Assim foi decidido. Não preciso nem um pouco do senhor, porquanto minha decisão já está tomada. Mas leia isto... Enquanto estiver lendo, não diga nada; quando tiver lido, diga tudo...

— Tenho de ler? — perguntou Tíkhon, indeciso.

— Leia, que estou tranquilo há tempos.

— Não vou enxergar sem óculos, não: a impressão é miúda, estrangeira.

— Aqui estão... — Stavróguin passou-lhe os óculos, que estavam em cima da mesa, e recostou-se no espaldar do sofá.

Tíkhon imergiu na leitura.

II

A impressão era realmente estrangeira: três folhinhas de ordinário papel de carta, em formato pequeno, impressas e encadernadas. Aquilo devia ter sido impresso secretamente, numa tipografia russa no exterior, e as folhinhas se pareciam muito, à primeira vista, com um panfleto. Tinham por título "De Stavróguin".

Transcrevo esse documento literalmente em minha crônica. É de supormos que muitos já o conheçam agora. Só me permiti corrigir os erros ortográficos, bastante numerosos, que me deixaram, aliás, um tanto pasmado, pois seu autor era, de qualquer modo, um homem instruído e até mesmo erudito (digamos, relativamente julgando). Quanto ao seu estilo, não o modifiquei de maneira alguma, apesar de ser incorreto e mesmo confuso. Fique bem claro, em todo caso, que o autor não era, antes de tudo, nenhum literato.

"De Stavróguin.

Eu, Nikolai Stavróguin, oficial reformado, morava, no ano de 186., em Petersburgo, praticando uma libertinagem na qual não achava prazer. Mantinha então, no decorrer de certo período, três apartamentos. Num (deles) morava eu mesmo, alugando os aposentos com criadagem e comida inclusas, onde se hospedava também Maria Lebiádkina, ora minha esposa legítima. Quanto aos outros dois apartamentos, alugava-os então de mês em mês, para minhas intrigas: recebia, num destes, uma dama que me amava e, no outro, a camareira dela, e tinha, por algum tempo, uma intenção séria de pô-las juntas, de sorte que a senhora e a rapariga se encontrassem comigo na presença de meus companheiros e do marido burlado. Conhecendo ambas as índoles, pretendia desfrutar muito daquela brincadeira estúpida.

Preparando, pouco a pouco, o encontro, precisava frequentar principalmente um desses meus apartamentos, situado num grande prédio na rua Gorókhovaia, aonde vinha aquela camareira. Só dispunha lá de um cômodo, alugado de uns burgueses russos, que ficava no quarto andar. Eles mesmos ocupavam outro cômodo, vizinho e tão apertado que a porta a ligar ambos os quartos estava sempre aberta, e era bem isso que eu queria. O marido, que servia num escritório qualquer, estava ausente da manhã até a noite. A mulher, uma *baba*[8] na casa dos quarenta anos, vivia recortando e costurando alguma coisa, para renovar as roupas usadas, e também se ausentava volta e meia, indo entregar seu produto. Então me quedava sozinho com a filha do casal que tinha, creio eu, uns catorze anos, mas parecia uma criancinha. Ela se chamava Matriocha. Sua mãe a amava, porém batia nela amiúde e costumava reprimendá-la gritando à moda das *babas*. Essa menina me servia e arrumava, detrás dos biombos, meu canto. Declaro que me esqueci do número daquele prédio. Agora sei, pelas informações colhidas, que o velho prédio foi demolido, que seu lote foi revendido e que fica lá hoje em dia, no lugar de dois ou três edifícios antigos, um só prédio novo, bem grande. Também me esqueci dos nomes daqueles burgueses (talvez nem tivesse chegado a sabê-los). Lembro que a burguesa se chamava Stepanida, parece, Mikháilovna. Quanto ao nome do marido, não me lembro mais dele. Ignoro completamente qual era aquele casal, de onde veio e onde está agora. Imagino que, se alguém fizer questão de procurar por ele e tiver a possibilidade de consultar a polícia petersburguense, poderá encontrar seus rastros. O apartamento era de esquina e dava para o pátio. Aconteceu tudo em junho. A cor do prédio era azul-clara.

Sumiu, certa feita, da minha mesa um canivete do qual eu não precisava, aliás, nem um pouco, largando-o de qualquer jeito. Informei a dona da casa, mas nem por sombra antevendo que ela chibataria a filha. Só que a

[8] Termo pejorativo que designa uma mulher de origem pobre (em russo).

baba acabava de gritar com a menina (aquela família não fazia cerimônias comigo, porquanto me comportava de modo bem simples) devido ao sumiço de algum trapo, por suspeitar que ela o tivesse furtado, e até mesmo de lhe puxar o cabelo. A menina não quis contrariá-la com uma palavra sequer, nem mesmo quando aquele trapo foi encontrado embaixo da toalha de mesa, e permaneceu calada. Reparei nisso e, na mesma ocasião, enxerguei bem, pela primeira vez, o rosto daquela criança que antes se mostrava a mim tão só de relance. Era um rosto comum, o de uma menina lourinha e sardenta, mas muito infantil e dócil, extremamente dócil. A mãe não gostou de a filha não ter reclamado desse castigo gratuito: ergueu o punho, mas não bateu nela, e foi então que meu canivete veio bem a calhar. Não havia, de fato, ninguém em casa, além de nós três, e fora apenas a menina quem entrara em meu canto detrás dos biombos. Enfurecida por tê-la castigado, de início, injustamente, a *baba* foi correndo pegar uma vassoura, arrancou uma porção de varas e fustigou a criança, até lhe deixar vergões, em minha frente. Matriocha não gritou sob a chibata, apenas ficou soluçando, de modo algo estranho, com cada golpe. E depois passou soluçando, e muito, uma hora inteira.

Mas eis o que ocorreu antes daquilo: no exato momento em que a dona da casa correu até a vassoura, para arrancar umas varas dela, encontrei meu canivete sobre a cama, tendo ele caído, de alguma maneira, da minha mesa. Logo me veio a ideia de não falar disso, fazendo que a criança fosse chibatada. Minha decisão foi instantânea: sempre se prende, em tais momentos, minha respiração... Todavia, pretendo contar de tudo em termos mais firmes, de forma que nada mais permaneça oculto.

Qualquer situação extremamente vexatória, desmedidamente humilhante, vil e, sobretudo, ridícula em que já me vi porventura, ao longo de minha vida, sempre me suscitou, a par de uma ira enorme, um prazer incomensurável. O mesmo aconteceria tanto em momentos de crime quanto se minha vida corresse perigo. Caso eu estivesse furtando alguma coisa, viria a deliciar-me, ao cometer esse furto, com a consciência de quão profunda era minha vileza. Não gostava de ser vil, não (quanto a isso, meu juízo estava perfeitamente íntegro), porém me regozijava com a dolorosa consciência de minha torpeza. Do mesmo modo, cada vez que ficava junto de uma barreira, à espera do tiro de meu adversário, tinha igual sensação infame e desenfreada, a qual se tornou, certa vez, intensa em demasia. Confesso que frequentemente procurava por ela de propósito, já que era a mais forte de todas as minhas sensações desse tipo. Quando levava bofetadas (levei duas em minha vida), tal sensação ressurgia com elas, não obstante a minha fúria terrível. Contudo, era só reprimir a fúria, depois de esbofeteado, e o deleite ultrapassava tudo quanto eu pudesse imaginar. Nunca falei nisso com ninguém, nem sequer aludindo: escondi isso como algo vergonhoso e sórdido. De resto, enquanto me espancavam, um dia, numa bodega petersburguense e me puxavam o cabelo, não tinha essa sensação, mas tão somente uma ira descomunal, e apenas lutava sem estar bêbado. Mas, se me puxasse o cabelo e me vergasse aquele visconde francês que me dera uma bofetada, lá no estrangeiro, e a quem eu esfacelara, portanto, a mandíbula com um tiro, aí sim, sentiria aquele gozo e, talvez, sem ficar nem um pouco irado. Assim é que me parecia na época.

Conto disso tudo para qualquer um saber que jamais essa sensação me dominou por completo, que sempre permaneci absolutamente consciente (aliás, tudo se baseava na consciência!). Ela se apoderava de mim até me ensandecer, mas nunca a ponto que me esquecesse de mim mesmo. Chegando a sentir um verdadeiro fogo cá dentro, eu conseguia, ao mesmo tempo, apagá-lo de vez, até mesmo fazer que se extinguisse no ápice, só que não queria nunca, eu mesmo, que ele se extinguisse. Estou convencido de que poderia viver a vida inteira como um monge, apesar desta volúpia animalesca da qual sou dotado e que sempre aticei. Ao entregar-me até meus dezesseis anos, com uma imoderação extraordinária, àquele vício que confessava Jean-Jacques Rousseau,[9] parei de praticá-lo tão logo me propus a parar, pouco antes de completar dezessete. Sempre me domino quando o desejo. Deixo, pois, notório que não quero justificar meus delitos nem com meu ambiente nem com minhas doenças.

Consumado o castigo, pus o canivete no bolso de meu colete, saí e, quando já estava longe de casa, joguei-o no meio da rua, para que ninguém viesse nunca a saber daquilo. Então aguardei por dois dias. Depois de chorar, a menina ficou mais taciturna ainda, porém não guardou (tenho plena certeza disso) nenhum rancor contra mim. Decerto estava um tanto envergonhada por ter sofrido uma punição dessas em minha presença, e creio que, se

---

[9] Masturbação evocada pelo filósofo franco-suíço Jean-Jacques Rousseau (1712-1778) em várias obras literárias.

não gritou, mas apenas soluçou sob os golpes, foi porque eu estava lá e via tudo. Aliás, certamente não acusava ninguém da sua vergonha, mas, criança que era, tão só a si mesma. Talvez me temesse apenas, até então, mas não pessoalmente e, sim, como hóspede, um homem estranho, e parecia muito tímida.

E foi justamente naqueles dois dias que me perguntei, certa vez, se poderia desistir da intenção cogitada, distanciar-me dela, e logo senti que poderia, sim, poderia a qualquer momento, imediatamente. Àquela altura, mais ou menos, é que tinha vontade de me matar por causa da minha indiferença mórbida... aliás, nem sei por causa de quê. Nos mesmos dois ou três dias (visto que precisava aguardar sem falta, para a menina se esquecer de tudo), fosse com o fim de me distrair do meu sonho constante, fosse apenas por brincadeira, acabei cometendo um furto naquele apartamento. Foi o único furto em toda a minha vida.

Muita gente se aninhava naqueles aposentos. Morava lá, inclusive, um servidor público que alugava, com sua família, dois quartinhos mobiliados: em torno de quarenta anos, não totalmente bobo, tinha uma aparência decente, mas era pobre. Eu não me aproximava desse inquilino, e ele mesmo temia os companheiros que me rodeavam por lá. Acabava de receber seu ordenado, trinta e cinco rublos. Meu principal incentivo era que naquele momento eu andava realmente precisando de dinheiro (muito embora fosse receber, dentro de quatro dias, uma quantia pelos correios), de sorte que não fui furtar por brincadeira, mas como que por necessidade. Fiz aquilo com insolência, às escâncaras: apenas entrei em seus aposentos enquanto sua esposa, seus filhos e ele próprio estavam almoçando em outro cubículo. Seu uniforme estava lá mesmo, dobrado sobre uma cadeira rente à porta. Aquela ideia me veio fulminante, ainda no corredor. Enfiei a mão em seu bolso e tirei o porta-níqueis. Contudo, o servidor ouviu o ruído e assomou do cubículo. Até mesmo viu, pelo que me parece, alguma coisa, mas, como não vira tudo, não acreditou, por certo, em seus próprios olhos. Eu disse que, passando pelo corredor, entrara a fim de ver que hora marcava seu relógio de parede. 'Está parado' — respondeu ele, e eu saí.

Bebia muito, na época, e toda uma caterva estava em meus aposentos, inclusive Lebiádkin. Joguei fora o porta-níqueis, com alguns trocados dentro, e deixei as notas comigo. Havia trinta e dois rublos, três notas vermelhas e duas amarelas. Não demorei a usar uma das vermelhas, mandando comprar champanhe; depois gastei outra nota vermelha e, afinal, a terceira. Ao cabo de umas quatro horas, já de noite, aquele servidor esperou por mim no corredor.

— Quando o senhor entrou agorinha, Nikolai Vsêvolodovitch, será que não deixou por acaso meu uniforme cair da cadeira... que estava perto da porta?

— Não lembro, não. E seu uniforme estava lá?

— Estava, sim.

— No chão?

— Primeiro sobre uma cadeira e depois no chão.

— Pois enfim, o senhor o apanhou?

— Apanhei.

— E o que é que quer mais?

— Se for assim, mais nada...

Não se atreveu a terminar sua frase nem a falar disso com ninguém em nosso apartamento, tão tímidas é que chegam a ser tais pessoas. De resto, todos me temiam e respeitavam demais naquele lugar. Deleitei-me depois, umas duas vezes, em encontrá-lo com os olhos no corredor. Logo me enfastiei disso.

Assim que transcorreram aqueles três dias, retornei à Gorókhovaia. A mãe da menina aprontava-se para sair, com uma trouxa nas mãos; o burguês não estava, bem entendido, em casa. Ficamos nós dois, Matriocha e eu. As janelas estavam abertas. Eram, sobretudo, os artesãos que moravam naquele prédio, de modo que as marteladas ou as canções se ouviam, ao longo do dia todo, em todos os seus andares. Passamos assim cerca de uma hora. Matriocha estava sentada em seu cubículo, de costas para mim sobre um banquinho, e mexia com uma agulha. De súbito, começou a cantar em voz baixa, muito baixa: cantava assim, vez por outra. Tirei meu relógio para ver que horas eram: eram duas. Meu coração já batia descompassado. Então me perguntei outra vez se ainda podia parar e logo me respondi que podia. Então me levantei e comecei a acercar-me sorrateiramente dela. Havia vários gerânios nos peitoris das janelas, e o sol ardia demasiado. Sentei-me, silencioso, no chão ao seu lado. De início, a menina estremeceu, levando um susto enorme, e pulou do banquinho. Segurei-lhe a mão, beijei-a devagarinho, curvei-a um pouco, fazendo que se sentasse de novo, e passei a olhar bem em seus olhos. Ao beijar-lhe a mão, fi-la rir, de repente, como uma criancinha, mas só por um segundo, e ela se levantou novamente, num ímpeto, e já estava tão assustada que uma convulsão lhe percorria o rosto. Cravava em mim seus olhos pavorosamente vidrados, tentava não chorar, posto que seus lábios tremessem, mas, ainda assim, não gritava. Tornei a beijar suas mãos, depois a sentei em meu colo e lhe beijei o rosto e os pés. Quando lhe beijei os pés, ela se afastou de mim, com o corpo todo, e sorriu como que envergonhada, porém seu sorriso foi meio torto. Seu rosto ficou todo rubro de pejo. Eu lhe cochichava, o tempo todo, algumas palavras. E eis que aconteceu finalmente algo estranho, algo que nunca esquecerei e que me deixou estupefato: foi a menina que me envolveu o pescoço, com ambos os braços, e se pôs de improviso a beijar-me terrivelmente. Seu rosto expressava um êxtase pleno. Quase me levantei para ir embora (tanto aquilo me desprazia por vir de uma criança tão pequenina) por mera lástima. No entanto, superei a repentina sensação de medo e fiquei com ela.

Quando tudo acabou, ela estava confusa. Não tentei dissuadi-la nem a acariciei mais. Ela me fitava com um sorriso tímido. De chofre, sua carinha me pareceu tola. Rapidamente, a cada minuto, o embaraço se apossava cada vez mais dela. Por fim, a menina tapou o rosto com as mãos e postou-se, imóvel, num canto, de rosto para a parede. Receando que ela se assustasse de novo, como havia pouco, fui, calado, embora.

Acredito que todo o acontecido havia de parecer a ela, semimorta de pavor, uma coisa infinita e definitivamente hedionda. Fossem quais fossem os palavrões russos e as conversas bizarras de toda espécie, que devia ter ouvido desde o berço, tenho toda a certeza de que não entendia ainda nada. Decerto achou, no fim das contas, que cometera um crime imensurável e dele estava mortalmente culpada, que 'matara Deus'.

Tive, na mesma noite, aquela briga numa bodega à qual já fizera uma breve menção. Acordei, pela manhã, em meus aposentos para onde me trouxera Lebiádkin. A primeira ideia que me veio ao acordar era se a menina contara ou não, e senti, por um minuto, um verdadeiro horror, conquanto este não fosse ainda muito intenso. Estive todo alegre, naquela manhã, e muito bondoso com todos, e toda a minha caterva esteve muito contente comigo. Abandonei-os, porém, a todos e fui à Gorókhovaia. Encontrei-a ainda embaixo, no *sêni*. Ela voltava de uma lojinha aonde fora comprar chicória. Quando me viu, subiu voando, tomada de pavor, a escada. Quando entrei, sua mãe já lhe dera duas bofetadas por ter irrompido no apartamento 'a toda brida', o que acabou mascarando o motivo real de seu medo. Destarte, por ora estava tudo tranquilo. Ao esconder-se em algum lugar, ela não saiu mais enquanto eu estava ali. Demorei uma hora e me retirei.

Voltei a sentir medo, e dessa vez incomparavelmente maior, ao anoitecer. É claro que poderia eximir-me, mas igualmente poderia ser acusado. Já vislumbrava os trabalhos forçados. Não costumava sentir medo e, tirante aquele único caso em minha vida, nunca me intimidara antes nem me intimidaria depois com nada. E, posto que pudesse ser mandado, mais de uma vez, para a Sibéria, não a temia em particular. Contudo, daquela feita me assustei e realmente senti medo, sem saber por que, pela primeira vez na vida, e tal sensação foi bem dolorosa. Além do mais, passei a odiá-la tanto naquela noite, quando estava em meus aposentos, que resolvi assassiná-la. Sentia ódio, principalmente, ao recordar-me do seu sorriso. Surgia em meu íntimo um desprezo pela menina, o qual se misturava com um asco imensurável mal eu lembrava como ela se atirara, depois de tudo, àquele canto e se cobrira com as mãos, e eis que se apossou de mim uma fúria inexplicável, seguida de calafrios, e, quando passei a sentir febre ao amanhecer, fiquei novamente dominado pelo medo, e aquele medo era tão forte que eclipsava todos os sofrimentos jamais conhecidos. Não odiava mais, todavia, aquela menina ou, pelo menos, não chegava a tais paroxismos como na véspera. Tenho percebido que um medo intenso afugenta completamente o ódio e o sentimento vingativo.

Despertei por volta do meio-dia, saudável, e mesmo me espantei com algumas das minhas sensações da véspera. Contudo, estava de mau humor e me vi obrigado a ir outra vez à Gorókhovaia, apesar de todo o meu asco. Lembro que muito me apetecia, naquele momento, brigar com alguém, sendo, sem falta, uma briga séria. Em todo caso, ao chegar à Gorókhovaia, encontrei repentinamente em meu quarto Nina Savêlievna, aquela camareira que esperava por mim havia cerca de uma hora. Eu não gostava nem um pouco da moça, por isso ela viera um tanto receosa, temendo que me deixasse zangado ao vir sem ser chamada. De súbito, fiquei muito alegre com sua visita. Ela era bonitinha, embora modesta, e tinha aquelas maneiras que tanto aprazem aos burgueses, de sorte que a *baba* de quem eu alugava o quarto andava a elogiá-la, já havia bastante tempo, para mim. Encontrei ambas tomando café; quanto à minha locadora, agradava-lhe muito a conversa prazenteira que levavam. Avistei Matriocha num canto de seu cubículo: postada ali, encarava sua mãe e a visita sem se mover. Quando entrei, não se escondeu, como da outra vez, nem fugiu. Apenas me pareceu que emagrecera muito e estava com febre. Afaguei Nina e tranquei a porta do quarto vizinho, algo que não fazia havia tempos, de modo que Nina foi embora toda contente. Acompanhei-a para fora daquela casa e, por dois dias, não voltei mais à Goròkhovaia. Já estava enfastiado.

Decidi acabar com tudo, desistir do quarto alugado e partir de Petersburgo. Mas, quando fui rescindir o aluguel, encontrei a dona da casa alarmada e consternada: já ia para três dias que Matriocha estava doente, passava cada noite febril e delirante. É claro que lhe perguntei quais eram esses delírios (conversávamos cochichando em meu quarto). Ela me cochichou que a filha delirava 'com horrores': 'Matei Deus', teria dito. Propus convidar um médico, por minha conta, mas ela não quis: 'Convalescerá sozinha, se Deus quiser, que não fica deitada o tempo todo, mas sai de dia... acabou de correr até a lojinha'. Resolvi falar com Matriocha a sós e, como a dona da casa dissera por acaso que teria de ir, pelas cinco horas, ao Lado Petersburguense, decidi voltar de tardezinha.

Almocei numa taberna. Voltei exatamente às cinco e um quarto. Sempre entrava usando minha própria chave. Não havia ninguém, salvo Matriocha. Estava deitada naquele cubículo, na cama de sua mãe; vi-a assomar por trás dos biombos, porém fiz de conta que não reparava nela. Todas as janelas estavam abertas. O ar estava quente, fazia até mesmo calor. Andei um pouco pelo quarto e me sentei no sofá. Lembro-me de tudo, até o último minuto. Decididamente me aprazia não falar com Matriocha. Passei uma hora inteira sentado lá, esperando, e eis que ela mesma saiu correndo de trás dos biombos. Ouvi ambos os pés dela baterem no chão, quando pulou da cama; depois se ouviram seus passos, bastante rápidos, e ela apareceu à soleira de meu quarto. Calada, olhava para mim. Naqueles quatro ou cinco dias, em que eu não a vira nenhuma vez, desde então, de perto, ficara realmente bem mais magra. Seu rosto estava como que ressequido, sua cabeça devia estar queimando. Seus olhos, agora bem maiores, fitavam-me imóveis e, segundo me pareceu a princípio, com uma espécie de curiosidade obtusa. Sentado no canto do sofá, eu olhava para ela e não me movia. De repente, voltei a sentir ódio, mas percebi, logo a seguir, que ela não tinha nenhum medo de mim e estava provavelmente delirando. Aliás, não era delírio, não. Passou, de súbito, a abanar repetidamente a cabeça, igual a quem a abanasse com muito reproche, ergueu, também de súbito, seu punhozinho tão pequenino e, parada onde estava, começou a ameaçar-me com ele. Achei esse gesto ridículo no primeiro instante, mas não consegui suportá-lo depois: uma vez em pé, acerquei-me dela. Seu rosto estava marcado por um desespero tal que era impossível vê-lo no rosto de uma criança. Continuava a agitar seu punhozinho ameaçador em minha frente e não cessava de abanar a cabeça com reproche. Cheguei ainda mais perto e, cautelosamente, comecei a falar, mas percebi que ela não me entenderia. Depois se cobriu como daquela vez, num ímpeto, com ambas as mãos, afastou-se de mim e, postada junto da janela, deu-me as costas. Então a deixei, voltei ao meu quarto e também me sentei junto da janela. Não consigo compreender, de maneira alguma, por que não saí de lá e fiquei como quem esperasse por algo. Pouco depois, tornei a ouvir seus passos rápidos: tão logo ela passou pela porta que dava para uma galeria de madeira, da qual se descia por uma escada, corri até minha porta, soabri-a e tive ainda tempo de espiar Matriocha que entrava numa despensa minúscula, semelhante a um galinheiro e contígua à latrina. Uma ideia estranha surgiu, de relance, em minha mente. Entrefechei a porta e me sentei outra vez junto da janela. É claro que não podia ainda acreditar naquela ideia efêmera, 'porém...'. (Lembro-me, sim, de tudo).

Um minuto depois, consultei meu relógio e marquei o tempo. Já ia escurecendo. Uma mosca zumbia acima de mim e pousava, volta e meia, sobre meu rosto. Apanhei-a, segurei-a entre os dedos e deixei-a voar pela janela. Com muito barulho, uma carroça entrou, lá embaixo, no pátio. Um artesão, alfaiate, assomava em sua janela, num canto daquele pátio, cantando em voz muito alta (e já havia muito tempo). Estava sentado ali, com seu trabalho nas mãos, e eu conseguia vê-lo. Pensei de relance que, como não me deparara com ninguém ao passar pelo portão e subir a escada, tampouco teria, por certo, de me deparar com quem quer que fosse agora, indo descer a escada, e afastei a cadeira da janela. Peguei, em seguida, um livro, mas não demorei a largá-lo; fiquei olhando para uma minúscula aranhazinha vermelha, que estava sobre uma folha de gerânio, e me esqueci. Lembro-me de tudo, até o último instante.

De chofre, tirei depressa o relógio. Já fazia vinte minutos que ela tinha saído. A conjetura vinha tomando o aspecto de uma probabilidade. Contudo, resolvi aguardar por mais um quarto de hora. Também pensava, por momentos, que ela voltara, talvez, e eu não a ouvira voltar, porém isso não era possível, conseguindo eu ouvir, naquele silêncio sepulcral, o zunzum de qualquer mosquinha. De súbito, meu coração ficou vibrando. Retirei o relógio: faltavam ainda três minutos; passei-os sentado, embora meu coração vibrasse a ponto de me causar dor. Foi então que me levantei, enterrei meu chapéu, abotoei meu casaco e examinei o quarto para conferir se estava tudo em seu devido lugar, se não havia rastros de minha visita. Acheguei a cadeira à janela, deixando-a como estivera antes. Por fim, abri cautelosamente a porta, tranquei-a com minha chave e fui até a despensa. Sua porta não estava trancada, apenas encostada; ciente de que ela não se trancava, não quis abri-la, mas me pus nas pontas dos pés e fiquei olhando por uma fresta. No mesmo instante em que me punha nas pontas dos pés, lembrei que, quando estava sentado junto da janela, olhando para a aranhazinha vermelha, e acabara por me esquecer, pensava em como me poria nas pontas dos pés e alcançaria aquela frestinha com o olho. Inserindo cá esta minúcia, faço questão de demonstrar com que grau de nitidez controlava as minhas faculdades mentais. Passei muito tempo olhando pela fresta: a despensa estava escura, mas nem tanto assim. Enxerguei, afinal, o que precisava ver... queria tanto ter plena certeza.

Acabei decidindo que já podia ir embora e desci a escada. Não me deparei com ninguém. Umas três horas depois, todos nós já havíamos tirado as sobrecasacas, tomando chá em meu apartamento e jogando um velho baralho, enquanto Lebiádkin declamava seus versos. Proseávamos muito e, como que intencionalmente, de modo acertado e divertido, mas não daquele jeito estúpido de sempre. Kiríllov também estava conosco. Ninguém bebia, se bem que houvesse uma garrafa de rum, apenas Lebiádkin bebericava. Prókhor Málov notou que, 'quando Nikolai Vsêvolodovitch estava contente e não se acabrunhava, todos os nossos andavam alegres e falavam com inteligência'. Isso me ficou então na cabeça.

Entretanto, já pelas onze horas da noite, veio correndo a filha do zelador daquele prédio na rua Gorókhovaia, mandada pela minha locadora, para me avisar de que Matriocha se enforcara. Fui lá com essa garota e vi que a locadora nem sabia por que a mandara buscar-me. Ela se debatia uivando; a confusão estava generalizada, havia muita gente; chegaram os policiais. Fiquei, por algum tempo, no *sêni* e me retirei.

Quase não me incomodaram; aliás, fizeram umas perguntas que precisavam ser feitas. Contudo, além de ter visto a menina doente e delirando por vezes, naqueles últimos dias, e de ter sugerido, portanto, convidar um médico por minha conta, não tive absolutamente mais nada a dizer. Também me indagaram sobre meu canivete, contando eu que a dona da casa chibatara sua filha e comentando que era pouca coisa. Ninguém soube que eu voltara lá de tardezinha. Quanto ao resultado do exame médico, não ouvi nada que lhe concernisse.

Não fui mais lá por uma semana. Só fui quando ela já estava enterrada, havia bastante tempo, para entregar o quarto. A locadora continuava chorando, embora já mexesse, como dantes, com seus trapos e sua costura. 'Foi por causa de seu canivete que a magoei' — disse-me, mas sem maiores censuras. Acertei a conta sob o pretexto de não poder mais ficar num apartamento daqueles e receber nele Nina Savêlievna. Mais uma vez, ela elogiou Nina Savêlievna quando da despedida. Ofereci-lhe, saindo, cinco rublos além do que lhe devia pelo quarto.

E, de modo geral, muito me entediava então com a vida, ficava tonto de tédio. Esqueci-me completamente, quando o perigo passou, daquele acidente na Gorókhovaia, igual a tudo quanto acontecera na época, e só me lembrava com zanga, por algum tempo ainda, de como me acovardara. Descontava essa minha zanga em quem pudesse descontá-la. No mesmo período, e nem de longe sem razão, tive a ideia de mutilar minha vida de alguma maneira, e da maneira mais asquerosa possível. Já quisera atirar em mim, cerca de um ano antes, mas eis que surgiu algo melhorzinho. Um dia, olhando para a manca Maria Timoféievna Lebiádkina que servia então, vez por outra, como criada, ainda não louca, mas apenas uma idiota exaltada, perdidamente apaixonada, em segredo, por mim (foram os nossos que o descobriram às esconsas), decidi, sem mais nem menos, desposá-la. A própria ideia de Stavróguin se casar com aquela criatura imprestável titilava meus nervos. Não se podia nem imaginar algo mais feio. Contudo, não me encarrego de definir se minha decisão estava sob o influxo, ao menos inconsciente (mas é claro que era inconsciente!), daquela raiva que se apossara de mim, provocada pela minha baixa covardia, depois daquele acidente com Matriocha. Juro que não acho, não, porém me casei com ela, em todo caso, não só por 'ter apostado um vinho após um almoço dos ébrios'. As testemunhas de meu casamento foram Kiríllov e Piotr Verkhôvenski, o qual estava então, por acaso, em Petersburgo; presenciaram-no também Lebiádkin e Prókhor Málov (ora finado). Ninguém mais soube nunca disso, e aqueles lá juraram que permaneceriam calados. O silêncio deles sempre me pareceu uma espécie de sordidez, porém nunca foi interrompido até agora, posto que eu já viesse tencionando quebrá-lo. Aproveito a oportunidade para divulgar esse fato.

Uma vez casado, voltei para nossa província, para a casa de minha mãe. Fui lá por diversão, já que viver me era insuportável. Deixei em nossa cidade, ao abandoná-la, a impressão de ser louco, uma impressão não desarraigada até hoje e, fora de dúvida, nociva para mim, o que vou explicar mais tarde. Depois fui para o estrangeiro, onde passei quatro anos.

Estive no Oriente; assisti de pé a vários ofícios noturnos, que duravam por oito horas, no monte Athos;[10] visitei o Egito, morei na Suíça, embarquei até mesmo para a Islândia; acompanhei, por um ano inteiro, o curso universitário em Göttingen. Aproximei-me muito, no último ano, de uma nobre família russa em Paris e de duas mocinhas russas na Suíça. Uns dois anos antes, passando ao lado de uma papelaria em Frankfurt, avistei lá, no meio das fotografias postas à venda, o retratozinho de uma menina a usar um garboso traje infantil, bem parecida com Matriocha. Logo comprei aquela fotografia e, chegando ao meu hotel, coloquei-a em cima da lareira. Ela ficou lá por uma semana: não toquei nela nem sequer a mirei nenhuma vez e me esqueci, quando ia embora de Frankfurt, de levá-la comigo.

Anoto isto notadamente para demonstrar até que ponto sabia controlar as minhas recordações e não sentia mais nada por elas. Negava-as todas em massa, de uma vez só, e toda aquela massa desaparecia, docilmente, cada vez que me apetecia fazê-la desaparecer. Sempre me entediei ao relembrar o passado; nunca soube falar dele como fazem quase todas as pessoas. Quanto a

---

[10] Monte situado no nordeste da Grécia e mundialmente famoso como um dos maiores e mais antigos centros monásticos ortodoxos.

Matriocha, até mesmo larguei aquele seu retrato em cima da lareira.

Há cerca de um ano, passando pela Alemanha na primavera, perdi, de tão distraído, a estação onde me cumpria fazer escala e acabei seguindo um rumo errado. Fizeram-me descer na estação seguinte; eram quase três horas da tarde, o dia estava ensolarado. Era uma minúscula cidadezinha alemã. Indicaram-me um hotel. Teria de esperar, já que o próximo trem passaria às onze horas da noite. Sem nenhum motivo para me apressar, estava até contente com essa aventura. O hotel era pequeno e ruinzinho, porém cheio de plantas e todo circundado de canteiros de flores. Deram-me um quartinho apertado. Comi muito bem e, como viajara durante a noite inteira, peguei num sono gostoso ao almoçar, por volta das quatro horas da tarde.

Tive um sonho absolutamente inesperado, porquanto nunca tivera tais sonhos antes. Na galeria de Dresden fica um quadro de Claude Lorrain,[11] chamado, pelo que me parece, 'Acis e Galateia' segundo o catálogo, mas que eu mesmo sempre chamara, sem saber por que, de 'O século de ouro'. Já o tinha visto e recentemente, havia uns três dias, tornara a vê-lo de passagem. Foi com essa pintura que sonhei, mas como se não fosse uma pintura e, sim, uma história real.

É um cantinho do arquipélago grego: as carinhosas ondas azuis, as ilhas e os rochedos, um litoral florescente, um fascinante panorama ao longe, o sol no ocaso que convida a segui-lo... não há palavras capazes de descrever

---

[11] Claude Lorrain (1600-1682): pintor francês radicado na Itália, um dos maiores mestres da paisagem clássica.

aquilo! Ali se recorda do seu berço a humanidade europeia; ali perduram as primeiras cenas de sua mitologia, seu paraíso terrestre... Belas pessoas moravam ali! Acordavam e adormeciam felizes e inocentes; aqueles bosques pululavam de seus lépidos cantos, o vasto excedente de suas forças virgens era gasto com o amor e uma alegria simplória. O sol banhava aquelas ilhas e o mar em seus raios, risonho de ver seus belos filhos. Um sonho maravilhoso, um sublime equívoco! Um sonho, o mais incrível de todos os sonhos que existiram, ao qual toda a humanidade, durante toda a sua vida, dedicou todas as suas forças, pelo qual sacrificou tudo, em nome do qual os profetas foram crucificados e trucidados, sem o qual os povos não querem viver nem sequer podem morrer. Foi toda essa sensação que me pareceu vivenciada em meu sonho: não sei com que precisamente sonhei, mas era como se visse ainda aquilo tudo, os rochedos e o mar e os raios oblíquos do sol no ocaso, quando acordei e abri os olhos que estavam, pela primeira vez em minha vida, literalmente molhados de lágrimas. Uma sensação de felicidade ainda desconhecida atravessava meu coração até me causar dor. Já havia escurecido; todo um feixe de vivos raios oblíquos do sol poente prorrompia pela janela do meu quartinho, através do verdor das flores dispostas no peitoril, e banhava-me em sua luz. Logo me apressei a fechar os olhos de novo, como se ansiasse por fazer o sonho passado voltar, mas, de repente, como que vi, em meio àquela luz tão ardente, um ponto minúsculo. Ele vinha tomando certo aspecto, e eis que se apresentou a mim, nitidamente, uma minúscula aranhazinha vermelha. Logo me lembrei dela, sobre a folha daquele gerânio, em meio aos mesmos raios oblíquos do sol poente. Era como se algo me tivesse pungido: eu me soergui e me sentei na cama... (Foi bem assim que tudo aconteceu então!).

Vi em minha frente (oh, mas não foi na realidade! Quem dera, quem dera aquela ser uma visão real!), vi Matriocha, emagrecida, de olhos febris, justamente tal como era então, quando se postara à soleira de meu quarto e erguera contra mim, abanando a cabeça, seu punhozinho minúsculo. Ainda nunca surgira diante de mim nada de mais pungente! Era a lamentosa desesperança de uma indefesa criatura de dez anos de idade, cuja mente nem se formara ainda, que me ameaçava a mim (mas com quê? Que dano é que ela seria capaz de me causar?), mas acusava, sem dúvida, tão só a si mesma! Ainda nunca se dera comigo nada de semelhante. Fiquei lá sentado, imóvel e esquecido do tempo, até o anoitecer. Isso se chamaria de remorso ou de contrição? Não sei nem poderia dizê-lo até hoje. Pode ser que a lembrança de minha ação como tal não seja, nem sequer hoje, abominável para mim. Pode ser que essa lembrança contenha, até mesmo hoje, algo que agrada às minhas paixões. Mas não: não consigo suportar apenas aquela imagem a surgir justamente à soleira do quarto, com seu punhozinho erguido que me ameaça, apenas a aparência que ela tinha então, apenas aquele exato momento, apenas aqueles acenos com a cabeça. É bem isso que não consigo suportar, ainda mais que isso se apresenta a mim, desde então, quase todos os dias. Não se apresenta por si só, mas porque o evoco, eu mesmo, e não poderia deixar de evocá-lo, conquanto não possa viver com isso. Oh, se eu chegasse a vê-la, um dia, na realidade, nem que fosse uma alucinação minha!

Também tenho outras recordações antigas, talvez piores ainda do que esta. Tratei uma mulher de maneira pior, portanto ela morreu. Tirei, em duelos, a vida de dois homens que não tinham culpa para comigo. Um dia, sofri uma ofensa mortal, mas não me desforrei do ofensor. Sou culpado de um envenenamento, premeditado e bem-sucedido, do qual ninguém sabe. (Se for preciso, informarei sobre todos esses casos).

No entanto, por que é que nenhuma dessas recordações me suscita nada de parecido? Provocam apenas um ódio, gerado, ainda por cima, pelo meu estado atual, que antes eu esquecia e afastava com sangue-frio.

Fiquei perambulando, depois daquilo, ao longo de quase todo aquele ano; busquei ocupar-me com alguma coisa. Sei que poderia fazer a menina desaparecer, inclusive agora, quando o quisesse. Domino perfeitamente, como dantes, a minha vontade. Mas a verdade toda é que eu mesmo nunca quis fazê-lo, não quero nem vou querer, e estou ciente disso. Assim continuarei seguindo até enlouquecer.

Dois meses mais tarde, na Suíça, consegui apaixonar-me por uma moça ou, melhor dito, experimentei um acesso da mesma paixão, com um dos mesmos impulsos frenéticos, como isso me ocorria apenas nos tempos idos, bem no começo. Senti uma fortíssima tentação de cometer um novo delito, ou seja, de consumar a bigamia (já que ora estou casado), porém fugi, aconselhado por outra moça a quem havia confessado quase tudo. Ademais, aquele novo delito nem por sombra me livraria de Matriocha.

Desse modo, resolvi imprimir estas folhas e levá-las para a Rússia em trezentos exemplares. Quando chegar o momento, vou enviá-las à polícia e às autoridades locais, bem como, simultaneamente, às redações de todos os jornais, pedindo que as publiquem, e a muitas pessoas que me conhecem em Petersburgo e pela Rússia afora. Ao mesmo tempo, a tradução delas aparecerá no exterior. Sei que talvez nem venha a ser importunado, ao menos de forma significativa, do ponto de vista jurídico, pois vou denunciar a mim mesmo sem ter acusadores, sendo as provas, além do mais, nulas ou então extremamente poucas. Considerem-se finalmente a ideia enraizada de meu distúrbio mental e, com certeza, os esforços de meus familiares que usarão dessa ideia a fim de abafar qualquer perseguição legal que possa ser perigosa para mim. Declaro isto, entre outras coisas, para demonstrar que estou em meu perfeito juízo e me dou conta da minha situação. Todavia, para mim mesmo, haverá várias pessoas que saberão de tudo e ficarão olhando para mim, enquanto eu olhar para elas. E quanto mais numerosas forem melhor haverá de ser. Ignoro se isto me trará algum alívio. Lanço mão disto como do meu derradeiro recurso.

E outra vez: se procurarem bem, recorrendo à polícia petersburguense, acabarão talvez por achar alguma coisa. Quem sabe se aqueles burgueses não continuam morando em Petersburgo. E alguém se lembrará certamente daquele prédio. Era azul-claro. Quanto a mim, não irei a lugar algum e sempre permanecerei, por algum tempo (um ano ou dois) em Skvorêchniki, na fazenda de minha mãe. E, se exigirem, irei aonde preciso for.

Nikolai Stavróguin."

III

A leitura durou por uma hora. Tíkhon lia devagar e talvez relesse alguns trechos. Stavróguin passou todo aquele tempo sentado, sem conversar nem se mover. Estranhamente, o matiz de impaciência, de distração e de aparente delírio a marcar-lhe o rosto durante a manhã toda quase desaparecera, cedendo lugar à tranquilidade e a uma espécie de franqueza, o que lhe dera um aspecto quase honroso. Tirando os óculos, Tíkhon foi o primeiro a falar com certa cautela.

— Será que se poderia fazer umas correções nesse documento?

— Para quê? Escrevi com sinceridade — respondeu Stavróguin.

— Para melhorar um pouco o estilo.

— Eu me esqueci de avisá-lo de que todas as suas falas seriam inúteis: não adiarei esta intenção minha, e não se esforce para me dissuadir.

— O senhor não se esqueceu de me avisar acerca disso: foi agorinha, antes da leitura.

— Não importa... Volto a repetir: seja qual for a força de seus argumentos, não desistirei da minha intenção. Note aí que não pretendo reptá-lo, com esta frase canhestra ou destra (pense como quiser), para que o senhor comece logo a objetar e a exortar-me — acrescentou Stavróguin, como se não aguentasse mais e retomasse de súbito, por um instante, seu tom recente, mas, em seguida, sorriu com tristeza às suas próprias palavras.

— Não saberia objetar nem o exortar sobremodo para fazer o senhor desistir da sua intenção. Essa é uma grande ideia, e uma ideia cristã nem poderia ser expressa com maior plenitude. Nem a penitência poderia ir além dessa proeza assombrosa que vem cogitando, contanto que...

— Contanto o quê?

— Contanto que sejam mesmo uma penitência e, realmente, uma ideia cristã.

— Pelo que me parece, são pormenores. Não daria na mesma? Escrevi com sinceridade.

— É como se o senhor quisesse mostrar-se, propositalmente, pior do que seu coração estaria desejando... — Tíkhon ousava cada vez mais. O "documento" lhe causara, obviamente, uma impressão forte.

— "Mostrar-me"? Pois eu repito: não "me mostrava" nem "me exibia" em especial.

Tíkhon se apressou a abaixar os olhos.

— Esse documento provém diretamente de uma necessidade do seu coração fatalmente ulcerado, será que entendo bem? — continuou insistente, com um ardor extraordinário. — É uma penitência, sim, é sua necessidade natural que o venceu: o senhor tomou um caminho grande, um dos caminhos inauditos. Contudo, é como se desde já odiasse de antemão todos os que viessem a ler o que tinha descrito aí, como se os desafiasse para um combate. Sem se envergonhar com a confissão de seu crime, por que se envergonha com a penitência? Que olhem para mim, diz o senhor, mas como é que o senhor mesmo vai olhar para eles? Certas passagens de seu relato são reforçadas estilisticamente, como se o senhor admirasse sua própria psicologia e se agarrasse a qualquer minúcia só para espantar o leitor com sua insensibilidade, que não existe de fato. O que seria, pois, isso, senão um desafio orgulhoso que o culpado lança ao seu juiz?

— Mas onde está esse desafio? Eliminei quaisquer raciocínios em meu próprio nome.

Tíkhon se calava. Até mesmo um rubor cobrira suas faces pálidas.

— Deixemos isso — atalhou bruscamente Stavróguin. — Permita que lhe faça uma pergunta, já da minha parte: faz cinco minutos que estamos falando depois daquilo (inclinou a cabeça em direção às folhinhas), mas não vejo o senhor manifestar nenhuma repulsa ou vergonha... Parece que o senhor não se enoja facilmente!...

Não terminou a frase e sorriu.

— Ou seja, o senhor gostaria que eu lhe manifestasse, o mais depressa possível, meu desprezo — arrematou, com firmeza, Tíkhon. — Não lhe esconderei nada: fiquei horrorizado com essa força grande e ociosa que resultou propositalmente em torpezas. Quanto ao crime em si, muitas pessoas pecam de igual maneira, porém convivem pacífica e tranquilamente com sua consciência, chegando mesmo a tomar isso pelos inevitáveis deslizes da juventude. Há, inclusive, anciães que pecam de igual maneira e mesmo se consolam com isso e fazem isso com brejeirice. O mundo inteiro está repleto de todos esses horrores. Mas o senhor intuiu toda a profundeza, o que acontece mui raramente nesse grau.

— Será que passou a respeitar-me depois daquelas folhas? — Stavróguin esboçou um sorriso torto.

— Não vou responder diretamente a essa pergunta. Mas fique bem claro que não há nem pode haver um crime maior nem mais terrível do que seu feito com aquela menina.

— Não vamos medi-lo em *archins*. Estou um tanto pasmado com sua menção às outras pessoas e à banalidade de semelhantes crimes. Talvez não me atormente tanto quanto escrevi lá, e quem sabe se realmente não me denegri muito — acrescentou Stavróguin, inesperadamente.

Tíkhon se calou de novo. Stavróguin nem pensava em ir embora, mas, pelo contrário, tornava por momentos a cair numa profunda meditação.

— E aquela moça — Tíkhon voltou, com muita timidez, a falar — com quem o senhor rompeu na Suíça... onde é que ela está, se me atrevo a perguntar... neste momento?

— Aqui.

Seguiu-se outra pausa.

— Pode ser que me tenha denegrido muito em sua frente — repetiu Stavróguin, com insistência. — Aliás, se eu os desafiar com a brutalidade da minha confissão e se o senhor já se apercebe disso, o que farei com isso? Farei apenas que eles me odeiem ainda mais, não é? Então ficarei, eu mesmo, aliviado.

— Ou seja, o ódio deles despertará seu próprio ódio, e o senhor se sentirá mais aliviado ao odiá-los do que ao aceitar a compaixão deles?

— Tem razão e, sabe... — De súbito, Stavróguin se pôs a rir. — Talvez me chamem depois de jesuíta e de santinho devoto, ah-ah-ah! Não é verdade?

— É claro que haverá um comentário desses também. E seria logo que o senhor se disporia a realizar essa sua intenção?

— Hoje, amanhã ou depois de amanhã... como vou saber? Mas seria logo, sim. O senhor tem razão: acredito que me acontecerá divulgar tudo de supetão e, precisamente, num momento de vingança, de ódio, em que eu mais os odiar a todos.

— Então responda a uma pergunta, mas com sinceridade e apenas a mim, tão somente a mim: se alguém lhe perdoasse aquilo (Tíkhon apontou para as folhinhas) e não fosse alguma das pessoas que o senhor respeita ou teme, mas um desconhecido, uma pessoa que nunca virá a conhecer, e se perdoasse em seu âmago, lendo silenciosamente a sua confissão pavorosa, o senhor ficaria aliviado com essa ideia ou não se importaria com ela?

— Ficaria... — respondeu Stavróguin a meia-voz, abaixando os olhos. — Se o senhor me perdoasse, sentiria um grande alívio — acrescentou de repente, quase a cochichar.

— Contanto que o senhor também me perdoasse a mim — disse Tíkhon, com uma voz compenetrada.

— Por quê? O que o senhor me fez? Ah, sim, é uma fórmula monacal?

— Pelo voluntário e pelo involuntário. Qualquer pessoa, quando está pecando, peca, desde logo, contra todos e tem, pelo menos, alguma culpa dos pecados de outrem. Não há pecado unitário. Quanto a mim, sou um pecador grande, talvez maior ainda do que o senhor.

— Pois lhe direi a verdade toda: desejo que o senhor me perdoe e, junto, outra pessoa e depois a terceira, mas, quanto a todos, é melhor que todos me odeiem. Desejo isso para aturar com humildade...

— Mas será que não poderia aturar, com a mesma humildade, uma compaixão geral?

— Talvez não pudesse. O senhor vem argumentando com muita sutileza. Mas... por que faz isso?

— Por perceber o grau de sua sinceridade e, naturalmente, por ter muita culpa de não saber lidar com as pessoas. Sempre percebi nisso meu grande defeito

— disse Tíkhon, intimamente sincero, olhando bem nos olhos de Stavróguin. — Só faço isto porque temo pelo senhor — acrescentou —: há um abismo quase intransponível em sua frente.

— Teme que eu não vá suportar? Que não suporte, com humildade, o ódio deles?

— Não apenas o ódio.

— E o que mais?

— O riso deles — deixou escapar Tíkhon, quase cochichando e como que se forçando a falar.

Stavróguin ficou confuso; seu rosto exprimiu uma inquietude.

— Pressenti isso — disse. — Quer dizer que lhe pareci, após a leitura de meu "documento", uma figura muito cômica, apesar de toda a minha tragédia? Não se preocupe, não se embarace... fui eu mesmo que pressenti isso.

— Haverá um horror por toda parte, decerto um horror mais falso que verdadeiro. As pessoas têm medo apenas daquilo que ameaça diretamente seus interesses particulares. Não me refiro às almas puras: aquelas ali ficarão horrorizadas e acusarão a si mesmas, mas permanecerão imperceptíveis. Quanto ao riso, haverá, sim, um riso geral.

— E veja se adiciona a observação do pensador, a de sempre haver algo que nos agrade na desgraça de outrem.

— Um pensamento justo.

— Entretanto o senhor... o senhor mesmo... Fico atônito ao ver como pensa mal das pessoas, com quanto asco — declarou Stavróguin, entremostrando certa irritação.

— Julgando mais por mim mesmo do que pelos outros, acredita? — exclamou Tíkhon.

— Verdade? Mas será que há em sua alma, pelo menos, algo que o alegre em face desta minha desgraça?

— Talvez haja, quem sabe. Oh, talvez haja!

— Basta. Então me mostre de que modo exato sou ridículo em meu manuscrito! Sei de que modo, porém quero que o aponte com seu dedo. E diga isso tão cinicamente quanto puder, diga mesmo com toda essa sinceridade da qual é capaz. E volto a repetir para o senhor que é um esquisitão dos grandes.

— Até na forma dessa sua maior confissão, por si só, é contido algo ridículo. Oh, não creia que não vá vencer! — exclamou Tíkhon, repentinamente, quase arroubado. — Até essa forma vencerá (apontou para as folhinhas), contanto que o senhor aceite, com sinceridade, censuras e cusparadas. A cruz mais infamante sempre acabou por se tornar a glória mais plena e a maior das forças, contanto que a humildade da proeza fosse sincera. Talvez venha a ser consolado ainda em sua vida!...

— Pois o senhor encontra algo ridículo tão só na forma, em meu estilo? — insistia Stavróguin.

— E na essência. A feiura matará — sussurrou Tíkhon, abaixando os olhos.

— O quê? A feiura? A feiura de quê?

— Do crime. Há crimes deveras feios. Quanto mais sangue, quanto mais horror houver nos crimes, sejam eles quais forem, tanto mais imponentes, por assim dizer, pitorescos eles se tornam, porém há crimes vergonhosos, torpes acima de qualquer horror, por assim dizer, e até mesmo por demais feios...

Tíkhon não terminou de falar.

— Ou seja — prosseguiu Stavróguin, emocionado —, o senhor acha minha figura assaz ridícula no momento em que eu beijava o pé daquela garotinha imunda... e tudo o que eu disse sobre meu temperamento e... e todo o resto... entendo. Entendo o senhor muito bem. E o senhor se desespera de mim exatamente por aquilo ser feio, abjeto... não é que seja abjeto, não, mas vergonhoso, ridículo, e acha ser bem isso que antes de tudo não vou suportar?

Tíkhon estava calado.

— Sim, o senhor conhece as pessoas, ou seja, sabe que eu, precisamente eu, não vou suportar... Entendo por que me perguntou por aquela moça da Suíça, se ela estava por aqui.

— Não está preparado, falta-lhe têmpera — sussurrou Tíkhon com timidez, de olhos baixos.

— Escute, padre Tíkhon: quero perdoar a mim mesmo, e este é meu principal objetivo, todo o meu objetivo! — disse, de chofre, Stavróguin, com um soturno enlevo nos olhos. — Sei que só então minha visão desaparecerá. Por isso é que procuro um sofrimento imensurável, procuro por vontade própria. Deixe, pois, de me intimidar.

— Se crê que pode perdoar a si mesmo e conseguir tal perdão, para si mesmo, neste mundo, então crê em tudo! — exclamou Tíkhon, extático. — Como foi que disse não crer em Deus, hein?

Stavróguin não respondeu.

— Deus lhe perdoará sua descrença, pois está venerando o Espírito Santo sem o conhecer.

— A propósito, é Cristo quem não vai perdoar — questionou Stavróguin, ouvindo-se um leve matiz irônico no tom de seu questionamento —, já que se diz no livro:

"Mas qualquer que fizer tropeçar um destes pequeninos...",[12] lembra? Pelo Evangelho, não há nem pode haver crime maior do que este. Consta daquele livro! — Apontou para o Evangelho.

— Por isso lhe darei uma boa notícia — replicou Tíkhon, enternecido —: Cristo também lhe perdoará, se o senhor conseguir perdoar a si mesmo... Oh, não, não, não acredite em mim, que disse uma blasfêmia: mesmo se não obtiver nem reconciliação consigo nem perdão para si, mesmo então Ele perdoará pela sua intenção e pelo seu grande sofrimento... pois não há palavras nem ideias na língua humana para exprimir *todos* os caminhos e motivos do Cordeiro, "antes que Seus caminhos se nos revelem". Quem vai abarcá-lo, o inabarcável, quem vai entendê-lo *todo*, o infinito?

Os cantos de seus lábios passaram a tremer, como havia pouco, e um espasmo mal perceptível tornou a contrair-lhe o rosto. Tentou controlar-se por um instante, mas não aguentou e abaixou depressa os olhos.

Stavróguin pegou seu chapéu que estava sobre o sofá.

— Ainda virei aqui outra vez — disse, aparentando um profundo cansaço. — Nós dois... valorizo demais o prazer dessa conversa e a honra... e seus sentimentos. Acredite que compreendo por que há quem o ame tanto assim. Peço as orações do senhor junto Àquele que o senhor ama tanto...

— Já vai embora? — Tíkhon também se soergueu rapidamente em seu assento, como se nem tivesse esperado por uma despedida tão apressada. — E eu... — ficou como que confuso —, eu já queria dirigir-lhe

---

[12] Mateus, 18:6.

um pedido meu, porém... não sei como... e agora estou com medo.

— Ah, faça o favor! — De imediato, Stavróguin se sentou, com seu chapéu na mão. Tíkhon olhou para esse chapéu, para essa postura, a de um homem que se tornara, de repente, mundano, além de comovido e semilouco como já estava, e que lhe concedia cinco minutos para finalizarem o negócio, e ficou mais confuso ainda.

— Todo o meu pedido é que o senhor... pois já está reconhecendo, Nikolai Vsêvolodovitch (são esses, ao que parece, seus nome e patronímico?), que, se divulgar essas suas folhas, haverá de estragar seu futuro... no sentido de sua carreira, por exemplo, e... e em todos os outros sentidos?

— Minha carreira? — Nikolai Vsêvolodovitch franziu-se com asco.

— Por que estragaria? De que adiantaria, parece, tanta inflexibilidade? — concluiu Tíkhon, num tom quase suplicante, com a evidente consciência de sua própria falta de jeito.

Uma impressão dolorosa se refletiu no rosto de Nikolai Vsêvolodovitch.

— Já lhe pedi e lhe peço de novo: todas as suas palavras serão inúteis... Aliás, toda a nossa explicação, em geral, está ficando insuportável.

Tíkhon se virou, de modo significativo, em sua poltrona.

— O senhor não me entende; escute-me, pois, e não se irrite. Já conhece a minha opinião: sua proeza, se proviesse da humildade, seria a maior proeza cristã, contanto que o senhor conseguisse suportá-la. Mesmo se não a suportasse, nosso Senhor consideraria, ainda assim, seu sacrifício inicial. Tudo será considerado: nenhuma palavra, nenhum movimento espiritual, nem metade de uma ideia perecerão debalde. Mas eu lhe ofereço outra proeza em troca dessa, uma proeza maior ainda do que ela, algo de indubitável grandeza...

Nikolai Vsêvolodovitch se mantinha calado.

— Está atormentado pelo desejo de ser mártir, de se sacrificar, mas veja se domina esse seu desejo também, pondo de lado essas folhas e essa intenção sua... Então é que vencerá tudo mesmo, todo o seu orgulho, e deixará seu demônio humilhado! Acabará sendo um vencedor, alcançará sua liberdade...

Seus olhos fulgiam; Tíkhon juntara, como quem estivesse rogando, as mãos em sua frente.

— O senhor não quer, mui simplesmente, que haja escândalo e vem armando uma cilada para mim, bondoso padre Tíkhon — resmungou Stavróguin, num tom negligente e desgostoso, querendo levantar-se. — Numa palavra, o senhor quer que eu crie juízo, talvez me case e chegue ao fim da vida sendo membro de nosso clube e visitando, em toda festa, seu monastério. Eta, que penitência! Aliás, talvez esteja pressentindo, seu conhecedor do coração humano, que há de ser assim mesmo e que o negócio todo consiste em pedir-me direitinho agora, por mera decência, porquanto eu mesmo anseio exatamente por isso, não é verdade?

Deu uma risada fingida.

— Não, a penitência não é essa, que estou preparando outra! — continuou Tíkhon, entusiasmado, sem prestar a mínima atenção no riso nem na observação de

Stavróguin. — Conheço um *stáretz*[13] que não mora aqui mesmo, mas não muito longe, um eremita e *skhímnik*[14] dotado de tanta sabedoria cristã que nós dois nem a compreenderíamos. Ele atenderá aos meus pedidos. Eu lhe contarei tudo sobre o senhor. Torne-se o noviço dele, fique sob a autoridade dele por uns cinco ou sete anos, o quanto o senhor achar necessário mais tarde. Prometa a si mesmo e adquira, com esse grande sacrifício, tudo o que estiver anelando, bem como o que nem previr, quem sabe, por não poder entender agora o que haverá de obter!

Foi com muita, muita seriedade que Stavróguin escutou sua última proposta.

— O senhor propõe, mui simplesmente, que me torne um monge naquele monastério lá? Por mais que eu respeite o senhor, já devia ter esperado justamente por isso. Pois bem: até mesmo lhe confessarei que já me surgia, em meus momentos de desânimo, a ideia de divulgar essas folhas em público e de me esconder a seguir, ao menos por algum tempo, de toda a gente num monastério. Só que eu logo enrubescia com tamanha baixeza. Agora a ideia de tomar o hábito... nem sequer em momentos do medo mais pusilânime é que ela me veio à cabeça!

— O senhor não precisa entrar no monastério nem tomar o hábito: seja apenas um noviço secreto, oculto, de modo que até possa continuar levando uma vida mundana...

---

[13] Monge velho e respeitável, mentor espiritual dos noviços em comunidades religiosas da Rússia.

[14] Monge asceta (em russo).

— Deixe, padre Tíkhon — interrompeu-o Stavróguin, enojado, e se levantou da cadeira.

Tíkhon também ficou em pé.

— O que tem? — exclamou, de repente, Stavróguin, fitando-o quase com medo. Postado em sua frente, ele juntara as mãos de palmas para fora, e um doloroso espasmo, provocado, em aparência, por um susto enorme, atravessara-lhe instantaneamente o rosto.

— O que o senhor tem? O que tem? — repetia Stavróguin, acorrendo para arrimá-lo. Achara que Tíkhon fosse cair.

— Eu vejo... vejo, como se fosse real — exclamou Tíkhon, com uma voz a penetrar-lhe a alma e exprimir um pesar profundíssimo —, que você, pobre jovem perdido, jamais esteve tão próximo do crime mais terrível quanto neste momento!

— Acalme-se! — repetia Stavróguin, decididamente preocupado com ele. — Pode ser que retarde ainda... o senhor tem razão: talvez eu não suporte mesmo, talvez me enfureça e cometa outro crime... é tudo assim... o senhor está certo: vou retardar.

— Não será depois da divulgação dessas folhas, não: será antes ainda de divulgá-las, talvez um dia, uma hora antes do seu grande passo, que cometerá um novo crime como desfecho, só para *evitar* a divulgação dessas folhas!

Stavróguin ficou mesmo tremendo, irado e quase amedrontado.

— Maldito psicólogo! — interrompeu-o de chofre, com raiva, e saiu da cela sem olhar para trás.

Capítulo décimo. Stepan Trofímovitch foi fichado.

I

Enquanto isso, houve aqui conosco um incidente que me surpreendeu a mim e deixou Stepan Trofímovitch abalado. Pela manhã, às oito horas, veio correndo a criada dele, Nastácia, e participou-me que o senhor havia sido "fichado". Não pude entender, a princípio, coisa nenhuma, vindo a saber apenas que fora "fichado" pelos funcionários, os quais tinham chegado e apreendido seus papéis, empacotados e "levados num carrinho" por um soldado. A notícia foi terrível. Logo fui, apressado, à casa de Stepan Trofímovitch.

Encontrei-o num estado pasmoso, abatido e muito emocionado, mas, ao mesmo tempo, aparentando um júbilo indubitável. Em cima da mesa, que ficava no meio do seu quarto, estavam um samovar a ferver e um copo de chá, bem cheio, mas nem provado e já esquecido. Stepan Trofímovitch andava perto da mesa e adentrava todos os cantos do cômodo, sem se dar conta de seus movimentos. Usava sua costumeira malha vermelha, porém se apressou, quando me viu, a vestir o colete e a sobrecasaca: algo que nunca fazia antes ao ser flagrado por um dos seus próximos com aquela malha. Logo me pegou calorosamente a mão.

— *Enfin un ami!*[1] (Respirou a plenos pulmões). *Cher*, só mandei avisar você mesmo: ninguém mais sabe de nada. Tenho de mandar Nastácia trancar as portas e não deixar ninguém entrar, a menos que sejam *aqueles*, bem entendido... *Vous comprenez*?

Olhava para mim inquieto, como se esperasse por uma resposta. É claro que passei a interrogá-lo e deduzi aos trancos e barrancos, daquele seu discurso desconexo, com interrupções e acréscimos desnecessários, que às sete horas da manhã um funcionário da governadoria viera "de súbito" à casa dele...

— *Pardon, j'ai oublié son nom. Il n'est pas du pays*, mas parece que foi trazido por Lembke; *quelque chose de bête et d'allemand dans la physionomie. Il s'appelle Rosenthal.*[2]

— Talvez seja Bluhm?

— Bluhm. Ele se apresentou bem assim. *Vous le connaissez? Quelque chose d'hébété et de très content dans la figure, pourtant très sévère, roide et sérieux.*[3] Um sujeitinho da polícia, daqueles que obedecem: *je m'y connais.*[4] Eu dormia ainda, e imagine só: ele me pediu que o deixasse "dar uma olhadinha" nos meus livros e manuscritos; *oui, je m'en souviens, il a employé ce mot.*[5] Não me prendeu, mas apenas os livros... *Il se tenait à distance*[6] e, quando começou a explicar o motivo de sua visita, parecia achar

---

[1] Enfim um amigo! (em francês).

[2] Perdão, esqueci o nome dele. Ele não é daqui...; algo de estúpido e de alemão na fisionomia. Chama-se Rosenthal (em francês).

[3] Você o conhece? Algo abestalhado e muito contente na cara, porém todo severo, rígido e sério (em francês).

[4] Entendo disso (em francês).

[5] ... sim, lembro-me disso, ele empregou essa palavra (em francês).

[6] Ele se mantinha à distância... (em francês).

que eu... *enfin, il avait l'air de croire que je tomberais sur lui immédiatement et que je commencerais à le battre comme plâtre. Tous ces gens du bas étage sont comme ça...*[7] quando estão lidando com um homem decente. É claro que logo entendi tudo. *Voilà vingt ans que je m'y prépare.*[8] Abri todas as gavetas para ele e lhe entreguei todas as chaves: entreguei eu mesmo, entreguei tudo. *J'étais digne et calme.*[9] Quanto aos livros, ele pegou as edições estrangeiras de Herzen, um exemplar encadernado de "O sino", quatro cópias de meu poema, *et, enfin, tout ça.*[10] Depois os papéis e as cartas, *et quelques-uns de mes ébauches historiques, critiques et politiques.*[11] Eles levaram tudo isso. Nastácia diz que um soldado levou tudo num carrinho, coberto de um avental: *oui, c'est cela,*[12] de um avental.

Era um delírio. Quem conseguiria entender uma coisa dessas? Voltei a enchê-lo de perguntas: Bluhm viera sozinho ou não? em nome de quem? com que direito? como ele teria ousado? de que maneira explicara a visita?

— *Il était seul, bien seul*;[13] aliás, havia mais alguém *dans l'antichambre, oui, je m'en souviens, et puis*[14]... Parece, aliás, que havia mais alguém mesmo, e um vigia estava

---

[7] ... enfim, parecia achar que eu partiria imediatamente para cima dele e começaria a surrá-lo de qualquer jeito. Todas aquelas pessoas do baixo fundo são assim... (em francês).

[8] Faz vinte anos que me preparo para isso (em francês).

[9] Estava digno e calmo (em francês).

[10] ... e, afinal, tudo isso (em francês).

[11] ... e alguns dos meus esboços históricos, críticos e políticos (em francês).

[12] Sim, é isso (em francês).

[13] Ele estava só, totalmente só (em francês).

[14] ... na antessala, sim, lembro-me disso, e depois... (em francês).

no *sêni*. Temos de perguntar a Nastácia: ela sabe melhor disso tudo. *J'étais surexcité, voyez-vous. Il parlait, il parlait... un tas de choses;*[15] aliás, falou bem pouco, e quem falou muito fui eu... Contei toda a minha vida, mas, bem entendido, só desse ponto de vista... *J'étais surexcité, mais digne, je vous l'assure.*[16] Receio, aliás, que tenha chorado, ao que parece. Quanto àquele carrinho, era de um lojista, aqui perto.

— Oh, meu Deus, mas como tudo isso pôde acontecer? Mas, pelo amor de Deus, seja mais exato, Stepan Trofímovitch, pois é um sonho puro, o que está contando!

— *Cher*, eu mesmo estou como que sonhando... *Savez-vous, il a prononcé le nom de Teliatnikoff,*[17] e acho que era ele próprio quem se escondia no *sêni*. Agora me lembro, sim: ele propôs chamar o procurador e, parece, Dmítri Mítritch... *qui me doit encore quinze roubles de yeralach, soit dit en passant. Enfin, je n'ai pas trop compris.*[18] Só que passei a perna neles... e o que tenho a ver com Dmítri Mítritch? Parece que comecei a pedir, e muito, que ele encobrisse aquilo; pedi muito, mas muito mesmo, até receio que me tenha humilhado... *comment croyez--vous? Enfin il a consenti.*[19] Agora me lembro, sim: foi ele mesmo quem disse que seria melhor encobrir aquilo,

---

[15] Veja bem: eu estava por demais excitado. Ele falava, falava... um monte de coisas (em francês).

[16] Estava por demais excitado, mas digno: garanto-lhe isso (em francês).

[17] Sabe, ele pronunciou o nome de Teliátnikov (em francês).

[18] ... que me deve ainda quinze rublos de *yeralach*, diga-se de passagem. Enfim, não entendi muito bem (em francês).

[19] ... o que você acha? Enfim ele consentiu (em francês).

por ter vindo apenas para "dar uma olhadinha" *et rien de plus*, e nada mais, nada... e que, se não encontrassem nada, nada aconteceria. Pois então, terminamos tudo *en amis, et je suis tout à fait content.*[20]

— Misericórdia, mas ele propôs ao senhor a ordem e as garantias habituais em tais casos, e foi o senhor mesmo que as rejeitou! — exclamei, tomado de uma indignação amistosa.

— Não, mas assim, sem garantia, é melhor. Para que serve um escândalo? Que seja, por enquanto, *en amis*... Você sabe, se ficarem sabendo nesta cidade nossa... *mes ennemis... et puis, à quoi bon ce procureur, ce cochon de notre procureur qui deux fois m'a manqué de politesse et qu'on a rossé à plaisir, l'autre année, chez cette charmante et belle* Natália Pávlovna, *quand il se cachait dans son boudoir. Et puis, mon ami,*[21] não me contradiga nem me desencoraje, por favor, que não há nada de mais insuportável, para um homem infeliz, do que ser logo lembrado por cem amigos de ter feito uma besteira. Sente-se, pois, e tome chá; confesso que estou muito cansado... Será que teria de me deitar e de molhar a cabeça com vinagre, o que acha?

— Sem falta! — exclamei. — Eu mesmo colocaria até um pedaço de gelo. Está muito abalado. Está pálido, e suas mãos tremem. Deite-se, descanse e não se apresse a contar. Ficarei cá sentado, esperando.

---

[20] ... de modo amigável, e estou plenamente contente (em francês).

[21] ... meus inimigos... e depois, para que serve aquele procurador, aquele porco de nosso procurador que me destratou duas vezes e foi surrado à vontade, um ano desses, na casa daquela charmosa e linda [Natália Pávlovna], quando se escondia na alcova dela. E depois, meu amigo... (em francês).

Ele não queria deitar-se, mas acabei insistindo. Nastácia trouxe uma chávena com vinagre; molhei uma toalha e coloquei-a na cabeça dele. A seguir, Nastácia subiu numa cadeira para acender uma lamparina diante do ícone que estava num canto. Reparei nisso com pasmo; aliás, não havia antes nenhuma lamparina ali, mas de repente aparecera uma.

— Fui eu que mandei colocá-la agorinha, tão logo aqueles saíram — murmurou Stepan Trofímovitch, mirando-me com astúcia. — *Quand on a de ces choses-là dans sa chambre et qu'on vient vous arrêter,*[22] isso impõe respeito, e eles deverão, afinal de contas, relatar o que viram...

Terminando de acender a lamparina, Nastácia se postou às portas, apertando a palma da mão direita à sua bochecha, e ficou olhando para ele com ares de pesar.

— *Éloignez-la*[23] a qualquer pretexto que seja... — Ele me acenou com a cabeça, lá do sofá. — Detesto essa piedade russa, *et puis, ça m'embête.*[24]

Contudo, ela saiu por vontade própria. Percebi que Stepan Trofímovitch não parava de olhar em direção às portas nem de escutar o que se ouvia na antessala.

— *Il faut être prêt, voyez-vous?*[25] — Encarou-me de modo significativo. — *Chaque moment*[26]... vêm, pegam e — psiu, o homem sumiu!

— Meu Deus do céu! Quem virá? Quem o pegará?

---

[22] Quando você tem dessas coisas no quarto e vêm prender você... (em francês).

[23] Afaste-a... (em francês).

[24] ... e depois, isso me aporrinha (em francês).

[25] É preciso ficar pronto, está vendo? (em francês).

[26] A qualquer momento (em francês).

— *Voyez-vous, mon cher*, perguntei às claras, quando ele ia embora, o que fariam agora comigo.

— Melhor seria se perguntasse logo para onde o mandariam desterrado! — exclamei, com a mesma indignação.

— Era bem isso que subentendia ao fazer minha pergunta, mas ele foi embora e não respondeu nada. *Voyez-vous*, quanto às roupas de baixo e de cima, sobretudo às roupas quentes, que seja como eles mesmos quiserem: se mandarem levá-las, tudo bem; se não, irei lá só com aquele capote de soldado. Só que já enfiei às escondidas trinta e cinco rublos (de súbito, ele baixou a voz, olhando de viés para a porta pela qual saíra Nastácia) numa frestinha do bolso de meu colete: aqui estão, apalpe... Acho que não me tirarão o colete; deixei, aliás, sete rublos no porta-níqueis por via das dúvidas: "É tudo, digamos, o que tenho". Sabe, os trocados e tostões de cobre estão lá, em cima da mesa, de sorte que eles não adivinharão que escondi o dinheiro, mas pensarão que está tudo lá. É que só Deus sabe onde terei de pernoitar hoje.

Fiquei desanimado com tanta sandice. Era óbvio que não se efetuavam nem a prisão nem a busca da maneira como ele contava; ainda por cima, confundia-se com certeza. É verdade, porém, que tudo isso aconteceu então, antes ainda de as leis atuais entrarem em vigor. É verdade também que lhe propuseram (no dizer dele próprio) um procedimento mais correto, só que ele "passou a perna" e se recusou a aceitá-lo... Fique claro que antes, ou seja, há tão pouco tempo ainda, o governador podia mesmo, em casos extremos... Mas, por outro lado, que caso tão extremo assim poderia ser esse? Era isso que me desconcertava.

— Houve provavelmente um telegrama de Petersburgo — disse, de chofre, Stepan Trofímovitch.

— Um telegrama? Sobre o senhor? Por causa daquelas obras de Herzen e do seu poema? Mas o senhor está louco: por que é que o prenderiam?

Fiquei simplesmente furioso. Ele fez uma careta, visivelmente sentido, mas não com meu grito e, sim, com a própria ideia de não haver motivos para prendê-lo.

— Quem pode saber, nestes tempos nossos, por que pode ser preso? — murmurou, num tom misterioso. Uma ideia selvagem, a mais disparatada possível, relampejou em minha mente.

— Stepan Trofímovitch, diga-me como a um amigo — exclamei —, como a um verdadeiro amigo seu, que não vou delatá-lo: o senhor pertence a alguma sociedade secreta ou não?

E eis que ele se mostrou, para minha surpresa, outra vez indeciso. Participava de uma sociedade secreta ou não participava?

— Depende do ponto de vista, *voyez-vous*...

— Como assim, "do ponto de vista"?

— Quando a gente dedica todo o coração ao progresso e... quem pode garantir? A gente acha que não pertença, mas aí olha e vê que pertence, sim, a alguma coisa.

— Mas como isso é possível? Seria "sim" ou "não"?

— *Cela date de Pétersbourg,*[27] quando queríamos, ela e eu, fundar uma revista ali. Eis onde fica a raiz. Então escapamos, e eles se esqueceram de nós, mas agora nos relembraram. *Cher, cher*, será que não sabe? — exclamou

---

[27] Isso data de Petersburgo (em francês).

dolorosamente. — Aqui conosco, você é pego, jogado numa *kibitka*[28] e segue para a Sibéria, pelo resto da vida, ou fica esquecido numa casamata...

De repente, desandou a chorar, e suas lágrimas eram ardentes, ardentes mesmo. Vinham jorrando. Ele tapou os olhos com seu fular vermelho e passou soluçando, soluçando convulsivamente, cerca de cinco minutos. Estremeci todo. Aquele homem, nosso profeta havia vinte anos, nosso pastor, mentor e patriarca, aquele Kúkolnik que se portava em nosso meio de modo tão sublime e majestoso que se alçava acima de nós todos, que todos nós venerávamos com tanta sinceridade, tomando isso por uma honra — era ele quem soluçava agora, soluçava como um menininho arteiro soluçaria no aguardo da vara que seu mestre-escola fora buscar. Senti enorme pena dele. Acreditava, sem dúvida, tanto naquela "*kibitka*" quanto no que eu estava ao seu lado, aguardando-a justamente naquela manhã, agora mesmo, dentro de instantes, e tudo isso por causa das obras de Herzen e de algum poema seu! Tal desconhecimento completo e rematado de nossa realidade cotidiana era enternecedor e, ao mesmo tempo, algo repugnante.

Afinal, parou de chorar, levantou-se do sofá e tornou a andar pelo quarto, continuando a conversar comigo, mas olhando, a cada minuto, pela janela e prestando atenção no que se ouvia na antessala. Nossa conversa transcorria sem nexo. Todas as minhas exortações e consolações ricochetavam como ervilhas jogadas contra a parede. Ele escutava pouco, mas, não obstante, precisava

---

[28] Carro de rodas altas, geralmente coberto, sinônimo de lentidão e precariedade (em russo).

demais que eu o reconfortasse e lhe falasse sem trégua nesse sentido. Eu via que agora minha presença lhe era imprescindível e que ele não me deixaria sair de maneira alguma. Fiquei lá, e assim permanecemos sentados por umas duas horas e tanto. Enquanto conversávamos, ele se lembrou de Bluhm ter levado dois panfletos encontrados em sua casa.

— Que panfletos? — Fiquei, sem pensar, assustado. — Será que o senhor...

— Eh, mas haviam deixado aqui dez folhas — respondeu ele, com desgosto (falava comigo ora com desgosto e altivez, ora de modo bem humilde e lastimoso) —, porém já dei cabo de oito, e Bluhm só levou dois...

Corou repentinamente de indignação.

— *Vous me mettez avec ces gens-là!*[29] Acha, por acaso, que poderia andar com aqueles vilões, com quem espalha panfletos, com meu filhozinho Piotr Stepânovitch, *avec ces esprits-forts de la lâcheté?*[30] Oh, meu Deus!

— Ora, mas será que o envolveram de algum jeito... Aliás, é uma bobagem: não pode ser! — repliquei.

— *Savez-vous*[31] — deixou ele escapar de improviso —: estou sentindo, vez por outra, *que je ferai là-bas quelque esclandre.*[32] Oh, não vá embora, não me deixe sozinho. *Ma carrière est finie aujourd'hui, je le sens.*[33] Sabe que eu... talvez eu avance e morda alguém lá, como aquele subtenente...

---

[29] Você me mistura com aquelas pessoas! (em francês).
[30] ... com aqueles adeptos da covardia (em francês).
[31] Sabe... (em francês).
[32] ... que farei lá algum escândalo (em francês).
[33] Hoje minha carreira está acabada, sinto isso (em francês).

Fixou em mim um olhar estranho, assustado e, ao mesmo tempo, como que ansioso por assustar. Realmente, ficava cada vez mais irritado com alguém e com algo, à medida que o tempo ia passando sem que aquelas "*kibitkas*" aparecessem, até se zangava. E eis que Nastácia, indo por alguma razão da cozinha à antessala, esbarrou de repente no cabideiro e fê-lo cair. Stepan Trofímovitch ficou trêmulo, mais morto que vivo, porém, tão logo o assunto se esclareceu, gritou quase guinchando com Nastácia, bateu os pés e mandou-a de volta para a cozinha. Um minuto depois, disse a encarar-me com desespero:

— Estou perdido! *Cher*... — Sentou-se então perto de mim e olhou, atenta e mui lamentosamente, em meus olhos. — *Cher*, não tenho medo da Sibéria, juro-lhe, *ô, je vous jure*[34]... (até mesmo as lágrimas surgiram nos olhos dele), tenho medo de outra coisa...

Adivinhei logo, pela aparência dele, que queria comunicar-me enfim algo extraordinário, algo que até então se abstinha, sendo assim, de me comunicar.

— Tenho medo de vexame — cochichou misteriosamente.

— De que vexame? Mas, pelo contrário... Acredite, Stepan Trofímovitch, que tudo isso ficará esclarecido ainda hoje e que o desfecho lhe será favorável...

— Tem tanta certeza de que me perdoarão?

— Mas o que significa "perdoarão"? Que palavras! O que o senhor fez de tão incomum? Asseguro-lhe enfim que não fez coisa nenhuma!

---

[34] ... oh, eu lhe juro (em francês).

— *Qu'en savez-vous?*[35] Toda a minha vida foi... *cher*. Eles se lembrarão de tudo... e, se não acharem nada, aí *tanto pior* — acrescentou inopinadamente.

— Por que "tanto pior"?

— Pior.

— Não entendo.

— Meu amigo, amigo meu, que seja a Sibéria, que seja Arkhânguelsk[36] com a cassação de direitos: quem morrer morra! Mas... tenho medo de outra coisa (de novo aquele cochicho, um ar assustado e algo misterioso por trás).

— Mas de que, de quê?

— Serei açoitado — proferiu ele, olhando para mim com um transtorno patente.

— Quem vai açoitá-lo? Onde? Por quê? — exclamei, temendo que ele estivesse para enlouquecer.

— Onde? Mas lá... lá onde se faz essa coisa.

— Mas onde essa coisa se faz?

— Eh, *cher* — cochichou ele quase ao meu ouvido. — De repente, o chão se abre embaixo de você, e eis que desce lá até a cintura... Todos sabem disso.

— Lorotas! — exclamei, adivinhando o resto. — Velhas lorotas! Será que o senhor acreditou nelas até agora? — Dei uma gargalhada.

— Lorotas, hein? Só que essas lorotas tiveram algum fundamento: quem já foi açoitado não teria contado. Vi isso dez mil vezes em minha imaginação!

---

[35] O que sabe disso? (em francês).

[36] Cidade dos Arcanjos (em russo) situada no extremo norte da Rússia, próximo ao mar Branco.

— Mas por que logo o senhor seria açoitado, por quê? Não fez nada mesmo!

— Tanto pior: verão que não fiz nada e me açoitarão na certa.

— E está convencido de que o levarão até Petersburgo para isso?

— Meu amigo, já disse que não tinha nada a lamentar: *ma carrière est finie*. Desde aquela hora em Skvorêchniki em que ela se despediu de mim, não prezo mais esta minha vida... agora o vexame, o vexame — *que dira-t--elle*,[37] se souber disso?

Olhou para mim com desespero e ruborizou-se todo, coitado. Eu também abaixei os olhos.

— Não saberá de nada, porque nada acontecerá ao senhor. Deixou-me tão assombrado esta manhã, Stepan Trofímovitch, como se tivéssemos conversado pela primeira vez na vida.

— Amigo meu, mas não é por medo. Tudo bem, que me perdoem, que me tragam de volta para cá sem fazer nada comigo, mas é bem aí que estarei perdido. *Elle me soupçonnera toute sa vie*[38]... de mim, de mim, poeta e pensador, do homem que ela reverenciou por vinte e dois anos!

— Nem passará pela cabeça dela.

— Passará, sim — cochichou ele, profundamente convicto. — Já falamos disso algumas vezes em Petersburgo, durante a Quaresma, antes de sairmos de lá, quando estávamos ambos com medo... *Elle me soupçonnera toute sa vie*... e como a dissuadiria? Não dará para acreditar. E

---

[37] ... o que ela dirá (em francês).

[38] Ela suspeitará de mim toda a sua vida (em francês).

quem vai acreditar nisso aqui, nesta cidadezinha? *C'est invraisemblable... et puis, les femmes...*[39] Ela ficará contente. Estará muito aflita, muito mesmo, sinceramente, como uma amiga de verdade, porém, lá no fundo, ficará contente... Assim lhe entregarei uma arma contra mim mesmo, pelo resto da vida. Oh, minha vida está perdida! Vinte anos de felicidade tão plena com ela... e acabou-se!

Tapou o rosto com as mãos.

— Stepan Trofímovitch, será que não deveria avisar, agora mesmo, Varvara Petrovna do que ocorreu? — propus-lhe.

— Deus me acuda! — Ele estremeceu e ficou em pé. — De jeito nenhum, jamais, depois daquilo que foi dito quando de nossa despedida em Skvorêchniki, ja-mais!

Seus olhos fulgiram.

Creio que ficamos sentados ainda por uma hora ou mais, esperando o tempo todo por algo, tanto se enraizara em nós aquela ideia. Ele se deitou de novo, até mesmo fechou os olhos e passou assim, deitado, uns vinte minutos, sem dizer uma só palavra, de modo que me perguntei afinal se não estava dormindo ou inconsciente. De súbito, soergueu-se impetuosamente e arrancou a toalha da sua cabeça; pulou do sofá, correu até o espelho, atou, com as mãos trêmulas, sua gravata e chamou, com uma voz de trovão, por Nastácia, mandando que lhe trouxesse o casaco, o chapéu novo e a bengala.

— Não posso mais aguentar — disse, em voz entrecortada —, não posso, não posso!... Vou lá.

— Aonde? — Também me levantei depressa.

---

[39] É inverossímil... e depois, as mulheres... (em francês).

— Ver Lembke. *Cher*, estou devendo, sou obrigado. É meu dever. Sou cidadão e homem, não sou uma lasca qualquer e tenho meus direitos, e quero meus direitos... Passei vinte anos sem reclamar meus direitos, criminosamente me esqueci deles ao longo de toda a minha vida... mas agora vou reclamá-los. Ele tem de me dizer tudo, tudo. Ele recebeu um telegrama. Que pare de me torturar; se não, que me prenda, que me prenda, sim, que me prenda!

Suas exclamações vinham de permeio com alguns guinchos, ele batia os pés.

— Aprovo o senhor — disse eu, com a maior tranquilidade possível, ainda que temesse muito por ele —: é, com certeza, melhor do que ficar aí sentado, com essa angústia toda, porém não aprovo seu humor. Veja só com quem se parece e como vai lá! *Il faut être digne et calme avec Lembke.*[40] Agora o senhor pode, de fato, avançar contra alguém e mordê-lo.

— Pois eu me entrego voluntariamente. Vou direto para a boca do leão...

— E eu vou acompanhá-lo.

— Nem esperava por algo menor da sua parte: aceito seu sacrifício, esse sacrifício de verdadeiro amigo, mas você me acompanhará tão só até a casa dele, apenas até a casa, pois não deve nem tem o direito de se comprometer, daqui em diante, com minha companhia. *Ô, croyez-moi, je serai calme!*[41] Eu me assumo, neste momento, *à la hauteur de tout ce qu'il y a de plus sacré...*[42]

---

[40] É preciso ser digno e calmo com Lembke (em francês).

[41] Oh, acredite que estarei calmo! (em francês).

[42] ... à altura de tudo o que houver de mais sagrado (em francês).

— Talvez entre também com o senhor — interrompi-o. — Ontem aquele estúpido comitê me avisou, por intermédio de Vyssótski, que eles contavam comigo e me convidavam para a festa de amanhã como um dos responsáveis, ou como se chamam... como um daqueles seis jovens que são designados para ficar de olho nas bandejas, cortejar as damas, reservar lugares para os convidados e carregar um laço de fitas brancas e purpurinas no ombro esquerdo. Queria recusar logo, mas agora por que não entraria naquela casa a pretexto de me explicar com Yúlia Mikháilovna em pessoa?... Assim é que entraremos nós dois.

Ele me escutava abanando a cabeça, mas, aparentemente, não entendia nada. Estávamos à soleira.

— *Cher*... — Ele estendeu a mão em direção à lamparina que estava num canto. — *Cher*, nunca acreditei naquilo, mas... que seja, que seja! (Benzeu-se). *Allons!*[43]

"Assim está melhor" — pensei, ao sair com ele da casa. — "O ar fresco vai ajudar pelo caminho, e a gente se acalma, volta para casa e vai dormir...".

Não contei, todavia, o dono.[44] Foi justamente pelo caminho que se deu outro incidente, deixando Stepan Trofímovitch ainda mais perturbado e definindo seu rumo... tanto assim que confesso nem ter esperado, da parte de nosso amigo, tamanha agilidade que de repente manifestaria naquela manhã. Meu pobre amigo, meu bom amigo!

---

[43] Vamos! (em francês).

[44] Dostoiévski reproduz ao pé da letra a expressão francesa *compter sans son hôte*, que significa, neste contexto, "omitir, intencional ou casualmente, a parte mais importante de algum projeto ou cálculo".

Capítulo décimo primeiro. Os flibusteiros. A manhã fatal.

I

O acidente que se deu conosco pelo caminho também foi algo espantoso. Cumpre-me, todavia, contar tudo por ordem. Uma hora antes de sairmos, Stepan Trofímovitch e eu, da sua casa, uma multidão de operários da fábrica dos Chpigúlin, que contava com uns setenta, ou talvez mais, homens, passara pela cidade e fora observada por várias pessoas curiosas. Quase silenciosa e propositalmente ordenada, passara com certa solenidade. Depois se afirmaria que tais setenta homens haviam sido selecionados no meio de todos os operários, cuja quantidade chegava, naquela fábrica dos Chpigúlin, a novecentos, a fim de irem falar com o governador e de lhe pedir, na ausência dos patrões, justiça contra a prepotência do gerente que, ao fechar a fábrica e demitir os operários, tê-los-ia enganado descaradamente a todos — um dos fatos que não suscitam, hoje em dia, nem sombra de dúvida. Por outro lado, há quem conteste até agora terem sido selecionados, alegando que uma delegação de setenta homens é grande demais e dizendo que aquela turba se compunha mui simplesmente dos operários mais ressentidos, os quais vinham pedir apenas em seu próprio nome, de sorte que não houve na fábrica nenhuma "rebelião" geral, discutida mais tarde com tanta veemência. Há enfim quem assevere entusiasticamente que aqueles setenta homens eram não só rebeldes, mas, ainda por cima, rebeldes políticos, ou seja, decerto tinham sido excitados, além de serem uns dos mais violentos por natureza, com os panfletos subversivos. Numa palavra, não se sabe até agora ao certo se houve mesmo alguma influência alheia ou algum incentivo. Quanto a mim, acredito que os operários nem sequer leram aqueles panfletos subversivos e, se porventura os tivessem lido, não teriam compreendido meia palavra, até porque os autores de tais panfletos, apesar de toda a nudez de seu estilo, redigem-nos de forma extremamente confusa. Mas, como de fato os operários estavam em apuros e a polícia, à qual tinham recorrido, não queria investigar a sua reclamação, o que seria mais natural do que essa ideia de irem, todos juntos, falar com "o general em pessoa", levando, quem sabe, uma queixa escrita à frente da multidão, alinhando-se solenemente em face de sua entrada, ajoelhando-se todos juntos, tão logo ele aparecesse, e lhe rogando como se fosse a Providência em carne e osso? A meu ver, não se precisa para tanto nem de rebeliões nem mesmo de delegações, pois este é um meio antigo, histórico: o povo russo sempre gostou de conversar com "o general em pessoa", nem que o fizesse por mero prazer e fosse qual fosse o desfecho da tal conversa.

Destarte estou absolutamente convicto de que, muito embora Piotr Stepânovitch, Lipútin e talvez mais alguém, até mesmo Fedka como tal, tivessem corrido previamente por entre os operários (existindo, de fato, alguns indícios bastante claros dessa circunstância) e falado com eles, chegaram a abordar, por certo, dois, três ou, no máximo, cinco daqueles homens, apenas para testá-los, e que sua conversa não deu em nada. Quanto à rebelião, creio que, mesmo tendo os operários entendido algo de sua propaganda, pararam, com certeza, logo de ouvi-los, já que se tratava, na visão deles, de um assunto estúpido e totalmente inapropriado. Não foi o mesmo que aconteceu a Fedka: teve, ao que parece, mais sorte do que Piotr Stepânovitch. Do incêndio urbano que sobreveio três dias mais tarde, conforme se esclarece agora de maneira indubitável, participaram realmente, a par de Fedka, dois operários da fábrica, e depois, ao cabo de um mês, outros três ex-operários foram presos em nosso distrito ao cometerem novos incêndios e roubos. Ainda assim, mesmo que Fedka tivesse conseguido incentivá-los a ações diretas e imediatas, foram tão somente aqueles cinco homens, dado que não se ouviu nada de semelhante a respeito dos outros.

De qualquer modo, toda a multidão de operários acabou chegando à pracinha defronte à casa do governador, onde se alinhou solene e calada. A seguir, ficaram todos esperando, de bocas abertas, em face da entrada. Alguém me disse que teriam tirado as *chapkas* logo depois de chegarem lá, ou seja, cerca de meia hora antes de aparecer o próprio dono da província, o qual não estava então, como que de propósito, em casa. A polícia também se apresentou depressa, primeiro em forma de uns agentes esparsos e depois em seu possível conjunto, e começou, bem entendido, um discurso ameaçador, mandando que os operários se dispersassem. No entanto, os operários cerraram ainda mais as suas fileiras, como um rebanho de carneiros diante de uma cerca, e responderam laconicamente que precisavam ver "o *eneral* em pessoa", demonstrando assim a firmeza de sua decisão. Os gritos antinaturais cessaram, substituídos, logo em seguida, por ares meditativos, ordens misteriosas em voz baixa e aquela preocupação severa e tensa que faz a chefia franzir o sobrolho. O comandante da polícia preferiu esperar pela chegada do próprio von Lembke. Os boatos de que este veio voando de troica,[1] a toda a brida, e foi distribuindo pancadas antes ainda de descer do seu *drójki* são mera bobagem. Realmente, voava e gostava de voar naquele *drójki* de traseira amarela e, à medida que seus cavalos "levados à bacanal" ficavam cada vez mais doidos, arrebatando todos os comerciantes de nosso Pátio das Compras, punha-se em pé sobre o carro, endireitava-se a empunhar uma correia ajustada de propósito ao lado da boleia e, estendendo a mão direita para o espaço com aquele gesto dos monumentos, passava assim em revista a cidade inteira. Contudo, nesse caso específico, não espancou ninguém e, mesmo sem ter evitado, ao saltar do *drójki*, uma palavrinha salgada, xingou unicamente para não perder a popularidade. Ainda mais bobos são os rumores de os soldados terem aparecido lá com suas baionetas e de um pedido de mandar a artilharia e os cossacos para nossa cidade ter sido enviado por telégrafo a algum lugar: são mentiras em que não acredita agora nem quem as inventou. Também é falsa a notícia de terem sido trazidos os tonéis de bombeiros, cheios d'água, e de o povo ter sido encharcado com aquela água. É que Iliá Ilitch, exaltado como estava,

[1] Carruagem ou trenó puxado por três cavalos.

gritou apenas que, com ele no comando, ninguém sairia seco da água,[2] e foi assim, provavelmente, que surgiram aqueles tonéis, notificados, dessa maneira, pelos jornais metropolitanos. É de supormos que a variante mais plausível consista em tal multidão ter sido cercada, para começar, por todos os policiais que estavam disponíveis na ocasião e um mensageiro, o titular da primeira delegacia, ter sido mandado avisar von Lembke, pegando o *drójki* do comandante e tomando às pressas o caminho de Skvorêchniki por saber que o governador fora lá, meia hora antes, com seu próprio carro...

Confesso, porém, que para mim uma das questões permanece ainda em suspenso: como foi que um grupo ordinário, isto é, inofensivo, de requerentes, embora composto de setenta homens, ficou transformado logo de cara, desde o primeiro passo, numa rebelião que ameaçava sacudir os alicerces da sociedade? Por que Lembke se agarrou pessoalmente a essa ideia, chegando vinte minutos depois, bem no encalço do mensageiro? Eu cá presumiria (sendo outra vez uma opinião particular) que Iliá Ilitch, compadre do gerente, achasse mesmo proveitoso apresentar a multidão a von Lembke sob certo ângulo, notadamente para evitar a verdadeira investigação do caso, e que von Lembke em pessoa tivesse sido quem o incitara a tanto. Tivera, nos últimos dois dias, duas conversas secretas e urgentes com ele, e, apesar de serem assaz desconexas, Iliá Ilitch deduzira dessas conversas que a chefia julgava extremamente grave o fato de alguém espalhar tais panfletos e incentivar os

---

[2] Ditado russo (*выйти сухим из воды*) que se refere a quem consegue evitar uma responsabilidade séria e iminente.

operários dos Chpigúlin a uma espécie de rebelião social, tão grave, aliás, que ficaria ela mesma, quiçá, lamentando se o incentivo se revelasse falso. "Querem ganhar algum destaque em Petersburgo" — pensou nosso astuto Iliá Ilitch, ao sair do gabinete de von Lembke. — "Pois bem: a gente pode lucrar com isso".

Entretanto, estou convencido de que o coitado do Andrei Antônovitch não teria desejado uma rebelião nem mesmo para se destacar pessoalmente. Era um servidor consciencioso em extremo, que estivera inocente até contrair matrimônio. E seria dele a culpa de que, sem se incumbir da aquisição daquela inocente lenha com dinheiro público nem se casar com uma Minchen não menos inocente, fora elevado por uma princesinha quarentona ao nível dela própria? Sei quase ao certo que justamente a partir daquela manhã fatal começaram a revelar-se os primeiros indícios patentes de certo estado que acabaria levando, a julgar pelos mexericos, o pobre Andrei Antônovitch para uma instituição especial na Suíça, onde ele permanece ainda, hoje em dia, com o pretenso intuito de recuperar suas forças. Mas, se admitirmos que *alguns* fatos patentes tenham vindo à tona bem naquela manhã, podemos também admitir, a meu ver, que similares fatos se tenham revelado, embora nem tão patentes assim, já na véspera. Estou ciente, com base nos boatos mais secretos (imagine-se que seria Yúlia Mikháilovna em pessoa, não mais triunfante, mas *quase* arrependida, visto que uma mulher nunca se arrepende *completamente*, quem me comunicaria depois uma partícula dessa história), estou, pois, ciente de que Andrei Antônovitch veio na véspera, tarde e às más horas, ao quarto de sua esposa, despertou-a por volta das três da madrugada e exigiu que escutasse "seu ultimato". Exigiu com tanta insistência que ela se viu obrigada a levantar-se da cama, cheia de indignação e com a cabeleira repleta de papelotes, a sentar-se num canapé e, mesmo lhe demonstrando um desprezo sarcástico, a escutá-lo. Foi só então que compreendeu pela primeira vez quão longe seu Andrei Antônovitch tinha ido e ficou apavorada no íntimo. Devia enfim mudar de opinião e abrandar-se, porém dissimulou seu pavor e se quedou ainda mais pertinaz do que antes. Tinha (igual a qualquer outra esposa, pelo que parece) seu modo particular de lidar com Andrei Antônovitch, que já fora testado diversas vezes e, mais de uma vez, deixara-o frenético. O método de Yúlia Mikháilovna consistia em mergulhar num desdenhoso silêncio por uma hora, por duas horas, por um dia inteiro e quase por três dias seguidos, em permanecer calada custasse o que custasse, fossem quais fossem os ditos e feitos de seu marido, nem que tentasse pular da janela do terceiro andar, e era algo insuportável para um homem sensível! Pretendesse Yúlia Mikháilovna castigar o esposo pelas falhas cometidas nos últimos dias e pela inveja ciumenta com a qual ele, sendo governador, encarava as capacidades administrativas dela, estivesse indignada por ter criticado, sem entender a fineza e a sagacidade de seus objetivos políticos, a sua maneira de tratar os jovens e toda a sociedade nossa ou então se zangasse com aqueles ciúmes obtusos e disparatados que seu marido manifestava por causa de Piotr Stepânovitch, o fato é que decidiu, ocorresse o que ocorresse em seguida, não se abrandar nem mesmo às três horas da madrugada e não obstante a emoção nunca vista de Andrei Antônovitch. Andando, fora de si, de lá para cá e por todo lado, calcando os tapetes de sua alcova, o esposo lhe relatou tudo, decididamente tudo, embora sem nexo algum, *tudo* quanto se acumulara em seu âmago ao "ter passado dos limites". Começou dizendo que todos zombavam dele e lhe "puxavam o nariz". "Cuspo para a expressão!" — guinchou de leve em resposta ao sorriso dela. — "Que seja 'puxar o nariz', já que é verdade!... Não, minha senhora, o momento chegou: fique sabendo que não se ri mais agora nem se vale dessas artimanhas do coquetismo feminino. Não estamos na alcova de uma daminha dengosa, mas somos como que dois entes abstratos que se encontraram, num balão a voar, para dizer a verdade toda". (Decerto se confundia e não achava formas corretas para exprimir seus pensamentos, aliás, bem razoáveis). "Foi a senhora, foi você, minha senhora, quem me tirou do meu estado anterior, e aceitei este meu cargo apenas pela senhora, para satisfazer essa sua vaidade... Está sorrindo sarcasticamente? Não triunfe ainda, não se apresse! Fique sabendo, minha senhora, fique sabendo que eu poderia, sim, que eu saberia dar conta deste cargo meu, e não apenas de um cargo só, mas de dez cargos como este, porque sou habilitado para tanto, porém com você, minha senhora, porém ao seu lado não me é possível dar conta dele, pois estou desabilitado ao seu lado. Dois centros não podem coexistir, e a senhora instalou dois centros, um no meu gabinete e o outro na sua alcova, dois centros de poder, minha senhora, só que não vou permitir isso, não vou! O serviço público, bem como o matrimônio, só pode ter um centro, e dois centros são impossíveis... Com que você me pagou?" — continuou exclamando. — "Nosso casamento consistia unicamente em a senhora me provar o tempo todo, a toda hora, que eu era nulo, estúpido e até mesmo vil, enquanto eu tinha de lhe provar o tempo todo, a toda hora e com humilhação, que não era nulo nem nada estúpido, e que impressionava todo mundo com minha nobreza! Não seria isso humilhante de ambos os lados, seria?". Então ele passou a bater ambos os pés, amiudada e rapidamente, sobre o tapete, tanto assim que Yúlia Mikháilovna se viu obrigada a soerguer-se com uma dignidade severa. Ele se aquietou depressa, mas, em compensação, ficou sensibilizado e começou a soluçar (sim, a soluçar), desferindo pancadas em seu peito por uns cinco minutos a fio, cada vez mais perturbado com o profundíssimo silêncio de Yúlia Mikháilovna. Confundiu-se afinal em definitivo e deixou escapar que estava enciumado por causa de Piotr Stepânovitch. Adivinhando que dissera uma bobagem descomunal, enfureceu-se e bradou, raivoso, que "não permitiria renegar a Deus", que ia acabar com "aquele desavergonhado salão ímpio" dela, que um governador tinha, inclusive, o dever de crer em Deus, "e, por conseguinte, a esposa dele também", que não toleraria mais aqueles jovens, que "a você, minha senhora, caberia a você, por mera dignidade, cuidar do seu marido e defender a inteligência dele, mesmo se fosse pouco habilitado (e eu cá não sou, nem de longe, pouco habilitado!), mas é justamente por sua causa que todos me desprezam aqui, pois foi a senhora quem os colocou todos contra mim!...". Gritou que eliminaria a questão feminina, que abafaria aquele cheirinho ali, que proibiria, logo no dia seguinte, aquela festinha absurda com doações para governantas (que o diabo as carregue todas!) e daria cabo dela, que expulsaria da província, logo na manhã seguinte e "com um cossaco", a primeira governanta que tivesse encontrado. "Adrede, adrede!" — guinchava volta e meia. "Será que sabe, será que sabe mesmo" — vociferava — "que esses seus cafajestes atiçam os homens, lá na fábrica, e que eu sei disso? Será que sabe que eles andam espalhando adrede aqueles panfletos, ad-re-de? Será que sabe que os nomes de quatro cafajestes já me são familiares e que já estou para enlouquecer, sim, para enlouquecer definitiva, sim, definitivamente?!...". Então Yúlia Mikháilovna rompeu de repente o silêncio e declarou com severidade que ela própria já sabia dessas intenções criminosas havia muito tempo e que tudo isso era uma bobagem, que ele o levara demasiado a sério e que, quanto aos meninos travessos, ela conhecia não só aqueles quatro como também todos os demais (estava mentindo), mas nem por sombra pretendia enlouquecer por esse motivo e, pelo contrário, acreditava mais ainda em sua própria inteligência, esperando levar tudo a um desfecho harmonioso, ou seja, animar os jovens, arrazoá-los, provar-lhes de supetão, inesperadamente, que já se sabia das suas intenções e depois lhes indicar alguns novos objetivos de suas atividades por vir, racionais e menos obscuras. Oh, mas o que se deu naquele momento com Andrei Antônovitch! Ao descobrir que Piotr Stepânovitch o enganara outra vez, debochando dele com tanta malícia, contando à sua mulher mais coisas e bem antes que a ele mesmo, e sendo talvez, em acréscimo, o principal articulador de todas as intenções criminosas, teve um faniquito. "Sabe então, mulher destrambelhada, mas peçonhenta" — exclamou, rasgando todas as correntes de vez —, "sabe que vou prender teu amante infame, que o mandarei agrilhoado para o revelim[3] ou saltarei agora mesmo, em tua frente, dessa janela!". Esverdeada de fúria, Yúlia Mikháilovna respondeu imediatamente à sua tirada com um gargalhar longo e sonoro, trilando e gorjeando como no teatro francês, quando uma atriz parisiense, contratada por cem mil a fim de representar as coquetes, ri bem na cara do marido que se atreve a ter ciúmes dela. Von Lembke correu em direção à janela, mas de improviso parou, como que pregado no chão, cruzou os braços sobre o peito e, pálido como um morto, cravou um olhar sinistro em sua mulher ridente. "Será que sabes, Yúlia, será que sabes..." — disse, com uma voz arfante e suplicante —, será que sabes que eu também posso fazer alguma coisa?" e depois, com uma nova risada, ainda mais alta, que sucedeu às suas últimas palavras, cerrou os dentes, gemeu e de repente se atirou... não pela janela, mas contra sua esposa, erguendo o punho sobre ela! Não abaixou o punho, não, triplamente não, porém se perdeu naquele mesmo instante. Mal sentindo as pernas, precipitou-se ao seu gabinete, tombou de bruços, vestido como estava, sobre a cama preparada para ele, envolveu-se espasmodicamente, até a cabeça, num lençol e ficou assim, prostrado, por cerca de duas horas, sem dormir nem refletir, com uma pedra a premer-lhe o coração e um desespero obtuso, imóvel na alma. Estremecia, de vez em quando, com o corpo todo, e seus tremores eram febris, dolorosos. Rememorava umas coisas esparsas que não se ligavam

---

[3] Construção externa, geralmente de planta triangular, destinada a proteger uma fortaleza e não raro usada, na Rússia czarista, como uma casa de detenção.

a nada: ora pensava, por exemplo, naquele antigo relógio de parede que lhe pertencia em Petersburgo, havia uns quinze anos, e cujo ponteiro dos minutos se soltara por fim, ora se recordava de um servidor jovial, chamado Millebois, e de como eles dois tinham apanhado um dia, no parque Alexândrovski, um pardal e, lembrando ao apanhá-lo que um deles já era um servidor de oitava classe, riam depois para o parque inteiro ouvir. Creio que ele adormeceu por volta das sete horas da manhã, sem ter reparado nisso, e que dormiu prazerosamente, embalado por sonhos encantadores. Acordando pelas dez horas, pulou súbita e selvagemente da cama ao relembrar tudo o que ocorrera e deu uma forte palmada em sua testa. Não tomou o café da manhã, não recebeu nem Bluhm nem o comandante da polícia nem o funcionário que viera lembrá-lo de os membros da agremiação tal esperarem que presidisse uma reunião deles naquela manhã, mas, sem ouvir nem compreender nada, foi correndo que nem um louco aos aposentos de Yúlia Mikháilovna. E foi Sófia Antrôpovna, uma velhinha de origem nobre que morava, já havia bastante tempo, com Yúlia Mikháilovna, quem lhe explicou que ela se dignara, ainda às dez horas, a partir, com uma grande turma a usar três carruagens, para a fazenda de Varvara Petrovna Stavróguina, situada em Skvorêchniki, no intuito de examinar o local marcado para a futura festa, já segunda, prevista dentro de duas semanas, tendo essa visita sido combinada, ainda três dias antes, com Varvara Petrovna em pessoa. Abalado com a notícia, Andrei Antônovitch retornou ao seu gabinete e mandou impetuosamente atrelar os cavalos. Mal pôde aguardar. Sua alma anelava por Yúlia Mikháilovna, bastando apenas vê-la, ficar cinco minutos ao seu lado: talvez ela se apercebesse dele, olhasse para ele, sorrisse como sorria antes e lhe perdoasse o deslize... o-oh! "Mas enfim, onde estão os cavalos?" Maquinalmente, ele abriu um grosso livro que estava em cima da sua escrivaninha (tentava assim, vez por outra, questionar a sorte, abrindo algum livro a esmo e lendo as primeiras três linhas da página direita). Leu: "*Tout est pour le mieux dans le meilleur des mondes possibles. Voltaire. 'Candide'...*".[4] Cuspiu com desgosto e foi correndo pegar a carruagem: "Para Skvorêchniki!". O cocheiro contaria posteriormente que o patrão o apressara ao longo de todo o caminho, mas, quando já se aproximavam da casa senhoril, mandara de chofre dar a meia-volta e voltar para a cidade: "Mais rápido, por favor, mais rápido".

Antes de chegar ao aterro que cercava a cidade, "ele me mandou parar outra vez, desceu da carruagem e foi, através da estrada, até o campo; pensei que fosse por aquele chamado da natureza, só que ele ficou lá e começou a olhar as florzinhas, e ficou assim plantado, de um jeitinho tão esquisito que até tive minhas dúvidas". Foi o depoimento do cocheiro. Eu mesmo lembro como estava o tempo naquela manhã: era um dia setembrino, frio e claro, porém ventoso; perante Andrei Antônovitch, que atravessara a estrada, desdobrava-se a severa paisagem de um campo desnudo, cujos cereais tinham sido colhidos havia tempos; o vento uivava a sacudir umas sobras miseráveis daquelas florzinhas amarelas que já estavam morrendo... Será que ele queria comparar sua pessoa e seu destino com aquelas florzinhas murchas, mortificadas

---

[4] Tudo é para o melhor no melhor dos mundos possíveis. Voltaire. "Cândido" (em francês).

pelo frio outonal? Não acho. Estou mesmo seguro de que não queria nem sequer se lembrava daquelas florzinhas, fossem quais fossem as declarações do cocheiro e do titular da primeira delegacia, o qual chegara naquele momento, usando o *drójki* do comandante da polícia, e afirmaria mais tarde que realmente encontrara a chefia com um molho de flores amarelas na mão. Esse delegado, um administrador extático chamado Vassíli Ivânovitch Flibustéirov, morava em nossa cidade havia pouco tempo, mas já estourara e sobressaíra graças ao seu empenho desmesurado, a uma espécie de assalto que acompanhava todas as suas ações executivas e ao seu natural estado de embriaguez. Saltando do *drójki*, não teve nem sombra de dúvidas no tocante às ocupações de sua chefia, mas relatou de um só fôlego, com um ar maluco, porém convencido, que "a cidade estava inquieta".

— Hein? O quê? — Andrei Antônovitch se virou para ele, e sua fisionomia estava sombria, mas não externava nem a mínima surpresa nem a mais remota lembrança da carruagem e do cocheiro, como se ele estivesse em seu gabinete.

— Titular da primeira delegacia Flibustéirov, às ordens de Vossa Excelência. Há um motim na cidade.

— Os flibusteiros? — repetiu Andrei Antônovitch, pensativo.

— Exatamente, Excelência. O pessoal dos Chpigúlin amotinou-se.

— Dos Chpigúlin?...

Parecia rememorar algo ao ouvi-lo falar do "pessoal dos Chpigúlin". Até mesmo estremeceu e levou o dedo à testa: "Dos Chpigúlin!". Calado, mas ainda pensativo, caminhou sem pressa até a carruagem, subiu e mandou ir à cidade. O delegado seguiu-o com seu *drójki*.

Imagino que muitas coisas bem interessantes se apresentavam confusamente a Andrei Antônovitch pelo caminho, enquanto ele refletia em muitos temas, sendo pouco provável, todavia, que tivesse em mente alguma ideia firme ou alguma intenção definida ao chegar à praça diante da sua residência. Ainda assim, mal avistou a multidão de "amotinados", compacta e alinhada como estava, uma fileira de guardas urbanos, o comandante da polícia que parecia impotente (ou apenas fingia de propósito que nada podia fazer) e aquela espera tensa pela sua chegada, o sangue lhe afluiu todo ao coração. Pálido, ele desceu da carruagem.

— Tirar as *chapkas*! — disse arfando, com uma voz que mal se ouvia. — De joelhos! — guinchou repentinamente, talvez sem ele mesmo esperar por isso, e quem sabe se o desfecho posterior da situação toda não foi provocado principalmente por esse ímpeto repentino. Será que um trenó a voar, nos morros da *Máslenitsa*,[5] ladeira abaixo poderia parar no meio dessa ladeira? Destacando-se, ao longo de toda a sua vida, por uma índole serena, sem nunca ter gritado nem batido os pés na frente de ninguém, Andrei Antônovitch parecia contrariar a si próprio, e tais homens, se algum dia seu trenó for voando, por qualquer motivo que seja, ladeira abaixo, tornam-se mais perigosos ainda. Estava tudo girando ante seus olhos.

— Flibusteiros! — rugiu ele, com um guincho ainda mais disparatado, e sua voz se interrompeu. Não sabia precisamente o que ia fazer, mas sabia, desde já, e

---

[5] Festa de origem pagã que precede a Quaresma, análogo eslavo do Carnaval brasileiro.

sentia com toda a sua essência que agora faria sem falta alguma coisa.

"Meu Deus!" — ouviu-se no meio da multidão. Um rapaz começou a benzer-se; três ou quatro homens já iam realmente cair de joelhos, porém os outros deram, todos juntos, uns três passos para a frente, e eis que a turba se pôs a falar em coro: "Vossa Excelência... foram combinados quarenta... o gerente... vê se te calas..." e assim por diante. Não dava para entender patavina.

Ai deles! Andrei Antônovitch nem conseguiria entender: as florzinhas estavam ainda em suas mãos. A rebelião era tão evidente para ele quanto as *kibitkas* o haviam sido recentemente para Stepan Trofímovitch. E no meio daquela turba de "amotinados" que arregalavam os olhos corria, bem em sua frente, Piotr Stepânovitch que os "atiçava", Piotr Stepânovitch que desde a véspera não o deixava em paz nem por um instante, Piotr Stepânovitch odiado por ele...

— Varas! — gritou, ainda mais inesperadamente.

Fez-se um silêncio sepulcral.

Foi assim que isso aconteceu bem no começo, a julgar pelos dados mais certos e pelas minhas conjeturas. Contudo, esses dados se tornam, a seguir, menos certos, assim como as conjeturas minhas. De resto, alguns fatos são fidedignos.

Em primeiro lugar, as varas apareceram com uma rapidez algo excessiva, tendo, obviamente, sido preparadas de antemão pelo nosso perspicaz comandante da polícia. Foram castigadas, na verdade, apenas duas pessoas: não acho que tenham sido três e mesmo insisto nisso. É pura invenção que teriam sido punidos todos os operários ou, pelo menos, metade deles. É outra bobagem que uma dama pobre, mas nobre, a qual passava por perto, teria sido presa e, por alguma razão, fustigada de imediato, se bem que eu mesmo tenha lido depois, num dos jornais petersburguenses, uma matéria sobre aquela dama. Muita gente comentava, em nosso meio, acerca de Avdótia Petrovna Tarapýguina, que morava num lar dos velhinhos próximo ao cemitério, dizendo que, quando voltava após uma visita para aquele seu lar dos velhinhos e passava através da praça, espremeu-se, naturalmente curiosa, por entre os espectadores, viu o que estava ocorrendo, exclamou: "Que vergonha!" e cuspiu. E foi supostamente por isso que a pegaram e também "referiram". Esse caso não só apareceu nos jornais, mas chegou a motivar, em nossa cidade, doações espontâneas em prol dela. Eu, pessoalmente, doei vinte copeques. E daí? Agora se esclarece que nenhuma Tarapýguina, moradora do lar dos velhinhos, sequer existiu! Eu mesmo fui buscar informações naquela instituição próxima ao cemitério: nem se ouvira falar por lá de nenhuma Tarapýguina, e houve, como se não bastasse, algumas pessoas que se ofenderam muito quando lhes participei o tal boato. Menciono, aliás, essa Avdótia Petrovna que jamais existiu tão somente porque a Stepan Trofímovitch por pouco não aconteceu o mesmo que teria acontecido a ela (caso tivesse existido na realidade), sendo possível, inclusive, que todo aquele boato absurdo sobre Tarapýguina tenha surgido, de alguma forma, por causa dele, ou seja, a primeira lorota se desenvolveu tanto que Stepan Trofímovitch foi mui simplesmente transformado numa Tarapýguina qualquer. O principal é que não entendo como ele escapou de mim, tão logo chegamos juntos àquela praça. Cheio de pressentimentos muito ruins, já me dispunha a conduzi-lo ao redor da praça, diretamente à entrada da residência, só que também fiquei curioso e me detive, apenas por um minutinho, para me informar com algum dos presentes. De súbito, percebi que Stepan Trofímovitch não estava mais ao meu lado. Fui correndo, por mero instinto, procurá-lo no lugar mais perigoso; sentia involuntariamente que o trenó dele também fora voando ladeira abaixo. Encontrei-o, de fato, bem no meio da confusão. Lembro como lhe segurei o braço; porém, olhando para mim com uma desmedida autoridade, silencioso e orgulhoso:

— *Cher* — proferiu ele, com uma voz em que vibrava uma corda prestes a rebentar. — Se eles todos mandam e desmandam aqui, em praça pública, a olhos vistos, com tanta desfaçatez, o que esperar, digamos, *daquele*... se tiver de agir por conta própria?

E, trêmulo de indignação e ansioso demais por desafiar alguém, cravou seu dedo acusador e ameaçador em Flibustéirov que se mantinha, de olhos arregalados, a dois passos de nós.

— *Aquele?* — exclamou o delegado, perdendo a cabeça. — Mas que aquele? E tu mesmo, quem és? — Deu um passo ao nosso encontro, cerrando o punho. — Quem és? — bramiu, tomado de raiva, num tom mórbido e desesperado (notarei que conhecia perfeitamente a cara de Stepan Trofímovitch). Mais um instante, e pegá-lo-ia, com certeza, pela gola, mas, felizmente, Lembke virou a cabeça em direção ao grito. Olhou para Stepan Trofímovitch perplexo, mas atento, como se tivesse algo a ponderar, e de repente agitou, com impaciência, a mão. Flibustéirov deu para trás. Eu arrastei Stepan Trofímovitch para fora da multidão. De resto, ele mesmo já queria talvez recuar.

— Para casa, para casa — insistia eu. — Se não levamos uma sova, foi certamente graças a Lembke.

— Vá, meu amigo: a culpa de expor você ao perigo é minha. Ainda tem um futuro e uma carreira a seguir, e eu... *mon heure a sonné.*[6]

Dirigiu-se resolutamente à entrada da residência. O porteiro me conhecia a mim; então anunciei que nós dois íamos visitar Yúlia Mikháilovna. Sentados na sala de recepção, ficamos esperando. Eu não queria deixar meu amigo só, porém julgava desnecessário dizer-lhe mais alguma coisa. Quanto a ele, parecia um varão que peitava a iminência da morte pela sua pátria. Não nos sentáramos juntos, mas em cantos diferentes: eu, mais perto das portas de entrada, e ele, de frente para mim, bem longe, inclinando, todo pensativo, a cabeça e apoiando-se de leve, com ambas as mãos, em sua bengala. Segurava seu chapéu de abas largas com a mão esquerda. Passamos, assim sentados, cerca de dez minutos.

II

De chofre, Lembke entrou a passos rápidos, acompanhado pelo comandante da polícia, mirou-nos distraidamente e, sem nos dar atenção, já ia ao seu gabinete, do lado direito, mas Stepan Trofímovitch se postou em sua frente e lhe barrou a passagem. Aquela figura de Stepan Trofímovitch, alta e nada parecida a quaisquer outras, gerou certa impressão: Lembke ficou parado.

---

[6] Minha hora soou (em francês).

— Quem é esse? — murmurou, perplexo, como que perguntando ao comandante, mas sem virar a cabeça em sua direção e continuando a examinar Stepan Trofímovitch.

— Servidor aposentado de oitava classe Stepan Trofímovitch Verkhôvenski, Excelência — respondeu Stepan Trofímovitch, inclinando, de modo imponente, a cabeça. Sua Excelência continuava a examiná-lo, embora com um olhar bastante obtuso.

— Sobre o quê? — Foi com aquele laconismo dos chefes que Lembke virou a orelha, enojado e impaciente, em direção a Stepan Trofímovitch, tomando-o afinal por um requerente comum que teria trazido alguma solicitação escrita.

— Fui submetido hoje à busca e apreensão em minha casa, por um funcionário que agiu em nome de Vossa Excelência. Portanto, gostaria de...

— Seu nome? Seu nome? — indagou Lembke, cheio de impaciência, como se tivesse adivinhado algo. Mais imponente ainda, Stepan Trofímovitch repetiu seu nome.

— A-a-ah! É aquele... é aquele foco de infecção... Revelou-se de tal jeito, prezado senhor, que... É professor, não é? Um professor?

— Tive outrora a honra de dar umas aulas aos jovens da universidade de...

— Aos jo-vens! — Lembke chegou a sobressaltar-se, porém eu mesmo apostaria que não entendia ainda direito de que se tratava nem sabia, talvez, com quem estava falando. — Pois eu, meu prezado senhor, não vou admitir isso! — De súbito, zangou-se terrivelmente. — Não admito esses jovens aí. Só há panfletos no meio.

É um assalto à sociedade, prezado senhor, um assalto marítimo, coisa de flibusteiro... O que é que se digna a pedir?

— Pelo contrário, é sua esposa quem me pede que palestre amanhã na festa dela. Quanto a mim, não estou pedindo, mas venho reclamar meus direitos...

— Na festa? Não haverá festa nenhuma! Não vou admitir essa sua festa! Palestras, aulas, hein? — gritou Lembke, enraivecido.

— Gostaria muito que Vossa Excelência falasse comigo mais educadamente, que não batesse os pés nem gritasse assim, como se eu fosse um garotinho.

— Talvez o senhor não entenda com quem está falando? — Lembke enrubesceu.

— Entendo perfeitamente, Excelência.

— Eu resguardo a sociedade com minha pessoa, e o senhor a destrói. Destrói, sim! O senhor... Aliás, já me lembro do senhor: trabalhou como preceptor na casa da generala Stavróguina, não trabalhou?

— Trabalhei, sim... como preceptor... na casa da generala Stavróguina.

— E foi por vinte anos que constituiu o foco de tudo quanto se acumulou até hoje... de todos os frutos... Parece que acabei de ver o senhor lá na praça. Tema, portanto, tema, prezado senhor, que seu modo de pensar é notório. Não duvide do que tenho em vista. Eu, prezado senhor, não posso admitir essas suas aulas, não posso mesmo! E não se dirija a mim com tais pedidos!

De novo, quis entrar em seu gabinete.

— Repito que Vossa Excelência se digna a errar, pois sua esposa não me pede que dê uma aula e, sim, uma palestra literária na festa de amanhã. Só que agora eu mesmo desisto dessa palestra. Peço-lhe mui encarecidamente que me explique, se for possível, de que maneira, por que razão e com que fundamento me submeteram a essa busca de hoje. Apreenderam alguns dos meus livros e papéis, além das cartas íntimas que me são caras, e levaram-nos embora, pela cidade, num carrinho...

— Quem fez a busca? — Lembke estremeceu e se recobrou por completo, ficando de supetão todo rubro. Voltou-se depressa para o comandante da polícia. E foi nesse exato momento que o vulto de Bluhm, comprido, curvado e desajeitado, assomou às portas.

— Foi aquele mesmo funcionário... — Stepan Trofímovitch apontou para ele. Bluhm avançou com ares de quem tivesse culpa no cartório, mas não se desse por vencido.

— *Vous ne faites que des bêtises!*[7] — Lembke se dirigiu a ele com desgosto e zanga, mas de repente se transformou todo, recuperando sua plena consciência. — Desculpe... — balbuciou, extremamente confuso e rubro o quanto se pudesse enrubescer. — Tudo isso... isso tudo foi, sem dúvida, um desajeito, um mal-entendido... sim, apenas um mal-entendido.

— Excelência — notou Stepan Trofímovitch —, cheguei a testemunhar, quando moço, um caso característico. Um dia, no corredor de um teatro, certa pessoa se achegou rapidamente a outra pessoa e lhe aplicou, diante do público todo, uma forte bofetada. Percebendo, logo em seguida, que a vítima não era, nem de longe, quem merecia essa bofetada, mas uma pessoa bem diferente, só um pouco semelhante àquela outra, o agressor

---

[7] Você só faz besteiras (em francês).

disse, zangado e apressado como se não tivesse tempo de ouro a perder, exatamente o mesmo que acabou de dizer Vossa Excelência: "Eu me enganei... desculpe, é um mal-entendido, apenas um mal-entendido". E, quando a vítima ficou, ainda assim, magoada e passou a gritar, acrescentou com um desgosto extraordinário: "Pois eu lhe digo que é um mal-entendido, então por que grita ainda?".

— Isso é... isso é, com certeza, muito engraçado... — Lembke esboçou um sorriso torto —, mas... mas será que o senhor não vê como eu mesmo estou infeliz?

Quase gritou e... e quis, aparentemente, tapar o rosto com as mãos.

Essa exclamação inesperada e mórbida, quase um soluço, foi insuportável. Decerto foi seu primeiro, desde o dia anterior, momento da plena e viva consciência de todo o acontecido e do desespero que viera logo a seguir, também pleno, humilhante e pérfido: mais um instante, e quem sabe se ele não romperia a soluçar para a sala inteira ouvir. Primeiro Stepan Trofímovitch fixou nele um olhar selvagem, mas depois inclinou de improviso a cabeça e, com uma voz profundamente compenetrada, disse:

— Que Vossa Excelência não se apoquente mais com esta minha queixa impertinente e ordene apenas que me devolvam meus livros e minhas cartas...

Foi interrompido. Naquele momento voltou Yúlia Mikháilovna, com muito barulho e toda a turma que a acompanhava... Aí me apeteceria descrever tudo da maneira mais detalhada possível.

III

Primeiramente, de uma vez só, os que haviam partido com três carruagens adentraram, todos juntos, a sala de recepção. Os aposentos de Yúlia Mikháilovna tinham uma porta especial, que ficava logo no terraço de entrada, do lado esquerdo, porém nessa ocasião todos foram passando pela sala, e acredito que foi justamente porque Stepan Trofímovitch estava ali e porque tudo quanto se dera com ele, assim como toda a história do pessoal dos Chpigúlin, já tinha sido comunicado a Yúlia Mikháilovna quando de sua volta para a cidade. Quem a manteve informada foi Liámchin, o qual não participara do passeio, deixado em casa por alguma falha cometida, e desse modo soubera de tudo antes de todos os outros. Montou, cheio de alegria maldosa, um rocim alugado dos cossacos e foi trotando rumo a Skvorêchniki, ao encontro da cavalgada que regressava de lá, com suas notícias animadoras. Creio que, não obstante toda a sua suprema resolução, Yúlia Mikháilovna ficou um tanto confusa ao ouvir tais notícias insólitas, mas é provável que se tenha confundido apenas por um instante. O lado político da questão não podia, por exemplo, preocupá-la: Piotr Stepânovitch já lhe inculcara, umas quatro vezes, que se deveria mesmo fustigar todos aqueles baderneiros dos Chpigúlin, e esse Piotr Stepânovitch estava realmente gozando, havia algum tempo, de extremo prestígio aos olhos dela. "Mas... ainda assim, ele me pagará por aquilo" — decerto pensou com seus botões, referindo-se o pronome *ele* certamente ao seu esposo. Notarei de passagem que dessa feita Piotr Stepânovitch tampouco participou, como que de propósito, do passeio geral, sem ninguém o ter visto nenhures desde o amanhecer. Notarei também, por falar nisso, que Varvara Petrovna, ao receber as visitas em sua casa, retornou à cidade com elas (aliás, na mesma carruagem que Yúlia Mikháilovna), tencionando sem falta presenciar a última reunião do comitê encarregado da festa por vir. É claro que ela também devia ter ficado interessada em saber as notícias de Liámchin que diziam respeito a Stepan Trofímovitch e, talvez, até mesmo aflita ao sabê-las.

O suplício de Andrei Antônovitch começou de imediato. Percebeu isso, ai dele, com o primeiro olhar lançado à sua linda esposa. De ares gentis e sorrisos encantadores, ela se achegou depressa a Stepan Trofímovitch, estendeu-lhe sua mãozinha charmosamente enluvada e cumulou-o das saudações mais lisonjeiras, como se tivesse, naquela manhã toda, a única tarefa de vir correndo e de afagar Stepan Trofímovitch pela única razão de vê-lo afinal em sua casa. Não fez nenhuma alusão à busca matinal, como se ainda não soubesse nada sobre isso. Não disse nenhuma palavra ao marido, nem sequer olhou para ele, como se nem estivesse na sala. Para completar, tomou logo conta de Stepan Trofímovitch e conduziu-o, imperiosa, ao seu salão, como se ele não tivesse tido agorinha nenhuma explicação com Lembke nem sequer valesse a pena, mesmo ao ter alguma, levá-la adiante. Volto a repetir: parece-me que, não obstante todo o seu alto estilo, Yúlia Mikháilovna cometeu nesse caso outra gafe das grandes, e quem a ajudou, sobretudo, a cometê-la foi Karmazínov (o qual participara daquele passeio em atenção a um pedido especial de Yúlia Mikháilovna e, dessa maneira, chegara finalmente a visitar, embora de forma indireta, a casa de

Varvara Petrovna, causando-lhe assim, em meio ao seu desânimo, um deslumbre total). Ainda às portas (ele fora o último a entrar), deu um grito ao ver Stepan Trofímovitch e acorreu para abraçá-la, deixando, inclusive, Yúlia Mikháilovna para trás:

— Quantos verões, quantos invernos! Até que enfim... *Excellent ami!*[8]

Veio logo com beijos e lhe ofereceu, bem entendido, a sua bochecha. Perdido como estava, Stepan Trofímovitch foi obrigado a beijocá-la.

— *Cher* — dir-me-ia na mesma noite, recordando tudo o que ocorrera ao longo do dia —, pensei naquele momento: quem de nós dois seria mais sórdido? Ele que me abraçava para me humilhar em seguida ou eu que o desprezava, com aquela sua bochecha, e logo a beijava, embora pudesse virar-lhe as costas... arre!

— Mas veja se me conta, se me conta tudo — ceceava Karmazínov, molenga, como se fosse mesmo possível contar-lhe uma vida inteira, todos aqueles vinte e cinco anos, num átimo. Contudo, essa bobinha leviandade denotava um tom "sublimado".

— Lembre que nos encontramos pela última vez em Moscou, num almoço em homenagem a Granôvski,[9] e que se passaram desde então vinte e quatro anos... — começou, de modo bem racional (e, portanto, muito distante do tom sublimado), Stepan Trofímovitch.

— *Ce cher homme!*[10] — interrompeu-o Karmazínov, vozeirante e descontraído, apertando-lhe o ombro com

---

[8] Caríssimo amigo (em francês).

[9] Timoféi Nikoláievitch Granôvski (1813-1855): famoso historiador russo, professor da Universidade de Moscou.

[10] Aquele homem querido (em francês).

um gesto por demais amistoso. — Mas veja se nos leva logo aos seus aposentos, Yúlia Mikháilovna: ele se sentará lá e contará tudo.

— E, diga-se de passagem, nunca tive nenhuma intimidade com aquela mulherzinha irritadiça — continuaria a reclamar na mesma noite, tremendo de raiva, Stepan Trofímovitch. — Éramos praticamente dois adolescentes, mas já então eu começava a detestá-lo... assim como ele a mim, bem entendido...

O salão de Yúlia Mikháilovna encheu-se depressa. Varvara Petrovna estava sobremodo excitada, posto que tentasse parecer indiferente, porém eu captei dois ou três olhares que ela fixara, com ódio, em Karmazínov e, com ira, em Stepan Trofímovitch, sendo aquela ira antecipada e provocada por ciúmes, pelo amor: acho que, caso Stepan Trofímovitch tivesse dado, daquela feita, um passo em falso, deixando que Karmazínov o derrotasse na frente de todos, ela teria pulado do seu assento e batido nele! Eu me esqueci de dizer que Lisa também estava lá e que ainda nunca a tinha visto mais alegre, despreocupada e feliz. É claro que Mavríki Nikoláievitch também estava presente. Além disso, naquela multidão de jovens damas e cavalheiros assaz desleixados que formavam a comitiva habitual de Yúlia Mikháilovna, em cujo meio tal desleixo era tomado pela jovialidade, e aquele seu cinismo de um vintém, pela inteligência, avistei dois ou três personagens novos: um viajante polonês que se requebrava muito; um médico alemão, velho saudável que ria a cada minuto, em voz alta e com deleite, por causa de suas próprias piadas alemãs; e, finalmente, um principelho bem novo de Petersburgo, sujeito algo automático, com posturas de estadista e colarinhos extremamente compridos. Aliás, dava para perceber que Yúlia Mikháilovna tinha esse último em alto apreço e até mesmo se inquietava com o futuro de seu salão...

— *Cher monsieur Karmazinoff*... — começou a falar Stepan Trofímovitch, sentando-se requintadamente num sofá e pondo-se de chofre a cecear não menos que Karmazínov. — *Cher monsieur Karmazinoff*, a vida de um homem da nossa época passada, de alguém com certas convicções, deve parecer, nem que abranja um intervalo de vinte e cinco anos, monótona...

O alemão deu uma gargalhada sonora e súbita como um relincho, obviamente supondo que ele tivesse dito algo engraçadíssimo. Stepan Trofímovitch mirou-o com um pasmo fingido, sem lhe causar, todavia, nenhuma impressão. O príncipe também o mirou, voltando-se para o alemão, com todos os seus colarinhos, e apontando seu *pince-nez* para ele, mas sem revelar a mínima curiosidade.

— ...Deve parecer monótona — repetiu propositalmente Stepan Trofímovitch, arrastando cada palavra o mais que pudesse e com a maior sem-cerimônia possível. — Assim foi também a minha vida, em todo esse quarto de século, *et comme on trouve partout plus de moines que de raison*[11] e eu mesmo estou de pleno acordo com isso, acontece que, ao longo de todo esse quarto de século...

— *C'est charmant, les moines*[12] — sussurrou Yúlia Mikháilovna, virando-se para Varvara Petrovna sentada ao seu lado.

---

[11] Veja: Parte I, Capítulo II, Seção IV.

[12] Que coisa encantadora, aqueles monges... (em francês).

Varvara Petrovna respondeu com um olhar orgulhoso. Karmazínov não suportou o sucesso daquela frase dita em francês, apressando-se a interromper, vozeirante, Stepan Trofímovitch:

— Quanto a mim, estou sossegado nesse sentido e já vai para sete anos que não saio de Karlsruhe.[13] E, quando o conselho municipal decidiu, no ano passado, instalar uma nova tubulação de águas pluviais, senti, no fundo do coração, que essa questão das águas pluviais em Karlsruhe era mais cara e valiosa para mim do que todas as questões de minha pátria amada... durante todo o período das chamadas reformas daqui.

— Estou obrigado a concordar, embora a contragosto — suspirou Stepan Trofímovitch, com uma significativa inclinação de cabeça.

Yúlia Mikháilovna estava triunfante: a conversa se tornava profunda e tomava certa direção.

— Uma tubulação para escorrimento de fezes? — perguntou o médico em voz alta.

— De águas pluviais, doutor, de águas pluviais, e fui eu mesmo que ajudei então a elaborar o projeto.

O doutor gargalhou com estrondo. Muitos outros também se puseram a rir, dessa vez bem na cara dele, sendo que o alemão não se apercebeu disso e ficou muito contente com o riso generalizado.

— Permita discordar do senhor, Karmazínov — apressou-se a comentar Yúlia Mikháilovna. — Seja como for Karlsruhe, o senhor gosta de mistificar, e desta vez a gente não lhe dá crédito. Quem dos russos, dos literatos, é que resumiu tantos tipos mais atuais,

---

[13] Cidade localizada no sudoeste da Alemanha.

adivinhou tantas questões mais atuais, indicou aqueles principais pontos atuais de que se compõe o próprio tipo de quem atua atualmente? Foi só o senhor, tão somente o senhor e ninguém mais. Fique insistindo, depois disso, em sua indiferença pela pátria e seu enorme interesse pela tubulação de águas pluviais em Karlsruhe! Ah-ah!

— Sim, é claro — ceceou Karmazínov — que resumi, com aquele tipo de Pogójev, todos os defeitos dos eslavófilos e, com o tipo de Nikodímov, todos os defeitos dos ocidentalistas...

— Como se fossem *todos* mesmo — cochichou discretamente Liámchin.

— Mas tenho feito isso tão só de passagem, tão só para matar, de algum modo, o tempo maçante e... satisfazer todas as exigências maçantes dos compatriotas.

— Decerto o senhor sabe, Stepan Trofímovitch — prosseguiu Yúlia Mikháilovna, enlevada —, que amanhã teremos o prazer de ouvir as linhas encantadoras... uma das inspirações literárias mais recentes e refinadíssimas de Semion Yegórovitch, que se chama "*Merci*". Ele anuncia em sua obra que não vai mais escrever por nada neste mundo, mesmo se um anjo celeste ou, melhor dito, se toda a alta sociedade lhe implorar que mude de decisão. Numa palavra, ele deixa a pena até o fim de sua vida, e seu gracioso "merci" é dirigido ao público com gratidão por aquele constante arroubo com que os leitores acompanharam, por tantos anos, seus serviços constantemente prestados ao honesto pensar russo.

Yúlia Mikháilovna subiu aos píncaros de seu enlevo.

— Será minha despedida, sim: direi meu "*merci*" e partirei, e lá... em Karlsruhe... fecharei estes meus olhos... — Karmazínov começou a esmorecer aos poucos.

Igual a vários dos nossos grandes escritores (e temos muitos grandes escritores aqui), não aguentava os elogios e, apesar de sua argúcia, passava logo a enfraquecer. Mas eu acho que é perdoável. Dizem, aliás, que um dos nossos Shakespeares declarou simplesmente, numa conversa particular, que "nós, *os grandes homens,* nem poderíamos viver de outro jeito" e assim por diante, mesmo sem reparar nisso.

— Lá, em Karlsruhe, fecharei estes meus olhos. Só nos resta a nós, aos grandes homens, fechar logo os olhos, uma vez terminada a nossa jornada e sem buscarmos pela recompensa. Assim é que farei eu também.

— Dê-me seu endereço, e vou visitar seu túmulo em Karlsruhe! — gargalhou desmedidamente o alemão.

— Até despacham os mortos, hoje em dia, pelas estradas de ferro — proferiu, de improviso, algum dos jovens insignificantes.

Liámchin ficou até guinchando de tão contente. Yúlia Mikháilovna franziu o sobrolho. Entrou Nikolai Stavróguin.

— Pois me disseram que o senhor teria sido levado para a delegacia — disse bem alto, dirigindo-se, em primeiro lugar, a Stepan Trofímovitch.

— Não, foi apenas uma *delegação* que me visitou... — Stepan Trofímovitch respondeu com um trocadilho.

— Mas espero que isso não venha a exercer nem a mínima influência sobre meu pedido — intrometeu-se de novo Yúlia Mikháilovna. — Espero que, não obstante essa desagradável contrariedade da qual não faço ideia até agora, o senhor não decepcione as nossas melhores expectativas nem nos arrebate o prazer de ouvirmos sua palestra em nossa matinê literária.

— Não sei, eu... agora...

— Juro que estou tão infeliz, Varvara Petrovna... e imagine só: no exato momento em que fico tão ansiosa por conhecer, pessoalmente e o mais depressa possível, uma das mentes russas mais admiráveis e independentes, Stepan Trofímovitch expressa de repente sua intenção de se afastar de nós.

— Seu elogio foi pronunciado tão alto que me cumpriria seguramente, a mim, deixar de ouvi-lo — escandiu Stepan Trofímovitch —, porém não creio que minha pobre pessoa seja tão necessária assim para sua festa de amanhã. Por sinal, eu...

— Mas a senhora acabará por mimá-lo! — exclamou Piotr Stepânovitch, entrando a correr no salão. — Mal consegui controlá-lo, e de repente, numa só manhã, houve uma busca e uma prisão, um policial o agarrou pela gola, e eis que agora as damas o embalam nesse salão do governador! Mas cada ossinho dele está gemendo agora de gozo, que nem em sonhos viu um espetáculo desses. Agora é que sai mesmo delatando os socialistas!

— Não pode ser, Piotr Stepânovitch. O socialismo é uma ideia grande demais para Stepan Trofímovitch não se conscientizar disso — defendeu-o, com energia, Yúlia Mikháilovna.

— A ideia é gigantesca, sim, mas quem a professa nem sempre é um gigante, *et brisons-la, mon cher*[14] — concluiu Stepan Trofímovitch, dirigindo-se ao filho e soerguendo-se belamente em seu assento.

Mas então sobreveio a circunstância mais inesperada. Von Lembke estava, já havia algum tempo, no salão, só

[14] ... e chega disso, meu caro (em francês).

que ninguém aparentava reparar nele, conquanto todos o tivessem visto entrar. Guiada pela sua ideia anterior, Yúlia Mikháilovna continuava a ignorá-lo. Ele se postou ao lado das portas e ficou escutando, sombrio e severo, aquelas conversas. Ao ouvir alusões ao que acontecera pela manhã, começou a virar-se de certo modo inquieto, fitou o príncipe, como se estivesse espantado com seus colarinhos que se eriçavam, bem engomados, para a frente, depois se sobressaltou por ouvir a voz de Piotr Stepânovitch e vê-lo entrar correndo, e, tão logo Stepan Trofímovitch formulou essa sua sentença acerca dos socialistas, aproximou-se repentinamente dele e empurrou pelo caminho Liámchin, o qual saltou para trás com um gesto artificial de surpresa, esfregando o ombro e fazendo de conta que acabara de ser mui dolorosamente machucado.

— Basta! — disse von Lembke, pegando vigorosamente Stepan Trofímovitch, que levara um susto, pelo braço e apertando-o com todas as forças. — Basta: os flibusteiros de nossa época são desmascarados. Nem uma palavra a mais. As medidas estão sendo tomadas...

Disse isso em voz alta, para o salão todo ouvir, com um desfecho enérgico. O efeito que produziu foi mórbido. Todos sentiram algo nefasto. Eu vi Yúlia Mikháilovna empalidecer. Contudo, o efeito redundou numa estúpida casualidade. Ao declarar que as medidas estavam sendo tomadas, Lembke se virou abruptamente e foi saindo da sala, mas, dados apenas dois passos rápidos, tropeçou na alcatifa, oscilou todo para a frente e quase bicou o chão com seu nariz. Deteve-se por um instante, olhou para aquele lugar onde tropeçara e, dizendo bem alto: "Trocar!", saiu porta afora. Yúlia Mikháilovna correu atrás dele.

Quando saiu, houve uma algazarra em que seria difícil entender alguma coisa. Uns diziam: "está transtornado", os outros: "está afetado". Outros ainda moviam o dedo rente à testa, e Liámchin colocou, em seu cantinho, dois dedos acima da testa. Aludia-se a certos incidentes domésticos, mas, bem entendido, a cochichar. Ninguém pegava seu chapéu, mas estavam todos aguardando. Não sei o que Yúlia Mikháilovna chegara a fazer, porém, uns cinco minutos depois, ela voltou empenhando todos os esforços possíveis para se fingir de calma. Respondeu de maneira esquiva que Andrei Antônovitch estava um pouco emocionado, mas isso não era nada grave, pois o acometia volta e meia desde criança, que ela sabia disso "bem melhor" e que a festa por vir haveria de alegrá-lo. Dirigiu, unicamente por conveniência, mais algumas lisonjas a Stepan Trofímovitch e convidou, alto e bom som, os membros do comitê a abrirem sua reunião agora mesmo, de imediato. Foi só então que se dispôs a ir para casa quem não fazia parte do comitê... De resto, as viravoltas mórbidas daquele dia fatal não chegaram ainda ao fim.

Percebi de pronto, no exato momento em que entrou Nikolai Vsêvolodovitch, que Lisa o mirara rápida e atentamente, sem mais despregar os olhos dele por muito tempo — por tanto tempo, aliás, que isso acabou atraindo a atenção. Vi Mavríki Nikoláievitch que se inclinou sobre ela por trás, querendo cochichar-lhe, aparentemente, alguma coisa, mas pareceu desistir da sua intenção e se aprumou depressa, olhando para todos como quem estivesse culpado. Nikolai Vsêvolodovitch também despertou a curiosidade: seu rosto estava mais pálido que de ordinário, e seu olhar, por demais distraído.

Ao dirigir, tão logo entrou, sua pergunta rápida a Stepan Trofímovitch, como que se esqueceu dele em seguida e, pelo que me parece, também se esqueceu mesmo de se aproximar da anfitriã. Não olhou para Lisa nenhuma vez, não porque não quis, mas porque, afirmo isso, tampouco reparou nela. De súbito, após uma pausa que se seguiu ao convite de Yúlia Mikháilovna para abrir, sem perder tempo, a última reunião do comitê, ouviu-se a voz de Lisa, sonora e propositalmente alta. Ela chamou por Nikolai Vsêvolodovitch:

— Há um capitão, Nikolai Vsêvolodovitch, que se apresenta como um parente seu, o irmão de sua esposa, cujo sobrenome é Lebiádkin e que não para de me enviar cartas indecentes, reclamando do senhor e propondo revelar para mim alguns segredos seus. Se for mesmo um parente do senhor, então o proíba de me magoar e me livre dessas contrariedades.

Um desafio terrível aflorou naquelas palavras, e todos o entenderam. A acusação era óbvia, embora inesperada, quem sabe, para ela própria. Fê-la como quem fechasse os olhos e se atirasse de um telhado.

No entanto, a resposta de Nikolai Vsêvolodovitch foi ainda mais assombrosa.

Antes de tudo, o que já foi estranho em si, ele não se surpreendeu nem um pouco, escutando Lisa com a atenção mais tranquila possível. Seu semblante não pareceu nem confuso nem irado. E foi de modo simples e firme, até mesmo com ares de total prontidão, que ele respondeu àquela pergunta fatal:

— Sim, tenho a infelicidade de ser parente desse homem. Já vai para cinco anos que sou o marido de sua irmã, cujo nome de solteira é Lebiádkina. Tenha certeza de que transmitirei suas exigências a ele, no futuro mais próximo, e garanto que não vai mais incomodá-la.

Jamais me esquecerei do pavor que surgiu no rosto de Varvara Petrovna. Com um ar insandecido, ela se soergueu em sua cadeira, levantando, como quem estivesse para se defender, a mão direita em sua frente. Nikolai Vsêvolodovitch olhou para ela, para Lisa, para os espectadores e, de repente, sorriu com infinita soberba; depois, sem se apressar, saiu do salão. Todos viram Lisa saltar do sofá, assim que Nikolai Vsêvolodovitch se virou a fim de sair, e fazer um movimento óbvio para correr atrás dele, porém a moça se recobrou e não correu, mas saiu devagar, também sem trocar uma só palavra nem um só olhar com ninguém, acompanhada, naturalmente, por Mavríki Nikoláievitch que se precipitou no encalço dela...

Nem me refiro aos boatos e comentários que se espalharam pela cidade naquela noite. Varvara Petrovna se trancou em sua casa urbana, e Nikolai Vsêvolodovitch, pelo que se dizia, partiu direto para Skvorêchniki sem ter visto sua mãe. Stepan Trofímovitch me mandou, à noite, ir conversar com "*cette chère amie*", implorando que lhe concedesse a permissão de visitá-la, só que não fui recebido. Ele estava profundamente aflito, chorava. "Um casamento daqueles, um casamento daqueles; tanto horror na família!" — repetia a cada minuto. Lembrava-se, todavia, de Karmazínov também e muito o censurava. Ao mesmo tempo, preparava-se energicamente para a vindoura palestra e se preparava (que natureza artística!) diante do espelho, rememorando todos os seus ditos espirituosos e trocadilhozinhos, inventados ao longo da vida toda e anotados num caderno especial, para se valer deles no dia seguinte.

— Faço isto, meu amigo, para uma ideia grande — dizia-me, aparentando justificar a sua conduta. — *Cher ami*, eu saí do lugar em que tinha passado vinte e cinco anos e, de repente, fui indo: não sei para onde, mas fui indo...

terceira parte

Capítulo primeiro. A festa: ato primeiro.

I

A festa se realizou, apesar de todos os mal-entendidos daquele dia anterior "dos Chpigúlin". Acho que, mesmo se Lembke tivesse morrido na mesma noite, a festa teria ocorrido, ainda assim, na manhã seguinte: tão grande era a significância peculiar de que a revestia Yúlia Mikháilovna. Até o último momento, ai dela, estava alumbrada e não compreendia o clima social. Por fim, ninguém acreditava mais em que o dia solene passaria sem alguma reviravolta colossal, sem "desfecho" como se expressavam certas pessoas a esfregar antecipadamente as mãos. Muitas delas se esforçavam, seja dita a verdade, para assumir o ar mais político e soturno possível, porém, de maneira geral, o homem russo se entusiasma em demasia com qualquer confusão social que venha a ser escandalosa. É verdade também que havia em nosso meio algo bem mais sério do que essa mera sede de escândalo: havia uma irritação generalizada, uma malvadez inextinguível; parecia que todos estavam enojados com tudo. Reinava uma espécie de cinismo universal, embora incoerente, um cinismo forçado e como que forjado. Apenas as damas não deixavam de ser coerentes, mas apenas num ponto seleto, ou seja, em seu ódio inexorável por Yúlia Mikháilovna. Nesse ponto convergiam todas as tendências femininas. E ela, coitada, nem desconfiava disso, persuadida, até a última hora, de que estava "rodeada" por pessoas que lhe eram ainda "fanaticamente leais".

Já aludi a vários sujeitinhos que tinham surgido em nosso meio. Nos períodos conturbados de hesitação ou transição tais sujeitinhos aparecem sempre e por toda parte. Não me refiro àqueles chamados "vanguardistas" que sempre vêm antes de todos os outros (sua tarefa principal), com muita pressa e um objetivo amiúde estupidíssimo, mas, não obstante, mais ou menos determinado. Não, falo tão só de canalhas. Seja qual for o período transitório, esses canalhas presentes em qualquer sociedade vêm à tona, e não apenas sem nenhum objetivo, mas, igualmente, sem sombra de pensamento e com a única finalidade de se mostrarem inquietos e impacientes de todas as formas possíveis. Entrementes, mesmo sem saberem disso, esses canalhas quase sempre acabam sendo comandados pelo grupelho de "vanguardistas" agindo com determinado objetivo, o qual canaliza toda aquela escória para onde lhe apetecer, a menos que se componha, ele próprio, de idiotas rematados, algo que também acontece ocasionalmente. Agora que tudo já está no passado, dizem os nossos que Piotr Stepânovitch era comandado pela *Internationale*, comandando, por sua vez, Yúlia Mikháilovna, que cumpria suas ordens a manipular todo tipo de escória. As mais imponentes das nossas mentes se pasmam agora consigo mesmas: como foi que deram então, de repente, uma mancada dessas? Não sei em que consistia nosso período conturbado nem de onde para onde estávamos transitando, e ninguém, creio eu, sabe disso, à exceção, talvez, de alguns forasteiros. Nesse ínterim, a pior gentalha tomou de supetão a dianteira, passou a criticar, em voz alta, tudo quanto houvesse de sagrado, embora antes não ousasse nem abrir a boca, e as pessoas mais dignas, antes tão bem-sucedidas em sobrepujá-la, deram-lhe subitamente ouvidos e ficaram caladas, sendo que algumas delas se puseram até a soltar risadinhas furtivas e vergonhosas. Os Liámchins e Teliátnikovs, os fazendeiros Tentêtnikovs,[1] nossos locais Radíchtchevs[2] de meia-tigela, os judeuzinhos com seus sorrisos tristonhos, mas arrogantes, os viajantes a gargalharem, os poetas com ideias metropolitanas, outros poetas que usavam, em vez de ideias e capacidades literárias, *poddiovkas*[3] e botas alcatroadas, os majores e coronéis que riam das suas patentes absurdas e se dispunham, por um rublo a mais, a largar de pronto sua espada e a correr atrás do cargo de escrivão numa ferrovia, os generais convertidos em advogados, os negociantes desenvolvidos, os comerciantes em desenvolvimento, inúmeros seminaristas e mulheres a encarnarem a questão feminina — tudo isso adquiriu repentinamente, aqui conosco, plenos poderes. E sobre quem? Sobre os membros de nosso clube, os dignitários honrados, os generais com pernas de pau e a nossa inexpugnável e rigorosíssima sociedade feminina. Se mesmo Varvara Petrovna em pessoa, até aquela catástrofe que atingiu seu filhinho, por pouco não levava recados de

[1] Alusão ao fazendeiro "progressista" Andrei Tentêtnikov, personagem da epopeia *Almas mortas* de Nikolai Gógol.
[2] Veja Parte I, Capítulo I, Seção V.
[3] Leve casaco masculino pregueado na cintura.

toda essa escória, daria para perdoarmos, em parte, a tolice das outras Minervas[4] nossas. Agora tudo é atribuído, conforme eu já disse, àquela tal de *Internationale*. Essa ideia ficou enraizada a ponto de ser comunicada assim, inclusive, às pessoas estranhas, às que estão aqui de passagem. Foi o conselheiro Kúbrikov, de sessenta e dois anos de idade e com a ordem de Santo Estanislau no pescoço, quem veio recentemente sem ninguém ter chamado por ele e declarou, num tom compenetrado, que durante três meses inteiros ficara, sem dúvida alguma, sob a influência da *Internationale*. E, quando convidado, com todo o respeito pela sua idade e pelos seus méritos, a explicar-se de modo mais satisfatório, não conseguiu apresentar nenhum documento, a não ser que "sentisse aquilo com todos os sentidos", mas, nada obstante, insistiu firmemente em sua declaração, de sorte que deixaram logo de interrogá-lo.

Volto a repetir: conservou-se, em nosso meio também, um grupinho de pessoas prudentes, as quais se recolheram bem no começo e até mesmo se trancaram. Mas que tranca resistiria à lei natural? Até nas famílias mais cautelosas é que crescem umas donzelas que precisam dançar um pouquinho. E eis que todas aquelas famílias também acabaram fazendo doações em favor das governantas. Supunha-se, além do mais, que o baile viesse a ser brilhante e exuberante; contavam-se milagres; corriam rumores acerca dos príncipes que teriam vindo com seus lornhões, de dez "responsáveis" que eram todos jovens cavalheiros e portavam laços de fitas no ombro

[4] Deusa romana da sabedoria, padroeira das artes, cujo nome é mencionado no sentido irônico.

esquerdo, de certos promotores petersburguenses, de que Karmazínov teria consentido, para aumentar a receita, em ler seu "*Merci*" com roupas de governanta da nossa província, de que haveria uma "quadrilha literária", também toda fantasiada, e cada fantasia representaria alguma vertente das nossas letras. Afinal, um "honesto pensar russo" dançaria, por sua vez, fantasiado, o que já seria em si algo completamente novo. Como é que se podia deixar de doar? E todos doavam.

II

Segundo a programação, o dia festivo se dividiria em duas partes: a matinê literária, do meio-dia às quatro horas, e o baile que começaria às nove e duraria a noite inteira. Não obstante, essa programação como tal encerrava, desde já, embriões da desordem. Primeiramente, logo de início, ficou enraizado, no meio do público, o boato sobre uma refeição que seria servida ao fim da matinê literária ou mesmo no decorrer dela, durante um intervalo propositado, sendo essa refeição, bem entendido, gratuita, atrelada à programação e regada a champanhe. O preço exorbitante dos ingressos (três rublos) contribuiu para o enraizamento do tal boato. "Faria eu doações à toa, não fosse assim? Se supuseres aí que a festa dure o dia todo, então vem alimentar a gente. O povo estará com fome" — era dessa maneira que se raciocinava em nosso meio. Tenho de confessar que foi Yúlia Mikháilovna em pessoa quem consolidou, mediante a sua leviandade, aquele boato pernicioso. Cerca de um mês antes, com o primeiro encanto de seu grande desígnio, ela já contava gorjeando sobre a festa por vir à primeira pessoa que encontrasse, chegando a informar, inclusive, um dos jornais metropolitanos acerca dos brindes que teriam lugar nessa ocasião. Estava seduzida então, sobretudo, com esses brindes: querendo proclamá-los pessoalmente, não fazia outra coisa, à espera de sua festa, senão inventá-los um por um. Eles haviam de explicar a nossa bandeira principal (Qual seria? Aposto que a coitadinha não conseguiu, no fim das contas, inventar coisa nenhuma...), invadir as matérias da imprensa metropolitana, enternecer e fascinar a mais alta chefia e depois se espalhar, maravilhando e suscitando imitações, por todas as províncias. Só que se necessita de champanhe para brindar, e, como não se pode beber champanhe em jejum, também se necessita, naturalmente, de um desjejum. Apenas mais tarde, quando ficou organizado, graças aos seus esforços, um comitê que abordou o assunto com mais seriedade, provaram a ela, imediata e claramente, que quem sonhasse em banquetear-se acabaria tendo bem pouco dinheiro para as governantas, mesmo com a maior receita possível. Destarte a questão apresentava duas alternativas: um banquete de Belsazar[5] com brindes e uns noventa rublos para as governantas ou a captação de recursos consideráveis na festa que se faria, por assim dizer, para inglês ver. De resto, o comitê queria apenas intimidá-la, tendo em mente, logo de antemão, uma terceira opção, sensata e conciliadora, que previa uma festa muito decente em todos os sentidos, mas sem champanhe, e uma quantia também muito decente, bem maior que noventa rublos,

[5] Veja: Daniel, V.

a sobrar. Contudo, Yúlia Mikháilovna não a aceitou: seu caráter desprezava aqueles meios-termos burgueses. Decidiu na hora, sendo a primeira ideia irrealizável, abraçar, de imediato e por completo, o extremo oposto, ou seja, captar recursos descomunais e invejados por todas as outras províncias. "O público deve entender, afinal de contas" — concluiu ela, numa reunião do comitê, seu discurso acalorado —, "que a consecução das metas gerais da humanidade é incomparavelmente mais sublime que nossos instantâneos prazeres carnais, que a festa se resume, no fundo, em promovermos uma grande ideia e que temos, portanto, de nos contentar com um frugal bailezinho alemão, dado unicamente para fins alegóricos e sob condição de não podermos mesmo abrir mão desse baile insuportável!", sentindo de repente tamanho ódio por ele. Conseguiram, por fim, tranquilizá-la. E foi então que inventaram e propuseram, por exemplo, aquela "quadrilha literária" e outras coisas estéticas em substituição aos prazeres carnais. E foi também então que Karmazínov acabou consentindo em ler aquele "*Merci*" (antes só se fazia de rogado e molengava) para exterminar assim a própria ideia de comer na mente de nosso público desregrado. Desse modo, o baile tornou a ser uma festança magnífica, embora de certa espécie diferente. E, para não se afastar da realidade em definitivo, ficou resolvido que se poderia, em princípios do baile, servir chá com limão e biscoitos redondinhos, depois *orgeat*[6] e limonada, e finalmente até mesmo sorvetes, mas apenas isso. Quanto àquelas pessoas que faziam

---

[6] Antigo refresco à base de leite que continha cevada, amêndoas e açúcar (em francês).

questão de sentir, fossem quais fossem o horário e o local, fome e, principalmente, sede, poder-se-ia instalar, lá no fim da enfiada de cômodos, um bufê especial, do qual se encarregaria Prókhorytch (o cozinheiro chefe de nosso clube) a servir (aliás, sob a vigilância mais rigorosa do comitê) tudo quanto se desejasse, mas por um preço também especial, o que seria anunciado de propósito, com uma inscrição às portas da respectiva sala, dizendo-se que o bufê não fazia parte da programação. Só que pela manhã ficou decidido não abrir nenhum bufê lá, para não atrapalhar a leitura literária, conquanto o bufê se encontrasse a cinco cômodos da sala branca onde Karmazínov se dignaria a ler seu "*Merci*". É interessante que o comitê todo, sem excetuar seus membros mais práticos, parecesse atribuir ao tal evento, isto é, à leitura do "*Merci*", uma importância colossal. Quanto à gente poética, foi a esposa de nosso decano da nobreza quem disse, por exemplo, a Karmazínov que mandaria, logo após a leitura, embutir na parede da sua sala branca uma placa de mármore sobre a qual seria escrito, em letras douradas, que no dia tal do ano tal ali, naquele exato lugar, um grande escritor russo e europeu, prestes a abandonar sua pena, lera o texto intitulado "*Merci*" e assim se despedira, pela primeira vez, do público russo personificado pelos representantes de nossa cidade, acrescentando que essa inscrição seria lida por todos ainda durante o baile, ou seja, apenas cinco horas depois da leitura do próprio "*Merci*". Sei ao certo ter sido Karmazínov em pessoa quem exigiu que o bufê não funcionasse pela manhã, enquanto ele estivesse lendo, em hipótese alguma, mesmo ao ouvir alguns membros do comitê declararem que isso contrariaria um tanto os nossos hábitos.

As coisas estavam assim, ao passo que se acreditava ainda, em nossa cidade, num banquete de Belsazar, quer dizer, num bufê oferecido pelo comitê; acreditava-se nisso, aliás, até a última hora. Até nossas donzelas sonhavam com uma profusão de bombons e geleias, e com mais algo inaudito. Todos sabiam que a receita era enorme, que a cidade ficara abarrotada com a vinda de moradores distritais e que os ingressos estavam faltando. Sabia-se, outrossim, que havia, além dos ingressos vendidos, umas doações consideráveis por parte dos particulares: Varvara Petrovna, por exemplo, desembolsara trezentos rublos pelo seu ingresso e mandara enfeitar a sala com todas as flores de sua estufa. A esposa de nosso decano da nobreza (a qual integrava o comitê) oferecera sua casa e bancara a iluminação; o clube cedera os músicos e criados, além de dispensar Prókhorytch por um dia inteiro. Houvera também outras doações, embora nem tão copiosas assim, de sorte que até mesmo surgira a ideia de rebaixar, de três para dois rublos, o preço inicial dos ingressos. É verdade que o comitê receava no começo que as donzelas não fossem participar do baile tendo de gastar três rublos cada uma e propunha vender, de algum jeito, ingressos de família, pagando-se notadamente por uma só moça e todas as demais moças pertencentes à mesma família, nem que fossem dez exemplares, entrando de graça. No entanto, todos os receios se revelaram vãos: pelo contrário, foram máxime as moças que compareceram. Até os servidores mais pobres trouxeram suas filhas... de resto, fique bem claro que, se não tivessem filhas solteiras, a ideia de fazerem quaisquer doações que fossem nem sequer lhes passaria pela cabeça. Um secretário ínfimo trouxe todas as suas sete filhas, e isso sem contar, bem entendido, sua esposa, e uma sobrinha também, segurando cada uma dessas pessoas uma nota de três rublos para comprar seu ingresso. Só se poderia imaginar a revolução que se dera em nossa cidade! Como a festa se dividia em duas partes (e não se mencione mais nada além disso!), qualquer uma das nossas damas precisava, desde já, de dois trajes, um para usar durante a matinê e o outro, o de baile, para dançar. Muitos representantes da classe média, conforme se esclareceria mais tarde, haviam penhorado, às vésperas daquele dia, tudo o que tinham, inclusive as roupas de cama, lençóis e praticamente colchões de suas famílias, aos nossos judeus, os quais, como que de propósito, eram bem numerosos, nos últimos dois anos, e bem arraigados em nossa cidade, acumulando-se, com o passar do tempo, em quantidades ainda maiores. Quase todos os funcionários públicos haviam pedido o adiantamento de seus salários, e alguns fazendeiros tinham vendido o gado necessário, com a única intenção de fazer suas donzelas sobressairem como marquesas e não serem piores do que quaisquer outras. A opulência dos trajes era daquela feita, para os padrões de nossas paragens, extraordinária. A cidade estava repleta, ainda duas semanas antes da festa, de anedotas familiares, que nossos trocistas levavam de imediato à corte de Yúlia Mikháilovna. As caricaturas de temática familiar também começavam a circular. Eu mesmo vi, no álbum de Yúlia Mikháilovna, alguns desenhos daquele tipo. E tudo isso ficou muito bem conhecido nos lugares de onde tais anedotas provinham, e era essa, pelo que me parece, a razão de tamanho ódio que certas famílias nutriam, nesses últimos tempos, por Yúlia Mikháilovna.

Agora andam todos xingando, mal se recordam daquilo, e rangendo os dentes. Só que então já sabiam de antemão que, se por acaso o comitê desagradasse alguém ou se alguma falha ocorresse naquele baile, a explosão de ira seria formidável; portanto, cada qual esperava, no íntimo, por algum escândalo. E, visto que era tão esperado, como poderia ele deixar de acontecer?

A orquestra ficou ribombando ao meio-dia em ponto. Como um dos responsáveis, ou seja, daqueles doze "jovens com laço de fitas", vi, com meus próprios olhos, o começo daquele dia de infame memória. Houve logo um aperto descomunal à entrada. Como é que pôde dar tudo errado desde o primeiro passo, a começar pela ação de nossa polícia? Não estou acusando o público de verdade: os pais de família não apenas não se espremiam nem empurravam ninguém, fosse qual fosse a titulação deles, mas, pelo contrário, confundiam-se ainda na rua, pelo que dizem, mal viam aquela pressão, incomum para nossa cidade, da multidão a sitiar as portas, como se as tomasse de assalto em vez de entrar normalmente. Enquanto isso, as carruagens chegavam uma depois da outra e acabaram por obstruir a rua. Agora que estou escrevendo, disponho de dados consistentes para afirmar que alguns dos canalhas mais abjetos de nossa cidade foram trazidos ali por Liámchin e Lipútin sem ingressos ou, quem sabe, por mais alguém que pertencia, igual a mim, à turma dos responsáveis. Seja como for, vieram alguns sujeitos absolutamente desconhecidos, vindos dos distritos e nem se sabe de onde mais. Tão logo entravam na sala, aqueles selvagens perguntavam todos (como se tivessem sido instruídos de propósito) onde ficava o bufê e, uma vez cientes de que não havia bufê, passavam a xingar sem nenhuma política e com uma ousadia extraordinária, até então, para nossa cidade. É verdade também que alguns deles vieram embriagados. Outros se pasmavam selvagemente com o fausto daquela sala da esposa de nosso decano, já que nunca tinham visto nada de parecido, e, mal entravam nela, quietavam-se por um minuto e olhavam, boquiabertos, para todos os lados. Aquela espaçosa sala Branca, embora já vetusta, era realmente faustosa: de tamanho enorme, com duas fileiras de janelas, uma acima da outra, com o teto pintado de modo antigo e munido de douraduras, um balcão e vários espelhos a separarem as janelas, além das cortinas vermelhas e brancas, das estátuas de mármore (fossem quais fossem, eram, feitas as contas, verdadeiras estátuas) e da pesada mobília antiga, dos tempos napoleônicos, toda branca com douraduras e estofada de veludo vermelho. Um alto tablado para os literatos que iam palestrar elevava-se, no momento descrito, no fundo da sala, a qual estava, igual à plateia de um teatro, abarrotada de cadeiras com largas passagens para o público. Entretanto, após os primeiros minutos de pasmo, vinham surgindo as indagações e declarações mais absurdas. "Talvez não queiramos ainda nenhuma palestra... A gente pagou... O público é enganado descaradamente... Nós somos donos da festa e não os Lembkas!..." Numa palavra, comentavam como quem tivesse vindo apenas para comentar. Lembro-me em particular de uma contenda em que se destacou, sobretudo, o principelho que estava conosco de passagem e tinha visitado, na manhã anterior, a casa de Yúlia Mikháilovna, aquele que se assemelhava, com seus colarinhos eriçados, a um boneco de madeira. Ele também consentira, em atenção a um insistente pedido da anfitriã, em prender o laço de fitas ao ombro esquerdo e fazer as vezes de nosso companheiro responsável pela festa. Esclareceu-se em seguida que essa figura de cera, muda e movida por molas, era capaz, senão de falar, pelo menos de agir em certo estilo. Quando um capitão reformado, imenso e bexiguento, veio abordá-lo, apoiado por toda uma caterva de canalhas que se espremiam atrás dele, e perguntou como se chegava ao bufê, o príncipe piscou para um guarda. Sua instrução foi cumprida imediatamente, sendo o capitão ébrio arrastado, com todos os seus palavrões, para fora da sala. Nesse ínterim, começou enfim a aparecer o público "de verdade", estendendo-se em três filas compridas pelas três passagens entre as cadeiras. O elemento desordeiro se acalmou aos poucos, só que até mesmo o público mais "limpo" parecia descontente e atônito; quanto às nossas damas, algumas estavam simplesmente assustadas. Acabaram todos por se acomodar; a música também se interrompeu. Havia quem assoasse o nariz e quem olhasse à sua volta. Havia quem aguardasse com ares de excessiva solenidade, o que sempre é, por si só, mau sinal. Contudo, os "Lembkas" não estavam ainda lá. As sedas, os veludos, os diamantes fulgiam e resplandeciam por toda parte; um aroma se esparramava no ar. Os homens estavam com todas as suas comendas, e os velhinhos trajavam mesmo seus uniformes. Apareceu finalmente a esposa de nosso decano, acompanhada por Lisa. Ainda nunca Lisa se mostrara tão esplendidamente charmosa nem usara uma toalete de tanto luxo como naquela manhã. Seus cabelos estavam frisados, seus olhos brilhavam, um sorriso iluminava seu rosto. Ela produziu um efeito visível: todos a miravam e cochichavam a seu respeito. Diziam que estava procurando Stavróguin com os olhos, mas nem Stavróguin nem Varvara Petrovna estavam na sala. Não compreendi então a expressão de seu rosto: por que havia tanta felicidade, tanta alegria, tanta energia, tanta força naquela expressão? Enquanto me recordava do ocorrido na véspera, ficava num impasse. Contudo, os "Lembkas" não tinham chegado ainda. Foi um erro deles. Eu saberia mais tarde que Yúlia Mikháilovna esperara, até o último minuto, por Piotr Stepânovitch, sem o qual não podia mais, nesses últimos tempos, dar um passo sequer, embora nunca tivesse reconhecido isso nem a sós consigo mesma. Notarei entre parênteses que na véspera, durante a última reunião do comitê, Piotr Stepânovitch recusara o laço de fitas do responsável, deixando-a, desse modo, muito sentida, quase chorosa. Para sua surpresa, e depois para seu extremo embaraço (o qual anuncio de antemão), ele sumira naquela manhã, sem comparecer à leitura literária, de sorte que ninguém o veria mais até o anoitecer. Por fim, o público se pôs a manifestar uma impaciência patente. Tampouco havia uma alma viva no tablado. Já se começava a aplaudir, como num teatro, nas fileiras de trás. Os anciães e as senhoras carregavam o cenho: obviamente, os "Lembkas" se achavam importantes demais. Até no meio do melhor público já corriam aqueles cochichos disparatados de que realmente não haveria, talvez, festa nenhuma, de que Lembke em pessoa talvez estivesse mesmo tão indisposto assim, *et cætera* e tal. Mas, graças a Deus, o casal Lembke acabou chegando de braços dados, e confesso que eu temia muito pela sua chegada. Ainda bem que as lorotas caíssem por terra e que a verdade vencesse! O público pareceu aliviado.

Lembke como tal estava aparentemente em plena saúde, e todos, que me lembre, chegaram à mesma conclusão, pois só se poderia imaginar quantos olhares se fixavam então nele. Notarei, para caracterizar o ambiente, que pouquíssimas pessoas em geral supunham, no meio de nossa alta sociedade, que Lembke sentisse algum mal-estar singular, considerando as suas ações totalmente normais, tão normais que mesmo aquela história que ocorrera na véspera, pela manhã, lá na praça era aceita com aprovação. "Devia ter agido assim desde o começo" — diziam os dignitários. — "Mas não: vêm para cá como filantropos e terminam todos da mesma maneira, sem perceber que isso é necessário para a própria filantropia" — era, pelo menos, o raciocínio de nosso clube. Condenava-se tão somente a precipitação dele. "Devia ter agido com mais sangue-frio, mas... ainda é um novato!" — dizia quem entendesse do assunto. Com a mesma avidez, todos os olhares se dirigiram também para Yúlia Mikháilovna. É claro que ninguém tem o direito de exigir que eu forneça, em minha qualidade de narrador, os pormenores absolutamente precisos no tocante a um daqueles eventos: há um mistério, há uma mulher no meio! Todavia, sei de uma só coisa: ela entrara, na noite anterior, no gabinete de Andrei Antônovitch e ficara com ele bem mais que até a meia-noite, sendo Andrei Antônovitch perdoado e consolado. Os cônjuges concordaram em tudo, esqueceram-se de tudo, e quando, ao fim da explicação, von Lembke se ajoelhou ainda, rememorando com pavor o episódio principal e final da noite retrasada, foram a mãozinha encantadora e, a seguir, os lábios de sua esposa que barraram a calorosa efusão de palavras contritas daquele homem nobremente delicado, mas debilitado pelo seu enternecimento. Todos enxergavam, pois, a felicidade no rosto de Yúlia Mikháilovna. Ela vinha de semblante aberto e roupas esplendorosas. Parecia ter alcançado o topo de seus desejos: objetivo e apogeu de sua política, a festa se realizara. Indo até seus assentos situados diante do próprio tablado, ambos os Lembke recebiam e retribuíam as saudações. Ficaram logo cercados pelo público. A esposa do decano levantou-se ao encontro deles... Mas então sobreveio um mal-entendido ruim: a orquestra rompeu de súbito a tocar, e não foi alguma marcha, mas simplesmente uma fanfarra semelhante àquela que é tocada à mesa de nosso clube quando se brinda, num almoço oficial, à saúde de alguém. Agora sei que foi Liámchin quem cuidou disso, em sua qualidade de responsável, como se quisesse homenagear os "Lembkas" a entrarem. É claro que sempre poderia eximir-se a pretexto de ter feito aquilo por tolice ou por excesso de dedicação... No entanto, ai de mim, eu não sabia ainda que a turma dele não se preocupava mais com os pretextos e que seria tudo concluído naquele dia. Como se a fanfarra não bastasse, um *hurra* explodiu de chofre, em meio à lamentável perplexidade e aos sorrisinhos do público, na outra ponta da sala e no balcão, e foi também uma pretensa homenagem ao casal Lembke. Houve poucas vozes a gritarem, mas confesso que elas soaram por algum tempo. Yúlia Mikháilovna enrubesceu, seus olhos fulgiram. Lembke parara ao lado de seu assento e, virando-se em direção àqueles gritalhões, corria um olhar majestoso e rigoroso através da sala... Fizeram logo que se sentasse. Tornei a avistar em seu rosto, com temor, o mesmo sorriso perigoso com o qual estivera postado, na manhã anterior, no salão de sua esposa, encarando Stepan Trofímovitch antes de se acercar dele. Pareceu-me que agora também seu rosto tinha uma expressão algo sinistra e, o pior de tudo, um tanto cômica, a de uma criatura que consentia, tudo bem, em sacrificar-se para os objetivos supremos de sua esposa serem atingidos... Às pressas, Yúlia Mikháilovna me chamou com um gesto e ordenou cochichando que eu corresse procurar por Karmazínov e lhe implorasse pelo começo urgente de sua leitura. E eis que aconteceu, mal tive tempo para me virar, outra torpeza, aliás, bem pior do que a primeira. Em cima do tablado, daquele tablado vazio para o qual se dirigiam, até então, todos os olhares e todas as expectativas, e onde se viam apenas uma pequena mesa, uma poltrona diante dela e um copo d'água que estava em cima de uma bandejinha de prata posta sobre aquela mesa... enfim, daquele tablado vazio é que surgiu de repente o colossal vulto do capitão Lebiádkin a usar uma casaca e uma gravata branca. Fiquei tão estarrecido que nem acreditei em meus olhos. Aparentemente confuso, o capitão se deteve no fundo do tablado. Um grito se ouviu de improviso no meio do público: "É você, Lebiádkin?" A carantonha do capitão, estúpida e vermelha (ele estava completamente embriagado), escancarou-se toda, com esse grito, num largo sorriso obtuso. Ele ergueu a mão, esfregou a testa, sacudiu sua cabeça velosa e, como quem se aventurasse a tudo o que desse e viesse, deu dois passos para a frente, e eis que se pôs a rir, não muito alto, mas com um riso profuso, longo, feliz, o qual agitou toda a sua massa carnuda e fez seus olhinhos se entrefecharem. Ao vê-lo, quase metade do público desandou a rir, e umas vinte pessoas começaram a bater palmas.

O público sério trocava olhadas sombrias; porém, durou tudo, quando muito, meio minuto. De repente, Lipútin, com seu laço de fitas do responsável, e dois criados subiram correndo ao tablado; seguraram cautelosamente o capitão pelos braços, e Lipútin cochichou-lhe algo. O capitão franziu o sobrolho, murmurou: "Ah, bem, se for assim...", agitou a mão, virou suas costas enormes ao público e retirou-se com seus acompanhantes. Todavia, um instante depois, Lipútin voltou a subir ao tablado. Com o mais doce de todos os seus sorrisos habituais, que geralmente lembravam vinagre com açúcar, ele segurava uma folhinha de papel postal. A passos curtos, mas amiudados, aproximou-se da borda dianteira do tablado.

— Senhores — dirigiu-se ao público —, aconteceu, por falta de atenção, um mal-entendido cômico, que já foi sanado, porém me incumbi, esperançoso, de uma comissão para atender ao pedido mais profundo e respeitoso de um desses nossos vates locais... Compenetrado de uma meta humana e sublime... não obstante a aparência dele... daquela mesma meta que nos uniu a todos... a de enxugarmos as lágrimas das moças pobres, mas instruídas, de nossa província... aquele senhor, ou seja, quero dizer que este nosso poeta local... desejando permanecer incógnito... gostaria muito de ver seu poema lido antes que comece *o baile*... ou seja, quero dizer a leitura. Embora esse poema não faça parte da programação nem integre... porque só temos meia hora, como foi decidido... mas *a gente* (Quem seria aquela "gente"? Estou citando, palavra por palavra, as falas entrecortadas e desconexas dele.) achou que, graças à admirável ingenuidade do sentimento autoral, unido a uma alegria também de admirar, ele poderia mesmo ser lido, ou seja, não como algo sério, mas como algo condizente com nossa solenidade... numa palavra, com nossa ideia... Ainda mais que só tem alguns versos... e gostaria de pedir ao público benevolentíssimo que permitisse...

— Leiam aí! — bramiu uma voz no fundo da sala.

— Então posso ler?

— Leia, leia! — ressoaram várias vozes.

— Vou ler, com a permissão do público... — Lipútin entortou de novo os lábios com o mesmo sorriso açucarado. Aparentava não se atrever ainda a ler, e até mesmo me pareceu a mim que estava preocupado. Por mais insolentes que sejam aquelas pessoas, tropeçam, de vez em quando, elas também. De resto, um seminarista não tropeçaria em seu lugar, só que Lipútin pertencia, de qualquer modo, à sociedade antiga.

— Aviso, ou seja, tenho a honra de avisar de que não é, digamos assim, uma ode daquelas que se recitavam outrora nas festas, mas quase, por assim dizer, uma brincadeira a expressar, não obstante, um sentimento indubitável, unido a uma alegria faceira, além da verdade mais verdadeira possível.

— Leia, leia!

Ele desdobrou o papelzinho. É claro que ninguém teve tempo para freá-lo. E, ainda por cima, ele comparecera com seu laço de fitas. Então declamou, com uma voz retumbante:

— À governanta conterrânea, originária destas paragens, é que o poeta dedica na hora da festa!

Salve, salve, governanta!
Vê se pulas de alegria,
Quer prefiras George Zanda,
Quer alguma velharia!

— Mas foi Lebiádkin quem escreveu! Foi Lebiádkin, sim! — ecoaram algumas vozes. Houve risadas e mesmo aplausos, embora escassos.

— Andas alfabetizando
As crianças mui ranhosas
E mesmo ao padre lançando
Piscadelas amorosas.

— Hurra! Hurra!

— Só que em tempos de mudanças
Nem o padre por consorte
Vai querer-te: sem finanças
Não terás, amiga, sorte.

— É isso, é isso aí, mas que realismo! Nem um passo "sem finanças"!

— Mas, agora que almoçamos
E dançamos um pouquinho,
Para ti também juntamos,
Todos nós, um dinheirinho.
Pois, cuspindo para tudo,
Vê se pulas de alegria!
Com um dote tão graúdo
Qualquer uma pularia!

Confesso que não acreditei em meus ouvidos. Era uma desfaçatez tão escancarada que não se poderia desculpar Lipútin nem por conta de sua tolice. E de tolo Lipútin não tinha nada. A intenção estava clara, pelo menos para mim, como se eles se apressassem a instaurar caos. Alguns versos desse poema idiótico, como, por exemplo, o derradeiro, eram de tal espécie que nenhuma tolice poderia justificá-los. Lipútin aparentava ter sentido, ele mesmo, que se encarregara de um fardo demasiado: ao consumar essa proeza, quedou-se tão desconcertado com sua própria ousadia que nem arredou o pé do tablado, permanecendo ali como quem desejasse acrescentar mais alguma coisa. Decerto presumira que o efeito viesse a ser diferente, mas até mesmo o grupelho de desordeiros que aplaudira durante aquele rasgo ficou de repente silencioso, como que desconcertado, ele também. A parte mais boba era que muitos deles haviam tratado o acontecido de modo patético, ou seja, não o tomando por um pasquim, mas, de fato, pela pura verdade relativa à governanta, por uns versinhos com certa ideia. Mas, afinal, eles também se escandalizaram com a excessiva desfaçatez daqueles versinhos. Quanto ao público em geral, a sala toda estava não só escandalizada, mas visivelmente magoada. Não estou errando em descrever essa impressão. Yúlia Mikháilovna diria posteriormente que mais um instante, e ela teria desmaiado. Um dos nossos velhinhos mais respeitabilíssimos puxou sua velhinha, e, acompanhados pelos olhares inquietos do público, saíram ambos da sala. Quem sabe se tal exemplo não acabaria influenciando mais alguns espectadores, porém foi naquele exato momento que no tablado apareceu Karmazínov em pessoa, de casaca e gravata branca, com um caderno na mão. Yúlia Mikháilovna fixou um olhar extático nele, como se fosse um libertador... Contudo, eu estava já nos bastidores: precisava achar Lipútin.

— Fez isso de propósito, não é? — disse, indignado, ao pegar-lhe a mão.

— Juro por Deus que nem pensava... — Ele se encolheu todo, começando, desde logo, a mentir e fingindo-se de coitado. — É que me trouxeram agorinha aqueles versinhos, e pensei que fosse uma brincadeira alegre...

— Não pensou coisa nenhuma! Será que toma aquela droga medíocre por uma brincadeira alegre?

— Tomo, sim.

— Está simplesmente mentindo, e não foi agorinha que lhe trouxeram os versos. Foi o senhor mesmo quem os compôs junto com Lebiádkin, talvez ontem ainda, para fazer um escândalo. O último verso é, sem dúvida, do senhor; aquele do padre, também. Por que ele veio de casaca? Quer dizer, o senhor o tinha preparado para recitar, só que ele se embebedou demais da conta.

Lipútin olhou para mim com frieza e sarcasmo.

— Mas o que o senhor tem a ver com isso? — perguntou de súbito, estranhamente tranquilo.

— Como assim, "o quê"? O senhor também porta esse laço de fitas... Onde está Piotr Stepânovitch?

— Não sei; deve estar por aí... Por quê?

— Porque agora vejo tudo às claras. É simplesmente um complô contra Yúlia Mikháilovna, para estragar o dia todo...

Lipútin tornou a olhar para mim de esguelha.

— Mas o que tem a ver com isso? — Deu de ombros, com um sorrisinho, e afastou-se.

Como se tivesse jogado em mim um balde d'água gelada. Todas as minhas suspeitas se comprovavam. E eu esperava ainda que estivesse enganado! O que tinha a fazer? Queria pedir conselho a Stepan Trofímovitch, mas ele estava diante do espelho, experimentando diversos sorrisos e consultando, sem parar, um papelzinho com suas anotações. Ia palestrar logo depois de Karmazínov e não tinha mais condição de falar comigo. Correria eu até Yúlia Mikháilovna? Mas era cedo demais para incomodá-la: ela precisaria de uma lição mais drástica para se curar da sua convicção de estar "rodeada" e de todos lhe serem "fanaticamente leais". Não acreditaria em mim e me tomaria por um lunático. Aliás, de que maneira é que poderia ajudar? "Eh" — pensei —, "mas, realmente, o que tenho a ver com isso? Tiro meu laço e vou para casa, *quando começar*". Lembro-me bem de ter sido justamente isso, "quando começar", que disse comigo.

Entretanto, tinha de ir escutar Karmazínov. Examinando, pela última vez, os bastidores, percebi que muitas pessoas estranhas, inclusive algumas mulheres, andavam por lá, saindo e dispersando-se. Aqueles "bastidores" eram um espaço assaz estreito, separado do público por uma cortina surda e ligado por um corredor traseiro aos outros cômodos. Nossos palestrantes se mantinham ali à espera de sua vez. Mas quem me impressionou, sobretudo, naquele momento foi o palestrante que sucederia a Stepan Trofímovitch. Era também uma espécie de professor (nem hoje em dia sei ao certo quem é) que abandonara voluntariamente uma instituição de ensino após uma história com estudantes e viera à nossa cidade, fosse qual fosse o motivo de sua vinda, tão só havia alguns dias. Também fora recomendado a Yúlia Mikháilovna e recebido por ela com veneração. Hoje sei que visitou, antes de palestrar, apenas um dos seus saraus e ficou calado ao longo do sarau todo, sorrindo de modo ambíguo com as piadas e o próprio tom da turma a rodear Yúlia Mikháilovna, e que causou a todos uma impressão desagradável com sua atitude soberba e, ao mesmo tempo, melindrosa até a frouxidão. Fora Yúlia Mikháilovna em pessoa quem o convocara a palestrar. Agora ele andava de lá para cá e cochichava consigo, igual a Stepan Trofímovitch, mas, em vez de se mirar no espelho, olhava para o chão. Tampouco experimentava sorrisos, embora sorrisse, de certa maneira carnívora, volta e meia. Estava claro que nem com ele daria para conversar. Era um homem de estatura baixa, parcialmente calvo, mas com uma barbicha grisalha, que aparentava ter cerca de quarenta anos e usava roupas apresentáveis. O mais interessante, porém, era que erguia, todas as vezes que se virava, o punho direito, agitava-o no ar, acima da sua cabeça, e de repente o abaixava como que destruindo algum adversário seu. Repetia esse truque a cada minuto. Fiquei atemorizado. Fui rápido escutar Karmazínov.

III

Algo nefasto pairava de novo sobre a sala. Declaro de antemão: estou reverenciando a grandeza do gênio. Mas por que será que esses nossos senhores gênios se comportam por vezes, ao fim de sua gloriosa jornada, tais e quais os meninos? De que serviria Karmazínov ter aparecido com aquela postura de cinco *Kammerherren* juntos? Poderia mesmo segurar durante uma hora inteira, com um só artigo, um público igual ao nosso? E, de modo geral, eu notaria que, na hora de uma leve leitura literária, nem um arquigênio sairia impune ao ocupar o público com sua pessoa por mais de vinte minutos. Aliás, na verdade, a aparição do grande gênio foi acolhida com extremo respeito. Até os mais rigorosos dos nossos velhinhos manifestaram-lhe aprovação e curiosidade, e nossas damas, mesmo uma espécie de júbilo. Contudo, os aplausos foram breves e, de certa forma, desordenados, confusos. Não houve, em compensação, nenhuma gaiatice nas fileiras de trás, notadamente até o momento em que o senhor Karmazínov se pôs a falar, e nem ali ocorreu nada que fosse sobremodo ruim, mas assim, um mal-entendido qualquer. Eu já tinha mencionado a voz dele, por demais estridente e mesmo um tanto efeminada, com aquele autêntico e nobre cecear dos fidalgos. Mal pronunciou umas palavras, alguém se permitiu de repente soltar uma alta risada: foi, por certo, algum boboca inexperiente, o qual ainda não vira nada de mundano, e, para completar, agraciado com a propensão inata ao riso. Não se seguiu, entretanto, nem a mínima reação simpática: mandaram, pelo contrário, o boboca fechar a boca, e ele se extinguiu. Mas eis que o senhor Karmazínov declarou, manhoso e afetado, que "no começo não consentia, por nada neste mundo, em ler" (precisava tanto falar nisso?). "Há, digamos, tais frases que são cantadas pelo coração a ponto de não poderem ser pronunciadas, de sorte que não se pode, em hipótese alguma, levar essa coisa sagrada até o público" (então por que a levou?); "no entanto, pedido e rogado como era, ele a levou, sim, e como, ainda por cima, estava para abandonar sua pena pelo resto da vida e havia jurado que não escreveria mais nada mesmo, escreveu afinal esse último artigo, e, como havia jurado também que jamais, em caso algum, leria nada em público, resolveu afinal ler esse último artigo em público", e assim por diante, tudo do mesmo gênero.

De resto, não faria mal; e quem não conhece esses prefácios autorais? Mas note-se bem que, com pouca instrução de nosso público e a irritabilidade das fileiras de trás, tudo isso poderia ter certo efeito, sim. Não seria mesmo melhor que lesse uma pequena novela, um conto minúsculo naquele seu estilo de outrora, isto é, uma coisinha lapidada e amaneirada, mas, às vezes, espirituosa? Isso salvaria a apresentação toda. Mas não, nada disso! Começou uma ladainha! Meu Deus, o que foi aquilo! Direi positivamente que até mesmo o público metropolitano ficaria atarantado, e não apenas o nosso. Imaginem-se quase duas folhas impressas,[7] preenchidas com a logorreia mais coquete e inútil, sem contar que aquele senhor ainda lia como quem se assoberbasse e, ao mesmo tempo, estivesse entristecido, como quem lesse por caridade, e assim acabou deixando o público ressentido. O tema... Mas quem o entenderia, aquele tema? Era um relatório sobre algumas impressões ou recordações. Mas quais eram? Mas a que se referiam? Por mais que se franzissem, durante a primeira metade da leitura, nossas testas provincianas, não conseguiram entender patavina, de forma que a segunda metade foi ouvida por mera cortesia. É verdade que se falava muito

[7] Em conformidade com as normas editoriais da Rússia antiga e moderna, uma folha impressa de texto prosaico compõe-se de 40 mil caracteres.

de amor, do amor de nosso gênio por alguma dama, porém confesso que era algo desajeitado. Não combinava muito, a meu ver, com a figurinha pequena e roliçazinha do escritor genial seu relato sobre o primeiro beijo que dera... E, outro detalhe capaz de magoar, aqueles seus beijos se davam de um jeito algo diferente do de toda a humanidade. Lá cresce sem falta, por toda parte, genista (obrigatoriamente genista ou alguma outra erva cujo nome se deveria buscar num compêndio de botânica). E o céu tem sem falta algum matiz violeta em que certamente nenhum mortal reparou jamais, ou seja, todos o viram, mas não souberam discerni-lo, e "eu, digamos, reparei nele e venho descrevê-lo para vocês, seus bobos, como a coisa mais trivial do mundo". A árvore debaixo da qual está sentado aquele casal interessante é sem falta de alguma cor alaranjada. Ficam sentados algures na Alemanha. De súbito, veem Pompeu ou Cássio às vésperas da batalha e sentem ambos um friozinho de êxtase a perpassá-los. Uma sereia se põe a piar nas moitas. Gluck se põe a tocar violino nos juncos. O nome da peça que está tocando é citado *en toutes lettres*,[8] mas ninguém a conhece, de modo que se deveria buscá-la num dicionário musical. Enquanto isso, a neblina se eleva ao redor e tanto se eleva e se eleva tanto que mais se parece com um milhão de travesseiros do que com uma neblina. De chofre, tudo desaparece, e eis que o grande gênio atravessa no inverno, durante um degelo, o rio Volga. A travessia ocupa duas páginas e meia, mas, ainda assim, ele acaba caindo num buraco daquele gelo. O gênio começa a afogar-se, mas acham que se afogue?

---

[8] Por extenso (em francês).

Nem pensa nisso: é tudo para que, quando ele já se afoga mesmo e se asfixia com água, surja em sua frente um pedacinho de gelo, um minúsculo pedacinho de gelo, do tamanho de uma ervilha, mas límpido e translúcido "como uma lágrima congelada", e para que se reflita, neste pedacinho de gelo, a Alemanha inteira ou, melhor dito, o céu da Alemanha, lembrando-o este reflexo, com sua irisada fulguração, daquela mesma lágrima que "rolou dos teus olhos, quando estávamos sentados ali, debaixo de uma árvore de cor esmeralda, e tu exclamaste com alegria: 'Não há crime!', lembras? — 'Pois é' — disse eu, malgrado as minhas lágrimas —, 'mas, se for assim, tampouco há virtuosos'. Então, em meio aos prantos, separamo-nos para todo o sempre...". E ela vai para a costa marítima, e ele vai para não se sabe quais cavernas; e eis que ele desce, desce, desce por três anos a fio, em Moscou, até um antro sob a torre Súkhareva e, de repente, encontra numa caverna, no próprio seio da Terra, uma lamparina e, defronte a ela, um eremita. O eremita está rezando. O gênio se gruda numa janelinha minúscula e gradeada e, de repente, ouve um suspiro. Acham que o eremita tenha suspirado, não acham? Mas será que o gênio precisa mesmo desse eremita? Não, apenas o suspiro "lhe trouxe à memória o primeiro suspiro dela, havia trinta e sete anos", quando "estávamos sentados, na Alemanha, debaixo de uma árvore de cor ágata e tu me disseste: 'Para que amar? Olha: a ocra se espraia à nossa volta, e eu amo, mas, quando a ocra parar de espraiar-se, pararei de amar', lembras?". Então a neblina se eleva de novo, aparece Hoffmann, a sereia sibila um trecho de Chopin, e eis que no meio daquela neblina, acima dos telhados de Roma, surge Anco Márcio com sua coroa de louros. "Os calafrios de êxtase percorreram as nossas costas, e separamo-nos para todo o sempre", *et cætera* e tal.[9] Numa palavra, bem pode ser que eu não conte direito nem mesmo saiba contar, mas o sentido da logorreia era exatamente daquele gênero. E, feitas as contas, que paixão vergonhosa é que nossas mentes grandes têm por trocadilhos em alto estilo! Um grande filósofo europeu, um grande cientista, um inventor, um trabalhador, um mártir — decididamente, todos aqueles "cansados e oprimidos"[10] são, para nosso grande gênio russo, uma espécie de cozinheiros em sua cozinha. Ele é um senhorzinho, e todos aqueles se postam em sua frente, com carapuças nas mãos, e esperam pelas suas ordens. Soberbo, ele ironiza a Rússia também, seja dita a verdade, e nada lhe é mais agradável do que anunciar a bancarrota da Rússia, em todos os sentidos, perante as grandes mentes da Europa, porém, quanto a ele mesmo, nem tanto, já que está pairando acima dessas grandes mentes da Europa, as quais não passam, para ele, de um material para seus trocadilhos. Pega uma ideia de outrem, acrescenta-lhe uma antítese, e o trocadilho fica pronto! Há crime, não há crime; não há verdade nem virtuosos; o ateísmo, o darwinismo, os sinos moscovitas... Só que, ai dele, não acredita mais nos sinos moscovitas; Roma, os louros... só que não acredita nem sequer nesses louros... Aí vem um acesso legítimo de tristeza byroniana, uma careta de Heine, algum traço de Petchórin — e a

[9] Dostoiévski satiriza, de modo tão brilhante quanto injusto, a novela gótica *Os fantasmas*, de Ivan Turguênev, seu rival literário que pouco se parece, aliás, com o grotesco Karmazínov.

[10] Mateus, 11:28.

máquina foi andando, andando, silvando... "Aliás, vejam se me elogiam, que gosto muitíssimo disso: é apenas assim, de mentirinha, que falo em abandonar a pena. Esperem, pois, que ainda se fartarão trezentas vezes de mim, que se cansarão de me ler...".

É claro que o final não foi tão bom assim, mas o ruim é que tenha dado início a outras coisas. Ouviam-se na sala, já havia muito tempo, o arrastar dos pés, o assoar dos narizes, a tosse e tudo o que acontece quando um literato, seja ele quem for, obriga o público a ouvir sua leitura literária por mais de vinte minutos. Todavia, o escritor genial não reparava em nada disso. Continuava a cecear e a molengar, não querendo nem saber do público, de sorte que todos começaram a ficar perplexos. De súbito, uma voz solitária, mas alta, ouviu-se nas fileiras de trás:

— Meu Deus, mas que baboseira!

Aquilo foi dito sem querer, e tenho toda a certeza de não ter sido nenhum desafio. Alguém ficou tão somente cansado. Mas o senhor Karmazínov se interrompeu, encarou jocosamente o público e, de improviso, ceceou assumindo a postura de um *Kammerherr* ofendido:

— Parece, meus senhores, que os chateei bastante?

Sua culpa consistia precisamente em ser o primeiro a falar, porquanto, ao provocar desse modo uma resposta, ele deu a qualquer escória o ensejo de falar também e, por assim dizer, com pleno direito a tanto, mas, se tivesse permanecido em silêncio, a escória teria assoado os narizes, algumas vezes a mais, e deixado tudo para lá... Talvez ele esperasse por aplausos em resposta à sua indagação, porém não houve aplausos; pelo contrário, ficaram todos como que assustados, contraindo-se e calando-se.

— O senhor nunca viu nenhum Anco Márcio: é tudo seu estilo — soou, de repente, uma voz irritada, como se alguém não aguentasse mais.

— Justamente — replicou logo outra voz —: não há fantasmas, nos dias de hoje, mas há ciências naturais. Consulte as ciências naturais, vá!

— O que menos esperava, senhores, são essas objeções suas! — Karmazínov ficou abismado. O grande gênio se desacostumara completamente, lá em Karlsruhe, da sua pátria.

— É vergonhoso dizer, em nosso século, que o mundo fica em cima de três peixes — matraqueou, de chofre, uma mocinha. — O senhor não pode ter descido àquelas cavernas do eremita, Karmazínov. E quem é que fala agora dos eremitas?

— O que mais me espanta, senhores, é que isso seja tão sério. De resto... de resto, têm toda a razão. Ninguém respeita a verdade real mais do que eu...

Embora sorrisse com ironia, estava muito surpreso. Seu rosto expressava o seguinte: "Não sou como vocês pensam aí, não: estou do seu lado, contanto que me elogiem muito, muito mesmo, o mais que puderem, porquanto adoro isso...".

— Senhores — bradou, por fim, já totalmente melindrado —, percebo que este meu pobre poemeto errou o alvo. Aliás, eu mesmo errei o alvo, pelo que me parece.

— Alvejou a gralha, mas acertou a vaca! — gritou, com todas as forças, algum imbecil, provavelmente bêbado, e não se devia, sem dúvida, dar ouvidos a ele. Mas, seja dita a verdade, ouviram-se risadas desrespeitosas.

— A vaca, diz o senhor? — logo retrucou Karmazínov. Sua voz se tornava cada vez mais estridente. — No que concerne às gralhas e vacas, meus senhores, permitir-me-ei dispensar comentários. Respeito demais o público, seja ele qual for, para me permitir comparações, nem que sejam inofensivas, mas eu pensei que...

— Menos, prezado senhor, nem tanto... — gritou alguém nas fileiras de trás.

— Mas eu pensei que, na hora de abandonar a pena e de me despedir do leitor, seria ouvido...

— Sim, sim, queremos ouvir, queremos! — surgiram, afinal, umas vozes impávidas na primeira fileira.

— Leia, leia! — replicaram várias extáticas vozes femininas, e eis que irrompeu, finalmente, uma salva de palmas, aliás, fraquinha e rala. Com um sorriso torto, Karmazínov se soergueu em seu assento.

— Acredite, Karmazínov, que todos se consideram mesmo honrados... — Nem a esposa de nosso decano deixou de replicar.

— Senhor Karmazínov — ouviu-se subitamente, no fundo da sala, uma voz fresca e juvenil. Era a voz de um professor bem novinho de nossa escola distrital, um jovem maravilhoso, pacato e nobre, que morava em nossa cidade havia pouco tempo. Até se levantara da sua cadeira. — Senhor Karmazínov, se eu tivesse a felicidade de amar assim como o senhor descreveu para nós, juro que não contaria sobre meu amor num artigo destinado à leitura em público...

Chegou a ficar todo rubro.

— Senhores — vociferou Karmazínov —, eu terminei. Omito a parte final e me retiro. Mas vejam se me permitem ler apenas seis últimas linhas.

— Sim, amigo leitor, adeus! — voltou logo a ler seu manuscrito, sem mais se sentar na poltrona. — Adeus, meu leitor: nem sequer insisto demais em despedirmo-nos como amigos. E, de fato, por que te importunaria? Censura-me, oh, censura-me o quanto quiseres, se isso te proporcionar algum gozo. Mas o melhor seria que nos esquecêssemos um do outro para todo o sempre. E mesmo se todos vocês, meus leitores, viessem a ter a bondade de me implorar, ajoelhados em meio aos prantos: "Escreve, oh, mas escreve para nós, Karmazínov; escreve para a pátria, para a posteridade, para ser coroado de louros", até mesmo então lhes responderia, ao agradecer-lhes, bem entendido, com todo o respeito: "De jeito nenhum: já bulimos o suficiente uns com os outros, queridos compatriotas, *merci*! Está na hora de tomar cada um seu rumo! *Merci, merci, merci!*".

Karmazínov fez uma mesura cerimoniosa e, todo vermelho como se o tivessem cozido, retirou-se para os bastidores.

— Ninguém vai ficar ajoelhado, coisa nenhuma: uma fantasia selvagem!

— Quanta ambição!

— Apenas o humorismo... — emendou alguém, mais sensato.

— Não, poupe-me desse seu humorismo.

— Mas, senhores, é uma ousadia, não é?

— Pelo menos, terminou: até que enfim...

— Tamanho tédio...

Entretanto, todas essas grosseiras exclamações das fileiras de trás (e, de resto, não só das de trás) foram abafadas pelos aplausos da outra parte do público. Chamaram Karmazínov de volta. Diversas damas, com Yúlia Mikháilovna e a esposa de nosso decano à frente, reuniram-se ao pé do tablado. Surgira nas mãos de Yúlia

Mikháilovna uma suntuosa coroa de louros, posta numa almofada de veludo branco e recamada com outra coroa de rosas vivas.

— Louros! — proferiu Karmazínov, com um sorrisinho fino e um pouco sarcástico. — É claro que fico enternecido e aceito essa coroa, preparada de antemão, mas ainda não murcha, com um sentimento forte, porém lhes garanto, *mesdames*, que me tornei de repente tão realista que acho os louros, neste século nosso, bem mais apropriados nas mãos de um cozinheiro hábil do que nas minhas...

— Os cozinheiros são mais úteis, né? — gritou aquele mesmo seminarista que participara da "conferência" na casa de Virguínski. A ordem ficou um tanto perturbada. Muitos espectadores se levantaram, aqui e acolá, para ver a cerimônia de coroação com louros.

— Agora é que pagarei pelo cozinheiro três rublos a mais! — Foi outra voz que soou alto, e não só alto, mas alto demais e com insistência.

— Eu também.

— E eu.

— Será que não há mesmo bufê por aqui?

— Senhores, mas é simplesmente um engodo...

Aliás, é preciso confessar que todos aqueles senhores desenfreados ainda tinham muito medo de nossos dignitários, além do delegado que estava na sala. Bem ou mal, em cerca de dez minutos, acomodaram-se todos de novo, conquanto a ordem inicial não fosse restabelecida. E foi nesse caos nascente que veio parar o pobre Stepan Trofímovitch...

IV

Corri, todavia, mais uma vez aos bastidores e, transtornado, avisei-o de que, a meu ver, estava tudo perdido e que seria melhor se ele não fosse palestrar, mas voltasse imediatamente para casa, alegando, ao menos, uma diarreia, enquanto eu mesmo tiraria meu laço de fitas e partiria com ele. Nesse momento ele já rumava para o tablado e, de repente, parou, examinou-me, soberbo, da cabeça aos pés e disse num tom solene:

— Por que me acha, prezado senhor, capaz de uma baixeza dessas?

Então recuei. Estava tão certo quanto dois mais dois são quatro de que ele não sairia dali sem provocar alguma catástrofe. Estava, pois, lá, totalmente abatido, quando surgiu outra vez, em minha frente, o vulto do professor forasteiro, cuja vez de palestrar viria após a de Stepan Trofímovitch e que agorinha não fazia outra coisa senão erguer o punho e abaixá-lo com toda a força. Continuava a andar de lá para cá, imerso em si, murmurando algo consigo mesmo, com um sorriso escarninho, mas triunfante. E foi quase espontaneamente (como se tivesse sentido ainda um empurrão) que me aproximei dele.

— Sabe — disse-lhe —, a julgar por muitos exemplos, se um palestrante retém o público por mais de vinte minutos, o público deixa de ouvi-lo. Nem uma celebridade aguentaria por meia hora...

De chofre, ele parou e como que estremeceu todo de tão magoado. Seu rosto manifestou uma altivez incomensurável.

— Não se preocupe — murmurou com desdém e passou ao meu lado. Nesse momento, ouviu-se na sala a voz de Stepan Trofímovitch.

"Eh, mas danem-se vocês todos!" — pensei, correndo à sala.

Stepan Trofímovitch se sentara na poltrona, em meio àquela desordem que se mantinha ainda. Decerto fora recebido pelas primeiras fileiras com olhadelas hostis. (No clube, de certa forma, não gostavam mais dele, nos últimos tempos, nem o respeitavam tanto quanto antigamente). De resto, ainda bem que não o vaiassem. Eu tinha, desde a véspera, uma ideia estranha: parecia-me, o tempo todo, que ele seria vaiado tão logo aparecesse. Nesse ínterim, sequer se reparou nele de imediato, por causa de certa desordem que não terminara ainda. E com que é que poderia contar nosso homem, visto que até mesmo Karmazínov fora tratado daquela maneira? Estava pálido; fazia dez anos que não se apresentava em público. Para mim, que julgava pela sua ansiedade e por tudo quanto conhecia tão bem nele, estava claro que ele próprio tomava essa sua aparição no tablado por uma definição de seu destino ou algo semelhante. E era disso que eu tinha medo. Valorizava muito aquele homem. E o que foi que se deu comigo quando ele descerrou os lábios e deixou ouvir a primeira frase!

— Senhores! — proferiu de súbito, como quem se atrevesse a tudo e, ao mesmo tempo, com uma voz prestes a extinguir-se. — Senhores! Ainda hoje, pela manhã, estava diante de mim um daqueles papeizinhos ilícitos, espalhados recentemente em nossa cidade, e eu me perguntava, pela centésima vez: "Qual é o enigma dele?".

A sala toda se aquietou num instante; todos os olhares se fixaram nele, sendo alguns assustados. Nada a dizer: ele sabia despertar interesse com a primeira palavra. Umas cabeças assomaram, inclusive, nos bastidores;

Lipútin e Liámchin escutavam-no avidamente. Yúlia Mikháilovna tornou a agitar a mão para me chamar:

— Faça que ele pare; faça, custe o que custar, que pare! — cochichou, alarmada. Apenas dei de ombros: será que se poderia fazer um homem *decidido* parar? Ai de mim, já entendera Stepan Trofímovitch.

— Eh-eh, está falando daqueles panfletos! — sussurrou-se no meio do público, e a sala toda se remexeu.

— Senhores, eu resolvi o enigma todo. Todo o enigma daquele efeito que eles produzem é a estupidez deles! (Seus olhos fulgiram). — Sim, meus senhores, se fosse uma estupidez premeditada, forjada por cálculo — oh, sim, seria algo genial mesmo! Mas temos de lhes fazer justiça cabal: não foi nada forjado. É a estupidez mais desnuda, mais simplória e mais curtinha: *c'est la bêtise dans son essence la plus pure, quelque chose comme un simple chimique.*[11] Se aquilo fosse expresso de um jeito só um pouquinho mais inteligente, qualquer um veria de pronto toda a miséria daquela curtinha estupidez. Mas agora todos estão parando, tomados de perplexidade; ninguém acredita que isso seja tão originalmente estúpido. "Não pode ser que não haja nisso mais nada" — diz qualquer um a si mesmo e busca pelo segredo, vislumbra um mistério, quer ler nas entrelinhas, e assim o efeito é produzido! Oh, nunca ainda a estupidez recebeu uma recompensa tão solene, apesar de tê-la merecido tantas vezes... Pois, *en parenthèse*,[12] tanto a estupidez quanto o gênio mais sublime são igualmente úteis aos destinos da humanidade...

---

[11] É a bobagem em sua essência mais pura, algo como um simples (substância que inclui apenas um elemento) químico (em francês).

[12] Diga-se entre parênteses (em francês).

— Trocadilhos dos anos quarenta! — ouviu-se uma voz, aliás, bastante modesta, mas, logo a seguir, ficaram todos como que infrenes, fazendo barulho e algazarra.

— Hurra, senhores! Proponho brindarmos à estupidez! — bradou Stepan Trofímovitch, já totalmente frenético, desafiando a sala.

Aproximei-me correndo dele, a pretexto de verter água em seu copo.

— Deixe, Stepan Trofímovitch, que Yúlia Mikháilovna está implorando...

— Não, veja se você me deixa em paz, meu jovem ocioso! — retorquiu ele, em plena voz. Fui correndo embora. — *Messieurs* — prosseguiu —, de que serve essa exaltação, de que servem esses gritos indignados que estou ouvindo? Vim com o ramo de oliveira.[13] Trouxe a derradeira palavra, pois a possuo mesmo, quanto a isso, e vamos fazer as pazes.

— Abaixo! — gritavam uns.

— Silêncio: deixem-no dizer, deixem que desembuche! — berravam outros. Quem estava sobremaneira ansioso era o professor novinho, o qual, arriscando-se uma vez a falar, parecia não poder mais parar.

— *Messieurs*, a derradeira palavra, quanto a isso, é o perdão de tudo e de todos. Eu, um ancião decrépito, eu declaro solenemente que o espírito da vida assopra como dantes e que a força vital não se esgotou em nossa geração nova. O entusiasmo da juventude hodierna é tão puro e luminoso quanto o de nossa época. Só uma coisa aconteceu: o deslocamento dos objetivos, a substituição de uma beleza pela outra! O mal-entendido todo consiste

---

[13] Símbolo da paz na Grécia antiga.

em compreendermos o que é mais belo: Shakespeare ou as botas, Rafael ou o querosene?

— Será uma delação? — resmungavam alguns.

— Questões comprometedoras!

— *Agent-provocateur!*[14]

— Pois eu declaro — guinchou Stepan Trofímovitch, chegando ao último grau de arroubo —, pois eu declaro que Shakespeare e Rafael ficam acima da libertação dos camponeses, acima do interesse nacional, acima do socialismo, acima da nossa geração nova, acima da química, quase acima de toda a humanidade, já que eles são fruto, um verdadeiro fruto de toda a humanidade e, talvez, o maior dos frutos que podem existir! A forma da beleza já consumada, sem a consumação da qual eu, quem sabe, nem consentirei em viver... Oh, meu Deus! — Ele agitou as mãos. — Há dez anos, eu gritava da mesma maneira em Petersburgo, sobre um tablado, as mesmas coisas e com as mesmas palavras, e da mesma maneira eles não entendiam nada, riam de mim e me vaiavam como agora. Ó gente curtinha, o que lhe falta para entender? Será que vocês sabem, será que sabem aí que é possível ainda a humanidade sobreviver sem os ingleses, sem a Alemanha também, que é perfeitamente possível sobreviver sem os russos, que é possível sobreviver sem ciências, sem pão, mas é impossível apenas sem a beleza, pois então não haveria mais nada a fazer neste mundo? Todo o mistério é nisso, toda a história é nisso! Nem a própria ciência aguentará um minuto sem a beleza (será que sabem disso, vocês que riem?) mas se

[14] Agente provocador (em francês).

transformará em bestialidade, pois vocês não inventarão nem um prego sequer!... Não lhes cederei! — bradou absurdamente em conclusão e bateu, com todas as forças, com seu punho na mesa.

Mas, enquanto guinchava sem nexo nem sentido, a ordem se perturbava na sala também. Muitas pessoas saltaram dos seus assentos; algumas se arrojaram para a frente, para mais perto do tablado. Tudo isso aconteceu, em geral, muito mais rápido do que o descrevo, e não houve tempo para tomar providências. Talvez nem mesmo vontade de tomá-las.

— Mas como se vive bem com tudo prontinho, hein, mimalhos? — rugiu, ao pé do tablado, aquele mesmo seminarista, deliciando-se em mostrar seus dentes arreganhados a Stepan Trofímovitch. Ele reparou nisso e correu até a borda do tablado:

— Não fui eu, não fui eu quem declarou agorinha que o entusiasmo de nossa geração nova era tão puro e luminoso como dantes, e que ela perecia apenas por confundir as formas do belo? É pouco para vocês? E, levando-se em conta que isso foi dito por um pai mortificado, por um pai ofendido, será que se pode, ó curtinhos, será que se pode ficar acima disso em imparcialidade e serenidade da visão?... Ingratos... injustos... por que, mas por que vocês não querem fazer as pazes?

De súbito, pôs-se a soluçar histericamente. Enxugava as lágrimas, que fluíam, com os dedos. Seus ombros e seu peito vibravam com os soluços... Ele se esquecera de tudo no mundo.

Um medo visível se apossou do público; quase todos ficaram em pé. Yúlia Mikháilovna também se levantou depressa, pegando seu esposo pelo braço e levantando-o da poltrona... O escândalo tomava proporções gigantescas.

— Stepan Trofímovitch! — rugiu jovialmente o seminarista. — Aqui, na cidade e nos arredores, tem andado um presidiário foragido, o Fedka Grilheta. Anda roubando e, ainda há pouco, cometeu mais um assassinato. Permita-me perguntar: se o senhor não o tivesse alistado no exército, faz quinze anos, para pagar sua dívida de jogo, ou seja, se não o tivesse perdido, pura e simplesmente, jogando seu baralhinho, ele teria acabado naquele presídio, hein? Estaria cortando pessoas, como agora, na luta pela sobrevivência? O que me diz, senhor estético?

Eu me recuso a descrever a cena que se seguiu. Primeiro houve uma ovação estrondosa. Nem todos estavam aplaudindo, tão só uma quinta parte do auditório, mas esta aplaudia com desenfreio. Todo o resto do público precipitou-se em direção à saída, porém, como a outra parcela, a que aplaudia, aproximava-se aos empurrões do tablado, a confusão se tornou generalizada. As damas gritavam; algumas das moças choravam, querendo voltar para casa. Postado junto do seu assento, Lembke lançava olhadas frequentes, asselvajadas, ao seu redor. Yúlia Mikháilovna estava completamente perdida, pela primeira vez durante a sua carreira em nossas plagas. Quanto a Stepan Trofímovitch, pareceu, no primeiro momento, literalmente esmagado pelas palavras do seminarista, mas de repente ergueu ambas as mãos, como se as estendesse sobre o público, e bradou:

— Sacudo o pó dos meus pés[15] e amaldiçoo... É o fim... é o fim...

---

[15] Mateus, 10:14; Marcos, 6:11; Lucas, 9:5/10:10-11.

Então se virou e foi correndo aos bastidores, agitando, ameaçador, os braços.

— Ele ofendeu a sociedade!... Tragam Verkhôvenski! — uivaram os desenfreados. Até queriam correr no encalço dele. Não era possível acalmá-los, pelo menos naquele momento, e eis que uma catástrofe definitiva explodiu, qual uma bomba, no meio da multidão reunida: o terceiro palestrante, aquele maníaco que não parava de agitar o punho nos bastidores, veio correndo invadir o tablado.

Sua fisionomia estava totalmente maluca. Com um largo sorriso vitorioso, cheio de presunção desmedida, ele examinava a plateia alucinada e parecia mesmo contente com a desordem. Nem um pouco se embaraçava por ter de palestrar num caos daqueles: pelo contrário, alegrava-se perceptivelmente com isso. Era algo tão evidente que logo atraiu atenção.

— Mas o que é isso? — ouviram-se as perguntas. — Mas quem é esse? Ssh! O que ele quer dizer?

— Senhores! — gritou o maníaco com todas as forças, postado praticamente à borda do tablado, e sua voz era quase tão guinchante e efeminada quanto a de Karmazínov, só que desprovida do mesmo cecear dos fidalgos. — Senhores! Há vinte anos, às vésperas da guerra contra metade da Europa, a Rússia constituía um ideal aos olhos de todos os servidores desde a quinta até a segunda classe. Os literatos eram censores; o marchar das tropas era ensinado nas universidades; as próprias tropas configuravam um balé, e o povo pagava impostos e se calava sob o chicote da servidão. Nosso patriotismo se limitava a cobrar propina do vivo e do morto. Quem não cobrava propina era considerado rebelde por violar a harmonia. Os bosques de bétulas eram exterminados em auxílio à ordem pública. A Europa tremia de medo... Mas nunca, em todos aqueles mil anos ineptos de sua vida, a Rússia tinha chegado a tanto vexame...

Ergueu o punho, agitando-o, triunfante e ameaçador, acima da sua cabeça, e de repente o abaixou furiosamente, como se desse cabo do adversário. Um berro infrene estourou de todos os lados, ouviu-se uma salva de palmas ensurdecedora. Quase metade da sala estava aplaudindo, entusiasmada de modo inocentíssimo: a Rússia era infamada a olhos vistos, em público, e seria possível deixar de berrar com enlevo?

— É isso mesmo! É isso aí! Hurra! Não é mais a estética, não!

O maníaco prosseguiu, extasiado:

— Desde então se passaram vinte anos. As universidades são fundadas e multiplicadas. A marcha das tropas virou uma lenda; faltam milhares de oficiais para completar o efetivo. As estradas de ferro comeram todos os capitais e recobriram a Rússia como uma teia de aranha, de sorte que se poderá, quem sabe, ir a algum lugar daqui a uns quinze anos. As pontes só pegam fogo de vez em quando, e as cidades queimam regularmente, segundo a ordem estabelecida, na estação dos incêndios. Os tribunais proferem sentenças salomônicas, e os jurados cobram propina unicamente na luta pela sobrevivência, quando estão prestes a morrer de fome. Os servos são livres e batem uns nos outros com varas, iguais aos fazendeiros dos tempos idos. Mares e oceanos de vodca são bebidos em auxílio ao orçamento, e em Nóvgorod, defronte àquela antiga e inútil Sofia,[16] é solenemente erguida uma colossal esfera de bronze em homenagem a todo um milênio de caos e de inépcia já passados. A Europa fica sombria e começa a inquietar-se de novo... Quinze anos de reformas! Ainda assim, nunca, nem mesmo nas épocas mais caricatas de sua inépcia, a Rússia tinha chegado...

Nem deu para ouvir as últimas palavras dele, abafadas pelo uivar da turba. Deu para ver que ele tornara a erguer a mão e, triunfante, tornara a abaixá-la. O êxtase passara de todos os limites: a multidão berrava, batia palmas, e até mesmo algumas das nossas damas gritavam: "Basta! Não dirá mais nada melhor!". Estavam todos como que ébrios. O orador corria os olhos por eles e parecia derreter-se em seu próprio regozijo. Vi, de relance, Lembke que mandava alguém fazer algo, inexprimivelmente aflito. Yúlia Mikháilovna, toda pálida, falava às pressas com o príncipe que acorrera... Mas foi naquele momento que todo um grupo, composto de umas seis pessoas mais ou menos oficiais, veio correndo dos bastidores até o tablado, agarrou o orador e arrastou-o para os bastidores. Não entendo como ele conseguiu livrar-se dessas pessoas, mas o fato é que se livrou delas, saltou de novo à borda do tablado e ainda teve tempo para vociferar tão alto quanto pôde, agitando seu punho:

— Mas ainda nunca a Rússia tinha chegado...

Já o arrastavam de novo embora. Vi, talvez, umas quinze pessoas que se arrojaram aos bastidores para libertá-lo, mas não através do tablado e, sim, de lado,

---

[16] O principal templo ortodoxo da cidade de Nóvgorod (no noroeste da Rússia), construído no século XI.

quebrando uma leve barreira que acabou caindo... Depois vi, sem acreditar em meus olhos, aquela estudante (a parenta de Virguínski) surgir, vindo não se sabia de onde, no meio do tablado, com o mesmo embrulho debaixo do braço e as mesmas roupas, tão vermelha e fartinha quanto antes, rodeada de duas ou três mulheres, dois ou três homens, e acompanhada pelo seu inimigo mortal, o ginasiano. Até consegui ouvir sua frase:

— Senhores, eu vim para notificar os sofrimentos dos infelizes estudantes e impeli-los ao protesto por toda parte.

Mas já estava fugindo. Escondi meu laço de fitas no bolso e, pelas passagens dos fundos que conhecia, saí daquela casa. Antes de tudo, naturalmente, corri à de Stepan Trofímovitch.

Capítulo segundo. O fim da festa.

I

Ele não me recebeu. Ao trancar-se, estava escrevendo. Quando bati outra vez e chamei por ele, respondeu através das portas:

— Amigo meu, já acabei com tudo. Quem pode exigir de mim algo maior que isso?

— O senhor não acabou com nada, apenas contribuiu para ir tudo por água abaixo. Pelo amor de Deus, Stepan Trofímovitch, chega de trocadilhos: abra a porta. É preciso tomar algumas medidas, que ainda podem vir para cá e ofender o senhor...

Achava que tinha o direito de ser especialmente rígido e até mesmo exigente. Temia que ele viesse a empreender algo mais louco ainda. Contudo, para minha surpresa, deparei-me com uma firmeza extraordinária:

— Não seja, pois, o primeiro a ofender-me. Eu lhe agradeço tudo o que fez, mas repito que acertei todas as contas com as pessoas, sejam boas ou más. Escrevo uma carta para Dária Pávlovna, de quem me tenho esquecido tão imperdoavelmente até agora. Amanhã você entregará essa carta, se quiser, e agora — "*merci*".

— Stepan Trofímovitch, asseguro-lhe que a situação é mais grave do que está achando. Acha que tenha esfacelado alguém por ali? Não esfacelou ninguém, mas se quebrou, o senhor mesmo, como um frasco vazio (oh, fui grosseiro e descortês: lembro-me disso com pesar!). Não precisa, decididamente, escrever para Dária Pávlovna... e o que é que vai fazer agora sem mim? De que será que entende na prática? Decerto está tramando mais alguma coisa? Apenas levará outro tombo, se estiver tramando de novo...

Ele se levantou e se acercou das portas.

— Você não passou muito tempo com eles, porém se contaminou com a linguagem e o tom deles, *Dieu vous pardonne, mon ami, et Dieu vous garde.*[1] Aliás, sempre vislumbrei em você embriões de decência, e quem sabe mesmo se não mudará ainda de ideia — *après le temps*,[2] bem entendido, como todos nós aqui, a gente russa. Quanto à sua objeção sobre minha falta de praticidade, hei de lembrá-lo de uma das minhas ideias antigas: aqui conosco, na Rússia, um mundaréu de pessoas não faz outra coisa senão atacar, sobremodo furioso e importuno como as moscas no verão, a falta de praticidade de outrem, acusando dela todos e cada um, além de si próprio. Lembre-se, *cher*, de que estou transtornado e não me aflija. Mais uma vez, *merci* por tudo, e separemo-nos um do outro como Karmazínov do seu público, ou seja, esqueçamo-nos um do outro com a maior magnanimidade possível. Ele trapaceava quando pedia tanto que seus ex-leitores se esquecessem dele; *quant à moi*,[3] não sou tão melindroso e conto, acima de

---

[1] Deus o perdoe, meu amigo, e Deus o resguarde (em francês).
[2] Ao passar do tempo (em francês).
[3] Quanto a mim (em francês).

tudo, com a juventude do seu coração inexperiente: não é por muito tempo que se lembrará deste velho inútil. "Vida longa", meu amigo, conforme me desejou, em meu último aniversário, Nastácia (*ces pauvres gens ont quelquefois des mots charmants et pleins de philosophie).*[4] Não lhe desejo muita felicidade, que se entediará com ela; tampouco lhe desejo provações, mas, seguindo aquela filosofia popular, repito mui simplesmente: "Vida longa!", e veja se procura não se entediar em excesso, um voto baldio que faço em meu próprio nome. Pois bem: adeus, e um adeus sério. E não fique perto das minhas portas, que não as abrirei.

Ele se afastou, e não consegui mais nada. Apesar do "transtorno", falava suave e pausadamente, usando palavras de peso e, pelo visto, querendo impor as suas ideias. É claro que estava um pouco aborrecido comigo e se vingava indiretamente de mim, mas talvez fosse ainda por causa das "*kibitkas*" e do "chão que se abre" da véspera. Quanto aos prantos em público, durante a matinê, colocavam-no, se bem que tivesse logrado uma espécie de vitória, numa situação um tanto cômica, e ele mesmo sabia disso, não havendo, por outro lado, ninguém que se preocupasse tanto com a beleza e o rigor das formas em suas relações com amigos quanto Stepan Trofímovitch. Oh, não o acuso a ele! Mas foram essa suscetibilidade e esse sarcasmo, preservados nele em detrimento de todos os abalos, que me acalmaram então: um homem que parecia tão pouco mudado em comparação com sua atitude de sempre não estaria, por

[4] Aquela gente pobre tem, por vezes, palavras encantadoras e cheias de filosofia (em francês).

certo, disposto naquele momento a cometer algo trágico ou esquisito. Foi assim que pensei e, meu Deus do céu, como me enganei! Tinha perdido muita coisa de vista...

Antecipando os eventos por vir, citarei algumas das linhas iniciais daquela carta endereçada a Dária Pávlovna que ela receberia, de fato, logo no dia seguinte:

"*Mon enfant*, minha mão está tremendo, mas acabei com tudo. A senhorita não presenciou a minha última escaramuça com as pessoas: não veio ouvir aquela "palestra" e fez muito bem. Todavia, haverá quem lhe conte que um homem vigoroso ficou de pé, nesta nossa Rússia carente de caracteres, e, apesar das ameaças letais que o crivavam de todos os lados, disse àqueles bobinhos toda a verdade deles, ou seja, que eram bobinhos. *Ô, ce sont des pauvres petits vauriens et rien de plus, de petits* bobinhos, *voilà le mot*![5] A sorte está lançada: deixo esta cidade para sempre, mas não sei aonde vou. Todos os que amei deram-me as costas. Mas você, você, uma criatura casta e ingênua, você, tão humilde, cujo destino por pouco não se uniu ao meu por vontade de um coração volúvel e autoritário, você que talvez olhasse para mim com desprezo, vertendo eu minhas lágrimas pusilânimes às vésperas de nosso casamento frustrado, você que não pode, seja quem for, deixar de considerar-me uma figura cômica — é a você, oh, a você que se destinam o derradeiro grito de meu coração e a derradeira dívida minha, tão só a você! É que não posso abandoná-la para sempre pensando de mim como de um ignorante ingrato, mal-educado e egoísta, segundo lhe assevera provavelmente, todos os dias, um

---

[5] Oh, são pobres pequenas nulidades, e nada mais, pequenos [bobinhos], esta é a palavra (em francês).

coração mal-agradecido e cruel do qual, ai de mim, não consigo esquecer-me...".

E assim por diante, e assim por diante, totalizando-se quatro folhas de grande formato.

Dando, em resposta ao seu "não abrirei", três murros na porta e gritando para ele que mandaria Nastácia três vezes, no mesmo dia ainda, buscar-me, só que eu não iria mais à sua casa, deixei-o e fui correndo à de Yúlia Mikháilovna.

II

Lá testemunhei uma cena revoltante: a pobre mulher era ludibriada a olhos vistos, e eu não podia fazer nada. Realmente, o que poderia dizer-lhe? Já tivera tempo para me recobrar um pouco e compreender que só tinha algumas sensações, alguns palpites suspeitos e nada além disso. Encontrei-a chorosa, quase histérica, aplicando colônia nas têmporas e segurando um copo d'água. Estavam na frente dela Piotr Stepânovitch, que falava sem trégua, e o príncipe, que se calava como se estivesse trancafiado. Em meio a prantos e exclamações, ela censurava Piotr Stepânovitch por "ter renegado". Fiquei logo surpreso de ver que atribuía todo o fracasso, todo o vexame daquela matinê, numa palavra, tudo mesmo tão só à ausência de Piotr Stepânovitch.

Quanto a ele, percebi uma mudança considerável: estava como que preocupado demais, quase sério. De ordinário, nunca parecia sério, mas sempre ria, até quando se zangava, e se zangava amiúde. Oh, agora também estava zangado: falava grosseira e desdenhosamente, com amargura e impaciência. Assegurava ter sido acometido por cefaleia e vômitos no apartamento de Gagânov aonde dera um pulinho casual de manhã cedo. A pobre mulher, ai dela, queria tanto ser ludibriada ainda! A questão principal que vi em discussão era a seguinte: haveria ou não haveria baile, ou seja, toda a segunda metade da festa? Yúlia Mikháilovna não consentia, por nada neste mundo, em comparecer àquele baile depois das "ofensas recentes"; em outros termos, almejava por ser obrigada a tanto e, obrigatoriamente, por ele, Piotr Stepânovitch. Mirava-o como se fosse um oráculo, parecendo prestes a cair de cama se acaso ele se retirasse. Aliás, ele nem queria retirar-se: precisava, por sua vez, que o baile se realizasse, de qualquer maneira, no mesmo dia e não pouparia esforços para Yúlia Mikháilovna participar sem falta dele...

— Por que está chorando, hein? Precisa mesmo de uma cena? Não tem em quem descarregar sua raiva? Descarregue-a, pois, em mim, apenas mais rápido, que o tempo está passando e temos uma decisão a tomar. Compensaremos com o baile os estragos da palestra. E a opinião do príncipe é a mesma. Pois é: não fosse o príncipe, como teria sido o desfecho daquilo tudo?

No começo, o príncipe estava contra o baile (quer dizer, contra a participação de Yúlia Mikháilovna, sendo que o baile haveria de ocorrer em todo caso), mas, após duas ou três referências desse tipo à sua opinião, passou aos poucos a mugir em sinal de sua anuência.

Também me surpreendeu aquele tom por demais descortês de Piotr Stepânovitch. Oh, rejeito com indignação a baixa calúnia, que se propagaria mais tarde, relativa a uma espécie de relacionamento de Yúlia

Mikháilovna com Piotr Stepânovitch. Não houve nem poderia ter havido nada disso! Ele a dominava apenas aprovando desde o início, com todas as forças, seus sonhos em influenciar a sociedade e o ministério, imiscuindo-se em seus planos, inventando-os pessoalmente para ela, lançando mão das bajulações mais toscas, acabando por amarrá-la da cabeça aos pés e sendo-lhe doravante necessário como o ar.

Quando ela me viu, gritou com olhos fúlgidos:

— Pergunte a ele também, pois esteve o tempo todo, como o príncipe, ao meu lado. Diga se tudo isso não é, obviamente, um complô, um complô baixo e astucioso, para causar todo o mal possível a mim e a Andrei Antônovitch! Oh, mas eles têm conspirado! Tinham um plano. É um partido, todo um partido!

— Foi longe demais, como de praxe. Sempre tem um poema na cabeça. De resto, estou contente de ver o senhor... (ele fez de conta que se esquecera do meu nome): ele nos dirá sua opinião.

— Minha opinião — apressei-me a responder — condiz em tudo com a de Yúlia Mikháilovna. O complô é óbvio demais. Trouxe-lhe essas fitas, Yúlia Mikháilovna. É claro que não me diz respeito se haverá ou não haverá baile, porque não tenho poderes para decidir, mas este meu papel de responsável está terminado. Desculpe meu ímpeto, mas não posso agir em prejuízo do bom senso e das minhas convicções.

— Está ouvindo, ouvindo? — Ela agitou as mãos.

— Estou, sim, e eis o que lhe direi — Piotr Stepânovitch se dirigiu a mim —: eu acho que vocês todos comeram alguma coisa errada e ficaram todos delirando. Nada aconteceu, a meu ver, absolutamente nada que já não tivesse acontecido antes nem pudesse sempre acontecer nesta cidade. Que complô? Houve algo feio, algo tolo até o vexame, mas onde está o complô? Seria contra Yúlia Mikháilovna, contra quem os mimava e protegia, contra quem lhes perdoava, sem ressalvas, todas aquelas travessuras? Yúlia Mikháilovna! O que foi que lhe inculquei, sem parar, por um mês inteiro? De que foi que a avisei? Para que, mas para que é que precisava de toda aquela gente? Tinha de se envolver com a escória! Por quê, para quê? Para unir a sociedade? Mas será que eles se uniriam, misericórdia!

— Quando é que o senhor me avisou? Pelo contrário, ficou aprovando e até mesmo exigindo... Confesso que estou tão pasmada... O senhor mesmo trouxe várias pessoas estranhas à minha casa.

— Pelo contrário, eu discutia com a senhora, mas não a aprovava, e, quanto a trazer, trouxe de fato, mas foi quando eles mesmos já vinham a dúzias e apenas nesses últimos tempos, para compor a "quadrilha literária", pois não dá para dispensar tais brutamontes. Aposto, porém, que uma dezena ou duas de brutamontes da mesma laia entraram hoje sem ingressos!

— Por certo — confirmei.

— Já concorda comigo, está vendo? Lembre-se do tom que prevalecia ultimamente por aqui, ou seja, em toda a cidadezinha. É que tudo se transformou tão somente em insolência e sem-vergonhice: foi um escândalo com fanfarras ininterruptas. E quem foi que o incentivou? Quem o encobriu com sua autoridade? Quem embromou todo mundo? Quem irritou toda a gentinha? É que são reproduzidos, naquele álbum da senhora, todos os segredos familiares daqui. Não foi a senhora quem alisou a cabecinha desses seus poetas e desenhistas? Não foi a senhora quem deixou Liámchin beijar sua mãozinha? Não foi em sua presença que um seminarista injuriou um servidor de quarta classe, além de manchar, com suas botonas alcatroadas, o vestido da filha dele? Então por que se pasma ao ver esse público ficar contra a senhora?

— Mas foi o senhor quem fez isso, o senhor mesmo! Oh, meu Deus!

— Não, avisei a senhora; até ficamos brigando, ouve, brigando!

— Mas está mentindo na minha cara!

— Mas é claro: não custa nada a senhora dizer isso. Agora está precisando de uma vítima, de alguém para descarregar sua raiva nele; descarregue-a, pois, em mim, como já disse. É melhor que me dirija ao senhor... (Não conseguia, de jeito nenhum, relembrar meu nome). Contemos nos dedos: afirmo que, fora Lipútin, não houve nenhum complô, ne-nhum! Vou provar isto, mas primeiro analisemos Lipútin. Ele apareceu com os versos do idiota Lebiádkin: seria um complô para o senhor? Lipútin podia simplesmente ter achado isso engraçado, será que sabe? É sério: engraçado; é sério. Apareceu simplesmente com o intuito de alegrar e animar todo mundo, em primeiro lugar Yúlia Mikháilovna, sua protetora, e ponto-final. Não acredita? Mas será que isso não combina com o estilo de tudo quanto houve aqui, por um mês inteiro? E lhe direi tudo, se quiser: juro por Deus que, noutras circunstâncias, isso talvez passasse! Uma brincadeira indecorosa, quem sabe, até obscena, mas engraçada, não é verdade?

— Como? O senhor acha o feito de Lipútin engraçado? — exclamou Yúlia Mikháilovna, terrivelmente indignada. — Tal estupidez, tal falta de tato, tal baixaria, tal vilania premeditada... oh, mas diz isso de propósito! Também está, depois disso, de complô com eles!

— Sem dúvida: estava sentado lá atrás, escondido, movendo a maquininha toda! Mas, se eu participasse do complô — entenda isto, ao menos! —, não me contentaria só com Lipútin! A senhora quer dizer, pois, que me entendi também com meu papaizinho, para ele fazer propositalmente tamanho escândalo? Tudo bem, mas, se meu paizinho foi autorizado a palestrar, de quem foi a culpa? Quem refreava a senhora ainda ontem, ontem ainda?

— *Oh, hier il avait tant d'esprit*;[6] contei tanto com ele, com aquelas suas maneiras; pensei: ele e Karmazínov... E eis o que aconteceu!

— Aconteceu, sim. Mas, apesar de *tant d'esprit*, meu papaizinho fez uma sujeirinha, e, se eu soubesse de antemão que faria uma sujeirinha dessas, então, pertencendo ao indubitável complô contra sua festa, não teria, com certeza, exortado a senhora ontem a não deixar o bode invadir a horta, teria? Enquanto isso, tentei ontem dissuadi-la, tentei porque tinha pressentimentos. Não era possível, bem entendido, prever tudo: nem ele próprio sabia, quiçá, um minuto antes o que cuspiria. Será que aqueles velhinhos nervosos parecem gente? Mas dá ainda para consertar: mande amanhã mesmo, para satisfazer o público, dois médicos se informarem, com todas as condições e honras, sobre a saúde dele (até poderia mandá-los hoje), e que o levem direto para o hospital e lhe apliquem compressas geladas. Todos rirão,

[6] Oh, ontem ele esteve tão espirituoso (em francês).

pelo menos, e verão que não têm com que se ofender. Ainda hoje divulgarei a notícia durante o baile, que sou o filho dele. Outra coisa é Karmazínov: apareceu como um asno verde e arrastou seu artigo por uma hora inteira — mas aquele ali, certamente, está de complô comigo! Digamos, deixa aí que eu também faça uma sujeirinha para prejudicar Yúlia Mikháilovna!

— Oh, Karmazínov, *quelle honte*![7] Morri, queimei de vergonha perante o nosso público!

— Pois eu cá não queimaria, mas o assaria a ele. É que o público tem razão. E, outra vez, de quem seria a culpa de Karmazínov? Será que o impus à senhora ou não? Participei daquela adoração em volta dele ou não? Que o diabo o carregue, aliás, mas o terceiro maníaco, o político, é outra alínea. Foram todos que erraram nisso, não só este meu complô.

— Ah, nem me fale: é horrível, horrível! A culpa disso é minha, só minha!

— Claro que é, mas nesse caso vou absolvê-la. Eh, mas quem os controlaria, aqueles sinceros? Não se safa deles nem em Petersburgo. É que o recomendaram para a senhora, e de que maneira! Então concorde que agora tem mesmo uma obrigação de comparecer ao baile. O assunto é importante, pois foi a senhora quem o pôs na tribuna. Agora tem notadamente de declarar em público que não se solidariza com isso, que o valentão já está nas mãos da polícia e que a senhora foi enganada de certo modo inexplicável. Tem de anunciar com indignação que é vítima de um elemento maluco. Pois ele é maluco e nada além disso. É preciso denunciá-lo assim. Detesto

---

[7] Que vergonha! (em francês).

aqueles que mordem. Falo, quem sabe, pior ainda, mas não do alto de uma tribuna, hein? E eles lá gritam agora, como que de propósito, sobre aquele senador.

— Sobre qual senador? Quem grita?

— Eu mesmo não entendo coisa nenhuma, está vendo? A senhora não sabe nada, Yúlia Mikháilovna, de algum senador aí?

— Senador?

— É que eles estão convencidos de um senador ter sido designado, lá em Petersburgo, para substituí-los aqui. Ouvi muitas pessoas falarem disso.

— Também ouvi — confirmei.

— Quem falou disso? — Yúlia Mikháilovna enrubesceu toda.

— Quer dizer, quem foi o primeiro a falar? Como vou saber? Assim, falam por aí. A massa está falando. Ontem falaram especialmente. Andam todos, de algum jeito, sérios demais, se bem que não dê para entender nada. É claro que quem for mais inteligente e mais competente não fala, mas até mesmo alguns daqueles prestam ouvido.

— Que baixeza! E... quanta tolice!

— Então é agora mesmo que a senhora deve aparecer para mostrar àqueles palermas...

— Confesso que estou sentindo, de fato, que tenho esse dever, mas... se outro vexame espera por nós? Se o público não se reunir? É que ninguém irá ao baile, ninguém, ninguém!

— Quanto fogo! São eles que não irão ao baile? E os vestidos prontos, e os trajes das moças? Mas, depois disso, renego a senhora como mulher. Quanto conhecimento de pessoas!

— A mulher do decano não irá, não irá!

— Mas enfim, o que foi que aconteceu lá? Por que não iriam? — exclamou ele, afinal, tomado de impaciência maligna.

— Infâmia, vexame — eis o que aconteceu. Não sei o que houve, mas houve algo que me impede de ir ao baile.

— Por quê? Mas, finalmente, de que a senhora é culpada? Por que assume essa culpa toda? Não seria antes o público culpado, seus anciães e seus pais de família? Deviam ter freado aqueles canalhas e baderneiros, porque só há por aqui baderneiros e canalhas, e nada mais sério que isso. Nenhuma sociedade, em nenhum lugar, pode contar apenas com a polícia. E aqui conosco qualquer um exige, mal entra, que mandem um guardinha especial protegê-lo. Não se entende que a sociedade protege a si mesma. Pois o que fazem, em tais circunstâncias, nossos pais de família e dignitários, nossas mulheres e moças? Ficam calados e emburrados. Até para isso, para frear os travessos, é que falta a iniciativa pública!

— Ah, é uma verdade de ouro! Calados, emburrados e... olhando para os lados.

— E, se for verdade, precisa divulgá-la em voz alta, com orgulho e rigidez. Mostrar, notadamente, que a senhora não está derrotada. Mostrar àqueles velhinhos e àquelas mãezinhas. Oh, a senhora saberá, já que tem dom... quando sua cabeça está serena. Vai agrupá-los e falar em voz alta, não vai? E depois mandará inserir matérias em "A voz" e "Notícias da Bolsa". Espere, que eu mesmo me encarrego disso: vou resolver tudo para a senhora. Mais atenção, bem entendido, observar o bufê; pedir ao príncipe, pedir ao senhor... É que não pode abandonar a gente, *monsieur*, já que temos precisamente de começar tudo de novo. E a senhora entrará, por fim, de braços dados com Andrei Antônovitch. Como está a saúde de Andrei Antônovitch?

— Oh, de que modo injusto, errôneo, ofensivo é que sempre julgou a respeito desse homem angelical! — exclamou Yúlia Mikháilovna de supetão, inesperadamente exaltada e quase chorosa, levando seu lenço aos olhos. No primeiro momento, Piotr Stepânovitch passou a gaguejar:

— Misericórdia, eu... mas o que foi que fiz... eu, sempre...

— Nunca, mas nunca! O senhor nunca foi justo com ele!

— Nunca se pode entender uma mulher! — resmungou Piotr Stepânovitch, com um sorrisinho torto.

— É o homem mais franco, mais delicado, mais angelical! É o homem mais bondoso de todos!

— Misericórdia, mas, quanto àquela bondade... sempre reconheci a bondade dele...

— Nunca! Mas chega disso. É que me envolvi sem destreza alguma. Aquela jesuíta, a mulher de nosso decano, acaba também de fazer umas alusões sarcásticas ao que se deu ontem.

— Oh, mas agora ela não alude mais ao que se deu ontem: o que interessa é o que se dá agora. E daí, se ela não for ao baile, por que a senhora se preocupa tanto com isso? É claro que não irá, já que se meteu em tamanho escândalo. Talvez não seja culpada, mas, de qualquer maneira, a reputação está em jogo: sujou as mãozinhas.

— Não entendo o que é isso: como assim, "sujou as mãos"? — Yúlia Mikháilovna mirou-o com perplexidade.

— Quer dizer, não estou afirmando, mas já se fofoca pela cidade que foi ela quem os botou juntinhos.

— O que é? Quem foi que ela botou?

— Eh, mas será que não sabe ainda? — exclamou ele, com uma surpresa otimamente forjada. — Mas foram Stavróguin e Lisaveta Nikoláievna!

— Como? O quê? — gritamos nós todos.

— Será que não sabem mesmo? Iih! Mas houve tragiromances por lá: Lisaveta Nikoláievna se dignou a passar direto daquela carruagem da esposa de nosso decano para a de Stavróguin, fugindo com "este último" para Skvorêchniki em plena luz do dia. Só faz uma hora e nem faz uma hora ainda.

Ficamos petrificados. É claro que nos pusemos a interrogá-lo, mas, para nossa surpresa, ele não podia, apesar de ter testemunhado aquilo "sem querer", pormenorizar nada. A fuga se teria passado assim: quando a esposa de nosso decano trouxera Lisa e Mavríki Nikoláievitch, após a "palestra", à casa da mãe de Lisa (cujas pernas continuavam doendo), havia uma carruagem a esperar de lado, bem perto, a uns vinte e cinco passos do portão. Lisa descera pulando e correra logo até essa carruagem; a portinhola se abrira e se fechara com estalo; Lisa gritara para Mavríki Nikoláievitch: "Tenha piedade de mim!", e a carruagem partira, a toda brida, para Skvorêchniki. Às nossas perguntas ansiosas: "Houve um acordo? Quem estava naquela carruagem?" Piotr Stepânovitch respondeu que não sabia de nada, que certamente houvera um acordo, mas que ele não vira Stavróguin em pessoa dentro da carruagem: talvez estivesse lá o mordomo, aquele velhinho Alexei Yegórytch. À pergunta: "Como foi que o senhor esteve ali? E como sabe ao certo que ela foi a Skvorêchniki?" respondeu que estivera ali porque passava casualmente por perto, que até mesmo correra até a carruagem, depois de ver Lisa (e, ainda assim, não conseguira enxergar quem estava dentro, nem com toda a curiosidade sua!), e que Mavríki Nikoláievitch não apenas deixara de perseguir Lisa, mas nem sequer tentara fazê-la parar, detendo, inclusive, com sua própria mão a esposa de nosso decano que gritava com toda a força: "Vai atrás de Stavróguin, atrás de Stavróguin!". Então perdi repentinamente a paciência e gritei, furioso, para Piotr Stepânovitch:

— Foste tu, safado, quem arranjou tudo! Gastaste com isso a manhã inteira. Ajudaste Stavróguin, vieste com aquela carruagem e colocaste Lisa nela... foste tu, tu, tu! É seu inimigo, Yúlia Mikháilovna, ele destruirá a senhora também! Tome cuidado!

Correndo desabaladamente, saí dessa casa.

Até hoje não compreendo como gritei aquilo então, dirigindo-me a ele, e fico pasmado ao tê-lo gritado. Seja como for, acertei em cheio: tudo acontecera quase da mesma forma que eu lhe disse, conforme se esclareceria posteriormente. O mais importante é que saltava demais aos olhos aquela falsidade óbvia com que ele nos participara a notícia. Não a contara logo ao chegar, muito embora fosse uma notícia urgente e extraordinária, mas fingira que nós já sabíamos dela, o que teria sido impossível num prazo tão curto. E, mesmo se nós soubéssemos dela, não poderíamos, de qualquer maneira, ter deixado de comentá-la até ele próprio falar a respeito. Tampouco podia ter ouvido as "fofocas" sobre a esposa de nosso decano pela cidade, outra vez por causa do prazo tão curto. Além do mais, sorrira umas duas vezes enquanto contava, de certo modo vil e leviano, decerto ao tomar-nos, desde já, por dois imbecis perfeitamente enganados. Contudo, não me importava mais com ele: acreditara no fato principal e, transtornado como estava, saíra correndo da casa de Yúlia Mikháilovna. A catástrofe me atingira bem no coração. Sentia tanta dor que estava para chorar; aliás, quem sabe se não chorava. Nem por sombra sabia o que tinha a fazer. Corri à casa de Stepan Trofímovitch, mas esse homem chato não me abriu novamente as portas. Nastácia me assegurou, com um cochicho venerabundo, que ele fora dormir, porém não lhe dei crédito. Indo à casa de Lisa, consegui interrogar os criados: eles confirmaram o boato sobre a fuga dela, mas não sabiam, eles mesmos, de nada. A casa estava em alerta: a senhora doente desmaiava volta e meia, e Mavríki Nikoláievitch permanecia ao seu lado. Achei impossível chamar por Mavríki Nikoláievitch. Indagando eu acerca de Piotr Stepânovitch, os criados confirmaram que tinha vindo amiúde, em todos esses últimos dias, inclusive até duas vezes por dia. Estavam tristes e falavam de Lisa com certa reverência particular: gostavam dela. Eu não duvidava mais de que estava perdida, completamente perdida, mas não entendia em absoluto o lado psicológico disso, em especial depois daquela cena que ocorrera entre ela e Stavróguin na véspera. A ideia de continuar cruzando a cidade e de me informar nas casas dos conhecidos, alegres com a notícia da qual agora já estavam, por certo, cientes, pareceu-me repugnante, além de humilhante para Lisa. Mas, coisa estranha, fui correndo ver Dária Pávlovna, só que não fui recebido (ninguém era recebido na casa dos Stavróguin desde o dia anterior); nem sabia, de resto, o que poderia dizer-lhe e por que fora vê-la. Fui, logo dali, ver o irmão dela. Chátov me escutou sombrio e calado. Notarei ainda que o encontrara num estado de espírito mais lúgubre do que nunca: todo meditativo, ele me ouviu como quem se forçasse a ouvir. Não disse quase nada e começou a andar de lá para cá, de um canto para o outro de seu cubículo, e as patadas das suas botas faziam mais barulho do que de costume. Quando eu já descia a escada, gritou lá atrás, sugerindo que fosse ver Lipútin: "Lá saberá de tudo". Não fui, porém, ver Lipútin, mas retornei, depois de caminhar muito, à casa de Chátov; soabri a porta, mas não entrei, propondo-lhe laconicamente e sem nenhuma explicação que fosse logo visitar Maria Timoféievna. Chátov xingou em resposta, e fui embora. Anoto para não esquecer que na mesma noite ele foi de propósito aos confins da cidade para visitar Maria Timoféievna que não tinha visto havia tempos. Encontrou-a relativamente saudável e bem-disposta, e Lebiádkin, mortalmente bêbado, dormindo no sofá do primeiro cômodo. Isso ocorreu às nove horas em ponto. Foi ele mesmo quem me contou disso no dia seguinte, ao deparar-se comigo às pressas no meio da rua. Quanto a mim, resolvi, já pelas dez horas da noite, ir ao baile, não mais como um "jovem responsável" (aliás, já deixara meu laço de fitas na casa de Yúlia Mikháilovna) e, sim, por estar tomado de insuperável curiosidade em ouvir (sem fazer perguntas) o que se dizia em nossa cidade a respeito de todos esses eventos em geral. Queria também olhar para Yúlia Mikháilovna, nem que fosse de longe. Censurava-me tanto por ter saído correndo da sua casa.

III

Toda aquela noite com seus acontecimentos quase absurdos e seu "desfecho" terrível ao amanhecer ressurge em minha mente, como um pesadelo horrendo, até hoje e constitui, ao menos para mim mesmo, a parte mais penosa de minha crônica. Embora atrasado, cheguei pelo fim do baile, tão rapidamente é que ele havia de terminar. Foi por volta das onze horas que me acerquei do portão da casa de nosso decano, cuja sala Branca, a mesma onde recentemente transcorrera a palestra, já estava arrumada, apesar de ter passado tão pouco tempo, e preparada para servir, conforme se pressupunha, de principal sala de dança a toda a nossa cidade. Contudo, por menos que me dispusesse a favor desse baile ainda pela manhã, nem pressentia a verdade toda: nenhuma família da alta-roda compareceu, nem sequer os servidores um tantinho consideráveis fizeram caso do baile, o que já era, por si só, um indício fortíssimo. Quanto às nossas damas e moças, os recentes cálculos de Piotr Stepânovitch (que agora parecem obviamente pérfidos) revelavam-se errôneos no mais alto grau: vieram poucas mulheres, de sorte que mal havia uma só dama por quatro cavalheiros, e que mulheres eram aquelas! "Algumas" esposas dos oficiais subalternos de nosso regimento, diversa gentinha dos correios e das repartições públicas, três consortes de médicos com suas filhas, duas ou três fazendeiras das pobrezinhas, sete filhas e uma sobrinha daquele secretário que eu já mencionara em certa ocasião, umas mulheres de nossos comerciantes... será que Yúlia Mikháilovna esperava por isso? Nem metade desses comerciantes nossos se reuniu lá. Quanto aos homens, sua massa estava, ainda assim, compacta, não obstante a ausência majoritária da nossa nobreza, mas produzia uma impressão ambígua e duvidosa. Havia, naturalmente, alguns oficiais bastante calmos e respeitosos com suas esposas, alguns dos mais dóceis pais de família, como, por exemplo, aquele mesmo secretário que tinha sete filhas. Toda essa gente miúda e mansa comparecera, digamos, "por fatalidade", segundo se expressou um desses senhores. Mas, por outro lado, a multidão de pessoas desinibidas e, ademais, daqueles sujeitos que Piotr Stepânovitch e eu suspeitáramos agorinha de terem entrado sem ingressos parecia ainda maior do que havia pouco. Por ora, todos eles estavam sentados no bufê e, quando chegavam, rumavam direto para o bufê, como se fosse um ponto marcado de antemão. Foi essa, pelo menos, a impressão que tive. O bufê se encontrava no fim de uma enfiada de cômodos, numa sala espaçosa onde se instalara Prókhorytch com todas as tentações culinárias de nosso clube e uma exposição aliciante de petiscos e bebidas. Avistei lá umas personalidades que usavam sobrecasacas praticamente furadas e outros trajes bem duvidosos, nada compatíveis com o baile, que obviamente haviam ficado sóbrias com desmedidos esforços e por pouquíssimo tempo, provindas só Deus sabia de onde e, por certo, alheias à nossa cidade. Eu estava ciente, bem entendido, de que se planejava, conforme a ideia de Yúlia Mikháilovna, organizar o mais democrático dos bailes, "deixando entrarem até os burgueses, se porventura algum dos mesmos pagasse pela entrada". Ela bem poderia ter tido a coragem de pronunciar essas palavras em seu comitê, absolutamente convicta de que nem passaria pela cabeça dos nossos burgueses, todos míseros, comprarem um dos ingressos. Todavia, fiquei duvidando de que se pudesse deixar esses homens de sobrecasaca, tão carrancudos e quase maltrapilhos, entrarem, mesmo com todo o democratismo do comitê. Quem foi, pois, que os deixou entrar e com que propósito? Lipútin e Liámchin já tinham sido privados de seus laços dos responsáveis (se bem que estivessem presentes no baile e participassem da "quadrilha literária"), porém o lugar de Lipútin ocupava, para minha surpresa, aquele mesmo seminarista que mais escandalizara a "matinê" ao defrontar Stepan Trofímovitch, e o lugar de Liámchin, Piotr Stepânovitch em pessoa. O que é que se podia esperar num caso desses? Procurei escutar as conversas. Algumas das opiniões pasmavam com sua loucura. Afirmava-se, por exemplo, num dos grupinhos que Yúlia Mikháilovna tramara toda a história de Stavróguin e Lisa, chegando depois a cobrar de Stavróguin dinheiro por isso. Citava-se, inclusive, a quantia exata. Afirmava-se também que a própria festa fora organizada por ela com tal objetivo, que metade da nossa cidade deixara de comparecer justamente por esse motivo, sabendo de que se tratava, e que Lembke como tal ficara tão abismado que "se desarranjara em seu juízo", "guiado" agora, por ser doido, pela sua esposa. Houve enfim muitas gargalhadas rouquenhas, asselvajadas e maliciosas. Todos criticavam enfaticamente o baile e, quanto a Yúlia Mikháilovna, censuravam-na sem a menor cerimônia. A tagarelice era, de modo geral, desconexa, entrecortada, ébria e inquieta, tanto assim que seria difícil compreendê-la e tirar algumas conclusões. Lá mesmo, no bufê, aboletavam-se também umas pessoas simplesmente animadas, inclusive algumas daquelas damas que não se surpreendiam nem se intimidavam mais com nada, amabilíssimas e alegríssimas, em sua maioria esposas de oficiais acompanhadas pelos maridos. Tais pessoas se agrupavam a mesinhas separadas e, joviais até dizer chega, tomavam seu chá. O bufê se transformou num abrigo quentinho de quase metade do público que viera. Ainda assim, toda aquela multidão devia, algum tempo depois, afluir à sala: até pensarmos nisso era terrificante.

Enquanto isso, três ralas quadrilhazinhas se formavam, com a participação do príncipe, na sala Branca. As moças dançavam, e seus pais se alegravam de vê-las dançarem. Entretanto, muitas dessas respeitáveis pessoas já se punham a refletir em como se retirariam, ao divertir um pouco suas donzelas, na hora certa e não "quando tivesse começado". Todos, decididamente, estavam persuadidos de que começaria sem falta. Para mim, seria difícil pintar o estado de espírito da própria Yúlia Mikháilovna. Não conversava com ela, embora chegasse bem perto. Quando a saudara ao entrar, ela não respondera sem ter reparado em mim (não reparara de fato). Sua expressão parecia mórbida; seu olhar estava desdenhoso e arrogante, mas vago e ansioso. Com sofrimento visível, ela se dominava — por quê e para quem? Devia, sem dúvida, ir embora e, máxime, levar embora seu marido, mas permanecia ali! Dava para perceber, apenas pelo seu semblante, que "a venda lhe caíra dos olhos" e que ela não tinha mais esperança alguma. Nem sequer chamava por Piotr Stepânovitch (aliás, ele próprio aparentava evitá-la: vi-o, por demais alegre, naquele bufê). Em todo caso, permanecia no baile e não deixava que Andrei Antônovitch se afastasse dela nem por um minutinho.

Oh, mas teria refutado, até o último instante e com a indignação mais sincera, qualquer alusão à saúde do marido, nem que esta tivesse surgido havia pouco, pela manhã. Só que agora a venda lhe cairia dos olhos nesse sentido também. Quanto a mim, achei, à primeira vista, Andrei Antônovitch mais indisposto do que naquela manhã. Ele parecia imerso num torpor, sem entender muito bem onde estava. Por momentos, lançava olhadas súbitas, inesperadamente severas, à sua volta, chegando, por exemplo, a encarar-me umas duas vezes a mim. Tentou, certa vez, falar de alguma coisa, puxando conversa em alto e bom som, porém não terminou o discurso, quase apavorando um servidor velhinho e quieto que por acaso estava ao seu lado. Todavia, até mesmo aquela mansa metade do público que se reunira na sala Branca distanciava-se, sombria e tímida, de Yúlia Mikháilovna, focando, ao mesmo tempo, olhares extremamente estranhos em seu esposo, olhares que nem por sombras combinavam, de tão atentos e francos, com a timidez daquelas pessoas.

"Foi esse dardo que me perpassou, e comecei de repente a adivinhar como estava Andrei Antônovitch" — assim confessaria, mais tarde, Yúlia Mikháilovna para mim mesmo.

Sim, a culpa era outra vez dela! Decerto no dia anterior, quando ficara decidido, após a minha fuga, com Piotr Stepânovitch que haveria um baile e que a governadora estaria no baile, decerto ela fora de novo ao gabinete de Andrei Antônovitch, já "abalado" em definitivo pela "palestra", usara novamente de todas as suas seduções e acabara por atraí-lo consigo. Mas como se afligia, decerto, agora! E, nada obstante, não se retirava! Ignoro se estava atormentada pelo seu orgulho ou simplesmente perdida, mas era com humilhação e sorrisos, apesar de toda a sua soberba, que puxava conversa com umas damas, as quais logo se confundiam, passando a contentar-se com aqueles desconfiados e monossilábicos "sim" e "não", e se distanciavam a olhos vistos dela.

Apenas um dos dignitários incontestáveis de nossa cidade participava do baile: aquele mesmo general reformado, bem importante, que já descrevi certa feita e que, após o duelo de Stavróguin e Gagânov, "abrira a porta da ansiedade pública" no aniversário da esposa de nosso decano. Andava, majestático, pelas salas, olhava e escutava com atenção, e buscava mostrar que viera mais para observar os costumes do que para se divertir às escâncaras. Acabou por se aproximar tanto de Yúlia Mikháilovna que não dava mais nem um passo a fim de se afastar dela, tentando, pelo visto, animá-la e acalmá-la. Era, sem dúvida, um homem bondosíssimo, todo imponente e já tão idoso que até se podia suportar, inclusive, sua piedade. Contudo, reconhecer no íntimo que esse velho prolixo se atrevia a apiedar-se dela e quase a protegê-la, compreendendo que a honrava com sua presença, deixava Yúlia Mikháilovna muito aborrecida. Só que o general não se afastava dela e falava sem parar.

— Dizem que a cidade não vive sem sete virtuosos... parece que são sete: não lembro o número pre-scri-to. Não sei quantos desses sete... virtuosos indubitáveis de nossa cidade... tiveram a honra de participar do seu baile, mas, apesar de estarem presentes, começo a sentir-me inseguro. *Vous me pardonnerez, charmante dame, n'est-ce pas?*[8] Falo a-le-go-ri-ca-mente, porém já fui ao bufê e estou feliz ao voltar de lá são e salvo... Nosso inapreciável Prókhorytch não está no lugar certo por lá, e sua tenda será, pelo que me parece, arrasada até a manhã. De resto, estou brincando. Espero apenas por essa tal de "quadrilha li-te-rária" e depois irei para a cama. Desculpe este velho gotoso, que me deito cedo, e aconselharia à senhora também a ir "tirar uma sonequinha" como se diz *aux enfants.*[9] Aliás, vim por causa das jovens beldades... que não poderia encontrar mais nenhures... num conjunto tão rico quanto neste lugar aqui... Moram todas do outro lado do rio, e eu cá não vou até lá. A esposa de um oficial... parece, dos caçadores... não é nada feiosa, mas nada mesmo, e... e ela própria sabe disso. Falei com aquela danadinha: é desenvolta, e... pois bem, as meninas também são fresquinhas... apenas isso; nada além do frescor. De resto, foi um prazer. Há uns brotinhos, só que os lábios são grossos. Em geral, a beleza russa dos rostos femininos tem pouca harmonia e... e se reduz um tanto a uma panqueca... *Vous me pardonnerez, n'est-ce pas?* Contanto que os olhinhos sejam bonzinhos, aliás... os olhinhos que riem. Aqueles brotinhos são en-can-ta-dores por uns dois anos, em sua juventude, até por três anos... e depois encorpam para sempre... causando aos seus maridos aquela triste in-di-fe-rença que contribui tanto para o desenvolvimento da questão feminina... se é que entendo essa questão de modo correto... Hum. A sala é boa; os enfeites dos quartos não são nada maus. Poderia ter sido algo pior. A música poderia ter sido

[8] A encantadora senhora me perdoará, não é? (em francês).
[9] ... às crianças (em francês).

bem pior... nem digo que deveria ter sido. Um efeito ruim porque há poucas damas em geral. Quanto aos trajes, nem os men-ci-o-no. É mau que aquele de calça cinza se permita dançar cancã com essa des-en-vol-tura toda. Até que vou perdoá-lo, se é que dança por alegria e pelo fato de ser o boticário daqui... só que é cedo demais, ainda assim, um boticário dançar antes das onze horas... Dois brigaram, lá no bufê, e não foram expulsos. Ainda se deve botar os briguentos para fora antes das onze, sejam quais forem os costumes do público... não digo lá pelas três da madrugada: então se faz necessária uma concessão à opinião pública... e se esse baile durar mesmo até as três horas. Varvara Petrovna descumpriu, aliás, sua promessa e não mandou flores. Hum, nem pensa mais naquelas flores ali, *pauvre mère!*[10] E a coitada da Lisa, a senhora ouviu falar? Dizem que é uma história misteriosa, e... e de novo Stavróguin está na arena... Hum. Já iria dormir... que estou tirando cochilos. Mas quando é que começa aquela "quadrilha li-te-rária"?

Por fim, a "quadrilha literária" começou. Mal se punha a falar em nossa cidade, nesses últimos tempos, sobre o baile por vir, a conversa se limitava de pronto àquela "quadrilha literária", e, como ninguém podia nem imaginar o que viria a ser, ela vinha suscitando uma curiosidade imensurável. Não poderia haver nada de mais perigoso para o sucesso do baile, e quão grande seria a decepção que a quadrilha provocaria!

Abriram-se as portas laterais da sala Branca, até então trancadas, e de repente apareceram alguns mascarados. O público rodeou-os com avidez. Todo o bufê, até

---

[10] Pobre mãe (em francês).

o último homem que estava lá, irrompeu logo na sala. Os mascarados se alinharam para dançar. Consegui passar, aos empurrões, para a primeira fileira, postando-me justamente atrás de Yúlia Mikháilovna, von Lembke e o general. E foi então que Piotr Stepânovitch, antes ausente, acorreu a Yúlia Mikháilovna.

— Estou no bufê, o tempo todo, observando... — cochichou com ares de escolar culpado, forjados, de resto, com o propósito de irritá-la ainda mais. A governadora enrubesceu de ira.

— Teria de me enganar mesmo agora, homem insolente? — deixou escapar quase em voz alta, de modo que o público ouviu essa frase. Cheio de si, Piotr Stepânovitch deu um pulo para trás.

Seria difícil imaginar uma alegoria mais deplorável, mais vulgar, mais medíocre e mais insossa que aquela "quadrilha literária". Não daria para inventar nada que menos combinasse com nosso público, muito embora ela tivesse sido inventada, pelo que se dizia, por Karmazínov. É verdade, aliás, que foi organizada por Lipútin aconselhado por aquele mesmo professor manco que estivera na casa de Virguínski. Contudo, fora Karmazínov quem sugerira a ideia e até quisera, pelo que se dizia, trajar pessoalmente uma das fantasias e assumir certo papel especial e autônomo. A quadrilha se compunha de seis pares de míseros mascarados, e nem sequer mascarados eles estavam, usando as mesmas roupas que todos. Assim, por exemplo, um senhor entrado nos anos, de estatura baixa, encasacado (numa palavra, vestido como todo mundo se veste) e munido de uma respeitável barba grisalha (a qual era postiça, e nisso consistia toda a fantasia dele), meneava-se no mesmo lugar, enquanto dançava, com uma expressão imponente, dando passinhos amiudados, mas quase não se movimentando. Soltava alguns sons com seu baixozinho moderado, porém enrouquecido, e era notadamente aquela rouquidão de sua voz que devia representar um dos nossos jornais conhecidos. Defronte a esse mascarado dançavam dois gigantescos X e Z, sendo tais letras presas às suas casacas, só que o significado desses X e Z ficaria sem explicação pelo resto do baile. O "honesto pensar russo" era encarnado por um senhor de meia-idade, que usava óculos, uma casaca e um par de luvas, além dos grilhões (grilhões de verdade). Esse "pensar" carregava, debaixo do braço, uma pasta com algum "dossiê". Do seu bolso assomava uma carta deslacrada, vinda do estrangeiro, que certificava, para todos os que tivessem dúvidas, a honestidade do "honesto pensar russo". Tudo isso era comentado pelos responsáveis oralmente, porquanto não se podia ler a carta que assomava do bolso. Soerguendo a mão direita, o "honesto pensar russo" segurava uma taça, como se quisesse proclamar um brinde. De ambos os lados dele, bem perto, trotavam duas niilistas de cabelos cortados, e *vis-à-vis*[11] dançava outro senhor entrado nos anos, também encasacado, mas com uma clava pesada na mão, parecendo representar um periódico editado fora de Petersburgo, mas temeroso: "Se bater, fica molhadinho". Ainda assim, mesmo com sua clava, não conseguia, de modo algum, suportar aqueles óculos do "honesto pensar russo", cujo olhar penetrante se cravava nele, e procurava desviar seu próprio olhar e, quando dava um *pas de deux*,[12] curvava-se, requebrava-se

[11] De frente para alguém (em francês).
[12] Passo de dois (em francês): termo específico de balé.

e não sabia onde se meteria — assim é que se sentia, por certo, atormentado pela consciência... Não me recordo, aliás, de todas aquelas invenções meio broncas: eram todas do mesmo gênero, de maneira que acabei dolorosamente envergonhado. E foi exatamente a mesma impressão de certa vergonha que se revelou em todo o público, inclusive nas fisionomias mais lúgubres dos que tinham vindo do bufê. Por algum tempo, ficaram todos calados, assistindo àquilo com zanga e perplexidade. Quem estiver envergonhado costuma zangar-se e tende ao cinismo. E eis que, pouco a pouco, nosso público começou a resmungar:

— O que é isso, hein? — murmurou, no meio de um dos nossos grupinhos, alguém que viera do bufê.

— Uma besteira qualquer.

— Uma literatura qualquer. Estão criticando "A voz".

— E eu com isso?

No meio de outro grupinho:

— Que burros!

— Eles não são burros, mas nós somos, sim.

— Por que você é burro?

— Não sou burro, não.

— Então, se nem você é burro, eu sou tampouco.

Aqui, no terceiro grupinho:

— Seria bom surrá-los todos, e que o diabo os leve!

— Botar a sala toda de cabeça para baixo!

Ali, no quarto grupinho:

— Como é que os Lembkas não têm vergonha de ver isso?

— Por que teriam vergonha? Você não tem vergonha, tem?

— Tenho vergonha, sim, mas ele é governador.

— E você é um porco.

— Em toda a minha vida não vi um baile tão ordinário assim — disse, num tom peçonhento, uma dama ao lado de Yúlia Mikháilovna, desejando, evidentemente, ser ouvida. Era uma dama na casa dos quarenta, robusta e toda carminada, trajando um berrante vestido de seda; quase todos a conheciam em nossa cidade, só que ninguém a recebia. Viúva de um servidor de quinta classe, que lhe deixara uma casa de madeira e uma pensão escassa, vivia, não obstante, bem e tinha cavalos próprios. Fora a primeira a visitar, uns dois meses antes, Yúlia Mikháilovna, mas esta não a recebera.

— Já se podia prever isso tudo, tintim por tintim — acrescentou, olhando descaradamente nos olhos de Yúlia Mikháilovna.

— Mas, se a senhora podia prever isso, por que é que veio? — Yúlia Mikháilovna não se conteve.

— Por ingenuidade — atalhou, num instante, aquela dama desinibida, ficando logo exaltada (e ansiando por uma briga), porém o general se postou entre elas:

— *Chère dame!*[13] — Inclinou-se em direção a Yúlia Mikháilovna. — Juro que está na hora de partir. Apenas os atrapalhamos, e, sem nós, eles farão uma festa ótima. A senhora cumpriu com tudo, abriu o baile para eles... pois então, deixe-os agora em paz. E Andrei Antônovitch também se sente, pelo que me parece, um pouco in-dis-pos-to... Tomara que não se dê algum mal!

Todavia, já era tarde demais.

Durante toda a quadrilha, Andrei Antônovitch observara os dançarinos com certa perplexidade iracunda

---

[13] Cara senhora! (em francês).

e, quando se ouviram comentários no meio do público, começou a lançar olhadas inquietas ao seu redor. Foi então que lhe saltaram aos olhos, pela primeira vez, algumas personalidades vindas do bufê, e seu olhar exprimiu um pasmo extraordinário. De súbito, um dos truques daquela quadrilha ocasionou uma alta risada: o editor do "temeroso periódico fora de Petersburgo", que dançava com uma clava na mão, sentiu em definitivo que não conseguia mais suportar os óculos do "honesto pensar russo" e, sem saber onde se esconderia dele, ficou de chofre, quando da última figura da quadrilha, de cabeça para baixo e assim, de pés para cima, foi ao encontro dos óculos, o que deveria mesmo, aliás, significar a contínua distorção do bom senso, "de cabeça para baixo", por aquele "temeroso periódico fora de Petersburgo". Visto que só Liámchin sabia andar de cabeça para baixo, fora bem ele que se incumbira de representar o editor armado de clava. Yúlia Mikháilovna ignorava completamente que alguém andaria de cabeça para baixo. "Ocultaram aquilo de mim, ocultaram!" — repetiria depois, em minha presença, com desespero e indignação. Entenda-se bem que o gargalhar da turba não cumprimentou a alegoria, com a qual ninguém se importava, mas simplesmente o fato de alguém andar, com aquela casaca de abas pendentes, de cabeça para baixo. Lembke ficou furioso e trêmulo.

— Vilão! — gritou, apontando para Liámchin. — Pegar esse canalha, virar... virá-lo de pés... de cabeça... para a cabeça ficar em cima... em cima!

Liámchin ficou em pé. O gargalhar aumentava.

— Expulsar todos os vilões que estão rindo! — ordenou, repentinamente, Lembke. A multidão passou a uivar e a ribombar.

— Assim não pode, Excelência!

— Não pode injuriar o público.

— Você mesmo é imbecil! — ouviu-se uma voz, algures no canto.

— Flibusteiros! — gritou alguém, do outro lado da sala.

Depressa, Lembke se voltou em direção àquele grito e ficou todo pálido. Um sorriso obtuso surgiu em seus lábios, como se de improviso ele tivesse entendido e relembrado algo.

— Senhores! — Yúlia Mikháilovna se dirigiu à multidão que se achegava a ela, puxando, ao mesmo tempo, seu marido atrás de si. — Senhores, desculpem Andrei Antônovitch; Andrei Antônovitch está adoentado... desculpem... perdoem-no, meus senhores!

Ouvi-a nitidamente dizer "perdoem". Aquela cena foi muito rápida. Mas, decididamente, lembro que parte do público se arrojou no mesmo instante, como que assustada, para fora da sala após essas palavras de Yúlia Mikháilovna. Lembro, inclusive, como uma mulher gritou, histérica e chorosa:

— Ah, de novo como agorinha!

E, de repente, outra bomba explodiu no meio desse aperto, que já estava para começar, exatamente "de novo como agorinha":

— Fogo! O Zarêtchie[14] todo está queimando!

Não lembro apenas onde se ouviu, pela primeira vez, esse grito horrível (talvez numa das salas, ou, quem sabe, alguém subiu correndo do vestíbulo pela escada), só que depois começou um alvoroço tal que nem me

[14] Bairro ou subúrbio localizado do outro lado do rio (em russo).

encarrego de relatá-lo. Mais da metade do público que se reunira no baile era do Zarêtchie: proprietários das casas de madeira, que se situavam por lá, ou então seus habitantes. As pessoas correram até as janelas, afastaram, num átimo, as cortinas, arrancaram os reposteiros. O Zarêtchie estava em chamas. É verdade que o incêndio só começava, porém o fogo se alastrava em três lugares absolutamente distintos: foi isso que mais nos apavorou.

— Incêndio! Os dos Chpigúlin! — vociferavam no meio da multidão.

Guardei na memória algumas exclamações bem características:

— Mas era isso que pressentia meu coração: pressentia, todos esses dias, que botariam fogo!

— Os dos Chpigúlin, são eles e ninguém mais!

— Foi de propósito que nos reuniram aqui, para incendiar lá!

Esse último grito, o mais surpreendente de todos, foi um grito feminino, espontâneo e involuntário, o grito de uma Koróbotchka cuja casa estava queimando. Todos afluíram à saída. Não vou descrever o aperto ocorrido no vestíbulo, pegando todos suas peliças, seus lenços e *salopes*[15] em meio a guinchos de mulheres amedrontadas e prantos de moças. É pouco provável ter havido furtos, porém não é de admirar que, numa confusão dessas, certas pessoas tenham partido sem roupas quentes, sem terem encontrado seus pertences, o que depois seria contado, por muito tempo, em nossa cidade, com lendas e exagerações. Por pouco Lembke e Yúlia Mikháilovna não foram espremidos pela multidão às portas.

---

[15] Espécie de largo manto feminino (corruptela do arcaico termo francês).

— Fazer todos pararem! Não deixar que ninguém saia! — berrava Lembke, estendendo sua mão ameaçadora de encontro aos que se comprimiam ali. — Revistar todos com todo o rigor, imediatamente!

Uns palavrões fortes vinham da sala.

— Andrei Antônovitch! Andrei Antônovitch! — exclamava Yúlia Mikháilovna, totalmente desesperada.

— Prendê-la em primeiro lugar! — bradou o governador, cravando seu dedo ameaçador nela. — Revistá-la antes de todos! O objetivo do baile foi o incêndio...

Ela deu um grito e caiu desmaiada (oh, mas é claro que desmaiou mesmo!). O general, o príncipe e eu acorremos para socorrê-la; houve também outras pessoas que nos ajudaram naquele momento difícil, inclusive algumas damas. Levamos a infeliz daquele inferno para a carruagem dela; foi só quando já chegávamos à sua casa que recuperou os sentidos, e seu primeiro grito também dizia respeito a Andrei Antônovitch. Com a destruição de todas as suas fantasias, apenas Andrei Antônovitch permanecera em sua frente. Mandamos chamar um médico. Fiquei esperando em sua casa por uma hora inteira, o príncipe também ficou; quanto ao general, teve um acesso de magnanimidade (posto que estivesse, ele próprio, muito assustado) e quis não se afastar do "leito da infeliz" durante a noite toda, mas, dez minutos depois, adormeceu na sala, ainda à espera do médico, sentado numa poltrona onde o deixáramos.

O comandante da polícia, que foi direto do baile ao local do incêndio, conseguira, logo em seguida, retirar Andrei Antônovitch da sala e já queria colocá-lo na carruagem de Yúlia Mikháilovna, convencendo, com todas as forças, Sua Excelência a "tomar folga". Contudo, não sei por que, deixou de insistir nisso. É claro que

Andrei Antônovitch não queria nem saber dessa folga, anelando por ir combater o incêndio, só que não era uma razão válida. O comandante acabou por levá-lo, com seu *drójki*, direto para lá. Depois contaria que, ao longo de todo o percurso, Lembke ficara gesticulando e "gritando tais ideias que não daria para realizá-las de tão esquisitas". Seria relatado mais tarde que àquela altura Sua Excelência já se encontrava, "por susto inopinado", no estado de delírio trêmulo.

Nem vale a pena contar sobre o fim do baile. Umas dezenas de patuscos, e até mesmo algumas damas com eles, permaneceram nas salas. Nem sinal de polícia. Não deixaram a orquestra ir embora e, quanto aos músicos que se retiravam, bateram neles. Arrasaram, até a manhã, toda a "tenda de Prókhorytch", bebendo sem trégua, dançando a Kamárinskaia sem censura, emporcalhando os cômodos, e foi tão somente ao amanhecer que parte dessa caterva, completamente bêbada, correu até o incêndio, que já terminava, e aprontou novas desordens... A outra parte, mortalmente bêbada, quedou-se dormindo naquelas salas, refestelando-se, fossem quais fossem as consequências, nos sofás de veludo e no chão. De manhã, com a primeira oportunidade, foram todos arrastados pelas pernas e jogados no meio da rua. Assim chegou ao final essa festa em favor das governantas originárias de nossa província.

IV

O incêndio assustou o nosso pessoal do Zarêtchie pelo próprio fato de ser obviamente criminoso. É notável que, com o primeiro grito "Fogo!", logo se ouviu outro grito, o de que "os dos Chpigúlin estavam botando fogo". Agora já se sabe muito bem que realmente três operários da fábrica dos Chpigúlin desencadearam aquele incêndio, porém nada mais do que isso: todos os demais operários foram completamente absolvidos, tanto pela opinião pública como pelos órgãos oficiais. Além desses três malfeitores (um dos quais foi preso e confessou sua culpa, enquanto os dois outros continuam foragidos até hoje), participou indubitavelmente do crime o tal de Fedka Grilheta. Eis tudo o que se sabe por ora, ao certo, das origens daquele incêndio, e as suposições são outros quinhentos. O que orientava esses três malfeitores, eram dirigidos por alguém ou não eram? Até mesmo hoje é muito difícil respondermos a todas essas perguntas.

Como ventava muito, as construções do Zarêtchie eram quase todas de madeira e, finalmente, o incêndio começara em três pontos distintos, o fogo se alastrou depressa e dominou uma área inteira com força descomunal (aliás, o incêndio deveria ser levado a sério em apenas dois lugares, já que no terceiro o fogo chegou a ser isolado e apagado quase no mesmo instante em que surgira, mas vou contar disso a seguir). Contudo, as matérias dos jornais metropolitanos acabaram exagerando esse nosso desastre: havia queimado, quando muito, uma quarta parte de todo o Zarêtchie (ou, talvez, menos ainda), falando-se de modo aproximativo. Embora fraca, se comparada com o tamanho e a população da cidade, nossa equipe de bombeiros agiu, não obstante, bem meticulosa e abnegadamente. Aliás, não teria feito muita coisa, nem mesmo com o auxílio unânime dos moradores, se pela manhã o vento não tivesse mudado de intensidade, acalmando-se, de repente, ao amanhecer.

Quando eu, apenas uma hora depois de ter escapado do baile, consegui alcançar o Zarêtchie, o fogo já estava em sua plena expansão. Uma rua inteira, paralela ao rio, ardia em chamas. Estava claro como de dia. Não vou descrever minuciosamente o quadro daquele incêndio: quem não o conhece, aqui na Rússia? Havia, nos becos próximos à rua em chamas, azáfama e aperto imensuráveis. Certos de que o fogo chegaria lá, os moradores retiravam seus bens, mas ainda não se afastavam das casas, sentados, à espera do que viria, nos baús e edredons retirados, cada um embaixo das suas janelas. Parte da população masculina fazia um trabalho árduo, rachando cercas a machadadas, sem dó nem piedade, e até mesmo demolindo casebres inteiros, os que ficavam mais perto do fogo e no sotavento. Choravam as criancinhas, que acabavam de acordar, e lamuriavam, aos berros plangentes, as mulheres que já tinham retirado seus trastes. Aqueles que sobravam ainda eram retirados, por enquanto, em silêncio e com energia. As fagulhas e brasas voavam para longe, apagadas na medida do possível. Os espectadores acorridos de todos os cantos da cidade espremiam-se rente às labaredas. Uns ajudavam a combatê-las, outros as contemplavam como apreciadores. Um fogo grande sempre produz, à noite, uma impressão irritante e animadora, sendo os fogos de artifício embasados nisso, porém tais fogos são dispostos em linhas elegantes, corretas, e a impressão que suscitam, com sua total segurança, é leve e brejeira, igual à de quem toma uma taça de champanhe. Outra coisa é um incêndio de verdade, cujo horror vem provocando, junto com certa sensação de risco pessoal e aquela impressão animadora do fogo noturno, uma espécie de comoção cerebral no espectador (salvo se for, bem entendido, o morador de uma casa queimada) e como que desafiando os instintos destrutivos que se encerram, ai de nós, em toda e qualquer alma, inclusive na do mais dócil e afeiçoado à sua família servidor de nona classe... Essa sinistra sensação é quase sempre deleitosa. "Juro que não sei se a gente pode mirar um incêndio sem algum prazer!". Fora isso, palavra por palavra, que me dissera Stepan Trofímovitch ao voltar, certa feita, de um incêndio noturno que tinha presenciado por acaso, ainda sob o primeiro influxo do tal espetáculo. É claro que o mesmo apreciador do fogo noturno saltaria, ele mesmo, naquele fogo para salvar uma criança ou uma velhinha qualquer, mas este já é um caso à parte.

Seguindo, aos empurrões, a turba de curiosos, cheguei, sem ter perguntado pelo caminho, ao ponto mais importante e perigoso, onde vi, afinal, Lembke que estava procurando por incumbência pessoal de Yúlia Mikháilovna. Sua situação era espantosa e extraordinária. Estava de pé, sobre os destroços de uma cerca; à sua esquerda, a uns trinta passos, erguia-se o esqueleto negro de uma casa de madeira, de dois andares, que já queimara quase inteiramente, com buracos no lugar das janelas em ambos os pisos, de teto afundado e com as flamas que ainda serpenteavam, aqui e acolá, pelos madeiros calcinados. No fundo do pátio, a uns vinte passos da casa queimada, uma casinha adjacente, também de dois andares, estava pegando fogo por sua vez, e os bombeiros tentavam, com todas as forças, preservá-la. Do lado direito, os bombeiros e o povo defendiam uma construção de madeira, bastante grande, que não ardia ainda, mas já pegara fogo diversas vezes, como se estivesse fadada a queimar inevitavelmente. Lembke gritava e gesticulava, de frente para a casinha dos fundos, dando ordens que ninguém cumpria. Pensei de relance que tinha sido abandonado e totalmente esquecido ali. Pelo menos, conquanto aquela multidão densa e por demais variada que o circundava, incluindo, a par da gentinha miúda, alguns senhores e até mesmo o arcipreste de nossa catedral, prestasse ouvidos a ele, surpresa e curiosa, ninguém lhe falava nem tentava levá-lo embora. Pálido, de olhos fulgentes, Lembke dizia as coisas mais assombrosas; estava, para completar, sem chapéu, tendo-o perdido havia muito tempo.

— É tudo um incêndio criminoso! É o niilismo! Se algo está queimando, é por causa do niilismo! — ouvi, quase apavorado. Mesmo sem conter nada que surpreenda, a realidade concreta sempre contém algo que desconcerta.

— Se Vossa Excelência se dignasse... — foi um dos vigias da quadra que veio abordá-lo — a experimentar o sossego de sua casa... É que até ficar parado neste lugar é perigoso para Vossa Excelência.

Fora de propósito, conforme eu saberia mais tarde, que o comandante da polícia deixara esse vigia ao lado de Andrei Antônovitch, no intuito de observá-lo e de tentar, com todas as forças, levá-lo para casa, usando, inclusive, de violência caso houvesse perigo, só que tal ordem excedia, obviamente, as capacidades de seu executor.

— Enxugarão as lágrimas das vítimas, mas queimarão a cidade toda! São apenas quatro canalhas, quatro e meio. Prender aquele vilão! Ele está sozinho, e aqueles quatro e meio são difamados por ele. Insinua-se em famílias honradas. Usaram as governantas para incendiar as casas. Que vileza, mas que vileza! Ai, o que está fazendo? — gritou ao avistar, de súbito, um bombeiro que estava no telhado da casinha dos fundos. O telhado já se afundava embaixo dele, as chamas ardiam ao seu redor. — Tirá-lo dali, tirá-lo, senão vai cair para dentro, vai pegar fogo... apagá-lo... O que está fazendo lá?

— Apagando o fogo, Excelência!

— Incrível! O fogo não está nos telhados das casas, está nas mentes humanas. Tirá-lo dali e deixar tudo! É melhor deixar, sim, é melhor deixar! Que se faça tudo por si! Ai, quem está chorando ainda? Uma velha, hein? A velha está gritando: por que se esqueceram da velha?

E, realmente, uma velha gritava, esquecida, no térreo da casinha dos fundos em chamas: era uma parenta do comerciante, ao qual pertencia aquela casa, e tinha oitenta anos. Aliás, não fora abandonada ali, mas retornara, ela própria, à casa que estava queimando, com o objetivo insano de retirar, enquanto possível, do cubículo angular, ainda intacto, seu colchão de penas. Sufocando-se com a fumaça, gritando de tanto calor, pois o cubículo também pegara fogo, esforçava-se, nada obstante, para passar esse seu colchão, que segurava com as mãos débeis, através do caixilho cujo vidro estava quebrado. Lembke foi correndo ajudá-la. Todos viram como acorreu à janela, agarrou o canto do colchão e começou, com todas as forças, a puxá-lo para fora. Por azar, uma tábua espedaçada caiu, nesse exato momento, do telhado e golpeou o infeliz. Não o matou, apenas lhe atingiu, voando, o pescoço com sua ponta, mas a carreira de Andrei Antônovitch terminou, pelo menos em nossa cidade: derrubado pelo golpe, ele tombou sem sentidos.

Veio, enfim, uma alvorada sombria e lúgubre. O fogo enfraqueceu; após a ventania, o tempo ficou, de repente, calmo, e depois uma chuva miúda e vagarosa passou a cair, como que peneirada. Eu já estava em outra parte do Zarêtchie, longe daquele lugar onde tombara Lembke, e eis que ouvi umas conversas muito estranhas no meio da multidão. Revelara-se um fato singular: aos confins do bairro, num terreno baldio detrás das hortas, a cinquenta passos, no mínimo, das demais construções, havia uma pequena casa de madeira, recém-construída, e fora aquela casa solitária que pegara fogo praticamente antes de todas as outras, bem no começo do incêndio. Se tivesse queimado mesmo, não teria podido, por causa da distância, transmitir o fogo a nenhuma das construções urbanas, e, vice-versa, se o Zarêtchie todo tivesse queimado, somente aquela casa teria podido, fosse qual fosse o vento, permanecer incólume. Deduzia-se, pois, que ela se incendiara por si só, em separado, e que houvera, consequentemente, alguma razão para tanto. Contudo, o principal era que a casa não queimara inteira, sendo descobertas em seu interior, ao amanhecer, certas coisas aterradoras. O dono daquela casa recém-construída, um burguês que morava no arrabalde mais próximo, veio correndo, tão logo a vira incendiada, e conseguiu salvá-la, dispersando, com o auxílio dos vizinhos, a lenha acesa, amontoada rente à sua parede lateral. Só que havia inquilinos naquela casa (um capitão conhecido em nossa cidade, sua irmãzinha e uma empregada idosa que morava com eles), e tais inquilinos, tanto o capitão com sua irmã quanto a empregada, tinham sido degolados, todos os três, nessa noite e, provavelmente, roubados. (Aliás, fora lá que o comandante da polícia se dirigira, durante o incêndio, enquanto Lembke salvava aquele colchão de penas). A notícia se espalhou de manhã, e uma massa enorme de pessoas de toda espécie, inclusive das que haviam perdido suas casas no Zarêtchie, afluiu ao terreno baldio onde ficava a casa recém-construída. A multidão era tão compacta que custava atravessá-la. Logo me contaram que o capitão fora encontrado com a garganta cortada, em cima de um banco, todo vestido, e que o teriam degolado quando estava mortalmente bêbado, a ponto que nem sequer percebera, e que perdera tanto sangue "quanto um touro"; que sua irmã, Maria Timoféievna, estava toda "furada" com uma faca e jazia no chão, junto das portas, tendo reagido, por certo, e lutado com o assassino ao acordar. O crânio da empregada, que também teria acordado, estava todo esfacelado. Segundo os relatos do locador, o capitão passara pela sua casa ainda na véspera, pela manhã: estava embriagado, gabava-se e mostrava muito dinheiro, em torno de duzentos rublos. A carteira verde do capitão, velha e gasta, fora encontrada, vazia, no chão, porém o baú de Maria Timoféievna estava intacto, assim como a *riza* de prata do seu ícone, e as roupas do capitão permaneciam todas em ordem. Era evidente que o ladrão se apressara e que fora um homem inteirado dos negócios do capitão, vindo roubar apenas o dinheiro dele e sabendo onde esse dinheiro estava. Se o proprietário da casa não tivesse acorrido no mesmo instante, aquela lenha teria pegado fogo e, com certeza, incendiado a casa toda, "e, com os cadáveres carbonizados, seria difícil saber a verdade".

Assim é que se narrava o acontecido. Acrescentava-se mais um detalhe: quem alugara esse apartamento para o capitão e sua irmã fora o senhor Stavróguin, Nikolai Vsêvolodovitch, o filhinho da generala Stavróguina em pessoa; viera negociar, sim, e pedira muito, já que o proprietário não queria alugar sua casa, pretendendo abrir um botequim nela, mas Nikolai Vsêvolodovitch não poupara dinheiro e adiantara-lhe meio ano de aluguel.

— Não foi à toa que queimou — ouvia-se no meio da multidão.

Entretanto, a maioria se mantinha calada. Os rostos estavam sombrios, só que não reparei em nenhuma irritação grande e patente. Revezavam-se, todavia, ao redor muitas histórias sobre Nikolai Vsêvolodovitch, dizendo-se que a assassinada era sua esposa, que na véspera ele chegara a aliciar, "de jeito desonesto", uma moça da mais ilustre família de nossa cidade, a filha da generala Drozdova, que se queixariam dele, portanto, em Petersburgo, e que sua esposa fora degolada, obviamente, para ele poder desposar a tal de Drozdova. A fazenda Skvorêchniki distava daquele local, quando muito, duas verstas e meia, e lembro como pensei se não deveria mandar uma mensagem para lá. De resto, não quero pecar afirmando que vi alguém atiçar sobremodo a multidão, embora tivessem surgido em minha frente duas ou três carantonhas daqueles sujeitos "do bufê", vindos, pela manhã, observar o incêndio, que eu logo reconhecera. Lembro-me especialmente de um rapaz alto e magro, um burguês macilento, de cabelos crespos, e como que todo fuliginoso, um serralheiro conforme eu saberia mais tarde. Não estava bêbado, mas, ao contrário da multidão ensombrada, parecia fora de si. Não parava de se dirigir ao povo, porém não me recordo mais das suas falas. Tudo quanto dizia de coerente não era mais comprido do que: “Maninhos, mas o que é isso? Será que fica por isso mesmo?”, agitando ele os braços enquanto o dizia.

Capítulo terceiro. O romance finalizado.

I

Da sala principal em Skvorêchniki (aquela mesma onde se passara o derradeiro encontro de Varvara Petrovna e Stepan Trofímovitch) o incêndio se via como na palma da mão.[1] Quando alvoreceu, por volta das seis horas da manhã, Lisa estava postada junto da última janela do lado direito e olhava com atenção para aquele clarão que se apagava aos poucos. Estava sozinha na sala. Usava o mesmo vestido de gala com que presenciara a palestra do dia anterior, verde-claro, luxuoso, todo rendado, mas já amassado, colocado às pressas e negligentemente. Notando, de súbito, que estava mal abotoado no peito, ela enrubesceu, apressou-se a arrumá-lo, pegou o lenço vermelho, que tinha jogado, ao entrar lá na véspera, sobre as poltronas, e cobriu com ele o colo. Seus fartos cabelos, cujas mechas estavam emaranhadas, entremostravam-se, sob o lenço, no ombro direito. Seu rosto denotava cansaço e ansiedade, porém os olhos fulgiam debaixo das sobrancelhas franzidas. De novo,

---

[1] A expressão idiomática russa "como na palma da mão" (*как на ладони*) refere-se a algo que se vê perfeitamente, com os mínimos detalhes.

ela se achegou à janela e apertou a testa ardente ao vidro gelado. A porta se abriu; entrou Nikolai Vsêvolodovitch.

— Mandei um mensageiro montado — disse —; daqui a dez minutos saberemos de tudo, e, por enquanto, há quem diga que queimou aquela parte do Zarêtchie que fica mais perto da marginal, do lado direito da ponte. O incêndio começou ainda por volta da meia-noite e agora está acabando.

Não se aproximou da janela, mas parou atrás dela, a uns três passos; Lisa não se voltou para ele.

— Pelo calendário, devia ter amanhecido há uma hora ainda, só que está quase tão escuro como de noite — disse ela, desgostosa.

— É tudo mentira nos calendários... — notou ele, com um sorrisinho amável, mas logo se confundiu e acrescentou depressa —: É tedioso viver pelo calendário, Lisa.

Calou-se em definitivo, aborrecido com outra banalidade que proferira; Lisa esboçou um sorriso torto.

— Está tão entristecido que nem acha palavras para falar comigo. Mas veja se fica tranquilo, pois disse uma coisa certa: sempre vivo pelo calendário, e cada passo meu é calculado de acordo com ele. Está surpreso?

Rapidamente, virou-se de costas para a janela e sentou-se numa poltrona.

— Sente-se também, por favor. Não temos muito tempo a passar juntos, e quero dizer tudo o que quiser... Por que você também não diria tudo quanto quisesse?

Nikolai Vsêvolodovitch se sentou ao seu lado e bem de mansinho, quase com timidez, pegou-lhe a mão.

— O que significa esse linguajar, Lisa? De onde surgiu de repente? O que quer dizer "não temos muito tempo a passar juntos"? Essa já é a segunda frase misteriosa em meia hora, desde que acordaste.

— Já se põe a contar minhas frases misteriosas? — Ela ficou rindo. — Mas lembra como ontem, quando entrava aqui, eu me dei por morta? Foi bem isso que você achou necessário esquecer. Esquecer ou desperceber.

— Não lembro mais, Lisa. Por que morta? É preciso viver...

— E se calou, hein? Sua eloquência se esvaiu totalmente. Já vivi a minha horinha neste mundo, e basta. Será que se lembra de Christophor Ivânovitch?

— Não me lembro dele, não... — Stavróguin ficou sombrio.

— Daquele Christophor Ivânovitch de Lausanne? Ele o chateava terrivelmente. Abria a porta e sempre dizia: "Só por um minutinho", mas depois ficava lá o dia inteiro. Não gostaria de me parecer com Christophor Ivânovitch e ficar o dia inteiro.

Uma impressão mórbida se refletiu no rosto dele.

— Lisa, esse linguajar estropiado me faz sofrer. E essa careta lhe custa caro a você mesma. Por que a faz? Para quê?

Seus olhos brilhavam.

— Lisa — exclamou —, eu juro que agora te amo mais do que ontem, quando entraste em minha casa!

— Que confissão esquisita! Por que comparar as duas medidas, ontem e hoje?

— Não me abandonarás — continuou ele, quase desesperado —; vamos embora juntos, ainda hoje, não é verdade? Não é?

— Ai, não me aperte a mão tão forte! Para onde é que iríamos juntos, ainda hoje? Para algum lugar onde “ressuscitaríamos” outra vez? Não, chega de tentativas... aliás, é devagar para mim; aliás, nem sou capaz disso; aliás, para mim, é algo sublime demais. Se formos embora, iremos para Moscou, a fim de fazer e receber visitas: este é meu ideal, como você sabe, e nunca escondi de você, ainda lá na Suíça, como eu era. Mas, visto que não podemos ir para Moscou e fazer visitas ali, porque você é casado, nem vale a pena falarmos disso.

— Lisa! Mas o que foi que aconteceu ontem?

— Aconteceu o que tinha acontecido.

— É impossível! É cruel!

— E daí, se for cruel? Aguente, já que é cruel.

— Você se vinga de mim pela fantasia de ontem... — murmurou ele, com um sorriso maldoso. Lisa enrubesceu.

— Que ideia baixa!

— Então por que me ofereceu... “tanta felicidade”? Será que tenho o direito de saber disso?

— Não, veja se passa, de alguma forma, sem esses direitos: não arremate a baixeza de sua suposição com uma tolice. Hoje não dá certo para você. E a propósito: não tem por acaso medo da opinião mundana também, de ser condenado por “tanta felicidade”? Oh, se for assim, não se apoquente pelo amor de Deus. Não é motivo de nada nem responsável ante ninguém. Quando eu abria sua porta ontem, você nem sabia quem estava entrando. Só foi justamente uma fantasia minha, como se expressou agorinha, e nada mais do que isso. Pode encarar todo mundo corajosa e triunfalmente.

— Tuas palavras e esse teu riso me fazem, há uma hora inteira, gelar de pavor. Essa “felicidade”, da qual estás falando tão freneticamente, vale... tudo para mim.

Será possível que te perca agora? Juro que ontem te amei menos. Então por que é que me tiras tudo hoje? Será que sabes quanto ela me custou, essa nova esperança? Paguei por ela com uma vida!

— Com a sua vida ou com a de outrem?

Ele se soergueu depressa.

— O que significa isso? — indagou, olhando, imóvel, para ela.

— Foi com a sua vida ou com a minha que pagou, eis o que quis perguntar. Ou agora você não compreende mais nada? — Lisa ficou exaltada. — Por que de repente pulou desse jeito? Por que olha para mim com essa cara? Você me assusta. De que tem medo o tempo todo? Tenho percebido, já faz muito tempo, que você está com medo... como agora, precisamente agora... Meu Deus, como fica pálido!

— Se sabes de alguma coisa, Lisa, juro que *eu mesmo* não sei... e não foi *daquilo* que acabei de falar, dizendo que tinha pagado com uma vida...

— Não o entendo nem um pouco — disse ela, titubeando receosamente.

Afinal, um sorriso lento, meditativo transpareceu nos lábios dele. Sentou-se em silêncio, fincou os cotovelos nos joelhos e tapou o rosto com as mãos.

— Um sonho ruim e um delírio... Estávamos falando de duas coisas diferentes.

— Não sei nada do que você estava dizendo... Será que não sabia ontem que eu o deixaria no dia seguinte, sabia? Não minta: sabia ou não?

— Sabia... — respondeu ele, baixinho.

— Então o que quer mais? Sabia e deixou "o instante" consigo. Que contas é que temos a acertar?

— Diz-me toda a verdade — exclamou ele, com um sofrimento profundo —: tu mesma sabias, abrindo ontem a minha porta, que a abrias por uma hora apenas?

Ela passou a fitá-lo com ódio:

— É verdade que o homem mais sério pode fazer essas perguntas mais espantosas. Por que é que se inquieta tanto? Por amor-próprio, porque uma mulher foi a primeira a abandoná-lo, porque não foi você quem a abandonou? E, por sinal, Nikolai Vsêvolodovitch, fiquei convencida, enquanto estava aqui com você, de que me tratava com muita magnanimidade, mas é bem isso que não consigo suportar, sabe?

Ele se levantou e deu alguns passos através da sala.

— Está bem: que o final seja esse mesmo... Mas como foi que tudo isso pôde acontecer?

— Quanta preocupação! E o mais importante é que você sabe disso, como se calculasse nos dedos, e que o compreende melhor do que todos no mundo, pois o calculou você mesmo! Sou uma mocinha, meu coração foi educado com óperas, e foi assim que tudo começou — eis a chave do enigma.

— Não.

— Nisso não há nada que possa dilacerar seu amor-próprio, e tudo é uma verdade absoluta. Começou com um momento bonito que não aguentei. Anteontem, quando o "ofendi" em público e você me respondeu de modo tão cavalheiresco, voltei para casa e logo adivinhei que você me evitava por ser casado, mas não por me desprezar, o que eu temia, sendo esta mocinha mundana, mais do que qualquer outra coisa. Compreendi que me evitava para me proteger, insensata, a mim. Vê como aprecio sua magnanimidade? Mas aí veio correndo

Piotr Stepânovitch e logo me explicou tudo. Revelou para mim que você era comovido por uma grande ideia, perante a qual nós dois não éramos nadinha de nada, mas que, ainda assim, eu estava barrando o caminho de vocês. Ele também se insinuou no meio: queria que andássemos sem falta juntos, nós três, e dizia coisas mirabolantes sobre uma barca e os remos feitos de bordo, de uma canção russa. Então o elogiei, disse que era um poeta, e ele tomou aquilo pela verdade mais fidedigna. E, como eu sabia, já havia tempos, que aguentaria apenas por um instante, resolvi que faria. É tudo, e basta e, por favor, chega de explicações. Senão acabaremos, quem sabe, brigando. Não tenha medo de ninguém, que assumo a culpa toda. Sou má, sou volúvel, fiquei seduzida por aquela barca da ópera; sou uma mocinha... E sabe, ainda assim, eu pensava que você me amasse muito. Não despreze, pois, esta boba aqui e não ria desta lagrimazinha que acabou de cair. Adoro chorar "com pena de mim mesma". Mas chega, chega. Eu não sou capaz de nada, e você não é capaz de nada: dois piparotes de ambos os lados, e consolemo-nos com isso. Pelo menos, nosso amor-próprio não fica sofrendo.

— Sonho e delírio! — exclamou Nikolai Vsêvolodovitch, torcendo os braços e andando pela sala. — Lisa, coitada, o que fizeste contigo?

— Só me queimei com uma velinha, e nada mais. Será que você mesmo está chorando? Seja mais decente, seja menos sensível...

— Por que, mas por que vieste à minha casa?

— Será que não entende, por fim, em que situação cômica se coloca, perante a opinião mundana, com essas perguntas?

— Por que te destruíste, desse modo tão feio, estúpido, e o que temos a fazer agora?

— Pois esse é Stavróguin, "o vampiro Stavróguin", como o chama ali uma dama apaixonada por você? Escute, que já lhe disse: calculei minha vida por uma só hora adiante e estou tranquila. Veja se calcula assim sua vida também... aliás, não precisa disso, que terá ainda tantas "horas" e tantos "instantes" diversos.

— Quantos tu mesma terás: eu te juro, com minha grande palavra, que não terei nem uma hora a mais que tu mesma!

Continuava andando, sem ver o olhar dela, rápido e penetrante, como que alumiado, de chofre, por uma esperança. Contudo, esse raio de luz apagou-se no mesmo instante.

— Se soubesses o preço desta minha *impossível* sinceridade atual, Lisa, se eu pudesse revelar para ti...

— Revelar? Você quer revelar algo para mim? Deus me preserve das suas revelações! — interrompeu-o ela, quase assustada.

Ele parou, aguardando com inquietude.

— Devo confessar-lhe que desde então, desde que estávamos na Suíça, tenho pensado, cada vez mais segura, que você tem algo terrível na alma, algo sujo, sangrento e... e, ao mesmo tempo, algo que o torna por demais ridículo. Abstenha-se de me revelar isso, se for verdade, que vou zombar de você. Vou gargalhar na sua cara pelo resto de sua vida... Ai, fica de novo pálido! Não vou mais, não vou, irei embora! — Com um movimento cheio de asco e desprezo, ela saltou fora do seu assento.

— Tortura-me, suplicia-me, descarrega em mim seu rancor! — exclamou ele, desesperado. — Tens pleno direito a isso! Já sabia que não te amava e dei cabo de ti! Sim, "deixei o instante comigo"; tinha cá uma esperança... já havia muito tempo... a última esperança... Não consegui resistir à luz que tinha iluminado meu coração quando entravas ontem na minha casa, tu mesma, sozinha, dando o primeiro passo. De repente, acreditei... Talvez acredite ainda, até agora.

— Pois lhe pagarei, por tanta sinceridade nobre, com a mesma moeda: não quero ser sua caridosa enfermeira. Quem sabe se não me tornarei enfermeira de fato, se não souber morrer, a propósito, hoje mesmo, porém não vou cuidar de você, nem que seja enfermeira, se bem que você valha, por certo, qualquer aleijado sem pernas nem braços. Sempre me pareceu que me levaria para algum lugar onde vive uma aranha imensa e horrorosa, do tamanho de um homem, e que passaríamos a vida toda lá, olhando para ela e tendo medo dela. E assim transcorreria nosso amor mútuo. Dirija-se a Dáchenka: aquela ali o seguirá para onde você quiser.

— Nem aí você poderia deixar de lembrá-la?

— Pobre cachorrinha! Mande lembranças a ela. Sabe, por acaso, que você decidiu, ainda na Suíça, fazer dela sua cuidadora na velhice? Quanta solicitude! Quanta previsão! Ai, quem está lá?

Uma porta se soabrira no fundo da sala; uma cabeça assomara nela e se escondera apressadamente.

— É você, Alexei Yegórytch? — perguntou Stavróguin.

— Não, sou apenas eu... — Piotr Stepânovitch voltou a assomar pela metade. — Bom dia, Lisaveta Nikoláievna; em todo caso, boa manhã. Já sabia que os encontraria ambos nessa sala aí. Vim literalmente por um instante, Nikolai Vsêvolodovitch: corri para lhe dizer, de qualquer jeito, duas palavras... imprescindíveis... apenas duas mesmo!

Stavróguin foi saindo com ele, mas, dando três passos, retornou a Lisa.

— Se agora ouvires alguma coisa, Lisa, fica sabendo que sou culpado.

Lisa estremeceu e, timidamente, olhou para ele; Stavróguin se apressou a sair.

II

O cômodo do qual assomara Piotr Stepânovitch era uma grande antessala oval. Alexei Yegórytch estava antes sentado lá, mas ele o mandara embora. Nikolai Vsêvolodovitch fechou a porta da sala atrás de si e parou aguardando. Piotr Stepânovitch correu por ele um olhar indagador.

— Então?

— Quer dizer, se você já sabe — azafamou-se Piotr Stepânovitch, que parecia querer invadir-lhe a alma com os olhos —, é claro que nenhum de nós tem culpa de nada e, antes de todos, você, por ser um concurso tal... uma coincidência de casos... numa palavra, aquilo não lhe diria respeito juridicamente, e vim voando para avisá-lo.

— Queimados? Degolados?

— Foram degolados, mas não queimaram, o que é ruim, mas lhe dou a minha palavra de honra que nem disso eu sou culpado, por mais que você suspeite de mim... é que talvez ande suspeitando de mim, hein?

Quer a verdade toda? Está vendo: essa ideia me veio realmente, assim de relance, e foi você mesmo quem a sugeriu para mim, não de maneira séria, mas me provocando (pois não me teria sugerido seriamente uma ideia dessas, teria?), só que eu não ousava, nem ousaria de jeito nenhum, nem por cem rublos, e não haveria, aliás, proveito algum naquilo, quer dizer, para mim, para mim... (Apressava-se demais e falava como quem agitasse uma matraca). Mas eis como as circunstâncias coincidiram: foi do meu dinheiro (do meu, que não houve nenhum rublo seu no meio, e, o principal, você mesmo sabe disso, está ouvindo?) que passei duzentos e trinta rublos àquele bobalhão bêbado do Lebiádkin; foi anteontem, ainda à noitinha (está ouvindo?), anteontem e não ontem, depois da "palestra", anote bem isto: é uma coincidência muito importante, pois eu não sabia então de nada ao certo, se Lisaveta Nikoláievna ia mesmo à sua casa ou não, e dei meu próprio dinheiro unicamente porque anteontem você se tinha exibido com aquela veneta de contar seu segredo a todos. Pois bem, não me meto nisso... é seu negócio... é um cavaleiro... porém confesso que fiquei atarantado, como se levasse uma paulada na testa. Mas, como essas tragédias me encheram o saco (e anote aí que falo sério, embora me valha de expressões telúricas), e como tudo isso prejudica, afinal, meus planos, jurei a mim mesmo que mandaria os Lebiádkin, de qualquer jeito e sem você saber disso, para Petersburgo, ainda mais que ele próprio ansiava por ir lá. Um erro só: entreguei aquele dinheiro em seu nome; foi um erro ou não? Não foi, quem sabe, um erro, hein? Pois escute agora, escute como isso terminou... — No calor do discurso, ele se aproximou demais de Stavróguin e começou a pegar na lapela de sua sobrecasaca (juro por Deus que fazia isso, talvez, de propósito). Stavróguin deu uma pancada enérgica na mão dele.

— Mas por quê?... Chega... desse jeito, vai quebrar meu braço... o principal é como isso terminou — voltou a matraquear, nem por sombra se espantando com a pancada. — Entrego o dinheiro à noitinha, para que ele e sua irmãzinha partam no dia seguinte, de manhã cedo; encarrego desse negocinho Lipútin, o cafajeste, para que os enfie pessoalmente no trem e despache. Só que Lipútin, aquele nojento, teve de gracejar com o público... talvez você tenha ouvido falar? Durante a tal de "palestra", hein? Escute, pois, escute: ambos estão bebendo, compondo versos, metade dos quais é de Lipútin; ele o faz vestir a casaca, enquanto me assegura a mim que já o mandou embora pela manhã, mas o deixa em algum quartinho dos fundos para empurrá-lo depois até o palco. Só que Lebiádkin se embriaga rápida e inesperadamente. Vem a seguir o escândalo conhecido, depois o levam, semimorto, para casa, e Lipútin lhe subtrai, às escondidas, duzentos rublos, deixando só uns trocados. Mas, infelizmente, acontece que ele também já tirou, ainda pela manhã, aqueles duzentos rublos do bolso, gabando-se deles, e que os mostrou onde não deveria. E como Fedka só esperava por isso, depois de ouvir algo na casa de Kiríllov (você se lembra daquela alusão sua?), decidiu aproveitar a oportunidade. Esta é a verdade toda. Estou contente, pelo menos, de Fedka não ter encontrado o dinheiro, já que contava, canalha, com mil rublos! Estava com pressa e se assustou, pelo que parece, com o incêndio... Acredita que esse incêndio foi, para mim, como uma cacetada na cabeça? Não, sabe lá o diabo o que foi aquilo! Tanta anarquia... Está vendo: perante você, esperando tanta coisa de você, não lhe ocultarei nada; pois sim, já fazia bastante tempo que a ideiazinha de botar fogo estava amadurecendo, aqui comigo, já que é tão popular e famosa, mas eu a guardava até uma hora crítica, até aquele momento precioso em que todos nós nos levantaríamos e... Mas aqueles ali resolveram, de supetão, agir por conta própria e sem ordem, agora, no momento em que teríamos, notadamente, de nos esconder e respirar pelo punho![2] Não, quanta anarquia!... Numa palavra, não sei ainda de nada... falam por aí de dois operários dos Chpigúlin... mas, se houver também alguns dos nossos no meio, se, ao menos, um deles tirou proveito daquilo, ficará arrependido! Está vendo o que significa afrouxar, um tantinho apenas, a disciplina? Não, aquela escória democrática, com seus grupos de cinco homens, é um apoio ruim; precisamos de uma só vontade magnífica e despótica, a de um ídolo, ancorada em algo que não seja casual e fique além... Então os grupelhos de cinco também se submeterão, com o rabo entre as pernas, e virão a ser úteis, com aquela veneração toda, num caso oportuno. Em todo caso, embora se grite agora, com todas as trombetas, que Stavróguin necessitava queimar sua esposa e que, portanto, a cidade toda acabou queimada, mas...

— E já se grita com todas as trombetas?

— Quer dizer, ainda não, e confesso que não ouvi absolutamente nada, mas o que fazer com o povo, sobretudo com os que sofreram um incêndio? *Vox populi vox*

---

[2] A expressão idiomática russa "respirar pelo punho" (*в кулак дышать*) significa "prender a respiração por cautela".

dei.[3] Custaria muito espalhar um boato estupidíssimo aos quatro ventos?... Mas, no fundo, você não tem absolutamente nada a temer. Do ponto de vista jurídico, tem toda a razão; do ponto de vista da sua consciência, também, pois você não queria mesmo. Ou queria? Nada de provas, apenas uma coincidência... A não ser que Fedka se lembre daquelas suas palavras imprudentes, lá na casa de Kiríllov (por que foi que você as disse então?), só que isso não prova ainda coisa nenhuma, e, quanto a Fedka, vamos removê-lo. Vou removê-lo ainda hoje...

— E os cadáveres não ficaram carbonizados?

— Nem um pouco: aquele canalha não soube fazer nada direito. Mas estou contente, pelo menos, de que você permaneça tão calmo... pois, se bem que não tenha nenhuma culpa daquilo, nem em seus pensamentos, é, ainda assim, uma coisinha tal... Concorde, ademais, que tudo isso arranja perfeitamente seus negócios: fica, de repente, um viúvo desimpedido e pode, neste mesmo instante, desposar uma linda moça, que tem enorme dinheiro e, além do mais, já está em suas mãos. Eis o que pode fazer uma simples e bruta coincidência de circunstâncias, hein?

— Você me ameaça, cabeça de vento?

— Chega disso, chega: logo me chama de "cabeça de vento", e que tom é esse? Deveria rejubilar-se, mas você... Vim voando de propósito, para avisá-lo o mais depressa possível... E com que poderia ameaçá-lo? Muito me apetece correr atrás de você com ameaças! Preciso de sua boa vontade e não de seu medo. Você é luz e sol... Sou eu quem o teme, com todas as forças, e não você a mim!

---

[3] A voz do povo é a voz de Deus (em latim).

Não sou nenhum Mavríki Nikoláievitch... Imagine, pois: venho voando aqui, com um *drójki* de corrida, e Mavríki Nikoláievitch está perto da sua grade, no canto traseiro do jardim... de capote, todo molhado; deve ter passado lá a noite inteira! Como as pessoas podem endoidecer, que milagre!

— Mavríki Nikoláievitch? É verdade?

— Verdade, verdade. Sentado ao pé da grade de seu jardim. Daqui... a uns trezentos passos daqui, creio eu. Passei rápido ao seu lado, mas ele me viu. Você não sabia? Nesse caso, fico muito contente de não ter esquecido. Um homem daqueles é o mais perigoso, caso esteja com um revólver, e, afinal de contas, uma noite, um tempo chuvoso, uma irritabilidade natural, já que as circunstâncias dele são... como são, ah-ah? Por que está sentado ali, como acha?

— É claro que espera por Lisaveta Nikoláievna.

— I-i-isso! Mas por que ela sairia para vê-lo? E... com uma chuva dessas... mas como ele é bobo!

— Ela sairá logo para vê-lo.

— Hein? Que notícia! Quer dizer que... Mas escute: agora a situação dela está totalmente mudada. Por que precisaria agora daquele Mavríki? É que você é um viúvo desimpedido e pode desposá-la amanhã mesmo, não é? Se ela não sabe ainda, deixe isso comigo, e farei rapidinho tudo por você. Onde ela está? Temos de alegrá-la também...

— Alegrá-la?

— E como não? Vamos!

— E você acha que ela não chegue a adivinhar, quanto àqueles cadáveres? — Stavróguin entrefechou os olhos de certo modo particular.

— É claro que não chega — argumentou Piotr Stepânovitch, fingindo-se de rematado pateta —, porque, juridicamente falando... Eh, mas você! Nem que chegue a adivinhar mesmo! As mulheres sabem encobrir isso tão perfeitamente assim... ainda não conhece as mulheres! Além de lhe ser bem proveitoso agora ser sua esposa, já que, no fim das contas, ela se desonrou; além disso, eu lhe falei bastante sobre a "barca" ao ter percebido que daria para influenciá-la precisamente com a tal de "barca", ou seja, é uma moça de calibre especial. Não se preocupe: ela passará por cima daqueles cadaverzinhos que é uma beleza, ainda mais que você é completamente, completamente inocente, não é verdade? Apenas guardará os cadaverzinhos consigo, para alfinetá-lo depois, digamos, no segundo ano do casamento. Qualquer mulher guarda, na hora de ir ao altar, alguma coisinha desse tipo, algo do passado de seu marido, mas então... o que será daqui a um ano, hein? Ah-ah-ah!

— Se tem um *drójki* de corrida, veja se a leva agora até Mavríki Nikoláievitch. Ela acabou de dizer que me detestava e que me abandonaria, e, naturalmente, não aceitará uma carruagem minha.

— I-ih! Será que vai embora mesmo? Como é que isso pôde acontecer? — Piotr Stepânovitch fixou um olhar abobalhado nele.

— Adivinhou de alguma forma, nessa noite, que eu não a amava nem um pouco... o que já sabia, por certo, desde sempre.

— Mas será que não a ama? — retorquiu Piotr Stepânovitch, com ares de infinito espanto. — Mas, se for assim, por que a deixou ontem, quando entrou cá, em sua casa e não a avisou logo, como um homem nobre, de que não a amava? É horrivelmente vil da sua parte; ademais, de que modo vil é que me apresentou também para ela?

De súbito, Stavróguin se pôs a rir.

— Estou rindo desse meu macaco — esclareceu em seguida.

— Ah! Adivinhou, pois, que eu só fazia palhaçadas? — Piotr Stepânovitch também deu uma risada muito alegre. — Era para animá-lo! Imagine só: logo que você saiu agorinha para falar comigo, adivinhei, pela sua cara, que havia aí uma "desgraça". Até mesmo um fracasso total, hein? Mas aposto — exclamou, quase se engasgando com seu enlevo — que vocês dois passaram a noite toda sentadinhos na sala, um ao lado do outro, nas cadeiras, gastando todo esse tempo valioso em discutir alguma nobreza suprema... Perdoe-me, perdoe, que pouco me importa: eu sabia ainda ontem, com toda a certeza, que esse negócio de vocês redundaria em alguma bobagem. Trouxe a moça para você unicamente para diverti-lo e para provar que não se entediaria comigo: trezentas vezes serei útil nesse sentido e gosto, em geral, de agradar às pessoas. E se agora você não precisa mais dela (eu contava justamente com isso, quando vinha para cá), então...

— Então a trouxe para mim unicamente por diversão?

— E por que mais a traria?

— Não foi para me obrigar a matar minha esposa?

— I-ih, mas foi você quem matou? Que homem trágico!

— Tanto faz: você a matou.

— Eu a matei? Pois lhe digo que não estou, nem por um pingo, envolvido nisso. Contudo, você começa a deixar-me preocupado...

— Continue; você disse: "... se agora você não precisa mais dela, então...".

— Então a deixe, bem entendido, por minha conta! Vou casá-la otimamente com Mavríki Nikoláievitch, que não fui eu, aliás, quem colocou em seu jardim, nem ponha por acaso isso na cabeça. É que agora tenho medo dele. Você diz aí "um *drójki* de corrida", só que passei, ainda assim, galopando ao lado dele... E se, palavra de honra, ele tiver um revólver?... Ainda bem que tenha trazido o meu. Ei-lo aqui (tirou um revólver do bolso, mostrou-o e logo o guardou de novo); está comigo, pois o caminho é longo... De resto, vou arranjar isso para você num piscar de olhos, exatamente agora que o coraçãozinho dela está gemendo por aquele Mavríki... deveria gemer, ao menos... e, sabe, juro por Deus que até me apiedo um pouco dela! Vou botá-la juntinho de Mavríki, e ela começará logo a rememorar você, a elogiar você para ele e a censurá-lo a olhos vistos: o coração feminino é esse! Pois então, está rindo outra vez? Fico muito contente de que você esteja tão alegre assim. Pois bem, vamos indo. Vou começar logo por Mavríki, e, quanto àqueles... aos assassinados... não deveríamos ficar, por ora, calados, sabe? De qualquer jeito, ela saberá mais tarde.

— Saberá de quê? Quem foi assassinado? O que disse sobre Mavríki Nikoláievitch? — De chofre, Lisa abriu a porta.

— Ah, a senhorita estava ouvindo?

— O que o senhor disse agorinha sobre Mavríki Nikoláievitch? Ele foi assassinado?

— Ah, quer dizer, não ouviu direito! Acalme-se: Mavríki Nikoláievitch está são e salvo, do que a senhorita pode certificar-se num instante, pois ele está lá, perto da estrada, ao pé da grade do jardim... e parece que passou lá, sentado, a noite inteira: está de capote, todo molhado... Eu vinha passando, e ele me viu.

— Não é verdade. O senhor disse "assassinado"... Quem foi assassinado? — insistiu ela, dolorosamente desconfiada.

— Só foram assassinados minha esposa, seu irmão Lebiádkin e a empregada deles — declarou, com firmeza, Stavróguin.

Lisa estremeceu e ficou terrivelmente pálida.

— Um caso estranho, animalesco, Lisaveta Nikoláievna, um caso estupidíssimo de roubo — pôs-se a matraquear, imediatamente, Piotr Stepânovitch. — Foi apenas um roubo a pretexto do incêndio: a história do ladrão Fedka Grilheta e do idiota Lebiádkin que mostrava seu dinheiro a qualquer um... foi por isso que vim voando... como uma pedrada na testa. Stavróguin mal se aguentou de pé, quando contei para ele. Estávamos discutindo aqui se contaríamos agora à senhorita ou não.

— Ele diz a verdade, Nikolai Vsêvolodovitch? — mal articulou Lisa.

— Não, está mentindo.

— Como assim, "mentindo"? — sobressaltou-se Piotr Stepânovitch. — O que é isso?

— Meu Deus, vou enlouquecer! — exclamou Lisa.

— Entenda, pelo menos, que agora ele está fora de si! — gritou Piotr Stepânovitch, com todas as forças. — É que a esposa dele foi assassinada! Percebe como está pálido?... Pois ele passou a noite inteira ao seu lado, não se afastou nem por um minuto, então como é que suspeitaria dele?

— Nikolai Vsêvolodovitch, diga, como se estivesse perante Deus, se é culpado ou não, e juro que acreditarei em sua palavra, como se fosse uma palavra de Deus, e irei atrás de você aos confins do mundo, oh, sim, irei! Irei como uma cachorrinha...

— Por que é que a tortura, hein, cabeça fantástica? — enraiveceu-se Piotr Stepânovitch. — Juro-lhe, Lisaveta Nikoláievna, nem que me triture num almofariz: ele é inocente e, pelo contrário, foi atingido, ele mesmo; está delirando, como a senhorita percebe. Não tem culpa nenhuma, de nada, nem mesmo em seus pensamentos!... É tudo o crime daqueles ladrões que serão, com certeza, presos dentro de uma semana e açoitados em praça pública... Foram o Fedka Grilheta e os dos Chpigúlin: a cidade toda vem taramelando sobre isso, portanto eu também falo.

— É verdade? É verdade? — Toda trêmula, Lisa esperava pela sua sentença definitiva.

— Não os matei e fui contra, porém sabia que seriam mortos e não detive os assassinos. Afaste-se de mim, Lisa — disse Stavróguin e foi à sala.

Tapando o rosto com as mãos, Lisa foi saindo da casa. Piotr Stepânovitch se precipitou no encalço dela, mas logo regressou à sala.

— Então é isso? É isso então? Não tem, pois, medo de nada? — Partiu para cima de Stavróguin, totalmente frenético, murmurando sem nexo, quase sem achar palavras, com espuma nos lábios.

Postado no meio da sala, Stavróguin não respondia meia palavra. Segurava de leve, com a mão esquerda, um tufo de seus cabelos e sorria desconcertado. Piotr Stepânovitch puxou-lhe, com força, a manga.

— Perdeu a cabeça, hein? É com isso que está mexendo agora? Vai delatar todo mundo e depois irá para um monastério ou para o diabo?... Só que eu o matarei de qualquer maneira, mesmo que não tenha medo de mim!

— Ah, é você quem está papeando? — Afinal, Stavróguin o enxergou. — Corra — recobrou-se de chofre —, corra atrás dela, mande chamar uma carruagem, não a deixe sozinha... Corra, pois, corra! Acompanhe-a até sua casa, para ninguém saber e para ela mesma não ir lá... ver os corpos... os corpos... veja se a coloca na carruagem à força. Alexei Yegórytch! Alexei Yegórytch!

— Espere, não grite! Ela já está nos braços de Mavríki... E Mavríki não entrará em sua carruagem... Espere, venha cá! Isso vale mais do que uma carruagem aí!

Sacou novamente o revólver; Stavróguin mirou-o com seriedade.

— Pois bem, mate-me — disse baixinho, num tom quase reconciliador.

— Arre, diabo, de quanta mentira é que esse homem se reveste! — Piotr Stepânovitch passou a tremer com o corpo todo. — Juro por Deus que seria bom matá-lo! Mas ela devia mesmo cuspir em você!... Que "barca" fabulosa é que seria? Aquele batel para transportar lenha, velho, furado, sucateado!... Se você acordasse por raiva agora, somente por raiva, hein? E-eh! Será que faz diferença para você, já que está pedindo um tiro na testa?

Stavróguin respondeu com um sorriso estranho.

— Não fosse você tamanho bufão, eu diria, quem sabe, agora: sim... Se fosse só um pouquinho mais inteligente...

— Sou um bufão, sim, mas não quero que você, minha metade principal, seja um bufão! Será que me entende?

Stavróguin o entendia; talvez fosse apenas ele quem o entendia. Até Chátov se quedara surpreso, quando Stavróguin lhe dissera que Piotr Stepânovitch era um entusiasta.

— Agora me deixe e vá para o diabo, e até amanhã tentarei extrair alguma coisa de mim. Venha amanhã.

— Sim? Sim?

— Como vou saber?... Para o diabo, para o diabo!

E ele se retirou da sala.

— Talvez seja melhor ainda... — murmurou Piotr Stepânovitch, escondendo o revólver.

III

Correu no encalço de Lisaveta Nikoláievna. Ela se afastara ainda pouco: estava a alguns passos da casa. Fora retida, instantaneamente, por Alexei Yegórovitch, que continuava a segui-la, caminhando a um passo atrás, de fraque e sem chapéu, ao abaixar respeitosamente a cabeça. O velho não cessava de lhe implorar que esperasse pela carruagem; estava assustado e prestes a chorar.

— Vá indo: o senhorzinho pede chá e não há quem sirva! — Piotr Stepânovitch empurrou-o e segurou logo o braço de Lisaveta Nikoláievna.

Ela não lhe retirou o braço: pelo visto, não estava em seu perfeito juízo, não se recompusera ainda.

— Primeiro, não está no caminho certo — pôs-se a balbuciar Piotr Stepânovitch —: temos de passar por aqui e não rente ao jardim; e, segundo, em todo caso é impossível que vá a pé, pois sua casa fica a três verstas e a senhorita nem roupas tem. Se esperasse só um pouquinho?

É que tenho um *drójki* de corrida, e o cavalo está lá, no pátio: vou trazê-lo num instante, colocar a senhorita no carro e levá-la para casa sem que ninguém a veja.

— Como o senhor é bondoso... — disse Lisa, com carinho.

— Misericórdia, mas num caso desses qualquer pessoa humana, se estivesse em meu lugar, igualmente...

Lisa olhou para ele e ficou pasmada.

— Ah, meu Deus, eu pensava que aquele velho estivesse ainda aí!

— Escute: fico muito contente de que a senhorita leve isso assim, pois é tudo um preconceito horribilíssimo, e, se for assim mesmo, não será melhor que eu mande logo aquele velho preparar a carruagem, em apenas dez minutos, e que nós voltemos e aguardemos perto da entrada, hein?

— Antes eu quero... Onde estão aqueles assassinados?

— Ah, mas que fantasia é essa? Bem que eu estava receando... Não, é melhor deixarmos aquela droga de lado, e a senhorita não deveria, aliás, vê-los.

— Eu sei onde eles estão, conheço aquela casa.

— E daí, se conhece? Misericórdia: há chuva, neblina (mas quanto dever sagrado é que arrumei!)... Escute, Lisaveta Nikoláievna, é uma das duas: ou a senhorita vai comigo de *drójki*... então espere e não dê nem um passo a mais, pois, se der ainda uns vinte passos, Mavríki Nikoláievitch nos verá sem falta.

— Mavríki Nikoláievitch? Onde ele está? Onde?

— Pois bem: se quiser ir com ele, vou acompanhá-la, talvez, mais um pouco e lhe mostrarei onde ele está sentado, mas, quanto a mim, sou seu humilde servo, porém não quero chegar perto dele agora.

— Ele espera por mim, meu Deus! — Ela parou, de repente, e um vivo rubor lhe cobriu o rosto.

— Mas, veja bem, se for um homem sem preconceitos... Sabe, Lisaveta Nikoláievna, nada disso é da minha conta: sou totalmente alheio a essas coisas, e a senhorita mesma sabe disso, mas, ainda assim, desejo seu bem... Já que nossa "barca" não deu certo, já que se esclareceu que era apenas um batelzinho velho e podre, sucateado...

— Ah, que gracinha! — exclamou Lisa.

— Gracinha, sim, só que a senhorita está chorando. Precisa ser firme. Não pode ceder ao homem em nenhum ponto. Em nosso século, quando a mulher... arre, diabo (foi por pouco que Piotr Stepânovitch não cuspiu)! E, o principal, nem teria o que lamentar: quem sabe se tudo não ficará ótimo? Mavríki Nikoláievitch é um homem... numa palavra, é um homem sensível, embora taciturno, o que também é bom, por sinal, mas, naturalmente, com a condição de ele não ter preconceitos...

— Que gracinha, que gracinha! — Lisa deu uma risada histérica.

— Ah, sim, que diabo... Lisaveta Nikoláievna — retribuiu, de improviso, Piotr Stepânovitch —, é que, na verdade, estou aqui por sua causa... para mim, tanto faz... Ontem lhe prestei um serviço, quando a senhorita mesma quis, e hoje... Pois bem: já dá para ver Mavríki Nikoláievitch daqui... ele está lá sentado e não nos vê. Sabe, Lisaveta Nikoláievna, a senhorita leu a "Pólinka Sax"?[4]

— O que é isso?

---

[4] Novela sentimental de Alexandr Drujínin (1824-1864), que teve muito sucesso em fins da década de 1840.

— É uma novela intitulada "Pólinka Sax". Eu a li ainda quando era estudante. Lá um servidor chamado Sax, dono de uma grande fortuna, prendeu seu esposa infiel na casa de veraneio... Mas bem, diabo, cuspo para isso! Vai ver que Mavríki Nikoláievitch a pedirá em casamento antes ainda que voltem para casa. Por ora, ele não nos vê.

— Ah, que não nos veja! — exclamou, de repente, Lisa, como possessa. — Vamos embora, vamos! Para a floresta, para o campo!

E foi correndo para trás.

— Lisaveta Nikoláievna, mas que pusilanimidade é essa? — Piotr Stepânovitch correu atrás dela. — Por que não quer que ele a veja? Encare-o, pelo contrário, com retidão e orgulho... E se for algo sobre *aquilo*... aquela coisa de moça... é um preconceito tão grande, é tanto atraso... Mas aonde é que vai, aonde? Eh, como corre! É melhor que voltemos à casa de Stavróguin, para pegar meu *drójki*... Aonde vai, afinal? Lá é o campo... eis que caiu!...

Ele parou. Lisa voava como uma ave, sem saber para onde, e Piotr Stepânovitch já estava a uns cinquenta passos atrás dela. Tropeçou num cômoro e caiu. E foi nesse exato momento que se ouviu ao longe, por trás, um grito horripilante, o de Mavríki Nikoláievitch que tinha visto a fuga e a queda de Lisa, e agora corria, através do campo, em sua direção. Piotr Stepânovitch se esgueirou, num átimo, pelo portão da casa de Stavróguin a fim de subir, o mais depressa possível, ao seu *drójki*.

E Mavríki Nikoláievitch, terrivelmente assustado, já estava ao lado de Lisa, que se levantara, inclinando-se sobre ela e segurando-lhe a mão com ambas as mãos.

Todo o ambiente inacreditável desse encontro havia perturbado seu juízo, e as lágrimas escorriam pelo seu rosto. Vira aquela que venerava tanto correr desabaladamente através do campo, numa hora dessas, com um tempo desses, só de vestido, aquele faustoso vestido da véspera que agora estava todo amassado e sujo após a queda... Não conseguindo dizer uma só palavra, tirou seu capote e veio cobrir, com as mãos trêmulas, os ombros dela. De súbito, deu um grito ao sentir que seus lábios lhe afloravam a mão.

— Lisa! — exclamou. — Não sei fazer nada, mas não me afaste de você!

— Oh, sim, vamos logo embora daqui, não me deixe! — E pegando-lhe, ela mesma, a mão, Lisa o puxou atrás de si. — Mavríki Nikoláievitch — assustada, baixou de repente a voz —, lá me fazia de valentona, o tempo todo, e agora estou com medo de morte. Vou morrer, vou morrer muito em breve, mas tenho medo, sim, tenho medo de morrer... — sussurrou, apertando, com força, a mão dele.

— Oh, tomara que venha alguém! — Desesperado, Mavríki Nikoláievitch olhava à sua volta. — Tomara que alguém passe por aqui! Você molhará os pés, você... perderá a razão!

— Tudo bem, tudo bem — alentava-o ela. — É assim, com você não estou com tanto medo; segure minha mão, conduza-me... Para onde vamos agora, para casa? Não, quero primeiro ver os assassinados. Dizem que degolaram a mulher dele, e ele diz que a degolou com as próprias mãos, mas isso não é verdade, é? Quero, eu mesma, ver os degolados... por minha causa... foi por causa deles que ele deixou, nessa noite, de me amar... Vou vê-los e saberei de tudo. Rápido, rápido, que conheço aquela casa... há um incêndio ali... Mavríki Nikoláievitch, meu amigo, não me perdoe a mim, desonrada! Por que me perdoaria? Por que está chorando? Veja se me esbofeteia e depois me mata, aqui no campo, feito um cachorro!

— Agora ninguém pode julgá-la — disse firmemente Mavríki Nikoláievitch. — Que Deus lhe perdoe, e eu posso julgá-la menos do que todos!

Contudo, seria estranho descrever a conversa deles. Enquanto isso, caminhavam ambos de mãos dadas, rapidamente, apressando-se como dois loucos. Rumavam diretamente para o incêndio. Mavríki Nikoláievitch não perdia ainda a esperança de encontrar uma carroça qualquer, mas ninguém passava por lá. Uma chuva miúda e fina impregnava todas as cercanias, absorvendo quaisquer reflexos e matizes, transformando tudo numa só massa esfumaçada, plúmbea, homogênea. Já fazia muito tempo que era dia, mas parecia que não amanhecera ainda. De súbito, uma figura surgiu como que recortada daquela bruma fumacenta e fria, uma figura estranha, disparatada, que vinha ao encontro deles. Quando a imagino hoje, penso que, mesmo se estivesse no lugar de Lisaveta Nikoláievna, não teria acreditado em meus olhos, porém ela deu um grito alegre e logo reconheceu o homem que se aproximava. Era Stepan Trofímovitch. Como ele partira, de que maneira pudera realizar-se a principal e maluca ideia de sua fuga, disso contarei mais tarde. Direi apenas que naquela manhã já estava febril, mas nem a doença o detivera: pisava com firmeza o solo úmido, e dava para perceber que cogitava em sua empresa como podia fazê-lo da melhor forma possível, já que estava sozinho com toda a inexperiência de quem vive trancado em seu gabinete. Estava com suas "roupas de viagem", ou seja, com um capote, em cujas mangas tinha enfiado os braços, e um cinto de couro, largo e laqueado, munido de uma fivela, além das botas altas e novas, em cujos canos metera a calça. Provavelmente, já fazia tempos que imaginava um andarilho dessa maneira; quanto ao cinto e às botas altas, com aqueles brilhosos canos de hussardo, que nem sabia usar, tê-los-ia arranjado nos últimos dias. Um chapéu de abas largas, um cachecol de *harus*, que lhe cingia solidamente o pescoço, uma bengala, que segurava com a mão direita, e uma maleta pequenina, mas atulhada em demasia, que carregava com a esquerda, completavam seu traje. Além do mais, ele tinha, na mão direita também, um guarda-chuva aberto. Esses três objetos (o guarda-chuva, a bengala e a maleta) tinham sido bastante difíceis de portar ao longo de toda a primeira versta e começavam, com a segunda, a atrapalhá-lo muito.

— É o senhor mesmo? — exclamou Lisa, mirando-o com um pesaroso espanto que substituíra o primeiro impulso de sua alegria inconsciente.

— *Lise!* — exclamou Stepan Trofímovitch por sua vez, arrojando-se, também quase delirante, ao seu encontro. — *Chère, chère*, será que a senhorita também... anda nessa neblina? Um clarão, está vendo? *Vous êtes malheureuse, n'est-ce pas?*[5] Eu vejo, sim, vejo: não me conte nem me faça perguntas. *Nous sommes tous malheureux, mais il faut les pardonner tous. Pardonnons, Lise,*[6] e sejamos livres para

[5] Está infeliz, não está? (em francês).

[6] Estamos todos infelizes, mas temos de lhes perdoar a todos. Perdoemos, Lisa... (em francês).

sempre. Para acertarmos nossas contas com o mundo e sermos plenamente livres, *il faut pardonner, pardonner et pardonner!*[7]

— Mas por que o senhor se ajoelha?

— Porque quero, na hora de me despedir deste mundo, despedir-me também, nessa imagem sua, de todo o meu passado! — Ele ficou chorando e levou ambas as mãos dela aos seus olhos lacrimejantes. — Eu me ajoelho perante tudo quanto foi belo em minha vida e beijo aquilo e lhe agradeço! Agora estou rachado ao meio: lá fica um louco que sonhava em subir voando aos céus, *vingt-deux ans!*[8] E aqui está um velho preceptor mortificado e tomado de frio... *chez ce marchand, s'il existe pourtant ce marchand*[9]... Mas como está molhada, Lise! — exclamou, ficando em pé ao sentir que seus joelhos também estavam molhados naquele solo úmido. — E como é que pode, a senhorita com esse vestido?... Andando a pé num campo desses? Está chorando? *Vous êtes malheureuse?* Bah, já ouvi falar de alguma coisa... Mas de onde é que vem agora? — acelerava suas indagações, com um ar medroso, e olhava de vez em quando, profundamente atônito, para Mavríki Nikoláievitch. — *Mais savez-vous l'heure qu'il est?*[10]

— Stepan Trofímovitch, o senhor ouviu falarem por aí sobre aquelas pessoas assassinadas?... É verdade? Verdade?

---

[7] ... temos de perdoar, perdoar e perdoar (em francês).
[8] Vinte e dois anos (em francês).
[9] ... na casa daquele negociante, se é que existe, porém, aquele negociante (em francês).
[10] Mas sabe que hora é essa? (em francês).

— Aquela gente! Vi o clarão de seus feitos, durante a noite toda. Não poderiam ter terminado de outra maneira... (Seus olhos tornaram a fulgurar). Estou fugindo do delírio, desse delírio febril; estou fugindo à procura da Rússia, *existe-t-elle, la Russie? Bah, c'est vous, cher capitaine!*[11] Jamais duvidei de que o encontraria algures, realizando uma alta proeza... Mas pegue meu guarda-chuva e... por que teria de andar a pé? Pegue ao menos o guarda-chuva, pelo amor de Deus, e eu vou, de qualquer jeito, alugar uma carruagem por aí. Estou caminhando assim porque Stasie (quer dizer, Nastácia) teria gritado para a rua inteira ouvir, se soubesse que eu estava de partida; então me safei, na medida do possível, *incognito*. Não sei, não, mas escrevem lá, em "A voz", sobre aqueles assaltos por toda parte, só que não pode ser, creio eu, que agora seja ladrão quem caminhar pela estrada. Parece que você disse, *chère* Lise, que alguém assassinou alguém? *Ô, mon Dieu*,[12] está passando mal!

— Vamos, vamos! — exclamou Lisa, como que histérica, puxando outra vez Mavríki Nikoláievitch atrás de si. — Espere, Stepan Trofímovitch... — De súbito, retornou a ele. — Espere, meu pobrezinho, e deixe que eu o benza. Talvez seja melhor amarrá-lo, mas eu cá vou benzê-lo. Reze o senhor também pela "pobre" Lisa,[13] assim, um pouquinho, sem se esforçar demais.

---

[11] ... será que existe a Rússia? Bah, é o senhor, meu caro capitão? (em francês).

[12] Oh, meu Deus... (em francês).

[13] O autor alude ao trágico destino da moça chamada Lisa, protagonista do conto *A pobre Lisa* de Nikolai Karamzin (1766-1826), cuja versão portuguesa foi publicada pela Martin Claret: *Contos russos*, Tomo I (tradução e notas de Oleg Almeida). São Paulo, 2014, pp. 19-43.

Mavríki Nikoláievitch, devolva o guarda-chuva a essa criança, devolva-o sem falta. Assim mesmo... Vamos, então! Vamos lá!

Chegaram àquela casa fatídica no exato momento em que a multidão espessa, espremida na frente da casa, já ouvira falarem o suficiente de Stavróguin e de como lhe era proveitoso degolar sua esposa. Mas, ainda assim, repito que a maioria esmagadora continuava ouvindo em silêncio, sem se mover. Enfureciam-se apenas os gritalhões bêbados e quem "se desenfreava" como aquele burguês que agitava os braços. Todos o conheciam mesmo como um homem pacato, mas de repente ele perdia as estribeiras e voava não se sabia aonde, caso alguma coisa o perturbasse de certo modo. Não vi Lisa e Mavríki Nikoláievitch chegarem. A princípio, reparei em Lisa e me petrifiquei de tão surpreso, quando ela já estava longe de mim, no meio daquela multidão, e, quanto a Mavríki Nikoláievitch, nem sequer o enxerguei a princípio. Houve, pelo que me parece, um momento em que ele ficou a uns dois passos atrás dela, por causa do aperto, ou então a multidão o apartou dela. Entenda-se bem que, passando através da multidão aos empurrões, sem ver nem perceber nada à sua volta, como se estivesse em delírio ou tivesse fugido de um hospital, Lisa não demorou nem um pouco a atrair a atenção da turba, a qual se pôs a falar em voz alta e depois, de repente, a vociferar. Alguém gritou então: "É aquela do Stavróguin!". Gritaram do outro lado: "É pouco eles matarem, mas vêm olhar ainda!". De súbito, vi uma mão se erguer por trás, acima da sua cabeça, e se abaixar em seguida: Lisa caiu. Ouviu-se um tétrico grito de Mavríki Nikoláievitch que avançou para socorrê-la e bateu, com todas as forças, no homem que estava entre ele e Lisa. Contudo, no mesmo instante, aquele burguês o estreitou, com ambos os braços, por trás. Não deu para enxergar nada, por algum tempo, na escaramuça que se travara. Parece que Lisa se levantou, mas tornou a cair com outro golpe. De chofre, a multidão se dispersou, abrindo um pequeno círculo vazio em redor de Lisa que continuava caída, e era Mavríki Nikoláievitch, ensanguentado, enlouquecido, que estava ao seu lado, gritando, chorando e torcendo os braços. Não me lembro com plena exatidão do que se passou a seguir; apenas me lembro de como levaram Lisa, de repente, embora. Corri atrás dela, que ainda estava viva e, talvez, consciente. Foram presos, no meio da turba, o burguês em questão e três outros homens. Esses três negam, até agora, toda e qualquer participação do crime, assegurando com insistência que foram presos por erro: talvez estejam com a razão. Ainda que pego em flagrante, o burguês não pode explicar até agora, por mera inépcia sua, as circunstâncias do ocorrido. Como testemunha ocular, embora remota, eu também tive de prestar depoimentos ao longo da investigação e declarei que tudo acontecera devido ao maior acaso possível, por culpa de pessoas que não estavam, apesar de predispostas, quem sabe, a tanto, em sua plena consciência, mas se tinham embriagado e já perdido o fio da meada. Ainda me atenho, hoje em dia, a essa opinião.

Capítulo quarto. A decisão final.

I

Muitos viram Piotr Stepânovitch naquela manhã; quem o vira lembraria depois que andava extremamente excitado. Às duas horas da tarde veio correndo visitar Gagânov, que voltara da sua fazenda apenas na véspera e cuja casa estava cheia de visitas a discutirem, prolixa e calorosamente, o que acabara de acontecer. Piotr Stepânovitch falou mais do que todos e fez que o escutassem. Sempre o consideravam, aqui conosco, "um estudante loquaz com buraco na cabeça", mas agora ele se referia a Yúlia Mikháilovna, e esse tema era, em meio à confusão generalizada, tão empolgante. Em sua qualidade do recente e mais íntimo confidente dela, comunicou muitos detalhes bem novos e inesperados que lhe diziam respeito; por mero acaso (e, com certeza, por imprudência), divulgou alguns dos comentários pessoais da governadora acerca daqueles moradores de nossa cidade que todo mundo conhecia e, dessa forma, logo alfinetou os amores-próprios. Falava de modo impreciso e desconexo, como alguém que, sendo honesto sem ser astuto, tivesse a dolorosa necessidade de tirar a limpo, de uma vez só, um monte de dúvidas e, simploriamente desajeitado, nem soubesse pela qual começaria nem com a qual terminaria. Deixou escapar, também assaz imprudente, que Yúlia Mikháilovna estava a par de todo o segredo de Stavróguin e que fora ela mesma quem conduzira a intriga toda. Teria colocado, aliás, Piotr Stepânovitch propriamente dito numa situação complicada, porque ele mesmo estivera apaixonado por aquela infeliz Lisa e acabara sendo "impelido" *quase* a levá-la de carruagem à casa de Stavróguin. "Sim, sim, é fácil os senhores rirem, mas se eu cá soubesse apenas, se soubesse como seria o fim!" — concluiu. Em resposta a várias indagações ansiosas sobre Stavróguin, declarou abertamente que a catástrofe de Lebiádkin não passava, a seu ver, de pura casualidade, cabendo a culpa toda ao próprio Lebiádkin que ostentava aquele seu dinheiro. Explanou isso especialmente bem. Um dos ouvintes fê-lo notar, em certo momento, que "se fingia" em vão, porquanto comia, bebia, por pouco não dormia na casa de Yúlia Mikháilovna e agora era o primeiro a denegri-la, e que isso nem de longe era tão bonito como ele imaginava. No entanto, Piotr Stepânovitch se defendeu de imediato: "Não comia nem bebia lá por não ter dinheiro, e não tenho culpa de ter sido convidado. Permita que eu mesmo julgue o quanto deveria ser grato por isso".

De modo geral, a impressão produzida lhe foi favorável: "Nem que seja um moço desengonçado e, certamente, inútil, como é que seria culpado daquelas bobagens de Yúlia Mikháilovna? Acontece, pelo contrário, que ele mesmo a detinha...".

Por volta das duas horas, espalhou-se de súbito a notícia de que Stavróguin, a cujo respeito se falava tanto, partira repentinamente, com o trem do meio-dia, para Petersburgo. Todos ficaram interessados, muitos carregaram o cenho. Piotr Stepânovitch ficou tão assombrado que até mesmo mudou de cor, pelo que se conta, e deu um grito estranho: "Mas quem foi que pôde deixá-lo partir?". Saiu logo, correndo, da casa de Gagânov. Todavia, foi visto ainda em duas ou três casas.

Ao cair do crepúsculo, encontrou também a possibilidade de se infiltrar na de Yúlia Mikháilovna, embora com imensos esforços, visto que decididamente ela não queria recebê-lo. Apenas três semanas depois, às vésperas de sua ida para Petersburgo, é que ela mesma me participaria essa circunstância. Não contaria detalhes, porém notaria, estremecendo, que ele "a espantara então além de quaisquer medidas". Acredito que tão somente a intimidou, ameaçando acusá-la de cumplicidade caso ela tivesse a ideia de "abrir o bico". Quanto à necessidade de intimidação, era estreitamente ligada aos seus planos de então, que ela desconhecia, bem entendido, chegando a adivinhar só mais tarde, passados uns cinco dias, por que o jovem duvidava tanto de seu silêncio e tanto temia novas explosões de sua indignação...

Pelas oito horas da noite, quando já escurecera por completo, os *nossos* se reuniram, todos os cinco, nos confins da cidade, na viela Fomin, numa casinha entortada onde morava o alferes Erkel. Fora Piotr Stepânovitch em pessoa quem marcara a reunião geral lá, porém agora se atrasava imperdoavelmente, tanto assim que os membros do grupo esperavam por ele havia uma hora inteira. O alferes Erkel era aquele mesmo oficialzinho que estava conosco de passagem e, durante a tertúlia ocorrida na casa de Virguínski, ficara o tempo todo sentado com um lápis nas mãos e um caderninho em sua frente. Chegara à nossa cidade havia pouco tempo, alugava um apartamento solitário numa viela perdida, na casa de duas irmãs, velhas burguesas, e devia partir em breve, portanto um encontro marcado naquele lugar seria o mais discreto possível. Aquele garoto estranho destacava-se pela sua taciturnidade extraordinária: podia passar dez noites seguidas numa companhia barulhenta, escutando as conversas mais esquisitas, mas sem pronunciar uma só palavra e, pelo contrário, observando com seus olhos pueris, extremamente atentos, os que falavam e prestando ouvido às suas falas. Seu rosto era bem bonitinho e mesmo como que inteligente. Não pertencia ao grupo dos cinco; os nossos supunham que cumprisse algumas tarefas especiais, puramente executivas, das quais fora incumbido algures. Hoje se sabe que não cumpria nenhuma tarefa e mal entendia, ele próprio, a sua situação. Apenas venerava Piotr Stepânovitch que conhecera pouco antes. De resto, se tivesse conhecido algum monstro precocemente pervertido, o qual o tivesse instigado, sob algum pretexto socialmente romanesco, a juntar uma quadrilha de salteadores, ordenando que, por mera experiência, matasse e roubasse o primeiro mujique encontrado, ele teria obedecido sem falta. Tinha a mãe doente por ali, mandando-lhe metade do seu soldo escasso, e como ela devia ter beijado aquela pobre cabecinha loura, temido e rezado por ela! Delongo-me tanto a descrevê-lo por sentir muita pena dele.

Os *nossos* estavam excitados. Os acontecimentos da noite passada deixavam-nos aturdidos e, pelo que parecia, amedrontados. Aquele escândalo simples, embora sistemático, do qual haviam participado, até então, com tamanho desvelo, tivera um desfecho inesperado para eles. O incêndio noturno, o assassinato dos Lebiádkin, o linchamento de Lisa pela multidão — tudo isso era uma surpresa tal que não presumiam em seus planos. Acaloradamente, acusavam a mão que os movia de despotismo e de insinceridade. Numa palavra, tinham convencido um ao outro, enquanto esperavam por Piotr Stepânovitch, a reclamar-lhe, novamente e de uma vez por todas, explicações categóricas, resolvendo, se ele tornasse a esquivar-se como já ocorrera em certa ocasião, romper até mesmo o grupo dos cinco, mas com o fim de fundarem, no lugar dele, uma nova sociedade secreta de "propaganda ideológica", cujos princípios igualitários e democráticos fossem determinados por eles. Lipútin, Chigaliov e o conhecedor do povo apoiavam sobremaneira essa ideia; Liámchin se mantinha calado, embora com ares de quem consentisse. Virguínski estava hesitando e queria primeiramente ouvir Piotr Stepânovitch. Decidiram, pois, que escutariam Piotr Stepânovitch, mas ele demorava ainda, e tal negligência envenenava cada vez mais o ambiente. Erkel, totalmente calado, pediu apenas que as donas da casa fizessem chá e trouxe pessoalmente os copos numa bandeja, deixando o samovar e a criada do lado de fora.

Piotr Stepânovitch chegou apenas às oito e meia. Acercou-se, a passos rápidos, da mesa redonda, posta defronte ao sofá, à qual estava sentada a turma toda, continuando a segurar sua *chapka* e recusando o chá. Parecia zangado, severo e sobranceiro. Devia ter percebido logo, pelas expressões faciais, que os *nossos* estavam "amotinados".

— Antes que eu abra a boca, desembuchem vocês, já que estão meio tensos — notou, ao correr, com um sorriso maldoso, os olhos pelas fisionomias.

Lipútin se pôs a falar "em nome de todos" e declarou, com uma voz trêmula de tanta mágoa, que "se a gente continuasse assim, poderia quebrar a testa". Oh, eles não tinham nenhum medo de quebrar suas testas e até mesmo estavam prontos a quebrá-las, mas unicamente em prol da causa geral. (Todos se remexeram e aprovaram). Portanto, que ele os tratasse também com sinceridade, para saberem sempre de antemão, "senão, o que seria da gente?". (Houve quem se movesse de novo, ouviram-se alguns sons guturais). Agir desse modo era humilhante e perigoso... Não que a gente estivesse com medo, mas, se uma só pessoa agisse e as outras fossem apenas peões, aquela pessoa acabaria tramando e todas as outras ficariam em maus lençóis. (Alguns exclamaram: "Sim, sim!", e todos aprovaram outra vez).

— Que diabo, mas o que estão querendo?

— Pois o que têm a ver com a causa geral — Lipútin ficou exaltado — as intrigazinhas do senhor Stavróguin? Mesmo que ele pertença, de algum jeito misterioso, ao tal de centro, se é que aquele centro fantástico existe de fato, nós cá não queremos nem saber disso. Entretanto, houve um assassinato, e a polícia se meteu no meio: seguindo o fio, acharão o novelo.

— Se pegarem você com Stavróguin, nós também seremos pegos — acrescentou o conhecedor do povo.

— E será totalmente inútil para a causa geral — concluiu Virguínski, entristecido.

— Mas que bobagem! O assassinato foi algo casual: quem o cometeu, para roubar, foi o Fedka.

— Hum. Só que a coincidência é bastante estranha! — Lipútin fez uma careta.

— Pois, se quiserem, isso aconteceu por sua causa.

— Como assim, "por causa da gente"?

— Primeiro, Lipútin, você mesmo participou dessa intriga; segundo, e o mais importante, recebeu a ordem de mandar Lebiádkin embora e o dinheiro para tanto, mas fez o quê? Se o tivesse mandado embora, nada teria acontecido.

— Mas não foi você mesmo quem sugeriu a ideia de que seria bom incitá-lo a declamar versos?

— Uma ideia não é uma ordem. A ordem foi a de mandá-lo embora.

— A ordem. Uma palavra meio estranha... Pelo contrário, você deu a ordem exata de suspender a partida dele.

— Você se enganou e se mostrou tolo e arbitrário. Quanto ao assassinato, é o problema do Fedka, e ele agiu sozinho, para roubar. Vocês ouviram rumores e acreditaram neles. Ficaram assustadinhos. Stavróguin não é tão bobo assim, e a prova disso é que partiu ao meio-dia, depois de se encontrar com o vice-governador; se houvesse alguma coisa, não o deixariam ir para Petersburgo em plena luz do dia.

— Mas não estamos assegurando, de jeito nenhum, que o senhor Stavróguin matou com as próprias mãos — retrucou Lipútin num tom peçonhento, sem se constranger mais. — Até podia não saber de nada, assim como eu mesmo, e você sabe muito bem aí que eu não sabia de nada, posto que me metesse, desde logo, feito um carneiro no caldeirão.

— Então quem é que você está acusando? — Piotr Stepânovitch fixou nele um olhar sombrio.

— Aqueles mesmos que precisam incendiar cidades.

— O pior é que você tente escapar. De resto, não gostaria de ler isto e de mostrá-lo aos outros? É apenas uma informação.

Tirou do bolso a carta anônima, que Lebiádkin endereçara a Lembke, e repassou-a para Lipútin. Ele a leu, ficou visivelmente pasmado e, pensativo, entregou-a ao seu vizinho; a carta percorreu depressa o círculo todo.

— Seria mesmo a letra de Lebiádkin? — questionou Chigaliov.

— É dele, sim — declararam Lipútin e Tolkatchenko (isto é, o conhecedor do povo).

— É apenas uma informação, por saber que se compadecem tanto de Lebiádkin — repetiu Piotr Stepânovitch, pegando a carta de volta. — Desse modo, cavalheiros, um Fedka qualquer nos livra, por mero acaso, de um homem perigoso. Eis o que significa, de vez em quando, um acaso! Não seria edificante, seria?

Os membros do grupo trocaram olhadas rápidas.

— E agora, cavalheiros, chegou minha vez de perguntar! — Piotr Stepânovitch se aprumou todo. — Permitem saber por que motivo se dignaram a incendiar a cidade sem permissão?

— O que é isso? Fomos nós que incendiamos a cidade, nós? Mas que cabeça virada! — ouviram-se várias exclamações.

— Entendo que têm brincado demais — prosseguiu obstinadamente Piotr Stepânovitch —, só que não são aqueles escandalozinhos de Yúlia Mikháilovna. Reuni-os aqui, cavalheiros, para lhes explicar o grau de perigo que atraíram a si, de modo tão estúpido, e que ameaça não apenas vocês, mas muita coisa ainda.

— Espere: nós tencionávamos agorinha, pelo contrario, reclamar com você daquele grau de despotismo e desigualdade com que tinha sido tomada, sem a anuência dos membros, uma medida tão séria e, ao mesmo tempo, tão estranha — declarou, quase indignado, Virguínski que antes estava calado.

— Estão, pois, negando? Mas eu afirmo que foram vocês que atearam fogo, vocês mesmos e ninguém mais. Não mintam, cavalheiros, que tenho dados seguros. Com sua arbitrariedade, vocês puseram em risco, inclusive, a causa geral. São apenas um nó de uma infinita rede de nós e devem obedecer cegamente ao centro. Enquanto isso, três de vocês instigavam o pessoal dos Chpigúlin a incendiar, sem terem sequer a mínima instrução para tanto, e eis que o incêndio aconteceu.

— Quem são esses três? Quem são esses três de nós?

— Anteontem, pelas quatro horas da madrugada, foi você, Tolkatchenko, quem atiçou Fomka Zaviálov no "Não-te-esqueças".

— Misericórdia! — Tolkatchenko se levantou num pulo. — Mal disse uma palavra qualquer, e foi sem intenção, mas assim, porque ele tinha sido açoitado pela manhã, e logo desisti ao ver que estava bêbado demais. Se você não me lembrasse daquilo, nem me teria lembrado mesmo. Uma palavra não pode ter ateado fogo.

— Você se parece com quem ficaria surpreso por uma centelha minúscula ter mandado pelos ares toda uma usina de pólvora.

— Falei cochichando, num canto, bem ao ouvido dele... Como você pôde saber disso? — adivinhou, de súbito, Tolkatchenko.

— Estava lá escondido, debaixo da mesa. Não se preocupem, cavalheiros, que sei de todos os seus passos. Está sorrindo com ironia, senhor Lipútin? E eu sei, por exemplo, que três dias atrás o senhor beliscou sua esposa todinha à meia-noite, em seu quarto de dormir, quando ia para a cama.

Lipútin empalideceu, boquiaberto.

(Depois se saberia que a proeza de Lipútin fora contada por Agáfia, sua criada, a quem Piotr Stepânovitch pagava, desde o começo, por espioná-lo, o que se esclareceria apenas mais tarde).

— Será que posso constatar um fato? — De chofre, Chigaliov ficou em pé.

— Constate.

Chigaliov se sentou, concentrado:

— O quanto eu entenda, e não poderia deixar de entender, foi você mesmo, de início e depois mais uma vez, que desdobrou, com muita eloquência, embora de modo por demais teórico, o quadro da Rússia coberta por essa infinita rede de nós. Da sua parte, cada um dos grupos atuantes cria prosélitos e cresce, com suas ramificações laterais, até a infinitude, tendo por objetivo reduzir continuamente, com sua sistemática propaganda acusadora, a significância dos poderes locais, gerar perplexidade em povoações, engendrar cinismo e provocar escândalos, a par da total descrença em qualquer coisa que seja e da sede de melhorias, e, usando, por fim, de incêndios, como de um meio popular por excelência, levar o país no momento predefinido, se for necessário, até mesmo ao desespero. São suas palavras que procurei recordar ao pé da letra? É seu programa de ações, que lhe foi comunicado, em sua qualidade de responsável, por aquele comitê central que desconhecemos, até agora, completamente e consideramos quase fantástico?

— Você está certo, mas fala demais.

— Cada qual tem o direito de falar. Deixando-nos adivinhar que a quantidade dos nós esparsos dessa rede geral, que já recobriu a Rússia, chega agora a várias centenas e desenvolvendo a conjetura de que, se cada um cumprir bem sua tarefa, a Rússia inteira, em tal e tal prazo, com o sinal dado:..

— Ah, que diabo, já tenho muita coisa a fazer sem você! — Piotr Stepânovitch se agitou em sua poltrona.

— Tudo bem: vou abreviar e terminarei com uma só pergunta: já vimos alguns escândalos, já vimos o descontentamento da população, já presenciamos a queda da administração local e participamos dela, e finalmente, com nossos próprios olhos, já vimos um incêndio. Com que está insatisfeito ainda? Não seria esse seu programa? De que é que pode acusar a gente?

— De desobediência! — gritou Piotr Stepânovitch, furioso. — Enquanto eu estiver aqui, vocês não podem agir sem minha autorização. Chega! A delação está pronta, e pode ser que amanhã mesmo, ou esta noite ainda, vocês sejam todos presos. É isso aí. A notícia é certa.

Dessa vez ficaram todos boquiabertos.

— Presos não só como instigadores daquele incêndio, mas também como o grupo dos cinco. O delator conhece todos os segredos da rede. Eis o que vocês aprontaram!

— Deve ser Stavróguin! — exclamou Lipútin.

— Como... por que Stavróguin? — De súbito, Piotr Stepânovitch como que se confundiu. — Eh, diabo — recobrou-se de imediato —, mas é Chátov! Parece que agora vocês todos já sabem que a certa altura Chátov participou da nossa causa. Tenho de revelar que, ao observá-lo com a ajuda de umas pessoas de quem ele não desconfia, fiquei sabendo, para minha surpresa, que nem a construção da rede é um segredo para ele, e... numa palavra, ele sabe de tudo. Para se salvar das acusações de sua participação antiga, vai delatar todos. Até agora estava hesitando, e eu o poupava. E agora, com esse incêndio, vocês o desamarraram: está transtornado e não hesita mais. Amanhã mesmo seremos presos como incendiários e criminosos políticos.

— Será? Por que Chátov sabe?

A inquietude era indescritível.

— É tudo totalmente certo. Não tenho o direito de lhes revelar minhas vias, nem como descobri aquilo, mas eis o que por ora posso fazer para vocês: com o auxílio de uma pessoa, posso influenciar Chátov de modo que adie sua delação, sem suspeitar de nada, mas, no máximo, por um dia. Mais que por um dia, não dá. Assim vocês podem considerar-se seguros até que amanheça depois de amanhã.

Estavam todos calados.

— Mandá-lo enfim para o diabo, hein? — Tolkatchenko foi o primeiro a gritar.

— Já estávamos demorando! — intrometeu-se, zangado, Liámchin, dando uma punhada na mesa.

— Mas como o faríamos? — murmurou Lipútin.

De pronto, Piotr Stepânovitch apanhou essa indagação e relatou seu plano. Consistia em atrair Chátov, para entregar a tipografia clandestina que guardava, para aquele lugar ermo onde ela estava enterrada, logo no dia seguinte, ao cair da noite, e "lá dar um jeito nele". Piotr Stepânovitch entrou em muitos detalhes indispensáveis, que agora omitimos, e explicou, de maneira circunstanciada, aquelas relações realmente ambíguas que Chátov mantinha com o centro da sociedade, das quais nosso leitor já está ciente.

— É tudo assim — notou Lipútin, indeciso —, mas, como seria de novo... outra aventura do mesmo tipo... abalaria demais as mentes.

— Sem dúvida — confirmou Piotr Stepânovitch —, mas isso também está previsto. Existe um meio de afastarmos completamente as suspeitas.

E, com a mesma exatidão de antes, contou sobre Kiríllov, sobre a sua intenção de se matar a tiro e sobre como ele prometera esperar pelo sinal e, morrendo, deixar um bilhete e assumir a culpa de tudo quanto lhe fosse imposto. (Numa palavra, era tudo o que nosso leitor já sabe).

— Sua firme intenção de tirar sua vida, uma intenção filosófica, embora, a meu ver, maluca, ficou conhecida *lá* (Piotr Stepânovitch continuava esclarecendo). *Lá* não se perde nenhum fiozinho de cabelo, nenhum grãozinho de poeira: tudo é usado em benefício da causa geral. Prevendo sua utilidade e certificando-se de que sua intenção era absolutamente séria, ofereceram-lhe recursos para regressar à Rússia (ele queria, por alguma razão, morrer sem falta na Rússia), incumbiram-no de uma tarefa que ele se encarregou de cumprir (e cumpriu) e, além disso, obrigaram-no com a promessa de se suicidar, da qual vocês já sabem, só quando lhe ordenassem. Ele prometeu tudo. Note-se que pertence à nossa causa com fundamentos especiais e deseja ser útil; não posso contar mais do que isto para vocês. Amanhã, *depois de Chátov*, vou ditar-lhe o bilhete de ter sido ele quem ocasionou a morte de Chátov. Será bem verossímil: eles eram amigos e foram juntos para a América, onde brigaram, e tudo isso será esclarecido em seu bilhete... e... e mesmo, conforme as circunstâncias, poderemos ditar mais alguma coisa a Kiríllov, por exemplo, algo sobre os panfletos e talvez, parcialmente, sobre o incêndio. Aliás, vou pensar nisso. Não se preocupem, que ele não tem preconceitos: assinará tudo.

Houve dúvidas. A novela parecia fantasiosa. De resto, todos já tinham ouvido falar, em maior ou menor grau, sobre o tal de Kiríllov, e Lipútin ouvira falar sobre ele mais do que todos.

— E se ele mudar de ideia e não quiser mais? — disse Chigaliov. — De qualquer maneira, ele é louco, ou seja, a esperança está incerta.

— Não se preocupem, cavalheiros, ele vai querer — atalhou Piotr Stepânovitch. — Segundo nosso acordo, tenho de avisá-lo um dia antes, ou seja, ainda hoje. Convido Lipútin a ir agora comigo à casa dele, para nos assegurarmos de tudo, e, quando ele voltar, cavalheiros, haverá de comunicar hoje mesmo, caso seja preciso, se eu lhes disse a verdade ou não. Aliás — interrompeu-se repentinamente, com uma irritação desmedida, como se tivesse sentido de supetão que honraria demais aquela gentinha se a exortasse tanto assim e lhe desse tanta atenção —, alias, façam o que desejarem. Se não decidirem, a união será desfeita, mas, unicamente, pelo fato de sua desobediência e de sua traição. Assim tomaremos todos, a partir deste momento, rumos diferentes. Mas fiquem sabendo que, em tal caso, vocês se expõem, além daquela contrariedade da delação de Chátov e de suas consequências, a outra pequena contrariedade, à que foi anunciada, com firmeza, quando da formação de nossa união. Quanto a mim, cavalheiros, não me deixam apavorado... Não pensem aí que esteja ligado demais a vocês... Aliás, não faz diferença.

— Não, a gente decide — declarou Liámchin.

— Não temos outra saída — murmurou Tolkatchenko —, e, se Lipútin confirmar mesmo aquilo sobre Kiríllov, então...

— Estou contra: com todas as forças de minha alma é que protesto contra essa decisão sanguinária! — Virguínski ficou em pé.

— Mas? — perguntou Piotr Stepânovitch.

— Como assim, "mas"?

— Você disse "mas"... fico, pois, esperando.

— Não me parece que disse "mas"... Queria dizer apenas que, se eles decidem, então...

— Então?

Virguínski se calou.

— Creio que até podemos fazer pouco caso da segurança de nossas vidas... — De súbito, Erkel abriu a boca. — Contudo, se a causa geral for posta em risco, não podemos, creio eu, nem pensar em fazer pouco caso da segurança de nossas vidas...

Ele se confundiu e se ruborizou. Por mais que estivessem absortos cada um em seus pensamentos, todos o contemplavam com pasmo, tão inesperado era o fato de ele também saber conversar.

— Sou a favor da causa geral — disse, subitamente, Virguínski.

Todos se levantaram. Ficou combinado que voltariam a trocar notícias no dia seguinte, ao meio-dia, sem se reunirem, porém, outra vez, e que então tomariam a decisão definitiva. Foi indicado o lugar onde estava enterrada aquela tipografia, além de distribuídos os papéis e deveres. De imediato, Lipútin e Piotr Stepânovitch se dirigiram juntos à casa de Kiríllov.

II

Todos os nossos acreditaram na próxima delação de Chátov; acreditavam, de resto, também que Piotr Stepânovitch os manipulava como peões. Além disso, sabiam que em todo caso se reuniriam todos no dia seguinte, naquele lugar indicado, e selariam o destino de Chátov. Sentiam-se como as moscas que de repente tivessem caído na teia de uma enorme aranha; estavam zangados, mas tremiam de medo.

Sem dúvida, Piotr Stepânovitch era culpado para com eles: tudo poderia transcorrer muito mais *fácil* e solidariamente se ele tratasse de desanuviar, pelo menos um pouquinho, a realidade. Mas, em vez de apresentar o fato de modo decente, como se fosse ligado àquele civismo romano ou algo do mesmo gênero, apenas colocou em primeiro plano um temor primitivo, além da ameaça à sua própria pele, o que já era, por si só, simplesmente descortês. É claro que a luta pela sobrevivência está presente em tudo, e não há outro princípio, e todos estão cientes disso, mas, ainda assim...

Ainda assim, Piotr Stepânovitch não tinha tempo para alentar os romanos, pois estava, ele mesmo, fora dos eixos. A fuga de Stavróguin deixara-o atônito e angustiado. Mentiu ao dizer que Stavróguin se encontrara com o vice-governador: o problema consistia notadamente em ter partido sem se encontrar com ninguém, nem mesmo com sua mãe, e era estranho, de fato, que não o tivessem sequer incomodado. (Mais tarde a nossa administração teria de responder a essa pergunta à parte). Piotr Stepânovitch passara o dia inteiro colhendo informações, mas, por enquanto, não sabia de nada e nunca havia sido tão ansioso. E poderia, aliás, poderia mesmo desistir de Stavróguin assim, de uma vez só? Por isso é que não podia tratar os nossos com demasiado carinho. Além do mais, eles lhe amarravam os braços: já decidira partir imediatamente, a todo o vapor, atrás de Stavróguin, porém se via retido por Chátov e, por via das dúvidas, precisava consolidar, em definitivo, o grupo dos cinco. "Não posso largá-lo para lá: quem sabe se ainda não será útil!". Assim me parece que ele raciocinava.

Quanto a Chátov, tinha plena certeza de que ele delataria. Tudo o que dissera aos *nossos* sobre a delação era mentira, mas, muito embora jamais tivesse visto a denúncia como tal nem ouvido falar dela, tinha tanta certeza como duas vezes dois são quatro de que existia mesmo. Imaginava, em particular, que Chátov não suportaria, de modo algum, o momento presente, marcado pelas mortes de Lisa e de Maria Timoféievna, e se disporia enfim, justamente agora, à delação. Tinha, quem sabe, algumas razões de pensar assim. Era notório também seu ódio pessoal por Chátov: os dois haviam brigado outrora, e Piotr Stepânovitch nunca perdoava as ofensas. Estou, inclusive, persuadido de ter sido esse o motivo primordial.

Nossas calçadas são estreitinhas, feitas de tijolos e, vez por outra, substituídas por pranchas. Piotr Stepânovitch caminhava bem pelo meio da calçada, ocupando-a toda sem prestar a menor atenção em Lipútin, o qual não tinha espaço para caminhar ao seu lado e devia segui-lo a um passo atrás ou então, na hipótese de se emparelhar com ele e poder conversar, descer até a pista enlameada. De supetão, Piotr Stepânovitch lembrou como ele próprio, havia pouco tempo ainda, vinha trotando assim, pela lama, atrás de Stavróguin, que ocupava, igual a ele nesse exato momento, toda a calçada por caminhar bem pelo meio. Rememorou a cena na íntegra e se sentiu sufocado pela raiva.

Entretanto, Lipútin também se sufocava de tão melindrado. Piotr Stepânovitch podia tratar os *nossos* como bem entendesse, mas, quanto a ele mesmo... É que ele *sabia* mais do que todos os nossos, ficava mais próximo da causa geral, estava mais intimamente ligado a ela e até então, embora de modo indireto, participara dela o tempo todo! Oh, estava ciente de que Piotr Stepânovitch poderia acabar com ele agora mesmo, *em caso de extrema necessidade*... Aliás, odiava Piotr Stepânovitch havia tempos, e não por causa daquele perigo, mas pela altivez de seu tratamento. Agora que um problema tão grave precisava ser resolvido, zangava-se mais do que todos os nossos juntos. Sabia, ai dele, que infalivelmente, "como um escravo", seria o primeiro a ir, logo no dia seguinte, ao local indicado e, ainda por cima, conduziria lá todos os demais, e, se pudesse agora, antes de chegar esse dia seguinte, matar Piotr Stepânovitch de algum jeito, mas, bem entendido, sem destruir sua própria vida, haveria, sim, de matá-lo.

Imerso em suas sensações, Lipútin trotava, calado, atrás do seu carrasco. E este último parecia nem se recordar mais dele, apenas o acotovelava, de vez em quando, grosseira e mesmo brutalmente. De chofre, Piotr Stepânovitch se deteve na mais vistosa das nossas ruas e entrou numa taberna.

— Aonde vai? — revoltou-se Lipútin. — É uma taberna qualquer.

— Quero comer um bife.

— Misericórdia: está sempre cheia de gente!

— Tudo bem.

— Mas... chegaremos atrasados. Já são dez horas.

— Não se chega atrasado lá.

— Mas eu me atrasarei! Eles esperam pelo meu retorno.

— Tudo bem; seria, aliás, bobo ir vê-los outra vez. Com essa sua balbúrdia, nem almocei hoje. E, com Kiríllov, quanto mais tarde tanto mais certo.

Piotr Stepânovitch ocupou um cômodo privativo. Irado e magoado, Lipútin se sentou numa poltrona afastada, observando a refeição dele. Passou-se meia hora e mais do que isso. Piotr Stepânovitch não estava apressado: comia com gosto, tocava a campainha, pedia outra mostarda, depois um chope e não articulava sequer uma palavra. Estava profundamente meditativo. Podia fazer ambas as coisas, comer com gosto e, ao mesmo tempo, estar profundamente meditativo. Lipútin acabou por odiá-lo a ponto de não poder mais desviar os olhos dele. Era algo semelhante a um ataque de nervos. Contava cada pedaço de bife que ele colocava na boca, odiava-o pelo jeito de abrir essa boca, de mastigar, de se deleitar chupando um pedaço que fosse mais gorduroso, odiava até mesmo o bife propriamente dito. Percebeu afinal que tudo parecia mesclar-se diante dos seus olhos: sua cabeça girava de leve, calores e calafrios lhe percorriam, alternados, o dorso.

— Leia isto, já que não faz nada... — De repente, Piotr Stepânovitch lhe jogou um papelzinho. Lipútin se aproximou da velinha acesa. O papelzinho estava coberto de frases miúdas, escritas com uma letra ruim e corrigidas a cada linha. Quando conseguiu ler aquilo,

Piotr Stepânovitch já pagara a conta e estava para sair. Uma vez na calçada, Lipútin lhe devolveu o tal papelzinho.

— Deixe-o consigo, que depois lhe direi. Aliás, o que acha disso?

Lipútin estremeceu todo.

— A meu ver... um panfleto como esse... não passa de um absurdo ridículo.

Sua fúria explodiu, sentindo-se ele como se o erguessem e carregassem para algum lugar.

— Se a gente ousar — quedou-se tremelicando da cabeça aos pés — espalhar semelhantes panfletos, não fará outra coisa, com a tolice e a incompreensão da causa, senão provocar o desprezo de todos.

— Hum. Eu penso de outro modo! — Piotr Stepânovitch avançava a passos firmes.

— Eu, não. Foi você mesmo quem o escreveu, não foi?

— Isso não é da sua conta.

— Acho também que aqueles versinhos, os do "Homem iluminado", os piores dos piores versinhos que possam existir, jamais poderiam ter sido escritos por Herzen.

— Está mentindo: aqueles versos são bons.

— E fico surpreso, por exemplo — Lipútin corria ao seu lado, exaltando-se como se o carregassem ainda —, de que nos proponham agir de maneira a botarmos tudo a perder. É na Europa que se deseja naturalmente botar tudo a perder, porque há proletariado ali, mas nós cá somos tão só amadores e, a meu ver, não fazemos coisa nenhuma senão levantar poeira.

— Tomava você por um fourierista.

— Fourier não diz essas coisas, não diz mesmo.

— Só sei que diz umas bobagens.

— Não, Fourier não diz bobagens... Desculpe-me, mas não consigo acreditar que uma rebelião ocorrerá no mês de maio.

Lipútin sentia tamanho calor que acabou desabotoando o casaco.

— Pois bem, já chega... e agora, para não esquecer — Foi com absoluto sangue-frio que Piotr Stepânovitch saltou de um tema para o outro. — Quanto a essa folha, você terá de compor pessoalmente o texto e de imprimi-lo. Vamos desenterrar a tipografia de Chátov, e você a assumirá amanhã mesmo. Vai compor e imprimir, o mais depressa que puder, a maior quantidade possível de exemplares e depois os espalhará durante todo o inverno. Os meios lhe serão indicados. Precisará da maior quantidade possível de exemplares porque esse panfleto lhe será exigido de outros lugares também.

— Não, veja se me desculpa, mas não posso assumir tanta... Eu me recuso.

— Ainda assim, vai assumir. Estou agindo por instrução do comitê central, e você deve obedecer.

— Pois eu acho que nossos centros no exterior já se esqueceram da realidade russa e romperam quaisquer comunicações, portanto só estão delirando... Até mesmo creio que não há várias centenas de grupos pela Rússia afora, mas tão somente um grupo de cinco pessoas, o nosso, e que não existe nenhuma rede... — Lipútin acabou por se engasgar com suas palavras.

— Então você seria mais desprezível ainda porque, sem acreditar em nossa causa, correu atrás dela... Aliás, corre agora atrás de mim como um cachorrinho imprestável.

— Não corro, não. Temos pleno direito de nos afastar de vocês e de organizar uma sociedade nova.

— Cr-r-retino! — Rugiu, subitamente ameaçador, Piotr Stepânovitch, cujos olhos fulgiram.

Ficaram ambos postados, por algum tempo, um defronte ao outro. Piotr Stepânovitch se virou e, seguro de si, retomou seu caminho.

"Agora me viro e dou para trás; se não me virar agora, não darei para trás nunca mais": foi essa ideia que surgiu, como um relâmpago, na mente de Lipútin. Pensava assim dando precisamente dez passos, porém, com o décimo primeiro passo, uma ideia nova e desesperada fulgurou em sua mente. Não se virou, pois, nem deu para trás.

Foram até a casa de Filíppov, mas, antes de se acercar dela, enveredaram por uma ruela ou, melhor dito, por uma senda imperceptível, rente à cerca, de modo que tiveram, por algum tempo, de caminhar pela encosta íngreme de uma valeta, onde seus pés deslizavam tanto que eles se agarravam àquela cerca entortada. Chegando ao canto mais escuro dela, Piotr Stepânovitch retirou uma tábua, abrindo um vão pelo qual passou em seguida. Lipútin ficou pasmado, mas se serviu do vão por sua vez, e depois a tábua foi colocada no mesmo lugar. Era aquela passagem secreta que Fedka usava para ir à casa de Kiríllov.

— Chátov não deve saber que estamos aqui — cochichou, num tom severo, Piotr Stepânovitch a Lipútin.

III

Como de praxe nessa hora, Kiríllov estava sentado em seu sofá de couro e tomava chá. Não se levantou ao encontro dos visitantes, mas como que se entesou todo e olhou, ansioso, para eles.

— Não está errado — disse Piotr Stepânovitch —: vim por aquele motivo.

— Hoje?

— Não, não, amanhã... por volta desta mesma hora.

Apressadamente, sentou-se à mesa, fitando Kiríllov, que estava tomado de inquietude, com certa preocupação. Aliás, este último já se acalmara e parecia tal como sempre.

— Pois aqueles ali não acreditam ainda. Não está zangado porque eu trouxe Lipútin?

— Não estou zangado hoje, mas amanhã quero estar sozinho.

— Mas não antes que eu venha e, portanto, comigo presente.

— Não gostaria de fazer isso em sua presença.

— Mas lembra que prometeu escrever e assinar tudo quanto eu lhe ditasse?

— Para mim, tanto faz. E agora vai passar muito tempo aqui?

— Preciso ver uma pessoa, e resta cerca de meia hora até nosso encontro, de forma que, queira você ou não, passarei essa meia hora aqui sentado.

Kiríllov não respondeu. Enquanto isso, Lipútin se instalara de lado, sob o retrato do prelado. A recente ideia desesperada apossava-se cada vez mais da sua mente. Kiríllov quase não reparava nele. Lipútin conhecia a teoria de Kiríllov desde antes e costumava escarnecê-lo, mas agora permanecia calado e olhava soturnamente ao seu redor.

— Pois eu não recusaria seu chá — agitou-se Piotr Stepânovitch. — Acabei de comer um bife e já contava encontrá-lo com o chá pronto.

— Sirva-se, venha.

— Antes você mesmo servia chá — notou, com certo azedume, Piotr Stepânovitch.

— Isso não importa. Que Lipútin também se sirva.

— Não, eu... não posso.

— Não quer ou não pode? — Piotr Stepânovitch se voltou depressa para ele.

— Não vou tomar chá na casa dele — recusou-se Lipútin, de modo expressivo. Piotr Stepânovitch franziu o sobrolho.

— Cheira a misticismo: sabe lá o diabo que tipo de gente vocês todos são!

Ninguém lhe respondeu; calaram-se por um minuto inteiro.

— Só sei de uma coisa — acrescentou ele, repentina e bruscamente —: não há preconceitos que impeçam qualquer um dentre nós de cumprir a sua obrigação.

— Stavróguin foi embora? — perguntou Kiríllov.

— Foi.

— E fez muito bem.

Os olhos de Piotr Stepânovitch fulgiram, mas ele se conteve.

— Sua opinião não me importa, contanto que cada um cumpra a sua promessa.

— Cumprirei a minha.

— De resto, sempre tive certeza de que você cumpriria seu dever como um homem independente e progressista.

— E você é um homem ridículo.

— Que seja: fico muito contente ao fazer alguém rir. Sempre fico contente de poder agradar.

— Quer muito que eu atire em mim e receia que eu possa desistir?

— Mas veja bem: você mesmo juntou seu plano com nossas ações. Contando com esse seu plano, nós já empreendemos alguma coisa, de modo que você não pudesse mais desistir dele, a não ser que nos traísse.

— Não têm nenhum direito.

— Entendo, entendo: a vontade é toda sua, e nós mesmos não somos nada, mas com a condição de que essa sua vontade se realize.

— E terei de assumir todas as torpezas de vocês?

— Escute, Kiríllov: não está, por acaso, com medo? Se quiser desistir, veja se declara agora mesmo.

— Não estou com medo.

— Digo isto por você perguntar demais.

— Vai logo embora?

— Pergunta de novo?

Kiríllov mirou-o com desprezo.

— Está vendo — continuou Piotr Stepânovitch, cada vez mais inquieto e zangado, a ponto de não encontrar um tom conveniente —: você quer que eu vá embora para se recolher e se concentrar, porém esses são indícios perigosos para você mesmo, em primeiro lugar para você. Quer pensar em excesso. Pois, a meu ver, seria melhor não pensar, mas assim... E juro que você me deixa preocupado.

— Só uma coisa é muito ruim para mim: é que um verme como você estará perto de mim naquele momento.

— Mas isso aí não importa mesmo! Talvez eu saia, naquele momento, e fique à sua entrada. Se você estiver morrendo e não se sentir indiferente tanto assim, então... tudo isso é muito perigoso. Vou ficar do lado de fora, e suponha que eu não entenda nada e, como homem, seja desmedidamente inferior a você.

— Não é desmedidamente inferior: é um homem dotado, porém não entende muita coisa, já que é reles.

— Fico muito contente, muito. Já disse que ficaria muito contente de poder distrair alguém... num momento desses.

— Não entende coisa nenhuma.

— Quer dizer, eu... em todo caso, escuto com respeito.

— Não pode fazer coisa nenhuma; nem agora consegue esconder sua maldade tacanha, se bem que não lhe seja proveitoso mostrá-la. Você me deixará zangado, e vou querer, de repente, meio ano a mais.

Piotr Stepânovitch consultou seu relógio.

— Jamais entendi patavina da sua teoria, mas sei que não a inventou para nós, ou seja, vai realizá-la sem nos intrometermos. Também sei que não foi você quem devorou a ideia: foi devorado pela ideia e, consequentemente, não vai postergar.

— Como? Fui devorado pela ideia?

— Sim.

— Mas eu não a devorei? Isso é bom. Tem aí uma mentezinha. Só que você me provoca, e eu me orgulho.

— Está ótimo, ótimo! Você tem justamente de se orgulhar.

— Já basta: tomou seu chá e vá embora.

— Eta, diabo, terei de ir... — Piotr Stepânovitch se soergueu em seu assento. — Todavia, é cedo demais. Escute, Kiríllov: vou encontrar aquela pessoa na casa da Açougueira, entende? Ou ela também mentiu?

— Não vai encontrá-lo, porque não está lá, mas aqui.

— Como assim, "aqui"? Onde, que o diabo o carregue?

— Sentado na cozinha, comendo e bebendo.

— Mas como ele ousou? — Piotr Stepânovitch enrubesceu de fúria. — Tinha a obrigação de aguardar... que bobagem! Não tem nem passaporte nem dinheiro.

— Sei lá. Veio para se despedir: está vestido e pronto. Vai embora e não volta mais. Chamou você de canalha e disse que não queria aguardar pelo seu dinheiro.

— Aanh! Está com medo de que eu... aliás, já posso agora, se ele... Onde está, na cozinha?

Kiríllov abriu a porta lateral, que levava para um minúsculo quarto escuro; aquele quartinho se comunicava com a cozinha: bastava descer três degraus para entrar diretamente no cubículo situado detrás de um tabique, onde ficava de praxe a cama da cozinheira. E era ali, num canto, debaixo dos ícones, que Fedka estava sentado agora, junto a uma mesa de tábuas, sem toalha. Na frente dele, em cima da mesa, estavam um meio *stof*,[1] um prato com pão e uma vasilha de barro com um pedaço frio de carne de vaca e algumas batatas. Lambiscava sem pressa e já estava meio embriagado, mas continuava de *tulup* e parecia totalmente pronto a pegar

---

[1] Arcaica medida de volume russa, equivalente a 1/10 do balde (1,23 litros); assim, um meio *stof* equivale a 511,5 ml de bebida alcoólica.

o beco. O samovar começava a ferver, detrás daquele tabique, porém não fervia para Fedka, embora ele fizesse questão, já havia uma semana ou mais do que isso, de prepará-lo pessoalmente e de acender o fogo, todas as noites, para "Alexei Nílytch, pois muito se acostumara a tomar chá à noite". Estou firme em acreditar que foi Kiríllov em pessoa quem fritou ainda pela manhã, por falta de cozinheira, aquela carne de vaca com batatas para Fedka.

— O que foi que inventaste? — Piotr Stepânovitch desceu rolando os degraus. — Por que não aguardaste onde te ordenaram?

E desferiu, com todas as forças, uma punhada na mesa.

Fedka se endireitou todo.

— Espera aí, Piotr Stepânovitch, espera — começou a falar, escandindo garbosamente cada palavra —: tens de entender aí, antes de qualquer coisa, que estás fazendo uma visita nobre à casa do senhor Kiríllov, Alexei Nílytch, de quem sempre podes escovar as botas, porque ele é uma mente instruída, se comparado contigo, e tu és apenas... pfft!

Garbosamente, mandou uma cuspida seca para um lado. Dava para perceber sua altivez, seu atrevimento e certa tranquilidade fingida, muito perigosa, em arrazoar dessa forma até a primeira explosão. Contudo, Piotr Stepânovitch não se dispunha mais a reparar em perigos, nem a situação toda correspondia, aliás, à sua visão das coisas. Ficara completamente estonteado com os acidentes e malogros do dia... Sem sair do cubículo escuro, Lipútin olhava com curiosidade, do alto daqueles três degraus, para baixo.

— Queres ou não queres ter um passaporte seguro e um bom dinheiro para ir aonde te mandarem? Sim ou não?

— Vê aí, Piotr Stepânovitch: já bem no comecinho andavas enganando a gente e eras um verdadeiro vilão para comigo. És a mesma coisa que aquele nojento piolho humano: é assim que te considero, certo? Prometeste um dinheirão pelo sangue inocente e juraste em nome do senhor Stavróguin, ainda que fossem apenas umas mentiras tuas. Pois, na verdade, eu não participei nem por uma gotinha, já sem falar daqueles mil e quinhentos rublos, e o senhor Stavróguin te deu agorinha umas bofetadas, e nós já sabemos disso. Agora me ameaças outra vez e me prometes dinheiro, só que te calas quanto àquele negócio que terei de fazer. Pois fico imaginando, aqui comigo, que tu me mandas agora para Petersburgo, a fim de te vingar de algum jeitinho, tão somente por raiva, do senhor Stavróguin, Nikolai Vsêvolodovitch, contando com minha credulidade. E, portanto, és tu o primeiro assessino. Será que sabes o que mereceste apenas com aquele ponto de não acreditar mais em Deus como tal, criador verdadeiro, devido à tua devassidão? És igual a um idólatra e ficas na mesma linha dos tártaros e mordóvios.[2] Filósofo como é, Alexei Nílytch te explicou várias vezes o Deus verdadeiro, criador e construtor, bem como a criação do mundo e os destinos por vir e as transfigurações de qualquer criatura e cada bicho do livro apocalíptico. Só que tu, como um ídolo desmiolado que és, insistes aí nessas tuas surdez e mudez, e até levaste

[2] Etnias que habitam a região do Volga, tidas, na época, como pouco civilizadas.

o alferes Erkel ao mesmo estado, igual àquele sedutor maligno, chamado de ateísta...

— Ah, focinho de bêbado! E tu mesmo que arrancas os ícones e depois ficas sermonando sobre Deus, hein?

— Vê aí, Piotr Stepânovitch: no duro te digo que arrancava, sim, mas só foram as peirolas que arranquei, e como tu sabes se minha lágrima tampouco se transfigurou, naquele exato momento, ante o cadinho do Todo-Poderoso, por alguma mágoa da gente, pois sou justamente aquele mesmo órfão que não possui nem abrigo de cada dia. Será que sabes, pelos livros, que outrora, nos tempos antigos, um comerciante qualquer, justamente com os mesmos suspiros chorosos e a mesma oração, furtou uma peirola a brilhar da Santa Mãe de Deus e depois, ante o povo reunido, devolveu a quantia toda, colocando-a, ajoelhado, bem aos pés dEla, e a Mãe protetora o cobriu então, ante todas aquelas pessoas, com seu véu, de sorte que até mesmo naqueles tempos se consumou um milagre tal que foi ordenado pelos governantes inscrevê-lo todo e por extenso nos livros estatais? E tu meteste lá um rato, ou seja, judiaste do próprio dedo divino. E, não fosses tu meu senhor natural que eu carregava, sendo um rapazote ainda, cá nos meus braços, agora mesmo daria cabo de ti, sem me demover deste lugar!

Piotr Stepânovitch se enfureceu em extremo:

— Diz se viste Stavróguin hoje!

— Pois não ouses nunca interrogar a gente! O senhor Stavróguin está atarantado por tua causa, que não participou daquilo não só com uma ordem qualquer ou algum dinheiro, mas nem sequer com uma vontade sua. E tu me enrolaste.

— Vais receber teu dinheiro, vais, e dois mil ainda que receberás em Petersburgo, quando chegares lá, tudo de uma vez, e mais dinheiro depois.

— Pois estás mentindo aí, queridíssimo, e até fico rindo, quando te vejo, porque tens essa mente crédula. O senhor Stavróguin está na tua frente como se estivesse numa escada, e tu mesmo ladras embaixo, feito um cachorrinho bobo, enquanto ele acha que até cuspir para ti, lá de cima, seria honroso demais.

— E tu mesmo sabes — Piotr Stepânovitch enlouqueceu de raiva — que não te deixarei, canalha, dar um só passo e que te entregarei direto à polícia?

Fedka se levantou num salto, seus olhos fulgiram irados. Piotr Stepânovitch sacou o revólver. Então ocorreu uma cena rápida e repulsiva: antes que Piotr Stepânovitch conseguisse apontar o revólver, Fedka se esquivou num piscar de olhos e, com todas as forças, bateu em sua face. Ouviu-se, no mesmo instante, outra pancada horrível, depois a terceira, a quarta, e todas acertaram a face. Atordoado, de olhos esbugalhados, Piotr Stepânovitch murmurou algo e, de repente, tombou, estendendo-se ao comprido no chão.

— Aqui está, venham pegá-lo! — bradou Fedka, num rasgo vitorioso; rapidinho, apanhou seu boné, sua trouxa, que estava debaixo do banco, e desapareceu. Piotr Stepânovitch estertorava, desacordado. Lipútin chegou a pensar que acontecera um assassínio. Kiríllov desceu correndo para a cozinha.

— Água nele! — exclamou e, mergulhando um púcaro de ferro num balde, verteu água em sua cabeça. Piotr Stepânovitch se moveu, soergueu a cabeça, depois se sentou e olhou, apalermado, para a frente.

— Como está, hein? — perguntou Kiríllov.

Piotr Stepânovitch olhava para ele com atenção, mas ainda não o reconhecia. Contudo, mal avistou Lipútin, que assomava à entrada da cozinha, sorriu com aquele seu torpe sorriso e, de repente, ficou em pé, apanhando o revólver que caíra no chão.

— Se você pensa em fugir amanhã, como o biltre do Stavróguin — partiu, frenético, para cima de Kiríllov, todo pálido, gaguejando e articulando erroneamente as palavras —, então eu... do outro lado do globo... enforcarei como uma mosca... esmagarei... entende?

E apontou o revólver bem para a testa de Kiríllov, porém, quase no mesmo instante, recuperou afinal sua plena consciência e afastou a mão, pôs o revólver no bolso e, sem uma palavra a mais, saiu correndo daquela casa. Lipútin foi atrás dele. Passaram pelo mesmo buraco e, agarrando-se à cerca, enveredaram outra vez pela encosta. Piotr Stepânovitch avançou pela ruela com tanta velocidade que Lipútin mal pôde acompanhá-lo. Parou, de improviso, na primeira encruzilhada.

— Então? — virou-se, com desafio, para Lipútin.

Lembrando-se do revólver, Lipútin tremia ainda, com o corpo todo, por causa da cena que presenciara, porém a resposta lhe saltou da língua de certo modo espontâneo, tão repentina que ele não conseguiu segurá-la:

— Eu acho... eu acho que não se espera com tanta impaciência, "de Smolensk até Tachkent", pelo estudante valentão.

— E você viu o que Fedka bebia, lá na cozinha?

— O que bebia? Bebia vodca.

— Pois fique sabendo que bebia vodca pela última vez na vida. Sugiro que o decore para seus raciocínios futuros. E agora vá para o diabo, que não precisarei de você até amanhã... Mas veja aí: sem bobagens!

Partindo em disparada, Lipútin correu para casa.

IV

Já fazia muito tempo que guardava um passaporte com nome falso. É horrível apenas pensar que esse homenzinho ordeiro, esse tiranete de sua família, esse servidor público (embora fourierista) em todo caso, e finalmente, antes de tudo, esse capitalista e rentista nutrisse em seu âmago, já havia tempos, a ideia fantástica de arranjar, por via das dúvidas, tal passaporte a fim de se esgueirar, com o auxílio dele, para o exterior, *se*... Admitia, feitas as contas, a possibilidade daquela "se", conquanto nunca soubesse formular, ele próprio, o que precisamente aquela "se" poderia significar...

Mas eis que agora a conjunção se formulava por si só e da maneira mais inopinada possível. Aquela ideia desesperada com a qual ele entrara na casa de Kiríllov, depois de ouvir, ali na calçada, a palavra "cretino" dita por Piotr Stepânovitch, consistia em abandonar tudo de imediato, na manhã seguinte, e expatriar-se para o estrangeiro! Quem não acreditar que tais coisas fantásticas aconteçam em nossa realidade cotidiana, inclusive hoje em dia, que consulte a biografia de todos os atuais emigrantes russos que vivem lá fora. Nenhum dos que fugiram seria mais inteligente nem mais real. Sempre o mesmo infrene reinado dos fantasmas e nada além disso.

Quando veio correndo para casa, começou por se trancar, tirando a mala e pondo-se, convulsivamente, a enchê-la. Sua maior preocupação concernia ao dinheiro: quanto e como ele conseguiria salvar? Justamente "salvar", pois, de acordo com suas noções, não se podia mais demorar nem por uma hora e se devia estar, ao amanhecer, na estrada mestra. Não sabia nem como entraria num vagão, tomando uma vaga decisão de pegar o trem na segunda ou na terceira grande estação a contar da nossa cidade, mesmo se tivesse de alcançá-la a pé. Desse modo, instintiva e maquinalmente, com todo um turbilhão de ideias na cabeça, ele mexia com sua mala e, de improviso, parou, largou tudo e, com um gemido visceral, estendeu-se sobre o sofá.

Percebera nitidamente e, de súbito, conscientizara-se de que fugir lá, sim, ele fugiria, porém agora não estava decididamente em condição de resolver a questão se sua fuga haveria de ser *anterior* ou *posterior* àquele lance de Chátov, de que agora ele não passava de um corpo primitivo, insensível, de uma massa inercial, porém era movido por uma tétrica força externa e, muito embora tivesse um passaporte que lhe permitia ir para o estrangeiro, muito embora pudesse fugir de Chátov (senão, por que se apressaria tanto assim?), não estava fugindo de Chátov nem fugiria "antes de Chátov", mas exatamente "depois de Chátov", sendo isso já decidido, assinado e carimbado. Tomado de uma angústia insuportável, tremendo a cada minuto e pasmando-se consigo mesmo, ora gemendo, ora entorpecendo, viveu bem ou mal, deitado em seu sofá atrás da porta trancada, até as onze horas da manhã seguinte, e foi então que lhe ocorreu, de chofre, um empurrão inesperado que acabou direcionando a sua resolução. Às onze horas, mal destrancou a porta e foi ver seus familiares, ficou informado por eles de que o ladrão e presidiário foragido Fedka, que aterrorizava todo mundo, assaltante de igrejas, recente incendiário e assassino, perseguido, sem que pudesse apanhá-lo, pela nossa polícia, fora encontrado morto, de manhã cedo, a sete verstas da cidade, no cruzamento da estrada mestra com uma estrada vicinal que levava à aldeia Zakháriino, e que já se falava disso em toda a cidade. De pronto, ele saiu correndo da casa, para saber os detalhes do ocorrido, e soube, em primeiro lugar, que Fedka, encontrado com a cabeça esfacelada, fora roubado a julgar por todos os indícios e, em segundo lugar, que a polícia já tinha fortes suspeitas e até mesmo alguns dados certos para concluir que o assassino era um tal de Fomka, operário da fábrica dos Chpigúlin, aquele homem com quem Fedka, indiscutivelmente, havia degolado os Lebiádkin e incendiado a casa deles, e que a briga entre os dois estourara já pelo caminho, por causa de uma vultosa quantia que Fedka teria roubado daquela casa e ocultado do seu comparsa... Lipútin correu também até o apartamento de Piotr Stepânovitch e lá, pela porta dos fundos, soube discretamente que, apesar de ter regressado já por volta de uma hora da madrugada, Piotr Stepânovitch se dignara a dormir, mui tranquilamente, em sua casa a noite toda, só acordando às oito horas da manhã. Era, por certo, indubitável que não havia absolutamente nada de extraordinário na morte do ladrão Fedka e que tais desfechos costumavam notadamente encerrar semelhantes carreiras, porém a coincidência das palavras fatais de que "naquela noite Fedka bebera vodca pela última vez" com a confirmação imediata do vaticínio era tão significativa que de repente Lipútin cessou de hesitar. O empurrão foi dado, como se uma pedra tivesse caído sobre ele, imprensando-o para todo o sempre. Ao voltar para casa, ele empurrou com o pé, calado, sua mala para debaixo da cama e à noite, na hora marcada, foi o primeiro de todos a chegar ao local indicado para se encontrar com Chátov, mas, seja dita a verdade, ainda com seu passaporte no bolso...

Capítulo quinto. A viajante.

I

A catástrofe que acometera Lisa e a morte de Maria Timoféievna causaram uma impressão deprimente a Chátov. Já comentei que, ao encontrá-lo, de passagem, naquela manhã, achara-o como que desvairado. Ele me comunicou, entre outras coisas, que na noite passada, pelas nove horas (ou seja, umas três horas antes do incêndio), fora ver Maria Timoféievna. Foi também ver os cadáveres, ao amanhecer, mas, que me conste, não deu nenhures, naquela manhã, depoimento algum. Entretanto, ao fim do dia, toda uma tempestade se desencadeou em sua alma, e... e, pelo que me parece, posso afirmar que em certo momento, ao cair do crepúsculo, ele quis levantar-se, ir à polícia e declarar tudo. Sabia bem, no íntimo, o que era aquilo *tudo*. É claro que não teria conseguido nada, mas simplesmente trairia a si mesmo. Não tinha nenhuma prova para denunciar o crime que acabara de acontecer, mas apenas umas confusas suposições a seu respeito, equivalentes a uma convicção absoluta unicamente para ele próprio. Contudo, estava pronto a perecer desde que "esmagasse aqueles patifes", conforme havia dito. Em parte, Piotr Stepânovitch tivera razão em prever esse ímpeto dele e sabia que estava correndo um risco sério ao adiar a execução de seu novo intento terrível até o dia seguinte. Da sua parte, eram, como de praxe, muita presunção e muito desprezo por toda aquela "gentinha" e, sobretudo, por Chátov. Desprezava Chátov, havia bastante tempo, pela sua "chorosa idiotice", como se expressava, no tocante a ele, ainda no estrangeiro, e tinha uma firme esperança de poder dar conta de um homem tão ingênuo assim, ou seja, de não o perder de vista ao longo de todo aquele dia, cortando-lhe o caminho com o primeiro perigo que surgisse. Todavia, o que salvou "os patifes" por mais um tempinho foi apenas uma circunstância totalmente inesperada, que eles mesmos nem sequer aventavam...

Por volta das oito horas da noite (isto é, naquele exato momento em que os *nossos* estavam reunidos na casa de Erkel, agitados e indignados à espera de Piotr Stepânovitch), Chátov estava estendido em sua cama, na escuridão, sem ter acendido a vela, com dor de cabeça e leves calafrios; atormentado por dúvidas, zangava-se, tentava tomar sua decisão cabal e não conseguia tomá-la, e pressentia, rogando pragas, que tudo isso, porém, não resultaria em nada. Pouco a pouco, chegou a pegar instantaneamente num sono suave e, sonhando, teve uma espécie de pesadelo: sonhou que estava atado com cordas, amarrado em cima de sua cama, e não podia mover-se, ao passo que ressoavam, pela casa toda, golpes horríveis, desferidos à cerca, ao portão, à sua porta e dentro da casinha de Kiríllov, de modo que a casa inteira tremia, e uma voz distante, familiar, mas dolorosa para seu ouvido, chamava lamentosamente por ele. De súbito, Chátov acordou e se soergueu na cama. Para sua surpresa, alguém continuava a bater ao portão, e as pancadas, embora não fossem nem de longe tão fortes como em seu sonho, eram amiudadas e obstinadas, enquanto a voz estranha e "dolorosa", embora não soasse lamentosamente, mas, pelo contrário, com impaciência e irritação, ainda se ouvia embaixo, junto do portão, misturada com outra voz, mais comedida e ordinária. Saltando da cama, ele abriu o postigo e colocou a cabeça para fora.

— Quem é? — chamou, literalmente gelando de susto.

— Se for Chátov — responderam-lhe embaixo, num tom brusco e firme —, digne-se, por favor, a declarar, com retidão e honestidade, se consente em deixar-me entrar ou não.

Era isso mesmo: ele reconheceu essa voz!

— Marie!... É você?

— Sou eu, Maria Chátova, sou eu e lhe asseguro que não posso mais prender o cocheiro nem por um minuto.

— Já vou... é só acender a vela... — gritou Chátov, mas não muito alto. Depois foi correndo buscar os fósforos. Não conseguia, como sói ocorrer em tais casos, achá-los. Deixou o castiçal com a vela cair no chão e, mal aquela voz impaciente tornou a soar embaixo, largou tudo e correu desabaladamente, voando pela sua escada íngreme, abrir a portinhola de entrada.

— Faça o favor de segurar minha mala, enquanto me livrar desse bronco! — Ao encontrá-lo embaixo, a senhora Maria Chátova passou-lhe uma mala bastante leve e barata, aquela de mão, feita de lona e enfeitada com cravos de bronze, proveniente de Dresden. A seguir, irritada, investiu contra o cocheiro:

— Ouso garantir ao senhor que está cobrando demais. Se me arrastou sem necessidade, por uma hora inteira, pelas ruas imundas dessa cidade, a culpa é do senhor mesmo, pois não sabia, por conseguinte, onde ficavam essa rua tola e essa casa estúpida. Aceite, por gentileza, seus trinta copeques e tenha certeza de que não receberá mais nada.

— Eh, senhorzinha, mas não foi você aí quem apontou para a rua Voznessênska? E esta é a rua Bogoiavlênska, e o beco Voznessênski fica lá longe, se contar daqui. Só fez o meu *mêrin*[1] suar.

— Voznessênskaia, Bogoiavlênskaia... o senhor deve saber todos esses nomes estúpidos melhor do que eu, porque é um morador local, e, além do mais, está sendo injusto: eu lhe falei, antes de tudo, da casa de Filíppov, e o senhor confirmou logo que a conhecia. Seja como for, pode reclamar de mim amanhã, com o juiz de paz, e agora lhe peço que me deixe em paz.

— Eis aqui mais cinco copeques, pegue! — Impetuosamente, Chátov tirou do bolso seu próprio *piatak*[2] e entregou-o ao cocheiro.

— Peço-lhe, por favor, que não ouse fazer isso! — A *Madame* Chátova se exaltou de novo, mas o cocheiro fez seu "*mêrin*" avançar, e Chátov pegou a mão dela e puxou-a através do portão.

— Depressa, Marie, depressa... nada disso tem importância, e... como está molhada! Agora mais devagar, que temos de subir (não há fogo, que pena!), e a escada é íngreme. Segure-se firme, assim; este é meu quartinho. Desculpe, não tenho fogo... Já, já!

---

[1] Cavalo castrado (em russo).
[2] Nome coloquial de uma moeda de 5 copeques.

Apanhou o castiçal, porém demorou ainda a encontrar os fósforos. Postando-se no meio do quarto, a senhora Chátova esperava calada e sem se mover.

— Até que enfim, graças a Deus! — exclamou ele, com alegria, ao iluminar o cubículo. Maria Chátova correu os olhos ao seu redor.

— Já me diziam que você vivia mal, mas nem pensava que tão mal assim — comentou, com asco, e foi até a cama.

— Oh, cansada! — Sentou-se, com um ar exausto, sobre aquela cama dura. — Ponha, por favor, a mala e sente-se na cadeira. Aliás, como quiser, mas não fique ali plantado. Vou morar aqui por um tempo, até arranjar um emprego, pois não conheço nada nessa cidade e estou sem dinheiro. Mas, caso o atrapalhe, peço-lhe outra vez, por favor, que declare isso agora mesmo, conforme deve fazer se for um homem honesto. No fim das contas, posso ainda vender alguma coisa amanhã e pagar a conta do hotel, mas veja se me leva de volta àquele hotel... Oh, apenas estou cansada!

Chátov estremeceu todo.

— Não precisa, Marie, não precisa voltar ao hotel! Que hotel é esse? Por quê, para quê?

Juntou as mãos, suplicante.

— Pois bem: se for possível dispensar o hotel, é necessário, ainda assim, esclarecer o assunto. Lembre, Chátov, que vivemos maritalmente em Genebra, por duas semanas e alguns dias, e que nos separamos há três anos — aliás, sem nenhuma briga especial. Mas não pense que voltei para renovar alguma daquelas bobagens antigas. Voltei para arranjar um emprego, e, se vim direto a essa cidade, é que tanto faz para mim. Não vim para me arrepender de alguma coisa: faça o favor de não imaginar aí uma besteira dessas.

— Oh, Marie! Não vale a pena, não vale mesmo! — murmurava, confusamente, Chátov.

— E se for assim, se você for desenvolvido o suficiente para entender isso também, então me permito acrescentar que, se agora me dirijo logo a você e venho ao seu apartamento, é parcialmente porque sempre achei que você não fosse nada vil, mas, quem sabe, até mesmo bem melhor do que os outros... vilões!...

Seus olhos fulgiram. Devia ter suportado muitas daquelas coisas nas mãos de alguns "vilões".

— E, por favor, tenha certeza de que não zombei agorinha de você, dizendo que era um homem bom. Disse isso às claras e sem eloquência; aliás, detesto ser eloquente. Mas é tudo bobagem. Sempre esperei que você tivesse bastante inteligência para não me amolar... Oh, chega: estou cansada!

E fixou nele um olhar longo, atribulado, extenuado. Chátov estava em sua frente, a uns cinco passos a dar pelo quarto, e timidamente, porém de certo modo renovado, como se uma fulguração inaudita lhe emanasse do rosto, escutava-a. Esse homem forte e arisco, de pelos constantemente eriçados, abrandara-se de improviso e clareara todo. Algo extraordinário, absolutamente inesperado, passou a vibrar em sua alma. Três anos de separação, três anos passados depois de seu casamento desfeito, nada haviam enxotado do seu coração. Talvez mesmo tivesse sonhado com ela, cada dia daqueles três anos, com seu ente querido que lhe dissera outrora: "Amo". Conhecendo Chátov, digo com toda a certeza que ele nunca teria admitido, em seu âmago, nem um devaneio de que uma mulher fosse capaz de lhe dizer: "Amo". Casto e pudico até o absurdo, considerava-se terrivelmente feio, odiava sua cara e seu caráter, achava-se igual a um monstro que só se poderia mostrar de feira em feira. Em consequência daquilo tudo, prezava a honestidade acima de quaisquer outras coisas e, quanto às suas convicções, entregava-se a elas até o fanatismo, sendo sombrio e soberbo, iroso e taciturno. Mas eis que a única criatura que o amara por duas semanas (ele sempre, sim, sempre acreditou nisso!), a criatura que sempre pusera incomparavelmente acima de si próprio, apesar de entender, com plena sobriedade, seus erros, a criatura à qual podia perdoar tudo, absolutamente *tudo* (aliás, nem se tratava disso, mas era mesmo algo contrário, de sorte que toda a culpa do ocorrido cabia, a seu ver, tão só a ele), aquela mulher, aquela Maria Chátova, voltou a aparecer em sua casa, diante dele... e era quase impossível compreender isso! Ele estava tão perturbado, nesse evento se encerrava, para ele, tanta coisa horrível e, ao mesmo tempo, tanta felicidade que decerto não podia mais ou talvez nem quisesse compreendê-lo, temesse recuperar a lucidez. Era um sonho. Mas, quando ela o mirou com aquele olhar atribulado, compreendeu de repente que essa criatura tão amada estava sofrendo, que talvez estivesse magoada. Seu coração entorpeceu. Examinou, com dor, as feições dela: o brilho da primeira juventude se esvaíra, já havia tempos, daquele rosto cansado. É verdade que ela era ainda bonita e continuava a ser, aos seus olhos, uma beldade. (Era, de fato, uma mulher em torno de vinte e cinco anos, de compleição bastante robusta, de estatura acima da média (mais alta do que Chátov), de bastos cabelos marrons, cujo rosto oval estava pálido, cujos grandes olhos escuros irradiavam agora um brilho febril). Contudo, sua energia de outrora, leviana, ingênua e simplória, que Chátov conhecia tão bem, fora substituída por uma irritabilidade soturna, uma decepção, um certo cinismo ao qual ela mesma ainda não se acostumara e que a oprimia. Mas, o principal, ela estava doente, e Chátov percebia isso com clareza. Não obstante todo aquele temor que sentia em sua frente, aproximou-se subitamente dela e lhe pegou ambas as mãos:

— Marie... sabe... pode ser que esteja muito cansada, mas, pelo amor de Deus, não se zangue... Se você aceitasse, por exemplo, uma chavenazinha de chá, hein? O chá fortalece muito, hein? Se você aceitasse!...

— Por que não aceitaria? É claro que aceito, mas que criança é que você continua sendo! Sirva-me chá, se puder. Como seu quarto é apertado! Como está frio!

— Oh, agora mesmo... lenha, lenha... tenho lenha aqui! — Chátov ficou todo agitado. — Lenha... quer dizer, mas... aliás, já trago chá também! — Com um gesto a denotar uma resolução desesperada, ele pegou seu boné.

— Aonde vai? Pois então não tem chá em casa?

— Teremos, teremos, teremos: agora teremos tudo... eu... — Pegou o revólver que estava na prateleira. — Já vou vender este revólver... ou penhorá-lo...

— Que bobagens e quanto tempo isso vai levar! Aqui está meu dinheiro: tome aí, se não tiver nada mesmo; parece que tenho oito *grivnas* ao todo. Sua casa é igual a um manicômio!

— Não preciso de seu dinheiro, não preciso dele: vou logo, num instante, e, mesmo sem meu revólver...

E ele correu diretamente à casa de Kiríllov. Ainda faltavam, provavelmente, umas duas horas até a visita de Piotr Stepânovitch e Lipútin à casa dele. Morando junto do mesmo pátio, Chátov e Kiríllov quase não se viam e, quando se encontravam, não se cumprimentavam nem conversavam um com o outro: fora demasiado longo aquele tempo que tinham passado juntos, "deitados" lá na América.

— Kiríllov, você sempre tem chá... Tem chá e um samovar, não tem?

Kiríllov, que estava andando pelo quarto (a noite toda, segundo seu hábito, de um canto para o outro), parou de repente e olhou com atenção para quem entrara correndo, aliás, sem nenhum pasmo especial.

— Tenho chá, tenho açúcar e tenho um samovar. Mas você não precisa do samovar, que o chá está quente. Sente-se e beba logo.

— Kiríllov, é que nos deitávamos juntos na América... Minha mulher chegou... Eu... Dê-me aquele chá... Preciso do samovar.

— Se for sua mulher, aí sim, precisa do samovar. Mas vai levá-lo depois. Tenho dois samovares. E agora pegue aquele bule de cima da mesa. O chá está quente, o mais quente possível. Leve tudo, leve todo o açúcar. O pão... Tenho muito pão, então o leve todo. Tenho carne de vitela. E um rublo em dinheiro.

— Dê aí, meu amigo, vou devolver amanhã! Ah, Kiríllov!

— É aquela sua mulher que estava na Suíça? É bom. E você ter entrado daquele jeito, correndo, também é bom.

— Kiríllov! — exclamou Chátov, apertando o bule com o cotovelo e segurando, com ambas as mãos, o açúcar e o pão. — Kiríllov! Se apenas... se você pudesse apenas desistir das suas fantasias apavorantes e deixar seu delírio de ateísta... oh, mas que homem é que você seria, Kiríllov!

— Dá para ver que ama sua mulher, depois da Suíça. É bom que a ame depois da Suíça. Quando precisar de chá, venha outra vez. Venha durante a noite toda, que não durmo nem um pouco. Terá seu samovar. Leve este rublo, aqui está. Vá cuidar da sua mulher, e eu fico aqui, pensando em você e em sua mulher.

Maria Chátova ficou obviamente contente com tanta pressa e, quase ávida, começou a beber chá, porém não foi necessário correr atrás do samovar, já que tomou apenas meia chávena e engoliu só um pedaço minúsculo de pãozinho. Recusou, desdenhosa e irritada, a carne de vitela.

— Você está doente, Marie, tudo isso é tão mórbido em você... — notou timidamente Chátov, que a servia com timidez.

— É claro que estou doente, mas, por favor, sente-se. Onde conseguiu esse chá, se não o tinha em casa?

Chátov contou sobre Kiríllov, mas só de leve, em traços gerais. Ela já ouvira falarem um pouco a seu respeito.

— Sei que é um doido; chega, por favor, que os doidos não faltam neste mundo. Pois você esteve na América? Já ouvi falar, você tinha escrito.

— Sim, eu... escrevi para Paris.

— Chega, e, por favor, vamos mudar de assunto. Pelas suas convicções, você é eslavófilo?

— Eu... não é que seja... Eu me tornei eslavófilo porque não pude ser russo... — Ele esboçou um sorriso torto, esforçando-se como quem gracejasse fora de propósito e também à força.

— Não é, pois, russo?

— Não sou russo, não.

— Mas é tudo bobagem. Sente-se enfim, que lhe peço. Por que é que anda, o tempo todo, de lá para cá? Acha que eu esteja delirando? Talvez venha a delirar ainda. Diz que vocês são apenas dois nessa casa?

— Dois... lá embaixo...

— E ambos tão inteligentes assim? O que está embaixo? Você disse "embaixo"?

— Não é nada, não.

— Como assim, "nada"? Quero saber.

— Queria apenas dizer que agora somos dois nesta casa, mas antes lá embaixo moravam os Lebiádkin...

— Aquela que foi degolada esta noite? — De chofre, ela se agitou. — Já ouvi falar. Logo que cheguei, ouvi falar disso. Houve um incêndio por aí?

— Sim, Marie, sim, e talvez eu perpetre, neste momento, uma vileza horrível ao perdoar àqueles vilões... — De súbito, ele se levantou e tornou a andar pelo quarto, erguendo os braços como se estivesse frenético.

Todavia, Marie não o entendera bem. Escutava suas respostas com distração, perguntando em vez de escutar.

— Boas coisinhas se fazem aí. Oh, como tudo é vil! Como todos são vis! Mas sente-se enfim, que lhe peço! Oh, como você me irrita! — Exausta, ela pôs a cabeça no travesseiro.

— Marie, não vou mais... Talvez se deite, hein, Marie?

Ela não respondeu e, desfalecida, fechou os olhos. Seu rosto pálido ficou igual ao de uma defunta. Adormeceu quase instantaneamente. Chátov olhou ao redor, ajeitou a vela, fitou mais uma vez, preocupado, o rosto dela, juntou, com força, as mãos em sua frente e, nas pontas dos pés, passou do quarto para o *sêni*. No alto da escada, apertou o rosto contra a parede, num canto, e se quedou assim por uns dez minutos, silencioso e imóvel. Teria ficado lá por mais tempo ainda, mas, de repente, os passos discretos e cautelosos ouviram-se embaixo. Alguém estava subindo a escada. Chátov lembrou que se esquecera de trancar a portinhola.

— Quem está aí? — perguntou baixinho.

O visitante desconhecido subia sem se apressar nem responder. Ao subir, ficou parado; não era possível enxergá-lo na escuridão. Ouviu-se, de chofre, sua pergunta prudente:

— Ivan Chátov?

Chátov disse seu nome, mas estendeu imediatamente a mão para detê-lo. Entretanto, o visitante foi o primeiro a segurar-lhe a mão, e Chátov estremeceu como se tivesse tocado num réptil medonho.

— Fique aí — cochichou depressa —; não entre, que não posso recebê-lo agora. Minha mulher voltou. Já trago a vela.

Quando retornou, com uma velinha nas mãos, vi um oficialzinho bem novo que estava lá. Não sabia como ele se chamava, porém já o vira algures.

— Erkel — apresentou-se o jovem. — O senhor me viu na casa de Virguínski.

— Lembro, sim: o senhor estava sentado e escrevia. Escute — Chátov se enfureceu de improviso, aproximando-se freneticamente dele, mas continuando a cochichar —: o senhor acabou de me acenar com a mão, quando pegou minha mão. Pois fique sabendo que posso cuspir para todos esses sinais! Não reconheço... não quero... Posso jogá-lo agora dessa escada, será que sabe?

— Não sei nada disso, não, e não sei, de jeito nenhum, por que o senhor se zangou tanto — respondeu o visitante, pacato e quase simplório. — Apenas tenho de lhe participar algo e vim por esse motivo, mas, o principal, não gostaria de perder tempo. O senhor tem uma máquina que não lhe pertence e pela qual se responsabiliza, como o senhor mesmo sabe. Estou incumbido de lhe exigir que a entregue amanhã mesmo, às sete horas da noite em ponto, a Lipútin. Além disso, tenho de comunicar que nada lhe será exigido nunca mais.

— Nada?

— Absolutamente nada. Seu pedido é satisfeito, e o senhor é excluído para sempre. Foi isso, positivamente, que me incumbiram de lhe participar.

— Quem foi que o incumbiu?

— Os que me transmitiram aquele sinal.

— O senhor veio do estrangeiro?

— Isso... acredito que isso não lhe seja importante.

— Eh, diabo! E por que não veio antes, se é que foi incumbido de vir?

— Cumpria certas instruções e não estava só.

— Entendo, entendo que não estava só. Eh... que diabo! E por que Lipútin não veio pessoalmente?

— Pois então, voltarei a buscar o senhor amanhã, às seis horas da tarde em ponto, e iremos lá a pé. Não haverá mais ninguém, além de nós três.

— Verkhôvenski há de vir?

— Não, ele não virá. Verkhôvenski sai da cidade amanhã de manhã, às onze horas.

— Sabia disso! — cochichou Chátov, enraivecido, e deu uma punhada em sua coxa. — Fugiu, canalha!

Cheio de ansiedade, ficou pensativo. Erkel olhava atentamente para ele, calava-se e aguardava.

— Mas como vocês vão carregar aquilo? É que não se pode pegá-lo assim, com as mãos, e levá-lo de vez embora.

— Nem se precisa disso. O senhor vai apenas indicar o local, e nós apenas nos certificaremos de que a máquina está realmente enterrada ali. Só sabemos que esse local existe, mas onde, precisamente, não sabemos. Será que o senhor já o indicou a mais alguém?

Chátov encarou-o.

— Mas você mesmo, você, um garoto desses, um garotinho tão bobo assim, você também se meteu naquilo até a tampa, feito um carneiro? Eh, mas exatamente desse suco é que eles precisam! Pois bem, vá embora! E-eh! Aquele vilão enganou vocês todos e deu no pé.

Erkel parecia sereno e calmo, aparentando não entender de que se tratava.

— Verkhôvenski fugiu! Verkhôvenski! — resmungou Chátov, irado.

— Mas ele está ainda por aqui, não foi embora. Só vai embarcar amanhã — notou Erkel, num tom brando e persuasivo. — Convidei-o em particular a presenciar tudo, como testemunha; aliás, todas as minhas instruções tinham a ver com ele (falava com excessiva sinceridade, como um moço novinho e inexperiente que era). Mas ele, infelizmente, não concordou, alegando a sua partida, e, realmente, estava meio apressado.

Chátov lançou mais uma olhada de compaixão àquele bobinho, mas, de repente, agitou a mão como que pensando: "Não há o que lamentar".

— Está bem, irei lá — interrompeu-o de supetão. — E agora veja se desinfeta, vá!

— Então, às seis horas em ponto! — Erkel saudou-o com uma gentil mesura e, sem se apressar, foi descendo a escada.

— Pateta! — gritou-lhe Chátov, sem se conter, do alto daquela escada.

— O quê? — replicou ele, já embaixo.

— Nada, pode ir.

— Achei que o senhor dissesse alguma coisa.

II

Erkel era um "pateta" a quem só faltava uma ideia mestra: andando sem aquele "czar na cabeça",[3] tinha, porém, tantas ideiazinhas subordinadas que chegava mesmo a ser astucioso. Fanática, puerilmente fiel à "causa geral", mas, no fundo, a Piotr Verkhôvenski, agia segundo a instrução que este lhe dera enquanto os *nossos* se entendiam, durante a sua reunião, e distribuíam os papéis para o dia seguinte. Impondo-lhe o papel de mensageiro, Piotr Stepânovitch conseguira falar com ele, por uns dez minutos, em particular. A parte executiva era uma necessidade daquela natureza mesquinha, pouco razoável e sempre sedenta por se submeter à vontade de outrem — oh, mas é claro que tão somente em prol de uma causa "geral" ou "grande". Mas nem isso importava, pois os pequenos fanáticos semelhantes a Erkel nunca sabem compreender o que significa servir uma ideia,

---

[3] Quando se diz, em russo, que alguém está "sem o czar na cabeça" (*без царя в голове*), isso se refere a uma pessoa leviana, insensata, amalucada.

salvo se a juntarem com certa pessoa que exprime essa ideia na visão deles. Sensível, bondoso e carinhoso, Erkel seria, talvez, o mais insensível dos assassinos que atentariam contra Chátov e, sem nenhum ódio pessoal, assistiria, sem pestanejar, ao seu assassinato. Era incumbido, por exemplo, de observar direitinho, entre outras coisas, o ambiente na casa de Chátov, quando da execução dessa incumbência, e mal Chátov lhe disse por acaso, ao recebê-lo na escada, que sua mulher voltara, mui provavelmente sem ter reparado nisso por estar com febre, Erkel teve bastante astúcia instintiva para não demonstrar nenhuma curiosidade posterior, apesar de fulgir, em sua mente, a conjetura de que o fato de sua mulher ter voltado fosse bem importante para o sucesso do empreendimento em curso...

E, no fundo, foi isso mesmo: apenas esse fato salvou "os patifes" da intenção de Chátov e, ao mesmo tempo, ajudou-os a "dar cabo" dele... Em primeiro lugar, Chátov ficou emocionado com esse fato, saiu dos trilhos, perdeu suas costumeiras perspicácia e precaução. Nenhuma ideia relativa à sua própria segurança nem por sombra viria agora à sua cabeça ocupada com outras coisas. Pelo contrário, ele acreditou com entusiasmo na fuga de Piotr Verkhôvenski marcada para o dia seguinte: isso coincidia tanto com as suas suspeitas! De volta para o quarto, sentou-se outra vez num canto, fincou os cotovelos nos joelhos e tapou o rosto com as mãos. Seus pensamentos amargos o afligiam...

E eis que tornava a erguer a cabeça e se punha nas pontas dos pés e ia olhar para ela: "Meu Deus! Mas amanhã mesmo ela vai desenvolver uma febre, logo pela manhã, ou talvez já esteja febril! Decerto se resfriou. Não está acostumada a esse clima horrível, e lá, um vagão de terceira classe, uma tempestade por toda parte e uma chuva, e seu albornoz é tão fininho, e nada de outras roupas... Deixá-la assim, sem nenhum amparo? E a maleta dela, mas que maleta minúscula, leve, murcha: umas dez libras! Como está exausta, coitada, quanta coisa é que aturou! É orgulhosa, por isso não se queixa. Mas está irritada, sim, irritada! É sua doença: até um anjo se irritaria, quando doente. Como sua testa está seca e, talvez, quente, que olheiras escuras é que ela tem, e... e como são belos, porém, esse oval de seu rosto e esses cabelos fartos, como...".

E desviava logo os olhos e se afastava depressa, como que assustado com a própria ideia de ver nela algo diferente de um ser infeliz e alquebrado que precisava de ajuda. "Que *esperanças* podem ser essas? Oh, como o homem é baixo e vil!" — e ele voltava ao seu canto, sentava-se e tapava o rosto com as mãos, e sonhava de novo e recordava... e eis que as esperanças ressurgiam em sua imaginação.

"Oh, cansada! Oh, cansada!" — relembrava as exclamações dela, essa voz fraca e dolorida. — "Meu Deus! Abandoná-la agora, com apenas oito *grivnas*... ela me estendeu seu porta-níqueis, tão velhinho, tão pequenino! Veio procurar um emprego, mas o que é que entende de empregos? O que eles todos entendem da Rússia? São como crianças dengosas, só têm fantasias próprias que eles mesmos criaram; e ela também se zanga, coitada: por que é que a Rússia não se parece com aqueles devaneiozinhos estrangeiros! Oh, gente infeliz; oh, gente inocente!... Contudo, aqui faz frio mesmo...".

Lembrou como ela reclamara do frio e ele prometera acender o forno. "Tenho lenha aqui, posso trazê-la; tomara que não a acorde. Aliás, posso, sim. E o que fazer com a carne de vitela? Quando se levantar, sentirá, talvez, fome... Mas que isso fique para depois: Kiríllov não dorme a noite toda. Com que a cobriria? Está dormindo tão profundamente assim, mas, com certeza, está com frio, ah, com frio!".

E foi mais uma vez olhar para ela: seu vestido se arregaçara um pouco, abrindo a perna direita até o joelho. Ele se virou bruscamente, quase assustado, tirou seu casaco quente e, uma vez de sobrecasaca velhinha, cobriu, sem olhar, a perna desnuda.

Acendendo a lenha, andando nas pontas dos pés, examinando a mulher adormecida, sonhando num canto, voltando a examiná-la, ele gastou muito tempo. Passaram-se duas ou três horas. E foi nesse ínterim que Verkhôvenski e Lipútin visitaram Kiríllov. Por fim, Chátov também adormeceu em seu canto. Então se ouviu um gemido dela: acordara e chamava por ele. Chátov se levantou num pulo, como um criminoso flagrado.

— Marie! Eu peguei no sono... Ah, como sou vil, Marie!

Ela se soergueu e olhou, espantada, ao seu redor, como se não reconhecesse o local onde estava; de súbito, ficou toda agitada, tomada de indignação e de ira:

— Ocupei sua cama, adormeci morta de cansaço... Como ousou não me acordar? Como ousou pensar que eu pretendia onerá-lo?

— Como podia acordá-la, Marie?

— Podia e devia! Aqui não há outra cama para você, e eu ocupei a sua. Não tinha de me colocar nessa situação falsa. Ou está pensando que vim para desfrutar dos seus favores? Digne-se logo a vir ocupar sua cama, e eu me deitarei num canto, sobre as cadeiras...

— Marie, mas não tenho tantas cadeiras nem o que pôr em cima.

— Então me deito no chão, simplesmente. Senão, você mesmo terá de dormir no chão. Pois quero dormir no chão, agora mesmo, agora!

Ela se levantou, querendo dar um passo, mas, de repente, uma espécie de fortíssima dor convulsiva lhe tirou, de uma vez só, toda a energia e toda a firmeza, e, com um alto gemido, ela tornou a cair sobre a cama. Chátov acorreu a ela, porém Marie, que escondia o rosto nos travesseiros, agarrou-lhe a mão e se pôs, com todas as forças, a apertá-la e a torcê-la com sua mão. Isso durou por um minuto.

— Marie, meu benzinho, se precisar, temos o doutor Frenzel aqui, um conhecido meu, muito... Eu correria buscá-lo.

— Bobagem!

— Como assim, "bobagem"? Diga, Marie, o que está doendo? Poderíamos colocar compressas... na barriga, por exemplo... Eu faria isso, mesmo sem o doutor... Ou, talvez, cataplasmas de mostarda.

— O que é isso? — perguntou ela, de modo estranho, erguendo a cabeça e fitando-o com temor.

— Quer dizer exatamente o quê? — Chátov não a entendeu. — O que está perguntando, Marie? Oh, meu Deus, estou perdido: desculpe, Marie, mas não entendo nada.

— Eh, deixe-me, entender não é seu negócio. E seria muito engraçado... — Ela sorriu com amargor. — Fale-me de alguma coisa. Ande pelo quarto e fale comigo. Não fique parado perto de mim nem olhe para mim, é o que lhe peço especialmente, pela quingentésima vez!

Chátov foi andando pelo quarto, olhando para o chão e, com todas as forças, tentando não olhar para ela.

— Aqui... não se zangue, Marie, que lhe imploro: há carne de vitela, aqui pertinho, e chá... Comeu tão pouco agorinha...

Ela agitou a mão, com asco e zanga. Desesperado, Chátov mordeu a língua.

— Escute: pretendo abrir aqui uma oficina de encapamento, sobre os princípios razoáveis de sociedade. Como você mora aqui, o que acha: conseguirei ou não?

— Eh, Marie, mas os livros não são lidos aqui, nem sequer há livros. Será que ele vai encapar um livro?

— "Ele" quem?

— O leitor daqui e o morador daqui em geral, Marie.

— Então fale direito: diz "ele", mas não deixa claro quem é "ele". Você não sabe gramática.

— Mas isso vem do espírito da língua, Marie — murmurou Chátov.

— Ah, vá para lá com esse seu espírito, estou cheia! Por que o morador ou o leitor daqui não vai encapar um livro?

— Porque ler um livro e encapá-lo são dois inteiros períodos de desenvolvimento, e são enormes. De início, ele se habitua a ler pouco a pouco (por séculos, bem entendido), mas amarfanha o livro e depois o joga no chão, achando que não seja uma coisa séria. Quanto ao encapamento, já traduz seu respeito pelo livro e significa que ele não apenas passou a gostar de ler, mas também considera a leitura algo sério. A Rússia toda não chegou ainda a este período. E a Europa encapa há muito tempo.

— Posto que seja pedante, esse seu dito não é, pelo menos, nada bobo e me lembra você três anos atrás: dizia então, vez por outra, coisas bastante argutas.

Ela pronunciou essa frase no mesmo tom desdenhoso de todas as frases enojadas que dissera antes.

— Marie, Marie — Chátov se dirigiu a ela, enternecido —, oh, Marie! Se você soubesse quantas coisas se passaram e se esvaíram nesses três anos! Mais tarde, ouvi dizerem que você me desprezava supostamente pela mudança de convicções. Mas quem foi que abandonei? Os inimigos da vida viva; os liberaizinhos obsoletos, com medo de sua própria independência; os lacaios mentais, os inimigos da personalidade e da liberdade, os pregadores caducos da carniça e da podridão! O que têm eles: a velhice, "a média de ouro", a mediocridade mais burguesa e mais reles, a igualdade invejosa, a igualdade sem dignidade pessoal, a igualdade como a entende um lacaio ou como a entendia um francês do ano noventa e três[4]... E, o principal, só há canalhas por toda a parte, canalhas e mais canalhas!

— Sim, há muitos canalhas — disse ela, num tom entrecortado e mórbido. Estava estendida, imóvel, como se tivesse medo de se mover, pondo a cabeça no travesseiro, um tanto de viés, e fixando um olhar fatigado, mas ardente, no teto. Seu rosto estava pálido, seus lábios, ressequidos e gretados.

— Percebe, Marie, percebe? — exclamou Chátov. Ela já queria fazer um sinal negativo com a cabeça, mas,

[4] Alusão ao período do terror que finalizou a Revolução francesa de 1789, abrindo caminho para a ditadura napoleônica.

de repente, sofreu outra convulsão. Tornou a esconder o rosto no travesseiro e de novo, com todas as forças, apertou por um minuto inteiro, até a dor, a mão de Chátov que acorrera louco de pavor.

— Marie, Marie! Mas talvez isso seja muito grave, Marie!

— Cale-se... Eu não quero, não quero! — exclamou ela, quase furiosa, virando-se outra vez de rosto para cima. — Não ouse olhar para mim com essa sua compaixão! Ande pelo quarto e diga alguma coisa, fale...

Como que perdido, Chátov começou a murmurar novamente.

— O que vive fazendo? — perguntou ela, interrompendo-o com uma impaciência enjoada.

— Trabalho no escritório de um comerciante ali. Eu, Marie, se quisesse muito, poderia ganhar um bom dinheiro aqui também...

— Tanto melhor para você...

— Ah, mas não pense nada, Marie: falei só por falar...

— E o que mais anda fazendo? O que está pregando? É que não pode deixar de pregar: seu caráter é esse!

— Pregando Deus, Marie.

— Em que você mesmo não crê. Nunca pude entender aquela ideia.

— Deixemos isso para depois, Marie.

— E quem foi a tal de Maria Timoféievna?

— Também falaremos disso depois, Marie.

— Não ouse fazer tais objeções! É verdade que aquela morte pode ser atribuída ao crime... daquelas pessoas?

— Sem dúvida alguma — resmungou Chátov.

De chofre, Marie ergueu a cabeça e gritou dolorosamente:

— Não ouse mais falar disso comigo, não ouse nunca, nunca ouse!

E recaiu na cama, acometida pela mesma dor espasmódica; já foi a terceira vez, mas agora seus gemidos se tornaram mais altos, transformando-se em gritos.

— Oh, homem intragável! Oh, homem insuportável! — Ela se agitava sem se poupar mais, empurrando Chátov que se inclinava sobre ela.

— Marie, eu faço o que quiser... vou andar, falar...

— Mas será que não vê que já começou?

— O que começou, Marie?

— Como vou saber? Será que sei algo disso?... Oh, maldição! Oh, seja maldito tudo, de antemão.

— Marie, se dissesse o que estava começando... senão, eu... o que vou entender, se for assim?

— É um falastrão abstrato, inútil! Oh, seja maldito o mundo todo!

— Marie! Marie!

Chátov pensou seriamente que ela estava para enlouquecer.

— Será que não vê, afinal, que estou em trabalho de parto? — Ela se soergueu, olhando para ele com uma fúria terrível, mórbida, que lhe desfigurava o semblante todo. — Maldita seja de antemão aquela criança!

— Marie! — exclamou Chátov, adivinhando enfim o que era aquilo. — Marie... Mas por que não me disse antes? — recompôs-se de supetão e, resoluto, enérgico, pegou seu boné.

— Nem eu mesma sabia, quando entrava cá. Será que viria à sua casa? Disseram para mim que havia ainda dez dias pela frente! Aonde vai, aonde? Não ouse sair!

— Vou buscar uma parteira! Vou vender meu revólver: agora, antes de tudo, é o dinheiro!

— Não ouse fazer nada, não ouse trazer nenhuma parteira: que seja uma mulher qualquer, uma velha... há oito *grivnas* no meu porta-níqueis... O mulherio das aldeias dá à luz sem parteiras, não dá?... E se eu esticar as canelas, melhor ainda...

— Trarei uma parteira e uma velha também. Mas como vou deixá-la sozinha, Marie, como?

Ao entender, todavia, que seria melhor deixá-la sozinha agora, apesar de todo o seu frenesi, do que a deixar desajudada mais tarde, sem escutar mais os gemidos nem as exclamações iradas dela e contando apenas com suas próprias pernas, Chátov correu desabaladamente pela escada.

III

Primeiro, à casa de Kiríllov. Já era por volta de uma hora da madrugada. Kiríllov estava postado no meio do quarto.

— Kiríllov, minha mulher está dando à luz!

— Quer dizer... como?

— Dando à luz... está dando um bebê à luz!

— Você... não está enganado?

— Oh, não, não: ela tem convulsões!... Precisamos de uma mulher, uma velha qualquer, sem falta, agora... Será que podemos conseguir uma? Você tinha muitas velhas aí...

— Lamento muito, mas não sei dar à luz — respondeu Kiríllov, pensativo —; quer dizer, não é que eu mesmo não saiba dar à luz, mas não sei fazer que ela dê à luz... ou então... Não, eu não sei nem dizer isso.

— Ou seja, você mesmo não saberia ajudá-la a dar à luz, só que não falo nisso! Uma velha, preciso de uma velha, peço que me arranje uma mulher, uma enfermeira, uma criada!

— Haverá uma velha, mas, talvez, não agora. Se quiser, eu, em vez dela...

— Oh, impossível! Vou logo buscar Virguínskaia, a parteira.

— A safada!

— Oh, sim, Kiríllov, sim, mas ela é a melhor de todas! Oh, sim, aquilo tudo será feito sem veneração nem alegria, mas com nojo, com palavrões e blasfêmias em face de um mistério tão grande assim, da aparição de um novo ser vivo!... Oh, mas é desde já que ela o amaldiçoa!...

— Se quiser, eu...

— Não, não, mas, enquanto eu estiver fora (oh, eu arrastarei Virguínskaia para cá!), vá até a minha escada, de vez em quando, e escute às escondidas, só não ouse entrar, que vai assustá-la; não entre de jeito nenhum, apenas escute... vai que aconteça algo terrível. E, se acontecer mesmo algo extremo, então pode entrar.

— Entendo. Mais um rublo para você: aqui está. Queria comprar uma galinha amanhã... agora não quero mais. Corra depressa, corra tão rápido quanto puder. E o samovar há de ferver a noite toda.

Kiríllov ignorava completamente as intenções que concerniam a Chátov, nem mesmo antes soubera nunca quão grande era o perigo a ameaçá-lo. Sabia apenas que Chátov tinha algumas contas antigas a acertar com "aquela gente" e, conquanto estivesse também parcialmente envolvido naquele negócio ao receber instruções do estrangeiro (que eram, de resto, bastante superficiais, pois ele próprio não participava diretamente de nada), abandonara tudo, nesses últimos tempos, abrira mão de todas as incumbências e se afastara por completo de todas as ações, em primeiro lugar da "causa geral", para se dedicar a uma vida contemplativa. Se bem que Piotr Verkhôvenski tivesse convidado Lipútin, durante a reunião, a irem juntos visitar Kiríllov para se certificar de que ele assumiria, em dado momento, a responsabilidade pelo "negócio de Chátov", não disse a Kiríllov, enquanto se explicava com ele, uma só palavra a respeito de Chátov nem sequer aludiu a ele. Decerto procurava ser mais político e, além disso, não confiava em Kiríllov, portanto resolveu deixar esse assunto para o dia seguinte, quando tudo já tivesse sido feito e, por conseguinte, "tanto fizesse" para Kiríllov: era assim, pelo menos, que Piotr Stepânovitch raciocinava acerca dele. Lipútin, por sua vez, percebeu muito bem que, apesar da promessa, nenhuma palavra fora dita a respeito de Chátov, porém ele mesmo estava angustiado demais para protestar.

Correndo como um furacão e amaldiçoando a distância da qual não via o fim, Chátov rumava para a rua Muraviínaia.

Teve de bater à porta de Virguínski por muito tempo: todos já estavam dormindo naquela casa. Então Chátov passou a esmurrar, com todas as forças e sem sombra de cerimônia, o contravento da janela. O cão de guarda, que estava no pátio, puxava a corrente e latia enfurecido. Os cães da rua toda seguiram seu exemplo: começou uma algazarra canina.

— Por que está batendo e o que deseja? — Foi a voz de Virguínski em pessoa, mansa e desconforme com a "ofensa", que acabou soando à janela. O contravento ficou entreaberto, o postigo se abriu também.

— Quem está aí, qual desses vilões? — guinchou, com raiva, uma voz feminina, absolutamente conforme com a ofensa sofrida, a daquela mulher solteirona, parenta de Virguínski.

— Sou eu, Chátov: minha mulher voltou e está prestes a dar à luz...

— Então que dê a luz! Vá embora!

— Vim buscar Arina Prókhorovna e não vou embora sem Arina Prókhorovna.

— Ela não pode atender todo mundo. É uma prática especial à noite... Vá buscar Makchéieva e não ouse fazer barulho! — matraqueava a raivosa voz feminina. Dava para ouvir como Virguínski tentava silenciar sua parenta, mas a tal solteirona o empurrava e não lhe cedia.

— Não vou embora! — bradou novamente Chátov.

— Espere, espere aí! — gritou, afinal, Virguínski que vencera a solteirona. — Eu lhe peço, Chátov, que espere cinco minutos: vou acordar Arina Prókhorovna... E, por favor, pare de bater e de gritar... Oh, como tudo isso é horrível!

Ao cabo desses cinco minutos intermináveis apareceu Arina Prókhorovna.

— Chegou sua mulher? — ouviu-se, através do postigo, a voz dela, e essa voz não era, para surpresa de Chátov, nada maldosa, mas tão somente imperiosa como de praxe. Aliás, Arina Prókhorovna nem sabia falar de outra maneira.

— Sim, minha mulher, e está dando à luz.

— Maria Ignátievna?

— Sim, Maria Ignátievna. É claro que Maria Ignátievna.

Houve silêncio. Chátov aguardava. E aquelas pessoas cochichavam dentro da casa.

— Faz tempo que ela chegou? — perguntou de novo a *Madame* Virguínskaia.

— Ontem à noite, às oito horas. Mais rápido, por favor.

Voltaram a cochichar, como se estivessem confabulando.

— Escute: o senhor não está enganado? Foi ela mesma quem mandou que me chamasse?

— Não, ela não me mandou chamar a senhora: ela quer uma mulher, uma mulher simples, para não me onerar, mas não se preocupe, que lhe pagarei.

— Está bem: vou lá, quer o senhor me pague, quer não. Sempre valorizei os sentimentos independentes de Maria Ignátievna, se bem que ela, quem sabe, nem se lembre de mim. O senhor tem as coisas mais necessárias?

— Não tenho nada, mas terei tudo, terei, terei...

"Pois há magnanimidade naquelas pessoas também!" — pensava Chátov, correndo à casa de Liámchin. — "As convicções e a pessoa são, aparentemente, duas coisas diferentes em vários sentidos. Talvez eu seja muito culpado para com eles!... São todos culpados, todos, e... se todos se convencessem disso!".

Não teve de bater à janela de Liámchin por muito tempo: para sua surpresa, ele abriu o postigo num piscar de olhos, pulando da cama descalço, apenas com roupas de baixo, e expondo-se ao risco de pegar um resfriado, ainda que fosse muito cismado e cuidasse, o tempo todo, da sua saúde. No entanto, a sensibilidade e a pressa dele tinham uma causa peculiar: Liámchin passara a noite toda tremendo e ainda não conseguia dormir, até agora, de tão ansioso em decorrência daquela reunião dos *nossos*. Parecia-lhe, volta e meia, que certas pessoas não convidadas e totalmente indesejáveis estavam para visitá-lo. O que mais o atormentava era a notícia da delação de Chátov... E de repente, como que de propósito, alguém bateu, com tanta força medonha, à sua janela!...

Ficou tão apavorado ao ver Chátov que logo fechou o postigo e correu de volta para a cama. Chátov se pôs a bater e a gritar freneticamente.

— Como se atreve a bater tanto em plena noite? — gritou Liámchin num tom ameaçador, mas desfalecendo de medo, ao resolver, pelo menos uns dois minutos depois, reabrir o postigo e convencer-se, por fim, de que Chátov viera sozinho.

— Aqui está seu revólver: tome-o de volta e me dê quinze rublos.

— O que é isso: está bêbado? É um assalto: vou ficar resfriado. Espere, deixe que me embrulhe numa manta.

— Dê logo quinze rublos. Senão, vou bater e gritar até que amanheça, e vou quebrar esse seu caixilho também.

— Pois eu vou gritar "polícia!", e levarão você para o xadrez.

— E eu sou, por acaso, mudo? Eu não vou gritar "polícia!"? Quem teria medo da polícia, você ou eu?

— E o senhor pode nutrir essas convicções tão torpes... Eu sei a que está aludindo... Espere, espere pelo amor de Deus, não bata mais! Misericórdia: quem é que tem dinheiro no meio da noite? E por que precisa de dinheiro, já que não está bêbado?

— Minha mulher voltou. Dou-lhe dez rublos de desconto, que não atirei nenhuma vez: pegue o revólver, pegue rápido!

Maquinalmente, Liámchin estendeu a mão, através do postigo, e pegou o revólver; aguardou e, de chofre, enfiou a cabeça de volta naquele postigo e balbuciou depressa, como que desvairado, com calafrios a correrem pelo seu dorso:

— Está mentindo: sua mulher não voltou coisa nenhuma. É que... é que você quer simplesmente fugir para algum lugar.

— Você é bobo: para onde é que fugiria? Que seu Piotr Verkhôvenski fuja, sim, e eu fico aqui. Fui agorinha à casa da parteira Virguínskaia, e ela consentiu logo em atender minha mulher. Informe-se, vá. Minha mulher está sofrendo: preciso de dinheiro. Dê dinheiro, rápido!

Toda uma cascata de ideias fulgiu na mente engenhosa de Liámchin. Tudo acabara repentinamente de tomar outro rumo, só que o medo não o deixava ainda raciocinar.

— Mas como assim?... É que você não vive com sua mulher, vive?

— Pois vou quebrar sua cabeça por tais perguntas!

— Ah, meu Deus, perdoe... compreendo, só fiquei atarantado... Mas compreendo, sim, compreendo. Mas... mas será que Arina Prókhorovna vai mesmo? Você acabou de dizer que ela ia à sua casa? Sabe, mas isso não é verdade. Está vendo como você mente a cada passo, está vendo, hein?

— Ela já deve estar ao lado de minha mulher. Não me atrase: se você é bobo, a culpa não é minha.

— Mentira: não sou bobo. Desculpe-me, mas não posso, de jeito nenhum...

E, totalmente desnorteado, ele se pôs a fechar o postigo pela terceira vez, porém Chátov deu um grito tão forte que tornou a assomar num átimo.

— Mas isso já é um atentado completo à privacidade! O que é que exige de mim, o que, o quê? Formule logo e note bem, preste bem atenção: estamos em plena noite!

— Exijo quinze rublos, cachola de carneiro!

— Mas talvez eu não queira tomar esse revólver de volta. O senhor não tem direito. Comprou uma coisa, e está tudo acabado, e não tem mais direito. Não posso arranjar uma quantia dessas à noite, de jeito nenhum. Onde é que vou arranjar uma quantia dessas?

— Sempre tem dinheiro aí: dou-lhe dez rublos de desconto, só que você é um judeuzinho conhecido.

— Venha depois de amanhã, pela manhã, ao meio-dia em ponto, ouviu? Então lhe dou o dinheiro todo, todo mesmo, certo?

Pela terceira vez, Chátov tornou a bater desenfreadamente àquele caixilho:

— Então dê logo dez rublos e amanhã, de manhã cedo, mais cinco.

— Não: depois de amanhã, pela manhã, dou cinco, sim, mas amanhã, juro por Deus, não dou. É melhor que nem venha amanhã, é melhor que nem venha.

— Então dez rublos! Oh, que canalha!

— Por que é que está xingando assim? Espere, que tenho de acender a luz: parece que quebrou o vidro, hein?... Quem é que xinga assim à noite? Eis aqui! — Ele estendeu uma nota bancária através da janela.

Chátov a pegou: essa nota era de cinco rublos.

— Juro por Deus que não posso dar mais, nem que você me degole, não posso. Depois de amanhã, sim, posso tudo, mas agora não posso nada.

— Não vou embora! — rugiu Chátov.

— Mas pegue, pegue ainda isto e nada mais, viu? Nem que fique esgoelando, não dou mais nada; faça o que fizer aí, não dou mais, não dou e não dou!

Estava frenético, desesperado, suado. Duas notas bancárias, que dera ainda a Chátov, eram de um rublo cada. Acumularam-se ao todo, nas mãos de Chátov, sete rublos.

— Tudo bem, que o diabo o carregue! Virei amanhã, Liámchin, e, se não preparar oito rublos para mim, vou espancá-lo.

"Mas não estarei em casa, seu tolo!" — pensou rapidamente Liámchin com seus botões.

— Espere, espere! — gritou, exaltado, quando Chátov já estava correndo embora. — Espere, volte aqui! Diga, por favor: é verdade que sua mulher voltou mesmo, como você disse?

— Imbecil! — Chátov cuspiu e foi correndo, a toda brida, para casa.

IV

Notarei que Arina Prókhorovna não sabia nada a respeito das intenções discutidas na reunião da véspera. Virguínski, que voltara para casa transtornado e debilitado, não se atrevera a contar-lhe sobre a decisão tomada, porém não se contivera, ainda assim, e acabara revelando metade dela, isto é, toda a notícia da iminente e próxima delação de Chátov, comunicada por Verkhôvenski, mas declarara, logo em seguida, que não dava muito crédito àquela notícia. Arina Prókhorovna levara um susto enorme. Foi por isso que, mal Chátov veio correndo buscá-la, resolveu de imediato ir à casa dele, por mais que estivesse cansada ao labutar, atendendo uma parturiente, ao longo de toda a noite passada. Sempre tivera a certeza de que "uma droga igual a Chátov seria capaz de cometer uma vileza cívica", mas a chegada de Maria Ignátievna vinculava esse assunto ao novo ponto de vista. O medo de Chátov, o tom desesperado de seus pedidos, seus rogos pela ajuda traduziam uma reviravolta nos sentimentos daquele traidor: alguém que se dispusesse a desmascarar a si mesmo, contanto que os demais perecessem, decerto teria outra aparência do que ele tinha na realidade e falaria de outra maneira. Numa palavra, Arina Prókhorovna decidiu ver tudo pessoalmente, com os próprios olhos. Virguínski se quedou muito contente com sua disposição, como se lhe tivessem tirado cinco *puds* das costas! Até lhe surgiu uma esperança por achar que os ares de Chátov destoavam, no mais alto grau, da suposição de Verkhôvenski...

Chátov não se enganara: tão logo voltou para casa, encontrou Arina Prókhorovna ao lado de Marie. Acabara de chegar, expulsara, com desprezo, Kiríllov que se mantinha ao pé da escada, rapidamente se apresentara a Marie, que não vira nela sua conhecida de longa data, e, ao encontrá-la "num estado péssimo", ou seja, irritada, abatida e "tomada do desespero mais pusilânime", precisara de apenas uns cinco minutos para vencer resolutamente todas as objeções dela.

— Por que vem repetindo que não quer uma parteira cara? — dizia-lhe naquele exato momento em que Chátov entrou no quarto. — Uma bobagem completa, umas ideias falsas por causa da sua situação anormal. Se ajudada por uma velha qualquer, uma parteira do poviléu, terá cinquenta chances de acabar mal, e nesse caso a correria e a gastança serão maiores do que com uma parteira cara. E como é que sabe que sou uma parteira cara? Vai pagar mais tarde, não lhe cobrarei demais da conta, mas garantirei pleno sucesso: comigo não morrerá, que já vi casos piores. E, quanto ao bebê, posso mandá-lo amanhã mesmo para um abrigo e depois, se quiser, para uma aldeia onde será criado, e acabou-se o problema. Então você convalesce, arranja um emprego razoável e, num prazo bem curto, indeniza Chátov pela moradia e pelas despesas que não serão, aliás, tão grandes assim...

— Não é isso... É que não tenho o direito de onerar...

— São seus sentimentos racionais e cívicos, mas, veja se acredita em mim, Chátov não gastará quase nada, caso queira deixar de ser aquele senhor fantástico para se transformar, pelo menos um pouquinho, num homem de ideias sóbrias. É só parar de fazer besteiras, de bater o tambor, de correr, com a língua para fora, pela cidade. Se a gente não lhe segurar as mãos, vai arregimentar, quem sabe, todos os médicos daqui até a manhã, como acordou toda a cachorrada da minha rua. Você não precisa de médicos: já lhe disse que me responsabilizo por tudo. Ainda pode, talvez, contratar alguma velha como criada, pois isso não custa nada. Aliás, ele mesmo pode servir para alguma coisa, não só para fazer besteiras. Tem braços, tem pernas, então correrá à farmácia sem que esse favor cause alguma ofensa aos seus sentimentos. E que diabos de favor é que seria? Não foi ele quem a levou a esse estado? Não foi ele quem a fez romper com aquela família em que você trabalhava como governanta, devido à sua meta egoística de desposá-la? É que a gente ouviu falar... Aliás, ele próprio acabou de acorrer como um doido e de gritar para a rua inteira ouvir. Não me imponho a ninguém e vim unicamente por você, por aquele princípio de que todos os nossos têm de ser solidários, e declarei isso para ele antes ainda de sair da minha casa. Se você achar que não precisa de mim, adeus, mas... tomara que não ocorra aquele mal tão fácil de afastar.

E ela se levantou mesmo da cadeira.

Marie estava tão fraca, sofria tanto e tinha, para dizer a verdade, tamanho medo do que esperava por ela que não teve a coragem de dispensá-la. Contudo, sentiu de repente ódio por essa mulher que vinha falando de outras coisas, bem diferentes daquilo que estava na alma dela. Por outro lado, a previsão de sua possível morte nas mãos de uma parteira inexperiente venceu a sua aversão. Quanto a Chátov, ficou, a partir desse momento, ainda mais exigente, mais implacável em relação a ele. Chegou, finalmente, a proibi-lo não só de olhar para ela, mas até mesmo de se virar em sua direção. Seus sofrimentos eram cada vez mais atrozes. As pragas e mesmo os palavrões que dizia tornavam-se cada vez mais infrenes.

— Eh, mas vamos mandá-lo embora — atalhou Arina Prókhorovna —: está todo desfigurado, pálido como morto e só assusta você! Diga aí, por favor, o que quer, hein, seu engraçadinho? Que comédia!

Chátov não respondeu, decidindo não dizer mais nada.

— Já vi, nesses casos, pais bobos: também ficam enlouquecendo. Só que aqueles lá, pelo menos...

— Cale-se ou me deixe, para eu esticar as canelas! Nem uma palavra a mais! Não quero, não quero! — Marie desandou a gritar.

— Não dá para não dizer nem uma palavra, a menos que você mesma esteja louca: é assim que a vejo nessa situação sua. Temos de falar, pelo menos, sobre o que interessa. Diga: já prepararam alguma coisa? Responda você, Chátov, que ela não se toca mais.

— Diga a senhora de que exatamente precisa.

— Nada, pois, está preparado.

Ela calculou tudo quanto seria imprescindível e, temos de lhe fazer justiça, contentou-se apenas com o que havia de mais necessário, nem que fosse mísero. Algo foi encontrado na casa de Chátov. Marie tirou uma chave e estendeu-a a Chátov, para que procurasse em sua mala. Como as mãos lhe tremiam, ele gastou um pouco mais tempo em abrir o cadeado desconhecido do que deveria gastar. Marie perdeu a paciência, mas, quando Arina Prókhorovna veio correndo para lhe retirar a chave, não a deixou, por nada no mundo, nem olhar para dentro da mala e insistiu, aos gritos ensandecidos e prantos, que Chátov a abrisse com as próprias mãos.

Precisava-se ir buscar certas coisas na casa de Kiríllov. Mal Chátov se virou para ir buscá-las, ela se pôs a chamá-lo freneticamente de volta e só se acalmou quando, ao voltar correndo da escada, Chátov lhe explicou que sairia apenas por um minutinho, a fim de trazer as coisas mais necessárias, e retornaria depressa.

— Mas como é difícil agradar à senhorita! — Arina Prókhorovna deu uma risada. — Ora fique lá, virado para a parede, e nem se atreva a olhar para você, ora não se atreva a sair nem por um minutinho, senão vai chorar. Mas, desse jeito, ele acabará pensando alguma coisa. Pois bem, pois bem: chega de denguice, chega de cara feia, que estou brincando.

— Ele não ousará pensar nada.

— Tá, tá, tá... Se não estivesse apaixonado, feito um carneiro, por você, não correria assim, com a língua para fora, pelas ruas, nem teria acordado todos os cachorros da cidade. Arrebentou até o caixilho da minha janela.

V

Chátov encontrou Kiríllov, que continuava a andar de um canto do seu quarto para o outro, tão distraído que ele nem sequer se lembrou da chegada de sua consorte, escutando sem entender.

— Ah, sim — recordou de improviso, como quem se esforçasse para abandonar, apenas por um instante, alguma ideia a absorvê-lo —, sim... uma velha... Sua mulher ou uma velha? Espere: sua mulher e a uma velha também, certo? Lembro: fui lá; a velha virá, mas não agora. Leve um travesseiro. Algo mais? Sim... Espere, Chátov: será que tem momentos de harmonia eterna?

— Sabe, Kiríllov, você não pode mais ficar acordado à noite.

Kiríllov se recobrou e, coisa estranha, passou a falar de maneira bem mais coerente do que falava mesmo em seu estado habitual, percebendo-se que formulara aquilo tudo havia tempos e chegara, talvez, a anotá-lo.

— Há segundos, cinco ou seis ao todo, que surgem de uma vez só, e eis que você sente a presença dessa harmonia eterna, já totalmente consumada. Não é algo terreno; não digo que seja algo celestial, mas que o homem não pode suportá-lo em sua forma terrena. Precisa mudar fisicamente ou morrer. É uma sensação clara e incontestável. É como se você abrangesse, de súbito, a natureza toda e dissesse subitamente: sim, é verdade. Deus, quando criava o mundo, dizia ao fim de cada dia da criação: "Sim, é verdade, é bom". Isso... não é um enternecimento, mas assim... uma alegria. Você não perdoa nada, porque não lhe resta mais nada a perdoar. Não é que esteja amando: oh, mas isso fica acima do amor! E as mais terríveis são tamanhas clareza e alegria. Se durarem por mais de cinco segundos, a alma não vai aguentar e terá de sumir. Vivo uma vida inteira nesses cinco segundos e trocaria a vida toda por eles, pois isso vale a pena. E, para aguentar por dez segundos, precisa-se mudar fisicamente. Acredito que o ser humano deve parar de procriar. De que adiantam os filhos, para que serve o desenvolvimento, já que o objetivo está alcançado? O Evangelho diz que não procriarão mais ao ressuscitarem dos mortos, mas serão como os anjos nos céus.[5] Uma alusão. Sua mulher está dando à luz?

— E isso lhe acontece frequentemente, Kiríllov?

— A cada três dias... uma vez por semana.

— Mas você não sofre de epilepsia?

— Não.

— Então vai sofrer. Tome cuidado, Kiríllov: ouvi dizerem que a epilepsia começava dessa exata maneira. Um epiléptico descreveu para mim, por miúdo, essa sensação precedente à crise, precisamente como você: também media cinco segundos e dizia que não dava para aguentar mais. Lembre-se daquele jarro de Maomé que não teve tempo de se derramar enquanto ele sobrevoou, montado em seu cavalo, o paraíso inteiro. O jarro não

---

[5] Marcos, 12:25; Lucas, 20:35-36.

passa dos mesmos cinco segundos, lembrando demais essa sua harmonia, e Maomé foi epiléptico. Tome cuidado, Kiríllov: a epilepsia!

— Não terá tempo... — sorriu mansamente Kiríllov.

VI

A noite ia passando. Chátov era mandado embora, injuriado, chamado de volta. Marie chegara ao último grau de temor pela sua vida. Gritava que queria viver "custasse o que custasse!" e tinha medo de morrer. "Não posso, não!" — repetia. Não fosse Arina Prókhorovna, a situação ficaria insustentável. Contudo, pouco a pouco, ela conseguiu dominá-la completamente. Agora a paciente obedecia a cada palavra dela, a cada grito, como se fosse uma criança. Arina Prókhorovna não agia carinhosa, mas antes rigorosamente, porém, em compensação, atendia com perícia. Começou a amanhecer. De súbito, Arina Prókhorovna inventou que Chátov acabara de correr até a escada para rezar a Deus e desandou a rir. Marie também riu maldosa, sarcasticamente, como se esse riso lhe trouxesse alívio. Por fim, Chátov ficou expulso em definitivo. Veio uma manhã úmida e gelada. Ele apertou o rosto contra a parede, ali no canto, exatamente como na véspera, quando Erkel estava entrando. Tremia qual uma folha, receava até mesmo pensar, mas sua mente se prendia, por meio de pensamentos, a tudo o que vinha imaginando, como isso ocorre em sonho. Os devaneios não cessavam de empolgá-lo e amiúde se interrompiam como fios podres. Afinal, não eram mais os gemidos e, sim, os gritos terríveis, puramente animais, insuportáveis, impossíveis que se ouviam no quarto. Ele quis tapar os ouvidos, mas não conseguiu fazê-lo e caiu de joelhos, repetindo de forma inconsciente: "Marie, Marie!". E eis que soou finalmente um grito novo, um grito que fez Chátov estremecer e ficar em pé, o grito fraco, vibrante, de um bebê. Ele se benzeu e correu para o quarto. Nos braços de Arina Prókhorovna gritava e debatia-se, agitando os membrozinhos minúsculos, um ser pequenino, vermelho, enrugado, pavorosamente débil e dependente, como um grãozinho de poeira, do primeiro assopro do vento, o qual gritava, porém, e manifestava sua presença como quem tivesse, por sua vez, o mais pleno direito de viver... Marie jazia como que desacordada, mas, um minuto depois, reabriu os olhos e mirou Chátov de modo estranho, muito estranho. Era um olhar totalmente novo: ele não estava ainda em condição de entender como era, de fato, aquele olhar, mas não se lembrava de tê-lo conhecido, em algum momento, no passado.

— Menino? É um menino? — perguntou ela, com uma voz dolorida, a Arina Prókhorovna.

— Um meninão! — exclamou ela em resposta, embrulhando o recém-nascido.

Por um instante, depois de embrulhá-lo e antes de colocá-lo sobre a cama, de atravessado, entre dois travesseiros, passou o bebê para as mãos de Chátov. De certo modo furtivo, como se tivesse medo de Arina Prókhorovna, Marie acenou-lhe com a cabeça. Chátov a entendeu de imediato e se aproximou para lhe mostrar o bebê.

— Como é... bonitinho... — sussurrou ela, baixinho, com um sorriso.

— Eta, mas que carinha é essa! — Triunfante, Arina Prókhorovna deu uma risada jovial e olhou, de relance, para o rosto de Chátov. — Que carinha é que ele tem!

— Alegre-se, Arina Prókhorovna... É uma grande alegria... — balbuciou Chátov, com um ar estupidamente beato, todo risonho ao ouvir duas palavras de Marie a respeito do recém-nascido.

— Mas que grande alegria é essa de vocês dois? — alegrou-se Arina Prókhorovna, agitada, enquanto arrumava o quarto e penava que nem uma forçada.

— O mistério da aparição de um novo ser, um mistério grande e inexplicável, Arina Prókhorovna, e como é triste que a senhora não compreenda isso!

Chátov murmurava sem nexo, abobalhado e extático. Parecia que algo se balançava em sua cabeça e por si só, quisesse ele ou não, escorria da sua alma.

— Houve duas pessoas e, de repente, apareceu a terceira, um novo espírito íntegro e rematado, que as mãos humanas não criam: uma ideia nova e um amor novo, a gente fica até com medo... E não há nada de mais sublime no mundo!

— Eh, quanto disparate! Apenas o desenvolvimento do organismo em curso, e não há nada mais nisso, nenhum mistério! — Arina Prókhorovna gargalhava sincera e alegremente. — Desse jeito aí, qualquer mosca é um mistério. Mas é o seguinte: quem fica sobrando nem deveria nascer. Primeiro vocês refazem tudo, para que ele não fique sobrando, e depois o botam no mundo. É que terei de levá-lo, depois de amanhã, para um abrigo... Aliás, é o que precisa ser feito.

— Ele nunca irá da minha casa para o abrigo! — disse Chátov com firmeza, de olhos fixos no chão.

— Vai adotá-lo?

— Ele é meu filho.

— É claro que ele é Chátov, Chátov em termos da lei, e você não tem de bancar um benfeitor da humanidade. Mas essa gente não pode viver sem falácia! Pois bem, pois bem, meus senhores, mas é o seguinte — ela terminou enfim a arrumação —: está na hora de ir. Ainda virei de manhã e de tardezinha, se for preciso, e agora, como se passou tudo otimamente, tenho de dar um pulinho na casa dos outros também, que estão esperando por mim há tempos. Você, Chátov, tem uma velha sentada por aí, não tem? Quanto à velha, tudo bem, mas fique você mesmo perto dela, seu maridinho, não a deixe só: quem sabe se não lhe será útil... Parece, aliás, que Maria Ignátievna não vai enxotá-lo agora... Pois bem: estou brincando apenas...

Ao pé do portão, até onde Chátov fora com ela, acrescentou, dirigindo-se tão somente a ele:

— Você me fez rir pelo resto da vida, por isso não lhe cobrarei dinheiro nenhum: rirei até mesmo dormindo. Ainda não tinha visto nada mais engraçado do que você foi nessa noite.

Foi embora absolutamente contente. Pela aparência de Chátov e pela sua conversa, estava claro como a luz do dia que esse homem "pretendia ser pai e era um bolha de primeira categoria". Foi de propósito que ela passou correndo pela sua casa, conquanto o caminho até a de uma paciente sua fosse mais reto e menos longo, para contar daquilo a Virguínski.

— Marie, ela mandou você não dormir por algum tempo, se bem que eu cá perceba que é difícil demais... — começou Chátov, tímido. — Ficarei sentado aqui, junto da janela, para velá-la, hein?

E se sentou junto da janela, detrás do sofá, num canto onde ela não poderia vê-lo de modo algum. Todavia, não se passou nem sequer um minuto até Marie chamar por ele e pedir, enjoada, que lhe ajeitasse o travesseiro. Chátov se pôs a ajeitá-lo. Zangada, ela olhava para a parede.

— Não é assim, oh, não é... Que mãos é que você tem!

Chátov tornou a ajeitar o travesseiro.

— Incline-se sobre mim — disse ela subitamente, num tom esquisito, evitando, de qualquer maneira, encará-lo.

Ele estremeceu, mas se inclinou sobre ela.

— Mais... não é assim... mais perto... — De chofre, seu braço esquerdo lhe abarcou impetuosamente o pescoço, e ele sentiu seu beijo, forte e molhado, na testa.

— Marie!

Ela tentava conter-se, seus lábios tremiam, mas de repente, soerguendo-se com os olhos fulgentes, ela disse:

— Nikolai Stavróguin é um cafajeste!

A seguir, como que ceifada, tombou de bruços, escondeu o rosto no travesseiro e chorou histericamente, apertando com força a mão de Chátov.

A partir daquele momento, não deixava mais que se afastasse dela, exigindo que se sentasse à sua cabeceira. Não podia falar muito, porém o fitava, o tempo todo, e lhe sorria como uma beata. Parecia que de improviso se transformara numa bobinha. Era como se tudo se tivesse regenerado. Ora Chátov chorava como um garotinho, ora dizia só Deus sabia o quê, de maneira selvagem, desvairada e inspirada; depois lhe beijava as mãos, e ela se deleitava em escutá-lo, talvez sem o entender, mas remexendo carinhosamente, com sua mão debilitada, nos cabelos dele, alisando-os, admirando-os. Chátov lhe contava sobre Kiríllov e como eles começariam agora a viver juntos "de novo e para sempre", sobre a existência de Deus e como todos eram bons... Arroubados, pegaram outra vez o bebê para vê-lo de perto.

— Marie! — exclamou ele, segurando o recém-nascido. — Acabou-se aquele delírio antigo, acabaram-se a infâmia e a carniça! Vamos trabalhar para abrirmos um novo caminho juntos, nós três, sim, sim!... Ah, sim, mas que nome é que lhe daremos, Marie?

— A ele? Que nome? — perguntou ela, surpresa, e de repente uma profunda tristeza lhe marcou o semblante.

Agitou as mãos, olhou para Chátov com reproche e caiu de rosto contra o travesseiro.

— Marie, o que tem? — exclamou ele, consternado e assustado.

— E você pôde, pôde... Oh, ingrato!

— Marie, perdoe-me, Marie!... Apenas lhe perguntei pelo nome. Não sei...

— Ivan, Ivan! — Ela ergueu o rosto em brasa, molhado de lágrimas. — Será que você pôde supor que pudesse ser outro nome, um nome *terrível*?

— Acalme-se, Marie: oh, como está abatida!

— Outra grosseria sua: o que está atribuindo ao meu abatimento? Aposto que, se eu dissesse para darmos a ele... aquele nome terrível, você concordaria logo; aliás, nem sequer repararia! Oh, ingratos, vis, vocês todos, todos!

É claro que fizeram as pazes um minuto depois. Chátov a convenceu a dormir. Marie adormeceu, mas sem soltar ainda a mão dele, acordando amiúde, voltando a mirá-lo, como se receasse que Chátov fosse embora, e adormecendo de novo.

Kiríllov mandou aquela sua velha "parabenizar" e, além disso, levar chá quente, umas costeletas que acabavam de ser fritas e uma porção de caldo com pão branco "para Maria Ignátievna". A doente engoliu o caldo com avidez, e a velha trocou as fraldas do recém-nascido. Marie obrigou Chátov também a comer costeletas.

O tempo ia passando. Extenuado, Chátov adormeceu em sua cadeira, pondo a cabeça no travesseiro de Marie. Assim encontrou o casal Arina Prókhorovna que cumpriu a sua promessa: despertou ambos, com alegria, conversou com Marie sobre o necessário, examinou o bebê e mandou novamente que Chátov não se afastasse dela. Depois caçoou dos "cônjuges", com certo matiz de desdém e soberba, e se retirou tão contente quanto havia pouco.

Já escurecera por completo quando Chátov acordou. Apressou-se a acender uma vela e foi correndo buscar a velha, porém, tão logo pisou na escada, ficou surpreso com os passos mansos e vagarosos de alguém que subia ao seu encontro. Era Erkel.

— Não entre! — sussurrou Chátov e, pegando-lhe rapidamente a mão, arrastou-o de volta em direção ao portão. — Espere aí, vou sair logo: já me esqueci totalmente do senhor, totalmente! Oh, mas como me refrescou a memória!

Estava com tanta pressa que nem sequer foi avisar Kiríllov, chamando tão só a velha. Marie ficou desesperada e indignada por ele "ter podido apenas pensar em deixá-la sozinha".

— Mas — exclamou Chátov, extasiado — já é o derradeiro passo! Depois haverá um caminho novo, e nunca, nunca mais nos lembraremos do horror antigo!

Convenceu-a bem ou mal e lhe prometeu que voltaria às nove horas em ponto; beijou-a com força, beijou o bebê também e desceu correndo a escada.

Foi com Erkel ao parque dos Stavróguin em Skvorêchniki, onde enterrara havia cerca de um ano e meio, num lugar ermo que ficava bem na ourela do parque, rente a um pinheiral, a tipografia que lhe fora confiada. Era um lugar agreste e deserto, absolutamente imperceptível e assaz distante da mansão em Skvorêchniki. Precisariam caminhar, saindo da casa de Filíppov, três verstas e meia, ou então quatro verstas, para chegar lá.

— Vamos a pé mesmo? Eu chamarei um carro.

— Muito lhe peço que não chame — objetou Erkel —: eles insistiam precisamente nisso. O cocheiro também é uma testemunha.

— Ufa... diabo! Não importa, contanto que terminemos logo, logo!

E eles foram bem depressa.

— Erkel, hein, garotinho! — exclamou Chátov. — Será que já esteve feliz algum dia?

— Parece que o senhor está muito feliz agora — notou Erkel, curioso.

Capítulo sexto. Uma noite laboriosa.

I

Ao longo daquele dia, Virguínski passou umas duas horas a correr pelas casas de todos os *nossos* para lhes comunicar que certamente Chátov não os delataria, porquanto sua esposa acabara de voltar e de dar à luz, e que não se podia, "conhecendo o coração humano", nem supor que viesse a ser perigoso num momento desses. Contudo, para seu desconcerto, não encontrou quase ninguém, à exceção de Erkel e de Liámchin. Erkel ouviu aquilo em silêncio, encarando Virguínski com serenidade, e, questionado às claras "se iria lá às seis horas ou não", respondeu, com o sorriso mais calmo possível, que "iria, sim, bem entendido".

Quanto a Liámchin, estava deitado, muito doente em aparência, envolto em sua coberta até a cabeça. Levou um susto ao ver Virguínski entrar e, mal este se pôs a falar, agitou repentinamente os braços, todo embrulhado como estava, e rogou que o deixasse em paz. Ainda assim, escutou tudo o que concernia a Chátov e, por alguma razão, ficou estupefato com a notícia de que ninguém estava em casa. Esclareceu-se também que já sabia (por intermédio de Lipútin) da morte de Fedka, contando disso, apressada e caoticamente, a Virguínski e deixando-o estupefato por sua vez. Questionado às claras "se era preciso ir lá ou não", tornou de chofre a implorar, agitando os braços, e disse que "estava de lado, não sabia de nada e pedia que o deixassem em paz".

Entristecido e muito preocupado, Virguínski voltou para casa; também se afligia porque lhe cumpria esconder aquilo dos seus familiares: costumava revelar tudo à sua esposa e, se uma nova ideia, um novo plano conciliador das ações por vir, não tivesse surgido, naquele momento, em sua mente inflamada, ele teria caído, talvez, de cama, igual a Liámchin. Mas eis que sua nova ideia veio alentá-lo, e ele passou, como se não bastasse, a esperar, até mesmo com certa impaciência, pela hora marcada e foi, até mesmo antes de chegar essa hora, ao local do encontro.

Era um lugar muito lúgubre, situado no fim do enorme parque dos Stavróguin. Mais tarde eu mesmo iria lá de propósito, querendo examiná-lo: como ele devia parecer funesto naquela tristonha noite outonal! Lá começava uma antiga floresta reservada para corte, cujos imensos pinheiros seculares se destacavam nas trevas como vagas manchas escuras. Os presentes quase não se enxergavam, a dois passos um do outro, naquele breu, mas Piotr Stepânovitch, Lipútin e Erkel, que veio depois, trouxeram lanternas. Construída de pedras brutas, não talhadas, numa época imemorável, não se sabia para que nem quando, e bastante grotesca, um gruta ficava naquele lugar. A mesa e as banquetas, que estavam dentro da gruta, tinham apodrecido e caído aos pedaços havia tempos. Do lado direito, a uns duzentos passos dali, terminava a terceira lagoa do parque. Aquelas três lagoas se situavam, a partir da mansão, uma perto da outra, estendendo-se por uma versta e tanto, até a ourela do parque. Seria difícil presumir que algum ruído, algum grito ou mesmo algum tiro pudessem chegar aos ouvidos de quem morava na casa abandonada dos Stavróguin. Com a partida, na véspera, de Nikolai Vsêvolodovitch e Alexei Yegórovitch, permaneciam nela, quando muito, cinco ou seis pessoas, sendo elas todas, por assim dizer, de feitio desvalido. Em todo caso, daria para conjeturar, com uma probabilidade quase total, que, mesmo se algum desses moradores recolhidos acabasse ouvindo gritos ou chamados de socorro, ficariam todos apenas horrorizados com eles, mas nenhum se afastaria do seu forno aceso ou da sua cama quentinha para ir socorrer quem gritasse.

Às seis horas e vinte quase todos, salvo Erkel que fora buscar Chátov, estavam já reunidos. Dessa vez Piotr Stepânovitch não se atrasou, vindo com Tolkatchenko. Este último estava sombrio e preocupado: toda a sua resolução forjada e descaradamente jactanciosa havia sumido. Quase não se afastava de Piotr Stepânovitch, chegando de súbito a manifestar-lhe uma fidelidade ilimitada; amiúde se punha a cochichar, ansioso, com ele, porém Piotr Stepânovitch mal lhe respondia ou então murmurava, irritado, alguma coisa para se livrar dele.

Chigaliov e Virguínski apareceram mesmo um pouco antes de Piotr Stepânovitch e, logo que ele chegou, ficaram um tanto de lado, num silêncio profundo e obviamente premeditado. Piotr Stepânovitch ergueu a lanterna e examinou-os com uma atenção insolente e ultrajante. "Querem falar" — passou-lhe pela cabeça.

— Liámchin não está aí? — perguntou a Virguínski.
— Quem disse que ele estava doente?

— Estou aqui — replicou Liámchin, assomando de supetão por trás de uma árvore. Estava de casaco quente e bem embrulhado com uma manta, de sorte que era difícil enxergar, mesmo à luz de uma lanterna, a fisionomia dele.

— Pois então só Lipútin não veio?

Calado, Lipútin saiu da gruta. Piotr Stepânovitch voltou a erguer sua lanterna.

— Por que se meteu lá, por que não saiu antes?

— Acredito que todos nós conservamos o direito à liberdade... de nossos movimentos... — Lipútin começou a murmurar, provavelmente sem entender muito bem o que queria exprimir.

— Cavalheiros — Piotr Stepânovitch elevou a voz, deixando, pela primeira vez, de cochichar, o que surtiu efeito —, compreendem bem, creio eu, que agora não podemos mais demorar. Tudo foi dito e remoído ontem, de forma direta e definida. Mas pode ser, a julgar pelas suas fisionomias, que alguém tenha algo a declarar; nesse caso, peço que fale depressa. Que diabo: temos pouco tempo, e Erkel pode trazê-lo a qualquer momento...

— Vai trazê-lo sem falta — comentou, não se sabia para que, Tolkatchenko.

— Se não me engano, primeiro ele vai entregar a tipografia? — indagou Lipútin, como se não entendesse de novo por que fazia essa pergunta.

— É claro que não vamos desperdiçar as coisas! — Piotr Stepânovitch levou a lanterna em direção ao seu rosto. — Mas já combinamos ontem, nós todos, que não teríamos de tomar isso a peito. Que ele só lhe indique o local onde a enterrou, e depois vamos desenterrá-la nós mesmos. Sei que é a dez passos de um dos cantos da gruta... Mas que diabo, Lipútin, como você pode ter esquecido? Pois está combinado que o encontrará sozinho, e nós apareceremos depois... É estranho que esteja perguntando... ou pergunta só por perguntar?

Lipútin calava-se, carrancudo. Ficaram todos calados. O vento balançava os cimos dos pinheiros.

— Todavia, cavalheiros, espero que cada um cumpra seu dever — atalhou Piotr Stepânovitch, impaciente.

— Eu sei que a esposa de Chátov voltou e deu à luz... — De súbito, Virguínski se pôs a falar, agitado e apressado, mal articulando suas palavras e gesticulando. — Conhecendo o coração humano... podemos ter a certeza de que agora ele não vai delatar... porque está feliz... É que passei agorinha pelas casas de todos e não encontrei ninguém... é que talvez não tenhamos agora de fazer nada mesmo...

Parou de falar: sua respiração se interrompeu instantaneamente.

— E se o senhor mesmo, senhor Virguínski, ficasse de repente feliz — Piotr Stepânovitch deu um passo ao seu encontro —, adiaria, não digo a delação, pois não se trata disso agora, mas um arriscado feito cívico, premeditado antes da sua felicidade e tido, apesar do risco e da perda dessa felicidade, como seu dever e sua obrigação?

— Não adiaria, não! Não o adiaria por nada no mundo! — disse Virguínski, com um ardor absurdíssimo, e se remexeu todo.

— Preferiria voltar a ser infeliz a tornar-se vilão?

— Sim, sim... Muito pelo contrário... desejaria ser um vilão rematado... quer dizer, não... antes não ser aquele vilão, mas, pelo contrário, ser totalmente infeliz antes de ser vilão.

— Pois fique sabendo que Chátov considera sua delação um feito cívico, sua convicção suprema, e a prova disso é que se arrisca em parte, ele mesmo, perante o governo, embora seja claro que muita coisa lhe será perdoada pela sua denúncia. Um homem daqueles não desistirá por nada no mundo. Nenhuma felicidade vai vencê-lo: ele se recobrará num dia só, irá lá (censurando a si próprio, mas irá, sim) e delatará. Além do mais, não vejo nenhuma felicidade no fato de sua mulher ter vindo, três anos depois, parir o filhote de Stavróguin.

— Mas ninguém viu aquela denúncia — proferiu Chigaliov, de repente, num tom imperioso.

— Vi a denúncia, sim! — bradou Piotr Stepânovitch. — Ela existe, e tudo isso é horrivelmente tolo, cavalheiros!

— E eu — exaltou-se subitamente Virguínski —, eu protesto... protesto com todas as forças... Eu quero... Quero o seguinte: quero que nós todos apareçamos, quando ele vier, e lhe perguntemos se é verdade. Se for verdade, que ele se arrependa e nos dê a sua palavra de honra, então vamos soltá-lo. Em todo caso, que seja um julgamento, que o tribunal decida. Em vez de todo mundo se esconder e depois partir para cima dele.

— Arriscar a causa geral em troca de uma palavra de honra é o cúmulo de tolice! Que diabo, cavalheiros, mas como isso é tolo agora! Qual é, pois, o papel que assumem num momento perigoso?

— Protesto, protesto — insistia Virguínski.

— Não grite, pelo menos, que não ouviremos o sinal. Chátov, cavalheiros... (Que diabo, mas como isso é tolo agora!). Já lhes disse que Chátov era um eslavófilo, isto é, uma das pessoas mais tolas... Aliás, que o diabo o carregue, tanto faz: estou cuspindo para isso! Apenas me tiram do sério!... Chátov, cavalheiros, era um homem revoltado, mas, como ele pertencia, ainda assim, à nossa sociedade, querendo ou não, eu esperava até o último momento que pudesse usá-lo em prol da causa geral e usá-lo como um homem revoltado. Eu o poupava e resguardava, apesar das instruções mais exatas a seu respeito... Poupava-o cem vezes mais do que valia a pena poupá-lo! Só que ele acabou delatando... pois bem, que o diabo o carregue, cuspo para isso!... Mas tentem agora safar-se de algum jeito! Nenhum de vocês tem o direito de renegar a causa! Até podem beijá-lo, se quiserem, mas não têm o direito de trocar a causa geral por uma palavra de honra qualquer! Assim fazem os porcos e os comprados pelo governo!

— Quem é que foi comprado pelo governo aqui? — intrometeu-se novamente Lipútin.

— Talvez seja você. Seria melhor se ficasse calado, Lipútin, já que só fala assim, por hábito. Os comprados, cavalheiros, são todos aqueles que se acovardam num momento perigoso. Sempre se acha um imbecil que corre por medo, no último instante, e grita: "Ai, perdoem-me, que vou entregar todo mundo!". Mas fiquem sabendo, cavalheiros, que vocês aí não serão perdoados agora por nenhuma denúncia. Nem que lhes comutem duas sentenças juridicamente, cada um irá para a Sibéria de qualquer jeito, e, além disso, nenhum se salvará da outra espada. E aquela outra espada é mais aguda do que a governamental.

Tomado de raiva, Piotr Stepânovitch falou em excesso. Chigaliov deu três passos firmes em sua direção.

— Pensei bastante, desde a noite de ontem, nesse assunto — começou, naquele seu tom seguro e metódico de sempre (e me parece a mim que, mesmo se a terra se afundasse embaixo dele, nem por isso reforçaria suas entonações e tampouco mudaria, de modo algum, o estilo metódico de seu discurso) — e resolvi, ao pensar nele, que o assassinato que estávamos urdindo era não apenas uma perda de nosso tempo valioso, o qual poderia ser aproveitado de maneira mais significativa e imediata, mas, ainda por cima, aquele pernicioso desvio do caminho normal que sempre tinha prejudicado, em particular, a nossa causa e postergado, para dezenas de anos, o sucesso dela sob a influência de pessoas levianas e, principalmente, políticas que substituíam os socialistas puros. Estou aqui com a única finalidade de protestar, para edificação de todos, contra a empresa urdida e de me isentar, a seguir, do momento presente, chamado por vocês, nem sei por que, de "momento perigoso" para vocês. Vou embora, mas não por medo desse perigo nem por me condoer de Chátov, que não quero beijar em hipótese alguma, mas unicamente porque toda essa empresa, do início ao fim, contradiz literalmente meu próprio programa. No que diz respeito à delação e ao suborno por parte do governo, podem ficar totalmente sossegados quanto a mim: não haverá delação.

Ele se virou e foi embora.

— Que diabo! Ele se encontrará com os dois e avisará Chátov! — exclamou Piotr Stepânovitch, sacando o revólver. Ouviu-se o estalo da arma engatilhada.

— Pode ter toda a certeza — Chigaliov se voltou para ele outra vez — de que, ao encontrar Chátov pelo caminho, vou cumprimentá-lo, quem sabe, com uma mesura, mas não o avisarei.

— E sabe mesmo que pode pagar por isso, senhor Fourier?

— Peço a gentileza de anotar que não sou Fourier. Quando você me confunde com aquele doce moleirão abstrato, não faz outra coisa senão me provar que ignora completamente meu manuscrito, embora ele já tivesse caído em suas mãos. Quanto à sua vingança, só lhe digo que engatilhou essa arma à toa: no momento, não tirará disso nenhum proveito. E, caso sua ameaça se refira aos dias de amanhã ou depois de amanhã, tampouco terá qualquer proveito que seja, sem contar os problemas desnecessários, se me matar a tiro: você me matará, sim, porém chegará de qualquer maneira, mais cedo ou mais tarde, ao meu sistema. Adeus.

Nesse momento, a uns duzentos passos dali, um silvo ressoou pelo parque, vindo do lado da lagoa. De pronto, conforme combinado na véspera, Lipútin respondeu com outro silvo (comprara para tanto, sem confiar em sua boca assaz desdentada, um apito infantil, feito de barro, pagando por ele, ainda de manhã, um copeque na feira). Erkel tinha avisado Chátov pelo caminho de que haveria silvos, de modo que ele não teve suspeita alguma.

— Não se preocupem: passarei longe deles, e nem repararão em mim — advertiu Chigaliov, com um cochicho significativo, e depois, sem se apressar nem acelerar o passo, foi resolutamente para casa, rumando através do parque escuro.

Hoje se sabe perfeitamente, até os menores detalhes, como foi aquele acontecimento terrível. Primeiro Lipútin encontrou Erkel e Chátov ao lado da gruta; Chátov não o saudou nem lhe estendeu a mão, porém logo pronunciou, apressado como estava, em voz alta:

— Pois bem: onde é que está a pá, e será que não têm mais uma lanterna? Não tenham medo, que não há ninguém por aqui, e lá em Skvorêchniki, nem que disparem canhões, não se ouvirá agora coisa nenhuma. É aqui mesmo, bem aqui, neste exato lugar...

E, realmente, bateu o pé do lado da floresta, a dez passos do canto traseiro daquela gruta. No mesmo instante Tolkatchenko se arrojou sobre ele, saindo de trás de uma árvore, e Erkel lhe segurou, também por trás, os cotovelos. Lipútin o atacou de frente. Derrubaram-no logo, todos os três, e apertaram-no ao solo. Então acorreu Piotr Stepânovitch, com seu revólver na mão. Pelo que se conta, Chátov ainda teve tempo para virar a cabeça em sua direção e pôde enxergá-lo e reconhecê-lo. Três lanternas iluminavam a cena toda. De súbito, Chátov deu um grito breve e desesperado, mas foi impedido de gritar: firme e pontualmente, Piotr Stepânovitch apontou o revólver bem para a testa dele, puxou o gatilho e atirou à queima-roupa. Seu tiro não soou, ao que parece, muito alto: lá em Skvorêchniki, pelo menos, não se ouviu mesmo coisa nenhuma. É claro que Chigaliov o ouviu, pois não dera ainda nem trezentos passos: ouviu tanto o grito quanto o tiro, mas, segundo deporia mais tarde, não se virou nem sequer se deteve. A morte foi quase instantânea. Quem se manteve plenamente ajuizado, embora eu mesmo não creia que tenha conservado também o seu sangue-frio, foi tão só Piotr Stepânovitch. Agachou-se e revistou, apressadamente, mas com as mãos firmes, os bolsos do morto. Não havia dinheiro (seu porta-níqueis ficara sob o travesseiro de Maria Ignátievna), apenas dois ou três papeizinhos sem importância: um recibo de escritório, o título de um livro qualquer e uma antiga conta de taberna, emitida no estrangeiro e guardada nos últimos dois anos, sabia lá Deus por que razão, num dos bolsos dele. Piotr Stepânovitch enfiou esses papeizinhos em seu próprio bolso e, percebendo de chofre que todos se espremiam ao seu redor, olhavam para o cadáver, mas não faziam nada, passou a vituperá-los, zangado e grosseiro, e a apressá-los. Tolkatchenko e Erkel recompuseram-se, partiram correndo e, num instante, trouxeram duas pedras, cada uma das quais pesava em torno de vinte libras, preparadas de antemão, isto é, solidamente atadas com cordas, e guardadas por eles, ainda pela manhã, dentro da gruta. Ao terem decidido levar o cadáver até a lagoa mais próxima (a terceira) e afundá-lo nessa lagoa, começaram a amarrar as pedras aos pés e ao pescoço dele. Quem as amarrava era Piotr Stepânovitch, enquanto Tolkatchenko e Erkel as seguravam e repassavam, uma por uma, a ele. Erkel tinha sido o primeiro a entregar-lhe a pedra, e, ao passo que Piotr Stepânovitch, resmungando e xingando, atava os pés do cadáver com uma corda e amarrava a primeira pedra, Tolkatchenko segurava, no decorrer de todo esse intervalo bastante longo, a segunda pedra a prumo, inclinando muito, como que de maneira respeitosa, o corpo todo para a frente, pronto a entregá-la de imediato, com o primeiro pedido, e nem pensou, sequer uma vez, em colocar aquele seu fardo, por ora, no solo. Quando ambas as pedras já estavam finalmente amarradas, e Piotr Stepânovitch se levantou para examinar as fisionomias dos presentes, aconteceu de repente uma coisa estranha, completamente inesperada, que os deixou quase todos estarrecidos. Como já foi dito, eles estavam postados ali e, à exceção parcial de Tolkatchenko e Erkel, não faziam nada. Embora tivesse acorrido, igual a todos, a Chátov, Virguínski não o agarrara nem ajudara a segurá-lo.

Quanto a Liámchin, fora já depois do tiro que se juntara ao grupo. A seguir, durante toda aquela azáfama que durara, talvez, por cerca de dez minutos, eles todos haviam perdido, pelo visto, certa parte de sua consciência. Estavam agrupados lá, ao redor do cadáver, e sentiam, antes de quaisquer inquietude e angústia, apenas uma espécie de pasmo. Lipútin se mantinha na frente, bem ao lado do cadáver. Virguínski estava atrás dele, olhando, por cima do seu ombro, com certa curiosidade especial e como que abstrata, e até mesmo se punha nas pontas dos pés para enxergar melhor. Quanto a Liámchin, escondia-se atrás de Virguínski e, só de vez em quando, assomava com timidez e logo se escondia de novo. E foi quando as pedras estavam já amarradas e Piotr Stepânovitch se soergueu do solo que Virguínski se pôs de improviso a tremelicar com o corpo todo, agitou os braços e exclamou, dolorosamente, em plena voz:

— Não é isso, não é! Não é isso, não, de jeito nenhum!

Ainda teria, quem sabe, algo a acrescentar àquela sua exclamação tão intempestiva, mas Liámchin não o deixou prosseguir: agarrou-o, de súbito, por trás, apertou-o com todas as forças e guinchou com um guincho inacreditável. Há momentos de grande susto em que uma pessoa começa, por exemplo, a gritar de repente, mas não com sua voz natural e, sim, com uma voz que antes nem se chegava a supor nela, e isso pode ser, vez por outra, horripilante. A voz com que gritava Liámchin não era humana, mas simplesmente animalesca. Num ímpeto espasmódico, ele estreitava Virguínski por trás, cada vez mais forte, em seus braços, guinchava sem parar nem se interromper, de olhos esbugalhados, cravados em todos, e boca escancarada, e dava patadas amiudadas no solo, como se estivesse rufando um tambor. Virguínski ficara tão apavorado que também gritava como um louco e, tomado de uma fúria tão encarniçada que nem se poderia imaginá-la naquele homem, debatia-se nos braços de Liámchin, arranhando-o e batendo nele, o quanto conseguia atingi-lo atrás de si, com ambas as mãos. Foi Erkel quem o ajudou enfim a livrar-se de Liámchin. Todavia, quando Virguínski deu, assustado como estava, uns dez pulos para se afastar, Liámchin avistou repentinamente Piotr Stepânovitch, tornou a vociferar e precipitou-se, dessa vez, em direção a ele. Tropeçou no cadáver, tombou, por cima deste, sobre Piotr Stepânovitch e abarcou-o com tanta força, apertando a cabeça ao seu peito, que nem Piotr Stepânovitch como tal, nem Tolkatchenko, nem Lipútin puderam, no primeiro instante, fazer quase nada. Piotr Stepânovitch gritava, xingava, esmurrava a cabeça dele; por fim, arrancando-se bem ou mal do seu amplexo, sacou o revólver e apontou-o direto para a boca escancarada de Liámchin, que berrava ainda e que Tolkatchenko, Erkel e Lipútin já seguravam, com força, pelos braços, porém, até mesmo na mira de seu revólver, Liámchin continuou berrando. Afinal, Erkel amassou, de qualquer jeito, seu lenço de fular e meteu-o destramente em sua boca, de sorte que o grito se interrompeu. Nesse meio-tempo, Tolkatchenko lhe atou os braços com um pedaço restante da corda.

— É muito estranho — disse Piotr Stepânovitch, examinando aquele louco com um espanto perturbador.

Estava, obviamente, atônito.

— Não pensei nada disso a respeito dele — acrescentou, meditativo.

Deixaram, por ora, Erkel ao seu lado. Deviam livrar-se rapidamente do cadáver: houvera tanta celeuma que alguém poderia tê-la ouvido. Tolkatchenko e Piotr Stepânovitch pegaram as lanternas e levantaram o cadáver pela cabeça; Lipútin e Virguínski seguraram-lhe os pés; todos juntos, levaram-no embora. O fardo era pesado, com aquelas duas pedras, e a distância que tinham a percorrer media mais de duzentos passos. Tolkatchenko era o mais forte de todos. Aconselhou-os que sincronizassem a marcha, só que ninguém lhe respondeu, continuando todos a marchar como antes. Piotr Stepânovitch caminhava do lado direito e, curvando-se todo, apoiava a cabeça do morto em seu ombro, enquanto segurava, com a mão esquerda, uma das pedras por baixo. Como Tolkatchenko não tivera sequer a ideia, ao longo de toda a primeira metade da caminhada, de ajudá-lo a segurar essa pedra, acabou gritando alguns palavrões para ele. Seu grito foi repentino e solitário; todos continuaram a carregar o cadáver em silêncio, e foi apenas rente à lagoa que Virguínski, curvando-se sob o fardo como quem estivesse cansado de seu peso, voltou a exclamar de chofre, com a mesma voz alta e chorosa:

— Não é isso, não, não; não é nada disso!

O lugar onde terminava a terceira, bastante grande, lagoa de Skvorêchniki, para onde levaram o assassinado, era um dos locais mais desertos e menos frequentados do parque, sobretudo nessa tardia estação do ano. Naquele lugar, junto da margem, a lagoa estava coberta de relva. Os homens puseram a lanterna no solo, balançaram o cadáver de um lado para o outro e depois o arremessaram na água. Ouviu-se um ruído surdo e longo. Piotr Stepânovitch reergueu a lanterna, e todos ficaram olhando, curiosos, como ele próprio, em ver o cadáver submergir, porém já não dava para ver mais nada: o corpo, com duas pedras amarradas, afundara num átimo. Os largos jatos que haviam surgido na superfície da lagoa desapareciam rapidamente. O assunto estava esgotado.

— Cavalheiros — Piotr Stepânovitch se dirigiu a todos —, agora nos separaremos. Não há dúvida de que estão sentindo aquele orgulho livre que nos traz o cumprimento de nosso livre dever. E se agora, infelizmente, estiverem emocionados demais para tais sensações, então, sem dúvida alguma, hão de experimentá-las amanhã, quando ficarem envergonhados com a ausência delas. Consinto em tomar a emoção demasiado vexatória de Liámchin por um delírio, ainda mais que ele está realmente adoentado, pelo que dizem, ainda desde a manhã. Quanto a você, Virguínski, um só instante de meditação livre bastará para lhe mostrar que, tendo em vista os interesses de nossa causa geral, não podíamos ter aceitado uma palavra de honra, mas precisávamos agir exatamente como agimos. As consequências lhe indicarão que houve, sim, uma denúncia. Consinto em esquecer aquelas suas exclamações. Quanto ao perigo, não se prevê nenhum. A ideia de suspeitar de algum de nós nem passará pela cabeça de ninguém, especialmente se vocês mesmos souberem portar-se como se deve, de modo que a parte principal dependerá de vocês mesmos e da sua convicção absoluta que se consolidará, espero eu, a partir de amanhã. Foi por isso, diga-se de passagem, que vocês se uniram para formar uma organização específica, uma livre reunião de correligionários, para compartilhar em dado momento, nessa causa comum, as suas energias e para observar e controlar, se preciso, um ao outro. A cada um de vocês cabe uma responsabilidade suprema. Estão convocados a renovar uma causa decrépita, que fede de tanto ficar estagnada: é isso que lhes cumpre ter sempre, para se animarem, diante dos olhos. Por enquanto, sua tarefa consiste toda em pôr tudo abaixo: tanto o Estado quanto a moral dele. Só ficaremos nós mesmos, que nos destinamos de antemão a assumir o poder: vamos cooptar quem for inteligente e cavalgar quem for bobo. Vocês não têm de se envergonhar com isso. Precisamos reeducar uma geração inteira para torná-la digna de liberdade. Ainda haverá milhares de Chátovs pela frente. Nós nos organizaremos a fim de dominar o rumo: é vergonhoso deixarmos de pegar aquilo que estiver largado por ali, dando sopa. Agora vou à casa de Kiríllov, e pela manhã teremos o documento em que ele se explicará, antes de morrer, com o governo e se responsabilizará por tudo. Nada pode ser mais plausível do que uma combinação dessas. Primeiramente, ele era inimigo de Chátov: viveram juntos na América, ou seja, tiveram bastante tempo para brigar. É notório que Chátov mudou de convicções, ou seja, a inimizade deles era por causa dessas convicções e por medo de delação, sendo esta a inimizade mais irreconciliável que existir. Tudo isso será escrito com todas as letras. Ele mencionará enfim que Fedka se hospedava em seu apartamento, na casa de Filíppov. Assim, tudo isso afastará de vocês toda e qualquer suspeita, porquanto fará todas aquelas cacholas de carneiro perderem o tino. Amanhã, cavalheiros, não nos veremos mais: irei, pelo prazo mais curto possível, ao interior. Contudo, receberão minhas comunicações depois de amanhã. Aconselharia que vocês passassem o dia de amanhã propriamente dito em suas casas. E agora vamos todos seguir, aos pares, caminhos distintos. Peço que você, Tolkatchenko, tome conta de Liámchin e que o leve para casa. Pode influenciá-lo e, o mais importante, explicar-lhe até que ponto ele prejudicará, em primeiro lugar, a si mesmo com tanta pusilanimidade. Não quero desconfiar, senhor Virguínski, do seu parente Chigaliov, bem como do senhor: ele não nos delatará. Resta lamentar aquela sua ação, mas ele não declarou ainda que abandonaria a sociedade, portanto é cedo demais para enterrá-lo. Pois bem, cavalheiros, vamos depressa: nem que só haja cacholas de carneiro por aí, a cautela não nos atrapalhará...

Virguínski foi embora com Erkel. Antes de deixar Liámchin sob os cuidados de Tolkatchenko, Erkel conduziu-o até Piotr Stepânovitch e declarou que ele se recobrara, estava arrependido, pedia perdão e nem sequer se lembrava do que lhe acontecera. Piotr Stepânovitch partiu sozinho, dando um rodeio, rente ao parque, do outro lado das lagoas. Esse caminho era o mais longo de todos. Para sua surpresa, Lipútin o alcançou quase no meio dele.

— Piotr Stepânovitch, mas Liámchin vai delatar!

— Não: há de se recobrar e de perceber que, se delatar, será o primeiro a ir para a Sibéria. Agora ninguém delatará. Nem você mesmo.

— E o senhor?

— Por certo, botarei vocês todos no xadrez, mal se mexerem para trair, e vocês sabem disso. Só que não vão trair, não. Foi por isso que correu atrás de mim por duas verstas?

— Piotr Stepânovitch, hein, Piotr Stepânovitch, mas pode ser que nunca mais nos vejamos, não pode?

— Por que está pensando assim?

— Diga-me uma só coisa.

— Qual? Desejo, aliás, que você desinfete logo.

— Só quero uma resposta, mas que seja precisa: existe apenas um grupo de cinco homens, o nosso, no mundo inteiro, ou é verdade que há várias centenas de grupos? Estou perguntando no sentido supremo, Piotr Stepânovitch.

— Percebo pelo seu frenesi. Será que sabe, Lipútin, que você é mais perigoso do que Liámchin?

— Sei, sei, mas... a resposta, a sua resposta!

— Que homem tolo! Mas parece que agora daria na mesma para você, um só grupo ou mil grupos, não é?

— Então, só um grupo mesmo! Eu sabia! — exclamou Lipútin. — Sabia, o tempo todo, que só havia um grupo, até este momento...

E, sem esperar por outra resposta, virou-lhe as costas e sumiu depressa na escuridão.

Piotr Stepânovitch ficou um tanto pensativo.

— Ninguém delatará, não — disse resolutamente —, porém o grupelho deve permanecer unido e obedecer a mim, senão vou... Mas que droga de povinho é esse!

II

Primeiro foi para casa e arrumou minuciosamente, sem se apressar, a sua mala. Um trem expresso partiria às seis horas da manhã. Esse expresso matinal circulava, por ora a título de teste, havia bem pouco e apenas uma vez por semana. Piotr Stepânovitch avisara os *nossos* de que pretendia passar algum tempo no interior, mas, como se esclareceria mais tarde, suas intenções eram outras. Terminando de fazer a mala, pagou à sua locadora advertida de antemão, pegou um carro de aluguel e foi à casa de Erkel que morava perto da estação ferroviária. Depois, já por volta das duas horas da madrugada, dirigiu-se à de Kiríllov, usando novamente a passagem secreta de Fedka.

O estado de espírito de Piotr Stepânovitch era péssimo. A par das outras contrariedades, muito relevantes para ele (ainda não conseguira saber nada a respeito de Stavróguin), ele recebera em certo momento daquele dia (pelo que me parece, já que não posso afirmá-lo com segurança) um aviso secreto, vindo de algum lugar (o mais provável é que fosse de Petersburgo) e referente a certo perigo que o ameaçaria em breve. É claro que hoje se espalham pela nossa cidade muitas e muitas lendas sobre aquele tempo, mas, se alguém sabe algo de fato, esse alguém o sabe porque lhe cumpre sabê-lo. Quanto a mim, só presumo comigo mesmo que Piotr Stepânovitch pudesse ter ainda vários negócios fora da nossa cidade, de modo que realmente podia receber avisos. Até mesmo estou convencido, apesar das cínicas e desesperadas dúvidas de Lipútin, de que realmente podia controlar mais dois ou três grupos de cinco homens cada, além do nosso, a atuarem, por exemplo, nas capitais ou dispor, mesmo sem controlar tais grupos, de ligações e relações, quem sabe, muito interessantes. Foi, no máximo, três dias depois de sua partida que chegou da capital à nossa cidade a ordem de prendê-lo de imediato, só que não sei se devia ser preso por ter agido aqui conosco ou alhures. Aquela ordem chegou exatamente na hora certa para reforçar a impressão perturbadora do medo quase místico que se apossou repentinamente do nosso governo e da nossa sociedade, a qual teimara até então em ser leviana, quando vieram à tona o misterioso e muito significativo assassinato do estudante Chátov, fazendo esse caso transbordar a copa de nossos absurdos, e as circunstâncias que o acompanhavam, também enigmáticas em extremo. Contudo, a ordem chegou atrasada: então Piotr Stepânovitch já estava em Petersburgo, com um nome falso, de onde se esgueirou num instante, tão logo farejou o perigo, para o estrangeiro... De resto, adiantei-me demais.

Entrou, com um ar zangado e desafiador, na casa de Kiríllov. Aparentava querer, além de seu intento principal, descontar algo pessoal em Kiríllov, desforrar-se dele por algum motivo. Kiríllov se quedou como que contente com sua vinda, percebendo-se logo que esperava por ele, morbidamente impaciente, havia muito tempo. Seu rosto estava mais pálido que de ordinário; o olhar de seus olhos negros pesava, imóvel.

— Pensei que você não viria — disse bem devagar, sentado no canto de seu sofá, e nem se moveu, aliás, para se levantar ao seu encontro. Piotr Stepânovitch se postou na frente dele e, antes de quaisquer falas, encarou-o com muita atenção.

— Quer dizer, está tudo em ordem, meu valentão, e não vamos desistir do nosso desígnio! — Esboçou um sorriso ofensivamente protetor. — Pois bem — adicionou, em tom de má brincadeira —: mesmo se me atrasei, não deveria reclamar de mim, que o presenteei com três horas a mais.

— Não quero que me presenteie com essas horas a mais, e nem pode presentear... imbecil!

— O quê? — Piotr Stepânovitch estremeceu, mas se dominou num piscar de olhos. — Quanta mágoa!

Estamos com raiva, hein? — escandiu, com o mesmo ar de ofensiva soberba. — Antes teria de ficar calmo num momento desses. O melhor é que se considere agora um Colombo e que me tome por um rato e não se melindre comigo. Foi isso que lhe sugeri ontem.

— Não quero tomar você por um rato.

— Seria um elogio? Aliás, o chá também se esfriou, ou seja, está tudo de cabeça para baixo. Não, é algo suspeito que se faz por aí. Eta! Estou notando algo lá, sobre um prato, no peitoril da janela... (Aproximou-se dessa janela). Oh-oh, mas é uma galinha cozida com arroz!... Mas por que é que nem se tocou nela ainda? Quer dizer que nosso estado de espírito era tal que nem sequer a galinha...

— Já tinha comido, e não é da sua conta: cale-se!

— Oh, mas é claro, e depois, isso não importa para você. Mas, para mim, agora importa, sim: imagine que praticamente não almocei, portanto, se você não precisa mais, como estou presumindo, dessa galinha... hein?

— Coma, se puder.

— Muito obrigado. E depois tomarei chá.

Acomodou-se, num átimo, à mesa, na outra ponta do sofá, e atacou o prato com uma sofreguidão extraordinária, mas, ao mesmo tempo, sem deixar, nem por um instante, de observar sua vítima. Kiríllov fixava nele um olhar imóvel, cheio de furiosa aversão, como se não conseguisse mais desviá-lo.

— Todavia... — De súbito, Piotr Stepânovitch se animou, continuando a comer. — Todavia, vamos falar do nosso assunto. Não vamos, pois, desistir, hein? E o tal papelzinho?

— Determinei, esta noite, que não me importava com isso. Vou escrever, sim. Sobre aqueles panfletos?

— Inclusive sobre os panfletos. Aliás, vou ditar. É que você não se importa mesmo. Será que o conteúdo poderia incomodá-lo num momento desses?

— Não é da sua conta.

— Por certo, não é. Aliás, seriam apenas umas linhas de como você espalhava os panfletos com Chátov e, diga-se de passagem, auxiliado por Fedka que se escondia em seu apartamento. Este último ponto, o de Fedka e do apartamento, é bem importante, talvez o mais importante de todos. Sou absolutamente sincero com você, está vendo?

— Chátov? Por que Chátov? Nada sobre Chátov, de jeito nenhum.

— Só faltava essa... O que é que tem a ver com ele? Já não pode mais prejudicá-lo.

— Sua mulher voltou. Ela acordou e disse para me perguntar onde ele estava.

— Mandou alguém perguntar a você onde ele estava? Hum, isso não é bom. Talvez mande outra vez, mas ninguém deve saber que eu estou aqui...

Piotr Stepânovitch ficou inquieto.

— Ela não saberá, que adormeceu de novo; Arina Virguínskaia, a parteira, está com ela.

— Mas é disso mesmo que se trata... Creio que não ouvirá, hein? Deveríamos trancar a porta de entrada, sabe?

— Não ouvirá nada. E, se vier Chátov, vou esconder você naquele quarto ali.

— Chátov não virá, e você vai escrever que brigaram por causa de sua traição e daquela denúncia... esta noite... o que ocasionou a morte dele.

— Ele morreu? — exclamou Kiríllov, saltando fora do sofá.

— Hoje, por volta das oito horas da noite, ou melhor, ontem, por volta das oito horas da noite, já que agora é uma da madrugada.

— Foi você quem o matou!... E foi ainda ontem que eu previ isso!

— Como não teria previsto? Usando este revólver (tirou o revólver, querendo, aparentemente, mostrá-lo, porém não o escondeu mais e continuou a segurá-lo, como se estivesse de prontidão, com a mão direita). Mas que homem estranho é você, Kiríllov: já sabia que aquele bobo havia de acabar assim, não sabia? O que é que teria ainda a prever? Eu tinha mastigado isso diversas vezes, antes de colocá-lo em sua boca. Chátov andava preparando uma denúncia, eu estava de olho nele: não daria, em caso algum, para deixarmos tudo como estava. E você também recebeu a instrução de observá-lo: foi você mesmo quem me contou umas três semanas atrás...

— Calado! Você o matou por ter cuspido, lá em Genebra, nessa sua cara!

— Por isso e por outras coisas ainda. Por muitas outras coisas; aliás, foi sem nenhum rancor. Por que está pulando aí? Por que faz essas caretas? Oh-oh! Assim é que estamos?...

Levantou-se depressa, erguendo o revólver. É que Kiríllov empunhou de repente seu próprio revólver, preparado e carregado ainda pela manhã, que estava no peitoril da janela. Uma vez em posição de tiro, Piotr Stepânovitch apontou a arma para Kiríllov. Este deu uma risada mordaz.

— Confesse, seu verme, que pegou o revólver porque eu o mataria... Mas não o matarei, não... se bem que... se bem que...

Tornou a apontar seu revólver para Piotr Stepânovitch, como se estivesse ensaiando, como se não tivesse forças para abrir mão daquele prazer de imaginar como o abateria. Ainda em posição de tiro, Piotr Stepânovitch aguardou, aguardou, até o último instante, sem puxar o gatilho, correndo o risco de levar, ele mesmo, uma bala na testa antes, pois o "maníaco" podia, sim, atirar nele. Contudo, o "maníaco" abaixou finalmente a mão, ofegante e trêmulo, sem forças para continuar falando.

— Já brincamos, e basta! — Piotr Stepânovitch também abaixou a arma. — Eu sabia que estava brincando, só que você corria, mesmo assim, um perigo, sabe? Eu podia ter atirado.

E se sentou, bastante tranquilo, no sofá e se serviu chá, posto que sua mão tremesse de leve. Colocando o revólver em cima da mesa, Kiríllov se pôs a andar de lá para cá.

— Não vou escrever que matei Chátov e... agora não vou escrever mais nada. Já era o papelzinho!

— Já era?

— Sim.

— Que torpeza e que tolice! — Piotr Stepânovitch ficou esverdeado de fúria. — Aliás, já pressentia isso. Fique sabendo que não me pega desprevenido. Mas... como quiser. Se pudesse forçá-lo a escrever, então o forçaria. De resto, você é um canalha! — Piotr Stepânovitch se exasperava cada vez mais. — Então você nos pediu dinheiro e prometeu três baús[1]... Ainda assim,

---

[1] A expressão russa "prometer, contar, inventar, etc. três baús" (*с три короба*) enfatiza a respectiva ação no sentido "muito, demais, em excesso".

não sairei daqui sem resultado: verei, pelo menos, você mesmo rachar sua testa.

— Quero que saia agora! — Kiríllov se postou, com firmeza, em sua frente.

— Não, isso aí de jeito nenhum! — Piotr Stepânovitch voltou a empunhar o revólver. — Agora você pensa, quem sabe, em adiar tudo, porque está com raiva e porque é covarde, e ir amanhã delatar a gente para arranjar mais um dinheirinho, que lhe pagarão por isso. Que o diabo o carregue, mas a escória como você é capaz de qualquer coisa! Só que não tem de se preocupar, que previ tudo mesmo: não irei embora sem antes lhe esfacelar o crânio com este revólver, igual ao daquele canalha de Chátov, caso você, que o diabo o carregue, fique com medinho e transfira sua intenção para depois!

— Quer ver sem falta meu sangue também?

— Não é por rancor, veja se me compreende: tanto faz para mim. É para ficar tranquilo quanto à nossa causa. Não dá para contar com uma pessoa, você mesmo percebe. Não entendo, de modo algum, em que consiste essa sua fantasia de se matar. Não fui eu quem a inventou: você mesmo declarou isso, e não foi para mim ainda, mas inicialmente para os membros da sociedade no estrangeiro. E anote aí que nenhum deles o interrogou, nenhum deles sequer o conheceu antes, mas foi você próprio quem veio, por mera sensibilidade, e começou a desabafar. O que faríamos, pois, se nisso ficou embasado, naquela mesma ocasião, com sua anuência e de acordo com sua proposta (anote bem isso: foi sua proposta!), certo plano de ação a realizarmos aqui, e se agora esse plano já não pode mais ser alterado? Agora você se coloca numa posição em que sabe de muitas coisas das quais não precisa saber. Se acaso perder a cabeça e for amanhã delatar a gente, isso não será, talvez, nada proveitoso para nós, o que está achando? Não: você assumiu uma obrigação, deu a sua palavra e cobrou dinheiro. De modo algum é que poderia negar isso...

Piotr Stepânovitch ficou todo exaltado, porém Kiríllov não o escutava mais havia bastante tempo. Pensativo, tornara a andar pelo quarto.

— Estou com pena de Chátov — disse, ao parar outra vez defronte a Piotr Stepânovitch.

— Eu também estou, quem sabe, e será que...

— Calado, verme! — rugiu Kiríllov, com um movimento inequívoco e medonho. — Vou matá-lo!

— Tá, tá, tá... confesso que menti: não tenho nenhuma pena dele. Mas chega, chega mesmo! — Piotr Stepânovitch se soergueu, receoso, e estendeu a mão para a frente.

De chofre, Kiríllov se aquietou e voltou a andar.

— Não vou adiar: quero dar cabo de mim justamente agora, que são todos vilões!

— Isso, sim, é uma ideia: está claro que são todos vilões, e, como um homem decente tem nojo deste mundo, então...

— Eu também sou tão vil quanto você, imbecil, e quanto eles todos: não sou um homem decente. Não há gente decente em lugar algum.

— Até que enfim adivinhou. Será mesmo, Kiríllov, que não entendia até agora, com sua inteligência, que eram todos iguais, que não havia gente melhor nem pior, mas apenas mais inteligente e mais tola, e que, sendo todos vilões (o que é, por sinal, uma bobagem), nem deveria, por conseguinte, haver alguém que não fosse vilão?

— Ahn! Pois você não está realmente para brincadeira? — Kiríllov mirou-o com certa perplexidade. — Fala com ardor e tão simplesmente assim... Será que pessoas como você têm algumas convicções?

— Nunca pude entender, Kiríllov, por que você tinha vontade de se matar. Só sei que é por convicção... uma convicção firme. Mas, se lhe for necessário, digamos assim, desabafar, então fico às suas ordens... Contanto que não perca o tempo de vista...

— Que horas são?

— Oh-oh, são duas em ponto! — Piotr Stepânovitch consultou seu relógio e acendeu um cigarro.

"Parece que ainda podemos entrar em acordo" — pensou com seus botões.

— Não tenho nada a dizer para você — murmurou Kiríllov.

— Lembro que é algo relacionado com Deus... é que você me explicou uma vez, até mesmo duas vezes. Se você se matasse a tiro, haveria de se tornar um deus: parece que é isso.

— Sim, eu me tornarei Deus.

Piotr Stepânovitch nem sequer sorriu: estava esperando. Kiríllov olhou para ele com argúcia.

— Você é um embusteiro político, um intrigante e quer fazer que eu passe a filosofar, que me extasie, para se reconciliar comigo, dissipar esta minha ira e, quando me reconciliar com você, implorar que escreva aquele bilhete, dizendo que matei Chátov.

Piotr Stepânovitch respondeu com uma espontaneidade quase natural:

— Tudo bem: que seja eu tão vil mesmo, mas será, Kiríllov, que ainda se importaria com isso em seus últimos minutos? Faça, pois, o favor de me dizer por que estamos brigando: você é assim, eu sou assado, e daí? Ademais, somos ambos...

— Vilões.

— Sim, talvez sejamos vilões. Mas você sabe que são apenas palavras.

— Em toda a minha vida, nunca quis que fossem apenas palavras. Vivi apenas porque nunca o quis. E até hoje, todo santo dia, quero que não sejam apenas palavras.

— Pois bem: cada qual procura onde se está melhor. O peixe[2]... ou seja, cada qual procura uma espécie de conforto, e nada mais. Isso se sabe há muitíssimo tempo.

— Você diz "conforto"?

— Agora vamos discutir as palavras?

— Não, você disse bem: que seja um conforto. Deus é necessário, portanto deve existir.

— Excelente, não é?

— Mas eu sei que Ele não existe nem pode existir.

— Isso é mais certo.

— Então será que você não entende que um homem com essas duas ideias não pode continuar vivo?

— Tem de se matar a tiro, não tem?

— Mas tão somente por isso é que já se pode acabar consigo, será que você não entende? Não entende que pode haver um homem, um daqueles milhares de seus milhões, um só que não queira e nem aguente mais?

— Só entendo que você, pelo que me parece, está hesitando... Isso é muito ruim.

---

[2] Alusão ao provérbio russo "O peixe procura onde se é mais profundo, e o homem, onde se está melhor".

— Stavróguin também foi devorado por uma ideia! — Andando soturnamente pelo quarto, Kiríllov não reparou nessa objeção.

— Como? — Piotr Stepânovitch ficou de orelha em pé. — Que ideia? Foi ele mesmo quem lhe disse algo?

— Não, fui eu mesmo quem o adivinhou: se Stavróguin tem fé, não acredita que tenha fé. E, se não tem fé, não acredita que não tenha fé.

— Só que Stavróguin tem outras ideias também, mais sábias do que essa aí... — murmurou Piotr Stepânovitch, rabugento, enquanto observava, com inquietude, a mudança da conversa e Kiríllov que estava pálido.

"Que diabo, ele não se matará!" — pensava. — "Sempre pressenti isso: foi um lampejo cerebral, quando muito... Mas que povinho inútil!".

— Você é a última pessoa que está comigo: não gostaria de me despedir mal de você — agraciou-o, de repente, Kiríllov.

Piotr Stepânovitch demorou a responder. "Que diabo, mas o que é isso de novo?" — tornou a pensar.

— Acredite, Kiríllov, que não tenho nada contra você pessoalmente, como homem, e que sempre...

— É um vilão e uma mente falsa. Eu sou como você, mas eu me matarei a tiro, e você continuará vivendo.

— Ou seja, você quer dizer que sou vil a ponto de querer continuar vivendo.

Ainda não conseguia definir se lhe seria proveitoso levar adiante, num momento desses, uma conversa dessas, ou não, e se propôs a "entregar-se às circunstâncias". Contudo, o próprio tom de Kiríllov, que traduzia sua superioridade e seu desprezo constante e indisfarçável, sempre o irritara antes e agora o irritava, por alguma razão, ainda mais do que antes. Talvez fosse porque Kiríllov, que teria de morrer dentro de uma horinha (apesar de tudo, Piotr Stepânovitch levava isso em consideração), já lhe parecia apenas metade de homem, um ente ao qual já não se podia, de modo algum, permitir nenhuma soberba.

— Parece que está gabando, em minha frente, de que se matará?

— Sempre me pasmei de que todos continuassem vivendo... — Kiríllov não ouviu a réplica dele.

— Hum, suponhamos que seja uma ideia, mas...

— Está concordando comigo, macaco, para me subjugar. Cale-se, que não vai entender nada. Se Deus não existe, eu sou Deus.

— Pois nunca pude entender essa sua premissa: por que logo você é Deus?

— Se Deus existe, a vontade é toda dele, e nada posso contra essa vontade. Se Deus não existe, a vontade é toda minha, e tenho a obrigação de revelar meu arbítrio.

— Seu arbítrio? Mas por que teria essa obrigação?

— Porque toda a vontade se tornou minha. Será que ninguém se atreverá em todo o planeta, dando cabo de Deus e chegando a acreditar em seu próprio arbítrio, a revelar aquele arbítrio da forma mais plena possível? É como se fosse um pobre que recebeu uma herança e ficou assustado e não se atreve a chegar perto do saco por se achar fraco demais para possuí-la. Pois eu quero revelar meu arbítrio. Mesmo se for um só que o faça, vou fazê-lo.

— Então faça.

— Tenho a obrigação de atirar em mim, porque a mais plena forma de meu arbítrio consiste em matar a mim mesmo.

— Só que não é apenas você quem se mata: os suicidas são muitos.

— Eles têm motivos para se matarem. Mas quem se mata sem motivo algum, tão somente pelo arbítrio, sou eu sozinho.

"Não se matará" — voltou a pensar, de relance, Piotr Stepânovitch.

— Sabe de uma coisa? — notou, irritadiço. — Se eu cá estivesse em seu lugar e quisesse revelar meu arbítrio, mataria alguém lá, mas não a mim mesmo. Então você poderia ser útil. Até lhe indicarei quem deve matar, a menos que esteja com medo. Nesse caso, quiçá, nem teria de se matar hoje. Poderíamos fazer um acordo.

— Matar outra pessoa seria a forma mais baixa de meu arbítrio, e você todo consiste nisso. Não sou você: quero a forma mais alta e me matarei a mim.

"Deduziu com a própria mente" — resmungou Piotr Stepânovitch, zangado.

— Tenho de revelar a minha descrença... — Kiríllov andava pelo quarto. — Para mim, não há ideia mais alta que a de que Deus não existe. A história humana está do meu lado. O homem não fazia outra coisa senão inventar Deus para viver sem se matar: é nisso que toda a história universal tem consistido até agora. Só eu, pela primeira vez em toda a história universal, não quis inventar Deus. Que fiquem sabendo de uma vez por todas.

"Não se matará" — inquietava-se Piotr Stepânovitch.

— Quem é que ficaria sabendo? — atiçava-o. — Apenas você e eu estamos aqui. Seria Lipútin, talvez?

— Seriam todos: todos ficariam sabendo. Não há coisa secreta que não haja de vir à luz.[3] Foi *Ele* quem o disse.

---

[3] Lucas, 8:17.

E apontou, com um enlevo febril, para a imagem do Salvador perante a qual ardia uma lamparina. Piotr Stepânovitch se zangou em definitivo.

— Pois então acredita ainda *nEle*, já que acendeu essa lamparina. Seria "por via das dúvidas"?

Kiríllov não respondeu.

— E acredita, a meu ver, talvez mais do que um padre, sabe?

— Em quem, *nEle*? Ouça! — Kiríllov parou de andar, olhando, bem para a frente, com um olhar imóvel, frenético. — Ouça uma grande ideia: houve um dia na Terra, e três cruzes estavam no meio da Terra. Um dos crucificados tinha tamanha fé que disse ao outro: "Hoje estarás comigo no paraíso".[4] Acabou-se o dia, ambos morreram, foram embora e não encontraram nem o paraíso nem a ressurreição. O dito não se justificou. Pois ouça: aquele homem foi o maior de todos na Terra inteira, personificava aquilo pelo qual ela viveria. Todo o planeta, com tudo quanto houver nele, não passa de uma loucura sem aquele homem. Não houve antes nem haverá depois nenhum homem igual a *Ele*; não houve nunca, aliás, de sorte que é um milagre. E o milagre como tal é que jamais houve nem haverá ninguém como *Ele*. E se for assim, se as leis da natureza não pouparam nem mesmo *Aquele*, nem mesmo seu próprio milagre, mas O obrigaram, a *Ele* também, a viver cercado de mentiras e a morrer por essas mentiras, então acontece que o planeta inteiro é uma mentira ancorada numa mentira e numa gozação estúpida. Então acontece que as próprias leis deste planeta são uma mentira, um

[4] Lucas, 23:43.

vaudeville diabólico. Para que viver, pois? Responda, se você for um homem, venha!

— Esse é outro lado do problema. Parece-me que dois motivos diversos se misturaram aí, o que é muito suspeito. Mas espere, espere, já que você é Deus... É que acabou a mentira, e você adivinhou que essa mentira toda era por ter existido um deus precedente, não é?

— Enfim você entendeu! — exclamou Kiríllov, extático. — Então é possível entender isto, se mesmo um sujeito como você entendeu! Agora entende que toda a salvação para todos seria provar essa ideia a todos? Mas quem vai prová-la? Eu! Não compreendo como até agora qualquer ateísta tem podido saber que Deus não existe e não se matar imediatamente! Conscientizar-se de que Deus não existe e não se conscientizar, na mesma ocasião, de que você próprio se tornou Deus é um absurdo, senão você se matará sem falta. Se estiver consciente disso, será um czar e não se matará mais, porém viverá em sua glória mais plena. Contudo, um só, aquele que for o primeiro, tem o dever de se matar sem falta, senão quem dará início, quem provará? Sou eu que me matarei sem falta, para dar início e para provar. Ainda sou Deus de mau grado e estou infeliz porque sou *obrigado* a revelar meu arbítrio. E todos estão infelizes porque estão todos com medo de revelar seu arbítrio. O homem tem sido, até agora, tão infeliz e mísero justamente por temer revelar o ponto primordial de seu arbítrio e fazer arbitrariedades furtivas, como um escolar que anda malinando às escondidas. Estou muitíssimo infeliz porque tenho muitíssimo medo. O medo é a maldição do homem... Mas vou revelar meu arbítrio: tenho por dever acreditar que não tenho fé. Começarei, terminarei e deixarei a porta aberta. E salvarei. Apenas isso é que vai salvar todas as pessoas e, já na próxima geração, vai refazê-las fisicamente, pois, segundo eu vinha pensando, em seu atual estado físico o homem não pode viver sem aquele Deus antigo. Passei três anos buscando o atributo da minha divindade e acabei por encontrá-lo: o atributo da minha divindade é o Arbítrio! É o único meio de mostrar, naquele ponto primordial, minha insubmissão e minha nova liberdade terrível. É que ela é terrível mesmo. Eu me mato para mostrar minha insubmissão e minha nova liberdade terrível.

A palidez de seu rosto era antinatural, seu olhar pesava insuportavelmente. Ele estava como que tomado de febre. Piotr Stepânovitch pensou que logo o veria cair.

— Dê-me a pena! — gritou Kiríllov bem inesperadamente, numa inspiração resoluta. — Venha ditando, que assinarei tudo. Confessarei também que matei Chátov. Venha ditando, enquanto eu estiver para rir. Não temo essas ideias dos arrogantes escravos! Você mesmo vai ver que qualquer coisa secreta virá à luz! E será esmagado... Acredito nisso! Acredito!

Piotr Stepânovitch se agitou e, num átimo, trouxe o tinteiro, papel, e se pôs a ditar, aproveitando o momento e receando pelo sucesso:

"Eu, Alexei Kiríllov, declaro...".

— Pare! Não quero! Declaro a quem?

Kiríllov tremia, como se estivesse com febre. Essa declaração e certa repentina ideia particular, ligada a ela, pareciam tê-lo absorvido súbita e completamente, iguais a um desfecho ao qual passara, impetuoso, a tender, ao menos por um minutinho, seu espírito extenuado:

— Declaro a quem? Quero saber a quem!

— A ninguém, a todos, a quem for o primeiro a ler. Para que tanta precisão? Ao mundo inteiro!

— Ao mundo inteiro? Bravo! E que não tenha de me arrepender! Não quero ter de me arrepender nem escrever para a chefia!

— Mas não precisa mesmo, não, que a chefia se dane! Mas escreva aí, se estiver sério!... — bradou histericamente Piotr Stepânovitch.

— Espere! Quero desenhar em cima uma tromba com a língua para fora.

— Eh, que bobagem! — Piotr Stepânovitch ficou zangado. — Até mesmo sem desenho nenhum dá para expressar tudo isso apenas com o estilo.

— O estilo? Isso é bom. Com o estilo, sim, com o estilo! Pois veja se dita nesse estilo.

"Eu, Alexei Kiríllov..." — ditava Piotr Stepânovitch, firme e imperioso, inclinando-se sobre o ombro de Kiríllov e observando cada letra que ele traçava com sua mão trêmula de emoção. — "Eu, Kiríllov, declaro que hoje, ... de outubro, por volta das oito horas da noite, assassinei o estudante Chátov no parque, por traição e pela denúncia sobre os panfletos e sobre Fedka, que morava, assim como nós dois, e pernoitava secretamente, por dez dias, na casa de Filíppov. Quanto a mim mesmo, não me mato hoje, com meu revólver, porque me arrependo e tenho medo de vocês, mas por ter tido, ainda no estrangeiro, a intenção de interromper minha vida".

— Só isso? — exclamou Kiríllov, surpreso e indignado.

— Nem uma palavra a mais! — Piotr Stepânovitch agitou a mão, tentando arrancar-lhe o documento.

— Espere! — Kiríllov pôs, com firmeza, a mão sobre a folha de papel. — Espere aí! Mas que bobagem! Quero dizer com quem matei. Por que Fedka? E o incêndio? Quero dizer tudo e ainda xingar com o estilo, sim, com o estilo!

— Basta, Kiríllov: asseguro-lhe que já basta! — Piotr Stepânovitch estava quase implorando, por recear que ele viesse a rasgar o papel. — Para que eles acreditem, temos de escrever da maneira mais obscura possível, exatamente assim, só com alusões. Temos de mostrar apenas um cantinho da verdade, justo o suficiente para provocá-los logo. Eles sempre mentem para si mesmos, ainda mais do que nós cá mentimos, e acreditarão naturalmente mais em si mesmos do que em nós, e essa será a melhor coisa de todas, a melhor coisa! Dê-me o bilhete, que já está ótimo; venha rápido, rápido!

Tentava ainda arrancar o papelzinho. De olhos esbugalhados, Kiríllov o escutava como se procurasse entendê-lo, mas, aparentemente, não entendia mais nada.

— Eh, diabo! — enfureceu-se, de chofre, Piotr Stepânovitch. — Mas ele nem assinou ainda! Chega de arregalar os olhos: veja se assina logo!

— Quero xingar... — murmurou Kiríllov, porém segurou a pena e assinou. — Quero xingar...

— Acrescente: "*Vive la république!*",[5] e basta.

— Bravo! — Kiríllov quase rugiu de tão arroubado. — *Vive la république démocratique, sociale et universelle ou la mort!...*[6] Não, não, não é isso! *Liberté, égalité, fraternité ou la mort!*[7] Assim está melhor, está melhor assim... — escreveu, com deleite, embaixo da sua assinatura.

---

[5] Viva a república! (em francês).

[6] Viva a república democrática, social e universal ou a morte! (em francês).

[7] Liberdade, igualdade, fraternidade ou a morte! (em francês).

— Basta, basta — não cessava de repetir Piotr Stepânovitch.

— Espere mais um pouquinho... Vou assinar mais uma vez, em francês, sabe? *De Kiriloff, gentilhomme russe et citoyen du monde.*[8] Ah-ah-ah! — rompeu a gargalhar. — Não, não, não, espere, que achei a melhor coisa de todas: eureca! *Gentilhomme-séminariste russe et citoyen du monde civilisé!*[9] Pois isso é melhor do que quaisquer... — Pulou do sofá e, de repente, pegou com um gesto rápido seu revólver, que estava no peitoril da janela, correu com ele para outro cômodo e encostou bem a porta atrás de si. Por um minuto, Piotr Stepânovitch se quedou pensativo, olhando para essa porta.

"Se for agora mesmo, talvez atire, sim, mas, se começar a pensar, não fará nada".

Por ora, tornou a pegar o papelzinho, sentou-se e releu o escrito. Contentou-se de novo com o estilo dessa declaração.

"O que seria preciso por ora? É preciso ludibriá-los completamente, por algum tempo, e distraí-los assim. O parque? Não há parque na cidade, portanto vão entender, com sua própria mente, que foi em Skvorêchniki. Um tempo se passará até entenderem, um tempo ainda, até encontrarem o corpo, e, quando o encontrarem, perceberão que o escrito é verdadeiro, ou seja, é tudo verdade, ou seja, a história de Fedka também é verdade. E o que é Fedka? Fedka é o incêndio, são os Lebiádkin, ou seja, tudo se originou aqui, nesta casa de Filíppov, mas eles

---

[8] De Kiríllov, fidalgo russo e cidadão do mundo (em francês).

[9] Fidalgo-seminarista russo e cidadão do mundo civilizado (em francês).

lá não enxergaram nada, mas eles lá deixaram tudo acontecer, e isso lhes virará mesmo a cabeça! Quanto aos *nossos*, nada virá àquela cabeça deles: foram Chátov e Kiríllov e Fedka e Lebiádkin, mas por que diabos mataram um ao outro... eis aí uma duvidazinha a mais. Eh, diabo, mas não se ouve o tiro!...".

Embora estivesse lendo e admirando o estilo, não deixava, nem por um instante, de escutar, atento e dolorosamente ansioso. De chofre, ficou zangado. Cheio de inquietude, consultou seu relógio: já era bastante tarde e fazia uns dez minutos que o outro saíra do quarto... Pegando uma velinha, ele se achegou às portas do cômodo onde entrara Kiríllov. Quando já estava ao lado das portas, teve a ideia oportuna de que a velinha terminava de queimar, indo apagar-se dentro de uns vinte minutos, e que não havia mais velas. Tocou na fechadura, escutou com cautela, mas não ouviu nem o mínimo som; abriu bruscamente a porta e soergueu a vela: algo se arrojou, bramindo, ao seu encontro. Bateu a porta, com a força toda, e segurou-a do lado de fora, porém tudo já se aquietara lá dentro e, sepulcral, o silêncio se fizera de novo.

Permaneceu longamente postado ali, indeciso, com a vela na mão. Conseguira enxergar bem pouco naquele instante em que abrira a porta, mas avistara de relance o rosto de Kiríllov que estava no fundo do cômodo, perto da janela, e se apercebera da fúria animalesca com a qual ele se precipitara subitamente ao seu encontro. Piotr Stepânovitch estremeceu, apressou-se a colocar a velinha em cima da mesa, preparou o revólver e correu, nas pontas dos pés, até o canto oposto, de modo que, se Kiríllov abrisse a porta e se atirasse, com aquele revólver dele, em direção à mesa, teria ainda tempo para apontar sua própria arma e puxar o gatilho antes de Kiríllov.

Quanto ao suicídio, agora Piotr Stepânovitch nem por sombra acreditava nele! "Estava de pé, no meio do quarto, e pensava" — era isso que turbilhonava em sua mente. — "Além do mais, é um quarto escuro, medonho... Rugiu e correu, ou seja, há duas possibilidades: eu o atrapalhei naquele exato momento em que ia puxar o gatilho, ou então... ou estava lá refletindo em como me mataria a mim. É isso mesmo, sim: estava refletindo... Sabe que não irei embora sem antes o matar, se acaso ele mesmo não tiver mais coragem, ou seja, terá de me matar antes, para que eu não o mate... E de novo, de novo aquele silêncio no quarto! Até dá medo: se, de repente, ele abrir a porta e... E a porcaria é que acredita em Deus ainda mais do que um padre... Não se matará nem a pau!... Aqueles que "deduziram com a própria mente" são muitos e muitos hoje em dia. Canalha! Ufa, diabo, mas a velinha, a velinha! Eis que se apaga sem falta, daqui a um quarto de hora... Tenho de terminar; terminar, sim, de qualquer jeito... Pois bem, agora posso matá-lo... Não se pensará em caso algum, com aquele papel ali, que fui eu quem o matou. Posso colocá-lo e ajeitá-lo no chão, com o revólver descarregado na mão, de maneira que se pense sem falta que foi ele mesmo... Ah, diabo, mas como o mataria? Vou abrir a porta, e ele correrá outra vez e disparará antes de mim. Eh, diabo, mas vai errar com certeza!".

Assim se afligia, apavorado com esse desígnio inevitável e sua própria indecisão. Afinal pegou a vela, voltou a aproximar-se das portas, soerguendo seu revólver, já pronto, com a mão direita, e apertou, com a esquerda que segurava a vela, a maçaneta da fechadura. Fez um gesto canhestro: ouviu-se, com o estalo da maçaneta, um som rangente. "Já, já vai atirar!" — passou pela mente de Piotr Stepânovitch. Empurrou, com a força toda, a porta com o pé, ergueu a vela e apontou o revólver, porém não houve nem tiro nem grito... O quarto estava vazio.

Ele estremeceu. Fechado, o quarto não tinha outras saídas, de sorte que não havia para onde fugir. Piotr Stepânovitch ergueu mais ainda a vela e olhou com atenção: não havia decididamente ninguém. Chamou, a meia-voz, por Kiríllov, depois tornou a chamar mais alto, mas não teve nenhuma resposta.

"Será que fugiu pela janela?".

De fato, o postigo de uma das janelas estava aberto. "É um absurdo: ele não poderia ter fugido pelo postigo". Piotr Stepânovitch atravessou o quarto todo, indo em direção à janela: "Não poderia mesmo!". De súbito, virou-se depressa e ficou estarrecido com algo extraordinário.

Rente à parede oposta às janelas, do lado direito da porta, havia um armário. Do lado direito desse armário, no canto que ele formava com a parede, estava postado Kiríllov, postado de modo muito estranho: imóvel, mantinha-se em posição de sentido, estirando o corpo, soerguendo a cabeça e apertando, com força, a nuca contra a parede, como se quisesse esconder-se, se não sumir totalmente, naquele canto. Escondia-se mesmo, a julgar por todos os indícios, só que não se podia, por alguma razão, acreditar nisso. Piotr Stepânovitch, que via o canto um pouco de viés, conseguia observar apenas as partes salientes do seu vulto. Ainda não ousava deslocar-se para a esquerda a fim de enxergar Kiríllov por inteiro e de decifrar o enigma. Seu coração passou a vibrar descompassado... De chofre, um frenesi completo se apoderou dele: saiu correndo de onde estava, gritou e, batendo os pés, precipitou-se enfurecido àquele lugar medonho.

Contudo, ao chegar perto dele, parou de novo, como que pregado no chão e ainda mais dominado pelo terror. O que mais o surpreendeu foi que, apesar de seu grito e sua investida violenta, aquele homem nem sequer se mexeu, nem moveu nenhum dos seus membros, como se estivesse petrificado ou fosse de cera. A palidez de seu rosto era antinatural; seus olhos negros, absolutamente imóveis, fitavam um ponto qualquer no espaço. Piotr Stepânovitch passou a vela de cima para baixo, depois a ergueu outra vez, iluminando aquele rosto sob todos os ângulos e olhando atentamente para ele. De supetão, percebeu que Kiríllov, embora fitasse algum ponto em sua frente, também o via de esguelha e mesmo chegava, talvez, a observá-lo. Então lhe veio a ideia de levar o fogo diretamente à cara "daquele canalha" para queimá-la e ver o que ele faria. E pareceu-lhe, de chofre, que o queixo de Kiríllov se movera e uma espécie de sorriso escarninho surgira em seus lábios, como se ele tivesse adivinhado essa ideia. Ficou tremendo e, alucinado como estava, segurou com força o ombro de Kiríllov.

Depois ocorreu algo tão horroroso e repentino que mais tarde Piotr Stepânovitch não conseguiria, de modo algum, pôr em ordem as suas lembranças daquilo. Mal roçou em Kiríllov, ele abaixou rapidamente a cabeça e fez, com uma cabeçada, a velinha cair das suas mãos: o castiçal voou, tilintando, para o chão, e a vela se apagou. No mesmo instante ele sentiu uma dor aguda no dedo mindinho de sua mão esquerda. Rompeu a gritar e só se recordaria mais tarde que ensandecera e desferira com todas as forças, a empunhar o revólver, três coronhadas na cabeça de Kiríllov, o qual se grudara nele e mordera seu dedo. Livrou finalmente o dedo e foi correndo em disparada, buscando, no meio das trevas, a saída daquela casa, enquanto os gritos horríveis, que ressoavam no quarto, voavam em seu encalço:

— Agora, agora, agora, agora...

Repetiram-se umas dez vezes. Ele corria ainda, e já estava no *sêni*, quando se ouviu, de repente, um forte estampido. Então se deteve no *sêni* escuro e passou uns cinco minutos refletindo; a seguir, retornou aos cômodos. Teria, porém, de arranjar uma vela. Bastaria reencontrar do lado direito, perto do armário, o castiçal que lhe caíra das mãos e agora estava ali no chão, mas com que acenderia o coto? De súbito, uma lembrança obscura surgiu em sua mente: recordou que no dia anterior, quando descera correndo para a cozinha e se atracara com Fedka, teria entrevisto, bem de relance, uma caixa de fósforos, grande e vermelha, que estava num canto, em cima de uma prateleira. Virando-se para a esquerda, foi, às apalpadelas, até a porta da cozinha, achou-a, passou pela antessala minúscula e desceu a escada. Sobre a prateleira, naquele exato lugar do qual acabara de se lembrar, encontrou, apalpando-a na escuridão, uma caixa de fósforos que estava cheia e não tinha sido usada. Sem acender o fogo, subiu apressadamente de volta, e foi só ao lado do armário, naquele mesmo lugar onde batia, com seu revólver, em Kiríllov que o mordera, lembrou-se subitamente do dedo mordido e sentiu, no mesmo instante, uma dor quase insuportável nele. Cerrando os dentes, acendeu a custo aquele coto, inseriu-o de novo no castiçal e olhou ao seu redor: perto da janela cujo postigo estava aberto, de pernas viradas para o canto direito do quarto, jazia o cadáver de Kiríllov. O tiro lhe atingira a têmpora direita, e a bala saíra para cima, do lado esquerdo, ao perfurar o crânio. Viam-se lá respingos de sangue e de miolos. O revólver estava ainda na mão do suicida, que se estendera no chão. A morte devia ter sido fulminante. Ao examinar tudo, com todo o esmero possível, Piotr Stepânovitch se pôs nas pontas dos pés e saiu, encostando a porta; uma vez no primeiro quarto, colocou a vela sobre a mesa, pensou um pouco e resolveu deixá-la acesa por entender que não poderia provocar incêndio. Voltou a olhar para o documento que estava em cima da mesa, sorriu maquinalmente e depois, ainda nas pontas dos pés por algum motivo, foi saindo da casa. Esgueirou-se de novo pela passagem de Fedka e novamente a tapou, com cuidado, atrás de si.

III

Faltando exatamente dez minutos para as seis horas, Piotr Stepânovitch e Erkel andavam pela gare de nossa estrada de ferro, ao longo de uma fileira de vagões bastante comprida. Piotr Stepânovitch estava de partida, e Erkel se despedia dele. As bagagens já haviam sido despachadas, a mala fora levada para um vagão de segunda classe e posta no lugar escolhido. Após o primeiro sinal, esperava-se pelo segundo. Piotr Stepânovitch olhava abertamente à sua volta, observando os passageiros que entravam nos vagões. Não encontrou, porém, nenhum conhecido próximo; teve apenas de inclinar a cabeça, umas duas vezes, para cumprimentar um comerciante, que conhecia de longe, e depois um jovem padre rural, que ia para sua paróquia situada a duas estações de nossa cidade. Erkel aparentava querer, nesses últimos minutos, conversar sobre algo importante, conquanto nem ele mesmo soubesse, talvez, sobre o quê. Não tinha, em todo caso, a coragem de encetar a conversa: parecia-lhe, o tempo todo, que Piotr Stepânovitch se aborrecia com sua presença e esperava, impaciente, pelos sinais que soariam em breve.

— O senhor encara todos tão abertamente — notou, um tanto tímido, como se quisesse adverti-lo.

— Por que não? Ainda não posso esconder-me. Seria cedo demais. Não se preocupe. Receio apenas que o diabo mande Lipútin para cá: eis que fareja e vem correndo.

— Eles não são confiáveis, Piotr Stepânovitch — declarou, resolutamente, Erkel.

— Lipútin?

— Eles todos, Piotr Stepânovitch.

— Bobagem: agora estão todos amarrados com aquilo de ontem. Nenhum vai trair. Quem peitaria a morte certa, a menos que enlouquecesse?

— Mas eles vão enlouquecer, Piotr Stepânovitch!

Essa ideia já teria vindo à mente de Piotr Stepânovitch também, portanto a réplica de Erkel o deixou ainda mais irritado:

— Será que também está com medo, Erkel? Pois conto com você mais do que com eles todos. Agora estou vendo que valor cada um tem. Veja se lhes transmite tudo oralmente, ainda hoje, que é minha incumbência direta. Corra avisá-los pela manhã. Quanto à instrução escrita, vai lê-la amanhã ou depois de amanhã, numa reunião, quando eles já forem capazes de escutar... e acredite que serão capazes amanhã mesmo, porque sentirão um medo terrível e se tornarão maleáveis que nem a cera... E, o principal, não fique abatido você mesmo.

— Ah, Piotr Stepânovitch, seria melhor que o senhor não fosse embora!

— Mas é só por alguns dias: estarei logo de volta.

— Piotr Stepânovitch — disse Erkel cautelosa, mas firmemente —, nem que o senhor vá para Petersburgo. Será que não entendo que faz apenas o necessário à causa geral?

— Não esperava por nada menor da sua parte, Erkel. Se você adivinhou que eu partia para Petersburgo, decerto compreendeu também que não podia dizer a eles ontem, naquele momento, que ia tão longe assim, senão os deixaria assustados. Você mesmo viu como eles estavam. Mas entende bem que vou lá pela nossa causa, pela causa principal e crucial, pela nossa causa geral, mas não para me escafeder como acha um Lipútin qualquer, não entende?

— Piotr Stepânovitch, mas nem que fosse para o estrangeiro, eu o entenderia: entenderia que precisa resguardar a sua personalidade, porque o senhor é tudo e nós não somos nada. Entenderia, sim, Piotr Stepânovitch.

Até mesmo a voz do pobre garoto ficou tremendo.

— Agradeço-lhe, Erkel... Ai, você tocou no meu dedo machucado! (Erkel lhe apertara, sem jeito, a mão cujo dedo enfermo, pensado com tafetá negro, dava na vista). Só que lhe digo positivamente, mais uma vez, que vou a Petersburgo apenas para me informar e passarei lá, quem sabe, um dia apenas, e logo estarei de volta.

Quando voltar, farei de conta que moro na fazenda de Gagânov. Se eles vislumbrarem algum perigo, serei o primeiro a ir compartilhá-lo à frente de todos. E, se me delongar em Petersburgo, vou avisá-lo no mesmo instante... daquele modo que conhece, e você passará o aviso para eles.

Ouviu-se o segundo sinal.

— Ah, sim, só restam cinco minutos até a partida. Não gostaria que o grupinho daqui se desmembrasse, sabe? Não estou com medo, não se preocupe comigo, pois tenho bastantes nós da rede geral à minha disposição e não dou tanto valor a nenhum deles, só que um nó a mais não atrapalharia, por certo, nada. Aliás, estou tranquilo por você, ainda que o deixe quase sozinho com aqueles monstrengos: não se preocupe, que eles não vão delatar, não ousarão... A-ah, e o senhor parte hoje? — gritou, de repente, para um moço bem jovem, que se aproximou alegremente para saudá-lo, e sua voz se tornou diferente, tão jovial, num piscar de olhos. — Não sabia que o senhor também ia pegar o expresso. Aonde vai, visitar sua mãezinha?

A mãezinha do jovem era uma fazendeira riquíssima, que morava na província vizinha, e ele próprio era um contraparente de Yúlia Mikháilovna e ficara por cerca de duas semanas hospedado em nossa cidade.

— Não, vou mais longe, vou para R... Terei de passar umas oito horas nesse vagão. Vai a Petersburgo? — O moço deu uma risada.

— Por que supôs que eu fosse justamente a Petersburgo? — Piotr Stepânovitch riu por sua vez, mais manifestamente ainda.

O jovem ameaçou-o com seu dedinho enluvado.

— Pois bem, o senhor adivinhou — cochichou-lhe, num tom misterioso, Piotr Stepânovitch. — Estou levando cartas de Yúlia Mikháilovna e terei de visitar lá, correndo, umas três ou quatro pessoas daquele tipo ali, que o diabo as carregue para ser sincero. Que cargo infernal!

— Mas por que foi que ela se assustou tanto, diga? — O moço também se pôs a cochichar. — Nem me deixou entrar ontem, mas acho que não tem nada a temer, quanto ao seu marido: pelo contrário, ele tombou a olhos vistos, naquele incêndio, até mesmo sacrificando, por assim dizer, sua vida.

— Mas veja bem... — Piotr Stepânovitch continuava a rir. — Ela teme que alguém por aqui já tenha escrito, sabe? Ou seja, há uns senhores por aqui... Numa palavra, a figura principal é Stavróguin, isto é, o príncipe K... Eh, mas é toda uma história: talvez eu lhe conte alguma coisa pelo caminho... aliás, o quanto meu cavalheirismo me permitir... Este é meu parente, alferes Erkel, do interior.

O jovem, que olhava de soslaio para Erkel, tocou no chapéu; Erkel saudou-o com uma mesura.

— E sabe, Verkhôvenski, oito horas a passar num vagão são uma sina terrível. Quem vai conosco, na primeira classe, é Bêrestov, um coronel bem engraçado e meu vizinho, lá na fazenda: é casado com Gárina (*née de Garine*[10]) e um homem decente, sabe? Até mesmo tem algumas ideias. Passou aqui tão somente dois dias. É apaixonado pelo *yeralach*: será que não tramaríamos uma partida, hein? Já tenho em vista o quarto parceiro

[10] Nascida Gárina (em francês).

também: é Pripúkhlov, nosso mercador de T., barbudo e milionário, quer dizer, um milionário de verdade — sou eu que lhe digo... Vou apresentá-los um ao outro: é um boníssimo saco de grana, e vamos gargalhar juntos.

— Jogo *yeralach* com todo o prazer e gosto muito de jogar no vagão, mas viajo na segunda classe.

— Eh, chega, de jeito nenhum! Vamos conosco. Já mando transferi-lo para a primeira classe. O condutor-mor me obedece. O que tem aí, uma mala? Uma manta?

— Está ótimo: vamos!

Pegando sua mala, sua manta e seu livro, Piotr Stepânovitch se mudou logo, com a maior presteza possível, para a primeira classe. Erkel ajudou-o. Soou o terceiro sinal.

— Pois bem, Erkel... — Apressado e aparentemente atarefado, Piotr Stepânovitch lhe estendeu a mão pela última vez, já pela janela do vagão. — Vou ficar aqui, jogando com eles.

— Mas por que é que me explica, Piotr Stepânovitch? É que vou entender, Piotr Stepânovitch, vou entender tudo!

— Então até o agradabilíssimo[11]... — De súbito, ele se virou, chamado pelo jovem que ia apresentá-lo aos parceiros.

E Erkel não viu mais esse seu Piotr Stepânovitch!

Voltou para casa bem triste. Não que estivesse com medo de Piotr Stepânovitch tê-los abandonado tão repentinamente assim, mas... mas lhe virara tão rapidamente as costas, quando aquele moço ajanotado chamara

---

[11] Alusão ao cumprimento "até o encontro agradabilíssimo", frequentemente usado no sentido irônico.

por ele e... até que poderia ter dito algo diferente, em vez daquele "até o agradabilíssimo", ou... ou, pelo menos, apertar sua mão com mais força.

E a última circunstância era a mais importante de todas. Era algo distinto que começava a arranhar seu coração pobrezinho, algo que nem ele mesmo compreendia ainda, algo relativo à noite passada.

Capítulo sétimo. A última peregrinação de Stepan Trofímovitch.

I

Estou convencido de que Stepan Trofímovitch estava com muito medo ao sentir a aproximação do prazo de sua empresa insana. Estou convencido de que sofria muito por causa desse medo, sobretudo na noite da véspera, naquela tétrica noite. Nastácia mencionaria depois que ele se deitara tarde e adormecera. Contudo, isto não prova nada: os condenados à morte dormem muito bem, pelo que se diz, até mesmo às vésperas da execução. Embora partisse já à luz do dia, quando uma pessoa nervosa costuma ficar um tanto mais animada (e aquele major, o parente de Virguínski, cessava, inclusive, de crer em Deus, tão logo a noite passava), estou convencido de que nunca teria podido antes imaginar, sem pavor, como enveredaria sozinho, nessa sua situação, por uma estrada mestra. É claro que algo desesperado, presente em seus pensamentos, devia ter mitigado para ele, logo de início, toda a força daquela horrível sensação de inopinada solitude que lhe viera de chofre, mal ele abandonara *Stasie*[1] e o lugarzinho que esquentava havia

[1] Forma afrancesada do nome Nastácia.

vinte anos. Mas não importa: mesmo se tivesse a mais plena consciência de todos os horrores a esperarem por ele, teria enveredado, ainda assim, por aquela estrada mestra! Havia nisso uma espécie de orgulho, algo que o arrebatava apesar de tudo. Oh, ele poderia aceitar as luxuosas condições de Varvara Petrovna e continuar desfrutando dos seus favores "*comme un*[2] simples parasita"! Não aceitou, porém, essa caridade nem ficou em sua casa. Eis que a abandona, ele próprio, e levanta "a bandeira da grande ideia" e vai morrer por ela na estrada mestra! Exatamente assim é que devia perceber aquilo; exatamente assim é que devia imaginar a sua ação.

Eu me fiz também, em várias ocasiões, outra pergunta: por que ele fugira, quer dizer, fugira caminhando, no sentido literal, em vez de pegar simplesmente um carro? A princípio, cheguei a explicá-lo com cinquenta anos de sua falta de praticidade e com um desvio fantástico de suas ideias sob o influxo de um sentimento forte. Pareceu-me que a ideia de itinerários e cavalos (nem que portassem uma sineta) devia ser por demais simples e prosaica na visão dele, enquanto uma peregrinação (nem que ele mesmo portasse um guarda-chuva) apresentava-se, pelo contrário, bem mais bonita e amorosamente vingativa. No entanto, agora que está tudo já acabado, creio que tudo isso se fez então de maneira muito menos sofisticada: em primeiro lugar, ele não teve a coragem de alugar os cavalos, porque Varvara Petrovna podia vir a saber disso e retê-lo à força, o que faria por certo, com sua obediência indubitável, e... adeus, para todo o sempre, àquela grande ideia! Em

[2] Como um... (em francês).

segundo lugar, ser-lhe-ia preciso, ao menos, saber, para elaborar o itinerário, aonde iria. Mas era justamente o que mais o atormentava àquela altura, não sabendo ele, de modo algum, definir e nomear o destino de sua viagem. É que, se escolhesse uma cidade qualquer, sua empresa se tornaria num átimo, aos seus próprios olhos, tão absurda quanto impossível, e Stepan Trofímovitch pressentia-o muito bem. O que é que faria exatamente naquela cidade e por que não iria a outra? Procuraria *ce marchand?*[3] Mas que *marchand* é que seria aquele? Então surgia e ressurgia a segunda questão, a que mais o apavorava. No fundo, nada lhe era mais pavoroso do que *ce marchand*, que ele fora de repente, correndo como um louco, procurar e que mais temia, bem entendido, achar na realidade. Não, melhor mesmo seria uma estrada mestra que pegaria mui simplesmente e seguiria sem pensar em nada, até quando pudesse não pensar mais. Uma estrada mestra é algo comprido, muito comprido assim, algo cujo fim não se vê ao longe, como se fosse a vida humana, como se fosse um sonho humano. Uma ideia se encerra nessa estrada mestra, mas que ideia se encerra num itinerário? O itinerário representa o fim de uma ideia... *Vive la grande route*,[4] e depois seja o que Deus quiser.

Após o encontro inesperado e repentino com Lisa, que eu já havia descrito, ele continuou caminhando, ainda mais esquecido de si próprio. A estrada mestra passava a meia versta de Skvorêchniki, e, coisa estranha, Stepan Trofímovitch nem sequer notou, a princípio,

[3] Aquele negociante (em francês).
[4] Viva a estrada mestra (em francês).

como tinha pisado nela. Um raciocínio lógico ou, pelo menos, uma nítida percepção das coisas seriam, naquele momento, insuportáveis para ele. A chuva fina ora parava de cair, ora caía de novo, mas ele não reparava nem sequer nessa chuva. Tampouco notou como pendurara a maleta sobre o ombro e como isso facilitara sua caminhada. Devia ter percorrido assim uma versta ou uma versta e meia, quando se deteve de súbito e olhou ao redor. Antiga, preta, sulcada por carris, a estrada se estendia em sua frente como um fio infinito, ladeada de salgueiros-brancos, com um ermo e alguns trigais, ceifados havia tempos, do lado direito e os arbustos, além dos quais ficava um bosque, do lado esquerdo. E, lá ao longe, viam-se a linha enviesada, mal perceptível, de uma ferrovia e a fumacinha de um trem de ferro, porém já não dava mais para ouvir nenhum som. Stepan Trofímovitch se intimidou um pouco, mas apenas por um instante. Suspirou sem causa aparente, colocou a maleta ao pé de um salgueiro-branco e se sentou para descansar. Sentiu calafrios, enquanto se sentava, e se envolveu em sua manta; reparando, ao mesmo tempo, na chuva, abriu também o guarda-chuva acima da sua cabeça. Ficou longamente sentado assim, mascando, vez por outra, com os lábios e segurando com força o cabo do guarda-chuva. Diversas imagens esvoaçavam, numa sequência febril, ante seus olhos, revezavam-se depressa em sua mente. "*Lise, Lise*" — pensava — "e, com ela, *ce Maurice*... Gente estranha... Mas que incêndio estranho é que foi aquele, e sobre o que eles dois estavam falando, e quem teria sido assassinado?... *Stasie*, pelo que me parece, ainda não teve tempo de descobrir coisa alguma: ainda espera por mim com o café... O baralho? Será que eu apostava pessoas jogando baralho? Hum... mas em nossa Rússia, na época do chamado direito servil... Ah, meu Deus, e o Fedka?".

Estremeceu todo, assustado, e olhou à sua volta. "E se aquele Fedka se esconde por ali, atrás de uma moita? Dizem, pois, que ele tem toda uma quadrilha de salteadores por ali, na estrada mestra! Oh, meu Deus, mas então eu... Então lhe direi a verdade toda: direi que a culpa é minha... e que passei *dez anos sofrendo* por ele, ainda mais do que ele mesmo deve ter sofrido, lá no exército, e... e lhe entregarei meu porta-níqueis. Hum, *j'ai en tout quarante roubles; il prendra les roubles et il me tuera tout de même.*"[5]

Amedrontado como estava, fechou, nem sabia por que, o guarda-chuva e colocou-o ao seu lado. Uma carroça havia surgido ao longe, vindo da cidade, e ele começou a examiná-la com inquietude:

"*Grâce à Dieu*,[6] é uma carroça e vem a passo: isto não pode ser perigoso. São uns cavalinhos mofinos daqui... Sempre falei dessa raça... Aliás, era Piotr Ilitch quem falava, ali no clube, da raça, e eu dei então um jeitinho para ganhar dele, *et puis*... Mas o que está lá, atrás?... Parece que é uma *baba*, naquela carroça ali. Uma *baba* e um mujique, *cela commence à être rassurant.*[7] A *baba* fica atrás, o mujique fica na frente: *c'est très rassurant.*[8] E uma vaca está amarrada, pelos chifres, à traseira daquela carroça: *c'est rassurant au plus haut degré.*"[9]

---

[5] ... tenho quarenta rublos ao todo; ele tomará esses rublos e me matará assim mesmo (em francês).

[6] Graças a Deus (em francês).

[7] Isso começa a tranquilizar (em francês).

[8] Isso tranquiliza muito (em francês).

[9] Isso tranquiliza no mais alto grau (em francês).

A carroça se aproximou dele, uma carroça de mujique, bastante sólida e prestável. A *baba* estava sentada sobre um saco bem atulhado, e o mujique, na boleia, deixando as pernas penderem do lado de Stepan Trofímovitch. Uma vaca ruiva, amarrada pelos chifres, arrastava-se realmente atrás da carroça. O mujique e a *baba* arregalavam os olhos a mirar Stepan Trofímovitch, e ele os mirava de igual maneira, mas de repente se levantou, quando a carroça já estava a uns vinte passos dele, e seguiu-a apressado. Sentia-se, naturalmente, mais seguro ao lado daquela carroça, porém, ao alcançá-la, esqueceu-se logo de tudo e voltou a mergulhar em seus pensamentos e devaneios fragmentados. Caminhava assim e nem suspeitava, por certo, de ser naquele momento, para o mujique e para a *baba*, o objeto mais enigmático e interessante que se pudesse encontrar numa estrada mestra.

— Quem é o senhor, quer dizer, se não for ousadia perguntar? — Afinal, a *babazinha* não se conteve, quando de chofre, por mera distração, Stepan Trofímovitch olhou para ela. Era uma mulherzinha em torno de vinte e sete anos, robusta e corada, de sobrancelhas negras e lábios vermelhos, abertos num carinhoso sorriso, debaixo dos quais brilhavam os dentes brancos e todos iguais.

— A senhora... a senhora se dirige a mim? — murmurou Stepan Trofímovitch, com pesaroso espanto.

— Deve ser dos negociantes — disse o mujique, seguro de si. Era um homenzarrão alto de uns quarenta anos, cujo rosto largo e nada tolo era emoldurado por uma barba arruivada em leque.

— Não é que seja um negociante, não; eu... eu... *moi, c'est autre chose*[10] — respondeu, bem ou mal, Stepan

[10] Eu sou outra coisa (em francês).

Trofímovitch. Por via das dúvidas, ficou um pouquinho atrás da traseira daquela carroça, passando a caminhar junto da vaca.

— Deve ser dos senhores — deduziu o mujique, ao ouvir umas palavras que não eram russas, e fustigou o cavalinho.

— Pois a gente olha para o senhor: é como se estivesse passeando aí... — A *babazinha* revelou de novo a sua curiosidade.

— É a mim... a mim é que está perguntando?

— É que os estrangeiros vêm, às vezes, pela estrada de ferro... é que suas botas não são das nossas paragens, mas assim...

— Sua bota é militar — comentou o mujique, num tom imponente e presunçoso.

— Não é que seja um militar, não; eu...

"Que mulherzinha intrometida" — zangava-se, no íntimo, Stepan Trofímovitch —, "e como eles me examinam... *mais enfin*[11]... Numa palavra, é estranho que eu seja como que culpado perante eles dois, só que não tenho culpa alguma para com eles".

A *babazinha* ficou cochichando com o mujique.

— Se não lhe for ofensivo, daremos talvez carona ao senhor, contanto que seja de seu agrado.

De súbito, Stepan Trofímovitch se recobrou.

— Sim, sim, meus amigos, com todo o prazer, porque estou muito cansado. Mas como é que vou subir?

"Como isso é surpreendente" — pensou com seus botões —: "passei tanto tempo caminhando ao lado dessa vaca, mas nem me passou pela cabeça pedir que

---

[11] Mas enfim... (em francês).

me deixassem subir à carroça... Essa tal de 'vida real' contém mesmo algo peculiar...".

Entretanto, o mujique não fizera ainda o cavalo parar.

— Mas aonde é que o senhor vai? — questionou, com certa desconfiança.

Stepan Trofímovitch demorou a entendê-lo.

— Deve ir até Khátovo, hein?

— Até Khátovo? Não é que vá até Khátovo, não... Aliás, não sei muito bem, embora já tenha ouvido falar.

— A aldeia de Khátovo, uma aldeia a nove verstas daqui...

— Uma aldeia? *C'est charmant*:[12] bem que ouvi falar dela, ao que parece...

Stepan Trofímovitch continuava a caminhar, porém não o convidavam ainda para a carroça. Uma conjetura genial surgiu, de relance, em sua cabeça:

— Talvez estejam pensando que eu... Meu passaporte está comigo: sou professor, isto é, um mestre-escola, se quiserem,... mas mor. Sou um mestre-escola-mor. *Oui, c'est comme ça qu'on peut traduire.*[13] Gostaria muito de me sentar, e vou comprar para os senhores... vou comprar por isso meio *stof* de vinho.

— Fica devendo um *poltínnik*,[14] meu senhor, que o caminho é difícil.

— Senão nos magoa muito — acrescentou a *babazinha*.

— Um *poltínnik*? Está bem, que seja um *poltínnik*. *C'est encore mieux, j'ai en tout quarante roubles, mais...*[15]

---

[12] É encantador (em francês).

[13] Sim, é desse modo que se pode traduzir (em francês).

[14] Cinquenta copeques (em russo).

[15] É melhor ainda: tenho quarenta rublos ao todo, mas... (em francês).

O mujique parou a carroça, e os camponeses puxaram Stepan Trofímovitch, com um esforço conjunto, e acomodaram-no dentro da carroça, ao lado da *baba*, sobre um saco. Aquele turbilhão de pensamentos não o deixava em paz. De vez em quando, ele mesmo sentia que estava, de certa forma, relapso demais e nem por sombra pensava naquilo em que lhe cumpria pensar, espantando-se com isso. Por momentos, essa consciência da debilidade mórbida de sua mente pesava-lhe muito e até mesmo o magoava.

— Como... como é que a vaca está vindo atrás? — Foi ele próprio quem se dirigiu repentinamente à *babazinha*.

— Até parece que o senhor nunca viu uma vaca! — A *baba* se pôs a rir.

— Compramos na cidade — intrometeu-se o mujique. — É que o gado da gente morreu todo, ainda na primavera: foi uma praga. Todas as nossas vacas caíram, pois, todas: não sobrou metade sequer do rebanho, nem que a gente uive.

E voltou a fustigar o cavalinho atolado num carril.

— Sim, isso acontece em nossa Rússia... e, de modo geral, nós, os russos... pois sim, acontece... — Stepan Trofímovitch não terminou a frase.

— Se o senhor é um mestre-escola, o que vai fazer em Khátovo? Ou quer ir mais longe ainda?

— Eu... quer dizer, não é que queira ir mais longe ainda... *C'est-à-dire*,[16] vou à procura de um negociante.

— Vai a Spássov, então?

— Sim, sim, justamente a Spássov. Aliás, isso não importa.

---

[16] Ou seja, quer dizer (em francês).

— Pois se fosse a Spássov caminhando, gastaria uma semaninha inteira com essas suas botinhas... — A *babazinha* ficou rindo.

— É isso mesmo, é bem isso, mas não importa, *mes amis*,[17] não importa — interrompeu-a Stepan Trofímovitch, impaciente.

"Um povo extremamente curioso; de resto, a mulherzinha fala melhor do que ele, e percebo que, desde o dezenove de fevereiro,[18] o estilo deles tem mudado um pouco, e... e por que querem saber se vou a Spássov ou não vou a Spássov? Pagarei, aliás, para eles, então por que me importunam?".

— Se for a Spássov, tem de pegar um vaupor! — O mujique não o deixava em paz.

— É isso aí — reforçou a *babazinha*, com inspiração —, porque, se for de carroça pela margem, fará um rodeio de umas trinta verstas.

— Até de quarenta.

— Pois justo amanhã, pelas duas horas, vai pegar um vaupor em Ústievo — arrematou a *babazinha*. Mas Stepan Trofímovitch se obstinava em permanecer calado. Os questionadores também se calaram. O mujique apressava um pouco seu cavalinho; por vezes, a *baba* trocava réplicas curtas com ele. Stepan Trofímovitch se quedou cochilando. Ficou muito surpreso, quando a *baba* o cutucou, rindo, para despertá-lo, e se viu numa aldeia bastante grande, ao portão de uma isbá com três janelas dianteiras.

---

[17] Meus amigos (em francês).

[18] Alusão à data (19 de fevereiro de 1861) em que o regime servil foi abolido na Rússia.

— Tirou uma soneca, meu senhorzinho?

— O que é isso? Onde é que estou? Ah, sim! Pois bem... não importa... — Suspirando, Stepan Trofímovitch desceu da carroça.

Olhou, tristonho, ao seu redor e tomou o aspecto daquela aldeia por algo estranho e totalmente alienado.

— Ah, o *poltínnik*: já me esqueci dele! — dirigiu-se ao mujique, com um gesto por demais ansioso: já receava, pelo visto, que tivesse de se afastar do casal.

— O senhor me paga lá dentro: tenha a bondade — convidava-o o mujique.

— Estará bem lá — animava-o a *babazinha*.

Stepan Trofímovitch pisou na precária escadinha de entrada.

"Mas como isso é possível?" — sussurrou, com uma profunda e medrosa perplexidade, porém entrou na isbá. "*Elle l'a voulu...*".[19] Algo lhe pungiu o coração, e, de repente, ele se esqueceu outra vez de tudo, até mesmo de ter entrado naquela isbá.

Era uma isbá rural, bem iluminada e bastante limpa, com três janelas na frente e dois cômodos: não exatamente uma estalagem, mas apenas uma casa aberta onde se hospedavam, por hábito de longa data, alguns conhecidos que estavam lá de passagem. Sem se constranger, Stepan Trofímovitch foi até o canto dianteiro, esqueceu-se de dar bons-dias, sentou-se e ficou pensativo. Enquanto isso, uma sensação de calor se alastrou de improviso, agradabilíssima depois de três horas daquela umidade que aturara na estrada, pelo seu corpo. Até os próprios calafrios que lhe percorriam,

---

[19] Ela o quis (em francês).

breves e entrecortados, o dorso, como sempre acontece às pessoas sobremodo nervosas que estão com febre, eram estranhamente agradáveis após sua brusca passagem do frio para a quentura. Ele ergueu a cabeça, e o delicioso aroma dos crepes quentes que a dona da casa tratava de preparar, agitando-se junto do forno, veio titilar seu olfato. Com um sorriso pueril, moveu-se todo em direção a ela e se pôs, de repente, a balbuciar:

— Mas o que é isso? São crepes? *Mais... c'est charmant!*

— O senhor desejaria? — propôs a dona da casa, rápida e amavelmente.

— Desejaria, sim, justamente desejaria e... pediria também um pouco de chá! — Stepan Trofímovitch ficou animado.

— Botar o samovarzinho? Com todo o nosso grande prazer.

E eis que vieram, num pratarraz com grandes figuras azuis, os crepes, aqueles conhecidos e gostosíssimos crepes da roça, finos, feitos pela metade com farinha de trigo e regados a manteiga fresca e toda derretida. Foi com deleite que Stepan Trofímovitch os degustou.

— Quanta gordura e como estão saborosos! E, apenas se fosse possível, *un doigt d'eau de vie.*[20]

— Será que o senhor deseja um pouco de vodcazinha?

— Exatamente, exatamente: só um pouquinho, *un tout petit rien.*[21]

— Por cinco copeques, quer dizer?

— Por cinco, por cinco, por cinco, por cinco: *un tout petit rien...* — aprovava Stepan Trofímovitch, com um sorrisinho ditoso.

---

[20] Um pingo de aguardente (em francês).
[21] Nadinha de nada (em francês).

Se vocês pedirem que um popular lhes preste algum serviço, ele vai atendê-los, se puder e quiser, zeloso e benevolente, porém, se o mandarem buscar vodcazinha, sua costumeira benevolência tranquila se transformará, de pronto, numa obsequiosidade ansiosa e jovial, passando esse popular a cuidar de vocês como se fossem quase seus parentes. Quem for buscar vodca (embora sejam vocês, e não ele mesmo, que vão beber, e ele está, desde logo, ciente disso) chega a sentir, ainda assim, como que certa parte dessa futura satisfação de vocês... Passaram-se, no máximo, três ou quatro minutos (havia uma bodega a dois passos de lá), e uma *kossuchka*[22] apareceu, com um grande cálice esverdeado, em cima da mesa, diante de Stepan Trofímovitch.

— É tudo para mim? — Ele se pasmou em extremo. — Sempre tive vodca em casa, mas nunca soube que se comprava tanta com cinco copeques!

Encheu o cálice, levantou-se e, com certa solenidade, passou, através do cômodo, para aquele canto onde se instalara sua companheira de viagem, a *babazinha* de sobrancelhas negras que tanto o importunara pelo caminho, sentada num saco, com tantas indagações. Embaraçada, a *babazinha* começou a negar-se, mas, ao dizer todo o prescrito pelas conveniências, acabou por se levantar e beber cortesmente, em três sorvos, como bebem as mulheres; a seguir, expressando seu rosto um sofrimento extraordinário, devolveu o cálice e agradeceu a Stepan Trofímovitch com uma mesura. Cerimonioso, ele retribuiu a mesura e retornou, até mesmo com ares de orgulho, à sua mesa.

---

[22] Antiga medida de volume russa, equivalente a ¼ de *stof*, isto é, a 307,5 ml de bebida alcoólica.

Tudo isso se operava nele por uma espécie de inspiração: ele próprio não sabia ainda, um segundo antes, que ia brindar com a *babazinha*.

"Sei perfeitamente tratar o povo, perfeitamente, e sempre disse isto àqueles lá" — pensou, vaidoso, ao servir-se do resto da *kossuchka*: o cálice não ficou cheio, mas a vodca o aqueceu bem, surtindo um efeito vivificante, e até mesmo lhe subiu um pouco à cabeça.

"Je suis malade tout à fait, mais ce n'est pas trop mauvais d'être malade".[23]

— O senhor não gostaria de adquirir? — ouviu-se ao seu lado uma suave voz feminina.

Ele ergueu os olhos e, para sua surpresa, viu em sua frente uma dama (*une dame, et elle en avait l'air*[24]) que já tinha mais de trinta anos de idade, parecia muito humilde e usava roupas urbanas: um vestido escurinho e um grande lenço cinza, jogado por cima dos ombros. Seu rosto exprimia algo muito simpático, algo que agradou de imediato a Stepan Trofímovitch. Ela acabava de voltar para a isbá, onde seus pertences estavam empilhados sobre um banco, precisamente ao lado daquele assento que ocupava Stepan Trofímovitch, havendo, entre outras coisas, uma pasta para a qual ele olhara ao entrar, pelo que lembrava agora, com curiosidade e um saco de oleado, não muito grande. Foi desse saco que ela tirou dois livrinhos, com cruzes estampadas sobre as capas bonitas, oferecendo-os a Stepan Trofímovitch.

---

[23] Estou totalmente doente, mas estar doente não faz tanto mal (em francês).

[24] Uma dama, e aparentava ser uma (em francês).

— Eh... mais *je crois que c'est l'Évangile...*[25] com o maior prazer... Ah, agora estou entendendo... *Vous êtes ce qu'on appelle*[26] *knigonocha*:[27] já li várias vezes sobre isso... Um *poltínnik?*

— Trinta e cinco copeques cada um — respondeu a *knigonocha*.

— Com o maior prazer. *Je n'ai rien contre l'Évangile, et...*[28] Já faz muito tempo que quero relê-lo...

Surgiu-lhe, naquele momento, a lembrança de não ter lido o Evangelho havia, pelo menos, três décadas e de ter recordado, uns sete anos antes, só um pouquinho dele e tão somente pelo livro "*Vie de Jésus*"[29] de Renan. Como não tinha trocados, tirou suas quatro notas de dez rublos cada: tudo o que tinha consigo. A dona da casa se encarregou de trocar o dinheiro, e foi apenas então que ele prestou mais atenção e percebeu que muitas pessoas se reuniam naquela isbá, observando-o todas elas, já havia bastante tempo, e, pelo visto, conversando a seu respeito. Falavam também sobre o incêndio ocorrido, principalmente o dono da carroça e da vaca que acabava de voltar da nossa cidade. Comentavam que o incêndio fora criminoso, mencionavam os operários dos Chpigúlin.

"Pois ele não trocou meia palavra comigo sobre o incêndio, enquanto me trazia para cá, embora falasse de quaisquer outras coisas" — pensou, por algum motivo, Stepan Trofímovitch.

---

[25] Eh... mas creio que seja o Evangelho (em francês).
[26] A senhora é o que se chama... (em francês).
[27] Vendedora ambulante de livros (em russo).
[28] Não tenho nada contra o Evangelho, e... (em francês).
[29] Vida de Jesus (em francês): monografia clássica do filósofo e historiador francês Ernest Renan (1823-1892).

— Meu queridinho, Stepan Trofímovitch, será o senhor que estou vendo? Nem imaginava!... Por acaso, não me reconheceu? — exclamou um sujeito idoso, aparentemente um servo dos antigos, de barba feita e vestindo um capote com uma comprida gola dobrável.

Ao ouvir seu nome, Stepan Trofímovitch ficou assustado.

— Desculpe — murmurou —, não me lembro bem do senhor...

— Esqueceu! Mas eu sou Aníssim, Aníssim Ivânov. Servi ao finado senhor Gagânov e quantas vezes é que já vi o senhor, com Varvara Petrovna, na casa da finada Avdótia Serguêvna. Também ia à sua casa com os livrinhos que ela mandava e, umas duas vezes, levei para o senhor, em nome dela, aqueles bombons de Petersburgo...

— Ah, sim, eu me lembro de você, Aníssim — sorriu Stepan Trofímovitch. — É bem aí que mora?

— Moro perto de Spássov, no monastério de V., naquele arrabalde de Marfa Serguêvna, a irmãzinha de Avdótia Serguêvna: talvez se digne a lembrar como ela quebrou a perna, quando ia a um baile e pulou da caleça. Agora ela mora próximo ao monastério, e eu, perto dela, e agora, veja só o senhor, vou visitar os meus, lá na província...

— Pois é, pois é.

— Quando vi o senhor, fiquei alegre, que me tratava com gentileza! — Aníssim sorria, enlevado. — Mas aonde é que o senhor vai desse jeito e, parece, vai só mesmo, sozinho... Parece que nunca tinha saído sozinho, não é?

Stepan Trofímovitch olhou para ele com timidez.

— Não vai porventura à nossa Spássov?

— Sim, vou a Spássov. *Il me semble que tout le monde va à Spassof...*[30]

— E não vai porventura visitar Fiódor Matvéievitch? Mas como ele ficará alegre! Como é que o senhor foi respeitado antigamente: há quem se lembre do senhor até hoje, diversas vezes...

— Sim, sim, vou visitar Fiódor Matvéievitch também.

— Tem que ser, sim, tem que ser. É que os mujiques ficam admirados aqui, dizendo terem encontrado o senhor, lá na grande estrada, como que passando a pé. Mas é um povinho bobo!

— Eu... Eu, isto... Sabe, Aníssim, eu apostei, igual aos ingleses, que chegaria lá caminhando, e eu...

O suor lhe brotava na testa e nas têmporas.

— Tem que ser, tem que ser... — Aníssim escutava-o com uma curiosidade inclemente. Todavia, Stepan Trofímovitch não podia aguentar mais. Ficara tão constrangido que já queria levantar-se e sair da isbá, mas eis que o samovar foi servido, e a *knigonocha*, que tinha ido a algum lugar, voltou no mesmo minuto. Dirigindo-se a ela com um gesto de quem se salvasse, Stepan Trofímovitch lhe ofereceu chá. Aníssim se conformou e se afastou dele.

De fato, uma perplexidade crescia no meio dos mujiques:

"Quem é aquele homem? Foi encontrado na estrada, caminhando; diz que é um mestre-escola, veste-se como um estrangeiro, mas, quanto à mente, parece uma criancinha; responde de um jeito esquisito, como se tivesse fugido de alguém, mas está com dinheiro no bolso!". Já

---

[30] Parece-me que todo mundo vai a Spássov (em francês).

começavam a pensar em denunciá-lo a quem de direito, "pois, seja como for, a cidade não anda lá muito tranquila", mas Aníssim arranjou tudo num instante. Indo ao *sêni*, comunicou a quem quisesse ouvir que Stepan Trofímovitch não era exatamente um mestre-escola, mas "dos grandes sabedores mexendo com grandes ciências", e que "fora, aliás, um fazendeiro daqui, ele mesmo, e morava, havia já vinte e dois anos, na casa da verdadeira generala Stavróguina, como o homem mais importante daquela casa, enquanto todos os citadinos o respeitavam sobremaneira. Deixava no clube da fidalguia, numa noite só, uma cinzentinha ou uma irisadinha,[31] e sua classe era a sétima, a mesma do tenente-coronel militar, apenas um grau a menos que a de um coronel verdadeiro. E, quanto a ter dinheiro no bolso, nem dava para contar aquele dinheiro que ele tinha graças à verdadeira generala Stavróguina...", *et cætera* e tal.

"*Mais c'est une dame, et très comme il faut...*"[32] — Descansando da investida de Aníssim, Stepan Trofímovitch observava, com uma aprazível curiosidade, a *knigonocha* sentada ao seu lado, a qual, seja dita a verdade, bebia chá num pires e mordiscava um torrão de açúcar. — "*Ce petit morceau de sucre, ce n'est rien...*[33] Há nela algo nobre, independente e, ao mesmo tempo, sereno. *Le comme il faut tout pur,*[34] mas de um gênero um pouco diferente".

Logo foi informado por ela mesma de que se chamava Sófia Matvéievna Ulítina, morava em K. propriamente

---

[31] Antigas gírias russas que designavam as notas bancárias de 200 e 100 rublos respectivamente.

[32] Mas é uma dama, e muito decente... (em francês).

[33] Aquele pedacinho de açúcar não é nada... (em francês).

[34] A decência em seu estado puro (em francês).

dita e tinha lá uma irmã, viúva de origem burguesa, além de ela também ser viúva e de seu marido, um sargento-mor promovido a suboficial por tempo de serviço, ter perecido em Sebastopol.

— Mas a senhora é tão nova ainda, *vous n'avez pas trente ans.*[35]

— Trinta e quatro — sorriu Sófia Matvéievna.

— Como, a senhora entende o francês também?

— Um pouquinho: morei, depois disso, quatro anos numa casa nobre e aprendi lá com as crianças.

Contou que, viúva com apenas dezoito anos, passara algum tempo em Sebastopol, "como enfermeira", depois morara em vários locais e agora andava de lá para cá, vendendo o Evangelho.

— *Mais, mon Dieu,*[36] não foi com a senhora que se deu, em nossa cidade, uma história estranha, aliás, muito estranha mesmo?

Ela enrubesceu: realmente, aquela história se dera com ela.

— *Ces vauriens, ces malheureux!*[37]... — começou ele, com uma voz trêmula de indignação, repercutindo dolorosamente em seu coração uma lembrança pungente e odiosa. Por um minuto, como que se esqueceu de si mesmo.

"Ih, mas ela saiu de novo" — recompôs-se ao perceber que outra vez ela não estava mais ao seu lado. — "Ela sai amiúde e está ocupada com alguma coisa; notei que até mesmo estava alarmada... *Bah, je deviens égoïste...*".[38]

---

[35] Nem trinta anos tem (em francês).

[36] Mas, meu Deus... (em francês).

[37] Aqueles imprestáveis, aqueles miseráveis! (em francês).

[38] Bah, eu me torno egoísta (em francês).

Ergueu os olhos e viu novamente Aníssim, dessa vez no ambiente mais ameaçador possível. A isbá toda estava repleta de mujiques, e fora obviamente Aníssim quem os trouxera todos consigo. Estavam lá o dono daquela isbá e o mujique que comprara a vaca, e mais dois mujiques (esclareceu-se que eram cocheiros), e ainda um homenzinho meio embriagado, vestido como mujique e, não obstante, de barba feita, parecido com um burguês que gastara o cabedal todo em bebedeiras, o qual falava mais do que todos os outros. E todos eles deliberavam sobre ele, sobre Stepan Trofímovitch. O dono da vaca insistia em sua opinião, asseverando que quem seguisse pela margem faria um rodeio de quarenta verstas, e que se teria sem falta de pegar um vaupor. O burguês meio embriagado e o anfitrião objetavam calorosamente:

— É que, meu maninho, será menos longe Sua Graça ir de vaupor mesmo, através do lago: isso é certo, só que o vaupor, nos dias de hoje, talvez não atraque mais.

— Vai atracar, sim, vai circular ainda por uma semana! — Aníssim estava o mais exaltado de todos.

— Isso sim, mas não passa regularmente, que a estação é tardia! Às vezes, esperam por ele em Ústievo até três dias a fio.

— Virá amanhã; amanhã, pelas duas horas, virá com certeza! Chegará a Spássov, meu senhor, antes ainda que anoiteça... — Aníssim se exaltava cada vez mais.

"*Mais qu'est-ce qu'il a, cet homme?*"[39] — tremia Stepan Trofímovitch, esperando, amedrontado, pelo que o destino lhe reservava.

Os cocheiros também avançaram e se puseram a barganhar, cobrando três rublos para levá-lo até Ústievo.

---

[39] Mas o que tem esse homem? (em francês).

Os outros gritavam que não seria injusto, que o preço era aquele mesmo e que já se viajara dali até Ústievo, durante todo o verão, por aquele preço.

— Mas... aqui também se está bem... Não quero ir... — balbuciou Stepan Trofímovitch.

— Está bem, meu senhor, está sendo justo: aqui conosco, em Spássov, estamos agora bem mesmo, e como Fiódor Matvéievitch se alegrará com sua visita!

— *Mon Dieu, mes amis*, tudo isso é tão inesperado para mim.

Finalmente, Sófia Matvéievna voltou, mas, quando se sentou no banco, estava tão abatida e pesarosa!

— Não vou mais a Spássov! — disse à dona da casa.

— Como assim: a senhora também vai a Spássov? — animou-se Stepan Trofímovitch.

Soube que uma fazendeira, Nadêjda Yegórovna Svetlítsyna, mandara ainda na véspera que esperasse por ela em Khátovo, prometendo dar-lhe carona até Spássov, porém não chegara.

— O que vou fazer agora? — repetia Sófia Matvéievna.

— *Mais, ma chère et nouvelle amie,*[40] eu também posso dar carona à senhora, como aquela fazendeira, até... como se chama?... até essa aldeia aonde vou de carro alugado, e amanhã... pois bem, amanhã iremos juntos a Spássov.

— Pois o senhor também vai a Spássov?

— *Mais que faire, et je suis enchanté!*[41] Darei carona à senhora com um prazer extraordinário: eles lá querem ir, e já contratei... Qual de vocês dois é que contratei?

---

[40] Mas, minha cara e nova amiga... (em francês).
[41] Mas o que fazer, e estou encantado! (em francês).

— De chofre, Stepan Trofímovitch teve muita vontade de ir a Spássov.

Um quarto de hora mais tarde, ambos já se acomodavam numa brisca[42] toldada: ele, bem animado e totalmente contente; ela, com seu saco e um sorriso agradecido, pertinho dele. Quem os auxiliava era Aníssim.

— Boa viagem, meu senhor! — agitava-se, com todas as forças, ao lado da brisca. — Como é que nos alegrou com sua visita!

— Adeus, adeus, amigo meu, adeus.

— E verá também Fiódor Matvéievitch, meu senhor...

— Sim, meu amigo, sim... Fiódor Petróvitch... Adeus, pois!

II

— Está vendo, minha amiga... a senhora permite que me chame de seu amigo, *n'est-ce pas*?[43] — Stepan Trofímovitch começou a falar apressadamente, tão logo a brisca partiu. — Está vendo, eu... *J'aime le peuple, c'est indispensable, mais il me semble que je ne l'avais jamais vu de près. Stasie... cela va sans dire qu'elle est aussi du peuple... mais le vrai peuple*,[44] ou seja, aquele verdadeiro que está na grande estrada, parece-me que ele só quer saber aonde eu vou, afinal de contas... Mas deixemos as

---

[42] Carro leve, transformável em trenó, usado na Rússia e na Polônia (Dicionário Caldas Aulete).

[43] Não é? (em francês).

[44] Eu amo o povo, é indispensável, mas me parece que nunca o tinha visto de perto. Stasie... nem é preciso dizer que ela também é do povo... mas o verdadeiro povo... (em francês).

mágoas de lado. Acho que estou divagando um pouco, mas parece que é por causa desta minha pressa.

— Parece que o senhor está indisposto... — Sófia Matvéievna examinava-o atenta, mas respeitosamente.

— Não, não, só teria de me agasalhar bem; e, de modo geral, o vento está frio demais, até mesmo gelado, mas nos esqueçamos disso. O principal é que gostaria de dizer outra coisa. *Chère et incomparable amie,*[45] parece-me que estou quase feliz, e a culpa disso é da senhora. A felicidade não me é proveitosa, porque corro perdoando, de imediato, a todos os meus inimigos...

— Pois bem, mas isso é muito bom.

— Nem sempre, *chère innocente. L'Évangile... Voyez--vous, désormais nous le prêcherons ensemble,*[46] e vou vender, com gosto, seus livrinhos bonitos. Sim, eu sinto que talvez seja uma ideia, *quelque chose de très nouveau dans ce genre.*[47] O povo é religioso, *c'est admis,*[48] porém ainda não conhece o Evangelho. Vou expô-lo para ele. É possível corrigir, numa exposição oral, os erros desse livro admirável que me disponho a tratar, bem entendido, com um respeito extraordinário. Serei útil, inclusive, numa grande estrada. Sempre fui útil, sempre disse isso a eles *et à cette chère ingrate*[49]... Oh, perdoemos, perdoemos, sim: antes de tudo, perdoemos a todos e sempre... Esperemos que venhamos também a ser perdoados. Sim, porque todos e cada um são culpados um perante o outro. São todos culpados!...

---

[45] Cara e incomparável amiga (em francês).

[46] ... cara inocente. O Evangelho... Veja bem: daqui em diante vamos pregá-lo juntos... (em francês).

[47] Algo muito novo desse gênero (em francês).

[48] É admitido (em francês).

[49] ... àquela querida ingrata (em francês).

— Pois é isso, parece, que o senhor se digna a dizer muito bem.

— Sim, sim... Eu sinto que estou falando muito bem. Vou falar-lhes muito bem a eles, mas... mas o que queria dizer de essencial? Não paro de me confundir, não me lembro... A senhora permitirá que não a deixe mais? Sinto que seu olhar e... e me surpreendo até com suas maneiras: a senhora é simples, a senhora fala daquele modo popular e vira a chávena em cima do pires... com aquele torrãozinho feioso, mas há algo encantador na senhora, e percebo pelas suas feições que... Oh, não se ruborize nem tenha medo de mim como de homem! *Chère et incomparable, pour moi une femme c'est tout.*[50] Não posso deixar de viver ao lado de uma mulher, mas só posso viver ao lado dela... Já me confundi horrível, horrivelmente... Não consigo mais, de maneira alguma, lembrar o que queria dizer. Oh, bem-aventurado é aquele a quem Deus manda sempre uma mulher, e... e até mesmo acho que estou, de certa forma, extasiado. Há uma ideia suprema na grande estrada também! Ei-lo, ei-lo, aquilo que eu queria dizer: a ideia... até que enfim me lembrei dela, mas antes não acertava. Por que foi que eles nos levaram adiante? Lá também estávamos bem, mas aqui... *cela devient trop froid. À propos, j'ai en tout quarante roubles, et voilà cet argent*[51]... pegue-o, mas o pegue, que não sei usá-lo: vou perdê-lo, vão tomá-lo de mim, e... Parece-me que estou com sono, e algo está

---

[50] Cara e incomparável, para mim uma mulher é tudo (em francês).

[51] ... o tempo se torna frio demais. A propósito, tenho quarenta rublos ao todo, e aqui está este dinheiro (em francês).

girando em minha cabeça. Girando assim, girando, girando. Oh, como a senhora é boa... Com que, pois, é que me cobre?

— O senhor está, na certa, completamente febril, e agasalhei o senhor com minha coberta, mas, quanto ao dinheiro, eu não...

— Oh, pelo amor de Deus, *n'en parlons plus, parce que cela me fait mal*;[52] oh, como a senhora é boa!

Interrompeu-se, de certo modo, rápido demais e mergulhou instantaneamente num sono febril, cheio de calafrios. A estrada vicinal, pela qual teriam de percorrer dezessete verstas, não era das mais lisas, e o carro se sacudia violentamente. Stepan Trofímovitch acordava volta e meia, soerguia-se depressa naquela almofadinha que Sófia Matvéievna colocara debaixo da sua cabeça, pegava-lhe a mão e perguntava: “A senhora está aí?”, como se temesse ser abandonado por ela. Também lhe assegurava que estava sonhando com maxilares escancarados, dentudos, e que isso era bem asqueroso. Sófia Matvéievna se preocupava muito com ele.

Os cocheiros levaram-nos até uma grande isbá com quatro janelas dianteiras e alas residenciais no pátio. Uma vez acordado, Stepan Trofímovitch se apressou a entrar nela e foi diretamente ao segundo cômodo, o mais espaçoso e o melhor da casa toda. Seu rosto modorrento havia tomado a expressão mais ansiosa possível. Logo explicou à dona da casa, uma *baba* alta e robusta, de uns quarenta anos de idade, a qual tinha cabelos demasiado pretos e praticamente um bigode, que exigia todo aquele

---

[52] ... não vamos mais falar nisso, porque isso me faz mal (em francês).

quarto para ele, "e que o quarto fosse fechado, para ninguém mais entrar, *parce que nous avons à parler*".[53]

— *Oui, j'ai beaucoup à vous dire, chère amie.*[54] Eu lhe pagarei, pagarei! — acenou para a dona da casa.

Embora estivesse ansioso, tinha certa dificuldade em mover a língua. A dona da casa escutou-o de modo inóspito, mas se calou em sinal de sua anuência, em que também se pressentia, de resto, algo ameaçador. Ele não reparou em nada disso e, apressadamente (apressava-se muito), exigiu que ela se retirasse e servisse, o mais depressa possível, o almoço, "sem demorar nem um pouco".

Então a *baba* bigoduda não se conteve:

— Não é nenhuma pousada aqui, meu senhor, não servimos almoços a quem passar. Podemos cozinhar lagostins ou botar o samovar, mas não temos mais nada. Quanto ao peixe fresco, só haverá amanhã.

Contudo, Stepan Trofímovitch agitou os braços, repetindo com uma impaciência irada: "Eu lhe pago, mas ande rápido, rápido!". Optou-se pela *ukhá* e pela galinha frita; a dona da casa deixou bem claro que não se podia arranjar uma galinha em toda a aldeia, porém consentiu, aliás com ares de quem fizesse uma concessão extraordinária, em ir procurar uma.

Mal ela saiu, Stepan Trofímovitch se sentou, num átimo, no sofá e fez que Sófia Matvéievna se sentasse ao seu lado. Havia naquele quarto um sofá e várias poltronas, mas esses móveis pareciam horrorosos. O quarto todo, em geral, era assaz espaçoso (com uma divisória atrás da qual estava uma cama) e representava, com seu

---

[53] ... porque temos de conversar (em francês).

[54] Sim, tenho muita coisa a dizer-lhe, cara amiga (em francês).

papel de parede velho e amarelo, rasgado, algumas litografias péssimas, de temática mitológica, pelas paredes, uma longa enfiada de ícones e *skládens*[55] de cobre no canto dianteiro, além de sua estranha mobília sortida, uma mescla pouco atraente de algo urbano com algo genuinamente rural. Aliás, ele não olhou para tudo isso, nem mesmo, através da janela, para um lago enorme que distava dez braças da isbá.

— Enfim estamos a sós e não deixaremos ninguém entrar! Quero contar tudo à senhora, tudo desde o começo.

Tomada de fortes receios, Sófia Matvéievna fê-lo parar:

— Será que sabe, Stepan Trofímovitch...

— *Comment, vous savez déjà mon nom?*[56] — Ele sorriu com alegria.

— Ouvi agorinha Aníssim Ivânovitch dizer, quando os senhores estavam conversando. E ousarei, por minha parte, contar ao senhor...

Começou a cochichar-lhe rapidamente, olhando de viés, por medo de alguém escutá-la às esconsas, para a porta fechada, que lá, naquela aldeia, o negócio andava feio. Todos os mujiques de lá, posto que fossem pescadores, só ganhavam mesmo seu dinheiro cobrando dos hóspedes, todo verão, tanto quanto lhes apetecesse cobrar. Aquela aldeia era perdida, distante das grandes estradas, e apenas se ia lá por causa do vapor que passava, mas, se o tempo estivesse um tanto ruim e o vapor não chegasse, não chegava mais por nada no mundo, e então se juntava ali, em alguns dias, tanta gente que todas as

---

[55] Pequenos altares de uso caseiro (em russo).

[56] Como, a senhora já sabe meu nome? (em francês).

isbás da aldeia ficavam lotadas, e os donos daquelas isbás só esperavam por isso, para cobrarem o triplo do preço por qualquer coisinha, e o dono dessa isbá era orgulhoso e até mesmo soberbo por ser rico demais, para as medidas daquele lugar, e apenas uma rede sua custava mil rublos.

Stepan Trofímovitch mirava o rosto de Sófia Matvéievna, marcado por uma inspiração singular, quase com reproche e fez vários gestos para fazê-la parar. Mas, insistindo em sua opinião, ela terminou de falar: segundo lhe contou, já estivera lá no verão, com uma "senhora muito nobre" da nossa cidade, e elas também haviam pernoitado nessa casa, porém o vapor só chegara ao cabo de dois dias inteiros, e elas tinham aturado, portanto, tamanha desgraça que até agora lhe era medonho relembrá-la. "Pois o senhor se dignou, Stepan Trofímovitch, a pedir este quarto todo para si mesmo... Só falo nisso para avisá-lo... Lá, naquele outro quarto, há viajantes, um homem idoso e um jovem, mais uma senhora com filhos, e amanhã, pelas duas horas, a isbá toda ficará cheia de gente, pois já faz dois dias que o vapor não chega e, assim sendo, chegará amanhã com certeza. Então lhe cobrarão por este quarto à parte e pelo almoço que lhes exigiu, além da mágoa que está causando a todos os demais hóspedes, tamanha quantia que não se ouviu falar dela nem mesmo nas capitais...".

Entretanto, ele sofria, sofria para valer:

— *Assez, mon enfant*,[57] que lhe imploro; *nous avons notre argent, et après... et après le bon Dieu!*[58] Até me

---

[57] Chega, minha filha (em francês).

[58] Temos nosso dinheiro, e depois... e depois o bom Deus (em francês).

espanto de que a senhora, com essa sublimidade das suas noções... *Assez, assez, vous me tourmentez*[59] — pronunciou, num tom histérico —: todo o futuro nosso fica em nossa frente, e a senhora... a senhora me amedronta, quanto a esse futuro...

Ele se pôs imediatamente a relatar a história toda, apressando-se tanto que a princípio era mesmo difícil entendê-lo. A narração durou muito e muito tempo. Serviram a *ukhá*, serviram a galinha, serviram finalmente o samovar, e ele continuava falando... Falava de certo modo estranho e doentio; aliás, estava doente de fato. Era uma repentina tensão de suas forças mentais que deveria sem dúvida (e Sófia Matvéievna antevia isso, angustiada, ao longo de todo o relato) produzir, logo em seguida, um extremo desânimo em seu organismo já abalado. Começou a contar quase pela sua infância, quando "corria, de peito juvenil, pelos campos", e foi apenas uma hora depois que chegou aos seus dois casamentos e à sua vida em Berlim. De resto, não me atrevo a zombar dele. Havia nisso, realmente, algo supremo para Stepan Trofímovitch; era, recorrendo-se ao linguajar mais moderno, quase uma luta pela sobrevivência. Ele via em sua frente aquela que já tinha escolhido para acompanhá-lo dali em diante e, por assim dizer, apressava-se a iniciá-la. Sua genialidade não devia mais permanecer velada... Talvez estivesse exagerando demais no tocante a Sófia Matvéievna, porém fora bem ela que escolhera. Não conseguia existir sem uma mulher. Aliás, percebia claramente, pelo seu semblante, que ela quase não o compreendia, nem sequer as partes fundamentais de seu discurso.

---

[59] Chega, chega, a senhora me atormenta (em francês).

"*Ce n'est rien, nous attendrons*;[60] enquanto isso, ela poderá compreender por intuição...".

— Minha amiga, preciso tão somente desse seu coração! — exclamava ele, ao interromper o relato. — E desse olhar carinhoso e fascinante que ora fixa em mim! Oh, não se ruborize! Já lhe disse que...

A história se tornou especialmente nebulosa para aquela coitada da Sófia Matvéievna, que tinha caído em suas mãos, quando se transformou numa espécie de tese sobre como ninguém conseguira nunca compreender Stepan Trofímovitch e como "os talentos pereciam em nossa Rússia". Era tudo "tão inteligente assim", segundo ela contaria, abatida, mais tarde. Ouvia-o com um sofrimento visível, de olhos um tanto arregalados. E, quando Stepan Trofímovitch se lançou ao humorismo e às pilhérias espirituosíssimas a respeito dos nossos "progressistas e dominantes", até mesmo tentou, por desgosto, sorrir umas duas vezes em resposta às suas risadas, porém seu sorriso era pior ainda do que seriam seus prantos, de sorte que Stepan Trofímovitch acabou por se confundir também e, tanto mais entusiástico e furioso, atacou os niilistas e "a gente nova". Então a deixou simplesmente apavorada, e ela só pôde descansar um pouco (aliás, da maneira mais ilusória possível) quando começou o romance propriamente dito. Mulher é sempre mulher, nem que seja uma freira. Quedou-se sorrindo, balançando a cabeça e, logo a seguir, enrubescendo toda e abaixando os olhos, o que provocou em Stepan Trofímovitch admiração e inspiração arrebatadoras, tamanhas que ele chegou mesmo a mentir um bocado. Varvara Petrovna apareceu,

[60] Não é nada, vamos esperar... (em francês).

nessa exposição dele, como uma morena charmosíssima ("a qual maravilhava Petersburgo e muitas metrópoles da Europa") cujo marido morreu, "derrubado por uma bala em Sebastopol", unicamente por se sentir indigno de seu amor e para cedê-la ao rival, isto é, àquele tal de Stepan Trofímovitch em pessoa... "Não se embarace, minha dócil, minha cristã!" — exclamou, dirigindo-se a Sófia Matvéievna e quase acreditando, ele mesmo, em tudo quanto lhe contava. — "Era algo sublime, algo tão sutil que nós dois nem sequer nos explicamos nenhuma vez em toda a nossa vida". E quem ocasionou tal estado de coisas foi uma loura que surgiu em sua narração posterior (se não era Dária Pávlovna, não sei mesmo a quem aludia então Stepan Trofímovitch). Aquela loura devia tudo àquela morena, em cuja casa, como uma contraparenta sua, havia crescido. Ao reparar enfim no amor da loura por Stepan Trofímovitch, a morena se recolheu em si mesma. A loura, por sua parte, reparou no amor da morena por Stepan Trofímovitch e também se recolheu em si mesma. E eis que todos os três, extenuados com sua magnanimidade recíproca, ficaram assim calados por vinte anos a fio, recolhendo-se em si mesmos. "Oh, que paixão era aquela, que paixão era aquela!" — exclamava ele, choramingando em meio ao mais sincero dos êxtases. — "Vi o pleno florescer de sua beleza (quer dizer, da morena), vi-a, com uma chaga no coração, passar ao meu lado todos os dias, mas como se ela se envergonhasse de ser aquela beldade". (Disse, certa vez, "como se ela se envergonhasse com sua obesidade"). E eis que ele fugiu afinal, deixando todo esse sonho febril, que durara por vinte anos, para trás. "*Vingt ans!*". E eis que estava agora numa estrada mestra... Depois, como que acometido por uma inflamação cerebral, passou a explicar a Sófia Matvéievna o que devia significar o encontro deles, ora ocorrido, "um encontro tão inesperado e tão fatal, para os séculos dos séculos". Toda confusa, Sófia Matvéievna acabou por se levantar do sofá, mas ele fez até mesmo uma tentativa de se ajoelhar em sua frente, de modo que ela ficou chorando. O crepúsculo se adensava aos poucos: ambos já haviam passado várias horas naquele quarto trancado...

— Não, é melhor que o senhor me deixe ir àquele quarto ali — balbuciou ela —; senão, quem sabe o que as pessoas vão pensar.

Finalmente, livrou-se dele: prometendo que iria logo para a cama, Stepan Trofímovitch deixou-a sair. Queixou-se, quando da despedida, de muita dor de cabeça. Ainda ao entrar nesse cômodo, Sófia Matvéievna deixara seu saco e outros pertences no primeiro quarto, tencionando pernoitar com os donos da casa, porém não conseguiu descansar.

De noite se deu com Stepan Trofímovitch um daqueles acessos de diarreia que todos os seus amigos, inclusive eu, conheciam tão bem, o desfecho habitual de todas as tensões nervosas e todos os abalos morais dele. A pobre Sófia Matvéievna não pregou olho durante a noite toda. Como precisou amiúde, cuidando do enfermo, sair da isbá e voltar passando, para tanto, através daquele primeiro quarto, os hospédes que dormiam nele e a dona da casa começaram a resmungar e, por fim, até mesmo a xingá-la quando lhe veio, já ao amanhecer, a ideia de botar o samovar. Ao longo de toda a crise, Stepan Trofímovitch permaneceu semiconsciente, achando, vez por outra, que alguém botasse o samovar, que lhe desse algo a beber (era uma tisana de framboesa) e lhe esquentasse com algo a barriga e o peito. Contudo, sentia quase a cada minuto que *ela* estava lá, ao seu lado, que era ela quem entrava e saía, tirando-o da cama e tornando a deitá-lo. Ficou melhor por volta das três horas da madrugada: soergueu-se, tirou as pernas da cama e, sem pensar mais em nada, tombou, diante dela, no chão. Já não era o mesmo ajoelhamento de antes: ele se prosternou apenas aos seus pés e cobriu de beijos as abas de seu vestido...

— Chega, que nem um pouco mereço isso — balbuciava ela, tentando levantá-lo e deitá-lo na cama.

— Minha salvadora! — O enfermo juntou, com veneração, as mãos na frente dela. — *Vous êtes noble comme une marquise!*[61] E eu sou um canalha! Oh, fui desonesto toda a minha vida...

— Acalme-se — implorava Sófia Matvéievna.

— Acabei de mentir à senhora — por glória, por luxo e por ociosidade! Tudo o que lhe contei é mentira, tudo até a última palavra... Oh, canalha, canalha!

Dessa forma, a diarreia redundou em outro acesso, o de autocondenação histérica. Já mencionei esse tipo de ataques ao falar sobre as cartas que ele dirigia a Varvara Petrovna. Lembrou-se repentinamente de *Lise*, do seu encontro com ela na manhã anterior: "Aquilo foi tão horrível e, com certeza, aconteceu uma desgraça por lá, mas eu nem perguntei, nem soube! Pensei apenas em mim mesmo! Oh, mas o que se deu com ela? A senhora não sabe o que se deu com ela?" — rogou a Sófia Matvéievna.

[61] A senhora é nobre como uma marquesa! (em francês).

Depois jurou que "não trairia", que voltaria à casa *dela* (quer dizer, de Varvara Petrovna). "Nós nos achegaremos (ou seja, ele com Sófia Matvéievna) todo santo dia à sua entrada, quando ela estiver subindo à carruagem para seu passeio matinal, e olharemos à socapa... Oh, eu quero que ela me fira a outra face, eu me deleito em querê-lo! Vou oferecer-lhe a outra face, *comme dans votre livre!*[62] Agora, tão só agora é que entendo o que significa oferecer a outra... *lanita*.[63] Nunca o entendi antes!".

Foram os dois dias mais terríveis na vida de Sófia Matvéievna, que até hoje estremece ao lembrar-se deles. A doença de Stepan Trofímovitch era tão grave que ele não conseguiu embarcar no vapor, o qual chegara, dessa vez, pontualmente às duas horas da tarde. Ela tampouco conseguiu deixá-lo sozinho e não foi a Spássov. Segundo contava, ele se alegrou muito ao saber que o vapor havia partido.

— Está ótimo, está excelente — murmurou, prostrado na cama. — É que estava com medo, o tempo todo, de que tivéssemos de ir embora. Estou tão bem aqui, é o melhor de todos os lugares... A senhora não me abandonará? Oh, mas a senhora não me abandonou ainda!

De resto, "ali" não estava tão bem assim. Não queria nem saber dos problemas dela; sua cabeça estava cheia apenas de fantasias. Quanto à sua doença, achava que fosse algo passageiro, alguma ninharia, e nem sequer pensava nela, mas unicamente em como eles dois andariam vendendo "aqueles livrinhos". Pediu que Sófia Matvéievna lhe lesse o Evangelho.

---

[62] Como em seu livro (em francês). Confira: Lucas, 6:29; Mateus, 5:39.

[63] Face (em russo arcaico).

— Faz muito tempo que não o leio... no original. Pois se alguém me perguntar, de repente, alguma coisa, hei de errar... Tenho, pois, que me preparar desde logo.

Ela se sentou ao seu lado e abriu o livrinho.

— A senhora lê otimamente... — Stepan Trofímovitch interrompeu-a com o primeiro versículo lido. — Vejo, bem vejo que não estava errado! — acrescentou, de modo impreciso, mas extático. Permanecia, aliás, num êxtase ininterrupto. Ela leu o Sermão da Montanha. — *Assez, assez, mon enfant*,[64] já basta... Será que pensa mesmo que *isso* não basta?

Debilitado, fechou os olhos. Estava fraco demais, porém ainda consciente. Sófia Matvéievna se levantou, pensando que ele queria dormir. Mas ele a deteve:

— Minha amiga, passei toda a minha vida mentindo. Mentia até mesmo quando dizia a verdade. Nunca falei pela verdade, mas tão somente por mim; já sabia disso antes, mas só agora é que percebo... Oh, onde estão aqueles amigos que ofendi, durante a vida toda, com minha amizade? E todos, e todos! *Savez-vous*,[65] talvez esteja mentindo agora também; por certo é que estou mentindo agora. E o principal é que acredito em mim quando estou mentindo. A coisa mais difícil nesta vida é viver sem mentir... nem... nem acreditar em suas próprias mentiras... sim, sim, é isso aí! Mas espere, que tudo isso fique para depois... Estamos juntos, juntos! — adicionou, entusiasmado.

— Stepan Trofímovitch — pediu, com timidez, Sófia Matvéievna —, será que não deveríamos mandar um médico vir "da província"?

---

[64] Basta, basta, minha filha (em francês).
[65] Sabe... (em francês).

Ele ficou todo perplexo.

— Por quê? *Est-ce que je suis si malade? Mais rien de sérieux.*[66] E por que precisaríamos de gente estranha? Se alguém souber... o que será de nós? Não, não, nada de estranhos por aqui! Estamos juntos, juntos!

— Sabe — disse, após uma pausa —, leia algo mais para mim, assim, a esmo... onde seu olho parar.

Sófia Matvéievna reabriu o livro e se pôs a ler.

— Leia onde abrir a esmo, sem querer — repetiu ele.

— "Ao anjo da igreja em Laodiceia escreve..."

— O que é isso, o quê? Isso é de onde?

— É do Apocalipse.

— *Oh, je m'en souviens, oui, l'Apocalypse. Lisez, lisez,*[67] que resolvi indagar, pelo livro, sobre o nosso futuro e quero saber a resposta... Leia a partir do Anjo, a partir do Anjo...

— "Ao anjo da igreja em Laodiceia escreve: Isto diz o Amém, a testemunha fiel e verdadeira, o princípio da criação de Deus: Conheço as tuas obras, que nem és frio nem quente; oxalá foras frio ou quente! Assim, porque és morno, e não és quente nem frio, vomitar-te-ei da minha boca. Porquanto dizes: Rico sou, e estou enriquecido, e de nada tenho falta; e não sabes que és um coitado, e miserável, e pobre, e cego, e nu".[68]

— Isso... e isso consta do seu livro! — exclamou ele, de olhos fulgentes, e se soergueu em sua cabeceira. — Jamais conheci essa grande passagem! Antes frio, antes frio que morno, que *apenas* morno, está ouvindo? Oh,

---

[66] Estaria eu tão doente assim? Mas nada grave (em francês).

[67] Oh, eu me lembro, sim: o Apocalipse. Leia, leia... (em francês).

[68] Apocalipse, 3:14-17 (confira acima: Parte II, Capítulo IX, Seção I).

mas eu provarei. Apenas não me deixe, não me deixe sozinho! Nós provaremos, nós provaremos!

— Mas não vou deixar o senhor, Stepan Trofímovitch, nunca vou deixá-lo! — Ela lhe segurou e apertou ambas as mãos, levando-as ao seu coração e fixando nele seus olhos cheios de lágrimas. ("Senti tanta pena dele, mas tanta, naquele momento" — viria a contar). Os lábios do enfermo tremeram como que espasmodicamente.

— Pois então, Stepan Trofímovitch, o que é que vamos fazer, no fim das contas? Será que deveríamos avisar algum dos seus conhecidos ou, talvez, dos parentes?

Então ele se assustou tanto que ela se arrependeu mesmo de se referir outra vez àquilo. Trêmulo, ou melhor, trepidante, implorou que não chamasse ninguém nem empreendesse nada, pediu que lhe desse sua palavra, exortou-a: "Ninguém, ninguém! Só nós dois, apenas nós dois, *nous partirons ensemble*".[69]

Muito ruim era também que os donos da casa andassem preocupados por sua vez, resmungando e importunando Sófia Matvéievna. Ela lhes pagou e tratou de mostrar o dinheiro restante, o que os suavizou por algum tempo. O dono da casa exigiu, não obstante, "a vista" de Stepan Trofímovitch. Com um sorriso altivo, o enfermo apontou para sua maleta, onde Sófia Matvéievna encontrou o decreto de sua aposentadoria ou algo desse gênero, ou seja, o documento com o qual ele vivera a vida inteira. O dono da casa não se aquietou e disse que "cumpria mandá-lo para algum lugar ali, porque não era um hospital mesmo, e, se acaso ele morresse, a gente teria ainda, quiçá, de sofrer com isso". Sófia Matvéievna

[69] Partiremos juntos (em francês).

lhe falou sobre o médico, porém se esclareceu logo que, se mandassem alguém "para a província", isso poderia custar tão caro que certamente seria melhor abandonarem qualquer ideia referente ao médico. Angustiada, ela voltou para junto do seu enfermo. Stepan Trofímovitch ficava cada vez mais debilitado.

— Agora me leia mais um trecho... aquele dos porcos — pronunciou ele, de súbito.

— O quê? — Sófia Matvéievna levou um susto dos grandes.

— Sobre os porcos... lá mesmo... *ces cochons*[70]... que me lembre, os demônios entraram nos porcos e se afogaram todos. Leia-me isso sem falta; depois lhe direi para quê. Gostaria de relembrá-lo ao pé da letra. Preciso que seja ao pé da letra.

Sófia Matvéievna conhecia bem o Evangelho e logo achou, no livro de Lucas, aquela mesma passagem que eu tinha transcrito em epígrafe da minha crônica. Vou citá-la aqui outra vez:

— "Ora, andava ali pastando no monte uma grande manada de porcos; rogaram-lhe, pois, que lhes permitisse entrar neles, e lho permitiu. E tendo os demônios saído do homem, entraram nos porcos; e a manada precipitou-se pelo despenhadeiro no lago, e afogou-se. Quando os pastores viram o que acontecera, fugiram, e foram anunciá-lo na cidade e nos campos. Saíram, pois, a ver o que tinha acontecido, e foram ter com Jesus, a cujos pés acharam sentado, vestido e em perfeito juízo, o homem de quem haviam saído os demônios; e se atemorizaram. Os que tinham visto aquilo contaram-lhes como fora curado o endemoninhado".

---

[70] Aqueles porcos (em francês).

— Minha amiga — proferiu Stepan Trofímovitch, muito emocionado —, *savez-vous*, esse trecho miraculoso e... extraordinário tem sido para mim, pela vida afora, uma pedra no sapato... *dans ce livre*[71]... de sorte que eu me recordava desse trecho desde a infância. Só que agora me veio uma ideia, *une comparaison*.[72] Muitas ideias me vêm agora à cabeça, muitas: é algo igualzinho à nossa Rússia, está vendo? Aqueles demônios, que saem do possesso e entram nos porcos, são todas as úlceras, todos os miasmas, toda a imundice, todos os demônios grandes e pequeninos que se acumularam neste nosso querido, imenso possesso, nesta nossa Rússia, ao longo dos séculos, sim, dos séculos! *Oui, cette Russie que j'aimais toujours*.[73] Mas uma grande ideia e uma grande vontade hão de lhe acudir a ela, vindo lá de cima, como se fosse aquele louco endemoninhado, e sairão dela todos aqueles demônios, toda a imundice, toda aquela torpeza apodrecida na superfície... e pedirão, eles mesmos, que os deixem entrar nos porcos. Quem sabe, aliás, se já não entraram! Somos nós, nós e aqueles lá, e Petrucha *et les autres avec lui*,[74] e eu cá, que serei, talvez, o primeiro e ficarei à frente de todos, e nos atiraremos, loucos e tomados de fúria, de um penhasco ao mar e nos afogaremos todos, e será bem-feito para nós, porque só para isso é que prestamos. Mas o possesso ficará curado e "se sentará aos pés de Jesus"... e todos o mirarão com assombro... Minha querida, *vous comprendrez après*,[75]

[71] Nesse livro (em francês).
[72] Uma comparação (em francês).
[73] Sim, esta Rússia que sempre amei (em francês).
[74] E os outros com ele (em francês).
[75] A senhora compreenderá depois (em francês).

mas agora isso me emociona muito... *Vous comprendrez après... Nous comprendrons ensemble.*[76]

Começou a delirar e, finalmente, perdeu os sentidos. Assim transcorreu todo o dia seguinte. Sentada ao seu lado, Sófia Matvéievna chorava, passando a terceira noite quase sem dormir e evitando aparecer diante dos donos daquela casa, os quais já tramavam, pelo que ela pressentia, alguma coisa. A libertação veio apenas no terceiro dia. Stepan Trofímovitch acordou de manhã, reconheceu-a e lhe estendeu a mão. Esperançosa, ela se benzeu. Ele quis olhar pela janela. "*Tiens, un lac*"[77] — disse. —"Ah, meu Deus, nem sequer o vi ainda...". Foi naquele momento que uma carruagem estrondeou ao portão da isbá, e um rebuliço incomum tomou conta da casa toda.

III

Foi Varvara Petrovna em pessoa que chegou numa carruagem de quatro assentos, puxada por quatro cavalos, com dois lacaios e Dária Pávlovna. Tal milagre se operou mui simplesmente: uma vez na cidade, Aníssim passou no dia seguinte, morrendo de curiosidade, pela mansão de Varvara Petrovna e soltou a língua, contando à criadagem que tinha encontrado Stepan Trofímovitch numa aldeia, desacompanhado, que os mujiques o teriam visto na estrada mestra, caminhando sozinho, e que ele fora a Spássov, via Ústievo, já em companhia de Sófia

---

[76] Nós compreenderemos juntos (em francês).
[77] Olha só, um lago (em francês).

Matvéievna. Dado que Varvara Petrovna, por sua parte, andava preocupadíssima e procurava, como podia, seu amigo em fuga, logo ficou informada sobre Aníssim. Ao escutá-lo e, o principal, ao inteirar-se dos pormenores daquela partida para Ústievo, na mesma brisca com a tal de Sófia Matvéievna, ela se aprontou num instante e também partiu, seguindo seu rastro quente, para Ústievo. Ainda não fazia ideia da sua doença.

Ouviu-se a voz dela, severa e imperiosa a ponto que até mesmo os donos da casa ficaram com medo. Só se deteve para se informar e interrogá-los, certa de que Stepan Trofímovitch já estava, havia tempos, em Spássov, mas, quando soube que ele estava lá, doente, entrou na isbá, tomada de inquietude.

— Pois bem, onde ele está? Ah, é você! — gritou, ao ver Sófia Matvéievna que assomara, nesse exato momento, na soleira do segundo cômodo. — Adivinhei, por essa sua cara desavergonhada, que era você. Fora daqui, safada! Que nem o cheiro dela fique mais nessa casa! Joguem-na fora, senão, minha cara, vou botá-la no xadrez para sempre. Vigiem-na, por enquanto, em outra casa qualquer. Já ficou presa uma vez, em nossa cadeia urbana, então vai lá de novo. E lhe peço, meu patrãozinho, que não ouse deixar ninguém entrar, enquanto eu estiver aqui. Sou a generala Stavróguina e vou ocupar esta casa inteira. E você, queridinha, terá de me prestar conta de tudo.

Os sons familiares abalaram Stepan Trofímovitch. Ficou tremendo. Contudo, ela já passara pela divisória. De olhos fúlgidos, empurrou uma cadeira com o pé e gritou, ao encostar-se em seu espaldar, para Dacha:

— Saia daqui, por enquanto; fique lá, com os donos. Que curiosidade é essa? E veja se fecha bem as portas depois de sair!

Passou algum tempo calada, fitando, com um olhar feroz, o rosto assustado dele.

— Pois bem, Stepan Trofímovitch, como está o senhor? Como tem patuscado? — deixou escapar, de repente, com uma ironia ferina.

— *Chère* — balbuciou Stepan Trofímovitch, desnorteado —, eu conheci a verdadeira vida russa... *Et je prêcherai l'Évangile...*[78]

— Oh, homem descarado e pífio! — bradou ela, de supetão, agitando as mãos. — Como se não bastasse o vexame que me causou, o senhor foi andando com... Oh, velho libertino desavergonhado!

— *Chère...*

Sua voz se interrompeu: ele não podia dizer mais nada, apenas fixava nela seus olhos arregalados de medo.

— Quem é ela?

— *C'est un ange... C'était plus qu'un ange pour moi*;[79] a noite inteira, ela... Oh, não grite, não a assuste, *chère, chère...*

De chofre, Varvara Petrovna saltou, com estrondo, da sua cadeira; ouviu-se seu grito cheio de pavor: "Água, água!". Stepan Trofímovitch recuperou a consciência, mas ela continuou, ainda assim, tremendo de susto e olhando, pálida como ficara, para seu rosto desfigurado: foi só então que pela primeira vez se deu conta das dimensões de sua doença.

---

[78] E pregarei o Evangelho (em francês).

[79] É um anjo... Era mais do que um anjo para mim (em francês).

— Dária — pôs-se logo a cochichar com Dária Pávlovna —, mande imediatamente trazer Saltzfisch, o médico: que Yegórytch parta agora mesmo; que alugue os cavalos aqui e, quando chegar à cidade, que troque de carro. Tem de voltar antes que anoiteça.

Dacha foi correndo cumprir essa ordem. Atemorizado, Stepan Trofímovitch arregalava ainda os olhos; seus lábios embranquecidos tremiam.

— Espere, Stepan Trofímovitch, espere, meu queridinho! — Ela se pôs a exortá-lo como uma criança. — Espere, hein, espere, que Dária já vai voltar e... Ah, meu Deus, patroa, patroa, mas venha você, pelo menos, minha querida!

Impaciente, foi buscar pessoalmente a dona da casa.

— Agora, agora mesmo tragam *aquela* de volta! Tragam-na logo, tragam!

Felizmente, Sófia Matvéievna não tivera ainda tempo para sair da isbá: estava apenas passando pelo portão, com seu saco e sua trouxa. Fizeram-na voltar. Estava tão assustada que até suas pernas e seus braços tremelicavam. Varvara Petrovna pegou-lhe a mão, como se fosse um gavião a agadanhar um pinto, e arrastou-a impetuosamente para junto de Stepan Trofímovitch.

— Aqui está ela, junto do senhor. Não a engoli, engoli? Pois o senhor achou que eu a tivesse engolido.

Segurando a mão de Varvara Petrovna, Stepan Trofímovitch levou-a aos seus olhos e rompeu a chorar, soluçando morbidamente como quem estivesse histérico.

— Acalme-se, meu querido, acalme-se, meu benzinho, hein! Ah, meu Deus, mas se a-cal-me enfim! — gritou ela, frenética. — Oh, algoz, algoz, meu eterno algoz!

— Querida — balbuciou afinal Stepan Trofímovitch, dirigindo-se a Sófia Matvéievna —, fique lá, minha querida, que quero dizer uma coisa aqui...

De pronto, Sófia Matvéievna se apressou a sair.

— *Chérie, chérie...*[80] — Ele se sufocava.

— Não fale ainda, Stepan Trofímovitch, espere um pouco, descanse. Aqui está a água. Mas es-pe-re enfim!

Ela tornou a sentar-se numa cadeira. Stepan Trofímovitch lhe segurava, com força, a mão. Por muito tempo, ela não o deixou falar. Ele levou sua mão aos lábios e começou a beijá-la. Ela cerrou os dentes, olhando para um canto qualquer.

— *Je vous aimais!*[81] — deixou ele, por fim, escapar. Ela nunca o ouvira dizer essa palavra com tanta ênfase.

— Hum — mugiu em resposta.

— *Je vous aimais toute ma vie... vingt ans!*[82]

Ela continuava calada, passando-se dois minutos, três...

— Mas quando estava para se casar com Dacha, borrifava-se de perfume... — sussurrou, de repente, num tom pavoroso. Stepan Trofímovitch entorpeceu todo. — Usava aquela gravata nova...

Outra pausa durou por uns dois minutos.

— Será que se lembra do charutinho?

— Minha amiga... — Terrificado, ele mascava com os lábios.

— Daquele charutinho, de noite, perto da janela... a lua brilhava... depois daquele caramanchão... em Skvorêchniki? Será que se lembra, hein, será que se

---

[80] Querida, meu bem (em francês).

[81] Eu amava você (em francês).

[82] Amei você toda a minha vida... vinte anos (em francês).

lembra? — Uma vez em pé, ela agarrou ambos os cantos de seu travesseiro e se pôs a sacudi-lo, junto com sua cabeça. — Será que se lembra, homem inútil, oco, infame, covarde, sempre inútil, sempre? — chiava com aquele seu sussurro irado, contendo-se para não gritar. Afinal o deixou e, tapando o rosto com as mãos, desabou sobre a cadeira. — Basta! — atalhou, ao endireitar-se. — Vinte anos se foram, não voltarão mais, e eu também sou uma boba.

— *Je vous aimais...* — Ele juntou de novo as mãos.

— Mas de que adianta você vir agora com esses "*aimais*" e "*aimais*"? Basta! — De novo, ela ficou em pé. — E, se o senhor não adormecer agora mesmo, eu... Precisa de repouso: durma, durma agora, feche os olhos. Ah, meu Deus, talvez ele queira desjejuar? O que tem comido aí? O que ele come? Ah, meu Deus, mas onde está aquela? Onde está?

Surgiu uma confusão. No entanto, Stepan Trofímovitch balbuciou, com uma voz fraca, que gostaria mesmo de dormir *une heure,*[83] e depois tomaria *un bouillon, un thé*[84]*... enfin, il est si heureux.*[85] Deitou-se e, pelo visto, realmente adormeceu (fez, por certo, de conta que dormia). Ao aguardar um pouco, Varvara Petrovna saiu, nas pontas dos pés, de trás da divisória.

Mandou embora os donos da casa, sentou-se no quarto deles e ordenou que Dacha trouxesse *aquela* ali. Começou um interrogatório sério.

---

[83] Uma hora (em francês).

[84] Um caldo, um chá (em francês).

[85] Enfim, ele está tão feliz (em francês), sem que a concordância verbal seja respeitada nessa frase.

— Agora veja, minha cara, se me conta todas as minúcias. Sente-se perto de mim, assim. Pois então?

— Encontrei Stepan Trofímovitch...

— Cale-se, espere. Aviso-a logo que, se mentir ou omitir qualquer coisa, vou achá-la até debaixo da terra. Então?

— Eu, com Stepan Trofímovitch... assim que cheguei a Khátovo... — Por pouco Sófia Matvéievna não se sufocava.

— Pare, cale-se, espere: por que está matraqueando? Em primeiro lugar, que pássaro é você mesma?

Aquela lhe contou, bem ou mal (aliás, da maneira mais breve possível), sobre si mesma, a começar por Sebastopol. Varvara Petrovna escutava-a em silêncio, aprumando-se na cadeira e olhando, severa e obstinada, bem nos olhos da narradora.

— Por que está tão medrosa? Por que está olhando para o chão? Gosto de quem me encare e discuta comigo. Continue.

Ela terminou de contar sobre o encontro, sobre os livrinhos, sobre como Stepan Trofímovitch oferecera vodca àquela *baba*...

— Isso, isso mesmo, veja se não se esquece nem dos menores detalhes — animou-a Varvara Petrovna. Agora se tratava de como eles haviam partido, e Stepan Trofímovitch, "já totalmente doente", falara o tempo todo e depois, ao chegarem lá, passara várias horas a contar, desde os primórdios, toda a sua vida.

— Conte sobre a vida dele.

De chofre, Sófia Matvéievna se calou como quem estivesse num impasse.

— Mas não sei dizer nada sobre aquilo — respondeu, quase chorando —; nem entendi, aliás, quase nada direito.

— Está mentindo: não pode ser que não tenha entendido nadinha de nada.

— Ficou muito tempo contando sobre uma dama nobre, de cabelos negros... — Sófia Matvéievna enrubesceu toda, ao reparar, de resto, na cabeleira loura de Varvara Petrovna e na sua completa dessemelhança com aquela "morena".

— De cabelos negros? O que foi, exatamente, que ele disse? Fale, pois!

— Disse que aquela dama nobre estava muito apaixonada por ele, durante a vida toda, por vinte anos seguidos, mas não ousava declarar seu amor e se envergonhava em sua frente, porque era assim, meio obesa...

— Imbecil! — retorquiu Varvara Petrovna, meditativa, mas firme.

Sófia Matvéievna já estava chorando.

— Não sei mesmo contar nada direito, porque temia muito por ele e não podia entendê-lo, que é um homem tão inteligente assim...

— Não é uma gralha como você que pode julgar da inteligência dele. Pediu-a em casamento?

A narradora passou a tremer.

— Ele se apaixonou por você? Diga! Pediu-a em casamento? — Varvara Petrovna elevou a voz.

— Foi quase isso que aconteceu — soluçou Sófia Matvéievna. — Só que tomei aquilo tudo por nada, devido à sua doença — acrescentou com firmeza, erguendo os olhos.

— Como se chama: o nome e o patronímico?

— Sófia Matvéievna.

— Pois fique sabendo, Sófia Matvéievna, que esse homenzinho é o mais imprestável e o mais inútil de todos... Deus meu Senhor! Será que me toma por uma safada?

A narradora arregalou os olhos.

— Por uma vilã, por uma tirana? Que acabou com a vida dele?

— Mas como isso é possível, já que a senhora mesma está chorando?

De fato, as lágrimas enchiam os olhos de Varvara Petrovna.

— Pois fique sentada, sente-se e não se assuste. Veja se me encara mais uma vez, olho no olho: por que está vermelha? Venha cá, Dacha, olhe para ela... Acha que seu coração esteja puro, não acha?...

E, para surpresa ou, talvez, para susto ainda maior de Sófia Matvéievna, alisou-lhe, de súbito, a bochecha.

— Só é pena que seja tão boba. Boba demais para sua idade. Está bem, minha cara, vou tomar conta de você. Percebo que tudo isso é uma bobagem. Fique, por ora, morando perto de mim: vão alugar um apartamento para você, e eu pagarei a sua comida e todo o mais... até quando for preciso.

Amedrontada, Sófia Matvéievna tentou alegar que estava com pressa.

— Não tem por que se apressar. Compro todos os seus livros, e fique sentada aí. Calada, sem aqueles pretextos. Pois, se eu não tivesse chegado, você não o teria abandonado de qualquer jeito, teria?

— Não o teria abandonado de jeito nenhum — disse Sófia Matvéievna em voz baixa, mas firmemente, enxugando os olhos.

O doutor Saltzfisch foi trazido já tarde da noite. Esse velhinho bem respeitável era um clínico assaz experiente, o qual acabava de perder, em decorrência de uma querela ambiciosa com seus superiores, seu cargo oficial em nossa cidade: fato pelo qual Varvara Petrovna começou, no mesmo instante, a "favorecê-lo" com todas as forças. Ao examinar com atenção e interrogar o enfermo, ele declarou cautelosamente a Varvara Petrovna que o estado do "sofredor" era muito duvidoso, por causa da complicação de sua doença que sobreviera, e que lhes cumpria esperar, inclusive, "pelo pior". Desacostumada, ao longo daqueles vinte anos, até mesmo de pensar que algo grave e decisivo pudesse emanar de tudo quanto concernisse a Stepan Trofímovitch em pessoa, Varvara Petrovna ficou profundamente aflita.

— Não há mesmo nenhuma esperança? — perguntou, toda pálida.

— Seria possível que não houvesse nenhuma esperança em absoluto? Porém...

Sem dormir durante a noite toda, ela mal conseguiu esperar pelo amanhecer. Tão logo o enfermo abriu os olhos e recuperou a consciência (ainda permanecia consciente, posto que enfraquecesse de hora em hora), aproximou-se dele com o ar mais resoluto possível:

— Temos de prever tudo, Stepan Trofímovitch. Mandei buscar um sacerdote. O senhor precisa cumprir seu dever...

Ciente das convicções dele, temia muito a sua recusa. Ele a mirou com espanto.

— Bobagem, bobagem! — vociferou ela, achando que já se recusasse. — Nada de brincadeiras agora! Já brincou o bastante.

— Mas... será que estou tão doente assim?

Pensativo, concordou com ela. E seria com muita perplexidade, em geral, que eu saberia mais tarde, informado por Varvara Petrovna, que não tivera nem o menor medo da morte. Talvez nem tivesse acreditado nela, continuando a achar que sua doença não passasse de uma ninharia.

Confessou e comungou com bastante gosto. Todos, e Sófia Matvéievna e até mesmo os criados, vieram felicitá-lo pela iniciação nos mistérios sagrados. Todos choravam, embora de modo discreto, olhando para seu rosto emagrecido, exausto, e seus lábios embranquecidos e trêmulos.

— *Oui, mes amis*, apenas fico admirado de que estejam tão... inquietos. Amanhã me levantarei provavelmente, e nós... partiremos... *Toute cette cérémonie*[86]... à qual eu faço, bem entendido, toda a justiça... tem sido...

— Peço-lhe, padre, que fique sem falta ao lado do doente! — Varvara Petrovna deteve rapidamente o sacerdote, que já trocava de roupas. — Assim que servirem o chá, peço que fale, de imediato, sobre o divino, para manter a fé nele.

O sacerdote começou a falar; estavam todos, sentados ou em pé, junto da cama do enfermo.

— Em nossa época do pecado — começou o sacerdote, pausadamente, com uma chávena de chá nas mãos — a fé no Supremo é o único abrigo que o gênero humano possui em meio a todos os pesares e provações desta vida, bem como em sua aspiração à beatitude eterna, prometida aos virtuosos...

---

[86] Toda essa cerimônia (em francês).

Stepan Trofímovitch parecia todo animado: um sorrisinho arguto deslizou pelos seus lábios.

— *Mon père, je vous remercie, et vous êtes bien bon, mais...*[87]

— Nada de "*mais*", nada de "*mais*"! — exclamou Varvara Petrovna, saltando fora da sua cadeira. — Padre — dirigiu-se ao sacerdote —, esse é, esse é um homem, um homem assim... terá de confessar novamente, uma hora depois de confessar! Eis como é esse homem!

Stepan Trofímovitch sorriu com reserva.

— Amigos meus — disse —, eu necessito de Deus até porque é o único ser que se pode amar eternamente...

Tivesse acreditado mesmo ou então se extasiasse com a majestosa cerimônia do mistério celebrado, a qual teria excitado a sensibilidade artística de sua natureza, mas proferiu firmemente e, pelo que dizem, com grande emoção algumas palavras absolutamente contrárias a muitas das suas convicções de outrora.

— Minha imortalidade é necessária até porque Deus não se proporia a perpetrar uma falsidade e apagar para sempre, uma vez aceso neste meu coração, o fogo do amor por ele. E o que é mais valioso do que o amor? O amor está acima da existência, o amor é o apogeu da existência, e como seria possível que a existência não lhe obedecesse? Se cheguei a amá-Lo e me alegrei com meu amor, seria possível que Ele me apagasse a mim, assim como a minha alegria, e nos transformasse em zero? Se Deus existe, eu sou imortal! *Voilà ma profession de foi.*[88]

---

[87] Eu lhe agradeço, meu pai, e o senhor é muito bom, mas... (em francês).

[88] Eis minha profissão de fé (em francês).

— Deus existe, Stepan Trofímovitch, asseguro-lhe que existe — implorava Varvara Petrovna —: renuncie, abandone todas as suas bobagens, pelo menos uma vez na vida! (Aparentemente, não entendera muito bem sua *profession de foi.*)

— Amiga minha... — Ele se animava cada vez mais, ainda que sua voz se interrompesse amiúde — amiga minha, quando compreendi... aquela *lanita* oferecida, eu... eu logo compreendi mais uma coisa... *J'ai menti toute ma vie,*[89] toda, toda a minha vida! Gostaria de... aliás, que fique para amanhã... Amanhã partiremos todos.

Varvara Petrovna ficou chorando. Ele procurava alguém com os olhos.

— Ei-la, aqui está ela! — Varvara Petrovna pegou Sófia Matvéievna pela mão e conduziu-a para junto dele. O enfermo sorriu enternecido.

— Oh, eu gostaria muito de voltar a viver! — exclamou, com um afluxo extraordinário de energia. — Cada minuto, cada instante da vida devem ser ditosos para o homem... devem, sim, devem sem falta! Fazer que o sejam é o dever do próprio homem; é sua lei, oculta, mas existente em verdade... Oh, eu gostaria de ver Petrucha... de vê-los a todos... e Chátov!

Notarei que nem Dária Pávlovna, nem Varvara Petrovna, nem mesmo Saltzfisch, que fora o último a vir da cidade, nada sabiam ainda a respeito de Chátov.

Stepan Trofímovitch exaltava-se cada vez mais, dolorosamente, acima das suas forças.

— A própria ideia de sempre, a de que existe algo infinitamente mais justo e mais ditoso do que eu, já basta

---

[89] Menti toda a minha vida (em francês).

para me cumular de enternecimento imensurável e de glória — oh, seja eu quem for e faça o que fizer! Muito acima da sua própria felicidade, o homem precisa saber e, a cada instante, acreditar que já existe algures uma felicidade perfeita e serena, para todos e para tudo... Toda a lei da existência humana consiste apenas em o homem sempre poder venerar algo imensurável. Se os humanos forem privados daquele imensurável, não viverão mais e morrerão desesperados. O imensurável e o infinito são tão necessários ao homem quanto este pequeno planeta onde ele habita... Amigos meus e todos, e todos: viva a Grande Ideia! A eterna Ideia imensurável! Qualquer homem, quem quer que seja, precisa venerar aquilo que for a Grande Ideia. Até mesmo o homem mais tolo precisa de, pelo menos, algo grande. Petrucha... Oh, como eu quero vê-los, a todos, de novo! Eles não sabem, não sabem que neles também se encerra a mesma Grande Ideia eterna!

O doutor Saltzfisch não presenciara a cerimônia. Ao entrar de repente, quedou-se horrorizado e dispersou a assembleia, insistindo em não apoquentarem mais o doente.

Stepan Trofímovitch faleceu três dias depois, já totalmente inconsciente. De certa forma, expirou de mansinho, como se apagaria uma vela consumada. Ao realizar a missa de corpo presente lá mesmo, Varvara Petrovna levou o corpo de seu pobre amigo para Skvorêchniki. Seu túmulo fica dentro do recinto de igreja e já está recoberto com uma lápide de mármore. A inscrição e a grade serão feitas na primavera.

Varvara Petrovna passou fora da cidade uns oito dias ao todo. Sófia Matvéievna também chegou com ela, sentada ao seu lado na mesma carruagem, e ficou, decerto para sempre, morando em sua casa. Notarei que, tão logo Stepan Trofímovitch perdeu a consciência (naquela mesma manhã), Varvara Petrovna afastou Sófia Matvéievna outra vez, pondo-a de imediato fora da isbá, e ficou cuidando do enfermo pessoalmente, sozinha até o fim, mas, tão logo ele exalou seu último suspiro, não demorou a chamá-la de volta. Não quis ouvir nenhuma das objeções dela, terrificada com a proposta (ou, mais precisamente, a ordem) de se estabelecer, para todo o sempre, em Skvorêchniki.

— É tudo bobagem! Andarei com você, eu mesma, vendendo o Evangelho. Agora não tenho mais ninguém neste mundo!

— Porém, a senhora tem um filho — intrometeu-se Saltzfisch.

— Não tenho mais filho! — atalhou Varvara Petrovna, como se estivesse profetizando.

Capítulo oitavo. Conclusão.

I

Todos os excessos e crimes cometidos foram descobertos com uma rapidez extraordinária, vindo à tona bem mais depressa do que pressupunha Piotr Stepânovitch. Tudo começou quando a infeliz Maria Ignátievna acordou pouco antes do amanhecer, naquela noite em que seu marido fora assassinado, procurou por ele e, sem o ver perto de si, ficou tomada de uma ansiedade indescritível. Quem a velava era uma servente contratada então por Arina Prókhorovna. Sem conseguir, de modo algum, tranquilizá-la, essa moça foi correndo buscar, tão logo o dia raiasse, Arina Prókhorovna em pessoa, assegurando à parturiente que a parteira sabia onde seu marido estava e quando regressaria. Enquanto isso, Arina Prókhorovna andava, por sua vez, um tanto inquieta, já informada pelo seu esposo acerca do feito noturno em Skvorêchniki. Ao voltar para casa já pelas onze horas da noite, de humor e aparência horríveis, ele se atirou de bruços, torcendo os braços, sobre a cama e se quedou repetindo, todo trêmulo de convulsivos soluços: "Não é isso, não é; não é nada disso!". Entenda-se bem que acabou confessando tudo para Arina Prókhorovna, que viera interrogá-lo: aliás, tão só para ela dentre todos os familiares. Ela o deixou prostrado na cama, impondo-lhe rigorosamente que, "se quisesse choramingar, deveria enfiar a cabeça no travesseiro, para não se ouvir nada", e que "seria um idiota, se deixasse entreverem algo no dia seguinte". Ainda assim, ficou pensativa e logo se pôs a arrumar as coisas, por via das dúvidas: teve bastante tempo para esconder ou incinerar os papéis sobrantes, os livros e, quem sabe, mesmo alguns daqueles panfletos. Ao passo que o fazia, concluiu que ela mesma, sua irmã, sua tia, a estudante e, talvez, até seu irmãozinho de orelhas compridas não teriam tanta coisa a temer. Quando a moça veio correndo buscá-la pela manhã, foi, sem refletir, visitar Maria Ignátievna. De resto, queria muito verificar, o mais depressa possível, se era verdade o que seu esposo lhe participara na véspera, com aquele cochicho louco de medo, mais semelhante a um delírio, sobre os cálculos de Piotr Stepânovitch, relativos, em benefício da causa geral, a Kiríllov.

Contudo, chegou à casa de Maria Ignátievna tarde demais: mandando a servente buscá-la e ficando sozinha, ela não aguentara, levantara-se da cama e, vestindo às pressas quaisquer roupas que estivessem ao alcance de sua mão, muito leves, ao que parece, e divergentes da estação, fora pessoalmente à casinha dos fundos, onde morava Kiríllov, por presumir que talvez ele fosse a pessoa mais bem informada sobre o paradeiro de seu marido. Só se pode imaginar como impressionou a parturiente aquilo que viu ali. Note-se que não leu o derradeiro bilhete de Kiríllov, o qual estava em cima da mesa e dava na vista, nem sequer reparou, assustada como estava, nesse bilhete. Correu para seu quartinho, pegou o recém-nascido e, saindo da casa com ele, enveredou pela rua. A manhã era úmida, havia neblina. Não encontrou nenhum transeunte numa rua tão perdida assim. Corria sem parar, ofegante, pela lama fria, lodosa, e acabou batendo às portas das casas: uma das portas não se abriu, a outra demorou muito a ser destrancada, e eis que ela desistiu, impaciente, e passou a bater à terceira porta. Era a casa de nosso comerciante Titov. Ela produziu lá uma confusão das grandes, berrando e asseverando sem nexo que "seu marido fora assassinado". De certa forma, os Titov conheciam Chátov e um pouco de sua história; ficaram apavorados quando viram uma parturiente apenas da véspera, segundo ela própria lhes dissera, correr pelas ruas, com um frio desses e uma roupa daquelas, e carregar um bebê quase nu. Pensaram, logo de início, que só estava delirando, ainda mais que não se chegava a esclarecer, de maneira alguma, quem fora assassinado, Kiríllov ou o marido dela. Então a parturiente percebeu que não lhe davam crédito e correu adiante, porém a detiveram à força, enquanto gritava e se debatia, pelo que dizem, terrivelmente. Foram à casa de Filíppov, e, duas horas depois, tanto o suicídio de Kiríllov quanto seu bilhete de suicida já eram do conhecimento de nossa cidade inteira. A polícia começou a interrogar Maria Ignátievna, que ainda estava consciente; soube então que ela não lera o bilhete de Kiríllov, mas não conseguiu fazê-la revelar o motivo pelo qual concluíra notadamente que seu marido também estava morto. Apenas vociferava que, "se aquele outro fora assassinado, então seu marido também fora, pois eles andavam juntos!". Por volta do meio-dia, perdeu os sentidos. Não os recuperou mais, vindo a falecer uns três dias depois. Resfriado, o bebê morreu ainda antes dela. Sem encontrar Maria Ignátievna nem o recém-nascido, Arina Prókhorovna intuíra que estava em maus lençóis e já queria voltar correndo para casa, mas parou ao portão e mandou a moça "perguntar àquele senhor da casinha dos fundos se Maria Ignátievna não estava lá e se ele não sabia alguma coisa a seu respeito". A moça retornou gritando, freneticamente, para a rua toda ouvir. Ao persuadi-la, com o famoso argumento de que "iria em cana", a não gritar nem dizer nada a ninguém, Arina Prókhorovna se escafedeu.

É claro que foi incomodada, naquela mesma manhã, em sua qualidade de parteira que atendera a parturiente. Não se conseguiu, porém, quase nada com ela, porquanto contou, de modo coerente e com muito sangue-frio, tudo quanto havia visto e ouvido na casa de Chátov, mas se limitou a comentar, no tocante à história ocorrida, que não sabia nem entendia nada dela.

Dá para imaginar o alvoroço que se fez em nossa cidade. Mais uma "história", um assassinato a mais! Entretanto, já era outra coisa: ficava bem claro que existia, sim, existia realmente uma sociedade secreta de assassinos, de incendiários revolucionários, de insurgentes. A tétrica morte de Lisa, o assassinato da esposa de Stavróguin, a fuga do próprio Stavróguin, o incêndio criminoso, o baile organizado para as governantas e toda aquela libertinagem que rodeava Yúlia Mikháilovna... Até mesmo no desaparecimento de Stepan Trofímovitch é que se pretendia sem falta ver algum enigma. E muito, muito se cochichava sobre Nikolai Vsêvolodovitch. Soube-se, pelo fim do dia, sobre a ausência de Piotr Stepânovitch também, mas, coisa estranha, menos se falou a respeito dela. Mais se falou naquele dia, aliás, sobre "o senador". Uma multidão passou quase toda a manhã reunida perto da casa de Filíppov. E, de fato, a nossa chefia ficou iludida com o bilhete de Kiríllov. Acreditou tanto no assassinato de Chátov cometido por Kiríllov quanto no suicídio do "assassino". De resto, a chefia se enredou, sim, mas nem tanto. Por exemplo, a palavra "parque", inserta, de modo tão impreciso, no bilhete de Kiríllov, não enganou ninguém, conforme contava Piotr Stepânovitch. A polícia se arrojou logo para Skvorêchniki e não o fez apenas por haver lá um parque, enquanto não havia nenhum outro parque alhures, mas também por uma espécie de instinto, visto que todos os horrores dos últimos dias eram direta ou parcialmente ligados a Skvorêchniki. É assim, pelo menos, que eu venho adivinhando. (Notarei que Varvara Petrovna foi atrás de Stepan Trofímovitch de manhã cedo e ainda sem saber de nada). O corpo foi encontrado na lagoa, no mesmo dia ao cair da tarde, seguindo-se algumas pistas; no próprio lugar do assassinato foi encontrado o boné de Chátov, esquecido, com extrema leviandade, pelos assassinos. Os exames físico e médico do cadáver, além de certas conjeturas, suscitaram, desde o primeiro passo, a suspeita de que Kiríllov não pudesse deixar de ter cúmplices. Veio à tona a existência da sociedade secreta, ligada aos panfletos, da qual participavam Chátov e Kiríllov. Quais eram, pois, aqueles cúmplices? Nem por sombras se pensava ainda, naquele dia, em nenhum dos *nossos*. Soube-se que Kiríllov levava uma vida recolhida e tão solitária que realmente, segundo se declarava em seu bilhete, Fedka teria podido, apesar de ser tão procurado por toda parte, passar tantos dias morando em sua casa... O que deixava todos angustiados era, principalmente, que não se podia extrair de toda essa mistura nada que fosse típico e aglutinasse os fatos. É difícil imaginar a que conclusões e a quanta anarquia mental teria chegado, no fim das contas, a nossa sociedade tomada de pânico, se tudo não tivesse sido explicado de súbito e de uma vez só, logo no dia seguinte, graças a Liámchin.

Ele não aguentou. Deu-se com ele aquilo que mesmo Piotr Stepânovitch acabara pressentindo. Entregue aos cuidados de Tolkatchenko e depois aos de Erkel, passou todo o dia seguinte na cama, aparentemente manso, virando-se para a parede e sem dizer uma só palavra, quase não respondendo a quem puxasse conversa com ele. Dessa forma, não soube nada, ao longo de todo aquele dia, do que ocorrera em nossa cidade. Mas Tolkatchenko, perfeitamente ciente do ocorrido, teve a ideia de abandonar, ao cair da tarde, o papel do qual Piotr Stepânovitch o incumbira no tocante a Liámchin e de se ausentar da cidade, indo ao interior, ou seja, simplesmente fugindo: é verdade que todos perderam a razão, conforme Erkel tinha vaticinado a respeito deles. Notarei a propósito que Lipútin também sumiu da cidade na mesma ocasião, ainda antes do meio-dia. Contudo, seu sumiço foi tal que nossa chefia soube dele apenas no dia seguinte, ao entardecer, quando se procedeu diretamente ao interrogatório de sua família, que estava assustada com sua ausência, mas se calava por medo. Aliás, continuo a contar sobre Liámchin. Tão logo ele ficou só (contando com Tolkatchenko, Erkel voltara para casa antes ainda), saiu correndo e, naturalmente, não demorou a saber de como iam as coisas. Mesmo sem passar pela sua casa, também se pôs a correr sem caminho. Entretanto, a noite estava tão escura, e sua empresa era tão medonha e complicada, que ele regressou ao percorrer duas ou três ruas e trancou-se para a noite toda. Parece que pela manhã tentou o suicídio, porém não o consumou. Ficou, no entanto, trancado quase até o meio-dia e, de improviso, foi correndo falar com quem de direito. Dizem que rastejava de joelhos, soluçava e gania, beijava o chão, gritando que não era digno nem de beijar as botas dos dignitários postados em sua frente. Acalmaram-no e até mesmo o afagaram. O interrogatório se arrastou, segundo se diz, por umas três horas. Ele revelou tudo, tudo mesmo, contou todos os segredos, tudo quanto soubesse com todos os pormenores, antecipando-se e apressando-se a desembuchar, relatando, inclusive, o que não lhe pediam nem perguntavam. Esclareceu-se que estava bastante bem informado, chegando a desvendar bastante bem a história toda. As tragédias de Chátov e de Kiríllov, o incêndio, a morte dos Lebiádkin e outras coisas se relegaram, pois, a segundo plano, enquanto em primeiro ficaram Piotr Stepânovitch e a sociedade secreta, aquela organização, aquela rede. Indagado por que haviam sido perpetrados tantos assassinatos, escândalos e vilezas, respondeu, ardendo de ansiedade: "para abalar sistematicamente os alicerces, para decompor sistematicamente a sociedade e todos os princípios; para desencorajar todos e transformar tudo num mingau, e depois, quando a sociedade ficasse, dessa maneira, desengonçada, esmorecida e doentia, cínica e descrente, mas com uma sede infinita de alguma ideia norteadora e de sua autopreservação, para dominá-la de supetão, hasteando a bandeira da rebelião e apoiando-se em toda uma rede de grupos compostos de cinco homens cada um, os quais agissem nesse meio-tempo, aliciando os partidários e buscando praticamente todos os modos de ação e todos os pontos fracos que se pudesse aproveitar". Concluiu revelando que ali mesmo, em nossa cidade, fora articulado por Piotr Stepânovitch apenas o primeiro ensaio dessa desordem sistemática ou, por assim dizer, o programa das ações por vir, até mesmo em prol de todos os demais grupos de cinco membros; frisou que era já sua ideia própria (quer dizer, a de Liámchin), uma hipótese sua, e pediu que "levassem tudo isso sem falta em consideração e deixassem bem claro até que ponto ele explicava, franca e civilmente, aquele negócio todo, podendo, por conseguinte, ser doravante útil, e muito útil, para servir às nossas autoridades". Indagado positivamente quantos eram aqueles grupos dos cinco, respondeu que era uma quantidade infinita, que toda a Rússia estava coberta por aquela rede e, mesmo sem ter apresentado provas, respondeu, creio eu, com plena sinceridade. Apresentou tão somente o programa impresso da sociedade, fabricado no estrangeiro, e um projeto de desenvolvimento do sistema das ações futuras, escrito, ainda que fosse um rascunho, pela própria mão de Piotr Stepânovitch. Ficou claro que, quanto a "abalar os alicerces", Liámchin citava literalmente aquele papel, sem se esquecer, inclusive, dos pontos-finais nem das vírgulas, embora garantisse que era apenas sua hipótese pessoal. A respeito de Yúlia Mikháilovna expressou-se de forma pasmosamente engraçada e sem que o perguntassem, mas se antecipando aos interrogadores, que "era inocente e apenas ficara ludibriada". Note-se, porém, que absolveu totalmente Nikolai Stavróguin de toda participação na sociedade secreta e de qualquer acordo com Piotr Stepânovitch. (Quanto àquelas esperanças íntimas e assaz ridículas que Piotr Stepânovitch nutria com relação a Stavróguin, Liámchin não fazia nem a menor ideia delas). A morte dos Lebiádkin foi provocada, pelas suas falas, tão só por Piotr Stepânovitch, sem nenhuma participação de Nikolai Vsêvolodovitch, com o objetivo astucioso de envolvê-lo no crime e, assim sendo, torná-lo dependente de Piotr Stepânovitch, mas, em vez daquela gratidão com a qual contava indubitável e levianamente, Piotr Stepânovitch suscitou ao "nobre" Nikolai Vsêvolodovitch apenas uma profunda indignação e até mesmo o moveu ao desespero. Terminou de contar sobre Stavróguin, também às pressas e sem ser questionado, com a alusão obviamente proposital de que ele fosse, talvez, uma figura de extrema importância, havendo nisso, por sinal, algum segredo, que morava em nossa cidade, por assim dizer, *incognito*, mas cumpria alguma incumbência e, mui provavelmente, voltaria ainda a visitar-nos, vindo de Petersburgo (Liámchin tinha a certeza de que Stavróguin estava em Petersburgo), mas em circunstâncias bem diferentes, com um aspecto bem diferente e acompanhado por umas pessoas de quem se ouviria em breve, quem sabe, falar em nossa cidade também, e que ele próprio soubera disso tudo por intermédio de Piotr Stepânovitch, "um inimigo oculto de Nikolai Vsêvolodovitch".

Agora direi "*nota bene*".[1] Dois meses mais tarde Liámchin confessaria que o encobrira então de propósito, contando com a proteção de Stavróguin e esperando que

[1] Expressão usada para chamar atenção do leitor ou ouvinte para um ponto importante de um texto ou uma fala (Dicionário Caldas Aulete).

conseguisse para ele, lá em Petersburgo, a comutação de duas sentenças e depois viesse a ajudá-lo, quando de seu desterro, com dinheiro e cartas de recomendação. Deduz-se dessa confissão dele que tinha, de fato, uma noção desmedidamente exagerada de Nikolai Stavróguin.

Entenda-se bem que no mesmo dia prenderam Virguínski e, sem tanto refletir, toda a sua família. (Arina Prókhorovna, sua irmã, sua tia e mesmo a estudante já estão soltas, há bastante tempo; dizem, inclusive, que Chigaliov também deve ser solto em breve, visto que não se enquadra em nenhuma categoria dos acusados... aliás, por enquanto, são apenas boatos). Virguínski reconheceu tudo de imediato: estava deitado, doente e febril, quando vieram prendê-lo. Supostamente, ficou quase alegre e disse: "Um peso me caiu do coração!". Pelo que se ouve dizerem a seu respeito, está depondo agora com sinceridade e, ao mesmo tempo, com certa dignidade, sem abrir mão, todavia, de nenhuma das suas "luminosas esperanças", mas amaldiçoando o rumo político (contrário ao social) que fora levado a tomar, de maneira tão inesperada e leviana, pelo "turbilhão das circunstâncias coincidentes". Sua conduta na hora do assassinato é interpretada num sentido atenuante, de sorte que ele também, pelo que parece, pode contar com certa mitigação de sua sentença. Assim é que se afirma, ao menos, em nosso meio.

Contudo, é pouco provável que se possa aliviar a sentença de Erkel. Desde que ficou preso, ele permanece calado o tempo todo ou então, na medida do possível, deturpa a verdade. Até agora não se conseguiu, por parte dele, nem uma palavra que denotasse seu arrependimento. Ainda assim, chegou a provocar, mesmo nos juízes mais rigorosos, certa simpatia por ser jovem e indefeso, sendo essa uma prova evidente de se tratar apenas de um fanático vitimado por um aliciador político, e, sobretudo, com seu comportamento em relação à sua mãe, a quem enviava praticamente metade do seu soldo escasso, descoberto nesse ínterim. Sua mãe está agora em nossa cidade: é uma mulher fraca e doente, velhinha demais para sua idade, que anda chorando e literalmente rasteja a implorar pelo filho. Aconteça o que acontecer, muitos dos nossos têm pena de Erkel.

Lipútin foi preso já em Petersburgo, onde morara por duas semanas inteiras. Foi algo quase improvável que se deu com ele, algo difícil até mesmo de explicar. Dizem que tinha um passaporte com nome falso, além de uma perfeita possibilidade de se esgueirar para o estrangeiro e de uma quantia assaz considerável no bolso, mas, não obstante, permaneceu em Petersburgo e não foi a lugar algum. Passou um tempinho procurando por Stavróguin e Piotr Stepânovitch, mas, de repente, começou a beber e a fornicar sem nenhuma medida, como quem não tivesse mais um pingo de bom senso nem se desse conta da sua situação. Aliás, foi numa casa de tolerância que o prenderam, inebriado como estava, em Petersburgo. Correm rumores de que nem agora esteja desanimado, mentindo em seus depoimentos e preparando-se para o vindouro julgamento com certas solenidade e esperança. Até se dispõe a falar em juízo. Tolkatchenko que foi preso algures no interior, uns dez dias depois de sua fuga, comporta-se de modo incomparavelmente mais cortês, não mente nem se esquiva, mas diz tudo quanto sabe, sem justificar a si mesmo, e reconhece a sua culpa com toda a humildade possível, embora se incline, por sua vez, para a grandiloquência: fala muito, com gosto, e, quando se trata de seu conhecimento do povo e dos elementos revolucionários deste, chega mesmo a bancar o figurão e anseia pelo efeito. Também se dispõe, pelo que se ouve dizerem, a falar em juízo. Nem ele nem Lipútin estão, em geral, por demais assustados, e isso parece estranho.

Repito que esse assunto ainda não está esgotado. Agora, três meses depois, nossa sociedade anda descansada, recuperada e saciada, tem sua própria opinião e até mesmo a ponto de alguns tomarem Piotr Stepânovitch como tal quase por um gênio ou, pelo menos, por alguém "com capacidades geniais". "Uma organização!" — diz-se no clube, com um dedo em riste. Tudo isso é bem inocente, de resto, e são poucos os que dizem isso. Os outros, pelo contrário, não negam a acuidade daquelas suas capacidades, mas salientam seu absoluto desconhecimento da realidade, suas terríveis abstrações, a feiura e a obtusidade do seu desenvolvimento unilateral, sua extrema leviandade provinda disso. Quanto às suas qualidades morais, estão todos de acordo: ninguém se presta a discuti-las.

Juro que não sei quem ainda merece ser referido para não cair no esquecimento. Mavríki Nikoláievitch foi para algum lugar e não regressa mais. A velha Drozdova voltou à infância... Só me resta, aliás, contar mais uma história muito sinistra. Hei de me ater aos fatos.

De volta para a cidade, Varvara Petrovna ficou em sua casa urbana. Todas as notícias acumuladas desabaram sobre ela de uma só vez e acabaram por lhe causar um abalo horrível. Então se trancou sozinha em seu quarto. Já anoitecera; cansados, todos foram cedo para a cama.

Foi de manhã que uma das camareiras entregou, com ares misteriosos, uma carta a Dária Pávlovna. Essa carta havia chegado, segundo lhe disse, ainda na véspera, mas tarde e a más horas, quando já estavam todos dormindo, de sorte que ela não ousara acordá-la. Não viera pelo correio, mas fora entregue em Skvorêchniki, por um homem desconhecido, a Alexei Yegórytch. E fora Alexei Yegórytch em pessoa quem a trouxera na noite anterior, deixando-a nas mãos da camareira e retornando, logo em seguida, a Skvorêchniki.

De coração palpitante, Dária Pávlovna passou muito tempo a fitar essa carta, sem se atrever a abri-la. Sabia quem a escrevera: Nikolai Stavróguin. Tinha lido uma inscrição sobre o envelope: "Que Alexei Yegórytch repasse esta, secretamente, a Dária Pávlovna".

Eis aqui esta carta, palavra por palavra, sem corrigirmos sequer o mínimo erro no estilo de um senhorzinho russo que, apesar de toda a sua instrução europeia, não estudou direito a língua russa:

"Querida Dária Pávlovna,

Você já quis, um dia, ser minha 'enfermeira' e exigiu que lhe prometesse mandar, quando fosse preciso, buscá-la. Partirei daqui a dois dias e não voltarei mais. Quer ir comigo?

Foi no ano passado que me inscrevi, como Herzen, nos cidadãos do cantão de Uri,[2] e ninguém sabe disso. Já comprei uma casinha ali. Ainda tenho doze mil rublos à minha disposição: vamos lá, pois, e lá ficaremos para sempre. Não quero nunca mais ir a lugar algum.

---

[2] Uma das unidades administrativas das quais se compõe a Confederação Suíça.

Aquele local é bem tedioso: é um desfiladeiro onde as montanhas premem a vista e a mente. Um local muito lúgubre. É que uma casinha se vendia por lá, nada mais. Se você não gostar dela, vou vendê-la e depois comprarei outra casa em outro lugar.

Estou indisposto, mas espero que me livre das minhas halucinações com o ar de lá. Isso diz respeito ao físico; quanto ao lado moral, você já sabe de tudo. Seria tudo mesmo?

Muito lhe contei sobre a minha vida. Mas não foi tudo. Nem a você é que contei tudo! Confirmo, a propósito, que sou culpado, pela consciência, da morte de minha esposa. Não vi mais você depois daquilo, portanto o confirmo, sim. Também sou culpado perante Lisaveta Nikoláievna, mas você está ciente disso, ainda mais que chegou a predizer quase tudo.

É melhor que não venha. Se a convido a vivermos juntos, é uma horrível vileza minha. E por que teria você de sepultar sua vida comigo? Gosto de você e estive, em meio às minhas angústias, tão bem ao seu lado, podendo falar de mim em voz alta apenas em sua presença. Nada se deduz disso. Foi você mesma quem se definiu como 'uma enfermeira': essa é uma expressão sua. Por que sacrificaria tanto? Veja se entende também que não me apiedo de você, quando a chamo, nem a respeito, quando espero pela sua chegada. Ainda assim, fico chamando e esperando. Em todo caso, preciso da sua resposta, pois terei de partir muito em breve. Senão, partirei sozinho.

Não espero nada de Uri: lá vou simplesmente. Não foi de caso pensado que escolhi um lugar soturno. Nada me prende à Rússia: tudo me é tão alheio nela quanto em toda a parte. É verdade que não gostava de viver nela mais do que noutros lugares, mas nem sequer nela soube odiar qualquer coisa que fosse!

Testei minha força em todas as áreas. Você me sugeriu fazer isso 'para me conhecer'. Quando a experimentava por mim mesmo e para exibi-la, ela se revelava como dantes, em toda a minha vida, ilimitada. Foi em sua frente que suportei a bofetada de seu irmão e foi em público que reconheci meu casamento. Mas onde é que poderia empregar esta força minha: eis o que nunca vi nem vejo agora, apesar de você me ter animado, lá na Suíça, e de eu ter acreditado em você. Agora também, como sempre, posso desejar uma boa ação e sinto prazer em desejá-la; ao mesmo tempo, desejo uma ação má, e isso também me apraz. Todavia, ambos os sentimentos estão sempre, como dantes, miúdos demais, sem nunca ganharem intensidade. Meus desejos não são nada fortes nem podem guiar. Pode-se atravessar um rio montado num madeiro, mas não se pode montar numa lasca para atravessá-lo. Digo isto para você não pensar porventura que eu vá para Uri com algumas esperanças.

Como dantes, não acuso ninguém. Provei da grande devassidão e nela esgotei minhas forças, porém não gosto de ser devasso nem quis sê-lo. Você esteve de olho em mim, nesses últimos tempos. Sabe que até mesmo para os nossos negadores eu olhava com raiva, por invejar as suas esperanças? Contudo, você temia à toa: eu não poderia ser um companheiro deles, porquanto não compartia nada. E por brincadeira, por zanga, tampouco poderia, mas não por temer o ridículo (o ridículo não pode assustar-me) e, sim, por ter, de qualquer maneira, aqueles hábitos de uma pessoa decente e por sentir asco. Aliás, se minha raiva e minha inveja fossem maiores, acabaria, quem sabe, indo com eles. Julgue, pois, você mesma até que ponto me era fácil viver e quanto corri de um lado para o outro!

Querida amiga, essa terna e magnânima criatura que adivinhei! Talvez esteja sonhando em dar-me tanto amor e em derramar sobre mim tanto belo que provier da sua bela alma que espera colocar enfim, desse modo, um objetivo qualquer diante de mim? Não, é melhor que seja mais prudente: meu amor será tão miúdo quanto eu mesmo, e você ficará infeliz. Seu irmão me disse que quem perdesse ligações com sua terra perdia também seus deuses, ou seja, todos os seus objetivos. Pode-se discutir infinitamente acerca de tudo isso, mas de mim mesmo escorreu apenas uma negação sem nenhuma magnanimidade nem força alguma. E nem sequer essa negação escorreu. Tudo foi sempre miúdo e débil. O magnânimo Kiríllov não suportou a ideia e se matou a tiro, mas eu cá percebo que ele era magnânimo por não estar em seu perfeito juízo. Eu nunca poderia perder o juízo nem nunca acreditar, na mesma medida que ele, numa ideia. Nem sequer poderia ocupar-me, nessa medida, com alguma ideia. Nunca, mas nunca poderia atirar em mim!

Sei que deveria matar-me, remover-me da face da terra como um torpe inseto, porém tenho medo do suicídio, pois tenho medo de revelar a magnanimidade. Sei que seria mais uma mentira, a última mentira numa infinda série de mentiras. De que adiantaria, pois, mentir a mim mesmo apenas para bancar o magnânimo? Nunca poderia haver indignação nem vergonha em mim; nem desespero, por conseguinte.

Perdoe por escrever tanto assim. Fiz isso sem querer e já me recompus. Umas cem páginas não bastariam, e dez linhas seriam bastantes. Dez linhas deste apelo para 'ser enfermeira' bastam.

Estou morando, desde que parti, na sexta estação, na casa do inspetor. Conheci-o há cinco anos, durante uma farra em Petersburgo. Ninguém sabe que moro lá. Escreva para ele. O endereço está anexo.

Nikolai Stavróguin".

Dária Pávlovna foi logo mostrar essa carta a Varvara Petrovna. Ela a leu e pediu que Dacha saísse para relê-la sozinha, porém foi bem depressa que a chamou de volta.

— Irá? — perguntou, quase tímida.

— Irei — respondeu Dacha.

— Apronte-se! Iremos juntas!

Dacha mirou-a de modo interrogativo.

— E o que teria agora a fazer aqui? Não dá tudo na mesma? Também me inscreverei naquele Uri e viverei no desfiladeiro... Não se preocupe, que não vou atrapalhar.

Elas se puseram a arrumar rapidamente as malas, pretendendo pegar o trem do meio-dia. Não se passou, no entanto, nem meia hora, e eis que Alexei Yegórytch veio de Skvorêchniki. Comunicou que Nikolai Vsêvolodovitch chegara "de repente" pela manhã, com o primeiro trem, e estava em Skvorêchniki, mas "num estado tal que não respondia às perguntas, passando por todos os quartos e se trancando em seus aposentos...".

— E foi sem ele mandar que decidi vir para cá e avisar — acrescentou Alexei Yegórytch, com um ar muito imponente.

Varvara Petrovna cravou nele um olhar penetrante, mas não lhe perguntou nada. A carruagem ficou pronta num átimo. Ela partiu com Dacha. Dizem que ambas se benziam amiúde pelo caminho.

Todas as portas "dos aposentos dele" estavam destrancadas, mas Nikolai Vsêvolodovitch não estava nenhures.

— Estaria no mezanino? — pronunciou, cautelosamente, Fómuchka.

Note-se que alguns criados entraram, atrás de Varvara Petrovna, "nos aposentos dele", enquanto todos os demais ficaram esperando na sala. Antes jamais teriam tido a coragem de se permitir tamanha infração de etiqueta. Varvara Petrovna viu isso, mas se manteve calada.

Subiram ao mezanino também. Havia ali três cômodos, só que ninguém foi encontrado em nenhum deles.

— Será que foi lá? — Alguém apontou para a porta da *svetiolka*. E, realmente, a portinha da *svetiolka*, que sempre permanecia fechada, agora estava aberta de par em par. Teriam de subir quase ao telhado, passando por uma comprida escada de madeira, por demais estreita e íngreme. Havia outro quartinho, lá em cima.

— Não vou lá. Por que diabos ele subiria lá? — Voltando-se para os criados, Varvara Petrovna ficou terrivelmente pálida. Calados, eles também a miravam. Dacha estava tremendo.

Varvara Petrovna subiu correndo a escadinha, acompanhada por Dacha, mas, tão logo entrou na *svetiolka*, gritou e caiu desmaiada.

O cidadão do cantão de Uri pendia lá mesmo, atrás da portinha. Num pedacinho de papel, que estava em cima de uma mesinha, havia umas palavras escritas a lápis: "Não acusem ninguém: fui eu mesmo". Sobre a mesma mesinha estavam um martelo, uma barra de sabão e um grande prego, decerto sobressalente. A sólida cordinha de seda com a qual se enforcara Nikolai

Vsêvolodovitch, obviamente escolhida e guardada de antemão, estava bem ensaboada. Tudo indicava a premeditação e a consciência até o último minuto.

A loucura foi descartada pelos nossos médicos, completa e categoricamente, após a autópsia cadavérica.

Título original: *Бесы*

DIREÇÃO
Martin Claret

PRODUÇÃO EDITORIAL
Carolina Marani Lima

DIREÇÃO DE ARTE E CAPA
José Duarte T. de Castro

DIAGRAMAÇÃO
Giovana Quadrotti

REVISÃO
Ana Lúcia Kfouri

IMPRESSÃO E ACABAMENTO
Bartira Gráfica

Dados Internacionais de Catalogação na Publicação (CIP)
(Câmara Brasileira do Livro, SP, Brasil)

Dostoiévski, Fiódor, 1821-1881.
Os demônios / Fiódor Dostoiévski; tradução, notas e prefácio por Oleg Almeida. — São Paulo: Martin Claret, 2024.

Título original: *Бесы*

ISBN 978-65-5910-311-9

1. Romance russo I. Almeida, Oleg. II. Título

24-240438 CDD-891.73

Índices para catálogo sistemático:

1. Romances: Literatura russa 891.73
Aline Graziele Benitez – Bibliotecária – CRB-1/3129

EDITORA MARTIN CLARET LTDA.
Rua Alegrete, 62 – Bairro Sumaré – CEP: 01254-010 – São Paulo, SP
Tel.: (11) 3672-8144 – www.martinclaret.com.br
Impresso – 2025